Neue Orientalische Bibliothek

Tausendundeine Nacht

Nach der ältesten arabischen Handschrift
in der Ausgabe von Muhsin Mahdi
erstmals ins Deutsche übertragen
von Claudia Ott

ألف ليلة وليلة

Verlag C.H.Beck

Titel der arabischen Originalausgabe:
The Thousand And One Nights (Alf Layla wa-Layla).
From the Earliest Known Sources. Arabic Text Edited
with Introduction and Notes by Muhsin Mahdi

Die Arbeit der Übersetzerin am vorliegenden Text
wurde durch den Deutschen Übersetzerfonds e.V. gefördert.

Der Verlag dankt der Gesellschaft der Freunde
islamischer Kunst und Kultur e.V. für Rat und Tat
bei der Herausgabe des Buches.

1.–7. Auflage 2004
8. Auflage 2005
9., durchgesehene und überarbeitete Auflage 2007
10., durchgesehene Auflage 2009

Von diesem Buch erschienen im März 2004 neben der Leinenausgabe
tausendundein Vorzugsexemplare in orientalischem Ledereinband mit Klappe,
von 1 bis 1001 numeriert, sowie neunundneunzig Vorzugsexemplare
in gleicher Ausstattung *hors commerce*, von I bis XCIX numeriert.

11. Auflage 2011

Für die deutsche Ausgabe:

Signet: Karl Schlamminger, München
Satz: a·visus·Michael Hempel, München
Druck und Bindung: Kösel, Krugzell
Gedruckt auf säurefreiem, alterungsbeständigem Papier
(hergestellt aus chlorfrei gebleichtem Zellstoff)
Printed in Germany
ISBN 978 3 406 51680 1

www.beck.de

Inhalt

بسم الله الرحمن الرحيم وبه ثقتي

Im Namen Gottes, des Gnädigen, des Barmherzigen
Auf Ihn traue ich

Lob sei Gott, dem gütigen König, dem Schöpfer aller Kreatur und aller Menschen, der den Himmel aufgespannt hat ohne Säulen und die Erde als Lagerstätte ausgebreitet hat, der die Berge zu Pflöcken gemacht hat und Wasser quellen ließ aus dem leblosen Fels, der die Völker von Thamud, Ad und Pharao, des «Herrn der Pflöcke», zugrunde richtete. Ihn lobe ich, Ihn, den Erhabenen, für Seine rechte Leitung, die Er uns erwiesen hat, und danke Ihm für Seine Wohltaten, die nicht in Zahlen zu ermessen sind.

Unserem großzügigen, hochgebildeten und vornehmen Publikum sei hiermit kundgetan, daß dieses köstliche und sehnlich erwartete Buch mit der Absicht geschrieben wurde, einem jeden nützlich zu sein, der darin liest. Hier finden sich höchst lehrreiche Lebensgeschichten, dazu wunderbare Gedanken für Menschen von hoher Bildung. Man kann die Kunst der Rede aus ihnen ebenso lernen wie eine lückenlose Geschichte der Könige seit dem Anbeginn der Zeiten. Ich habe es «Das Buch von Tausendundeiner Nacht» genannt. Dieses Buch erzählt auch prachtvolle Lebensgeschichten, durch die jeder, der sie hört, Menschenkenntnis erwirbt, so daß ihn keine Hinterlist mehr treffen kann. Darüber hinaus wird dem Zuhörer Erholung und Freude zuteil in Zeiten des Kummers über die Zeitläufte, die zu bösen Taten verführen wollen, doch Gott, der Erhabene, leitet uns auf die rechte Bahn.

Die Geschichte von König Schahriyar und Schahrasad, der Tochter seines Wesirs

Der Erzähler und Verfasser spricht: Man hat erzählt – doch Gott allein kennt das Verborgene, und nur Er weiß, was einst wirklich geschah in den längst vergangenen Geschichten der Völker –, daß es in alter Zeit, als noch die Könige der Sasaniden herrschten, im Inselreich von Indien und China zwei Könige gab. Sie waren Brüder. Der ältere hieß Schahriyar, der jüngere Schahsaman. Schahriyar, der ältere der beiden, war ein gewaltiger Ritter und ein kühner Held, an dessen Feuer man sich besser nicht zum Wärmen setzte, dessen Kriegstrommel niemals verstummte und der auf keine Blutrache verzichtet hätte. Er herrschte über die entferntesten Länder und über alle Menschen. Die Länder waren ihm ergeben und seine Untertanen ihm gehorsam. Seinem Bruder Schahsaman gab er das Land von Samarkand als Königreich und setzte ihn dort als Sultan ein. Während jener dort lebte, blieb er in Indien und China wohnen. Das ging so zehn Jahre lang. Dann ergriff Schahriyar Sehnsucht nach seinem Bruder, dem jüngeren König. Er schickte ihm seinen Wesir – der Wesir aber hatte zwei Töchter: Schahrasad hieß die eine, Dinarasad die andere – und ließ ihm sagen, er solle sich auf den Weg machen und zu ihm kommen. Der Wesir rüstete sich zur Reise. Tage und Nächte lang war er unterwegs, bis er Samarkand erreichte. Schahsaman hörte von seiner Ankunft im Lande Samarkand. Mit einer Abordnung seiner vornehmsten Gefolgsleute ritt er ihm entgegen, saß von seinem Pferd ab, umarmte ihn und fragte, was es Neues gebe von seinem Bruder, dem großen König Schahriyar. Jener teilte ihm mit, es gehe ihm gut und er habe ihn gesandt, um ihn zu sich zu bitten. Schahsaman fügte sich seinem Befehl. Er ließ für den Wesir ein Lager aufschlagen außerhalb der Stadt und schaffte dorthin alles, was jener benötigte: Lebensmittel, Zelte und Einrichtung sowie Futter für die Tiere. Dann ließ er eine Menge Vieh für ihn schlachten und bot ihm alles an, was seine Vorratskammern bargen, überdies Geld, Pferde und Kamele. Zehn Tage lang erfüllte er seine Gastgeberpflichten. Währenddessen machte er sich selbst zur Reise fertig und übertrug einem seiner Kämmerer die Regierungsgeschäfte. Dann zog er, mit allem Notwendigen für die Reise versehen, aus der Stadt hinaus. Er verbrachte die Nacht bei dem Wesir des Bruders. Gegen Mitternacht aber kehrte er noch einmal in die Stadt zurück und begab sich zu seinem Palast, um seiner Frau Lebewohl zu sagen. Als er den Palast betrat, fand er seine Frau schlafend, und neben ihr lag ein anderer Mann. Es war einer von den Bediensteten in der Küche. Die beiden hielten einander eng umschlungen. Als Schahsaman dies sah, verdunkelte sich vor seinen Augen die Welt. Kopfschüttelnd stand er eine Weile vor dem Lager. «Und das, wo ich noch nicht einmal abgereist bin!» sprach er zu sich selbst. «Ich bin ja noch kaum aus meiner Stadt! Wie wird es erst zugehen, wenn ich mich auf die Reise gemacht habe zu meinem Bruder nach Indien? Und was wird nach meinem Tode hier geschehen? Nein, nein, auf die Frauen ist kein Verlaß!» Und er geriet in unbezwingbare Wut. «Bei Gott!» empörte er sich. «Da bin ich nun schon König und Herrscher von Samarkand, und dann widerfährt mir das! Meine Frau betrügt mich, und diese Schande hier kommt über mich!» Noch einmal wuchs sein Zorn, er zog sein Schwert, erschlug die beiden – nämlich den Koch und seine Frau –, schleifte sie an den Füßen zum Palast hinaus und warf sie in den Wallgraben hinab. Dann eilte er wieder hinaus vor die Stadt zum Wesir des Bruders und ordnete den sofortigen Aufbruch an. Nun wurden die Trommeln geschlagen, und alles machte sich auf den Weg. Doch im Herzen des Königs Schahsaman brannte ein Feuer, das sich nicht ersticken ließ, und eine Flamme, die sich nicht unterdrücken ließ, wegen der Schmach, die er erlitten hatte durch seine Frau, die ihn betrogen hatte mit einem dahergelaufenen Koch, der als Küchenjunge bei ihm diente. Sie reisten schnell und ohne Unterbrechung, Tage und Nächte hindurch, zogen durch Wüsten und öde Gelände, bis sie endlich das Land des Königs Schahriyar erreicht hatten und der König ihnen zum Empfang entgegenkam. Sobald sein Auge auf sie fiel, schloß er seinen Bruder in die Arme, zog ihn in seine Nähe, nahm ihn gastfreundlich auf und ließ ihn in einem Palast, der seinem eigenen unmittelbar benachbart war, Wohnung nehmen. König Schahriyar hatte nämlich in einer Gartenanlage zwei große prachtvolle und majestätische Paläste errichten lassen. Der eine war für Gäste bestimmt, in dem anderen wohnte er selbst mit seinem Harem. Seinen Bruder Schahsaman ließ er in dem Palast für Gäste absteigen, nachdem zuvor die Diener dort geputzt, gewischt, Teppiche ausgelegt und die Fenster, die auf den Garten hinausblickten, geöffnet hatten. Den ganzen Tag über blieb Schahsaman bei seinem Bruder. Für die Nacht begab er sich in den ihm zugewiesenen Palast, um dort zu schlafen und früh am nächsten Morgen wieder seinen Bruder aufzusuchen. Doch sobald er alleine war und darüber nachdachte, welches Grauen er mit seiner Frau erlebt hatte, seufzte er schwer, verriet aber keinem Menschen sein Geheimnis, sondern verbarg es kummervoll. «Warum mußte gerade mir dieses entsetzliche Unglück zustoßen?» fragte er sich und begann zu hadern und vor Selbstmitleid krank zu werden. «Kein Mensch», so dachte er, «hat jemals so etwas erlebt!» Sein Gemüt wurde wie von Maden zerfressen. Er aß wenig, wurde blaß, durch den Kummer veränderte sich sein ganzer Zustand, und so ging es immer weiter bergab mit ihm, bis sein Körper völlig abgemagert war und seine Hautfarbe gänzlich verändert aussah. *Der Autor der Geschichte spricht:* Als König Schahriyar sah, wie sein Bruder von Tag zu Tag verfiel und vor seinen Augen immer schmaler und schwächer wurde, eine gelbliche Hautfarbe annahm und sein gesamtes Aussehen veränderte, vermutete er, die Trennung und Entfernung von seinem Königreich und seiner Familie setzten ihm zu. «Diese Umgebung tut meinem Bruder nicht gut», sprach er zu sich selbst. «Ich will ihm ein schönes Geschenk machen und ihn dann wieder in sein Land zurückschicken.» Und der Sultan begann seinen Bruder Schahsaman mit Geschenken zu überhäufen. So ging es einen Monat lang. Dann rief König Schahriyar seinen Bruder zu sich. «Du mußt wissen, mein Bruder», sprach er zu ihm, «daß ich vorhabe, frei wie die Gazellen umherzustreifen und auf eine Jagd zu ziehen, die zehn Tage dauern wird. Wenn ich zurückgekehrt bin, werde ich dich für deine Heimreise herrichten. Hast du Lust, mit mir auf die Jagd zu gehen?» – «Lieber Bruder», erwiderte jener, «meine Brust ist wie eingeschnürt und mein Gemüt beklommen. Laß mich, und ziehe du auf die Jagd, mit Gottes Segen und Seiner Hilfe!» Als Schahriyar seines Bruders Worte hörte, glaubte er, er habe Heimweh und wäre deshalb betrübt. Da er ihn nicht weiter bedrängen wollte, ließ er ihn allein und zog mit seinem Hofstaat und seinen Soldaten in die Wüste hinaus, wo sie das Wild zur Jagd einkreisten. *Der Autor der Geschichte spricht:* Wie aber erging es unterdessen Schahsaman? Nach dem Aufbruch seines Bruders Schahriyar saß er im Palast und schaute aus dem Fenster auf den Garten hinaus. Er betrachtete die Vögel und die Bäume, dachte an seine Frau und was sie ihm angetan hatte, zeigte offen seinen Kummer und seufzte schwer. *Der Erzähler spricht:* Während er so in Gedanken, seiner Qual und seinem Unglück versunken in den Himmel starrte, dann wieder auf den Garten blickte und seinen müden, abwesenden Blick dort schweifen ließ, sah er plötzlich, wie im Palast seines Bruders die geheime Tür geöffnet wurde. Heraus kam die Herrin, die Gemahlin seines Bruders. Zwischen zwanzig Sklavenmädchen, zehn weißen und zehn schwarzen, stolzierte sie daher, als ob sie eine Gazelle mit schwarz-weißen Augen wär'. Schahsaman konnte sie beobachten, ohne daß sie ihn bemerkten. Sie bewegten sich bis unter den Palast, in dem sich Schahsaman befand – immer noch so, daß sie ihn nicht sehen konnten. Sie glaubten wohl, er wäre mit dem Bruder auf die Jagd gezogen. Direkt vor dem Palast setzten sie sich nieder und legten die Kleider ab. Doch was war das? Zehn von ihnen waren schwarze Sklaven, und die zehn anderen waren hellhäutige Mädchen, obgleich sie alle Mädchenkleidung getragen hatten! Jetzt fielen die zehn Männer über die zehn Mädchen her. Die Herrin aber rief: «Masud! Masud!», worauf ein schwarzer Sklave aus dem Wipfel eines Baums zur Erde sprang, mit einem Satz bei ihr war, ihre Waden hob, sich zwischen ihre Oberschenkel warf und sie beschlief. Und so sah es nun aus: Die zehn lagen auf den zehn, Masud auf der Herrin, und bis zum Mittag hörten sie nicht auf damit. Als sie endlich ihr Geschäft beendet hatten, erhoben sich alle, wuschen sich, die zehn männlichen Sklaven schlüpften wieder in die Mädchenkleider und mischten sich unter die zehn Mädchen, so daß jeder, der sie sah, sie für zwanzig Sklavenmädchen halten mußte. Masud aber sprang über die Gartenmauer nach draußen und verschwand. Die Sklavenmädchen nahmen ihre Herrin in die Mitte und wandelten zurück zu der Geheimtür des Palastes. Sie traten ein, schlossen die geheime Tür hinter sich und gingen ihrer Wege. *Der Überlieferer erzählt:* Alles das spielte sich unter König Schahsamans Augen ab. *Der Autor der Geschichte spricht:* Als Schahsaman sah, was die Frau seines Bruders, des älteren Königs, da trieb – er hatte ja beobachtet, was sie taten, und hatte sich dieses ungeheuerliche Laster und das sündhafte Treiben im Palast seines Bruders eingehend angesehen: Zehn schwarze Sklaven in Mädchenkleidern schliefen vor seinem Palast mit seinen eigenen Mätressen und Konkubinen, und auch seines Bruders Frau mit dem Sklaven Masud hatte er nicht aus den Augen gelassen –, da wich all sein Kummer und seine ganze Schwermut von ihm. «So also steht es um uns», dachte er bei sich. «Mein Bruder ist König über die ganze Welt, die gesamte Erde in ihrer Länge und Breite steht unter seiner Gewalt, und da stößt ihm so etwas zu! Unter seiner Herrschaft! Mit seiner Frau und seinen Konkubinen! In seinem eigenen Haus spielt sich eine solche Katastrophe ab! Ist dieses Grauen nicht noch viel schlimmer als das meine? Ich glaubte, ich allein und kein anderer wäre vom Unglück verfolgt, aber jetzt erkenne ich, daß alle Menschen Opfer dieses Unglücks sind! Bei Gott, mein Unglück ist leichter zu ertragen als das Unglück meines Bruders!» Und er wunderte sich und verfluchte die Zeit, die niemanden mit ihren lasterhaften Prüfungen verschonte. Seinen eigenen Kummer vergaß er, und über sein Unglück tröstete er sich schnell hinweg. Dann wurde das Nachtmahl aufgetischt. Er aß, heißhungrig und mit gutem Appetit, und als man ihm den Wein kredenzte, trank er ihn gierig aus. Alles, was sein Gemüt zuvor beschwert hatte, klärte und entfernte sich, er aß und trank wieder, genoß sein Leben und lauschte mit Entzücken schöner Musik. «Jetzt bin ich nicht mehr der einzige, der von diesem Unglück betroffen ist», dachte er bei sich, «da geht es mir gut.» Die folgenden zehn Tage verbrachte er mit Essen und Trinken. Dann kam sein Bruder, König Schahriyar, von der Jagd zurück. Schahsaman begrüßte ihn freudig, erhob sich zu seinen Ehren und lachte ihm strahlend ins Gesicht. Sein Bruder, König Schahriyar, beteuerte, wie sehr er ihn vermißt habe. «Bei Gott, mein Bruder», sagte er, «weil du nicht dabei warst, habe ich nur widerwillig diese Reise unternommen. Ich hätte mir so sehr gewünscht, du wärst dabeigewesen!» *Es wird berichtet:* Sein Bruder dankte ihm und leistete ihm bis zum Abend Gesellschaft. Das Essen wurde aufgetragen, und die beiden aßen und tranken. Auch Schahsaman aß und trank mit großem Appetit. *Der Autor der Geschichte spricht:* Von nun an aß und trank Schahsaman. Sein Kummer und seine Sorgen waren verflogen, sein Gesicht rötete sich, sein Lebensmut erwachte aufs neue, das Blut strömte in seinen Adern, seine gesunde Farbe kehrte zurück, er nahm an Gewicht zu, kurz, er war wieder ganz der alte, ja sogar mehr als das. König Schahriyar bemerkte wohl, wie es um seinen Bruder stand. Er beobachtete seine Genesung und machte sich in seinem Herzen darüber Gedanken. Als er eines Tages mit ihm allein war, sprach er zu ihm: «Mein lieber Bruder Schahsaman, ich möchte, daß du mir einen Wunsch erfüllst, den ich in meinem Inneren hege, und damit eine Last von meinem Herzen nimmst. Ich will dich etwas fragen, und du sollst mir darauf eine ehrliche Antwort geben.» – «Und was wäre das, mein Bruder?» fragte jener zurück. «Ich habe dich gesehen bei deiner Ankunft und zu Beginn deines Aufenthalts bei mir», sagte er, «damals bist du von Tag zu Tag vor meinen Augen schmaler geworden, bis sich dein Gesicht völlig verändert hatte, deine Hautfarbe nicht mehr zu erkennen und dein Lebensmut geschwunden war. Dein Zustand hat sich nicht gebessert, und ich habe vermutet, du wärest krank vor Heimweh nach deinem Königreich und deiner Familie. Deshalb habe ich mich zurückgehalten und dich nicht danach gefragt und habe meinen Kummer, der immer größer wurde, je mehr ich dich abmagern und krank werden sah, die ganze Zeit über vor dir verborgen. Dann bin ich auf die Jagd gezogen, und als ich zurückkam, stellte ich fest, daß du inzwischen völlig gesund geworden warst und deine alte Farbe wiedergewonnen hattest. Ich bitte dich, erkläre mir das! Warum bist du zu Anfang bei mir krank geworden, und was ist der Grund für deine plötzliche Genesung? Erzähle es mir, und verheimliche mir nichts!» *Es wird berichtet:* Als Schahsaman König Schahriyars Rede gehört hatte, senkte er den Kopf und blickte zu Boden. «Verehrter König», sagte er dann, «den Grund, warum ich wieder gesund geworden bin, kann ich dir nicht verraten. Bitte verschone mich mit dem Gedanken daran!» Der Sultan war über die Worte seines Bruders höchst erstaunt. In seinem Herzen begannen Feuer aufzuflackern. «Doch, du mußt es mir sagen!» verlangte er. «Aber erzähle mir erst einmal den ersten Grund.» *Der Autor der Geschichte spricht:* Da berichtete ihm Schahsaman, was ihm am Vorabend seiner Abreise von seiner Frau zugefügt worden war, vom Anfang bis zum Ende. «Als ich dann bei dir wohnte, o König der Zeit», schloß er seinen Bericht, «mußte ich ständig an das schreckliche Unglück denken, das ich erlebt hatte, und immer, wenn ich daran dachte, überfielen mich Kummer, Schwermut und Sorgen. Darum wurde ich krank, das ist der Grund.» Nach diesen Worten verstummte er und schwieg. Der König schüttelte den Kopf, als er diesen Bericht hörte. Er war maßlos erstaunt über die Arglist der Frauen und sprach ein Stoßgebet, daß Gott ihn vor ihrer Bosheit beschützen möge. Dann wandte er sich wieder seinem Bruder zu: «Bei Gott, mein lieber Bruder, du hast sie glücklich umgebracht, deine Frau und diesen Kerl dazu, und jetzt verstehe ich auch, warum dich Kummer und Sorgen befallen haben und du krank geworden bist. Dafür bist du entschuldigt. Ich glaube nicht, daß jemals ein anderer als du etwas so Schreckliches erleben mußte. Wäre mir das zugestoßen, bei Gott, ich hätte nicht weniger als hundert oder tausend Frauen umgebracht, und das hätte mir noch nicht genügt! Ich wäre ganz bestimmt verrückt und geisteskrank geworden. Gott sei Dank, daß du deinen Kummer und deine Trauer vergessen konntest. Und jetzt erzähle mir, was es ist, das dich deinen Kummer vergessen ließ und dir deine Gesundheit zurückgebracht hat!» – «Ich bitte dich, o König, verschone mich damit!» sagte sein Bruder. «Es muß aber sein!» erwiderte er. «Ich befürchte», gab jener zu bedenken, «daß dich dadurch noch größerer Kummer und noch schwerere Sorgen befallen werden als die meinen!» – «Aber warum denn das, mein

Bruder?» fragte der König und setzte noch einmal hinzu: «Ich bestehe darauf, die Geschichte zu hören!» *Der Autor der Geschichte spricht:* Da berichtete er ihm, was er vom Fenster des Palastes aus gesehen hatte, und schilderte ihm die schrecklichen Ereignisse, die sich in seinem Palast abgespielt hatten, vom Anfang bis zum Ende, nämlich: wie zehn schwarze Sklaven, als Sklavinnen verkleidet, sich bei Tag und Nacht mit seinen Konkubinen und seinem Harem der Liebe hingaben. Das alles hier noch einmal zu wiederholen, wäre überflüssig. «Als ich dein Unglück sah», schloß er seinen Bericht, «habe ich meinen eigenen Kummer sofort vergessen und zu mir selbst gesagt: ‹Da ist mein Bruder König über die ganze Welt, und es passiert ihm solch ein Unglück in seinem eigenen Haus!› All die Sorgen, die mich belastet hatten, waren verflogen. Ich habe mich erholt und konnte wieder essen und trinken. Das ist der Grund dafür, daß ich vergnügt bin und meine gesunde Farbe wiederhabe.» *Der Autor der Geschichte spricht:* Als König Schahriyar die Worte seines Bruders hörte, geriet er in heftige Wut. Fast hätte er Blut geschwitzt. «Bruder», sagte er, «ich kann das, was du sagst, nicht glauben, bevor ich es nicht mit eigenen Augen gesehen habe.» Und sein Zorn wuchs immer mehr. «Wenn du dir dein Unglück mit deinen eigenen Augen ansehen willst, um mir Glauben zu schenken», sagte Schahsaman zu ihm, «dann rüste dich noch einmal zu einem Jagdausflug. Ich werde mit dir und deinen Truppen aufbrechen. Sobald wir außerhalb der Stadt sind, lassen wir unsere Zelte, das Lager und die Truppen allein und schleichen uns heimlich – nur du und ich – wieder in die Stadt. Du kommst mit mir in meinen Palast, und am nächsten Morgen wirst du es mit eigenen Augen sehen!» *Der Autor der Geschichte spricht:* Da erkannte der König, daß sein Bruder, der andere König, die Wahrheit gesprochen hatte. Er ließ die Truppen sich zum Aufbruch rüsten und verbrachte diese Nacht bei seinem Bruder. Als Gott den nächsten Morgen grauen ließ, bestiegen die beiden ihre Pferde, auch die Soldaten saßen auf, und alle zogen zur Stadt hinaus. Die Diener waren schon vorausgeeilt und hatten draußen vor der Stadt die Wohnzelte und das Empfangszelt aufgeschlagen. In diesem Lager ließen sich der Sultan und die Truppen nieder. Sobald die Nacht hereinbrach, ließ der König seinen obersten Kämmerer zu sich kommen, befahl ihm, sich auf seinen Platz zu setzen und für die Dauer von drei Tagen keinem aus der Truppe den Zutritt zur Stadt zu erlauben. Die Soldaten stellte er unter seinen Oberbefehl. Nun verkleideten er und sein Bruder sich, betraten unter dem Schutz der Nacht die Stadt, begaben sich zu dem Palast, in dem Schahsaman wohnte, und legten sich dort schlafen. Früh am nächsten Morgen setzten sie sich ans Fenster des Palastes und schauten hinaus in den Garten. Sie saßen und unterhielten sich miteinander, bis das Morgenlicht heraufzog, der Tag hell wurde und die Sonne aufgegangen war. ☙ Als sie hinüberblickten zur Geheimtür des Palastes, hatte sich diese gerade geöffnet. Heraus kam König Schahriyars Gemahlin zwischen zwanzig Sklavenmädchen, und alle schritten, wie sie es gewohnt waren, unter den Bäumen hindurch bis unter den Palast, in dem die beiden sich befanden. Sie legten ihre Frauenkleider ab und – siehe da! Es waren zehn schwarze Sklaven, die machten sich über die zehn Mädchen her und trieben ihr schmutziges Spiel mit ihnen. Was aber tat die Herrin? «Masud!» rief sie, und noch einmal: «Masud!», und plötzlich sprang vom Wipfel eines Baums ein schwarzer Sklave, landete auf dem Boden, war mit einem Satz bei ihr und fragte: «Was hast du, Mädel? Ich bin es, Saadaddin Masud!» Die Herrin lachte laut und ließ sich auf den Rücken fallen, der Sklave bestieg sie und tat seine Arbeit. Genauso trieben es die anderen Sklaven. Am Ende standen die Sklaven auf, wuschen sich, zogen die Kleider, die sie getragen hatten, wieder an, mischten sich unter die Mädchen, und dann begaben sich alle wieder zurück in den Palast und verriegelten die Tür. Masud sprang von der Gartenmauer auf die Straße und ging seiner Wege. ☙ *Der Autor der Geschichte spricht:* Als Sultan Schahriyar gesehen hatte, was seine Frau und seine Sklavinnen da trieben, geriet er außer sich. «Vor dieser bösen Welt ist niemand sicher!» empörte er sich. «Und so etwas spielt sich in meinem Palast und unter meiner Herrschaft ab! Wehe über die Welt und das Schicksal! Das ist wirklich eine gewaltige Katastrophe!» Dann wandte er sich an seinen Bruder. «Willst du mir folgen in dem, was ich vorhabe?» fragte er ihn. «Ja», erwiderte der. «Dann steh auf», sagte er, «wir sagen unserer Königsherrschaft Ade und ziehen aufs Geratewohl in die Welt hinaus. Finden wir jemanden, dessen Unglück noch gewaltiger als unseres ist, so kehren wir zurück. Wenn nicht, streifen wir durch die Länder und werden kein Verlangen mehr nach Königsherrschaft haben.» – «Was für eine gute Idee!» lobte Schahsaman. «Ich stimme dir voll und ganz zu.»

Der betrogene Ifrit

Der Überlieferer erzählt: Daraufhin verließen die beiden den Palast durch eine Geheimtür, zogen auf einem anderen Weg hinaus und machten sich auf die Reise. Bis zum Einbruch der Nacht wanderten die beiden Brüder, dann legten sie sich bekümmert schlafen. Früh am nächsten Morgen zogen sie weiter. Wieder wanderten sie den ganzen Tag lang. Endlich gelangten sie auf eine mit Pflanzen und Bäumen reich bewachsene Wiese am Ufer des salzigen Meeres. Dort setzten sie sich, um über das Unglück zu sprechen, welches über sie hereingebrochen war. So redeten sie gerade miteinander, als plötzlich aus der Mitte des Meeres ein Schrei und gräßliches Gebrüll aufstieg. Die beiden zitterten vor Angst und glaubten, der Himmel sei auf die Erde gestürzt. Das Wasser des Meeres aber teilte sich, und eine schwarze Säule erhob sich aus ihm und wuchs immer höher und höher, bis sie die Wolken des Himmels berührte. Schahriyar und Schahsaman sprangen vor Angst auf die Füße, rannten davon, kletterten auf einen hohen Baum, versteckten sich darin und hielten sich in seinem Blätterwerk verborgen. Nun schauten sie wieder zu der schwarzen Säule hinüber und – o Schreck! Sie watete durch das Wasser und bewegte sich quer über das Meer auf sie zu! Als die Säule das Ufer erreicht und die Wiese erklommen hatte, schauten sie wieder hin. Da war aus der Säule ein schwarzer Ifrit geworden, der trug auf seinem Kopf eine große Truhe aus Glas mit vier stählernen Schlössern daran. Der Ifrit stieg aus dem Wasser, ging über die Wiese und ließ sich nirgendwo anders nieder als gerade unter dem Baum, auf dem die beiden Könige saßen. Nachdem er sich niedergelassen hatte, stellte er die Glastruhe vor sich auf die Erde, zog vier Schlüssel hervor und öffnete die Schlösser der Truhe. Heraus holte er eine wunderschön gebaute junge Frau, ein Mädchen von vollkommener Gestalt mit einem lieblichen Lächeln und einem Gesicht, so schön wie der Vollmond. Die hob er aus der Truhe, setzte sie unter den Baum, blickte sie an und sagte zu ihr: «Du Herrin aller Edelfrauen, du meine Beute, die ich in ihrer Hochzeitsnacht geraubt habe, ich möchte ein wenig schlafen.» Dann legte der Ifrit seinen Kopf in den Schoß des Mädchens, streckte die Beine aus, bis sie ins Wasser reichten, und schlief schnarchend und schnaufend ein. Das Mädchen aber hob den Kopf zu dem Baum und sah sich um. Da fiel ihr Blick zufällig auf König Schahriyar und König Schahsaman. Sogleich faßte sie den Kopf des Ifrit und legte ihn auf die Erde. Dann erhob sie sich, stellte sich unten an den Baum und machte den beiden Männern Zeichen: «Kommt herunter zu mir, aber vorsichtig!» Als die beiden erkannten, daß sie von ihr bemerkt worden waren, bekamen sie es mit der Angst zu tun. Sie flehten sie an und baten sie inständig, beim Herrn des Himmels, daß sie nicht hinuntersteigen müßten. Aber sie sagte: «Doch, ihr müßt zu mir herunterkommen!» Die beiden bedeuteten ihr durch Zeichen: «Dieser, der da schläft, ist doch ein Menschenfeind! Bei Gott, laß uns in Frieden!» – «Ihr müßt unbedingt herunterkommen», verlangte sie. «Wenn ihr nicht zu mir heruntersteigt, wecke ich den Ifrit und lasse ihn euch töten!» Erneut winkte sie ihnen herunterzukommen und ließ nicht von ihnen ab. Schließlich stiegen sie ganz vorsichtig vom Baum herab, bis sie vor ihr standen. Da legte sie sich auf den Rücken, öffnete ihre Schenkel und sagte: «Vereinigt euch mit mir, und befriedigt meine Lust, sonst wecke ich den Ifrit, damit er euch tötet!» – «Um Gottes willen, Herrin, nur das nicht!» erwiderten die beiden. «Wir sind doch jetzt völlig verängstigt und verschreckt vor diesem Ifrit, bitte erlaß uns diese Sache!» Aber das Mädchen sagte wiederum: «Kein Weg führt daran vorbei!», bedrängte sie und sprach den folgenden Schwur: «Bei Gott, der den Himmel aufgespannt hat! Tut ihr es nicht, dann wecke ich meinen Gatten, den Ifrit, und befehle ihm, euch beide zu töten und hier im Meer zu versenken!» Weil sie nun so hartnäckig darauf bestand, konnten sie nicht länger Widerstand leisten und beschliefen sie, erst der ältere, danach der jüngere. Als sie fertig waren und wieder aufstanden, sagte sie zu ihnen: «Gebt mir eure Ringe!», zog zwischen ihren Kleidern ein Säckchen hervor, öffnete es und schüttete den Inhalt aus. Achtundneunzig Ringe fielen da heraus in verschiedenen Farben und Formen. «Wißt ihr, was das für Ringe sind?» fragte sie. «Nein», war die Antwort. Sie sagte: «Alle Besitzer dieser Ringe haben mit mir geschlafen, und von jedem, der mir zu Willen war, habe ich mir einen Ring genommen. Jetzt habt auch ihr beiden mit mir geschlafen, also gebt mir eure Ringe, damit ich sie zu den anderen Ringen tun kann und das Hundert voll wird. Nun haben mich einhundert Männer geliebt, und das diesem gehörnten, dreckigen Ifrit zum Trotz, der mich in dieser Truhe eingesperrt und mit vier Schlössern eingeschlossen hat. In der Tiefe dieses wogenden, tosenden Meeres, wo die Wellen aufeinanderschlagen, hält er mich gefangen und eingeschlossen, weil ich eine tugendhafte Jungfrau bleiben soll. Aber er wußte nicht, daß es das Schicksal anders wollte und nichts das Schicksal aufhalten kann. Wenn eine Frau etwas will, kann sich ihr niemand verweigern!» Als die beiden Könige Schahriyar und Schahsaman die Rede des Mädchens hörten, wunderten sie sich sehr. «O Gott, o Gott!» riefen sie und neigten sich vor Entzücken. «Es gibt keine Kraft und keine Stärke außer bei Gott, dem Allmächtigen! Wahrhaftig, der Koran hat recht: ‹Die Tücke von euch Weibern ist ungeheuerlich!›» Damit zog jeder von ihnen seinen Ring ab und übergab ihn ihr. Sie nahm beide Ringe und tat dann alle Ringe wieder in das Säckchen. Dann wandte sie sich ab, setzte sich wieder neben den Ifrit, nahm dessen Kopf auf ihren Schoß, genau wie zuvor, und machte ihnen Zeichen: «Verschwindet und geht eurer Wege, sonst wecke ich ihn auf!» *Der Autor der Geschichte spricht:* Da zogen sie sich eilends zurück und machten sich wieder auf den Weg.

«Schahsaman, mein Bruder», wandte sich Schahriyar an seinen Bruder, «jetzt sieh dir dieses Unglück an! Es ist, weiß Gott, schlimmer als das unsrige! Er ist ein Dschinni und hat ein Mädchen von ihrer Hochzeitsnacht weg entführt, in seine gläserne Truhe gesperrt, mit vier Schlössern gesichert und in den Fluten dieses Meeres versenkt. Er meinte wohl, so könne er sie vor dem Schicksal und der Vorsehung abschirmen. Aber hast du nicht gesehen? Mit achtundneunzig Männern hat sie schon geschlafen, und wir beide, ich und du, haben das Hundert vollgemacht. So komm, mein Bruder, laß uns zurückkehren in unsere Königreiche und unsere Städte. Hinfort wollen wir niemals wieder eine Frau heiraten. Ich aber werde dir zeigen, was ich zu tun vorhabe!» *Der Autor der Geschichte spricht:* Sie machten auf den Fersen kehrt und gingen auf demselben Weg zurück, den sie gekommen waren. Bis tief in die Nacht hinein waren sie unterwegs, erreichten beim Morgengrauen des dritten Tages ihr Lager, schlüpften in ihre Zelte und nahmen wieder ihren königlichen Thron ein. Die Kämmerer, Höflinge, Emire und Wesire traten vor König Schahriyar, und der erließ Gebote und Verbote und teilte großzügig Ehrenkleider und Geschenke aus. Dann befahl er, in die Stadt zurückzukehren. Er begab sich in seinen Palast und befahl seinem Großwesir – dem Vater der beiden schon erwähnten Mädchen Dinarasad und Schahrasad –: «Nimm meine Frau, diese hier, und töte sie!» Mit diesen Worten ging er selbst zu ihr hinein, legte ihr Fesseln an, übergab sie dem Wesir, und dieser führte sie hinaus und richtete sie hin. Dann zog König Schahriyar sein Schwert aus der Scheide, stürmte in seinen Palast und seine Gemächer, tötete alle seine Sklavinnen und Dienerinnen und nahm andere an ihrer Stelle. Und nun tat er vor sich selbst ein

Gelöbnis: Er werde in Zukunft nur noch für eine einzige Nacht heiraten und seine Ehefrau am nächsten Morgen töten, um vor ihrer Bosheit und Arglist in Sicherheit zu sein, denn «auf der ganzen Welt», so stellte er fest, «gibt es keine einzige anständige Frau!» Danach rüstete er seinen Bruder Schahsaman für die Reise aus und schickte ihn, beladen mit Geschenken, Kostbarkeiten, Geld und vielem anderem, in sein Land zurück. Dieser nahm Abschied von ihm und machte sich auf den Weg in sein Land. *Der Autor der Geschichte spricht:* Schahriyar nahm Platz auf seinem Thron und befahl seinem Wesir – dem Vater der beiden Mädchen –, er solle ihn mit einer der Töchter der Emire verheiraten. Jener ging hin, erbat sich eine von den Töchtern der Emire als Braut für ihn, und König Schahriyar vollzog mit ihr die Ehe und tat, wozu er Lust verspürte, bis er fertig war. Sobald der nächste Morgen graute, befahl er seinem Wesir, die Frau zu töten. In der folgenden Nacht nahm er ein anderes Mädchen, die Tochter eines seiner Offiziere, vereinigte sich mit ihr und gab am Morgen darauf seinem Wesir den Befehl, sie hinzurichten. Der wagte nicht, ihm zu widersprechen, und richtete sie hin. Dann nahm er, in der dritten Nacht, die Tochter eines Kaufmanns in der Stadt, schlief mit ihr bis zum Morgen, befahl dem Wesir, sie zu töten, und der tat's. *Der Erzähler spricht:* Von nun an nahm sich Schahriyar Nacht für Nacht ein neues Mädchen, eine von den Kaufmannstöchtern oder den Mädchen aus dem einfachen Volk, verbrachte mit ihnen die Nacht und ließ sie früh am nächsten Morgen töten. Das ging so lange, bis es kaum noch Mädchen gab, die Mütter alle miteinander weinten, Frauen, Väter und Mütter in Aufruhr gerieten, den König laut verfluchten und Übelstes auf ihn herabwünschten, sich vor dem Schöpfer des Himmels über ihn beklagten und Hilferufe schickten zu Dem, der jede Stimme hört und keine Bitte abweist. *Der Überlieferer erzählt:* Nun hatte der Wesir, der stets die Mädchen töten mußte, selbst zwei Töchter: eine ältere mit Namen Schahrasad; die jüngere hieß Dinarasad. Schahrasad, die ältere der beiden, hatte viele Bücher, Werke der Literatur und Weisheitsschriften gelesen, auch Werke der Medizin studiert. Sie wußte Gedichte auswendig herzusagen und las mit Vorliebe Überlieferungen zur Geschichte vergangener Zeiten. Alle berühmten Zitate waren ihr bekannt, dazu die Sprüche weiser Richter und Könige, kurzum: Sie war klug, verständig, weise und gebildet, hatte gelesen und studiert. *Der Autor der Geschichte spricht:* «Lieber Vater», sprach diese eines Tages, «ich habe einen geheimen Plan, in den ich dich einweihen möchte.» – «Und was wäre das?» erkundigte sich ihr Vater. «Ich möchte», sagte sie, «daß du mich mit dem König Schahriyar verheiratest. Entweder gelingt es mir, alle Welt vor ihm zu retten, oder ich sterbe und gehe zugrunde, dann ergeht es mir nicht anders als all denen, die schon gestorben und zugrunde gegangen sind.» Als der Wesir hörte, was seine Tochter da sagte, wurde er wütend. «Du dumme Gans!» schimpfte er. «Weißt du denn nicht, daß König Schahriyar geschworen hat, mit keinem Mädchen mehr als eine Nacht zu verbringen und es am nächsten Morgen umzubringen? Wenn ich dich zu ihm führe, wird er eine Nacht lang mit dir schlafen, und am Morgen danach wird er mir befehlen, dich zu töten! So muß ich dich am nächsten Morgen mit meiner eigenen Hand töten, da ich ihm nicht zuwiderhandeln kann.» – «Doch, du mußt mich zu ihm führen, Vater, es führt kein Weg daran vorbei!» bekräftigte sie und fügte hinzu: «Dann soll er mich eben töten!» – «Was ist in dich gefahren, daß du dich so in Lebensgefahr begeben willst?» wollte er wissen. «Lieber Vater», fing sie erneut an, «du mußt mich unbedingt zu ihm führen, das ist mein letztes Wort, und ihm folgt eine entschlossene Tat!» Ihr Vater, der Wesir, geriet in Zorn. «Mein Töchterchen», sagte er, «kennst du denn nicht das Sprichwort: ‹Wer die rechte Tat nicht kennt, schnurstracks in sein Verderben rennt› und: ‹Wer die Folgen nicht bedenkt, der kriegt vom Schicksal nichts geschenkt›? Auch wird in dem geläufigen Sprichwort gesagt: ‹Ich saß ruhig immerzu, doch meine Neugier ließ mir keine Ruh'.›» Ich fürchte, dir wird es genauso ergehen, wie es dem Esel und dem Stier mit dem Bauern ergangen ist.» – «Was haben denn der Esel und der Stier mit dem Bauern erlebt?» wollte sie wissen. Und er erzählte:

Der Esel, der Stier, der Kaufmann und seine Frau

Du mußt wissen, daß es einmal einen reichen Kaufmann gab, der viel Geld besaß, zahlreiche Arbeiter bei sich beschäftigte, Vieh und Kamele im Stall hatte und mit seiner Frau eine große Schar Kinder in die Welt gesetzt hatte. Er lebte auf dem flachen Land und betrieb Ackerbau. Der Kaufmann verstand die Sprache der Tiere: die der Haustiere ebenso wie die der wilden Tiere. Dies war ein Geheimnis, das ihn, wenn er es preisgäbe, sein Leben kosten würde. Sämtliche Tiersprachen beherrschte er, erzählte aber keinem Menschen davon, weil er fürchtete, sonst sterben zu müssen. Bei ihm im Haus lebten ein Stier und ein Esel, die nahe beieinander an ihre Futterkrippen angebunden waren. Eines Tages saß der Kaufmann neben seiner

Frau, und vor ihm spielten seine Kinder. Wie er so zu dem Stier und dem Esel hinüberblickte, hörte er den Stier zum Esel sagen: «He, Abu l-Yaksan, du hast es gut! Du darfst dich ausruhen, wirst noch dazu gepflegt, bei dir wird ausgemistet und frisches Stroh gestreut. Immer bedient dich jemand! Gesiebtes Getreide und frisches, kühles Wasser stellen sie dir hin. Mich dagegen jagen sie um Mitternacht schon auf den Acker, schnallen mir etwas auf den Nacken, das sie ‹Joch› nennen, und den Pflug dahinter, und dann arbeite ich den ganzen lieben langen Tag hindurch und pflüge den Boden. Mir wird mehr zugemutet, als ich ertragen kann, dazu muß ich noch Schläge einstecken vom Bauern und seiner Peitsche. Meine Seiten sind schon wundgescheuert, mein Nacken schält sich, und doch lassen sie mich von einer Nacht bis zur nächsten arbeiten! Nachts bringen sie mich in den Kuhstall, werfen mir Bohnen vor, die noch mit Erde beschmutzt sind, und kleingehackte Spreu. Die ganze Nacht muß ich in Mist und Jauche stehen, während du, hübsch ausgemistet und frisch eingestreut, gestriegelt, gefüttert, sauber und mit gutem Heu versorgt, ausgeruht dastehst. Nur selten kommt es vor, daß unser Herr, der Kaufmann, eine Erledigung zu machen hat, weshalb er sich auf dich setzen muß, und dann auch gleich wieder zurückkehrt. Mit anderen Worten: Du bist ausgeruht, und ich bin müde; du darfst schlafen, ich muß die ganze Nacht arbeiten!» Nachdem der Stier geendet hatte, drehte sich der Esel zu ihm um. «He, Baghnus», antwortete er, «wer dich einen dummen Ochsen genannt hat, der hat nicht unrecht! Denn du, du Vater aller dummen Kühe, hast weder List noch Hintersinn, noch irgendeinen bösen Gedanken in dir. Offen zeigst du, wie ehrlich du es meinst, strengst dich aufrichtig an und bringst dich fast selbst um, nur um einem anderen das Leben möglichst angenehm zu machen. Hast du denn nicht gehört, daß das Sprichwort sagt: ‹Wem es an Erfolgen mangelt, sich hastig durch sein Leben hangelt›? Du rennst mit dem ersten Gebetsruf hinaus aufs Feld, quälst dich, pflügst und steckst dazu noch Schläge ein, und wenn der Bauer dich an der Futterkrippe festbinden will, stampfst du noch, stößt mit deinen Hörnern um dich, schlägst mit dem Huf aus und erhebst ein unglaubliches Gebrüll, bis sie dir die Bohnen hinwerfen, die du dann gierig frißt. Du mußt es anders machen! Wenn sie dir das Futter bringen, dann friß nichts davon, sondern schnuppere nur daran, und rühre es nicht an. Begnüge dich mit dem gehäckselten Heu und Stroh. Wenn du das tust, wirst du eher Erfolg haben, und es wird dir mehr nützen. Du wirst sehen, welche Ruhe du dann genießen wirst!» *Es wird berichtet:*

Als der Stier die Rede des Esels gehört hatte, erkannte er, daß der Esel ihm einen guten Rat gegeben hatte. Er dankte ihm in seiner Sprache, wünschte ihm Segen und daß Gott es ihm mit Gutem vergelten möge. «Mögest du vor allem Bösen bewahrt bleiben, Abu l-Yaksan», wünschte er ihm, froh darüber, daß ihm der Esel so aufrichtig geraten hatte. Das alles, meine Tochter, spielte sich unter den Augen und Ohren des Kaufmanns ab, und dieser verstand alles, was der Esel und der Stier geredet hatten. Als am nächsten Tag der Bauer zum Haus des Kaufmanns kam, den Stier herausholte, vor den Pflug spannte und antrieb, da arbeitete und pflügte der Stier nicht wie sonst. Der Bauer schlug ihn, doch der Stier verstellte sich mit Hinterlist – denn er hatte sich die Ratschläge des Esels zu Herzen genommen – und ließ sich zu Boden fallen. Der Bauer prügelte auf ihn ein. Der Stier rappelte sich auf, um gleich wieder zusammenzubrechen, und fuhr auf diese Weise fort, bis die Nacht gekommen war und der Bauer ihn zurück ins Haus führte. Er band ihn an der Futterkrippe fest, und der Stier verzichtete aufs Brüllen, schlug auch nicht mit den Hufen aus, weder nach vorne noch nach hinten, und hielt sich von der Krippe fern. Der Bauer wunderte sich darüber. Was war nur mit dem Tier los? Er brachte ihm Bohnen und anderes Futter, aber der Stier schnupperte nur daran, zögerte und legte sich weit weg vom Futter schlafen. Grummelnd und brummelnd schlief er in der Streu und im Stroh bis zum Morgen. Dann kam der Bauer wieder und fand die Futterkrippe randvoll mit Bohnen und gehäckseltem Stroh. Kein bißchen fehlte, nichts hatte sich verändert. Den Stier sah er daliegen, er hatte den Bauch aufgebläht, hielt die Luft an und streckte alle Beine von sich. Der Bauer wurde betrübt. Mitleid ergriff ihn. «Bei Gott, er war schon gestern geschwächt. Er konnte einfach nicht mehr», sprach er zu sich selbst. Dann ging er zu dem Kaufmann. «Mein Gebieter», meldete er, «der Stier hat heute nacht sein Futter nicht gefressen. Überhaupt nichts hat er angerührt!» Der Kaufmann, der ja schon wußte, was geschehen war, entgegnete dem Bauern: «Geh zu dem Esel, dem hinterlistigen Schlaukopf, spanne ihn vor den Pflug, und laß ihn tüchtig arbeiten. Er soll den Stier würdig vertreten!» Der Bauer ging hin, holte den Esel heraus, spannte ihn vor den Pflug und trieb ihn aufs Feld, wo er ihn schlug und drangsalierte, bis er pflügte wie der Stier. Er prügelte so lange auf ihn ein, bis seine Rippen wundgescheuert waren und sein Hals sich schälte. Erst als die Nacht kam, führte er ihn zurück nach Hause. Der Esel konnte kaum noch seinen Vorderhuf oder Hinterhuf heben. Seine Ohren hingen schlaff herab.

Wie aber war es dem Stier ergangen? Der hatte den Tag über schlafend dagelegen und sich ausgeruht. Er hatte sein Futter gefressen und das Wasser gesoffen, danach wieder geruht und sich erholt. Dem Esel hatte er den ganzen Tag lang Gottes Segen gewünscht und seinen guten Rat, den er ihm gegeben hatte, gelobt. Als der Esel an diesem Abend zu ihm hereinschlich, sprang der Stier hoch und stellte sich aufrecht vor ihm hin. «Einen wunderschönen guten Abend wünsche ich dir, lieber Abu l-Yaksan!» begrüßte er ihn erfreut. «Bei Gott, du hast mir einen so großen Dienst erwiesen, daß ich es gar nicht beschreiben kann. Mögest du immer von gutem Erfolg gesegnet sein und allezeit so freundlich bleiben. Gott soll es dir mit Gutem vergelten, Abu l-Yaksan!» Der Esel aber gab ihm keine Antwort, weil er so wütend auf ihn war. «Das alles habe ich mir durch meinen dummen Plan selbst eingebrockt!» murrte er für sich. «Mir geht es, wie das Sprichwort sagt: ‹Ich saß ruhig immerzu, doch meine Neugier ließ mir keine Ruh'.› Nun muß ich ihn irgendwie überlisten, damit er sich wieder so verhält wie zuvor. Sonst überlebe ich das nicht!» Und er wankte zu seiner Futterkrippe und streckte sich aus, während der Stier ihm schnaubend Segen wünschte.

«Genauso wirst du, meine Tochter, an deinem eigenen Plan zugrunde gehen. Darum setze dich hin, sei still, und stürze dich nicht selbst ins Verderben. Diesen guten Rat gebe ich dir, weil ich dich herzlich liebe!» «Mein lieber Vater», entgegnete Schahrasad, «es führt kein Weg daran vorbei, daß ich zu diesem Sultan gehe und du mich ihm als Geschenk anbietest.» – «Tu's nicht!» warnte sie der Vater. «Doch, ich muß es unbedingt tun!» bekräftigte sie. Da sagte er: «Wenn du dich jetzt nicht beruhigst, dann mache ich mit dir dasselbe, was der Kaufmann, dem das Ackerland gehörte, mit seiner Frau gemacht hat!» – «Und was hat er mit seiner Frau gemacht, mein lieber Vater?» fragte sie.

Du mußt wissen – erzählte er weiter –, daß, nachdem der Esel mit dem Stier all das erlebt hatte, der Kaufmann und seine Frau beim Mondenschein hinausgingen zum Stall. Da hörte er den Esel zum Stier in seiner Eselssprache sagen: «Und was wirst du morgen tun, du Vater aller Ochsen? Höre auf mich! Wenn dir der Bauer das Futter bringt, was tust du dann?» – «Ich werde nichts anderes tun als das, was du mir geraten hast!» erwiderte der Stier. «Davon weiche ich nicht ab. Wenn er mir das Futter bringt, verstelle ich mich, tue, als ob ich krank wäre, lege mich hin und blähe meinen Bauch auf.» Der Esel schüttelte den Kopf. «Nein, das darfst du nicht tun!» sagte er. «Weißt du, was ich unseren Herrn, den Kaufmann, habe sagen hören?» – «Was denn?» wollte er wissen. «Er hat gesagt», fuhr der Esel fort, «‹Wenn der Stier sein Futter nicht frißt und nicht aufstehen will, dann rufe den Metzger, der soll ihn schlachten, sein Fleisch an die Armen verteilen und aus seiner Haut einen Lederteppich machen.› Jetzt habe ich Angst um dich, und meine Religion gebietet mir, dir einen guten Rat zu geben. Also: Wenn dein Futter kommt, friß alles auf und sei wieder munter und gesund, sonst schlachten sie dich und ziehen dir die Haut ab!» Der Stier ließ einen lauten Furz fahren und stieß ein Klagegebrüll aus. Da richtete sich der Kaufmann auf und lachte schallend über das, was er von dem Esel und dem Stier erfahren hatte. «Worüber lachst du denn?» fragte ihn seine Frau. «Machst du dich etwa über mich lustig?» – «Aber nein!» erwiderte er. «Dann sage mir, warum du so gelacht hast!» verlangte sie. «Das kann ich dir nicht sagen», entgegnete er, «weil ich Angst habe, dieses Geheimnis – nämlich, was die Tiere in ihrer Sprache reden – zu offenbaren. Ich kann es nicht», wiederholte er. «Was hindert dich daran, es mir zu sagen?» fragte sie. «Dann müßte ich sterben», erwiderte er. «Du lügst, bei Gott!» entgegnete ihm seine Frau. «Das ist nur eine faule Ausrede! Bei Gott, dem Herrn des Himmels, schwöre ich: Wenn du mir nicht verrätst und erklärst, worüber du gelacht hast, will ich nicht länger mit dir zusammenleben. Ich bestehe darauf, daß du es mir sagst!» Mit diesen Worten trat sie ins Haus, brach in Tränen aus und hörte bis zum Morgen nicht auf zu weinen. «Wehe dir! Sage mir, warum du heulst!» verlangte der Kaufmann. «Bitte Gott um Vergebung, und laß das ewige Fragen! Laß mich in Ruhe damit!» – «O nein, ich muß es wissen!» bekräftigte sie. «Und ich lasse mich nicht davon abbringen!» Endlich wurde der Kaufmann der Sache überdrüssig. «Muß es denn wirklich unbedingt sein?» fragte er und erklärte ihr nochmals: «Wenn ich dir sage, was ich von dem Esel und dem Stier gehört habe und was mich zum Lachen gebracht hat, muß ich sterben!» – «Ich bestehe aber darauf!» wiederholte sie. «Dann mußt du eben sterben.» – «Dann rufe deine Familie zusammen», sagte er, und sie rief ihre beiden Töchter, ihre ganze Familie, ihre Mutter und ihren Vater. Auch einige Nachbarn gesellten sich dazu. Der Kaufmann ließ sie wissen, daß sein letztes Stündlein geschlagen habe. Da brachen alle miteinander in Tränen aus. Die Großen weinten mit den Kleinen, alle seine Kinder heulten, auch alle Landmänner und Ackerbauern und die gesamte Dienerschaft. So wurde um ihn Totenklage gehalten. Dann ließ er zuverlässige Zeugen bestellen, und als diese eingetroffen waren, setzte er ein Testament auf, in dem er seiner Frau das ihr zustehende Erbteil vermachte und seine Kinder als Erben einsetzte. Er schenkte seinen Sklavinnen die Freiheit und nahm von seiner Familie Abschied. Alle um ihn herum weinten. Selbst die Zeugen brachen in Tränen aus. Seine beiden Schwiegereltern wandten sich eindringlich an seine Frau. «Laß davon ab!» flehten sie sie an. «Wenn dein Mann nicht sicher wüßte, daß er sterben muß, sobald er sein Geheimnis lüftet, würde er sich ganz gewiß nicht so verhalten!» – «Nein», entgegnete sie, «ich verzichte nicht darauf.» Da weinten wieder alle und hielten ihre Totenklage. Nun, meine Tochter Schahrasad – fuhr der Wesir in seiner Erzählung fort –, hielten sie in ihrem Hause fünfzig Hennen und einen Hahn dazu. Wie nun der Kaufmann so in Gedanken dasaß, traurig darüber, daß er diese Welt, seine Familie und seine Kinder für immer würde verlassen müssen, sogar schon drauf und dran war, sein Geheimnis zu verraten und auszusprechen, da hörte er auf einmal einen Hund, der bei ihm im Hause lebte, in seiner Sprache mit dem Hahn sich unterhalten. Der Hahn aber schlug währenddessen mit den Flügeln, besprang flatternd eine Henne, befriedigte sie, stieg ab und hüpfte auf das nächste Huhn. Der Kaufmann erfaßte genau, was der Hund redete. «Verehrter Hahn», hörte er ihn in seiner Tiersprache sagen, «du hast aber wenig Schamgefühl! Wer dich einmal erzogen hat, der hat vollständig versagt! Schämst du dich nicht, an einem Tag wie heute so etwas zu tun?» – «Was ist denn heute für ein besonderer Tag?» fragte der Hahn. «Weißt du denn nicht», sagte der Hund zu ihm, «daß heute Totenklage gehalten wird um unseren Herrn und Besitzer? Seine Frau besteht darauf, daß er ihr sein Geheimnis offenlegt, doch er muß sterben, sobald er es verrät. Siehst du? Da sind sie gerade dabei. Gleich wird er ihr die Sprache der Tiere erklären. Wir trauern schon allesamt um ihn. Und du schlägst mit den Flügeln, bespringst die eine und steigst von der anderen ab. Schämst du dich denn überhaupt nicht?» «Du Tölpel, du Narr!» hörte der Kaufmann den Hahn antworten. «Dann ist unser Herr aber sehr dumm, obgleich er immer so klug tut. Er hat nur eine einzige Frau und weiß nicht, wie er mit ihr umgehen soll!» – «Was soll er denn mit ihr tun?» fragte der Hund. «Er soll einen Knüppel aus Eichenholz nehmen», sagte der Hahn, «mit ihr in die Vorratskammer gehen, die Tür verriegeln und sie so lange prügeln, bis er ihr Arme und Beine gebrochen hat und sie laut ausruft: ‹Ich will nicht mehr, daß du es sagst, ich will keine Erklärungen mehr!› Er soll sie schlagen, bis sie fast ihr Leben aushaucht und ihm nie wieder so im Wege stehen kann. Täte er das, hätte er seine Ruhe und könnte weiterleben und auf die Totenklage verzichten. Aber er versteht ja nichts davon!» Da, meine Tochter Schahrasad, als der Kaufmann hörte, was der Hund und der Hahn miteinander redeten, erhob er sich eiligst, ergriff einen Knüppel aus Eichenholz, schob seine Frau in eine Vorratskammer, ging auch selber mit hinein, verriegelte die Tür und ließ auf ihre Flanken und auf ihre Schultern Schläge niedersausen. Er prügelte sie immer weiter, und sie schrie um Hilfe und rief laut: «Nein, Nein! Ich werde nie mehr etwas von dir wissen wollen! Laß mich los! Laß mich los! Ich frage dich nie wieder irgend etwas!», so lange, bis er endlich müde wurde, die Tür aufschloß und die Frau reumütig herauskam. Da waren alle froh, und die Totenklage verwandelte sich in ein Freudenfest. Er aber hatte gelernt, wie man die richtigen Entschlüsse faßt.

«Willst du nun ebenfalls auf deinem Willen beharren, damit ich mit dir ebenso verfahre, wie es der Kaufmann mit seiner Frau getan hat?» – «Bei Gott», war ihre Antwort, «ich werde nicht davor zurückstehen. Diese Geschichten können mich von meinem Plan nicht abbringen. Wenn du willst, kannst du mir noch viele solcher Geschichten erzählen; es wird doch damit enden, daß ich, wenn du mich dem König Schahriyar nicht zuführst, allein und hinter deinem Rücken zu ihm gehe und ihm erzähle, du hättest mich einem wie ihm vorenthalten wollen und wärest knauserig gewesen gegen ihn mit meinesgleichen.» – «Bestehst du tatsächlich immer noch darauf?» fragte sie der Wesir. «Jawohl», erwiderte sie. *Der Autor der Chronik spricht:* Als der Wesir nun nicht mehr weiter wußte und nachdem alle seine Mühen vergeblich gewesen waren, begab er sich zum Sultan Schahriyar, trat zu ihm ein, küßte vor ihm den Erdboden und berichtete ihm von seiner Tochter und daß er sie ihm in dieser Nacht zum Geschenk machen werde. Der König war erstaunt. «Hochverehrter Wesir», sagte er, «wie kann es sein, daß du mir deine Tochter anbietest? Du weißt doch selbst, daß ich, bei Gott und bei dem, der den Himmel aufgespannt hat, den nächsten Morgen nicht anbrechen lassen werde, ohne dir zu befehlen, sie zu töten. Und wenn du sie nicht tötest, bringe ich dich um!» – «Verehrter Sultan», erwiderte er, «das habe ich ihr auch gesagt und es ihr klarzumachen versucht. Aber sie hat kein Ohr für meine Einwände. Es ist ihr Wunsch, in dieser Nacht bei dir zu sein.» Da freute sich der König. «Geh und ordne ihre

Sachen», sagte er zu ihm. «Sobald die Nacht anbricht, führe sie zu mir.» Der Wesir zog sich zurück und überbrachte diese Botschaft seiner Tochter. «Möge Gott mich nicht betrüben durch die Trennung von dir!» setzte er hinzu. Schahrasad freute sich über die Maßen und machte gleich sich selbst und alles, was sie brauchte, hübsch zurecht. Dann ging sie zu ihrer jüngeren Schwester Dinarasad. «Liebe Schwester», sagte sie zu ihr, «merke dir gut, was ich dir jetzt auftrage. Sobald ich beim Sultan bin, werde ich nach dir schicken. Wenn du dazukommst und siehst, daß der König seine Lust befriedigt hat, dann sage zu mir: ‹Ach, Schwester, wenn du nicht schläfst, so erzähle mir eine Geschichte!› Ich werde euch dann etwas erzählen, und das wird der Grund für meine Rettung und für die Rettung dieses ganzen Volkes werden. So werde ich den König von seinem grausamen Verhalten abbringen!» – «Einverstanden», antwortete Dinarasad. Dann kam die Nacht. Der Wesir nahm Schahrasad und führte sie zu dem großen König Schahriyar. Der zog sie auf sein Lager und wollte mit ihr spielen, aber sie brach in Tränen aus. «Warum weinst du?» erkundigte er sich. «Ich habe eine Schwester», schluchzte sie, «der möchte ich diese Nacht noch Lebewohl sagen. Sie soll Abschied von mir nehmen, noch ehe der Morgen graut.» Da ließ der König nach ihrer Schwester schicken, und Dinarasad kam, legte sich unter das Bett und schlief ein. Als die Nacht schon fortgeschritten war, erwachte Dinarasad, wartete geduldig, bis der König seine Lust an ihrer Schwester gestillt hatte und alle wach lagen. Dann räusperte sich Dinarasad. «Ach, Schwester», sagte sie mit einem Seufzer, «wenn du nicht schläfst, so erzähle uns doch eine deiner schönen Geschichten, damit wir uns unsere Nacht damit vertreiben können und ich dir dann noch vor dem Tagesanbruch Lebewohl sagen kann. Denn ich weiß nicht, was morgen mit dir geschehen wird.» – «Erlaubst du, daß ich erzähle?» fragte Schahrasad den König Schahriyar. «Einverstanden», sagte der. Und Schahrasad freute sich und sagte: «Dann höre zu!»

الليلة الأولى من حديث ألف ليلة وليلة من الغرائب

Die erste Nacht

aus der Geschichte von Tausendundeiner Nacht, ein aufregendes Abenteuer

Schahrasad sagte:

Der Kaufmann und der Dschinni

Die Leute behaupten, o glücklicher König und Herr des rechten Urteils, daß es einmal einen Kaufmann gab, der reich und wohlhabend war und ein großes Vermögen und viele Sklaven besaß. Er hatte eine ganze Anzahl Frauen und Kinder, außerdem Bürgschaften und Kredite im ganzen Land. Eines Tages zog er aus, um in ein anderes Land zu reisen. Er bestieg also ein Reittier und packte unter sich eine Satteltasche mit saurem Gemüse und Datteln als Wegzehrung. Dann reiste er Tage und Nächte, bis Gott ihn wohlbehalten am Ziel seiner Reise ankommen ließ. Dort erledigte er seine Geschäfte, o glücklicher König, und machte sich dann auf den Rückweg in sein Land und zu seiner Familie. Er reiste drei Tage lang. Am vierten Tag kam eine große Hitze auf, die die Erde völlig versengte. Da er nun vor sich eine Plantage sah, ritt er auf diese zu, um dort Schatten zu suchen. Er gelangte an einen Nußbaum, unter dem eine frische Quelle sprudelte. An der Quelle ließ er sich nieder, band sein Tier fest, lud die Satteltasche ab und entnahm ihr etwas von dem eingelegten Gemüse, das er als Wegzehrung dabeihatte, sowie einige Datteln. Er begann, die Datteln zu verspeisen, und warf die Dattelkerne nach rechts und links von sich, bis er fertig war. Dann stand er auf, reinigte sich und betete. Als er sich beim Gebet zum Gruß umblickte, bemerkte er einen alten Dschinni. Seine Füße standen auf der Erde, sein Kopf aber ragte in die Wolken, und in seiner Hand hielt er ein gezücktes Schwert. Der Dschinni kam heran, bis er dicht vor ihm stand. «Steh auf, damit ich dich töte mit diesem Schwert, so wie du meinen Sohn getötet hast!» brüllte er ihm entgegen. Als der Kaufmann die Worte des Dschinnis hörte und ihn sah, fürchtete er sich, und die Angst kroch in ihn hinein. «Mein Herr», sagte er, «um welcher Schuld willen möchtest du mich töten?» – «Ich töte dich», war die Antwort, «weil du mein Kind getötet hast.» – «Wer hat dein Kind getötet?» entgegnete er. «Du hast mein Kind getötet!» polterte der Dschinni. «Bei Gott, ich habe dein Kind nicht getötet!» sagte der Kaufmann. «Wann und wie soll denn das geschehen sein?» Da sagte der Dschinni: «Hast du nicht hier gesessen und aus deinem Reisesack Datteln herausgenommen und hast begonnen, die Datteln zu essen, und dabei die Dattelkerne nach rechts und links weggeworfen?» – «Ja», erwiderte der Kaufmann, «das habe ich getan.» – «Dann hast du also meinen Sohn ermordet», wiederholte der Dschinni, «denn als du die Dattelkerne nach rechts und links von dir warfst, kam gerade mein Sohn vorbeispaziert, da hat ihn ein Dattelkern getroffen und getötet. Und jetzt muß ich dich töten!» Der Kaufmann flehte: «Mein Herr, tu's nicht!» – «Doch, ich muß es tun, so wie du mein Kind ermordet hast!» sagte der Dschinni. «Wird nicht Mord mit Mord gerächt?» Da seufzte der Kaufmann: «Wir sind Gottes Geschöpfe, und zu Ihm kehren wir zurück; es gibt keine Kraft und keine Stärke außer bei Gott, dem Erhabenen und Mächtigen! Wenn ich ihn getötet habe, dann war es ein Versehen, und ich bitte dich um Verzeihung.» Der Dschinni aber sagte: «Es führt kein Weg daran vorbei, daß ich dich töten muß, da du mein Kind getötet hast.» Damit zog er ihn zu sich heran, warf ihn zu Boden und erhob sein Schwert, um ihm den Kopf abzuschlagen. Der Kaufmann aber weinte und klagte um seine Familie, seine Frau und seine Kinder. Der Dschinni hob das Schwert zum zweiten Mal, um zuzuschlagen, da weinte der Kaufmann so sehr, daß er seine Kleider völlig durchnäßte. Dabei sagte er: «Es gibt keine Kraft und keine Stärke außer bei Gott, dem Erhabenen und Mächtigen» und sprach die folgenden Verse:

«Das Schicksal besteht aus zwei Tagen: einer ist Sicherheit, einer Gefahr.
Und unser Leben hat zwei Hälften: eine ist trübe, und eine ist klar.

Sage zu dem, der uns geschmäht hat um unsres Schicksals willen:
‹Hat je das Schicksal einen geprüft, der ohne Bedeutsamkeit war?

Siehst du denn nicht den Wind, wenn die Stürme toben?
Er fällt von den Bäumen nur die höchsten gar.

Und wieviel Grün gibt es auf Erden und wieviel Dürres?
Aber Steine liegen nur dort, wo die Erde fruchtbar war.

Am Himmel stehen Sterne ohne Zahl,
Doch sind nur Sonne und Mond, einander verfinsternd, ein Paar.

Wie schön waren deine Gedanken, als schöne Tage erschienen,
Da hattest du keine Angst vor dem nächsten Tag oder Jahr.

Die Nächte erschienen dir friedlich, du ließest dich täuschen,
Doch in der klarsten Nacht erscheint der schrecklichste Mahr.»

Doch der Dschinni sagte – da der Kaufmann aufgehört hatte zu weinen und sein Gedicht gesprochen hatte –: «Bei Gott, ich muß dich töten, selbst wenn du Blut weinen würdest, so wie du meinen Sohn getötet hast.» Der Kaufmann entgegnete: «Gibt es denn gar keinen Ausweg?» – «Nein, es gibt keinen Ausweg», sagte der Dschinni. Und er zog sein Schwert, um zuzuschlagen.

Da erreichte das Morgengrauen Schahrasad, und sie hörte auf zu erzählen. Aber das innere Gemüt des Königs Schahriyar verlangte nach der Fortsetzung der Geschichte. Und während die Morgendämmerung aufstieg, sagte Dinarasad zu ihrer Schwester Schahrasad: «Wie schön und wie spannend ist deine Geschichte!» – «Was ist das schon», erwiderte sie, «gegen das, was ich dir morgen nacht erzählen werde, wenn ich dann noch lebe und mich dieser König verschont. Das wird noch viel schöner und viel spannender sein als das, was ich heute erzählt habe.» Da sprach der König zu sich selbst: «Ich werde sie, bei Gott, nicht eher töten, als bis ich die Geschichte zu Ende gehört habe. Dann töte ich sie eben morgen nacht.» Nun brach der Morgen an, die Sonne ging auf, und der Tag begann. Der König erhob sich zu seinen königlichen Geschäften. Schahrasads Vater, der Wesir, verwunderte sich und war froh und erleichtert. Der König aber regierte bis in die Nacht, dann ging er in seine Privatgemächer und legte sich auf sein Lager. Schahrasad gesellte sich zu ihm. Nun sagte Dinarasad zu ihrer Schwester Schahrasad: «Ach, Schwester, ich beschwöre dich bei Gott! Wenn du nicht schläfst, so erzähle mir eine deiner schönen Geschichten, damit wir uns diese Nacht damit vertreiben können!» – «Es soll aber der Schluß der Geschichte vom Dschinni und dem Kaufmann sein», fügte der König hinzu, «denn mein Herz hängt an dieser Geschichte.» – «Mit Vergnügen und Hochachtung, o glücklicher König!» antwortete sie.

Die zweite Nacht

aus den aufregenden Abenteuern der Geschichte von Tausendundeiner Nacht

Schahrasad sagte:

Die Leute behaupten, o glücklicher König und Herr des rechten Urteils, daß, als der Dschinni seine Hand mit dem Schwert erhob, der Kaufmann zu ihm sagte: «O böser Dämon, mußt du mich unbedingt töten?» – «Ja», antwortete jener. «Kannst du mir nicht eine Frist gewähren», bat er, «damit ich von meiner Familie, meinen Kindern und meiner Frau Abschied nehmen kann, mein Erbe unter ihnen aufteile und ihnen meinen letzten Willen mitteile? Danach komme ich zu dir zurück, und du kannst mich töten.» Der Ifrit sagte: «Ich befürchte, wenn ich dich freilasse und dir eine Frist einräume, daß du davonläufst, um deine Angelegenheiten zu erledigen, und dann nicht mehr zurückkommst.» – «Ich schwöre dir einen heiligen Eid», erwiderte der Kaufmann, «und ich bezeuge beim Herrn des Himmels und der Erde, daß ich zu dir zurückkommen werde!» – «Wie lang soll denn die Frist sein?» fragte der Dschinni. «Ein Jahr», antwortete der Kaufmann, «das wird ausreichen, daß ich die Sehnsucht nach meinen Kindern stille, meiner Frau Lebewohl sage und alle meine Bürgschaften auflöse. Am ersten Tag des nächsten Jahres komme ich zu dir zurück.» – «Gott ist Zeuge für das, was du versprichst», sagte der Dschinni. «Wenn ich dich jetzt freilasse, kommst du am ersten Tag des nächsten Jahres wieder.» – «Gott ist Zeuge für das, was ich verspreche», bestätigte der Kaufmann. Als er diesen Schwur getan hatte, ließ ihn der Dschinni frei. Betrübt bestieg der Kaufmann sein Reittier und machte sich auf den Weg. Er reiste ununterbrochen, bis er seinen Heimatort erreichte, sein Haus betrat und seine Kinder und seine Frau wiedersah. Als sein Blick auf sie fiel, überwältigten ihn die Tränen. Er weinte und schluchzte bitterlich und zeigte deutlich alle Zeichen von Trauer und Kummer. Sie aber wußten nichts von dem, was ihm widerfahren war. «Mann, was ist mit dir?» fragte ihn seine Frau. «Was bedeuten deine Tränen? Heute ist doch ein Freudentag; wir feiern das Wiedersehen mit dir. Was soll dieses Trauergeheul?» – «Wie sollte ich nicht trauern und klagen», erwiderte er, «wo ich doch nur noch ein Jahr zu leben habe?» Und er berichtete ihr alles, was sich auf seiner Reise mit dem Dschinni zugetragen hatte, und auch, daß er einen Eid geschworen hatte, er werde am ersten Tag des folgenden Jahres zurückkommen, damit dieser ihn töte. *Es wird berichtet:* Als sie seinen Bericht hörten, weinten alle. Seine Frau zerschlug sich das Gesicht und schnitt sich die Haare ab. Die Mädchen weinten laut, die kleinen Kinder heulten, und es erhob sich eine gewaltige Trauerklage. An jenem Tag beweinten die Söhne ihren Vater, und er begann, von ihnen Abschied zu nehmen; auch sie verabschiedeten sich von ihm. Am Tag danach stand er auf und ging daran, sein Erbe zu verteilen und sein Testament zu machen. Er glich alle Schulden aus, bezahlte und schenkte und gab Almosen. Er ließ Koranleser kommen, die den ganzen Koran laut vor ihm vortrugen. Danach bestellte er zuverlässige Zeugen, ließ Mägde und Knechte frei und gab seinen älteren Söhnen ihren Anteil an seinem Vermögen. Die jüngeren Söhne befahl er der Obhut der älteren an. Seiner Frau zahlte er alles, was ihr zustand, so wie es im Ehevertrag festgelegt war. So tat er, bis das Jahr verstrichen war bis auf die Zeit, die er für die Wegstrecke benötigen würde. Er stand auf, reinigte sich, betete, nahm sein Leichentuch und sagte seiner Familie Lebewohl. Seine Söhne warfen sich ihm um den Hals, seine Töchter weinten laut, und seine Ehefrau schrie vor Schmerz. Ihre Trauer entsetzte sein Herz, und seine Augen flossen über. Er küßte und herzte seine Kinder, dann nahm er unter Tränen von ihnen Abschied. «Meine Kinder», sagte er, «dies ist Gottes Beschluß und Verhängnis, es ist ein göttliches Urteil. Der Mensch ist geschaffen, um zu sterben.» Dann verließ er sie endgültig. Er wandte sich von ihnen ab, bestieg sein Reittier und ritt Tage und Nächte, bis er wieder zu der Plantage kam. Es war ganz genau der erste Tag des folgenden Jahres. Er ließ sich wieder an derselben Stelle nieder, wo er die Datteln gegessen hatte. Dort setzte er sich, um auf den Dschinni zu warten, Tränen in den Augen und das Herz voller Trauer. Als er nun so dasaß, näherte sich ihm plötzlich ein alter Mann, der eine Gazelle an einer Kette mit sich führte. Er kam auf ihn zu und grüßte ihn. Der Kaufmann erwiderte den Gruß. «Mein Bruder», sprach ihn der Alte an, «was sitzt du hier herum? Dieser Platz gehört bösen Dämonen und Teufelssöhnen. Die Plantage wird von Dschinnen bewohnt, und wer sich darin aufhält, dem ergeht es schlecht!» Der Kaufmann erzählte ihm, was ihm mit dem Dschinni widerfahren war, vom Anfang bis zum Ende. Der Alte wunderte sich über die Treue des Kaufmanns. «Das ist aber ein furchtbarer Eid, den du da geschworen hast», meinte er und setzte sich neben den Kaufmann mit den Worten: «Bei Gott, ich werde nicht eher hier weggehen, als bis ich gesehen habe, wie es mit dir und dem Dschinni ausgeht.» So ließ er sich bei ihm nieder und unterhielt sich weiter mit ihm. Wie sie nun gerade mitten im Gespräch waren, erschien plötzlich –

Da erreichte das Morgengrauen Schahrasad, und sie hörte auf zu erzählen. Und während die Dämmerung aufstieg und das Morgenlicht heller wurde, sagte ihre Schwester: «Wie spannend und wie aufregend ist deine Geschichte!» – «In der nächsten Nacht», erwiderte sie, «erzähle ich euch etwas, das noch aufregender und noch viel spannender ist als das.»

Die dritte Nacht

aus den aufregenden Abenteuern der Geschichte von Tausendundeiner Nacht

Und in der folgenden Nacht, nachdem ihre Schwester Schahrasad sich mit dem König Schahriyar auf das Lager niedergelassen hatte, sagte Dinarasad zu ihr: «Ach, Schwester, ich beschwöre dich bei Gott, wenn du nicht schläfst, so erzähle uns doch eine deiner schönen Geschichten, damit wir uns diese Nacht damit vertreiben können!» – «Aber es soll das Ende der Geschichte vom Kaufmann sein!» verlangte der König. «Einverstanden», antwortete sie.

Es ist mir zu Ohren gekommen, o glücklicher König, daß der Kaufmann dasaß, und neben ihm saß der Besitzer der Gazelle. Wie die beiden sich gerade so miteinander unterhielten, näherte sich ihnen ein zweiter alter Mann. Er hatte zwei schwarze Windhündinnen bei sich. Der Mann kam auf sie zu, grüßte sie, und die beiden erwiderten seinen Gruß. Er fragte sie, was sie hier machten, da erzählte ihm der Gazellenbesitzer die Geschichte des Kaufmanns mit dem Dschinni und was die beiden miteinander erlebt hatten, daß nämlich der Kaufmann dem Dschinni geschworen hatte, nach Ablauf eines Jahres wiederzukommen, damit jener ihn töten könne, und daß er jetzt auf seinen Mörder warte. «Und ich», fügte der erste Alte hinzu, «bin rein zufällig dazugekommen und habe, als ich seine Geschichte gehört hatte, geschworen, diesen Ort nicht zu verlassen, ehe ich mit eigenen Augen gesehen habe, was mit ihm und dem Dschinni weiter passiert.» *Es wird berichtet:* Als der Besitzer der beiden Hündinnen das hörte, wunderte er sich und schwor ebenfalls, er werde nicht eher gehen, « ... als bis ich gesehen habe, was zwischen ihnen geschieht!» Dann fragte er den Kaufmann nach seiner Geschichte, und dieser berichtete ihm nochmals, was ihm mit dem Dschinni widerfahren war. Sie waren gerade in ihr Gespräch vertieft, als sich ihnen ein dritter alter Mann näherte. Er grüßte sie, und sie erwiderten seinen Gruß. «Was sehe ich euch da sitzen, ihr beiden Alten», sagte er zu ihnen, «und wer ist dieser Kaufmann, der sich zwischen euch gesetzt hat und der so betrübt und so niedergeschlagen dreinschaut?» Da berichteten sie ihm alles über ihn und erklärten ihm, daß sie beide sich dazugesetzt hatten, um zu sehen, wie es jenem jungen Mann mit dem Dschinni weiter ergehen würde. Als er die Geschichte gehört hatte, setzte er sich ebenfalls zu ihnen mit den Worten: «Auch ich will, bei Gott, nicht wieder aufstehen, bevor ich gesehen habe, was ihm mit dem Dschinni geschieht. Mir geht es genauso wie euch!» Danach vertieften sie sich wieder ins Gespräch. Es dauerte gar nicht lange, da bewegte sich, mitten aus der Wüste, eine Staubwolke auf sie zu. Der Staub löste sich auf und – es war der Dschinni. Er war gekommen, und in seiner Hand hielt er ein gezücktes Schwert aus Stahl. Ohne zu grüßen, ging er auf sie zu. Als er mitten unter ihnen stand, griff er mit seiner linken Hand den Kaufmann, zog ihn zu sich heran und brüllte: «Steh auf, daß ich dich töte!» Da brach der Kaufmann in Tränen aus, und auch die drei alten Männer begannen zu weinen und unter Tränen und Geheul um Hilfe zu rufen.

Da brach die Dämmerung sich ihre Bahn, und das Morgengrauen erreichte Schahrasad, so daß sie verstummte und ihre Erzählung unvermittelt abbrach. «Ach, Schwester», seufzte ihre Schwester Dinarasad, «wie schön ist deine Geschichte!» – «Was ist das schon», erwiderte sie, «gegen das, was ich euch morgen nacht erzählen werde, das ist noch schöner als die heutige Geschichte und noch viel spannender und köstlicher, komischer, leckerer und süßer – wenn mich der König am Leben läßt und mich bis dahin nicht tötet!» Aber das Gemüt des Königs war schon in äußerster Spannung, und er war neugierig darauf, die Geschichte zu Ende zu hören. Deswegen sprach er zu sich selbst: «Bei Gott, ich werde sie nicht eher töten, als bis ich die Geschichte zu Ende gehört habe und weiß, was dem Kaufmann mit dem Dschinni widerfahren ist. Morgen nacht aber töte ich sie, so wie ich es mit den anderen Frauen getan habe.» Damit ging er hinaus zu seinen Regierungsgeschäften. Dabei kam er auch mit ihrem Vater zusammen, ging auf ihn zu und behandelte ihn ganz vertraulich. Dieser wunderte sich. So ging es bis zum Einbruch der Nacht. Nun kehrte der König in seine Gemächer zurück und begab sich auf sein Lager und Schahrasad mit ihm. «Ach, Schwester», sagte da Dinarasad mit einem Seufzer, «wenn du nicht schläfst, so erzähle uns doch eine deiner schönen Geschichten, mit der wir uns unsere Nacht vertreiben können!» – «Mit Vergnügen!» antwortete sie.

Die vierte Nacht

aus der Erzählung von Tausendundeiner Nacht

Schahrasad sagte:

Man behauptet, o glücklicher König, daß, als der Dschinni auf den Kaufmann zukam, der erste Alte – der mit der Gazelle – hervortrat, dem Dschinni Hände und Füße küßte und zu ihm sagte: «Ehrenwerter Satan und Krone der Könige der Dschinnen! Wenn ich dir meine Geschichte mit dieser Gazelle erzähle und du sie spannend und aufregend findest, noch spannender als das, was dir mit diesem Kaufmann hier zugestoßen ist, schenkst du mir dann ein Drittel seines Verbrechens und ein Drittel seiner Schuld?» – «Einverstanden», sagte der Dschinni. Und der Alte, der Gazellenbesitzer, erzählte:

Die Geschichte des ersten Alten

Du mußt wissen, verehrter Dschinni, daß diese Gazelle meine Kusine ist. Sie ist die Tochter des Bruders meines Vaters, also mein Fleisch und Blut, und sie ist seit meiner Jugend meine Ehefrau. Als wir heirateten, war sie zwölf Jahre alt. Erst bei mir reifte sie zur Frau. Ich lebte dreißig Jahre lang mit ihr zusammen, ohne von ihr Kinder zu bekommen, weder einen Jungen noch ein Mädchen. Sie wurde kein einziges Mal schwanger. Und das, obwohl ich die ganzen dreißig Jahre hindurch immer gut zu ihr war, sie bediente und freundlich behandelte. Schließlich nahm ich mir eine Konkubine. Von der Konkubine bekam ich ein Kind, einen Sohn, so schön wie eine Hälfte des Mondes. Meine Kusine wurde auf sie und ihren Sohn eifersüchtig. Mein Sohn wuchs heran, bis er zehn Jahre alt war. Da mußte ich einmal auf eine Reise gehen. Bevor ich abreiste, wies ich diese hier, meine Kusine, an, auf meine Geliebte und meinen Sohn achtzugeben. Ich vertraute sie ihrer Obhut an und versicherte mich, daß sie meine Anweisungen ernst nahm. Dann verließ ich die Familie für ein ganzes Jahr. Aber diese, meine Kusine, lernte während meiner Abwesenheit das Wahrsagen und Hexen und verhexte meinen Sohn, indem sie ihn in ein Kälbchen verwandelte. Sie bestellte meinen Hirten zu sich und übergab ihn ihm mit den Worten: «Lasse es mit den Kühen weiden!» Der Hirte nahm ihn zu sich, und er blieb eine Weile dort. Anschließend verzauberte sie auch seine Mutter, und zwar in eine Kuh, und übergab sie ebenfalls dem Hirten. Nach alldem kam ich zurück von meiner Reise. Als ich nach meiner Frau und meinem Kind fragte, sagte sie zu mir: «Deine Frau ist gestorben, und dein Kind ist vor zwei Monaten weggelaufen. Seitdem habe ich nichts mehr von ihm gehört.» Mein Herz brannte, als ich ihre Worte hörte, und ich trauerte den Rest des Jahres um meine Frau und mein Kind. Dann kamen die Feiertage von Gottes großem Fest heran. Ich schickte zu dem Hirten und befahl ihm, eine fette Kuh auszusuchen, die ich als Opfertier schlachten wollte. Die Kuh, die er mir brachte, war meine verzauberte Frau. Als ich sie festband und mich auf ihr abstützte, um ihr den Todesstoß zu versetzen, weinte sie und schrie laut: «Ibnuuh! Ibnuuh!» Dabei liefen ihr Tränen über die Wangen. Das wunderte mich und erregte mein Mitleid. Ich ließ von ihr ab und sagte dem Hirten: «Bringe mir eine andere!» Aber meine Kusine rief mir zu: «Nein, schlachte diese! Der Hirte hat keine bessere und fettere als sie. Wir wollen ihr Fleisch an diesen Feiertagen essen.» Da trat ich zum zweiten Mal zu ihr hin, um sie zu schlachten, und wieder schrie sie: «Ibnuuh! Ibnuuh!» Ich ließ von ihr ab und sagte zu dem Hirten: «Schlachte du sie für mich, ich kann es nicht.» Der Hirte schlachtete sie und zog ihr die Haut ab, aber da war weder Fleisch noch Fett zu sehen, nur Haut und Knochen. Nun bereute ich, daß ich sie hatte schlachten lassen. «Nimm die ganze Kuh für dich», sagte ich zu dem Hirten, «oder spende sie einem Bedürftigen als Almosen und suche mir unter den Kühen ein fettes Kälbchen heraus.» Da nahm sie der Hirte und ging mit ihr davon, und niemals habe ich erfahren, was er mit ihr gemacht hat. Danach brachte er mir meinen Sohn, mein Herzblatt, in Gestalt eines fetten Kälbchens. Als mein Sohn mich erblickte, zerriß er den Strick, mit dem sein Kopf angebunden war, stürzte auf mich zu, warf sich zu meinen Füßen nieder und rieb seinen Kopf an mir. Ich wunderte mich über ihn. Mich ergriffen Mitleid und Erbarmen und die Sehnsucht des Blutes nach dem eigenen Blut und dem göttlichen Geheimnis. Alle meine Eingeweide wurden weich, als ich die Tränen sah, die dem Kälbchen, meinem Sohn, über die Wangen liefen und wie er dazu mit den Hufen scharrte. Da ließ ich von ihm ab und sagte zu dem Hirten: «Laß dieses Kälbchen mit den Ziegen laufen, und behandle es gut. Ich habe es freigegeben. Bring mir ein anderes.» Doch meine Kusine, diese Gazelle hier, rief wieder: «Wir schlachten kein anderes als genau dieses Kälbchen!» Da wurde ich wütend. «Ich habe schon bei der Kuh auf dich gehört und sie schlachten lassen», sagte ich zu ihr, «und wir konnten sie nicht verwenden. Bei diesem Kälbchen werde ich nicht auf dich hören. Ich habe es vom Schlachten freigegeben.» Aber meine Kusine drang weiter in mich. «Doch!» bekräftigte sie. «Wir müssen unbedingt dieses Kälbchen schlachten!» Also nahm ich das Messer, fesselte das Kälbchen –

Da erreichte das Morgengrauen Schahrasad, und die Dämmerung brach sich ihre Bahn, so daß sie aufhörte zu erzählen. Aber das Gemüt des Königs war gespannt auf den Rest der Geschichte. «Ach, Schwester!» seufzte ihre Schwester Dinarasad. «Wie köstlich ist deine Geschichte!» – «Morgen nacht», erwiderte sie, «erzähle ich euch etwas noch Köstlicheres, Spannenderes und Aufregenderes, wenn ich bis dahin am Leben bleibe und dieser König mich verschont und mich nicht tötet ...»

Die fünfte Nacht

aus der Erzählung von Tausendundeiner Nacht

In der darauffolgenden Nacht sagte Dinarasad zu ihrer Schwester Schahrasad: «Ach, Schwester, ich beschwöre dich bei Gott, wenn du nicht schläfst, so erzähle uns doch eine deiner Geschichten!» – «Mit Vergnügen», antwortete sie.

Es ist mir zu Ohren gekommen, o mächtiger König, daß der erste Alte, der mit der Gazelle, dem Dschinni und den anderen Anwesenden erzählte:

Ich nahm also das Messer und wollte meinen Sohn schlachten. Doch der schrie und weinte, rieb sich an meinem Fuß und streckte mir seine Zunge entgegen. Da beschlich mich ein Zweifel, mein Herz erbebte, ich erbarmte mich seiner und gab ihn frei. «Kümmere du dich um das Tier, ich habe ihm das Leben geschenkt!» sagte ich zu meiner Frau. Hierauf war ich besonders freundlich zu meiner Frau – dieser Gazelle hier – und besänftigte sie so lange, bis sie damit einverstanden war, daß ich ein anderes Tier schlachtete. Ich mußte ihr aber versprechen, das Kälbchen zum nächsten Feiertag zu schlachten. Dann gingen wir schlafen. Kaum hatte Gott den nächsten Morgen anbrechen lassen, da kam schon mein Hirte zu mir, und zwar heimlich, ohne daß meine Frau es bemerkte. «Mein Gebieter!» sprach er mich an. «Bekomme ich eine Belohnung, wenn ich dir eine gute Nachricht bringe?» – «Sag mir die Nachricht», antwortete ich, «dann wirst du deine Belohnung schon bekommen.» – «Mein Herr», sagte er zu mir, «ich habe eine Tochter, die schon seit langem ganz versessen ist auf Wahrsagerei, Zauberkünste, Teufelsaustreibungen und Beschwörungen. Gestern habe ich das Kälbchen, das du freigegeben hast, mit nach Hause gebracht. Ich hatte die Absicht, es am nächsten Morgen mit den Kühen auf die Weide zu schicken. Als meine Tochter das Kälbchen sah, ist sie gleichzeitig in Lachen und in Weinen ausgebrochen. ‹Warum lachst und weinst du denn?› habe ich sie gefragt. ‹Warum ich lache?› hat sie zurückgefragt. ‹Dieses Kälbchen ist der Sohn unsres Herrn, des Viehbesitzers! Er ist von der Frau seines Vaters verhext worden. Darum lache ich. Und warum ich weine? Das ist wegen seiner Mutter, weil sein Vater sie geschlachtet hat.› Ich konnte den Morgen kaum erwarten. Sobald die Morgendämmerung heraufgestiegen ist, bin ich sofort zu dir gekommen, um dir die gute Nachricht von deinem Sohn zu überbringen!» Als ich den Hirten das sagen hörte, verehrter Dschinni, stieß ich einen Schrei aus und fiel ohnmächtig zu Boden. Sobald ich wieder zu mir gekommen war, erhob ich mich und ging mit dem Hirten zu dessen Haus. Dort fand ich meinen Sohn. Ich stürzte auf ihn zu, küßte ihn und bedeckte ihn mit meinen Tränen. Er drehte seinen Kopf in meine Richtung, und während auch ihm die Tränen über die Wangen flossen, leckte er mit seiner Zunge nach mir, als wollte er sagen: «Siehst du, wie es mir ergangen ist?» Ich wandte mich an die Tochter des Hirten.

«Kannst du ihn entzaubern?» fragte ich sie. «Dafür sollen alle meine Tiere und mein gesamtes Vermögen dir gehören!» – «Mein Herr», antwortete sie und lächelte dabei, «ich habe kein Bedürfnis, weder nach deinem Geld und Gut noch nach deinem Vieh. Dennoch will ich ihn gern erlösen, aber unter zwei Bedingungen: nämlich erstens, daß du mich mit ihm verheiratest, und zweitens, daß ich diejenige, die ihn verzaubert hat, ebenfalls verzaubern und einsperren darf, denn niemand ist vor ihrer Bosheit sicher!» – «Du bekommst, was du willst und noch mehr», versprach ich. «Mein Geld gehört dir, mein Sohn gehört dir, und was meine Kusine angeht, diese Verbrecherin, die mich angestiftet hat, seine Mutter, die meine Frau gewesen war, zu schlachten, so soll ihr Blut dein rechtmäßiges Eigentum sein.» – «Nein, nein», wehrte sie ab, «ich will sie nur das schmecken lassen, was sie einem anderen angetan hat.» Mit diesen Worten füllte die Tochter des Hirten eine metallene Trinkschale mit Wasser und murmelte darüber Beschwörungen und Zauberformeln. Dann sprach sie zu meinem Sohn: «Liebes Kälbchen! Wenn du so erschaffen wurdest von dem allmächtigen und siegreichen Gott, dann bleibe, wie du bist. Wurdest du aber verzaubert und verhext, dann tritt heraus aus deiner jetzigen Gestalt und kehre zurück in deine menschliche Gestalt, kraft dessen, der die Welt erschaffen hat!» Darauf besprengte sie ihn mit dem Wasser aus der Schale und – siehe da! Er, eben noch ein Kälbchen, schüttelte sich und stand da als ein Mensch, wie zuvor. Ich stürzte auf ihn zu und sank in Ohnmacht. Als wir beide wieder zu uns gekommen waren, berichtete er mir, was meine Kusine – diese Gazelle hier – ihm und seiner Mutter angetan hatte. «Mein Kind», sagte ich zu ihm, «Gott hat uns jemanden geschickt, der dich und deine Mutter rächen und auch mein Recht wiederherstellen wird.» Dann, verehrter Dschinni, vermählte ich ihn mit der Tochter des Hirten, und sie verzauberte meine Kusine in diese Gazelle. «Das ist eine hübsche Gestalt», sagte sie dazu, «sie wird doch morgens und abends und immer bei uns sein, da ist es besser, wenn sie eine schöne Gestalt annimmt, damit du dich nicht an ihr und ihrem Anblick störst.» Und so lebte sie bei uns Tage und Nächte, Monate und Jahre. Schließlich starb die Hirtentochter. Da machte sich mein Sohn auf die Reise in das Land dieses jungen Mannes, mit dem du all das erlebt hast. Auch ich machte mich kurz darauf auf, um meinen Sohn zu besuchen. Meine Kusine, diese Gazelle hier, nahm ich mit, und ich bin bis hierher gekommen, zu euch. Das ist meine Geschichte. Ist sie etwa nicht spannend und aufregend?

«Ja», sagte der Dschinni, «ich schenke dir dafür ein Drittel seines Lebens.»

Nun, verehrter König Schahriyar, trat der zweite alte Mann, der Besitzer der beiden schwarzen Hündinnen, auf den Dschinni zu und sagte: «Auch ich will dir erzählen, was mir mit diesen beiden Hündinnen geschehen ist, und du wirst sehen, daß meine Geschichte noch spannender und noch aufregender ist als die des ersten Mannes. Wenn ich sie erzähle, schenkst du mir dann ein Drittel seines Lebens?» – «Einverstanden», entgegnete der Dschinni. Und der Alte trat vor, um seine Erzählung zu beginnen, und sagte –

Da erreichte das Morgengrauen Schahrasad, und sie hörte auf zu erzählen. «Das ist aber eine spannende Geschichte!» sagte ihre Schwester. «Was ist das schon», erwiderte sie, «gegen das, was ich euch morgen nacht erzählen werde, wenn ich dann noch lebe und mich der König verschont.» Der aber sprach zu sich selbst: «Bei Gott, ich werde sie nicht eher töten, als bis ich gehört habe, was diesem Mann, dem Herrn der beiden schwarzen Hündinnen, geschehen ist. Aber dann töte ich sie und verschone sie nicht länger, so Gott, der Erhabene, will.»

Die sechste Nacht

aus den aufregenden Erzählungen von Tausendundeiner Nacht

Und als die nächste Nacht gekommen war, begab sich Schahrasad mit König Schahriyar auf das Lager. «Ach, Schwester», sagte da ihre Schwester Dinarasad, «wenn du nicht schläfst, so erzähle uns doch etwas und laß uns deine Geschichte zu Ende hören.» – «Mit Vergnügen», antwortete sie.

Es ist mir zu Ohren gekommen, o glücklicher König, daß der zweite Alte, der mit den beiden Hündinnen, folgendes erzählte:

Die Geschichte des zweiten Alten

Verehrter Dschinni! Dies ist meine Geschichte und die Erklärung für meine Lage. Diese beiden Hündinnen sind meine Brüder. Wir waren nämlich drei Brüder, als unser Vater starb und uns dreitausend Dinar hinterließ. Ich eröffnete mit dem Geld einen Laden, kaufte und verkaufte. Ebenso machten es meine beiden Brüder. Jeder von ihnen eröffnete einen Laden. Es dauerte aber nicht lange, da verkaufte mein ältester Bruder – einer dieser beiden Hunde hier – alle Waren seines Ladens für tausend Dinar, kaufte von dem Geld Handelswaren und machte sich zur Reise bereit. Er blieb ein volles Jahr lang fort. Nachdem das Jahr verstrichen war, saß ich eines Tages in meinem Laden, als ein Bettler vor mir stehenblieb. «Gott helfe dir», sagte ich. Da sagte er unter Tränen: «Erkennst du mich denn nicht mehr?» Ich nahm ihn genau in Augenschein, und siehe da, es war mein Bruder. Ich stand auf, umarmte ihn und führte ihn hinauf in meinen Laden, wo ich ihn nach seinem Ergehen befragte. «Frag lieber nicht», entgegnete er, «es ist wie in dem Sprichwort: ‹Geld ist Geld, und Welt ist Welt!›» Also führte ich ihn ins Badehaus, gab ihm eines meiner Gewänder und ließ ihn dann wieder zu mir heraufkommen. Dann zählte ich mein Geld nach, zog die Bilanz aus meinem Laden und fand, daß ich tausend Dinar dazugewonnen und sich mein Besitz auf zweitausend Dinar vermehrt hatte. Die teilte ich zwischen mir und meinem Bruder mit den Worten: «Stell dir einfach vor, du wärest nicht davongereist und nie in der Fremde gewesen.» Er nahm das Geld freudig an und machte auch gleich wieder einen Laden auf. So lebten wir Tage und Nächte. Eines Tages nun machte sich mein zweiter Bruder – das ist der andere Hund hier – auf, verkaufte alles, was er besaß, trug das Geld zusammen und rüstete sich zur Reise. Wir versuchten ihn zurückzuhalten, aber er ließ sich nicht umstimmen, kaufte Handelsware und viele verschiedene Güter und machte sich mit anderen Handelsreisenden auf den Weg. Auch er blieb ein ganzes Jahr fort, dann kam er wieder zu uns zurück, in derselben armseligen Gestalt wie zuvor sein großer Bruder. Ich empfing ihn mit den Worten: «Hatte ich dir nicht geraten, mein Bruder, daß du nicht fahren solltest?» Er aber antwortete weinend: «Ach, Bruder, so ist eben das Schicksal. Hier stehe ich nun, ich armer Tropf, habe nicht einen einzigen Dirham zurückbehalten und bin nackt bis auf die Haut. Ich besitze nicht einmal mehr ein Hemd!» Ich nahm ihn also, verehrter Dschinni, führte ihn ins Badehaus, kleidete ihn vollständig neu ein und brachte ihn in meinen Laden. Dort aßen wir etwas. «Lieber Bruder», sagte ich dann zu ihm, «ich will die Bilanz aus meinem Laden und meinem Geld berechnen im Vergleich zum vergangenen Jahr. Ich werde das Grundkapital beiseite legen und den Gewinn zwischen mir und dir teilen.» Ich zog also die Bilanz aus meinem Laden, zählte mein Geld und kam auf zweitausend Dinar. Ich freute mich sehr und lobte Gott, den Erhabenen. Das Geld teilte ich mit meinem Bruder: Tausend Dinar gab ich ihm, und tausend Dinar behielt ich. Er machte mit dem Geld einen Laden auf, und so lebten wir alle zusammen einige Zeit. Eines Tages kamen meine beiden Brüder zu mir und schlugen mir vor, ich sollte mit ihnen zusammen auf eine Handelsreise gehen. Ich lehnte das ab. «Was habt ihr denn gewonnen auf euren Reisen», wandte ich ein, «daß ich etwas verdienen könnte?» Und ich hörte nicht auf sie. Also saßen wir weiter in unseren Läden, kauften und verkauften. Aber sie schlugen mir jedes Jahr wieder vor, auf die Reise zu gehen, und ich schlug es immer wieder aus, bis sechs Jahre verstrichen waren. Da endlich willigte ich ein. «Gut, Brüder», sagte ich zu ihnen, «ich reise mit euch. Wieviel Geld habt ihr?» Sie aber, so fand ich heraus, hatten in Saus und Braus gelebt und ihr ganzes Geld für Essen und Trinken ausgegeben. Ohne ein Wort zu sagen und ohne zu zanken, ging ich an die Bilanz meines Ladens. Ich zählte alles zusammen und kam auf sechstausend Dinar. Hocherfreut teilte ich das Geld in zwei Hälften. «Diese dreitausend Dinar sind für euch und für mich», sagte ich, «damit können wir handeln und reisen. Die anderen dreitausend vergrabe ich in der Erde – vielleicht stößt uns ja etwas Ähnliches zu, wie es euch geschehen ist, dann werden wir bei unserer Rückkehr dreitausend Dinar vorfinden, mit denen wir wieder Läden eröffnen können.» – «Was für eine gute Idee», lobten sie. Also machte ich mich auf, verehrter Dschinni, teilte mein Geld und vergrub dreitausend Dinar davon in der Erde. Die anderen dreitausend verteilte ich. Jeder von den beiden bekam eintausend Dinar und ich selbst auch eintausend. Dann schloß ich meinen Laden ab. Danach begannen wir, Handelswaren anzukaufen. Wir mieteten ein großes Schiff, eine Akaba, und verfrachteten unser Hab und Gut auf See. Nachdem wir uns mit Wegzehrung ausgerüstet hatten, reisten wir ab und segelten Tage und Nächte, einen ganzen Monat lang.

Da erreichte das Morgengrauen Schahrasad, und sie hörte auf zu erzählen. «Ach, Schwester», seufzte ihre Schwester Dinarasad, «wie schön ist deine Geschichte!» – «In der nächsten Nacht», erwiderte diese, «erzähle ich euch etwas noch Schöneres, Einmaligeres und Spannenderes, wenn ich am Leben bleibe, so Gott, der Erhabene, will ...»

Die siebente Nacht

aus den Erzählungen und den aufregenden Abenteuern von Tausendundeiner Nacht

Und als die nächste Nacht gekommen war, sprach Dinarasad zu ihrer Schwester Schahrasad: «Ach, Schwester, ich beschwöre dich bei Gott, wenn du nicht schläfst, so erzähle uns doch eine Geschichte!» – «Es soll aber das Ende der Geschichte vom Kaufmann und dem Dschinni sein!» verlangte der König. «Mit Vergnügen und Hochachtung!» erwiderte sie.

Es ist mir zu Ohren gekommen, o glücklicher König, daß der zweite alte Mann dem Dschinni erzählte:

So fuhr ich mit diesen beiden Hunden, meinen Brüdern, einen Monat lang auf dem salzigen Meer, bis wir vor einer Stadt an Land gingen. Wir gingen in die Stadt und verkauften unsere Waren mit so großem Gewinn, daß jeder Dinar zehn Dinar einbrachte. Dann kauften wir andere Waren. Als wir gerade wieder in See stechen wollten, bemerkte ich am Meeresstrand ein Mädchen, das in einen zerfetzten Lumpen gekleidet war. Sie sprach mich an: «Mein Herr», sagte sie und küßte mir die Hand, «würdest du mir einen Gefallen tun? Ich glaube, ich könnte es dir gut vergelten.» – «Aber gern», antwortete ich, «das tue ich mit Vergnügen, und laß nur, du brauchst mir dafür nichts wiederzugeben.» – «Mein Herr», bat sie mich, «heirate mich, gib mir etwas zum Anziehen, und nimm mich mit auf dein Schiff und in dein Land. Laß mich deine Frau werden – denn ich habe mich dir mit Leib und Seele verschrieben –, und behandle mich gut und zuvorkommend. So Gott will, werde ich es dir vergelten. Laß dich nur nicht von meinem jämmerlichen Zustand und meiner Armut täuschen.» Als ich ihre Worte hörte, neigte sich mein Herz mitleidig ihr zu – so wie Gott das für mich vorgesehen hatte –, und ich gab ihr mein Jawort. Ich nahm sie zu mir, kleidete sie in wertvolle Kleider, setzte einen Ehevertrag auf und führte sie auf mein Schiff. Dort bereitete ich ihr ein Lager und vollzog die Ehe mit ihr. Tage und Nächte hindurch segelten wir nun weiter. Mein Herz hatte eine heftige Zuneigung zu ihr erfaßt; des Nachts und tagsüber war ich ständig mit ihr zusammen. Sie wurde mir wichtiger als meine Brüder.

Nun geschah es, daß meine Brüder, diese beiden Hunde hier, auf mich eifersüchtig wurden und mich um mein Geld und meine vielen Waren beneideten. Ihre Augen gierten danach, das ganze Geld zu besitzen, und so vereinbarten sie untereinander, mich zu töten. Der Satan selbst hatte sie dazu verführt, mich zu ermorden, und sie übten üblen Verrat an mir. Eines Nachts, als ich neben meiner Frau schlief, trugen sie uns schlafend hinaus und warfen uns ins Meer. Als wir erwachten, hatte sich meine Frau in eine Ifritin, eine Dschinnenfrau, verwandelt, und zog mich aus dem Meer auf eine Insel. Beim Morgengrauen sagte sie zu mir: «Siehst du, Mann, ich habe es dir vergolten und dich vor dem Ertrinken gerettet. Du mußt nämlich wissen, daß ich zu den Wesen gehöre, bei deren Anblick die Menschen gewöhnlich ‹Bismillah!› rufen. Als ich dich am Meeresufer sah, habe ich mich in dich verliebt und bin dir dann in der armseligen Kleidung erschienen, in der du mich getroffen hast. Ich habe dir meine Liebe erklärt, und du hast mir dein Jawort gegeben. Darum werde ich dich nun rächen und deine Brüder töten.» Als ich ihre Rede vernahm, wunderte ich mich über ihre und unsere Geschichte und dankte ihr für die Rettung. «Aber», fuhr ich fort, «meine Brüder sollst du nicht töten, denn ich möchte nicht ebenso handeln wie sie.» Dann erzählte ich ihr alles, was mir mit ihnen widerfahren war, vom Anfang bis zum Ende. Als sie meine Geschichte mit meinen Brüdern erfahren hatte, wurde sie noch zorniger. Sie sagte: «Auf der Stelle fliege ich zu ihnen hinüber, versenke ihr Schiff in den Tiefen des Meeres und vernichte sie, bis es ganz und gar aus ist mit ihnen!» – «Bei Gott, tu das nicht!» beschwor ich sie. «Denn das Sprichwort sagt: ‹Wohl dem, der Böses mit Gutem vergilt.› Sie sind doch trotz allem meine Brüder!» Dann schlief ich mit ihr und besänftigte so ihren Zorn. Danach nahm sie mich wieder auf ihren Rücken, flog mit mir so hoch, daß sie allen Blicken entschwand, und setzte mich auf dem Dach meines Hauses ab. Ich erhob mich, ging hinunter, öffnete die Türen und holte das Geld, das ich in der Erde vergraben hatte, heraus. Dann trat ich vors Haus, begrüßte meine Bekannten auf dem Markt und eröffnete wieder meinen Laden. Als ich abends nach Hause kam, fand ich diese beiden Hunde im Haus angebunden. Sie erhoben sich bei meinem Anblick, winselten und warfen sich mir weinend in die Arme, so daß ich völlig verblüfft war. Da hörte ich plötzlich die Stimme meiner Frau: «Mein Gebieter, das sind deine beiden Brüder!» – «Wer hat das getan?» fragte ich. «Ich habe meine Schwester zu mir gerufen», antwortete sie, «und die hat sie verzaubert. Erst nach zehn Jahren können sie wieder erlöst werden.» Mit diesen Worten verließ sie mich, nicht ohne mir vorher den Weg zu dem Ort zu beschreiben, wo ich sie fände. ☙ Die zehn Jahre sind nun vergangen, und ich bin gerade auf dem Weg zu ihr, damit sie sie erlösen soll. Dabei bin ich auf diesen jungen Mann gestoßen und auf den Alten hier mit der Gazelle. Ich habe ihn nach seinem Ergehen gefragt, und er hat mir berichtet, was er mit dir erlebt hat. Da wollte ich nicht eher von hier weggehen, als bis ich erfahren würde, was zwischen dir und ihm weiter geschieht. Dies ist meine Geschichte. Ist sie etwa nicht spannend?

«Sie ist, bei Gott, spannend und aufregend», gab der Dschinni zu. «Ich schenke dir dafür ein Drittel seiner Schuld.» Da sagte der dritte Alte: «Verehrter Dschinni, nun enttäusche mich nicht. Wenn ich dir eine aufregende und spannende Geschichte erzähle, die noch aufregender, noch spannender ist als diese beiden Geschichten, schenkst du dann auch mir ein Drittel seiner Schuld?» – «Einverstanden», antwortete der Dschinni.» – «Dann höre, Dschinni», begann der Alte.

Da erreichte das Morgengrauen Schahrasad, und sie hörte auf zu erzählen. «Wie spannend ist deine Geschichte!» sagte ihre Schwester. «Die Fortsetzung ist noch viel spannender!» sagte sie. Der König aber sprach: «Ich will sie, bei Gott, nicht eher töten, als bis ich gehört habe, wie es mit dem Alten und dem Dschinni weitergeht. Dann töte ich sie, so wie ich es mit den anderen Frauen getan habe.»

Die achte Nacht

aus den aufregenden Erzählungen
von Tausendundeiner Nacht

Und als die nächste Nacht gekommen war, sagte Dinarasad zu ihrer Schwester Schahrasad: «Liebe Schwester, ich beschwöre dich bei Gott, wenn du nicht schläfst, so erzähle uns doch eine deiner schönen Geschichten, mit der wir uns diese Nacht vertreiben können.» – «Mit Vergnügen und Hochachtung!» antwortete sie.

Die Leute behaupten, o glücklicher König, daß der dritte Alte dem Dschinni eine Geschichte erzählte, die noch spannender und noch aufregender war als die ersten beiden Geschichten. Der Dschinni wunderte sich sehr darüber und bebte vor Freude. «Ich schenke dir ein Drittel seiner Schuld», sagte er. Dann gab er ihn ihnen frei und ging davon. Der Kaufmann wandte sich an die drei Alten, um ihnen zu danken. Diese beglückwünschten ihn zu seiner Rettung. Dann sagten sie ihm Lebewohl und gingen wieder ihrer Wege, jeder in eine andere Richtung. Der Kaufmann kehrte in sein Land zurück, ging zu seiner Familie, seiner Frau und seinen Kindern und lebte mit ihnen, bis der Tod ihn ereilte.

«Das alles ist aber weder spannender noch aufregender als die Geschichte vom Fischer!» – «Bei Gott, Schwester», sagte da Dinarasad, «was ist das für eine Geschichte vom Fischer?» Sie sagte:

Der Fischer und der Dschinni

Es ist mir zu Ohren gekommen, daß es einmal einen alten, betagten Fischer gab, der hatte eine Frau und drei Töchter und war so arm, daß er kaum sein tägliches Brot verdienen konnte. Jeden Tag warf er sein Netz viermal aus, so war es seine Gewohnheit. Eines Tages schleppte er sein Netz im Mondlicht, noch vor dem ersten Gebetsruf, hinaus vor die Stadt bis ans Meeresufer. Er stellte seinen Korb ab, krempelte sein Hemd hoch und watete bis zum Bauch ins Wasser. Dort warf er sein Netz aus, wartete, bis es zur Ruhe gekommen war, und zog es dann zurück, indem er langsam, langsam das Garn zusammenfaßte. Er bemerkte, daß es schwer geworden war, und zog weiter, aber ohne Erfolg. Da stieg er aus dem Wasser, schlug einen Pflock in die Erde und befestigte das Ende der Leine daran. Dann legte er seine Kleider ab, zog sich nackt aus und tauchte ins Meer. Er schwamm um das Netz herum und rüttelte und rang, bis er es endlich an Land gezogen hatte. Als das Netz auf dem Trockenen lag, zog er sich voller Freude die Kleider wieder an und trat auf das Netz zu, um es aufzuschlagen. Aber alles, was er fand, war ein toter Esel, der überdies das Netz zerrissen hatte. Als der Fischer das sah, wurde er traurig und betrübt und sprach: «Es gibt keine Kraft und keine Stärke außer bei Gott, dem Erhabenen und Mächtigen! Das ist aber ein merkwürdiger Fang!» Und er stimmte die folgenden Verse an:

«Ach du, der du watest in der Dunkelheit von Nacht und Not,
Die Müh' kannst du dir sparen: Nicht die Arbeit bringt das täglich Brot.

Siehst du nicht das Meer und drin den Fischer stehen für sein Brot,
Während nachts die Sterne funkeln und das Sterngewebe loht?

Er stapfte bis zum Bauch ins Wasser, kalte Wellen peitschten ihn,
Und ständig hing sein Blick am Netz und was ihm seine Schwellung bot.

Und hat er einmal eine gute Nacht gehabt und freute sich
An einem schönen Fische, dem der Spieß im Gaumen bracht' den Tod,

So kauft ihm diesen einer ab, der angenehm die Nacht verbracht,
In einem sichren Haus, wo ihm kein Wind und keine Kälte droht.

Groß ist mein Herr, er gibt dem einen und enthält dem andern vor.
Der eine fängt den Fisch, der andere verspeist ihn, wenn er tot.»

Es wird berichtet: Da erreichte das Morgengrauen Schahrasad, und sie hörte auf zu erzählen. «Ach, Schwester», seufzte ihre Schwester Dinarasad, «wie schön ist deine Geschichte!» – «In der nächsten Nacht», entgegnete diese, «wenn ich dann noch lebe und mich der König verschont, erzähle ich euch den Rest der Geschichte, der ist noch spannender und noch aufregender als dieses!»

Die neunte Nacht

aus den Erzählungen und den spannenden und aufregenden Abenteuern von Tausendundeiner Nacht

In der folgenden Nacht sagte Dinarasad zu ihrer Schwester Schahrasad: «Ach, Schwester, wenn du nicht schläfst, so erzähle uns doch die Geschichte vom Fischer zu Ende!» – «Mit Vergnügen», antwortete sie.

Es ist mir zu Ohren gekommen, o glücklicher König, daß der Fischer, nachdem er sein Gedicht beendet hatte, den Esel aus dem Netz herausschüttelte und sich auf die Erde setzte, um das Netz zu flicken. Als er damit fertig war und es auch ausgewrungen und wieder aufgeschlagen hatte, stand er auf und watete erneut ins Wasser. «In Gottes Namen», murmelte er, warf das Netz aus und wartete, bis es zur Ruhe gekommen war. Dann zog er langsam, langsam das Garn zusammen, bis es sich fester als beim ersten Mal verankert hatte. Er dachte, es sei ein Fisch, und freute sich über die Maßen. Sogleich schlüpfte er aus seinen Kleidern und tauchte ins Wasser, um das Netz loszumachen. Er rang, bis er es an Land gezogen hatte – und fand darin einen großen Tonkrug voller Sand und Schlamm. ❧ Als er das sah, weinte er und wurde betrübt. «Das ist aber ein merkwürdiger Tag!» sagte er. «Wahrhaftig: Wir sind Gottes Geschöpfe, und zu Ihm kehren wir zurück.» Dann sprach er die folgenden Verse:

«O Schicksalsqual, es ist genug!
Hör auf und droßle deinen Zug!

Ich zog hinaus fürs täglich Brot;
Man sagte mir: ‹Du kriegst genug!›

Doch nicht durch Glück bekam ich's, noch
Daß mir's der Hände Werk eintrug.

Wie viele Dumme sieht man offen;
Verborgen hält sich, wer da klug.»

Damit warf er den Krug hin, reinigte sein Netz, preßte es aus und schlug es wieder auf. Mit den Worten: «Ich bitte Gott, den Erhabenen, um Verzeihung!» stapfte er ins Meer. Dort warf er es zum dritten Mal aus und wartete, bis es zur Ruhe gekommen war. Als er es zu sich heranzog, fand er darin eine Menge Tonscherben und Steine, Flaschen und Knochen, Schmutz, Abfall und andere Dinge. Jetzt weinte der Fischer über sein großes Pech und daß er gar kein Glück haben wollte. Und er stimmte die folgenden Verse an:

«So ist das täglich Brot, daß nichts davon in deinen Händen steht
Und daß du nicht vom Lesen lebst und auch der Schreibstift dich verschmäht.

Nicht mal das Jagdglück ist dir hold, nein, alles ist vorherbestimmt:
Hier ist die Erde fruchtbar, und daneben liegt ein dürres Beet.

Das Schicksal, ach, erniedrigt jeden höflichen und feinen Mann,
Und es erhebt dafür den Schurken, dem die Niedrigkeit zusteht.

Komm, lieber Tod, und hilf mir, denn das Leben ist Erniedrigung,
Da edle Falken stürzen und dafür die Ente wird erhöht!

So wundert euch nicht, daß ihr den gelehrten Mann in Armut sinken
Und statt dessen einen Tölpel sich im Reichtum baden seht.

Ja, unser täglich Brot ist abgemessen, und des Glückes Los
Ist wie die Vögel, die an jeder Ecke picken, wo es geht:

So mancher Vogel wandert um die ganze Welt, nach Ost und West,
Ein anderer tut nichts und ist vom Futter schon ganz aufgebläht.»

Dann hob der Fischer seinen Blick zum Himmel, wo schon die Morgenröte aufgestiegen war, der Morgen glänzte und der Tag anbrach. «Lieber Gott», betete er, «du weißt, daß ich mein Netz immer viermal hintereinander auswerfe. Jetzt habe ich es schon dreimal ausgeworfen. Mir bleibt nur noch dieses eine Mal. Bitte, lieber Gott, tu ein Wunder und stelle das Meer in meinen Dienst, so wie du es einst für Moses dienstbar gemacht hast!» Mit diesen Worten machte er sein Netz fertig, warf es ins Meer und wartete, bis es zur Ruhe gekommen und schwer geworden war. Er zog daran, vermochte es aber nicht zu heben. Als er am Netz rüttelte, bemerkte er, daß es sich auf dem Meeresgrund verfangen hatte. «Es gibt keine Kraft und keine Stärke außer bei Gott, dem Erhabenen und Mächtigen!» seufzte er, zog seine Kleider aus und tauchte nackt ins Meer. Er mühte sich mit dem Netz, bis er es freigemacht und an Land gezogen hatte. Etwas Schweres war darin. Er zog und rang so lange, bis er das Netz geöffnet hatte, und fand darin eine gefüllte Messingflasche von gelber Farbe. Ihre Öffnung war mit einer Plombe aus Blei verschlossen, auf der der Abdruck eines Siegelrings zu sehen war. ᪥ Bei diesem Anblick freute sich der Fischer. «Die verkaufe ich auf dem Kupferschmiedemarkt», sagte er zu sich selbst, «sie bringt bestimmt zwei Sack Mehl ein.» Er rüttelte an der Flasche und stellte fest, daß sie randvoll und so schwer war, daß sie sich kaum bewegen ließ. Auch bemerkte er die Bleiplombe, die ihre Öffnung verschloß. «Ich will sie öffnen, den Inhalt herauskratzen und sie dann vor mir herrollen bis zum Kupferschmiedemarkt», sprach er zu sich selbst, nahm das Messer zur Hand, das er stets an der Hüfte trug, setzte es an dem Bleiverschluß an und kniff und schnitt so lange, bis er ihn ausgebrochen hatte. Er zog die Plombe ab und nahm sie in den Mund, dann wälzte er die Flasche auf die Seite, kippte sie um und rüttelte daran, um ihren Inhalt herauszuschütteln. Aber nichts kam heraus. Darüber wunderte sich der Fischer sehr. ᪥ Eine Weile verging. Dann stieg plötzlich eine gewaltige Rauchsäule aus der Flasche. Sie hob sich in die Höhe und bewegte sich über die Erde. Dabei wuchs sie riesenhaft, bis sie das Meer bedeckte, das Tageslicht verdunkelte und sich zu den Wolken des Himmels erhob. Schließlich hatte sich der Rauch vollständig aus der Flasche gelöst. Er sammelte sich, zog sich zusammen, schüttelte sich und wurde zu einem Ifrit, dessen Füße im Staub der Erde standen, während der Kopf in die Wolken ragte. Der Kopf war so groß wie ein Brunnen, seine Eckzähne waren wie riesige Haken, sein Mund war wie eine Höhle und die Zähne wie Steine darin. Er hatte Nasenlöcher wie Trompetentrichter, Ohren wie lederne Schilde und einen Rachen wie ein Vorratsschlauch. Seine Augen glichen zwei Laternen, kurz gesagt, er war widerlich und häßlich, und damit genug! Als der Fischer ihn sah, begann er am ganzen Körper zu zittern. Es klapperten ihm die Zähne, und sein Speichel trocknete aus. Da hob der Ifrit an zu reden: «O Salomon, Prophet Gottes! Vergebung, Vergebung, ich werde dir nie mehr widersprechen und nie wieder einen Befehl von dir mißachten!»

Da erreichte das Morgengrauen Schahrasad, und sie hörte auf zu erzählen. «Ach, Schwester», seufzte ihre Schwester, «wie spannend und aufregend ist deine Geschichte!» – «In der nächsten Nacht», erwiderte diese, «erzähle ich euch etwas noch Spannenderes und noch Aufregenderes als das, wenn ich bis dahin am Leben bleibe ...»

Die zehnte Nacht

aus den aufregenden und spannenden Erzählungen von Tausendundeiner Nacht

Als sich Schahrasad in der darauffolgenden Nacht mit dem König Schahriyar aufs Lager niedergelassen hatte, sagte ihre Schwester Dinarasad: «Ach, Schwester, ich beschwöre dich bei Gott, erzähle uns die Geschichte vom Fischer zu Ende.» – «Mit Vergnügen», antwortete sie.

Es ist mir zu Ohren gekommen, o glücklicher König, daß der Fischer, als der Ifrit dieses aussprach, zu ihm sagte: «O böser Dämon, was sagst du da? Salomon, der Prophet Gottes, ist seit über eintausendachthundert Jahren tot, und wir leben jetzt, am Ende der Zeit! Was also hat es mit dir auf sich, und warum bist du in diese Flasche geschlüpft?» Als der Ifrit die Worte des Fischers hörte, antwortete er: «Freue dich!» – «O schöner Freudentag!»

jubelte der Fischer. «Freue dich auf deinen Tod», fuhr der Ifrit fort, «und zwar sofort, noch in dieser Stunde!» – «Für diese freudige Nachricht verdienst du, daß Gottes Schutz von dir abgezogen wird!» schimpfte der Fischer. «Warum willst du mich töten, da ich dich gerade erst befreit habe? Ich habe dich vom Grund des Meeres gerettet, aus dem Wasser heraufgeholt und auf diese Welt gebracht!» – «Du darfst dir etwas wünschen!» sagte da der Ifrit. *Es wird berichtet:* «Was darf ich mir denn wünschen?» erkundigte sich erfreut der Fischer. «Du darfst dir wünschen», sagte der Ifrit, «wie du sterben möchtest und auf welche Art und Weise ich dich töte.» – «Und was ist meine Schuld?» fragte der Fischer. «Ist das der Lohn dafür, daß ich dich befreit habe?» Der Ifrit antwortete: «Hör zu, ich will dir meine Geschichte erzählen.» – «Erzähle schon, aber fasse dich kurz», sagte der Fischer, «denn meine Seele sitzt vor Angst schon in der heiligen Stadt Jerusalem.» «Du mußt wissen», erzählte der Ifrit, «daß ich zu den aufständischen und abtrünnigen Dschinnen gehöre. Zusammen mit dem bösen Dämon, dem Marid Sachr, habe ich mich gegen Gottes Propheten Salomon, den Sohn Davids, erhoben. Er schickte Asaf ben Barachya zu mir, und der nahm mich mit Gewalt fest und führte mich, erniedrigt und gegen meinen Willen, vor Gottes Propheten Salomon. Bei meinem Anblick rief dieser Gott um Hilfe an vor mir und meiner fürchterlichen Gestalt, dann forderte er mich auf, mich ihm zu unterwerfen. Als ich mich weigerte, ließ er diese Flasche aus Messing herbeibringen, sperrte mich in ihr ein, versiegelte sie mit einer Plombe aus Blei und drückte darauf den Stempel mit Gottes allmächtigstem Namen. Dann befahl er den Dschinnen, mich fortzutragen und ins tiefe Meer zu werfen. Dort blieb ich zweihundert Jahre lang. Ich hatte mir aber vorgenommen: ‹Wer mich innerhalb dieser zweihundert Jahre erlöst, den mache ich reich bis an sein Lebensende.› Nun vergingen jedoch die zweihundert Jahre, ohne daß mich jemand erlöste. Danach vergingen weitere zweihundert Jahre. Da sprach ich zu mir selbst: ‹Wer mich erlöst, dem öffne ich alle Schätze der Erde.› Doch es vergingen abermals vierhundert Jahre, ohne daß mich jemand befreit hätte. Als nun wieder ein neues Jahrhundert vor mir lag, sprach ich bei mir selbst: ‹Wer immer mich in diesem Jahrhundert befreit, den mache ich zum Sultan, und ich werde sein Diener und werde ihm jeden Tag drei Wünsche erfüllen.› Aber auch dieses Jahrhundert und alle weiteren Jahre verstrichen, und niemand befreite mich. Da packte mich der Zorn. Ich begann zu schimpfen, zu schnauben und zu grunzen und sagte zu mir selbst: ‹Wer mich ab jetzt erlöst, den töte ich auf die grausamste Weise, oder ich lasse ihn wählen, welchen Todes er sterben möchte.› Und siehst du, es hat gar nicht lange gedauert, da kamst du und hast mich am heutigen Tag befreit. Also wähle nun, wie du sterben möchtest.» Als der Fischer die Worte des Ifrit hörte, seufzte er: «Wir sind Gottes Geschöpfe, und zu Ihm kehren wir zurück. Das habe ich ja schön getroffen, daß ich dich gerade in diesen Jahren befreit habe. Kann es ein unglücklicheres Los geben als meines? Kann man überhaupt mehr Pech haben als ich? Aber ich sage dir eines! Verschone mich, dann wird dich Gott verschonen. Töte mich nicht, sonst wird Gott jemandem Macht über dich geben, daß er dich tötet.» – «Nein», sagte der Ifrit, «an deinem Tod führt kein Weg vorbei. Wähle, wie du sterben willst.» Nun blickte der Fischer seinem Tod ins Auge, wurde traurig und brach in Tränen aus. «Meine lieben Kinder, lebt wohl!» schluchzte er. «Gott möge euch nicht einsam werden lassen.» Doch dann besann er sich eines Besseren und bat den Ifrit: «Ich beschwöre dich bei Gott: Laß mich frei, weil ich dich freigelassen und aus dieser Flasche befreit habe!» Der antwortete: «Gerade deshalb, weil du mich befreit und gerettet hast, werde ich dich töten!» – «Ich habe Gutes an dir getan, und du vergiltst es mir mit Bösem!» sagte der Fischer. «Wirklich, das Sprichwort lügt nicht, wenn es sagt:

Wir taten Gutes, und man hat's uns mit dem Gegenteil vergolten.
‹Bei meinem Leben!› sage ich. ‹So tun es alle Hurensöhne!›

Wer Gutes tut an einem, der das Gute nicht verdient,
Dem geht's wie dem, der Unterschlupf gewährt einer Hyäne.»

«Mach es nicht so lang!» unterbrach ihn der Ifrit. «Ich muß dich, wie gesagt, jetzt töten.» Der Fischer aber sprach zu sich selbst: «Dieser da ist ein Dschinni, und ich bin ein menschliches Wesen. Gott hat mir Verstand gegeben und mich so über ihn gestellt. Ha! Ich werde ihn mit meinem Verstand überlisten. Soll er doch versuchen, mich mit seiner Dschinnenkraft zu fassen zu kriegen! – Mußt du mich wirklich unbedingt töten?» wandte er sich an den Ifrit. «Ja», antwortete dieser. «Beim allmächtigsten Namen, der auf dem Siegelring Salomons, des Sohnes Davids, eingraviert ist», sagte der Fischer, «wenn ich dir eine Frage stelle, gibst du mir dann eine ehrliche Antwort?» Der Ifrit begann zu zittern und zu beben und sagte: «Frag schon, aber mach es kurz!»

Da erreichte das Morgengrauen Schahrasad, und sie hörte auf zu erzählen. «Ach, Schwester», seufzte ihre Schwester Dinarasad, «wie schön ist deine Geschichte und wie spannend!» – «Was ist das schon», erwiderte sie, «gegen das, was ich euch morgen nacht erzählen werde, wenn ich dann noch lebe und mich der König verschont. Das wird noch spannender sein!»

Die elfte Nacht

aus den aufregenden und spannenden Erzählungen von Tausendundeiner Nacht

Und als die nächste Nacht gekommen war, sagte Dinarasad zu ihrer Schwester Schahrasad: «Ach, Schwester, wenn du nicht schläfst, so erzähle uns doch die Geschichte vom Fischer und dem Dschinni zu Ende.» – «Mit Vergnügen», antwortete sie.

Mir ist zu Ohren gekommen, o König, daß der Fischer fragte: «Beim allmächtigsten Namen, warst du wirklich in dieser Flasche?» – «Ja, beim allmächtigsten Namen, in dieser Flasche war ich eingesperrt», antwortete der Ifrit. «Du lügst», sagte der Fischer zu ihm, «diese Flasche ist nicht einmal groß genug für deine Hände oder deine Füße. Wie solltest du da ganz hineinpassen?» – «Ich schwöre bei Gott, ich war darinnen!» sagte der Ifrit. «Glaubst du mir etwa nicht, daß ich darin war?» – «Nein», antwortete der Fischer. Da schüttelte sich der Ifrit und wurde zu Rauch, welcher aufstieg, sich über der Oberfläche des Meeres ausbreitete und auch über die Erde kroch. Der Rauch sammelte sich und schlüpfte langsam, langsam in die Flasche. Kaum war der Ifrit ganz in der Flasche verschwunden, rief er von innen: «Siehst du, Fischer, ich bin in der Flasche. Glaubst du mir jetzt?» Doch ehe er sich's versah, sprang der Fischer schnell herzu, zog den bleiernen Pfropfen hervor, der mit dem Stempel versiegelt war, und drückte ihn auf die Flasche. «He, Ifrit!» rief er ihm zu. «Jetzt darfst du dir wünschen, wie du sterben möchtest. Ich werde dich nämlich jetzt hier ins Meer werfen und mir genau an dieser Stelle ein Haus bauen, damit ich jeden Fischer, der hier vorbeikommt, davon abhalten kann, hier zu fischen. ‹Hier ist ein Ifrit›, werde ich die Fischer warnen, ‹der tötet jeden, der ihn herauszieht, und läßt ihn vorher wählen, wie er sterben möchte.›» Als der Ifrit die Worte des

Fischers hörte und bemerkte, daß er wieder gefangen war, versuchte er, herauszukommen. Aber das Siegel mit dem Stempel Salomons, des Sohnes Davids, hielt ihn zurück, und so konnte er nicht entweichen. Jetzt verstand er, daß der Fischer ihn überlistet hatte. «Lieber Fischer», bat er, «bitte, tu das nicht! Ich habe mir doch nur einen Spaß mit dir erlaubt.» – «Du lügst, o mächtigster und armseligster aller Ifrite!» erwiderte der Fischer. Damit rollte der Fischer die Flasche wieder ans Meeresufer. Der Ifrit schrie: «Nein! Nein!», und der Fischer rief zurück: «Doch! Doch!» Da brach der Ifrit in Tränen aus und sprach mit unterwürfiger Stimme: «Was hast du vor, Fischer?» – «Ich werfe dich ins Meer», antwortete er. «Dort hast du beim ersten Mal achthundert Jahre gelegen. Jetzt aber lasse ich dich dort verschmachten bis zum Jüngsten Tag. Habe ich dir nicht gesagt: ‹Verschone mich, so wird Gott dich verschonen, und töte mich nicht, sonst tötet dich Gott›? Das hast du ausgeschlagen; du hast darauf bestanden, mich zu verraten und zu töten. Jetzt verrate ich dich dafür.» «Lieber Fischer», fing der Ifrit wieder an, «mach mir auf, damit ich dir Gutes tun und dich reich machen kann!» Der Fischer aber sagte: «Du lügst, du lügst! Uns beiden geht es ebenso wie dem König Yunan mit dem Arzt Duban.» – «Was haben diese beiden denn für eine Geschichte?» fragte der Ifrit. Und der Fischer erzählte:

König Yunan und der Arzt Duban

Du mußt wissen, Ifrit, daß es in der Stadt Fars im Lande Suman einmal einen König und Herrscher gab mit Namen Yunan. Dieser König war von Aussatz befallen an seinem ganzen Körper. Die Ärzte und Weisen waren an seiner Krankheit verzweifelt, sie konnten ihn nicht heilen. Schon viele Arzneien hatte er eingenommen, und man hatte ihn mit Salben und Ölen durch und durch getränkt – nichts hatte geholfen. Nun kam eines Tages ein Arzt namens Duban in die Stadt des Königs Yunan. Dieser Arzt hatte alle Bücher gelesen, griechische, persische, türkische, arabische und lateinische, syrische und hebräische Bücher. Alles Wissen, was darinnen stand, hatte er sich angeeignet. Er hatte die Grundlagen der Heilkunst durchdrungen und kannte die Regeln ihrer Anwendung und ihrer Wirkung. Über Pflanzen und Kräuter, schädliche und nützliche, wußte er alles. Außerdem kannte er die Philosophen und verstand sich auf sämtliche Wissenschaften. Wenige Tage nach seiner Ankunft in der Stadt des Königs Yunan erfuhr dieser Arzt, wie es um den König stand. Man erzählte ihm, daß dessen Körper von einem Aussatz befallen war, den alle Ärzte und Doktoren nicht zu heilen vermochten. Nachdem er die Nacht verbracht hatte und Gott den nächsten Morgen anbrechen und den strahlenden Morgenstern aufleuchten ließ, legte der Arzt Duban seine schönsten Kleider an und begab sich zum König Yunan, um sich bei ihm vorzustellen. «Verehrter König», sagte er, «mir ist zu Ohren gekommen, daß deinen Körper etwas befallen hat, das schon viele Ärzte erfolglos behandelt haben. Ich werde den König heilen, und zwar ohne daß ich dir eine Medizin zu trinken gebe und ohne dir Öle auf den Körper zu reiben!» – «Wenn dir das gelingt», sagte der König, als er das hörte, «dann mache ich dich reich und nach dir deine Nachkommen und die Nachkommen deiner Nachkommen. Ich werde dir täglich meine Gunst erweisen und lasse dich immer bei mir sitzen und mit mir trinken.» Sogleich ließ er ihm ein neues Gewand bringen und war freundlich zu ihm. Dann fragte er ihn: «Kannst du mich wirklich vom Aussatz heilen, ohne alles und ohne daß ich irgendeine Arznei schlucken muß?» – «Ja, ich heile dich rein äußerlich», antwortete dieser. Das erstaunte den König. Eine heftige Zuneigung und großer Respekt erfaßten ihn. «Auf denn», sagte er, «geh ans Werk, verehrter Doktor, und tue, was du gesagt hast.» – «Ich höre und gehorche», antwortete der Arzt. «Wenn Gott, der Erhabene, will, wird es am morgigen Tag geschehen.» Damit erhob sich der Arzt Duban, ging hinaus in die Stadt, mietete ein Haus, beschaffte sich allerlei Medikamente und Drogen und mischte sie zu einer Arznei. Dann fertigte er einen Schläger mit gebogenem Ende an, den er aushöhlte und an den er einen hohlen Griff ansetzte. Hier hinein goß er die Öle und Arzneien, die ihm bekannt waren. Den Schläger machte er nach allen Regeln und mit der ganzen Sorgfalt seines Geschicks fertig. Ebenso machte er nach all seinem Wissen und seiner Kunst einen Ball. Als er mit all diesem fertig war, ging er am folgenden Tag zum Sultan, dem König Yunan, warf sich vor ihm zu Boden –

Da erreichte das Morgengrauen Schahrasad, und sie hörte auf zu erzählen. «Wie schön ist deine Geschichte!» lobte ihre Schwester Dinarasad. «Was hast du schon davon gesehen!» erwiderte sie. «Morgen nacht erzähle ich euch etwas noch Aufregenderes und Spannenderes als dieses, wenn ich bis dahin am Leben bleibe und mich der König verschont ...»

Die zwölfte Nacht

aus den spannenden und aufregenden Geschichten von Tausendundeiner Nacht

Und als die nächste Nacht gekommen war, sagte Dinarasad zu ihrer Schwester Schahrasad: «Ach, Schwester, ich beschwöre dich bei Gott, erzähle uns doch den Rest der Geschichte vom Ifrit und dem Fischer!» – «Mit Vergnügen», antwortete sie.

Es ist mir zu Ohren gekommen, o König, daß der Fischer dem Ifrit erzählte:

Nachdem der Arzt Duban vor den König Yunan getreten war, gab er diesem die Anweisung, hinauszureiten aufs Feld. Er meinte damit das Polofeld, auf dem mit Ball und Schläger Polo gespielt wird. Der Sultan ritt in Begleitung seiner Kämmerer, Emire, Wesire, Minister und der Großen des Reiches, die alle ihm zu Diensten waren, aufs Polofeld hinaus. Kaum daß er fest im Sattel saß, trat der Arzt Duban zu ihm und überreichte ihm den Poloschläger mit den Worten: «Nimm diesen Schläger, o glücklicher König, und halte ihn an diesem Griff. Dann tummele dich auf dem Spielfeld. Schließe dabei deine Handfläche fest um den Griff. Schlage auf den Ball, und spiele, bis du ins Schwitzen gerätst. Deine Hand muß auf dem Griff zu schwitzen beginnen. So wird die Medizin in deine Handfläche eindringen, deinen Unterarm durchdringen und sich dann in deinem ganzen Körper ausbreiten. Wenn du genug geschwitzt hast und die Medizin dich ganz durchdrungen hat, kehre in deinen Palast zurück, dort, wo du regierst. Nimm ein Bad, und wasche dich gründlich. Danach gehe schlafen. Dann bist du geheilt, und dein Leiden hat ein Ende.» Mit diesen Anweisungen erhielt der König Yunan von dem Arzt Duban den Schläger und nahm ihn in die Hand. Er saß schon auf dem Pferd, und nun warf man den Ball vor ihn, und er sprang hinterher, bis er ihn erreicht hatte. Kräftig schlug er ihn zurück, wobei er mit seiner Handfläche fest den Griff des Schlägers umschloß. Er schlug so lange auf den Ball und jagte ihm hinterher, bis seine Handfläche zu schwitzen begann, danach sein ganzer Körper. Da trat die Medizin aus dem Griff aus und floß in alle seine Körperteile. Als der Arzt Duban überzeugt war, daß die Medizin aufgenommen worden war und den König völlig durchdrang, gab er ihm die Anweisung, in seinen Palast zurückzukehren, wo er sofort ein Bad nehmen sollte. Der König ging ins Bad, wusch sich gründlich, legte noch im Bad neue Kleider an, trat hinaus und kehrte in seinen Palast zurück. ൳ Der Arzt Duban hingegen verbrachte die Nacht in seinem Haus bis zum nächsten Morgen. Ganz früh am Tag stand er auf und begab sich zum Palast. Er bat um die Erlaubnis, beim König vorzusprechen, die man ihm gewährte. So trat der Arzt Duban wieder vor den König, küßte den Boden und sprach, die Hand zum König ausgestreckt, die folgenden Verse:

Kamil

«Du bist der Vater der Güte, dem alle Welt lobsingt,
Und dessen Name der Güte selbst so köstlich klingt.

Das Strahlen deines Gesichts hat eine sonnige Kraft,
Die selbst das finsterste Mißgeschick zum Lächeln zwingt.

Wenn auch die Zeit ihre Stirn in Sorgenfalten legt,
Sei dein Gesicht doch stets von hellem Glanz umringt!

So reiche Gaben entsprangen deinen Händen, wie
Der Regenwolke ein warmer Regenguß entspringt.

Dein ganzes Geld warfst du wie Tau eine Schlucht,
Bis daß dein Ruhm an die allerhöchsten Gipfel dringt!»

Kaum hatte der Arzt Duban sein Gedicht beendet, erhob sich der König, umarmte ihn und setzte ihn an seine Seite. Er wandte sich ihm zu, sprach und lachte mit ihm, überreichte ihm Geschenke und erwies ihm seine Gunst, auch kleidete er ihn in kostbare Ehrengewänder. Der König hatte nämlich, als er frühmorgens aus dem Bad kam, seinen Körper betrachtet. Nicht eine einzige Spur von Aussatz war darauf geblieben. Sein Körper sah aus wie reinstes Silber. Da wurde er über die Maßen froh, sein Herz ging auf, und die Brust wurde ihm weit. ൳ Als er dann aufgestanden und in die Thronhalle zu den Dienern gegangen war, sich auf seinen Thron gesetzt hatte und alle Mamluken und Kämmerer diensteifrig aufgesprungen waren, die Wesire und angesehenen Männer seines Königreiches Platz genommen hatten und als dann der Arzt Duban hereinkam, wie wir es geschildert haben, da stand er auf, ging auf ihn zu, umarmte ihn und setzte ihn neben sich, wandte sich ihm zu und aß und trank mit ihm.

Da erreichte das Morgengrauen Schahrasad, und sie hörte auf zu erzählen. «Ach, Schwester», seufzte ihre Schwester Dinarasad, «wie schön ist deine Geschichte!» – «Der Rest der Geschichte ist noch spannender und noch aufregender!» erwiderte Schahrasad. «Und wenn ich morgen nacht noch lebe, erzähle ich euch etwas noch Schöneres, sofern mich der König verschont ...»

Die dreizehnte Nacht

aus den aufregenden und spannenden Erzählungen von Tausendundeiner Nacht

Und als die nächste Nacht gekommen war, sagte Dinarasad zu ihrer Schwester Schahrasad: «Ach, Schwester, wenn du nicht schläfst, so erzähle uns doch eine deiner schönen Geschichten, mit der wir uns diese Nacht vertreiben können.» – «Mit Vergnügen», antwortete sie.

Es ist mir zu Ohren gekommen, o glücklicher König, dessen Geschäfte Gott segnen möge, daß König Yunan den Arzt Duban in seine Nähe holte, ihm ein Ehrengewand schenkte und ihm seine Gunst erwies. Als die Nacht hereingebrochen war, gab König Yunan dem Arzt tausend Dinar, und dieser zog sich in sein Haus zurück. Das aber tat König Yunan aus Bewunderung für die Kunst des Arztes Duban. «Er hat mich geheilt, von außerhalb meines Körpers, ohne mir einen Trank zu verabreichen und ohne mich mit Ölen einzureiben», sagte er zu sich selbst, «das ist wirklich eine hohe Kunst. Dafür muß ich ihm meine Gunst erweisen und großzügig zu ihm sein, ihn bei mir sitzen und mit mir trinken lassen, so daß er mein vertrauter Freund wird.» In dieser Nacht schlief der König gut. Er war froh, seine Krankheit überwunden zu haben, und freute sich darüber, daß sein Leib genesen und sein Körper wieder gesund war. Als nun der nächste Morgen anbrach und mit seinem Licht leuchtete und glänzte, trat der König in seinen Thronsaal und setzte sich auf seinen Thron. Die obersten Diener sprangen diensteifrig auf, die Emire, Wesire und seine höchsten Minister nahmen zu seiner Rechten und Linken Platz. Nun bestellte der König den Arzt zu sich. Der kam herein, küßte den Boden vor seinen Füßen, und der König erhob sich zu seinen Ehren, ließ ihn neben sich Platz nehmen, speiste mit ihm, blieb nahe bei ihm und behielt ihn in seiner Nähe. Wieder erwies er ihm seine Gunst, überreichte ihm ein Ehrengewand und andere Geschenke. Bis tief in die Nacht hinein wurde er nicht müde, sich mit ihm zu unterhalten. Dann ließ er ihm erneut tausend Dinar auszahlen. Der Arzt entfernte sich zu seinem Haus. Er verbrachte die Nacht fröhlich mit seiner Ehefrau und dankte dem über alles richtenden Weltenherrscher. Als der nächste Morgen anbrach, betrat der König wieder die Halle seines Palastes und seiner Regierungsgeschäfte, und wieder traten die Emire und Wesire vor, um ihm zu Diensten zu sein. Der König hatte aber einen Wesir, der durch Beziehungen an seinen Hof gekommen war. Er war niederträchtig, geizig, eifersüchtig und neidisch, kurz, ein verbitterter Mensch. Als dieser Wesir nun sah, wie nahe der Arzt dem König stand und wieviel Geld und Ehrengewänder ihm der König schon geschenkt hatte, befürchtete er, der König könnte ihn von seinem Amt entbinden und den Arzt an seine Stelle setzen. In seiner Eifersucht heckte er einen schlimmen Plan gegen ihn aus, wie das Sprichwort sagt: ‹Kein Menschenleib ist frei von Neid.› Der neidische Wesir trat also vor den König, küßte den Boden vor seinen Füßen und sagte: «O glorreicher König und verdienstvoller Herr! Ich bin unter deiner Güte und deinem Segen aufgewachsen. Hier habe ich einen sehr bedeutenden Rat für dich. Wenn ich ihn vor dir geheimhalten würde, wäre ich ein Hurensohn. Befiehlt es mir aber der großmächtige König, so werde ich ihn dir offenbaren.» – «Wehe dir», sprach der König, dem diese Rede überhaupt nicht gefiel, «und was wäre das für ein Rat?» – «O König», antwortete dieser, «das Sprichwort sagt: ‹Wer nicht auf die Folgen blickt, der wird vom Schicksal nicht beglückt.› Ich meine, daß der König einen Fehler macht, wenn er seinen Feind begünstigt, der gekommen ist, um sein Reich zu vernichten und seinen Wohlstand zu plündern. Du hast ihm deine Gunst erwiesen und hast ihn in deine nächste Nähe geholt, aber ich habe seinetwegen Angst um dein Königreich.» – «Wen meinst du?» fragte der König. «Von wem behauptest du das, und wen zeigst du an?» – «Wach auf, wenn du noch schläfst!» erwiderte der Wesir. «Ich meine den Arzt Duban, der aus dem Lande Ruman zu dir gekommen ist.» – «Wehe dir!» rief der König entsetzt. «Der soll mein Feind sein? Er ist mir der liebste Mensch von allen, er ist mein bester Freund und steht bei mir in der höchsten Gunst! Dieser Arzt hat mich geheilt durch etwas, das ich mit der Hand gegriffen habe! Er hat mich befreit von meiner Krankheit, die kein Arzt heilen konnte und an der alle Doktoren verzweifelt sind. Einen wie ihn gibt es heutzutage nirgendwo, weder im Osten noch im Westen, weder fern noch nah. Und du sagst so etwas über ihn? Vom heutigen Tage an werde ich ihm jeden Monat tausend Dinar auszahlen lassen, ich werde ihm ein regelmäßiges Gehalt bezahlen, und selbst wenn ich meinen gesamten Reichtum und mein Königreich mit ihm teilte, so wäre es doch weniger als das, was ihm zusteht. Ich glaube», fuhr der König fort, «daß du das aus Neid gegen ihn vorbringst. Es ist genauso wie das, was König Sindbads Wesir zu seinem König gesagt hat, als er seinen Sohn töten wollte.»

Da erreichte der Morgen Schahrasad, und sie hörte auf zu erzählen. «Ach, Schwester», seufzte ihre Schwester Dinarasad, «wie schön ist deine Geschichte!» – «Was habt ihr schon gehört», erwiderte sie, «verglichen mit dem, was ich euch morgen nacht erzählen werde! Das ist noch viel spannender und aufregender als dieses!»

Die vierzehnte Nacht

aus den spannenden und aufregenden Erzählungen von Tausendundeiner Nacht

Als die nächste Nacht gekommen war und der König sein Lager aufgesucht hatte, begab sich Schahrasad mit ihm ins Schlafgemach. Da sagte ihre Schwester Dinarasad: «Ach, Schwester, ich beschwöre dich bei Gott, wenn du nicht schläfst, so erzähle uns doch eine deiner schönen Geschichten, mit der wir uns diese Nacht vertreiben können.» – «Einverstanden», sagte sie.

Es ist mir zu Ohren gekommen, o glücklicher König, daß der Wesir des Königs Yunan sagte: «Verzeihung, o größter Herrscher dieser Zeit, was hat denn der Wesir des Königs Sindbad gesagt, als der seinen Sohn töten wollte?» Da erzählte König Yunan seinem Wesir:

Der Kaufmann mit dem Papagei

Du mußt wissen, daß König Sindbad seinen Sohn töten wollte, weil ein Neider seinen Vater auf ihn eifersüchtig gemacht hatte. Sein Wesir aber warnte ihn mit den Worten: «Tue nicht etwas, das du vielleicht später bereust! Mir ist nämlich die Geschichte eines eifersüchtigen Ehemannes berichtet worden, der eine wunderschöne, anmutige, strahlende und vollkommene Ehefrau hatte. Er fand es unmöglich, von ihrer Seite zu weichen. Nun mußte er doch einmal verreisen, es ließ sich nicht vermeiden. Vor seiner Abreise ging er auf den Vogelmarkt, kaufte einen Papagei und setzte ihn als Spion in sein Haus. Der Papagei sollte ihm Bericht erstatten, was während seiner Abwesenheit in seinem Haus vorging. Er war ein intelligenter, kluger und schlauer Vogel und besaß ein hervorragendes Gedächtnis. Der Kaufmann reiste ab und erledigte seine Geschäfte. Nach seiner Rückkehr befragte er den Papagei, wie es in seiner Abwesenheit seiner Frau ergangen war, und der Papagei berichtete ihm, was die Frau mit ihrem Liebhaber getan hatte. Er schilderte ihm genau, wie sie es getrieben hatten, Tag für Tag, während er fortgewesen war. Als der Kaufmann das hörte, stand er auf, ging zu seiner Frau und deckte sie satt mit Prügeln ein. Er war fürchterlich zornig auf sie. Die Ehefrau glaubte, eine ihrer Dienerinnen hätte sie und ihren Liebhaber verraten. Also verhörte sie die Mädchen, eines nach dem anderen. Aber sie schworen allesamt, daß sie gehört hätten, wie der Papagei ihm Bericht erstattet hätte. Als die Frau hörte, daß es der Papagei war, der gesprochen hatte, befahl sie einer ihrer Dienerinnen, die Mühle zu holen und unter dem Käfig zu mahlen. Ein anderes Mädchen mußte von oben Wasser auf den Käfig herunterspritzen, und wieder eine andere mußte einen Spiegel aus Metall die ganze Nacht lang drehen, rechts herum und links herum. In jener Nacht übernachtete ihr Ehemann auswärts. Kaum war der Morgen angebrochen, kam er wieder nach Hause und griff sich auch gleich den Papagei. Wieder befragte er ihn, was in seiner Abwesenheit in dieser Nacht vorgegangen war. «Entschuldige mich, Herr», antwortete der Papagei, «ich konnte gestern nacht weder etwas hören noch etwas sehen, weil es so dunkel war und weil der Regen und das Donnern und Blitzen so laut waren. Die ganze Nacht ist das so gegangen, bis zum Morgengrauen!» Es war aber zu jener Zeit Sommer, ungefähr der Monat Juli. Da sagte der Kaufmann zu ihm: «Wehe dir, es ist doch gar keine Regenzeit!» – «Doch, bei Gott!» bekräftigte der Papagei. «Ich habe die ganze Nacht lang all das gesehen, was ich dir erzählt habe.» Nun war der Mann überzeugt, daß der Papagei log und daß auch das, was er über seine Frau erzählt hatte, gelogen war. Die Lage, in die er sie gebracht hatte – glaubte er –, war zu Unrecht entstanden. Er wurde wütend auf den Papagei, packte ihn, zog ihn aus seinem Käfig und schmetterte ihn zu Boden, womit er ihn tötete. So starb dieser Papagei. Etwas später erfuhr der Mann von den Nachbarn die

Wahrheit über seine Frau, nämlich daß es stimmte, was der Papagei erzählt hatte. Da bedauerte er, daß er ihn getötet hatte und daß er auf eine List seiner Frau hereingefallen war.

«Genauso steht es mit mir, mein lieber Wesir», setzte König Yunan hinzu.

Da erreichte das Morgengrauen Schahrasad, und sie hörte auf zu erzählen. «Wie schön und wie spannend ist deine Geschichte!» sagte ihre Schwester Dinarasad. «Was ist das schon», entgegnete sie, «gegen das, was ich euch in der kommenden Nacht erzählen werde, wenn ich dann noch lebe und mich der König verschont. Dann erzähle ich euch etwas noch Spannenderes als dieses.» – «Bei Gott», sprach der König zu sich selbst, «das ist wirklich eine spannende Geschichte.»

Die fünfzehnte Nacht

aus den aufregenden und spannenden Erzählungen von Tausendundeiner Nacht

In der folgenden Nacht sagte Dinarasad zu ihrer Schwester Schahrasad: «Ach, Schwester, ich beschwöre dich bei Gott, wenn du nicht schläfst, so erzähle uns doch eine deiner schönen Geschichten! Denn deine Geschichten sind eine Wohltat für alle Menschen, sie vertreiben Kummer und Sorgen und waschen die Traurigkeit von den Herzen.» – «Mit Vergnügen», sagte Schahrasad. Und König Schahriyar fügte hinzu: «Es soll aber das Ende der Geschichte vom König Yunan, dem Wesir, dem Arzt Duban, der Flasche, dem Ifrit und dem Fischer sein!» – «Mit Vergnügen!» erwiderte sie.

Mir ist zu Ohren gekommen, o glücklicher König, daß der König Yunan seinem eifersüchtigen Wesir erzählte, wie der Hausherr, nachdem er den Papagei getötet hatte, von seinen Nachbarn die Wahrheit erfuhr und wie sich das, was der Papagei erzählt hatte, bestätigte und er es bereute, ihn getötet zu haben. «Und du, mein lieber Wesir», fuhr der König fort, «bist vom Neid auf diesen Mann, den Arzt, besessen. Du willst, daß ich ihn töte und es hinterher bereue, geradeso wie der Besitzer des Papageis es bereut hat, nachdem er seinen Papagei getötet hatte!» *Es wird berichtet:* «O mächtiger

König», sagte der Wesir, als er die Worte des Königs Yunan gehörte hatte, «was hat dieser Arzt denn Böses getan? Mir droht von diesem Mann kein Schaden. Ich fürchte nur um dich; aus Sorge um dich tue ich all das. Wenn du feststellst, daß es nicht stimmt, dann töte mich, so wie der Wesir zu Tode kam, der einen Königssohn überlisten wollte.» – «Wie war denn das?» fragte König Yunan seinen Wesir. Und der Wesir erzählte:

Der Königssohn und die Ghula

Die Leute behaupten, o glücklicher König, daß es einmal einen König gab, dessen Sohn immerzu Lust aufs Jagen und Hetzen hatte. Ein Wesir seines Vaters war bei ihm, den dieser angewiesen hatte, ihn überallhin zu begleiten. Eines Tages zogen sie zusammen hinaus in die Wüste. Schon entdeckte er ein Wildtier. «Los, auf!» sagte der Wesir zu dem Königssohn. «Jage dieses Tier!» Und der Königssohn nahm die Verfolgung auf, bis er schließlich seine Spur verlor und allein in der Wüste zurückblieb, ohne zu wissen, wohin er sich wenden und welchen Weg er einschlagen sollte. Da erschien plötzlich ein Mädchen vor ihm. Sie weinte. «Wo kommst du her?» sprach der junge Mann sie an. «Ich bin die Tochter eines indischen Königs», antwortete sie. «Ich war gerade zu Pferd in der Wüste unterwegs, da hat mich der Schlaf überwältigt, und ich bin, ohne es zu merken, vom Pferd gefallen. So bin ich allein zurückgeblieben, einsam und verlassen und ohne zu wissen, wohin.» Dem jungen Mann, dem Königssohn, kamen vor Mitleid die Tränen, als er ihre Geschichte hörte. Er hob sie auf den Rücken seines Pferdes und setzte sie hinter sich in den Sattel. Als sie an einer verlassenen Ruine vorüberkamen, sagte das Mädchen plötzlich zu ihm: «Mein Herr, ich möchte hier etwas erledigen.» Er ließ sie absteigen, und sie betrat die Ruine. Der Königssohn, der nicht wußte, wer sie wirklich war, folgte ihr arglos. Doch o Schreck! Sie war eine Ghula, und er hörte sie zu ihren Kindern sagen: «Ich habe einen schönen, fetten Jungen mitgebracht!» – «Bring ihn herein, Mutter», riefen ihre Kinder ihr entgegen, «damit wir seinen Bauch ausfressen können!» *Es wird berichtet:* Als der junge Mann hörte, was sie sagte, wuchs seine Angst. Er begann am ganzen Körper zu zittern. Voller Angst um sein Leben machte er sofort kehrt. *Es wird berichtet:* Aber hinter ihm kam auch die Ghula heraus und sagte: «Was ist mit dir? Fürchtest du dich etwa?» Er sagte ihr, was er fühlte, und berichtete ihr, wie es um ihn stand. «Man hat mich in die Irre geführt!» erzählte er. «Wenn dir Unrecht geschehen ist», erwiderte die Ghula, «so suche Hilfe bei Gott, dem Erhabenen. Er wird dich vor allem Bösen, das du fürchtest, bewahren.» *Es wird berichtet:* Der Jüngling streckte seine Hände empor zum Himmel –

Da erreichte das Morgengrauen Schahrasad, und sie hörte auf zu erzählen. «Wie schön und wie spannend ist deine Geschichte!» sagte ihre Schwester Dinarasad. «Was ist das schon», erwiderte sie, «gegen das, was ich euch morgen nacht erzählen werde. Das wird noch spannender und noch aufregender sein!»

Die sechzehnte Nacht

aus den aufregenden und spannenden Erzählungen von Tausendundeiner Nacht

Und als die nächste Nacht gekommen war, sagte Dinarasad: «Ach, Schwester, ich beschwöre dich bei Gott, wenn du nicht schläfst, so erzähle uns doch eine deiner schönen Geschichten!» – «Einverstanden, herzlich gerne!» erwiderte sie.

Es ist mir zu Ohren gekommen, o König, daß der Wesir dem König Yunan erzählte, daß die Ghula, als der Königssohn zu ihr sagte: «Man hat mich in die Irre geführt!», antwortete: «Suche deine Hilfe bei Gott, er wird dich bewahren vor allem, was du fürchtest» und daß der junge Mann seinen Blick zum Himmel erhob und betete: «Lieber Gott, hilf mir gegen meinen Feind, denn im Koran steht: ‹Du hast zu allem die Macht.›» *Es wird berichtet:* Kaum hatte die Ghula sein Gebet vernommen, verschwand sie. Er aber kehrte wohlbehalten zu seinem Vater zurück und berichtete ihm, daß der Wesir ihn aufgefordert hatte: «Lauf!», woraufhin ihm diese Ghula begegnet sei. Da ließ sein Vater den Wesir vorführen und tötete ihn.

So steht es auch mit dir, o König! Du vertraust diesem Arzt, tust ihm Gutes und bringst ihn in deine Nähe. Aber zur selben Zeit bereitet er deine Vernichtung und Ermordung vor! Glaube mir, o König, ich bin ganz sicher, daß er ein Spion ist, der aus einem fremden Land eingedrungen ist, um dich zu vernichten. Hast du denn nicht bemerkt, daß er dich von außerhalb deines Körpers geheilt hat durch etwas, das du bloß ergriffen hast?» Der König geriet in Zorn. «Ja, Wesir, du hast recht», sagte er, «vielleicht ist es wirklich so, wie du sagst, und er ist gekommen in der Absicht, mich zu vernichten. Wer mich heilen kann mit einem Griff, den ich nur anzufassen brauche, der kann mich auch töten mit einem Duft, den ich nur riechen muß. Lieber Wesir, mein guter Ratgeber», fuhr er fort, «wie soll ich jetzt mit ihm umgehen?» – «Laß sofort nach ihm schicken, o König, und bestelle ihn zu dir», antwortete dieser. «Wenn er da ist, schlage ihm den Kopf ab. Schließlich hast du ja bekommen, was du von ihm wolltest, und dein Wunsch wurde dir erfüllt!» – «Ja, das ist der richtige Weg und ein Plan, an dem kein Fehler ist», sagte der König. Sogleich schickte er nach dem Arzt, der auch sofort erschien, voll Freude über die erwiesenen Wohltaten, die Geldgeschenke und Ehrenkleider, die ihm der König schon überreicht hatte. Indem er hereinkam, wies er mit ausgestrecktem Arm auf den König und sprach die folgenden Verse:

«Wollt' ich dir nicht mindestens ein wenig meinen Dank ausdrücken,
Sag, für wen dann sollt' ich meine Reden und Gedichte stricken?

Noch bevor ich bitten konnte, hast du mir schon Gunst erwiesen,
Ohne Zögern gabst du, schenktest reichlich und aus freien Stücken.

Schande über mich, wenn deinem Lob ich nicht sein Recht gewähre,
Preisen will ich deine Hoheit, heimlich und vor allen Blicken.

Darum danke ich dir nun für deine vielen guten Gaben,
Welche meine Sorgen lindern, doch beschweren meinen Rücken!»

«Weißt du, warum ich dich herbestellt habe, Arzt?» sagte der König. «Nein, o König», antwortete der Arzt. «Ich habe dich herbestellt», sagte dieser, «um dich zu töten und dir den Lebenshauch zu rauben.» – «O König», sagte Duban, der sich darüber sehr wunderte, «weshalb willst du mich töten? Was ist die Schuld, die ich auf mich geladen habe?» – «Man sagt über dich, daß du ein Spion bist», erwiderte der König, «und daß du hier eingedrungen bist mit der Absicht, mich zu töten. Deswegen werde ich dich jetzt töten, bevor du mich töten kannst. Das Sprichwort sagt: ‹Ich esse dich zu Mittag, bevor du mich zum Abendessen verspeist.›» Dann rief er den Scharfrichter und befahl ihm: «Schlage diesem Arzt den Kopf ab, und erlöse uns vor den bösen Folgen seiner Pläne! Schlag zu!» *Der Autor der*

Geschichte spricht: Als der Arzt die Worte des Königs hörte, wußte er, daß er wegen seiner Nähe zum König beneidet wurde und daß man deshalb eine Intrige gegen ihn gesponnen und ihn beim König verleumdet hatte. Sie wollten, daß der König ihn töte, damit sie ihn los wären. Der König, so wurde ihm klar, war schwach im Denken, in seiner Meinung und in seinen Entschlüssen. Da bereute der Arzt, was er getan hatte, doch nützte ihm die Reue jetzt nichts mehr. «Es gibt keine Kraft und keine Stärke außer bei Gott, dem Erhabenen und Mächtigen!» seufzte er. «Ich habe Gutes getan, und er vergilt es mir mit Bösem!» All das geschah, nachdem der König bereits dem Scharfrichter befohlen hatte: «Schlag ihm den Kopf ab!» Da wandte sich der Arzt an den König. «Verschone mich, o König», bat er, «dann verschont dich Gott. Töte mich nicht, sonst wird Gott dich töten.» Dies wiederholte er noch ein zweites Mal, so wie ich, o Ifrit, es dir zum wiederholten Male gesagt habe, aber du hast es ja abgelehnt und darauf bestanden, mich zu töten. – «Es gibt keinen anderen Weg, als dich zu töten», sagte der König zum Arzt, «und zwar deshalb, weil du, verehrter Arzt, mich mit einem bloßen Griff geheilt hast, da kann ich nicht sicher sein, daß du mich nicht auch mit irgendeinem anderen Ding ermordest!» – «Ist das mein Lohn?» fragte der Arzt zurück. «Vergiltst du so Gutes mit Bösem?» – «Rede nicht lange», sagte der König, «ich muß dich töten, und zwar noch am heutigen Tag und ohne Verzug!» Als ihm klar wurde, daß er tatsächlich getötet würde, brach der Arzt in Tränen aus. Er weinte, trauerte und klagte und schalt sich selbst dafür, daß er Gutes getan hatte an einem, der es nicht verdiente. Salzige Tränen fielen wie Samen auf den Erdboden. Dann erhob er seine Stimme und sprach:

«Maimuna war ein dummes Mädchen,
Obgleich ihr Vater kam aus einem klugen Haus.

So mancher, der 'nen schlauen Blick aufsetzt,
Der rutscht sogar auf trockner Straße aus.»

In diesem Moment trat der Scharfrichter auf ihn zu. Er verband ihm die Augen, band ihm die Hände und zog sein Schwert. Währenddessen weinte und klagte der Arzt weiter. «Ich beschwöre dich bei Gott, o König», sagte er immer wieder, «verschone mich, dann verschont dich Gott, und töte mich nicht, sonst tötet dich Gott!» Dann sprach er unter Tränen die Verse:

«Ich meinte es ehrlich und hatte kein Glück, sie waren Betrüger und
hatten Erfolg.
Im Haus der Schande hat meine Ehrlichkeit mir eine Wohnung gesucht.

Bleib' ich am Leben, dann bin ich nie wieder ehrlich, und soll ich
nun sterben,
Dann seien auf ewig die ehrlichen Leute in allen Sprachen verflucht!

O König!» fuhr er fort. «Ist das der Lohn, den ich von dir erhalten soll? Du vergiltst es mir wie einst das Krokodil!» – «Was ist das für eine Geschichte mit dem Krokodil?» wollte der König wissen. «Ich kann sie dir in meiner jetzigen Lage nicht erzählen», erwiderte der Arzt. «Ich beschwöre dich in Gottes Namen: Verschone mich, so verschont dich Gott, und töte mich nicht, sonst wird Gott dich töten.» Und der Arzt weinte heftig. ☙ *Es wird berichtet:* Da erhoben sich einige Hofleute des Königs und sagten: «O König, übertrage seine Schuld auf uns – obgleich wir ihn nichts haben tun sehen, das eine solche Bestrafung rechtfertigen würde.» – «Ihr habt keine Ahnung, warum ich ihn töten lasse», erwiderte der König, «aber ich sage euch: Wenn ich ihn verschonen würde, dann wäre ich ganz gewiß dem Untergang geweiht. Denn wenn er mich von meiner Krankheit, die ich hatte und an der sogar die griechischen Ärzte verzweifelt sind, heilen konnte durch einen Griff, den ich bloß anzufassen brauchte, also rein äußerlich, dann bin ich auch nicht sicher davor, daß er mich tötet mit etwas, das ich nur von außen anfassen muß. Nein, ich muß ihn töten, damit mein Leben vor ihm sicher ist.» Und wieder sagte der Arzt Duban: «Ich beschwöre dich bei Gott, o König, verschone mich, so verschont dich Gott, und töte mich nicht, sonst wird Gott dich töten.» – «Ich habe keine Wahl», erwiderte er, «ich muß dich töten.» ☙ *Es wird berichtet:* Als nun, o Ifrit, der Arzt ganz sicher war, daß er getötet würde, bat er: «O König, gewähre mir noch eine kleine Frist, damit ich zu meinem Haus gehen und mein Begräbnis vorbereiten kann. Ich muß noch Schulden begleichen und Almosensteuern entrichten, außerdem will ich meine wissenschaftlichen und medizinischen Bücher zu Leuten bringen, die ihrer würdig sind. Das außerordentlichste und geheimste Buch, das ich besitze, will ich dir schenken. Bewahre es in deiner Schatzkammer auf!» – «Was hat denn dieses Buch für ein Geheimnis?» erkundigte sich der König. «Unzählige Geheimnisse verbergen sich darin», antwortete er, «aber das wichtigste Geheimnis ist folgendes: Wenn du, o König, mir den Kopf abgeschlagen hast, dann öffne das Buch auf seinem sechsten Blatt. Lies laut drei Zeilen von der Seite, die links aufgeschlagen vor dir liegt. Wenn du mich dann ansprichst, wird mein Kopf mit dir sprechen und dir auf alles, was du ihn fragst, Antwort geben.» ☙ *Es wird berichtet:* Der König wunderte sich darüber sehr. «Wenn ich also deinen Kopf abgeschlagen habe und das Buch aufschlage, so wie du sagst», wiederholte er staunend, «und wenn ich dann die dritte Zeile gelesen habe und deinen Kopf anrede, dann sprichst du mit mir? Das ist wirklich außerordentlich spannend!» Mit diesen Worten ließ er ihn unter Bewachung gehen. Der Arzt begab sich in die Stadt, um seine Erledigungen zu machen. Am nächsten Tag kam er wieder. Auch die Emire und Wesire begaben sich in den Palast, die Kämmerer, Minister, die Mächtigen und Diener des Königs, seine Angestellten und alle wichtigen Leute seines Königreiches. ☙ Endlich trat der Arzt Duban herein. Er hatte ein altes Buch bei sich, dazu ein Schminkfläschchen, in dem feines Pulver war. «Bringt mir einen Teller», verlangte er. Er streute das Pulver darauf und verteilte es gleichmäßig. «König», sagte er dann, «nimm dieses Buch, aber öffne es nicht eher, als bis du mir den Kopf abgeschlagen hast. Nachdem du ihn abgeschlagen hast, stelle ihn auf den Teller, und befiehl deinen Leuten, ihn fest auf das Pulver zu drücken. Sobald ihr das getan habt, wird das Blut aufhören zu fließen. Dann kannst du das Buch öffnen und meinen Kopf etwas fragen, er wird dir antworten.» Und mit einem Seufzer fügte er noch einmal hinzu: «Es gibt keine Kraft und keine Stärke außer bei Gott, dem Erhabenen und Mächtigen. Ich beschwöre dich bei Gott, laß mich leben, so läßt Gott dich leben. Töte mich nicht, sonst tötet dich Gott!» – «Ich habe keine andere Wahl, als dich zu töten!» wiederholte der König. «Und jetzt ganz besonders, weil ich sehen will, wie dein Kopf mit mir redet!» Mit diesen Worten ergriff der König das Buch und gab den Befehl, dem Arzt den Kopf abzuschlagen. Der Scharfrichter stand auf, zog sein Schwert und versetzte ihm einen solchen Schlag, daß der Kopf mitten auf den Teller flog. Sofort preßte er den Kopf auf das Pulver. Das Blut hörte auf zu sprudeln, und der Arzt Duban schlug die Augen auf und redete zum König. ☙ «O König», sagte er, «jetzt öffne das Buch!» Der König wollte es öffnen, fand aber, daß die Blätter aneinanderhafteten. Also steckte er seinen Finger in den Mund, befeuchtete ihn mit seinem Speichel und blätterte die erste Seite auf. Genauso verfuhr er mit den restlichen Blättern, die sich alle nur mühsam aufschlagen ließen. Schließlich hatte er sieben Blätter geöffnet. Er schaute hinein, konnte aber keine Schrift finden. «Verehrter Doktor», sagte er, «ich kann nichts Geschriebenes finden.» – «Blättere weiter», antwortete dieser. Doch soviel er auch blätterte, er fand nichts. Der König blätterte so lange, bis ihn das Gift völlig durchdrungen hatte, denn das Buch war vergiftet. Er begann zu schwanken und zu wanken.

Da erreichte das Morgengrauen Schahrasad, und sie hörte auf zu erzählen. «Ach, Schwester», seufzte ihre Schwester Dinarasad, «wie köstlich und wie spannend ist deine Geschichte!» – «Was ist das schon», erwiderte Schahrasad, «gegen das, was ich euch morgen nacht erzählen werde, wenn ich dann noch lebe und er mich bis dahin verschont ...»

Die siebzehnte Nacht

aus den spannenden und aufregenden Erzählungen
von Tausendundeiner Nacht

Und als die nächste Nacht gekommen war, sagte Dinarasad zu ihrer Schwester Schahrasad: «Liebe Schwester, ich beschwöre dich bei Gott, wenn du nicht schläfst, so erzähle uns doch eine deiner schönen Geschichten, mit der wir uns diese Nacht vertreiben können!» – «Es soll aber das Ende der Geschichte vom Arzt, dem König, dem Fischer und dem Ifrit sein!» fügte der König hinzu. «Einverstanden, mit Vergnügen!» erwiderte sie.

Es ist mir zu Ohren gekommen, o König, daß der Arzt Duban, als er sah, wie König Yunan schwankte und wankte und wie die giftige Arznei Besitz von ihm ergriffen hatte, seine Stimme erhob und die folgenden Verse sprach:

«Sie herrschten mit Willkür und wollten für immer so herrschen,
Doch kurze Zeit später ward ihre Herrschaft zu Grabe getragen.

Hätten sie recht getan, so wär' ihnen recht geschehen, aber sie wüteten,
Da hat sie das wütende Schicksal mit Unglück und Leiden geschlagen.

An einem Morgen erwachten sie und hörten die Zunge der Zeit
ihnen singen:
‹Das habt ihr davon!› Und über die Zeit darf kein Mensch sich beklagen.»

Der Autor der Geschichte spricht: Kaum hatte der Kopf des Arztes zu Ende gesprochen, fiel der König leblos zu Boden. Gleich darauf starb auch der Kopf. Du sollst darum wissen, Ifrit –

Da erreichte das Morgengrauen Schahrasad, und sie hörte auf zu erzählen. «Ach, Schwester», seufzte ihre Schwester Dinarasad, «wie köstlich ist deine Geschichte!» – «Was ist das schon», erwiderte sie, «gegen das, was ich euch morgen nacht erzählen werde, wenn ich dann noch am Leben bin ...»

Die achtzehnte Nacht

aus den spannenden und aufregenden Erzählungen von Tausendundeiner Nacht

Und als die nächste Nacht gekommen war, sagte Dinarasad zu ihrer Schwester Schahrasad: «Ich beschwöre dich bei Gott, meine liebe Schwester, wenn du nicht schläfst, so erzähle uns doch eine deiner schönen Geschichten, mit der wir uns unsere Nacht vertreiben können!» – «Aber es soll das Ende der Geschichte vom Ifrit und dem Fischer sein!» verlangte der König. «Mit Vergnügen», antwortete sie.

Es ist mir zu Ohren gekommen, o König, daß der Fischer zu dem Ifrit sagte: «Hätte der König den Arzt leben lassen, dann wäre auch er am Leben geblieben, und Gott hätte ihn verschont. Aber er hat davon nichts wissen wollen und darauf bestanden, ihn zu töten. Darum hat ihn Gott, der Erhabene, getötet. Genauso steht es mit dir, Ifrit. Hättest du mich anfangs verschont, dann würde auch ich dich nun verschonen. Aber du hast nichts davon wissen wollen und darauf bestanden, mich zu töten. Darum töte ich dich, indem ich dich in diese Flasche sperre und auf den Grund dieses Meeres hinunterwerfe!» *Es wird berichtet:* «Nein, Fischer!» schrie der Ifrit auf. «Tue das nicht! Verschone mich, und rette mein Leben! Sei mir nicht böse wegen meiner schlechten Taten. Wenn ich etwas Böses getan habe, dann tue du mir etwas Gutes, denn das Sprichwort sagt: ‹Wohl dem, der Böses mit Gutem vergilt.› Bitte tue mir nicht dasselbe an, wie es Umama mit Atika getan hat!» – «Was hat denn Umama der Atika getan?» fragte der Fischer. «Jetzt ist nicht die Zeit zum Geschichtenerzählen, wo ich in diesem engen Gefängnis sitze», entgegnete der Ifrit, «aber wenn du mich herauslassen würdest ...» – «Nein!» entgegnete der Fischer. «Ich werfe dich auf jeden Fall ins Meer. Unter gar keinen Umständen werde ich dich befreien oder herauslassen. Ich habe mich so sehr vor dir gedemütigt und bin in dich gedrungen, aber du hast alles abgelehnt und darauf bestanden, mich zu töten, mich, der ich keinerlei Schuld auf mich geladen hatte, die eine solche Bestrafung rechtfertigen würde, und der ich dir überhaupt nichts Böses getan habe! Im Gegenteil, ich hatte dich ja aus deinem Gefängnis befreit! Nein, nach all dem, was du mir angetan hast, ist mir klar, daß du von Grund auf niederträchtig bist und einen verdorbenen Charakter hast und daß du Schönes mit Häßlichem vergiltst. Ich werde mir, nachdem ich dich ins Meer geworfen habe, an dieser Stelle eine Hütte bauen und darin wohnen und werde jeden, der dich zufällig herauszieht, warnen, damit er dich wieder hineinwirft und du bis ans Ende der Zeit dort schmachten mußt, bis du stirbst, du mächtigster aller Ifrite!» Doch der Ifrit bettelte weiter: «Laß mich heraus, nur noch dieses eine Mal! Ich verspreche dir, daß ich dir niemals wieder irgendeinen Schaden zufügen werde. Ich werde dich nie wieder belästigen, sondern dir nur noch nützlich sein und dich zu einem reichen Mann machen!» *Es wird berichtet:* Da nahm der Fischer ihm ein heiliges und unverbrüchliches Versprechen ab, daß er ihm, wenn er ihn befreien und herauslassen würde, nie wieder Schaden zufügen würde, sondern nur noch Gutes und Schönes. *Der Erzähler spricht:* Und nachdem er sich durch Schwüre vergewissert hatte und der Ifrit vor ihm beim allmächtigsten Namen einen heiligen Eid abgelegt hatte, öffnete der Fischer die Flasche. Der Rauch quoll aus ihr heraus, bis die Flasche ganz leer war. Er sammelte sich und wurde zu einem ausgewachsenen Ifrit. Dieser versetzte der Flasche einen Fußtritt, so daß sie weit hinaus ins Meer flog. Als der Fischer sah, was der Ifrit getan hatte, war er sicher, daß die Geschichte nicht gut enden würde. Vor Angst näßte er seine Kleider. «Das ist kein gutes Zeichen», sprach er zu sich selbst, in der Gewißheit, daß sein letztes Stündlein gekommen war. Doch dann faßte er sich ein Herz und wandte sich an den Ifrit. «Ehrenwerter Ifrit!» sagte er. «Du hast mir ein Versprechen gegeben und einen heiligen Eid geschworen. Nun werde deinem Versprechen nicht untreu! Komm zurück, sonst wird Gott dich für deinen Verrat bestrafen. Ich sage jetzt zu dir dasselbe, was Duban dem König Yunan gesagt hat: ‹Verschone mich, so verschont dich Gott, und töte mich nicht, sonst wird Gott dich töten!›» Der Ifrit lachte über seine Worte, und der Fischer wiederholte: «Lieber Ifrit, laß mich leben!» – «Lieber Fischer, folge mir!» sagte da der Ifrit. Der Fischer ging hinter dem Ifrit her und wollte kaum glauben, daß er gerettet war. Sie wanderten aus der Stadt hinaus, stiegen auf einen Berg und wieder hinunter in eine weite, freie Landschaft. Plötzlich lagen vier Hügel vor ihnen und in ihrer Mitte ein See. Dort verharrte der Ifrit. Der Fischer betrachtete den See genauer, und was sah er da? Es schwammen bunte Fische darin, weiße, rote, blaue und gelbe Fische. Das erschien dem Fischer sehr merkwürdig. Er warf sein Netz hinein und holte es zu sich heran. Da hatte er vier Fische herausgezogen: einen roten Fisch, einen weißen Fisch, einen blauen Fisch und einen gelben Fisch. Als der Fischer sie sah, wunderte er sich und freute sich über seinen Fang. «Bring sie zum Sultan deiner Stadt», sagte der Ifrit zu ihm, «und überreiche sie ihm als Geschenk. Er wird dir dafür so viel Geld geben, daß du ein reicher Mann wirst. Verzeih mir, aber ich weiß keinen anderen Weg. Du darfst nicht öfter als einmal täglich aus diesem See fischen. Und jetzt leb wohl!» Mit diesen Worten stampfte der Ifrit mit dem Fuße auf, und die Erde öffnete sich und verschluckte ihn. Der Fischer aber, o König, begab sich in die Stadt, voller Staunen über das, was er mit dem Ifrit und den bunten Fischen erlebt hatte. Er betrat den Königspalast und überreichte dem Sultan die Fische. Der Sultan betrachtete sie –

Da erreichte das Morgengrauen Schahrasad, und sie hörte auf zu erzählen. «Ach, Schwester», seufzte ihre Schwester Dinarasad, «wie köstlich und wie spannend ist deine Geschichte!» – «Was ist das schon», erwiderte sie, «gegen das, was ich euch morgen nacht erzählen werde, wenn ich bis dahin noch lebe und verschont geblieben bin ...»

Die neunzehnte Nacht

aus den spannenden und aufregenden Erzählungen
von Tausendundeiner Nacht

Und als die nächste Nacht gekommen war, sagte Dinarasad zu ihrer Schwester Schahrasad: «Ach, Schwester, erzähle uns doch deine Geschichte, das Abenteuer des Fischers, zu Ende!» – «Mit Vergnügen!» antwortete sie.

Es ist mir zu Ohren gekommen, o König, daß, nachdem der Fischer die Fische dem Sultan überreicht hatte, der Sultan die Fische betrachtete und sah, daß sie bunt gefärbt waren. Er nahm einen Fisch in die Hand und musterte ihn mit größtem Erstaunen. «Bring sie zu der Köchin, die uns der König der Byzantiner geschenkt hat!» sagte er zu seinem Wesir. Der Wesir nahm die Fische und brachte sie dem Mädchen mit den Worten: «Liebes Mädchen, das Sprichwort sagt: ‹Ich habe dich, meine Träne, für nichts anderes aufgespart als für die Zeit meiner Not.› Der Sultan hat diese vier Fische geschenkt bekommen und befiehlt dir, sie für ihn zu braten. Jetzt ist deine Zeit, also brate sie gut!» Dann kehrte der Wesir zum Sultan zurück und erstattete ihm Bericht. «Gib dem Fischer vierhundert Dirham», sagte der Sultan. Der Wesir zahlte sie ihm aus, und der Fischer wickelte das Geld in seine Schürze und eilte davon. Dabei stolperte er mehrmals, stürzte und stand wieder auf. Er glaubte, er wäre in einem Traum. Dann kaufte der Fischer seiner Familie alles, was sie brauchten. ☙ Soviel zu dem, was dem Fischer geschah, o König. Aber wie erging es unterdessen dem Küchenmädchen? Sie nahm die Fische, schnitt sie auf und wusch sie aus, nachdem sie die Schuppen entfernt hatte. Dann stellte sie eine Pfanne aufs Feuer, goß Sesamöl hinein und wartete. Als das Öl heiß genug war, warf sie die Fische in das Öl. Sie briet die Fische von der einen Seite, dann wendete sie sie um auf ihre andere Seite. Aber kaum hatte sie das getan, da tat sich plötzlich die Küchenwand auf, und aus dem Spalt trat ein Mädchen, hübsch gebaut, mit zarten Wangen, vollkommenen Eigenschaften und mit einem Blick, der von schwarzer Augenschminke rundherum eingefaßt war. Das Mädchen trug einen Umhang aus Atlas, dessen Saum mit einer ägyptischen Goldborte verziert war. Von ihren Ohren hingen Ohrgehänge herab, an ihren Unterarmen glitzerten Armreifen. In ihrer Hand aber hielt sie einen Rohrstock. Den Stock stieß sie in die Pfanne und sagte laut: «Ihr Fische, ihr Fische, haltet ihr das Versprechen?» ☙ *Der Erzähler spricht:* Das Küchenmädchen sank bei diesem Anblick in Ohnmacht. Die junge Dame aber wiederholte ihre Worte ein zweites Mal. Da hoben die Fische ihre Köpfe aus der Pfanne und antworteten mit deutlicher Stimme: «Jawohl! Jawohl! Wenn ihr umkehrt, kehren wir um, wenn ihr treu bleibt, bleiben wir treu, wenn ihr euch lossagt, sind wir voneinander frei!» Daraufhin stürzte die Dame die Pfanne um und verließ den Raum durch dieselbe Öffnung, durch die sie hereingekommen war. Die Küchenwand schloß sich wieder. ☙ Als das Küchenmädchen wieder zu sich kam, fand sie die vier Fische kohlschwarz verbrannt. Sie wurde traurig und bekam Angst vor dem König. «Oje!» seufzte sie. «Mir geht es wie in dem Sprichwort: ‹Gleich auf dem ersten Kriegszug zerbrach ihm seine Lanze.›» Während sie sich noch Vorwürfe machte, stand plötzlich der Wesir vor ihr. «Her mit den Fischen!» befahl er. «Wir haben die Tafel schon vor dem Sultan gedeckt, er wartet darauf!» Da brach das Mädchen in Tränen aus und erzählte dem Wesir alles, was sich mit den Fischen zugetragen und was sie gesehen und mit eigenen Augen beobachtet hatte. «Das ist aber eine seltsame Sache», wunderte sich der Wesir. Sogleich schickte er einen Hofmarschall nach dem Fischer. Nach einer Weile kam dieser zurück; der Fischer begleitete ihn. «He, Fischer!» herrschte ihn der Wesir an. «Bring uns auf der Stelle vier neue Fische, die genau gleich aussehen wie die, die du zuerst gebracht hast. Mit den ersten Fischen ist uns ein Mißgeschick zugestoßen.» Das sagte er in einem so bedrohlichen Ton, daß der Fischer sofort nach Hause lief, seine Gerätschaften für den Fischfang mitnahm und aus der Stadt eilte. Er stieg auf den Berg hinauf und auf der anderen Seite wieder hinunter, auf die freie Ebene. Schließlich gelangte er an den See. Er warf sein Netz hinein, zog es an Land und – siehe da! Es waren wieder vier Fische darin, genau wie beim ersten Mal. Er brachte die Fische zu dem Wesir, der gab sie dem Küchenmädchen mit den Worten: «Los, brate sie vor meinen Augen, damit ich diese seltsamen Vorgänge selbst beobachten kann!» Sogleich stand das Küchenmädchen auf, bereitete die Fische vor, stellte die Pfanne aufs Feuer und warf die Fische hinein. Kaum waren sie durchgebraten, spaltete sich die Küchenwand, und das Mädchen erschien in ihren vornehmen Gewändern, mit den Juwelen, Geschmeiden, Halsketten und anderem Schmuck. Wieder hielt sie in der Hand einen Rohrstock, den stieß sie in die Pfanne, wobei sie mit klarer Stimme sprach: «Ihr Fische, haltet ihr das Versprechen?» Und die Fische hoben ihre Köpfe und antworteten: «Jawohl! Jawohl! Wenn ihr umkehrt, kehren wir um, wenn ihr treu bleibt, bleiben wir treu, wenn ihr euch lossagt, sind wir voneinander frei.»

Da erreichte das Morgengrauen Schahrasad, und sie hörte auf zu erzählen. «Wie köstlich ist diese Geschichte!» sagte Dinarasad. «Was ist das schon», entgegnete sie, «gegen das, was ich euch morgen nacht erzählen werde, wenn ich dann noch lebe, so Gott, der Erhabene, will ...»

Die zwanzigste Nacht

aus der Geschichte von Tausendundeiner Nacht

Und als die nächste Nacht gekommen war, sagte Dinarasad zu ihrer Schwester Schahrasad: «Ach, Schwester, wenn du nicht schläfst, so erzähle uns doch eine deiner schönen Geschichten, mit der wir uns unsere Nacht vertreiben können.» – «Mit Vergnügen», antwortete sie.

Es ist mir zu Ohren gekommen, o glücklicher König, daß, nachdem die Fische gesprochen hatten, die Dame den Rohrstock schwang und die Pfanne damit umstürzte. Sodann schlüpfte sie in dieselbe Öffnung hinein, aus der sie herausgekommen war. Die Küchenwand schloß sich wieder und sah aus, als wäre nichts geschehen. «Ich kann diese Sache nicht länger vor dem Sultan geheimhalten», sagte der Wesir, indem er sich erhob. Er begab sich zum Sultan und berichtete ihm, was sich vor seinen Augen mit den Fischen zugetragen hatte. *Es wird berichtet:* Der Sultan wunderte sich darüber sehr. «Das will ich mit eigenen Augen sehen», sagte er und schickte nach dem Fischer. Eine kleine Weile verging, dann stand der Fischer vor ihm. «Ich möchte, daß du mir sofort vier Fische bringst, die genauso aussehen wie die, die du zuerst gebracht hast!» sagte der Sultan zu ihm. «Und beeile dich!» Der Sultan ließ den Fischer von drei Leibwächtern begleiten, und der Fischer verließ unter Bewachung den Palast, entfernte sich für kurze Zeit und kam mit vier Fischen zurück, einem roten, einem weißen, einem blauen und einem gelben Fisch. «Gebt ihm vierhundert Dirham!» befahl der König. Er nahm das Geld in seine Schürze und ging davon. «Setze dich», sagte der König zum Wesir, «und brate sie für mich, und zwar hier und in meiner Gegenwart.» – «Ich höre und gehorche», antwortete der Wesir, schaffte einen Küchenherd und eine Pfanne herbei, setzte sich, putzte die Fische, goß Öl ein, zündete das Feuer an und legte die Fische in die Pfanne. Als sie beinahe durchgebraten waren, spaltete sich plötzlich die Wand des Palastes. Der König und der Wesir zuckten zusammen. Sie blickten auf die Wand. Da stand ein schwarzer Sklave, so groß wie ein Berg, als wäre er einer der übriggebliebenen Nachkommen des Volkes Ad. Er war lang wie ein Schilfrohr und breit wie eine Steinbank. In seiner Hand hielt er eine grüne Palmgerte. Mit deutlicher, aber unangenehmer

Stimme sagte er: «Ihr Fische, ihr Fische, haltet ihr das Versprechen?» Und die Fische hoben ihre Köpfe aus der Pfanne und antworteten: «Jawohl! Jawohl! Wenn ihr umkehrt, kehren wir um, wenn ihr treu bleibt, bleiben wir treu, wenn ihr euch lossagt, sind wir voneinander frei!» Da stürzte der Sklave die Pfanne um, mitten im Palast, und – siehe da! Die Fische hatten sich in schwarze Kohlen verwandelt. Der Sklave ging dahin zurück, woher er gekommen war. Die Wand aber schloß sich wieder und sah aus wie zuvor. «Diese Sache läßt mir keine Ruhe», sagte der König, nachdem der Sklave verschwunden war. «Ohne Zweifel hat es mit diesen Fischen eine besondere Bewandtnis, und es steckt eine Geschichte dahinter.» Also befahl er wieder, den Fischer vorzuladen, und der kam auch prompt herbei. «Wehe dir», sagte der Sultan zu ihm, «sag mir, wo du diese Fische fängst, sonst wird es dir schlecht ergehen!» – «Mein Herr», antwortete jener, «ich fange sie in einem See inmitten von vier Hügeln hinter diesem Berg.» Der König wandte sich an seinen Wesir: «Kennst du den See?» – «Bei Gott, o König, ich kenne ihn nicht», sagte dieser, «obwohl ich seit sechzig Jahren landauf, landab unterwegs bin, Spaziergänge mache, jage oder ins Land hinausreite, einen Tagesausflug, manchmal auch zwei, oder ein, zwei Monate. Mir ist nicht bekannt, daß hinter diesem Berg ein See liegen soll. Ich habe ihn mit Sicherheit noch niemals gesehen.» *Es wird berichtet:* Da wandte sich der Sultan wieder an den Fischer und fragte ihn: «Wie weit ist dieser See entfernt?» – «Eine Stunde bei Tage, o König der Zeit», antwortete dieser. Der Sultan wunderte sich und ließ sogleich seine Armee sich zum Aufbruch rüsten. Er stieg selbst aufs Pferd, desgleichen seine Soldaten. Und so zog der Sultan, gemeinsam mit dem Fischer, den er wieder unter Bewachung gestellt hatte, aufs Feld hinaus. Der Fischer mußte voranreiten, dabei verfluchte er in seinem Innern den Ifrit. Sie ritten aus der Stadt hinaus, erklommen den Berg und ritten auf der anderen Seite wieder hinunter. Vor ihnen lag eine weite Ebene, die sie in ihrem ganzen Leben noch nie gesehen hatten. Sie sahen auch den See zwischen den vier Hügeln liegen. Weil sein Wasser so rein war, konnten sie die Fische darin erkennen. Sie hatten vier Farben: rot, weiß, blau und gelb. *Es wird berichtet:* Staunend blieb der Sultan stehen. Er war völlig verblüfft. «Gibt es irgendeinen unter euch», fragte er den Wesir, die Emire, die Kämmerer und Hofmarschälle, «der diesen See schon einmal in seinem Leben gesehen hat?» – «Nein», antworteten sie. «Und keiner von euch kannte den Weg hierher?» fragte der Sultan. *Es wird berichtet:* Da küßten sie alle miteinander den

Erdboden vor ihm und beteuerten: «Bei Gott, o König, in unserem ganzen Leben haben wir diesen See noch nie gesehen, bis zu dieser Stunde. Er liegt zwar gar nicht weit unterhalb unserer Stadt, aber wir haben ihn dennoch niemals gesehen und nichts von ihm gewußt.» – «Damit muß es eine besondere Bewandtnis haben», sagte der König. «Ich will, bei Gott, nicht eher in die Stadt zurückkehren, als bis ich dahintergekommen bin, was es mit diesem See und den bunten Fischen auf sich hat.» Mit diesen Worten ließ er absteigen und befahl seinen Leuten, ein Lager aufzuschlagen. Dort ließ er sich nieder und wartete, bis die Nacht hereingebrochen war. Dann rief er seinen Wesir zu sich. Der Wesir war ein kluger und erfahrener Mann, der mit dem Auf und Ab des Lebens wohlvertraut war. Deshalb ging er heimlich zum Sultan, ohne daß die Soldaten etwas bemerkten. Der König sagte zu ihm: «Ich habe einen Plan, in den ich dich einweihen möchte, und zwar folgenden: Ich möchte mich zurückziehen, um das Geheimnis der Fische und des Sees allein zu erforschen, und zwar jetzt sofort, noch in dieser Stunde. Morgen früh setze du dich an den Eingang meines Zeltes, und sage den Emiren: ‹Dem König ist nicht wohl, und er hat mir befohlen, niemanden vorzulassen.› Du darfst keinem erzählen, daß ich vermißt werde oder weggegangen bin. Warte drei Tage lang auf mich!» Der Wesir empfing den Befehl mit den Worten: «Ich höre und gehorche!» Er konnte ihm nicht widersprechen. Nun legte der Sultan seinen Gürtel und seine Rüstung an und schnallte sich sein Königsschwert um. Er bestieg einen der Hügel, die um den See standen, und wanderte auf dessen rückwärtigem Abhang den Rest der Nacht weiter, bis zum Morgengrauen. Nachdem der Tag angebrochen war und mit seinem Licht leuchtete und glänzte, als das Morgenlicht aufstieg und sich ausbreitete über die Oberfläche der Berge, da schaute der Sultan sich um. Und siehe da, aus der Ferne sah er etwas Schwarzes herüberglänzen. *Der Autor der Geschichte spricht:* Als der Sultan das sah, freute er sich und ging darauf zu. «Vielleicht ist es ein Mensch, von dem ich etwas erfahren kann», sprach er zu sich selbst. Doch als er nähergekommen war, sah er, daß es ein Schloß war, aus schwarzen Steinen erbaut und über und über mit Eisenplatten verkleidet. Das Schloß sah aus, als sei es unter einem glücklichen Stern errichtet worden. Ein Flügel des Eingangstores stand offen, der andere Flügel war verschlossen. Der König freute sich. Er blieb vor dem Schloß stehen und klopfte leicht an das Tor. Dann wartete er still eine Weile. Er hörte keine Antwort. Er klopfte ein zweites Mal, stärker als am Anfang. Wieder war er ganz still, aber er hörte immer noch nichts und sah auch niemanden. Nun klopfte er zum dritten Mal, diesmal so stark, daß er durch sein Klopfen den Staub auffliegen ließ. Er wartete wieder ruhig ab, doch noch immer war keine Antwort zu hören und kein Mensch zu sehen. «Sicher ist niemand darin, oder es ist überhaupt ganz leer», sprach er zu sich selbst. Dann faßte er sich ein Herz und ging durch das Schloßtor hinein. In der Eingangshalle rief er laut: «Hallo, ihr Schloßbewohner! Hier ist ein fremder Mann auf Wanderschaft! Er ist hungrig, habt ihr nicht etwas zu essen? Gott, der Herr der Menschen, wird es euch nicht vergessen!» Dies wiederholte er ein zweites und drittes Mal, ohne eine Antwort zu hören. Nun wurde er mutiger, und sein Herz stärkte sich. Er durchquerte die Eingangshalle und betrat das Innere des Schlosses. Dort blickte er sich um, nach rechts und nach links, doch er konnte niemanden sehen.

Da erreichte das Morgengrauen Schahrasad, und sie hörte auf zu erzählen. «Ach, Schwester», sagte Dinarasad zu ihr, «wie köstlich und wie spannend ist deine Geschichte!» – «Was ist das schon», entgegnete sie, «gegen das, was ich euch morgen nacht erzählen werde, wenn ich dann noch lebe, so Gott, der Erhabene, will …»

Die einundzwanzigste Nacht

aus der Geschichte von Tausendundeiner Nacht

Und als die nächste Nacht gekommen war, sagte Dinarasad zu ihrer Schwester Schahrasad: «Ach, Schwester, ich beschwöre dich bei Gott, wenn du nicht schläfst, so erzähle uns doch eine deiner schönen Geschichten, mit der wir uns diese Nacht vertreiben können.» – «Mit Vergnügen», erwiderte Schahrasad.

Mir ist zu Ohren gekommen, o König, daß der Sultan, als er in der Mitte des Schlosses angekommen war, den Blick schweifen ließ, aber niemanden entdecken konnte. Das Schloß selbst war mit Seidenteppichen und Ledermatten ausgelegt, Wandbehänge hingen überall herab, und rundherum standen Diwane, Sitzpolster und Steinbänke. Die Mitte bildete ein geräumiger Hof, von dem vier überwölbte Hallen auf demselben Niveau abgingen. Je zwei Gewölbebogen standen einander gegenüber. In jedem gab es eine umlaufende Sitzbank sowie einen Schrank. Im Hof stand ein Springbrunnen und ein Wasserspiel mit Glöckchen, die durch die Bewegung des Wassers zum Klingeln gebracht wurden. Auf dem Springbrunnen saßen vier Löwen aus rotem Gold. Sie spritzten Wasser aus ihren Mäulern wie Perlen oder Edelsteine. Ringsherum hörte man Vögel zwitschern. Sie flogen frei im Schloß umher, und über das ganze Schloß war ein Netz gespannt, damit sie nicht davonfliegen konnten. Als der König das alles sah, aber keine Menschenseele entdecken konnte, war er zugleich entzückt darüber und traurig, weil er niemanden antraf, der ihm irgendeine Auskunft hätte geben können. Er setzte sich in einem der Gewölbebogen an die Seite und dachte nach. Da vernahm er plötzlich ein Seufzen, das aus einem traurigen Herzen aufstieg. Er hörte jemanden weinen und klagen und die folgenden Verse sagen:

«O Schicksal, laß mich nicht weiterleben, und verschone mich nicht!
Sieh, wie mein Herz zwischen Not und Gefahren um sein Leben ficht!

Habt Mitleid mit einem, der sich auf dem Pfad der Liebe verirrte.
Er war einst ein mächtiger, reicher Mann, jetzt ist er ein armer Wicht.

Ich war auf den Frühlingswind neidisch, der euch umwehte,
Doch als das Schicksal auf mich herabkam, verlor ich mein Augenlicht.

Was bleibt einem Schützen noch übrig, der mitten im Kampf steht
Und will seinen Pfeil abschießen, wenn da ihm der Bogen zerbricht?

Und wenn die Scharen der Feinde ihn immer enger bedrängen,
Wo ist dann der Fluchtweg des Schicksals, wohin er sich flücht'?»

Es wird berichtet: Als der König das Lied und das Weinen vernahm, sprang er auf und folgte der Stimme. An der Tür eines Wohnzimmers sah er einen herabgelassenen Vorhang. Er hob den Vorhang und schaute dahinter. Und was sah er da? Im hinteren Teil des Zimmers saß auf einem Schemel, etwa eine Elle hoch über dem Fußboden, ein Jüngling. Es war ein hübscher junger Mann von elegantem Wuchs und mit einer klaren Stimme. Seine Stirn leuchtete, sein Gesicht war hell wie der Mond; auf seiner roten Wange war frischer, grüner Bartflaum zu sehen. Er hatte ein Muttermal, das war so schön wie ein Amberstückchen, wie der Dichter sagt:

Oft denk' ich an den schlanken Jungen, durch dessen Haar und dessen Glanz
Die ganze Menschheit bald ins Dunkel, bald ins helle Licht geriet.

Mißachtet nicht das Muttermal auf seiner Wange! Es ist, als ob
Auf ihr ein voller roter Mohn mit einem schwarzen Punkt erblüht.

Es wird berichtet: Erfreut begrüßte ihn der Sultan. Der Jüngling aber saß da, in einem seidenen Gewand mit ägyptischen Goldstickereien, auf dem Kopf einen ägyptischen Filzhut, und dabei mit allen Zeichen von Trauer und Wehmut. Nachdem ihn der Sultan begrüßt hatte, erwiderte der junge Mann aufs freundlichste seinen Gruß. «Mein Herr», sagte er, «du wärst es wohl wert, daß ich mich zu deiner Begrüßung erhebe, und noch viel mehr als das. Aber ich muß um Entschuldigung bitten. Ich kann es nicht.» – «Ich entschuldige dich, junger Mann», erwiderte der Sultan. «Ich selbst bin ein fremder Gast bei dir. Ich komme, weil mich etwas beschäftigt. Erzähle mir, was es mit diesem See und den bunten Fischen auf sich hat und mit dem Schloß hier, in dem du so allein bist und wo du niemanden hast, der dir Gesellschaft leistet. Und sage mir, warum du weinst!» Als der Jüngling die Worte des Königs hörte, flossen ihm die Tränen über die Wangen, bis seine Brust ganz naß war. Und er stimmte die folgenden Mawaliya-Verse an:

«Sagt zu dem Menschen, den das Leben mit scharfen Pfeilen hat beschossen:
‹Wie viele hat das Schicksal schon gestürzt, wie viele standen auf ganz unverdrossen!
Auch wenn du schläfst, so wisse: Gottes Aug' hat sich noch nie geschlossen.
Und wessen Zeit ist ungetrübt geblieben? Wem ist das Diesseits nicht verflossen?›»

Darauf weinte er noch heftiger. «Mein Junge», sagte der König, der sich über sein Verhalten wunderte, «was bedeutet deine Klage?» – «Ach, mein Herr», antwortete er, «wie soll ich in meinem Zustand nicht klagen?» Damit streckte er seine Hand nach dem Saum seines Gewandes aus und hob diesen hoch, so daß der König darunterschauen konnte. Und was sah er da? Der junge Mann war zur Hälfte aus schwarzem Stein, vom Nabel bis zu den Füßen. Die obere Hälfte aber, vom Nabel aufwärts bis zum Kopf, war ein lebendiger Mensch.

Da erreichte das Morgengrauen Schahrasad, und sie hörte auf zu erzählen. «Das ist wirklich eine spannende Geschichte», sagte König Schahriyar. «Ich werde ihre Hinrichtung aufschieben, selbst wenn es einen ganzen Monat dauern würde. Erst dann werde ich wieder darauf zurückkommen und sie töten.» Dies hatte er aber nur zu sich selbst gesagt. Und Dinarasad sagte zu ihrer Schwester: «Ach, Schwester, wie köstlich ist deine Geschichte!» – «Was ist das schon», erwiderte sie, «gegen das, was ich euch morgen nacht erzählen werde, wenn ich dann – so Gott, der Erhabene, will – noch am Leben bin ...»

Die zweiundzwanzigste Nacht

aus der Geschichte von Tausendundeiner Nacht

Und als die nächste Nacht gekommen war, erzählte Schahrasad:

Es ist mir zu Ohren gekommen, o König, daß der König, als er den Jüngling in diesem Zustand sah, unendlich traurig wurde und ihn bedauerte. «Ach, Junge!» seufzte er laut. «Du hast zu meinen Sorgen noch eine Sorge dazugetan. Ich wollte die Fische befreien und ihre Geschichte erfahren, und nun habe ich statt dessen zwei Rätsel zu lösen: ihre Geschichte und die deine! Wahrhaftig: Es gibt keine Kraft und keine Stärke außer bei Gott, dem Erhabenen und Mächtigen. Also beeile dich, Junge, und erzähle mir schnell deine Geschichte!» – «Ich bitte dich», sagte der Junge, «daß du mir dein Ohr, dein Auge und deinen Verstand ganz zuwendest.» – «Mein Ohr, mein Auge und mein Verstand sind bereit», antwortete der König. Da begann der Jüngling zu erzählen:

Die Geschichte des verzauberten Königs

Diese Fische und ich, wir haben eine spannende und aufregende Geschichte, die, schriebe man sie mit Nadeln in die innersten Winkel der Augen, zu einer Lehre würde für alle, die sich belehren lassen. Du mußt wissen, mein Herr, daß mein Vater der König dieser Stadt war. Sein Name war: Mahmud, der Herr der Schwarzen Inseln. Diese vier Hügel hier sind nämlich in Wirklichkeit Inseln. Er herrschte siebzig Jahre lang, dann verstarb er. Nach ihm übernahm ich die Herrschaft. Ich nahm meine Kusine zur Frau, die mich von ganzem Herzen liebte. Ihre Liebe zu mir war so groß, daß sie, wenn ich einmal einen Tag lang von ihr entfernt war, weder aß noch trank, bis sie mich wiedersah. So lebte sie fünf Jahre lang an meiner Seite. Eines Tages verließ sie das Haus, um ins Hammam zu gehen. Ich befahl unterdessen dem Koch, einen guten Braten für sie übers Feuer zu hängen und ihr eine prächtige Abendmahlzeit zuzubereiten. Dann begab ich mich ins Schloß und legte mich schlafen, genau an der Stelle, an der du jetzt sitzt. Zwei Dienerinnen beauftragte ich, die Fliegen über mir zu verscheuchen; die eine stand neben meinem Kopf, die andere zu meinen Füßen. Ich aber war innerlich unruhig und konnte keinen Schlaf finden, obgleich meine Augen geschlossen waren und mein Atem gleichmäßig auf- und abstieg. Da hörte ich, wie die, die an meinem Kopfende stand, zu der an meinem Fußende sagte: «Ach, Masuda, es ist doch schade um unseren Herrn und um seine Jugend, daß er mit dieser verfluchten Frau, unserer Herrin, zusammenleben muß!» – «Sei still! Gott soll alle Betrügerinnen und Ehebrecherinnen verfluchen!» antwortete die andere. «Hat es einer wie unser Herr mit seiner schönen Jugend etwa verdient, mit dieser Hure zusammenzusein, die jede Nacht auswärts schläft?» – «Unser Herr ist aber auch ein wenig dumm», sagte wieder Masuda, «wird er denn niemals nachts wach und merkt, daß sie nicht neben ihm liegt?» – «Ach, nein», sagte die andere, «Gott möge unsere Herrin, diese Hure, zu Fall bringen! Läßt sie ihn etwa bei Bewußtsein? Aber nein! Sie mischt ihm ein Betäubungsmittel in den Kelch, den er vor dem Abendessen trinkt. Das gibt sie ihm zu trinken, und wenn er dann einschläft, ist er von einem Toten nicht mehr zu unterscheiden. Sie geht dann aus dem Haus und treibt sich bis zum Morgengrauen draußen herum. Wenn sie wiederkommt, räuchert sie mit Weihrauch vor seiner Nase, so daß er es riecht und davon aufwacht. Ach, es ist wirklich schade um ihn!» Mein Herr – fuhr er fort –, als ich hörte, was die beiden Dienerinnen miteinander redeten, wurde ich so furchtbar zornig, daß mein Zorn nicht größer hätte sein können. Ich konnte es kaum erwarten, bis die Nacht anbrach und meine Kusine aus dem Hammam zurückkam. Gemeinsam breiteten wir das Tischtuch aus, aßen etwas und begaben uns dann zu dem Bett, in dem ich gewöhnlich schlief. Ich tat so, als tränke ich den Kelch aus. In Wirklichkeit aber goß ich ihn weg und legte mich schlafen. Kaum hatte ich mich niedergelegt und auf die Seite gedreht, da hörte ich meine Kusine sagen: «Er schläft. Mögest du nie wieder aufstehen!

Bei Gott, ich hasse dich und habe deine Gesellschaft satt!» Dann stand sie auf, kleidete sich an, hielt duftenden Weihrauch unter ihre Kleider, band sich mein Schwert um, öffnete die Türen und ging hinaus. Ich, mein Herr, stand ebenfalls auf –

Da erreichte das Morgengrauen Schahrasad, und sie hörte auf zu erzählen. «Ach, Herrin», sagte ihre Schwester zu ihr, «wie köstlich und wie spannend ist deine Geschichte!» – «Was wißt ihr schon davon», erwiderte Schahrasad, «im Vergleich zu dem, was ich euch morgen nacht erzähle ...»

Die dreiundzwanzigste Nacht

aus den Erzählungen von Tausendundeiner Nacht

Und als die nächste Nacht gekommen war, sagte Dinarasad zu ihrer Schwester Schahrasad: «Ach, Schwester, ich beschwöre dich bei Gott, wenn du nicht schläfst, so erzähle uns doch eine deiner schönen Geschichten!» – «Mit Vergnügen», antwortete sie.

Die Leute behaupten, o König, daß der verzauberte Jüngling dem König erzählte:

Ich folgte ihr auf dem Fuß, während sie das Schloß verließ, meine Stadt durchquerte und schließlich ans Stadttor kam. Sie sagte zu dem Tor etwas, das ich nicht verstand. Da senkten sich die Riegel herab, und das Tor öffnete sich von ganz allein. Sie ging hinaus, und ich folgte ihr, bis sie zu den Abfallplätzen außerhalb der Stadt gelangt war und zu einer kleinen Hütte mit einer aus Ziegelsteinen gemauerten Kuppel kam. Sie ging hinein. Ich kletterte auf das Kuppeldach und spähte von oben in die Hütte hinab. Und was sah ich da? Meine Kusine stand vor einem schwarzen, aussätzigen Sklaven, der auf einem Korbstuhl saß und mit Altkleidern und Lumpen bekleidet war. Sie küßte den Erdboden vor ihm, und der Sklave hob den Kopf. «Wehe dir», sagte er zu ihr, «warum hast du heute so lange gebraucht? Bis gerade eben waren meine Vettern, die Neger, hier und haben Bier getrunken und Tabtab gespielt, bis sie müde geworden sind. Sie waren die ganze Zeit fröhlich und ausgelassen, und jeder von ihnen war mit seiner

Freundin zusammen. Nur ich hatte keine Lust, etwas zu trinken, weil du nicht da warst!» – «Mein Herr, Geliebter meines Herzens!» sagte meine Kusine darauf. «Hast du vergessen, daß ich verheiratet bin? Mein Ehemann ist mein Vetter, in dessen Augen ich das niedrigste Geschöpf bin und der verhaßteste Mensch an seinem Hofe! Wenn ich nicht Angst um dein Leben hätte, dann ließe ich die Sonne nicht wieder aufgehen, bevor seine Stadt nicht in eine Ruine verwandelt würde, in der die Eulen und Raben krächzen und Füchse und Wölfe ihre Zuflucht finden. Und die Steine, aus der sie gebaut ist, würde ich fortschaffen bis hinter den Berg Kaf!» – «Du lügst, Verfluchte!» entgegnete er. «Ich schwöre bei der Männlichkeit aller Neger, daß wir uns ab heute nie wieder mit meinen Vettern treffen! Und wenn du noch einmal zu spät kommst, will ich nichts mehr mit dir zu schaffen haben und schlafe nie wieder mit dir und schmiege meinen Körper nie mehr an deinen. Du verfluchtes Weib!» fuhr er fort. «Du spielst Schakaf Lakaf mit uns! Du behandelst uns geradeso, wie es dir gefällt, o du verfluchtes, stinkendes Weibsstück!» Als ich, verehrter Herr, hörte, was sich da abspielte, wurde mir schwarz vor Augen, und ich hätte beinahe die Besinnung verloren. Ich wußte nicht mehr, wo ich mich befand. Unterdessen hatte meine Kusine zu weinen begonnen und sagte zu ihm: «O Geliebter meines Herzens, meine süße Dattel, wenn du mir böse bist, wer bleibt mir dann noch, und wenn du mich verstößt, zu wem kann ich mich dann noch flüchten? Ach, mein Herzblatt, mein Liebling, mein Augenlicht!» Und sie fuhr fort, zu weinen und sich vor ihm zu demütigen, bis er schließlich zufrieden war und Mitleid mit ihr hatte. Da wurde sie wieder fröhlich, warf ihre Kleider ab und entledigte sich von allem, was sie am Körper trug. «Mein Herr», sagte sie, «hast du nicht etwas zu essen für dein kleines Mädchen?» – «Schau im Waschzuber nach!» antwortete er. Sie hob den Deckel und fand darin einen Rest gebratener Mäuseknochen. Die aß sie. Dann sagte er: «Geh zu diesem Mehlgefäß, darin ist noch ein Rest Bier, den kannst du trinken.» Sie erhob sich, trank und wusch sich die Hände. Dann ging sie auf den Sklaven zu und legte sich zu ihm auf den Korbstuhl. Splitternackt wie sie war, schlüpfte sie unter seine Lumpen und Altkleider. In diesem Moment stieg ich von der Kuppel. Ich trat zur Tür herein, ergriff das Schwert, das meine Kusine mitgebracht hatte, und zog es, um sie beide zu töten. Zuerst versetzte ich dem Sklaven einen Schlag auf den Nacken, so daß ich glaubte, ich hätte ihm bereits den Garaus gemacht.

Da erreichte das Morgengrauen Schahrasad, und sie hörte auf zu erzählen. «Ach, Schwester», seufzte Dinarasad, «wie köstlich ist deine Geschichte!» – «In der nächsten Nacht», erwiderte sie, «erzähle ich euch etwas, das noch viel schöner ist, wenn ich dann noch lebe ...»

Die vierundzwanzigste Nacht

aus der Geschichte von Tausendundeiner Nacht

Und als die nächste Nacht gekommen war, sagte Dinarasad zu ihrer Schwester Schahrasad: «Ach, Schwester, ich beschwöre dich bei Gott, wenn du nicht schläfst, so erzähle uns doch eine deiner schönen Geschichten!» – «Mit Vergnügen», antwortete sie.

Es ist mir zu Ohren gekommen, o König, daß der verzauberte Jüngling fortfuhr, dem König zu erzählen:

Mein Herr! Der Schlag, den ich dem Sklaven versetzt hatte, hatte ihm noch nicht die beiden Halsschlagadern durchtrennt, sondern nur Haut und Fleisch seiner Kehle durchschnitten. Ich glaubte aber, daß ich ihn getötet hätte. Er ächzte laut, während sich neben ihm meine Kusine bewegte. Da trat ich leise ein paar Schritte zurück, hängte das Schwert wieder an seinen Platz und eilte in die Stadt zurück. Ich betrat meinen Palast und legte mich auf mein Lager, wo ich bis zum Morgen blieb. Als meine Kusine zurückkehrte, sah ich, daß sie ihre Haare abgeschnitten hatte und Trauergewänder trug. «Lieber Vetter», sagte sie zu mir, «sage bitte nichts über mein Verhalten. Ich habe gerade erfahren, daß meine Mutter gestorben und mein Vater auf einem Feldzug im Dschihad gefallen ist. Von meinen beiden Brüdern ist der eine an der Lepra gestorben, der andere auf dem Kriegspfad. Da steht es mir wohl an, daß ich weine und trauere.» Ich hörte mir ihre Rede schweigend an. «Tu nur, was du für richtig hältst», sagte ich zu ihr, «ich werde mich dir nicht in den Weg stellen.» Da setzte sie sich hin, trauerte und weinte und jammerte, ein ganzes Jahr lang, volle zwölf Monate. Als das Jahr vergangen war, sagte sie zu mir: «Ich möchte, daß du für mich hier in deinem Palast eine Grabkuppel baust, so groß wie ein gewöhnliches Haus. Dorthin möchte ich mich zurückziehen und allein für mich trauern. Es soll ‹Haus der Trauer› heißen.» – «Tue, was du für richtig hältst», willigte ich ein. Sie machte sich sofort daran und ließ ein Haus bauen, in dem sie trauern konnte. In der Mitte ließ sie eine Kuppel mauern, darunter einen Steinsarg. Das Ganze sah aus wie ein richtiges Heiligengrab. Aber dann, o Herr, transportierte sie den verwundeten Sklaven in das Grab und legte ihn in den Steinsarg. Er war ihr ja nun nicht mehr zu irgend etwas nütze, er konnte nur noch schlucken. Seit dem Tag, an dem ich ihn verletzt hatte, konnte er nicht einmal mehr sprechen. Dennoch, seine Lebenszeit war noch nicht abgelaufen. Sie besuchte ihn täglich morgens und abends, stieg dazu unter die Grabkuppel und brachte ihm unter lautem Jammern und Klagen jeden Morgen und jeden Abend ein Getränk und eine Suppe. Ein weiteres Jahr hindurch blieb sie bei diesem Verhalten. Ich ermahnte mich zur Geduld und sprach sie nicht darauf an. Eines Tages jedoch kam ich unerwartet zu ihr herein und überraschte sie dabei, wie sie weinte und jammerte und die folgenden Verse sprach:

«Wenn ich dich sehe, leide ich an deinem Unglück, wie du siehst,
Bist du entfernt von meinem Blick, geht's mir genauso, wie du siehst.

Ach du, mein Leben, sprich zu mir!
Mein liebster Herr, rede mit mir!»

Darauf erhob sie ihre Stimme und sang:

«Der Tag, an dem ich bei euch bin, läßt keine Wünsche offen.
Der Tag, an dem ihr euch entfernt, ist wie mein Todestag.

Wenn ich auch nachts mich fürchte und vom Untergang bedroht bin,
So ist doch eure Nähe süßer, als alle Sicherheit sein mag.»

Danach sprach sie die folgenden Verse:

Tawil

«Und lebte ich auch im größten Wohlstand, so daß ich selbst
Die Welt und das Perserreich mein Eigentum nennte,

Ich gäbe nicht einen Mückenflügel um alles das,
Wenn dabei mein Auge dich nicht anblicken könnte.»

Es wird berichtet: Als sie aufgehört hatte zu weinen, sprach ich sie an. «Liebe Kusine», sagte ich, «du hast jetzt genug getrauert und geweint. Was nützt dir das Klagen, es hilft ja doch nichts mehr!» – «Mein lieber Vetter», entgegnete sie, «mische dich nicht ein in das, was ich tue. Wenn du dich mir widersetzt, bringe ich mich um!» Da war ich still und ließ sie in Ruhe. Ein weiteres Jahr verging unter Weinen, Trauern und Jammern. Nachdem auch dieses dritte Jahr verstrichen war, trat ich einmal zu ihr herein, verärgert wegen einer kleinen Sache, die mich verstimmt hatte; die unglückliche Situation hatte meine Nerven nun auch schon sehr belastet. Ich trat also zu ihr herein, da fand ich sie unter der Kuppel neben dem Sarg sitzen und hörte sie sagen: «Mein Herr, darf ich denn kein einziges Wörtchen von dir hören? Ach, mein Herr, drei Jahre sind es nun schon, daß du mir nicht antwortest!» Dann sprach sie die folgenden Verse:

«O Grab, o Grab, ist denn sein Schmuck dahin,
Oder ist dieser blühende, grüne Anblick von dir verschwunden?

O Grab, du bist kein Garten und auch kein Himmelszelt,
Wie haben sich dennoch in dir Sonne und Mond verbunden?»

Als ich ihre Worte hörte, wurde mein Ärger noch größer. «O weh!» rief ich laut. «Wie lange soll das noch so weitergehen?» Und dann stimmte ich die folgenden Verse an:

«O Grab, o Grab, ist denn sein Schmutz dahin,
Oder ist dieser dreckige, schwarze Anblick von dir verschwunden?

O Grab, du bist kein Scheißhaus und auch kein Abfallplatz,
Wie haben sich dennoch in dir Kohle und Dreck verbunden?»

Als sie meine Worte hörte, sprang sie auf und schrie: «Wehe dir, du Hund! Warst du es etwa, der mir das angetan hat? Warst du es, der meinen Geliebten verletzt und mir seine Jugend entrissen hat, so daß er seit drei Jahren weder tot noch lebendig ist?» – «Ja, du dreckigste aller Huren und schmutzigste und verdorbenste aller Nutten, die sich schwarzen Negersklaven hingeben!» antwortete ich. «Ich war es, ich habe es getan.» Mit diesen Worten griff ich zu meinem Schwert, zog es und holte aus, um sie zu töten. Als sie meine Worte hörte und sah, daß ich entschlossen war, sie umzubringen, begann sie zu lachen. «Scher dich fort, du Hund, und zieh den Schwanz ein!» sagte sie. «Das Sprichwort hat recht: ‹Welch ein Jammer, welch ein Jammer, daß das Vergangene nicht wiederkommt und Tote nicht wieder lebendig werden!› Aber Gott hat mir Gewalt gegeben über den, der mir das angetan hat. Gegen ihn brennt in meinem Herzen ein Feuer, das sich nicht ersticken läßt, und eine Flamme, die sich nicht unterdrücken läßt!» Damit sprang sie auf die Füße und sagte etwas, das ich nicht verstand. «Bei meiner Zauberkraft und List!» fügte sie hinzu. «Werde halb zu Stein und halb zu einem Menschen!» Und so bin ich bis heute in der Gestalt, in der du mich siehst, verehrter Herr. Ich bin stets traurig und wehmütig, kann nicht aufstehen, mich nicht hinsetzen und nicht schlafen. Ich bin weder tot mit den Toten noch lebendig mit den Lebendigen!»

Da erreichte das Morgengrauen Schahrasad, und sie verstummte und hörte auf zu erzählen. «Ach, Schwester», seufzte ihre Schwester Dinarasad, «wie köstlich und wie spannend ist deine Geschichte!» – «Morgen nacht», erwiderte sie, «erzähle ich euch etwas noch Schöneres als das, wenn ich dann noch lebe und mich der König verschont …»

Die fünfundzwanzigste Nacht

aus den Erzählungen von Tausendundeiner Nacht

Und als die nächste Nacht gekommen war, sagte Dinarasad zu ihrer Schwester Schahrasad: «Ach, Schwester, wenn du nicht schläfst, so erzähle uns doch eine deiner schönen Geschichten, mit der wir uns diese Nacht vertreiben können!» – «Mit Vergnügen», antwortete sie.

Die Leute behaupten, o König, daß der verzauberte Jüngling zu dem König sagte: «Nachdem ich in meine jetzige Gestalt verzaubert worden war, verhexte sie auch die Stadt, mitsamt allen Gärten, Feldern und Märkten. Es ist der Ort, an dem du mit deinen Zelten und deiner Armee gerade lagerst. In meiner Stadt lebten früher vier Gemeinden: Muslime, Feueranbeter, Christen und Juden. Alle diese Menschen verwandelte sie in Fische. Die Muslime wurden zu weißen Fischen, die Feueranbeter zu roten Fischen, die blauen Fische sind die Christen und die gelben Fische die Juden. Die Inseln verwandelte sie in vier Hügel und umgab mit ihnen den See. Aber auch das – von meiner verzauberten Gestalt einmal abgesehen – ist ihr noch nicht genug! Jeden Tag kommt sie hier vorbei, entkleidet mich und gibt mir mit einer Peitsche hundert Schläge, bis mir das Blut herunterfließt und meine Schultern völlig zerfetzt sind. Dann wirft sie ein Kleid aus Tierhaaren, einem Sack ähnlich, über mich. Sie zieht es mir über die obere Körperhälfte, und darüber legt sie mir diese prächtigen Gewänder an!» Der Jüngling weinte bei dieser Schilderung und sprach unter Tränen die Verse:

> «Geduld! Mein Gott, bei deinem Ratschluß braucht es viel Geduld!
> Ich will geduldig sein, wenn daraus wächst mir deine Huld.
>
> Man hat uns angegriffen und uns Unrecht angetan,
> Mag uns im Paradies vergolten werden ihre Schuld!
>
> Mein Herr! Verleugne nicht, was der Verbrecher an mir tat.
> Errette mich aus dieser Flammen höllischem Tumult!»

«Jetzt hast du noch eine Sorge zu meinen Sorgen dazugetan», sagte der König zu dem Jüngling, «und zwar, indem du meinen ersten Kummer weggenommen hast. – Mein Junge», fuhr er nach einer kurzen Pause fort, «sag mir, wo sie ist und wo das Grab steht, in dem sich der verwundete Sklave befindet.» – «Ach, lieber König», antwortete der Jüngling, «der Sklave liegt unter der Kuppel in dem Grab in jenem Raum dort, der Tür gegenüber. Sie besucht ihn jeden Tag einmal, bei Sonnenaufgang. Sobald sie hereinkommt, zieht sie mich aus und gibt mir hundert Schläge mit der Peitsche. Ich weine und schreie jedesmal, aber ich kann mich weder bewegen noch aufstehen und habe keine Kraft, mich gegen sie zu wehren, weil ich ja zur Hälfte aus Stein bestehe und zur Hälfte aus Fleisch und Blut. Dann, wenn sie mich bestraft hat, bringt sie dem Sklaven eine Suppe und etwas zu trinken hinunter und flößt es ihm ein. Am nächsten Morgen, ganz früh, kommt sie wieder.» – «Ich schwöre bei Gott, mein Junge», sagte der König, «daß ich für dich etwas tun werde, woran man sich erinnern wird und was die Geschichtsschreiber nach uns in ihren Chroniken aufschreiben werden.» Dann ließ sich der König nieder, um fortzufahren im Gespräch mit dem jungen Mann. Sie unterhielten sich miteinander bis in die Nacht, dann schliefen sie beide. Kaum dämmerte der Morgen, da stand der König auf, schlüpfte aus seinen Kleidern und begab sich mit gezücktem Schwert in den Raum, in dem die Kuppel und der Steinsarg errichtet waren. Er blickte sich um und sah dort Kerzen, Öllampen, Räucherwerk, Weihrauch, Safran und Öle. Er trat auf den Sklaven zu, schlug ihn tot, lud ihn sich auf die Schultern, schleppte ihn nach draußen und warf ihn in ein Wasserloch, das zum Schloß gehörte. Dann stieg er wieder hinunter, zog sich selbst die Kleider des Sklaven an, deckte sich zu und kroch in den tiefsten Winkel des Steinsargs. Dort legte er sich hinein und wartete. Sein gezücktes Schwert hatte er der Länge nach zwischen die Kleider gesteckt. Eine Weile verging. Dann erschien die verfluchte Zauberin. Sie kam herein, und das erste, was sie tat, war, ihrem Vetter die Kleider auszuziehen, eine Peitsche zur Hand zu nehmen und ihn gründlich mit Schlägen einzudecken. «Auweh!» stöhnte der Jüngling. «Hab Erbarmen, liebe Kusine! Laß ab von mir! Es reicht schon, was ich bis jetzt an Unglück und Plagen ertragen mußte. Hab doch Erbarmen!» – «Du hättest Erbarmen haben und mir meinen Geliebten lassen sollen!» widersprach sie.

Da erreichte das Morgengrauen Schahrasad, und sie hörte auf zu erzählen. «Ach, Schwester», seufzte Dinarasad, «wie schön und wie spannend ist deine Geschichte!» – «Was ist das schon», erwiderte sie, «gegen das, was ich euch morgen nacht erzählen werde, wenn ich dann noch lebe.» König Schahriyar aber war wegen des verzauberten Jünglings voller Spannung und Sorgen. Sein Herz schwankte zwischen Staunen und Mitleid. «Bei Gott», sprach er zu sich selbst, «ich will ihre Hinrichtung auch heute nacht und die restlichen Nächte noch aufschieben, sogar wenn es zwei Monate dauern würde, damit ich das Ende dieser Geschichte hören kann und erfahre, was mit dem verzauberten Jüngling weiter geschieht. Dann aber töte ich sie, wie ich es mit ihren Vorgängerinnen getan habe!» So stand es um ihn.

Die sechsundzwanzigste Nacht

aus den Erzählungen von Tausendundeiner Nacht

Es wird berichtet: Und als die nächste Nacht gekommen war, sprach Dinarasad zu Schahrasad: «Ach, Schwester, wenn du nicht schläfst, so erzähle uns doch etwas aus deinen schönen Geschichten, damit wir uns diese Nacht vertreiben können!» – «Mit Vergnügen», antwortete sie.

Es ist mir zu Ohren gekommen, o König, daß die Zauberin, nachdem sie ihren Vetter mit der Peitsche geschlagen und gezüchtigt hatte, so lange, bis ihr Rachedurst für dieses Mal gestillt war und ihm das Blut von den Seiten und den Schultern floß, ihm den groben, härenen Sack überzog und darüber die feinen Gewänder. Darauf stieg sie, wie sie es gewohnt war, mit einem Kelch zu trinken und einer Suppe in der Hand zu dem Sklaven hinunter. Sie betrat den Raum, trat unter die Kuppel und begann laut zu weinen, zu schreien und zu jammern:

«Ach, ihr Lieben, warum hindert ihr uns daran, euch zu sehen?
Seid nicht geizig! Nur die Feinde wollen euch von ferne sehen.
Kommt uns doch besuchen, denn mein Leben wird sonst bald vergehen.
Schenkt uns eure Nähe, denn die Ferne kommt euch schlecht zu stehen.

Mein Herr, rede mit mir!
Mein Herr, sprich zu mir!»

Dann stimmte sie die folgenden Verse an:

«Wie lang noch kehrst du mir den Rücken, wie lange bleibst du noch verschlossen?
Habe ich etwa noch nicht Tränen genug vergossen?

Mein Liebling, rede mit mir!
Mein Liebling, sprich zu mir!
Mein Liebling, antworte mir!»

Nun senkte der König seine Stimme, verknotete seine Zunge und sagte im Tonfall der Neger: «Ah! Ah! Ah! Es gibt keine Kraft und keine Stärke außer bei Gott, dem Erhabenen und Mächtigen!» ❧ Als sie seine Worte hörte, schrie sie vor Freude laut auf und fiel in Ohnmacht. Sobald sie wieder zu sich gekommen war, sagte sie zu ihm: «Mein Herr, hast du wirklich mit mir gesprochen? Hast du wirklich etwas gesagt?» – «Verfluchtes Weib!» antwortete der König. «Hast du es etwa verdient, daß jemand mit dir spricht oder dir antwortet?» – «Aber warum denn das?» fragte sie verwundert zurück. Er antwortete: «Von morgens bis abends züchtigst du deinen Ehemann, und der schreit so laut um Hilfe, daß ich nicht schlafen kann. Vom Abend bis zum nächsten Morgen weint er dann, fleht zu Gott und verwünscht dich und mich. Das macht mir Sorgen und bedrückt mich. Wäre das nicht, schon längst wäre ich gesund geworden! Das ist auch der Grund, warum ich dir keine Antwort geben konnte und nicht mit dir gesprochen habe!» – «Mein Herr», erwiderte sie darauf, «wenn du es erlaubst, werde ich ihn aus seinem jetzigen Zustand erlösen.» – «Erlöse ihn endlich, und verschaffe uns Ruhe vor seinem Gejammer!» stöhnte er. ❧ Da erhob sie sich und trat aus dem Kuppelgrab. Sie nahm eine Tasse mit Wasser und murmelte etwas darüber. Das Wasser begann zu sieden und Blasen zu werfen, so wie ein Kochkessel auf dem Feuer siedet. Nun besprengte sie den Jüngling damit. «Bei der

Kraft meiner Zaubersprüche und Zauberformeln!» sagte sie dazu. «Wenn der Schöpfer dich so erschaffen oder dir diese Gestalt aus Zorn über dich gegeben hat, so bleibe, wie du bist. Bist du aber durch meine Zauberkunst und List in deine jetzige Gestalt geraten, dann verlasse sie jetzt wieder, und kehre zurück in deine vertraute Gestalt. Das erlaube dir der Schöpfer der Menschen!» Da schüttelte sich der junge Mann und stand auf, kerzengerade und unversehrt. Voll Freude über sein Leben und seine Rettung rief er laut: «Alhamdulillah – Lob sei Gott!» Sie aber sagte zu ihm: «Geh mir aus den Augen, und komm nie wieder! Wenn ich dich noch einmal hier sehe, bringe ich dich um!» Das schrie sie ihm ins Gesicht, da machte er sich schnell davon. Nun kehrte das Mädchen in die Grabkammer zurück. Sie stieg hinab und sagte dort: «Nun komm heraus, mein Herzblatt, damit ich mir deine schöne Gestalt ansehen kann!» Der König aber sagte mit verstellter Stimme: «Du hast mir Ruhe verschafft vor der Krone des Baumes, aber noch nicht vor seiner Wurzel!» – «Was für eine Wurzel meinst du denn, mein süßer Herr?» fragte sie. «Wehe dir, verfluchtes Weibsstück! Die Bewohner der Stadt und die vier Inseln!» antwortete er. «Immer um Mitternacht strecken die Fische ihre Köpfe aus dem See, rufen um Hilfe und verwünschen mich vor Gott. Das ist der Grund, warum ich nicht gesund werden kann. Geh und erlöse sie, und eile dich! Wenn du dann zurückkommst, nimm mich an der Hand und hilf mir aufzustehen, denn ich fühle schon, daß ich bald gesund sein werde!» Als sie das hörte, freute sie sich. «Ja, mein Herr, und in Gottes Namen, mein Herz!» sagte sie vergnügt, stand auf und ging hinaus an den See. Sie schöpfte ein wenig Wasser heraus –

Da erreichte das Morgengrauen Schahrasad, und sie hörte auf zu erzählen. «Wie köstlich und wie spannend ist deine Geschichte!» sagte Dinarasad. «Was ist das schon», erwiderte sie, «gegen das, was ich euch morgen nacht erzählen werde, wenn ich dann noch lebe und mich der König verschont ...»

Die siebenundzwanzigste Nacht

aus den spannenden und aufregenden Abenteuern der Geschichte von Tausendundeiner Nacht

Und als die nächste Nacht gekommen war, sagte Dinarasad zu ihrer Schwester Schahrasad: «Wenn du nicht schläfst, so erzähle uns doch eine deiner schönen Geschichten, mit der wir uns diese Nacht vertreiben können!» – «Mit Vergnügen», erwiderte sie.

Die Leute behaupten, o König, daß das Mädchen etwas über den See hinmurmelte, so daß die Fische darin zu tanzen begannen. Nun löste sie den Zauber, der auf ihnen lag, und kaum hatte sie das getan, fuhren die Bewohner der Stadt in ihren Geschäften fort, kauften und verkauften, nahmen und gaben, als wäre nichts geschehen. Das Mädchen kehrte wieder in den Palast zurück, betrat die Grabkuppel und sagte: «Mein Herr, nun gib mir deine ehrenwerte Hand, und erhebe dich!» – «Komm näher zu mir», sagte der König mit verstellter Stimme. Sie trat zu ihm hin. «Du mußt noch näher kommen», verlangte er, und sie kam so nahe an ihn heran, daß sie förmlich an ihm klebte. Da wandte sich der König um, und als er ihre Brust vor sich hatte, schlug er sie mit dem Schwert in zwei Hälften und schmetterte sie, in zwei Teile geteilt, zu Boden. Dann ging er nach draußen, wo der verzauberte Jüngling auf ihn wartete. Er beglückwünschte ihn zu seiner Rettung, und der Jüngling küßte dem König die Hand, dankte ihm und wünschte ihm Segen. «Willst du nun in deiner Stadt bleiben oder mit mir kommen in meine Stadt?» fragte ihn der König. «O König der Zeit und Herr dieser Epoche und Lebenszeit», sagte er, «weißt du, wie weit es von meiner Stadt zu deiner Stadt ist?» – «Eine halbe Tagesreise», erwiderte dieser. «Wach auf, verehrter König!» sagte er. «Zwischen meiner und deiner Stadt liegt ein ganzes Jahr! Als du in einer halben Tagesreise zu uns gekommen bist, war die Stadt verzaubert!» – «Bleibst du also in deiner Stadt», wiederholte der König seine Frage, «oder kommst du mit mir?» – «O König, ich will mich von nun an keine Sekunde mehr von dir trennen!» antwortete er. Da freute sich der König. «Lob sei Gott, der mich mit dir beglückt hat!» sagte er. «Du sollst mein Sohn sein, weil ich noch keinen Sohn habe.» Dann sanken die beiden einander in die Arme, hielten sich fest umschlungen und waren glücklich. Gemeinsam kehrten sie in den Palast zurück. Der verzauberte König gab seinen Ministern und den Würdenträgern seines Königreichs bekannt, daß er auf eine Reise gehen werde. Er packte alles Notwendige ein, und die Emire und Kaufleute seiner Stadt boten ihm noch allerhand nützliche Dinge an. Zehn Tage lang traf er Reisevorbereitungen. Dann verließ er zusammen mit dem Sultan die Stadt, schweren Herzens, weil er sich kaum vorstellen konnte, sie auf ein ganzes Jahr allein zu lassen. Er reiste mit fünfzig Mamluken, ihnen folgten einhundert Kamelladungen voller Geschenke und Schmuckstücke, Schätze und Goldmünzen aus seinem Hofschatz, und außerdem hatte er genügend Diener und Führer dabei. Ein ganzes Jahr lang waren sie unterwegs, Nächte und Tage, bei Sonnenuntergang und bei Sonnenaufgang. Endlich, weil Gott ein glückliches Gelingen in ihr Schicksalsbuch geschrieben hatte, gelangten sie wohlbehalten zu der Stadt und schickten einen Boten voraus, der dem Wesir die glückliche Rückkehr des Sultans melden sollte. Der Wesir zog mit der ganzen Armee und einem Großteil der Stadtbewohner hinaus, um den Sultan zu empfangen. Sie waren voll Freude, nachdem sie zuvor schon die Hoffnung aufgegeben hatten, ihn jemals wiederzusehen. Die Stadt wurde über und über geschmückt, und seidene Teppiche bedeckten die Straßen. Dann trafen sich der Sultan und der Wesir. Zuvor waren der Wesir und die Soldaten von den Pferden gestiegen, hatten den Boden vor ihm geküßt, ihn zu seiner wohlbehaltenen Heimkehr beglückwünscht und Gott um Seinen Segen für ihn gebeten. Dann waren sie in die Stadt zurückgegangen, und der Sultan hatte Platz genommen auf seinem Thron. Nun wandte sich der Sultan an den Wesir. Er berichtete ihm alles, was mit dem Jüngling geschehen war, und auch, was er mit dessen Kusine getan hatte, und daß dadurch die Stadt und der Jüngling erlöst worden waren und daß dies der Grund gewesen sei, daß er ein ganzes Jahr ausgeblieben war. Der Wesir beglückwünschte den Jüngling zu seiner Rettung, dann setzten sich die Emire, Wesire, Kämmerer und Hofmarschälle, ein jeder nach seinem Rang, und der Sultan verteilte Ehrenkleider, Geschenke und Wohltaten. Endlich ließ er den Fischer herbeirufen, der der Anlaß für all dies gewesen war – nämlich für die Rettung des Jünglings und der Bewohner seiner Stadt. Als der Fischer eingetroffen war, schenkte ihm der Sultan ein Ehrenkleid und fragte ihn: «Hast du Kinder?» – «Ich habe einen Sohn und zwei Töchter», antwortete er. Der Sultan ließ auch sie herbeirufen. Er nahm eine der beiden Töchter zur Frau und verheiratete die andere mit dem verzauberten

Jüngling. Den Sohn nahm er zu sich und machte ihn zu seinem Garderobenmeister. Dann legte er dem Wesir einen Herrschergürtel um und schickte ihn als Sultan in die Stadt der schwarzen Inseln. Er ließ ihn Treue schwören und gab ihm die fünfzig Mamluken mit, die sie begleitet hatten. Dazu schickte er mit ihm noch viele andere Leute, außerdem eine große Anzahl Ehrengewänder und Geschenke für alle Emire und Geschäftsleute. Nun nahm der Wesir von ihm Abschied. Er küßte ihm die Hand und machte sich auf den Weg. Und der Sultan lebte hinfort mit dem einst verzauberten Jüngling und dem Fischer zusammen. Dieser aber war der reichste Mann seiner Zeit geworden, und seine Töchter waren mit Königen verheiratet.

Da erreichte das Morgengrauen Schahrasad, und sie hörte auf zu erzählen. «Ach, Schwester», seufzte Dinarasad, «wie köstlich und wie spannend ist deine Geschichte!» – «Was ist das schon», erwiderte sie, «gegen das, was ich euch morgen nacht erzählen werde, wenn ich dann noch lebe und mich der König verschont …»

Die achtundzwanzigste Nacht

aus der Geschichte von Tausendundeiner Nacht

Und als die nächste Nacht gekommen war, sagte Dinarasad zu ihrer Schwester Schahrasad: «Ach, Schwester, wenn du nicht schläfst, so erzähle uns doch eine deiner schönen Geschichten!» – «Mit Vergnügen!» antwortete Schahrasad.

Der Träger und die drei Damen

Es ist mir zu Ohren gekommen, o glücklicher König, daß in der Stadt Bagdad einmal ein Junggeselle lebte, der als Träger arbeitete. Eines Tages stand er an seinem gewohnten Platz auf dem Basar. Er hatte sich an seinen Korb gelehnt und wartete auf Kundschaft. Plötzlich blieb eine Frau vor ihm stehen. Sie war in einen seidengefütterten Mantel aus Mosul gehüllt, trug ein feines, schwarz und weiß gemustertes Kopftuch mit goldenem Saum, goldene Schuhe mit wehenden Schuhriemen und Gamaschen, deren Bänder ihre Beine umspielten. Diese Frau blieb vor ihm stehen und hob ihren Schleier. Schwarze Augen blickten darunter hervor mit langen Wimpern an den Augenlidern, deren äußere Winkel mit einem Lidstrich verlängert waren. Ihr Blick war so sanft, ihre Gestalt so vollkommen, als hätten die Dichter mit ihren schönsten Versen keine andere beschrieben als sie.[*] Mit zarten Worten und süßer Stimme sprach sie ihn an: «Träger, nimm deinen Korb und folge mir.» Der Träger nahm bei diesen Worten so schnell er konnte seinen Korb auf und eilte ihr hinterher. «Welch ein Glückstag, welch ein erfolgreicher Tag!» sagte er zu sich selbst, während er sich ihr anschloß. Sie ging vor ihm her und blieb dann vor der Tür eines Wohnhauses stehen. Sie klopfte an. Ein alter Mann, ein Christ, kam herunter. Sie gab ihm einen Dinar und erhielt dafür von ihm eine olivgrüne Flasche. Die legte sie in den Korb und sagte dann: «Träger, nimm deinen Korb und folge mir.» – «Gern», sagte der Träger, «o Glückstag, o Jubeltag, o Freudentag!» Damit nahm er den Korb auf und folgte ihr. Vor dem Laden des Obsthändlers hieß sie ihn wieder stehenbleiben. Dort kaufte sie Äpfel von der Sorte Fathi, osmanische Quitten, Challani-Pfirsiche, Moschusäpfel, einen Strauß Jasmin der Sorte Hall Fasadati, Lotusblumen aus Damaskus, kleine Herbstgürkchen, Zitronen der Sorten Marakibi und Sultani, Myrte, Basilikum, Reseda, Kamillenblüten, Levkojen, einen Strauß Iris, Lilien, Anemonen, Veilchen, Ochsenaugen, Narzissen und Sonnenblumen. Alles das tat sie in den Korb des Trägers, und er folgte ihr weiter. Als nächstes machte sie beim Fleischer Halt. «Schneide mir zehn Pfund mageres, gutes Fleisch ab!» sagte sie und bezahlte auch gleich den Preis dafür. Der Fleischer schnitt ihr zurecht, was sie sich aussuchte, wickelte das Fleisch ein und gab ihr das Paket. Sie legten es ebenfalls in den Korb und taten noch etwas Holzkohle dazu. Dann wies sie den Träger wieder an: «Nimm deinen Korb und folge mir!» Der Träger begann sich zu wundern. Er hob sich den Korb auf den Kopf, und sie gingen zu einem anderen Kaufmann. Dort kaufte sie die leckersten Spezialitäten, nämlich eingesalzene Sperlinge, gespaltene und gestampfte Oliven, Estragon, Sauerrahm, Damaszener Käse, saures Gemüse, gesüßt und ungesüßt, von allem soviel sie brauchte. Sie tat es in den Korb des Trägers und sagte: «Träger, nimm deinen Korb und folge mir.» Der Träger hob den Korb auf und folgte ihr. Die Dame aber ging von dem Kauf-

* Im Original heißt es: «... als hätte ein Dichter sie beschrieben mit den folgenden Versen:» Das zugehörige Gedicht fehlt jedoch.

mann gleich weiter zu einem Nußverkäufer. Von ihm kaufte sie Pistazienkerne, solche, die man zum Dessert verwendet, Rosinen aus Aleppo, Mandelkerne, irakisches Zuckerrohr, Baalbeker Süßigkeiten, die aus Stärkemehl, Zucker, Mastix und Pistazien zubereitet waren, Haselnußkerne, geröstete Kichererbsen und noch dazu verschiedene andere Sorten gerösteter und gesalzener Kerne, soviel sie brauchte. Alles das lud sie in den Korb des Trägers, dann wandte sie sich zu ihm um mit den Worten: «Träger, nimm deinen Korb und komm mit mir.» Er hob den Korb auf und eilte ihr nach. Nun blieb sie beim Süßwarenhändler stehen und kaufte einen riesigen Teller, auf dem alle Sorten Süßigkeiten, die er anzubieten hatte, angeordnet waren: Kairiner süße Stückchen, geflochtene Zöpfe nach Art der Armenier in Bailakan, dreieckige Blätterteigkrapfen, gefüllt und mit Moschus parfümiert, eine weiche, lockere Süßspeise mit dem Namen «Wunder von Umm Salih», osmanisches Schmelzgebäck, in Sesamöl fritierte Dattelpasteten, Mandel-Honig-Gelee, süße Fladen aus Marzipan, Amberkämme, Küchlein mit dem Namen «Finger von Banid», Witwenbrot, eine persische Spezialität mit Namen «Basandud», Kadi-Häppchen, eine Sorte, die man «Iß und sag danke» nannte, Zuckerbiskuits der Marke «Für feine Leute» und Liebesplätzchen. Alle diese verschiedenen Sorten Süßigkeiten ließ sie auf einem Teller anordnen und stellte ihn dann in den Korb. Da sagte der Träger zu ihr: «Gute Frau, hättest du mir das nicht eher sagen können? Dann hätte ich ein Lastpferd oder ein Kamel mitgenommen, um all diese Einkäufe zu tragen.» Sie aber lächelte nur und ging weiter zu einem Drogisten, von dem sie zehn Flaschen Weidenblütenlikör kaufte, ebensoviel Lotuswasser, zwei Zuckerhüte, eine Spritzflasche Rosenwasser mit Moschusaroma, ferner Moschus, Weihrauchharz in Kieselform und Adlerholz mit Amber zum Räuchern, Leuchterkerzen aus Wachs und solche für die Handlaterne. «Träger», sagte sie, nachdem sie alles in den Korb geladen hatte, «nimm deinen Korb und komm mit mir.» Und der Träger nahm den Korb. Sie ging vor ihm her, bis sie endlich an ein hübsches Wohnhaus gelangte, vor dem sich ein weiter Platz öffnete. Das Haus war hoch gebaut und mit starken Säulen gestützt. Die beiden Flügel der Eingangstür bestanden aus reinem Elfenbein und waren mit funkelndem Gold überzogen. Vor dieser Tür blieb die Dame stehen. Sie klopfte leise.

Da erreichte das Morgengrauen Schahrasad, und sie hörte auf zu erzählen. «Wie köstlich und wie schön ist deine Geschichte!» sagte ihre Schwester. «Was ist das schon», erwiderte sie, «gegen das, was ich euch morgen nacht erzählen werde, wenn ich dann noch lebe und mich der König, dessen Leben Gott verlängern möge, verschont ...»

Die neunundzwanzigste Nacht

aus den Erzählungen von Tausendundeiner Nacht

Und als die nächste Nacht gekommen war, sagte Dinarasad zu ihrer Schwester Schahrasad: «Ach, Schwester, wenn du nicht schläfst, so erzähle uns doch eine von deinen Geschichten, mit der wir uns diese Nacht vertreiben können.» – «Ich höre und gehorche», antwortete sie.

Es ist mir zu Ohren gekommen, o glücklicher König und Meister des richtigen Urteils, daß, nachdem die Dame an die Tür geklopft hatte, der Träger mit dem Korb hinter ihr stehenblieb. Er dachte an nichts anderes mehr als an ihre Schönheit und Anmut, ihre Güte und Freundlichkeit und an die beredten Worte, die sie zu ihm gesprochen hatte. Da öffnete sich die Tür, und die beiden Türflügel gaben einen Spalt frei. Der Träger lugte hinein. Wer mochte es sein, der ihr die Tür auftat? Es war ein Mädchen, fünf Spannen hoch gebaut, mit wohlgeformten, festen Brüsten, voller Schönheit und Anmut, Glanz und Vollkommenheit, von aufrechter und ebenmäßiger Figur. Ihre Stirn war so weiß wie der weiße Stirnfleck des Halbmonds, ihre Augen wollten es den Augen der Gazellen und Bergantilopen nachtun, sie hatte Augenbrauen, so schön und so rund wie die Mondsichel im Monat Schaaban, und Wangen wie roter Mohn. Ihr Mund war wie der Siegelring Salomons, mit Lippen, rot wie Karneole, und Zähnen, wie Perlen aufgereiht in einer Fassung aus Korallen. Ihr Hals war wie ein schlankes persisches Weißbrot auf der Tafel eines Sultans, ihre Brust war frisch wie ein Springbrunnen, und ihr Busen ähnelte zwei prächtigen Granatäpfeln. Ihr Bauchnabel faßte zwei Unzen Behennußöl, und darunter saß etwas, das glich einem Kaninchen mit flauschig behaarten Ohren. Es war, als hätte der redegewandte Dichter über sie die Verse gedichtet:

Siehst du die Sonne der Paläste und ihren Vollmond scheinen?
Schau auf den Glanz ihrer Blüten und ihren Lavendel, den feinen.

Noch niemals hat dein Auge ein Weiß und ein Schwarz gesehn,
Wie die, die ihr weißes Gesicht und ihr schwarzes Haar vereinen.

Dazu hat sie rote Wangen, und ihre Schönheit verrät
Ihren Namen, falls du ihn noch nicht gehört hast in allen Hainen.

Ich sah ihre Hüfte von hinten sich wiegen und lachte vor Freude,
Doch über ihre schlanke Taille mußte ich weinen.

Der Anblick dieses Mädchens raubte dem Träger Herz und Verstand. Fast wäre ihm der Korb vom Kopf gefallen. «Das ist der glücklichste Tag meines Lebens!» sprach er zu sich selbst. «Worauf wartest du, meine Schwester?» sagte die Dame, die die Tür geöffnet hatte, zu der, die einkaufen gegangen war. «Komm zur Tür herein, und laß diesen Armen seine Last absetzen!» Die Einkäuferin trat also ein, hinter ihr stand die andere, die die Tür geöffnet hatte, und schloß die Tür wieder ab. Dann folgte sie ihnen hinein. Schließlich standen sie alle in einer geräumigen, gut gebauten und schön gestalteten Halle mit vielen Einbauten, Bogen und Vorsprüngen und einem kleinen Pavillon mit Wandbehängen, außerdem Vorratskammern und Schränken, vor denen kostbare Vorhänge herabgelassen waren. Die Mitte der Halle bildete ein großes Bassin, randvoll mit Wasser, in dem ein kleines Boot schwamm. An der Rückwand der Halle stand ein ambrafarbenes Bett. Seine vier Beine waren aus Wacholderholz gedrechselt, und es war über und über mit Perlen und Edelsteinen besetzt. Über dem Bett hing ein Himmel aus rotem Atlas mit haselnußgroßen Perlen als Knöpfe. Plötzlich wurden die Knöpfe des Himmelbettes von innen geöffnet, und darunter tauchte ein Mädchen auf, von strahlender Erscheinung, entzückender Schönheit und philosophenhaftem Charakter, eine Gestalt wie der Vollmond, mit zauberhaften Augen, die die Magie Babylons verrieten, und Augenbrauen wie gekrümmte Schießbogen. Sie war so gerade gewachsen wie ein Alif, ihr Atem duftete nach Amber, ihre Lippen waren zuckersüß, und sie hatte eine so schöne, glänzende Stirnlocke, daß selbst die helle Sonne sich dagegen schämen mußte. Sie war wie einer der hoch leuchtenden Sterne oder wie eine fest gebaute Goldkuppel oder wie eine geschmückte Braut oder wie ein Nilfisch in einem Springbrunnen oder ein fettes Stückchen Fleisch in einer Sahnesauce. Es war, als hätte der Dichter über sie die Verse gedichtet:

Wenn sie lächelte, war es, als zeigte sie Perlen an einer Kette
Oder Hagelkörner oder weiße Blüten der Kamille.

Ach! Eine Locke wie die Nacht hing von ihrer Stirn,
Und ihr Glanz machte vor Scham selbst das Morgenlicht stille.

Diese dritte Dame stieg vom Bett herunter und schritt gemächlich, mit schwingenden Hüften, in die Mitte der Halle auf ihre Schwestern zu. «Was steht ihr hier herum?» rief sie ihnen entgegen. «Nehmt diesem Armen doch seine Last ab!» Und nun kam die, die die Tür geöffnet hatte, von vorn herbei, die, die einkaufen gegangen war, trat von hinten heran, die dritte Dame half den beiden anderen, und so nahmen sie alle drei gemeinsam dem Träger den Korb ab und räumten ihn aus. Das frische Obst legten sie auf die eine Seite, die eingelegten Früchte und Gemüse auf eine andere und wieder für sich die Parfums und Duftöle. So ordneten sie alles, was sie gekauft hatten. Schließlich gaben sie dem Träger einen Dinar und sagten –

Da erreichte das Morgengrauen Schahrasad, und sie hörte auf zu erzählen. «Wie köstlich und wie spannend ist deine Geschichte!» sagte Dinarasad zu ihrer Schwester Schahrasad. «Wenn ich bis zur nächsten Nacht am Leben bleibe», erwiderte sie, «erzähle ich euch etwas noch Spannenderes und noch viel Aufregenderes als das!»

Die dreißigste Nacht

aus den Erzählungen von Tausendundeiner Nacht

Und als die nächste Nacht gekommen war, sagte Dinarasad zu ihrer Schwester Schahrasad: «Ach, Schwester, erzähle uns doch die Geschichte von den drei Mädchen zu Ende!» – «Mit Vergnügen», erwiderte sie.

Es ist mir zu Ohren gekommen, o König, daß der Träger, als er sah, wie schön und wie reizend die drei Damen waren, aber keinen Mann bei ihnen entdecken konnte, und als er sah, was sie alles angehäuft hatten: Wein, Brennmaterial, Fleisch, Nüsse und Mandeln, Früchte und Süßigkeiten, Duftöle, Kerzen und so weiter, dazu allerlei Trinkgefäße – als er das alles vor sich sah, sich sehr wunderte und ein Weilchen stehenblieb, anstatt hinauszugehen. «Was hast du, warum bist du immer noch da?» fragte ihn eine der Damen. «Ist dir der Lohn etwa zu gering?» Und zu ihrer Schwester gewandt sagte sie: «Gib ihm noch einen Dinar!» – «Um Gottes willen, liebe Frau!» wehrte der Träger ab. «Ich finde den Lohn keineswegs zu gering! Normalerweise bekomme ich nicht einmal zwei Dirham. Es ist nur so, daß ich mir Gedanken gemacht habe über euch und eure Lage. Wie könnt ihr hier so ganz allein leben, ohne irgend jemanden, der euch unterhält? Ihr wißt ja wohl auch, daß jeder Tisch vier Beine hat. Euch aber fehlt der vierte! Außerdem ist es nicht gut, wenn sich Männer treffen und keine Frau dabei ist, und ebensowenig, wenn sich Frauen treffen ohne Männer. Denn der Dichter sagt:

Hast du nicht gesehen, daß vier sich zum Spiele versammeln:
Die Harfe, die Laute, die Zither und die Schalmei?

Zu diesen gehören an Düften die Rose und Myrte,
Levkoje und Margerite, das sind auch viererlei.

Aber sie treffen sich niemals ohne vier andre:
Den Wein, das Leben, ein Goldstück und einen Geliebten dabei!

Ihr seid drei Frauen», fuhr der Träger fort, «da braucht ihr einen vierten, und zwar einen Mann!» ❧ Seine Rede gefiel ihnen, und sie sagten lachend: «Da kommt ja wohl keiner außer dir in Frage! Denn du siehst ja, wir leben hier als Mädchen allein und verraten unser Geheimnis niemandem, aus Angst, es einem preiszugeben, der es nicht für sich behalten kann. In einer alten Geschichte haben wir gelesen, daß Ibn at-Tammam gesagt haben soll:

Bewahre dein Geheimnis stets, und bring es niemandem zu Ohren,
Denn wer es einem andern sagt, der hat es schon verloren.

Wenn schon deine Brust nicht groß genug für dein Geheimnis ist,
Wie dann die Brust des anderen, den du hast auserkoren?»

«Bei eurem Leben!» erwiderte der Träger, als er diese Worte gehört hatte. «Ich bin ein verständiger, besonnener und gebildeter Mann. Ich habe wissenschaftliche Bücher gelesen und Berge von Wissen angehäuft. Ich habe gelesen und studiert, geprüft und analysiert. Ich wollte das Schöne hervorheben und das Häßliche unter den Teppich kehren. Von mir werdet ihr nichts als Gutes sehen und hören! Auf mich trifft das Wort des Dichters zu:

Nur ein vertrauenswerter Mensch kann ein Geheimnis wahren;
Geheimnisse sind gut bewahrt in guter Menschen Ohren.

Bei mir ist das Geheimnis wie in sichrem Haus verschlossen:
Das Schloß ist fest versiegelt, und der Schlüssel ging verloren.»

Als die Damen seine Rede hörten, sagten sie zu ihm: «Weißt du auch, daß wir für dieses Festessen viel Geld ausgegeben und einen großen Aufwand getrieben haben? Hast du denn auch etwas anzubieten? Du sollst nicht einfach so bei uns bleiben, ehe wir nicht wissen, was wir von dir bekommen. Sonst ißt und trinkst du ja umsonst bei uns! Die vornehmen Leute sagen: ‹Eine Freundschaft ohne Geld ist kein Samenkörnchen wert.›» – «Hast du was, mein Süßer», fügte diejenige hinzu, die die Tür geöffnet hatte, «hast du was, dann bist du was. Hast du nichts, dann verschwinde ohne was!» – «Ach, Schwester», mischte sich jene Dame, die eingekauft hatte, ein, «laßt ihn doch in Ruhe! Er hat mir heute, bei Gott, gute Dienste geleistet. Ein anderer Träger wäre wohl nicht so geduldig gewesen. Ich werde selbst alles zahlen, was er verzehrt!» Der Träger freute sich und küßte zum Dank den Boden vor ihr. «Gott ist mein Zeuge, daß du heute meine erste Kundin warst», sagte er, «ich habe ja einen Dinar von euch bekommen. Hier habt ihr ihn wieder! Und bitte betrachtet mich nicht als einen Genossen an eurem Tisch, sondern als euren Diener.» Da luden sie ihn höflich ein, sich zu ihnen zu setzen. Nun zog diejenige, die einkaufen gegangen war, ihre Schürze fest um die Taille und begann, das Essen zu bereiten. Sie ordnete dies und das, wusch die Flaschen, filterte den Wein, setzte Tassen, Becher und Kelche ordentlich aufeinander, ordnete die Flaschen, die Silber- und Goldgeräte, die Schüsseln und Anrichteplatten. Neben dem Wasserbassin bereitete sie ein Lager und brachte alles herbei, was sie zum Essen und Trinken brauchten. Dann kredenzte sie den Wein. Sie schenkte ein und setzte sich, und ihre Schwestern setzten sich dazu, auch der Träger, der glaubte, er träume. Den ersten Kelch hatte sie gefüllt und gleich selbst geleert. Sie füllte einen zweiten und reichte ihn ihrer Schwester, die leerte ihn, dann gab sie der dritten einen vollen Kelch und schließlich dem Träger. Der nahm den Kelch in seine Hand, verneigte sich höflich, trank und dankte ihnen mit folgendem Gedicht:

«Trinke nur mit jemand, der vertrauenswürdig ist,
Und dem seine edlen Vorfahren zum Stolz gereichen.

Denn der Wein ist wie der Wind: Wenn er im Dufte weht,
So duftet er. Doch stinkt er, wenn er weht über Leichen.»

Mit diesen Worten trank er den Kelch aus. Die Dame, die die Tür geöffnet hatte, schenkte ihm nach und sagte dazu:

«Prosit! Auf deine Gesundheit! Du sollst trinken und genießen!
Dieser Trunk soll klar und rein durch deinen Körper fließen!»

Er dankte und küßte ihr die Hand. Dann tranken sie alle. Schließlich ließ er sich zu den Füßen seiner Freundin nieder. «Herrin, dein Sklave ist bei dir», sagte er und fügte den Vers hinzu:

«An deiner Tür, da steht dein Sklave, doch die Tür ist zu.
Er kennt niemand auf der Welt, der so gütig ist wie du!»

«Bei Gott, dich habe ich gern!» erwiderte sie. «Trink und laß es dir schmekken, auf deine Gesundheit! Der Wein kuriert alle Leiden, er verstärkt die Wirkung heilender Arzneien und läßt im Körper die Gesundheit strömen!» Da leerte er ihn bis zum letzten Tropfen, so daß er sogar noch das Klirren des Kelches verschluckte. Er füllte ihn von neuem, küßte ihr die Hand und reichte ihn ihr, wobei er die folgenden Verse anstimmte:

«Ich gab ihn einem Mädchen, dessen Wangen prächtig glänzten.
Ihr Glanz war wie das Licht von heißen Feuerschlangen.

Sie nahm ihn an und sagte dann zu mir, wobei sie lachte:
‹Wieso schenkst du den Menschen andrer Menschen Wangen?›

‹Trink!› sprach ich. ‹Es sind meine Tränen, und das Rote ist mein Blut,
Und meine Atemzüge haben sie im Kelch gefangen.›

Sie sagte: ‹Hast du meinetwegen dieses Blut geweint,
So trinke ich's; du magst dafür mein Aug' und Haupt verlangen!›»

Es wird berichtet: Sie nahm den Becher entgegen, trank ihn aus und setzte sich dann neben ihre Schwester. So tranken sie immer weiter, nahmen volle Kelche und gaben leere zurück. Der Träger aber hatte es sich unterdessen zwischen ihnen bequem gemacht. Sie hatten ihm die Kleider ausgezogen, und er tanzte und war völlig verzückt, sang lustige Balalik-Lieder und

Muwaschach-Verse. Sie waren schon alle dabei, einander zu küssen, zu necken, zu beißen, zu massieren, zu streicheln, zu berühren und Zärtlichkeiten auszutauschen. Die eine schob dem Träger köstliche Bissen in den Mund, die andere sprach mit ihm, die dritte bediente ihn mit Süßigkeiten, eine andere mit Räucherwerk und Duftölen, kurz: Er befand sich in dem angenehmsten aller Zustände. Mit diesem Treiben hörten sie nicht eher auf, als bis sie alle völlig betrunken waren und der Wein mit ihren Hirnen wie mit Bällen spielte. Als nun der Wein die Oberhand gewonnen hatte, stand jene, die die Tür geöffnet hatte, auf, ging zu dem Wasserbecken, warf die Kleider ab und war splitternackt; nur noch ihre Haare bedeckten sie wie ein Schleier. «Platsch!» rief sie laut, sprang in das Becken und tauchte unter.

Da erreichte das Morgengrauen Schahrasad, und sie hörte auf zu erzählen. «Ach, Schwester», sagte Dinarasad, «wie köstlich gut und wie spannend ist deine Geschichte!» – «Was ist das schon», erwiderte sie, «gegen das, was ich euch morgen nacht erzähle ...»

Die einunddreißigste Nacht

aus der Geschichte von Tausendundeiner Nacht

Und als die nächste Nacht gekommen war, sagte Dinarasad: «Ach, Schwester, wenn du nicht schläfst, so erzähle uns doch eine deiner schönen Geschichten, mit der wir uns diese Nacht vertreiben können!» – «Mit Vergnügen!» antwortete sie.

Es ist mir zu Ohren gekommen, daß die Dame, die die Tür geöffnet hatte, im Becken untertauchte, darin umherschwamm, sich wusch, im Wasser planschte und spielte, etwas Wasser in den Mund nahm und die anderen damit naßspritzte. Dann wusch sie sich unter den Brüsten und zwischen den Schenkeln, putzte sich den Nabel und stieg schnell wieder aus dem Wasser. Nackt wie sie war, setzte sie sich dem Träger auf den Schoß und sagte zu ihm: «Mein Herr, mein Liebling, was haben wir denn hier?» Dabei legte sie die Hand auf ihre Scham und fragte den Träger: «Was ist wohl das?» – «Deine Gebärmutter», antwortete er. Da rief sie laut: «Wah, wah, daß du dich nicht schämst!» und schlug ihm auf den Nacken.

Nun sagte er: «Es ist deine Vagina.» – «Uh, wie häßlich!» schrie die andere auf und bespritzte ihn von Kopf bis Fuß. «Deine Möse?» versuchte er es, aber da schlug ihm die dritte auf die Brust, drehte ihn zur Wand und sagte: «Yoh! Schäm dich!» – «Deine Klitoris?» – «Nein!» antwortete die Nackte und schlug ihn wieder. Er riet weiter: «Deine Fotze, dein Tausendfüßler, dein Fickparadies?» – «Nein, nein!» sagte sie jedesmal. Und so ging es weiter: Immer wenn er etwas sagte, gab ihm eines der Mädchen eine Ohrfeige und fragte wieder: «Wie heißt das da?» Die eine schlug ihn auf die Backe, die zweite auf Schultern und Nacken, und die dritte bespritzte ihn mit Wasser. Schließlich wußte er nicht mehr aus noch ein. «Nun sag mir doch, mein Schwesterchen, wie es heißt!» bat er. «Also gut», antwortete sie, «es heißt: das Basilikum des Draufgängers.» – «Das Basilikum des Draufgängers!» stöhnte der Träger. «Ah, ah! Warum habt ihr mir das nicht gleich gesagt?» Nun ging der Becher wieder ein Weilchen im Kreise herum. Dann erhob sich die, die eingekauft hatte, und legte all ihre Kleider ab, wie es ihre Schwester – also jene Dame, die die Tür geöffnet hatte – zuvor getan hatte. «Platsch!» rief sie laut, tauchte in das Becken, planschte darin herum und wusch sich unter ihrem Bauch, um die Brüste und zwischen den Schenkeln. Dann stieg sie schnell aus dem Wasser und sprang dem Träger auf den Schoß. «Mein Herzblatt!» sagte sie zu ihm. «Was ist das da?» – «Deine Vagina?» Da gab sie ihm eine schallende Ohrfeige, von der die ganze Halle widerhallte. «Yoh! Schämst du dich nicht!» rief sie. Er versuchte es noch einmal. «Deine Gebärmutter?» – «Pfui, wie häßlich!» sagte ihre Schwester und prügelte auf ihn ein. «Deine Klitoris?» riet er weiter, doch die andere Schwester gab ihm darauf einen Fausthieb und schimpfte: «Wah, wah! Hast du kein Schamgefühl?» So ging es weiter. Die eine boxte ihn mit der Faust, die zweite gab ihm Ohrfeigen, die dritte schlug ihn wie durch ein Sieb, und er riet immer weiter: «Deine Gebärmutter, deine Möse, dein Tausendfüßler ...» Aber ihre Antwort war immer «Nein, nein!» Schließlich versuchte er es mit: «Das Basilikum des Draufgängers!» Darüber mußten die drei Damen so sehr lachen, daß sie umkippten. Dann fielen sie zu dritt über seinen Nacken her und sagten: «Nein, so heißt es nicht!» – «O Mann, wie heißt es dann?» fragte der Träger verzweifelt. Sie sagten: «Warum nennst du es nicht: das geschälte Sesamkörnchen?» – «Das geschälte Sesamkörnchen!» wiederholte er. «Gott sei gedankt, da haben wir's endlich!» Nun kleidete sich das Mädchen wieder an und setzte sich, um mit den anderen weiterzutrinken. Dem Träger aber taten schon

Nacken und Schultern weh. «Aua, aua!» seufzte und stöhnte er. Ein Weilchen ging der Kelch im Kreise herum, dann stand die Älteste und Hübscheste von ihnen auf und warf die Kleider ab. Der Träger griff sich mit der Hand an den Nacken. «Um Gottes willen!» stöhnte er. «Bitte kommt nicht mehr an meine Schultern und meinen Nacken.» Und er rieb sich die schmerzenden Stellen. ❧ Die Dame entkleidete sich vollends, warf sich in das Wasserbecken und tauchte darin unter. Der Träger beobachtete sie dabei. Sie erschien ihm in ihrer Blöße so schön wie eine Hälfte des Mondes. Ihr Gesicht war wie das Licht des aufgehenden Vollmonds oder wie ein glänzender Morgen. Er betrachtete ihren Wuchs, ihre Brüste und die bebenden Hinterbacken. Sie war so nackt, wie Gott sie erschaffen hatte. «Ah, ah!» seufzte der Träger und sprach, an sie gewandt, die folgenden Verse:

«Wenn ich deinen Wuchs mit einem frischen Zweig vergliche,
Hätt' ich auf mein Herz die Last der Lüge gepackt.

Denn den Zweig sieht man so gern im Kleide seiner Blätter,
Dich dagegen sehen wir am liebsten splitternackt!»

Als die Dame sein Gedicht gehört hatte, stieg sie schnell aus dem Wasser und setzte sich dem Träger auf den Schoß. «Mein Äuglein, mein Leberlein, wie heißt denn die da?» fragte sie und zeigte auf ihre Scham. «Das Basilikum des Draufgängers!» antwortete er schnell. «Wah!» war ihre Antwort. «Das geschälte Sesamkörnchen!» sagte er. «Pfui!» erwiderte sie nur. Er versuchte es mit: «Deine Gebärmutter!» Aber sie versetzte ihm einen Schlag in den Nacken und schimpfte: «Yoh! Schämst du dich nicht?» ❧ Ich will den König nicht mit den Details langweilen, ich sage nur, daß der Träger immer wieder sagte: «Es heißt So-und-so» und sie jedesmal antwortete: «Nein, nein, nein, nein!» Das ging so lange, bis sie ihm fast die Ohren abgebissen, ihn gekratzt und gebissen hatte, sein Nacken geschwollen war und er, halb erstickt, sich vor Schmerzen wand. «O Mann!» stöhnte er endlich. «Wie heißt es dann?» Sie sagte: «Warum nennst du es nicht: Abu Masrurs Gasthof?» – «Ha, ha!» antwortete der Träger. «Abu Masrurs Gasthof!» ❧ Nachdem sich das Mädchen wieder angekleidet hatte, kehrten sie zu ihrer vorherigen Tätigkeit zurück und ließen den Becher eine Weile im Kreise herumgehen. Dann erhob sich der Träger und zog alle seine Kleider aus, so daß man zwischen seinen Schenkeln etwas Hübsches baumeln sah. Er sprang ins Wasser und schwamm in die Mitte des Beckens.

Da erreichte das Morgengrauen Schahrasad, und sie hörte auf zu erzählen. «Ach, Schwester», sagte Dinarasad zu ihrer Schwester Schahrasad, «wie köstlich und wie schön ist deine Geschichte!» – «Was ist das schon», erwiderte sie, «gegen das, was ich euch morgen nacht erzählen werde, wenn ich dann noch lebe und mich der König verschont.» Und der König sprach zu sich selbst: «Bei Gott, ich töte sie nicht eher, als bis ich das Ende ihrer Geschichte gehört habe. Dann aber werde ich sie genauso behandeln wie alle anderen Frauen!»

Die zweiunddreißigste Nacht

aus den Erzählungen von Tausendundeiner Nacht

Und als die nächste Nacht gekommen war, sagte Dinarasad zu ihrer Schwester Schahrasad: «Ach, Schwester, wenn du nicht schläfst, so erzähle uns doch eine deiner schönen Geschichten!» – «Mit Vergnügen!» erwiderte sie.

Es ist mir zu Ohren gekommen, o König, daß der Träger, nachdem er in das Wasserbassin gestiegen war, sich wusch und badete. Er reinigte seinen Backenbart und seine Achselhöhlen, dann stieg er schnell aus dem Wasser und legte sich mitten auf die hübscheste Dame. Er umschlang den Schoß der Pförtnerin mit den Armen, seine Füße und Waden aber legte er der Dame, die einkaufen gegangen war, in den Schoß. «Ach, meine verehrte Herrin», sagte er dann und zeigte auf sein Geschlecht, «wie heißt denn der da?» Sie brachen in Gelächter aus und kicherten. Es gefiel ihnen, daß der Träger ihr Spiel mitspielte und offenbar von gleicher Art war wie sie. «Dein Schwanz?» sagte die erste. «Wie häßlich!» antwortete er. «Schämt ihr euch nicht?» – «Dein Penis?» versuchte es eine andere. «Schämt euch, Gott soll euch tadeln!» gab er zurück. Die dritte sagte: «Deine Latte?» – «Nein!» war die Antwort. «Dein Ständer?» rieten sie. Er verneinte. Sie rätselten weiter: «Dein Ding, dein Hoden, deine Eichel?» – «Nein, nein, nein!» antwortete der Träger. Schließlich fragten sie ihn: «Wie heißt es denn nun?» Er aber küßte die eine, schnäbelte mit der zweiten, kniff die dritte, biß diese und knabberte an jener herum. Von jeder nahm er sich, was er begehrte. Die Mädchen fielen auf den Rücken vor Lachen über das, was er tat. «Brüderchen, nun sag schon, wie heißt es denn?» fragten sie. «Wißt ihr etwa nicht, wie es heißt?» spöttelte der Träger. «Es heißt: das wildgewordene Maultier!» – «Das wildgewordene Maultier?» wiederholten sie. «Was soll denn dieser Name bedeuten?» – «Das ist doch klar!» erwiderte er. «Es weidet das Basilikum des Draufgängers ab, frißt das geschälte Sesamkörnchen und galoppiert dann in Abu Masrurs Gasthof auf und nieder!» Darüber mußten sie so sehr lachen, daß sie ohnmächtig zu Boden fielen. Dann aber kehrten sie zu ihrem Trinkgelage zurück und becherten weiter, bis die Nacht hereinbrach. Dann sagten sie zu dem Träger: «In Gottes Namen, lieber Herr, nun steh auf, gib uns die Ehre, zieh deine Gamaschen wieder an, und zeige uns deine breiten Schultern von hinten!» Der Träger war entsetzt. «Wohin soll ich denn gehen, wenn ich von euch komme?» fragte er. «Es würde mir, bei Gott, leichter fallen, meinen Lebenshauch von mir gehen zu lassen, als von euch zu scheiden! Laßt uns doch die Nacht an den Tag knüpfen, und morgen früh geht jeder seiner Wege!» – «Bei Gott, er hat recht!» sagte die, die einkaufen gegangen war, zu ihrer Schwester. «Ich beschwöre euch bei Gott und bei meinem Leben, laßt ihn diese Nacht bei uns bleiben, damit wir mit ihm Spaß haben und schmusen können. Wer trifft schon in seinem Leben einen Mann, der so viele gute Eigenschaften hat wie er: leidenschaftlich, geil und geistreich zugleich!» Die beiden erwiderten: «Du darfst aber nur unter einer Bedingung bei uns übernachten, nämlich, daß du dich unseren Gesetzen und Regeln vollständig unterwirfst und, was auch immer du bei uns oder von uns siehst, niemals nach den Gründen fragst. Das Sprichwort sagt: ‹Sprich nicht über etwas, das dich nichts angeht, sonst hörst du etwas, das dir nicht gefällt.› Das ist unsere Bedingung: Du darfst nicht neugierig werden!» – «Ja, ja, ja!» antwortete er. «Ich habe keine Zunge und keine Augen!» – «Steh auf», befahl sie, «und lies, was über der Tür der Eingangshalle geschrieben steht.» Und der Träger stand auf, trat auf die Tür zu und las, was mit goldener Farbe darüber geschrieben war: «Wer über etwas spricht, das ihn nichts angeht, der wird etwas hören, das ihm nicht gefällt.» Darauf sagte der Träger: «Ich schwöre euch, daß ich nicht über etwas sprechen werde, das mich nichts angeht!» Das setzten sie ihm zur Bedingung. Nun erhob sich die, die einkaufen gegangen war, und machte ihnen etwas zu essen. Nachdem sie das Nachtmahl verzehrt hatten, entzündeten sie Kerzen und Öllampen und setzten auf die Leuchter Räucherwerk aus Adlerholz und Amber. Sobald die Kerzen brannten, verbrannten auch Adlerholz und Amber, und duftender Rauch stieg auf und erfüllte die ganze Halle. Die vier setzten sich, tranken und führten geistreiche Gespräche. Sie hatten die Tafel abgetragen und durch frische Früchte ersetzt, ebenso die Getränke. So saßen sie eine Weile und aßen und tranken gemeinsam, knabberten Nüßchen, lachten und schmusten miteinander. Plötzlich hörten sie ein Klopfen an der Tür. Sie ließen sich davon aber nicht aufschrecken. Eine von ihnen erhob sich, entfernte sich für ein Weilchen, kam dann zurück und sagte: «Wenn ihr auf mich hört, könnt ihr heute eine gesalzene Nacht erleben, die ganz sicher eine der besten in eurem Leben sein wird!» – «Wer kann uns denn so etwas bescheren?» fragten sie. «Vor unserer Tür stehen drei Männer», sagte sie, «es sind Kalender, wandernde Bettelmönche. Sie sind an Kopf und Kinn kahlgeschoren, haben sogar ihre Augenbrauen rasiert, und einem jeden von den dreien fehlt das rechte Auge. Das ist wirklich ein sehr außerordentlicher Zufall! Sie kommen gerade von ihrer Wanderschaft und sind von den Anstrengungen des Weges erschöpft. Eben erst sind sie nach Bagdad hereingekommen, sie sind zum ersten Mal in ihrem Leben hier. Weil sie keinen Ort für die Nacht gefunden haben, haben sie bei uns angeklopft und dachten sich: ‹Vielleicht gibt uns der Besitzer dieses Hauses den Schlüssel zum Stall oder läßt uns in einem Lagerraum übernachten?› Sie sind vom Einbruch der Dunkelheit überrascht worden. ‹Wir sind ja Fremde hier›, haben sie sich gesagt, ‹und kennen niemanden, bei dem wir unterschlüpfen könnten.› Schwestern, jeder dieser Gesellen sieht so komisch aus, daß er sogar eine Mutter, die gerade ihr Kind verloren hat, zum Lachen bringen würde! Wollen wir sie hereinlassen und mit ihnen diese Nacht weiterzechen, nur dieses eine Mal, und morgen früh lassen wir sie weiterziehen?» Sie redete ihren Schwestern zu, bis diese einwilligten. «Laß sie herein», sagten sie schließlich, «aber stelle ihnen die Bedingung, daß sie nicht über etwas sprechen dürfen, das sie nichts angeht, weil sie sonst etwas hören, das ihnen nicht gefällt!» Vergnügt entfernte sich die Dame aufs neue, dann trat sie wieder herein, und hinter ihr erschienen drei einäugige Bettelmönche, die höflich grüßten, sich verneigten und dann still abwarteten, was geschehen würde. Die drei Damen erhoben sich, hießen sie willkommen, beteuerten, wie sehr sie sich über ihre Ankunft freuten, und beglückwünschten sie zum wohlbehaltenen Ende ihrer Reise. Die Bettelmönche bedankten sich und verneigten sich wieder. Dann sahen sich die Bettelmönche um. Sie sahen einen stattlichen Raum, in dem ein Festmahl gerade fertig aufgebaut war, umgeben von einer fröhlichen Versammlung mit

Kerzenschein und Räucherwerk, Nüssen, Wein, und dazu drei Mädchen, die alle Scham und Scheu abgeworfen hatten. «Bei Gott», sagten sie zueinander, «das sieht gut aus hier.» ❧ Als sie sich umdrehten, entdeckten sie den Träger, der völlig entkräftet und betrunken, von den Schlägen und Bissen erschöpft, bewußtlos am Boden lag. «Ist der auch ein Kalender wie wir», erkundigten sie sich in langsamem, persisch klingendem Tonfall, «oder gehört er etwa zu den noblen, gesitteten arabischen Bürgern?» Da erwachte der Träger, riß die Augen auf und herrschte sie an: «Setzt euch, und seid nicht so neugierig! Habt ihr nicht gelesen, was über der Tür steht: ‹Wer über etwas spricht, das ihn nichts angeht, der wird etwas hören, das ihm nicht gefällt›? Das ist eines Fakirs nicht würdig: Kaum seid ihr hereingekommen, und schon lästern eure Zungen über uns!» – «Um Gottes willen, ehrenwerter Fakir, so haben wir das nicht gemeint», beschwichtigten sie. «Unser Kopf liegt in deinen Händen, tu mit uns, was du willst!» Darüber mußten die Mädchen lachen. Sie standen auf und schlichteten den Streit der Bettelmönche mit dem Träger. Nachdem sie den Bettelmönchen etwas zu essen angeboten hatten und diese gespeist hatten, setzten sie sich alle zusammen zum Trinken. Sie tranken miteinander, und die Pförtnerin füllte den Becher, der unter ihnen kreiste, immer wieder. ❧ «Und ihr», ergriff der Träger das Wort, «habt ihr nicht irgend etwas Besonderes zu bieten, das ihr uns vorführen könnt?»

Da erreichte das Morgengrauen Schahrasad, und sie verstummte. «Ach, Schwester», seufzte ihre Schwester, «wie schön und wie köstlich ist deine Geschichte!» – «Was ist das schon», erwiderte sie, «gegen das, was ich euch morgen nacht erzählen werde, wenn ich dann noch lebe …»

Die dreiunddreißigste Nacht

aus der Geschichte von Tausendundeiner Nacht

Und als die nächste Nacht gekommen war, sagte Dinarasad zu ihrer Schwester Schahrasad: «Ach, Schwester, wenn du nicht schläfst, so erzähle uns doch eine deiner schönen Geschichten, mit der wir uns diese Nacht vertreiben können!» – «Mit Vergnügen!» erwiderte sie.

Es ist mir zu Ohren gekommen, o König, daß die Bettelmönche, während der Rausch ihnen langsam zu Kopfe stieg, nach Musikinstrumenten fragten. Die Pförtnerin brachte ihnen eine kleine Trommel, eine Flöte und eine persische Harfe. Die Bettelmönche stellten sich auf, und der erste nahm die Trommel, der zweite die Flöte, der dritte griff zu der persischen Harfe. Sie stimmten die Instrumente und spielten ein paar Takte, dann begannen sie zu singen, und die Damen übten dazu ihre Stimmen, bis auch sie schön und laut sangen. Unter ihrem Musizieren und Singen pochte es plötzlich an der Tür. Die Pförtnerin erhob sich, um nachzusehen, wer draußen war.

Ich will dir verraten, o König – fuhr Schahrasad fort zu erzählen –, warum es an der Tür geklopft hatte. Der Kalif Harun ar-Raschid und sein Wesir Dschaafar waren in dieser Nacht in die Stadt hinausgegangen, wie sie es von Zeit zu Zeit taten. Als sie durch die nächtliche Stadt zogen, kamen sie zufällig an der bewußten Haustür vorbei. Sie hörten, wie drinnen Flöte, Harfe und Trommel gespielt wurden. Frauenstimmen sangen, Gelächter und Feststimmung drang nach außen. «Dschaafar», sagte da der Kalif zu seinem Wesir, «ich möchte in dieses Haus hineingehen und bei den Menschen sein, die darinnen feiern!» – «O Beherrscher der Gläubigen», wandte Dschaafar ein, «die Menschen da drinnen sind betrunken und werden uns nicht erkennen. Wir müssen befürchten, daß sie uns ebenfalls betrunken machen und uns an ihren verdorbenen Sitten teilnehmen lassen.» – «Ich meine es ernst!» drohte der Kalif. «Ich kann darauf nicht verzichten! Erfinde eine List, damit wir zu ihnen hineinkommen!» – «Ich höre und gehorche», antwortete Dschaafar. Dann klopfte er an die Tür, und die Pförtnerin kam herunter und schloß auf. Dschaafar trat einen Schritt nach vorn, verneigte sich bis zur Erde und sagte: «Verehrte, edle Herrin! Wir sind Kaufleute und kommen aus Mosul. Seit zehn Tagen sind wir mit unseren Waren hier in der Stadt. Wir wohnen in einem Chan. Heute nun hat uns ein Kaufmann aus eurer Stadt zu sich nach Hause eingeladen. Er hat uns Essen vorgesetzt und Wein. Wir haben getrunken und es uns gutgehen lassen. Später haben wir Sänger kommen lassen und auch einige Tanzmädchen bestellt. Dann haben wir unsere Freunde dazugebeten und weitergefeiert. Die Mädchen haben gesungen, Trommeln gespielt und Flöte geblasen. Als das Fest gerade auf seinem Höhepunkt war, ist plötzlich der Polizeichef im Haus gestanden und wollte uns festnehmen. Wir sind wie wild geflohen und über die Außenmauern des Hauses hinabgesprungen. Einige von uns haben sich dabei verletzt und sind ergriffen worden, andere sind mit heiler Haut davongekommen. Wir sind gerade bis zu eurem Haus geflüchtet. Ihr wißt ja, wir sind Fremde hier, und wir haben Angst, weiter durch die Gassen eurer Stadt zu laufen, sonst schnappt uns der Polizeichef vielleicht doch noch, und wir können uns nicht herausreden, weil wir offensichtlich betrunken sind. Gingen wir zu unserm Chan zurück, so fänden wir ihn geschlossen vor, und man würde uns erst bei Sonnenaufgang einlassen, denn so ist es die Regel, wenn der Chan über Nacht abgeschlossen wird. Nun hat uns der Zufall zu euch geführt. Wir haben bemerkt, daß es bei euch Musik gibt und ein schönes Fest. Habt Mitleid mit uns, und laßt uns herein, wir werden euch alles bezahlen, was wir verzehren, und können bei euch weiterfeiern. Wenn euch unser armseliger Zustand nicht gefällt, so laßt uns wenigstens bis morgen früh in eurer Eingangshalle schlafen. Ihr sollt dafür gut belohnt werden. Die Entscheidung liegt bei euch. Ihr bestimmt, was ihr für richtig haltet, aber wir werden vor eurer Tür ausharren!» Die Dame, die die Tür geöffnet hatte, hörte sich Dschaafars Rede an, nicht ohne die Kleidung der Ankömmlinge zu mustern. Sie sahen, von außen betrachtet, anständig aus. Die Dame ging ins Haus zurück und berichtete ihren Schwestern, was Dschaafar gesagt und zusammengesponnen hatte. «Laßt sie hereinkommen», entschieden die Schwestern, die Mitleid mit den beiden hatten. So ließ sie sie ein. Wie nun der Kalif, Dschaafar und der Diener Masrur ins Haus kamen und die Festhalle betraten, erhoben sich alle zu ihren Ehren – alle, das bedeutet: die Damen, die Bettelmönche und der Träger –, dann nahmen sie wieder Platz.

Da erreichte das Morgengrauen Schahrasad, und sie hörte auf zu erzählen. «Wie köstlich und wie schön ist deine Geschichte!» lobte Dinarasad. «Was ist das schon», erwiderte sie, «gegen das, was ich euch morgen nacht erzählen werde, wenn ich bis dahin noch lebe und verschont geblieben bin ...»

Die vierunddreißigste Nacht

aus den Erzählungen von Tausendundeiner Nacht

Und als die nächste Nacht gekommen war, sagte Dinarasad zu ihrer Schwester Schahrasad: «Ich beschwöre dich bei Gott, wenn du nicht schläfst, so erzähle uns doch die Geschichte von den drei Mädchen zu Ende!» – «Einverstanden», sagte sie.

Die Leute behaupten, o König, daß, nachdem der Kalif, Dschaafar und Masrur hereingekommen waren und Platz genommen hatten, die Damen auf sie zukamen und sie begrüßten. «Seid herzlich willkommen!» sagten sie. «Ihr sollt bei uns einen angenehmen und bequemen Ort finden. Wir freuen uns über eure glückliche Ankunft! Allerdings, liebe Gäste, haben wir eine Bedingung an euch zu stellen.» – «Was ist das für eine Bedingung?» fragten sie. «Ihr sollt sein wie Augen ohne Zunge!» antworteten sie. «Was auch immer ihr seht, ihr dürft nicht danach fragen. Sprecht nicht über etwas, das euch nichts angeht, sonst hört ihr etwas, das euch nicht gefällt!» – «Sehr wohl», sagten sie, «das sollt ihr haben. Wir können es auch ohne solche Neugier aushalten.» Die Mädchen freuten sich über diese Antwort und setzten sich, um sich mit ihnen zu unterhalten, zu trinken und zu feiern. Der Kalif aber schaute sich um, und sein Blick fiel auf die drei Bettelmönche, denen jeweils das rechte Auge fehlte. Darüber wunderte er sich. Er sah sich auch die Mädchen an, wie hübsch und anmutig, redegewandt und großzügig sie waren, dann betrachtete er das Festmahl, wie schön es angerichtet war, und die Musikgruppe, die aus den drei einäugigen Bettelmönchen bestand. Das alles versetzte ihn in Erstaunen, doch durfte er ja keine Fragen stellen. Nun gingen das Fest und das Trinkgelage weiter. Die Bettelmönche erhoben sich, verneigten sich und spielten eine hübsche Suite. Dann setzten sie sich wieder und ließen den Becher kreisen. Als nun der Rausch von ihnen allen Besitz ergriffen hatte, stand die Hausherrin auf, verneigte sich vor den anderen, ergriff die Hand der Dame, die einkaufen gegangen war, und sagte zu ihr mit einem Seufzer: «Ach, Schwester, komm, wir müssen unsere Pflicht tun.» – «Gut», willigten die beiden Schwestern ein, und auch die Pförtnerin erhob sich nun, trug die Festtafel ab, beseitigte die Abfälle und legte neues Räucherwerk auf. Die Mitte der Halle räumte sie ganz frei. Sie ließ die Bettelmönche auf der einen Seite des Gewölbebogens auf einer steinernen Stufe Platz nehmen, den Kalifen, Dschaafar und Masrur setzte sie ihnen gegenüber auf eine andere Steinbank. Dann rief sie laut nach dem Träger. «Steh auf!» schrie sie ihn an. «Stell dich hin, und hilf uns bei unserer Arbeit! Was bist du für ein Faulpelz! Gehörst du etwa nicht zu unserem Haushalt?» Der Träger stand auf, zog seinen Gürtel fest und fragte: «Was ist?» – «Stell dich an deinen Platz!» befahl sie. Dann rückte die, die einkaufen gegangen war, einen Schemel in die Mitte der Halle, öffnete einen Schrank und sagte zu dem Träger: «Komm und hilf mir!» Der Träger kam herbei. Vor sich sah er zwei schwarze Jagdhündinnen mit Ketten um den Hals. Er nahm sie und führte sie in die Mitte der Halle. «Jetzt müssen wir unsere Pflicht tun!» sagte die Hausherrin, indem sie sich erhob. Sie streifte die Ärmel hoch, so daß beide Handgelenke frei waren, und griff nach einer Peitsche, die am Ende mit Krallen gespickt war. «Bring mir eine der Hündinnen!» befahl sie dem Träger. Der Träger packte eine Hündin an der Kette und zerrte sie herbei, während die Hündin zu weinen begann und ihren Kopf immer wieder der Dame zuwandte. Der Träger mußte sie festhalten, und die Dame gab der Hündin Hiebe auf ihre Flanken und peitschte sie kräftig. Die Hündin schrie und weinte, während der Träger sie an der Kette hielt. Die Dame prügelte so lange auf die Hündin ein, bis ihr der Arm erschlaffte. Erst dann hörte sie auf zu schlagen und ließ die Peitsche aus der Hand fallen. Sie nahm dem Träger die Kette ab und zog dann die Hündin eng zu sich heran. Dabei weinte sie, und auch die Hündin weinte. Eine ganze Weile ließen die beiden gemeinsam ihre Tränen fließen. Endlich wischte die Dame mit einem Taschentuch der Hündin die Tränen ab, gab ihr einen Kuß auf den Kopf und sagte zu dem Träger: «Nimm sie, und führe sie an ihren Platz zurück, dann bringe mir die zweite.» Der Träger beförderte die Hündin wieder in den Schrank hinein und führte die zweite Hündin vor die Dame. Sie tat mit ihr genau das gleiche wie mit der ersten. Erst schlug sie auf sie ein, bis diese die Besinnung verlor, dann nahm sie sie zu sich, und die beiden weinten und schluchzten gemeinsam. Nachdem sie sie auf den Kopf geküßt hatte, befahl sie dem Träger, sie zu der anderen Hündin zurückzubringen. Der Träger gehorchte. Alle Anwesenden waren so völlig außer sich vor Erstaunen über das, was die Dame getan hatte – wie sie die Hündin zuerst bis zur Bewußtlosigkeit auspeitschte, danach gemeinsam mit ihr Tränen vergoß und sie schließlich auf den Kopf küßte –, daß sie untereinander zu tuscheln begannen. Dem Kalifen zerriß es fast die Brust, seine Geduld war am Ende, und sein ganzes Verlangen war darauf gerichtet zu erfahren, was es mit diesen beiden Hündinnen für eine Bewandtnis haben mochte. Aber Dschaafar machte ihm Zeichen und abwehrende Handbewegungen, die bedeuteten: «Jetzt ist nicht die rechte Zeit für Neugier!»

Schahrasad erzählte:

Als nun, o glücklicher König, die Dame mit der Bestrafung der Hündinnen fertig war, sagte die Pförtnerin zu ihr: «Warum stehst du nicht auf, Herrin, und setzt dich auf deine Sitzbank, damit ich tun kann, was ich tun muß?» – «Ja, gut», willigte sie ein, erhob sich, begab sich an die Rückwand des Gewölbebogens und setzte sich dort auf ihre Sitzbank. Der Kalif, Dschaafar und Masrur bildeten nun eine Reihe zu ihrer Rechten, die Bettelmönche und der Träger eine Reihe zu ihrer Linken. Dazu flackerte das Licht der Kerzen und Öllampen, und der Duft des Weihrauchs erfüllte die Luft. Aber den Gästen war das Leben bitter geworden, und ihre gute Laune war dahin. Nun stand die Dame, die die Tür geöffnet hatte, auf und setzte sich auf den Schemel.

Da erreichte das Morgengrauen Schahrasad, und sie hörte auf zu erzählen. «Ach, Schwester», seufzte Dinarasad, «wie köstlich und wie spannend ist deine Geschichte!» – «Was ist das schon», erwiderte sie, «gegen das, was ich euch morgen nacht erzählen werde, wenn ich dann noch am Leben bin …»

Die fünfunddreißigste Nacht

aus Tausendundeiner Nacht

Und als die nächste Nacht gekommen war, sagte Dinarasad zu ihrer Schwester Schahrasad: «Ach, Schwester, wenn du nicht schläfst, so erzähle uns doch eine deiner schönen Geschichten, mit der wir uns diese Nacht vertreiben können!» – «Einverstanden», sagte sie.

Es ist mir zu Ohren gekommen, o glücklicher König, daß die Dame, die die Tür geöffnet hatte, auf dem Schemel Platz nahm und zu ihrer Schwester, die einkaufen gegangen war, sagte: «Steh auf, und gib mir, was ich verdient habe!» Die Dame, die einkaufen gegangen war, stand auf, ging in ein kleines Kämmerchen und blieb eine Weile verschwunden. Als sie wiederkam, hatte sie eine Hülle aus gelbem Atlas bei sich, die mit zwei grünen Bändern zusammengebunden war. An den Bändern hingen Quasten aus rotem Gold und kleine Äpfelchen aus reinstem Amber. Sie brachte sie der Pförtnerin. Diese setzte sich und zog aus der Hülle eine Laute, die sie, nachdem sie sich zurechtgesetzt hatte, auf ihren Schoß nahm, so daß ihr Klangkörper ihren Schenkel berührte. Sie zupfte sie zärtlich mit den Fingerspitzen, dann stimmte sie die Laute und begann darauf einige Töne zu spielen. Indem sie die Saiten der Laute in Bewegung hielt, sang sie folgendes Lied nach der Art der Kana-wa-kan-Lieder:

«Ihr seid mein Hoffen und Streben.
Mit euch, Liebste, mich zu vereinen,
Darin liegt die ewige Freude,
Sonst muß in der Hölle ich braten.

Von euch bin ich ergriffen,
Ich sehne mich ständig nach euch,
Und daß ich nach euch mich sehne,
Wird mir nicht zur Schande geraten.

Die Liebe machte mich mager,
So kam meine Lage ans Licht.
Unglücklich bin ich deswegen,
Mein Herz ist verwirrt und verraten.

Die Wangen flossen voll Tränen,
So kam mein Geheimnis heraus,
Weil diese treulosen Tränen
Noch jedes Geheimnis verraten.

Heilt ihr meine schweren Leiden!
Ihr seid Arzt und Krankheit zugleich!
Doch noch viel schlimmere Qualen
Leiden die, die um Heilung euch baten.

Das Licht deiner Augen, es quält mich.
Deine Rosenwangen sind meine Mörder.
Die Nacht deines Haars war mein Häscher
Und hat mein Geheimnis verraten.

Zum Märtyrer macht mich dies Leiden,
Ich sterbe durchs Schwert meiner Sehnsucht.
Ach, viel zu viele schon wurden
Des Liebesschwerts Todeskandidaten!

Ich werde die Qual niemals enden
Und nie mich zu trösten versuchen.
Mein Weg und Gesetz ist die Liebe,
Geheim und in sichtbaren Taten.

Wie glücklich ist doch das Auge,
Das euer Anblick erfüllte!
Ich sehne mich nach euch
Und bin in die Irre geraten.»

Es wird berichtet: Als die Dame ihr Lied geendet hatte, schrie sie laut auf: «Ah, ah, ah!», griff sich mit der Hand an den Kragen und zerriß ihre Kleider bis hinunter zum Saum, so daß man ihren ganzen Körper sehen konnte. Dann stürzte sie ohnmächtig zu Boden. Der Kalif sah sie an und bemerkte, daß sie vom Scheitel bis zur Sohle von Stockschlägen gezeichnet war. Ihr Körper war von blauen und schwarzen Flecken übersät. Die anwesenden Gäste machte dieser Anblick noch unruhiger, denn sie wußten ja nicht, was für eine Geschichte dahintersteckte und was es damit für eine Bewandtnis hatte. «Ich schwöre bei Gott, daß meine Geduld am Ende ist!» sagte der Kalif leise zu Dschaafar. «Ich kann es keine Sekunde länger ertragen, ohne daß ich weiß, was hier vorgeht. Ich muß fragen, was dies alles bedeuten soll. Warum ist diese Dame so geschlagen worden, warum haben sie die beiden schwarzen Hündinnen ausgepeitscht und hinterher mit ihnen zusammen geweint und sie geküßt?» – «Mein Herr und Gebieter!» erwiderte Dschaafar. «Ihr könnt jetzt keine Fragen stellen. Sie haben uns doch die Bedingung auferlegt, daß wir nicht über etwas sprechen dürfen, das uns nichts angeht, weil es heißt: ‹Wer über etwas spricht, das ihn nichts angeht, der wird etwas hören, das ihm nicht gefällt!›» ❧ Inzwischen war die Dame, die einkaufen gegangen war, aufgestanden und unter die Kuppel getreten. Sie hatte ein kostbares Gewand mitgebracht, das zog sie ihrer Schwester anstelle der Kleider an, die diese zerrissen hatte. Dann setzte sie sich wieder. «Ich beschwöre dich bei Gott», sagte die andere Dame, ihre Schwester, zu ihr, «gib mir noch mehr zu trinken!» Und sie nahm den Kelch, füllte ihn und reichte ihn ihr. Dann nahm sie erneut die Laute auf den Schoß, stimmte verschiedene kleine Weisen auf ihr an und sang dazu:

«Wenn wir uns beklagen, wie sollen wir wissen, was eure Antwort ist?
Wenn wir in Sehnsucht schmachten, was sollen wir tun, was ist unsre List?

Und wenn wir einen Boten schicken, der euch von uns erzählt –
Kein Bote klagt für einen Verliebten, der seine Geliebte vermißt!

Und wenn wir uns in Geduld bescheiden – doch von meiner Geduld
Blieb nach dem Verlust meiner Liebsten nur noch ein Rest, den kein Maß mehr mißt!

So bleibt uns nichts als Kummer und betrübtes, trauriges Seufzen,
Nichts bleibt uns außer der Träne, die über die Wangen uns fließt.

Ach, ihr Geliebten, die ihr euch fernhaltet vor meinen Blicken,
Obwohl doch euer fester Wohnsitz in meinem Herzen ist!

Ach hättet ihr mir nicht schon etwas eher sagen können,
Daß dieser Bund mein Leben lang gilt, unlösbar und ohne Frist?»

Der Erzähler spricht: Kaum hatte die Dame ihr Gedicht zu Ende gesungen und ihre Verse und Worte geendet, schrie sie laut: «Ah, ah, ah!», wobei sie in noch größere Verzweiflung zu geraten schien. Sie legte ihre Hand an den Kragen ihrer Gewänder und zerriß sie bis zum Saum. Noch einmal schrie sie auf und stürzte dann ohnmächtig zu Boden. Wieder stand die, die einkaufen gegangen war, auf, ging unter die Kuppel und brachte ihr ein noch schöneres Gewand als beim ersten Mal. Sie sprengte ihr Rosenwasser ins Gesicht, bis sie wieder zu sich kam, und zog ihr das Gewand an. «Bei Gott beschwöre ich dich, liebe Schwester», sagte die, die ohnmächtig gewesen war, «gib mir, was mir zusteht, denn es fehlt mir nur noch dieses eine Lied!» – «Von Herzen gern», antwortete die, die einkaufen gegangen war, nahm die Laute zur Hand, zupfte an den Saiten und sang dazu:

«Wie lang noch kehrst du mir den Rücken? Wie lange bleibst du noch verschlossen?
Habe ich etwa noch nicht Tränen genug vergossen?

Wie lang noch hältst du dich absichtlich fern von mir?
Hätt' das ein Neider angerichtet, er hätt' Triumph genossen.

Mein Herr und Meister, ist's nicht Zeit, daß du dein Mitleid zeigst?
Erbarme dich! Es macht mich krank, daß du dich hast verschlossen.

Ihr Männer! Euch ruf' ich zur Rache am Blut eines Verliebten,
Der nachts nicht schläft und dessen Kraft ist ganz dahingeflossen.

Hat etwa das Gesetz der Liebe meine Einsamkeit
Und dafür eines andren Glück, bei dir zu sein, beschlossen?

Ach Gott! Laß ihn mich unterdrücken, und laß ihn mich hassen.
Ich trage, was ich tragen muß, ich trag' es unverdrossen.»

Kaum war sie mit ihrem Lied zu Ende –

Da erreichte das Morgengrauen Schahrasad, und sie hörte auf zu erzählen. «Ach, Schwester!» seufzte Dinarasad. «Wie köstlich und wie spannend ist deine Geschichte!» – «Morgen nacht», erwiderte sie, «erzähle ich euch etwas noch Schöneres und noch Spannenderes und noch Aufregenderes als das, wenn ich dann noch lebe und mich der König verschont ...»

Die sechsunddreißigste Nacht

aus den Erzählungen von Tausendundeiner Nacht

Und als die nächste Nacht gekommen war, sagte Dinarasad zu ihrer Schwester Schahrasad: «Ach, Schwester, erzähle uns doch die Geschichte von den Mädchen zu Ende!» Und Schahrasad sagte:

Die Leute behaupten, o König, daß die Dame, nachdem sie das dritte Lied gehört hatte, einen lauten Schrei ausstieß. «Bei Gott, das war gut!» rief sie, griff mit der Hand an ihr Kleid und zerriß es, worauf sie ohnmächtig zu Boden fiel. Unter ihren Kleidern und auf ihrer Brust waren wieder Spuren von Stockschlägen zu sehen. «Wären wir doch niemals hier hereingekommen!» murmelten die drei Bettelmönche untereinander. «Wir hätten besser auf den Abfallplätzen nächtigen sollen. Jetzt ist alles verdorben, denn wir müssen uns etwas ansehen, das uns die Lebern zerreißt.» – «Warum denn das?» fragte der Kalif, der ihr Gespräch mit angehört hatte und jetzt zu ihnen trat. «Ehrenwerter Herr», antworteten sie, «diese Sache hier beunruhigt uns sehr.» – «Ja, gehört ihr etwa nicht hier zum Haus?» erkundigte sich der Kalif erstaunt. «Ich hatte gehofft, daß ihr mir vielleicht etwas erzählen könnt über diese beiden schwarzen Hündinnen, die drei Damen und ihre Vorgeschichte.» – «Bei Gott, wir kennen von niemandem hier irgendeine Vorgeschichte», beteuerten sie, «und diesen Ort hier haben wir bis zu dieser Stunde noch nie gesehen!» Der Kalif wunderte sich und meinte: «Vielleicht weiß ja dieser Mann, der noch bei euch ist, etwas darüber?» Also winkten sie den Träger herbei, indem sie ihm mit den Augen zublinzelten, und fragten ihn, was hier vorginge. «Beim allmächtigen Gott», seufzte der Träger, «uns geht es, wie das Sprichwort sagt: ‹In der Luft sind wir alle gleich!› Ich bin zwar in Bagdad groß geworden, aber dieses Haus habe ich in meinem ganzen Leben noch nie betreten. Daß ich heute hier hereingekommen bin, hat sich auf merkwürdige Weise ergeben. Weil ich mir darüber Gedanken gemacht hatte, daß sie nur Frauen waren und ihnen die Männer fehlten, durfte ich bei ihnen sitzen bleiben.» – «Bei Gott, wir hatten geglaubt, daß du zu ihnen gehörst!» erwiderten sie erstaunt. «Und jetzt kommt heraus, daß es dir genauso geht wie uns!» – «Hört her, wir sind mit Dschaafar und Masrur sieben Männer», sagte der Kalif. «Sie sind nur drei Mädchen, die nicht einmal einen vierten bei sich haben. Laßt uns hingehen und fragen, was das alles zu bedeuten hat. Wenn sie nicht freiwillig antworten, dann eben mit Gewalt!» Darauf verständigten sich alle, nur Dschaafar war dagegen. «Das ist keine gute Idee», meinte er, «laßt sie lieber in Ruhe, denn wir sind nur Gäste hier, und sie haben uns, wie ihr wißt, eine Bedingung gestellt. Ich glaube, es ist besser, wenn wir über diese Sache schweigen. Die Nacht ist doch schon fast vorüber, und in kurzer Zeit trennen wir uns ohnehin, und jeder von uns geht seiner Wege!» Dann blinzelte er dem Kalifen zu. «Beherrscher der Gläubigen!»

sagte er leise zu ihm. «Gedulde dich noch diese eine, letzte Nachtstunde. Gleich morgen früh gehe ich in die Stadt hinaus und bringe sie alle vor dich. Dann werden sie uns ihre Geschichte schon erzählen.» – «Wehe dir!» herrschte ihn der Kalif an. «Meine Geduld ist absolut am Ende! Jetzt, auf der Stelle, muß ich wissen, was hier vorgeht. Die Bettelmönche sollen sie fragen!» – «Das ist keine gute Idee!» warnte Dschaafar erneut. Und so beratschlagten sie hin und her und wechselten viele Worte darüber, wer zuerst gehen und sie fragen sollte. Schließlich einigten sie sich darauf, daß der Träger sie fragen sollte. ❧ Während sie noch hitzig weitersprachen, wurde die eine Dame auf sie aufmerksam. «Was macht ihr da? Was habt ihr?» fragte sie. Da trat der Träger vor. «Ach, meine Dame», sagte er, «die anderen wollen, daß ihr ihnen von den zwei schwarzen Hündinnen erzählt, warum du sie erst prügelst und anschließend Tränen um sie vergießt. Außerdem wollen sie wissen, was es mit deiner Schwester auf sich hat und warum sie Striemen von Stockschlägen am Körper trägt, wie sie normalerweise nur Männer tragen. Nicht mehr und nicht weniger als das verlangen sie.» – «Ist das wahr?» wandte sich die Dame an die Gesellschaft. «Stimmt es, was er über euch sagt?» – «Ja», antworteten alle außer Dschaafar, der den Mund hielt und nichts sagte. ❧ «Liebe Gäste», sagte da die Dame, «ihr tut uns unrecht. Haben wir euch etwa nicht von Anfang an unsere Bedingung mitgeteilt: ‹Wer über etwas spricht, das ihn nichts angeht, der wird etwas hören, das ihm nicht gefällt›? Unter dieser Bedingung haben wir euch in unser Haus eingelassen und unser Essen mit euch geteilt. Jetzt habt ihr unser Gesetz übertreten und euch gegen uns gestellt. Aber euch trifft dennoch keine Schuld; Schuld ist der, der euch zu uns geführt und euch hereingelassen hat.» Mit diesen Worten streifte sie sich die Ärmel hoch, schlug dreimal kräftig auf die Erde und rief dazu: «Macht schnell!» ❧ Kaum hatte sie das ausgesprochen, öffnete sich die Tür eines anderen Schrankes, und heraus kamen sieben schwarze Sklaven mit gezückten Schwertern in den Händen. Jeder Sklave überwältigte einen der Gäste, warf ihn mit dem Gesicht nach unten zu Boden und fesselte ihm die Hände hinter dem Rücken. In einem einzigen Augenblick hatten die sieben Sklaven die sieben Gäste festgenommen, und nun banden sie sie aneinander, legten sie in eine Reihe, nahmen sie hoch und trugen sie hinunter in die Mitte der Festhalle. Dort stellten sich die sieben Sklaven so auf, daß jeder mit dem Schwert in der Hand am Kopf eines der Gefangenen zu stehen kam. «O hoher Schirm und unüberwindlicher Schutzschild!» sagten sie zu der Dame. «Erlaube uns, ihnen die Köpfe abzuschlagen!» – «Nicht so eilig!» erwiderte sie. «Laßt sie noch ein bißchen leben, damit ich sie über ihre Vergangenheit befragen kann, bevor wir ihnen die Köpfe abschlagen.» – «Liebe Herrin», jammerte der Träger, «bestrafe mich nicht für die Schuld der anderen! Alle anderen haben euer Gesetz übertreten und sich schuldig gemacht, aber ich nicht! Bei Gott», fuhr er fort, «wie schön hätte unser Tag zu Ende gehen können, wenn nicht diese Bettelmönche gekommen wären, die mit ihrem einen Auge jede Stadt, die sie betreten, in Schutt und Asche legen und in einen Sündenpfuhl und eine Mördergrube verwandeln!» Und schluchzend stimmte er die folgenden Verse an:

> «Wie schön ist's, wenn ein Mächtiger verzeiht,
> Besonders, wo kein Helfer steht bereit.
>
> Ich bitte dich, um unsrer Freundschaft willen,
> Schlagt nicht den ersten für den letzten breit!»

Es wird berichtet: Die Dame mußte darüber, trotz ihres Zornes, lachen. Sie trat auf die gefesselten Gäste zu und sagte zu ihnen: «Ich will wissen, wie es mit euch steht und wer ihr seid. Antwortet mir, denn ihr habt nur noch ein Stündchen zu leben! Ohne Zweifel seid ihr mächtige Leute, Herrscher eures Volkes oder gewaltige Befehlshaber, die gebieten und verbieten können. Wenn ihr das nicht wärt, hättet ihr euch gar nicht hierhergewagt.» «He!» sagte der Kalif leise zu Dschaafar. «Kläre sie darüber auf, wer wir sind, sonst werden wir noch irrtümlich getötet!» – «Genau das haben wir auch verdient!» gab Dschaafar zurück. «Wehe dir!» herrschte ihn der Kalif an. «Ist das die rechte Zeit für Scherze?» Unterdessen war die Dame auf die drei Bettelmönche zugegangen. «Ich nehme an, ihr seid Brüder?» fragte sie. «Nein, bei Gott, verehrte Herrin, das sind wir nicht», erwiderten sie, «und arme Fakire sind wir auch nicht.» Nun fragte sie einen von ihnen: «Wurdest du schon einäugig geboren?» – «Nein, bei Gott, verehrte Herrin», antwortete er, «mir ist eine spannende Geschichte widerfahren und ein aufregendes Abenteuer, das, schriebe man es mit Nadeln in die innersten Augenwinkel, zu einer Lehre würde für alle, die sich belehren lassen! Wegen dieses Abenteuers wurde mir das Auge ausgestochen, so daß ich seitdem einäugig herumlaufe. Den Bart habe ich mir selbst abrasiert und bin ein Bettelmönch geworden.» Sie stellte dem zweiten Bettelmönch dieselbe Frage. «Mir ist es ebenso ergangen wie ihm!» war die Antwort. Dann fragte sie den dritten, und der sagte: «Bei mir ist es genau wie bei den beiden anderen!» – «Bei Gott, unsere Herrin und Gebieterin», fuhren sie gemeinsam fort, «jeder von uns stammt aus einer anderen Stadt. Jeder war der Sohn eines Königs und Herrschers über sein Land und seine Untertanen.» Nun wandte sich die Dame an die Sklaven und befahl ihnen: «Jeden von ihnen, der uns erzählt, was ihm zugestoßen ist und warum er zu uns kam, den laßt laufen, und er soll seiner Wege gehen. Wer sich aber weigert zu erzählen, dem schlagt den Kopf ab!»

Da erreichte das Morgengrauen Schahrasad, und sie hörte auf zu erzählen. «Wie köstlich und wie spannend ist deine Geschichte!» sagte Dinarasad zu ihrer Schwester. «Was ist das schon», erwiderte sie, «gegen das, was ich euch morgen nacht erzähle, wenn ich bis dahin noch lebe und verschont geblieben bin …»

Die siebenunddreißigste Nacht

aus den Erzählungen von Tausendundeiner Nacht

Und als die nächste Nacht gekommen war, sagte Dinarasad zu ihrer Schwester Schahrasad: «Ach, Schwester, wenn du nicht schläfst, so erzähle uns doch eine deiner schönen Geschichten, mit der wir uns unsere Nacht vertreiben können!» – «Mit Vergnügen!» antwortete sie.

Es ist mir zu Ohren gekommen, o König, daß, nachdem die Dame dies zu den Anwesenden gesagt hatte, der Träger der erste war, der zu ihr vortrat. «Verehrte Herrin», sagte der Träger, «du weißt ja, daß ich zu euch gekommen bin, weil ich als Träger arbeite und diese Dame da mir ihre Einkäufe aufgeladen hat. So bin ich vom Haus des Weinverkäufers zum Laden des Fleischers und vom Fleischer zum Feinkosthändler und vom Feinkosthändler zum Gemüseladen und vom Gemüseladen zum Nußverkäufer und von dort zum Süßwarenhändler und zum Laden des Drogisten gezogen, und am Ende bin ich in diesem Haus angekommen. Das ist meine ganze Geschichte.» – «Nun gut», sagte sie, «mach, daß du fortkommst, und geh deiner Wege!» – «Nein», widersprach der Träger, «ich werde nicht eher gehen, als bis ich die Geschichte der anderen gehört habe.» Da trat der erste Bettelmönch vor und erzählte:

Die Geschichte des ersten Bettelmönchs

Verehrte Herrin, ich werde dir genau berichten, warum mir mein Auge ausgestochen wurde und ich meinen Bart abrasiert habe. Das kam so: Wie ich schon sagte, war mein Vater ein König. Er hatte einen Bruder, der ebenfalls ein König war. Dieser Bruder meines Vaters hatte einen Sohn und eine Tochter. Die Jahre vergingen, bis wir herangewachsen waren. In dieser Zeit war ich sehr häufig bei meinem Onkel zu Besuch. Manchmal blieb ich einen oder sogar zwei Monate bei ihm, ehe ich zu meinem Vater zurückkehrte. Mit seinem Sohn, meinem Vetter, verband mich eine feste und unverbrüchliche Freundschaft. Eines Tages kam ich wieder einmal zu Besuch. Mein Vetter empfing mich mit allen Ehren und der größten Gastfreundschaft. Er schlachtete Schafe, filterte Wein, und wir setzten uns alle zum Trinken. Als der Rausch von uns Besitz ergriffen hatte, sagte er zu mir: «Lieber Vetter, ich habe etwas gemacht, und das geht nun schon ein ganzes Jahr. Ich möchte es dir zeigen, aber du darfst mir nicht hineinreden in das, was ich tue.» – «Das verspreche ich dir», antwortete ich. Er ließ mich mein Versprechen unter Eid bekräftigen, dann sprang er plötzlich auf und war für eine Weile verschwunden. Als er zurückkam, hatte er eine Frau bei sich, die ein schwarzes Kopftuch mit roter und goldener Einfassung trug, dazu einen Schleier. Mit ihrem wiegenden Schritt und ihrem betörenden Duft machte sie uns noch betrunkener. «Nimm diese Frau mit dir, Vetter», sagte er, «und geh zum Friedhof bis zu dem-und-dem Grabgebäude» – und er beschrieb mir ein bestimmtes Hausgrab mit Merkmalen, die ich wiedererkannte –, «geh mit ihr in das Gebäude hinein, und wartet dort auf mich.» Ich widersprach ihm nicht und wagte, wegen des Schwures, den ich abgelegt hatte, auch nicht, etwas zu fragen. Also nahm ich die Frau und eilte mit ihr vor die Stadt hinaus auf den Friedhof. Wir schlüpften in das betreffende Grab. Kaum hatten wir uns dort niedergelassen, um uns etwas auszuruhen, da erschien auch schon mein Vetter. Er hatte eine Tasse mit Wasser, einen Beutel Gips und ein eisernes Dachsbeil bei sich. Er nahm das Beil zur Hand, trat damit an einen Grabstein heran, schlug diesen auseinander und schaffte die abgebauten Steine in Richtung unseres Hausgrabes. Dann klopfte er mit dem Beil den Boden des Grabes ab, bis er auf eine Eisenplatte stieß, die aussah wie eine kleine Tür und so lang und breit war wie eine gewöhnliche Grabplatte. Er rückte die Eisenplatte zur Seite. Darunter tauchte eine Wendeltreppe auf. «Hier bitte, da hast du, was du dir gewünscht hast», bedeutete er der Frau durch Zeichen, und sie stieg die Treppe hinab und verschwand vor unseren Blicken. «Deine Aufgabe ist noch nicht beendet, lieber Vetter!» wandte er sich an mich. «Was muß ich tun?» fragte ich. Und er sagte: «Ich werde jetzt ebenfalls hinuntersteigen. Sobald ich unten bin, sollst du alles über uns wieder so herrichten wie zuvor.»

Da erreichte das Morgengrauen Schahrasad, und sie hörte auf zu erzählen. «Ach, Schwester!» seufzte ihre Schwester. «Wie köstlich ist deine Geschichte!» – «Was ist das schon», erwiderte sie, «gegen das, was ich euch morgen nacht erzählen werde …»

Die achtunddreißigste Nacht

aus den Erzählungen von Tausendundeiner Nacht

Und als die nächste Nacht gekommen war, sagte Dinarasad zu ihrer Schwester Schahrasad: «Ach, Schwester, ich beschwöre dich bei Gott, wenn du nicht schläfst, so erzähle uns doch eine deiner schönen Geschichten!» Und König Schahriyar fügte hinzu: «Ich will das Ende der Geschichte vom Königssohn hören!» – «Mit Vergnügen!» antwortete sie.

Es ist mir zu Ohren gekommen, o glücklicher König, daß der erste Bettelmönch der Dame erzählte:

Verehrte Herrin! Nachdem ich all dies getan hatte, kehrte ich, noch völlig unter dem Schleier der Betrunkenheit, vom Friedhof zurück. Ich legte mich in einem der Häuser meines Onkels, das speziell für mich vorgesehen war, schlafen. Mein Onkel war übrigens zu dieser Zeit abwesend auf einer Jagd. Als ich am nächsten Morgen erwachte und mich erinnerte, was in dieser Nacht passiert war, glaubte ich zuerst, ich hätte alles nur geträumt. Aber bald beschlichen mich Zweifel daran, besonders als ich nach meinem Vetter fragte und mir niemand etwas über ihn sagen konnte. Sofort ging ich hinaus auf den Friedhof zu den Gräbern. Ich suchte das bewußte Hausgrab, aber ich konnte es nicht mehr finden und entdeckte auch keine Spur davon. So suchte ich Hausgrab für Hausgrab und Grabstein für Grabstein ab, bis die Nacht hereinbrach. Dabei hatte ich den ganzen Tag weder etwas gegessen noch etwas getrunken, so sehr war ich besorgt um meinen Vetter. Ich wußte ja nicht einmal, wohin die Wendeltreppe führte! Immer wieder ließ ich vor meinem inneren Auge ablaufen, was geschehen war, ganz langsam und Schritt für Schritt. Mir war, als hätte ich alles nur im Traum erlebt. So kam ich nach Hause, aß eine Kleinigkeit und schlief voller Kummer bis zum nächsten Morgen. Am nächsten Morgen ging ich wieder auf den Friedhof und versuchte mich ganz genau an alles zu erinnern, was ich und er getan hatten. Ich suchte und forschte, bis die Nacht hereinbrach. Das Grab fand ich auch an diesem Tag nicht, nicht einmal den Weg dorthin. Dasselbe tat ich auch am dritten und vierten Tag. Jeden Tag suchte ich von morgens bis abends, ohne daß ich den geringsten Hinweis auf das Grab entdeckte. Meine Enttäuschung und Verwirrung wurden dabei immer größer. Ich wäre fast verrückt geworden. Schließlich sah ich keinen anderen Weg, als abzureisen und in die Stadt meines Vaters zurückzukehren. Aber kaum war ich dort eingetroffen und hatte die Stadt durch das Stadttor betreten, spürte ich plötzlich einen Schlag. Ich wurde festgenommen und in Fesseln gelegt. «Was soll das?» fragte ich, und man sagte mir: «Dein Vater ist von seinem Wesir hintergangen worden. Die Armee hat sich auf die Seite des Wesirs geschlagen, er hat deinen Vater ermordet und sich selbst an seine Stelle gesetzt. Uns hat er befohlen, dir aufzulauern.» Mit diesen Worten brachten sie mich, der ich vor Schreck ohnmächtig geworden war, vor den Wesir. Der Wesir, verehrte Herrin, war ein alter Feind von mir. Ich hatte ihm einmal versehentlich ein Auge herausgeschossen, und das kam so: In meiner Kindheit war ich ganz wild gewesen auf das Schießen mit der Schleuder. Eines Tages stand ich gerade auf dem Dach unseres Palastes, als sich ein Vogel auf den Palast des Wesirs setzte. Ich schoß auf ihn mit einem Schleuderblei. Doch zufällig stand der Wesir auch gerade auf seinem Dach, und das Schleuderblei traf nicht den Vogel, sondern sein Auge und drang tief in seinen Augapfel ein. Das war der Grund unserer Feindschaft. Als ich nun vor dem Wesir erschien, streckte er plötzlich seinen Finger vor und stach mir mit eigener Hand mein Auge aus, so daß ich einäugig wurde und mein Auge über meine Wange hinabfloß. Danach ließ er mich fesseln, legte mich in eine Kiste und übergab mich dem Scharfrichter meines Vaters. «Nimm dein Schwert», befahl er ihm, «und reite mit dem da in die Wüste hinaus. Sobald du mitten in der Wüste bist, töte ihn und wirf ihn den wilden Tieren und den Vögeln vor. Sie sollen sein Aas fressen.» Der Scharfrichter nahm den Befehl des Wesirs entgegen und ritt mit mir in die

Wüste hinaus. Dort setzte er mich ab, holte mich aus der Kiste, sah mich an und wollte mich töten. Aber ich brach in Tränen aus und schluchzte so erbärmlich über mein Schicksal, daß ich auch ihn zum Weinen brachte. Dann blickte ich ihm direkt ins Gesicht und sprach die folgenden Verse:

Tawil

«Ich setzte als feste Burg euch gegen die Feinde ein,
Doch nun seid ihr selbst der Feinde Pfeile geworden.

So, wie eine linke Hand die rechte zu Hilfe ruft,
So rief ich euch ständig an in all meinen Sorgen.

Drum hab nun Erbarmen, denn ich stehe ja ganz allein
Und laß meine Feinde selbst mit Pfeilen mich morden.

Denn wenn ihr schon unsre Freundschaft nicht mehr bewahren mögt,
So tut nicht auch noch das Werk der feindlichen Horden.»

Als der Scharfrichter mein Gedicht gehört hatte, das ich so schnell und spontan gedichtet hatte, wurde er weich, ließ von mir ab und schenkte mir die Freiheit. «Mach, daß du fortkommst!» sagte er. «Dein Leben ist gerettet, aber komm nur nicht wieder in dieses Land, sonst müssen wir beide sterben, du und ich. Der Dichter sagt:

Wenn du in Not gerätst, so rette dein nacktes Leben.
Vergiß dein Haus, dort mag der Sturm der Trauer rauschen.

Denn für dein Land kannst du ein anderes finden,
Doch nie kannst du dein Leben gegen ein anderes tauschen.

Traue auch nie einem Boten in wichtigen Dingen,
Denn niemand wird dir so treu wie die eigene Seele lauschen.

Dem Löwen schwillt ja auch nur der eigene Hals,
Er reißt seine Beute selber, um sich daran zu berauschen.»

Ich wollte kaum glauben – fuhr der Bettelmönch fort –, daß ich gerettet war. Voller Freude küßte ich dem Scharfrichter die Hand. Jetzt, da ich in letzter Minute dem Tode entronnen war, erschien mir das ausgestochene Auge wie eine Kleinigkeit. Langsam und vorsichtig schlich ich durch die Wüste, bis ich wieder in der Stadt meines Onkels ankam. Ich ging zu ihm und berichtete ihm, daß mein Vater ermordet worden sei und man mir mein Auge ausgestochen habe. «Habe ich etwa noch nicht genug Sorgen?»

seufzte mein Onkel. «Mein Sohn ist verschwunden, und ich weiß nicht, wo er ist oder wie sich das zugetragen hat!» Bei diesen Worten brach er in Tränen aus und schluchzte heftig. Auch in mir erweckte er wieder die alte Trauer und Sorge. Ich bekam Mitleid mit ihm und konnte nicht länger schweigen. Also erzählte ich ihm alles, was ich mit seinem Sohn erlebt hatte. Der König freute sich über die Maßen. «Steh auf, und führe mich zu dem Grabgebäude!» bat er sogleich. «Ach, lieber Onkel», erwiderte ich, «ich weiß nicht mehr, wo es ist!» – «Komm, wir gehen es gemeinsam suchen», sagte er, und wir machten uns heimlich, ohne daß jemand uns bemerkte, auf den Weg zum Friedhof. Als ich auf dem Friedhof stand, sah ich auf einmal das Hausgrab und erkannte es wieder. Nun war auch ich froh, besonders weil ich mich darauf freute zu erfahren, was mit meinem Vetter geschehen war und wie es unterhalb der Treppe wohl weitergehen würde. Ich betrat den Grabbau gemeinsam mit meinem Onkel. Wir öffneten das Grab, kratzten den Boden frei und stießen auf die bewußte Platte. Nun stiegen wir die Treppe hinunter – mein Onkel voraus, ich folgte ihm. Nach etwa fünfzig Stufen war die Treppe zu Ende. Plötzlich umhüllte uns eine gewaltige Rauchwolke, die um uns herum aufstieg und unsere Blicke verdunkelte. «Es gibt keine Kraft und keine Stärke außer bei Gott, dem Erhabenen und Mächtigen!» sagte mein Onkel. Als wir unten an der Treppe angekommen waren, befanden wir uns in einem Korridor. Langsam tappten wir hindurch. Der Korridor endete auf der steinernen Estrade einer Halle, die mit einer Kuppel überwölbt, von Säulen abgestützt und mit Oberlichtern versehen war, die auf den Berg hinausgingen. Wir durchschritten die Halle. Dort sahen wir Wasserkrüge stehen; in der Mitte war eine große Zisterne. Außerdem entdeckten wir Säcke mit Mehl, Getreide und anderen Vorräten. An der Rückwand der Halle stand ein Bett, über dem ein Himmel aufgehängt war. Mein Onkel ging hin und hob den Himmel an einem Zipfel hoch. Darunter fand er seinen Sohn mit der Frau, die mit ihm in das Grab hinabgestiegen war. Die beiden waren in schwarze Kohlen verwandelt. Sie hielten einander eng umschlungen, und es sah aus, als wären beide gemeinsam in ein auflodderndes Feuer geworfen worden und zu Kohlen verbrannt. Der Anblick bereitete meinem Onkel Genugtuung. «Das ist deine Strafe in diesem Leben», sagte er verächtlich und spie seinem Sohn ins Gesicht, «die Strafe im Jenseits wartet noch auf dich!» Dann zog er sich die Gamasche vom Fuß und schlug seinem Sohn damit kräftig ins Gesicht.

Da erreichte das Morgengrauen Schahrasad, und sie hörte auf zu erzählen. «Ach, Schwester!» seufzte ihre Schwester Dinarasad. «Wie köstlich ist deine Geschichte!» – «Was ist das schon», erwiderte sie, «gegen das, was ich euch morgen nacht erzählen werde, wenn ich bis dahin noch lebe und verschont geblieben bin ...»

Die neununddreißigste Nacht

aus der Geschichte von Tausendundeiner Nacht

Und als die nächste Nacht gekommen war, sagte Dinarasad zu ihrer Schwester Schahrasad: «Ach, Schwester, wenn du nicht schläfst, so erzähle uns doch eine deiner schönen Geschichten, mit der wir uns diese Nacht vertreiben können!» – «Aber es soll das Ende der Geschichte des ersten Bettelmönches sein!» fügte der König hinzu. «Mit Vergnügen», antwortete sie.

Es ist mir zu Ohren gekommen, o glücklicher König, daß der erste Bettelmönch zu der Dame sagte:

Verehrte Herrin! Als mein Onkel seinem Sohn die Gamasche ins Gesicht schlug, da dieser neben der Frau verbrannt lag, sagte ich zu ihm: «Ich beschwöre dich bei Gott, mein Onkel, erspare mir diese Qual! Ich hatte so großen Kummer wegen deines Sohnes und war in Sorge, was ihm wohl zugestoßen sein mochte. Genügt es denn nicht, was ihm geschehen ist? Mußt du ihm auch noch mit der Gamasche ins Gesicht schlagen?» Da sagte er zu mir: «Mein lieber Neffe, ich will dir etwas erzählen. Dieser da, mein Sohn, war, seit er ein kleiner Junge war, in seine Schwester verliebt. Ich habe versucht, ihn davon abzubringen, und zu mir selber gesagt: ‹Es sind unschuldige Kinder.› Aber als sie groß geworden waren, sind schändliche Dinge zwischen ihnen vorgefallen. Ich habe es nicht glauben wollen, als ich davon erfuhr. Trotzdem habe ich ihn mir vorgenommen und ihn heftig zurechtgewiesen. ‹Paß auf, paß gut auf›, habe ich zu ihm gesagt, ‹daß du so etwas niemals tust! Sonst wirst du auf ewig als erniedrigt und geschändet dastehen unter den Königen, und die Reisenden aus aller Herren Länder werden unsere Geschichte hören. Darum laß es, ich sage es dir noch einmal: Laß es! Sie ist deine Schwester, und sie ist durch Gottes Beschluß für dich tabu!› Nachdem ich so mit ihm gesprochen hatte, lieber Neffe, habe ich sie vor ihm abgeschirmt. Aber das verfluchte Mädchen war ebenfalls in ihn verliebt, und der Satan hatte über sie Gewalt gewonnen und ließ ihr ihre häßlichen Taten heiter erscheinen. Als sie nun bemerkten, daß ich sie voreinander abgeschirmt hatte, hat mein Sohn diesen Ort hier unter der Erde und alles, was du hier siehst, eingerichtet, Vorräte und anderes, was er brauchte, hierhergebracht und auch diesen Brunnen hier gegraben. Als er alles bereitet hatte, hat er so getan, als bräuchte ich mir seinetwegen keine Sorgen mehr zu machen. Ich bin also auf die Jagd gezogen. Da hat er seine Schwester mitgenommen, und was dann geschehen ist, weißt du ja, denn du warst selbst dabei. Er hat wohl geglaubt, daß er sich auf ewig hier mit ihr vergnügen könnte und daß Gott, der Erhabene, nicht auf sie achten würde …» Der König brach bei dieser Schilderung in Tränen aus, und ich weinte mit ihm. Er blickte mich an und sagte unter Tränen: «Du sollst mein Sohn sein an seiner Statt!» Und als er daran dachte, was seinen beiden Kindern widerfahren war und daß überdies sein Bruder ermordet worden war und man mir mein Auge ausgestochen hatte, da weinte er noch mehr. Gemeinsam vergossen wir Tränen und weinten eine Weile über diese unglückselige Welt und über die Zeit mit ihren Schicksalsschlägen. Dann stiegen wir wieder hinauf in das Grabgebäude, ich verschloß den Eingang mit der Platte, und wir kehrten in unser Haus zurück, ohne daß jemand uns bemerkte. Doch kaum hatten wir uns niedergesetzt, hörten wir Trommeln und Posaunen, Paukenschläge und tosendes Gebrüll von Männern, vermischt mit dem Wiehern von Pferden. Eine ganze Armee schien sich zum Kampf bereit zu machen, während draußen schon alles mit Staub bedeckt war, die Pferde mit den Hufen stampften und die Krieger aufgeregt hin und her ritten. Verwirrt und verblüfft erkundigten wir uns, was das zu bedeuten habe. Man sagte uns, daß der Wesir, der meinen Vater gestürzt und seine Herrschaft an sich gerissen hatte, eine Armee ausgerüstet, Truppen gesammelt und Beduinen angeheuert hatte und nun mit einem Heer gegen uns zog, das so zahlreich war wie Sandkörner und so viele Soldaten hatte, daß niemand sie zählen konnte und kein Heerführer stark genug war, um es mit ihnen aufzunehmen. Sie hatten die Stadt überraschend angegriffen, und die Bewohner hatten nichts anderes tun können, als ihnen die Stadt auszuliefern. In diesem Kampf wurde auch mein Onkel bald getötet. Mir gelang es, an den Stadtrand zu fliehen. «Wenn ich ihm in die Hände falle», sagte ich zu mir selbst, «dann tötet er mich eigenhändig und mit mir alle Scharfrichter und Schwertträger meines Vaters.» Nun brach von neuem die Traurigkeit über mich herein, und meine Sorgen wurden noch größer, als ich wieder daran dachte, was meinem Onkel, meinem Vater, meinem Vetter und meiner Kusine widerfahren war und daß mir selbst das Auge ausgestochen worden war. Ich weinte heftig. «Was kann ich nur tun?» schluchzte ich. «Sobald ich irgendwo auftauche, erkennen mich die Leute aus meiner Stadt. Die Soldaten meines Vaters kennen mich so gut wie die Sonne, und sie werden vor dem Wesir darum wetteifern, wer von ihnen mich töten darf!» Kurzum: Ich fand keinen anderen Weg, um mein Leben zu retten, als mir den Bart und die Augenbrauen zu rasieren, meine Kleider mit dem Gewand eines Fakirs zu vertauschen und fortan als Bettelmönch durch die Lande zu ziehen. Niemand erkannte mich, als ich die Stadt verließ. Ich schlug den Weg nach Bagdad ein. «Vielleicht kommt mir ja mein Schicksal auch einmal zu Hilfe», dachte ich mir, «und ich finde jemanden, der mich dem Beherrscher der Gläubigen, dem Kalifen Gottes, vorstellt. Dann kann ich ihm meine Geschichte erzählen und alles vor ihm ausbreiten, was mir zugestoßen ist.» Mit solchen Gedanken im Kopf bin ich in dieser Nacht am Stadttor von Bagdad angekommen. Ich war ein Weilchen unschlüssig, weil ich nicht wußte, wohin ich gehen sollte. Da ist plötzlich dieser Bettelmönch aufgetaucht, der jetzt neben mir steht. Von einer langen Reise gezeichnet, ist er angekommen und hat mich begrüßt. «Bist du hier fremd?» habe ich ihn gefragt. «Ja», hat er gesagt, und ich habe geantwortet: «Genauso steht es mit mir.» Wir sind gerade mitten in unserer Unterhaltung gewesen, als der da, der neben uns sitzt, der dritte Bettelmönch, bei uns am Stadttor angekommen ist. Er hat uns gegrüßt und gesagt: «Ich bin fremd hier.» – «Wir auch», haben wir geantwortet. So sind wir zu dritt weitergezogen. Inzwischen war aber die Nacht hereingebrochen. Da hat uns das Schicksal – fremd wie wir waren, und ohne daß wir wußten, wohin wir gingen – zu eurem Haus geführt. Ihr wart so freundlich und so mitleidig, uns hereinzulassen, und in eurer Gesellschaft habe ich mein verlorenes Auge und meinen abrasierten Bart vergessen!»

«Mach, daß du fortkommst, und geh deiner Wege!» sagte die Dame zu ihm, nachdem er seine Geschichte beendet hatte. Doch er sagte: «Ich werde, bei Gott, nicht eher gehen, als bis ich die Geschichten der anderen gehört habe.»

Da erreichte das Morgengrauen Schahrasad, und sie hörte auf zu erzählen. «Ach, Schwester», seufzte ihre Schwester Dinarasad, «wie köstlich ist deine Geschichte!» – «Was ist das schon», erwiderte sie, «gegen das, was ich euch morgen nacht erzählen werde, wenn ich dann noch lebe und mich der König verschont.» Und der König sagte zu sich selbst: «Bei Gott, ich werde ihre Hinrichtung aufschieben, bis ich gehört habe, was die Mädchen mit den Bettelmönchen erlebt haben. Aber dann töte ich sie, wie alle anderen Frauen!»

Die vierzigste Nacht

aus der Geschichte von Tausendundeiner Nacht

Und als die nächste Nacht gekommen war, sagte Dinarasad zu ihrer Schwester Schahrasad: «Ach, Schwester, wenn du nicht schläfst, so erzähle uns doch eine deiner schönen Geschichten!» – «Mit Vergnügen!» antwortete sie.

Man hat erzählt, o glücklicher König, daß sich die Anwesenden über die Geschichte des ersten Bettelmönchs sehr verwunderten und der Kalif zu Dschaafar sagte: «Das ist die spannendste Geschichte, die ich in meinem ganzen Leben gehört habe.» Dann trat der zweite Bettelmönch nach vorne.

Die Geschichte des zweiten Bettelmönchs

Du mußt wissen, verehrte Herrin – sagte er –, und Gott ist mein Zeuge dafür, daß auch ich nicht als Einäugiger geboren wurde. Ich werde dir alles genau berichten. Auch ich war ein Königssohn. Mein Vater lehrte mich schreiben und Koranlesen, bis ich den erhabenen Koran vollständig und in allen sieben Lesarten gelesen hatte. Danach vertiefte ich mich in das Lehrgedicht des Imams Schatibi. Ich studierte ein Buch über Rechtswissenschaft und erklärte es den Gelehrten, dann beschäftigte ich mich mit Grammatik und arabischer Philologie. Schließlich lernte ich die Kunst der Kalligraphie bis zur Vollendung, so daß ich alle Meister meiner Zeit und alle Schreiber meiner Generation darin übertraf. Auch in Redekunst und Rhetorik war ich so herausragend, daß man in allen Ländern und Erdteilen von mir erzählte und alle Könige der Zeit von mir gehört und etwas von meiner kunstvollen Schrift gesehen hatten. Eines Tages ließ der König von Indien nach mir schicken. Er bat meinen Vater, mich zu ihm reisen zu lassen, und unterstützte die Bitte mit vielen Geschenken und Juwelen, die wahrhaftig eines Königs würdig waren. Mein Vater rüstete mich aus und schickte mich mit sechs Reittieren in einer Karawane von Postkurieren mit. Ich nahm von ihm Abschied und führte meine sechs Tiere in die Karawane. Wir waren bereits einen Monat lang unterwegs, als plötzlich eine Wolke aus Rauch und Staub vor uns auftauchte. Nach einem Weilchen hatte der Wind die Staubwolke geteilt, zerrissen und in die Luft geschleudert. Und was kam darunter hervor? Fünfzig bewaffnete Reiter wie grimmige Löwen, mit eisernen Rüstungen bekleidet –

Da erreichte das Morgengrauen Schahrasad, und sie hörte auf zu erzählen. «Ach, Schwester», seufzte ihre Schwester Dinarasad, «wie köstlich und wie spannend ist deine Geschichte!» – «Was ist das schon», erwiderte sie, «gegen das, was ich euch morgen nacht erzählen werde, wenn ich bis dahin noch lebe und verschont geblieben bin ...»

Die einundvierzigste Nacht

aus den spannenden und aufregenden Erzählungen
von Tausendundeiner Nacht

Und als die nächste Nacht gekommen war, sagte Dinarasad: «Ach, Schwester, wenn du nicht schläfst, so erzähle uns doch eine deiner schönen Geschichten, mit der wir uns unsere Nacht vertreiben können!» – «Einverstanden», sagte sie.

Es ist mir zu Ohren gekommen, o glücklicher König, daß der zweite Bettelmönch, der in Wirklichkeit ein junger Königssohn war, der Dame erzählte:

Als wir genau hinschauten, erkannten wir, daß es eine Räuberbande war. Sie sahen uns und bemerkten sofort, daß wir nur wenige Menschen waren und zehn mit Geschenken beladene Lastkamele mit uns führten. Die Räuber glaubten wohl, alles wäre voller Geld. Sie zogen ihre Schwerter und gingen mit aufgestellten Lanzen auf uns los. Wir hoben die Hände: «Wir sind Gesandte des mächtigen Königs der Inder, ihr dürft uns nicht überfallen!» riefen wir ihnen entgegen. «Hier ist nicht das Land des Inderkönigs», antworteten sie, «und wir sind auch nicht seine Untertanen!» Mit diesen Worten töteten sie alle meine Begleiter. Nur ich konnte verletzt entkommen, weil die Räuber schon zu sehr mit ihrer Beute beschäftigt waren. Ziellos und ohne zu wissen, wo ich war und wohin ich mich wenden sollte, irrte ich durch die Wüste. Noch kurz zuvor war ich mächtig gewesen, jetzt stand ich erniedrigt da. Ich war ein reicher Mann gewesen, nun war ich arm geworden.

Da erreichte der Morgen Schahrasad, und sie hörte auf zu erzählen. «Wie köstlich und wie aufregend ist deine Geschichte!» sagte ihre Schwester. «Was ist das schon», erwiderte sie, «gegen das, was ich euch morgen nacht erzählen werde, wenn ich dann noch lebe und er mich verschont ...»

Die zweiundvierzigste Nacht

aus der Geschichte von Tausendundeiner Nacht

Und als die nächste Nacht gekommen war, erzählte Schahrasad:

Es ist mir zu Ohren gekommen, o glücklicher König, daß der zweite Bettelmönch, der Jüngling, zu der Dame sagte:

Nach dem Überfall wanderte ich aufs Geratewohl in die Nacht hinaus. Ich stieg auf einen Berg, wo ich in einer Felsenhöhle Unterschlupf fand. Bis zum Tagesanbruch blieb ich dort. Dann ging ich weiter, bis die nächste Nacht hereinbrach. Ich ernährte mich von Pflanzen und wilden Früchten. Abends legte ich mich wieder schlafen und schlief bis zum nächsten Morgen. Nachdem ich einen vollen Monat auf diese Weise zugebracht hatte mit meiner Reise, führte mich mein Weg in eine schöne Stadt, die reich und sicher erbaut und voller guter Dinge war. Es war eine Stadt, die ihre Einwohner glücklich macht und ihre Bewohner schützend umschließt. Gerade war die kalte Winterszeit von ihr abgezogen, und der Frühling war mit seinen Blumen in sie eingezogen. Und wie schön blühten dort die Blumen und strömten die Flüsse und sangen die Vögel! Es war, als hätte der Dichter ebendiese Stadt beschrieben, als er sagte:

> Eine Stadt, deren Bewohner nichts zu fürchten haben,
> Denn ihr Besitzer heißt: die Sicherheit.
>
> Sie ist ein Paradies, geschmückt für seine Menschen,
> Das seine Wunder offen zeigt zu jeder Zeit.

Es wird berichtet: Da wurde ich fröhlich und traurig zugleich – fröhlich, weil ich in diese Stadt gelangt war, und traurig, weil ich sie in einem so armseligen Zustand betreten mußte. Ich war erschöpft von meiner langen Wanderung, mein Gesicht war rissig geworden und mit Schmutz bedeckt, ebenso meine Hände und Füße. Kummer und Sorgen hatten über mich Gewalt gewonnen, und meine Körperhaltung und Hautfarbe waren völlig verändert. Ich betrat die Stadt, ohne zu wissen, wohin ich mich wenden sollte. Der Zufall führte mich an einem Laden vorbei, in dem ein Schneider saß. Ich grüßte den Schneider höflich, und er hieß mich willkommen. Er hatte wohl an mir Zeichen des Wohlstands wahrgenommen. ❧ Der Schneider lud mich ein, mich zu ihm zu setzen, und wir unterhielten uns eine Weile sehr angenehm. Dann fragte er mich nach meiner Lage. Ich erzählte ihm alles, was mir zugestoßen war und was ich erlebt hatte. Da wurde er auf einmal ganz ernst. «Mein Junge», sagte er, «verrate auf keinen Fall irgend jemandem hier, wer du bist. Der König dieser Stadt ist einer der größten Feinde deines Vaters. Er hat sogar noch eine Blutrache mit ihm abzurechnen. Also halte dich verborgen!» Danach ließ er mir ein Essen bringen. Ich aß, und er aß mit mir. Als es Nacht geworden war, wies er mir ein kleines Zimmerchen neben seinem Zimmer an und brachte mir eine Bettdecke und alles, was ich darüber hinaus noch brauchte. ❧ Drei Tage lang wohnte ich bei ihm. Am vierten Tag sagte er zu mir: «Hast du nicht irgendein Handwerk gelernt, das du auf den Markt bringen und mit dem du deinen Lebensunterhalt verdienen könntest?» – «Ich kann Rechtswissenschaft, Naturwissenschaft, Literatur, Dichtung und Schriftkunst!» antwortete ich. «Dein Handwerk ist in unserer Stadt nicht gefragt», erwiderte er. «Ach, Gott», sagte ich, «ich habe wirklich nichts anderes gelernt als die Künste, die ich dir aufgezählt habe.» – «Dann zieh dich an», sagte er, «nimm eine Axt und ein Seil, und geh hinaus in die Wüste. Dort kannst du Brennholz sammeln. Du wirst so viel finden, daß du dich davon ernähren kannst. Aber erzähle niemandem, wer du bist, sonst bist du verloren!

Du mußt so lange verborgen bleiben, bis Gott dir einen Weg zeigt.» Mit diesen Worten ging er auf den Basar und kaufte mir eine Axt und ein Seil. Dann vertraute er mich einem Brennholzsammler an. Von nun an zog ich jeden Morgen mit den Brennholzsammlern hinaus und sammelte den ganzen Tag lang. Abends kam ich mit einem Bündel auf dem Kopf nach Hause. Ich verkaufte das Brennholz für einen halben Dinar und gab das Geld dem Schneider. So lebte ich ein ganzes Jahr lang. Das Jahr verstrich, und ich war eines Tages wieder draußen in der Wüste. An diesem Tag war ich besonders weit hinausgegangen. Da stieß ich plötzlich auf eine Oase mit Bäumen und einer Wiese, durch die kleine Wasserläufe mit frischem Wasser plätscherten. Ich ging hin und fand dort einen Baumstumpf. Mit der Axt legte ich den Boden darum herum frei und schaufelte die Erde fort. Da sah ich auf einmal einen Ring hervorkommen. Als ich ihn näher besah, entdeckte ich, daß er an einer Holzplatte befestigt war. Ich zog die Holzplatte daran nach oben. Unter ihr wurde eine Treppe sichtbar. Ich stieg die Treppe hinab. Sie führte mich in einen unterirdischen Palast, prachtvoll gebaut und von starken Säulen getragen. Noch nie hatte ich einen schöneren Palast gesehen. Staunend ging ich darin umher. Da traf ich ein Mädchen, das war so schön und glänzend wie eine strahlende Perle oder eine hell leuchtende Sonne. Wenn sie redete, kam sie gegen jeden Kummer an, aber vernünftigen Männern entriß sie den Verstand. Sie war fünf Spannen hoch gebaut, hatte wohlgeformte, feste Brüste und auf den Wangen zarte Haut. Ihr Gesicht war wie ein Sonnenaufgang unter der Nacht ihrer schwarzen Locken, und mitten auf ihren Brüsten, die wie glatte Seiten eines Buches waren, glänzten die Brustwarzen. Es war, als wären über sie die Verse gedichtet worden:

> Es gibt vier Dinge, die, wenn sie zusammentreffen,
> mich zwingen, Herz und Leben dafür zu bezahlen:
>
> Das Leuchten einer Stirn, das Gewicht einer Locke,
> Die Rose einer Wange und ein lachendes Strahlen.

Der Erzähler spricht: Da erreichte das Morgengrauen Schahrasad, und sie hörte auf zu erzählen. «Ach, Schwester», seufzte Dinarasad, «wie köstlich und wie aufregend ist deine Geschichte!» – «Was ist das schon», erwiderte sie, «gegen das, was ich euch morgen nacht erzählen werde, wenn ich dann noch lebe und mich der König verschont ...»

Die dreiundvierzigste Nacht

aus den Erzählungen von Tausendundeiner Nacht

Und als die nächste Nacht gekommen war, sagte Dinarasad zu ihrer Schwester Schahrasad: «Ach, Schwester, wenn du nicht schläfst, so erzähle uns doch eine deiner schönen Geschichten, mit der wir uns diese Nacht vertreiben können!» – «Einverstanden», sagte sie.

Es ist mir zu Ohren gekommen, o glücklicher König, daß der zweite Bettelmönch, also der Jüngling, der Dame erzählte:

Als das Mädchen mich bemerkte, sprach sie mich an. «Was bist du?» fragte sie mich. «Ein Mensch oder ein Dschinni?» – «Natürlich ein Mensch!» antwortete ich. «Und wie bist du zu uns gekommen?» fragte sie zurück. «Ich lebe hier schon fünfundzwanzig Jahre lang und habe noch kein menschliches Wesen zu Gesicht bekommen!» – «Ach, verehrte Herrin», sagte ich – aber da war ich schon bezaubert von ihrer sinnreichen und süßen Rede, und sie hatte bereits mein ganzes Herz für sich eingenommen –, «ich weiß nicht, ob ich gekommen bin, um mein Glück zu vermehren und meine Sorgen zu vertreiben oder um dich glücklich zu machen und deine Sorgen zu zerstreuen!» Danach erzählte ich ihr, was mir zugestoßen war. Meine Geschichte erregte ihr Mitleid, und sie sagte: «Jetzt werde ich dir meine Geschichte erzählen. Es ist nämlich so, daß auch ich eine Königstochter bin. Mein Vater heißt: Aftimarus, der Herr der Ebenholzinsel. Er hatte mich mit einem meiner Vettern verheiratet. Aber in der Hochzeitsnacht, nachdem ich in feierlicher Prozession zu ihm geführt worden war, ist ein Ifrit erschienen und hat mich entführt. Er hat mich eine Weile durch die Luft getragen und dann an diesem Ort hier abgesetzt. Alles, was ich zum Leben brauche, hat er mir hierhergebracht: Essen, Trinken, Süßigkeiten und so fort. Alle zehn Tage kommt er für einen Tag hierher und schläft eine Nacht bei mir. Das macht er so, weil seine Familie nicht weiß, daß er mich geraubt hat. Wenn ich irgendein Anliegen habe oder ihn brauche, sei es bei Tag oder bei Nacht, muß ich nur diese beiden Linien, die auf der Schwelle hier eingegraben sind, berühren. Noch bevor ich die Hand wieder wegziehen kann, steht er schon vor mir. Er ist jetzt seit vier Tagen abwesend, also bleiben noch sechs Tage, bevor er wieder zu mir kommt. Hast du Lust, fünf Tage bei mir zu bleiben und dann an dem Tag, ehe er wiederkommt, wegzugehen?» – «Einverstanden», sagte ich und dachte bei mir: «Wie schön ist es, wenn Träume wahr werden.» *Es wird berichtet:* Sie freute sich sehr, sprang auf, ergriff meine Hand und führte mich durch eine bogenförmige Pforte in ein Bad. Dort zog sie mir die Kleider aus, legte auch selbst alle Kleider ab, und wir stiegen gemeinsam ins Wasser. Sie wusch und badete mich, dann stiegen wir wieder heraus, und sie kleidete mich in ein neues Gewand, ließ mich auf einer Sitzbank Platz nehmen und gab mir einen großen Becher Wein zu trinken. Dann setzte sie sich zu mir, und wir redeten eine Weile miteinander. Sie brachte mir etwas zu essen, und ich aß, bis ich satt war. Danach schob sie mir ein Polster hin und sagte: «Schlafe und ruhe dich aus. Du bist sicher müde!» Ich schlief sofort ein, wobei ich allen Kummer der Welt vergaß. Der Schlaf brachte mich wieder zu mir selbst, und als ich nach einer Weile erwachte, fühlte ich, daß sie dabei war, mich zu massieren. Ich richtete mich auf, dankte ihr und wünschte ihr Gottes Segen. Meine Lebenskraft war zurückgekehrt. «Möchtest du noch mehr trinken, mein lieber Junge?» fragte sie, und ich antwortete: «Tu mit mir, was du willst.» Da stand sie auf, ging an einen Vorratsschrank und holte eine sehr alte, versiegelte Weinflasche heraus. Dann richtete sie ein prächtiges Festessen her und sang dazu:

«Hätten wir von eurem Kommen eher schon gewußt,
So hätten wir Herz oder Augen vor euch hingebreitet.

Unsre Wangen hätten wir am Boden ausgelegt,
Damit ihr über unsere Augenlider schreitet!»

Es wird berichtet: Ich dankte ihr dafür, und die Liebe zu ihr nahm von mir Besitz und fuhr mir in alle Glieder. Meine Traurigkeit verschwand. So saßen wir, indem wir uns gegenseitig den Weinkelch reichten, bis zum Einbruch der Nacht. Die Nacht verbrachte ich mit ihr auf die angenehmste Weise, ja, eine solche Nacht hatte ich in meinem ganzen Leben noch nicht genossen. Wir ließen Freude auf Freude folgen und vergnügten uns bis zum Mittag. Am Ende war ich so betrunken, daß ich kaum mehr bei Bewußtsein war. Ich schwankte, als ich aufstand, nach rechts und nach links. «Meine Schönste», sagte ich zu ihr, «komm, steh auf, und steige nach oben ans Licht der Welt. Ich werde dich aus diesem Gefängnis befreien!» – «Ach, Herr», lachte sie, «ich sitze doch neun von zehn Tagen ruhig und zufrieden hier.

Nur jeder zehnte Tag gehört dem Ifrit.» – «Ich werde auf der Stelle die Schwelle zerbrechen, auf der die Linien eingegraben sind!» polterte ich – der Rausch hatte mich völlig in seiner Gewalt. «Dann soll der Ifrit doch kommen, damit ich ihn töte! Von solchen Ifriten erschlage ich normalerweise zehn auf einmal!» Als sie mich so reden hörte, wurde sie leichenblaß. «Nein, bei Gott, tu das nicht!» sagte sie und stimmte die folgenden Verse an:

«Halt ein, der du den Abschied rufst,
Denn seine Pferde rennen zu behende!

Halt ein! Denn treulos ist die Zeit,
Und Abschied setzt der Freundschaft jäh ein Ende.»

Es wird berichtet: Aber ich, vom Rausch überwältigt, trat mit dem Fuß gegen die Schwelle –

Da erreichte das Morgengrauen Schahrasad, und sie hörte auf zu erzählen. «Wie köstlich und wie aufregend ist deine Geschichte!» lobte Dinarasad. «Was ist das schon», erwiderte sie, «gegen das, was ich euch morgen nacht erzählen werde, wenn ich dann noch lebe und mich der König verschont ...»

Die vierundvierzigste Nacht

aus der Geschichte von Tausendundeiner Nacht

Und als die nächste Nacht gekommen war, sagte Dinarasad: «Ach, Schwester, wenn du nicht schläfst, so erzähle uns doch eine deiner schönen Geschichten, mit der wir uns unsere Nacht vertreiben können!» – «Einverstanden», antwortete sie.

Man hat erzählt, o glücklicher König, daß der zweite Bettelmönch zu der Dame sagte:

Kaum hatte ich der Schwelle einen Fußtritt versetzt, da wurde es dunkel um uns her. Es donnerte und blitzte, und das Erdreich drohte über uns einzustürzen. Mein Rausch verflog auf der Stelle. «Was geht hier vor?» fragte ich das Mädchen. «Der Ifrit kommt!» sagte sie. «Rette dein Leben, mein

Herr, und steig schnell zu der Platte hinauf!» So schnell ich konnte, rannte ich die Treppe hinauf, dabei vergaß ich vor lauter Angst meine Sandalen und die eiserne Axt. Es gelang mir gerade noch, nach oben zu kommen, bevor der Palast in zwei Hälften auseinanderbrach und aus dem Spalt der Ifrit hervorkam. «Warum hast du mich gestört?» fragte er sie. «Was ist dir zugestoßen?» – «Ach, Herr», gab sie zur Antwort, «mir war heute so trübsinnig zumute, da wollte ich etwas trinken, um mich zu erheitern. Ich habe ein wenig getrunken und bin dann aufgestanden, um etwas zu erledigen. Dabei wurde mir schwindelig im Kopf, und ich bin auf die Schwelle gestürzt.» – «Du lügst, dreckige Dirne!» brüllte der Ifrit, sah sich um und fand meine Sandalen und die Axt. «Wem gehört das da?» fragte er drohend. «Ich sehe es gerade zum ersten Mal», antwortete sie. «Ich dachte, die Sachen gehören dir!» – «Glaubst du, ich lasse mich von dir hinters Licht führen, du Hure?» erwiderte der Ifrit, packte das Mädchen, riß ihr die Kleider vom Leib und streckte sie nackt zwischen vier Eisenhaken am Boden aus. Dann begann er, sie zu bestrafen und zu verhören. Glaube mir, verehrte Herrin, es fiel mir nicht leicht, ihr Weinen mit anzuhören. Zitternd vor Angst stieg ich die letzten Treppenstufen hinauf, langsam, langsam, bis ich oben war. Ich schob die Platte an ihren Platz zurück und bedeckte sie mit Erde. Da ich ständig an das Mädchen denken mußte, wie schön und wie gut sie war und wie sie mich verwöhnt hatte und daß sie fünfundzwanzig Jahre lang dort unten gelebt hatte, ohne daß ihr etwas zugestoßen war, und ich nur eine einzige Nacht bei ihr verbracht hatte, mit der Folge, daß das alles geschah, wurde mein Kummer immer größer, und meine Sorgen wuchsen. Ich dachte auch an meinen Vater und an mein Königreich und wie verräterisch die Zeit an mir gehandelt hatte, so daß ich ein Brennholzsammler geworden war. Nur eine kurze schöne Zeit hatte ich danach noch erleben dürfen, und schon war mein Leben wieder dunkel geworden. Da weinte ich bitterlich und machte mir Vorwürfe, indem ich die folgenden Verse anstimmte:

«Mein Schicksal stellt sich gegen mich, als wäre ich sein Feind,
Und jedesmal, wenn es mich trifft, ist es mir unerquicklich.

Sogar wenn es mir einmal klar und rein entgegentritt,
Dann macht es, wie ich sehe, einen anderen unglücklich.»

Es wird berichtet: Danach wanderte ich weiter, bis ich bei meinem Freund, dem Schneider, ankam. Er hatte schon auf mich gewartet und saß vor Ungeduld auf glühenden Kohlen. Als er mich sah, wurde er froh. «Wo hast du denn gestern übernachtet, lieber Bruder?» fragte er mich. «Ich habe mir Sorgen um dich gemacht! Gott sei Dank, daß du heil zurückgekommen bist.» Ich dankte ihm für seine Fürsorglichkeit, ging auf mein Zimmer, setzte mich und versank in Gedanken an das, was geschehen war. Wieder machte ich mir Vorwürfe wegen meiner zu großen Neugier und Ungeduld und sagte zu mir selbst: «Hätte ich doch nur die Schwelle nicht getreten, dann wäre nichts passiert!» So wälzte ich meine Gedanken hin und her. Plötzlich bemerkte ich, daß mein Freund, der Schneider, in den Raum getreten war. «Mein Junge», sagte er zu mir, «draußen steht ein alter Mann, ein Perser, der hat deine eiserne Axt und deine Sandalen bei sich. Er hatte sie zu den Brennholzsammlern gebracht und dazu gesagt: ‹Ich bin beim Gebetsruf hinausgegangen, um das Morgengebet zu verrichten, da bin ich über diese Axt und diese Sandalen gestolpert. Überlegt euch, wem sie gehören, und zeigt mir den Weg zu ihm!› Die Brennholzsammler haben ihn zu dir geschickt, weil sie deine Axt erkannt haben. ‹Das ist doch die Axt des fremden Jungen, der beim Schneider wohnt!› haben sie gesagt. Der Alte sitzt jetzt draußen vor dem Laden. Steh auf, komm heraus zu ihm, und hole dir deine Axt!» Als ich ihn das sagen hörte, wich alle Farbe aus meinem Gesicht, und mir wurde ganz schlecht. Ich war noch dabei, mit dem Schneider zu sprechen, da spaltete sich plötzlich der Fußboden meines Zimmers, und heraus kam der persische Scheich, der in Wahrheit der Ifrit war. Dieser hatte das Mädchen fast zu Tode gequält, ohne daß sie etwas verriet. Da hatte er die Axt und die Sandalen genommen und zu ihr gesagt: «Ich bin ein Ifrit, ein Sohn der Tochter des Teufels persönlich! Und darum werde ich dir den Besitzer dieser Axt persönlich herbringen.» Dann war er in die Gestalt eines Persers geschlüpft und hierhergekommen, und es geschah, was geschah. Da also der Fußboden sich aufgetan hatte und er herausgekommen war –

Da erreichte das Morgengrauen Schahrasad, und sie hörte auf zu erzählen. «Ach, Schwester», seufzte Dinarasad, «wie köstlich und wie aufregend ist deine Geschichte!» – «Was ist das schon», antwortete sie, «gegen das, was ich euch morgen nacht erzählen werde, wenn ich dann noch lebe und mich der König verschont ...»

Die fünfundvierzigste Nacht

aus der Geschichte von Tausendundeiner Nacht

Und als die nächste Nacht gekommen war, sagte Dinarasad zu ihrer Schwester Schahrasad: «Wenn du nicht schläfst, so erzähle uns doch eine deiner Geschichten!» – «Einverstanden», antwortete sie.

Man hat erzählt, o König, daß der zweite Bettelmönch zu der Dame sagte:

Nachdem der Ifrit erschienen war, fackelte er nicht lange, sondern packte mich und flog mit mir aus dem Zimmer. Eine Zeitlang stiegen wir immer höher gen Himmel, dann setzte er mich auf der Erde ab. Er stampfte mit dem Fuß, und die Erde tat sich auf. Ich wurde unter die Erde gezogen und wußte eine Weile nicht, was mir geschah. Dann brachte er mich wieder an die Oberfläche, und zwar mitten in den Palast, wo ich die Nacht verbracht hatte. Sofort fiel mein Blick auf das Mädchen, das nackt, Arme und Beine ausgestreckt, am Boden lag. Blut floß von ihren Seiten. Meine Augen schwammen in Tränen bei diesem Anblick. Der Ifrit machte sie los und legte schnell eine Decke über sie. «Na, du Hure», sagte er dann zu ihr, «das ist dein Geliebter, stimmt's?» Sie sah mich an. «Ich kenne ihn nicht!» antwortete sie. «Ich habe ihn bis zu diesem Moment noch nie gesehen!» – «Wehe dir», versetzte er, «nach dieser Folter willst du immer noch nicht reden?» – «Ich kenne ihn nicht», wiederholte sie, «und ich kann ihn nicht fälschlich bezichtigen, denn du würdest ihn töten!» – «Wenn du ihn nicht kennst», sagte der Ifrit, «dann nimm dieses Schwert, und schlage ihm den Kopf ab!» Da nahm das Mädchen das Schwert und kam auf mich zu. Als sie ganz nah vor mir stand, machte ich ihr ein Zeichen mit der Augenbraue. Sie verstand meinen Wink und gab mir mit den Augen zu verstehen: «Das alles hast du angerichtet!» – «Dies ist die Zeit zum Verzeihen», bat ich sie mit einem Blick. Da schrieb ihre stumme Zunge auf die Blätter ihrer Wangen die folgenden Verse:

Tawil

«Mein Blick übersetzt, was meine Zunge nicht sagen kann,
Und zeigt meine Liebe, die ich stets zu verbergen sann.

Wir standen uns Aug' in Aug'; es war keine Träne da,
Doch schweigend erzählt mein Auge, wie meine Träne rann.

Sie blinzelt mir zu, und ich verstehe, was sie mir sagt.
Ich blinzle zurück, so daß auch sie mich verstehen kann.

Es sind unsre Augenbrau'n, die alles alleine tun.
Die Liebe – sie spricht, dabei seh'n wir uns nur schweigend an.»

Es wird berichtet: Da warf das Mädchen das Schwert von sich. «Wie soll ich jemanden töten, den ich gar nicht kenne, und mir seine Blutschuld aufladen?» sagte sie und trat einen Schritt zurück. «Es fällt dir wohl nicht leicht, ihn zu töten, nachdem er die Nacht bei dir verbracht hat?» fragte der Ifrit höhnisch. «All diese Bestrafungen hast du ausgehalten, ohne ihn zu verraten? Ich sehe schon, am Ende sehnt sich jedes Wesen nach einem Geschöpf seiner Art. Und du, menschliches Wesen», fuhr er fort, indem er sich an mich wandte, «kennst du diese Frau?» – «Wer ist sie überhaupt?» fragte ich zurück. «Ich habe sie bis zu diesem Moment noch nie gesehen.» – «Dann nimm dein Schwert, und schneide ihr damit die Kehle durch!» befahl er. «Dann glaube ich dir, daß du sie nicht kennst.» – «Einverstanden», sagte ich, nahm das Schwert und trat energisch auf sie zu.

Da erreichte das Morgengrauen Schahrasad, und sie hörte auf zu erzählen. «Ach, Schwester», seufzte Dinarasad, «wie köstlich ist deine Geschichte!» – «Was ist das schon», erwiderte sie, «gegen das, was ich euch morgen nacht erzählen werde, wenn ich bis dahin noch lebe und verschont geblieben bin ...»

Die sechsundvierzigste Nacht

aus der Geschichte von Tausendundeiner Nacht

Und als die nächste Nacht gekommen war, sagte Dinarasad zu ihrer Schwester Schahrasad: «Erzähle uns die Geschichte zu Ende!» – «Einverstanden», antwortete sie.

Es ist mir zu Ohren gekommen, o König, daß der zweite Bettelmönch zu der Dame sagte:

Ich nahm das Schwert in die Hand und trat nahe zu ihr. Da machte sie mir ein Zeichen mit ihren Augenlidern, das bedeutete: «Du bist wirklich großzügig. Das also ist mein Lohn?» Danach bewegte sie sanft ihre Augenbrauen, und ich verstand, was sie sagen wollte. «Ich werde dich mit meinem Leben freikaufen!» antwortete ich ihr mit den Augen. So blinzelten wir uns ein Weilchen zu, und unsere stummen Zungen sprachen die Verse:

«So mancher Liebste hat schon seinem Liebsten
Mit einem Blick gezeigt sein innres Wesen.

Der Blick der Augen sagte ihm ganz offen:
‹Ich weiß schon alles, was da ist gewesen.›

Wie schön steht solch ein Blick ihm zu Gesicht,
Und wenn er bei ihm ankommt: wie erlesen!

Der eine kann mit Augenlidern schreiben,
Der andre kann mit dem Augapfel lesen.»

Es wird berichtet: Ich warf das Schwert von mir und trat einen Schritt zurück. «Du grausamer Ifrit», sagte ich, «selbst wenn diese Frau schief gewachsene Rippen hätte, irrsinnig wäre und noch dazu stotterte, so würdest wohl nicht einmal du jemanden töten, den du nicht kennst! Und ich, ein Mensch und ein Mann, soll eine Frau umbringen, die ich nicht kenne? Niemals werde ich das tun, und wenn ich dafür den Tod zu schmecken bekäme!» «Ihr beide wollt mich zum Narren halten!» brüllte der Ifrit. «Ich werde euch zeigen, was eure Strafe ist!» Damit ergriff er das Schwert und versetzte ihr einen Hieb, der die Hand vom Handgelenk trennte und sie fortschleuderte. Dann schlug er ihr auch die andere Hand ab und ließ sie durch die Luft fliegen. Das Mädchen, das mit dem Tod kämpfte, schickte mir einen letzten Abschiedsblick. In diesem Moment, verehrte Herrin, wurde ich ohnmächtig und wünschte mir selbst den Tod. «Das ist die Strafe für Verräter!» sagte der Ifrit, dann wandte er sich an mich. «He, du, Mensch!» sagte er. «Nach unserem Gesetz ist eine Frau, die ihren Mann betrogen hat, nicht mehr seine rechtmäßige Ehefrau. Wir töten sie und verschonen sie nicht. Dieses Mädchen habe ich in ihrer Hochzeitsnacht entführt. Sie war gerade zwölf Jahre alt und hat keinen Mann außer mir gekannt. Ich bin alle zehn Tage einmal zu ihr gekommen und habe eine Nacht mit ihr verbracht, in der Gestalt eines Mannes aus Persien. Als mir klar war, daß sie mich betrogen hatte, habe ich sie getötet, denn sie ist nun nicht mehr meine rechtmäßige Ehefrau. Was dich betrifft», fuhr er fort, «so konnte ich mich zwar nicht davon überzeugen, daß du der Täter bist. Trotzdem werde ich dich nicht ungestraft freilassen. Wähle also, in welche Gestalt ich dich verwandeln soll, in einen Hund, einen Esel, ein Raubtier, ein Wildtier oder einen Vogel!» – «Ehrenwerter Ifrit», sagte ich – ich hoffte nämlich darauf, daß er mich freigeben würde –, «es stünde dir besser an, auf meine Bestrafung zu verzichten. Verzeihe mir, so wie der Beneidete dem Neidischen verziehen hat.» – «Wie war das denn?» wollte der Ifrit wissen. Da erzählte ich ihm:

Der Neider und der Beneidete

Die Leute behaupten, verehrter Ifrit, daß in einer Stadt einmal zwei Männer lebten. Sie wohnten Haus an Haus, nur eine Wand trennte sie voneinander. Der eine der beiden war eifersüchtig auf den anderen, sein böser Blick traf ihn ständig, und er tat alles Mögliche, um ihm zu schaden. Vor lauter Eifersucht konnte er kaum noch essen und schlafen. Dabei ging es dem Beneideten immer besser, und alles, was er anfaßte, wuchs und gedieh. ❧ Als der Beneidete erfuhr, daß sein Nachbar neidisch war und ihm zu schaden versuchte, zog er aus seiner Nachbarschaft fort. «Bei Gott, ich würde seinetwegen die ganze Welt hinter mir lassen», sagte er, verließ die Gegend und ließ sich in einer anderen Stadt nieder. Dort erwarb er ein Stück Land, auf dem sich ein alter Schöpfbrunnen befand. Er baute dort ein kleines Kloster, kaufte Matten und alles, was er sonst noch brauchte, und widmete sich ganz dem Gottesdienst. Bald kamen von überallher die Armen zu ihm, und in jener Stadt verbreitete sich sein guter Ruf. Etwas später erfuhr auch sein neidischer Nachbar davon, daß er soviel Gutes getan und bewirkt hatte und daß sogar die Obersten der Stadt ihn regelmäßig besuchten. Der Nachbar machte sich auf, reiste in die andere Stadt und ging geradewegs zu dem Kloster. ❧ Freundlich empfing ihn sein beneideter Nachbar. Er freute sich und erwies ihm alle Ehrerbietung. «Ich habe etwas mit dir zu besprechen», sagte der neidische Nachbar, «darum bin ich hergekommen. Ich möchte es dir in Ruhe erzählen, bitte steh auf, und laß uns ein wenig in deinem Kloster spazierengehen!» Der Beneidete stand auf, und der Eifersüchtige ergriff seine Hand. So spazierten sie gemeinsam durch das Kloster. Als sie alles betrachtet hatten, sagte der Eifersüchtige: «Lieber Bruder, sag deinen Armen, daß sie auf ihre

Zimmer gehen sollen. Ich möchte mit dir unter vier Augen reden, ohne daß uns jemand zuhört!» – «Geht auf eure Zimmer», sagte der Beneidete zu den Armen, und sie taten es. «Jetzt werde ich dir, wie gesagt, meine Geschichte erzählen!» sagte der Nachbar, dabei ging er langsam, langsam immer weiter, bis er ihn zu dem alten Brunnen geführt hatte. Da gab der Neider dem Beneideten einen Stoß und warf ihn in den Brunnen hinab. Niemand hatte die Tat bemerkt, und so verließ er das Kloster und ging seiner Wege, in dem sicheren Glauben, ihn umgebracht zu haben.

Da erreichte das Morgengrauen Schahrasad, und sie hörte auf zu erzählen. «Wie köstlich und wie aufregend ist deine Geschichte!» sagte Dinarasad. «Was ist das schon», erwiderte sie, «gegen das, was ich euch morgen nacht erzählen werde, wenn ich bis dahin noch lebe und verschont geblieben bin ...»

Die siebenundvierzigste Nacht

aus der Geschichte von Tausendundeiner Nacht

Und als die nächste Nacht gekommen war, sagte Dinarasad zu ihrer Schwester Schahrasad: «Ach, Schwester, wenn du nicht schläfst, so erzähle uns doch, wie es dem Neidischen weiter ergangen ist, nachdem er den Beneideten hinunterwarf!» – «Einverstanden», antwortete sie.

Die Leute behaupten, o König, daß der zweite Bettelmönch zu der Dame sagte:

Ich erzählte also dem Ifrit weiter:

Mir ist zu Ohren gekommen, ehrenwerter Ifrit, daß der Neider den Beneideten in den alten Brunnen hinunterwarf. Dieser Brunnen aber war von Dschinnen bewohnt. Nun liefen die Dschinnen zusammen, einer nach dem anderen gesellte sich dazu, und als sie alle versammelt waren, setzten sie ihn auf einen Felsvorsprung und fragten einander: «Wißt ihr, wer er ist?» – «Nein», antworteten alle, nur einer sagte: «Das ist doch der Mann, der beneidet wurde und vor seinem Neider floh. Er hat in unserer Stadt dieses Kloster hier errichtet. Wir hören es gern, wenn er Gottes Namen ausruft und den Koran singt. Jetzt ist der Eifersüchtige ihn besuchen gekommen.

Er wollte ihn überlisten, schließlich hat er ihn zu euch Dschinnen hinabgeworfen. Gerade heute abend hat der Sultan dieser Stadt von ihm gehört und hat sich vorgenommen, ihn am morgigen Tag aufzusuchen, und zwar wegen seiner Tochter.» – «Was hat denn der Sultan für einen Kummer mit seiner Tochter?» fragte ein anderer. «Die Tochter ist von einem bösen Dämon besessen», sagte er. «Maimun Ibn Damdam hat sich in sie verliebt. Wenn unser Freund hier wüßte, wie sie zu heilen ist, würde sie wieder gesund. Ihre Heilung ist sogar sehr einfach!» – «Wie kann sie denn geheilt werden?» fragten die anderen, und der Dschinni antwortete: «Die schwarze Katze, die bei ihm im Kloster lebt, hat am Ende ihres Schwanzes einen weißen Punkt, so groß wie ein Dirham. Er muß ihr von dieser Stelle sieben weiße Haare ausreißen. Wenn er sie verbrennt, läßt der Marid von ihr ab und kommt niemals wieder. Sie ist dann sofort geheilt!» Alles das geschah, ehrenwerter Ifrit, während der Beneidete aufmerksam zuhörte. Als nun der nächste Morgen graute und die Morgendämmerung aufstieg, kamen die Armen wieder zu ihrem Scheich und fanden ihn vor, wie er gerade wieder aus dem Brunnen stieg. Da wurde er in ihren Augen noch mächtiger. Der Beneidete besaß nur ein einziges Haustier, nämlich die schwarze Katze. Er rupfte ihr aus dem weißen Punkt an der Schwanzspitze sieben Haare aus und steckte sie zu sich. Die Sonne war noch nicht aufgegangen, als schon der König mit seiner ganzen Armee eintraf. Zu Ehren des Scheichs stieg der König vom Pferd, ebenso taten es die führenden Männer seines Hofstaates. Dem Heer aber befahl er, zu Pferde stillzustehen. Als der König zu dem Beneideten hereintrat, begrüßte ihn dieser freundlich und zog ihn nahe zu sich heran. «Soll ich dir verraten, warum du hierhergekommen bist?» fragte er ihn. Der König bejahte. «Du hast mich aufgesucht, um mich wegen deiner Tochter zu befragen!» sagte der Beneidete. «O ja, das ist richtig, du ehrenwerter, frommer Scheich!» erwiderte der König. «Schicke jemanden, der sie herbringt», sagte der Scheich, «mit Gottes Hilfe soll sie noch in dieser Stunde geheilt werden!» Der König war darüber äußerst erfreut. Sogleich schickte er nach seiner Tochter, und man brachte sie herbei. Sie war gefesselt und gebunden. Der Beneidete ließ sie sich setzen, hüllte sie in eine Decke, zog dann die Haare heraus und beräucherte sie damit. Da schrie der Dämon, der ihren Kopf besessen hatte, laut auf und flog von ihr fort. Sogleich gewann das Mädchen ihren Verstand zurück. Sie verhüllte ihr Gesicht und fragte: «Was ist geschehen? Wer hat mich hierhergebracht?» Der Sultan war außer sich vor Freude. Er küßte sie auf beide Augen, dann küßte er dem beneideten Scheich die Hand. «Was meint ihr?» wandte er sich an die Obersten seines Hofstaats. «Was hat derjenige verdient, der meine Tochter geheilt hat?» – «Daß du sie ihm zur Frau gibst!» antworteten sie. «Ihr habt recht», sagte er und verheiratete sie auf der Stelle mit ihm. So wurde der Beneidete zum Schwiegersohn des Königs. Kurze Zeit später starb der Wesir des Königs, und er fragte seine Hofleute: «Wen sollen wir zum neuen Wesir ernennen?» – «Deinen Schwiegersohn», sagten sie. Noch eine Zeit danach starb auch der König, und sie fragten: «Wen sollen wir zum Sultan machen?» – «Den Wesir», sagten alle. So machten sie den Beneideten zum Sultan, und er wurde ein Herrscher und Richter. Eines Tages nun war er mit seinem Gefolge unterwegs –

Da erreichte das Morgengrauen Schahrasad, und sie hörte auf zu erzählen. «Wie köstlich und wie aufregend ist deine Geschichte!» sagte Dinarasad. «Was ist das schon», erwiderte sie, «gegen das, was ich euch morgen nacht erzählen werde, wenn ich dann noch lebe und mich der König verschont ...»

Die achtundvierzigste Nacht

aus der Geschichte von Tausendundeiner Nacht

Und als die nächste Nacht gekommen war, sagte Dinarasad: «Ach, Schwester, wenn du nicht schläfst, so erzähle uns doch, was mit dem Neidischen und dem Beneideten weiter geschehen ist!» – «Einverstanden», antwortete sie.

Es ist mir zu Ohren gekommen, o König, daß der zweite Bettelmönch der Dame berichtete, wie er dem Ifrit erzählte:

Eines Tages ging der Eifersüchtige so seiner Wege, und wer begegnete ihm da? Der Beneidete, hoch zu Roß, umringt von seinen Emiren und Wesiren und Ministern. Sein Blick fiel auf den, der ihn all die Jahre mit seiner Eifersucht verfolgt hatte. «Bring diesen Mann zu mir», wandte er sich an einen seiner Wesire, «aber ohne ihn zu erschrecken und ohne ihn in Angst zu versetzen!» Der Wesir verschwand und kehrte mit dem Eifersüchtigen, dem ehemaligen Nachbarn, zu ihm zurück. «Gebt ihm tausend Mithkal aus meiner Schatzkammer, und ladet ihm zwanzig Kamelladungen von den Handelswaren auf, mit denen er handelt», ordnete der König an, «dann gebt ihm ein paar Wachleute mit, die ihn zurück in sein Heimatland begleiten.» Nachdem er all dies angeordnet hatte, sagte der Beneidete seinem Neider Lebewohl und zog sich zurück, ohne ihn für das, was dieser ihm angetan hatte, zu bestrafen. Schau nur, lieber Ifrit, wie gnädig der Beneidete dem Eifersüchtigen alles verziehen hat! Und das, obwohl jener von Anfang an neidisch gegen ihn gesinnt war, ihm später nachgereist war und ihn in den Brunnen geworfen hatte, um ihn zu töten. Dennoch hat er ihm seine Übeltaten nicht heimgezahlt, sondern er hat ihm vergeben und darauf verzichtet, ihn zu bestrafen.

Dann, verehrte Herrin – fuhr der zweite Bettelmönch fort –, brach ich in Tränen aus. Ich weinte bitterlich und stimmte die folgenden Verse an:

«Verzeih dem Sünder, denn manch strenger Richter
Schenkte den Sündern trotz ihrer Sünden das Leben.

Ich habe alle Arten von Schuld auf mich geladen,
So mögest du jetzt alle Arten von Gnade mir geben!

Wer will, daß ihm ein Stärkerer verzeiht,
Der soll erst selbst dem Schwächeren vergeben.»

«Also gut», sagte der Ifrit, «ich werde dich nicht töten. Aber ich kann dir auch nicht einfach verzeihen und dich unversehrt laufenlassen. Ich habe darauf verzichtet, dich zu töten, jetzt werde ich dich statt dessen verzaubern.» Mit diesen Worten riß er mich wieder in die Luft und flog mit mir in die Höhe, daß die Welt unter mir so klein wie weiße Wolken aussah. Auf einem Berggipfel setzte er mich ab. Er hob eine Handvoll Staub auf, murmelte Zauberformeln darüber und warf ihn auf mich. Dazu sprach er die Worte: «Tritt heraus aus deiner jetzigen Gestalt, und schlüpfe in die Gestalt eines Affen!» Sofort wurde ich zu einem Affen. Er aber ging davon und ließ mich allein. Nachdem ich derart verwandelt worden war, mußte ich über mich selbst weinen. Ich verfluchte die Welt, die niemandem freundlich gesinnt war. Dann stand ich auf und stieg von dem Berg hinab. Unten fand ich eine weitläufige Wüstenlandschaft vor, die ich einen ganzen Monat durchwanderte. Endlich gelangte ich an einen Meeresstrand. Wie ich dort am Ufer stand und mich umsah, bemerkte ich auf dem

Wasser ein Schiff, das unter gutem Wind dahinsegelte und die Wogen des Meeres durchschnitt. Ich griff nach dem Ast eines Baumes, brach ihn ab und begann, mit dem Ast zu dem Schiff hinüberzuwinken. Immer wieder lief ich vor dem Schiff hin und her, dabei wedelte ich mit dem Ast und zeigte damit in Richtung des Schiffes. Eine Zunge zum Reden hatte ich ja nicht mehr. Ich war schon völlig verzweifelt, als das Schiff plötzlich seinen Kurs änderte und auf das Ufer zusegelte. Es legte am Ufer an. Ich sah, daß es ein großes Schiff war, auf dem viele verschiedene Kaufleute fuhren. Es war mit Handelswaren und Gewürzen beladen. Als die Kaufleute mich sahen, sagten sie zu ihrem Kapitän: «Wegen eines Affen hast du uns und unsere Ladung in Gefahr gebracht! Affen bringen doch nur Unglück, sie rauben Gottes Segen von jedem Ort, an dem sie sind!» – «Ich werde den Affen töten», sagte einer von ihnen. «Ich schieße einen Pfeil auf ihn ab», sagte ein anderer. «Nein», schlug ein dritter vor, «wir wollen ihn ertränken!» Als ich ihre Worte hörte, machte ich einen großen Satz und sprang auf den Kapitän zu. Wie jemand, der flehentlich um Hilfe bittet, ergriff ich den Saum seines Gewandes. Dabei weinte ich, und Tränen flossen mir über die Wangen. Der Kapitän und die anderen Anwesenden wunderten sich über mein Verhalten. Einige bekamen Mitleid mit mir. «Ihr Kaufleute!» sagte der Kapitän. «Dieser Affe hat um meine Hilfe gebeten, und ich werde ihn in Obhut nehmen. Er steht unter meinem Schutz. Ich warne euch! Wenn einer von euch es auch nur wagt, ihn mit einem spitzen Dorn zu ärgern, wird zwischen ihm und mir Feindschaft ausbrechen.» Nun begann der Kapitän, freundlich auf mich einzureden. Ich verstand jedes Wort, das er sprach, und tat alles, was er sagte, nur meine Zunge gehorchte mir nicht, so konnte ich ihm nicht antworten. Fünfzig Tage lang segelten wir daraufhin weiter; Wind und Wetter waren unserem Schiff günstig. Schließlich gelangten wir zu einer großen, weit ausgedehnten Stadt mit vielen Bewohnern. Unzählige Menschen drängten sich darin. Ihr Hafen war bis zur Vollkommenheit ausgebaut, und als unser Schiff ins Hafenbecken einfuhr, kamen uns auch schon Boten vom König jener Stadt entgegen und bestiegen unser Schiff. «Verehrte Kaufleute», sagten sie zu uns, «unser Sultan beglückwünscht euch zu eurer wohlbehaltenen Ankunft und läßt euch folgendes mitteilen: ‹Nehmt diese Schriftrolle aus Papier. Jeder von euch soll darauf eine Zeile schreiben.› Es ist nämlich so», erklärten uns die Boten, «daß der König einen Wesir hatte, der in der Schriftkunst und in allen Wissenschaften sehr bewandert war. Dieser Wesir ist gestorben, und der Sultan hat heilige Eide geschworen, daß er keinen zum neuen Wesir ernennen wird, der nicht genauso schön schreiben kann wie der frühere Wesir.» Mit diesen Worten übergaben sie den Kaufleuten eine Papierrolle von zehn Ellen Länge und einer Elle Breite. Jeder, der schreiben konnte, schrieb etwas darauf, bis zum letzten Mann. Da sprang ich auf und schnappte die Papierrolle aus ihren Händen. Die Kaufleute beschimpften mich und schrien auf mich ein. Sie glaubten, ich wollte die Rolle ins Meer werfen oder zerreißen, aber ich machte ihnen durch Gebärden deutlich, daß auch ich etwas hineinschreiben wollte. Die Kaufleute waren völlig verblüfft. «Einen Affen, der schreiben kann, haben wir noch nie gesehen», wunderten sie sich. «Laßt ihn schreiben, was er will», bestimmte der Kapitän. «Wenn seine Schrift häßlich ist, verstoße ich ihn und töte ihn auf der Stelle. Wenn er aber schön schreiben kann, dann nehme ich ihn als meinen eigenen Sohn an. Ich habe nämlich noch niemanden getroffen, der klüger und gebildeter ist als dieser Affe. Ich würde mir wünschen, daß mein eigener Sohn so klug und so gebildet wäre wie er.» Ich nahm also das Schreibrohr zur Hand, tauchte es ins Tintenfaß und schrieb in der Schrift, die Rikaa genannt wird, die beiden Verse:

«Hätt' das Schicksal aller edlen Menschen Güte aufgeschrieben,
Deine Güte löschte alles, was es sich zu schreiben mühte.

Möge Gott doch nie die Welt durch deinen Tod zu Waisen machen,
Denn du bist der wahre Vater und die Mutter aller Güte.»

Es wird berichtet: Danach schrieb ich in der Schriftart Muhakkak die folgenden Verse darunter:

«Durch sein Schreibrohr half und nützte er der ganzen Welt:
Kein Land wurde vorgezogen, keines mußte nur verzichten.

Nicht einmal der Nil Ägyptens ist so mächtig wie dies Schreibrohr,
Dessen Schreiber mit fünf Fingern ganze Städte kann vernichten.»

Es wird berichtet: Darunter schrieb ich diese Verse in der Schriftart, die man Rihan nennt:

«Wer mit mir schreibt, das schwöre ich
Beim Einen, ewig reinen Gott,

Der wird kein Strichlein schreiben, das
Dem Nächsten raubt sein täglich Brot.»

Es wird berichtet: Danach schrieb ich in der Schriftart Naskhi die folgenden Verse:

«Keinen Schreiber gibt's, der nicht muß sterben und verderben,
Doch was seine Hände schrieben, das bewahrt die Zeit.

Darum schreib mit deiner Hand nichts anderes als etwas,
Das dich auch am Tag der Auferstehung noch erfreut!»

Es wird berichtet: Nun schrieb ich die folgenden Verse in Thuluth-Schrift:

«Als uns die Trennung quälte und wir dazu
Verurteilt waren, in den bösen Tagen,

Da floh'n wir zu der Tintenfässer Münder,
Um mit des Schreibrohrs Zunge dort zu klagen.»

Es wird berichtet: Schließlich schrieb ich in der Schrift, die Tumar genannt wird, die Verse darunter:

«Wenn du das Tintenfaß der guten Taten öffnest,
Dann laß die Tinte lauter Edelmut und Güte sein.

Und schreibe Gutes, wenn du kannst, dann steh'n für deine Güte
Des Schwertes und des Schreibrohrs Klinge dir als Zeugen ein.»

Es wird berichtet: Dann übergab ich ihnen die Schriftrolle. Sie alle waren bis zum äußersten erstaunt über das, was ich getan hatte. Sie nahmen die Rolle –

Da erreichte das Morgengrauen Schahrasad, und sie hörte auf zu erzählen. «Ach, Schwester», seufzte Dinarasad, «wie köstlich und wie spannend ist deine Geschichte!» – «Was ist das schon», erwiderte sie, «gegen das, was ich euch morgen nacht erzählen werde, wenn ich bis dahin noch lebe und verschont geblieben bin …»

Die neunundvierzigste Nacht

aus der Geschichte von Tausendundeiner Nacht

Und als die nächste Nacht gekommen war, sagte Dinarasad: «Ach, Schwester, erzähle uns doch die Geschichte zu Ende!» – «Einverstanden!» sagte sie.

Man hat erzählt, o glücklicher König, daß der zweite Bettelmönch der Dame erzählte, wie die Hofleute des Königs die Rolle entgegennahmen und sie dem Sultan überbrachten. Dieser sah die Schrift, und sie gefiel ihm. «Geht zu dem, der diese sieben verschiedenen Schriftarten geschrieben hat», befahl er, «bringt ihm von mir diese Maultierstute und dieses Gewand!» Die Boten mußten darüber lächeln, worüber der König zornig wurde. «O König der Zeit und Herr dieser Epoche und Lebenszeit», erklärten sie ihm, «der Schreiber dieser Zeilen ist ein Affe!» – «Ist das wahr?» wunderte sich der König. «Ja, bei deiner Güte», bekräftigten sie, «das hat ein Affe geschrieben.» – «Diesen Affen möchte ich sehen!» erwiderte der König, der darüber in äußerste Verwunderung geriet. Er sandte seine Boten aus und gab ihnen das Maultier und das Gewand mit. «Bringt mir den Affen!» sagte er. «Aber zieht ihm vorher den Anzug an, und setzt ihn auf das Maultier. Und bringt mir auch seinen Besitzer.» Wir saßen unterdessen auf unserem Schiff, als wir plötzlich bemerkten, daß die Boten des Königs zu uns zurückgekommen waren. Sie nahmen den Kapitän des Schiffes mit, mich aber bekleideten sie mit dem Gewand und setzten mich auf die Maultierstute. Dann liefen sie als meine Diener vor mir her. Die ganze Stadt stand meinetwegen Kopf, alle Leute kamen aus ihren Häusern, um mich zu sehen. Die Menschen drängten sich, ja, es gab nicht einen einzigen in der ganzen Stadt, der nicht herausgekommen wäre, um zu schauen. Als ich beim König ankam, war die ganze Stadt völlig aus dem Häuschen. «Der König hat einen Affen zum Wesir gemacht!» riefen die Leute. Ich aber trat zum König herein, warf mich vor ihm auf die Erde, machte drei höfliche Diener, verneigte mich dann vor den Hofbeamten und Kämmerern und ließ mich schließlich auf die Knie fallen. Alle Anwesenden waren erstaunt über meine Höflichkeit. Am meisten aber wunderte sich der König. «Das ist wirklich erstaunlich!» sagte er. Dann entließ er die Emire, und alle entfernten sich. Nur der König, ein Diener, ein junger Mamluk und ich blieben zurück. Der König ließ eine Tafel vor sich aufbauen und lud mich durch eine Handbewegung ein, mit ihm zu essen. Ich erhob mich, küßte nochmals den Erdboden, dann wusch ich meine Hände siebenmal und kniete mich wieder hin. Nachdem ich ganz manierlich etwas gegessen hatte, holte ich Tintenfaß und Schreibrohr und schrieb auf die Anrichteplatte:

«Bleib stehen bei den Kranichen im Land der Marinade,
Und weine über Leber und gegrillte Fleischroulade!

Beklag den Tod der Flughuhntöchter; auch ich beklag' ihn noch,
Gemeinsam mit dem Brathuhn und den Hähnchen in Panade.

O Kummer meines Herzens! Um die beiden Sorten Fisch
Auf den zwei Fladen Himmelsbrot, da ist es wirklich schade!

Sogar das Eigelb saß vor Kummer schon auf heißen Kohlen
In seiner Pfanne zwischen Trennungsangst und Räucherschwade!

Mein Gott, was war das Grillfleisch lecker, in der guten Zeit,
Als fröhlich tauchten Kräuter sich in Essigmarinade.

Da machte mich kein Hunger zittern, denn ich hielt mich streng
An süßes Mehlgebäck im Bläschenkranz der Fettfritade.

Geduld, mein Herz! Das Schicksal ist lauter Veränderung:
Heut' hält es uns gefangen, morgen löst es die Blockade.»

Es wird berichtet: Der König las, was ich geschrieben hatte, und wurde nachdenklich. Er ließ die Speisen vor uns abtragen und in einem gläsernen Weinkelch ein spezielles Getränk reichen. Zuerst trank der König davon, dann gab er mir den Kelch. Ich verneigte mich, trank und schrieb dann auf den Weinkelch:

«Sie brannten mich mit Feuer, um zum Reden mich zu zwingen,
Doch ich ertrug es mit Geduld und tat kein Wörtchen kund.

Um dieses Schweigens willen trug man mich hernach auf Händen,
Und küssen durft' ich alle Hübschen mitten auf den Mund.»

Es wird berichtet: Der König las das Gedicht. Verblüfft sprach er zu sich selbst: «Hätte er zu dieser Bildung noch eine menschliche Gestalt, er würde alle seine Zeitgenossen übertreffen!» Dann ließ er ein Schachbrett herbeiholen. «Spielst du?» fragte er mich mit einer Handbewegung. Ich verneigte mich und antwortete mit einem Kopfnicken: «Gerne!» Wir stellten die Schachfiguren in ihre Reihen und spielten das erste Spiel. Es endete unentschieden. Das zweite Spiel gewann ich. Auch das dritte Spiel spielte ich fehlerlos und gewann. Der König wunderte sich immer mehr über mich, ich aber nahm Tintenfaß und Schreibrohr und schrieb auf das Schachbrett:

«Zwei Armeen bekämpfen sich den lieben langen Tag,
Immer stärker wird ihr Kampf, mit dem sie sich bekriegen,

Bis sie dann, sobald es über ihnen dunkel wird,
Schlafend all' in einem Bette beieinanderliegen.»

Als der König das las, staunte er und war ganz hingerissen. Eine freudige Erregung ergriff ihn. «He, Mukbil!» sagte er zu seinem Diener. «Geh zu deiner Herrin Sitt al-Husn, und richte ihr aus: ‹Dein Vater, der König, will dich sprechen!› Hole sie her, damit sie diese spannende Sache, diese aufregende Begebenheit, mit ihren eigenen Augen sehen kann!» Der Eunuch verschwand für eine Weile und kam dann mit der Königstochter zurück. Kaum hatte diese den Raum betreten und mich gesehen, zog sie einen Schleier über ihr Gesicht. «Ach, Vater», sagte sie, «ist denn dein Ehrgefühl so weit gesunken, daß du mich offen den Männern vorführst?» – «Aber liebe Tochter», erwiderte der König verwundert, «hier ist doch niemand außer diesem Mamluken, der noch ein Kind ist, und dem Eunuchen, der dich wie eine Ziehmutter aufgezogen hat, und mir, deinem Vater! Vor wem also verhüllst du dein Gesicht?» – «Vor diesem jungen Mann hier», antwortete sie, «dem Sohn des Königs Aftimarus, des Herrn der Ebenholzinsel. Er ist verzaubert worden; der Ifrit, der Sohn der Tochter des Teufels, hat ihn verhext. Seine Ehefrau, die Königstochter, hat er getötet, und ihn hat er in einen Affen verwandelt. Dieser Mensch, den du hier in Gestalt eines Affen vor dir siehst, ist in Wirklichkeit ein äußerst kluger, gebildeter, verständiger und gütiger junger Mann!» Der König sah mich fassungslos an. «Ist es wahr, was meine Tochter gesagt hat?» fragte er mich. Ich nickte. «Ich beschwöre dich bei Gott, mein Kind», wandte sich der König an seine Tochter, «sag mir, woher du weißt, daß er verzaubert ist!» – «Lieber Vater», erwiderte sie, «als ich noch klein war, ist eine alte Frau, eine Hexe und Zauberin, häufig bei mir gewesen. Sie hat mich das Zauberhandwerk gelehrt, ich habe alles auswendiggelernt und mir gemerkt, bis ich siebzig Zauberkünste beherrschte. Die kleinste dieser Künste ist so stark, daß ich damit, noch bevor dieser Augenblick vergeht, alle Steine deiner Stadt hinter den Berg Kaf und hinter den Ozean, der die Welt umschließt, versetzen könnte!» Der König staunte. «Großer Gott!» sagte er. «Du, mein einziges Kind, besitzt solche Fähigkeiten, ohne daß ich davon wußte? Bei deinem Leben beschwöre ich dich: Erlöse ihn, damit ich ihn zum Wesir ernennen und dir zum Mann geben kann!» – «Mit Vergnügen!» erwiderte sie, griff zu einem Messer aus Eisen –

Da erreichte das Morgengrauen Schahrasad, und sie hörte auf zu erzählen. «Ach, Schwester», seufzte Dinarasad, «wie köstlich und wie aufregend ist deine Geschichte!» – «Was ist das schon», erwiderte sie, «gegen das, was ich euch morgen nacht erzählen werde, wenn ich dann noch lebe und mich der König verschont ...»

Die fünfzigste Nacht

aus Tausendundeiner Nacht

Und als die nächste Nacht gekommen war, sagte Dinarasad zu ihrer Schwester Schahrasad: «Ach, Schwester, wenn du nicht schläfst, so erzähle uns doch eine deiner schönen Geschichten!» – «Einverstanden!» antwortete sie.

Es ist mir zu Ohren gekommen, o König, daß der zweite Bettelmönch zu der Dame sagte, daß das Mädchen, die Königstochter, aufstand und ein Messer aus Eisen zur Hand nahm, auf dem allerlei Namen in hebräischer Schrift eingraviert waren. Sie zog mitten im Palast einen Kreis, auf dessen Linie sie in Kufi-Schrift Namen und magische Talismane ritzte. Dazu murmelte sie Zaubersprüche und Beschwörungsformeln. Eine kurze Weile verging. Dann sahen wir die Welt um uns herum dunkel werden, und die Luft wurde schwarz vor unseren Augen. Wir glaubten, der Himmel würde über uns einstürzen. Regungslos standen wir da. Da kam der Ifrit zu uns herabgeflogen, und zwar in Gestalt eines Löwen, so groß wie ein Kalb. Wir gerieten in Angst und Schrecken und fürchteten uns vor ihm. «Scher dich davon, du Hund!» rief das Mädchen. «Du treuloses Weib, du hast mich betrogen! Du hast den Eid gebrochen!» schimpfte der Ifrit. «Haben wir einander nicht geschworen, uns in Ruhe zu lassen?» – «Verfluchter Kerl!» erwiderte das Mädchen. «Glaubst du etwa, daß ich mich auf deine Schwüre verlasse?» – «Dann nimm, was du verdient hast!» brüllte der Ifrit, riß sein Maul auf und stürzte sich auf das Mädchen. Doch sie war schneller. Sie zupfte sich eines ihrer Haare vom Kopf, schwenkte es hin und her und bewegte ihre Lippen zu einem unverständlichen Spruch. Da verwandelte sich das Haar in ein scharfes Schwert, mit dem sie dem Löwen einen Schlag versetzte und ihn in zwei Hälften spaltete. Die beiden Hälften flogen auseinander. Übrig blieb der Kopf des Löwen, der verwandelte sich in einen Skorpion. Sogleich verwandelte sich auch das Mädchen in eine gewaltige Schlange. Eine Zeitlang rangen die beiden heftig miteinander. Dann verwandelte sich der Skorpion in einen Geier und flog aus dem Palast. Die Schlange schlüpfte in die Gestalt eines Adlers und flog hinterdrein, um den Geier einzuholen. Beide waren für eine Weile verschwunden. Dann tat sich plötzlich der Erdboden auf, und aus dem Spalt sprang eine schwarz und weiß gefleckte Katze. Sie schrie und schnaubte fürchterlich. Hinter der gefleckten Katze kam ein schwarzer Wolf aus dem Spalt hervor. Die beiden Tiere kämpften miteinander im Schloß, bis der Wolf schließlich die Katze besiegt hatte. Da schrie die Katze laut auf und verwandelte sich in einen Wurm, der auf der Erde entlangkroch. Neben dem Springbrunnen lag ein Granatapfel, in diesen bohrte sich der Wurm hinein. Auf einmal schwoll der Granatapfel an, bis er so groß war wie eine gestreifte Wassermelone. In diesem Moment verwandelte sich der Wolf in einen weißen Hahn. Der Granatapfel aber erhob sich in die Luft, schwebte in die runde Kuppel über der Halle und stürzte dann auf den marmornen Fußboden des Palastes nieder. Dort brach er auseinander, und alle seine Kerne verteilten sich über den Fußboden. Schnell machte sich der Hahn darüber her. Er pickte alle Kerne auf, bis nur noch ein einziger übrig war, der lag versteckt auf dem Rand des Springbrunnens. Der Hahn schrie und krähte, schlug mit den Flügeln und machte uns mit dem Schnabel Zeichen, wie um zu fragen: «Ist noch ein Kern übriggeblieben?» Aber wir verstanden nicht, was er uns sagen wollte. Da stieß der Hahn einen solch schrillen Schrei aus, daß wir glaubten, der ganze Palast würde über uns einstürzen. Dann, als er sich zufällig umwandte, entdeckte er den letzten Granatapfelkern auf dem Springbrunnenrand. Er stürzte darauf zu, um ihn aufzupicken –

Da erreichte das Morgengrauen Schahrasad, und sie hörte auf zu erzählen. «Ach, Schwester», seufzte Dinarasad, «wie köstlich und wie spannend ist deine Geschichte!» – «Was ist das schon», erwiderte sie, «gegen das, was ich euch morgen nacht erzählen werde, wenn ich dann noch lebe und mich der König verschont …»

Die einundfünfzigste Nacht

aus der Geschichte von Tausendundeiner Nacht

Und als die nächste Nacht gekommen war, sagte Dinarasad zu ihrer Schwester Schahrasad: «Ach, Schwester, wenn du nicht schläfst, so erzähle uns doch den Rest deiner Geschichte!» – «Mit Vergnügen!» erwiderte sie.

Es ist mir zu Ohren gekommen, o König, daß der zweite Bettelmönch zu der Dame sagte:

Dann, verehrte Herrin, geschah folgendes: Der Hahn freute sich und wollte den Granatapfelkern aufpicken. Da aber war der Kern schon in den Springbrunnen gefallen, wo er sich in einen Fisch verwandelte und im Wasser umherschwamm. Sofort verwandelte sich der Hahn in einen größeren Fisch und tauchte dem anderen Fisch hinterher. Beide tauchten immer tiefer, bohrten sich ins Erdreich hinein und waren für zwei Stunden verschwunden. Plötzlich hörten wir einen Schrei, ein Geheul und fürchterliches Gebrüll. Wir erschraken zu Tode. Nach einer kurzen Weile tauchte der Ifrit wieder auf. Er war bedeckt von lodernden Flammen. Hinter ihm kam das Mädchen, auch sie stand in Flammen. Der Ifrit blies aus seinem Mund eine prasselnde Feuerglut; aus seinen Augen schlugen Flammen, und aus seinen Nasenlöchern und den anderen Atemöffnungen loderte das Feuer. Die beiden kämpften miteinander, bis die Flammen sie völlig einschlossen und der ganze Palast von Rauch erfüllt war. Wir drohten schon zu ersticken und sahen unserem Verderben ins Auge. Wir litten Todesängste, ja, wir glaubten bereits, dem Tod rettungslos ausgeliefert zu sein. Immer heißer wurde das Feuer, und die Flammen schlugen immer höher. «Es gibt keine Kraft und keine Stärke außer bei Gott, dem Erhabenen und Mächtigen!» sagten wir und ergaben uns in unser

Schicksal. Nach einer Weile, wir wußten nicht, wie es geschah, kam der Ifrit plötzlich aus dem Flammenmeer hervor. Er machte einen großen Sprung und stand unmittelbar vor uns in der gewölbten Halle. Noch immer stand er in Flammen. Der Ifrit blies uns seinen Feueratem ins Gesicht, doch sofort packte ihn das Mädchen und schrie auf ihn ein. Von den Funken, die uns der Ifrit ins Gesicht geblasen hatte, hatte aber schon einer mein rechtes Auge getroffen und geblendet – das alles geschah, während ich mich noch in der Gestalt eines Affen befand –, ein anderer Funke hatte den König getroffen und versengte eine Hälfte seines Gesichtes, seinen Bart und seinen Gaumen, auch fiel ihm eine Reihe Zähne aus. Ein dritter Funke traf den Diener auf die Brust. Er verbrannte und starb auf der Stelle. Nun waren wir sicher, daß auch wir sterben würden. Wir hatten unser Leben schon aufgegeben, da hörten wir eine Stimme rufen: «Allahu akbar! Gott ist der Größte! Gott hat den Sieg verliehen, Gott ist der Sieger! Die Ungläubigen sind besiegt!» Es war die Königstochter, die den Ifrit bezwungen hatte. Als wir hinschauten, sahen wir, daß er zu einem Haufen Asche geworden war. Das Mädchen kam auf uns zu. «Bringt mir eine Tasse mit Wasser», bat sie, dann sprach sie die Formel: «Du sollst erlöst sein, durch die Macht und Magie des Namens Gottes, des Allerhöchsten!» Dabei sprengte sie Wasser auf mich, und ich schüttelte mich und war wieder ein Mensch aus Fleisch und Blut. Dann begann das Mädchen zu stöhnen. «Es brennt! Es brennt!» jammerte sie. «Ach, Vater, du wirst mir fehlen! Ich werde nicht mehr lange leben, weil mich ein Flammenpfeil von ihm getroffen hat. Ich bin ja den Kampf gegen Dschinnen nicht gewöhnt. Dennoch hat er mir keine großen Mühen bereitet, bis zu dem Moment, als der Granatapfel auseinandergebrochen ist und ich zu einem Hahn geworden bin, um die Kerne aufzupicken. Einen einzigen Kern habe ich übersehen, und gerade in diesem Kern steckte der Lebensgeist des Ifrit. Hätte ich diesen Kern noch aufgepickt, so hätte ich ihn gleich getötet. Aber ich konnte ihn nicht sehen, und so mußte dieser Kampf stattfinden, unter der Erde und zwischen Luft und Himmel. Jedesmal, wenn er einen neuen Trick aus seinen Zauberkünsten angewendet hat, habe ich ihn unwirksam gemacht und selber eine andere, stärkere Zauberkunst gegen ihn gebraucht. Das ist so weit gegangen, bis ich zur Zauberkunst des Feuers gegriffen habe. Diese Zauberkunst wird selten angewandt, und wer sie gebraucht, überlebt es meist nicht. Aber weil ich geschickter bin als er, ist es mir gelungen, ihn zu töten; das Schicksal hat mir geholfen. Ach», schloß sie mit einem Seufzer, «nun soll Gott euch über meinen Verlust hinwegtrösten!» Dann schrie sie noch einmal laut auf: «Es brennt! Es brennt!»

Da erreichte das Morgengrauen Schahrasad, und sie hörte auf zu erzählen. «Ach, Schwester», seufzte Dinarasad, «wie köstlich ist deine Geschichte!» – «Was ist das schon», erwiderte sie, «gegen das, was ich euch morgen nacht erzählen werde, wenn ich bis dahin noch lebe und verschont geblieben bin ...»

Die zweiundfünfzigste Nacht

aus der Geschichte von Tausendundeiner Nacht

Und als die nächste Nacht gekommen war, sagte Dinarasad zu ihrer Schwester Schahrasad: «Ach, Schwester, wenn du nicht schläfst, so erzähle uns doch eine deiner Geschichten!» – «Einverstanden», antwortete sie.

Es ist mir zu Ohren gekommen, o König, daß der zweite Bettelmönch zu der Dame sagte:

Die Königstochter schrie: «Es brennt! Es brennt!» – «Mein liebes Kind», sagte ihr Vater, «auch ich werde sterben. Warum sollte ich weiterleben, wo schon dein Diener auf der Stelle gestorben ist und dieser junge Mann sein Auge verloren hat?» Er begann zu weinen, und ich weinte mit ihm. Eine kurze Weile verging, dann schrie das Mädchen wieder: «Feuer! Feuer!» Da bemerkten wir, daß zwischen ihren Beinen ein Funke hing, der sie versengte. Der Funke stieg auf und glühte zwischen ihren Schenkeln. «Es brennt! Es brennt!» schrie das Mädchen, während der Funke sich an ihre Brust hängte, und sie rief immer weiter: «Hilfe! Feuer!», bis sie schließlich völlig verbrannt war und nur ein Haufen Asche von ihr übrigblieb. Bei Gott, verehrte Herrin, ich habe schwer um sie getrauert. Ich habe mir gewünscht, wieder ein Hund oder ein Affe zu sein oder lieber zu sterben, als mit ansehen zu müssen, wie dieses Mädchen leiden mußte und wie sie am Ende zu Asche verbrannte. Als ihr Vater sah, daß sie tot war, schlug er sich ins Gesicht. Auch ich tat dasselbe und schrie dazu laut auf. Da kamen die Diener und Hofbeamten herbeigelaufen und sahen den Sultan wie tot daliegen, dazu zwei Haufen Asche. Sie wußten nicht, was das bedeuten sollte. Sie schüttelten den Sultan, bis er wieder zu sich kam, und er sagte ihnen, was seiner Tochter zugestoßen war. Es war eine schreckliche Katastrophe für alle. Sieben Tage lang trauerten sie, und der König ließ über dem Aschehaufen seiner Tochter eine Grabkuppel errichten. Die Asche des Ifrit aber verstreute er in alle Winde. ☙ Dann wurde der Sultan sehr krank. Erst nach einem Monat erholte er sich wieder; auch der Bart war ihm nachgewachsen. Gott hatte ihm bestimmt, wieder gesund zu werden. Kaum ging es ihm besser, ließ er mich zu sich rufen. «Junge», sagte er zu mir, «höre, was ich dir zu sagen habe, und widersprich mir nicht, sonst bist du des Todes!» – «Sprich, mein Gebieter», antwortete ich, «ich werde dir nicht widersprechen!» – «Wir haben bis jetzt das schönste Leben geführt», sagte der König, «wir waren immer in Sicherheit vor den bösen Schlägen des Schicksals – so lange, bis dein schwarzer Stirnfleck bei uns aufgetaucht ist. Seitdem hat das Unglück uns getroffen, meine Tochter ist deinetwegen gestorben, mein Diener ebenso, und ich selbst bin nur knapp mit dem Leben davongekommen. Du allein warst der Grund für alles dieses. Von dem Moment an, als wir dich zum ersten Mal gesehen haben, ist uns nichts Gutes mehr widerfahren. Ach, hätten wir dich doch niemals getroffen! Ich wünsche», fuhr der König fort, «daß du auf der Stelle unser Land verläßt und in Frieden von uns ziehst, denn deine Rettung haben wir mit unserem Leben bezahlt. Wenn ich dich in Zukunft noch einmal sehe, werde ich dich töten!» Das schrie er mir ins Gesicht, und ich ging fort von ihm, wie blind und taub, ohne etwas zu sehen oder zu hören. ☙ Ich machte mich also auf, um aus der Stadt fortzugehen. Weinend irrte ich umher, ohne Ziel und ohne zu wissen, wohin ich mich wenden sollte. Ständig mußte ich daran denken, was geschehen und wie ich in diese Stadt gekommen war und in welchem Zustand ich sie nun wieder verließ. Der Kummer überwältigte mich. Bevor ich aus der Stadt hinausging, besuchte ich das Hammam. Dort rasierte ich mir den Bart und die Augenbrauen ab und kleidete mich, als ich das Hammam wieder verließ, in einen schwarzen Sack, wie ihn die Mönche tragen. So ging ich aufs Geratewohl hinaus. ☙ Verehrte Herrin! Ich mußte seitdem jeden Tag an diese Katastrophen denken, daß durch meine Schuld zwei Mädchen sterben mußten und mir das Auge ausgebrannt wurde. Immer wenn ich daran dachte, mußte ich heftig weinen und sang in meiner Trauer Verse wie etwa die folgenden:

«Ich bin verwirrt. Gewiß ist nur, daß ich in lauter Unglück steh'.
Es trafen mich die Schicksalsschläge von dorther, wo ich es nicht seh'.

Ich bin geduldig, bis schon der Geduld selbst die Geduld vergeht,
Ich bin geduldig und laß Gott entscheiden, wie es mir ergeh'.

Ich bin geduldig, bis Gott selbst versteht, daß ich geduldig bin,
Obwohl das Los, das ich ertrage, bittrer ist als Aloe.

Nicht bittere Geduld hat schließlich die Geduld besiegt, o nein!
Ich war so lang geduldig, bis mich die Geduld betrog, o weh!

Nicht bitteres Geschick hat schließlich mein Geschick bestimmt, o nein!
Ich war so lang Herr meines Schicksals, bis es mich betrog, o weh!

Ein jeder, der mir sagt: ‹Das Schicksal hat auch seine süßen Tage!›
Der wird den Tag noch schmecken, welcher bittrer ist als Aloe.»

Es wird berichtet: So streifte ich im Land umher und zog von Stadt zu Stadt. Ich hatte den Plan gefaßt, nach Bagdad zu wandern, da mir dort vielleicht jemand begegnen könnte, der mich zum Beherrscher der Gläubigen führen würde. Ich könnte ihm dann – so dachte ich mir – meine Geschichte erzählen und alles, was mir zugestoßen ist, vor ihm ausbreiten. Nun, heute nacht bin ich hier eingetroffen und sah diesen, meinen Bruder, am Stadttor stehen. Ich grüßte ihn und fragte ihn: «Bist du auch fremd hier?» – «Ja, ich bin ein Fremder», hat er geantwortet. Es hat nicht lange gedauert, bis auch dieser Dritte zu uns gekommen ist. Er hat uns begrüßt und gesagt: «Ich bin fremd hier!» – «Auch wir sind Fremde, genau wie du!» haben wir ihm geantwortet. Und so sind wir zusammen weitergegangen. Inzwischen ist die Nacht über uns hereingebrochen, und da hat uns unser Schicksal zu euch geführt. So sind wir zu euch gekommen, und das ist die Geschichte von meinem ausgebrannten Auge und meinem abrasierten Bart.

«Mach, daß du fortkommst, und geh deiner Wege!» sagte die Dame. «Bei Gott», erwiderte er, «ich werde nicht eher gehen, als bis ich gehört habe, was die anderen erlebt haben.» Man löste ihm also die Fesseln, und er stellte sich neben den ersten –

Da erreichte das Morgengrauen Schahrasad, und sie hörte auf zu erzählen. «Wie köstlich und wie aufregend ist diese Geschichte!» sagte ihre Schwester. «Was ist das schon», erwiderte sie, «gegen das, was ich euch morgen nacht erzählen werde, wenn ich bis dahin noch lebe und verschont geblieben bin ...»

Die dreiundfünfzigste Nacht

aus der Geschichte von Tausendundeiner Nacht

Und als die nächste Nacht gekommen war, sprach Dinarasad: «Ach, Schwester, ich beschwöre dich bei Gott, wenn du nicht schläfst, so erzähle uns doch etwas, womit wir uns unsere Nacht vertreiben können!» – «Aber es soll das Ende der Geschichte von den Bettelmönchen sein!» verlangte der König. «Einverstanden», antwortete sie.

Die Geschichte des dritten Bettelmönchs

Man hat erzählt, o König, daß der dritte Bettelmönch sagte:

Ehrenwerte und erhabene Herrin! Meine Geschichte – warum mir das Auge fehlt und mein Bart abrasiert ist – ist nicht wie die Geschichten der anderen. Sie ist viel aufregender und spannender, und zwar deshalb, weil diese meine beiden Kameraden plötzlich und unerwartet von ihrem Schicksal überrascht worden sind. Ich aber habe mein Unglück mit eigener Hand auf mich gezogen und meinen Kummer selbst hervorgerufen. Und das kam so: Mein Vater war ein mächtiger und angesehener König. Als er starb, übernahm ich die Herrschaft in seinem Königreich. Die Stadt, in der ich König war, lag am Ufer eines Meeres, das sich unterhalb unserer Stadt überall hinzog; in dem Meer lagen noch viele Inseln. Mein Name ist: König Adschib Ibn Chasib. Ich besaß eine Flotte von fünfzig Handelsschiffen, fünfzig kleinen Vergnügungsbooten und hundertfünfzig Kriegsschiffen. Eines Tages wollte ich eine Rundfahrt zu verschiedenen Inseln machen. Ich nahm Proviant für einen Monat mit und segelte davon. Nach der Rundfahrt kehrte ich in meine Stadt zurück. Kurze Zeit später ging ich zum zweiten Mal auf die Reise. Weil ich das Meer so sehr liebte, nahm ich dieses Mal für zwei Monate Proviant mit und ließ zehn Schiffe reisefertig ausrüsten. Dann segelte ich vierzig Tage lang. In der einundvierzigsten Nacht kam plötzlich Wind aus verschiedenen Richtungen auf. Die See ging hoch; ungeheure Wellen schlugen über uns zusammen. Wir hatten unser Leben schon aufgegeben, und um uns herum war es ganz finster geworden. «Das Sprichwort hat doch recht», sagte ich zu mir selbst: ‹‹Ein Leichtsinniger ist nie zu loben, auch wenn er seinen eigenen Kopf rettet.›» Wir beteten ohne Unterlaß, riefen Gott, den Erhabenen, an und flehten um Rettung. Doch die Winde stürmten weiterhin von hier und von dort auf uns ein, und die Wellen schlugen übereinander, bis der Morgen graute. Da endlich legte sich der Wind. Das Meer erstrahlte klar und rein, und die Wellen beruhigten sich. Noch eine Stunde verging, dann ging die Sonne über uns auf, und das Meer lag vor uns wie ein glattes Stück Papier. Wir legten an einer Insel an, stiegen aus dem Schiff, kochten uns etwas und aßen. Zwei Tage verbrachten wir dort, danach segelten wir wieder zehn Tage lang. Das Meer schien dabei immer größer und weiter zu werden, und das Festland entfernte sich immer mehr. Dem Kapitän kam die Gegend unbekannt vor, und er befahl dem Ausguck: «Steig in den Mastkorb, und halte Ausschau!» Dieser kletterte auf den Mast und blieb für eine Weile verschwunden. Nachdem er Ausschau gehalten hatte, kam er wieder zu uns herunter. «Kapitän!» meldete er. «Ich habe nach rechts geschaut und dort nur Himmel gesehen, der sich an die Wasseroberfläche schmiegt. Dann habe ich nach links geschaut. Dort sah ich etwas Schwarzes, Glänzendes vor uns. Das ist alles, was ich gesehen habe.» Kaum hatte der Kapitän die Worte des Ausgucks gehört, riß er seinen Turban vom Kopf, raufte sich den Bart und schlug sich ins Gesicht. «O König!» rief er. «Wir sind alle zusammen verloren! Es gibt keine Kraft und keine Stärke außer bei Gott, dem Erhabenen und Mächtigen!» Dabei brach er in Tränen aus, und auch wir weinten mit ihm. «Kapitän», baten wir dann, «erkläre uns doch, was das bedeutet!» – «Mein Herr», antwortete er, «seit dem Tag, an dem das Unwetter über uns kam, sind wir auf dem Meer herumgeirrt. Jetzt aber können wir nicht mehr umkehren, denn morgen gegen Mittag werden wir an einen schwarzen Berg gelangen, der aus einem Metall besteht, das Magnetstein genannt wird. Die Strömung des Wassers wird uns dorthin ziehen, ohne daß wir etwas dagegen tun können. Dort werden die Schiffe auseinanderfallen, und jeder einzelne Nagel wird sich an den Berg heften, denn Gott, der Erhabene, hat eine geheime Kraft in den Magnetstein gelegt, so daß das Eisen ihn liebt. Es klebt schon so viel Eisen an dem Berg, daß seine Oberfläche zum größten Teil davon bedeckt ist, denn es gibt diesen Berg seit alter Zeit, und viele Schiffe sind schon an ihm vorübergefahren. Auf dem Gipfel des Berges steht zur Meerseite hin eine Kuppel aus gelbem, andalusischem Messing. Sie wird von zehn messingnen Säulen gehalten. Oben auf der Kuppel steht ein Reiter mit seinem Pferd, ebenfalls aus Messing. Auf der Brust des

Reiters befindet sich eine Tafel aus Blei, in die magische Formeln eingraviert sind. Kein anderer als dieser Reiter ist es, o König, der die Menschen ins Verderben lockt. Würde er fallen, hätte die Menschheit Ruhe vor ihm!» Und wieder, verehrte Herrin, brach er in heftiges Schluchzen aus. Nun sahen wir dem Tod ins Auge und weinten aus Angst um unser Leben. Wir nahmen voneinander Abschied; ein jeder sagte seinem Gefährten sein Testament, in der Hoffnung, der andere möchte vielleicht überleben. In dieser Nacht taten wir kein Auge zu. Gegen Morgen waren wir schon nahe an den Magnetberg herangekommen, und am Mittag befanden wir uns am Fuße des Berges. Die Meeresströmung hatte uns gegen unseren Willen dorthin gezogen. Kaum waren unsere Schiffe am Fuß des Berges angelangt, zerfielen sie in Stücke. Die Nägel lösten sich, und alles Eisen, das auf den Schiffen war, strebte zu dem Berg und vereinigte sich mit ihm. Von unseren Leuten ertranken einige, andere konnten sich retten. Diejenigen, die gerettet wurden, wußten aber nicht voneinander. Mich, verehrte Herrin, hat Gott nur deshalb gerettet, weil Er mich unglücklich machen und quälen wollte. Ich kletterte auf eine Schiffsplanke, die der Wind zu dem Berg trieb, wo sie fest haften blieb. Da entdeckte ich einen Pfad, der den Berg hinaufführte. Wie in den Stein gehauene Stufen stieg der Pfad bis an den höchsten Gipfel.

Da erreichte das Morgengrauen Schahrasad, und sie hörte auf zu erzählen. «Ach, Schwester», seufzte Dinarasad, «wie köstlich und wie aufregend ist deine Geschichte!» – «Was ist das schon», erwiderte sie, «gegen das, was ich euch morgen nacht erzählen werde, wenn ich bis dahin noch lebe und verschont geblieben bin ...»

Die vierundfünfzigste Nacht

aus der Geschichte von Tausendundeiner Nacht

Und als die nächste Nacht gekommen war, sagte Dinarasad zu ihrer Schwester Schahrasad: «Ach, Schwester, ich beschwöre dich bei Gott, wenn du nicht schläfst, so erzähle uns doch die Geschichte des dritten Bettelmönchs zu Ende!» – «Einverstanden», sagte sie.

Mein Herr! Es ist mir zu Ohren gekommen, daß der dritte Bettelmönch der Dame erzählte:

Als ich den Weg sah, der auf den Berg hinaufführte, rief ich den Namen Gottes, des Erhabenen, an und klammerte mich eng an den Berg. Schritt für Schritt stieg ich auf. Gott, der Erhabene, hatte dem Wind erlaubt, zur Ruhe zu gehen, und half mir, wohlbehalten nach oben zu gelangen. Als ich den Gipfel erreicht hatte, hatte ich keinen anderen Gedanken als die Kuppel. Froh über meine heile Ankunft trat ich hinein. Ich reinigte mich und betete, wobei ich mich mehrmals vor Gott niederwarf, um Ihm für meine Rettung zu danken. Dann legte ich mich unter der Kuppel, die aufs Meer hinausblickte, schlafen. Im Traum erschien mir eine Gestalt. «Adschib!» sagte sie zu mir. «Wenn du erwacht bist, grabe unter deinen Füßen. Du wirst dort einen Bogen aus Messing finden, dazu drei Pfeile aus Blei mit eingravierten Talismanen. Nimm den Bogen und die Pfeile und schieße damit den Reiter von seinem Pferd. Verschaffe den Menschen endlich Ruhe vor dieser fürchterlichen Plage! Nachdem du ihn hinuntergeworfen hast, wird der Reiter ins Meer stürzen, das Pferd aber dir vor die Füße. Nimm das Pferd, und begrabe es an der Stelle, wo du den Bogen gefunden hast. Wenn du das getan hast, wird das Meer über die Ufer treten und bis an die Kuppel steigen. Sobald das Meer so hoch ist wie die Kuppel und der Berggipfel, wird ein Boot auf dich zukommen. Darin sitzt eine Figur aus Messing. Es ist aber nicht dieselbe Figur, die du ins Wasser geworfen hast. Die Figur hat zwei Ruder in den Händen. Steige zu ihr ins Boot, aber hüte dich davor, den Namen Gottes zu erwähnen. Die Figur wird dich zehn Tage lang übers Meer rudern, bis sie dich in sicheres Wasser geführt hat. Dort wirst du jemanden finden, der dich in dein Heimatland begleitet. Das wird aber nur geschehen, wenn du den Namen Gottes nicht aussprichst!» Kaum war ich aufgewacht, machte ich mich eifrig ans Werk und tat genau, was die Traumgestalt gesagt hatte. Ich schoß auf den Reiter und warf ihn vom Pferd. Der Reiter stürzte ins Meer, das Pferd mir vor die Füße. Ich nahm das Pferd und begrub es dort, wo ich den Bogen gefunden hatte. Da begann das Meer zu steigen. Es stieg immer höher, bis es mich erreicht hatte. Ich mußte gar nicht lange warten, bis ich mitten auf dem Meer ein Boot entdeckte, das auf mich zuruderte. Da dankte, pries und lobte ich Gott. Als das Boot näher kam, sah ich eine Gestalt aus Messing darin sitzen, die auf ihrer Brust eine bleierne Platte mit eingravierten magischen

Formeln und Talismanen trug. Schweigend, ohne ein Wort zu sagen, bestieg ich das Boot. Die Figur ruderte mit mir dahin, einen Tag lang und auch den zweiten Tag, bis zum neunten Tag. Da wurde ich froh, denn ich sah plötzlich Berge vor mir und Inseln und Zeichen der Rettung und wohlbehaltenen Heimkehr. Vor lauter Freude rief ich laut: «Alhamdulillah! Gott sei gepriesen! Es gibt keinen Gott außer Gott allein, Gott ist der Größte!» Doch kaum hatte ich das ausgesprochen, da kippte das Boot und warf mich hinaus ins Meer, dann kenterte es vollends und versank. Ich schwamm nun den ganzen Tag lang bis in die Nacht. Dann wurden meine Arme schwächer, und die Kraft verließ meine Schultern. Unterdessen war es Nacht geworden; ich wußte nicht mehr, wo ich war, und machte mich schon bereit, zu ertrinken und zu sterben. Doch auf einmal kam ein starker Sturm auf, das Meer wogte, und eine riesige Welle, so hoch wie ein Berg, kam auf mich zu, nahm mich auf ihren Rücken und schleuderte mich mit einem gewaltigen Schwung an Land. Alles das geschah, weil Gott meine Rettung wollte. Ich stand auf, wrang das Wasser aus meinen Kleidern und breitete sie zum Trocknen aus. Dann legte ich mich zur Ruhe und schlief lange. Am nächsten Morgen erwachte ich, zog meine Kleider wieder an und machte mich auf, um zu erkunden, auf was für einem Fleckchen Erde ich wohl gestrandet sein mochte. Ich stieß auf eine Oase mit Bäumen, ging darauf zu, umrundete sie und wanderte dann in jeder Himmelsrichtung, so weit ich konnte. Dabei entdeckte ich, daß ich mich auf einer kleinen Insel mitten im weiten Meer befand. «Es gibt keine Kraft und keine Stärke außer bei Gott, dem Erhabenen und Mächtigen!» seufzte ich, und während ich noch so grübelte über mein Schicksal und mir schon den Tod herbeiwünschte, sah ich plötzlich von Ferne ein Schiff kommen. Es waren richtige Menschen darauf, und das Schiff fuhr direkt auf meine Insel zu. Schnell sprang ich auf und kletterte auf einen Baum. Zwischen seinen Blättern hielt ich mich verborgen. Unterdessen hatte das Schiff schon angelegt. Zehn Sklaven mit Spaten und Körben in den Händen kamen von Bord und gingen in die Mitte der Insel. Dort begannen sie zu graben. Sie schaufelten die Erde fort, bis sie eine Platte freigelegt hatten. Dann kehrten sie zum Schiff zurück. Von dort holten sie Säcke mit Brot und Mehl, große Flaschen voller Butterfett und Honig, getrocknetes Ziegenfleisch, allerlei Haushaltsgeräte, Teppiche, Matten, Polster und andere Dinge, kurz: alles, was man zum Wohnen braucht. Immer wieder stiegen die Sklaven auf das Schiff und kamen beladen wieder herunter. Alles trugen sie in die Grube, die sie gegraben hatten. Sie machten so lange weiter, bis sie alles, was auf dem Schiff gewesen war, entladen hatten. Danach kamen die Sklaven noch einmal heran. In ihrer Mitte führten sie einen alten Mann. Alles, was von ihm noch übrig war, hatte Fett angesetzt, aber da war nichts mehr übrig, denn das Schicksal hatte ihm hart zugesetzt. Wie ein Stück getrocknetes Fleisch sah er aus, in einen blauen Fetzen gehüllt und so leicht, daß der Wind ihn west- und ostwärts blies. Es war, als hätte der Dichter über ihn die Verse gedichtet:

> Das Schicksal erschreckte uns heftig und rüde,
> Das Schicksal ist stark und im Schlag nimmermüde.
>
> Einst konnte ich laufen und wurde nicht schwach,
> Jetzt bin ich, obwohl ich nicht laufe, schon müde.

Neben dem Scheich, die Hand in seine Hand gelegt, ging ein junger Mann. Er war so schön, so glänzend und vollkommen, daß jeder davor erschauern mußte. Seine Gestalt war die eines frischen Zweiges oder eines Gazellenjungen, das von seiner Mutter mit fetter Milch gesäugt wird. Mit seiner Schönheit bezauberte er jedes Herz, seine Vollkommenheit raubte jeden Verstand. Er war von seiner ganzen Gestalt perfekt gebildet und übertraf durch sein Äußeres wie durch sein inneres Wesen alle anderen Menschen. Es war, als hätte der Dichter über ihn gesprochen, als er sagte:

> Die Schönheit selbst sollte sich mit ihm vergleichen,
> Da blickte die Schönheit beschämt auf die Knie.
>
> Man fragte: «Hast du, liebe Schönheit, schon einmal ...»
> Sie sagte: «... solch einen gesehen? Noch nie!»

Verehrte Herrin! Alle diese Menschen stiegen nun hinunter in die Grube. Sie waren für mehr als zwei Stunden verschwunden. Dann kamen der Scheich und die Sklaven wieder herauf, aber der junge Mann war nicht mehr bei ihnen. Sie schütteten die Erde zurück, bis alles so aussah wie zuvor, dann bestiegen sie ihr Schiff und verschwanden aus meinen Augen in die Ferne. Ich stieg von dem Baum herab zu der Stelle, an der die Grube war, und schaufelte die Erde wieder fort. Dabei ging ich geduldig zu Werk und sprach mir selbst Geduld zu, bis ich alles freigegraben und weggeschaufelt hatte. Endlich tauchte etwas auf, das aussah wie ein Mühlstein. Ich schob die Steinplatte zur Seite. Darunter wurde eine steinerne Wendeltreppe sichtbar. Verwundert und neugierig stieg ich die Treppe hinunter und fand mich in einem säuberlich hergerichteten und frisch verputzten Haus, das mit verschiedenartigen Teppichen, Betten und Seidenstoffen ausgestattet war. Auf einer erhöhten Sitzbank sah ich den Jungen sitzen. Er lehnte sich an ein rundes Kissen, in der Hand hielt er einen Fächer, und vor ihm stand ein frisch angerichtetes Festessen mit allerlei Düften, frischem Obst und duftenden Kräutern. Der Jüngling, der in dem Haus ganz allein war, wurde bei meinem Anblick leichenblaß. Ich aber grüßte ihn höflich. «Keine Angst, mein Herr», sagte ich zu ihm, «es soll dir nichts Böses geschehen, mein Liebster, ich bin doch ein Mensch wie du und überdies auch, wie du, ein Königssohn. Mir scheint, das Schicksal hat mich zu dir geführt, damit ich dir in deiner Einsamkeit Gesellschaft leiste. Erzähle mir deine Geschichte! Wie kommt es, daß du hier unter der Erde wohnst?»

Da erreichte das Morgengrauen Schahrasad, und sie hörte auf zu erzählen. «Ach, Schwester», seufzte Dinarasad, «wie schön und wie aufregend ist deine Geschichte!» – «Was ist das schon», erwiderte sie, «gegen das, was ich euch morgen nacht erzählen werde, wenn ich bis dahin noch lebe und verschont geblieben bin ...»

Die fünfundfünfzigste Nacht

aus der Geschichte von Tausendundeiner Nacht

Und als die nächste Nacht gekommen war, sagte Dinarasad zu ihrer Schwester Schahrasad: «Ach, Schwester, ich beschwöre dich bei Gott, wenn du nicht schläfst, so erzähle uns doch den Rest der Geschichte vom Königssohn und dem jungen Mann, der unter der Erde wohnte!» – «Mit Vergnügen!» antwortete sie.

Es ist mir zu Ohren gekommen, o König, daß der dritte Bettelmönch zu der Dame sagte:

Meine Dame! Nachdem ich den jungen Mann nach seiner Geschichte gefragt hatte und er sich davon überzeugt hatte, daß ich, wie er, vom menschlichen Geschlecht sei, wurde er froh. Die Farbe kehrte in sein Gesicht zurück, und er zog mich ganz nahe zu sich heran. «Bruder», sagte er, «meine Geschichte ist spannend, und das, was ich zu erzählen habe, ist etwas außerordentlich Seltsames. Es ist nämlich so, daß mein Vater ein Kaufmann war. Er handelte mit kostbaren Juwelen. Damit hatte er es zu viel Geld gebracht, er besaß Diener und Mamluken, und viele Händler fuhren in seinem Auftrag zur See. Sogar Könige waren unter seinen Kunden, und er hatte weitläufige Ländereien in seinem Besitz. Nur eines hatte er nicht: ein eigenes Kind. ❧ Eines Nachts hatte mein Vater einen Traum. In dem Traum sah er, daß er ein Kind bekommen würde, dieses Kind aber nur ein kurzes Leben vor sich hätte. Mein Vater wurde traurig, aber in derselben Nacht wurde meine Mutter mit mir schwanger. Mein Vater notierte den Tag ihrer Empfängnis genau, und als die Monate der Schwangerschaft vergangen waren, gebar mich meine Mutter. ❧ Mein Vater freute sich sehr über mich und ließ die weisen Männer und Astrologen mein Horoskop stellen. ‹Dein Kind›, sagten sie zu meinem Vater, ‹wird fünfzehn Jahre leben. Dann wird eine ungünstige Sternenkonstellation über es kommen. Gelingt es ihm, die Konstellation zu überleben, so ist es gerettet. Und das›, fuhren die Sterndeuter fort, ‹sind die Vorzeichen der gefährlichen Konstellation: Im großen Salzmeer steht ein Berg, der Magnetberg genannt wird. Auf diesem Berg steht ein Reiter aus Messing mit seinem Pferd. Er trägt eine bleierne Tafel am Hals. Stürzt dieser Reiter von seinem Pferd, so wird fünfzig Tage danach dein Sohn sterben. Der Mörder deines Sohnes wird derselbe Mensch sein, der den Reiter von seinem Pferd werfen wird. Sein Name lautet: Adschib, der Sohn des Königs Chasib.› ❧ Mein Vater wurde sehr traurig. Er zog mich groß und gab mir die beste Erziehung, während die Zeit verging und die Jahre an mir vorüberzogen, bis ich fünfzehn Jahre alt wurde. Vor zehn Tagen nun hat mein Vater die Nachricht erhalten, daß der messingne Reiter ins Meer gestürzt ist; und der, der ihn heruntergeworfen habe, sagte man ihm, sei kein anderer gewesen als ein Mensch mit Namen: König Adschib, der Sohn des Königs Chasib. Als mein Vater diese Nachricht gehört hat, ist er in Tränen ausgebrochen und hat bitterlich geweint vor Angst, sich von mir trennen zu müssen. Man hätte glauben können, er wäre verrückt geworden. Mein Vater hat dieses Schiff kommen lassen und für mich diese unterirdische Wohnung hier gebaut, in die er alles, was ich für diese Zeit benötige, gebracht hat. Von den fünfzig Tagen sind schon zehn vergangen, so daß die gefährliche Konstellation der Sterne noch vierzig Tage lang anhalten wird. Dann löst sie sich auf, und mein Vater nimmt mich wieder zu sich. Alles das tut er, damit Adschib, der Sohn des Königs Chasib, mich nicht töten kann. Das ist meine Geschichte und der Grund für meine Einsamkeit und warum ich hier so allein bin.» Ach, verehrte Herrin – fuhr der Bettelmönch fort –, nachdem er mir alles erzählt hatte und ich seine aufregende Geschichte gehört hatte, sprach ich bei mir: «Ich bin es doch selbst, der den messingnen Reiter abgeworfen hat. Ich bin Adschib, der Sohn des Königs Chasib, und ich schwöre bei Gott, daß ich ihn niemals töten werde! – Mein Herr», wandte ich mich dann an ihn, «du bist sicher vor dem Verderben und vor jedem Schaden geschützt! Mit Gottes Hilfe wird nichts, vor dem du dich fürchten müßtest, dich treffen, und keine Verwirrung wird dich stören. Ich werde bei dir bleiben, dich bedienen und dir Gesellschaft leisten in diesen vierzig Tagen. Danach werde ich dich in deine Heimat begleiten, und dann sollst du mich in mein Land ziehen lassen; Gott wird dich dafür reich belohnen.» Er freute sich über meine Worte, und ich setzte mich, unterhielt mich mit ihm und leistete ihm Gesellschaft. Als es Nacht geworden war, stand ich auf, entzündete eine Kerze und stellte drei Öllampen für ihn auf. Wir setzten uns, und ich bot ihm aus einer Schachtel Süßigkeiten an. Wir naschten beide davon. Danach unterhielt ich mich mit ihm, bis die Nacht zum größten Teil vergangen war. Dann ging er schlafen. Ich deckte ihn zu, dann legte auch ich mich nieder und schlief. Früh am nächsten Morgen stand ich auf, machte ein wenig Wasser für ihn warm und weckte ihn sanft. Nachdem er aufgewacht war, brachte ich ihm das warme Wasser. Er wusch sich das Gesicht. «Möge es dir Gott mit Gutem vergelten!» sagte er dankbar. «Mein lieber Junge, ich verspreche dir, sobald ich vor diesem Mann mit Namen Adschib Ibn Chasib in Sicherheit bin und Gott mich vor ihm bewahrt hat, werde ich dafür sorgen, daß mein Vater dir alle deine guten Taten vergilt!» – «Möge es niemals einen schlechten Tag für dich geben!» erwiderte ich. «Und möge Gott mein letztes Stündlein vor deinem schlagen lassen!» Dann brachte ich ihm etwas zu essen. Wir aßen gemeinsam. Anschließend machte ich mich daran, ihm Stäbchen für das Tab-Spiel zu schnitzen. Ich bereitete ein glattes Spielfeld vor, und wir spielten zusammen. Dann wandten wir uns freundlich einander zu und unterhielten uns eine Weile fröhlich. Wir aßen und tranken, und als es Nacht geworden war, stand ich wieder auf, zündete Licht an und brachte ihm Süßigkeiten. Wir saßen noch lange und naschten von den Süßigkeiten, dann gingen wir zu Bett. So ging es, verehrte Herrin, Tage und Nächte hindurch. Ich war schnell mit ihm vertraut geworden und hatte meinen Kummer und was mir zugestoßen war bereits vergessen. Statt dessen hatte eine große Zuneigung für ihn in meinem Herzen Platz genommen. «Die Sterndeuter haben gelogen», sprach ich zu mir selbst, «sie haben zu seinem Vater gesagt: ‹Einer mit Namen Adschib Ibn Chasib wird deinen Sohn ermorden.› Aber es ist, bei Gott, völlig ausgeschlossen, daß ich ihn töte!» Neununddreißig Tage lang bediente ich ihn, verbrachte die Abende mit ihm, leistete ihm Gesellschaft und aß und trank mit ihm. Dann brach der vierzigste Tag an. Der Jüngling freute sich, daß sein Leben gerettet war. «Siehst du, mein Bruder», sagte er zu mir, «die vierzig Tage sind nun abgelaufen. Lob sei Gott, der mich vor dem Tode errettet hat, indem er mich mit dir beglückt hat! Bei Gott, ich werde meinen Vater veranlassen, dir alles Gute zu tun und dich dann in dein Heimatland zurückzusenden. Aber zuerst, lieber Bruder, möchte ich dich noch einmal um eine Freundlichkeit bitten. Mach mir etwas Wasser warm, damit ich mich waschen und mir neue Kleider anziehen kann.» – «Mit Vergnügen!» antwortete ich, stand auf, machte Wasser für ihn warm und ging mit dem Jüngling in eine Kammer, wo ich ihn auf eine heilsame Art und Weise wusch. Ich legte ihm neue Kleider an, baute ein hohes Bett für ihn auf und warf eine Ledermatte obenauf. Der Jüngling legte sich auf das Bett und schlief, von der warmen Waschung erschöpft, sofort ein. Doch zuvor bat er mich noch: «Lieber Bruder, schneide mir doch eine Wassermelone auf, und streue viel Kandiszucker in ihren Saft!» Ich stand auf und brachte eine große, schöne Wassermelone. Die legte ich auf ein Tablett. «Mein Herr», fragte ich, «weißt du, wo das Messer ist?» – «Hier oben liegt es», antwortete er, «über dem Kopfende des Bettes, auf der hohen Kante!» Eilig stieg ich mit einem großen Schritt auf das Bett, ergriff das Messer an seinem Heft und ließ mich wieder zurückfallen. Doch dabei – so hatte es Gott beschlossen und bestimmt – rutschte mein Fuß auf der Ledermatte ab. Ich stürzte und fiel mit dem Messer in der Hand auf den Jüngling. Das Messer bohrte sich ihm mitten ins Herz. Er war sofort tot. Als ich erkannte, daß er gestorben und ich sein Mörder war, schrie ich laut auf, zerschlug mein Gesicht und zerriß meine Kleider. «O ihr Menschen, ihr Geschöpfe Gottes!» rief ich. «Von den vierzig Tagen war nur noch einer übrig, und an diesem letzten Tag mußte ihn durch meine Hand das Todesschicksal treffen! O mein Gott, ich bitte dich um Vergebung! Ach, wäre ich doch vor ihm gestorben! Statt dessen muß ich alle diese bitteren Schicksalsschläge hinunterwürgen, Schluck um Schluck! Und das alles nur, damit, wie es im Koran steht, Gott eine Sache vollbringt, die geschehen soll!»

Da erreichte das Morgengrauen Schahrasad, und sie hörte auf zu erzählen. «Wie köstlich und wie aufregend ist deine Geschichte!» sagte Dinarasad. «Was ist das schon», erwiderte sie, «gegen das, was ich euch morgen nacht erzählen werde, wenn ich bis dahin noch lebe und verschont geblieben bin ...»

Die sechsundfünfzigste Nacht

aus der Geschichte von Tausendundeiner Nacht

Und als die nächste Nacht gekommen war, sagte Dinarasad zu ihrer Schwester Schahrasad: «Ach, Schwester, wenn du nicht schläfst, so erzähle uns doch die Geschichte des dritten Bettelmönchs zu Ende!» – «Mit Vergnügen!» erwiderte sie.

Es ist mir zu Ohren gekommen, o König, daß der dritte Bettelmönch sagte:

Ach, verehrte Herrin! Nachdem mir bewußt geworden war, daß ich ihn getötet hatte und daß all das vom Himmel vorherbestimmt gewesen war, stand ich auf, stieg die Treppe hinauf, rückte die Platte wieder an ihre Stelle und bedeckte sie mit Erde. Dann richtete ich meinen Blick auf das Meer. Schon sah ich das Schiff kommen, das ihn gebracht hatte und nun kam, um ihn wieder abzuholen. Das Schiff durchkreuzte rasch die Wellen und steuerte auf die Insel zu. «Wenn sie an Land gehen und den Sohn tot vorfinden und mich, seinen Mörder, dazu, werden sie mich ganz sicher auch töten», sprach ich zu mir selbst. Also lief ich schnell zu einem der Bäume, die dort standen, kletterte hinauf und verbarg mich in seiner Krone. Kaum saß ich in meinem Versteck, war das Schiff gelandet. Die Sklaven gingen von Bord. In ihrer Mitte war wieder der alte Greis, der Vater des Jünglings, den ich ermordet hatte. Sie kamen an die bewußte Stelle, gruben die Erde weg und fanden, daß sie recht locker war. Darüber wunderten sie sich. Dann stiegen sie hinab. Es dauerte nicht lange, bis sie den Jüngling fanden. Er schien zu schlafen, noch leuchtete sein Gesicht und glänzte von der Wärme des Bades. Er war in saubere Kleider gekleidet. In seinem Herzen steckte ein Messer. So sahen sie ihn tot daliegen. Da schrien sie laut auf, schlugen sich ins Gesicht, weinten und klagten über das schreckliche Unglück. Der Vater des Jünglings fiel in eine lange und tiefe Ohnmacht, so daß die Sklaven schon glaubten, auch er wäre gestorben. Doch dann erwachte er wieder, erhob sich, und die Sklaven wickelten den Körper des Jungen in seine Kleider und stiegen aus der Grube nach oben. Sie luden alles, was in der unterirdischen Wohnung gewesen war, wieder auf das Schiff. Nun stieg auch der Alte hinauf, sah sein Kind am Boden liegen und streute Sand auf sein Haupt. Ein Sklave brachte einen mit Seide bezogenen Sessel, darauf legten sie den Scheich und trugen ihn fort, und einer setzte sich an sein Kopfende. Das alles spielte sich nirgendwo anders ab als gerade unter dem Baum, auf dem ich saß. Ich sah alles, was sie taten, und hörte jedes Wort, das sie redeten. Aber die vielen Sorgen, Kümmernisse, Schicksalsschläge und Prüfungen hatten mein Herz grau werden lassen, noch vor den Haaren auf meinem Kopf. Der Greis, verehrte Herrin, war beinahe bis zum Sonnenuntergang ohnmächtig. Dann erwachte er, sah seinen Sohn und was ihm geschehen war – nämlich genau das, wovor er sich gefürchtet hatte – und begann wieder zu weinen, schlug sich mit der Hand ins Gesicht und stimmte folgende Verse an:

«Beeile dich, ich bitte dich! Die Freunde sind schon fortgegangen,
Und meine Tränen fließen aus den Augenwinkeln auf die Wangen.

O weh! Sie sind zu weit entfernt, als daß ich sie besuchen könnte,
Was ist die List, die ich jetzt brauche? Was kann ich sagen? Was anfangen?

Ich wünschte mir, ich hätte sie in meinem Leben nie gesehen.
Was ist die List? Ach, meine Herrn, mir sind die Listen ausgegangen.

Wie soll ich sie vergessen? Wie soll ich mich trösten über sie,
Wo doch in meinem Herzen brennen schmerzend heiße Feuerschlangen?

O Saad! Tu mir einen Dienst, und laufe schnell zu ihrem Stamm,
Und rufe ihnen zu: ‹Die Tränen strömen über seine Wangen!›

Auch wenn sie schon gestorben sind, dann brennt mein Herz doch immer noch.
Und zwischen den verliebten Rippen züngeln heiße Feuerschlangen.

Ach hätte doch der Tod mich schon mit ihnen gnädiglich verbunden,
Und hätte so ein Band geknüpft, das niemals wäre losgegangen.

Mein Peiniger! Ich habe dich bei Gott beschworen: Laß mir Zeit!
Denn noch war mir's nicht möglich, nah bei ihr Erfüllung zu erlangen.

Wie schön war unser Leben, als uns noch ein Haus verbunden hat,
Wir lebten lang in solchem Glück, ach Gott, es ist uns gut gegangen.

So lange ging es gut, bis uns der Pfeil der Trennung traf und trennte.
Wer könnte schon den Trennungspfeil ertragen und schadlos abfangen?

Jetzt hat den liebsten aller Menschen furchtbares Unglück getroffen,
Den Herrlichsten, auf dessen Haut die Schminkstifte der Schönheit prangen.

Ich sing' ein Trauerlied für ihn, doch vorher schon sang ich es stumm:
‹Ach, wäre doch der bittre Todeskelch an dir vorbeigegangen!›

Ich möchte gern dein Pfandpreis sein, ich selbst, nicht meine Frau noch Kind,
Doch scheinen uns die Augen unsrer Neider ständig einzufangen.

Mein lieber Sohn! Wo ist der Weg, auf dem ich dich schnell treffen kann?
Man dürfte gern mein Leben für das deinige von mir verlangen.

Du warst bekannt als Vollmond, dessen Hand großzügig ausgeteilt,
Dies ist ein sicherer Bericht, von dem bereits die Alten sangen.

Wenn ich dich ‹Sonne› nenne, ist's nicht recht, weil diese abends sinkt,
Und wenn ich sage ‹Mond› – der Mond ist auch schon oft untergegangen.

Ach du, um dessen Schönheit jeder neue Nachrichten erfand,
Und dessen gute Eigenschaften selbst die Güte mit umfangen,

Solang die Zeiten dauern, werde ich um dich in Trauer sein,
Wie könnte ich dich missen und mein Herz mit anderem befangen?

Dein Vater hat sich seiner Sehnsucht nach dir immer hingegeben,
Doch seit du tot bist, sind ihm alle seine Listen ausgegangen.

Die Augen unsrer Neider haben sich an deinem Glück geweidet.
Ach, hätte man sie ausgebrannt mit glühend heißen Eisenstangen!»

Es wird berichtet: Der Alte rang nach Luft, röchelte, und die Seele verließ seinen Leib. Die Sklaven schrien auf, warfen Staub auf ihre Köpfe und ihre Gesichter und erhoben ein gewaltiges Jammern und Klagen. Dann stiegen sie aufs Schiff, betteten ihn neben seinen Sohn und segelten fort. Bald waren sie aus meinen Augen verschwunden. ☙ Nun stieg ich von dem Baum, ging zu der Platte, stieg hinunter und gab mich dort unten den Gedanken an den Jüngling hin. Auch sah ich einige der Dinge noch daliegen, die von ihm zurückgeblieben waren, und sang darüber folgende Verse:

«Ich sehe ihre Spuren und zerschmelze vor Sehnsucht
Und gieße meine Tränen aus an der verlass'nen Stätte,

Und bitte den von ihnen, der auch an der Trennung leidet,
Daß er sie wiederbring' und so mein Glück und Leben rette.»

Da erreichte das Morgengrauen Schahrasad, und sie hörte auf zu erzählen. «Ach, Schwester!» seufzte ihre Schwester. «Wie köstlich und wie aufregend ist deine Geschichte!» – «Was ist das schon», erwiderte sie, «gegen das, was ich euch morgen nacht erzählen werde, wenn ich bis dahin noch lebe und verschont geblieben bin ...»

Die siebenundfünfzigste Nacht

aus der Geschichte von Tausendundeiner Nacht

Und als die nächste Nacht gekommen war, sprach Dinarasad zu ihrer Schwester Schahrasad: «Wenn du nicht schläfst, so erzähle uns doch die Geschichte des Bettelmönchs zu Ende!» Und sie erzählte:

Es ist mir zu Ohren gekommen, o König, daß der dritte Bettelmönch zu der Dame sagte:

Ach, verehrte Herrin! Ich verbrachte nun meine Tage auf der Insel; nachts stieg ich in das unterirdische Gemach hinab. So lebte ich einen Monat lang. Dabei schaute ich immer wieder nach dem westlichen Ufer der Insel, denn je mehr Tage vergingen, desto niedriger wurde dort das Wasser. Es versiegte zusehends, und bevor ein Monat herum war, war vom Festland her in Richtung Osten das ganze Meer bis zur Insel hin ausgetrocknet. Darüber freute ich mich; ich war jetzt sicher, daß ich gerettet würde. Ich stand auf, watete durchs flache Wasser und erreichte festes Land. Wohin ich auch schaute, sah ich Sand, so weit das Auge reichte. Ich sprach mir selbst Mut zu und wanderte geradewegs in die Sandwüste hinein. Plötzlich sah ich von fern ein Feuer aufleuchten und flackern. Es mußte ein ungeheuer großes Feuer sein, denn es brannte in hohen Flammen. Ich ging auf das Feuer zu. «Irgend jemand muß dieses Feuer angezündet haben», sagte ich zu mir selbst, «vielleicht finde ich ja dort einen Ausweg.» Und ich begann zu singen und stimmte die folgenden Verse an:

Tawil

«Vielleicht reißt das Schicksal seine Zügel einmal herum
Und bringt etwas Gutes, denn die Zeit ist veränderlich.

Dann glückt meine Hoffnung, und was not tut, das wird gescheh'n,
Und nach einem Ding ereignen andere Dinge sich.»

So wanderte ich auf das Feuer zu. Wie ich näher kam, sah ich, daß es sich um ein Schloß handelte, das über und über mit rotem Kupfer verkleidet war. Als die Sonne aufgegangen war, hatte es hell aufgeleuchtet, und so hatte das Schloß von Ferne wie ein Feuer ausgesehen. Froh über diesen Anblick ließ ich mich nieder. Ich hatte noch nicht lange bei dem Schloß verweilt, als auf einmal zehn junge Männer in prächtigen Kleidern auf mich zukamen. In ihrer Mitte ging ein alter Greis. Merkwürdigerweise waren alle zehn Jünglinge einäugig, jedem von ihnen fehlte das rechte Auge. Ich fragte mich verwundert, was wohl ihre Geschichte war und welcher Zufall dazu geführt haben mochte, daß sie alle einäugig waren. Die jungen Männer begrüßten mich erfreut, als sie mich sahen. Dann fragten sie mich nach meiner Geschichte. Ich berichtete ihnen von all den Mißgeschicken, die mir zugestoßen waren. Sie staunten über meinen Bericht und nahmen mich mit in ihr Schloß. Dort sah ich in einem Kreis zehn Sitzbänke aufgestellt. Auf jeder Sitzbank lag ein blaues Polster und eine blaue Decke. Inmitten der Bänke stand ein kleinerer Thron. Er glich den anderen Bänken, und alles, was darauf lag, war blau. Nachdem wir eingetreten waren, setzte sich jeder Jüngling auf eine der Bänke; der Alte bestieg jenen kleinen Thron. «Lieber Junge», sagten sie zu mir, «setze dich hier auf den Fußboden, und frage nicht danach, wie es um uns steht, und auch nicht, warum wir einäugig sind!» Nun erhob sich der Alte und brachte jedem von ihnen sein Essen, jedem einzeln, und auch mir brachte er etwas. So aßen wir, jeder für sich. Danach brachte er mir und auch ihnen etwas zu trinken, jedem in einem eigenen Gefäß. Dann saßen sie, unterhielten sich miteinander und fragten mich, wie es mir ergangen sei und was für spannende und aufregende Abenteuer ich schon erlebt habe. Ich gab ihnen bereitwillig Auskunft und erzählte ihnen alles. Als die Nacht schon zum größten Teil verstrichen war, sagten die Jünglinge zu dem Alten: «Verehrter Scheich, möchtest du uns nicht geben, was wir verdient haben? Es ist schon bald Zeit, schlafen zu gehen!» Der Greis stand auf und ging in eine kleine Kammer. Als er wieder herauskam, trug er auf dem Kopf zehn Schüsseln, die jeweils mit einem blauen Tuch abgedeckt waren. Jedem Jüngling brachte er eine Schüssel. Er zündete zehn Kerzen an und steckte auf jede Schüssel eine Kerze. Dann zog er die Tücher von den Schüsseln fort. Unter den Tüchern lag Asche, gemischt mit zerstoßener Kohle und Ruß von Kochkesseln. Die Jünglinge streiften die Ärmel hoch und begannen, mit dem Ruß und der Asche aus den Schüsseln ihre Gesichter schwarz einzureiben. Dann prügelten sie auf ihre Gewänder ein, heulten, versetzten sich selbst Ohrfeigen, weinten und schlugen sich mit den Fäusten auf die Brust. Alles das geschah, nachdem sie sich die Gesichter geschwärzt hatten. Dazu sprachen sie immer wieder das Sprichwort: «Wir saßen ruhig immerzu, doch unsere Neugier ließ uns keine Ruh'!» Bis der Morgen nahte, fuhren sie damit fort, dann erhob sich der Scheich, machte warmes Wasser für sie zurecht, und die jungen Männer wuschen sich und wechselten die Kleider. Verehrte Herrin! Als ich sah, was die jungen Männer taten, wie sie sich ihre Gesichter schwärzten und so weiter, wurde mir wirr im Kopf. Ich begann darüber zu grübeln und beschäftigte meinen Geist damit, wobei ich alles vergaß, was mir selbst zugestoßen war. Schließlich konnte ich das Schweigen nicht länger aushalten. Ich mußte sie fragen. «Was ist es, das euch zwingt, so zu handeln?» fragte ich sie. «Wir waren doch vorher so fröhlich zusammen und haben miteinander gespielt und uns unterhalten! Ihr habt – gottlob! – einen gesunden Geist, aber was ihr hier tut, das ist das Verhalten von Verrückten. Ich bitte euch, bei allem, was euch lieb ist, erzählt mir eure Geschichte! Wie ist es zugegangen, daß ihr eure Augen verloren habt, und warum schwärzt ihr euch eure Gesichter mit Ruß und Asche?» Sie wandten sich zu mir um. «Junger Mann», sagten sie, «laß dich von unserer Jugend und unserem Verhalten nicht ablenken. Deine Aufgabe ist es, still zu sein und nicht zu fragen!» Dann standen sie wieder auf und bereiteten ein Mahl. Während wir aßen, brannte in meinem Herzen ein Feuer, das sich nicht ersticken ließ, und eine Flamme, die sich nicht unterdrücken ließ – so sehr verlangte mein Geist danach, ihr Verhalten zu verstehen. Nachdem wir gegessen und getrunken hatten, setzten wir uns, um uns zu unterhalten, bis zum nächsten Abendessen. Der Alte bot uns etwas zu trinken an, und wir tranken, bis die Nacht hereingebrochen war. Um Mitternacht sagten die Jünglinge: «Ehrenwerter Scheich, gib uns unsere Ration für heute, denn es ist bald Zeit zum Schlafengehen!» Der Alte stand auf, entfernte sich für kurze Zeit und kam mit den Schüsseln zurück. Sie taten damit dasselbe, was sie in der Nacht zuvor getan hatten. Um es kurz zu machen, verehrte Herrin: Ich wohnte einen Monat lang bei ihnen, und während dieser Zeit taten sie es jede Nacht, am frühen Morgen aber reinigten sie sich wieder. Nacht für Nacht staunte ich und wunderte mich über ihr Verhalten. Meine Unruhe wurde immer größer, meine Geduld immer kleiner, schließlich konnte ich vor Ungeduld nichts mehr essen noch trinken. «Liebe Jungen!» sagte ich zu ihnen. «Möchtet ihr nicht endlich meinem Kummer ein Ende bereiten und mir erzählen, warum ihr euch eure Gesichter schwärzt und ständig sagt: ‹Wir saßen ruhig immerzu, doch unsere Neugier ließ uns keine Ruh'!›? Wenn ihr es mir nicht erzählen wollt, dann laßt mich bitte von euch gehen und zu meiner Familie zurückkehren, um endlich Ruhe zu haben vor diesem merkwürdigen Schauspiel. Das Sprichwort sagt: ‹Besser und schöner ist es für mich, fern von euch zu sein; was das Auge nicht sieht, kann das Herz nicht bekümmern.›» Als sie mich so reden hörten, wandten sie sich mir zu und sagten: «Lieber Junge! Wir haben es bisher nur aus einem einzigen Grund vor dir geheimgehalten, nämlich aus Mitleid und Sorge um dich, damit es dir nicht ergeht wie uns und du nicht genauso entstellt wirst wie wir.» – «Es muß aber unbedingt sein!» verlangte ich. «Junge», erwiderten sie, «wir haben dich gewarnt, also nimm unseren Rat an, und frage nicht weiter nach unserem Schicksal, sonst wirst du einäugig wie wir!» – «Doch!» wiederholte ich. «Ich will es unbedingt wissen!» – «Lieber Junge», warnten sie mich erneut, «wenn auch dir dasselbe zustößt wie uns, werden wir dich nicht wieder aufnehmen. Du kannst dann nicht mehr bei uns wohnen!» Damit standen sie auf, nahmen einen Schafbock, schlachteten ihn, zogen ihm die Haut ab und machten daraus einen Ledersack, der wie ein Wasserschlauch aussah. Dann sagten sie zu mir: «Nimm dieses Messer, und krieche in die Haut hinein. Wir werden sie über dir zunähen. Dann gehen wir fort und lassen dich allein liegen. Nach kurzer Zeit wird ein Vogel mit Namen Roch zu dir kommen und dich in seinen Krallen forttragen. Er wird mit dir hoch in den Himmel fliegen. Nach einer Weile wirst du selbst spüren, daß er dich auf einem Berg abgesetzt und losgelassen hat. Sobald du merkst, daß du auf den Berg gelangt bist, schneide die Haut mit dem Messer auf und klettere hinaus. Der Vogel wird dich sehen und davonfliegen. Mache dich dann sofort auf den Weg. Nach einem halben Tagesmarsch wirst du einen Palast vor dir sehen, der hoch in die Lüfte ragt. Der Palast ist mit rotem Gold überzogen und aus bunten Steinen, Smaragden und anderen Edelsteinen, erbaut. Seine hölzernen Teile bestehen aus Sandelholz und javanischem Adlerholz. Geh in diesen Palast hinein, dann bist du am Ziel deiner Wünsche. Denn dieser Palast und daß wir ihn betreten haben ist der Grund dafür, daß wir unsere Gesichter schwärzen und unsere Augen verloren haben. Es würde zu lange dauern, dir zu erklären, was uns dort widerfahren ist; jeder von uns hat eine andere Geschichte erlebt, die dazu geführt hat, daß ihm sein rechtes Auge ausgestochen wurde.»

Da erreichte das Morgengrauen Schahrasad, und sie hörte auf zu erzählen. «Ach, Schwester», seufzte Dinarasad, «wie köstlich und wie spannend ist deine Geschichte!» – «Was ist das schon», erwiderte sie, «gegen das, was ich euch morgen nacht erzählen werde, wenn ich dann noch lebe und verschont geblieben bin …»

Die achtundfünfzigste Nacht

aus der Geschichte von Tausendundeiner Nacht

Und als die nächste Nacht gekommen war, sprach Dinarasad zu ihrer Schwester Schahrasad: «Ach, Schwester, ich beschwöre dich bei Gott, wenn du nicht schläfst, so erzähle uns doch die Geschichte des dritten Bettelmönchs zu Ende!» – «Mit Vergnügen!» antwortete sie.

Die Leute behaupten, o König, daß die jungen Männer zu König Adschib – der ja der dritte Bettelmönch war – sagten: «Lieber Junge» – und so weiter. Dann – fuhr der Bettelmönch fort – steckten sie mich in die Haut des Schafbocks, nähten die Haut über mir zu und gingen wieder in ihren Palast. Ich mußte nur eine kurze Weile warten, bis ein weißer Vogel zu mir kam, mich mit den Krallen packte und mit mir eine Zeitlang durch die Luft flog. Auf dem erwähnten Berg setzte er mich ab. Ich schnitt die Haut von innen auf und kroch heraus. Als mich der Vogel sah, flog er davon, ich aber machte mich sofort auf den Weg und wanderte, bis ich zu dem Palast kam. Alles war genau so, wie sie es beschrieben hatten. Das Tor stand offen, und ich trat hinein. Es war ein wunderschöner Palast, groß wie ein weiter Platz. Hundert kleine Vorratskammern waren darin mit Türen aus Sandelholz und Adlerholz, mit roten Goldbeschlägen und Türringen aus Silber. Am anderen Ende des Palastes erblickte ich vierzig Mädchen, die waren so schön wie Monde, und kein Mensch konnte sich an ihnen satt sehen. Sie trugen die herrlichsten Kleider, Juwelen und Schmuckstücke. Als sie mich sahen, riefen sie alle, wie aus einem Munde: «Marhaban, marhaban, lieber Herr, und herzlich willkommen unserem Gebieter! Wir haben schon monatelang auf einen Menschen wie dich gewartet. Gott sei gepriesen, daß er einen Mann bei uns abgeworfen hat, der unser würdig ist und dessen auch wir würdig sind!» Sie eilten auf mich zu, und eine jede suchte der anderen zuvorzukommen. «Ab heute bist du unser Herr und Herrscher!» sagten sie zu mir, indem sie mich auf einen hohen Thron setzten. «Und wir sind deine Sklavinnen und gehorchen dir, so befiehl uns denn, was dir in deiner Weisheit gefällt.» Ich war ganz hingerissen. Eine von ihnen brachte mir etwas zu essen, einige andere wärmten Wasser, wuschen mir Füße und Hände und legten mir neue Kleider an. Wieder eine andere löste ein köstliches Getränk in Wasser auf und gab es mir zu trinken. Dabei waren sie alle fröhlich und freuten sich über meine Ankunft. Sie setzten sich zu mir, sprachen mit mir und fragten mich, wie es mir ergangen sei. Das ging so bis in die Nacht.

Da erreichte das Morgengrauen Schahrasad, und sie hörte auf zu erzählen. «Ach, Schwester», seufzte Dinarasad, «wie köstlich und wie aufregend ist deine Geschichte!» – «Was ist das schon», erwiderte sie, «gegen das, was ich euch morgen nacht erzählen werde, wenn ich dann noch lebe und mich der König verschont ...»

Die neunundfünfzigste Nacht

aus der Geschichte von Tausendundeiner Nacht

Und als die nächste Nacht gekommen war, sagte Dinarasad zu ihrer Schwester Schahrasad: «Ach, Schwester, wenn du nicht schläfst, so erzähle uns doch die Geschichte zu Ende.» – «Einverstanden!» sagte sie.

Man hat erzählt, o König, daß der dritte Bettelmönch zu der Dame sagte:

Ach, verehrte Herrin! Als die Nacht gekommen war, versammelten sich die Mädchen um mich. Fünf von ihnen erhoben sich, bereiteten ein Festessen für mich zu und stellten Teller mit Nüßchen, duftenden Substanzen und

Obst daneben. Schließlich brachten sie einen Weinkelch. Wir setzten uns alle, um zu trinken. Sie saßen um mich herum, einige von ihnen sangen, andere spielten Liebeslieder auf der Hirtenflöte, wieder andere schlugen die Laute und die Zither und alle anderen Musikinstrumente. Dabei kreisten Becher und Tassen zwischen uns, und mich ergriff eine solch große Freude, daß ich allen Kummer der Welt vergaß. «Ist das ein Leben!» dachte ich. «Ach, wenn es doch nie zu Ende ginge!» Auf solche und ähnliche Weise verbrachte ich mit ihnen die Zeit, bis die Nacht fast vergangen war und wir schon ganz betrunken waren. «Liebster Herr», sagten sie da zu mir, «jetzt wähle eine von uns aus, die heute nacht bei dir schlafen soll. Danach wird sie vierzig Tage lang nicht wieder bei dir übernachten.» Ich wählte eine von ihnen aus, ein Mädchen mit hübschem Gesicht, einem schwarz umschminkten Blick, tiefschwarzem Haar, rotbraunen Lippen und zusammengewachsenen Augenbrauen. Sie war in jeder Hinsicht vollkommen, als wäre sie der Zweig einer ägyptischen Weide oder ein Stengel Basilikum, so sehr erquickte sie jedes Auge, das sie ansah, und versetzte jeden Geist in Verwirrung. Es war, als hätte der Dichter über sie die Verse gedichtet:

Tawil

Sie bog sich, wie sich der Zweig der Weide im Ostwind biegt.
Ach sieh doch, wie nett und schön und süß sie die Hüften wiegt!

Wir glaubten, wenn sie beim Lächeln leuchtende Zähne zeigt,
Es wäre ein Blitz, der mit den Sternen im Wettstreit liegt.

Und senkt sie von ihrem schwarzen Haar eine Locke nur,
Dann dunkelt die Nacht; das Licht des Morgens stirbt und verfliegt.

Doch wenn in dem Dunkel dann ihr schönes Gesicht erstrahlt,
Dann siehst du, wie Ost und West und alles im Lichte liegt.

Man sagt: «Sie ist wie die Antilope!» Doch das ist dumm,
Denn wer sie mit einer Antilope vergleicht, der lügt.

Woher hat die Antilope Wuchs und Gestalt wie sie?
Woher ihre honigsüße Lippe, die nie versiegt?

Ihr Auge, so weit und groß, kann töten im Liebeskampf
Und fängt den Gefangenen, der sich ihren Qualen fügt.

Ich brenne nach ihr, wie nur ein Araber brennen kann.
Kein Wunder, daß jeden Mann die Sehnsucht nach ihr besiegt!

Mit diesem Mädchen verbrachte ich eine Nacht, wie ich keine schönere jemals erlebt hatte.

Da erreichte das Morgengrauen Schahrasad, und sie hörte auf zu erzählen. «Ach, Schwester», seufzte ihre Schwester, «wie köstlich und wie aufregend ist deine Geschichte!» – «Was ist das schon», erwiderte sie, «gegen das, was ich euch morgen nacht erzählen werde, wenn ich bis dahin noch lebe und verschont geblieben bin ...»

Die sechzigste Nacht

aus der Geschichte von Tausendundeiner Nacht

Und als die nächste Nacht gekommen war, sagte Dinarasad zu ihrer Schwester Schahrasad: «Ach, Schwester, ich beschwöre dich bei Gott, erzähle uns die Geschichte des dritten Bettelmönchs zu Ende!» – «Einverstanden», antwortete sie.

Es ist mir zu Ohren gekommen, o König, daß der dritte Bettelmönch zu der Dame sagte:

Früh am nächsten Morgen führten sie mich in das Hammam des Palastes, wuschen mich, kleideten mich in prächtige Kleider und brachten mir etwas zu essen. Wir aßen, dann brachten sie Getränke, und wir tranken; die Gläser kreisten unter uns bis in die Nacht. Da sagten sie wieder: «Wähle eine von uns, mit der du heute schlafen möchtest. Wir sind deine Sklavinnen und stehen dir zu Diensten!» Ich wählte eine schön Gewachsene mit weichen Rundungen am ganzen Körper. Es war, als hätte der Dichter über sie gesagt:

> Ich sah auf ihrer Brust zwei Töpfchen, versiegelt mit einem Schloß,
> Das, weil es so fest war, manchen Liebhaber schon verdroß.
>
> Sie wacht über beide Töpfchen mit Pfeilen aus ihren Augen,
> Und wer sie feindlich angreift, den trifft sie mit dem Geschoß.

Ich schlief mit ihr, und es wurde eine wunderbare Nacht. Gegen Morgen ging ich ins Bad und zog neue Kleider an. Um es kurz zu machen, verehrte Herrin: Ich führte bei ihnen das angenehmste Leben. Nacht für Nacht wählte ich eines der vierzig Mädchen und gab mich eine Nacht lang der Liebe mit ihr hin. Essen, Trinken und die schöne Unterhaltung genoß ich ein ganzes Jahr lang. Am ersten Tag des neuen Jahres aber brachen sie plötzlich in Tränen aus, stimmten ein Wehgeschrei an und sagten mir weinend Lebewohl, wobei sie sich mir um den Hals warfen. Darüber wunderte ich mich. «Was habt ihr denn?» fragte ich. «Ihr brecht mir ja das Herz!» «Ach, hätten wir dich niemals kennengelernt!» jammerten sie. «Wir haben schon mit vielen Männern gelebt, aber solch einen netten Kerl wie dich haben wir noch nie vorher gesehen. Möge Gott uns nicht durch eine lange Trennung von dir quälen!» Und sie weinten bitterlich. «Warum weint ihr denn so?» erkundigte ich mich. «Mein Innerstes ist schon zerspalten um euretwillen!» – «Ach, du!» antworteten sie alle wie aus einem Mund. «Kein anderer als du selbst bist der Grund dafür, daß wir uns trennen müssen. Du allein hast alles in der Hand. Würdest du auf uns hören, so müßten wir niemals von dir scheiden. Doch wenn du gegen unsere Gebote verstößt, werden wir von dir getrennt und du von uns. Unser Herz sagt uns aber, daß du nicht auf uns hören wirst und wir uns also trennen müssen. Darum weinen wir!» – «Was ist das für eine Geschichte? Erzählt sie mir!» verlangte ich. Da sagten sie: «Du mußt wissen, geliebter Herr und Gebieter, daß wir alle Königstöchter sind. Schon seit Jahren leben wir hier zusammen, doch jedes Jahr gehen wir einmal für vierzig Tage fort. Danach wohnen wir wieder ein Jahr lang hier, essen, trinken und lassen es uns gutgehen, und darauf gehen wir wieder für vierzig Tage fort. So ist es unsere Gewohnheit. Der Grund aber dafür, warum du uns zuwiderhandeln und unsere Gebote verletzen wirst, ist: Wenn wir für die vierzig Tage weggehen, werden wir dir sämtliche Schlüssel des Palastes überlassen. Der Palast besitzt einhundert Vorratskammern. Öffne sie, schau hinein, iß und trink daraus. Jede Tür wird dir, wenn du sie aufmachst, genug zum Ansehen bieten für einen ganzen Tag. Nur eine einzige Kammer darfst du nicht öffnen und dich auch nicht in ihre Nähe begeben, denn sobald du sie öffnest, sind wir von dir getrennt und du von uns. Das also wird es sein, warum du uns zuwiderhandeln wirst. Hier hast du neunundneunzig Vorratskammern zu deiner Verfügung. Schalte und walte, und tu damit, was du willst. Alle darfst du öffnen und hineinschauen, außer in diese eine Vorratskammer mit der Tür aus rotem Gold. Sobald du sie öffnest, sind wir voneinander geschieden!»

Da erreichte das Morgengrauen Schahrasad, und sie hörte auf zu erzählen. «Ach, Schwester», seufzte Dinarasad, «wie köstlich und wie spannend ist deine Geschichte!» – «Was ist das schon», erwiderte sie, «gegen das, was ich euch morgen nacht erzählen werde, wenn ich dann noch lebe und mich der König verschont …»

Die einundsechzigste Nacht

aus der Geschichte von Tausendundeiner Nacht

Und als die nächste Nacht gekommen war, erzählte Schahrasad:

Es ist mir zu Ohren gekommen, o glücklicher König, daß der dritte Bettelmönch zu der Dame sagte:

Dann, meine Dame, sagten die vierzig Mädchen zu mir: «Wir beschwören dich bei Gott und bei deinem Leben, lieber Herr, es liegt an dir, ob wir von dir scheiden müssen und du von uns. Sei geduldig, und warte auf uns. Nach vierzig Tagen kommen wir zu dir zurück. Hier sind die hundert Vorratskammern. In neunundneunzig davon darfst du schauen, doch diese eine wird, wenn du sie öffnest, zu unserer Trennung führen.» Nun trat eine von ihnen auf mich zu, umarmte mich und sprach unter Tränen die Verse:

«Und als sie zum Abschied zu mir kamen, sie und ihr Herz,
Die beide ich gern zum Freund der Leidenschaft hätte,

Da weinte sie feuchte Perlen; mir flossen wie Karneole
Die Tränen, und beides ward am Hals ihr zur Kette.»

Es wird berichtet: Also nahm ich Abschied von ihr. «Bei Gott», versprach ich ihr, «ich werde diese Kammer bestimmt nicht öffnen!» Als sie aufbrachen, winkten sie mir zu und hoben noch mahnend die Finger. Dann war ich im Palast alleine. «Bei Gott», sprach ich zu mir selbst, «ich werde diese Tür nicht öffnen. Ich werde mich nicht von ihnen trennen und sie nicht von mir!» Mit diesem Vorsatz stand ich auf, öffnete die Tür der ersten Vorratskammer und trat hinein. Ich fand darin einen Garten, so schön wie das Paradies, mit allen Sorten frischen Obstes, hohen Bäumen mit reifen Früchten daran und eng verflochtenen Zweigen. Sprechende Vögel saßen darin, und Wasser schoß allerorten hervor. In dem Garten gab es Bäume und Bäche. Ich fühlte mich wohl und spazierte unter den Bäumen dahin, dabei atmete ich den Duft der Blumen und hörte den Gesprächen der Vögel zu, wie sie einander zuzwitscherten zum Lob des Einen, allmächtigen Gottes. Mir kamen die Verse des Dichters über den Apfel in den Sinn:

> Ein Apfel mit zwei Farben. Die eine: die Wange des Liebsten,
> Die andere: der Geliebte, und beide zerfließen sie weich.
>
> Sie lagen umschlungen auf einem Kissen, und als man sie weckte,
> Da wurde der eine schamrot, der andre vor Schrecken ganz bleich.

Ich betrachtete eine Birne, die noch süßer schmeckte als Rosenwasser und Zucker und deren Duft selbst Moschus und Amber übertraf. Sie war genau so, wie es der Dichter über die Quitte gesagt hat:

> Die Quitte hat alle Lüste der Menschen auf sich gezogen
> Und ist als beste der Früchte in aller Mund.
>
> Sie schmeckt wie Wein, sie duftet wie Moschus, die Farbe
> Hat sie vom Goldstaub und ist wie der Vollmond so rund.

Danach fiel mein Blick auf eine Pflaume, deren Schönheit mir ins Auge stach und die mir so gut gefiel, als wäre sie ein Rubin, wie ihn Gott erschuf. ☙ Endlich verließ ich den Garten wieder und verschloß die Tür. Am nächsten Tag öffnete ich eine andere Tür und trat hinein. Hier fand ich einen großen Platz, auf dem Palmen standen und ein Fluß dahinströmte. Zu beiden Seiten des Flusses waren Rosenbäume und Jasmin, Reseden und Narzissen, Veilchen, Ochsenaugen, Kamillen, Levkojen und Schwertlilien gepflanzt. Ein sanfter Wind wehte über all diese wohlriechenden Pflanzen, und der ganze Platz war erfüllt von ihrem Duft. Ich sah mich auf dem Platz um, und mir wurde ein wenig leichter ums Herz. Dann ging ich wieder hinaus und verschloß die Tür. ☙ Ich öffnete eine dritte Tür. Darin fand ich eine große Halle, die mit buntem Marmor ausgekleidet war. Kostbare Metalle und Edelsteine waren verwendet worden. In der Halle standen Käfige in Form von Kegeln aus Sandelholz und Adlerholz, darin hörte man Vögel zwitschern. Hier gab es Nachtigallen, Ringeltauben, Wild- und Felsentauben, Amseln, Turteltauben und solche, die Fachit genannt werden, ferner den Nubi-Vogel und viele andere Singvögel. Ich stand da und schaute. Mein Herz erholte sich, und mein Kummer verflog. Dann ging ich schlafen. ☙ Am nächsten Morgen öffnete ich die vierte Tür. Sie führte in ein großes

Haus, in dessen Mitte vierzig Vorratskammern mit geöffneten Türen standen. Ich betrat alle vierzig Vorratskammern. Darin fand ich Perlen, Smaragde, Juwelen, Rubine, Korallen und Karfunkelsteine, dazu verschiedene edle Metalle, Silber und Gold. Der Kopf schwirrte mir von all dem Glück, das da vor mir lag, und ich sprach zu mir selbst: «Solche Schätze können nur großen Königen gehören, nein, ein einzelner König kann das alles gar nicht besitzen, nicht einmal, wenn alle Könige der Welt zusammenkämen!» Da wurde mein Gemüt vollends fröhlich, und mein Kummer verschwand. «Ich selbst bin der König meiner Zeit», sagte ich mir, «denn ich herrsche über all diese verschiedenartigen Schätze, und ich bin der Herr über diese Mädchen, die keinen anderen kennen als mich!» So trieb ich es weiter, verehrte Herrin, Tage und Nächte hindurch, schaute und schaute, bis neununddreißig Tage vergangen waren. Nur noch ein Tag und eine Nacht waren übrig. Nun hatte ich schon alle Türen aller neunundneunzig Vorratskammern aufgemacht. Es fehlte von den hundert Kammern nur noch die eine, die sie mir verboten hatten zu öffnen.

Da erreichte das Morgengrauen Schahrasad, und sie hörte auf zu erzählen. «Ach, Schwester», sagte Dinarasad zu ihrer Schwester, «wie spannend ist deine Geschichte!» – «Was ist das schon», erwiderte sie, «gegen das, was ich euch morgen nacht erzählen werde, wenn ich dann noch lebe und mich der König verschont ...»

Die zweiundsechzigste Nacht

aus der Geschichte von Tausendundeiner Nacht

Und als die nächste Nacht gekommen war, erzählte Schahrasad:

Es ist mir zu Ohren gekommen, o glücklicher König, daß der dritte Bettelmönch erzählte:

Es war also von den hundert Vorratskammern nur noch die eine übrig. Das beunruhigte mich, mein Gemüt begann zu brodeln, und um mich ins Unglück zu stürzen, riß mich der Satan in seine Gewalt, so daß ich keine Ruhe mehr fand, wenn ich sie nicht öffnete. Dabei trennte mich nur noch eine einzige Nacht von der vereinbarten Frist. Schon am nächsten Morgen würden die Mädchen zurückkommen und wieder ein Jahr lang bei mir bleiben. Aber der Satan besiegte mich, und ich schloß die mit rotem Gold beschlagene Tür auf. ꧁ Als ich eintrat, kam mir ein merkwürdiger Geruch entgegen, betäubte mich, und ich stürzte zu Boden, wo ich eine Weile wie ohnmächtig liegenblieb. Endlich ermannte ich mich, sprach meinem Herzen Mut zu und ging in die Kammer hinein. Ich bemerkte, daß ihr Boden mit Safran bedeckt war, und sah duftende Kerzen und Leuchter aus Gold und Silber, gefüllt mit kostbaren Ölen. Die Kerzen waren auf Blöcke von Adlerholz und Amber gesteckt. Ich sah auch zwei riesige Weihrauchgefäße, jedes von ihnen so groß wie eine Tonschüssel, die waren mit glühenden Kohlen und Räucherwerk aus Amber, Moschus und Weihrauch gefüllt. Ihr Rauch und der Duft der Kerzen und des Moschus und Safrans erfüllten den ganzen Raum. ꧁ Und dann, verehrte Herrin, sah ich das Pferd. Es war schwarz wie die Nacht, wenn sie am dunkelsten ist. Vor ihm stand eine Futterkrippe aus reinstem Kristall mit geschältem Sesam darin; daneben stand mit Moschus parfümiertes Rosenwasser. Das Pferd war angepflockt und aufgezäumt; sein Sattel war aus rotem Gold. Als ich dieses Pferd sah, staunte ich über die Maßen. «Das ist aber ein gewaltiges Roß!» sagte ich zu mir selbst, und schon hatte mich der Satan wieder gepackt, und ich führte das Pferd von seinem Standplatz hinaus vor den Palast und saß auf. Doch das Pferd rührte sich nicht vom Fleck. Ich gab ihm die Fersen, aber es bewegte sich noch immer nicht. Da wurde ich wütend, griff zur Peitsche und versetzte ihm einen Hieb. ꧁ Kaum hatte das Pferd den Peitschenhieb gespürt, wieherte es mit einer Stimme wie dröhnender Donner, entfaltete zwei Flügel und flog mit mir fort von dem Palast, bis der Palast aus meinen Augen verschwunden war. Eine Weile trug mich das Pferd hoch durch die Lüfte des Himmels, dann landete es mit mir auf dem Dach eines anderen Schlosses. Dort warf es mich ab, und ich fiel auf das Dach. Dann schlug mir das Pferd den Schweif ins Gesicht. Der Schlag war so heftig, daß davon mein Auge ausgeschlagen wurde und über meine Wange hinabfloß. So wurde ich einäugig. ꧁ «Es gibt keine Kraft und keine Stärke außer bei Gott, dem Erhabenen und Mächtigen!» sagte ich zu mir selbst. «Ich habe diese einäugigen jungen Männer so lange mit meinen Vorwürfen bedrängt, bis ich selbst so geworden bin wie sie.» Nun blickte ich von oben in das Schloß hinunter, und was sah ich da? Die zehn Sitzbänke mit den blauen Polstern darauf! Es war das Schloß der zehn einäugigen Jünglinge, deren guten Rat ich ausgeschlagen hatte. Ich stieg hinunter vom Dach und setzte mich in die Mitte zwischen die Sitzbänke. Kaum hatte ich mich niedergelassen, sah ich die jungen Männer kommen und in ihrer Mitte den alten Greis. «Herzlich *un*willkommen!» schimpften sie, als sie mich sahen. «Dieser Ankömmling soll uns nicht willkommen sein. Wir werden dich, bei Gott, nicht wieder aufnehmen, und du sollst nicht wohlbehalten bei uns leben!» – «Ich werde keine Ruhe geben», erwiderte ich, «ehe ich euch nicht gefragt habe, warum ihr euch eure Gesichter mit blauer und schwarzer Farbe färbt.» – «Jeder von uns hat dasselbe erlebt wie du!» antworteten sie. «Jeder von uns hat dort das süßeste und angenehmste Leben geführt und konnte dann die vierzig Tage nicht abwarten, bis er wieder ein Jahr lang in Saus und Braus gelebt hätte, mit Essen, Trinken und Bedienung; wir alle hätten an gebratenen Hühnchen knabbern, aus Gläsern schlürfen und auf Brokatkissen schlafen können. Wir hätten Wein getrunken und an den Brüsten der hübschesten Mädchen geruht, aber unsere Neugier ließ uns keine Ruh, und so haben wir unsere Augen verloren. Hier sitzen wir nun, wie du siehst, und weinen über das, was geschehen ist.» – «Ach bitte», sagte ich zu ihnen, «nehmt mir nicht übel, was ich getan habe. Seht her, ich bin einer von euch geworden, und ich habe keinen anderen Wunsch, als daß ihr mir zehn Schüsseln mit Ruß bringt, um mir mein Gesicht zu schwärzen.» Bei diesen Worten brach ich in bittere Tränen aus. Doch sie sagten von neuem: «Wir schwören bei Gott, daß wir dich nicht wieder aufnehmen und bei uns wohnen lassen. Verschwinde von hier, und geh nach Bagdad. Vielleicht triffst du dort jemanden, der dir aus deiner Patsche hilft!» Als ich merkte, daß die Lage ungemütlich wurde und sie drohten, Gewalt gegen mich anzuwenden, schossen mir plötzlich all die entsetzlichen Dinge, die mir zugestoßen waren, wieder durch den Kopf. Ich sah den Jüngling vor mir, den ich umgebracht hatte, und dachte daran, wie ich dem Sprichwort entsprach: «Ich saß ruhig immerzu, doch meine Neugier ließ mir keine Ruh'.» Mir wurde das alles zuviel. Ich stand auf, rasierte mir den Bart und die Augenbrauen ab und sagte der Welt Lebewohl. Dann machte ich mich als einäugiger Bettelmönch aufs Geratewohl auf den Weg. Gott hatte mir vorherbestimmt, daß ich wohlbehalten in Bagdad eintreffen sollte, und so geschah es auch, zu Beginn dieser Nacht. Diese beiden anderen hier traf ich, wie sie unschlüssig waren, wohin sie gehen sollten. Ich habe sie begrüßt und ihnen mitgeteilt, daß ich ein Fremder sei. «Du bist also ein Fremder», haben sie gesagt, «wir sind es auch!» So ist es gekommen, daß wir, die drei einäugigen Bettelmönche, ein recht merkwürdiges Wunderding geworden sind. Dies also, verehrte Herrin, ist die Erklärung dafür, warum mir mein Auge fehlt und mein Bart abrasiert ist.»*

Die Leute behaupten, o glücklicher König, daß die Dame, nachdem sie die Geschichte der Bettelmönche gehört hatte, zu ihnen sagte: «Macht, daß ihr fortkommt, und geht eurer Wege!» – «Bei Gott!» sagten da die Bettelmönche. «Wir werden nicht eher gehen, als bis wir die Geschichten unserer Freunde hier gehört haben.» Nun wandte sich die Dame an den Kalifen, Dschaafar und Masrur und forderte sie auf: «Erzählt mir eure Geschichte!» Dschaafar trat nach vorne und sagte: «Verehrte Herrin! Wir kommen aus Mosul und sind aus geschäftlichen Gründen in eure Stadt gekommen. Gleich nach unserer Ankunft sind wir in dem Chan für Kaufleute abgestiegen. Wir haben dort unsere Waren verkauft und gehandelt. In dieser Nacht nun hat ein Kaufmann aus eurer Stadt ein Festmahl veranstaltet. Er hat auch unsere Gruppe eingeladen, zusammen mit allen anderen Kaufleuten, die in dem Chan wohnen. Wir sind also zu ihm gegangen. Es war eine gute Stimmung dort, der Wein floß, und ein schönes Beisammensein mit Gesängen war in vollem Gange. Auf einmal kam unter den Gästen ein Streit auf, und es wurde laut. Da schritt der Polizeichef ein und nahm einige von uns fest. Andere konnten entkommen. Wir gehören zu denen, die davongekommen sind, jedoch, weil es schon mitten in der Nacht war, fanden wir den Chan verschlossen vor, und wenn er einmal abgeschlossen ist, wird er erst am nächsten Morgen wieder geöffnet. Also sind wir durch die Nacht geirrt, ohne zu wissen, wohin wir uns wenden sollten, und ständig in der Furcht, der Polizeichef könnte uns auf die Spur kommen und uns festnehmen, so daß wir in Schimpf und Schande geraten würden. Schließlich hat uns das Schicksal zu eurem Haus geführt. Wir haben schönen Gesang und fröhliche Unterhaltungen nach außen dringen hören; da wußten wir, daß in diesem Haus ein Fest stattfindet und liebenswürdige Menschen dort versammelt sind. ‹Wir wollen sehen, ob sie uns hereinlassen›, haben wir zueinander gesagt, ‹dann können wir unsere Nacht vielleicht hier fortsetzen und ihr Fest mit etwas Neuem bereichern, so daß wir fröhlich weiterfeiern können!› Ihr wart so freundlich, uns mitleidig

* An dieser Stelle ist in der Überlieferung des Textes wahrscheinlich eine Nachtgrenze verlorengegangen. Relikte davon sind im Original stehengeblieben: «Die Dame erwiderte:» Die Übersetzung überspringt diese Formel.

aufzunehmen und zu euch hereinzulassen. Ihr habt soviel Gutes an uns getan und wart wahrhaftig sehr großzügig zu uns. Das ist unsere Geschichte, wie wir zu euch gekommen sind.» «Verehrte Herrin und Gebieterin», meldeten sich da die Bettelmönche zu Wort, «wir bitten dich, daß du uns in deiner Großmut diese drei losgibst und uns allen erlaubst, friedlich von euch abzuziehen.» – «Ich schenke euch einander!» sagte die Dame zu allen Anwesenden. Da gingen sie alle hinaus, vor das Haus. Dort fragte der Kalif die Bettelmönche: «Wohin geht ihr jetzt, meine Lieben? Noch ist der Morgen nicht angebrochen!» – «Bei Gott, verehrter Herr», antworteten sie, «wir haben keine Ahnung, wohin wir gehen sollen!» – «Dann kommt mit, und schlaft bei uns!» lud er sie ein, und zu Dschaafar sagte er: «Laß sie bis morgen bei dir übernachten, dann bringe sie zu mir, damit wir ihre Geschichten aufzeichnen, die wir heute nacht gehört haben!» Dschaafar gehorchte dem Befehl des Kalifen. Der Kalif aber begab sich in seinen Palast. Vor lauter Aufregung und Grübeln über die Erlebnisse der Bettelmönche, die Königssöhne gewesen waren, bis ihnen widerfahren war, was ihnen widerfuhr, konnte er nicht schlafen. Auch beschäftigte ihn immer noch die Sache mit der Dame und den beiden schwarzen Hündinnen und mit der anderen Dame, die die Stockschläge am Körper trug. Er fand keinen Schlaf. Der Kalif konnte es kaum erwarten, bis es Morgen wurde und er auf seinem Thron saß, der Wesir Dschaafar hereinkam und den Boden vor ihm küßte. «Dies ist nicht die Zeit für überflüssige Zeremonien!» herrschte ihn der Kalif an. «Geh und bring mir die beiden Damen, damit ich endlich erfahre, was es mit den beiden Hündinnen auf sich hat. Und bringe auch die Bettelmönche mit, mach schnell!» Das schrie er ihm förmlich ins Gesicht. Dschaafar entfernte sich und kam nach einer kurzen Weile mit den drei Damen und den drei Bettelmönchen zurück. Er ließ die Bettelmönche vor dem Kalifen Aufstellung nehmen; die Damen stellte er hinter einen Vorhang. «Verehrte Damen!» sagte er zu ihnen. «Weil ihr so gut und so großzügig zu uns wart, vergeben wir euch. Solltet ihr nicht wissen, wer jetzt vor euch sitzt, dann werde ich es euch sagen: Ihr steht vor dem siebten Kalifen der Abbasidendynastie, dem Kalifen Harun ar-Raschid, dem Sohn von al-Mahdi, Sohn von al-Hadi und Bruder von as-Saffah Ibn Mansur. Also sprich nun mit deutlicher Zunge, laß uns dein Innerstes sehen, und erzähle uns nichts als die Wahrheit! Sprich aufrichtig, und vermeide die Lüge, denn es heißt: ‹Sage die Wahrheit, selbst wenn sie dich mit dem Feuer der Drohungen versengt!› Jetzt erzähle dem Kalifen, warum du die beiden Hündinnen schlägst und danach weinst und sie auch mit dir weinen!»

Da erreichte das Morgengrauen Schahrasad, und sie hörte auf zu erzählen. «Ach, Schwester», seufzte Dinarasad, «wie spannend und wie aufregend ist deine Geschichte!» – «Was ist das schon», erwiderte sie, «gegen das, was ich euch morgen nacht erzählen werde, wenn ich dann noch lebe und mich der König verschont ...»

Die dreiundsechzigste Nacht

aus der Geschichte von Tausendundeiner Nacht

Und als die nächste Nacht gekommen war, erzählte Schahrasad:

Es ist mir zu Ohren gekommen, o glücklicher König, daß die Hausherrin, nachdem sie gehört hatte, was ihr Dschaafar im Namen des Beherrschers der Gläubigen zu sagen hatte, folgendermaßen antwortete:

Mit mir hat sich eine spannende und aufregende Geschichte zugetragen, die, schriebe man sie mit Nadeln in die innersten Winkel der Augen, zu einer Lehre würde für alle, die sich belehren lassen. Und das ist meine Geschichte:

Die Geschichte der ersten Dame, der Hausherrin

Die beiden schwarzen Hündinnen sind meine Schwestern. Wir waren drei Schwestern von derselben Mutter und demselben Vater. Die beiden anderen Damen, von denen die eine die Spuren der Schläge am Körper trägt und die andere immer einkaufen geht, sind ebenfalls meine Schwestern, jedoch von einer anderen Mutter. Als unser Vater starb, blieben wir drei allein bei unserer Mutter. Die anderen beiden Schwestern blieben ebenso bei ihrer Mutter, nachdem das Erbe aufgeteilt war. Eine Zeit verging, dann starb auch unsere Mutter. Sie hinterließ uns dreitausend Dinar. Wir teilten das Geld, und jede Tochter bekam tausend Dinar. Ich war die jüngste von ihnen. Meine beiden älteren Schwestern machten sich schon bald bereit zu heiraten und nahmen sich Ehemänner. Der Mann der Ältesten fügte sein Geld zu dem ihren, kaufte davon Handelswaren und ging mit ihr auf Handelsreise. Meine Schwester war fünf Jahre in der Fremde. Dort verbrauchte ihr Mann ihr ganzes Vermögen und verschwendete ihren gesamten Besitz, ohne etwas zurückzubehalten. Nicht einmal sie behielt er als Frau, sondern ließ sie in der Fremde zurück, wo sie gezwungen war, auf sich allein gestellt ihr Auskommen zu suchen. ☙ Fünf Jahre nachdem sie fortgegangen war, kehrte sie als Bettlerin zu mir zurück, in abgewetzten Kleidern und einem schmutzigen alten Mantel. Es ging ihr wirklich übel, und ich war schockiert, als ich sie in diesem Zustand sah. «Was hat das zu bedeuten?» fragte ich sie. «Jetzt nützen Worte auch nichts mehr», seufzte sie. «Das Sprichwort hat recht: ‹Der Stift des Schicksals hat geschrieben und hervorgebracht, was mir von Anfang an war zugedacht.›» Ich, o Beherrscher der Gläubigen, nahm sie auf, führte sie sogleich ins Bad und gab ihr neue Kleider. Dann kochte ich ihr eine Fleischbrühe und gab ihr etwas zu trinken. So pflegte ich sie einen vollen Monat lang. Dann sagte ich zu ihr: «Meine liebe Schwester, du bist die Älteste von uns und ersetzt uns unsere Mutter. Gott hat seinen Segen auf unser Vermögen gelegt. Ich habe die ganze Zeit Seide gesponnen und Rohseide gewonnen, so daß sich mein Gewinn vermehrt hat. Wir haben das gleiche Recht darauf, du und ich.» Damit ließ ich sie auch daran teilhaben und tat ihr alles Gute. Nun wohnte sie ein volles Jahr hindurch bei mir, und wir machten uns Gedanken wegen unserer dritten Schwester. Es dauerte gar nicht lange, da kam auch sie zurück, in einem Gewand, das noch schmutziger war als das der ältesten Schwester. Ich tat mit ihr dasselbe wie mit der Ältesten, pflegte sie und schenkte ihr neue Kleider. ☙ Nach einer Weile sagten beide zu mir: «Liebe Schwester, wir wollen wieder heiraten. Es steht uns nicht gut an, ledig herumzusitzen.» – «Meine lieben Schwestern», antwortete ich, «die Ehe bringt nichts Gutes, und gute Männer gibt es nur wenige. Laßt uns lieber hier beieinander wohnen bleiben; ihr habt doch schon einmal geheiratet, und es hat euch nichts eingebracht!» Aber sie, o Beherrscher der Gläubigen, hörten nicht auf meine Worte und heirateten erneut, gegen mein Einverständnis. Zum zweiten Mal mußte ich sie mit meinem Geld ausstatten. Und wieder ging es nicht lange gut: Schon nach kurzer Zeit wurden beide von ihren Ehemännern betrogen und verlassen. Unter tausend Entschuldigungen kamen sie zu mir zurück. «Ach, liebe Schwester!» sagten sie. «Du bist zwar die jüngste von uns, aber du bist viel klüger als wir beiden älteren Schwestern zusammen. Wir versprechen dir, daß von nun an das

Wort ‹heiraten› nie wieder über unsere Lippen kommen wird. Nur bitte, nimm uns auf, und gib uns einen Bissen zu essen.» – «Ach, liebe Schwestern», sagte ich, «ihr seid mir doch die liebsten Menschen überhaupt!» Damit nahm ich sie auf und behandelte sie großzügig. Nun wohnten wir ein drittes Jahr lang zusammen, währenddessen vermehrte sich mein Gewinn aus den Waren ständig, und ich wurde immer wohlhabender. Eines Tages, o Beherrscher der Gläubigen, kam mir der Gedanke, meine Waren nach Basra zu schicken und dort damit zu handeln. Ich rüstete ein großes Schiff aus und brachte alle meine Waren und all meinen Besitz und was ich sonst noch brauchte an Bord. Unter günstigem Wind segelten wir tagelang über das Meer, aber plötzlich irrten wir von unserer Route ab und trieben zwanzig Tage lang orientierungslos auf hoher See. Am Ende dieser zwanzig Tage, nachdem der Ausguck auf den Mast gestiegen war und Ausschau gehalten hatte, meldete er endlich: «Gute Nachrichten!» Fröhlich stieg er vom Mast herab und berichtete: «Ich habe so etwas wie eine Stadt gesehen. Es sieht aus wie eine graue Raibiya-Taube!» Wir freuten uns alle, und nach kaum einer Stunde war unser Schiff bei dieser Stadt angelangt. Ich ging von Bord, um mich in der Stadt umzusehen. Als ich zum Stadttor kam, sah ich dort Menschen sitzen mit Stöcken in den Händen. Ich näherte mich ihnen, und was sah ich da? Sie waren alle verzaubert und ganz aus Stein! Ich ging an ihnen vorbei in die Stadt. Dort sah ich die Menschen in ihren Läden – alle aus Stein. Es war, wie das Sprichwort sagt: «Dort war keine Menschenseele, nicht einmal einer, der ein Feuer anfachen könnte!» Ich streifte durch die Stadt, die gänzlich verzaubert dalag. Alle Bewohner waren zu Stein geworden, sie hörten nichts und sprachen nichts. Schließlich gelangte ich ans Ende der Stadt. Dort stieß ich auf eine mit rotem Gold beschlagene Tür. Ein seidener Vorhang war darüber heruntergelassen, davor hing ein Leuchter. «Mein Gott, wie seltsam», rief ich erstaunt aus, «daß hier überhaupt keine lebendigen Menschen sind!» Ich trat durch eine der Türen in einen kuppelüberwölbten Saal, schritt hindurch und fand dahinter einen zweiten Saal. So ging ich immer weiter, von Raum zu Raum, ganz allein und ohne irgend jemanden zu sehen. Furcht und Entsetzen beschlichen mich. Ich betrat die Gemächer, in denen die Frauen zu wohnen pflegen. Die Wohnungen dort erschienen wohlhabend und schön, die Wände waren rundherum mit bestickten Vorhängen behangen, die an goldenen Stangen aufgehängt waren. Dort fand ich die Königin, die Gemahlin des Königs. Sie hatte ein Gewand aus frischen

Perlen umgelegt, jede Perle war so groß wie eine Haselnuß, und auf ihrem Kopf trug sie eine edelsteinbesetzte Krone –

Da erreichte das Morgengrauen Schahrasad, und sie hörte auf zu erzählen. «Ach, Schwester», sagte Dinarasad zu ihrer Schwester, «wie köstlich ist deine Geschichte!» – «Was ist das schon», erwiderte sie, «gegen das, was ich euch morgen nacht erzählen werde, wenn ich dann noch lebe und mich der König verschont ...»

Die vierundsechzigste Nacht

aus den Geschichten und den aufregenden und spannenden Abenteuern von Tausendundeiner Nacht

Und als die nächste Nacht gekommen war, sagte Schahrasad:

Es ist mir zu Ohren gekommen, o König, daß die Dame – die Hausherrin – dem Kalifen erzählte:

Beherrscher der Gläubigen! Sie trug auf dem Kopf eine Krone, die mit vielen verschiedenen Arten von Edelsteinen besetzt war. Überall im Palast lagen Seidenteppiche mit goldenen Blumen darauf. In einem überwölbten Iwan stand ein Bett aus Elfenbein, über und über mit funkelndem Gold überzogen. Zwei Granatäpfel aus grünem Smaragd bildeten den Abschluß der Bettpfosten, und darüber spannte sich ein Himmel, der an Perlen hing. Ich sah unter dem Himmel ein Licht hervorleuchten, als führe ein Blitz aus einer Wolke. Da kletterte ich auf das Bett und steckte meinen Kopf unter den Himmel. Und was sah ich da? Einen Diamanten, so groß wie ein Straußenei. Er lag auf einem kleinen Schemel und flackerte wie ein Feuer. Sein funkelndes Licht raubte einem jeden das Angesicht. Auf das Bett waren eine seidene Matte und eine Decke aus Seide gebreitet; neben dem Kopfkissen flackerten zwei Kerzen. Doch niemand war unter dem Himmel. Als ich den Diamanten und die beiden flackernden Kerzen sah, wunderte ich mich. «Irgend jemand muß sie doch angezündet haben!» sagte ich zu mir selbst. Den ganzen Ort fand ich höchst seltsam. Ich ging in einen anderen Raum, fand die Küche, einen Weinkeller und die königlichen Schatzkammern. Weiter und weiter suchte ich, durchschritt eine Zimmerflucht nach der anderen, Raum für Raum, so lange, bis ich mich selbst und alles, was mir an merkwürdigen Dingen begegnet war, vergessen hatte. Ja, ich vergaß sogar das schreckliche Schicksal der Stadtbewohner, so sorglos ging ich umher. Darüber war die Nacht hereingebrochen. Ich wollte wieder zum Eingang des Palastes zurückgehen, doch fand ich ihn nicht wieder und lief in die Irre. Nun war es vollends Nacht geworden, und ich tappte eine Weile in der Dunkelheit umher. Ich fand kein Plätzchen, an dem ich mich hätte bergen können, bis auf das Himmelbett mit den Kerzen. Also legte ich mich auf die Matte und deckte mich mit der Decke zu. Doch kein Schlaf wollte mich mit sich nehmen. Gegen Mitternacht hörte ich etwas. Es war ein Klang, als läse jemand etwas vor mit einer feinen Melodie. Erfreut stand ich auf und ging der Stimme nach, weiter und weiter, bis sie mich schließlich zu einer kleinen Kammer führte. Die Tür war geschlossen. Ich spähte durch die Ritzen in der Tür und blickte in eine Art kleines Gotteshaus, das aussah, als wäre es gerade erst für eine Koranlesung hergerichtet worden. Es gab dort auch so etwas wie eine Gebetsnische; ich erkannte brennende Leuchter, die von der Decke hingen, zwei Kerzen und einen ausgebreiteten Teppich. Auf dem Teppich saß ein wunderschöner junger Mann. Vor ihm lag ein zum Lesen aufgeschlagener Koran, und er las laut singend daraus vor. Ich war verblüfft. Wie konnte es sein, daß alle Bewohner der Stadt verzaubert waren und nur dieser eine junge Mann verschont geblieben war? Das hatte, wie ich später erfuhr, eine erstaunliche Bewandtnis. Nun, ich öffnete die Tür und betrat den Gebetsraum. Freundlich grüßte ich den jungen Mann. «Lob sei Gott, der mich mit dir beglückt hat!» sagte ich zu ihm. «Nun werden wir gerettet, unser Schiff wird heil loskommen, und wir werden zu unseren Familien zurückkehren können! Mein lieber Freund, ich beschwöre dich bei dem, was du da vorträgst, antworte mir auf meine Frage!» Der junge Mann drehte sich um und lächelte mich an. «Liebe Frau», sagte er, «zuerst mußt du mir erzählen, wie du hierhergekommen bist, dann erzähle ich dir meine Geschichte und was mir und den Bewohnern meiner Stadt widerfahren ist, warum sie verzaubert sind und ich verschont geblieben bin.» Ich berichtete ihm, was es von uns zu berichten gab, nämlich daß wir mit unserem Schiff schon seit zwanzig Tagen in die Irre gefahren waren. Danach fragte ich ihn, was es denn nun mit der Stadt und ihren Bewohnern für eine Bewandtnis habe. «Gedulde dich, liebe Schwester!» antwortete er. «Ich werde es dir schon noch erzählen.» Damit schloß er seinen Koran, legte ihn zur Seite und ließ mich, o Beherrscher der Gläubigen, neben sich Platz nehmen.

Da erreichte das Morgengrauen Schahrasad. «Ach, Schwester», seufzte Dinarasad, «wie köstlich und wie aufregend ist deine Geschichte!» – «Ach nein, liebe Schwester», erwiderte sie, «was ist das schon gegen das, was ich euch morgen nacht erzählen werde, wenn ich dann noch lebe und mich der König verschont ...»

Die fünfundsechzigste Nacht

aus der Geschichte und den aufregenden Abenteuern von Tausendundeiner Nacht

In der folgenden Nacht sagte sie:

Die Leute behaupten, o glücklicher König, daß die Dame, die Hausherrin, dem Kalifen erzählte:

Beherrscher der Gläubigen! Er legte den Koran in die Nische, die nach Mekka zeigte, und ließ mich neben sich Platz nehmen. Ich sah ihm ins Gesicht. Er war so schön wie der aufgehende Vollmond und vereinte alle guten Eigenschaften, als hätte der Dichter über ihn gesagt:

Der Astronom betrachtete die Sterne in der Nacht,
Da strahlte ihm der Schöne aus dem vollen Mond entgegen.

Er nahm mit seinem Licht es mit der Morgensonne auf,
Noch vor dem Sonnenaufgang, und der Vollmond schwieg verlegen.

Gott, der Erhabene, hatte ihn mit dem Gewand der Schönheit bekleidet und dieses Gewand noch bestickt mit einem Bartflaum von strahlender Vollkommenheit. Es war, als hätte der Dichter über ihn die Verse gedichtet:

Ich schwör' bei seiner Hüfte und bei seiner trunknen Lider Rand
Und bei den Pfeilen, die er aus der Brust gezielt und abgesandt,

Bei seinen weichen Seiten und bei seinem fein geschärften Blick
Und bei dem weißen Stirnfleck, der hell unter schwarzen Haaren stand,

Bei einer Augenbraue, die den Schlaf raubt jedem, der sie sah,
Und die mit ihrem «Ja» und «Nein» mich schmerzhaft auf die Folter spannt,

Ich schwöre bei dem Skorpion, den seine Schläfenlocke formt
Und der durch Trennung tötet alle Liebenden im ganzen Land,

Und bei der Rose seiner Wange und bei der Myrte seines Barts,
Bei seines Mundes Karneol und seiner Zähne Perlenband,

Beim Dufte seines Atems und dem frischen Wasser seines Munds,
In dem sich edler Wein mit süßem Honig inniglich verband,

Bei seinem Hals und bei dem edlen Zweig, auf dem er wächst und der
Auf seiner Brust zwei Äpfel trägt, die man Granatäpfel genannt,

Beim Wiegen seiner Hinterbacken, wenn er sich bewegt, und bei
Der Schlankheit seiner Taille, wenn er steht ganz still und unverwandt,

Ich schwöre bei der Seide, die man spürt, wenn man ihn zart berührt,
Bei seinem fröhlichen Gemüt und seiner Schönheit Festgewand

Und bei der Güte seiner Hand und seiner Zunge Ehrlichkeit
Und bei dem edlen Ort seiner Geburt und seinem hohen Stand:

Den Moschus selbst kennt man nicht wieder, wenn man seinen Duft
nicht kennt,
Und diesen Duft hat er von ihm, nur darum weht er übers Land.

Die Sonne hat ihr Licht von ihm, und selbst der Sichelmond ist kaum
So schön wie das, was er an Fingernägeln schnitzt von seiner Hand.

Ich sah ihn an, Beherrscher der Gläubigen, mit einem Blick, auf den zur Strafe gleich ein Seufzer folgte, denn mein Herz war sofort in Liebe zu ihm entbrannt. «Mein Gebieter», sagte ich zu ihm, «und Geliebter meines Herzens! Erzähle mir über deine Stadt!» ❧ Da antwortete er: «Du mußt wissen, gottesfürchtige Frau, daß dies die Stadt meines Vaters ist. Er selbst ist der schwarze Stein, den du in dem verzauberten Palast gesehen hast. Die Königin aber, meine Mutter, befindet sich in jener Wolke dort drüben. Die Stadt gehört meinem Vater, er ist ihr König. Alle Bewohner der Stadt sind Magier. Sie beten das heilige Feuer an anstelle Gottes, des allmächtigen Königs. Vor dem Feuer werfen sie sich nieder, und sie schwören auch ‹beim heiligen Feuer›. Mein Vater zeugte mich im hohen Alter. Ich genoß eine angenehme Erziehung, wuchs auf und wurde erwachsen. Es lebte aber bei uns eine alte Frau, die lehrte mich den Koran lesen und sagte zu mir: ‹Keiner außer Gott, der Erhabene, verdient es, angebetet zu werden!› Ich lernte den Koran von ihr, aber ich hielt es vor meinem Vater und meiner restlichen Familie geheim. Eines Tages hörten wir alle, wie eine gewaltige Stimme uns zurief: ‹Ihr Bewohner dieser Stadt! Ihr sollt nicht länger die Feuer anbeten. Kehrt um zu Gott, dem Barmherzigen!› Aber sie sind nicht umgekehrt. Drei Jahre lang ist diese Stimme wiedergekommen und hat sie noch dreimal zur Umkehr gerufen. Letztes Jahr nun waren wir, ohne es zu merken, eines Morgens so verwandelt, wie wir jetzt sind. Außer mir ist niemand verschont geblieben. Hier sitze ich nun, wie du siehst, und widme mich dem Gottesdienst. Doch diese Einsamkeit kann ich kaum aushalten. Ich habe ja gar niemanden, der mir Gesellschaft leistet.» «Dann komm mit», sagte ich zu ihm, denn er hatte schon mein Herz geraubt, hielt mich fest am Halfter und war Herr über meinen Geist und Sinn, «komm mit mir nach Bagdad. Das Mädchen, das du vor dir siehst, ist eine Herrscherin über ihr Volk. Viele Männer und Sklaven sind ihr untertan; ich besitze Geld und Handelswaren. Ein kleiner Teil meines Vermögens liegt auf dem Schiff draußen vor deiner Stadt. Wie du weißt, sind wir in die Irre gefahren, bis uns Gott zu dir verschlagen hat, um mich mit deiner Jugend zu vereinigen!» So redete ich ihm zu, bis er einwilligte und sein Jawort gab. Ich wollte mein Glück kaum glauben. Diese Nacht verbrachte ich zu seinen Füßen. Am nächsten Morgen standen wir auf, packten aus den Schatzkammern seines Vaters wertvolle Schätze, die leicht zu tragen, aber schwer von Wert waren, und dann stieg ich mit ihm von dem Palast hinab in die Stadt. Dort fand ich meine Schwestern, den Schiffskapitän und die Diener, die allesamt nach mir suchten. Sie freuten sich, als sie mich wiedersahen. Ich erzählte ihnen die Geschichte des jungen Mannes und der Stadt, und sie verwunderten sich darüber. Aber meine beiden Schwestern, diese beiden Hündinnen hier, o Beherrscher der Gläubigen, verfielen in Eifersucht, als sie den jungen Mann sahen, und trachteten danach, mir etwas Böses anzutun. Nun, wir stiegen alle zusammen auf das Schiff, froh über den schönen Schatz, den wir gewonnen hatten. Die glücklichste von uns allen aber war ich, weil ich mich so sehr freute über den jungen Mann. So saßen wir auf dem Schiff und warteten auf günstigen Wind, um abzusegeln.

Da erreichte das Morgengrauen Schahrasad, und sie hörte auf zu erzählen. «Ach, Schwester», seufzte Dinarasad, «wie köstlich und wie aufregend ist

deine Geschichte!» – «Was ist das schon», erwiderte sie, «gegen das, was ich euch morgen nacht erzählen werde, wenn ich dann noch lebe und mich der König verschont ...»

Die sechsundsechzigste Nacht

aus der Geschichte und den spannenden und aufregenden Abenteuern von Tausendundeiner Nacht

In der folgenden Nacht sagte sie:

Die Leute behaupten, o glücklicher König, daß die Dame, die Hausherrin, dem Kalifen erzählte:

Beherrscher der Gläubigen! Endlich stand der Wind günstig, und wir konnten absegeln. Nun saßen wir auf dem Schiff zusammen, um uns zu unterhalten. «Schwester», fragten mich meine Schwestern, «was willst du mit diesem jungen Mann tun?» – «Ich will ihn heiraten», antwortete ich. Gleich darauf wandte ich mich an ihn. «Mein Herr», sagte ich zu ihm, «bitte widersprich mir nicht in dem, was ich vorhabe. Wenn wir in Bagdad, unserer Heimatstadt, angekommen sind, werde ich mich dir als Sklavin zu deinen Diensten zur Verfügung stellen. Du sollst mein Ehemann und Gebieter sein, und ich will deine Frau werden.» – «Einverstanden», erwiderte der junge Mann, «auch du sollst meine Herrin und Gebieterin sein, und was immer du tust, ich werde dir nicht widersprechen.» – «Seht ihr», sagte ich zu meinen Schwestern, «das ist mein Gewinn, und alles, was ihr eingebracht habt, könnt ihr als euren Gewinn betrachten. Dieser junge Mann und ich, wir gehören zusammen, und er gehört mir!» Von nun an begannen sie, böse Pläne gegen mich zu hegen. Vor lauter Eifersucht änderte sich ihre Hautfarbe, so neidisch waren sie auf mich. Wir segelten unterdessen bei gutem Wind dahin, bis wir sicheres Gewässer erreicht hatten. Nur eine kleine Weile mußten wir noch weitersegeln, dann hatten wir Basra schon fast erreicht. Wir legten uns zur Nacht schlafen. Meine Schwestern warteten, bis ich in tiefem Schlaf lag, dann hoben sie mich mitsamt meiner Matratze über Bord und warfen mich ins Meer. Dasselbe taten sie mit dem jungen Mann. Der Jüngling ertrank, ich aber – ach, ich wünschte, ich wäre mit ihm ertrunken! Jedoch wurde ich gerettet. Zufällig wurde ich auf einer Insel angetrieben, die hoch aus dem Wasser ragte. Als ich erwachte und bemerkte, daß ich mich im Meer befand, wußte ich sofort, daß meine Schwestern mich hintergangen hatten, und dankte Gott für meine Rettung. Ihr Schiff fuhr rasch wie der Blitz davon, und ich blieb die ganze Nacht an Ort und Stelle stehen. Als die Morgendämmerung aufschien, sah ich an der Spitze der Insel, auf der ich mich befand, eine trockene Stelle. Vorsichtig ging ich dorthin, bis ich festen Boden unter den Füßen hatte. Ich wrang meine Kleider aus und legte sie zum Trocknen in die Sonne. Dann aß ich ein wenig von den Früchten, die auf der Insel wuchsen, und trank etwas Wasser. Langsam ging ich weiter und setzte mich dann wieder, um mich auszuruhen. Zwischen mir und der Stadt lagen noch zwei Wegstunden. Plötzlich bemerkte ich eine große Schlange. Sie war so dick wie der Stamm einer Palme und bewegte sich schnell und hastig auf mich zu. Ich beobachtete sie, wie sie sich links und rechts herumschlängelte, bis sie vor mir lag. Ihre Zunge hing schon spannenlang auf die bloße Erde, und der lange Schlangenkörper wischte den Sand des Bodens hinweg. Eine zweite, lange und dünne Schlange, so lang wie zwei Lanzen und so dünn wie eine davon, kam hinter ihr hergekrochen. Sie hatte sich an ihrem Schwanz festgebissen, und die erste, hilflos ihren Schwanz nach rechts und nach links peitschend, versuchte vor ihr zu fliehen. Dabei liefen ihr Tränen über die Wangen. Als ich das sah, Beherrscher der Gläubigen, ergriffen mich Mitleid und Erbarmen mit der ersten Schlange. Ich holte mir einen großen Stein, hob ihn in die Höhe und schmetterte ihn auf die hintere Schlange nieder. Sie ringelte sich auf den Rücken und war tot. In diesem Moment entfaltete die andere Schlange zwei Flügel und flog davon, bis ich sie aus den Augen verlor. Ich setzte mich, um mich auszuruhen, und die Müdigkeit überwältigte mich, so daß ich einschlief. Als ich wieder erwachte, sah ich zu meinen Füßen ein schwarzhäutiges Mädchen mit zwei Hündinnen stehen. Sie berührte mich sanft, und ich richtete mich auf. «Wer bist du, Schwester?» fragte ich sie. «Hast du mich so schnell vergessen?» entgegnete sie. «Ich bin es, der du geholfen und die du so gut behandelt hast. Ich bin die Schlange, die hier vorbeiglitt. Du warst so freundlich, meinen Feind zu töten mit der Hilfe Gottes, des Erhabenen. Ich konnte es dir nicht besser vergelten, als daß ich dein Schiff eingeholt und einigen meiner Untertanen befohlen habe, es zu versenken. Zuvor jedoch habe ich alles, was auf dem Schiff war, in dein Haus gebracht. Ich habe das getan, weil ich erfahren habe, was deine Schwestern dir zugefügt haben, nachdem du ihnen Zeit ihres Lebens nur Gutes erwiesen hattest. Sie haben dich um deinen jungen Mann beneidet und euch beide ins Meer geworfen, wo der Junge ertrunken ist. Hier hast du sie», fuhr das schwarze Mädchen fort, «es sind diese beiden schwarzen Hündinnen. Und ich schwöre dir beim Schöpfer des Himmels, wenn du nicht tust, was ich dir sage, nehme ich dich und setze dich unter der Erde gefangen!» Mit diesen Worten stampfte das Mädchen auf den Erdboden, da wurde sie zu einem Vogel, der mich und meine beiden Schwestern auf den Rücken nahm und uns hoch in die Lüfte trug. Sie setzte mich in meinem eigenen Haus ab. Ich sah mich um. Tatsächlich fand ich all meinen Besitz wieder, der auf dem Schiff gewesen war. Sie hatte alles in mein Haus geschafft. «Ich schwöre bei dem, der die beiden Meere zusammenfließen läßt», fing sie dann wieder an, und dies war ihr zweiter Schwur, «wenn du mir zuwiderhandelst, mache ich aus dir eine Hündin wie die anderen! Und das mußt du tun: Jede Nacht gibst du jeder von beiden dreihundert Schläge mit dem Stock. Das ist ihre Strafe für das, was sie getan haben.» – «Jawohl», antwortete ich. Dann flog sie fort und ließ mich allein. So leben wir nun, und seit dem Tag, an dem sie diese Schwüre ausgesprochen hat, bestrafe ich meine beiden Schwestern jede Nacht, bis sie blutig geschlagen sind. Aber es tut mir selber weh, und ich tue es nicht aus eigenem Willen. Das ist der Grund, warum ich sie erst schlage und dann mit ihnen zusammen weine. Sie sollen wissen, daß ich sie nicht mutwillig schlage, und ich hoffe, daß sie meine Entschuldigung annehmen. Damit ist meine Geschichte am Ende.

Es wird berichtet: Als der Kalif die Geschichte zu Ende gehört hatte, verwunderte er sich sehr. Dann befahl er Dschaafar, er solle die zweite Dame erzählen lassen, warum sie Spuren auf ihrer Brust und an ihren Seiten trug. Und sie begann zu erzählen:

Beherrscher der Gläubigen! Als mein Vater starb –

Da erreichte das Morgengrauen Schahrasad, und sie hörte auf zu erzählen. «Wie köstlich ist deine Geschichte!» sagte ihre Schwester. «Was ist das schon», erwiderte sie, «gegen das, was ich euch morgen nacht erzählen werde, wenn ich dann noch lebe und mich der König verschont …»

Die siebenundsechzigste Nacht

aus der Geschichte von Tausendundeiner Nacht

In der folgenden Nacht sagte sie:

Es ist mir zu Ohren gekommen, o glücklicher König, daß die Dame mit den Schlagspuren dem Kalifen erzählte:

Die Geschichte der zweiten Dame, der mit den Schlagspuren

Als mein Vater starb, hinterließ er mir ein großes Vermögen. Ich heiratete den wohlhabendsten Mann von ganz Bagdad. Ein Jahr lang lebten wir zusammen und führten das angenehmste Leben. Doch dann starb auch er, und ich erbte von ihm meinen Teil. Mir fielen neunzigtausend Dinar zu. Mit dem Geld konnte ich auch weiterhin ein glückliches und angenehmes Leben führen. Ich betätigte mich als Schneiderin, schnitt Stoff zu und bestickte ihn reichlich mit Goldfäden. Bald war mein guter Ruf in aller Munde. Für mich selbst nähte ich zehn Gewänder, von denen jedes einzelne tausend Dinar wert war. Eines Tages saß ich so in meinem Haus, als plötzlich eine alte Frau zu mir hereintrat. Und was für ein altes Weib sie war! Ich sah sie mir an: Sie hatte ein fahles Gesicht, ihre Augenbrauen waren kahl geworden, ihre Augen sahen aus wie versteinert, und ihre Zähne waren abgebrochen und voller Lücken. Ihre Haut war mit Flecken übersät, ihr Blick war triefäugig, ihr Kopf mit Schuppen bedeckt, ihr Haar grau und ihr ganzer Körper von Krätze befallen. Sie hinkte, schwer vornübergebeugt. Blaß war sie, und aus ihrer Nase triefte Schleim. Sie war genau so, wie der Dichter sagt:

Sieben Fehler trägt sie im Gesicht.
Einer ist die Scheußlichkeit der Fratze,

Augen, welche triefen, runzelige Haut,
Viel zu kurzer Hals, und Haare: eine Glatze!

Die Alte grüßte mich und küßte den Erdboden vor mir. «Meine Dame!» sagte sie zu mir. «Ich habe eine Tochter, die Halbwaise ist. Heute abend ist ihr Hochzeitsfest, heute ihre Brautnacht. Aber weil wir fremd in dieser Stadt sind und noch niemanden kennen, sind wir ganz verzweifelt. Ich möchte dir gerne etwas dafür bezahlen, daß du heute abend zu uns kommst. Wenn die anderen Frauen der Stadt hören, daß du da bist, kommen sie auch. Bitte heile doch ihr gebrochenes Herz, und gib uns die Ehre deines Besuches!» Dann hob die Alte ihre Stimme und sprach die folgenden Verse:

«Wenn ihr uns besucht, dann gebt ihr uns die Ehre,
Und wir wissen wohl, daß es genauso wäre.

Aber wenn ihr nicht zu uns kommt, fehlt ihr uns,
Und kein Mensch ersetzt uns diese Leere!»

Die Alte brach nach diesen Versen in Tränen aus und wiederholte weinend ihre Bitte. Da wurde mein Herz weich, und ich versprach, ihr ihren Wunsch zu erfüllen. «Ja», sagte ich, «ich werde dir, in Gottes Namen, diesen Gefallen tun und deine Tochter mit meinen Gewändern schmücken und mit meinem eigenen Schmuck herausputzen.» Die Alte freute sich, beugte sich bis zur Erde und küßte mir die Füße. «Gott möge es dir mit Gutem vergelten», sagte sie zu mir, «und Er möge dein Herz heil machen, so wie du mein Herz geheilt hast. Aber, meine verehrte Herrin, ich will deine Dienste noch nicht sofort in Anspruch nehmen, sondern erst heute abend. Halte dich bereit, ich komme dich dann am Abend holen.» Damit ging sie wieder. Ich begann, Perlen anzuordnen und einen Brokatstoff damit zu besetzen. Den füllte ich reichlich mit Schmuck und Gold- und Silberteilen. Ach, ich ahnte ja nicht, was da im Verborgenen auf mich wartete! Als es Abend geworden war, kam die Alte wieder. Sie war fröhlich, lachte, daß man ihre Zahnlücken sah, küßte meine Hand und sagte: «Verehrte Herrin! Es haben sich schon die meisten Frauen der Stadt bei uns versammelt. Alle warten auf dich und freuen sich darauf, daß du kommst!» Ich stand eilig auf, kleidete mich an, gürtete mich und machte mich zurecht. Dann ging die Alte vor mir her, und ich folgte ihr, hinter mir kamen meine Dienerinnen. Weiter und weiter wanderten wir, bis wir in eine hübsche Gasse kamen, die sorgfältig gefegt und mit Wasser besprengt worden war. Über einer Tür war ein schwarzer Vorhang heruntergelassen, davor hing ein Leuchter mit goldenem Aufsatz und einem fein durchbrochenen Muster darin. Auf der Tür standen in goldenen Buchstaben die Verse:

Ich bin ein Haus voll Lust und Freuden,
Mein Besitzer soll sich an mir weiden.

In meiner Mitte steht ein Brunnen,
Dessen Wasser wegspült alle Leiden.

Kamille, Levkoje, Rose und Myrte
Wolln es mit ihrem Duft bekleiden.

Die Alte klopfte an die Tür. Die Tür öffnete sich, und wir traten in das Haus. Dort sahen wir brennende Kerzen in zwei Reihen stehen, von der Tür bis an die rückwärtige Seite des Hauses. Seidene Teppiche lagen auf dem Fußboden. Darauf stand ein prächtiges Bett aus Wacholderholz, das war über und über mit Juwelen besetzt. Über dem Bett spannte sich ein Himmel aus schimmerndem Atlas. Auf einmal schlüpfte unter dem Himmel ein Mädchen hervor. Ich schaute sie an, o Beherrscher der Gläubigen, und sie war so schön wie eine Hälfte des Mondes. Ihre Stirn leuchtete wie der aufgehende Vollmond oder die aufstrahlende Morgenröte. Sie war so, wie es der Dichter beschreibt:

Sie kam auf die Mädchen am Hofe des Kaisers zugegangen,
Von Kisra, dem Perserkönig, noch jung und unbefangen.

Die Zeichen auf ihren beiden Wangen leuchten wie Rosen.
Ach ja, wie köstlich und schön sind diese tiefroten Wangen!

Ganz schlank und zart ist sie und blickt aus schläfrigen Augen,
So hat sie alle Gaben und Preise der Schönheit empfangen.

Die Locke auf ihrer hellen Stirne sieht aus, als hätte
Die Nacht der Sorgen über dem Morgen der Freuden gehangen.

«Herzlich willkommen!» sagte das Mädchen, indem es unter dem Himmel hervortrat. «Willkommen der lieben und teuren Schwester!» Und sie erhob die Stimme und sprach die Verse:

«Das Haus wäre stolz, wenn es wüßte, wer es besucht,
Es würde sich freuen und küßte den Ort seiner Füße.

Mit seiner stummen Zunge würde es sprechen:
‹Willkommen den edlen Gästen, die ich begrüße!›»

Dann, o Beherrscher der Gläubigen, kam sie auf mich zu. «Meine Dame!» sagte sie zu mir. «Ich habe einen Bruder, der noch schöner ist als ich. Er hat dich auf einer Hochzeitsfeier oder einem anderen Fest gesehen. Wie er sagte, warst du wunderschön und prächtig anzuschauen. Er hat gehört, du seiest eine Gebieterin über deine Leute. Auch er ist ein mächtiger Herr über seine Untergebenen. Nun, er hat die Absicht, sein Band mit dem deinen zu verknüpfen. Du sollst seine Frau werden, und er will dein Ehemann sein.» – «O ja», erwiderte ich, «sein Wunsch ist mir Befehl.» Beherrscher der Gläubigen! Kaum hatte ich mein Jawort gegeben, da klatschte sie in die Hände, ein Schrank öffnete sich, und heraus kam ein wunderschöner junger Mann in sauberen Kleidern, wunderbar und ebenmäßig gewachsen, voller Schönheit und Anmut, Glanz und Vollkommenheit, mit einem sanften, doch koketten Blick unter einer Augenbraue, die aussah wie ein Schießbogen mit Pfeilen, und Augen, die die Herzen mit weißer Magie verzaubern und rauben. Es war, als hätte der Dichter über ihn gesagt:

> Sein Gesicht ist wie der Sichelmond,
> Auf dem das Glück wie helle Perlen wohnt.

Als ich ihn sah, war mein Herz sofort in ihn verliebt. Er setzte sich an meine Seite und sprach eine Weile mit mir. Dann klatschte das Mädchen zum zweiten Mal in die Hände. Ein anderer Schrank öffnete sich, und heraus kam ein Kadi mit vier Zeugen. Sie nahmen Platz und setzten den Ehevertrag auf. In dem Vertrag wurde mir die Bedingung gestellt, daß ich keinen anderen als ihn anschauen dürfte. Ich mußte diese Bedingung sogar mit einem heiligen Eid bekräftigen, sonst wäre er nicht zufrieden gewesen. Ich war überaus glücklich und konnte den Abend kaum erwarten. Als ich endlich mit ihm allein war, schlief ich mit ihm und verbrachte die schönste Nacht, die ich je erlebt habe. Am nächsten Morgen ließ er Schafe und Kamele schlachten, machte mir großzügige Geschenke und war lieb zu mir. So verbrachten wir einen vollen Monat. Mir ging es wunderbar. Eines Tages wollte ich einen speziellen Stoff kaufen. Ich bat ihn um die Erlaubnis, ausgehen zu dürfen. Er erlaubte es mir, und ich ging hinunter auf den Basar. Die Alte und zwei meiner Dienerinnen begleiteten mich. Ich betrat die Kaisariyya für Seidenstoffe. Die Alte sagte zu mir: «Herrin, hier gibt es einen jungen Händler, der eine unglaubliche Auswahl an Waren hat. Egal was du suchst, er hat es bestimmt, und keiner im ganzen Basar hat so guten Stoff wie er. Laß uns zu ihm gehen; du kannst alles, was du willst, bei ihm kaufen.» Wir begaben uns dorthin. Der Händler war ein gutaussehender, schlanker junger Mann, den der Dichter folgendermaßen beschrieben hat:

Oft denk' ich an den schlanken Jungen, durch dessen Haar und dessen Glanz
Die ganze Menschheit bald ins Dunkel, bald ins helle Licht geriet.

Mißachtet nicht das Muttermal auf seiner Wange! Es ist, als ob
Auf ihr ein ganzer roter Mohn mit einem schwarzen Punkt erblüht.

«Sag ihm, daß er uns einen schönen Stoff zeigen soll!» sagte ich zu der Alten. «Sag es ihm doch selbst!» erwiderte sie. «Weißt du denn nicht», entgegnete ich, «daß ich meinem Ehemann geschworen habe, nicht mit anderen Männern zu sprechen?» Da bat ihn die Alte: «Zeig uns deine Stoffe!» Er breitete sie vor uns aus. Einige Stücke gefielen mir. «Frag ihn, was der hier kostet!» bat ich die Alte. Sie fragte ihn, und seine Antwort war: «Dieses Stück Stoff verkaufe ich nicht für Silber und nicht für Gold, sondern nur gegen einen Kuß auf ihre Wange!» – «Um Gottes willen!» entfuhr es mir entsetzt. «Aber meine liebe Dame!» sagte die Alte. «Du brauchst ja nicht mit ihm zu sprechen, und auch er wird kein Wort zu dir sagen. Es genügt, wenn du dein Gesicht ein wenig zu ihm hinüberneigst, so daß er dir einen Kuß geben kann, nicht mehr als das!» Mit solchen Worten beredete sie mich so lange, bis ich mich schließlich zu ihm hinüberbeugte. Da packte er meine Wange mit seinen Zähnen und biß ein Stück Fleisch heraus. Ich sank in Ohnmacht. Als ich nach einer Weile wieder erwachte, hatte er seinen Laden abgeschlossen und war fortgegangen. Mir floß Blut übers Gesicht. Die Alte war ganz aufgeregt und zeigte Betroffenheit.

Da erreichte das Morgengrauen Schahrasad, und sie hörte auf zu erzählen.

Die achtundsechzigste Nacht

aus der Geschichte von Tausendundeiner Nacht

In der folgenden Nacht sagte sie:

Es ist mir zu Ohren gekommen, o glücklicher König, daß die Dame mit den Schlagspuren dem Beherrscher der Gläubigen erzählte, wie die Alte sich aufregte, Betroffenheit zeigte und laut ihr Bedauern äußerte. «Ach, Herrin», seufzte sie, «sei getrost. Gott hat dich vor etwas noch Schlimmerem bewahrt. Steh jetzt auf, und nimm deine Kräfte zusammen, damit du dich nicht entehrst. Wenn du nach Hause kommst, lege dich hin und sage, daß du dich nicht wohl fühlst. Zieh dir die Decke über den Kopf, ich werde dir Puder und ein Pflaster bringen, und in drei Tagen ist deine Wange geheilt.» Wir standen auf und gingen langsam, langsam nach Hause zurück. Dort angekommen, übermannte mich der Schmerz, und ich stürzte zu Boden. Ich schleppte mich unter meine Decke und trank etwas. ❧ Als die Nacht gekommen war, trat mein Ehemann zu mir ein. «Liebling», sagte er, «was ist dir zugestoßen?» – «Ach, nichts», sagte ich, «ich habe nur Kopfschmerzen.» Er zündete eine Kerze an und betrachtete mein Gesicht aus der Nähe. Da sah er die Wunde auf meiner Wange. «Wie ist das geschehen?» fragte er mich, und ich antwortete: «Als ich heute auf dem Basar gewesen bin, um mir ein Stück Stoff abschneiden zu lassen, hat sich ein Kameltreiber mit einer Last Brennholz an mir vorbeigedrängt. Weil die Gasse so eng war, hat mich ein Scheit von seinem Brennholz mit seinem scharfen Ende gekratzt, meinen Schleier zerrissen und mir die Wange verletzt, wie du siehst.» Der junge Mann erwiderte: «Gleich morgen früh gehe ich zum Oberaufseher der Stadt und befehle ihm, alle Kameltreiber der ganzen Stadt an den Galgen zu hängen.» – «Ach, Herr», sagte ich darauf, «es wäre nicht recht, wenn wir wegen dieser Sache Menschen töten und uns ihr Blut aufladen würden, so daß ich an ihnen schuldig würde.» – «Was ist dann der Grund?» fragte er. «Ich bin auf einem gemieteten Esel geritten», behauptete ich, «und der Vermieter des Esels hat mich in schnellem Tempo durch den Basar gezogen. Auf einmal hat mich der Esel abgeworfen. Ich bin mit dem Gesicht auf die Erde gefallen. Unglücklicherweise lag gerade dort eine Glasscherbe. Ich bin mit der Wange darauf gestürzt und habe mich daran verletzt.» – «Bei Gott!» sagte der junge Mann aufgebracht. «Ich werde die Sonne nicht aufgehen lassen, ehe ich nicht Dschaafar den Barmakiden veranlaßt habe, alle Eselvermieter und alle Straßenfeger der ganzen Stadt an den Galgen zu hängen!» – «Bei Gott, mein Herr», jammerte ich, «auch das ist mir nicht wirklich widerfahren. Du sollst meinetwegen keinen Menschen hängen lassen!» – «Was ist dann der Grund für die Wunde auf deiner Wange?» fragte er. «Eine Falle des Schicksals, in die Gott mich hat tappen lassen», sagte ich und murmelte noch ein paar unverständliche Sätze, aber er bestand darauf, daß ich mich äußern müßte. Da verwickelte ich mich in Widersprüche, und meine Worte erregten seinen Zorn. ❧ Als es soweit war, Beherrscher der Gläubigen, rief er laut ein Kommando. Es öffnete sich die Tür eines Vorratsschranks, und heraus kamen drei schwarze Sklaven.

Sie zogen mich auf seinen Befehl aus dem Bett und warfen mich, mitten im Haus, auf den Rücken zu Boden. Einem der Sklaven befahl er, sich an mein Kopfende zu setzen. Ein anderer setzte sich auf meine Knie. Der dritte Sklave zog sein Schwert, und zu diesem sagte er: «Saad, schlage sie in zwei Hälften, und jeder von euch soll eine Hälfte forttragen und in den Tigris werfen, wo die Fische sie fressen sollen. Das ist die gerechte Strafe für jemanden, der Schwüre bricht!» Und mit wachsender Wut sprach er die beiden Verse:

«Wenn ich bei meiner Liebsten einen Nebenbuhler habe,
Dann schlag' ich sie mir aus dem Sinn, und müßt' ich daran sterben.

‹Du meine Seele!› sage ich. ‹Nun stirb den Heldentod,
Denn Liebe, die ein Gegner stört, bringt nichts als nur Verderben!›»

Dann gab er seinem Sklaven den Befehl, mit dem Schwert zuzuschlagen. Der Sklave, der schon auf mir saß, sagte zu mir, nachdem er den Befehl erhalten hatte: «Hast du noch etwas auf dem Herzen, verehrte Herrin, bevor du stirbst? Jetzt ist dein letztes Stündlein auf dieser Welt gekommen.» – «Steht auf», bat ich, «und laßt mir ein bißchen Luft, damit ich ihm etwas erzählen kann.» 6 Dann hob ich den Kopf und schaute an mir selbst hinunter. Ich sah, in welch schreckliche Erniedrigung ich nach all meinem prächtigen Leben geraten war. Jetzt sah ich den Tod direkt vor mir, und die Tränen schnürten mir die Kehle zu. Ich weinte bitterlich. Aber er schaute nur zornig zu mir herüber und sprach die Verse:

«Sage zu dem, dem unsre Verbindung langweilig wurde und der uns gemieden,
Der in der Liebe mit einem anderen, hergelaufenen Freund war zufrieden:

‹Hiermit trennen wir uns von dir, bevor du dich von uns trennen kannst.
Das, was zwischen uns war, genügt uns, von nun an sind wir für immer geschieden.›»

Als ich ihn das sagen hörte, o Beherrscher der Gläubigen, brach ich erneut in Tränen aus und erwiderte, während ich ihn anblickte, die folgenden Verse:

«Ihr schickt mich in den Liebeskampf und setzt euch selbst und wartet schlicht,
Ihr haltet wach mein wundes Augenlid und schlaft im Mondeslicht.

Ich aber finde keinen Schlaf, mein Innres ist verrückt nach euch,
Mein Herz vergißt euch nie, die Tränen rinnen über mein Gesicht.

Ihr habt mir einst versprochen, treu und ehrlich gegen mich zu sein.
Doch kaum besaßet ihr mein Herz, da führtet ihr mich hinters Licht!

Ich liebte euch von Kindheit an, ich wußte nicht, was Liebe ist.
Ich werd' es schon noch lernen. Ach, nur tötet mich doch bitte nicht!»

Beherrscher der Gläubigen! Als er mein Gedicht gehört hatte, steigerte sich sein Zorn ins Unermeßliche. Wütend blickte er mich an und sprach die Verse:

Tawil

«Ich hab' meinen Liebsten nicht verlassen aus Überdruß.
Es gibt einen Grund, warum ich ihn nun verlassen muß.

Er wollte, daß zwischen uns ein andrer die Liebe teilt.
Doch dieses verbietet mir mein heiligster Herzensschluß.»

Ich sah ihn an, weinend und mit flehendem Blick, und sang die Verse:

Tawil

«Du hast alle Last des Liebeskummers mir auferlegt,
Dabei sind schon für ein Hemd zu schwach meine Glieder.

Es wundert mich nicht, daß meine Seele vernichtet wird.
Doch frage ich mich: Wer kennt den Körper noch wieder?»

Als er meine Worte hörte, beschimpfte er mich und machte mir Vorwürfe. Dann sprach er, während er mich ansah, die Verse:

Tawil

«Ihr habt euch von mir getrennt und liebt einen anderen Mann.
Ihr tatet's vor aller Welt; ich habe das nie getan.

Wenn ihr unsren Ort nicht liebt, dann gehen wir eben fort,
Und unsre Geduld vermag soviel, wie die eure kann.

Auch wir werden wieder jemand lieben an eurer Statt.
Doch ihr wart es, und nicht wir, der auf diese Trennung sann!»

Dann rief er seinem Diener zu: «Hau sie in Stücke, und verschaffe uns Ruhe vor ihr! Sie darf nicht länger leben!» ⁂ Während wir uns nun, o Beherrscher der Gläubigen, im Streit die Verse zuwarfen und ich an meinem

Leben verzweifelte und schon dem Tod ins Auge sah, war unbemerkt die Alte hereingekommen. Sie warf sich vor ihm auf die Knie und brach in Tränen aus. «Ach, mein Kind!» schluchzte sie. «Ich beschwöre dich bei allem, was ich dir gegeben, und bei meinen Brüsten, die ich für dich entblößt und aus denen ich dich gestillt habe, bei allen Diensten, die ich dir erwiesen und mit denen ich dich großgezogen habe: Schenke mir ihre Schuld! Du bist doch noch ein so junger Mann. Und da willst du dich mit ihrem Blut besudeln? Das Sprichwort sagt: ‹Wer tötet, wird getötet werden.› Was soll diese Gehässigkeit auf dieser Welt? Wirf sie weit von dir, und reiße sie dir vom Herzen!» Sie weinte und bettelte, bis er nachgab. «Es ist aber unbedingt notwendig», sagte er dazu, «daß ich an ihr ein Zeichen hinterlasse, das nie mehr verschwindet und auf ewig bleibt!» Er gab seinen Sklaven einen zweiten Befehl. Da zogen sie mir alle Kleider vom Leib und streckten mich am Boden aus. Die Sklaven setzten sich wieder auf mich, und der Dienstbote nahm einen Zweig vom Quittenbaum und schlug damit auf meine Seiten ein, bis ich an meinem Leben verzweifelte und die Besinnung verlor. Dann befahl er seinen Sklaven, mich, sobald die Nacht käme, fortzutragen und die Alte mitzunehmen, damit sie ihnen den Weg zu meinem Haus zeigen könne. Die Sklaven taten, was ihnen ihr Herr befohlen hatte. Sie brachten mich nach Hause und warfen mich dort auf den Fußboden, dann ließen sie mich allein. Alles das geschah, während ich noch bewußtlos war. Am nächsten Morgen begann ich, mich mit Arzneien und Salben zu pflegen. Ich betrachtete meinen Körper und bemerkte, daß er sich unter den Schlägen zusammengezogen hatte und meine Seiten voller Schlagspuren waren, als wären es Narben von Peitschenhieben. Vier Monate lag ich krank darnieder. Als es mir besser ging und ich wieder aufstehen konnte, wollte ich in das andere Haus zurückkehren, aber ich fand es in Schutt und Asche. Die Gasse, in der es gestanden hatte, war völlig zerstört. So ging ich denn zu meiner Schwester hier, die denselben Vater hat wie ich. Ich traf sie mit den beiden Hündinnen an. Freundlich grüßte ich sie und erzählte ihr, was mir geschehen war. «Ach, Schwester», sagte sie, «welcher Mensch kommt an der Unbill der Welt und des Schicksals vorbei?» Und sie sprach den Vers:

«So ist eben das Schicksal, du mußt es geduldig ertragen,
Ob du nun Geld verlierst oder der Liebste sich trennt.»

Dann, o Beherrscher der Gläubigen, erzählte sie mir, was sie mit ihren Schwestern erlebt und von ihnen erlitten hatte und wie diese schließlich verzaubert worden waren. Von nun an wohnte ich bei ihr, und nie wieder ist das Wort «Männer» über unsere Lippen gekommen. Unsere dritte Gefährtin, die immer einkaufen geht, holt jeden Tag vom Basar alles, was wir tags und nachts benötigen. So leben wir schon seit langer Zeit. In der vergangenen Nacht hat unsere Schwester von ihrem Gang auf den Basar den Träger mitgebracht, damit wir uns des Nachts mit ihm vergnügen könnten. Doch die Nacht war kaum zu einem Viertel vergangen, als diese drei Bettelmönche erschienen, mit denen wir uns dann ins Gespräch vertieften. Und noch bevor ein Drittel der Nacht verstrichen war, kamen drei wohlerzogene Kaufleute aus Mosul dazu. Sie haben uns ihre Geschichte erzählt, und wir haben uns mit ihnen unterhalten. Wir hatten ihnen aber eine Bedingung gestellt, und sie haben die Bedingung gebrochen. Da haben wir sie nach Gebühr bestraft. Wir haben sie dann gefragt, was sie schon alles erlebt hätten, und sie haben uns von ihren Erlebnissen erzählt. Daraufhin haben wir sie freigegeben. All dies war kaum vorüber, da wurden wir schon vor dich geladen. Das ist unsere Geschichte.

Der Kalif, o glücklicher König, war von ihren Geschichten und Erlebnissen ganz hingerissen.

Da erreichte das Morgengrauen Schahrasad, und sie hörte auf zu erzählen. «Ach, Schwester», seufzte Dinarasad, «wie köstlich und wie spannend und aufregend ist deine Geschichte!» – «Was ist das schon», erwiderte sie, «gegen das, was ich euch morgen nacht erzählen werde, wenn ich dann noch lebe und mich der König verschont ...»

Die neunundsechzigste Nacht

aus der Geschichte von Tausendundeiner Nacht

In der folgenden Nacht sagte sie:

Man hat erzählt, o König der Zeit, daß der Kalif, nachdem er sich ganz hingerissen gezeigt hatte von all diesen Abenteuern, sich an die erste Dame wandte. «Erzähle mir von der Schlange», forderte er sie auf, «von der Ifritin, die deine beiden Schwestern in Hündinnen verzaubert hat. Weißt du, in welcher Gegend sie wohnt? Oder hat sie dir gesagt, wann sie wiederkommt?» – «Beherrscher der Gläubigen!» antwortete die Dame. «Sie hat mir ein Büschel Haare übergeben und dazu gesagt: ‹Wenn du mich brauchst, verbrenne zwei von diesen Haaren. Ich bin dann gleich bei dir, selbst wenn ich mich noch hinter dem Berg Kaf befinde!› – «Wo hast du diese Haare?» fragte der Kalif. Sie zog sie heraus, und der Kalif nahm sie und verbrannte das ganze Büschel. Im selben Moment begann der Palast zu beben, und die Schlange erschien. «Friede sei mit dir, Beherrscher der Gläubigen!» sagte sie höflich. «Du mußt wissen, daß diese Frau mir so viel Gutes getan hat, daß ich es ihr niemals vergelten kann. Sie hat mich vor dem sicheren Tod gerettet und meinen Feind getötet. Ich habe zuvor gesehen, was ihre Schwestern ihr angetan hatten, und da ich mich erkenntlich zeigen wollte, konnte ich nicht anders, als sie an ihren Schwestern zu rächen. Ich wollte die beiden auf der Stelle töten, aber das hätte meiner Retterin das Herz beschweren können. So habe ich ihre Schwestern nur in Hunde verwandelt. Wenn du es wünschst, Beherrscher der Gläubigen, kann ich sie wieder erlösen. Dein Wunsch sei mir Befehl, ich höre und gehorche und tue alles gerne und mit Vergnügen, o Beherrscher der Gläubigen!» – «Ja, du Geisterwesen», sagte der Kalif, «tu das, und erlöse diese beiden. Wir wollen ihre Qual beenden. Wenn du die beiden erlöst hast, bleibt noch diese von Schlägen Gepeinigte. Möge Gott, der Erhabene, uns einen leichten Weg weisen und uns helfen, auszulöschen, was ihr Peiniger ihr angetan hat, und ihr Recht wiederherzustellen! Denn ich weiß wohl, daß sie unschuldig ist.» – «Beherrscher der Gläubigen!» erwiderte die Ifritin. «Sieh her, ich werde sogleich diese beiden erlösen. Danach werde ich dir den Menschen zeigen, der schuldig geworden ist an dieser hier. Du wirst ihn kennen, denn er steht dir sehr nahe!» Mit diesen Worten, o König, nahm die Ifritin eine Tasse mit Wasser zur Hand, sprach darüber Beschwörungsformeln und murmelte noch einige Worte, die wir nicht verstanden. Dann sprengte sie das Wasser auf die beiden Schwestern, und da waren sie erlöst und in ihre ursprüngliche Gestalt zurückgekehrt. «Beherrscher der Gläubigen!» sagte die Ifritin dann. «Derjenige, der diese Dame geschlagen hat, ist kein anderer als dein eigener Sohn al-Amin, der Bruder von al-Mamun. Er war es, der von ihrer Schönheit und Anmut gehört hatte und sie in eine Falle gelockt hat, um sie zur Frau nehmen zu können. Dennoch trifft ihn keine Schuld an ihrer Folter, denn er hatte ihr eine klare Bedingung gestellt und sie einen heiligen Eid schwören lassen, doch sie hat den Eid gebrochen. Er wollte sie umbringen, hat aber bedacht, was für eine Schuld er damit auf sich laden würde, und weil er gottesfürchtig ist, hat er sie nur mit Schlägen bestraft und sie anschließend in ihr Haus zurückgeschafft. Dies ist die Geschichte des zweiten Mädchens, Gott allein weiß es besser.» Als der Kalif die Worte der Ifritin gehört und die Geschichte der Dame mit den Schlagspuren verstanden hatte, verwunderte er sich aufs äußerste. «Gepriesen sei der allmächtige Gott», sagte er, «der mir dieses Mädchen geschenkt und die beiden Frauen erlöst und von der Qual ihrer Verzauberung befreit hat. Ich schwöre bei Gott, daß ich nun etwas tun werde, was man sich noch nach meinem Tod erzählen wird!» Mit diesen Worten, o König, ließ der Kalif seinen Sohn al-Amin zu sich kommen. Er befragte ihn zu der Geschichte und ob es damit seine Richtigkeit habe. Dann rief er einen Kadi und Zeugen herein und ließ die drei Bettelmönche holen. Er ließ die erste Dame und die beiden Damen, die verzaubert gewesen waren, zu sich kommen, dazu die Dame mit den Schlagspuren und jene, die immer einkaufen ging. Nachdem er alle diese um sich versammelt hatte, gab er die beiden verzauberten Frauen und ihre Schwester, die erste Dame, den drei Bettelmönchen, die eigentlich Königssöhne waren, als Ehefrauen. Die Bettelmönche machte er zu seinen Kämmerern und schenkte ihnen Kamele, Pferde und alles andere, was sie sonst noch brauchten. Er ließ sie in einem Palast in Bagdad wohnen, und sie gehörten von nun an zu seinen engsten Vertrauten. Die Dame mit den Schlagspuren verheiratete er mit seinem Sohn al-Amin, indem er den Ehevertrag erneuerte. Dazu schenkte er ihr viel Geld und ordnete an, daß ihr Haus für die beiden wieder aufgebaut würde, und zwar noch schöner, als es zuvor gewesen war. Dann nahm er die dritte Dame, die immer einkaufen gegangen war, selbst zur Frau.

Alle Anwesenden wunderten sich über die Großzügigkeit, Weisheit und Güte des Kalifen. Jetzt erst hatten sie ihre eigenen Geschichten bis in ihre tiefsten Gründe begriffen und schrieben sie für alle Ewigkeit nieder.

Die drei Äpfel

Wenig später, als einige Nächte vergangen waren, sagte der Kalif zu Dschaafar: «Ich will in die Stadt hinausgehen und hören, was die Leute zu erzählen haben. Wir wollen die Meinung des Volkes befragen über die Urteile unserer Richter, und jeden, über den sie sich beklagen, wollen wir seines Amts entheben, wen sie aber loben, den wollen wir fördern.» – «Jawohl», antwortete Dschaafar. ❧ Bei Einbruch der Nacht verließen Dschaafar, der Diener Masrur und der Kalif den Palast, gingen hinaus in die Stadt und wanderten durch die Straßen und Gassen des Basars. Als sie eben durch eine enge Gasse gingen, bemerkten sie am Ende jener Gasse einen alten Mann, der ein Netz, einen Korb und einen Stock auf seinem Kopf trug. «Dies ist wahrhaftig ein armer und bedürftiger Mann», sagte der Kalif zu Dschaafar, dann sprach er den Alten an: «Ehrwürdiger Scheich, was ist die Ursache für deinen Zustand?» – «Mein Herr», erwiderte dieser, «ich bin Fischer und habe eine Familie zu versorgen. Schon heute mittag bin ich aus dem Hause gegangen, aber bis zu diesem Moment habe ich nicht einen einzigen Fisch gefangen. Kein Pfand besitze ich, das den Unterhalt meiner Familie sichern könnte, nicht einmal mehr ihr Abendessen kann ich bezahlen. Nun weiß ich keinen Rat mehr, ich wünsche mir den Tod, das Leben ist mir verhaßt.» – «Willst du, lieber Fischer», sagte der Kalif zu ihm, «mit uns ans Wasser zurückkehren, dich am Ufer des Tigris aufstellen und dein Netz auf mein Los auswerfen? Was immer du fängst, kaufen wir dir für hundert Dinar ab.» – «Ja, mein Gebieter», erwiderte der Alte erfreut, machte kehrt, und sie gingen mit ihm zurück an den Tigris. ❧ Der Fischer warf sein Netz aus, schnürte es zusammen, zog daran und hob eine schwere, verschlossene Kiste aus dem Wasser. Der Kalif bezahlte dem Fischer die hundert Dinar, dann brachte Masrur die Kiste ins Schloß. Sie öffneten sie und fanden darin einen Korb, aus Palmblättern geflochten und mit einem roten Wollfaden zugenäht. Sie öffneten den Korb und fanden darin ein Stück Teppich. Sie nahmen den Teppich weg und sahen einen Umhang aus Stoff, der an vier Enden eingeschlagen war. Man entfaltete den Umhang, und sie erblickten darunter ein

Mädchen, so frisch und zart wie ein Silberbarren. Das Mädchen war tot und zerstückelt.

Da erreichte das Morgengrauen Schahrasad, und sie hörte auf zu erzählen. «Ach, Schwester!» seufzte Dinarasad. «Wie köstlich ist deine Erzählung!» – «Was ist das schon», erwiderte diese, «gegen das, was ich euch morgen nacht erzählen werde, wenn ich bis dahin noch lebe und verschont geblieben bin ...»

Die siebzigste Nacht

aus der Geschichte von Tausendundeiner Nacht

In der folgenden Nacht sagte sie:

Es ist mir zu Ohren gekommen, o glücklicher König, daß sie das Mädchen erblickten, das in neunzehn Stücke zerschnitten war. Als der Kalif sie betrachtete, erfaßten ihn Kummer und Trauer. Tränen stürzten ihm aus den Augen. Voll Zorn wandte er sich an Dschaafar: «Du Hund von einem Wesir! Du läßt es zu, daß in meiner Stadt Mörder ihr Unwesen treiben und ihre Opfer in den Fluß werfen! Sollen sie denn bis zum Jüngsten Tag auf meinem Gewissen lasten? Bei Gott», fuhr er fort, und seine Stimme wurde lauter, «ich werde dieses Mädchen an demjenigen rächen, der es umgebracht hat. Den grausamsten Tod werde ich ihn sterben lassen. Forschst du mir ihren Mörder nicht aus, dann hänge ich dich auf und mit dir noch vierzig deiner Verwandten!» Und er geriet in heftige Wut, während er Dschaafar so furchtbar anschrie. Dieser zog sich zurück, nicht ohne den Kalifen zu bitten: «Gib mir drei Tage Frist, o Beherrscher der Gläubigen!» – «Du sollst sie haben», antwortete der Kalif. Bedrückt und von Widerwillen erfüllt begab sich Dschaafar in die Stadt hinaus, ohne zu wissen, was er tun sollte. «Wie soll ich den Mörder dieses Mädchens ausfindig machen?» sprach er zu sich selbst. «Nehme ich irgendeinen Gefangenen aus dem Gefängnis und führe den vor, dann habe ich ihn für immer auf meinem Gewissen. Nein, ich weiß nicht aus noch ein. Es gibt keine Kraft und keine Stärke außer bei Gott, dem Erhabenen und Mächtigen!» So saß er in seinem Haus den ersten Tag und den zweiten und den dritten bis zum Mittag. Da schickte ihm der Kalif einen seiner Kämmerer, und er begab sich hinauf zu ihm.

«Wo ist der Mörder des Mädchens?» fragte der Kalif. – «O Beherrscher der Gläubigen», antwortete dieser, «bin ich etwa der Zunftmeister der Mörder, so daß ich sie alle kenne?» Da geriet der Kalif in Zorn, erhob ein Geschrei gegen ihn und befahl, ihn vor seinem Palast zu erhängen. In allen Winkeln Bagdads ließ er den Herold ausrufen: «Wer sehen will, wie der Wesir Dschaafar gehenkt wird zusammen mit vierzig Barmakiden aus seiner Verwandtschaft, der komme vor den Palast und schaue zu!» Sogleich erschien der Statthalter mit einigen Kämmerern. Sie befahlen Dschaafar und den Barmakiden, sich unter dem Galgen aufzustellen, wo sie warten sollten, bis das Tuch im Fenster auftauchte – das war nämlich das bekannte Zeichen –, während das ganze umstehende Volk bereits in Jammer und tränenreiche Klagen ausgebrochen war. Geradeso verhielt es sich, als plötzlich ein junger, fein gekleideter Mann mit mondhellem Antlitz, weiß und schwarz strahlenden Augen, leuchtender Stirn, roten Wangen, zartem Bartflaum und mit einem Muttermal, so schön und rund, als wäre es ein Amberstückchen, sich einen Weg durch die Menge bahnte, bis er vor Dschaafar stand, dessen Hand küßte und rief: «Steh auf, du bist der abscheulichen Tat entronnen! Erhebe dich, Herr der Wesire, Zuflucht der Armen, großer Befehlshaber, und laß mich zur Sühne für die Ermordete an den Galgen hängen. Laß mich ihre Schuld bezahlen, ich bin ihr Mörder!» Als Dschaafar die Worte des jungen Mannes hörte und seine Rede vernahm, wurde er zugleich froh über seine eigene Rettung und betrübt über jenen jungen Mann. Da erschien auf einmal, als sie noch miteinander sprachen, ein alter, bejahrter Greis und kämpfte sich durch die Menge. «O Wesir, ehrfurchtgebietender Herr!» rief er, als er bei Dschaafar angelangt war. «Glaube diesem Jüngling nicht, was er sagt! Kein anderer als ich hat das Mädchen ermordet, also laß mich ihre Schuld bezahlen, sonst ziehe ich dich vor Gott, dem Erhabenen, selbst zur Verantwortung.» – «Verehrter Wesir», warf der Jüngling ein, «niemand außer mir hat sie ermordet!» – «Mein Sohn», widersprach der Alte, «ich bin alt und satt von dieser Welt, du aber bist jung, und ich werde dich mit meinem Leben freikaufen. Kein anderer als ich hat das Mädchen getötet», fuhr der Alte fort, zum Wesir gewandt, «also beeile dich und laß mich aufhängen, weil es für mich nach ihrem Tod kein Leben mehr gibt!» Die Unterredung der beiden verwunderte Dschaafar. Er nahm beide, den Jüngling und den Alten, und führte sie hinauf zum Kalifen. «O Beherrscher der Gläubigen», sprach er, nachdem er siebenmal den Boden geküßt hatte, «der Mörder des Mädchens hat sich bei uns eingefunden, nämlich dieser Jüngling und dieser alte Mann. Der eine sagt: ‹Ich bin ihr Mörder›, und der andere behauptet ebenfalls: ‹Ich bin ihr Mörder.› Hier stehen beide vor dir.» ◈ *Es wird berichtet:* Der Kalif musterte beide, den Jüngling und den Alten, dann sagte er: «Welcher von euch hat das Mädchen ermordet und in den Fluß geworfen?» – «Ich habe sie getötet», sagte der junge Mann. Aber der Alte sagte: «Kein anderer als ich hat sie getötet.» – «Niemand außer mir hat sie umgebracht», widersprach der Jüngling. «Geh hinunter», wandte endlich der Kalif sich an Dschaafar, «und hänge sie beide.» – «O Beherrscher der Gläubigen», erwiderte Dschaafar, «wenn einer von beiden der Mörder ist, so ist es unrecht, den anderen zu hängen.» ◈ «Bei Dem, der den Himmel aufgespannt hat!» ergriff nun wieder der Jüngling das Wort. «Ich bin es, der sie ermordet hat. Ich habe sie in einen Korb aus Palmwedeln gelegt, mit einem Umhang zugedeckt, ein Stück Teppich über sie gebreitet und den Korb mit einem roten Wollfaden zugenäht. So habe ich sie in den Fluß geworfen, vier Tage ist's her, und bei Gott! Beim Jüngsten Tag! Laß mich nach ihrem Tod nicht länger leben, und nimm ihre Sühne von mir an!» ◈ Über diese Geschichte wunderte sich der Kalif. «Weshalb hast du sie denn getötet», fragte er den Jüngling, «wenn sie doch unschuldig war? Und was ist der Grund dafür, daß du dich selbst bezichtigst?» – «O Beherrscher der Gläubigen», sagte da der Jüngling, «mir ist mit ihr eine Geschichte widerfahren, die, schriebe man sie mit Nadeln in die innersten Winkel der Augen, zu einer Lehre würde für alle, die sich belehren lassen.» – «Erzähle uns, was für eine Geschichte dir mit ihr widerfahren ist!» verlangte der Kalif. «Ich höre und gehorche Gott und dem Beherrscher der Gläubigen», erwiderte der junge Mann. Und so –

Da erreichte das Morgengrauen Schahrasad, und sie hörte auf zu erzählen.

Die einundsiebzigste Nacht

aus der Geschichte von Tausendundeiner Nacht

Es ist mir zu Ohren gekommen, o glücklicher König, daß der Jüngling berichtete:

Beherrscher der Gläubigen! Ich will dir zu wissen geben, daß dieses ermordete Mädchen meine Frau ist, die Mutter meiner Kinder und zugleich meine Kusine. Dieser Alte aber ist mein Onkel und zugleich ihr Vater. Er hat sie mir vermählt, als sie noch Jungfrau war, und ich habe elf Jahre mit ihr gelebt. Sie war eine gesegnete Gattin. Drei Söhne sind mir von ihr geschenkt worden. Ihr Benehmen gegen mich war wunderbar; sie diente mir in unübertrefflicher Weise, und auch ich liebte sie heftig. Dies alles währte so lange, bis sie an einem der Tage dieses Monats eine große Schwäche befiel und sie immer kränker wurde. Ich pflegte sie liebevoll, und einen Monat später war sie ein wenig gesünder geworden. Da sagte sie eines Tages zu mir, bevor sie ins Hammam ging: «Mein lieber Vetter, ich möchte, daß du mir einen Gefallen tust.» – «Ich höre und gehorche», antwortete ich, «und wenn es tausend Gefallen wären.» – «Ich habe Lust auf einen Apfel», sagte sie, «dessen Duft ich riechen und von dem ich einen Bissen essen kann, bevor ich sterbe.» – «Mögest du bald genesen», wünschte ich ihr und begann in deiner Stadt zu suchen. Doch ich fand keine Äpfel. Dabei hätte ich sie wahrhaftig gekauft, selbst wenn jeder einzelne Apfel einen Aschrafi gekostet hätte. Das bekümmerte mich, denn so konnte ich ihr Verlangen nicht befriedigen. Ich ging nach Hause. «Liebe Kusine», gestand ich ihr, «bei Gott, ich konnte nichts finden.» Sie, die doch schon schwach war, wurde nun noch schwächer, und in jener Nacht verschlimmerte sich ihr Zustand sehr. Also stand ich auf, sobald der Morgen dämmerte, und lief in den Obstgärten umher, Feld für Feld, doch ich fand nichts. Schließlich gab mir ein alter Gärtner einen Rat. «Mein Sohn», sagte er, «Äpfel findest du nur im Obstgarten des Kalifen zu Basra. Dessen Verwalter hält sie in einem Lager.» Kaum nach Hause zurückgekehrt, machte ich mich, von der Liebe zu meiner Frau und meinem eigenen Mannesmut getragen, zur Reise bereit. Die Reise, o Beherrscher der Gläubigen, dauerte hin und zurück gut einen halben Monat, Nächte wie Tage. Ich brachte drei Äpfel mit, die ich dem Verwalter des Gartens für drei Golddinar abkaufte. Die übergab ich ihr, doch sie schenkte ihnen gar keine Aufmerksamkeit, sondern legte sie nur neben sich. Indessen wurde ihre Schwäche noch schlimmer, und ich wurde selbst ganz krank um ihretwillen. Noch weitere zehn Tage warf die Krankheit sie nieder. Eines Tages nun sitze ich so in meinem Laden und handele mit meinen Stoffen, da sehe ich einen Sklaven kommen, so hoch wie der Schaft eines ausgewachsenen Schilfrohrs, so breit wie eine Steinbank und von häßlicher Gestalt. Als er die Kaisariyya betrat, hatte er bei sich einen der drei Äpfel, für die ich einen halben Monat gereist war. Ich rief den Sklaven zu mir. «Sklave», sprach ich ihn an, «woher hast du diesen Apfel?» – «Von meiner Geliebten», versetzte dieser. «Als ich heute zu ihr hinaufstieg, fand ich sie krank, und neben ihr fand ich drei Äpfel. Ihr gehörnter Ehemann war, wie sie mir sagte, einen halben Monat gereist, um ihr diese Äpfel zu bringen. Nachdem ich mit ihr gespeist und getrunken hatte, habe ich mir einen Apfel genommen, und hier bin ich.» Beherrscher der Gläubigen, wie ich diese Worte hörte, wurde mir schwarz vor Augen. Ich bin aufgesprungen, habe meinen Laden abgeschlossen, bin nach Hause gelaufen und hinaufgegangen, völlig kopflos vor Wut und Zorn. Ich habe die Wohnung betreten und sofort nach den Äpfeln geschaut. Tatsächlich fand ich nur noch zwei. «Kusine», habe ich gesagt, «wo ist der andere Apfel?» Sie hat nur den Kopf gehoben. «Bei Gott, lieber Vetter», hat sie geantwortet, «ich weiß es nicht.» Da wußte ich, daß der Sklave die Wahrheit gesprochen hatte. Ich ergriff ein scharfes Messer, trat von hinten an sie heran, ohne sie anzusprechen, und warf mich auf sie. Mit dem Messer stach ich auf sie ein, schnitt ihr die Kehle durch und trennte ihren Kopf ab. Dann packte ich sie rasch in einen Korb, bedeckte sie mit einem Umhang und legte ein Stück Teppich darüber. Den Korb nähte ich zu, trug sie – nachdem ich sie in eine Kiste gelegt hatte – auf meinem Kopf an den Tigris und warf sie hinein. Bei Gott, o Beherrscher der Gläubigen, nimm nun endlich meine Sühne für sie an, und lasse mich eiligst hängen, sonst fordere ich vor Gott, dem Erhabenen, ihren Blutpreis von dir! Denn nachdem ich sie hineingeworfen und mich wieder nach Hause begeben hatte, sehe ich dort meinen ältesten Sohn sitzen und klagen. «Was hast du?» frage ich. «Vater», erwidert mein Sohn, «ich habe heute früh einen der drei Äpfel, die du meiner Mutter gebracht hast, gestohlen und mich damit unten in der Marktgasse unter meinen Brüdern aufgehalten. Plötzlich ist ein großer schwarzer Sklave gekommen und hat ihn mir weggerissen.

‹Bei Gott!› habe ich geschrien. ‹Guter Sklave, für diesen Apfel ist mein Vater einen halben Monat gereist bis nach Basra! Drei Äpfel hat er meiner kranken Mutter von dort gebracht. Nun laß mir keine Schande daraus werden!› Aber er hat mich gar nicht beachtet, und als ich ihn zum zweiten und dritten Mal anfuhr, hat er mich geohrfeigt und ist fortgegangen. Da sind wir alle zusammen, ich und meine Brüder, vor Angst aus der Stadt gelaufen, wo uns der Abend überrascht hat. Ich fürchte mich vor ihr», fuhr mein Sohn fort, «bitte, Vater, sag ihr um Gottes willen nichts davon, damit sie nicht noch kränker wird!» Als ich, o Beherrscher der Gläubigen, meinen Sohn das sagen hörte und sah, wie er sich ängstigte und weinte, da wurde mir bewußt, daß ich meine Frau zu Unrecht getötet hatte und sie zu Unrecht gestorben war und daß jener unheilvolle Sklave die Geschichte des Apfels von meinem Sohn erfahren und hernach Lügen und Verleumdungen über sie erzählt hatte. Darum, als ich das erfuhr, weinte, ja, schluchzte ich laut, gemeinsam mit meinen Söhnen. Auch dieser alte Mann, mein Onkel, welcher ihr Vater ist, kam herzu, und ich berichtete ihm: «Das und das ist geschehen.» Nun weinte auch er, und wir weinten alle miteinander bis zur Mitte der Nacht. Danach klagten wir drei Tage lang ununterbrochen darüber, daß sie zu Unrecht hat sterben müssen, und das alles wegen dieses Sklaven. Das ist meine Geschichte mit der Ermordeten, also töte mich, beim Leben deines Vaters und deiner Großväter! Denn nach ihr will ich nicht mehr leben. Nimm ihre Sühne von mir an, weil ich Unrecht an ihr getan habe.

Als der Kalif das hörte –

Da erreichte das Morgengrauen Schahrasad, und sie hörte auf zu erzählen.

Die zweiundsiebzigste Nacht

aus der Geschichte von Tausendundeiner Nacht

In der folgenden Nacht sagte sie:

Es ist mir zu Ohren gekommen, o glücklicher König, daß sich der Kalif über diesen Bericht des Jünglings aufs äußerste verwunderte. «Bei Gott», sagte er, «keinen anderen will ich hängen als jenen unglückseligen Sklaven! So werde ich ein Werk vollbringen, das Kranke gesund macht und den hocherhabenen König zufriedenstellt. Geh hinunter», wandte er sich an Dschaafar, «und bring mir diesen Sklaven, sonst schlage ich dir den Kopf ab!» Weinend verließ Dschaafar den Palast. «Jetzt hat mein letztes Stündlein geschlagen», sprach er, «wie das Sprichwort sagt: ‹Der Krug bleibt nicht immer heil.› In dieser Sache gibt's nun keine Ausflucht mehr. Der allmächtige, siegreiche Herr, der mich schon einmal gerettet hat, möge mich auch dies andere Mal bewahren. Bei Gott, ich will drei Tage lang nicht aus meinem Hause gehen, und dann mag Gott, wie es im Koran steht, ‹eine Sache vollbringen, die geschehen soll›.» So verharrte er den ersten Tag und den zweiten und den dritten bis zum Mittag. Schließlich verzweifelte er an seinem Leben, lud Zeugen und Kadis ein und setzte sein Testament auf. Dann rief er seine Töchter zu sich und begann, sich von ihnen zu verabschieden. Schon nahte der Bote des Kalifen mit der Meldung: «Der Kalif ist furchtbar zornig und hat einen Eid geschworen, daß dieser Tag nicht vergehen wird, ehe du am Kreuz hängst!» Da weinte Dschaafar, und auch seine Diener weinten, und mit ihnen alle, die im Hause waren. Endlich hatte Dschaafar allen seinen Töchtern und Anverwandten Lebewohl gesagt. Da sprang seine jüngste Tochter noch einmal auf ihn zu – die war ein entzückendes Mädchen, und er liebte sie mehr als alle anderen –, und er drückte sie an seine Brust, küßte sie und weinte um die Trennung von Frau und Kindern. Gerade als er sie aber vor lauter Pein und Liebe an seine Brust drückte und sie in der Heftigkeit ihrer Umarmung ganz fest an sein Herz preßte, bemerkte er in ihrer Brusttasche etwas Rundes. «Mein Fräulein», fragte er, «was hast du da in deiner Tasche?» – «Einen Apfel», antwortete die Kleine, «darauf der Name unseres Herrn, des Kalifen, eingeschrieben steht. Unser Sklave Raihan hat ihn mitgebracht, aber er hat ihn mir nicht eher gegeben, als bis wir ihm zwei Golddinar dafür bezahlt haben.» Die Erwähnung des Apfels und des Sklaven ließ Dschaafar laut aufschreien. Er steckte seine Hand in den Busen seines Töchterleins und zog den Apfel hervor, den er sogleich erkannte. «Wie nah ist die Rettung!» freute er sich und befahl, den Sklaven herbeizuholen. «Wehe dir, Raihan, woher hast du diesen Apfel?» sagte er, als dieser sich eingefunden hatte. «Bei Gott, mein Herr», erwiderte der Sklave, «das Sprichwort sagt: ‹Wenn die Lüge einmal rettet, so rettet die Wahrheit zweimal.› Diesen Apfel habe ich nicht gestohlen, weder aus deinem Palast noch aus dem Palast Seiner Majestät, noch aus dem Obstgarten des Beherrschers der Gläubigen. Vielmehr geschah es vor vier Tagen, daß ich durch einige Gassen der Stadt spazierte und den Kindern beim Spielen zusah. Einem Kleinen ist dieser Apfel heruntergefallen. Ich habe dem Kleinen eine Ohrfeige gegeben und ihm den Apfel weggenommen. Der Kleine hat geweint und gesagt: ‹He, Mann, der Apfel gehört meiner Mutter, die ist krank und hat ihn sich von meinem Vater gewünscht. Einen halben Monat ist mein Vater gereist und hat ihr drei davon gebracht. Einen davon habe ich eben gestohlen.› Ich habe ihm den Apfel aber nicht wiedergeben wollen, sondern ihn hierhergebracht und diesem kleinen Fräulein für zwei Dinar verkauft. Das ist die Geschichte des Apfels.» Dschaafar wunderte sich nicht wenig über diese Sache und wie es gekommen war, daß einer seiner eigenen Sklaven die Ursache des Unheils war. Freudig stand er auf, packte den Sklaven fest an der Hand, brachte ihn vor den Beherrscher der Gläubigen und erzählte diesem die ganze Geschichte von ihrem Anfang bis an ihr Ende. Der Kalif geriet in die allergrößte Verwunderung und lachte, bis er umfiel. «Nun sage noch», japste er, «daß dein Sklave der Grund des ganzen Unglücks ist?» – «So ist es, o Beherrscher der Gläubigen.» Da erfaßte den Kalifen eine große Verwunderung ob dieser merkwürdigen Zufälle. «Wundere dich nicht zu sehr darüber», sagte Dschaafar zum Beherrscher der Gläubigen, «denn diese Geschichte ist keineswegs spannender als die von den beiden Wesiren Nuraddin Ali von Kairo und Badraddin Hasan von Basra!» – «Wie bitte, mein geschätzter Wesir?» fragte der Kalif zurück. «Die Geschichte von den beiden Wesiren soll spannender sein als die Geschichte dieser Ermordeten?» – «Aber ja!» war die Antwort. «Und sie ist auch aufregender als diese. Aber ich erzähle sie dir nur unter einer Bedingung!» Und schon hatte sich der Kalif mit seinem ganzen Herzen an diese neue Geschichte gekettet. «Her mit der Geschichte!» befahl er. «Erzähle sie mir, mein lieber Wesir, und wenn sie wirklich spannender ist als das, was wir hier erlebt haben, schenke ich deinem Sklaven das Leben. Ist sie aber nicht spannender, so töte ich deinen Sklaven. Also heraus mit der Sprache, erzähle, was du zu bieten hast und wohin dein scharfer Geist vorgedrungen ist!» Und der Wesir erzählte:

Die zweiundsiebzigste Nacht

Die beiden Wesire Nuraddin von Ägypten und Badraddin von Basra

Beherrscher der Gläubigen! Es ist mir zu Ohren gekommen, daß in alter Zeit im Lande Ägypten einmal ein Sultan lebte. Er war gerecht und gläubig, gut und freigebig, liebte die Armen und suchte die Gesellschaft der Gelehrten, mit denen er stets zusammensaß. Darüber hinaus war er ein mutiger Krieger und ein Herr, dem man gerne gehorchte. Er hatte einen klugen und erfahrenen Wesir, der Wissen und Einfluß besaß und die Führung der Bücher ebenso wie das Aufsetzen von Schriftstücken beherrschte. Dieser Wesir war schon ein alter Mann. Er hatte zwei Söhne, zwei Monden gleich oder zwei hübschen Gazellen, so vollkommen waren sie in ihrer Schönheit und Anmut, ihrem Glanz und ihrem aufrechten und ebenmäßigen Wuchs. Der ältere hieß Schamsaddin Muhammad, der jüngere Nuraddin Ali. Der jüngere Sohn war noch schöner als sein älterer Bruder; er war der schönste Mensch, den Gott zu seiner Zeit erschaffen hatte. Nun wollte es das Schicksal, daß der Vater der beiden, der Wesir, starb und der Sultan sich in seiner Trauer an die beiden Söhne wandte, sie in seine Nähe holte, mit Ehrenkleidern beschenkte und zu ihnen sagte: «Ihr beide sollt an die Stelle eures Vaters treten; ihr sollt gemeinsam Wesire von Ägypten sein.» Die beiden küßten den Erdboden vor dem Sultan, dann begaben sie sich in die Stadt, um für ihren Vater die Beerdigung und die Trauerfeierlichkeiten abzuhalten. Einen Monat später traten sie ihr Wesirsamt an. Sie wechselten sich Woche für Woche ab, und wenn der Sultan auf Reisen ging, kam auf jede Reise abwechselnd der eine oder der andere Bruder mit. Die beiden Brüder wohnten zusammen in einem Haus und sprachen wie aus einem Mund. Eines Abends – es war der Vorabend einer Reise des Sultans, auf die ihn der ältere Bruder begleiten sollte – saßen sie zusammen und unterhielten sich miteinander. «Mein Bruder», sagte der Ältere, «ich finde, wir sollten heiraten, und zwar zwei Schwestern. Die Eheverträge sollten wir beide am selben Tag aufsetzen und beide in derselben Nacht unsere Ehen vollziehen!» – «Tu, was du für richtig hältst, lieber Bruder», erwiderte Nuraddin, «deine Ideen sind immer gut. Sobald du von der Reise zurückgekehrt bist, werden wir uns mit zwei Mädchen verloben, und so wird uns von Gott etwas Gutes zuteil werden.» – «Bruder», sagte der Ältere zu Nuraddin, «versprich mir folgendes: Wenn wir unsere Eheverträge am selben Tag aufgesetzt haben und in derselben Nacht mit unseren neuen

Ehefrauen schlafen und meine Frau und deine Frau in der Hochzeitsnacht ein Kind von uns empfangen, also beide in ein und derselben Nacht schwanger werden, und wenn sie nach Ablauf der Monate und Nächte ihrer Schwangerschaft am selben Tag ihre Kinder zur Welt bringen und deine Frau einen Jungen bekommt und meine Frau ein Mädchen, dann versprich mir, daß du deinen Sohn mit meiner Tochter verheiraten wirst!» – «Einverstanden, mein Bruder Schamsaddin», erwiderte Nuraddin und fügte hinzu: «Was würdest du denn von meinem Sohn als Brautpreis für deine Tochter verlangen?» – «Das mindeste, was ich von deinem Sohn verlangen würde», gab der Ältere zurück, «wäre ein Brautpreis von dreitausend Dinar, dazu drei Plantagen und drei Stücke bewirtschaftetes Land, und das ist nur der Brautpreis selber, ohne die Gebühr für den Ehevertrag.» «Aber Schamsaddin, mein Bruder!» ereiferte sich Nuraddin. «Was soll dieser überhöhte Brautpreis? Das ist viel zu viel! Sind wir beide nicht Brüder und teilen uns das Wesirsamt? Und kennt nicht jeder von uns seine Pflichten? Es wäre doch eigentlich deine Pflicht, daß du deine Tochter meinem Sohn ohne jeden Brautpreis anbietest, denn ein Junge ist mehr wert als ein Mädchen. Du aber benimmst dich gegen mich wie jemand, zu dem ein Mensch mit einem Anliegen kommt und der dann sagt: ‹In Gottes Namen, wir werden dir deine Bitte erfüllen, aber erst morgen.›» Und er stimmte den folgenden Vers an:

«Wenn einer einen Bittenden vertröstet auf den nächsten Tag,
Hat er die Bitte ausgeschlagen, wie jeder Kluge wissen mag.»

«Jetzt schweig aber still!» schimpfte Schamsaddin. «Wehe dir, daß du behauptest, dein Sohn sei mehr wert als meine Tochter! Daß du es überhaupt wagst, ihn mit ihr zu vergleichen! Bei Gott, du bist wirklich ohne Verstand und zu nichts nütze, und da sagst du auch noch, daß wir uns das Wesirsamt teilen? In Wirklichkeit habe ich dich nur deshalb aufgenommen, damit du mir Hilfsdienste leistest und auch aus Mitleid, um dich nicht vor Kummer zerbrechen zu lassen. Jetzt aber, und Gott ist mein Zeuge, werde ich sie auf gar keinen Fall mehr mit deinem Sohn verheiraten, selbst wenn du ihr Gewicht mit Gold aufwiegen würdest. Glaubst du etwa, ich würde deinen Sohn als Schwiegersohn akzeptieren? Nein, nein, bei Gott, ich gebe sie ihm niemals zur Frau, und wenn ich dafür den Todesbecher trinken müßte!» Als Nuraddin die Worte seines Bruders hörte, packte ihn eine heftige Wut. «Du wirst also, mein Bruder», sagte er, «meinen Sohn nicht mit deiner

Tochter verheiraten?» – «Nein», bekräftigte dieser, «ich werde es nicht zulassen. Nicht einmal einen Schnipsel von ihrem Fingernagel wird er bekommen! Und wenn ich nicht gerade jetzt zu einer Reise aufbrechen müßte, würde ich dir eine Lektion erteilen. Aber warte nur, bis ich von meiner Reise zurückkomme, dann werde ich dir zeigen, was meine Männlichkeit von mir fordert!» Nuraddin wurde daraufhin noch wütender und wäre vor Zorn fast in Ohnmacht gefallen, doch verbarg er, was in ihm vorging, und auch sein Bruder schwieg fortan. Beide gingen jeder auf seiner Seite des Hauses schlafen, voller Wut auf den anderen. So verbrachte also der jüngere Bruder die Nacht in mißmutiger Stimmung. Am nächsten Morgen zog der Sultan hinaus zu den Pyramiden. Es begleitete ihn Schamsaddin, da er an der Reihe war. Nachdem er abgereist war, stand Nuraddin, immer noch wutentbrannt, auf, öffnete seinen Vorratsschrank und füllte eine kleine Satteltasche mit Goldstücken. Sonst tat er nichts weiter hinein. Nun erinnerte er sich wieder, wie ihn sein Bruder gedemütigt und beleidigt hatte, und stimmte das folgende Gedicht an:

«Zieh fort! Du findest für die, die du zurückläßt, Ersatz.
Und müh dich! Nur in der Mühe kannst du dein Leben genießen.

Im Bleiben sehe ich weder Kraft noch Ziel, darum sollst
Du deine Heimat vergessen und dich für die Fremde entschließen.

Ich habe doch geseh'n, wie das stehende Wasser verdirbt.
Wenn es nicht fließt, wird es faulig. Gutes Wasser muß fließen!

Und stünde die Sonne ständig am Himmel, sie würde
Vor Langeweile alle Araber und Perser verdrießen.

Ja, selbst den Vollmond würde, wenn er nicht unterginge,
Wohl kaum ein Auge betrachten, ohne sich müde zu schließen.

Und käme der Löwe nicht aus dem Dickicht, er würde nichts reißen.
Verließe der Pfeil nicht den Bogen, du könntest ihn niemals schießen.

Das rohe Gold ist in seiner Mine nicht mehr wert als Erde.
Das Adlerholz, bleibt es an seinem Platz, muß als Brennholz es büßen.

Doch wandert es aus in die Fremde, wie hoch ist sein Ansehen dort!
Und verläßt der Goldstaub die Mine, so kannst du als Gold ihn begrüßen.»

Nachdem er sein Gedicht geendet hatte, gab er einem seiner Diener den Auftrag, das Maultier, das stets in Bereitschaft stand, mit seinem silberbeschlagenen Sattel und der dazugehörigen Satteldecke zu versehen. Dieses Maultier, eine Stute, war speziell dem Sultanshof zugeteilt. Sie war grau mit weißen Flecken, hatte Ohren wie gespitzte Schreibrohre und Beine wie gemauerte Säulen. Er gab also seinem Diener den Auftrag, die Maultierstute zu satteln und vollständig aufzuzäumen. Er sollte einen seidenen Teppich über sie breiten, einen bequemen Sattel darauf festschnallen sowie eine Satteltasche so befestigen, daß der Sattel darübergelegt werden konnte. Zu seinen Dienern und Sklaven sagte er: «Ich möchte draußen vor der Stadt, in der Gegend von Kalyub, ein wenig spazierenreiten. Ich werde ein oder zwei Nächte auswärts übernachten. Mich hat ein großer Kummer überfallen, und ich möchte nicht, daß mir irgend jemand folgt.» Mit diesen Worten bestieg er die Maultierstute, nahm ein wenig Proviant mit und verließ die Stadt zur Wüste hin. Der Tag war noch nicht zur Hälfte vergangen, als er in einer Stadt namens Bilbais eintraf. Dort stieg er ab, um zu rasten, aß etwas und kaufte neuen Proviant für sich und sein Maultier. Dann ritt er wieder fort, aufs freie Land hinaus, und gab seiner Stute die Sporen. Noch bevor es Abend geworden war, erreichte er as-Saidiyya. In der dortigen Station für Postkuriere verbrachte er die Nacht, nachdem er seine Maultierstute noch sieben, acht Runden herumgeführt, ihr etwas Futter gegeben und sich danach selbst etwas zu essen hervorgeholt und gegessen hatte. Er schob die Satteltasche unter seinen Kopf und breitete den Teppich und den Sattel unter sich aus. Da überkam ihn wieder der Zorn. «Ich will, bei Gott, aufs Geratewohl in die Welt ziehen, und wenn ich bis nach Bagdad käme!» schwor er sich. Dann schlief er ein. Am nächsten Morgen setzte er seinen Weg fort. Nun geschah es, Beherrscher der Gläubigen, daß er zufällig auf einen Postkurier traf und ihn ein Stück des Weges begleitete. Von da an stiegen sie gemeinsam zur Rast und Nachtruhe ab und reisten gemeinsam weiter, sie ritten sogar beide zusammen auf der Maultierstute. Gott hatte ihm Glück und Segen in sein Schicksalsbuch geschrieben, und so gelangte er wohlbehalten in die Stadt Basra. Als er vor der Stadt eintraf, war eben der Wesir von Basra draußen vor der Stadt und kam dem jungen Mann auf seinem Weg entgegen. Er sah, daß er ein hübscher junger Mann war und der Glanz der Bescheidenheit um ihn leuchtete, ging auf ihn zu, grüßte ihn und fragte ihn nach seinem Ergehen. Nuraddin erzählte ihm seine ganze Geschichte. «Ich bin wütend von meiner Familie fortgegangen», schloß er seinen Bericht, «und habe mir geschworen, nicht eher zurückzukehren, als bis ich alle Länder durchwandert habe, selbst wenn ich sterben müßte und der Tod mich ereilt, bevor ich mein Ziel erreiche.» – «Tu das nicht, mein Sohn!» warnte ihn der Wesir von Basra, nachdem er seine Rede gehört hatte. «Das ganze Land hier ist öde und wüst. Ich hätte Angst um dich!» Und er nahm Nuraddin mit in sein Haus, wo er ihn freundlich und ehrerbietig behandelte und eine heftige Liebe zu ihm zu empfinden begann. «Du mußt wissen, mein Sohn», sagte er zu ihm, «daß ich ein alter Mann bin und keinen Sohn habe. Ich habe aber eine Tochter, die ist ebenso schön wie du. Schon viele Heiratsanträge von reichen und bedeutenden Männern habe ich abgewiesen. Jetzt aber ist die Liebe zu dir in mein Herz gefallen, darum frage ich dich: Willst du meine Tochter als deine Magd annehmen, damit sie deine Gemahlin wird und du ihr Ehegemahl? Wenn du ja sagst, gehe ich sofort zum Sultan und sage ihm, daß du für mich wie mein eigener Sohn bist, und werde ihn so lange bitten, bis ich dich an meiner Statt zum Wesir gemacht habe und mich selber in mein Haus zurückziehen kann. Denn siehst du, mein Sohn, ich bin, bei Gott, schon ein alter und kranker Mann. Ich bin müde geworden. Ich werde dich als meinen Sohn annehmen, und du wirst über meinen ganzen Besitz verfügen und an meiner Stelle Wesir werden über die Stadt und Region von Basra.» Als Nuraddin hörte, was der Wesir gesagt hatte, senkte er den Kopf und blickte ein Weilchen zu Boden, dann gab er seine Zustimmung mit den Worten: «Ich höre und gehorche.» Darüber freute sich der Wesir. Er ließ seine Diener ein Essen und süße Nachspeisen vorbereiten und befahl ihnen, einen großen Saal, der für Hochzeitsfeiern vorgesehen war, zu schmücken. Sogleich taten sie, was er ihnen aufgetragen hatte. Dann versammelte er seine Freunde bei sich und schickte Boten zu den führenden Männern des Hofes und den Exzellenzen von Basra, um sie einzuladen. Nachdem sich alle bei ihm eingefunden hatten, hielt der Wesir folgende Rede: «Ihr sollt wissen, daß ich einen Bruder hatte, der Wesir von Ägypten war. Er hatte einen Sohn bekommen, und ich habe, wie ihr alle wißt, eine Tochter. Als nun sein Sohn ins heiratsfähige Alter kam – genau wie meine Tochter –, hat mein Bruder seinen Sohn zu mir geschickt. Hier ist er, und ich habe die Absicht, den Ehevertrag zwischen den beiden aufzusetzen. Er soll hier bei mir zum ersten Mal mit ihr zusammen sein. Sobald das geschehen ist, werde ich ihn zur Reise ausrüsten und ihn mit seiner neuen Ehefrau ziehen lassen.» – «Was für eine hervorragende Idee!»

sagten alle. «Sie ist wirklich gut, und dein Plan ist lobenswert. Möge Gott Eurer Exzellenz Kraft geben zum Erfolg und den klarsten und ebensten Weg vor Euch auftun!»

Da erreichte das Morgengrauen Schahrasad, und sie hörte auf zu erzählen.

Die dreiundsiebzigste Nacht

aus der Geschichte von Tausendundeiner Nacht

In der folgenden Nacht sagte sie:

Es ist mir zu Ohren gekommen, o glücklicher König, daß Dschaafar dem Kalifen erzählte, wie sie alle sagten: «... und Er möge den klarsten und ebensten Weg vor Euch auftun!» Kurze Zeit später trafen schon die Trauzeugen ein. Nun richteten die Diener Tische und Tafeln, und die Gäste speisten, bis sie satt waren. Danach wurden die süßen Speisen aufgetragen, und auch davon nahmen sie zur Genüge. Nachdem die Tafeln wieder abgetragen waren, traten die Trauzeugen vor und schlossen den Vertrag, den sie auch schriftlich niederlegten. Anschließend wurde mit Weihrauch geräuchert, und dann gingen alle ihrer Wege. Unterdessen hatte der Wesir seinen Dienern befohlen, Nuraddin Ali von Ägypten ins Hammam zu führen. Dorthin schickte ihm der Wesir ein wunderschönes Gewand, wie es Königen angemessen war, außerdem Badetücher, Weihrauch und alles, was er sonst noch benötigte. Als er nach einer Stunde wieder aus dem Hammam kam, erschien er wie der strahlende Vollmond oder wie ein aufgehender Morgen, als hätte der Dichter über ihn die Verse gedichtet:

> Sein Duft ist wie der Moschus, seine Wange eine Rosenblüte,
> Die Zähne weiße Perlen und sein Speichel Wein von erster Güte.
>
> Schlank wie die Gerte ist sein Wuchs, doch rund und prall die Hinterbacken,
> Sein Haar ist wie die Nacht, in der als Vollmond sein Gesicht erglühte.

So trat er zu seinem Schwiegervater ein und küßte ihm die Hand. Dieser stand auf, verneigte sich höflich vor ihm und ließ ihn dann neben sich Platz nehmen. «Mein Kind», wandte er sich an ihn, «ich möchte, daß du mir erzählst, aus welchem Grund du deine Familie verlassen hast. Wie konnten sie es zulassen, daß du dich von ihnen trennst und sie von dir? Ich bitte dich, verheimliche mir nichts und sage mir die ganze Wahrheit, denn es hat einmal jemand die weisen Worte gesprochen:

Sage die Wahrheit, auch wenn die Wahrheit brennt
Mit allen Flammen und Feuern des Jüngsten Tags und der Hölle.

Deinem Herrn sollst du dienen, denn es ist schlecht,
Daß der Mensch den Herrn erzürne und die Knechte zufriedenstelle.

Ich habe nämlich vor», fuhr der Wesir fort, «dich zu einem mächtigen Mann zu machen und an meine Stelle zu setzen.» – «Du mußt wissen, großer Wesir und ehrfurchtgebietender Herr», antwortete Nuraddin, nachdem er die Worte seines Schwiegervaters gehört hatte, «daß auch ich nicht zu den unbedeutenden Leuten gehöre und meine Familie nicht auf deren Wunsch oder mit ihrer Einwilligung verlassen habe. Ich werde dir alles erzählen, und du sollst genau erfahren, wie es um mich steht. Mein Vater war ein Wesir ...», und nun berichtete er ihm, wie der Vater gestorben und wie es zwischen ihm und seinem Bruder zum Streit gekommen war; das alles hier zu wiederholen, wäre überflüssig. «Du hast mir soviel Gutes getan», schloß Nuraddin seinen Bericht, «und hast sogar die Güte gehabt, mir deine Tochter zur Frau zu geben. Das ist meine Geschichte.» Der Wesir wunderte sich über das, was Nuraddin erzählt hatte. «Ihr habt euch also gestritten, mein Sohn, obwohl ihr beide noch nicht einmal verheiratet wart und noch keiner von euch ein Kind bekommen hatte?» sagte er, wobei er laut lachen mußte. «Mein liebes Kind, nun geh erst einmal zu deiner Frau. Morgen bringe ich dich zum Sultan und erzähle ihm von deinem Kummer. Wir wollen hoffen, daß Gott uns dann etwas Gutes zuteil werden läßt.» Also stand Nuraddin auf, ging zu seiner Frau und vollzog die Ehe mit ihr. Nun wollte es das vorbestimmte Schicksal und der wohlüberlegte Beschluß Gottes, daß in derselben Nacht in Ägypten sein Bruder, Schamsaddin Muhammad, mit einem Mädchen die Ehe vollzog. Es war genau dieselbe Nacht, in der Nuraddin Ali zum ersten Mal mit seiner Frau zusammen war. Der Grund dafür war folgender:* Als Nuraddin aus Ägypten abgereist war, woraufhin ihm all das widerfuhr, was wir geschildert haben, brach am

* An dieser Stelle ist im Original wahrscheinlich eine Nachtgrenze verlorengegangen. Relikte davon sind im Text stehengeblieben: «Die Leute behaupten, daß Dschaafar dem Kalifen erzählte: Es ist mir zu Ohren gekommen, daß ...» Die Übersetzung überspringt diese Formulierungen.

selben Tag auch sein älterer Bruder Schamsaddin zusammen mit dem Sultan von Ägypten zu einer Reise auf. Er blieb über einen Monat lang fort, dann kehrte er in sein Haus zurück, und der Sultan bestieg wieder seinen Thron. Doch als der Wesir seinen Bruder aufsuchen wollte, fand er ihn nicht. Er fragte die Leute nach ihm. «Ehrenwerter Kadi», berichtete ihm seine Dienerschaft, «an dem Morgen, an dem du zur Reise aufgebrochen bist, war die Sonne noch nicht einmal über ihm aufgegangen, da war er schon weit weg, in einem fernen Land. Er hat uns gesagt, daß er ein oder zwei Nächte ausbleiben werde, aber bis heute haben wir keine Nachricht von ihm.» Als er das von ihnen hörte, war der Wesir sehr betrübt, daß sein Bruder verschwunden war. «Er ist bestimmt aufs Geratewohl in die Welt hinausgezogen», sprach er zu sich selbst. «Ich muß ihn unbedingt suchen gehen, und wenn ich ihm bis in die fernsten Länder nachreisen müßte.» Und er schickte ihm Kuriere nach. Nuraddin war in jenem Monat bereits in Basra eingetroffen, die Kuriere aber kamen nur bis nach Aleppo, hörten dort nichts über Nuraddin und kehrten unverrichteter Dinge zurück. Nun gab Schamsaddin alle Hoffnung auf. «Es gibt keine Kraft und keine Stärke außer bei Gott, dem Erhabenen und Mächtigen!» seufzte er. «Ich war wirklich zu hart zu meinem Bruder, als wir uns über die Sache mit der Hochzeit unterhalten haben.» Einige Tage später wollte es Gott, daß er sich mit der Tochter eines wohlhabenden Ägypters verlobte und den Ehevertrag genau in derselben Nacht aufsetzte, in der sein Bruder seinen Ehebund in Basra schloß. So erlaubte es Gott – gepriesen und hochgelobt sei Er –, um Sein Urteil unter Seinen Geschöpfen zur Wirkung zu bringen, daß die beiden Brüder ihre Eheverträge am selben Tag abschlossen und in derselben Nacht zum ersten Mal mit ihren Frauen zusammen waren, der eine in Kairo und der andere in Basra. Das alles aber, Beherrscher der Gläubigen, geschah um einer Sache willen, die Gott, der Erhabene, ins Werk setzen wollte. Und so gebar die Frau von Schamsaddin, dem Wesir von Ägypten, ein Mädchen, und die Frau Nuraddins, des Wesirs von Basra, einen Jungen. Nuraddins Sohn war so schön, daß Sonne und Mond sich vor ihm schämen mußten. Er hatte eine hell leuchtende Stirn und rote Wangen, sein Hals war wie aus Marmor, und auf seiner rechten Wange trug er ein Muttermal, das glich einem runden Amberstückchen. Es war, als hätte ihn der Dichter mit folgenden Worten beschrieben:

Oft denk' ich an den schlanken Jungen, durch dessen Haar und dessen Glanz
Die ganze Menschheit bald ins Dunkel, bald ins helle Licht geriet.

Mißachtet nicht das Muttermal auf seiner Wange! Es ist, als ob
Auf ihr ein ganzer roter Mohn mit einem schwarzen Punkt erblüht.

Gott hatte den Kleinen reich ausgestattet mit Anmut und Schönheit, Glanz und Vollkommenheit, aufrechtem und ebenmäßigem Wuchs wie ein schlanker Zweig. Er bezauberte jedes Herz mit seiner Schönheit und raubte mit seiner Vollkommenheit einem jeden den Verstand. So perfekt war sein Aussehen und seine ganze Erscheinung, daß selbst die Gazellen ihre Augen und Hälse von ihm stehlen mußten. Alle schönen Eigenschaften hatte er auf sich vereinigt und keine ausgelassen oder vergessen. Es war, als hätte einer der Dichter ihn mit folgendem Gedicht beschrieben:

Und sollte die Schönheit sich selbst mit ihm messen,
So blickte die Schönheit beschämt auf die Knie.

Man fragte: «Hast du, liebe Schönheit, schon einmal ...»
Sie sagte: «... solch einen gesehen? Noch nie!»

Nuraddin Ali gab seinem Sohn den Namen Badraddin Hasan. Sein Großvater, der Wesir von Basra, freute sich über das Kind. Er ließ Festmähler veranstalten und Geschenke fertigen, die so prächtig waren, daß sie eines Königs würdig waren. Die Geschenke brachte der Wesir von Basra hinauf zum Sultanspalast und trat in Begleitung von Nuraddin Ali, dem ägyptischen Wesir, vor den Sultan. Nuraddin, der neben dem Wesir vor dem Sultan stand, küßte den Boden. Er war ein gefälliger und gütiger, kluger und demütiger Mensch, und nun erhob er die Stimme und sprach die Verse:

«Ich wünsche dir, daß Gott dir Macht und Dauer spendet,
Solange noch ein Abend sich zum Morgen wendet.

Solang es Nächte gibt, so lange sollst du leben,
In einem Wohlstand, welcher niemals endet!»

Der Sultan dankte Nuraddin für seine Worte und fragte dann den Wesir: «Wer ist dieser junge Mann, den du da mitgebracht hast?» Da erzählte der Wesir seine Geschichte vom Anfang bis zum Ende. «Verehrter König», sagte er dann, «ich schlage vor, daß er, den ich als meinen Herrn und Meister betrachte, Wesir wird. Er ist ein guter Redner, ich aber bin ein alter Mann geworden, meine Kraft hat abgenommen, und mein Verstand durchschaut nicht mehr alles. Ich möchte den Sultan um den Gefallen bitten, ihn an meine Stelle zu setzen und ihm die Würde des Wesirs zu übertragen. Er hat sie verdient, das sage ich, so wahr ich dir gedient habe.» Mit diesen Worten küßte er den Erdboden. Der Sultan sah sich Nuraddin, den Wesir von Ägypten, genauer an, und er gefiel ihm. «So geschehe es», sagte er, ließ ein prächtiges Ehrengewand bringen und kleidete Nuraddin damit. Dazu schenkte er ihm eine Maultierstute aus seinem Privatstall und wies Gehalt und Sold für ihn an. Frohen Mutes kehrten der Wesir und sein Schwiegersohn nach Hause zurück: «Das ist alles wegen unseres neugeborenen Söhnchens Hasan geschehen», sagten sie zueinander. Am nächsten Tag begab sich Nuraddin hinauf zum Sultan und setzte sich auf den Amtssitz des Wesirs. Er unterschrieb Dokumente, versiegelte Schriftstücke, verlieh Geschenke und fällte Urteile, kurzum, er tat alles, was zum Amt eines Wesirs gehörte, und ließ es dabei an nichts fehlen. Der Sultan holte ihn daraufhin in seine Nähe. Als Nuraddin abends nach Hause zurückkehrte, war er vergnügt und glücklich über das, was der Sultan ihm anvertraut und geschenkt hatte, und darüber, daß er ihm das Wesirsamt übertragen hatte. Auch über seinen Sohn Badraddin freute er sich sehr und begann sogleich mit dessen Erziehung. Tage und Nächte vergingen, und Badraddin wuchs und wurde größer. Mit ihm wuchs auch seine Schönheit und Anmut. Als er vier Jahre alt war, wurde sein Großvater, der alte Wesir, der Vater seiner Mutter, sehr krank. Er setzte ein Testament auf, in dem er ihm seinen gesamten Besitz vermachte, dann starb er. Sie hielten ein Begräbnis und Trauerfeierlichkeiten für ihn ab und luden die Leute zu seinen Ehren zu Gastmählern ein. So ging es einen ganzen Monat lang. Nuraddin wirkte weiter als Wesir von Basra, während sein Sohn Badraddin wuchs und gedieh. Im Alter von sieben Jahren schickte ihn sein Vater in eine Schule und gab ihn in die Obhut des Schulmeisters. «Achte sorgfältig auf dieses Kind», wies er ihn an, «laß ihm eine gute Ausbildung angedeihen, lehre ihn alles, was er braucht, und befördere gewissenhaft seine Bildung.» Weil Badraddin klug, verständig, vernünftig, freundlich und gut im Reden war, waren alle herzlich froh über ihn. Er blieb eine Zeitlang in der Schule, und der Schulmeister unterrichtete ihn so lange, bis er lesen und alles andere gelernt hatte. Das dauerte zwei Jahre.

Da erreichte das Morgengrauen Schahrasad, und sie hörte auf zu erzählen.

Die vierundsiebzigste Nacht

aus der Geschichte von Tausendundeiner Nacht

Und als die nächste Nacht gekommen war, erzählte Schahrasad:

Es ist mir zu Ohren gekommen, o König, daß Dschaafar dem Kalifen erzählte:

Dann lernte Badraddin die Kunst der Kalligraphie, der Rechtswissenschaft, der arabischen Sprache sowie Rechnen und Schreiben. Als er zwölf Jahre alt geworden war, hatte ihn Gott mit Anmut und Schönheit, Glanz und Vollkommenheit, aufrechtem und ebenmäßigem Wuchs bekleidet, als hätte der redegewandte Dichter über ihn die Verse gedichtet:

Er ist in seiner Anmut vollkommen wie der Mond.
Sein eleganter Wuchs ist so, wie schlanke Zweige stehen.

Der Vollmond steht auf seiner Stirn, und in dem roten Mohn
Auf seiner Wange kannst du die Sonne sinken sehen.

Er ist der Herr der Schönheit, und es ist, als würde wohl
Die Schönheit aller Menschen von ihm allein ausgehen.

Es wird berichtet: Er war, seit er ein kleiner Junge war, noch nie ausgegangen in die Stadt. Nun endlich nahm ihn sein Vater Nuraddin Ali, setzte ihn auf ein Maultier, nicht ohne ihm zuvor ein prächtiges Gewand anzulegen, und ritt mit ihm in die Stadt hinaus. Sie ritten quer durch die ganze Stadt und hinauf zum Sultanspalast. Als die Leute ihn sahen und seine Gestalt betrachteten, riefen sie laut zu Gott vor Verwunderung über seine schöne Erscheinung. Alle Welt kam zusammengelaufen und wünschte ihm Gottes Segen, ebenso seinem Vater. Die Menschen drängten sich, um ihn anzusehen und sich an seiner Anmut und Schönheit, seinem Glanz und seiner Vollkommenheit zu erfreuen. Von nun an ritt er jeden Tag mit seinem Vater aus, und jeder, der ihn sah, verwunderte sich über seine schöne Erscheinung. Denn er war wirklich so, als hätte ihn jemand mit folgendem Gedicht beschrieben:

«Gott ist voll Segen!» riefen alle, wo er auch erschien.
«Gepriesen sei Der, der ihm seine schöne Form verlieh'n!»

Er ist der König aller Schönen, und die Schönen sind
Wie eine Herde Tiere, die mit ihm als Hirten zieh'n.

In seinem Mund fließt Honig, der geschmolzen ist und süß,
Und seine Zähne reihen sich wie Perlen auf darin.

Die ganze Schönheit dieser Welt hat sich auf ihn vereint,
Und nun verwirrt sie allen Menschen Kopf, Verstand und Sinn!

Die Anmut steht ihm im Gesicht wie Schrift in einem Buch,
Und ich bezeuge: Es gibt keinen Schönen außer ihn!

Es wird berichtet: Er war eine Versuchung für alle Liebenden und eine Erfrischung für die Sehnsüchtigen, er redete mit süßen Worten, und mit seinem anmutigen Lächeln brachte er selbst den Vollmond in Verlegenheit. Dabei wiegte er verführerisch den Körper hin und her, als wäre er der Zweig einer ägyptischen Weide, und seine Wangen konnten es mit den Rosenblüten aufnehmen oder mit dem roten Mohn. Als er zwanzig Jahre alt war, erkrankte sein Vater Nuraddin Ali von Ägypten und rief seinen Sohn Hasan zu sich. «Mein liebes Kind», sagte er zu ihm, «du mußt wissen, daß die Welt ein vergängliches Haus ist. Der ewige Wohnsitz ist im Jenseits. Ich möchte dir einiges mitgeben von dem, was mein Verstand begriffen und mein Geist in sich aufgenommen hat. Fünf Ratschläge will ich dir geben.» Dabei dachte er an seine Heimat, sein Land und seinen Bruder Schamsaddin, und die Augen flossen ihm über vor Schmerz über die Trennung von seinen Liebsten und seiner Heimat. Von Sehnsucht überwältigt, seufzte er tief und sprach die Verse:

Kamil

«Nur mit großem Tadel kann ich mein Leid euch beschreiben:
Denn mein Herz ist bei euch, und der Körper muß bei mir bleiben.

Nicht ich war es, der die Trennung wollte, doch kann sich
Vor der Allmacht Gottes kein Mensch entziehen und sträuben.»

Nachdem er sein Gedicht geendet und viele Tränen vergossen hatte, wandte Nuraddin sich wieder an seinen Sohn. «Mein liebes Kind», sagte er, «bevor ich dir die Ratschläge gebe, sollst du wissen, daß du einen Onkel hast, der Wesir von Ägypten ist. Ich habe ihn gegen seinen Willen verlassen, und was danach geschehen ist, hat das Schicksal so beschlossen.» Damit griff er zu einer Schriftrolle aus Papier und schrieb darauf alles nieder, was er und sein Bruder vor seiner Abreise erlebt hatten. Auch was ihm in Basra zugestoßen und wie es dazu gekommen war, daß er dort Wesir wurde, schrieb er auf, ferner, daß er an dem-und-dem Tag geheiratet hatte und in der-und-der Nacht zum ersten Mal zu seiner Frau gegangen war und daß sein Lebensalter, vom Tag seines Todeskampfes zurückgerechnet, noch nicht einmal vierzig Jahre erreicht hatte. «Das ist alles, was ich ihm zu schreiben habe», sagte er und fügte noch hinzu: «Möge Gott nach meinem Tod dafür sorgen, daß dieser Brief in die richtigen Hände gerät.» ❧ Er rollte den Brief zusammen und versah ihn mit seinem Siegel. «Mein lieber Sohn Hasan», sagte er, «bewahre dieses Stück Papier gut auf und trenne dich niemals davon.» Hasan nahm es entgegen und nähte es wie ein Amulett in die Kappe ein, die er unter dem Turban trug. Dabei schwammen seine Augen in Tränen, weil er von seinem Vater Abschied nehmen mußte. ❧ Der Vater war eine Weile versunken in seine Todesqualen, dann kam er wieder zu sich und wandte sich an seinen Sohn. «Hasan, mein liebes Kind», fing er an, «der erste Ratschlag lautet: Teile nie mit jemandem deine Wohnung, dann bist du sicher vor allem Übel. Das wahre Glück liegt in der Unabhängigkeit. Mische dich nicht unter die Leute, und lebe mit niemandem zusammen, denn ich habe einen Dichter sagen hören:

> Du wirst in deiner Zeit wohl keine echte Freundschaft finden;
> Kein Freund bleibt seinem Freunde treu, wenn ihn die Zeit betrügt.
>
> Drum leb für dich alleine, und verlasse dich auf niemand,
> Das hab' ich dir gesagt, es ist mein Rat, und das genügt.

Der zweite Ratschlag, mein Sohn, ist: Unterdrücke niemanden, sonst wird das Schicksal dich unterdrücken, denn das Schicksal ist einen Tag lang auf deiner Seite und am nächsten Tag schon gegen dich. Die Welt ist eine Leihgabe, die uns nur anvertraut ist. Ich habe gehört, wie ein Dichter gesagt hat:

> Nimm dir Zeit, und tue, was du tun willst, nie zu schnell!
> Habe Mitleid, denn dann nennt dich ‹edel› alle Welt.
>
> Keine Hand gibt's, über der sich Gottes Hand nicht streckte,
> Keinen Schurken gibt's, den nicht ein andrer Schurke quält.

Der dritte Ratschlag heißt: Bewahre das Schweigen, und beschäftige dich eher mit deinen eigenen Fehlern als mit den Fehlern deiner Mitmenschen. Hüte deine Zunge, denn das Sprichwort sagt: ‹Wer das Schweigen bewahrt, rettet sein Leben.› Zu diesem Thema habe ich den Dichter sagen hören:

> Das Schweigen ist ein Schmuck, und das Glück liegt in der Stille.
> Wenn du schon redest, red nicht wie ein Wasserfall.
>
> Denn mußt du dein Schweigen vielleicht einmal bereuen,
> Bereust du dein Gerede sicher tausendmal.

Mein vierter Ratschlag, liebes Kind, ist folgender: Nimm dich in acht vor dem Wein, denn er ist der Anfang allen Übels. Er zerstört Verstand und Vernunft. Darum sage ich: Vorsicht und nochmals Vorsicht vor dem Wein. Ich habe von einem Dichter die Verse gehört:

> Du sollst den Wein und sollst das Trinken lassen,
> Und sollst ein Freund sein derer, die ihn hassen.
>
> Der Wein führt dich vom rechten Wege ab
> Und wird die Tür zum Übel offen lassen.

Und dies, mein Sohn, ist der fünfte Rat: Schütze deinen Besitz, dann wird auch er dich wiederum schützen. Bewahre dein Geld, dann wird es dich bewahren, und verschwende es nicht, sonst wirst du von Schurken abhängig. Hüte auch die kleinsten Silbermünzen, denn sie sind wie heilende Pflaster für Wunden. Ich habe jemanden sagen hören:

> Wenn ich arm bin, will kein Freund sich bei mir blicken lassen,
> Doch als reichen Mann will mich zum Freunde alle Welt.
>
> Als mein Geld noch floß, hat mich so mancher Freund begleitet,
> Mancher andre ließ mich steh'n, als ich verlor mein Geld.

Nimm also meinen Ratschlag an!» ermahnte er ihn. Und er hörte nicht auf, ihm gute Ratschläge zu erteilen, bis seine Seele sich aus dem Körper löste und emporstieg und sie ihn hinaustrugen und bestatteten.

Da erreichte das Morgengrauen Schahrasad, und sie hörte auf zu erzählen. «Ach, Schwester», seufzte Dinarasad, «wie köstlich ist deine Geschichte!» – «Was ist das schon», erwiderte sie, «gegen das, was ich euch morgen nacht erzählen werde, wenn ich bis dahin noch lebe und verschont geblieben bin …»

Die fünfundsiebzigste Nacht

aus der Geschichte von Tausendundeiner Nacht

Und als die nächste Nacht gekommen war, sprach Dinarasad: «Ach, Schwester, erzähle uns doch etwas!» – «Mit Vergnügen!» antwortete sie.

Die Leute behaupten, o König, daß Dschaafar dem Kalifen erzählte:

Nachdem der Wesir gestorben war, saß sein Sohn Badraddin Hasan voll Trauer. Zwei Monate lang trauerte er um seinen Vater. Während dieser Zeit ritt er kein einziges Mal aus und ließ auch seinen Dienst beim Sultan ruhen. Das ärgerte den Sultan. Er setzte einen seiner Kämmerer an seiner Stelle zum Wesir ein und gab diesem gleich den Auftrag, zusammen mit den übrigen Kämmerern und mit Boten zum Haus des verstorbenen Wesirs Nuraddin Ali zu gehen, dessen gesamtes Eigentum und sein ganzes Geld zu konfiszieren und auf alle seine Erträge, Häuser und alles, was er besaß, das Siegel des Sultans zu setzen. Keinen einzigen Dirham sollten sie übriglassen. Der neue Wesir begab sich also mit Kämmerern, Wachtmeistern, Boten, dem Steuerinspektor und den Sekretären hinunter zum Haus des Wesirs Nuraddin Ali von Ägypten. Unter all den Leuten befand sich auch ein Mamluk, der dem Wesir Nuraddin Ali von Ägypten gehört hatte. Als dieser Mamluk erfuhr, was geschehen sollte, schwang er sich auf sein Pferd und ritt in Windeseile zu Badraddin Hasan. Er traf ihn vor seiner Haustür sitzend an, trauernd, mit gesenktem Kopf und gebrochenem Herzen. Der Mamluk saß ab und küßte ihm die Hand. «Mein Herr und meines Herrn Sohn», sagte er, «auf, auf, und zwar schnell, bevor der Tod dich einholt!» Hasan erbebte. «Was ist denn?» fragte er, und der andere antwortete: «Der Sultan ist zornig auf dich und hat angeordnet, dich festnehmen zu lassen. Die Unglücksboten folgen mir auf dem Fuße, sie sind schon auf dem Weg zu dir. Also rette dein Leben, und sieh zu, daß du ihnen nicht in die Hände fällst, denn sie werden dich nicht verschonen.» In Hasans Herz war bei diesen Worten ein Feuer ausgebrochen, und die Röte seines Gesichts hatte sich in gelbe Farbe verwandelt, als er sagte: «Lieber Bruder, ist nicht wenigstens so viel Zeit, daß ich noch einmal in mein Haus gehen kann?» – «Nein, mein Herr», erwiderte jener, «steh eilends auf, und vergiß das Haus!» Damit sprang er auf und sprach die Verse:

«Wenn du in Not gerätst, so rette dein nacktes Leben,
Und laß dein Haus betrauern den, der es gebaut.

Denn für dein Land kannst du ein anderes finden,
Doch nirgends findest du für dich eine neue Haut.

Traue auch nie einem Boten in wichtiger Sache,
Denn keinem vertraut man so, wie man sich selbst vertraut.

Dem Löwen schwillt ja auch nur der eigene Hals,
Alleine reißt er die Beute, die er dann einsam zerkaut.»

Es wird berichtet: Außer sich vor Schreck stand der junge Mann auf und schlüpfte in seine Gamaschen. Dann zog er sich den Saum seines Mantels über den Kopf. In seiner Angst und ohne zu wissen, wohin er gehen oder wo er Zuflucht suchen sollte, rannte er dorthin, wo das Grab seines Vaters lag. Er lief zwischen den Gräbern umher, den Mantel über den Kopf geworfen. Dieser Mantel – es war ein weiter Umhang mit einer Borte, die in der Art von Attabi-Stoff gemustert war – trug auf dem Saum eine Inschrift aus goldener Stickerei. Da waren die Verse aufgestickt:

Du mit dem strahlenden Gesicht,
Frisch wie der Tau, hell wie die Sterne,

Niemals soll deine Macht vergeh'n,
Dein Ruhm bleib' bis in ew'ge Ferne!

Wie er so umherlief, begegnete ihm ein jüdischer Geldwechsler, der gerade auf dem Weg in die Stadt war. Er trug einen Korb am Arm. Als ihn der Jude sah, grüßte er ihn.

Da erreichte das Morgengrauen Schahrasad, und sie hörte auf zu erzählen. «Wie köstlich ist deine Geschichte!» sagte Dinarasad. «Was ist das schon», erwiderte sie, «gegen das, was ich euch erzählen werde, wenn ich am Leben bleibe …»

Die sechsundsiebzigste Nacht

aus der Geschichte von Tausendundeiner Nacht

Und als die nächste Nacht gekommen war, sagte ihre Schwester zu ihr: «Erzähle uns doch etwas!» Da sagte sie:

Die Leute behaupten, o König, daß Dschaafar dem Kalifen erzählte, der Jude habe Badraddin, als er ihn sah, die Hand geküßt und zu ihm gesagt: «Wohin des Wegs, mein Herr? Es ist schon spät, die Nacht ist fast hereingebrochen, und du läufst hier im Nachtgewand herum und siehst so verändert aus!» – «Ich war gerade eingeschlafen», gab Hasan zurück, «da ist mir im Traum mein Vater erschienen. Ich bin aufgewacht und hinausgegangen, um sein Grab zu besuchen, bevor der Tag zu Ende geht.» – «Dein Vater», erwiderte der Jude, «welcher unser Herr und Freund gewesen ist, hatte noch Waren auf See, mehrere Schiffsladungen voll, die gerade jetzt eintreffen sollen. Ich bitte dich: Sei so gütig und verkaufe keinem anderen die Ladung als mir.» – «Einverstanden», sagte Hasan. «Mein Herr», fuhr der Jude fort, «verkaufst du mir also jetzt gleich die Ladung des ersten Schiffes, das hereinkommt, für eintausend Dinar?» Mit diesen Worten nahm er aus seinem Korb einen versiegelten Beutel, öffnete ihn, hängte die Goldwaage auf und wog zweimal, bis es genau eintausend Mithkal in Gold waren. «Abgemacht», sagte Hasan, «das Geschäft ist perfekt.» – «Dann gib mir deine Unterschrift dafür auf einem Blatt Papier», verlangte der Jude.
Hasan nahm ein Stück Papier und schrieb darauf: «Hiermit wird bestätigt, daß Badraddin Hasan von Basra dem Juden Ishak die Ladung des ersten einlaufenden Schiffes für eintausend Dinar verkauft und den Kaufpreis erhalten hat.» – «Mein Herr», bat ihn der Jude, «jetzt lege das Papier in den Beutel.» Und er nahm das Papier, steckte es in den Beutel, band diesen zu, versiegelte ihn und hängte ihn sich an den Gürtel. Dann sagte er dem Juden Lebewohl und ging weiter zwischen den Gräbern hin und her, bis er das Grab seines Vaters gefunden hatte. Dort setzte er sich nieder, weinte eine Weile und sprach dann das folgende Gedicht:

«Mein Haus ist nun kein Haus mehr, seit ihr, meine Herrn, gingt fort,
Der Nachbar ist nicht mehr mein Nachbar, er wechselt mit mir kein Wort.

Und auch der Freund, den ich früher besuchte, ist nicht mehr mein Freund,
Die Lichter geben kein Licht mehr, sie alle erloschen sofort.

Die Sonnen, die dort erstrahlten, sie sind keine Sonnen mehr,
Und auch die Monde verschwanden, die standen am Himmel dort.

Ihr gingt und ließet die Welt in Trennungsschmerzen zurück,
Die ganzen weiten Länder sind nach euch ein düsterer Ort.

Ich wünsche dem Trennungsraben, der unsere Trennung besang,
Daß ihn kein Nest mehr berge und ihm jede Feder verdorrt!

Denn meine Geduld ist am Ende, mein Körper ist mager und dürr,
Ach! Wie viele Schleier des Schutzes zog uns dieser Trennungstag fort!

Und doch: Wer weiß? Vielleicht kehr'n unsre Nächte noch einmal zurück?
Vereinen uns wieder zu Hause, an des früheren Glückes Ort?»

Badraddin Hasan weinte noch eine Zeitlang am Grab seines Vaters, wobei er sich wieder in Erinnerung rief, wie es um ihn stand. Und wieder wußte er nicht, was er tun sollte. Wohin konnte er fliehen? Welchen Weg sollte er einschlagen? ❧ Weinend lehnte er seinen Kopf an seines Vaters Grab und schlief nach einer kurzen Weile ein – gelobt sei Der, der niemals schläft. Er schlief so lange, bis die Nacht über ihn hereinbrach, da rutschte ihm mit einem Mal der Kopf vom Grabstein herunter, und er fiel lang auf den Rücken. Jetzt lag er mit ausgestreckten Armen und Beinen mitten über dem Grab. ❧ Es hauste aber ein Ifrit auf dem Friedhof, ein Dschinni also, der sich tagsüber im Schutz der Gräber aufhielt und nachts ausflog, um allerhand andere Orte aufzusuchen. Als nun die Nacht hereingebrochen war, stieg der Ifrit aus dem Gräberfeld auf, um auszufliegen. Doch in diesem Moment bemerkte er ein menschliches Wesen, das mit seinen leichten Kleidern bedeckt auf dem Rücken dalag. Der Ifrit näherte sich ihm. Er betrachtete seine Gestalt und war entzückt und erstaunt, wie schön er war.

Da erreichte das Morgengrauen Schahrasad, und sie hörte auf zu erzählen. «Ach, Schwester», seufzte Dinarasad, «wie köstlich ist deine Geschichte!» – «Was ist das schon», erwiderte sie, «gegen das, was ich euch morgen nacht erzählen werde, wenn ich bis dahin noch lebe und verschont geblieben bin ...»

Die siebenundsiebzigste Nacht

aus der Geschichte von Tausendundeiner Nacht

In der folgenden Nacht sagte sie:

Die Leute behaupten, o König, daß Dschaafar dem Kalifen erzählte, der Ifrit, als er Hasan von Basra betrachtete, der da so auf dem Rücken ausgestreckt lag, sei entzückt gewesen und habe zu sich gesagt: «Das muß eine der schwarzäugigen Paradiesesjungfrauen sein, die Gott als Versuchung für die Menschen erschaffen hat!» Nachdem er ihn noch eine Weile betrachtet hatte, erhob er sich in die Luft. Er flog immer höher und höher, bis er sich mitten zwischen Himmel und Erde befand. Da bemerkte er plötzlich den Flügelschlag einer anderen Ifritin. «Wer ist da?» rief er. «Eine Ifritin», rief sie zurück. «Liebe Ifritin», sagte er zu ihr, nachdem er sie höflich begrüßt hatte, «möchtest du mit mir auf meinen Friedhof kommen? Du wirst dort etwas ganz Besonderes sehen, das Gott, der Erhabene, in Gestalt eines Menschen erschaffen hat.» – «Einverstanden», sagte sie, und die beiden ließen sich hinuntergleiten auf den Friedhof. Als sie beide, der Ifrit und die Ifritin, dort nebeneinanderstanden, sprach der Ifrit: «Hast du jemals in deinem Leben etwas Schöneres gesehen als diesen jungen Menschen?» Die Ifritin sah ihn sich an und betrachtete seine Gestalt. «Gelobt sei Der, dem niemand gleicht!» staunte sie. «Bei Gott, mein Bruder, wenn du mir gestattest, erzähle ich dir von einem kleinen Wunder, das ich gerade heute nacht im Lande Ägypten gesehen habe.» – «Erzähle mir davon!» verlangte der Ifrit. Und die Ifritin berichtete: «Du mußt wissen, lieber Ifrit, daß in der Stadt Kairo ein König herrscht, der einen Wesir namens Schamsaddin Muhammad hat. Dieser Wesir hat eine ungefähr zwanzigjährige Tochter. Unter allen Menschen auf der Welt gibt es niemanden, der diesem jungen Mann hier so ähnlich ist wie sie. Sie besitzt Anmut und Schönheit, Glanz und Vollkommenheit, einen aufrechten und ebenmäßigen Wuchs. Als sie in das gewisse Alter gekommen war, hat der Sultan in Kairo von ihr gehört. Er hat seinen Wesir, der ihr Vater ist, zu sich gerufen. ‹Wesir›, hat er zu ihm gesagt, ‹mir ist zu Ohren gekommen, daß du eine Tochter hast. Ich wünsche, daß du sie mir zur Frau gibst.› – ‹Ich bitte um Verzeihung, verehrter König›, hat der Wesir geantwortet, ‹bitte tadle mich nicht für das, was ich tue, und laß deine Milde über mich walten. Du mußt wissen, verehrter König, daß ich einen Bruder habe. Er heißt Nuraddin Ali und hat früher das Wesirsamt an eurem Hof mit mir geteilt. Eines Tages saßen wir beide zusammen und redeten über solche Themen wie Kinder und Eheschließungen. Daraufhin ist er plötzlich fortgegangen, und ich habe nun seit zwanzig Jahren nichts von ihm gehört. Vor kurzem allerdings habe ich die Nachricht erhalten, daß mein Bruder in Basra gestorben ist, wo er auch zuvor Wesir gewesen war. Er hat dort einen Sohn hinterlassen, und ich, o König der Zeit, habe durch Berechnungen herausgefunden, daß ich genau an demselben Tag wie er meinen Ehevertrag geschlossen und in derselben Nacht meine Ehe vollzogen habe und daß meine Frau ihr Kind genau an demselben Tag zur Welt gebracht hat. Für diesen, ihren Vetter, ist meine Tochter bestimmt und wird deshalb vor allen anderen abgeschirmt. Frauen und Mädchen hat unser Gebieter, der Sultan, doch schon so viele!› Der Sultan ist über die Worte seines Wesirs wütend geworden …»

Da erreichte das Morgengrauen Schahrasad, und sie hörte auf zu erzählen. «Ach, Schwester», seufzte Dinarasad, «wie köstlich ist deine Geschichte!» – «Was ist das schon», erwiderte sie, «gegen das, was ich euch morgen nacht erzählen werde, wenn ich bis dahin noch lebe und verschont geblieben bin …»

Die achtundsiebzigste Nacht

aus der Geschichte von Tausendundeiner Nacht

In der folgenden Nacht sagte sie:

Die Leute behaupten, o König, daß Dschaafar dem Kalifen erzählte, daß die Ifritin zu dem Ifrit sagte: «Der Sultan ist wütend geworden über die Worte seines Wesirs Schamsaddin. ‹Wehe dir!› hat er ihm gedroht. ‹Darf einer wie du sich so herausreden, wenn jemand wie ich seine Tochter zur Frau verlangt?› Und dann hat der Sultan geschworen, er werde sie zur Strafe mit seinem allerletzten Diener verheiraten. Er hat daran gedacht, daß bei ihm ein Stallknecht als Sklave arbeitete, der zwei Buckel hatte, einen vornedrauf und einen hintendrauf. Der Sultan hat den Stallknecht zu sich kommen lassen, dazu die Trauzeugen, und er hat dem Wesir selbst befohlen, einen Ehevertrag zwischen dem Buckligen und seiner Tochter aufzusetzen, der noch am selben Tag in Kraft treten sollte. Danach – so schwor der Sultan weiter – sollte er gleich in der darauffolgenden Nacht seiner Ehefrau beischlafen, und er selbst würde höchstpersönlich den Brautzug ausrichten. Vor ein paar Augenblicken erst bin ich dort weggeflogen», berichtete die Ifritin aufgeregt, «da haben gerade sämtliche Mamluken aller Emire mit Kerzen in der Hand vor dem Hammam Aufstellung genommen und darauf gewartet, daß der Bucklige aus dem Hammam kommt und sie dann mit den Kerzen vor ihm herschreiten können. Auch die Tochter des Wesirs hat bereits ihre Zofen und Friseusen bei sich. Schon haben sie ihr die Kleider und den Schmuck angelegt. Ihren Vater aber haben sie so lange unter Bewachung gestellt, bis der Bucklige mit seiner Tochter die Ehe vollzogen haben wird. Ich habe mir das Mädchen angesehen, und ich sage dir, lieber Ifrit, noch nie hat mein Auge etwas Schöneres und Anmutigeres gesehen als sie!» «Du lügst!» sagte der Ifrit. «Der hier ist schöner!» – «Beim Herrn des himmlischen Thrones!» erwiderte die Ifritin. «Ihr junges Leben gebührt keinem anderen als diesem jungen Mann! Ach, ach, es ist schade um sie, daß sie nun den Buckligen nehmen muß!» Da hatte der Ifrit einen Gedanken. «Komm mit, wir heben diesen schlafenden jungen Mann auf und tragen ihn zu ihr. Dann lassen wir ihn mit ihr allein und verbinden so die beiden jungen Leben. Was hältst du davon?» – «Einverstanden», sagte sie. «Ich will ihn auf dem Hinweg tragen», schlug der Ifrit vor, «und du trägst ihn auf dem Rückweg.» – «Auch das soll geschehen», antwortete die Ifritin. Nun schlüpfte der Ifrit unter Badraddin Hasan von Basra, hob ihn auf und flog mit ihm in die Luft. Immer höher und höher stiegen sie; unterdessen flog die Ifritin neben ihnen her. Endlich landete der Ifrit, setzte Badraddin am Stadttor von Kairo ab und bettete ihn auf eine steinerne Bank. Dann weckte ihn der Ifrit. Badraddin erwachte und fand sich in einer unbekannten Stadt. Er wollte schon jemanden fragen, da stieß ihn der Ifrit mit der Faust in die Seite, drückte ihm eine dicke Kerze in die Hand und sagte zu ihm: «Geh zu dem Hammam dort drüben, mische dich unter die Leute und die Mamluken, und ziehe mit ihnen zum Hochzeitssaal. Du mußt als erster, vor allen anderen, den Saal betreten und dich mit der Kerze in der Hand rechts neben dem buckligen Bräutigam aufstellen. Jedesmal, wenn die Zofen, die Sängerinnen oder die Braut in deine Nähe kommen, greife in deine Tasche, und wirf ihnen hin, was du hervorholst, ohne darüber nachzudenken. Sobald du deine Hand in die Tasche steckst und wieder hervorziehst, wird sie voller Gold sein. Du wirfst das Gold jedem, der an dir vorübergeht, zu. Wundere dich darüber nicht, dies hast du nicht in deiner Gewalt und nicht in deiner Macht; es geschieht durch die Macht und die Kraft Gottes und durch Seinen Willen, damit Er Sein Urteil und Seine Weisheit unter Seinen Geschöpfen zur Wirkung bringt.» Hasan stand auf, nahm die Kerze, entzündete sie und machte sich auf den Weg zu dem Hammam. Als er dort eintraf, hatte sich der bucklige Bräutigam gerade aufs Pferd geschwungen. Hasan von Basra schlüpfte mitten unter die Leute, genau so, wie wir es beschrieben haben. Er trug einen Turban mit zwei langen Enden –

Da erreichte das Morgengrauen Schahrasad, und sie hörte auf zu erzählen. «Ach, Schwester», seufzte Dinarasad, «wie köstlich ist deine Geschichte!» – «Was ist das schon», erwiderte sie, «gegen das, was ich euch morgen nacht erzählen werde, wenn ich dann noch lebe und mich der König verschont ...»

Die neunundsiebzigste Nacht

aus der Geschichte von Tausendundeiner Nacht

In der folgenden Nacht sagte sie:

Die Leute behaupten, o König, daß Dschaafar dem Kalifen erzählte, daß Hasan von Basra mit dem Brautzug ging und jedesmal, wenn die Sängerinnen sangen und die Leute Geld in die Menge warfen, seine Hand in die Tasche seines Gewandes steckte und fühlte, daß sie voller Goldstücke war. Dann nahm er sich eine Handvoll und warf sie in das Tamburin der Sängerinnen, so daß das ganze Tamburin bis an den Rand mit Dinaren gefüllt wurde. Das beeindruckte die Leute und auch die Sängerinnen zutiefst, und alle begannen sich über seine Schönheit, Anmut und Großzügigkeit zu wundern. So ging es weiter, bis sie zum Haus des Wesirs kamen, der ja sein Onkel war. Dort angekommen, hielten die Kämmerer die Menschenmenge zurück und hinderten sie daran, in das Haus einzutreten. Doch die Sängerinnen riefen wie aus einem Mund: «Wir werden, bei Gott, dieses Haus nicht betreten, wenn der fremde junge Mann nicht mit uns hineindarf. Wir haben in unserem ganzen Leben keinen schöneren und großzügigeren Menschen getroffen als ihn. Wir werden die Braut nur enthüllen, wenn er dabei ist, er, der uns und ihr einen wahren Schatz an Goldmünzen zugeworfen hat!» Mit diesen Worten führten sie ihn hinein in das festlich geschmückte Haus und setzten ihn rechts neben den Buckligen auf den Hochzeitsthron. Jetzt begannen die Frauen der Emire und Wesire, der Kämmerer und Höflinge und alle anderen Frauen, die im Saal waren, sich nebeneinander aufzustellen. Sie bildeten zwei Reihen, wobei jede Frau eine große brennende Kerze trug und den Schleier zurückgeschlagen hatte. So stellten sie sich in Reihen links und rechts unter dem Hochzeitsthron auf. Die erste Reihe endete unter dem Gewölbe der Seitenhalle, die andere reichte bis zu dem Zimmer, aus dem die Braut heraustreten sollte. Als nun die Frauen Hasan von Basra in all seiner Schönheit und Anmut sahen – sein Gesicht leuchtete wie ein Halbmond, nein, wie ein vollkommener Vollmond war er und schwang dazu verführerisch die Hüften, als wäre er der Zweig einer ägyptischen Weide –, da wuchs ihre Zuneigung zu ihm, den sie ja schon liebgewonnen hatten, weil er sie mit Geld überschüttet hatte. Und die Frauen kamen mit den Kerzen in der Hand zu ihm heran, staunten über seine wunderbare Gestalt und beneideten ihn um seine Schönheit. Bald begannen sie ihm zuzuzwinkern und nach ihm zu schmachten, und jede einzelne von ihnen hätte sich nichts sehnlicher gewünscht, als in seinen Armen zu liegen. «Dieses junge Leben gebührt keinem anderen als unserer Braut!» riefen sie alle wie aus einem Munde. «Ach, wie jammerschade ist es um diese Braut, daß sie den Buckligen nehmen muß, der nichts anderes als die Peitsche verdient! Gottes Fluch soll den treffen, der das veranlaßt hat!» Und sie verwünschten den Sultan. Währenddessen saß der Bucklige in sich zusammengesunken da, als wäre er eine Steinfigur oder eine Puppe. Er trug ein Ehrengewand aus einem brokatdurchwirkten Stoff mit Hammerschlag-Muster, dazu einen Turban mit zwei Enden und hatte den Kopf tief zwischen die Schultern gezogen. Es war, als hätte ihn ein Dichter mit folgenden Worten beschrieben:

Ach, wie niedlich sieht er aus, der Bucklige mit seinem Buckel,
Wie die Grottenmuschel mit der Perle tief versenkt,

Oder wie ein fauler Zweig des Rizinus, der übel stinkt
Und an welchem eine große Pomeranze hängt.

Die Frauen fingen jetzt an, den Buckligen zu verspotten und durch Bewegungen nachzuäffen. Gleichzeitig riefen sie Hasan von Basra Segenswünsche zu und scharten sich immer näher um ihn. Wenig später trafen die Sängerinnen ein. Sie schlugen die Trommeln und bliesen die Flöten, während hinter ihnen die Zofen hereinkamen. In ihrer Mitte aber kam das Mädchen.

Da erreichte das Morgengrauen Schahrasad, und sie hörte auf zu erzählen. «Ach, Schwester», sagte Dinarasad zu ihrer Schwester, «wie köstlich und wie spannend ist deine Geschichte!» – «Was ist das schon», erwiderte sie, «gegen das, was ich euch morgen nacht erzählen werde, wenn ich dann noch lebe und mich der König verschont …»

Die achtzigste Nacht

aus der Geschichte von Tausendundeiner Nacht

In der folgenden Nacht sagte sie:

Die Leute behaupten, o König, daß Dschaafar dem Kalifen erzählte, daß Badraddin Hasan von Basra, der Sohn Nuraddin Alis von Ägypten, sich neben den Buckligen auf den Hochzeitsthron gesetzt hatte und nun die Zofen mit seiner Kusine hereinkamen. Sie hatten sie mit kostbaren Ölen und Wässerchen parfümiert, kleine, moschusgefüllte Säckchen in ihr Haar gesteckt und um sie herum mit javanischem Adlerholz und Amber geräuchert. So schritt die Braut anmutig herein. ❧ Die Zofen und Friseusen hatten ihre Aufgabe aufs beste gelöst. Sie hatten ihr Haar gekämmt und die Strähnen einzeln eingedreht. Kleider und Schmuck hatten sie der Braut angelegt, wie sie sonst nur die Kaiser von Persien tragen. So trug sie – neben vielen anderen Gewändern – ein Kleid, das mit purem Gold verziert war. Wilde Tiere und andere Wesen mit Augen und Schnäbeln aus funkelnden Edelsteinen und Füßen aus roten Rubinen und grünen Smaragden waren darauf dargestellt. Man hatte ihr eine wertvolle Kette um den Hals gelegt, wie sie sonst niemand besaß, mit lauter großen, rundgeschliffenen Edelsteinen, die jedem, der sie sah, das Augenlicht raubten und deren Beschreibung allein genügte, um den Verstand zu verwirren.

Die Braut strahlte heller als der Vollmond, wenn er in seiner vierzehnten Nacht vollkommen gerundet ist. Kampfergetränkte Kerzen entzündete man vor ihr, und in deren Licht strahlte und leuchtete ihr Gesicht noch heller. Während sie näher kam, blitzten ihre Augen wie ein gezücktes Schwert, und ihre Augenwimpern verzauberten sämtliche Herzen. Alle Wangen röteten sich bei ihrem Anblick, alles neigte sich vor Entzücken, aller Augen waren vor Staunen entwaffnet, und kein Verstand vermochte mehr, sie zu beschreiben. Die Sängerinnen empfingen sie mit vielen Musikinstrumenten und Trommeln. Unterdessen hatte Hasan von Basra, der auf dem Thron Platz genommen hatte, die Blicke der Frauen auf sich gezogen. Er saß da wie der Mond zwischen den Sternen, mit einer hell leuchtenden Stirn, roten Wangen, einem Hals wie aus Marmor und einem mondgleichen Gesicht mit einem Muttermal auf der Wange, als wäre es ein Amberstückchen. Nun also schritt sie, sich anmutig wiegend, herein, kam auf den Hochzeitsthron zu und zeigte sich, wobei sie ihren Körper geschmeidig hin und her schwang. Der Bucklige erhob sich, um sie zu küssen. Doch sie wandte sich von ihm ab, drehte sich weg und ging weiter. Vor Hasan von Basra, ihrem Vetter, blieb sie stehen. Da kam ein Tumult auf unter den Leuten, und die Sängerinnen erhoben ihre Stimmen. Hasan von Basra griff mit der Hand in seine Tasche und fand sie voller Goldmünzen. Er griff eine Handvoll heraus und warf sie ins Tamburin der Sängerinnen. Dann zog er noch mehr heraus, warf es unter die Leute, und die Menschen wünschten ihm Gottes Segen und zeigten mit den Fingern auf ihn, als wollten sie sagen: «Dir sollte diese Braut gehören!» Er lächelte, während alle Frauen der Hochzeitsgesellschaft nur ihn anblickten und der Bucklige allein und abseits saß wie ein Affe. Und während sich die Diener und Dienerinnen um ihn scharten, mit großen Schüsseln auf den Köpfen voller Goldmünzen und Dinare zum Verteilen und Zuwerfen, geriet Hasan von Basra in frohe Erregung. Als sich nun die Braut von dem anderen abgewandt hatte zu ihm und vor ihm stehenblieb, sah Hasan von Basra sie lange an und vertiefte sich in ihre Schönheit, mit der Gott sie vor allen anderen Menschen ausgezeichnet hatte. Zugleich warfen die Diener das Gold hoch über die Köpfe von Groß und Klein. Er aber freute sich und war glücklich, als er sah –

Da erreichte das Morgengrauen Schahrasad, und sie hörte auf zu erzählen. «Ach, Schwester», seufzte Dinarasad, «wie köstlich und wie aufregend ist

deine Geschichte!» – «Was ist das schon», erwiderte sie, «gegen das, was ich euch morgen nacht erzählen werde, wenn ich bis dahin noch lebe und verschont geblieben bin ...»

Die einundachtzigste Nacht

aus der Geschichte von Tausendundeiner Nacht

In der folgenden Nacht sagte sie:

Die Leute behaupten, o König, daß Dschaafar dem Kalifen erzählte, daß Hasan von Basra, als er seine Kusine sah, sich freute und glücklich war. Er blickte in ihr Gesicht, da strahlte ihm ein helles Licht entgegen, das über dem Kleid aus rotem Atlas noch strahlender leuchtete. Nun begannen die Kammerzofen, wie es die Zeremonie der Hochzeit verlangte, sie in ihrem ersten Hochzeitskleid zu präsentieren. Sie wiegte sich vor Hasans Augen, um ihm zu gefallen, und brachte damit Frauen und Männer um den Verstand. Sie war genau, wie der vortreffliche Dichter gesagt hat:

> Es war, als stecke die Sonne auf einer Gerte in einer Düne,
> So strahlte sie in dem Kleid im Granatapfelblütenton.
>
> Vom Wein, der in ihrem Mund floß, gab sie mir zu trinken und schenkte
> Mir ihre Wange: Das löschte in mir das heißeste Feuer schon.

Es wird berichtet: Dann zogen sie ihr das Kleid aus und legten ihr ein blaues Gewand an, in dem sie dem aufgehenden Vollmond glich mit ihrem kohlschwarzen Haar, den zarten Wangen, den Zähnen, die sie beim Lächeln zeigte, den festen, stehenden Brüsten und den üppigen Gliedern und Handgelenken. So führten sie sie vor in ihrem zweiten Hochzeitskleid, da war sie, wie es die feinsinnigen Leute mit folgenden Versen beschreiben:

> In einem blauen Kleid kam näher sie,
> Blau wie der Himmel und wie Lapislazuli.
>
> Ich sah in ihrem Kleid den Sommermond,
> Der kalten Winternächten warmes Licht verlieh.

Es wird berichtet: Nun zogen sie ihr ein anderes Kleid an und ließen ihr fülliges Haar wie einen Schleier darüberfallen. Die langen, schwarzen Locken hingen schwer herab und glichen in ihrer Länge und Schwärze der dunkelsten aller Nächte. Aus ihren Pupillen schoß sie Pfeile in die Herzen. So führten sie sie heran in ihrem dritten Hochzeitskleid, wie der Dichter sagt:

Unter seiner Haare Schleier stand die Wange so gefährlich
Wie ein Pflanzenstachel oder ein Insektenbiß.

«Du hast ja den Morgen mit der Nacht verschleiert!» rief ich.
«Nein», sagt' er, «sondern den Vollmond mit der Finsternis!»

Als sie ihr das vierte Brautkleid angelegt hatten, trat sie hervor wie die aufgehende Sonne. Voll Anmut bog sie ihren Körper hin und her, dabei wandte sie sich so graziös um, wie es nur Gazellen können, und schoß von ihren Augenlidern spitze Pfeile auf alle Herzen ab, wie ein Dichter es beschreibt:

Die Sonne der Schönheit ging auf vor der wartenden Menschen Blick,
Und weil sie die Schüchternheit zierte, erstrahlte sie doppelt so schick.

Doch als sie ihr Antlitz und ihre Lippen zum Himmel erhob,
Da zog sich die Sonne des Tages vor Scham in die Wolken zurück.

Es wird berichtet: In ihrem fünften Brautkleid sah sie aus wie ein unberührtes junges Mädchen und bewegte sich so leicht wie der Zweig einer ägyptischen Weide oder eine durstige Gazelle. Sie hatte ihre Stirnlocken aus dem Gesicht nach hinten geworfen und enthüllte so ihre Reize. Dazu ließ sie ihre Hüften beben und zückte wie ein Schwert ihre langen, lockigen Haarsträhnen. Es war, als hätte sie einer der Dichter mit folgenden Worten beschrieben:

Tawil

Sie war wie der runde Vollmond in Saads Nachtgemach,
So schlank war ihr Wuchs und doch mit Rundungen hintennach.

Ihr Auge hat alle Menschen in ihre Haft gebracht,
Und mit ihren Wangen tat sie's roten Rubinen nach.

Hinunter bis zu den Hüften reichte ihr schwarzes Haar,
Gib acht! Da die Schlangenbrut der Locken dich gerne stach.

So weich ihre Seiten waren, war doch so hart ihr Herz,
Das trotz ihrer Weichheit wie ein Stein war, der nie zerbrach.

Vom Bogen der Augenbraue schoß sie den Blickepfeil,
Der selbst aus der Ferne ganz genau in sein Ziel einstach.

Doch als ich in ihren Armen schon an ihr Brusttuch griff,
Da stieß mich die harte Brust zurück, und ich wurde schwach.

Ach, schön ist sie, daß sie alle Schönheit der Welt besiegt,
Und zarteste Zweige sinken vor ihrem Wuchs in Schmach!

Es wird berichtet: Dann zeigten sie die Braut in ihrem sechsten Festgewand, einem grünen Brautkleid. Darin erschien sie so aufrecht und gerade, daß selbst der braune Schaft der Lanzen ihrem Wuchs nachstand. In ihrer Anmut übertraf sie die Schönen aller Horizonte. Ihr Gesicht strahlte heller als der aufgehende Vollmond, und sie besaß alle Schönheit, die sie sich nur wünschen konnte. Ihr wiegender, geschmeidiger Körper spottete den biegsamsten Zweigen, ihre vielen schönen Eigenschaften machten alle Herzen schwach, ja, es war, als hätte ein Dichter sie beschrieben mit folgenden Worten:

Ein Mädchen, das die Klugheit selbst tat leiten und erziehen.
Du siehst: Sogar die Sonne ist von ihrer Wang' geliehen.

Sie kam in einem grünen Kleid, das sie so schön verhüllte,
Wie Blätter es verbergen, wenn Granatäpfel blühen.

Wir fragten dieses Mädchen: «Sag, wie nennt man dieses Kleid?»
Da sagte sie ein schönes Wort und sprach es ohne Mühen:

«Schon viele Herzen brachen wir damit, drum nennen wir's:
Den Herzensbrecher aller Herzen, die in Liebe glühen.»

Da erreichte das Morgengrauen Schahrasad, und sie hörte auf zu erzählen. «Ach, Schwester», sagte Dinarasad zu ihrer Schwester, «wie spannend ist deine Geschichte!» – «Was ist das schon», erwiderte sie, «gegen das, was ich euch morgen nacht erzählen werde, wenn ich bis dahin noch lebe und verschont geblieben bin ...»

Die zweiundachtzigste Nacht

aus der Geschichte von Tausendundeiner Nacht

In der folgenden Nacht sagte sie:

Die Leute behaupten, o König, daß Dschaafar dem Kalifen erzählte, daß jedesmal, wenn sie die Braut in einem neuen Festkleid zeigten und sie dem Buckligen vorführten, die Braut ihr Gesicht von diesem abwandte, so daß sie vor Hasan von Basra stand, und daß Hasan dann in die Tasche griff und den Sängerinnen Geld zuwarf. So ging es weiter, bis sie sie in allen sieben Brautkleidern vorgeführt hatten. Dann machten sie den Frauen ein Zeichen, sie sollten sich entfernen, und alle Leute, die ganze Hochzeitsgesellschaft, zogen aus dem Saal hinaus, bis niemand mehr zurückblieb außer Hasan und dem Buckligen. Die Frauen des Hauses führten die Braut in eine Kammer, wo sie ihr den Brautschmuck abnahmen. Nun war es an der Zeit, die beiden Brautleute miteinander allein zu lassen. «Du warst uns ein guter Freund und hast den Abend schöner gemacht», sagte der Bucklige zu Hasan von Basra, «möchtest du jetzt nicht aufstehen und gehen?» – «In Gottes Namen», sagte der, stand auf und trat zur Tür hinaus in den Korridor. Dort aber versperrten ihm der Ifrit und die Ifritin den Weg. «Wo willst du hin? Bleib hier stehen!» fuhren sie ihn an. «Sobald der Bucklige den gewissen Ort aufsucht, um sein Geschäft zu verrichten, gehst du wieder hinein und begibst dich zu dem Himmelbett. Wenn dann die Braut zu dir kommt und dich anspricht, sage zu ihr: ‹Ich bin dein richtiger Bräutigam! Der König hat das ganze Schauspiel nur veranstaltet, um sich über den Buckligen lustig zu machen. Den Buckligen haben wir für zehn Silberstücke und eine Schüssel Essen gemietet. Er ist jetzt fort und geht seiner Wege.› Danach warte nicht lange, sondern lege dich zu ihr und entjungfere sie. Wir brennen darauf, daß das geschieht, weil kein anderer als du ihre schöne Jugend verdient hat!» Während sie noch miteinander sprachen, war der Bucklige bereits aus der Tür getreten und auf das Örtchen gegangen, wo er sich vollschiß bis an den Bart und der Dreck ihm aus dem Hintern quoll. Da schlüpfte der Ifrit in Gestalt einer schwarzen Katze in die Kotschüssel und miaute von unten: «Nuuh! Nuuh!» – «Ksss! Weg mit dir, du Unglücksbringer!» schimpfte der Bucklige, doch da wurde die Katze plötzlich größer und plusterte sich auf, bis sie so groß war wie ein ausgewachsener Esel. Mit ungeheurer Lautstärke kreischte sie: «Marmiauuuh!» Da bekam es der Bucklige mit der Angst zu tun. «Hilfe, ihr Hausbewohner!» rief er laut, während der Dreck auf seine Waden herunterlief. «Holt mich hier raus!» Unterdessen war die Katze noch größer geworden, etwa so wie ein junger Wasserbüffel. Und auf einmal sprach sie in der Menschensprache und sagte: «He, Buckliger!» Der Bucklige schlotterte vor Angst und setzte sich mit allen seinen Kleidern und Gewändern mitten in die Latrine. «Ja bitte, o König der Wasserbüffel?» sagte er zitternd. «He, du häßlichster aller Buckligen», herrschte ihn der Ifrit an, «ist dir die Welt etwa so eng geworden, daß du keine andere zum Heiraten gefunden hast als ausgerechnet meine Geliebte?» – «Mein Herr», stammelte der Bucklige, «wieso ich? Ich habe mit der Sache nichts zu tun. Man hat mich gegen meinen Willen gezwungen, sie zu heiraten. Ich habe nicht gewußt, daß sie einen Wasserbüffel zum Liebhaber hat! Was willst du, daß ich jetzt tue?» – «Ich schwöre», drohte der Ifrit, «daß ich dir mit eigener Hand den Hals umdrehen werde, wenn du vor Sonnenaufgang diesen Ort verläßt oder auch nur ein Wörtchen sprichst. Sobald die Sonne aufgegangen ist, mach, daß du fortkommst, und geh deiner Wege! Und erscheine nicht noch einmal in diesem Haus, sonst vernichte ich dich so gründlich, daß nie wieder jemand etwas von dir hören wird.» Mit diesen Worten packte der Ifrit den Buckligen und stieß ihn kopfüber in die Latrine, so daß nur noch seine Beine herausragten. Dann sagte er zu ihm: «Ich werde hier stehenbleiben und aufpassen. Und wenn du vor Sonnenaufgang heraussteigst, packe ich dich bei den Füßen und zerschmettere dich an der Wand, also halte hübsch still, damit du dein Leben behältst!» Soviel zu der Geschichte des Buckligen. Wie aber erging es unterdessen Badraddin Hasan von Basra? Der war, als der Bucklige in das Örtchen gegangen war, flink in das Brautgemach getreten und hinter den Bettvorhang geschlüpft. Dort hatte er sich hingesetzt und wartete eine Weile. Da trat die Braut in Begleitung einer alten Frau herein. Die alte Frau stellte sich an die Öffnung des Bettvorhangs. «He, du schön gewachsener Jüngling!» spottete sie. «Hier, nimm, was Gott in seiner Freundlichkeit dir geschenkt hat, du Sohn des Abfalls!» Damit ging sie wieder hinaus. Das Mädchen aber – sie hieß Sitt al-Husn – schlüpfte hinter den Bettvorhang und erblickte dort Badraddin Hasan. «Ach, mein Geliebter!» rief sie aus. «Bist du bis jetzt hier sitzen geblieben? Bei Gott, ich würde mir wünschen, daß du und der Bucklige miteinander teilen könntet!» – «Liebe Sitt al-Husn», sagte Hasan von Basra, als er ihre Worte gehört hatte, «wie kommst du darauf, daß dieser nichtswürdige Bucklige mein Teilhaber werden soll?» – «Aber warum redest du so?» fragte Sitt al-Husn entsetzt. «Ist er denn nicht mein Ehemann?» – «Um Gottes willen, liebe Frau!» sagte Hasan. «Das haben wir doch alles nur gespielt! Hast du denn nicht gemerkt, daß die Zofen und Sängerinnen und deine Familie dich immer nur mir vorgeführt und sich über ihn lustig gemacht haben? Dein Vater weiß nicht, daß wir ihn für zehn Silberstücke und eine Schüssel Essen gemietet haben. Jetzt haben wir ihm seinen Lohn bezahlt, und er ist gegangen!» ❧ Als Sitt al-Husn das hörte, mußte sie laut lachen. «Gott ist mein Zeuge dafür, daß du mir eine große Freude gemacht und das Feuer in meinem Herzen gelöscht hast, mein Herzblatt!» rief sie erleichtert und fügte dann hinzu: «Jetzt nimm mich, und schließe mich in deine Arme!» Sie war aber, als sie das sagte, bereits nackt unter dem Gewand. Nun entblößte sich auch Hasan, schnallte den Geldbeutel ab, den er von dem Juden erhalten hatte – darin waren die tausend Dinar –, wickelte ihn in seine Unterhosen und verbarg ihn unter der Matratze. Dann nahm er den Turban ab und legte ihn oben auf das Bündel mit seinen Kleidern auf einen Schemel. Nun hatte er nichts mehr am Körper außer einem leichten Hemd und der kleinen Kappe, die man unter dem Turban trägt. Etwas unschlüssig stand er da. ❧ Da erhob sich das Mädchen Sitt al-Husn und zog ihn zu sich heran. «Mein Liebling», sagte sie zärtlich, «du hast mich schon viel zu lange warten lassen. Jetzt komm, tröste mich durch deine Umarmung, und laß mich deine Schönheit kosten und genießen!» Und sie stimmte die folgenden Verse an:

«Bitte setze deinen Fuß in meine Augenhöhlen.
Wenn mein Schicksal mir dies gönnt, dann soll's mir schon genügen.

Bitte sprich wieder mit mir! Denn meine beiden Ohren
Lieben jedes kleine Wort, das deinem Mund entstiegen.

Niemals soll auf dieser Welt ein andrer als dein Gürtel
Und mein rechter Arm sich lieb um deinen Körper schmiegen.»

Da erreichte das Morgengrauen Schahrasad, und sie hörte auf zu erzählen. «Ach, Schwester», seufzte Dinarasad, «wie köstlich und wie spannend ist deine Geschichte!» – «Was ist das schon», erwiderte sie, «gegen das, was ich euch morgen nacht erzählen werde, wenn ich bis dahin noch lebe und verschont geblieben bin ...»

Die dreiundachtzigste Nacht

aus der Geschichte und dem spannenden Abenteuer
von Tausendundeiner Nacht

In der folgenden Nacht sagte sie:

Die Leute behaupten, o König, daß Dschaafar dem Kalifen erzählte, daß Badraddin Hasan und Sitt al-Husn einander umarmten und er ihr die Unschuld raubte und sie zur Frau machte. Danach schob sie ihren Arm unter seinen Nacken, den anderen Arm legte sie unter seine Achselhöhle, und so schliefen die beiden, Brust an Brust geschmiegt und die Gesichter einander zugewandt, ein. Dazu schrieb die stumme Zunge ihrer Gebärden die Verse:

> Geh, zu wem du möchtest, und vergiß des Neiders Rügen.
> Niemals hat ein Neider je zur Hilfe sich verstiegen.
>
> Gott hat auf der ganzen Welt nichts Schöneres erschaffen,
> Als zwei Liebende, die in demselben Bette liegen,
>
> Die zufrieden lächeln, während sie sich fest umschlingen,
> Und mit Arm- und Handgelenken aneinanderschmiegen.
>
> Doch sobald zwei Herzen sich in Liebe näherkommen,
> Schwätzen gleich die Leute und verbreiten kalte Lügen.
>
> Einen Schatz nur hat die Zeit für dich bestimmt. Wo ist er?
> Drum: Wenn du den einen find'st, dann suche ihn zu kriegen!
>
> Du, der du die Liebenden der Liebe wegen tadelst:
> Kannst du etwa des gebroch'nen Herzens Leid besiegen?

Dann schliefen sie ein Stündchen. Währenddessen sagte der Ifrit zu der Ifritin: «Steh auf, krieche unter ihn, und hebe ihn vorsichtig auf. Wir wollen ihn an denselben Ort zurückbringen, wo er zuvor geschlafen hat, und zwar noch ehe uns der Morgen einholt!» Die Ifritin schlüpfte unter ihn und flog mit ihm in die Luft, geradeso wie er war, nur mit einer Kappe aus blauer chinesischer Seide und einem feinen haselnußbraunen Hemd mit maghrebinischer Goldstickerei bekleidet, aber ohne Hosen. Immer weiter flog die Ifritin, und der Ifrit flog neben ihr her. Nun erlaubte Gott, gepriesen sei Er und erhaben, der Morgendämmerung hervorzubrechen, und die Muezzine stiegen auf die Minarette der Moscheen, um die Einzigkeit Gottes, des Einzigen und Siegreichen, auszurufen. Da bewarfen die Engel sie mit Sternschnuppen. Die Ifritin landete schnell, und Gott ließ sie heil am Boden ankommen. Der Ifrit aber verbrannte. Und wie es das Schicksal beschlossen hatte, war sie mit ihm genau bis zu der Stadt Damaskus gekommen. Sie setzte ihn an einem der Stadttore ab und flog davon. Schon leuchtete das erste Licht des Tages, und die Morgendämmerung stieg herauf. Das Stadttor von Damaskus wurde geöffnet, die Menschen strömten heraus – und fanden Hasan. Dieser lag da, ein hübscher junger Mann, nur leicht bekleidet mit einer Kappe auf dem entblößten Kopf und einem Hemd ohne Hosen. Er war noch so erschöpft von der durchwachten Nacht, von der Hochzeitsfeier, dem Kerzentragen und Spalierstehen, daß er in tiefem Schlaf lag und laut schnarchte. «Nicht übel», staunten die Menschen, die sich um ihn versammelt hatten. «Was für ein Glück für den, der mit ihm die Nacht verbracht hat! Aber konnte er ihm nicht wenigstens Zeit lassen, sich wieder anzuziehen?» – «Schaut, so weit ist es gekommen mit den Kindern unserer reichen Leute!» entrüstete sich ein anderer. «Sie sind doch wirklich arm dran. Seht, wie es diesem jungen Mann hier ergangen ist! Er liegt hier betrunken herum! Wahrscheinlich ist er gerade von seinem Gelage aufgestanden und nach draußen gegangen, um ein Geschäft zu verrichten, da hat ihn der Rausch zu Boden gestreckt und er ist, nackt wie er war, eingeschlafen. Oder er hat die Haustür nicht wiedergefunden und ist bis zum Stadttor getorkelt, hat festgestellt, daß es geschlossen war, und sich hier schlafen gelegt.» Und während jeder der Umstehenden seine Ansicht kundtat, wehte der Morgenwind über Hasan von Basra hin und blies sein Hemd auf, so daß es sich abhob und ein schlanker Bauch mit Nabel sichtbar wurde und Waden und Oberschenkel wie von Kristall, doch weicher als Rahmbutter. «Nicht schlecht, nicht schlecht!» riefen die Menschen so laut, daß Hasan erwachte. Er fand sich an einem Stadttor wieder, und um ihn herum stand eine große Menschenmenge. «Wo bin ich, liebe Leute?» fragte er verdutzt. «Und warum steht ihr alle hier herum?» – «Wir haben dich beim ersten Gebetsruf hier liegen sehen», sagten sie, «mehr wissen wir nicht über dich. Wo hast du denn heute nacht geschlafen?» – «Heute nacht?» antwortete er. «Bei Gott, liebe Leute, heute nacht habe ich in Kairo geschlafen.» – «Hört euch das an!» sagte einer der Umstehenden.

«Gib ihm mal einen kräftigen Klaps, damit er wach wird!» schlug ein anderer vor, und mehrere Leute sagten zu ihm: «Liebes Kind, du bist nicht ganz bei Trost. Du willst in Kairo übernachtet haben und wachst in Damaskus auf?» – «Doch, bei Gott, liebe Leute», bekräftigte er, «ich habe heute in Ägypten übernachtet, nachdem ich gestern den ganzen Tag in der Stadt Basra verbracht habe. Und aufgewacht bin ich hier in Damaskus.» – «Nicht schlecht, bei Gott, nicht schlecht, bei Gott!» spottete einer. «Sehr gut!» sagte ein anderer, ein dritter rief: «Bei Ali! Er ist verrückt geworden!» Und dann riefen alle Leute: «Ein Verrückter!» und erklärten ihn für verrückt, obwohl er heftig widersprach. «Ach, wie schade ist es um sein junges Leben!» sagten sie zueinander, und nachdem sie sich noch ein Weilchen beraten hatten, waren sich alle einig und stellten fest: «Er ist ohne jeden Zweifel ein Verrückter.» «Liebes Kind», wandten sie sich wieder an ihn, «setze mal dein Gehirn im Kopf in Gang. Ist schon jemals irgend jemand auf dieser Welt tagsüber in Basra gewesen, in der Nacht in Kairo und am nächsten Morgen in Damaskus?» – «Aber ja doch, liebe Leute!» erwiderte er. «Ich war gestern abend Bräutigam auf meiner eigenen Hochzeit in Kairo.» – «Kann es nicht vielleicht sein, daß du das geträumt hast?» fragten sie. Da wurde Hasan unsicher und begann an sich zu zweifeln. «Möglicherweise habe ich wirklich nur geträumt, daß ich nach Kairo gegangen bin und man die Braut vor mir und dem Buckligen entschleiert hat», sagte er, «aber nein, mein Bruder, bei Gott, das kann kein Traum gewesen sein, denn wo ist der Beutel mit dem Gold, und wo sind meine Kleider, mein Turban, mein Mantel und mein Krummdolch?» Nun geriet Hasan vollends in Verwirrung.

Da erreichte das Morgengrauen Schahrasad, und sie hörte auf zu erzählen. «Wie köstlich und wie spannend ist deine Geschichte!» sagte Dinarasad zu ihrer Schwester. «Was ist das schon», erwiderte sie, «gegen das, was ich euch morgen nacht erzählen werde, wenn ich dann noch lebe und mich der König verschont ...»

Die vierundachtzigste Nacht

aus der Geschichte und dem aufregenden Abenteuer von Tausendundeiner Nacht

In der folgenden Nacht sagte sie:

Die Leute behaupten, o König, Dschaafar habe dem Kalifen erzählt, daß die Leute, die um Hasan herumstanden, laut riefen: «Ein Verrückter, ein Verrückter!» und Hasan aufsprang und unter dem Geschrei der Menge in die Stadt hineinrannte. Er lief ziellos durch die Gassen des Basars, und als die Menschen in immer größeren Scharen immer dichter hinter ihm herkamen, trat er schnell in einen Laden, der einem Koch gehörte. Dieser Koch war einst ein gewitzter Dieb gewesen, einer der durchtriebensten Gauner überhaupt, doch hatte er sich vor einiger Zeit reumütig vom Diebeshandwerk abgewandt und als Koch eine kleine Imbißstube eröffnet. Dessenungeachtet fürchteten sich noch alle Damaszener vor ihm und seinen Übeltaten. Als sie nun gesehen hatten, daß sich der junge Mann in den Laden des Kochs geflüchtet hatte, ließen sie von ihm ab. Die Menschenmenge löste sich auf, und alle gingen wieder ihrer Wege. Der Koch aber betrachtete Hasan von Basra höchst überrascht. «Wo kommst du her, mein Junge?» fragte er ihn, und Hasan erzählte ihm seine ganze Geschichte vom Anfang bis zum Ende – es wäre müßig, dies alles hier zu wiederholen. «Deine Geschichte ist wirklich spannend», sagte der Koch, «aber du mußt sie geheimhalten, bis Gott dir eine Lösung zeigt. So lange kannst du bei mir in der Imbißstube bleiben. Ich habe selbst keinen Sohn und werde dich an Sohnes Statt annehmen.» – «Sehr wohl, verehrter Onkel», sagte Hasan. Der Koch ging gleich in die Stadt, kaufte Kleider für ihn und bekleidete ihn damit. Dann brachte er ihn vor vereidigte Zeugen und ließ offiziell beurkunden, daß er von nun an sein Sohn sei. So wurde Hasan in Damaskus als Sohn des Kochs bekannt. Er saß bei ihm an der Waage, und es ging ihm gut bei dem Koch. Soviel zu dem, was Hasan erlebte. Aber wie war es unterdessen seiner Kusine Sitt al-Husn ergangen? Sie war beim Morgengrauen erwacht und fand keinen Hasan neben sich! Da sie vermutete, daß er auf das Örtchen gegangen sei, setzte sie sich und wartete eine Weile. Plötzlich erschien ihr Vater Schamsaddin Muhammad, der ägyptische Wesir und der Bruder Nuraddin Alis, des Vaters von Badraddin Hasan. Er war traurig und bekümmert über das, was der Sultan ihm angetan hatte, und dachte immer wieder mit Sorgen und Ärger daran, wie dieser ihn gegen seinen Willen gezwungen hatte, seine Tochter mit seinem niedrigsten Diener, einem buckligen Nichtsnutz, zu verheiraten. Vor lauter Kummer war er aus seinem Zimmer getreten und lief unruhig im Haus umher, bis er zu dem Himmelbett kam. Am Eingang des Bettvorhangs blieb er stehen. «Sitt al-Husn?» fragte er vorsichtig. «Aber ja, zu Diensten!» klang es fröhlich zurück, und sie kam zu ihm heraus und küßte ihm die Hand. Ihr Gesicht strahlte noch heller als zuvor und war noch schöner geworden, nachdem sie diese Gazelle umarmt hatte. «Du verfluchtes Weib!» schimpfte ihr Vater. «Freust du dich etwa so sehr über diesen verfluchten Buckligen?»

Da erreichte das Morgengrauen Schahrasad, und sie hörte auf zu erzählen. «Ach, Schwester», seufzte Dinarasad, «wie köstlich und wie aufregend ist deine Geschichte!» – «Was ist das schon», erwiderte sie, «gegen das, was ich euch morgen nacht erzählen werde, wenn ich bis dahin am Leben bleibe ...»

Die fünfundachtzigste Nacht

aus der Geschichte von Tausendundeiner Nacht

In der folgenden Nacht sagte sie:

Die Leute behaupten, o König, daß Dschaafar dem Kalifen erzählte, daß das Mädchen Sitt al-Husn, als es seinen Vater sagen hörte: «Freust du dich etwa so sehr über diesen verfluchten Buckligen?», lächelnd antwortete: «Mein Vater, jetzt hör auf damit. Es genügt schon, was mir gestern angetan worden ist und daß alle Frauen meinetwegen traurig und bedrückt waren und mich wegen des häßlichen Buckligen ausgelacht haben, der nicht einmal dazu taugt, meinem Mann das Maultier oder die Sandalen zu bringen! Nein, ich schwöre bei Gott einen heiligen Eid und lege ihn auf meinen Nacken, daß ich in meinem ganzen Leben keine schönere Nacht als die heutige verbracht habe. Also höre auf damit, mich lächerlich zu machen. Erwähne diesen Buckligen, den ihr für Geld gemietet habt, damit er die

Augen von der schönen Jugend meines Mannes ablenken sollte, nicht noch einmal!» Als ihr Vater hörte, was sie sagte, geriet er vollends durcheinander. «Wehe dir, was redest du da?» sagte er und starrte sie mit aufgerissenen Augen an. «Hat der Bucklige etwa nicht mit dir geschlafen?» – «Hör auf, den Buckligen zu erwähnen!» zeterte das Mädchen. «Gott soll den Buckligen verfluchen! Was habe ich mit dem Buckligen zu schaffen? Hör auf, mir immer wieder mit dem Buckligen zu kommen! Ich habe mit niemand anderem geschlafen als mit meinem rechtmäßigen Ehemann, dem mit den schwarzen Augen und den schön gebogenen, schwarzen Augenbrauen!» – «Wehe dir, du Hure!» schrie ihr Vater. «Bist du verrückt geworden?» – «Uuh, Vater!» stöhnte sie. «Du raubst meinem Herzen alle Kraft. Hör auf, mich zu peinigen. Ich sage dir bei Gott: Der hübsche junge Mann ist mein Gatte, er hat mir die Unschuld geraubt, und ich habe seinen Samen empfangen. Im Moment ist er nur gerade auf das Örtchen gegangen.» Sofort schaute ihr Vater dort nach, und wen fand er? Den Buckligen, kopfüber in die Latrine gepflanzt, den Kopf in der Kotschüssel und die Füße in der Luft. Der Vater war verblüfft. «He, Buckliger?» sprach er ihn an. «Joo, joo!» gab der Bucklige gequält zurück. «Was hat das zu bedeuten?» fragte der Vater. «Wer hat dir das angetan?» Der Bucklige stöhnte: «Mußtet ihr mich ausgerechnet mit einem Mädchen verheiraten, das mit Wasserbüffeln verkehrt und Ifrite als Liebhaber hat?»

Da erreichte das Morgengrauen Schahrasad, und sie hörte auf zu erzählen. «Ach, Schwester», seufzte Dinarasad, «wie köstlich und wie aufregend ist deine Geschichte!» – «Was ist das schon», erwiderte sie, «gegen das, was ich euch morgen nacht erzählen werde, wenn ich dann noch lebe und mich der König verschont ...»

Die sechsundachtzigste Nacht

aus der Geschichte und den spannenden und aufregenden Erzählungen von Tausendundeiner Nacht

In der folgenden Nacht sagte sie:

Die Leute behaupten, o König, daß Dschaafar dem Kalifen erzählte, daß der Bucklige zu dem Brautvater sagte: «Mußtet ihr mich ausgerechnet mit einer Geliebten von Wasserbüffeln und Ifriten verheiraten? Gott soll den Sultan verfluchen und genauso die Stunde meiner Geburt!» – «Komm heraus!» forderte der Vater ihn auf. Doch der Bucklige antwortete: «Glaubst du etwa, ich wäre verrückt geworden? Oder ist inzwischen die Sonne aufgegangen? Bevor die Sonne nicht aufgegangen ist, rühre ich mich nicht vom Fleck! Es ist nämlich so», erklärte er ihm, «daß ich gestern hierherkam, um mein Geschäft zu verrichten. Da habe ich eine schwarze Katze aus der Grube springen sehen. Die Katze hat laut miaut und ist immer größer geworden, bis sie so groß war wie ein Wasserbüffel. Sie hat Worte zu mir gesagt, die mir noch immer im Ohr klingen. Also laß mich in Ruhe, und geh deiner Wege. Deinen Lohn will ich nicht mehr, Gott, der Erhabene, wird mich schon entlohnen. Diese Braut soll der Fluch treffen!» Jetzt trat der Wesir auf ihn zu und zog ihn aus der Latrine. Auf der Stelle, und so wie er war, verschwand der Bucklige und lief zum Sultan hinauf, um ihm alles zu berichten, was er mit dem Ifrit erlebt hatte. Unterdessen war der Vater der Braut wieder in sein Haus gegangen. Völlig kopflos und ohne zu wissen, was er von seiner Tochter denken sollte, trat er zu ihr herein. «Wehe dir!» sagte er drohend. «Jetzt erzähle mir ganz genau, was hier geschehen ist!» – «Uuh, lieber Vater», seufzte sie, «was soll schon geschehen sein? Der, dem ich gestern abend vorgeführt worden bin, hat mit mir geschlafen und mir die Unschuld genommen. Gott ist mein Zeuge, daß ich ein Kind von ihm empfangen habe. Hier auf diesem Schemel liegt noch sein Turban, außerdem sein Krummdolch und sein Mantel und hier, unter dem Bett, steckt seine Unterwäsche. Es ist etwas darin eingewickelt, aber ich weiß nicht, was.» Der Wesir untersuchte den Turban seines Neffen Hasan, nahm ihn in die Hand und drehte und wendete ihn. «Bei Gott, das ist der Turban eines Wesirs», sagte er erstaunt, «aber er ist nach der Mode von

Mosul gewickelt!» Dann bemerkte er ein Amulett, das in die Kappe in der Mitte des Turbans eingenäht war. Er nahm es heraus und drehte es um. Schließlich zog er die Hose hervor. Darin fand er den Beutel mit den tausend Dinar und dazu einen Zettel. Er faltete den Zettel auseinander. Darauf stand: «Hiermit wird bestätigt, daß Badraddin Hasan von Basra dem Juden Ishak die Ladung des ersten einlaufenden Schiffes für eintausend Dinar verkauft und den Kaufpreis erhalten hat.» Kaum hatte er den Zettel gelesen, schrie er laut auf und sank ohnmächtig zu Boden.

Da erreichte das Morgengrauen Schahrasad, und sie hörte auf zu erzählen. «Ach, Schwester», seufzte Dinarasad, «wie köstlich und wie aufregend ist deine Geschichte!» – «Was ist das schon», erwiderte sie, «gegen das, was ich euch morgen nacht erzählen werde, wenn ich dann noch lebe und mich der König verschont ...»

Die siebenundachtzigste Nacht

aus der Geschichte von Tausendundeiner Nacht

In der folgenden Nacht sagte sie:

Die Leute behaupten, o König, daß Dschaafar dem Kalifen erzählte:

Beherrscher der Gläubigen! Als der Wesir Schamsaddin aus seiner Ohnmacht erwachte und begriff, was diese Geschichte bedeutete, war er aufs äußerste entzückt und verwundert. Schnell öffnete er das Amulett und las. Es war die Handschrift seines Bruders. «Liebe Tochter», sagte er freudig erregt, «weißt du, wer dir da die Unschuld genommen hat? Bei Gott, es ist kein anderer als der Sohn deines Onkels, und diese tausend Dinar sind dein Brautpreis. Gelobt sei Gott, der alles kann! Genau das, worum ich mich mit meinem Bruder Nuraddin gestritten habe, hat Gott nun Wirklichkeit werden lassen. Ich wüßte zu gerne, wie das zugegangen ist.» Er betrachtete das Amulett von neuem und entdeckte darauf ein Datum, das ebenfalls eigenhändig von Nuraddin Ali, Hasan von Basras Vater, geschrieben worden war. Als er die Handschrift seines Bruders erkannte, erhob er sich, küßte das Geschriebene mehrere Male und begann dann zu weinen und zu klagen. Indem er an seinen Bruder dachte und den Blick auf dessen Handschrift gerichtet hielt, stimmte er die folgenden Verse an:

«Ich sehe ihre Spuren und zerschmelze vor Sehnsucht
Und gieße meine Tränen aus an der verlass'nen Stätte

Und bitte den von ihnen, der auch an der Trennung leidet,
Daß er sie wiederbring' und so mein Glück und Leben rette.»

Dann entrollte er das Amulett, las darin und fand das Datum der Ankunft seines Bruders in Basra und wann er geheiratet und den Ehevertrag aufgesetzt hatte, ferner das genaue Datum seiner Eheschließung und der Niederkunft seiner Ehefrau, welche Hasans Mutter war, und schließlich das Alter seines Bruders im Jahr seines Todes. Als er das alles gut verstanden hatte, überwältigte ihn die Freude, und er zitterte vor Glück. Er verglich die Erlebnisse seines Bruders mit dem, was ihm selbst widerfahren war, und fand, daß es ein und dasselbe war. Der Tag, an dem sein Bruder in Basra geheiratet und seine Ehe vollzogen hatte und an dem sein Sohn zur Welt gekommen war, war eben derselbe wie jener, an dem er in Kairo geheiratet hatte. Alles war wie vorausberechnet. Er überlegte: Wie war es zugegangen, daß der Sohn seines Bruders so kurze Zeit später zu ihm gekommen war und mit seiner Tochter die Ehe vollzogen hatte? So nahm er denn das Papier sowie auch den anderen Zettel, der in dem Geldbeutel gesteckt hatte, und begab sich hinauf zum Sultan, um ihm über diese Dinge Bericht zu erstatten. Der Sultan war höchst erstaunt darüber und ordnete an, daß die Geschichte aufgeschrieben und in den Chroniken dokumentiert würde. Der Wesir begab sich nun wieder in sein Haus und wartete auf seinen Neffen. Er wartete den ganzen Tag, aber sein Neffe kam nicht wieder. Einen zweiten Tag wartete er und einen dritten, bis er sieben Tage gewartet hatte, ohne die geringste Spur von ihm zu finden oder irgendeine Nachricht von ihm erhaschen zu können. «Bei Gott», schwor er schließlich, «ich werde etwas tun, das noch kein anderer vor mir getan hat.» Mit diesen Worten griff er zu einem Tintenfaß und einem Stück Papier und schrieb ganz genau auf, welche Möbel er in seinem Haus hatte und wie diese angeordnet waren. Auch den anderen Hausrat, der sich im Haus befand, vergaß er nicht. Dann befahl er seinen Leuten, die Möbel und die Sachen fortzutragen. Er selbst nahm den Turban, die Hose und den Geldbeutel –

Da erreichte das Morgengrauen Schahrasad, und sie hörte auf zu erzählen. «Ach, Schwester», seufzte Dinarasad, «wie köstlich und wie aufregend ist deine Geschichte!» – «Was ist das schon», erwiderte sie, «gegen das, was ich euch morgen nacht erzählen werde, wenn ich bis dahin noch lebe und verschont geblieben bin ...»

Die achtundachtzigste Nacht

aus der Geschichte von Tausendundeiner Nacht

In der folgenden Nacht sagte sie:

Es ist mir zu Ohren gekommen, o glücklicher König, daß Dschaafar dem Kalifen erzählte, daß die Tochter des Wesirs von Ägypten die Monate und Nächte ihrer Schwangerschaft vollendete und dann einen Jungen gebar. Dessen Gesicht war so schön wie der Hof des Mondes, ja, er selbst war wie der Vollmond, wenn er am vollkommensten ist, oder wie ein aufgehender Morgen. Er hatte eine hell leuchtende Stirn und rote Wangen. Man schnitt ihm die Nabelschnur durch und schminkte seine Augen mit schwarzem Kajal. Dann wurde er den Ammen, Haushälterinnen und Dienern in Obhut gegeben. Sein Großvater nannte ihn Adschib. Adschib wurde größer, und im Alter von sieben Jahren schickte ihn sein Großvater zur Schule und gab dem Lehrer den Auftrag, ihn gründlich zu bilden und zu erziehen. Drei bis vier Jahre lang ging er in die Schule, doch dann begann er, die jüngeren Schüler zu ärgern. Er schlug und beschimpfte sie und stiftete solche Unruhe unter ihnen, daß die Kleinen sich schließlich zusammentaten und sich beim Lehrgehilfen über Adschib beklagten. «Wenn er morgen in die Schule kommt», sagte der Lehrgehilfe, «werde ich euch etwas verraten, wodurch ihr sichergehen könnt, daß er sich nie mehr in eure Nähe wagen wird. Und zwar so: Sobald er morgen zur Schule kommt, setzt euch in einen Kreis um ihn herum und spielt irgendein Spiel. Dabei sagt ihr zueinander: ‹Niemand darf dieses Spiel mitspielen, der uns nicht den Namen seiner Mutter und seines Vaters nennen kann. Wer aber seine Mutter und seinen Vater nicht kennt, ist ein Hurensohn und darf nicht mitspielen!›» Die Kinder freuten sich über diesen Rat, und am nächsten Morgen, als sie in die Schule kamen und auch Adschib, Hasan von

Basras Sohn, in der Schule eintraf, und nachdem er zunächst ein Weilchen allein herumgesessen hatte, kamen auf einmal alle auf ihn zu und sagten: «Wir wollen ein Spiel spielen, bei dem keiner mitspielen darf, der uns nicht den Namen seiner Mutter und seines Vaters sagt!» – «Großartig!» riefen alle Kinder, und so sagte der erste: «Ich heiße Madschid, meine Mutter heißt Sittita und mein Vater Issaddin.» Der nächste sagte etwas Entsprechendes. Schließlich kam die Reihe an Adschib. «Ich heiße Adschib», sagte er, «meine Mutter heißt Sitt al-Husn, und mein Vater heißt Schamsaddin, der Wesir.» Damit wollte er sich ebenfalls in die Reihe stellen. «Wo willst du hin?» protestierten die anderen. «Nein, bei Gott, er ist nicht dein Vater!» – «Wehe euch!» erwiderte er. «Der Wesir Schamsaddin soll nicht mein Vater sein?» Da lachten ihn die jüngeren Schüler aus und klatschten in die Hände. «Bei Gottes Schutz und Schirm», kicherten sie, «er weiß nicht, wer sein Vater ist! Bei Gott, er darf nicht mitspielen und auch nicht neben uns sitzen!» Unter lautem Gelächter rannten sie alle von ihm weg. Adschib fühlte, wie ihn die Tränen ersticken wollten. Er begann laut zu schluchzen. Da kam der Lehrgehilfe auf ihn zu. «Weißt du denn nicht, Adschib», sagte er zu ihm, «daß der Wesir Schamsaddin in Wirklichkeit dein Großvater ist, nämlich der Vater deiner Mutter Sitt al-Husn? Deinen wirklichen Vater kennen wir alle nicht, weder wir noch du. Denn der Sultan hatte damals deine Mutter mit einem Buckligen verheiratet, da sind Dschinnen erschienen und haben mit ihr geschlafen. Deshalb hast du keinen Vater, den irgend jemand mit Namen kennen würde. Und darum ist es auch nicht richtig, daß du die Kleinen in der Schule immer ärgerst, wo du doch nicht einmal deinen eigenen Vater kennst. Im Gegenteil, sie betrachten dich als den Sohn einer Hure! Du siehst doch, der Sohn des Krämers kennt seinen Vater und der Sohn des Gemüsehändlers auch. Nur du, dessen Großvater der Wesir von Ägypten ist, kennst deinen Vater nicht. Lieber Adschib, das ist wirklich eigenartig.»

Da erreichte das Morgengrauen Schahrasad, und sie hörte auf zu erzählen. «Ach, Schwester», seufzte Dinarasad, «wie köstlich und wie aufregend ist deine Geschichte!» – «Was ist das schon», erwiderte sie, «gegen das, was ich euch morgen nacht erzählen werde, wenn ich bis dahin am Leben bleibe …»

Die neunundachtzigste Nacht

aus der Geschichte von Tausendundeiner Nacht

Und als die nächste Nacht gekommen war, erzählte Schahrasad:

Es ist mir zu Ohren gekommen, o glücklicher König, daß Dschaafar dem Kalifen erzählte, daß Adschib, nachdem er gehört hatte, was die Kleinen gesagt und wie sie ihn ausgelacht hatten, aufstand und nach Hause rannte zu seiner Mutter. Schluchzend stürzte er zu ihr hinein, und ihr Herz brannte vor Mitleid mit ihm. «Ach, mein liebes Kind, was hast du denn? Warum weinst du?» fragte sie und versuchte ihn zu trösten. «Gott möge deinem Auge niemals Grund zum Weinen geben!» Da weinte er noch heftiger und erzählte ihr, was passiert war. Am Ende fragte er sie ganz direkt: «Wer ist mein Vater?» – «Der Wesir von Ägypten», gab sie zur Antwort. «Du lügst! Der Wesir von Ägypten ist mein Großvater und dein Vater!» schluchzte er. «Ich will wissen, wessen Sohn ich bin!» Als Sitt al-Husn an ihren Ehemann, ihren Vetter und den Vater ihres Sohnes, erinnert wurde, brach sie in Tränen aus. Nun dachte sie wieder an die Nacht mit Badraddin Hasan und stimmte die folgenden Verse an:

Wafir

«Sie pflanzten die Liebe in mein Herz und gingen.
So fern sind sie jetzt, daß sie uns zur Trennung zwingen.

Weit weg sind sie von der Heimat und ihren Bewohnern,
Zu weit, um sie zu besuchen, es kann nicht gelingen.

Mit ihrem Verschwinden verschwand auch meine Geduld,
Und Trost und Gefaßtheit sagten Ade und gingen.

Als er mich verließ, vertrieb er all meine Freude.
Meine Ruhe ist hin, wer kann sie mir wiederbringen?

Aus meinen Augenlidern floß Blut deswegen,
Nachdem sie zuvor vor Tränen schon übergingen.

Sobald ich mich nach ihrem Anblick sehne
Und hoffendes, banges Warten mich will durchdringen,

Erscheint ihre Gestalt in meinem Herzen,
In welchem Gram und Kummer so traurig klingen.

O ihr, deren Name wie eine Decke wärmt,
So, wie meine Liebe euch birgt unter ihren Schwingen:

Ist für den Gefangenen eurer Liebe kein Loskauf?
Kein Trost für das Herz, das ihr ließet zerspringen?

Kein Heilmittel für den Liebeskranken durch euch?
Kein Helfer für den, der muß mit dem Tode ringen?

Ach, meine Lieben! Sagt mir, wie lang noch, wie lange
Wird diese Trennung währen und mich verschlingen?»

Es wird berichtet: So weinte sie, und auch ihr Sohn schluchzte. Als es gerade so um die beiden stand, kam plötzlich der Wesir Schamsaddin zu ihnen herein. «Warum weint ihr denn?» wollte er wissen, und seine Tochter erzählte ihm, was ihrem Sohn zugestoßen war. Da sie beide so sehr weinten, brach auch der Wesir in Tränen aus. Dabei dachte er an seinen Bruder und dessen Sohn und an das, was seiner Tochter widerfahren war. Aber er wußte nicht, was für eine Geschichte noch im Verborgenen auf ihn wartete. Schnell ging er wieder hinaus und trat vor den Sultan, den König von Ägypten, dem er die ganze Geschichte erzählte, und indem er den Boden vor ihm küßte, bat er ihn inständig, ihm doch zu erlauben, in die östlichen Länder zu reisen. Er wolle nach Basra fahren, erklärte er, um dort nach dem Sohn seines Bruders zu suchen. Ferner bat er den Sultan um ein Verfügungsschreiben, das für alle Länder und Regionen Gültigkeit haben sollte, des Inhalts, daß er, wo immer er seinen Neffen fände, diesen mitnehmen dürfe. Dann brach er vor dem Sultan in Tränen aus. Der Sultan ließ sich erweichen und setzte Briefe und Verfügungen, die für alle Länder und Regionen gültig waren, für ihn auf. Froh und erleichtert dankte der Wesir dem Sultan und wünschte ihm Gottes Segen. Dann begab er sich unverzüglich wieder in die Stadt, um sich auf die Reise vorzubereiten. Seine Tochter und deren Sohn Adschib nahm er mit auf die Reise.

Da erreichte das Morgengrauen Schahrasad, und sie hörte auf zu erzählen. «Ach, Schwester», seufzte Dinarasad, «wie köstlich und wie aufregend ist deine Geschichte!» – «Was ist das schon», erwiderte sie, «gegen das, was ich euch morgen nacht erzählen werde, wenn ich bis dahin noch lebe und verschont geblieben bin …»

Die neunzigste Nacht

aus der Geschichte von Tausendundeiner Nacht

Und als die nächste Nacht gekommen war, erzählte Schahrasad:

Es ist mir zu Ohren gekommen, o glücklicher König, daß Dschaafar dem Kalifen erzählte, daß der Wesir von Ägypten, der Hasan von Basras Onkel war, zusammen mit seiner Tochter und deren Sohn aufbrach. Nach zwanzig Tagen erreichten sie Damaskus. Dort fanden sie Flüsse mit vielen Vögeln vor, so als hätte der Dichter darüber gesagt:

Kamil

Ich verbrachte einen Tag in Damaskus mit seiner Nacht,
Der, so schwor die Zeit, mir nicht ungenutzt durch die Finger rinnt.

Eine sorglose Dunkelheit legte sich über uns bei Nacht,
Und der Morgen kam mit dem grauen Licht wie ein lächelndes Kind.

Der Tau auf jenen Zweigen war wie Perlen,
Die, vom Morgenwind gestreift, zu Boden gefallen sind.

Die Vögel lasen, was auf dem Tümpel geschrieben stand;
Die Wolken setzten die Punkte, die Buchstaben schrieb der Wind.

Es wird berichtet: Der Wesir ließ sich auf dem Kiesplatz nieder und schlug dort seine Zelte auf. «Laßt uns hier zwei, drei Tage rasten», sagte er zu seinen Leuten. Nun gingen die Diener und Sklaven nach Damaskus hinein, um ihre Aufträge zu erledigen. Der eine kaufte etwas, der andere verkaufte etwas, wieder ein anderer besuchte das Hammam. Auch Adschib ging in Begleitung eines Dieners nach Damaskus hinein, um sich umzuschauen. Der Diener, der einen knotigen Knüppel aus rotem Mandelholz in der Hand trug, auf den das Sprichwort zutraf: «Würde ein Kamel damit geschlagen, so galoppierte es bis in den Jemen», hielt sich immer hinter Adschib. Als die Einwohner von Damaskus sahen, wie schön und anmutig Adschib war, dazu noch so jung, und als sie seinen Glanz und seine Vollkommenheit zu Gesicht bekamen – denn es war, als hätte ein Dichter über ihn die Verse gedichtet:

Sein Duft ist wie der Moschus, seine Wange eine Rosenblüte,
Die Zähne weiße Perlen und sein Speichel Wein von erster Güte.

Schlank wie die Gerte ist sein Wuchs, doch rund und prall die Hinterbacken,
Sein Haar ist wie die Nacht, in der als Vollmond sein Gesicht erglühte.

Es wird berichtet: –, da liefen ihm die Damaszener hinterher. Alles Volk kam aus den Häusern und versuchte, vor und hinter ihm zu gehen, die Leute setzten sich ihm in den Weg, damit er an ihnen vorbeigehen mußte und sie ihn sehen konnten. Schließlich, so wollte es das vorbestimmte Schicksal und die göttliche Vorsehung, blieb der Diener genau vor dem Laden seines Vaters Hasan von Basra stehen. Hasan hatte sich einen langen Bart wachsen lassen und seinen Verstand gut zu nutzen gelernt. Er hatte bereits zwölf Jahre in Damaskus verbracht. Der schlaue Fuchs, der Koch, war in der Zwischenzeit gestorben, Hasan hatte seinen Laden übernommen und alles, was er besessen hatte, geerbt, denn er galt ja offiziell als sein Sohn. Als nun Adschib, sein eigenes Kind, mit dem Diener bei ihm stehenblieb –

Da erreichte das Morgengrauen Schahrasad, und sie hörte auf zu erzählen. «Bei Gott», sagte der König zu sich selbst, «ich werde sie nicht eher töten, als bis ich gehört habe, was mit dem Wesir Badraddin Hasan, seinem Sohn, seinem Onkel und seiner Kusine weiter geschehen ist. Dann aber töte ich sie, wie alle anderen Frauen!»

Die einundneunzigste Nacht

aus der Geschichte von Tausendundeiner Nacht

In der folgenden Nacht sagte sie:

Es ist mir zu Ohren gekommen, o glücklicher König, daß Dschaafar dem Kalifen erzählte, daß Adschib und sein Diener vor Hasan von Basras Laden stehenblieben. Als Hasan die beiden bemerkte, sein Blick auf seinen Sohn Adschib fiel und er sah, wie auffallend schön und anmutig dieser war, begann sein Herz heftig zu klopfen. Das Blut sehnte sich nach dem eigenen Blut, und alle seine Eingeweide wurden aufgewühlt, als er spürte, wie sehr sich sein Herz ihm zuneigte und wie stark ihn die Regung der Natur und das göttliche Geheimnis zu ihm hinzogen. Gelobt sei Der, der alles kann! Wie er nun Adschib in seinen entzückenden Kleidern und im Schmuck seiner aufregenden Schönheit sah – er selbst aber hatte gerade gezuckertes Granatapfelmus gekocht –, sagte er zu ihm: «Verehrter Meister! Mein Herz und meine Seele gehören dir. Du löschst das Feuer, das in meiner Leber brennt. Möchtest du nicht hereinkommen und etwas essen? Das wäre ein Trost für mein Herz!» Nachdem er diese Worte gesprochen hatte, stürzten aus seinen Augen die Tränen, weil er wieder daran dachte, was aus ihm geworden war, nachdem er zuvor ein Wesir und ein reicher und glücklicher Mann gewesen war. Und er erhob seine Stimme zu folgendem Gedicht:

«Meine Lieben! Tränen gießt mein Auge wie ein Krug,
Und ihr fragt mich, wie ich meinen Liebesschmerz ertrug?

Seh' ich euch, dann wende ich mich ab, denn von dem Gift
Meiner Sehnsucht ist zum Töten wenig schon genug.

Nicht aus Zorn noch um euch zu vergessen, tu ich das,
Sondern weil ich zwar verliebt bin, aber trotzdem klug.»

Es wird berichtet: Adschib fühlte Mitleid mit ihm, und auch ihm klopfte das Herz. «Madame», sagte er zu seinem Eunuchen, «dieser Koch ist mir sympathisch, und er tut mir leid. Mir scheint, er hat wohl ein Kind oder einen Bruder gehabt, von dem er sich trennen mußte. Komm, laß uns zu ihm hineingehen und sein Herz ein wenig trösten. Er hat uns zum Essen eingeladen, das wollen wir annehmen, vielleicht hilft uns Gott auf diesem Weg, meinen Vater wiederzufinden.» – «Das sind ja schöne Sitten!» brummte der Eunuch ärgerlich. «Seit wann essen die Söhne von Wesiren in den Imbißstuben irgendwelcher Köche? Ich schirme dich hier mit diesem Stock vor den Leuten ab, damit sie dich nicht angaffen, da kann ich doch nicht einfach so mit dir in ihre Läden gehen!» Hasan, der die Worte des Eunuchen mit angehört hatte, wandte sich an seinen Sohn und stimmte die folgenden Verse an:

«Wie seltsam, daß sie *einen* Diener schicken, der dich schützen soll,
Als hätten sie die vielen Diener deiner Schönheit nicht erkannt:

Den Bartflaum wie Basilikum, das amberfarb'ne Muttermal,
Die Wange rot wie ein Rubin und Zähne wie ein Perlenband!»

Es wird berichtet: Und zu dem Eunuchen gewandt, sagte Hasan: «Möchtest du nicht hereinkommen und mein Herz trösten, verehrter Obereunuch, der wie eine schwarze Kastanie mit weißem Herzen ist und den einer der Dichter beschreibt mit folgenden Worten ...» – «Bei Gott», unterbrach ihn der Eunuch lachend, «mit was für Worten soll mich einer der Dichter beschrieben haben?» Da erhob Hasan seine Stimme und sprach, zu dem Eunuchen gewandt, die Verse:

«Welch ein Diener! Wäre er nicht höflich und erprobt,
Dürfte er wohl kaum den Hof der Könige bewachen

Und dazu den Harem sichern! Nein, er ist so gut,
Daß sogar die Engel sich zu seinen Dienern machen.

Schwarz ist seine Haut, doch ach, wie schön ist dieses Schwarz!
Aber seine weißen Taten strahlen wie ein breites Lachen.»

Es wird berichtet: Das gefiel dem Eunuchen. Lachend nahm er Adschib, und die beiden betraten den Laden des Kochs Hasan von Basra. Dieser bereitete sogleich eine Schüssel Granatapfelmus für sie zu. Er rührte gemahlene Mandelkerne und Zucker hinein und kochte das Mus nochmals auf, bis es zu einer dicken Masse erstarrte. Dann stellte er es vor sie hin, und sie aßen. «Setze dich doch und leiste uns beim Essen Gesellschaft!» sagte Adschib zu seinem Vater. «Vielleicht verhilft uns Gott, der Erhabene, ja durch dich zum lang ersehnten Wiedersehen.» – «Ach, mein Kind», fragte Hasan mitleidig, «mußtest du dich denn, obwohl du so jung bist, schon von deinen Lieben trennen?» – «Jawohl, lieber Onkel», antwortete Adschib, «mein Herz ist verwundet worden durch die Trennung von denen, die ich liebe, und ich bin jetzt zusammen mit meinem Großvater ausgezogen, um sie in allen Ländern zu suchen. Ach, ich leide solche Schmerzen, bis ich ihn wiederfinde!» Bei diesen Worten brach er in Tränen aus, und auch Hasan von Basra weinte, als er seinen Sohn weinen sah. Auch er dachte nun an seine Trennung und daß er so weit entfernt von seiner Mutter und seinem Heimatland in der Fremde leben mußte, und er stimmte die folgenden Verse an:

Tawil

«Wenn nach dieser Trennungszeit wir wieder beisammen sind,
Dann haben wir beieinander viel zu beklagen.

Denn gegen das Leid des Herzens helfen auch Briefe nichts,
Und Liebesschmerz kannst du keinem Postboten sagen.

‹Du weinst viel zu viel!› schimpfen die Leute, und das, obwohl
Nur wenige Tränen aus den Augen sich wagen.

Wann endlich wird Gott uns helfen, daß wir uns wiederseh'n?
Wann wird es zu Ende geh'n mit all diesen Plagen?

Wann bringen wir unsre Trennungsklage direkt zu euch?
Denn kein Bote taugt, um Klagen weiterzusagen.»

Es wird berichtet: Nun fühlte auch der Eunuch Mitleid mit ihm, und nachdem sie gegessen hatten, verließen sie den Laden. Doch kaum hatten sie Hasans Imbißstube den Rücken gekehrt, da packte diesen das Gefühl, als sei seine eigene Seele mit ihnen fortgegangen. Keinen Augenblick konnte er es ohne sie aushalten! Er ging hinunter auf die Straße und schloß seinen Laden ab.

Da erreichte das Morgengrauen Schahrasad, und sie hörte auf zu erzählen. «Ach, Schwester», seufzte Dinarasad, «wie köstlich und wie aufregend ist deine Geschichte!» – «Was ist das schon», erwiderte sie, «gegen das, was ich euch morgen nacht erzählen werde, wenn ich bis dahin am Leben bleibe …»

Die zweiundneunzigste Nacht

aus der Geschichte von Tausendundeiner Nacht

In der folgenden Nacht sagte sie:

Es ist mir zu Ohren gekommen, o glücklicher König, daß Dschaafar dem Kalifen erzählte, daß Hasan von Basra seinen Laden abschloß und seinem Sohn hinterherlief – ohne zu wissen, daß er sein Sohn war. Kurz vor dem Stadttor von Damaskus hatte er sie eingeholt und ging nun unmittelbar hinter ihnen her. Da wandte sich der Eunuch um und bemerkte ihn. «Wehe dir!» schimpfte er. «Was willst denn du schon wieder?» – «Ach, lieber Obereunuch», sagte Hasan, «nachdem ihr weggegangen seid, hatte ich das Gefühl, mein Lebensgeist sei mit euch fortgegangen. Außerdem habe ich noch etwas hier draußen vor dem Stadttor Bab an-Nasr zu erledigen, das werde ich tun und danach umkehren!» «Mußtest du mir das antun?» wandte sich der Eunuch in ärgerlichem Ton an Adschib. «Genau das hatte ich nämlich befürchtet. Es ist doch immer dasselbe, wie das Sprichwort sagt: ‹Blind bleibt blind.› Wir haben seine Imbißstube betreten und einen Bissen gegessen, an dem das Unglück klebte! Jetzt klebt dieser Mensch an uns und läuft uns wie ein aufdringlicher Bettler hinterdrein, von einem Ort zum anderen!» Nun drehte auch Adschib sich um und sah, daß der Koch unmittelbar hinter ihnen herkam. Er wurde so wütend, daß sein Gesicht rot anlief. «Laß ihn erst einmal unbehelligt weiterlaufen», sagte er zu seinem Diener, «wenn er dann aus der Stadt hinausgegangen ist und wir von der Straße abbiegen zu unseren Zelten und er mit uns abbiegt, dann wissen wir, daß er uns tatsächlich verfolgt.» Gesenkten Hauptes ging Adschib weiter, der Diener hinter ihm, und Hasan von Basra folgte den beiden bis zum Kiesplatz. Als sie schon nahe bei ihren Zelten waren, wandte Adschib sich noch einmal um und sah den Koch hinter sich. Da wurde er erst rot und dann gelb vor Zorn, weil er befürchtete, sein Großvater könnte merken, daß er in die Imbißstuben von Straßenköchen gegangen war und daß ihm jetzt einer dieser Köche nachlief. Wie er nun Hasan Auge in Auge gegenüberstand – von diesem war allerdings nur noch die sterbliche Hülle übriggeblieben, als wäre kein Lebenshauch mehr in ihm –, glaubte er, er habe es mit einem Betrüger oder einem unanständigen Menschen zu tun. Sein Zorn wuchs, und er trat mit dem Fuß in die Erde, hob einen Feuerstein auf, der ungefähr ein halbes Ratl wog, holte aus und schleuderte den Stein gegen seinen Vater. Der Stein traf ihn mitten auf die Stirn und schlug eine Platzwunde von einer Augenbraue bis zur anderen. Hasan von Basra stürzte bewußtlos zu Boden. Blut strömte über sein Gesicht, während Adschib und der Diener zu ihren Zelten gingen. Nachdem Hasan von Basra eine Weile dort gelegen hatte und wieder zu sich gekommen war, wischte er sich das Blut ab, nahm seinen Turban vom Kopf und verband damit seine Wunde. «Ich habe diesem Jungen Unrecht getan», schalt er sich selbst, «ich hätte meinen Laden nicht abschließen sollen, um ihm zu folgen. Er mußte ja glauben, ich sei ein Betrüger oder ein unanständiger Mensch.» Dann ging er zurück in seinen Laden, wo er sich der Sehnsucht nach seiner Mutter und nach Basra hingab. Sooft ihn die Sehnsucht überkam – und das geschah jede kleine Weile –, mußte er weinen und stimmte Verse wie die folgenden an:

«Erwarte vom Schicksal keine Gerechtigkeit, das wär' nicht recht,
Denn nicht, um gerecht zu sein, wurde das Schicksal erschaffen.

Statt dessen nimm dir, was Spaß macht, und wirf alle Sorgen von dir!
Die Kluft zwischen trübe und klar wird für immer im Schicksal klaffen.»

Da erreichte das Morgengrauen Schahrasad, und sie hörte auf zu erzählen. «Wie schön und wie aufregend du erzählen kannst!» lobte Dinarasad. «Was ist das schon», erwiderte sie, «gegen das, was ich euch morgen nacht erzählen werde, wenn ich bis dahin noch lebe und verschont geblieben bin ...»

Die dreiundneunzigste Nacht

aus der Geschichte von Tausendundeiner Nacht

In der folgenden Nacht sagte sie:

Es ist mir zu Ohren gekommen, o glücklicher König, daß Dschaafar dem Kalifen erzählte, daß Hasan von Basra wieder in seinen Laden ging und weiter Essen verkaufte. Der Wesir, der sein Onkel war, lagerte drei Tage vor Damaskus, dann reiste er weiter nach Homs. Er betrat die Stadt, durchsuchte sie und reiste wieder ab. Als nächstes kam er nach Hama, übernachtete dort, suchte die ganze Stadt ab und zog weiter. Ohne sich eine Rast zu gönnen, reiste er bis nach Aleppo. Hier blieb er zwei Tage, dann brach er wieder auf, besuchte als nächstes Mardin und Mosul, suchte das ganze Gebiet um Sindschar ab und durchquerte die Gegend Diyar Bakr. Immer weiter und weiter ritt und wanderte er, bis er endlich nach Basra gelangte. Er ging in die Stadt und begab sich hinauf zum Palast des dortigen Sultans. Dieser empfing ihn freundlich und mit allen Ehren. Nach dem Grund seines Kommens befragt, erzählte ihm Schamsaddin seine Geschichte und daß er der Bruder seines Wesirs Nuraddin Ali von Ägypten sei. Der Sultan hatte Mitleid mit ihm. «Lieber Freund», sagte er zu ihm, «dein Bruder ist schon vor fünfzehn Jahren gestorben. Er hat einen Sohn hinterlassen, doch dieser ist nach seines Vaters Tod nur noch einen Monat lang hiergeblieben, dann ist er verschwunden. Seitdem haben wir keine Nachricht von ihm erhalten und konnten nicht die geringste Spur von ihm finden. Aber seine Mutter ist noch bei uns, sie war die Tochter meines ehemaligen Großwesirs.» Nun bat Schamsaddin Muhammad um die Erlaubnis, zu ihr hinuntergehen und sie besuchen zu dürfen, was ihm der Sultan auch gerne gewährte. Schamsaddin Muhammad stieg also hinunter in die Stadt zum Haus seines Bruders Nuraddin Ali. Er betrachtete das Haus und ließ lange seinen Blick darauf ruhen. Dann küßte er die Schwellen des Hauses. Dabei war er mit seinen Gedanken bei seinem Bruder Ali, der in der Fremde gestorben war. Er erhob seine Stimme und sprach das folgende Gedicht:

«Ich wandre durch das Land, in welchem Leila früher lebte,
Wobei ich mal die eine Wand und mal die andre küsse.

Es ist nicht Liebe zu dem Land, die mir mein Herz verbrannte,
Sondern zu der, die dort gewohnt und die ich nun vermisse.»

Es wird berichtet: Durch die große Eingangstür trat er in einen geräumigen Hof mit einem bogenförmig gewölbten Tor aus bunt gefleckten Granitsteinen. Das Tor war mit Marmor unterschiedlicher Sorten verkleidet, und der Marmor schillerte in allen Farben. Er betrachtete das Haus von allen Seiten und sah es lange an. Der Name seines Bruders Nuraddin Ali stand darauf geschrieben in flüssigem Gold und irakischem Lapislazuli. Er trat an den Namenszug heran und küßte ihn, dabei dachte er wieder an seinen Bruder und an die Trennung von ihm. Unter Tränen erhob er seine Stimme zu folgendem Gedicht:

«Ich frage die Sonne nach euch, sooft sie morgens steigt,
Und frage den Blitz nach euch, sooft er niederfährt.

Ich schlafe, während die Sehnsucht mich faltet in ihrer Hand
Und wieder entfaltet, ohne daß ich mich je hätte beschwert.

Ihr Lieben! Wenn das noch länger so weitergeht – denn schon
Hat mich zerschnitten die Trennung von euch, die so lange währt.

Gestattet doch meinem Auge nur einen Blick auf euch,
Das wäre mir mehr als jede andre Vereinigung wert.

Glaubt nicht, ich dächte noch an einen andren als euch,
Mein Herz ist nicht so groß, daß es einem andren gehört.

So habt doch Erbarmen mit einem, den die Liebe verzehrt,
Dessen Eingeweide zerfetzt sind, seit ihr euch abgekehrt.

Wenn mir mein Schicksal erlaubte, nur einmal euch zu seh'n,
Ich würd' meinem Schicksal danken, sobald es mir dieses gewährt.

Gott soll den Verräter nicht schützen, der unsere Trennung betreibt;
Der Fuß eines Läufers zur Trennung lauf' niemals unversehrt!»

Dann kam er zur Eingangstür des Kuppelsaals. Die Frau seines Bruders, Hasan von Basras Mutter, hatte sich nach Hasans Verschwinden zurückgezogen und Tag und Nacht nur noch geweint und geklagt. Als ihr die Zeit zu lang wurde, hatte sie mitten im Kuppelsaal ein Grab für ihren Sohn errichtet, wo sie nun nachts und tagsüber verweilte, um zu trauern. Als nun ihr Schwager dort erschien und hinter der Tür zum Kuppelsaal stehenblieb, fand er sie, wie sie ihr aufgelöstes Haar über das Grab gelegt hatte und immer wieder den Namen ihres Sohnes Badraddin Hasan aussprach, wobei sie weinte und die folgenden Verse sang:

«O Grab, o Grab, ist denn sein Schmuck dahin.
Oder ist dieser blühende, grüne Anblick von dir verschwunden?

O Grab, du bist kein Garten und auch kein Himmelszelt,
Wie haben sich dennoch in dir Sonne und Mond verbunden?»

Schamsaddin trat ein und grüßte sie. Er erklärte ihr, daß er ihr Schwager sei, und eröffnete ihr die ganze Vorgeschichte.

Da erreichte das Morgengrauen Schahrasad, und sie hörte auf zu erzählen. «Wie köstlich und wie aufregend ist deine Geschichte!» sagte Dinarasad. «Was ist das schon», erwiderte sie, «gegen das, was ich euch morgen nacht erzählen werde, wenn ich bis dahin am Leben bleibe ...»

Die vierundneunzigste Nacht

aus der Geschichte von Tausendundeiner Nacht

Und als die nächste Nacht gekommen war, erzählte Schahrasad:

Es ist mir zu Ohren gekommen, o glücklicher König, daß Dschaafar dem Kalifen erzählte, daß Schamsaddin ihr die ganze Geschichte offenbarte, nämlich wie Hasan vor zwölf Jahren einmal eine Nacht in seinem Haus verbracht hatte und am Morgen danach verschwunden war, in jener Nacht aber mit seiner Tochter zusammengewesen war und ihr die Unschuld genommen hatte und sie ein Kind von ihm empfangen und, nachdem die Zeit der Schwangerschaft vollendet war, einen kleinen Jungen zur Welt gebracht hatte. «Er ist hier bei mir», schloß er seinen Bericht, «es ist der Sohn deines Sohnes!» ❧ Als Hasan von Basras Mutter die Nachrichten von ihrem Sohn hörte, nämlich, daß er noch am Leben war, und als sie ihren Schwager vor sich sah, erhob sie sich und warf sich zu seinen Füßen nieder, wobei sie heftig weinte und die folgenden Verse sang:

«Wie gern hab' ich den Freudenboten, der mir eure Ankunft sagt!
Die schönsten Töne klingen an mein Ohr aus seinem Munde.

Wenn er als Dank mit einem alten Lumpenkleid zufrieden wär',
Ich schenkte ihm ein Herz, das einst zerriß die Abschiedsstunde.»

Damit stand sie auf, schloß Adschib in die Arme und zog ihn fest an ihre Brust. Er küßte sie, und sie küßte ihn wieder und weinte noch eine Weile. Dann unterbrach sie der Wesir. «Dies ist nicht die rechte Zeit zum Weinen», sagte er. «Mach dich reisefertig, und komm mit mir nach Ägypten. Vielleicht treffen wir ja dort den Sohn meines Bruders, dein Kind. Das ist eine Geschichte, die es wert ist, in den Chroniken aufgezeichnet zu werden!» ❧ Sofort stand sie auf und machte sich zur Reise bereit. Unterdessen begab sich der Wesir hinauf zum Sultan, um sich von ihm zu verabschieden. Dieser stattete ihn für die Reise aus, sagte ihm Lebewohl und gab ihm Geschenke an den König von Ägypten mit. So machte sich Schamsaddin von Basra aus auf den Rückweg. Er reiste ohne Unterbrechung, bis er Aleppo erreichte. Dort stieg er für drei Tage ab, dann reiste er weiter nach Damaskus und schlug sein Zeltlager in einem Vorort namens Kabun auf. «Wir wollen hier zwei oder drei Tage bleiben, um Geschenke und Stoffe für den Sultan zu kaufen», sagte er zu seinen Leuten, dann wandte er sich seinen eigenen Angelegenheiten zu. ❧ Adschib aber machte Anstalten, das Zeltlager zu verlassen. «Madame», sagte er zu dem Eunuchen, «möchtest du mit uns nach Damaskus hineingehen? Wir könnten dort spazierengehen und nachsehen, wie es diesem Koch ergangen ist, bei dem wir gegessen haben und vor dem wir später weggelaufen sind. Er hat uns so gut behandelt und wir ihn so schlecht!» – «In Gottes Namen», willigte der Eunuch ein, und die beiden verließen ihre Zelte. ❧ Da er kurz davor war, seinen Vater wiederzusehen, wallte Adschib das Blut in den Adern, und er war ganz aufgeregt.

Die beiden setzten ihren Fußmarsch fort, bis sie Damaskus erreicht hatten. Durch das Stadttor Bab al-Faradis betraten sie die Stadt. Sie durchquerten sie und gingen über den großen Basar, nachdem sie die Umayyadenmoschee besucht und fast bis zum Abendgebet dort verweilt hatten. Schließlich machten sie sich auf den Weg zu Hasan von Basra. Sie trafen ihn in seinem Laden an. Er hatte gerade ein fabelhaftes gezuckertes Granatapfelmus gekocht, mit Dschullab eingedickt und mit Rosenwasser und Mandelkernen abgeschmeckt. Das Essen war soeben fertig geworden. Adschib sah ihn an und fühlte sich zu ihm hingezogen. Auf seiner Stirn war ein großes Wundmal zurückgeblieben von dem Stein, mit dem er ihn beworfen hatte. Eine schwarze Narbe zog sich von einer Augenbraue bis zur anderen. Als er das sah, neigte sich sein Herz ihm zu, und ihn ergriff zärtliches Mitleid. «Friede sei mit dir», sagte er zu seinem Vater, «meine Gedanken sind bei dir.» Als Hasan ihn ansah, zitterten ihm die Eingeweide, sein Herz klopfte, und das Blut verlangte nach dem eigenen Blut. Er blickte zur Erde, versuchte seine Zunge zu einer Antwort zu bewegen, aber er brachte kein Wort heraus. Stumm hob er den Kopf und blickte sein Kind verlegen und demütig an. Dann endlich erhob er seine Stimme und trug die folgenden Verse vor:

Tawil

«Ich wünschte den Liebsten her, doch als ich ihn wiedersah,
Da hat's mir das Auge und die Zunge verschlagen.

Aus Ehrfurcht und um das zu verbergen, was in mir war,
Hab' ich meinen Blick zum Boden niedergeschlagen.

So zahlreich die Reden waren, die ich im Herzen trug,
Beim Wiederseh'n konnt' ich keinen Buchstaben sagen.»

«Verehrter Herr», sagte er dann, «möchtest du nicht heilen, was in meinem Herzen zerbrochen ist, und zu mir hereinkommen? Tritt ein, du und dein Obereunuch, und eßt etwas von meinem Essen! Bei Gott, ich hatte dich damals kaum gesehen, da hat schon mein Herz geklopft, darum bin ich dir ohne Sinn und Verstand nachgelaufen.» Adschib erwiderte:

Da erreichte das Morgengrauen Schahrasad, und sie hörte auf zu erzählen. «Ach, Schwester», seufzte Dinarasad, «wie köstlich und wie aufregend ist deine Geschichte!» – «Was ist das schon», erwiderte sie, «gegen das, was ich euch morgen nacht erzählen werde, wenn ich dann noch lebe und mich der König verschont ...»

Die fünfundneunzigste Nacht

aus der Geschichte von Tausendundeiner Nacht

In der folgenden Nacht sagte sie:

Es ist mir zu Ohren gekommen, o glücklicher König, daß Dschaafar dem Kalifen erzählte, daß Hasan von Basra zu seinem Kind sagte: «... darum bin ich dir ohne Sinn und Verstand nachgelaufen.» – «Du bist aber auch ein allzu aufdringlicher Liebhaber», beklagte sich Adschib, «wir hatten nur einen Bissen bei dir gegessen, da hast du dich schon an uns geheftet und wolltest uns Schande bereiten. Diesmal essen wir nichts von deinem Essen, es sei denn, du schwörst uns, daß du nicht wieder hinter uns her aus deinem Laden gehen wirst, dich nicht an uns hängst und nichts sagst. Sonst kommen wir nie wieder zu dir zurück! Wir haben hier nämlich für eine Woche unser Lager aufgeschlagen, damit mein Großvater ausgehen und Geschenke kaufen kann für den König von Ägypten.» – «In Gottes Namen», sagte Hasan von Basra, «das sollt ihr haben.» Also betraten Adschib und der Eunuch die Imbißstube. Er schöpfte ihnen mit dem Kochlöffel von der obersten Schicht im Kochtopf eine Schüssel voll Granatapfelmus ab und stellte die Schüssel vor sie hin. «Setze dich doch zu uns, und iß auch mit», forderte ihn Adschib auf. Hasan freute sich, setzte sich und aß zusammen mit seinem Kind. Dabei starrte er ihm ins Gesicht und fühlte, wie alle seine Glieder zu ihm hingezogen wurden. «He, he!» schimpfte Adschib. «Habe ich dir nicht schon einmal gesagt, daß du ein aufdringlicher Liebhaber bist? Hör auf, mich anzustarren!» – «Ah!» seufzte Hasan von Basra, erhob seine Stimme und sang:

«In den Herzen liegt versteckt ein unerkannter Sinn.
Keiner deckt die heimlichen Gedanken auf darin.

Du, der du den hellen Mond mit deinem Glanz beschämst,
Dessen Schönheit es dem Morgen nachtut mit Gewinn:

Dein Gesicht ist mein Verlangen, ewig unerfüllt,
Dort wächst nur die Antwort, daß ich abgewiesen bin.

Ich verbrenne – dein Gesicht ist kühles Paradies.
Ich verdurste – und dein Speichel Kauthars Fluß darin.»

Dann aßen sie alle. Hasan von Basra steckte mal Adschib und mal dem Eunuchen einen Bissen in den Mund, so aßen sie, bis sie genug hatten, und erhoben sich. Hasan sprang auf, goß ihnen Wasser über die Hände, knotete ein Handtuch von seiner Hüfte los, an dem sie ihre Hände abtrockneten, und spritzte eine Flasche Rosenwasser über sie. Dann lief er hastig aus seinem Laden und brachte ihnen eilig eine enghalsige Flasche aus Ton, gefüllt mit süßsaurem Uksima auf Eis, mit Zucker und Rosenwasser abgeschmeckt. Er stellte sie vor sie hin mit den Worten: «Bitte seid so gut und laßt es euch weiter schmecken!» Adschib nahm die Flasche, trank daraus und reichte sie dem Diener, der ebenfalls trank. Nun konnten sie endgültig nichts mehr zu sich nehmen. Ihre Bäuche waren übervoll, und sie hatten sich, entgegen ihrer Gewohnheit, so richtig satt gegessen. Sie verabschiedeten sich also von dem Koch, bedankten sich und eilten dann, so schnell ihre Füße laufen konnten, durch das Stadttor Bab Scharki hinaus. Ohne anzuhalten, liefen sie eilig weiter bis zu ihren Zelten. Dort trat Adschib zu seiner Großmutter, der Mutter Hasans von Basra, ein. Seine Großmutter gab ihm einen Kuß, und weil sie gerade an ihren Sohn Hasan dachte und wie es ihm wohl ergehen mochte, seufzte sie tief auf und weinte so bitterlich, daß sie ihr Kopftuch völlig durchnäßte. Dann erhob sie ihre Stimme und sang:

«Würde ich nicht noch nach einem Wiedersehen streben,
So hätte ich nach euch auf nichts mehr Lust in meinem Leben.

Ich schwör' – und Gott, mein Herr, kennt alles, was da ist verborgen –,
In meinem Herzen wird es nichts als eure Liebe geben!»

«Ach, mein Kind», sagte sie dann, «wo bist du gewesen?» Und sie stellte eine Schüssel mit Essen vor ihn hin. Nun wollte es das Schicksal, daß auch sie Granatapfelmus gekocht hatte, das aber kaum gesüßt war. Sie setzte ihm also eine volle Schüssel vor und reichte ihm Brot dazu. Den Eunuchen, der mit ihm ausgegangen war, forderte sie auf: «Iß mit ihm!» – «Bei Gott», sprach der Eunuch zu sich selbst, «wir können nicht einmal den Geruch des Brotes ertragen», setzte sich aber dennoch –

Da erreichte das Morgengrauen Schahrasad, und sie hörte auf zu erzählen. «Ach, Schwester», seufzte Dinarasad, «wie köstlich und wie aufregend ist deine Geschichte!» – «Was ist das schon», erwiderte sie, «gegen das, was ich euch morgen nacht erzählen werde, wenn ich bis dahin noch lebe und verschont geblieben bin ...»

Die sechsundneunzigste Nacht

aus der Geschichte von Tausendundeiner Nacht

In der folgenden Nacht sagte sie:

Die Leute behaupten, o König, daß Dschaafar dem Kalifen erzählte, daß der Eunuch sich setzte, obgleich er inwendig schon randvoll war von all dem, was er gegessen und getrunken hatte. Adschib tunkte sein Brot in das Granatapfelmus, aß einen Bissen und fand es nicht süß genug. Außerdem war auch er bereits satt. «Pfui!» sagte er angewidert. «Was ist denn das für ein scheußliches Essen!» – «Aber mein Kind», erwiderte seine Großmutter erstaunt, «du redest schlecht über mein Essen? Ich habe es selbst mit eigener Hand gekocht! Dieses Gericht kann niemand so gut kochen wie ich, außer meinem Sohn Hasan von Basra!» – «Du hast wirklich gräßlich schlecht gekocht, Großmutter», sagte Adschib. «Wir haben gerade in der Stadt einen Koch getroffen, der hat ein Granatapfelmus gekocht, von dessen Duft einem das Herz aufgeht und dessen Geschmack den Appetit weckt und Lust macht aufs Essen. Das, was du gekocht hast, wäre bei ihm überhaupt nichts wert.» Als seine Großmutter ihn das sagen hörte, wurde sie ärgerlich. «Wehe dir», sagte sie, indem sie ihren Blick auf den Eunuchen richtete, «du hast mir mein Kind verdorben! Du gehst mit ihm in die Stadt und läßt ihn in den Imbißstuben irgendwelcher Köche essen!» Als der Eunuch diese Worte hörte, bekam er es mit der Angst zu tun. «Nein, bei Gott, verehrte Herrin, wir haben überhaupt nichts gegessen», beteuerte er, «bei dem Koch sind wir nur vorbeigegangen!» – «Das ist nicht wahr, Großmutter!» widersprach Adschib. «Wir sind doch zu dem Koch hineingegangen und haben bei ihm gegessen, und zwar dieses Mal und auch das Mal davor, und sein Granatapfelmus ist besser als das, was du gekocht hast.» Nun geriet sie richtig in Wut. Sie stand auf, sprach mit ihrem Schwager darüber und hetzte gegen den Diener. Der schrie auch gleich auf diesen ein. «Wehe dir!» brüllte er. «Wohin hast du mein Kind geführt? Wo bist du mit ihm hingegangen?» Der Diener stritt alles ab, weil er um sein Leben fürchtete, aber Adschib blieb bei seiner Aussage. «Es war doch so, lieber Großvater», sagte er, «und, bei Gott, wir haben uns dort so satt gegessen, daß es uns zu den Nasenlöchern herausgekommen ist, und dann hat uns der Koch noch ein Uksima mit Eis und Zucker spendiert!» Der Zorn des Wesirs wuchs. «Du unglückseliger Sklave!» herrschte er ihn an. «Bist du mit meinem Sohn in die Imbißstuben von Köchen gegangen?» Wieder leugnete der Diener, aber der Wesir sagte: «Mein Sohn hier hat erzählt, daß ihr dort gegessen habt, bis ihr nicht mehr konntet. Wenn es stimmt, was du behauptest, dann iß diese Schüssel Granatapfelmus leer, die vor dir steht.» – «Einverstanden», sagte der Diener, steckte seine Hand in die Schüssel und aß den ersten Bissen. Aber schon den zweiten vermochte er nicht mehr zu essen, sondern spuckte ihn auf den Boden und gab auf. «Bei Gott, ich bin noch von gestern satt», versuchte er sich herauszureden. Doch der Wesir hatte schon erkannt, was die Wahrheit war. Er ließ den Diener zu Boden werfen und prügelte ihn durch. Der Diener schrie um Hilfe, er meinte, unter den Schlägen zu verbrennen. «Ja, ja, mein Herr!» gestand er. «Wir sind zu dem Koch in die Imbißstube gegangen und haben gegessen, und es war wahrhaftig besser als dieses Granatapfelmus!» Jetzt wurde Hasan von Basras Mutter wieder wütend. «Bei Gott, mein Kind», sagte sie, «und möge Gott, der Herr, mich wieder mit meinem Sohn zusammenführen! Du mußt unbedingt gehen und mir eine Schüssel Granatapfelmus von diesem Koch bringen. Die zeigst du deinem Herrn, und dann werden wir ja sehen, welches Essen schmackhafter und leckerer ist.» – «Ja, gut, einverstanden», sagte der Diener. Sie gab ihm eine Schüssel und einen halben Dinar mit auf den Weg, und der Diener lief schnell hinaus zu dem Koch. «O Meister aller Köche!» sagte er zu ihm, als er bei ihm eingetroffen war. «Wir haben eine Wette abgeschlossen auf deine Kochkunst und das Haus unseres Herrn als Einsatz darauf gesetzt. Gib mir für einen halben Dinar Granatapfelmus, und strenge dich an, denn wir haben schon Schläge fressen müssen, weil wir bei dir eingekehrt sind. Also laß uns nicht noch einmal den Prügel schmecken wegen deines Essens!» – «Bei Gott, verehrter Obereunuch!» erwiderte Hasan von Basra schmunzelnd. «Kein Mensch auf der Welt kann etwas kochen, das so gut ist wie dieses Essen, außer mir und meiner Mutter, und die lebt in einem fernen Land.» Mit diesen Worten schöpfte er ihm eine Schüssel voll, ließ das Mus dickflüssig erstarren und schmeckte es ab. Der Diener nahm die Schüssel und lief damit eilig zu ihnen zurück, und Hasans Mutter nahm sie in Empfang und kostete davon. Sie sah und schmeckte, wie ausgezeichnet es zubereitet war, und begriff sofort, wer der Koch sein mußte. Mit einem Aufschrei sank sie ohnmächtig zu Boden. Dem Wesir verschlug es vor Schreck die Sprache. Er sprengte

Wasser auf sie, da kam sie wieder zu sich. «Wenn mein Sohn noch in dieser Welt lebt», erklärte sie, «dann hat kein anderer als er dieses Essen gekocht, mein Sohn, Hasan von Basra!»

Da erreichte das Morgengrauen Schahrasad, und sie hörte auf zu erzählen. «Ach, Schwester», seufzte Dinarasad, «wie köstlich und wie aufregend ist deine Geschichte!» – «Was ist das schon», erwiderte sie, «gegen das, was ich euch morgen nacht erzählen werde, wenn ich bis dahin noch lebe und verschont geblieben bin …»

Die siebenundneunzigste Nacht

aus der Geschichte von Tausendundeiner Nacht

In der folgenden Nacht sagte sie:

Die Leute behaupten, o König, daß Dschaafar dem Kalifen erzählte, daß Hasan von Basras Mutter sagte: «Dieses Essen hat kein anderer gekocht als mein Sohn Hasan von Basra, denn niemand außer ihm kann es so kochen.» Als der Wesir ihre Worte hörte, wurde er sehr fröhlich. «Oh, oh, mein lieber Neffe!» jubelte er. «Ach, wäre es doch so, daß Gott dich und mich zusammenführt!» Auf der Stelle erhob er sich und rief seine Leute zusammen, Sklaven, Diener und Kamelpacker, insgesamt um die fünfzig Mann. «Geht zu dem Laden des Kochs», befahl er ihnen, «und bewaffnet euch mit Stöcken, Holzknüppeln und ähnlichem. Schlagt alles entzwei, was sich in der Imbißstube befindet, auch seine Kochtöpfe und sein Geschirr. Nachdem ihr den Laden zerstört habt, fesselt ihn mit seinem Turban und sagt zu ihm: ‹Das Granatapfelmus, das du gekocht hast, war ekelhaft!› Dann führt ihn ab, und bringt ihn zu mir. Währenddessen gehe ich zur Dar as-Saada hinauf und komme euch dann entgegen. Aber daß mir keiner von euch ihn mißhandelt oder gar tötet! Ihr sollt ihn nur fesseln und mit Gewalt hierherbringen.» – «Jawohl», sagten sie. Der Wesir stieg auf sein Pferd und ritt zur Dar as-Saada, wo er sich mit dem Statthalter von Damaskus traf. Er zog seine Dokumente und Verfügungen hervor und las sie ihm vor. Dieser küßte die Papiere, las sie und fragte dann: «Wer ist denn dein Gegner?» – «Ein Koch», antwortete er. Da erteilte der Statthalter seinem

Kämmerer die Anweisung, zu der Imbißstube des Kochs hinunterzugehen, und der Kämmerer machte sich auf, vor ihm vier Hofmarschälle, vier Türhüter und sechs Garderobenmeister, die marschierten alle vor dem Kämmerer her. Als sie bei der Imbißstube des Kochs eintrafen, fanden sie sie verwüstet vor. Es stand nur noch eine Ruine, und alles, was darin war, war zerbrochen. Nachdem nämlich der Wesir zur Dar as-Saada aufgebrochen war, hatten sich seine Untergebenen auf den Weg gemacht. Jeder von ihnen hatte etwas in die Hand genommen, der eine einen Stock, der andere eine Zeltstange, wieder ein anderer einen Holzhammer oder ein Schwert. Wie im Flug waren sie zur Imbißstube vorgerückt. Ohne ein Wort zu dem Koch zu sagen, fielen sie über seine Töpfe und Gefäße her und zerschmetterten sie. Alles schlugen sie in Stücke: die Schüsseln, die Regale mit den Tellern darin und die Anrichteplatten. Nachdem sie alles zertrümmert hatten, zerstörten sie auch noch die Kochstellen. «Was soll das bedeuten, ihr guten Leute?» fragte Hasan von Basra. «Hast du das Granatapfelmus gekocht, das der Diener gekauft hat?» fragten sie zurück. «Jawohl, das war ich», erwiderte er, «und keiner kann es so gut kochen wie ich.» Da schrien sie auf ihn ein, beschimpften ihn und gingen daran, den Laden dem Erdboden gleichzumachen, dazu sagten sie: «Das ist ja ungeheuerlich!» – «He, ihr Muslime!» rief Hasan von Basra. «Was habe ich denn falsch gemacht mit diesem Essen, daß ihr so mit mir umgeht? Ihr habt alle meine Geräte zerschlagen und meinen Laden ruiniert!» – «Warst du es, der das Granatapfelmus gekocht hat?» fragten sie zum zweiten Mal. «Ja, ja, ich war es», wiederholte er, «aber was ist denn dabei? Was war denn falsch daran, daß ihr das angerichtet habt?» Erneut schrien alle auf ihn ein, schalten und beschimpften ihn. Dann umstellten sie ihn von allen Seiten, rissen ihm den Turban vom Kopf, fesselten ihn damit und zogen ihn mit Gewalt aus dem Laden. Er schrie laut um Hilfe, jammerte und weinte –

Da erreichte das Morgengrauen Schahrasad, und sie hörte auf zu erzählen. «Ach, Schwester», seufzte Dinarasad, «wie köstlich und wie aufregend ist deine Geschichte!» – «Was ist das schon», erwiderte sie, «gegen das, was ich euch morgen nacht erzählen werde, wenn ich dann noch lebe und mich der König verschont ...»

Die achtundneunzigste Nacht

aus der Geschichte von Tausendundeiner Nacht

In der folgenden Nacht sagte sie:

Die Leute behaupten, o König, daß Dschaafar dem Kalifen erzählte, daß Hasan von Basra um Hilfe schrie und weinte und immer wieder fragte: «Was habt ihr denn auszusetzen an dem Granatapfelmus?» und sie jedesmal wieder zurückfragten: «Warst es etwa nicht du, der das Granatapfelmus gekocht hat?» – «Ja, ja doch, ihr Muslime, das war ich», erwiderte er, «aber was ist denn falsch daran, daß mir all dies zugefügt wird?» *Es wird berichtet:* Sie waren unterdessen schon recht nahe an das Zeltlager gelangt, als sie plötzlich der Kämmerer einholte, den sie ausgeschickt hatten, zusammen mit den Hofmarschällen und allen, die er noch bei sich hatte. Er scheuchte die Menschen um den Koch fort, und der Kämmerer betrachtete den Koch und versetzte ihm mit seinem Schlagstock einen Hieb auf die Schultern. «Wehe dir!» drohte er. «Hast du das Granatapfelmus gekocht?» Hasan weinte unter dem Schmerz des Stockschlages: «Ja, mein Herr, aber ich frage dich bei Gott: Was sagen sie, daß schlecht daran war?» Doch der Kämmerer schalt und beschimpfte ihn ebenfalls und sagte dann zu seinen Leuten: «Führt diesen Hund ab, der das Granatapfelmus gekocht hat!» Hasan weinte nun noch heftiger, und die Brust wurde ihm eng. «Ach, was für ein Jammer!» rief er aus. «Was haben sie denn auszusetzen an dem Granatapfelmus, daß sie mich so übel zugerichtet haben?» Und er seufzte tief und jammerte, weil er nicht wußte, woran er schuld sein sollte. Sie aber schleppten ihn weiter fort, bis sie das Zeltlager erreicht hatten. Dort setzten sie sich ein Weilchen hin. Endlich kam der Wesir zurück von seinem Besuch beim Statthalter von Damaskus. Er hatte sich von ihm verabschiedet, und dieser hatte ihm die Erlaubnis gegeben weiterzureisen. Nun stieg der Wesir vom Pferd und fragte gleich: «Wo ist der Koch?», und sie führten ihn vor. Hasan von Basra blickte seinen Onkel, den Wesir Schamsaddin, an und sagte: «Mein Herr, was habe ich euch getan? Was ist meine Schuld?» – «Wehe dir!» erwiderte der. «Bist du es, der das Granatapfelmus gekocht hat?» Hasan stieß einen Schrei aus, und ihm war es, als würde ihm die Seele aus dem Körper fahren. «Jawohl, mein Herr, ich war es!» sagte er. «Aber was habe ich denn mit dem Granatapfelmus verbrochen? Muß mir etwa deshalb der Kopf abgeschlagen werden?» – «Möge Gott dich unglücklich machen und deinen Lohn vermindern!» schimpfte der Wesir. «Aber mein Herr», bat Hasan, «willst du mir nicht endlich sagen, was meine Schuld dabei ist und was schlecht daran war?» – «Ich sage es dir gleich», erwiderte er. Dann rief er seine Sklaven herbei und brüllte ihnen das Kommando zu: «Aufladen und abmarschieren!» Auf der Stelle brachen sie die Zelte ab, ließen die Lastkamele und die Reitkamele niederknien und packten Hasan in eine Kiste. Die Kiste wurde verschlossen und auf ein Reitkamel geladen. So verließen sie Damaskus und setzten ihre Reise fort. Bei Einbruch der Nacht machten sie Rast, um zu essen. Sie holten auch Hasan von Basra aus seiner Kiste heraus, gaben ihm etwas Nahrung, fesselten ihn wieder und steckten ihn zurück in die Kiste. Auf diese Weise reisten sie immer weiter, bis sie nach Ägypten, in die Umgegend von Kairo, gelangten. Sie blieben außerhalb der Stadt. Dort befahl der Wesir, Hasan aus der Kiste zu holen. Sie holten ihn heraus und führten ihn ihm vor. Der Wesir ließ einen Tischler kommen und Holz herbeischaffen und befahl dem Tischler: «Fertige eine Puppe aus Holz an!» – «Was willst du mit der Holzpuppe anfangen, mein Herr?» fragte Hasan. «Ich werde dich an den Galgen hängen», erklärte er, «anschließend werde ich dich auf die Holzpuppe nageln und dich in der ganzen Stadt herumführen, weil du so fürchterlich schlecht gekocht und zuwenig Pfeffer an dein Granatapfelmus getan hast.» – «Jetzt reicht es aber! Genug!» rief Hasan. «Alles das nur deshalb, weil an dem Granatapfelmus zu wenig Pfeffer war?»

Da erreichte das Morgengrauen Schahrasad, und sie hörte auf zu erzählen. «Wie köstlich und wie aufregend ist deine Geschichte!» sagte Dinarasad zu ihrer Schwester. «Was ist das schon», erwiderte sie, «gegen das, was ich euch morgen nacht erzählen werde, wenn ich dann noch lebe und mich der König verschont …»

Die neunundneunzigste Nacht

aus der Geschichte von Tausendundeiner Nacht

In der folgenden Nacht sagte sie:

Die Leute behaupten, o König, daß Dschaafar dem Kalifen erzählte, daß Hasan von Basra sagte: «Nur weil an dem Granatapfelmus zuwenig Pfeffer war, habt ihr mich fast zu Tode geprügelt, meinen Laden in Trümmer gelegt und alle meine Geräte zerstört? Ihr habt mich in dieser Kiste hier eingesperrt gehalten, Tag und Nacht, nur einmal täglich habt ihr mir etwas zu essen gegeben und mich auf verschiedenste Arten und Weisen gequält und gepeinigt, und das, weil im Granatapfelmus der Pfeffer fehlte? Ihr Muslime, genügt es euch etwa nicht, daß ich diese Fesseln hier an den Füßen trage? Jetzt baut ihr auch noch eine Holzpuppe und nagelt mich darauf, weil ich ein Granatapfelmus mit zuwenig Pfeffer gekocht habe?» Hasan von Basra wunderte sich sehr. «Haha!» fuhr er fort. «Also gut, ich habe es mit zuwenig Pfeffer gekocht. Welche Strafe steht darauf?» – «Daß du angenagelt wirst!» erwiderte der Wesir. «Waah!» rief Hasan. «Ihr wollt mich also annageln wegen eines Granatapfelmuses, an dem nicht genug Pfeffer war? So etwas ist wohl noch keinem Menschen angetan worden, noch nie wurde jemand so gepeinigt wie ich: Geschlagen haben sie mich und geprügelt und meine Imbißstube in Schutt und Asche gelegt und ausgeplündert, weil an meinem Granatapfelmus zuwenig Pfeffer war!!?! Gott soll das Granatapfelmus verfluchen und ebenso die Stunde, in der ich es gekocht habe. Ach, wäre ich doch vorher gestorben!» Und er weinte bitterlich. Dann beobachtete er, wie die Nägel herbeigebracht wurden, und weinte und klagte, weil er nun angenagelt werden sollte. Indessen war es dunkel geworden, und die Nacht war mit ihrer Finsternis herangekommen. Da nahm der Wesir Hasan, warf ihn wieder in die Kiste, schloß diese sorgfältig ab und sagte zu ihm: «Bis morgen kannst du noch sitzen bleiben, heute nacht schaffen wir es nicht mehr, dich anzunageln.» Hasan mußte also wieder hinein in die Kiste. «Es gibt keine Kraft und keine Stärke außer bei Gott, dem Erhabenen und Mächtigen!» sagte er unter Tränen. «Wieso soll ich sterben und angenagelt werden? Was soll das? Und wofür werde ich angenagelt? Ich habe doch weder einen Menschen ermordet noch sonst irgend etwas Böses getan, nicht einmal jemanden beleidigt oder meinen Glauben verraten! Statt dessen beschuldigt ihr mich, daß ich ein Granatapfelmus mit zuwenig Pfeffer gekocht hätte!» So stand es um ihn. Der Wesir aber hob die Kiste vor sich auf ein Reitkamel und ritt, nachdem alle Läden auf dem Basar geschlossen hatten, in die Stadt hinein. Er kam bis an sein Haus, wartete, bis sein Gepäck auf den Lasttieren eingetroffen war, dann knieten die Kamele im Dunkel der Nacht nieder, und sie luden ihr Gepäck und ihre Sachen ab. Jetzt hatte der Wesir nichts Eiligeres zu tun, als zu seiner Tochter Sitt al-Husn zu sagen: «Gott sei Lob und Dank, liebe Tochter, denn Er hat dich mit deinem Vetter und Ehemann wieder zusammengeführt. Schnell, steht auf und breitet Teppiche aus! Ihr müßt das Haus wieder genau so herrichten wie in der Nacht vor zwölf Jahren, als wir eure Hochzeit hier gefeiert haben.» – «Jawohl», sagten alle. Nun ließ der Wesir Kerzen bringen, und man entzündete die Kerzen und Öllampen. Dann holten sie das Blatt Papier hervor, auf dem er damals sorgfältig notiert hatte, wie die Möbel im Haus in jener Nacht angeordnet gewesen waren. Er las ihnen den Zettel vor und hörte damit nicht eher auf, als bis sie das Haus ebenso hergerichtet hatten wie in der Hochzeitsnacht. Jedes einzelne Möbelstück rückten sie an seinen Platz, zum Schluß legte er auf den Schemel den Turban, ganz genau so, wie ihn Hasan in jener Nacht hingelegt hatte. Sie zündeten die Kerzen an wie damals und steckten die Hose mitsamt dem darin eingewickelten Beutel mit den tausend Dinar unter die Matratze, geradeso, wie Hasan von Basra sie in der bewußten Nacht dort verborgen hatte. Nun trat der Wesir in den Korridor. «Geh hinein», sagte er zu seiner Tochter, «und ziehe deine Kleider aus, genau wie in der Nacht, als er mit dir zusammen war. Dann sagst du zu ihm: ‹Liebling, du hast mich aber lange warten lassen, während du auf dem Örtchen warst!› Laß ihn bei dir schlafen, und unterhaltet euch miteinander bis morgen früh, dann werden wir diese kuriosen Verwicklungen für ihn aufklären.»

Da erreichte das Morgengrauen Schahrasad, und sie hörte auf zu erzählen. «Ach, Schwester», seufzte Dinarasad, «wie köstlich und wie aufregend ist deine Geschichte!» – «Was ist das schon», erwiderte sie, «gegen das, was ich euch morgen nacht erzählen werde, wenn ich dann noch lebe und mich der König verschont ...»

Die einhundertste Nacht

aus der spannenden und aufregenden Geschichte von Tausendundeiner Nacht

In der folgenden Nacht sagte sie:

Die Leute behaupten, o König, daß Dschaafar dem Kalifen erzählte:

Es ist mir zu Ohren gekommen, Beherrscher der Gläubigen, daß der Wesir zu Hasan von Basra hinausging, ihm die Fesseln abnahm, die Kleider auszog und ihn, nur noch mit einem Hemd bekleidet, stehenließ. Langsam, langsam tappte Hasan vorwärts und gelangte zu der Tür, wo damals die Braut vor ihm entschleiert worden war und er mit ihr geschlafen und ihr die Unschuld genommen hatte. Er warf einen Blick auf das Haus und erkannte es wieder. Da waren ja auch die Teppiche, das Himmelbett und der Schemel! Verblüfft und verwundert setzte er einen Fuß in die Tür, den anderen ließ er draußen stehen. Er betrachtete das Haus, und sein Verstand geriet ins Wanken. «Allmächtiger Gott!» sagte er und rieb sich die Augen. «Wache ich oder träume ich?» In diesem Moment hob Sitt al-Husn einen Zipfel des Bettvorhangs. «Yoh! Mein Herr, willst du nicht hereinkommen?» sagte sie. «Du warst aber lange auf dem Örtchen! Nun komm zurück in dein Bett!» Als Hasan von Basra ihre Worte hörte und ihr Gesicht sah, mußte er lachen und sagte belustigt zu sich selbst: «Bei Gott, das ist ein guter Witz: ‹Du warst aber lange auf dem Örtchen!›» Er trat ins Haus, ganz in Gedanken versunken an alles, was ihm während der vergangenen zwölf Jahre zugestoßen war. Indem er das Haus betrachtete, überlegte er wieder und war sprachlos vor Verblüffung. Hasan begann an seinem Verstand zu zweifeln, ja, seine ganze Geschichte kam ihm jetzt zweifelhaft vor. Da sah er den Schemel, darauf seinen Turban, seinen Mantel und seinen Krummdolch. Er ging zu der Matratze, tastete mit seiner Hand darunter und fand seine Unterwäsche und den Beutel. «Nicht schlecht, bei Gott», lachte er, «bei Gott, das ist wirklich gut!» – «Yoh! Mein Herr, warum lachst du ohne Grund?» fragte Sitt al-Husn. «Und wieso wunderst du dich so und bist so erstaunt über das Haus?» Als er ihre Worte hörte, fragte er lachend: «Wie lange bin ich denn weggewesen von dir?» – «Yoh! Bismillah!» sagte sie.

«Du bist doch eben erst hinausgegangen, um etwas zu erledigen, und gleich zurückzukommen. Stimmt etwas bei dir im Kopf nicht?» «Bei Gott, Frau, du hast recht», sagte er, wobei er wieder lachen mußte, «aber mir ist, als ob ich, nachdem ich hinausgegangen war von dir, auf dem Örtchen mich selbst vergessen habe und dort eingeschlafen bin. Ich muß dann wohl geträumt haben, ich wäre in Damaskus und hätte dort zehn Jahre lang als Koch gearbeitet. Eines Tages wäre ein kleiner Junge mit seinem Diener zu mir gekommen ...» Er tastete mit der Hand an seine Stirn und fühlte dort die Narbe. «Nein, bei Gott!» rief er aus. «Es ist wirklich geschehen! Mir war, als hätte er mich mit einem Stein beworfen und mir die Stirn aufgeschlitzt, aber bei Gott, mein Bruder, ich glaube, es ist mir wirklich zugestoßen, im Wachen und nicht im Traum!» Doch dann besann er sich wieder. «Nein, bei Gott, liebe Frau», sagte er, «ich glaube, als wir uns umarmt haben und eingeschlafen sind, vor einem Stündchen, habe ich geträumt, ich wäre nach Damaskus gegangen, und zwar ohne Unterhose, nur mit einer Kappe auf dem Kopf, und hätte dort als Koch gearbeitet. Ja», fuhr er fort, «bei Gott, meine liebe Frau, und mir ist, als hätte ich geträumt, ich hätte ein Granatapfelmus gekocht mit zuwenig Pfeffer darin. Ja, genauso war es, meine Gebieterin, ich bin auf dem Örtchen eingeschlafen und habe das alles geträumt. Aber bei Gott, liebe Herrin, das war ein langer Traum!» «Was hast du denn noch geträumt?» fragte sie. «Ich beschwöre dich bei Gott, mein Gebieter, erzähle mir alles!» – «Wenn ich nicht aufgewacht wäre, hätte man mich angenagelt», fuhr Hasan von Basra fort. «Aber warum denn?» fragte sie. «Weil an dem Granatapfelmus, das ich gekocht hatte, zuwenig Pfeffer war», sagte er. «Und mir träumte, sie hätten meine Imbißstube in Trümmer gelegt, mein Inventar zerstört und mich selbst gefesselt, in Ketten gelegt und in eine Kiste gesteckt. Dann hätten sie einen Tischler kommen lassen, der eine Holzpuppe nach meinen Maßen anfertigen mußte, damit sie mich darauf annageln konnten. Und das alles nur, weil an dem Granatapfelmus zuwenig Pfeffer war. Gott sei Dank, daß all das nur im Traum passiert ist und nicht im Wachen!» Lachend zog Sitt al-Husn ihn an sich und drückte ihn fest an ihre Brust. Auch er zog sie an seine Brust. Doch dann kam er wieder ins Zweifeln. «Meine Herrin», überlegte er laut, «das, was da geschehen ist, muß doch im Wachen geschehen sein. Es gibt keine Kraft und keine Stärke außer bei Gott, dem Erhabenen und Mächtigen. Mein Gott, was ist das für eine seltsame Geschichte!»

Da erreichte das Morgengrauen Schahrasad, und sie redete nicht weiter, sondern verstummte und hörte auf zu erzählen. «Ach, Schwester», seufzte Dinarasad, «wie köstlich und wie aufregend ist deine Geschichte!» – «Was ist das schon», erwiderte sie, «gegen das, was ich euch morgen nacht erzählen werde, wenn ich dann noch lebe und mich der König verschont ...»

Die einhundertunderste Nacht

aus der Geschichte von Tausendundeiner Nacht

In der folgenden Nacht sagte sie:

Die Leute behaupten, o König, daß Dschaafar dem Kalifen erzählte, daß es Hasan von Basra, als er in dieser Nacht im Bett lag, ganz wirr im Kopf zumute war. Mal dachte er: «Ich habe es geträumt», mal dachte er: «Mir ist, als wäre ich wach gewesen», mal schaute er das Haus an, die Möbel und seine Braut, wunderte sich und sagte zu sich selbst: «Bei Gott, Brüderchen, die Nacht ist noch nicht einmal vergangen, die ich mit ihr verbracht habe!» Doch dann besann er sich wieder und sagte: «Mir ist doch so, als wäre ich wach gewesen.» So ging es bis zum Anbruch des Tages. Da trat sein Onkel zu ihm herein und brachte ihm einen Morgentrunk. Hasan sah ihn, erkannte ihn wieder, und nun wurde er vollends wirr im Kopf. «Ja, ja!» rief er aus. «Du warst es, der mich hat schlagen, fesseln und in Ketten legen lassen und angeordnet hat, daß man mich auf eine Holzpuppe nagelt, weil an dem Granatapfelmus zuwenig Pfeffer war!» – «Mein liebes Kind», sagte da der Wesir zu ihm, «jetzt ist die Wahrheit an den Tag gekommen, und was verborgen war, ist offenbar geworden. Du bist in Wirklichkeit mein Neffe, der Sohn meines Bruders. Ich habe das alles nur getan, um sicherzugehen, daß es tatsächlich du warst, der in jener Nacht mit meiner Tochter zusammen war. Nur du kennst deinen Turban, deine Kleider und das Erkennungszeichen, das bei deinem Gold steckt. Du allein kennst den Zettel, den mein Bruder geschrieben hat und den du dir als Amulett in die Kappe deines Turbans eingenäht hast. Wärest es nicht du gewesen, den wir hergebracht haben, sondern ein anderer, er hätte das alles nicht wiedererkannt!» Und er stimmte den folgenden Vers an:

«Das Schicksal bleibt niemals von gleicher Art:
Es muß Freuden genauso wie Leiden geben.»

Dann holte er seine Mutter herein. Als diese ihn sah, warf sie sich ihm an die Brust, schluchzte heftig und stimmte die folgenden Verse an:

«Wenn wir uns begegnen, dann werden wir klagen
Und unser gewaltiges Leiden uns sagen.
Nicht gut ist die Klage, die über die Zunge
Des Boten auf Umwegen schlich.

Kein Klageweib kann es mit all ihren Löhnen
Wie die, deren Herz selbst vor Trauer muß stöhnen,
Und keiner der Boten kann das, was ich sagen will,
Ebenso sagen wie ich!»

Darauf erzählte sie ihm alles, was sie nach seinem Verschwinden erlitten hatte. Auch er berichtete ihr, was er erdulden mußte, und beide zusammen dankten sie Gott dafür, daß Er sie wieder vereint hatte. Am nächsten Tag ging der Wesir hinauf zum Sultan und erstattete ihm Bericht. Dieser verwunderte sich über die Maßen. Er ordnete an, daß die Geschichte in den Chroniken aufgezeichnet und niedergeschrieben würde. Der Wesir aber führte hinfort mit seinem Neffen und seiner Tochter das angenehmste, schönste und vergnügteste Leben. Sie aßen, tranken und ließen sich's gutgehen, so lange, bis sie den Kelch des Todes trinken mußten.

Das, Beherrscher der Gläubigen, ist die Geschichte vom Wesir von Basra und dem Wesir von Ägypten.» – «Bei Gott, Dschaafar», sagte der Kalif, «diese Geschichte ist wirklich höchst erstaunlich und überaus spannend!» Und er befahl, sie in den Chroniken festzuhalten und niederzuschreiben. Dann gab er den Sklaven frei. Dem Jüngling schenkte er eine Konkubine aus seinem persönlichen Besitz und wies ihm ein Gehalt an, von dem er seinen Lebensunterhalt bestreiten konnte. Fortan gehörte er zu seinen Trinkgenossen, bis das Sterben sie ereilte und der Tod sie voneinander trennte.

Da erreichte das Morgengrauen Schahrasad, und sie hörte auf zu erzählen. «Ach, Schwester», sagte Dinarasad zu ihrer Schwester, «wie köstlich und wie aufregend ist deine Geschichte!» – «Was ist das schon», erwiderte sie, «gegen das, was ich euch morgen nacht erzählen werde, wenn ich bis dahin noch lebe und verschont geblieben bin …»

Die einhundertundzweite Nacht

aus der Geschichte von Tausendundeiner Nacht

Und als die nächste Nacht gekommen war, erzählte Schahrasad:

Der Bucklige,
der Freund des Kaisers von China

Die Leute behaupten, o König, daß in China, in der Stadt Kaschgar, einmal ein Schneider lebte. Er hatte eine freundliche Lebensgefährtin, die gut zu ihm paßte und ihm stets zur Seite stand. Eines Tages widerfuhr den beiden das folgende: Sie gingen aus, um sich in einem öffentlichen Garten zu vergnügen. Den ganzen Tag verbrachten sie mit Spiel und Spaß. Erst als der Tag zu Ende ging, kehrten sie in ihr Haus zurück. Auf dem Nachhauseweg begegneten sie einem Menschen mit einem Buckel. Er bot einen komischen und lustigen Anblick: Er trug einen Mantel mit kegelförmig weiter werdenden Ärmeln und ägyptischem Kragen und Saum, ein Schleiertuch und eine Suhriyya über einem kaukasischen Kaftan. Auf dem Kopf trug er eine grüne Kappe aus Klöppelspitze. Gelbe Seide war um die Kappe geknotet, und der Turban war mit Amber besteckt. Der Bucklige war kurz gewachsen und sah aus, als hätte der Dichter Antar über ihn die Verse gedichtet:

> Ach, wie reizend sieht er aus, der Bucklige mit seinem Buckel,
> Wie die Grottenmuschel mit der Perle tief versenkt
>
> Oder wie ein fauler Zweig vom Rizinus, der übel stinkt
> Und an welchem eine große Pomeranze hängt.

Er hatte eine Trommel bei sich, die schlug er und sang dazu. Gleichzeitig schwang er übermütig die Waden und tanzte mit Begeisterung und Hingabe. Als die beiden ihn sahen und näher kamen, bemerkten sie, daß er betrunken war, und zwar sternhagelvoll. Er hatte die Trommel unter die Achsel geklemmt, klatschte den Trommelschlag und den Takt mit den Handflächen und sang dazu das folgende Lied mit einzeln gereimten Strophen:

Geh zeitig zu der Tochter der Amphoren, denn voll Drang
Winkt der Empfang.
Führ sie im Schmuck der Sängerin den Hochzeitsweg entlang,
Mit viel Gesang!

Enthülle sie vor mir, so jungfräulich wie eine Braut,
Im Kelch gestaut.
Im Wein aus Griechenland darin hat meiner Wange Haut
Den Freund geschaut.

Wenn du, mein Freund, der Freundschaft und den heiteren Getränken
Dein Herz willst schenken,
Dann mußt du meinen Becher, ohne länger nachzudenken,
Zum Weinkrug lenken!

Siehst du denn nicht die Wiesen und den Wald in deinen Räuschen?
Du willst mich täuschen!
(...)*

Da erreichte das Morgengrauen Schahrasad, und sie hörte auf zu erzählen. «Wie köstlich und wie aufregend ist deine Geschichte!» sagte Dinarasad zu ihrer Schwester. «Was ist das schon», erwiderte sie, «gegen das, was ich euch morgen nacht erzählen werde, wenn ich dann noch lebe und mich der König verschont ...»

Die einhundertunddritte Nacht

aus der Geschichte von Tausendundeiner Nacht

In der folgenden Nacht sagte sie:

Die Leute behaupten, o König, daß der Schneider und seine Frau, als sie den Buckligen in diesem Zustand sahen, nämlich betrunken, und zwar sternhagelvoll, mal singend und mal in die Hände klatschend, sich an ihm freuten und ihn einluden, mitzukommen in ihr Haus, mit ihnen zu Abend zu essen und ihnen in dieser Nacht Gesellschaft zu leisten. «Ich höre und gehorche», sagte er und begleitete die beiden nach Hause.

* Hier bricht das Lied ab.

Der Schneider ging sodann hinaus auf den Markt – inzwischen war die Nacht hereingebrochen – und kaufte gegrillten Fisch, Brot, Rettich, Zitronen, einen Teller Bienenhonig und eine Kerze, um die sie sitzen und miteinander zechen konnten. Nachdem er wieder zu Hause angekommen war, stellte er den Fisch und das Brot vor den Buckligen hin, dann kam seine Frau, und sie aßen. Die beiden waren ganz glücklich über den Buckligen. «Diese Nacht», dachten sie sich, «vertreiben wir uns mit Spielen, Lachen und Trinken mit diesem Buckligen!» So fingen sie an zu essen und aßen, bis sie genug hatten. Der Schneider nahm ein Stück Fisch in die Hand, steckte es dem Buckligen in den Mund und verschloß ihm den Mund mit dem Ärmel. Dann sagte er lachend: «Bei Gott, wir wollen doch mal sehen, ob du das auf einmal hinunterschlucken kannst!» Dem Buckligen blieb die Luft weg, und er konnte nicht anders, als es zu essen. Da er sich nicht lange mit dem Kauen aufhalten konnte, schluckte er es auf einmal hinunter. Es war aber eine große Gräte darin, die blieb ihm im Hals stecken und bohrte sich in seine Kehle, so daß er starb. Als der Schneider sah, wie er die Augen verdrehte, zog er seine Hand weg und klopfte ihm auf die Brust. Da entwich ihm endgültig der Lebenshauch, und er stürzte tot zu Boden. Der Schneider und seine Frau waren sprachlos vor Schreck. Sie begannen am ganzen Körper zu zittern. «Es gibt keine Kraft und keine Stärke außer bei Gott, dem Erhabenen und Mächtigen!» seufzten sie. «Der Arme! Wie schnell ist sein Ende gekommen, und ach! Daß sein Tod auf diese Weise und durch uns geschehen mußte!» – «Das ist nicht die rechte Zeit, um herumzusitzen und zu zaudern!» sagte die Frau zu ihrem Mann, dem Schneider. «Hast du nicht gehört, was einer unserer Dichter gesagt hat:

Wie kannst du auf dem Feuer sitzen, das noch nicht erloschen ist?
Wer auf den heißen Flammen sitzt, dem wird das Feuer schaden!»

«Was soll ich bloß tun?» fragte der Schneider. «Steh auf», sagte sie, «nimm ihn auf den Arm, und decke ihn mit einem seidenen Kirmani zu. Dann geh hinaus. Ich werde vor dir hergehen, und wenn uns einer in der Nacht sehen sollte, sagen wir einfach: ‹Das ist unser krankes Kind. Es hat gerade einen schweren Anfall erlitten, darum bringen wir es zum Arzt, damit er es untersucht. Der Arzt wollte keinen Hausbesuch machen.› Wenn wir es so machen –

Da erreichte das Morgengrauen Schahrasad, und sie hörte auf zu erzählen. «Wie köstlich und wie nett ist deine Geschichte!» sagte Dinarasad zu ihrer Schwester. «Was ist das schon», erwiderte sie, «gegen das, was ich euch morgen nacht erzählen werde, wenn ich bis dahin noch lebe und verschont geblieben bin ...»

Die einhundertundvierte Nacht

aus der Geschichte von Tausendundeiner Nacht

In der folgenden Nacht sagte sie:

Die Leute behaupten, o König, daß der Schneider den Buckligen auf den Arm nahm und ihn mit einem kleinen Teppich zudeckte. Dann trat seine Frau vor ihm hinaus. «Gott möge dich retten, mein liebes Kind!» heulte und wehklagte sie mit lauter Stimme. «Diese Krankheit will dich umbringen! Wo haben wir nur diese Pocken her?» Und so dachte jeder, der sie sah: «Die beiden haben ein Kind dabei, das die Pocken hat.» Man wies ihnen den Weg zum Haus eines jüdischen Arztes. Sie klopften an die Tür. Eine Dienerin kam aus dem Haus, öffnete die Tür, guckte hinaus und sah einen Menschen, der ein krankes Kind auf dem Arm trug. Die Frau gab ihr einen Vierteldinar und sagte: «Meine Dame, gib das deinem Herrn, damit er herunterkommt und sich meinen Bruder anschaut. Er muß ganz plötzlich eine gefährliche Krankheit bekommen haben.» Die Dienerin stieg nach oben, und die Frau trat hinter ihr hinein. «Laß den Buckligen hier stehen, und laß uns unsere Haut retten!» zischte sie ihrem Mann zu. Da stellte der Schneider den Buckligen bei dem Juden mitten auf der Treppe ab, lehnte ihn an und machte, daß er wieder hinauskam, zusammen mit seiner Frau. Unterdessen war die Dienerin zu dem Juden eingetreten. «Mein Herr», meldete sie, «unten ist ein Patient zu dir getragen worden. Die Leute haben dir diesen Vierteldinar bezahlt, damit du herunterkommst, ihn untersuchst und ihm die rechte Medizin verschreibst.» Als der Jude sah, daß er bereits dafür, daß er nur die Treppe herunterkommen sollte, einen Vierteldinar erhielt, freute er sich. In der stockfinsteren Nacht stand er eilig auf, wies das Mädchen an: «Mach Licht!» und lief, noch im Dunkeln, die Treppe hinunter. Doch kaum hatte er seinen Fuß auf die Treppe gesetzt, stolperte er über den Buckligen. Der fiel um und stürzte die Treppe hinab, von ganz oben nach ganz unten. Der Jude erschrak. «Schnell, bring das Licht her!» rief er dem Mädchen zu. Die Dienerin kam mit der Lampe, und der Jude stieg zu dem Buckligen hinunter. Er stellte fest, daß er tot war. «O Esra!» rief er bestürzt. «O Moses, Aaron und Josua Ben Nun! Mir scheint, ich bin über diesen Patienten gestolpert, so daß er von oben nach unten gefallen und gestorben ist. Wie soll ich jetzt einen Toten aus meinem Haus schaffen? Beim Huf des Esels des Propheten Esra!» Mit diesen Worten hob er ihn hoch und schleppte ihn hinauf in sein Haus. Dann berichtete er seiner Frau davon. «Wie kannst du noch ruhig herumsitzen?» sagte seine Frau zu ihm. «Wenn es erst Tag geworden ist und er immer noch bei uns liegt, ist unser Leben ruiniert. Was bist du für ein träger Kerl, du begreifst überhaupt nichts!» Und sie erhob ihre Stimme zu folgendem Gedicht:

«Wie schön waren deine Gedanken, als schöne Tage erschienen,
Da hattest du keine Angst vor des Schicksals böser Gefahr.

Die Nächte erschienen dir friedlich, du ließest dich täuschen.
Doch in der klarsten Nacht erscheint der schrecklichste Mahr.»

Da erreichte das Morgengrauen Schahrasad, und sie hörte auf zu erzählen. «Wie köstlich und wie aufregend ist deine Geschichte!» sagte Dinarasad. «Was ist das schon», erwiderte sie, «gegen das, was ich euch morgen nacht erzählen werde, wenn ich dann noch lebe und mich der König verschont ...»

Die einhundertundfünfte Nacht

aus der Geschichte von Tausendundeiner Nacht

In der folgenden Nacht sagte sie:

Es ist mir zu Ohren gekommen, o König, daß die Frau des Juden zu ihrem Mann sagte: «Was sitzt du hier herum? Steh auf, und laß ihn uns gemeinsam anheben. Wir tragen ihn nach oben auf die Dächer und werfen ihn unserem Nachbarn, dem ledigen Muslim, ins Haus hinunter.» Der Nachbar des Juden war der oberste Verwalter und Aufseher der Küche im Sultanspalast und brachte aus der Sultansküche öfter einmal Fett mit nach Hause. Katzen und Mäuse fraßen ihm das Fett regelmäßig weg und hatten schon einen großen Schaden an seinen Vorräten angerichtet. Nun also trugen der Jude und seine Frau den Buckligen nach oben, schleppten ihn langsam, langsam bis auf das Hausdach des Küchenchefs und ließen ihn dann an Armen und Beinen hinuntergleiten, bis er den Fußboden berührte. Sie lehnten ihn gegen die Wand und machten, daß sie davonkamen. Kaum hatten sie ihn hinabgelassen, kam der Küchenchef von einer feierlichen Koranlesung, die er zusammen mit einigen seiner Freunde besucht hatte, nach Hause. Es war mitten in der Nacht, und er trug eine brennende Kerze in der Hand. Der Küchenchef schloß seine Haustür auf, ging nach oben und trat ins Haus, da bemerkte er einen Menschen, der unter dem Lüftungsschacht in der Ecke an der Wand lehnte. «Bei Gott, das ist gut!» sagte der Küchenchef. «Sollte es etwa ein Mensch sein, der mir immer meine Vorräte stiehlt? Du also hast das Fleisch genommen, das Fett ausgefressen und den Hammelschwanz gestohlen! Und ich dachte, es wären Katzen, Mäuse und Hunde gewesen! Ach, wie viele unschuldige Hunde und Katzen und Mäuse habe ich schon getötet und mir ihre Blutschuld aufgeladen, und jetzt sieh da! Du bist es und kein anderer! Du kommst durch den Lüftungsschacht von den Dächern herunter und stiehlst meine Waren! Ich werde mir, bei Gott, mit eigener Hand mein Recht verschaffen bei dir!» Er ergriff einen schweren Hammer, sprang mit einem Satz auf den Buckligen zu und versetzte ihm einen heftigen Schlag mitten auf den Brustkorb. Der Bucklige fiel zu Boden. Er gab ihm noch einen zweiten Schlag auf den Rücken. Dann erst nahm er sein Gesicht genauer in Augenschein und stellte fest, daß er tot war. «Ah!» schrie er. «Ich habe ihn umgebracht! Es gibt keine Kraft und keine Stärke außer bei Gott, dem Erhabenen und Mächtigen!» Seine Hautfarbe wurde bleich, und er bekam Angst um sein Leben. «Gott soll das Fett und diese Nacht verfluchen!» sagte er. «Wir sind Gottes Geschöpfe, und zu Ihm kehren wir zurück.»

Da erreichte das Morgengrauen Schahrasad, und sie hörte auf zu erzählen. «Wie köstlich und wie aufregend ist deine Geschichte!» sagte Dinarasad zu ihrer Schwester. «Was ist das schon», erwiderte sie, «gegen das, was ich euch morgen nacht erzählen werde, wenn ich dann noch lebe und mich der König verschont ...»

Die einhundertundsechste Nacht

aus der Geschichte von Tausendundeiner Nacht

In der folgenden Nacht sagte sie:

Die Leute behaupten, o glücklicher König, daß der Küchenchef ihn näher betrachtete und feststellte, daß er einen Buckel hatte. «Du verdammter Buckliger!» fluchte er. «Ist es nicht genug, daß du einen Buckel hast? Mußt du auch noch stehlen? Aber was soll ich jetzt tun? O mein Beschützer, halte deinen Schirm über mich!» Mit diesen Worten hob er ihn auf die Schultern und trug ihn hinunter aus dem Haus. Inzwischen war die Nacht schon weit vorangeschritten. Er schleppte ihn immer weiter bis an den Rand des Basars. An einem Laden, dessen Mauern eine dunkle Ecke bildeten, stellte er ihn ab und ging fort. Es dauerte nicht lange, da kam ein angesehener Gelehrter vorbei, der als Makler für den Sultan arbeitete. Er war Christ, besaß eine Manufaktur mit wasserradgetriebenen Maschinen und war betrunken. Er hatte sich zu Hause einen Rausch angetrunken und war hinausgegangen, um das Hammam aufzusuchen. Da hatte ihn sein Rausch plötzlich glauben lassen, es sei schon bald Zeit für das Morgengebet. Schwankend und torkelnd bewegte er sich vorwärts, bis er nahe an den Buckligen herangekommen war. Dort hockte er sich hin und schlug sein Wasser ab. Als er sich wieder aufrichtete und sich zufällig umblickte, sah er dort jemanden stehen. Dem Christen aber war zu Beginn derselben Nacht der Turban heruntergerissen worden. Als er nun den Buckligen dort stehen sah, glaubte er, es wolle ihm wieder jemand den Turban herunterreißen. Er ballte die Faust und hieb den Buckligen in den Nacken. Der fiel zu Boden. Der Christ rief nach dem Nachtwächter und machte sich dann, betrunken wie er war, mit Faustschlägen und Würgegriffen über den Buckligen her. In diesem Moment erschien der Nachtwächter mit seiner Laterne und traf einen Christen an, der über einem Muslim kniete und diesen mit Faustschlägen traktierte. «Was ist denn mit ihm?» erkundigte sich der Nachtwächter. «Er wollte mir meinen Turban herunterreißen», beklagte sich der Christ. «Steig von ihm herunter!» befahl der Nachtwächter. Da stieg er von ihm herunter, und der Nachtwächter trat näher zu ihm heran und stellte fest, daß er tot war. «Nicht übel, bei Gott!» sagte der Nachtwächter. «Ein Christ schlägt einen Muslim tot.» Er nahm den christlichen Makler fest und führte ihn gebunden zum Haus des Wali. Es war immer noch Nacht, und der Christ war bestürzt und verblüfft über sich selbst, daß er den anderen totgeschlagen hatte. Wie schnell der doch gestorben war, nur durch eine paar Faustschläge! Ihm war, wie das Sprichwort sagt: «Der Rausch verflog, da kamen die Gedanken.» Den Rest der Nacht verbrachten der Makler und der Bucklige im Haus des Wali. Als es Morgen wurde, stieg der Wali zum Kaiser von China hinauf und berichtete ihm, daß sein eigener Sekretär, der Christ, einen Muslim totgeschlagen hatte. Dieser erteilte den Befehl, den Christen an den Galgen zu hängen. Der Wali kam wieder herunter und ließ den Henker die Hinrichtung öffentlich bekanntgeben. Dann richteten sie einen hölzernen Galgen für den Christen auf und stellten ihn darunter. Schon kam der Henker, warf einen Strick um den Hals des Christen und wollte ihn gerade erhängen, da erschien plötzlich der Küchenchef und bahnte sich einen Weg durch die Menschenmenge. «Tu's nicht!» rief er dem Henker zu. «Nicht er hat ihn getötet. Ich war es, der ihn umgebracht hat.» – «Was sagst du da?» fragte der Wali. «Ich war es, der ihn umgebracht hat», wiederholte der Küchenchef, und dann erzählte er dem Wali seine Geschichte, nämlich wie er ihn mit dem Hammer erschlagen und dann weggetragen und auf dem Markt abgestellt hatte. «Ist es denn noch nicht schlimm genug, daß ich einen Muslim getötet habe? Soll ich auch noch einen Christen auf mein Gewissen laden?» schloß er seinen Bericht und bat zum Schluß: «Hänge mich und keinen anderen, denn ich habe die Tat gestanden!»

Da erreichte das Morgengrauen Schahrasad, und sie hörte auf zu erzählen. «Wie köstlich und wie aufregend ist deine Geschichte!» sagte Dinarasad zu ihrer Schwester. «Was ist das schon», erwiderte sie, «gegen das, was ich euch morgen nacht erzählen werde, wenn ich dann noch lebe und mich der König verschont ...»

Die einhundertundsiebente Nacht

aus der Geschichte von Tausendundeiner Nacht

In der folgenden Nacht sagte sie:

Es ist mir zu Ohren gekommen, o glücklicher König, daß der Wali, als er die Worte des Küchenchefs hörte, zu dem Henker sagte: «Laß den Christen frei, und hänge diesen hier auf, denn er hat die Tat gestanden.» Also ergriff der Henker den Küchenchef, stellte, nachdem er den Christen freigelassen hatte, diesen unter den Galgen, nahm den Strick, warf ihn um seinen Hals und wollte ihn gerade hängen, als plötzlich der jüdische Arzt auftauchte und sich einen Weg durch die Leute bahnte. «Tu's nicht!» schrie er dem Henker entgegen. «Nicht er hat ihn getötet. Kein anderer als ich hat ihn umgebracht! Heute nacht, nachdem der Basar geschlossen hatte und ich zu Hause saß, haben ein Mann und eine Frau an meine Tür geklopft. Meine Dienerin ist hinuntergegangen und hat die Tür aufgemacht. Die beiden hatten einen Patienten bei sich und haben dem Mädchen einen Vierteldinar gegeben, daraufhin hat sie sie hinaufgelassen zu mir und hat mich verständigt. Die beiden haben aber, als das Mädchen hinaufgegangen war, nicht länger warten wollen, darum haben sie ihn mir oben auf der Treppe hingestellt. Als ich hinuntergehen wollte, bin ich über ihn gestolpert, und wir sind beide die Treppe hinuntergestürzt. Er war sofort tot, und niemand außer mir ist für seinen Tod verantwortlich. Anschließend habe ich ihn gemeinsam mit meiner Frau über die Dächer zum Haus dieses Küchenverwalters getragen, das in der Nachbarschaft meines Hauses steht. Wir haben den Buckligen durch den Lüftungsschacht beim Küchenchef hinabgelassen. Er war bereits tot und stand aufrecht in einer Ecke des Hauses. Als dann der Küchenchef in sein Haus hinaufgestiegen ist und dort einen Menschen stehen sah, hat er geglaubt, es sei ein Einbrecher, und ihm einen Schlag mit dem Hammer gegeben, worauf dieser aufs Gesicht gefallen ist und der Küchenchef gedacht hat, er habe ihn getötet. Es hat ihn aber kein anderer getötet als ich! Ist es denn noch nicht genug, daß ich, ohne Wissen und ohne Absicht, einen Muslim getötet habe? Soll ich auch noch einen zweiten Muslim und dessen Blutschuld auf mein Gewissen laden? Nein, du darfst ihn nicht hängen, denn kein anderer als ich hat den Buckligen getötet!»

Da erreichte das Morgengrauen Schahrasad, und sie hörte auf zu erzählen. «Wie köstlich und wie aufregend ist deine Geschichte!» sagte Dinarasad zu ihrer Schwester. «Was ist das schon», erwiderte sie, «gegen das, was ich euch morgen nacht erzählen werde, wenn ich dann noch lebe und mich der König verschont ...»

Die einhundertundachte Nacht

aus der Geschichte von Tausendundeiner Nacht

In der folgenden Nacht sagte sie:

Es ist mir zu Ohren gekommen, o glücklicher König, daß der Wali, nachdem er die Worte des Juden gehört hatte, zu dem Henker sagte: «Gib diesen Küchenchef frei, und hänge den Juden!» Der Henker ergriff ihn, legte den Strick um den Hals des Juden – und plötzlich war der Schneider da. Er hatte sich einen Weg durch die Menschenmenge gebahnt und rief dem Henker zu: «Tu's nicht! Nicht er hat ihn getötet, sondern ich! – Mein Herr», fuhr der Schneider, zum Wali gewandt, fort, «diesen Buckligen hat kein anderer ermordet als ich. Und das war so: Gestern bin ich tagsüber ausgegangen, um mich zu vergnügen. Als ich zur Abendessenszeit wieder nach Hause kam, habe ich diesen Buckligen getroffen. Er war betrunken, hatte eine Trommel bei sich und sang dazu. Ich habe ihn eingeladen und in mein Haus mitgenommen. Dann bin ich wieder hinausgegangen und habe gegrillten Fisch für ihn gekauft. Den habe ich ihm gebracht, und dann haben wir uns alle hingesetzt und gegessen. Ich habe ein Stück Fisch genommen und ihm in den Mund gesteckt. Das Stück hat sich mit einer Gräte in seinem Rachen verfangen, und er ist sofort gestorben. Da habe ich Angst bekommen, deshalb haben wir – ich und meine Frau – ihn hinausgeschafft und zu dem Haus des Juden getragen. Ich habe an die Tür geklopft, die Dienerin ist zu uns heruntergekommen und hat die Tür aufgeschlossen. Ich habe zu ihr gesagt: ‹Geh hinauf, und sage deinem Herrn, daß eine Frau und ein Mann an der Tür sind mit einem Patienten, den er untersuchen soll.› Dem Mädchen habe ich einen Vierteldinar gegeben, den sie ihrem Herrn auszahlen sollte. Kaum war das Mädchen hinaufgestiegen, habe ich den Buckligen nach oben auf den Treppenabsatz geschleppt. Dort habe ich ihn angelehnt, und dann sind wir – ich und meine Frau – schnell davongelaufen. Als der Jude herunterkommen wollte, ist er über ihn gestolpert und hat angenommen, daß er ihn getötet hätte. Stimmt das?» wandte sich der Schneider an den Juden. «Ja, es stimmt», bestätigte der Jude. «Dann laß den Juden frei», verlangte der Schneider, nun wieder zum Wali gewandt, «und hänge mich auf, denn ich bin es, der ihn getötet hat.» Als der Wali die Rede des Schneiders gehört hatte, staunte er über den Buckligen. «Das ist aber eine spannende Begebenheit!» sagte er. «Sie muß in den Büchern und Chroniken aufgezeichnet werden, und wäre es mit goldener Tinte! Laß diesen Juden frei!» befahl er nun dem Henker. «Und hänge statt dessen diesen Schneider auf, denn er hat die Tat gestanden.» Also trat der Henker vor, gab den Juden frei und holte den Schneider nach vorn unter den Pfahl des Galgens. Dabei sagte er zu dem Wali: «Jetzt habe ich aber genug davon, immer den einen aufzuhängen und den anderen freizulassen. Die Sache wird mir langsam zu dumm!» Mit diesen Worten warf der Henker den Strick um den Hals des Schneiders. Das andere Ende des Strickes warf er um den Flaschenzug. Der Bucklige aber war der Freund und Hofnarr des Kaisers von China gewesen, der es keinen Augenblick ohne ihn aushalten konnte. Wie er sich nun in dieser Nacht betrunken und vor ihm zurückgezogen hatte –

Da erreichte das Morgengrauen Schahrasad, und sie hörte auf zu erzählen. «Wie köstlich und wie aufregend ist deine Geschichte!» sagte Dinarasad. «Was ist das schon», erwiderte sie, «gegen das, was ich euch morgen nacht erzählen werde, wenn ich dann noch lebe und mich der König verschont …»

Die einhundertundneunte Nacht

aus der spannenden Geschichte von Tausendundeiner Nacht

In der folgenden Nacht sagte sie:

Es ist mir zu Ohren gekommen, o glücklicher König, daß, als sich der Bucklige in dieser Nacht betrunken und zurückgezogen hatte, der Kaiser von China am nächsten Morgen auf ihn wartete. Er wartete bis gegen Mittag, aber der Bucklige kam nicht wieder. Endlich fragte er einen der

Anwesenden nach ihm. «Es ist mir zu Ohren gekommen, o König», berichtete dieser, «daß der Wali auf einen toten Buckligen gestoßen sein soll und dazu auf dessen Mörder. Als er ihn hängen wollte, ist ein zweiter und ein dritter gekommen, und jeder von ihnen hat behauptet: ‹Ich bin sein Mörder!› Sie sind bis zur Stunde damit beschäftigt, dem Wali zu erzählen, wie jener zu Tode gekommen ist, jeder nach seiner Version.» Als der Kaiser von China das hörte, rief er nach einem seiner Kämmerer. «Geh hinunter zum Wali», befahl er ihm, «und bringe ihn mitsamt dem Ermordeten, seinen Mördern und allen anderen Beteiligten zu mir!» Schnell stieg der Kämmerer hinab und traf in dem Moment dort ein, als der Henker den Strick um den Hals des Schneiders geworfen hatte und ihn gerade hängen wollte. «Tu's nicht!» rief er dem Henker zu, dann wandte er sich an den Wali und berichtete ihm, was der König befohlen hatte. Da stand der Wali auf, nahm den Buckligen mit, den er tragen ließ, dazu den Schneider, den Juden, den Küchenchef und den Christen und brachte sie alle hinauf vor den Kaiser. Nachdem er sie vor ihm hatte Aufstellung nehmen lassen, küßte er selbst den Erdboden, dann trug er ihre Geschichte vor und erzählte ihm auch die Geschichte des Buckligen vom Anfang bis zum Ende. Als der Kaiser von China das hörte, war er aufs äußerste verwundert und entzückt. Er ordnete an, daß es in den Chroniken aufgezeichnet und niedergeschrieben würde. «Habt ihr jemals von etwas Spannenderem als diesem Fall gehört?» fragte er alle, die um ihn herum waren. «Ich meine: das, was diesem Buckligen hier zugestoßen ist?» Da trat der Christ nach vorn und küßte den Erdboden. «O König der Zeit», sagte er, «wenn du mir erlaubst, erzähle ich dir eines meiner Erlebnisse, das sogar Steine zu Tränen rührt. Das ist spannender als die Geschichte dieses Buckligen!» – «Erzähle es uns!» verlangte der Kaiser. Und der Christ begann zu erzählen:

Die Geschichte des christlichen Maklers: Der junge Mann mit der abgehackten Hand und die Dame

Du mußt wissen, o König, daß, bevor ich in dieses Land kam – ich bin nämlich ein Fremder in eurem Land und bin mit einer Warenladung, die ich zu befördern hatte, hierhergekommen, dann hat mich das Schicksal all diese Jahre bei euch festgehalten – also, ich bin ein koptischer Christ aus Ägypten, und mein Vater war ein angesehener Makler. Als er starb, übernahm ich seine Maklergeschäfte und lebte einige Jahre davon. Das Spannendste, das ich je erlebt habe, war folgendes: Eines Tages saß ich auf dem Platz der Futterverkäufer in Kairo, als ein hübscher junger Mann in prächtiger Kleidung auf einem hochgewachsenen Esel vorbeigeritten kam. Er grüßte mich, und ich sprang diensteifrig auf. Er zog ein Tuch heraus, in dem etwas Sesam eingewickelt war. «Wieviel ist ein Irdabb davon wert?» fragte er mich.

Da erreichte das Morgengrauen Schahrasad, und sie hörte auf zu erzählen. «Ach, Schwester», seufzte Dinarasad, «wie köstlich und wie aufregend ist deine Geschichte!» – «Was ist das schon», erwiderte sie, «gegen das, was ich euch morgen nacht erzählen werde, wenn ich dann noch lebe und mich der König verschont …»

Die einhundertundzehnte Nacht

aus der Geschichte von Tausendundeiner Nacht

In der folgenden Nacht sagte sie:

Es ist mir zu Ohren gekommen, o glücklicher König, daß der Christ dem Kaiser von China erzählte:

O König der Zeit! Ich antwortete ihm: «Ein Irdabb davon ist einhundert Dirham wert.» – «Steh auf», bat er mich, «nimm mit dir Träger für das Getreide und jemanden, der das Korn abmessen kann, und komm zum Chan al-Dschawili beim Stadttor Bab an-Nasr. Dort wirst du mich finden.» Mit diesen Worten ließ er mich stehen und ritt weiter. Ich ging mich nach den Preisen umsehen und machte meine Runde bei den Futterverkäufern, in den Markthallen der Süßwarenfabrikanten und bei den Händlern, die Sesam am Lager hatten. Überall kostete ein Irdabb einhundertundzehn Dirham. Da nahm ich vier Mannschaften von Trägern für das Getreide mit und begab mich mit ihnen zum Chan al-Dschawili. Dort fand ich ihn, er wartete schon auf mich. Als er mich sah, stand er auf und ging vor mir her in das Lagerhaus. «Laß den Kornmesser hineingehen und abmessen», sagte er zu mir, «und laß die Getreideträger die Esel beladen. Während die eine Mannschaft hinausgeht, kann die andere schon hinein.» Sie arbeiteten so lange, bis der Speicher leer war. Es waren fünfzig Irdabb im Wert von fünftausend Dirham. «Für deine Maklertätigkeit sollst du zehn Dirham pro Irdabb bekommen», sagte der junge Mann zu mir, «die übrigen viertausendfünfhundert kannst du vorerst bei dir behalten und für mich aufbewahren. Wenn ich meine Waren alle verkauft habe, komme ich zu dir und hole die Summe ab.» – «Einverstanden», sagte ich, küßte ihm die Hand und ging davon, wobei ich mich über seine Großzügigkeit wunderte. Nun saß ich da und wartete auf ihn. Er blieb einen ganzen Monat aus, dann erschien er. «Wo ist das Geld?» fragte er. Ich hieß ihn willkommen und bat ihn, bei mir abzusteigen und etwas zu essen, doch er schlug die Einladung aus. Statt dessen sagte er: «Steh auf, und mache das Geld fertig, damit ich, wenn ich jetzt gehe und dann zu dir zurückkomme, das Geld gleich mitnehmen kann.» Mit diesen Worten wendete er seinen Esel und ritt davon. Ich erhob mich, holte das Geld heraus und setzte mich hin, um auf ihn zu warten. Wieder blieb er einen Monat lang verschwunden. «Dieser junge Mann ist wirklich sehr großzügig», sagte ich zu mir selbst, «er hat viertausendfünfhundert Dirham bei mir liegen und ist noch nicht gekommen, um sie abzuholen. Jetzt hat er sie schon drei Monate liegengelassen!» Nach dieser Zeit erschien er wieder, auf einem Esel reitend. Er trug prächtige Kleider und sah aus, als käme er geradewegs aus dem Hammam.

Da erreichte das Morgengrauen Schahrasad, und sie hörte auf zu erzählen. «Wie köstlich und wie aufregend ist deine Geschichte!» sagte Dinarasad. «Was ist das schon», erwiderte sie, «gegen das, was ich euch morgen nacht erzählen werde, wenn ich dann noch lebe und mich der König verschont ...»

Die einhundertundelfte Nacht

aus der Geschichte von Tausendundeiner Nacht

In der folgenden Nacht sagte sie:

Es ist mir zu Ohren gekommen, o glücklicher König, daß der Christ dem Kaiser von China erzählte:

Der junge Mann sah aus, als käme er geradewegs aus dem Hammam. Als ich ihn sah, stieg ich sofort hinunter aus meinem Laden und sagte zu ihm:

«Mein Herr, möchtest du jetzt dein Geld mitnehmen?» – «Wozu die Eile?» sagte er zu mir. «Warte, bis ich mit meinen Waren fertig bin; ich hole es am Freitag bei dir ab.» Mit diesen Worten ritt er davon. «Wenn er das nächste Mal kommt, lade ich ihn ein», nahm ich mir vor, doch er blieb das ganze restliche Jahr verschwunden. Ich fühlte mich unterdessen frei, sein Geld zu meinem Vorteil anzulegen, und erwirtschaftete einen ansehnlichen Gewinn. Am Ende des Jahres tauchte der junge Mann plötzlich wieder auf und näherte sich in einem prächtigen Gewand. Als ich ihn sah, kam ich herunter und beschwor ihn beim Evangelium, daß er mein Gast sein und etwas essen solle. «Unter einer Bedingung!» erwiderte er. «Nämlich, daß du alles, was du für mich ausgibst, von meinem Geld bezahlst.» – «Einverstanden», sagte ich, ging hinein und bereitete auf Teppichen einen Platz für ihn. Er setzte sich, während ich auf den Basar ging, um alles Notwendige zu besorgen: Getränke, gefüllte Brathähnchen und Süßigkeiten. Ich kam zurück, stellte alles vor ihn hin und sagte zu ihm: «Iß, in Gottes Namen. Guten Appetit!» Er kam an den Tisch, streckte seine linke Hand aus und aß mit mir. «Gott allein ist vollkommen!» sprach ich verwundert zu mir selbst. «Dieser Mensch ist so großzügig und vornehm, aber dabei so eitel, daß er vor lauter Stolz nicht einmal seine rechte Hand herauszieht, um mit mir zu essen.» So speiste ich mit ihm.

Da erreichte das Morgengrauen Schahrasad, und sie hörte auf zu erzählen. «Wie köstlich und wie aufregend ist deine Geschichte!» sagte Dinarasad. «Was ist das schon», erwiderte sie, «gegen das, was ich euch morgen nacht erzählen werde, wenn ich dann noch lebe und mich der König verschont …»

Die einhundertundzwölfte Nacht

aus der Geschichte von Tausendundeiner Nacht

In der folgenden Nacht sagte sie:

Es ist mir zu Ohren gekommen, o glücklicher König, daß der Christ dem Kaiser von China erzählte:

Nachdem wir fertiggegessen hatten und ich ihm Wasser über die Hand gegossen und etwas zum Abtrocknen seiner Hand gereicht hatte, setzten wir uns – ich hatte zuvor noch etwas Süßes angeboten –, um uns miteinander zu unterhalten. «Mein Herr», bat ich ihn, «mache mich von einer Sorge frei. Wie kommt es, daß du mit der linken Hand mit mir gegessen hast? Hast du an deiner rechten Hand vielleicht Schmerzen?» Als der junge Mann diese Worte hörte, brach er in Tränen aus, erhob seine Stimme und sprach den Vers:

«Nicht aus freiem Willen wurde Salma zum Ersatz
Für Leila. Aber ach! Die Not hat eigene Gesetze!»

Damit zog er seine rechte Hand aus der Tasche seines Gewandes, und was sah ich da? Die Hand war abgeschlagen, da war nur noch ein Armstumpf, ohne Handfläche. Ich wunderte mich darüber, doch er sagte: «Wundere dich nicht, und denke bitte nicht, ich sei hochmütig und hätte aus Stolz mit der linken Hand gegessen. Vielmehr hat es einen erstaunlichen Grund, warum mir die Hand abgeschlagen wurde.» – «Was ist denn der Grund dafür?» wollte ich wissen. Da seufzte er und begann wieder zu weinen. Dann sagte er:

Du mußt wissen, daß ich zu den Söhnen der Stadt Bagdad gehöre. Ich bin dort geboren, mein Vater war einer der bedeutendsten Männer der Stadt. Als ich erwachsen wurde, hörte ich immer wieder die Leute und die Reisenden über Ägypten sprechen. Das blieb tief in mir haften. Schließlich starb mein Vater, und ich trat sein Erbe an. Ich machte eine große Ladung fertig mit Waren und Stoffen aus Bagdad und Mosul, packte eintausend Mäntel aus Sadadsch sowie allerlei andere Stoffe ein und reiste von Bagdad ab, bis ich Kairo erreichte. Nachdem ich die Stadt Kairo betreten hatte, lud ich die Stoffe im Chan Masrur ab. Ich setzte mich, packte meine Ladungen aus und brachte sie in die Lagergebäude. Dann gab ich meinem Diener einige Silbermünzen, damit er uns etwas zu essen besorgen sollte, und ruhte mich aus. Während meine Diener aßen, ging ich draußen, im Stadtviertel Bain al-Kasrain, spazieren. Ich kam wieder und legte mich schlafen. Danach stand ich auf und öffnete die Pakete mit den Stoffen. «Ich will zu einem der feinen Märkte gehen und mich dort nach den Preisen umschauen», sagte ich zu mir selbst. Ich nahm also einige Stücke davon, lud sie meinem Sklaven auf, zog meine vornehmste Kleidung an und machte mich zu Fuß auf den Weg, bis ich an die Kaisariyya mit dem Namen Dscharkas kam. Ich ging hinein. Die Makler empfingen mich – sie hatten bereits von meiner Ankunft erfahren –, wählten aus meinen Stoffen die besten Stücke aus und boten den Stoff laut rufend zum Verkauf an. Aber er erbrachte nicht einmal seinen eigenen Wert. Darüber wurde ich traurig. «Nicht einmal mein Kapital, das darin steckt, hat es eingebracht!» klagte ich. «Mein Herr», sagten die Agenten, «wir wissen etwas für dich, wie du Gewinn machen und nichts mehr verlieren wirst.»

Da erreichte das Morgengrauen Schahrasad, und sie hörte auf zu erzählen. «Ach, Schwester», seufzte Dinarasad, «wie köstlich und wie aufregend ist deine Geschichte!» – «Was ist das schon», erwiderte sie, «gegen das, was ich euch morgen nacht erzählen werde, wenn ich dann noch lebe und mich der König verschont …»

Die einhundertunddreizehnte Nacht

aus der Geschichte von Tausendundeiner Nacht

In der folgenden Nacht sagte sie:

Es ist mir zu Ohren gekommen, o glücklicher König, daß der Christ dem Kaiser von China erzählte, daß der junge Mann sagte, die Agenten hätten ihm gesagt: «Wir wissen etwas für dich, wie du Gewinn machen und nichts mehr verlieren wirst. Du mußt es genauso machen wie alle Händler hier, nämlich deine Waren auf Kommission verkaufen mit einer festgesetzten Zahlungsfrist und unter Hinzuziehung eines Schreibers, eines Zeugen und eines Geldwechslers. Dann holst du dir jede Woche etwas von ihnen, an jedem Montag und Donnerstag. So wird dein Geld sich vermehren, während du Kairo und den Nil besuchen kannst und dir eine schöne Zeit machst.» «Ein guter Gedanke!» sagte ich. Ich nahm die Agenten mit, dazu einige Lastträger, und begab mich zu meinem Chan. Dort holten die Kamelpacker den Stoff heraus und trugen ihn mit mir zur Kaisariyya. Ich verkaufte ihn auf dem Markt auf Kommission, ließ die Lieferscheine von Zeugen unterschreiben und überreichte sie dem Geldwechsler. Dann verließ ich die Kaisariyya wieder und kehrte in den Chan zurück, wo ich mehrere Tage blieb. Jeden Tag trank ich schon zum Frühstück ein Glas Wein, aß zartes, mageres Fleisch, gebratene Tauben und Süßigkeiten. So ging es einen Monat lang. Der zweite Monat brach an, in dem die

Abrechnung fällig wurde. Ich ging nun jeden Donnerstag und Montag in die Kaisariyya und setzte mich zu einem der Händler, während der Geldwechsler und der Schreiber gemeinsam die Runde machten und das Geld von den Kaufleuten einzogen. Das dauerte bis nach dem Nachmittagsgebet. Anschließend zählte ich das Geld, versiegelte es, nahm es mit und ging davon zu meinem Chan. Sechs Markttage verbrachte ich auf diese Weise, bis zu jenem Tag, es war ein Montag, an dem ich frühmorgens das Hammam aufsuchte und wieder herauskam, schöne Kleider anlegte, zum Chan zurück und auf mein Zimmer ging, ein Frühstück mit Wein einnahm und einschlief. Nach dem Aufstehen aß ich Geflügel, nämlich ein gekochtes Huhn, dann machte ich mich fein, parfümierte mich und ging zu Fuß in die Kaisariyya. Ich setzte mich neben einen Händler namens Badraddin al-Bustani und unterhielt mich eine Weile mit ihm. Plötzlich bemerkten wir eine Frau, die vor dem Laden stehengeblieben war. Sie trug einen Mantel, ein großartiges schwarzes Kopftuch mit roter und goldener Einfassung und verströmte wohlriechende Düfte. Mit ihrer Schönheit raubte sie mir mein Herz, und als sie den Schleier hob, blickte ich in zwei große schwarze Pupillen. Die Frau begrüßte Badraddin, und der hieß sie willkommen und unterhielt sich mit ihr. Als ich sie sprechen hörte, ergriff die Liebe zu ihr von meinem Herzen Besitz, doch gleichzeitig beschlich mich eine böse Vorahnung. «Hast du ein Stück Seidenstoff mit Jagdszenen darauf?» fragte sie Badraddin. Er holte für sie eines meiner Stücke heraus, und ich ließ es ihn für zwölfhundert Dirham an sie verkaufen. «Wenn du erlaubst», sagte sie, «nehme ich das Stück mit und schicke dir am nächsten Markttag das Geld dafür.» – «Das geht nicht, meine Dame», sagte der Händler zu ihr, «der Stoff gehört diesem Herrn hier, und ich muß heute meine Schulden an ihn bezahlen.» – «Pfui!» erwiderte sie verächtlich. «Habe ich nicht schon immer bei dir ein Stück Stoff auf Kredit gekauft, den Stoff mitgenommen und das Geld, das du verlangt hast, später geschickt?» – «Ja, das ist richtig», bestätigte Badraddin, «aber diesmal brauche ich das Geld schon heute.» Da warf sie das Stück an die hintere Wand des Ladens und sagte wütend: «Gott soll eure ganze Bande zu Fall bringen! Ihr habt keine Achtung vor irgend jemandem!» Mit diesen Worten stand sie auf und wandte sich zum Gehen.

Da erreichte das Morgengrauen Schahrasad, und sie hörte auf zu erzählen. «Ach, Schwester», seufzte Dinarasad, «wie köstlich und wie aufregend ist

deine Geschichte!» – «Was ist das schon», erwiderte sie, «gegen das, was ich euch morgen nacht erzählen werde, wenn ich dann noch lebe und mich der König verschont ...»

Die einhundertundvierzehnte Nacht

aus der Geschichte und den aufregenden Abenteuern von Tausendundeiner Nacht

In der folgenden Nacht sagte sie:

Es ist mir zu Ohren gekommen, o glücklicher König, daß der Christ dem Kaiser von China erzählte:

Der junge Mann erzählte mir weiter:

Als sie das Stück Stoff in den Laden warf und sich zum Gehen wandte, fühlte ich, wie meine Seele mir aus dem Herzen fuhr und ihr nachstrebte. «Meine Dame», sagte ich zu ihr, «ich beschwöre dich bei Gott, tu mir einen Gefallen und komm zu mir.» Sie kam zurück und sagte lächelnd: «Nur deinetwegen bin ich zurückgekommen.» Dann setzte sie sich mir gegenüber an den Ladentisch. «Mein Herr», wandte ich mich an Badraddin, «welchen Preis haben wir für dieses Stück vereinbart?» – «Zwölfhundert Dirham», antwortete er. «Ich gebe dir noch hundert Dirham dazu», sagte ich, «gib mir einen Zettel, ich schreibe es dir gut von den Waren, die ich bei dir liegen habe.» Damit nahm ich das Stück Stoff, schrieb ihm die Gutschrift und überreichte ihr das Stoffstück mit den Worten: «Nimm es, verehrte Dame, und wenn du willst, bringe das Geld am nächsten Markttag. Ansonsten sieh es als ein Geschenk von mir an.» – «Gott soll es dir mit Gutem vergelten», bedankte sie sich, «und Gott soll dir all mein Vermögen als Lohn zukommen und dein letztes Stündlein nach meinem schlagen lassen.» Da war es, als hätten die Pforten des Himmels und Ägyptens offen gestanden für ihre Prophezeiungen. «Meine Dame», sagte ich zu ihr, «nimm dieses Stück an dich, es gehört dir, und so Gott will sollst du auch noch ein zweites, genauso schönes Stück bekommen, nur laß mich dein Gesicht sehen!» Da wandte sie mir ihr Gesicht zu, lüftete den Schleier, und ich warf einen Blick auf sie, dem zur Strafe gleich ein Seufzer folgte, denn nun war ich nicht mehr Herr meines Verstandes. Dann ließ sie das Gitter vor ihren Augen wieder herab, nahm den Stoff und wandte sich mit den Worten: «Erlaube, mein Herr – ach, du wirst mir fehlen!» zum Gehen. Bis nach dem Nachmittagsgebet saß ich in der Kaisariyya. Ich befand mich in einer anderen Welt. Der Kaufmann erklärte mir, als ich ihn nach der Dame fragte: «Sie ist eine reiche Frau, die Tochter eines Emirs. Ihr Vater hat ihr viel Geld hinterlassen.» Schließlich verabschiedete ich mich von ihm und ging davon. Ich kam zu meinem Chan, und das Abendessen wurde vor mir aufgetischt. Doch vor lauter Gedanken an sie war ich unfähig, irgend etwas zu essen. Ich legte mich schlafen, aber auch das gelang mir nicht. So blieb ich wach liegen. Am nächsten Morgen stand ich auf, kleidete mich in irgendeinen einfachen Stoff, frühstückte eine Kleinigkeit und begab mich in Badraddins Laden.

Da erreichte das Morgengrauen Schahrasad, und sie hörte auf zu erzählen. «Ach, Schwester», seufzte Dinarasad, «wie köstlich und wie aufregend ist deine Geschichte!» – «Was ist das schon», erwiderte sie, «gegen das, was ich euch morgen nacht erzählen werde, wenn ich dann noch lebe und mich der König verschont ...»

Die einhundertundfünfzehnte Nacht

aus der Geschichte von Tausendundeiner Nacht

In der folgenden Nacht sagte sie:

Es ist mir zu Ohren gekommen, o glücklicher König, daß der Christ dem Kaiser von China erzählte, daß der junge Mann sagte:

Ich hatte noch keine Stunde vor Badraddins Laden gesessen, als die Dame, in einem noch prächtigeren Gewand als beim ersten Mal und in Begleitung einer Dienerin, sich näherte. Sie kam heran und grüßte mich, ihn dagegen beachtete sie nicht. «Mein Herr», sagte sie, «laß jemanden kommen, der das Geld für dich holen kann.» – «Wozu die Eile mit dem Geld?» erwiderte ich. «Ach, mein Liebster», sagte sie da, «möge Gott doch niemals zulassen, daß ich dich verliere!» Dann gab sie mir das Geld und setzte sich, um sich mit mir zu unterhalten. Während wir sprachen, machte ich ihr gewisse Zeichen, aus denen sie erkennen konnte, daß ich mit ihr intime Beziehungen wünschte. Da stand sie schnell auf und ging weiter. Aber mein Herz hing bereits an ihr, und so trat auch ich hinaus in die Marktgasse. Ehe ich so recht wußte, wie mir geschah, stand ein schwarzhäutiges Mädchen vor mir, und sagte: «Mein Herr, komm, meine Herrin möchte dich sprechen!» – «Aber mich kennt hier doch gar niemand?» fragte ich erstaunt zurück. «Wie schnell du sie vergessen hast, mein Herr!» erwiderte sie. «Meine Herrin ist die, die heute im Laden des Kaufmanns war.» Ich folgte ihr zu den Geldwechslern. Als die Dame mich sah, zog sie mich schnell in einen Winkel, nahe zu sich heran. «Mein Liebster!» sagte sie. «Du gehst mir nicht mehr aus dem Kopf. Seit dem Tag, an dem ich dich gesehen habe, hat mir kein Essen und kein Trinken mehr geschmeckt.» – «Mir geht es genauso», erwiderte ich, «mein Zustand spricht für sich selbst!» – «Liebling», sagte sie leise, «bei mir oder bei dir?» – «Ich bin ein fremder Mann hier», gab ich zu bedenken, «und ich habe keinen anderen Unterschlupf als den Chan.»

Da erreichte das Morgengrauen Schahrasad, und sie hörte auf zu erzählen. «Ach, Schwester», seufzte Dinarasad, «wie köstlich und wie aufregend ist deine Geschichte!» – «Was ist das schon», erwiderte sie, «gegen das, was ich euch morgen nacht erzählen werde, wenn ich dann noch lebe und mich der König verschont ...»

Die einhundertundsechzehnte Nacht

aus der Geschichte von Tausendundeiner Nacht

In der folgenden Nacht sagte sie:

Die Leute behaupten, o glücklicher König, daß der Christ dem Kaiser von China erzählte, daß der Kaufmann ihm berichtete, wie er zu ihr sagte: «Ich habe hier keinen anderen Unterschlupf als den Chan. Wenn du nichts dagegen hast, gehen wir zu dir.» – «Gut, mein Herr», sagte sie, «aber heute, am Freitagabend, geht es nicht. Warte bis morgen nach dem Gebet. Sobald du dein Gebet verrichtet hast, steige auf ein Reittier und frage nach der

Habbaniyya-Straße und dort nach dem Haus des Hauptmanns Barkut Abu Schama. Laß dir nicht zu lange Zeit, denn ich warte ungeduldig auf dich!» – «In Gottes Namen!» versicherte ich, und wir gingen auseinander. ☙ Den nächsten Morgen konnten wir beide kaum erwarten. Ich stand auf, zog meine Kleider an, machte mich fein und parfümierte mich, packte in ein Tuch fünfzig Dinar und ging zu Fuß vom Chan Masrur bis zum Stadttor Bab Suweila. Dort stieg ich auf einen Esel und sagte dem Eselsführer: «Zur Habbaniyya-Straße, bitte!» Er führte mich, so schnell er konnte, dorthin und ließ mich am Eingang einer Gasse mit dem Namen «Gasse der Gottesfurcht» stehen. «Geh in die Gasse hinein», sagte ich zu dem Eselsführer, «und frage nach dem Haus des Hauptmanns Barkut, der auch unter dem Namen Abu Schama bekannt ist.» Der Eselsführer verschwand, und als er wiederkam, sagte er: «In Gottes Namen!» Ich stieg von dem Esel ab. «Geh vor mir her bis zu dem Haus. Morgen holst du mich hier ab und bringst mich zum Chan Masrur!» wies ich den Eselsführer an. Der Eselsführer begleitete mich bis an das Haus, ich bezahlte ihm einen Vierteldinar, er nahm ihn entgegen und entfernte sich. ☙ Nun klopfte ich an die Tür. Zwei junge, hellhäutige Dienerinnen kamen heraus und sagten zu mir: «Tritt ein, in Gottes Namen! Unsere Herrin hat die ganze Nacht nicht geschlafen, so sehr hat sie sich auf dich gefreut!» Ich betrat den Vorraum und erblickte einen Kuppelsaal, sieben Stufen hoch erhaben über dem Bodenniveau. Im Rund seiner Kuppel befanden sich Fenster, die sich zum Garten hin öffneten. Dort gab es alle Sorten Obst, vielerlei Vögel, überall plätscherten kleine Bächlein, es war eine Augenweide. In der Mitte des Gartens stand ein Springbrunnen, um dessen vier Pfeiler sich vier mit rotem Gold überzogene Schlangen ringelten, die spritzten Wasser aus ihren Mäulern wie Perlen und Edelsteine.

Da erreichte das Morgengrauen Schahrasad, und sie hörte auf zu erzählen. «Wie köstlich und wie aufregend ist deine Geschichte!» sagte Dinarasad. «Was ist das schon», erwiderte sie, «gegen das, was ich euch morgen nacht erzählen werde, wenn ich bis dahin noch lebe und verschont geblieben bin ...»

Die einhundertundsiebzehnte Nacht

aus der Geschichte von Tausendundeiner Nacht

In der folgenden Nacht sagte sie:

Es ist mir zu Ohren gekommen, o glücklicher König, daß der Christ dem Kaiser von China erzählte, daß der junge Mann sagte:

Kaum hatte ich den Kuppelsaal betreten und mich dort niedergelassen, da erschien schon die Dame. Sie hatte Schmuck und perlenbesetztes Geschmeide angelegt und trug Bemalungen und Muster aus Henna auf der Haut. Als sie mich sah, lachte sie mir ins Gesicht, zog mich an ihre Brust, preßte meinen Mund auf den ihren und saugte an meiner Zunge. Ich tat dasselbe. «Ist es wirklich wahr, mein Herzblatt, daß du zu mir gekommen bist?» fragte sie. «Ja», antwortete ich, «ich bin dein Sklave und bin bei dir.» – «Bei Gott», sagte sie, «seit dem Tag, an dem ich dich das erste Mal sah, hat mich kein Essen und kein Schlaf mehr erquickt.» – «Mir geht es ebenso», erwiderte ich. Dann setzten wir uns, um uns zu unterhalten, wobei ich den Kopf zu Boden gesenkt hielt. Es war kaum ein Weilchen vergangen, bis sie ein Tablett vor mich hinstellte, auf dem waren die leckersten Sorten Sauerbraten und Grillfleisch angeordnet, dazu in Fett gebackenes und in Bienenhonig getauchtes Knuspergebäck und ein Brathähnchen, gefüllt mit Zucker und Pistazien. Wir aßen, bis wir genug hatten, dann hob sie die Tafel wieder auf, wir wuschen uns die Hände und ließen uns mit moschusduftendem Rosenwasser besprengen. Nun setzte ich mich hin, und sie setzte sich dazu, um mit mir zu trinken. Die Liebe zu ihr hatte schon Gewalt gewonnen über mich, so daß mir alles, was ich besaß, in ihrer Gegenwart wertlos erschien. Bis zum Einbruch der Nacht spielten wir miteinander, dann wurde uns Wein serviert wie für ein ganzes Festessen. Wir tranken bis um Mitternacht, und ich schlief mit ihr bis zum nächsten Morgen. Nie zuvor hatte ich eine schönere Nacht erlebt. Als wir am Morgen erwachten, erhob ich mich, ließ das Tuch mit den fünfzig Dinar unter ihr Bett fallen, verabschiedete mich und ging hinaus. Da begann sie zu weinen. «Mein Herr» fragte sie unter Tränen, «wann sehe ich dich wieder?» – «Ich werde heute abend bei dir sein», sagte ich. Sie begleitete mich bis zur Tür. «Bringe ein Abendessen für uns mit, mein Herr», bat sie mich. Als ich hinaustrat, traf ich auf den Eselsführer, mit dem ich am Vortag hergeritten war. Er erwartete mich schon. Ich stieg auf, und er führte den Esel bis zum Chan. Dort stieg ich vom Esel, bezahlte aber dem Eselsführer nichts, sondern sagte zu ihm: «Komm bei Sonnenuntergang wieder.» – «Jawohl», sagte der Eselsführer und ging davon. Ich aß eine Kleinigkeit zum Frühstück und machte mich auf den Weg, um das Geld, das meine Stoffe erbracht hatten, einzusammeln. Dann ließ ich für die Dame einen Lammbraten zubereiten, dazu einen Topf Reis mit Brotteig und Süßigkeiten. Das alles schickte ich ihr im Korb eines Trägers, dem ich den Weg zu ihrem Haus beschrieb. Bis zum Sonnenuntergang war ich in meinen Geschäften unterwegs. Als die Sonne unterging, kam der Eselsführer zu mir. Ich nahm mir fünfzig Dinar, tat sie in ein Tuch und nahm noch eine kleine Goldmünze, einen Vierteldinar im Wert eines halben Dinars, mit. Dann stieg ich auf und ritt so schnell, daß ich den Staub aufwirbelte und in demselben Augenblick schon bei dem Haus ankam. Ich stieg ab, gab dem Eselsführer den halben Dinar und trat ein. Wie ich bemerkte, hatten sie das Haus hübsch hergerichtet, noch schöner, als es zuvor gewesen war. Sowie sie mich sah, fing sie an, mich zu küssen. «Ich habe dich den ganzen Tag über vermißt!» seufzte sie. Dann deckte sie wieder die Tische, und wir aßen, bis wir genug hatten, und ließen uns den Wein servieren. Bis um Mitternacht tranken wir, ohne auszusetzen, dann gingen wir ins Schlafzimmer und legten uns schlafen. Am nächsten Morgen stand ich auf, übergab ihr die fünfzig Goldmünzen in dem Tuch und ging hinaus. Wieder fand ich den Eselsführer dort und stieg gleich auf, ritt zu dem Chan und schlief noch eine Stunde. Nach dem Aufstehen ließ ich beim Delikatessenhändler ein Pärchen Gänse nach Art der Region zubereiten und zwei Portionen gepfefferten Reis darunterschichten. Außerdem besorgte ich gegrillte Kolokasie in Bienenhonig, Kerzen, Obst, Nüsse, Mandeln und geröstete Kerne und duftende Stückchen. Alles das ließ ich aufladen und schickte es zu ihr. Dann faßte ich mich in Geduld, bis die Nacht hereinbrach, packte fünfzig Dinar in ein Tuch, ging hinaus und ritt mit dem Eselsführer zu dem Haus. Ich kam herein, setzte mich, und wir aßen und schliefen bis zum nächsten Morgen. Wieder warf ich ihr das Tuch hin, verließ das Haus und ritt mit dem Eselsführer zurück zum Chan Masrur.

Da erreichte das Morgengrauen Schahrasad, und sie hörte auf zu erzählen. «Wie köstlich und wie aufregend ist deine Geschichte!» sagte Dinarasad zu ihrer Schwester. «Was ist das schon», erwiderte sie, «gegen das, was ich euch morgen nacht erzählen werde, wenn ich dann noch lebe und mich der König verschont ...»

Die einhundertundachtzehnte Nacht

aus dem aufregenden Abenteuer und der Geschichte von Tausendundeiner Nacht

In der folgenden Nacht sagte sie:

Es ist mir zu Ohren gekommen, o glücklicher König, daß der Christ dem Kaiser von China erzählte, daß der junge Mann sagte:

Und so ging es immer weiter. Nacht für Nacht bezahlte ich fünfzig Dinar, dazu den Wein und das Festessen, so lange, bis ich keinen einzigen Dirham mehr besaß. Da verließ ich mein Haus, ohne zu wissen, wo ich etwas Geld auftreiben könnte. «Es gibt keine Kraft und keine Stärke außer bei Gott, dem Erhabenen und Mächtigen!» seufzte ich. «Das ist alles Teufelswerk!» Ich trat also aus dem Chan hinaus und wanderte zu Fuß durch das Viertel Bain al-Kasrain zum Stadttor Bab Suweila. Dort geriet ich in ein Getümmel; das Stadttor war von der Menschenmenge völlig verstopft. Nun wollte es das Schicksal, daß ich in dem Gedränge einen Soldaten anrempelte und meine Hand seine Gürteltasche berührte. Da spürte ich auf einmal eine Geldbörse unter meinen Fingern. Ich schaute hin und bemerkte eine grüne Quaste, die aus der Gürteltasche hervorlugte. Mir war klar, daß die Quaste zu jener Geldbörse gehören mußte. Ich drehte mich um. Das Gedränge der Leute war, wie ich fand, noch dichter geworden. Gleichzeitig sah ich, wie sich dem Soldaten von der anderen Seite eine Ladung Brennholz näherte und ihn zur Seite drängte. Da er um seine Uniform fürchtete, drehte er sich dorthin um und schob das Holz von sich fort. In diesem Moment flüsterte mir der Satan ins Ohr, und ich zog an der Quaste. Sie kam aus der Gürteltasche heraus und – was hing daran? Ein weicher, blauer Seidenbeutel, in dem etwas klimperte. Doch kaum hatte ich das Geld in der Hand, drehte sich der Soldat plötzlich um, fuhr mit der Hand in seine Gürteltasche und fand nichts mehr darin. Sofort wandte er sich mir zu, zog den Schlagstock heraus und hieb mir auf den Kopf, so daß ich zu Boden stürzte. Die Leute bildeten einen Kreis um mich und zügelten den Soldaten mit Gewalt. «Nur weil er dich angerempelt hat, gibst du diesem jungen Mann einen solchen Hieb?» sagten sie zu ihm. «Er ist ein Dieb!» schrie der Soldat und beschimpfte die Leute. Nun kam ich wieder zu mir und stand auf. Die Leute musterten mich und sagten: «Bei Gott, er ist doch ein vornehmer junger Mann. Der hat bestimmt nichts gestohlen!» Einige Leute glaubten ihm, andere dagegen meinten, es sei gelogen. Sie stritten heftig miteinander und versuchten dabei, mich von ihm wegzuziehen. So stand es mit uns, als plötzlich der Wali, der Hauptmann und die Wachtmeister durch das Stadttor hereinkamen und alle Leute um mich und den Soldaten versammelt fanden. «Was gibt es hier?» erkundigte sich der Wali, und man berichtete ihm über mich. «War noch jemand bei ihm?» fragte der Wali den Soldaten. «Nein», antwortete der Soldat. Da rief der Wali nach dem Hauptmann, und dieser nahm mich fest. «Zieh ihn aus!» befahl der Wali, und sie zogen mich nackt aus und fanden in meinen Kleidern den Beutel. In diesem Moment wurde ich ohnmächtig. Als der Wali den Geldbeutel sah –

Da erreichte das Morgengrauen Schahrasad, und sie hörte auf zu erzählen. «Ach, Schwester», seufzte Dinarasad, «wie köstlich und wie aufregend ist deine Geschichte!» – «Was ist das schon», erwiderte sie, «gegen das, was ich euch morgen nacht erzählen werde, wenn ich dann noch lebe und mich der König verschont ...»

Die einhundertundneunzehnte Nacht

aus der Geschichte von Tausendundeiner Nacht

In der folgenden Nacht sagte sie:

Es ist mir zu Ohren gekommen, o glücklicher König, daß der Christ dem Kaiser von China erzählte, daß der junge Mann ihm berichtete, wie der Wali, als er den Geldbeutel sah, die Goldmünzen herausnahm und zählte.

Er kam auf zwanzig Dinar. Wütend rief er nach seiner Wache, und man führte mich vor. «Junge!» sagte er zu mir. «Vielleicht ist es nicht nötig, daß ich dich bestrafe. Sag mir die Wahrheit. Hast du diesen Beutel gestohlen?» Ich senkte den Kopf und sprach zu mir selbst: «Wenn ich es abstreite, nützt es nichts, denn der Beutel ist ja aus meinen Kleidern herausgekommen. Andererseits, wenn ich es zugebe, ergeht es mir schlecht.» Ich hob den Kopf. «Ja, ich habe ihn genommen», gestand ich. Der Wali hörte meine Worte und ließ sogleich Zeugen kommen, die meine Aussage aufnahmen – alles das geschah, während wir noch am Stadttor Bab Suweila standen –, und dann gab der Wali dem Scharfrichter den Befehl, mir die rechte Hand abzuschlagen. «Ach, der arme junge Mann», sagten die Leute, und auch dem Soldaten wurde das Herz weich vor Mitleid mit mir. Nun wollte der Wali mir auch noch einen Fuß abschlagen lassen, aber ich flehte den Soldaten um Gnade an, und der legte ein gutes Wort für mich ein, so daß der Wali von mir abließ und weiterging. Die Leute standen weiterhin um mich herum und gaben mir in einem Becher etwas zu trinken. Der Soldat aber schenkte mir den Geldbeutel mit den Worten: «Du bist so ein feiner junger Mann. Es paßt nicht zu dir, ein Taschendieb zu sein.» Damit verließ er mich und ging davon. Ich wickelte die abgeschlagene Hand in einen Fetzen Stoff, verbarg sie in meiner Brusttasche und ging zu Fuß zu dem Haus mit dem Kuppelsaal. Dort warf ich mich aufs Bett. Die Dame bemerkte sogleich, daß ich durch den Blutverlust ganz verfärbt war. «Wo tut es dir weh, Liebling?» fragte sie. «Mein Kopf schmerzt», log ich. «Setz dich», sagte sie besorgt, «und erzähle mir, was heute geschehen ist. Es steht dir doch ins Gesicht geschrieben!» Ich brach bei diesen Worten in Tränen aus. «Bist du vielleicht meiner überdrüssig geworden?» fragte sie. «Ich beschwöre dich bei Gott, sage mir, was mit dir ist!» Doch ich schwieg. Da begann sie auf mich einzureden, ohne daß ich ihr antwortete, bis die Nacht hereinbrach. Als sie das Abendessen vor mich hinstellte, weigerte ich mich zu essen, weil ich befürchtete, sie würde mich mit der linken Hand essen sehen. «Ich möchte nichts essen», sagte ich. «Erzähle mir, was heute geschehen ist!» verlangte sie erneut. «Warum bist du so niedergeschlagen?» – «Muß ich es dir unbedingt erzählen?» zögerte ich. Sie stellte mir Wein hin und sagte: «Trink, das wird deinen Kummer vertreiben. Und dann erzähle mir deine Geschichte.» – «Nun gut», sagte ich, «wenn schon kein Weg daran vorbeiführt, dann schenke mir ein!» Sie trank davon und reichte mir den Kelch. Ich nahm ihn mit meiner Linken –

Da erreichte das Morgengrauen Schahrasad, und sie hörte auf zu erzählen. «Ach, Schwester», seufzte Dinarasad, «wie köstlich und wie aufregend ist deine Geschichte!» – «Was ist das schon», erwiderte sie, «gegen das, was ich euch morgen nacht erzählen werde, wenn ich dann noch lebe und mich der König verschont …»

Die einhundertundzwanzigste Nacht

aus der Geschichte und den aufregenden Abenteuern von Tausendundeiner Nacht

In der folgenden Nacht sagte sie:

Es ist mir zu Ohren gekommen, o glücklicher König, daß der Christ dem Kaiser von China erzählte, daß der junge Mann sagte:

Als sie mir den Kelch reichte und ich ihn unter Tränen mit meiner linken Hand entgegennahm, schrie sie auf: «Mein Herr! Warum weinst du, und warum greifst du mit der linken Hand?» – «An der rechten Hand habe ich einen Pickel», entgegnete ich. «Zeig mir die Hand», verlangte sie, «ich drücke dir den Pickel aus!» – «Das ist jetzt nicht die passende Zeit dafür», wehrte ich ab und trank widerwillig. Schließlich überwältigte mich der Rausch, und ich fiel in tiefen Schlaf. Sogleich schaute sie nach meiner Hand und fand nur noch einen Armstumpf, ohne Handfläche. Sie durchsuchte mich und entdeckte bei mir den Geldbeutel und meine Hand, eingewickelt in ein Tuch. Da wurde sie sehr traurig über mich und trauerte bis zum nächsten Morgen. Als ich ausgeschlafen hatte und aufgestanden war, hatte sie mir eine Suppe mit fünf Suppenhühnern darin gekocht. Dazu schenkte sie mir Wein ein, und ich trank, legte ihr den Geldbeutel hin und wollte hinausgehen. «Wo willst du hin? Setze dich wieder!» sagte sie und fuhr nach einer kurzen Pause fort: «Es reicht, daß du aus Liebe zu mir dein ganzes Vermögen ausgegeben und am Ende auch noch deine Hand verloren hast! Hiermit gelobe ich dir, daß ich nirgendwo anders sterben werde als zu deinen Füßen. Du wirst sehen, wie recht ich habe!» Sie brachte Zeugen herbei und ließ einen Ehevertrag mit mir aufsetzen. «Schreibt auf, daß alles, was ich besitze, ihm gehört!» bestimmte sie. Dann bezahlte sie den Zeugen ihre Gebühren, erhob sich, nahm mich an der Hand und führte mich zu einer Truhe. «Sieh dir die Tücher an, die darin liegen!» sagte sie. «Es ist das gesamte Geld, das du mir gebracht hast. Nimm dein ganzes Geld an dich. Du bist selbst so lieb und teuer, daß ich es dir niemals vergelten kann. Nimm dein Geld!» wiederholte sie. Ich schloß die Truhe mit meinem Geld fest zu und wurde wieder froh. Mein Kummer verflog, und ich dankte ihr. «Bei Gott», sagte sie, «selbst wenn ich mein Leben für dich gäbe, wäre das noch zu wenig.» Einen knappen Monat lang lebte ich mit ihr zusammen, dann wurde sie krank. Die Krankheit verschlimmerte sich, auch ihr Kummer um mich wurde immer größer, und noch bevor fünfzig Tage vergangen waren, starb sie. Ich trug sie zu Grabe. Danach entdeckte ich, daß sie unermeßlich viele Dinge besaß. Unter all dem, was ich gefunden habe, war auch diese Menge Sesam, die du mir abgekauft und weiterverkauft hast, sowie jener Speicher, lieber Christ –

Da erreichte das Morgengrauen Schahrasad, und sie hörte auf zu erzählen. «Ach, Schwester», seufzte Dinarasad, «wie köstlich und wie aufregend ist deine Geschichte!» – «Was ist das schon», erwiderte sie, «gegen das, was ich euch morgen nacht erzählen werde, wenn ich dann noch lebe und mich der König verschont ...»

Die einhundertundeinundzwanzigste Nacht

aus der Geschichte und den aufregenden Abenteuern von Tausendundeiner Nacht

In der folgenden Nacht sagte sie:

Es ist mir zu Ohren gekommen, o glücklicher König, daß der Christ dem Kaiser von China erzählte, daß der junge Mann ihm weiter berichtete:

Dann haben mich die übrigen Dinge, die ich zu besorgen hatte, von dir abgelenkt, und ich habe keine Zeit gefunden, um das Geld bei dir abzuholen. Jetzt habe ich alles, was sie mir hinterlassen hat, in Ordnung gebracht, und hier bin ich nun. Lieber Christ, ich beschwöre dich bei Gott, daß du mir in allem, was ich jetzt tun werde, nicht widersprichst. Schließlich bin ich ja als Gast in dein Haus gekommen und habe von deinem Essen gegessen. Ich schenke dir den gesamten Kaufpreis für den Sesam, den du bei dir aufbewahrst. Er ist ja nur ein Teil all dessen, was Gott mir geschenkt hat. Das also», schloß er seinen Bericht, «ist der Grund dafür, warum ich mit der linken Hand esse.» Dann machte er mir folgenden Vorschlag: «Lieber Christ, hast du Lust, mich auf eine Reise ins Ausland zu begleiten? Ich habe meine Waren schon gepackt.» – «Einverstanden», sagte ich, und wir verabredeten uns für den ersten Tag des nächsten Monats. In der Zwischenzeit kaufte auch ich Waren, und dann reisten wir – ich und der junge Mann – in euer Land, o König. Und während er hier Handelswaren einkaufte und zurück nach Ägypten reiste, war es mein Los, in diesem Land zu bleiben. Das ist es, was mir widerfahren ist; es ist das Aufregendste, das ich je erlebt habe. Und nun frage ich dich, o König: Ist es etwa nicht spannender als die Geschichte des Buckligen?» «Nein», erwiderte der Kaiser von China, «es ist nicht spannender als die Geschichte des Buckligen. Und darum führt kein Weg daran vorbei, daß ich euch alle vier hängen lasse, um den Buckligen zu rächen.» Doch da trat der Küchenchef vor. «O glücklicher König!» sprach er zum Kaiser von China. «Wenn ich dir eine Geschichte erzähle, die ich gestern nacht erlebt habe, unmittelbar bevor ich diesen Buckligen bei mir aufgefunden habe, und sie spannender ist als die Geschichte des Buckligen, schenkst du uns dann das Leben und läßt uns frei?» – «Einverstanden», erklärte der Kaiser von China. «Wenn ich sie spannender finde als die Geschichte des Buckligen, schenke ich euch allen vieren das Leben.» Da begann der Küchenchef zu erzählen:

Die Geschichte des Küchenchefs: Der junge Mann aus Bagdad und die Sklavin Subeidas, der Gemahlin des Kalifen

O König der Zeit! Vergangene Nacht war ich bei Leuten eingeladen, die eine feierliche Koranlesung veranstalteten. Alle Rechtsgelehrten und viele ehrenwerte Leute deiner Stadt waren dort versammelt. Nachdem die Koranleser ihre Rezitation beendet hatten, deckte man die Tafel auf. Unter den vielen Speisen, die serviert wurden, war auch eine Sirbadscha. Einer von uns schaute darauf, zögerte und weigerte sich, von der Sirbadscha zu essen. Wir beschworen ihn, doch er bekräftigte mit heiligen Eiden, daß er nichts davon essen würde. Als wir noch stärker in ihn drangen, sagte er: «Zwingt mich nicht! Es reicht mir schon, was mir passiert ist, als ich sie einmal gegessen habe!» Und er stimmte den folgenden Vers an:

«Nimm deine Pauke auf die Schulter, und ziehe in die weite Welt,
Und streich dir Antimon ums Auge, wenn dir dies Antimon gefällt.»

«Erzähle uns doch, warum du nicht von dieser Sirbadscha essen möchtest», baten wir ihn. Doch der Gastgeber erhob Einspruch. «So oder so», sagte er, «ich habe einen Eid geschworen, und es führt kein Weg daran vorbei, daß du von dieser Sirbadscha essen mußt.» – «Es gibt keine Kraft und keine Stärke außer bei Gott!» seufzte jener. «Wenn es denn keinen anderen Weg gibt, dann muß ich meine Hände vierzigmal mit Pottasche, vierzigmal mit Zyperngraswurzel und vierzigmal mit Seife waschen, insgesamt hundertzwanzigmal.»

Da erreichte das Morgengrauen Schahrasad, und sie hörte auf zu erzählen. «Wie köstlich und wie aufregend ist deine Geschichte!» sagte Dinarasad. «Was ist das schon», erwiderte sie, «gegen das, was ich euch morgen nacht erzählen werde, wenn ich dann noch lebe und mich der König verschont ...»

Die einhundertundzweiundzwanzigste Nacht

aus der Geschichte von Tausendundeiner Nacht

In der folgenden Nacht sagte sie:

Es ist mir zu Ohren gekommen, o glücklicher König, daß der Küchenchef dem Kaiser von China erzählte:

O König der Zeit! Der Gastgeber befahl also seinen Dienern, alles zu bringen, worum jener gebeten hatte, um sich die Hände waschen zu können. Er wusch die Hände in der erwähnten Weise, dann gesellte er sich widerwillig zu uns, setzte sich, streckte seine Hand aus, tauchte, immer noch furchtsam, einen Bissen Brot in die Sirbadscha, steckte den Bissen in den Mund und aß mit grämlicher Miene. Während er aß und wir uns über ihn wunderten, zitterte er; auch seine Hand zitterte. Da bemerkten wir, daß der Daumen an seiner Hand abgeschnitten war und er mit vier Fingern aß. Das gelang ihm mehr schlecht als recht, und immer wieder rutschte ihm der Bissen zwischen den Fingern heraus. «Was ist denn mit deinem Daumen?» fragten wir erstaunt. «Hat Gott deine Hand so erschaffen, oder hattest du einen Unfall?» – «Bei Gott», antwortete er, «es ist nicht nur dieser Daumen, sondern auch mein anderer Daumen und die großen Zehen an beiden Füßen! Damit ihr euch selbst überzeugen könnt...» Mit diesen Worten zog er seine andere Hand heraus, und wir fanden, daß sie ebenso aussah wie die Rechte, auch fehlten an seinen Füßen die großen Zehen. Als wir ihn in diesem Zustand sahen, wunderten wir uns noch mehr. «Wir halten es nicht aus, wenn du uns nicht sogleich deine Geschichte erzählst!» sagten wir. «Wie ist es dazu gekommen, daß alle deine Daumen und großen Zehen abgeschnitten wurden? Und weshalb mußt du dir die Hände hundertzwanzigmal waschen?» Er antwortete:

Ihr müßt wissen, daß mein Vater einer der bedeutendsten Kaufleute von Bagdad war, in den Tagen des Kalifen Harun ar-Raschid. Er war ein großer Weintrinker und ein leidenschaftlicher Musikhörer – besonders gern lauschte er der Laute –, und als er starb, hinterließ er mir gar nichts. Ich veranstaltete eine Trauerfeier und mehrere Koranlesungen und trauerte einige Tage lang um ihn. Danach öffnete ich seinen Laden wieder und fand heraus, daß er nur wenige Waren hinterlassen hatte, dafür aber um so mehr Schulden. Ich bat die Gläubiger um Geduld und machte mich nun selbst daran, zu verkaufen und zu kaufen. Woche für Woche zahlte ich den Kreditgebern etwas zurück, so lange, bis ich die Schulden getilgt hatte und nun anfing, selbst etwas Geld zu verdienen. Eines Tages saß ich am frühen Vormittag in meinem Laden, als plötzlich eine vornehme Dame erschien. Noch nie zuvor hatte ich eine Frau gesehen, die sich auch nur annähernd mit ihr messen konnte. Sie trug prächtige Gewänder und Schmuck und ritt auf einer Maultierstute. Vor ihr her schritt ein Sklave, ein weiterer folgte ihr. Am Eingangstor zur Kaisariyya stieg sie ab, ließ ihr Maultier stehen und ging hinein. Doch sie hatte die Kaisariyya kaum betreten, da trat ein vornehmer Eunuch auf sie zu. «Meine Dame!» sprach er sie an. «Sieh zu, daß dich niemand erkennt, und geh so schnell wie möglich wieder hinaus. Du bringst uns sonst in große Schwierigkeiten!» Dann schirmte der Eunuch sie so lange ab, bis sie sich die Läden der Kaufleute angesehen hatte. Der einzige, dessen Laden sie geöffnet vorfand, war ich. Also lief sie auf mich zu, der Eunuch dicht hinter ihr, bis sie vor meinem Laden stand. Sie grüßte mich und setzte sich.

Da erreichte das Morgengrauen Schahrasad, und sie hörte auf zu erzählen. «Ach, Schwester», seufzte Dinarasad, «wie köstlich ist deine Geschichte!» – «Was ist das schon», erwiderte sie, «gegen das, was ich euch morgen nacht erzählen werde, wenn ich dann noch lebe und mich der König verschont ...»

Die einhundertunddreiundzwanzigste Nacht

aus der Geschichte von Tausendundeiner Nacht

In der folgenden Nacht sagte sie:

Es ist mir zu Ohren gekommen, o glücklicher König, daß der Küchenchef dem Kaiser von China erzählte, daß der junge Kaufmann sagte:

Sie setzte sich an meinen Ladentisch und lüftete den Schleier. Ich warf einen Blick auf sie, dem zur Strafe gleich ein Seufzer folgte. «Hast du Stoff zum Nähen?» fragte sie. «Meine Dame», erwiderte ich, «dein Sklave ist ein armer Schlucker. Aber warte, bis die anderen Läden geöffnet haben, dann besorge ich dir alles, was du wünschst.» Ich unterhielt mich mit ihr eine Weile, und bis die anderen Kaufleute ihre Läden öffneten, war ich völlig versunken in der Liebe zu ihr. Dann stand ich auf und schaffte ihr alles herbei, was sie wollte; es waren Sachen im Wert von fünftausend Dirham. Sie übergab die Einkäufe ihrem Eunuchen, und die beiden gingen wieder hinaus zu ihren Sklaven, die ihr ihre Maultierstute vorführten. Ohne mir zu sagen, wer sie war oder woher sie kam, stieg sie auf. Aus Ehrfurcht vor ihrer Schönheit wagte ich nicht, irgend etwas zu erwähnen, und verpflichtete mich den anderen Kaufleuten gegenüber, ihnen das Geld zu erstatten. So übernahm ich ihre Schulden in Höhe von fünftausend Dirham. Trunken vor Liebe zu ihr ging ich nach Hause. Ich konnte weder etwas essen noch trinken und fand eine volle Woche lang keinen Schlaf.

Da erreichte das Morgengrauen Schahrasad, und sie hörte auf zu erzählen. «Ach, Schwester», seufzte Dinarasad, «wie köstlich ist deine Geschichte!» – «Was ist das schon», erwiderte sie, «gegen das, was ich euch morgen nacht erzählen werde, wenn ich dann noch lebe und mich der König verschont ...»

Die einhundertundvierundzwanzigste Nacht

aus der Geschichte von Tausendundeiner Nacht

In der folgenden Nacht sagte sie:

Die Leute behaupten, o König, daß der Küchenchef dem Kaiser von China erzählte, daß der junge Kaufmann sagte:

Nach Ablauf einer Woche forderten die Kaufleute das Geld für ihre Waren von mir ein. Ich bat sie um Geduld. Nach einer weiteren Woche kam sie auf ihrer Maultierstute herangeritten. Wie immer hatte sie bei sich einen Eunuchen und zwei Sklaven, die hinter ihr herliefen. Sie setzte sich an den Ladentisch. «Wir haben dich lange warten lassen mit dem Geld für den Stoff», entschuldigte sie sich. «Hole einen Geldwechsler, und nimm das Geld.» Ich ließ den Geldwechsler kommen, der Eunuch holte die Silbermünzen vor dessen Augen heraus, und er nahm sie in Empfang. Nun unterhielt ich mich mit ihr, bis der Markt geöffnet hatte und ich jedem einzelnen sein Geld ausbezahlte. «Mein Herr», fing sie da wieder an, «kaufe das und das für mich!» Ich kaufte bei den Kaufleuten, was sie wünschte, und wieder ritt sie davon, ohne ein Wort über den Kaufpreis zu verlieren. Da bereute ich, was ich getan hatte, denn dieses Mal hatte ich Waren im Wert von tausend Dinar für sie gekauft. «Welch ein Pech!» seufzte ich. «Sie hat mir fünftausend Silbermünzen gegeben und dafür tausend Goldmünzen genommen! Die Leute hier kennen sie nicht; nur mich kennen sie. Ach», fügte ich hinzu, «es gibt keine Kraft und keine Stärke außer bei Gott, dem Erhabenen und Mächtigen. Was, wenn diese Frau eine Betrügerin ist und mich hereingelegt hat? Und ich habe sie nicht einmal gefragt, wo sie wohnt!» Sie blieb einen ganzen Monat verschwunden, und als die Kaufleute ihr Geld von mir forderten, mußte ich, da ich nicht mehr damit rechnete, sie jemals wiederzusehen, meinen gesamten Besitz zum Verkauf anbieten. Doch in dem Moment, als ich so ganz verzweifelt und verwirrt war, tauchte sie wieder auf. «Bring die Waage her, und nimm dein Geld», sagte sie und bezahlte mir den gesamten Kaufpreis. Dann unterhielten wir uns wieder eine Weile. Sie scherzte im Gespräch mit mir, und mir war, als müßte ich fliegen vor Freude. «Bist du verheiratet?» fragte sie schließlich.

«Nein», antwortete ich und brach in Tränen aus, «ich habe noch kein einziges Mal geheiratet.» – «Warum weinst du denn?» erkundigte sie sich. «Schon gut», sagte ich, nahm die Goldmünzen, gab sie an ihren Eunuchen weiter und bat diesen, zwischen mir und ihr ein gewisses Geschäft anzubahnen. Der Eunuch mußte lachen. «Sie ist, bei Gott, noch heftiger in dich verliebt als du in sie!» sagte er zu mir. «Den Stoff, den sie gekauft hat, hat sie gar nicht gebraucht. Sie hat ihn nur deinetwegen gekauft, weil sie dich liebt. Sage du ihr selbst, was du willst.» Sie hatte aber gesehen, wie ich dem Eunuchen die Goldmünzen gegeben hatte. «Mach deinem untertänigsten Diener eine Freude», bat ich sie, «und laß mich dir erklären, was ich vorhabe.» Ich erklärte ihr, was ich im Sinn hatte, und sie nahm meinen Vorschlag an. «Ich schicke dich dann zu ihm», sagte sie zu ihrem Eunuchen, und zu mir sagte sie: «Tu alles, was er dir sagen wird!» Mit diesen Worten ging sie weiter. Ich bezahlte den Kaufleuten ihr Geld und konnte danach die ganze Nacht nicht schlafen. Einige Tage darauf kam der Eunuch zu mir.

Da erreichte das Morgengrauen Schahrasad, und sie hörte auf zu erzählen. «Ach, Schwester», seufzte ihre Schwester Dinarasad, «wie köstlich und wie aufregend ist deine Geschichte!» – «Was ist das schon», erwiderte Schahrasad, «gegen das, was ich euch morgen nacht erzählen werde, wenn ich dann noch lebe und mich der König verschont ...»

Die einhundertundfünfundzwanzigste Nacht

aus der Geschichte und den aufregenden Erzählungen von Tausendundeiner Nacht

In der folgenden Nacht sagte sie:

Die Leute behaupten, o König, daß der Küchenchef dem Kaiser von China erzählte, daß, als der Diener zu dem jungen Mann kam, der junge Mann folgendes darüber berichtete:

Ich begrüßte den Eunuchen ehrerbietig und fragte ihn nach ihrem Ergehen. «Sie ist krank vor Liebe zu dir», war die Antwort. «Wer ist diese Frau?» erkundigte ich mich bei ihm. «Diese Dame», entgegnete er, «ist von Subeida, der Gemahlin des Kalifen, höchstpersönlich großgezogen worden. Sie ist ihre vertraute Freundin und geht immer Besorgungen für sie machen. Sie hat, bei Gott, ihrer Herrin Subeida bereits von dir erzählt und sie gebeten, dich heiraten zu dürfen. ‹Ich möchte ihn erst sehen!› hat ihre Herrin Subeida geantwortet. ‹Wenn er gut aussieht und deiner würdig ist, gebe ich ihn dir zum Mann.› Wir bringen dich jetzt in ihr Haus. Gelingt es dir, hineinzukommen, dann wirst du sie heiraten dürfen. Wenn die Sache aber mißlingt, verlierst du deinen Kopf. Was meinst du?» – «Ich gehe mit», entschloß ich mich, «auch unter diesen Bedingungen.» – «Heute nacht», wies mich der Eunuch an, «mußt du zu Fuß zu der Moschee kommen, die Subeida am Ufer des Tigris erbaut hat.» – «Einverstanden», sagte ich. Ich begab mich also zu der Moschee, verrichtete das Abendgebet und blieb die ganze Nacht dort. Als der Morgen dämmerte, tauchten plötzlich Bedienstete auf, und zwar in einem Boot. Sie hatten leere Kisten dabei, die stellten sie in der Moschee ab und ruderten wieder davon. Nur einer von ihnen blieb zurück. Als ich ihn genauer ansah, war es der Eunuch, den ich schon kannte. Wenig später stieg auch das Mädchen, meine Freundin, zu uns herauf, um sich zu mir zu setzen. Ich sprang auf, als ich sie kommen sah. Dann setzten wir uns und sprachen miteinander, wobei sie Tränen vergoß. Schließlich mußte ich mich in eine der Kisten setzen, und sie schloß mich darin ein. Nun kamen die Diener wieder heran, mit vielen Sachen, die sie in die Kisten lud, bis sie sämtliche Kisten gefüllt und verschlossen hatte. Sie luden die Kisten auf das Boot und ruderten mit uns zum Haus der Subeida. Währenddessen bereute ich schon, was ich getan hatte. «Ach Gott, es ist aus mit mir», jammerte ich. Ich weinte, betete zu Gott und flehte um Rettung. Aber die Fahrt ging immer weiter, bis sie mit den Kisten das Tor passieren mußten, hinter dem der Kalif residierte. Meine Kiste trugen sie zwischen allen anderen Kisten hinein, vorbei an den Eunuchen, die den Harem bewachten, bis zu einem Eunuchen, der aussah, als sei er der Obereunuch. Gerade erwachte der aus seinem Schlummer.

Da erreichte das Morgengrauen Schahrasad, und sie hörte auf zu erzählen. «Ach, Schwester», seufzte ihre Schwester Dinarasad, «wie köstlich ist deine Geschichte!» – «Was ist das schon», erwiderte Schahrasad, «gegen das, was ich euch morgen nacht erzählen werde, wenn ich dann noch lebe und mich der König verschont ...»

Die einhundertundsechsundzwanzigste Nacht

aus der Geschichte und den aufregenden Erzählungen von Tausendundeiner Nacht

In der folgenden Nacht sagte sie:

Es ist mir zu Ohren gekommen, o glücklicher König, daß der Küchenchef dem Kaiser von China erzählte, daß der junge Mann sagte:

Der Eunuch erwachte aus seinem Schlummer und herrschte sie an: «Auf, auf, aber schnell! Diese Kisten müssen aufgemacht werden!» Er erhob sich und wollte ausgerechnet mit der Kiste anfangen, in der ich saß. Als sie mich zu ihm hinschoben, verlor ich den Verstand. Vor lauter Angst näßte ich meine Hosen, so daß es aus der Kiste herauströpfelte. «Hauptmann», sagte das Mädchen, «du hast mich und die Kaufleute ruiniert und die Waren, die meiner Herrin Subeida gehören, verdorben! In dieser Kiste sind gefärbte Kleider und ein Krug mit Wasser vom heiligen Brunnen Samsam. Jetzt ist der Krug umgefallen, und das Wasser ist über die Kleider in der Kiste gelaufen. Die Farben werden zerfließen!» – «Nimm die Kiste und verschwinde!» sagte er. Sie trugen mich so schnell sie konnten weiter, die anderen Kisten gleich hinterher. Da drang plötzlich ein Schrei an mein Ohr. «O weh, o weh! Der Kalif, der Kalif!» Als ich das hörte, starb ich fast vor Angst. «Wehe dir!» hörte ich den Kalifen sagen. «Was hast du da in deinen Kisten?» – «Kleider für meine Herrin Subeida», antwortete das Mädchen. «Mach sie auf!» befahl er. «Ich will sie sehen!» Als ich das hörte, war ich endgültig tot vor Angst. Da hörte ich, wie das Mädchen sagte: «Beherrscher der Gläubigen! In diesen Kisten sind die Kleider meiner Herrin Subeida und andere Sachen von ihr. Sie möchte nicht, daß irgend jemand ihre persönlichen Dinge anschaut!» – «Doch!» bestimmte der Kalif. «Diese Kisten müssen in jedem Fall geöffnet werden, damit ich sehen kann, was darin ist. Bringt sie zu mir!» Als ich hörte, wie der Kalif sagte: «Bringt sie zu mir!», wurde mir klar, daß ich ganz sicher sterben würde. Man brachte dem Kalifen eine Kiste nach der anderen, und er sah sich die Stoffe und Gerätschaften an. Er hörte nicht eher auf, die Kisten zu öffnen und ihren Inhalt zu prüfen, als bis außer meiner keine einzige Kiste mehr übrig war. Sie trugen mich zu ihm und stellten mich vor ihm ab. Da nahm ich Abschied vom Leben und sah dem sicheren Tod ins Auge. Mir würde also der Kopf abgeschlagen werden. «Aufmachen!» befahl der Kalif. «Ich will sehen, was darin ist!» Eilig machten sich die Eunuchen an die Kiste, in der ich saß –

Da erreichte das Morgengrauen Schahrasad, und sie hörte auf zu erzählen. «Wie köstlich und wie aufregend ist deine Geschichte!» sagte Dinarasad zu ihrer Schwester. «Was ist das schon», erwiderte sie, «gegen das, was ich euch morgen nacht erzählen werde, wenn ich dann noch lebe und mich der König verschont ...»

Die einhundertundsiebenundzwanzigste Nacht

aus der Geschichte von Tausendundeiner Nacht

In der folgenden Nacht sagte sie:

Es ist mir zu Ohren gekommen, o König, daß der Küchenchef dem Kaiser von China erzählte, daß der junge Mann berichtete, wie der Kalif zu den Eunuchen sagte: «Macht diese Kiste auf! Ich will sehen, was darin ist!» – «Mein Herr!» widersprach das Mädchen. «Diese Kiste kannst du prüfen, wenn meine Herrin Subeida dabei ist. Darin sind nämlich ihre geheimen Sachen und ihre persönlichen Dinge, anders als in den übrigen Kisten.» Als der Kalif ihre Worte hörte, gab er den Befehl, alle Kisten durchzulassen. Zwei Eunuchen traten an die Kiste heran, in der ich saß, und hoben sie hoch, während ich noch gar nicht zu glauben wagte, daß ich gerettet war. Kaum war meine Kiste im Haus der Dame – meiner Freundin – eingetroffen, kam sie eilig herbei und öffnete meine Kiste. «Schnell!» sagte sie. «Komm heraus, und geh diese Treppe hinauf!» Ich stand auf, stieg nach oben und konnte kaum meinen Fuß wegziehen, da hatte das Mädchen die Kiste, in der ich gesessen hatte, schon wieder geschlossen, und die Eunuchen kamen mit den anderen Kisten herein. Gleich hinter ihnen betrat der Kalif den Raum. Er setzte sich auf die Kiste, in der ich gewesen war, und noch einmal wurden sämtliche Kisten vor ihm geöffnet. Dann erhob sich der Kalif und ging in seinen Harem. Das Mädchen kam zu mir herauf – ich war inzwischen wieder getrocknet – und sagte zu mir: «Mein Gebieter, jetzt kann dir nichts Böses mehr zustoßen. Entspanne dich, und bleibe hier sitzen, bis Subeida herauskommt und dich in Augenschein nehmen kann. Vielleicht hast du Glück und darfst bei uns bleiben.» Mit diesen Worten stieg sie wieder hinab und nahm in dem kleinen Kuppelsaal Platz. Plötzlich kamen zehn Mädchen wie Vollmonde herein und stellten sich in einer Reihe auf. Zwanzig andere Mädchen, alles Jungfrauen mit vollen, runden Brüsten, folgten ihnen, und in ihrer Mitte schritt Subeida, die Herrscherin. Das Gehen schien ihr schwerzufallen, so sehr war sie mit Gewändern und Geschmeide behängt. Als sie hereintrat, stoben die Mädchen auseinander und brachten ihr einen Schemel, auf den sie sich niederließ. Sie rief die Mädchen zu sich, und diese riefen nach uns. Da trat ich vor sie und küßte den Erdboden. Sie lud mich mit einer Handbewegung ein, mich zu setzen. Ich setzte mich ihr gegenüber. Nun fing sie ein Gespräch mit mir an, in dem sie mich über alles mögliche, was mich betraf, befragte. Ich gab auf alle ihre Fragen Antwort, und sie war mit mir sehr zufrieden. «Bei Gott, unsere Erziehung war nicht vergebens!» sagte sie erfreut. «Dieses Mädchen ist uns soviel wert wie eine eigene Tochter. Sie soll Gottes anvertrautes Gut bei dir sein!» Und sogleich ließ sie alles vorbereiten, damit ich zehn Tage lang als Gast bei ihnen übernachten konnte.

Da erreichte das Morgengrauen Schahrasad, und sie hörte auf zu erzählen. «Wie köstlich und wie aufregend ist deine Geschichte!» sagte Dinarasad. «Was ist das schon», erwiderte sie, «gegen das, was ich euch morgen nacht erzählen werde, wenn ich dann noch lebe und mich der König verschont ...»

Die einhundertundachtundzwanzigste Nacht

aus der Geschichte von Tausendundeiner Nacht

In der folgenden Nacht sagte sie:

Es ist mir zu Ohren gekommen, daß der Küchenchef dem Kaiser von China erzählte, daß der junge Mann sagte:

Ich blieb also zehn Tage und zehn Nächte lang bei ihnen, jedoch ohne das Mädchen zu Gesicht zu bekommen. Nachdem die zehn Tage verstrichen waren, beriet Subeida mit dem Kalifen die Hochzeit ihrer Sklavin. Der

Kalif gab ihr seine Zustimmung und ließ zehntausend Dirham für sie anweisen. Da bestellte die Herrscherin Subeida zuverlässige Zeugen zu sich, und diese setzten einen Ehevertrag auf. Die Ehe wurde geschlossen und das Hochzeitsfest vorbereitet. Man kochte üppige Mahlzeiten und Süßspeisen, und wir feierten zehn Tage lang. Am Ende der zwanzig Tage begab sich das Mädchen ins Hammam. Für mich wurde währenddessen eine ganze Tafel voller Essen bereitet. Unter all den Gerichten stand da auch eine große Schüssel mit einer Sirbadscha, die mit geschälten Pistazienkernen eingedickt, mit Rosenwasser aromatisiert und mit raffiniertem Zucker gesüßt war. Da zögerte ich, bei Gott, keinen Moment, sondern sprach ein Tischgebet darüber und aß mich satt daran. Dann wischte ich mir die Hände ab, doch Gott, der Erhabene, ließ mich vergessen, sie mit Wasser zu waschen. Anschließend blieb ich bis zum Einbruch der Dunkelheit sitzen. Da wurden die Kerzen entzündet, und die Sängerinnen des Palastes kamen mit den übrigen Musikern herein. Jeder schlug eine Trommel, dazu sangen die Mädchen schöne Melodien und viele Lieder. Sie führten die Braut im Palast herum, bewarfen sie mit Goldmünzen und seidenen Tüchern und hörten nicht eher damit auf, als bis meine Braut den gesamten Palast rundherum durchschritten hatte und schließlich bei mir ankam. Hier zogen sie ihr die Gewänder aus und ließen sie mit mir allein. Doch kaum hatte ich mich mit ihr auf dem Lager niedergelassen, sie in die Arme geschlossen und konnte es kaum erwarten, mich mit ihr zu vereinigen, da bemerkte sie den Geruch der Sirbadscha an meiner Hand. Sie schrie laut auf. Durch den Schrei aufgeschreckt, eilten von überallher ihre Dienerinnen zu ihr und scharten sich um sie. Ich zitterte vor Angst und Schrecken. Ich wußte ja nicht, weshalb sie so geschrien hatte. «Was ist mit dir, liebe Schwester?» fragten die Dienerinnen besorgt. «Bringt diesen Verrückten von mir weg!» schrie sie. Völlig verschreckt und verwirrt stand ich auf. «Aber meine Herrin!» sagte ich. «Warum soll ich denn verrückt sein?» – «Du bist verrückt!» gab sie zurück. «Hast du etwa nicht von der Sirbadscha gegessen, ohne dir danach die Hände zu waschen? Bei Gott, ich werde dir heimzahlen, was du getan hast. Du wagst es, mit meinesgleichen zusammenzuliegen, und deine Hand riecht nach Sirbadscha? Werft ihn zu Boden!» rief sie ihren Mädchen zu, und diese warfen mich auf den Fußboden. Sie ergriff eine mit Nägeln gespickte Peitsche und bearbeitete meinen Rücken und mein Gesäß mit Schlägen, bis ihr der Arm lahm wurde. «Jetzt richtet ihn wieder auf», befahl sie den Mädchen, «und schickt ihn zum

Wali der Stadt, damit der ihm die Hand abschlägt, mit der er die Sirbadscha gegessen hat, ohne sie hinterher zu waschen und mich mit ihrem Gestank zu verschonen!» Als ich ihre Worte hörte und ihre Hiebe spürte, sprach ich zu mir selbst: «Es gibt keine Kraft und keine Stärke außer bei Gott, dem Erhabenen und Mächtigen! Was für ein entsetzliches Unglück! Ich muß diese schmerzhaften Schläge einstecken, und meine Hand wird mir abgehackt, nur weil ich mit der Hand eine Sirbadscha gegessen und hinterher vergessen habe, sie zu waschen! Gott soll die Sirbadscha verfluchen und die Stunde, in der ich sie gegessen habe!»

Da erreichte das Morgengrauen Schahrasad, und sie hörte auf zu erzählen. «Ach, Schwester», seufzte Dinarasad, «wie köstlich und wie aufregend ist deine Geschichte!» – «Was ist das schon», erwiderte sie, «gegen das, was ich euch morgen nacht erzählen werde, wenn ich dann noch lebe und mich der König verschont ...»

Die einhundertundneunundzwanzigste Nacht

aus der Geschichte von Tausendundeiner Nacht

In der folgenden Nacht sagte sie:

Die Leute behaupten, daß der Küchenchef dem Kaiser von China erzählte, daß der junge Mann sagte:

Da traten die Mädchen an sie heran. «Verehrte Herrin!» sagten sie. «Dieser Mann kennt deinen Wert nicht. Vergib ihm um unseretwillen!» – «Er ist ein Verrückter!» wiederholte sie. «Und er muß bestraft werden an seinen Gliedmaßen, damit er nie wieder eine Sirbadscha ißt, ohne sich die Hände zu waschen!» Die Mädchen traten erneut an sie heran und küßten ihr die Hand. «Bei Gott, verehrte Herrin!» baten sie. «Nimm ihm nicht übel, daß er etwas vergessen hat!» Aber sie beschimpfte mich weiter und machte mir Vorwürfe, dann ging sie hinaus, und die Mädchen folgten ihr auf dem Fuße. Zehn Tage lang ließ sie sich nicht bei mir blicken, jedoch kam täglich eine Sklavin zu mir, die mir etwas zu essen und zu trinken brachte und mir berichtete, daß das Mädchen ganz krank sei, weil ich die Sirbadscha gegessen hatte, ohne mir danach die Hände zu waschen. Darüber wunderte ich mich sehr. «Was sollen diese verfluchten guten Manieren?» ärgerte ich mich, und mir platzte vor Zorn die Galle. «Es gibt keine Kraft und keine Stärke außer bei Gott, dem Erhabenen und Mächtigen!» sagte ich zu mir selbst. Als die zehn Tage herum waren und die Sklavin wieder mit dem Essen zu mir hereinkam, berichtete sie mir, daß das Mädchen ins Hammam gegangen war. «Morgen wird sie bei dir sein», fügte sie hinzu, «also ermahne dein Herz zur Geduld, damit du ihren Zorn ertragen kannst!» Endlich kam sie herein und blickte zu mir herüber. «Schwarz soll Gott dein Gesicht werden lassen!» schimpfte sie. «Hast du denn keinen Augenblick Geduld? Ich werde mich nicht mit dir aussöhnen, bevor ich nicht von dir Vergeltung bekommen habe dafür, daß du die Sirbadscha gegessen hast, ohne dir die Hände zu waschen!» Sie rief ihre Mädchen zu sich, und diese umstellten und fesselten mich. Sie aber sprang auf, zückte ein scharfes Rasiermesser, kam damit auf mich zu und schnitt mir beide Daumen und großen Zehen ab – so wie ihr es jetzt an mir sehen könnt, liebe Leute. Während ich in Bewußtlosigkeit versank, streute sie Puder und blutstillende Medikamente auf die Wunden. Das Blut hörte auf zu fließen, und die Wunden schlossen sich und vernarbten bald. Die Mädchen flößten mir Wein ein, und ich öffnete wieder die Augen. «Ich bezeuge», waren meine ersten Worte, «daß ich nie wieder eine Sirbadscha essen werde, ohne mir die Hände hundertzwanzigmal zu waschen!» – «Gut gesprochen!» lobte das Mädchen und ließ es mich durch Schwüre und schriftliche Erklärungen bekräftigen. Als ihr mir nun dieses Essen serviert habt und ich entdeckt habe, daß eine Sirbadscha dabei war, ist mir ganz übel geworden, und ich habe zu mir selber gesagt: «Diese Speise ist schuld daran, daß mir meine Daumen und großen Zehen abgeschnitten wurden!» Da ihr mich gezwungen habt, gegen meinen Willen davon zu essen, mußte ich das tun, was mein Schwur von mir verlangte ...»

Da erreichte das Morgengrauen Schahrasad, und sie hörte auf zu erzählen. «Wie köstlich und wie aufregend ist deine Geschichte!» sagte Dinarasad zu ihrer Schwester. «Was ist das schon», erwiderte sie, «gegen das, was ich euch morgen nacht erzählen werde, wenn ich dann noch lebe und mich der König verschont ...»

Die einhundertunddreißigste Nacht

aus der Geschichte von Tausendundeiner Nacht

In der folgenden Nacht sagte sie:

Die Leute behaupten, daß der Küchenchef dem Kaiser von China erzählte, daß die anwesenden Gäste ihn fragten: «Und wie ist es danach mit dir weitergegangen?» und er berichtete:

Nachdem ich mich erholt hatte und meine Wunden verheilt waren, kam sie zu mir, und ich schlief mit ihr. Danach blieb ich den Rest des Monats bei ihr im Palast. Doch ich fühlte mich dort nicht wohl. Da sagte sie zu mir: «Höre! In der Residenz des Kalifen können wir nicht wohnen bleiben. Meine Herrin Subeida hat mir fünfzigtausend Dinar geschenkt. Nimm das Geld, und kaufe uns davon ein schönes Haus.» Sie gab mir zehntausend Dinar, die nahm ich an mich, ging hinaus und erwarb ein hübsches und solides Haus. Sie zog aus dem Palast aus, um mit mir zusammenzuwohnen, und wir lebten soundsoviele Jahre in dem Haus zusammen. Für mich war es ein Leben, wie Kalifen es führen, bis sie schließlich starb. Das ist der Grund, warum ich mir meine Hände wasche und warum meine Daumen und Zehen abgeschnitten sind.

Wir haben dann zu Ende gegessen – schloß der Küchenchef seinen Bericht – und sind, wie alle anderen Gäste, nach Hause gegangen, und anschließend ist mir mit dem Buckligen das widerfahren, was geschehen ist. Das ist meine Geschichte, die ich gestern erlebt habe.

«Bei Gott», sagte der Kaiser von China. «Auch diese Geschichte ist nicht so aufregend wie die Geschichte des buckligen Spitzbuben.» Da stand der jüdische Arzt auf und küßte den Erdboden. «Mein Herr», sagte er, «ich kann eine Geschichte erzählen, die spannender ist als diese Geschichte.» – «Her damit!» verlangte der Kaiser von China.

Da erreichte das Morgengrauen Schahrasad, und sie hörte auf zu erzählen. «Ach, Schwester», seufzte Dinarasad, «wie köstlich und wie aufregend ist deine Geschichte!» – «Was ist das schon», erwiderte sie, «gegen das, was ich euch morgen nacht erzählen werde, wenn ich dann noch lebe und mich der König verschont ...»

Die einhundertundeinunddreißigste Nacht

aus der Geschichte von Tausendundeiner Nacht

In der folgenden Nacht sagte sie:

Die Leute behaupten, o König, daß der Jude erzählte:

Die Geschichte des jüdischen Arztes: Der junge Mann aus Mosul und die ermordete Dame

O König der Zeit! Das Spannendste, was ich je erlebt habe, ist folgendes: Ich lebte damals in Damaskus und studierte dort Medizin. Eines Tages wurde ein Mamluk aus dem Haus des Gouverneurs von Damaskus zu mir geschickt. Ich begab mich zu ihm, und als ich das Haus betrat, sah ich an der Rückwand des Iwans ein Bett stehen, auf dem ein junger Mann lag. Er war zwar elend, noch nie zuvor aber hatte ich einen Menschen gesehen, der sich mit seiner blühenden Jugend hätte messen können. Ich setzte mich an sein Kopfende neben ihn und sprach ein Gebet für ihn. Anstatt zu antworten, blickte er mich nur bedeutungsvoll an. «Mein Herr», bat ich ihn, «reiche mir deine Hand, damit du wieder gesund wirst.» Er zog seine linke Hand hervor und reichte sie mir. «Mein Gott, das ist aber merkwürdig!» dachte ich verwundert. «Er ist doch ein feiner junger Mann und kommt aus diesem vornehmen Haus. Wie kann er so unhöflich sein? Das ist wirklich seltsam!» Ich betastete sein Handgelenk und schrieb ihm Rezepte auf, danach kam ich ihn über zehn Tage häufig besuchen, bis es ihm besser ging. Dann führte ich ihn ins Hammam. Zum Dank schenkte mir der Gouverneur ein Ehrenkleid und machte mich zum Leiter des Krankenhauses. Als ich ihn aber ins Hammam geführt hatte – nachdem das ganze Hammam für uns geräumt worden war, und die Bediensteten und Diener des jungen Mannes diesen hereingeführt hatten, ihm drinnen die Kleider abgenommen hatten und er nackt vor mir stand – sah ich, daß ihm die rechte Hand abgehackt worden war, und zwar vor gar nicht langer Zeit. Diese Wunde also hatte ihn krank gemacht. Als ich das sah, wunderte ich mich über die Maßen und wurde traurig, weil er doch noch so jung war. Voller Mitleid und Kummer musterte ich seinen ganzen Körper und fand darauf Spuren von Peitschenhieben, die wohl mit Ölen, Wundauflagen und Heilsalben behandelt worden waren, aber dennoch Narben an den Körperseiten zurückgelassen hatten. Das bekümmerte mich noch mehr, und der Kummer war so deutlich in meinem Gesicht zu lesen, daß der junge Mann, als er mich anblickte, sofort verstand, was ich fühlte. «Doktor», sagte er zu mir, «wundere dich nicht zu sehr über mich. Zu gegebener Zeit werde ich dir darüber eine spannende Geschichte erzählen.» Dann wuschen wir uns, verließen das Hammam wieder und gingen nach Hause, wo wir eine leichte Suppe zu uns nahmen und ruhten. ❧ «Hast du Lust, in der Ghuta spazierenzugehen?» fragte mich der junge Mann. «Gern», antwortete ich, und er befahl seinen Dienern, allerhand Geräte und Geschirr einzupacken, dazu einen gegrillten Hammel und frisches Gemüse. So machten wir uns auf den Weg in die Gartenanlagen, gingen dort eine Weile spazieren und setzten uns dann zum Essen. Nach dem Hauptgericht ließen wir uns etwas Süßes servieren und naschten davon. Nun wollte ich ein Gespräch anfangen, doch er kam mir zuvor und erzählte:

Du mußt wissen, Doktor, daß ich zu den Söhnen der Stadt Mosul gehöre. Als mein Großvater starb, hinterließ er zehn Kinder, alle männlichen Geschlechts. Einer davon, und zwar der älteste von allen, war mein Vater. Die zehn Söhne wuchsen heran und heirateten. So heiratete auch mein Vater, und Gott schenkte ihm mich als Kind. Seine neun Brüder aber bekamen überhaupt keine Kinder. Also wuchs ich allein zwischen meinen Onkeln auf.

Da erreichte das Morgengrauen Schahrasad, und sie hörte auf zu erzählen. «Ach, Schwester», seufzte Dinarasad, «wie köstlich und wie aufregend ist deine Geschichte!» – «Was ist das schon», erwiderte sie, «gegen das, was ich euch morgen nacht erzählen werde, wenn ich dann noch lebe und mich der König verschont ...»

Die einhundertundzweiunddreißigste Nacht

aus der Geschichte von Tausendundeiner Nacht

In der folgenden Nacht sagte sie:

Es ist mir zu Ohren gekommen, o König, daß der jüdische Arzt dem Kaiser von China erzählte, daß der junge Mann fortfuhr:

Nachdem ich zum Mann geworden war, saß ich eines Tages in der Freitagsmoschee von Mosul. Es war an einem Freitag, und mein Vater war mit uns zur Moschee gegangen. Nachdem wir unser Freitagsgebet verrichtet und die Menschen die Moschee verlassen hatten, setzten sich mein Vater und alle meine Onkel in einem Kreis zusammen und erzählten Geschichten über die Wunder der Welt und über ferne Länder und Städte. Eine Stadt nach der anderen gingen sie durch, schließlich sprachen sie über Kairo und den Nil. «Die Leute, die viel in der Welt herumgekommen sind», berichteten meine Onkel, «behaupten, daß es auf der ganzen Erde kein schöneres Land gibt als Ägypten.» So entstand in mir der Wunsch, Ägypten und Kairo zu sehen. Denn meine Onkel sagten zwar auch: «Bagdad nennt man das ‹Haus des Friedens› und die ‹Mutter der Welt›», doch mein Vater, der älteste von ihnen, entgegnete: «Wer Kairo nicht gesehen hat, hat die Welt nicht gesehen! Die Erde dort besteht aus purem Gold, die Frauen sehen aus wie Puppen, und der Nil in Kairo ist ein wahres Wunder: Sein Wasser schmeckt frisch und süß, und der Lehm, den er befördert, ist weich und feucht, so wie der Dichter sagt:

> Euer Nil beglückt euch heute, da er überfließt,
> Und er bringt euch seine Schwemme einsam und allein.
>
> Dieser Nil ist nichts als meine Tränenflut nach euch,
> Ihr genießt die Wohltat, aber ich muß einsam sein.

Wenn euer Auge sehen würde, wie grün dort die Erde ist», schwärmte er, «und wie prächtig sie mit Blüten geschmückt und mit den unterschiedlichsten Blumen geziert ist, und wenn ihr die Insel im Nil sehen könntet, welch großartige Aussichten sie bietet, und euren Blick schweifen ließet über den Teich Birket al-Habasch, dann würden eure Blicke vom vielen Staunen ganz erschöpft zu euch zurückkehren. Habt ihr diesen schönen Anblick noch nicht genossen, wie die Ufer des Nils eingefaßt werden vom Grün, als wären es grüne Smaragde, auf Silberbarren aufgesetzt? Wie herrlich hat es doch ein Dichter beschrieben, der darüber die folgenden Verse gedichtet hat:

Was für ein Tag am Teich al-Habasch! Den wollte ich nicht versäumen,
Als es die Lichter kaum schafften, sich gegen die Dunkelheit aufzubäumen.

So wie ein scharfes Schwert, das in einem erschauernden Auge blitzt,
Wirkte das Wasser, wie es hindurchschnitt zwischen den Pflanzen und Bäumen.

Währenddessen saßen wir sicher in einem erlesenen Garten,
Dessen Ränder mit Licht bestickt waren und den die Lichter säumen.

Diesen Garten haben die Hände der Wolken für uns gewebt.
Auf den Matten, die sie gewebt haben, liegen wir sanft und träumen.

Und wir reichen einander den Wein, denn der, der das Weintrinken läßt,
Kann die Heftigkeit seines Kummers niemals bezwingen und zäumen.

Gib mir zu trinken aus großen Bechern, denn den großen Durst
Löschen die großen Becher am besten, die randvoll überschäumen!»

Da erreichte das Morgengrauen Schahrasad, und sie hörte auf zu erzählen. «Ach, Schwester», seufzte Dinarasad, «wie köstlich und wie aufregend ist deine Geschichte!» – «Was ist das schon», erwiderte sie, «gegen das, was ich euch morgen nacht erzählen werde, wenn ich dann noch lebe und mich der König verschont ...»

Die einhundertunddreiunddreißigste Nacht

aus der Geschichte von Tausendundeiner Nacht

In der folgenden Nacht sagte sie:

Es ist mir zu Ohren gekommen, o König, daß der jüdische Arzt dem Kaiser von China erzählte, daß der junge Mann fortfuhr:

Mein Vater fing also an, von Kairo zu schwärmen. Nachdem er den Nil und den Teich Birket al-Habasch zur Genüge ausgemalt hatte, fuhr er fort:

«Und hast du schon einmal etwas so Schönes gesehen wie den Hügel ar-Rasad? Wer da hinaufschaut, sagt sofort, daß dieser Ort gesegnet ist mit Wundern aller Art! Und wenn du an die Nacht denkst, in der die Nilschwemme gefeiert wird, dann versuche nicht, es zu beschreiben, denn das Sprichwort sagt: ‹Gib den Bogen dem, der ihn halten kann, und laß das Wasser dorthin fließen, wohin es gehört.› Hättest du die Insel Roda gesehen, kurz vor Sonnenuntergang, wenn die Schatten sich darüber neigen, so hättest du wahre Wunder geschaut und dich vor Freude ebenso geneigt. Und stehst du in Kairo am Ufer des Nils, wenn die Sonne soeben aufgegangen ist und der Fluß sich bekleidet mit einer blitzenden Rüstung und glitzernden Kettenhemden, so erfrischen dich der zarte Wind und die süßen, langen Schatten der Morgensonne!» Als ich diese Beschreibung von Kairo hörte, wurde ich in meinem Inneren so sehr davon ergriffen, daß ich die ganze Nacht nicht schlafen konnte. Eines Tages packten meine Onkel eine Warenladung für Ägypten. Da ging ich zu meinem Vater und bat ihn unter Tränen so lange, bis er auch mir eine Warenladung packte und mich mit meinen Onkeln reisen ließ. «Aber laßt ihn Kairo nicht betreten!» schärfte er ihnen ein. «Ihr müßt alle seine Waren schon in Damaskus verkaufen!» Nachdem wir alles vorbereitet hatten, brachen wir von Mosul auf und reisten ohne Unterbrechung bis Aleppo. Dort blieben wir einige Tage, hielten uns aber nicht sehr lange auf, sondern reisten weiter nach Damaskus. Ich sah, daß es eine schöne und sichere Stadt war, die lauter gute Dinge in sich barg, Flüsse, Bäume und Vögel, ja, es war, als wäre sie ein Paradiesgarten oder einer der Gärten des Engels Ridwan, in dem es, wie der Koran sagt: «von jeder Frucht ein Pärchen gibt». Wir stiegen in einem Chan ab, und meine Onkel gingen auf den Basar und verkauften die Waren, mit denen ich handeln wollte. Jeder Dinar, den ich bezahlt hatte, brachte fünf Dinar ein, und ich freute mich über den Gewinn. Dann verließen mich meine Onkel und reisten weiter nach Ägypten, während ich in Damaskus zurückblieb. Nach ihrer Abreise mietete ich ein großes Haus mit einem marmorgetäfelten Kuppelsaal mit Springbrunnen, einer Schlafstube im oberen Stockwerk und einem Lagerraum. Tag und Nacht floß Wasser in meinem Haus, das man als «Saal von Sudun Abdarrahman» kannte. Ich bezahlte monatlich zwei Aschrafi Miete, aß, trank, vergnügte mich und gab mein Geld mit vollen Händen aus, bis ich das meiste verpraßt hatte. Eines Tages saß ich vor der Tür meines Hauses, als eine vornehm gekleidete Dame auf mich zukam. Noch nie zuvor hatte mein Auge etwas Schöneres gesehen als sie. Ich bat sie herein und wollte es kaum glauben, daß sie tatsächlich in mein Haus eintrat.

Da erreichte das Morgengrauen Schahrasad, und sie hörte auf zu erzählen. «Ach, Schwester», seufzte Dinarasad, «wie köstlich und wie aufregend ist deine Geschichte!» – «Was ist das schon», erwiderte sie, «gegen das, was ich euch morgen nacht erzählen werde, wenn ich dann noch lebe und mich der König verschont ...»

Die einhundertundvierunddreißigste Nacht

aus der Geschichte von Tausendundeiner Nacht

In der folgenden Nacht sagte sie:

Es ist mir zu Ohren gekommen, o glücklicher König, daß der jüdische Arzt dem Kaiser von China erzählte, daß der junge Mann fortfuhr:

Da sie nun eingetreten war, mußte ich meine Pflicht als Gastgeber erfüllen. Ich ging also auch hinein und schloß die Tür. Sie setzte sich, schlug ihren Schleier zurück und legte den Mantel ab. Sie war wunderschön. Es war, als wäre sie ein Abbild des Vollmonds. Und so ergriff die Liebe zu ihr von mir Besitz. Ich stand auf, ging hinaus auf den Basar, holte vom Fleischer eine Platte mit Gegrilltem und kaufte Getränke, Speisen, Früchte und alles, was wir sonst noch brauchten. Nachdem wir gegessen hatten und die Nacht angebrochen war, entzündeten wir die Kerzen, stellten Trinkgefäße bereit und tranken einen Becher nach dem anderen, bis wir betrunken waren. Dann schlief ich mit ihr. Es war die köstlichste Nacht, die man sich vorstellen kann. Am nächsten Morgen holte ich zehn Dinar für sie heraus. Doch sie runzelte die Stirn. «Pfui, ihr Männer aus Mosul!» schimpfte sie. «Bin ich etwa für Gold oder Geld zu dir gekommen?» Darauf zog sie ihrerseits zehn Dinar hervor und schwor heilige Eide, daß sie, wenn ich es nicht annähme, nie wieder zu mir zurückkommen werde. «Liebling», fügte sie hinzu, «erwarte mich in drei Tagen zwischen dem Nachmittags- und dem Abendgebet. Und hier, nimm noch einmal zehn Dinar und bereite uns davon ein so schönes Festmahl zu wie dieses.» Dann sagte sie mir Lebewohl und ging ihrer Wege. ❧ Als sie mich verließ, ging mein Herz mit ihr, und ich konnte es kaum erwarten, bis die drei Tage herum waren. Nach dem Nachmittagsgebet sah ich die Dame kommen. Sie trug eine tatarische Mütze, hohe Holzschuhe, ein schwarzes Kopftuch mit roter und goldener Einfassung und duftete wunderbar. Ich hatte ein Festessen nach meinem Geschmack ausgewählt, und so aßen wir und tranken, spielten und lachten bis in die Nacht. Dann zündeten wir Kerzen an, tranken wieder einige Becher, bis wir betrunken waren, und schliefen miteinander. ❧ Am nächsten Morgen stand sie auf, zog zehn Dinar heraus und sagte: «Wir machen es wieder genauso!» Danach blieb sie für drei Tage verschwunden. Wieder bereitete ich ein Festmahl vor, und sie kam wie immer zu mir. Wir traten ins Haus, setzten uns, aßen, spielten und unterhielten uns miteinander bis in die Nacht. Dann gingen wir zum Wein über und tranken. ❧ «Mein Herr», sagte sie da, «ich frage dich bei Gott: Findest du mich schön?» – «Aber ja, bei Gott!» antwortete ich. «Hast du Lust darauf, daß ich eine Dame mitbringe, die noch schöner und jünger ist als ich?» fragte sie mich. «Sie könnte mit uns spielen und lachen und es sich gutgehen lassen, denn sie wird schon eine Zeitlang vor der Welt verborgen und hat mich gebeten, einmal mit mir ausgehen und die Nacht dort verbringen zu dürfen, wo ich sie verbringe.» – «Aber ja, bei Gott!» willigte ich ein. Und als der nächste Morgen angebrochen war, gab sie mir fünfzehn Dinar. «Unser Festmahl soll diesmal noch reichlicher sein», trug sie mir auf, «denn wir werden ja einen Gast haben. Wir sehen uns wie immer!» Damit ging sie ihrer Wege. ❧ Am dritten Tag bereitete ich ein Festmahl vor –

Da erreichte der Morgen Schahrasad, und sie hörte auf zu erzählen. «Ach, Schwester», seufzte Dinarasad, «wie köstlich und wie aufregend ist deine Geschichte!» – «Was ist das schon», erwiderte sie, «gegen das, was ich euch morgen nacht erzählen werde, wenn ich dann noch lebe und mich der König verschont ...»

Die einhundertundfünfunddreißigste Nacht

aus der Geschichte von Tausendundeiner Nacht

In der folgenden Nacht sagte sie:

Es ist mir zu Ohren gekommen, daß der jüdische Arzt dem Kaiser von China erzählte, daß der junge Mann fortfuhr:

Als sie um die Zeit des Nachmittagsgebets erschien, war bei ihr eine andere Dame, wie wir es verabredet hatten. Ich stand auf, ging hinein, zündete die Kerzen an und empfing die beiden mit Lust und Freuden. Die Dame lüftete den Schleier. «Gott ist voller Segen!» staunte ich. «Der Koran hat recht: ‹Er ist der beste Schöpfer.›» Wir setzten uns zum Essen, und ich fing an, die neue Dame mit kleinen Bissen zu füttern, während sie mich lachend ansah. Das ging so, bis wir alles aufgegessen hatten. Dann holten wir Getränke, Obst und Knabberzeug herein. Ich trank der neuen Dame zu, und diese lächelte und blinzelte mir zu. Ich war ganz entrückt in der Liebe zu ihr. Meine Freundin bemerkte, daß ich ein Auge auf die andere geworfen hatte und diese auch auf mich. «Mein Liebster», fragte sie mitten hinein in das fröhliche Spielen und Lachen, «findest du nicht, daß die Dame, die ich mitgebracht habe, schöner und auch geistreicher ist als ich?» – «Ja, bei Gott!» sagte ich. «Möchtest du mit ihr schlafen?» fragte sie mich. «O ja, bei Gott!» antwortete ich. «Von mir aus gerne», sagte sie, «sie ist heute bei uns zu Besuch, und ich bin ja immer hier.» Mit diesen Worten erhob sie sich, zog ihren Gürtel fest und bereitete ein Lager für uns. Ich schloß die Dame in die Arme und schlief in dieser Nacht mit ihr. Gegen Mitternacht ging meine Freundin hinauf, machte sich in der Stube ein Bett und legte sich allein schlafen, während ich mit der Dame schlief. Als ich mich am nächsten Morgen ein wenig regte, war alles feucht um mich her. Ich dachte, es wäre Schweiß, setzte mich auf, um die Dame zu wecken, und rüttelte sie an den Schultern. Doch da rollte ihr Kopf zu Boden. Vor Schreck flog mein Verstand davon, und ich stieß einen lauten Schrei aus. «O mein gütiger Beschützer!» rief ich und sah, daß sie ermordet worden war. Ich sprang auf, und mir wurde schwarz vor Augen. Als ich meine Freundin suchte, fand ich sie nicht. Da begriff ich, daß sie in ihrer Eifersucht die andere Dame ermordet hatte. «Es gibt keine Kraft und keine Stärke außer bei Gott, dem Erhabenen und Mächtigen!» stöhnte ich. «Was soll ich jetzt tun?» Und ich überlegte eine Weile. Dann zog ich ihr die Kleider aus, die sie noch am Leib trug, bis sie nackt vor mir lag. «Ich bin nicht sicher davor, daß meine Freundin die Familie der Getöteten auf mich aufmerksam macht. Vor der Tücke der Frauen ist niemand sicher!» sprach ich zu mir selbst, grub inmitten des Kuppelsaals eine Grube, nahm das Mädchen und ihren Schmuck und legte sie in die Grube. Dann bedeckte ich sie mit der Erde, fügte die Marmorplatten und die anderen Steinfliesen wieder so ein, wie sie gelegen hatten, zog saubere Kleider an, nahm mein restliches Geld in einem Kästchen mit und verließ das Haus. Indem ich mir selbst Mut zusprach, schloß ich das Haus ab, versiegelte es, ging dann zu dem Besitzer des Hauses und bezahlte ihm die Miete für ein Jahr. «Ich reise zu meinen Onkeln nach Ägypten», erklärte ich ihm, zahlte im Chan as-Sultan für einen Reiseplatz und reiste ab.

Da brach der Morgen an und Schahrasad hörte auf zu erzählen. «Ach, Schwester», seufzte Dinarasad, «wie köstlich und wie aufregend ist deine Geschichte!» – «Was ist das schon», erwiderte sie, «gegen das, was ich euch morgen nacht erzählen werde, wenn ich dann noch lebe und mich der König verschont ...»

Die einhundertundsechsunddreißigste Nacht

aus der Geschichte und den aufregenden Ereignissen
von Tausendundeiner Nacht

In der folgenden Nacht sagte sie:

Es ist mir zu Ohren gekommen, o König der Zeit, daß der jüdische Arzt dem Kaiser von China erzählte:

O glücklicher König! Der junge Mann erzählte mir weiter:

Ich reiste also ab. Gott hatte mir eine wohlbehaltene Ankunft in mein Schicksalsbuch geschrieben, und so erreichte ich Kairo und sah auch meine Onkel wieder. Sie hatten, wie ich herausfand, ihre Waren auf Kommission verkauft. Meine Onkel empfingen mich freudig und verwunderten sich über mein Kommen. «Ich hatte Sehnsucht nach euch und hatte schon lange nichts von euch gehört», sagte ich zur Erklärung, verschwieg ihnen aber, daß ich mein ganzes Geld bei mir hatte. Ich nahm bei ihnen Quartier und vertrieb mir die Zeit, indem ich Kairo mit all seinem Zauber in mich aufnahm. Dabei gab ich mein restliches Geld mit vollen Händen aus und verpraßte es beim Essen und Trinken. Als nun meine Onkel sich anschickten, wieder abzureisen, entschlüpfte ich ihnen und hielt mich verborgen. Sie suchten mich, konnten mich aber nicht finden und sagten zueinander: «Er wird wohl schon wieder nach Damaskus zurückgekehrt sein.» Dann reisten sie ab. Nachdem sie fort waren, kam ich aus meinem Versteck und blieb danach drei Jahre lang in Kairo wohnen. Am Ende war mir überhaupt nichts mehr geblieben. Ich hatte alles, was ich besaß, verschleudert und darüber hinaus jedes Jahr die Miete für mein Haus in Damaskus an den Hausbesitzer geschickt. Nachdem drei Jahre vergangen waren, wurde mir das Geld knapp. Ich hatte gerade noch so viel, daß es für die Reise reichte. Also zahlte ich für einen Reiseplatz und brach auf. Wieder hatte mir Gott eine wohlbehaltene Ankunft in mein Schicksalsbuch geschrieben. Ich erreichte Damaskus und stieg in meinem Haus ab. Der Hausbesitzer – er war übrigens Juwelenhändler – freute sich über meine Rückkehr, schloß gleich das Haus auf, und ich selbst öffnete das Siegel, das ich daran befestigt hatte. Ich ging hinein, fegte und wischte das ganze Haus und fand unter den Dingen, die noch dort lagen von der Nacht, in der ich mit der ermordeten Dame geschlafen hatte, eine goldene Halskette mit Edelsteinen daran. Es waren zehn Edelsteine, die den Verstand verwirrten. Sobald ich die Kette sah, erkannte ich sie wieder. Ich hob sie auf, steckte sie ein und ließ eine Weile meinen Tränen freien Lauf. Dann putzte ich auch den Kuppelsaal, breitete Teppiche und Sitzgelegenheiten aus, genau wie zuvor, und blieb zwei, drei Tage im Haus. Danach besuchte ich das Hammam, ruhte mich aus und wechselte die Kleider. Von meinem Geld war nun nichts mehr übriggeblieben. Als ich nun an einem solchen Tag auf den Basar ging, verführte mich der Satan, und das Schicksal nahm seinen vorbestimmten Lauf. Ich holte die Kette mit den Edelsteinen hervor, wickelte sie in ein Tuch, trug sie auf den Basar und übergab sie einem Agenten. Dieser küßte mir die Hand, als er die Kette sah. «Bei Gott, nicht schlecht!» sagte er erfreut. «Dies ist, bei Gott, ein guter und gesegneter Anfang für den heutigen Tag. Was für ein erfolgreicher Morgen!» Mit diesen Worten nahm er mich mit und ließ mich vor dem Laden meines Vermieters Platz nehmen. Dieser stand auf und setzte mich neben sich. Wir warteten, bis das Marktgeschäft eröffnet wurde und der Agent die Kette nahm und herumging, um sie zum Kauf anzubieten, jedoch tat er dies heimlich und im Verborgenen, so daß ich von den Verhandlungen nichts erfuhr. Es zeigte sich, daß die Kette sehr wertvoll war. Sie erbrachte zweitausend Dinar. Der Agent kam zu mir zurück, um sich mit mir zu besprechen. Er schlug mir vor, die Kette für fünfzig Dinar, also eintausend Dirham, zu verkaufen. «Mein Herr», erklärte er dazu, «wir hatten zunächst geglaubt, die Kette sei aus echtem Gold, aber dann haben wir festgestellt, daß sie gefälscht ist und mit minderwertigen Steinen besetzt. Bist du also mit dem Preis einverstanden?» – «Ja, ich nehme den Preis an», antwortete ich und fügte schnell hinzu: «Ich wußte ja, daß sie aus Kupfer ist.» Als der Agent diese Antwort hörte, wurde ihm klar, daß hinter der Kette eine heikle Geschichte steckte. Er ging mit der Kette wieder fort, verhandelte mit dem Marktaufseher und begab sich dann geradewegs zum Wali. Diesem erzählte er, die Kette sei ihm selbst gestohlen worden, und der Dieb, der sich wie ein gewöhnlicher Kaufmann kleide, sei jetzt wieder aufgetaucht. Während ich noch ahnungslos dasaß, hatte das Unglück sich schon um mich zusammengebraut. Die Wachleute nahmen mich fest und führten mich dem Wali vor. Der Wali befragte mich wegen der Kette, und ich gab ihm dieselbe Antwort, die ich dem Agenten gegeben hatte. Doch er lachte nur und wußte nun auch, daß ich sie gestohlen hatte. Ehe ich mich versah, war ich entkleidet und wurde mit Peitschenhieben bearbeitet. Weil mich die Schläge zu sehr brannten, griff ich zu einer Lüge, und gestand: «Ja, ich habe sie gestohlen!» Das nahmen sie zu Protokoll und schlugen mir daraufhin eine Hand ab. Die Wunde brannten sie in heißem Öl aus. Danach war ich einen halben Tag lang ohnmächtig. Anschließend flößten sie mir etwas Wein ein, und der Vermieter meines Hauses trug mich fort. «Mein Sohn», sagte er zu mir, «du bist doch so ein feiner junger Mann. Warum mußtest du dich mit diesem Diebstahl belasten, wo du Geld und Waren genug besitzt? Jetzt, da du anderer Leute Eigentum gestohlen hast, wird sich niemand mehr finden, der Mitleid mit dir hat. Geh weg von mir, mein Sohn, und suche dir eine andere Wohnung. Du bist eine verdächtige Person, bitte geh in Frieden!» Ich war verzweifelt. «Mein Herr», flehte ich, «kannst du mir vielleicht noch drei Tage Frist einräumen, damit ich mir eine Wohnung suchen kann?» – «Einverstanden», sagte er und ging seiner Wege. Traurig und bekümmert blieb ich mit meinen Gedanken allein. «Soll ich wieder in mein Heimatland gehen?» grübelte ich. «Aber wie kann ich mit der abgehackten Hand zu meiner Familie zurückkehren? Sie wissen ja nicht, daß ich unschuldig bin!» Und ich brach in Tränen aus und weinte bitterlich.

Da erreichte das Morgengrauen Schahrasad, und sie hörte auf zu erzählen. «Ach, Schwester», seufzte Dinarasad, «wie köstlich und wie aufregend ist deine Geschichte!» – «Was ist das schon», erwiderte sie, «gegen das, was ich euch morgen nacht erzählen werde, wenn ich dann noch am Leben bin ...»

Die einhundertundsiebenunddreißigste Nacht

aus der Geschichte von Tausendundeiner Nacht

In der folgenden Nacht sagte sie:

Es ist mir zu Ohren gekommen, o glücklicher König, daß der jüdische Arzt dem Kaiser von China erzählte, daß der junge Mann fortfuhr:

Zwei Tage verbrachte ich voll Unruhe. Am dritten Tag stand unversehens der Hausbesitzer vor mir, und zwar mit einigen Wachleuten und dem Kaufmann, der mir die Kette abgekauft und angegeben hatte, sie sei ihm selbst gestohlen worden. Er war unter Bewachung; sie hatten fünf Leute bei sich. Sie standen vor meiner Haustür. «Was wollt ihr?» fragte ich. Ohne mir noch Zeit zu irgendeinem Wort zu lassen, fesselten sie mich, warfen mir eine eiserne Schelle mit einer Kette daran um den Hals und sagten: «Deine Halskette gehört dem Gouverneur von Damaskus, also dem Wesir, der hier regiert. Er hat ausgesagt, daß ihm diese Kette vor drei Jahren abhanden gekommen sei, und zwar gleichzeitig mit seiner Tochter!» Als ich das hörte, sank mein Herz tief nach unten. Aber es half nichts, ich mußte mit ihnen gehen, so wie ich war, mit der abgehackten Hand. Ich verhüllte mein Gesicht und sprach zu mir selbst: «Ich werde dem Gouverneur die wahre Geschichte erzählen. Dann kann er mich entweder freigeben oder töten, ganz wie er will.» Als wir beim Gouverneur angekommen waren und man uns vor ihm aufgestellt hatte, musterte dieser mich eingehend. «Laßt die beiden frei», wandte er sich dann an die Kaufleute. «Ist das der, der meine Kette auf den Markt gebracht und zum Verkauf angeboten hat?» – «Jawohl», bestätigten sie. «Er hat sie nicht gestohlen», sagte der Gouverneur, «warum habt ihr ihm zu Unrecht die Hand abgehackt? Der Arme tut mir leid!» Da schöpfte ich wieder Mut. «Mein Herr», sagte ich, «es ist, bei Gott, wahr, daß ich sie nicht gestohlen habe. Man hat mich fälschlich bezichtigt. Dieser Kaufmann hier hat behauptet, ich hätte sie ihm gestohlen und sie hätte ihm gehört. Er hat mich zum Wali gebracht, und der hat mir mit Peitschenhieben so sehr zugesetzt, daß ich vor der Hitzigkeit der Prügel zu einer Lüge Zuflucht genommen habe, entgegen meinem Gewissen.» – «Schon gut», sagte er, «sei beruhigt; es geschieht dir nichts mehr.» Dann sprach er sein Urteil über den Kaufmann, der mir die Halskette abgenommen hatte. «Zahle ihm Schadenersatz für seine Hand», befahl er, «sonst lasse ich dir die Haut vom Leibe peitschen!» Er rief nach den Wachleuten, die packten ihn und gingen mit ihm hinaus. Nun war ich mit dem Gouverneur allein. «Mein Kind», sprach dieser mich an, «sage mir die Wahrheit! Erzähle mir die Geschichte dieser Kette, und schildere mir die Umstände, durch die sie an dich gelangt ist. Erzähle mir keine Lügengeschichten, sondern sage mir die Wahrheit, denn die Wahrheit allein kann dich retten.» – «Bei Gott», antwortete ich, «genau das war meine Absicht.» Und dann schilderte ich ihm, was ich mit der Dame erlebt hatte und wie sie die Eigentümerin der Kette zu mir gebracht und dann in der Nacht, von Eifersucht überwältigt, ermordet hatte und wie sie weggelaufen war, ohne daß ich wußte, woher sie kam. Treu und aufrichtig erzählte ich ihm die ganze Geschichte. Nachdem der Gouverneur meinen Bericht zu Ende gehört hatte, schüttelte er den Kopf, und die Augen flossen ihm über von Tränen. «Wir sind Gottes Geschöpfe, und zu Ihm kehren wir zurück!» schluchzte er, wobei er die Hände zusammenschlug. Dann trat er auf mich zu. «Mein Kind», sagte er, «ich werde dir verraten, was hinter dieser Geschichte steckt. Der Fall ist folgender –

Da erreichte das Morgengrauen Schahrasad, und sie hörte auf zu erzählen. «Wie köstlich und wie aufregend ist deine Geschichte!» sagte Dinarasad zu ihrer Schwester. «Was ist das schon», erwiderte sie, «gegen das, was ich euch morgen nacht erzählen werde, wenn ich dann noch lebe und mich der König verschont ...»

Die einhundertundachtunddreißigste Nacht

aus der Geschichte von Tausendundeiner Nacht

In der folgenden Nacht sagte sie:

Es ist mir zu Ohren gekommen, o glücklicher König, daß der jüdische Arzt dem Kaiser von China erzählte, daß der junge Mann ihm berichtete, wie der Wesir, der Gouverneur von Damaskus, zu ihm sagte: «Du mußt wissen, daß die Dame, die als erste zu dir gekommen war, meine älteste Tochter ist. Ich habe sie immer eingesperrt gehalten, denn sie war früher mit einem ihrer Vettern in Ägypten verheiratet. Als der starb, kehrte sie zu mir zurück. Sie hatte in Ägypten üble Sitten angenommen, und so kam es, daß sie dich drei- oder viermal besucht hat. Anschließend hat sie ihre Schwester, meine mittlere Tochter, zu dir geführt. Die beiden waren Schwestern vom selben Vater und derselben Mutter und haben einander so innig geliebt, daß es die eine auch nicht eine Stunde ohne die andere aushalten konnte. Nachdem nun die Ältere mit dir erlebt hatte, was sie erlebt hatte, hat sie ihrer Schwester ihr Geheimnis verraten. Diese hatte sofort Lust, auch dabeizusein, und so hat sie dich um Erlaubnis gebeten und sie mitgebracht. Doch dann ist sie deinetwegen eifersüchtig geworden, hat sie ermordet und ist zu mir zurückgekommen, ohne daß ich etwas davon bemerkt hätte. An jenem Tag wollte ich ein Essen vorbereiten, und meine Tochter fehlte mir. Als ich sie nicht fand, suchte ich sie und fand die Ältere, wie sie um sie weinte und vor Trauer schier verbrennen wollte. ‹Vater!› schluchzte sie. ‹Ich habe gesehen, wie sie sich beim Gebetsruf angezogen, ihren Schmuck, die Halskette und alle ihre Kleider angelegt hat und dann so hinuntergegangen ist!› Ich habe stillgehalten und niemandem etwas gesagt, aus Angst, die Geschichte könnte ans Licht kommen und uns viele Tage und Nächte lang Schande bereiten. Ihrer großen Schwester, die sie selbst ermordet hat, sind seit jenem Tag die Tränen nicht mehr getrocknet. Sie hat Essen und Trinken verweigert, so daß wir uns große Sorgen um sie gemacht haben und auch sie uns das Leben schwermachte. ‹Bei Gott›, hat sie gesagt, ‹ich werde nicht eher aufhören, um sie zu weinen, als bis ich selbst den Kelch des Todes trinken muß.› Am Ende hat sie es nicht mehr ausgehalten und Hand an sich selbst gelegt. Das ließ mich noch betrübter werden. Sieh nur, was Leuten wie uns und euch widerfahren kann! Ich habe daraus gelernt, daß, wie das Sprichwort sagt, die Welt nichts als trügerischer Schein ist und der Mensch darin nur ein Schattenbild, das entweicht, sobald du es zu fassen versuchst. Und jetzt, mein Kind», fügte er hinzu, «möchte ich, daß du mir nicht widersprichst. Das Schicksal hat dir bis zu dieser Stunde übel mitgespielt, und deine Hand ist dir zu Unrecht abgeschlagen worden. Nimm von mir meine jüngste Tochter als Ehefrau an! Sie ist nicht von derselben Mutter. Ich selbst werde dir das Geld für den Brautpreis und den Stoff für die Ausstattung der Braut geben. Außerdem werde ich ein geregeltes Gehalt für euch beide festsetzen, und du sollst bei mir leben wie mein eigenes Kind. Was sagst du dazu?» – «Mein Herr», antwortete ich, «wer sonst könnte mir ein solches Angebot machen? Ja, ich bin einverstanden!» Da führte er mich sofort in sein Haus, schickte nach Zeugen und ließ den Ehevertrag zwischen mir und seiner Tochter aufsetzen. Nachdem ich die Ehe mit ihr vollzogen hatte, beschaffte er für mich von jenem Kaufmann den Schadenersatz für meine Hand. Es war eine beträchtliche Geldsumme. Von da an stand ich bei ihm in höchstem Ansehen. Zu Beginn dieses Jahres erreichte mich die Nachricht, daß mein Vater gestorben war. Das habe ich dem Wesir erzählt, und der hat daraufhin jemanden nach Kairo entsandt, dort die vom Sultan ausgestellten Papiere holen lassen und mit einem Postkurier nach Mosul geschickt, und so hat er mir das gesamte Vermögen meines Vaters übereignet. Heute führe ich das angenehmste Leben. Das ist der Grund dafür – schloß der junge Mann seinen Bericht –, warum ich meine rechte Hand versteckt gehalten habe. Du bist entschuldigt, Doktor, du konntest es ja nicht wissen...

Ich verwunderte mich über diese Geschichte sehr und blieb noch einige Tage bei ihm, bis er zum zweiten Mal das Hammam aufgesucht hatte und sich dann wieder mit der jüngsten Tochter vereinigte. Er schenkte mir eine stattliche Summe Geld, dazu Proviant für die Reise. Dann sagte er mir Lebewohl. Ich zog mich zurück und reiste von dort in die Länder im Osten, kam nach Bagdad, besuchte die Stadt und reiste danach durch Irak-e-Adscham bis in euer Land. Hier habe ich mich niedergelassen, weil es mir so gut gefallen hat. Zum guten Schluß ist mir heute nacht mit diesem buckligen Spitzbuben das widerfahren, was geschehen ist. Ist das alles etwa nicht spannender als die Geschichte des Buckligen?

Da erreichte das Morgengrauen Schahrasad, und sie hörte auf zu erzählen. «Wie köstlich und wie aufregend ist deine Geschichte!» sagte Dinarasad zu ihrer Schwester. «Was ist das schon», erwiderte sie, «gegen das, was ich euch morgen nacht erzählen werde, wenn ich dann noch lebe und mich der König verschont …»

Die einhundertundneununddreißigste Nacht

aus der Geschichte von Tausendundeiner Nacht

In der folgenden Nacht sagte sie:

Es ist mir zu Ohren gekommen, daß der Kaiser von China, nachdem er von dem jüdischen Arzt diese Geschichte vernommen hatte, den Kopf wiegte und sagte: «Ja, so ist es. Auch das ist, bei Gott, weder spannender noch aufregender als die Geschichte des buckligen Spitzbuben. Ich muß euch also alle vier töten. Denn ihr vier habt euch gemeinsam vorgenommen, den Buckligen zu töten, und Geschichten erzählt, die nicht spannender waren als seine Geschichte. Nun bleibst nur noch du, Schneider! Mit dir hat das ganze Unheil angefangen. Also auf, erzähle mir eine aufregende und spannende Geschichte. Sie muß spannender, aufregender, lustiger und unterhaltsamer sein, sonst töte ich euch alle!» – «Einverstanden!» sagte der Schneider und erzählte:

Die Geschichte des Schneiders: Der hinkende junge Mann aus Bagdad und der Friseur

Das Spannendste, was ich je erlebt habe, o König der Zeit, ist mir ausgerechnet gestern widerfahren, bevor ich diesen buckligen Spitzbuben getroffen habe. Ich war bereits früh am Tag zu einem Festessen eingeladen, bei dem viele Freunde zusammenkamen. Nachdem wir alle gekommen waren, versammelten wir uns zum Essen und setzten uns. Wir waren um die zwanzig Gäste, alle aus dieser Stadt. Als der Morgen sich zum Mittag neigte und die Tische schon gedeckt vor uns standen, kam der Gastgeber herein, begleitet von einem hübschen, fremden jungen Mann von vollkommener Anmut und Schönheit. Also, er kam herein, und der junge Mann an seiner

Seite hinkte. Wir erhoben uns alle von unseren Plätzen, um dem Herrn des Hauses unsere Hochachtung zu erweisen. Der fremde Gast wollte sich gerade setzen, als er mitten unter uns einen Menschen bemerkte, der von Beruf Friseur war. Da weigerte er sich, Platz zu nehmen, und wollte sofort wieder hinausgehen. Doch der Gastgeber hielt ihn zurück. «Sage mir, warum du erst mit mir gekommen bist, mein Haus betreten hast und jetzt wieder umkehren willst!» beschwor er ihn. «Mein Gebieter», antwortete der, «ich beschwöre dich bei Gott, halte mich nicht auf! Es ist wegen dieses Friseurs, dieses niederträchtigen, schwarzgesichtigen, gemeinen, schmutzigen, unglückseligen Erzhalunken!« Als der Gastgeber und wir alle hörten, welche Eigenschaften dieser Friseur angeblich haben sollte, widerte uns seine Gegenwart an, und wir schauten alle auf ihn.

Da erreichte das Morgengrauen Schahrasad, und sie hörte auf zu erzählen. «Wie köstlich und wie aufregend ist deine Geschichte!» sagte Dinarasad zu ihrer Schwester. «Was ist das schon», erwiderte sie, «gegen das, was ich euch morgen nacht erzählen werde, wenn ich bis dahin noch lebe und verschont geblieben bin ...»

Die einhundertundvierzigste Nacht

aus der Geschichte und den aufregenden Abenteuern von Tausendundeiner Nacht

In der folgenden Nacht sagte sie:

Es ist mir zu Ohren gekommen, o glücklicher König, daß der Schneider dem Kaiser von China erzählte:

Nachdem wir von den Eigenschaften des Friseurs gehört hatten, sagten wir alle: «Keiner von uns wird etwas essen oder es sich gemütlich machen, ehe er uns nicht erzählt, was es mit diesem Friseur auf sich hat.» – «Liebe Leute!» sagte der junge Mann. «Mit diesem Friseur habe ich in meiner Heimatstadt Bagdad etwas erlebt. Es ist der Grund dafür, daß ich hinke und mein Fuß gebrochen ist. Ich habe mir damals geschworen, an keinem Ort der Welt jemals wieder mit ihm an einem Tisch zu sitzen und niemals in derselben Stadt zu wohnen wie er. Seinetwegen habe ich Bagdad verlassen und mir in dieser Stadt eine Wohnung gesucht. Und was geschieht? Ich treffe ihn hier bei euch! Noch heute nacht werde ich wieder abreisen!» Wir bedrängten ihn, er solle sich doch setzen und uns erzählen, was er mit dem Friseur in Bagdad erlebt habe. Der Friseur war unterdessen ganz bleich geworden, hatte den Kopf gesenkt und starrte auf den Fußboden. Da begann der junge Mann zu erzählen:

Ihr müßt wissen, liebe Leute, daß mein Vater zu den reichsten Leuten von Bagdad gehörte und außer mir keine weiteren Kinder hatte. Nachdem ich erwachsen geworden und zur Vernunft gekommen war, ging er auf die ewige Reise und verstarb, Gott habe ihn selig. Er hinterließ mir ein riesiges Vermögen, und ich fing an, mich vornehm zu kleiden, und führte das angenehmste Leben. Die Frauen aber hatte Gott mich verabscheuen gelehrt. Das ging so lange gut, bis ich eines Tages – ich spazierte gerade durch die Gassen von Bagdad – einer Gruppe von Frauen begegnete, die mir den Weg versperrten. Schnell flüchtete ich vor ihnen in eine enge Sackgasse. Dort hatte ich kaum eine Weile gesessen, als sich über mir ein Fenster öffnete und eine Dame herausschaute, die wie die strahlende Sonne war. Noch nie zuvor hatte mein Auge etwas Schöneres gesehen als sie. Als sie mich bemerkte – sie hatte in ihrem Fenster Topfpflanzen stehen –, lächelte sie mir zu. Da loderte in meinem Herzen ein Feuer auf, und mein Haß auf die Frauen verwandelte sich in Liebe. Wie betäubt blieb ich dort sitzen, bis kurz vor Sonnenuntergang. Plötzlich erschien, auf einer Maultierstute reitend, der Kadi der Stadt, stieg ab und betrat das Haus, in dem die Dame war. Da wußte ich: Er war ihr Vater. Bekümmert ging ich nach Hause und warf mich auf mein Bett. Ich war matt und fieberte. Meine Verwandten, die an mein Lager traten, wußten nicht, was mir fehlte, und ich gab ihnen auch keine Antwort. Tagelang ging das so, und als meine Familie schon ganz verzweifelt war und alle weinten und jammerten, kam eine alte Frau zu mir. Sie hatte mich kaum gesehen, da wußte sie bereits, woher mein Zustand rührte. Sie setzte sich an meinem Kopfende nieder und redete beruhigend auf mich ein. «Sei guten Mutes, mein Kind», sagte sie, «schildere mir deinen Kummer, und ich werde dafür sorgen, daß du sie wiedersiehst.» Ihre Worte fielen sanft in mein Herz, und ich setzte mich auf, um mit ihr zu reden.

Da erreichte das Morgengrauen Schahrasad, und sie hörte auf zu erzählen. «Ach, Schwester», seufzte Dinarasad, «wie köstlich und wie aufregend ist deine Geschichte!» – «Was ist das schon», erwiderte sie, «gegen das, was ich euch morgen nacht erzählen werde, wenn ich dann noch lebe und mich der König verschont ...»

Die einhundertundeinundvierzigste Nacht

aus der Geschichte von Tausendundeiner Nacht

In der folgenden Nacht sagte sie:

Es ist mir zu Ohren gekommen, o König, daß der Schneider dem Kaiser von China erzählte, daß der junge Mann zu den versammelten Gästen sagte:

Sowie mich die Alte sah, hob sie ihre Stimme und sprach das folgende Gedicht:

Radschas

«Bei seiner Stirne hellem Schein
Und seiner Rosenwange: Nein!

Sobald er sich zum Gehen wandt',
Ließ ihn mein Blick nicht mehr allein.

Schnell stand ich auf, ihm hinterher!
Und fiel über mein eignes Bein.

Ich holterte und polterte
Und stolperte ihm hinterdrein;

Er hüpfte leicht und ohne Sturz
Wie die Gazelle querfeldein.

Sein Herz ist gegen mich so hart,
Als wäre es ein Herz aus Stein.

Es brennt mein Eingeweide mir.
Er stürzte es in Höllenpein!

Ein Ausgestoß'ner bin ich nun,
Darf nicht zu meinem Stamm hinein.

Die Wange drück' ich in den Staub,
Wie Regen fließt die Träne mein.

Ich weine, denn die Zeit ist hin.
Im Alter erst kommt Liebespein.

Ach, welch ein Jammer! Welch ein Schmerz!
Wird mir mein Jammern nützlich sein?

Mir ist, als wär' ich nach ihm tot
Und läg' in keinem Totenschrein.

So brich, mein Herz, ja, brich entzwei!
Und schmilz vor Schmerz, mein Leberlein!

Solang ich lebe, werd' ich mich
Nur seinem Angedenken weih'n.

Mein Herz hängt an dem Silberleib
Mit Flanken wie von Marmorstein,

Nicht einem, der schon Runzeln hat,
Und dem die Haare ausgeh'n, nein!

Ich starb für ihn den Liebestod,
Doch es mißlang mir, still zu sein.

Da stellten mich die Tadler bloß,
Verrieten meine Liebespein.

Ach, käme doch die Zeit zurück,
Die frischen, jungen Jahre mein,

Wohl niemand deckte so wie ich
Die Tadler mit Ausflüchten ein.

Wie tröst' ich nun mein krankes Herz?
Wie lerne ich geduldig sein,

Da ich den Anblick nie vergaß
Des schönen Körpers, schlank und fein?

Es raubt den Menschen den Verstand
Die strahlend helle Schönheit sein;

Ich küßte ihn, und sein Gesicht
War wie der Morgensonnenschein.

Das Sonnenlicht lief scheu davon,
Und süß schmeckte die Nacht uns zwei'n.

In einem Garten saßen wir,
Wie grüner Bartflaum war der Hain,

Der sich um eine Wange schmiegt,
Die rund ist, voll und seidenfein.

Ich drückte zärtlich seine Wang',
Als prüft' ich Stoff und Weberei'n,

Als würde sie ein Golddinar
In eines Geizhals Händen sein.

Sie fühlte sich wie Seide an,
Gestopft mit zarten Blümelein;

Ich stopfte sie noch schöner an
Und füllte mein Gefühl hinein.

Wär' unser Wächter in der Näh',
Es kostet' mich das Leben mein.

Von seiner Liebe laß ich nicht,
Das würde ich mir nie verzeih'n.

Ich bin doch kein gemeiner Schuft
Voll Untreu' und Betrügerei'n!

Nein, meine Freundschaft währt so lang,
Solang der Mond wird groß und klein.

Ich halte meine Ehre hoch,
Treu halt' ich mein Versprechen ein,

Und sterb' ich, weil er mich verschmäht,
So will ich nicht bedauert sein.

Denn ich bin nicht wie diese Leut',
Die lächerlich nach Liebe schrei'n,

Die sich «Verliebte» nennen und,
Kaum stirbt die Lieb', es nicht bereu'n.

Kein Lügner und kein Wissender
Ist so wie ich in Liebe rein.

Oft denk' ich an die schöne Zeit
Des grenzenlosen Stelldichein,

Als unsre Einheit – glaubte ich –
Kein Mensch auf Erden könnt' entzwei'n.

Ich dachte, daß mein festes Haus
Bleibt ewig fest und stürzt nie ein.

Doch nun ist öd und leer der Ort,
Kein Mensch kennt diese Wüstenei'n.

Das Leben rennt wie die Gazell'
Mit den schwarz-weißen Äugelein.

Ach, könnt' ich ihn noch einmal seh'n
Und mich an seinem Kuß erfreu'n,

Dann würd' ich, das gelobe ich,
Hinfort streng fastend mich kastei'n,

Bis daß du sagst, wenn du mich siehst:
‹Welch ein Barbar kommt da herein?

Selbst wenn der tausend Jahre lebt,
Verheilt ihm nie die Liebespein!›»

Da erreichte das Morgengrauen Schahrasad, und sie hörte auf zu erzählen. «Ach, Schwester», seufzte Dinarasad, «wie köstlich ist deine Geschichte!» – «Was ist das schon», erwiderte sie, «gegen das, was ich euch morgen nacht erzählen werde, wenn ich bis dahin am Leben bleibe ...»

Die einhundertundzweiundvierzigste Nacht

aus der Geschichte von Tausendundeiner Nacht

In der folgenden Nacht sagte sie:

Es ist mir zu Ohren gekommen, o glücklicher König, daß der Schneider dem Kaiser von China erzählte, daß der junge Mann zu den Anwesenden sagte:

«Schildere mir deinen Kummer», forderte die Alte mich auf, und ich erzählte ihr meine Geschichte. «Liebes Kind», erwiderte sie darauf, «diese Dame ist die Tochter des Kadis von Bagdad. Sie wird streng vor der Außenwelt verborgen gehalten. Der Ort, wo du sie gesehen hast, ist ihre Wohnstube im oberen Stock; ihr Vater und ihre Mutter wohnen in dem großen Kuppelsaal darunter. Im oberen Stock ist sie allein. Ich gehe häufig zu ihr. Sei guten Mutes, ich werde die Sache schon einrichten. Ich bin ohnehin die einzige, die dich mit ihr zusammenführen kann.» Als ich sie so reden hörte, faßte ich Mut und fing wieder an, zu essen und zu trinken, was meine Familie sehr erfreute. Die Alte verließ mich an jenem Tag und kam schon am nächsten Morgen wieder zu mir. Ihr Gesicht sah verändert aus. «Mein Sohn», klagte sie, «frag mich nicht, was die Dame mir angetan hat, als ich ihr von dir erzählt habe. Das letzte, was ich von ihr über dich gehört habe, war: ‹Wenn du nicht sofort still bist, du gräßliches altes Weib, und noch mehr redest, dann richte ich dich zugrunde, so wie du es verdient hast. Und wenn du diesen Menschen noch einmal erwähnst, sage ich es meinem Vater.› Aber trotzdem, mein Kind», setzte die Alte hinzu, «werde ich auf jeden Fall noch einmal zu ihr gehen, gleichgültig, was mich an Unannehmlichkeiten dort erwartet.» Als ich das hörte, wurde mir noch elender zumute als zuvor. «Awah!» stöhnte ich. «Wie schrecklich ist es, verliebt zu sein!» Von nun an besuchte mich die Alte täglich. Meine Krankheit zog sich in die Länge, bis alle meine Angehörigen und sämtliche Ärzte und Doktoren an mir verzweifelten. An einem dieser Tage trat die Alte wieder zu mir herein. Sie setzte sich an meinem Kopfende nieder und neigte sich tief zu mir herab. Dann flüsterte sie mir zu, so daß keiner aus meiner Familie es hören konnte: «Was schenkst du mir, wenn ich dir eine gute Nachricht überbringe?» Bei diesen Worten richtete ich mich sofort auf. «Lohn für gute Nachrichten habe ich genug bei mir», sagte ich erfreut. «Mein Gebieter», sagte sie, «als ich gestern bei der Dame war, hatte ich endlich Glück bei ihr. Sie hat gesehen, wie verzweifelt ich war und wie sehr ich weinte. ‹Liebe Tante›, hat sie mich gefragt, ‹was ist denn mit dir? Warum bist du so niedergeschlagen?› – ‹Ach, meine Dame›, habe ich unter Tränen geantwortet, ‹ich komme gerade von einem jungen Mann, der so geschwächt ist durch die Liebeskrankheit, daß seine Angehörigen alle Hoffnung aufgegeben haben. Er liegt oft bewußtlos da, dann wacht er zwischendurch wieder auf, und es kann kein Zweifel daran bestehen, daß er ganz sicher sterben muß, und zwar deinetwegen.› Da ist ihr Herz weich geworden. ‹Wie steht dieser junge Mann denn zu dir?› hat sie mich gefragt. ‹Er ist mein eigener Sohn›, habe ich geantwortet. ‹Vor ein paar Tagen hat er dich am Fenster gesehen, wie du deinen Pflanzen Wasser gegeben hast. Als er dein Gesicht und dein Handgelenk gesehen hat, hat sich sein Herz an dich gekettet, und er hat sich rettungslos in dich verliebt. Er ist es, der die folgenden Verse gedichtet hat:

Kamil

Ich beschwöre dich bei dem Angesicht, das dir Gott geschenkt:
Töte nicht durch Trennung den Liebenden, der an dir hängt!

Meinen Körper hat die Krankheit schon ganz und gar zerstört,
Und das Herz – es ist im Kelch der Liebe im Rausch versenkt.

Welch ein sanfter, biegsamer, schlanker Leib! Und vor deinem Mund
Muß die edelste Perle sich schämen, so sehr sie sich anstrengt.

Mit dem Bogen deiner Augenbrau'n schossest du den Pfeil.
Er hat mein Herz nicht verfehlt. Wie gut hast du ihn gelenkt!

Deine schlanke Taille ahmt den Liebeskranken nach,
Wer ahmt den Liebenden nach, den Trauer und Mattheit lenkt?

Ich beschwöre dich bei der Zauberkraft deines Wangenmals:
Hab Erbarmen mit deinen Opfern, die du mit Tod getränkt!

Und beim Skorpion deiner Schläfenlocke, so gib uns doch
Ein Gefühl, das deinen Gefangenen etwas Mitleid schenkt!

Und beim Wein und Honig in deinem Mund und der Perle, die an
Der Korallenkette zwischen deinen Lippen hängt:

Dein Bauch ist fein gefaltet wie Damaszener Stahl,
Und mit dieser Klinge hast du mein Herz entzweigesprengt!

Deine Wade hat mich ins Leiden und in den Tod geschickt,
Nur Gott hat Trost für den Liebenden, der an dir hängt.

Meine Dame›, habe ich weiter zu ihr gesagt, ‹er hatte mich auch beim erstenmal zu dir geschickt, aber darauf hast du ja so geantwortet, wie du geantwortet hast ...›»

Da erreichte das Morgengrauen Schahrasad, und sie hörte auf zu erzählen. «Wie köstlich und wie aufregend ist deine Geschichte!» sagte Dinarasad zu ihrer Schwester. «Was ist das schon», erwiderte sie, «gegen das, was ich euch morgen nacht erzählen werde, wenn ich dann noch lebe und mich der König verschont ...» Und der König sprach zu sich selbst: «Ich werde sie, bei Gott, nicht eher töten, als bis ich die Geschichte des Buckligen zu Ende gehört habe!»

Die einhundertunddreiundvierzigste Nacht

aus der Geschichte und den aufregenden und spannenden Abenteuern von Tausendundeiner Nacht

In der folgenden Nacht sagte sie:

Es ist mir zu Ohren gekommen, o glücklicher König, daß der Schneider dem Kaiser von China erzählte, daß der junge Mann den Anwesenden berichtete, wie die Alte sagte: «‹Meine Dame, du hast ja damals so geantwortet, wie du geantwortet hast. Da bin ich zu ihm gegangen und habe es ihm mitgeteilt, und ist er so krank geworden, daß ich völlig verzweifelt bin an ihm. Seitdem liegt er im Bett und wird ohne Zweifel sterben!› Da ist sie ganz bleich geworden und hat gefragt: ‹Ist das alles wirklich meinetwegen geschehen?› – ‹Ja, bei Gott, meine Herrin›, habe ich geantwortet, ‹und was befiehlst du mir jetzt zu tun?› – ‹Er soll am Freitag vor dem Gebet zu meinem Haus kommen›, hat sie gesagt. ‹Sobald er da ist, werde ich hinuntergehen und ihm die Tür öffnen. Dann werde ich ihn die Treppe hinaufführen in mein Zimmer. Dort kann er sich hinsetzen, und wir können eine Stunde lang zusammen sein. Aber er muß wieder verschwinden, bevor mein Vater zurückkommt!» Als ich, liebe Leute, diesen Bericht der Alten gehört hatte, fiel all mein Schmerz, den ich zuvor hatte erleiden müssen, auf der Stelle von mir ab. Noch einmal beugte sie sich zu mir und flüsterte mir zu: «Halte dich – so Gott will – am Freitag bereit.» Ich gab ihr einige meiner Gewänder als Bezahlung, und sie ging davon. Von den Schmerzen war nun überhaupt nichts mehr zurückgeblieben, und so freute sich meine Familie über meine Genesung. Ich konnte den Freitag kaum erwarten. Als er endlich gekommen war, erschien auch die alte Frau, trat zu mir herein und fragte mich, wie es mir ginge. Ich sagte ihr, ich sei gesund und guter Dinge. Dann machte ich mich daran, mich anzukleiden, fein zu machen und zu parfümieren. «Warum gehst du nicht ins Hammam?» schlug mir die Alte vor. «Nach solch einer Krankheit solltest du dich gründlich reinigen!» – «Auf das Hammam habe ich keine Lust», erwiderte ich, «und ich habe mich auch schon mit Wasser gewaschen. Aber ich möchte mir von einem Friseur die Haare schneiden lassen. Bring mir einen Friseur!» wandte ich mich an meinen Diener. «Aber achte darauf, daß es ein vernünftiger Mensch ist, der nicht so neugierig ist, damit er mir nicht Kopfschmerzen verursacht mit seinem Geschwätz.» Der Diener verschwand und kehrte mit diesem Friseur hier, diesem Erzhalunken, zu mir zurück. Der kam herein, grüßte mich, und ich erwiderte seinen Gruß. «Mein Herr», stellte er fest, «wie ich sehe, bist du ziemlich ausgezehrt am Körper.» – «Ich war krank», erwiderte ich. «Gott soll alles Übel von dir wegnehmen und sich dir gütig zeigen!» rief er aus. «Möge Gott dein Gebet erhören», sagte ich. «Freue dich mein Herr», sagte er, «denn du bist ja wieder gesund.» Und er fügte hinzu: «Möchtest du einen Haarschnitt oder einen Aderlaß?» – «Steh endlich auf, und rasiere mir den Kopf!» verlangte ich. «Und laß dein sinnloses Geschwätz, ich fühle mich immer noch schwach von der Krankheit.»

Da erreichte das Morgengrauen Schahrasad, und sie hörte auf zu erzählen. «Wie köstlich und wie aufregend ist deine Geschichte!» sagte Dinarasad zu ihrer Schwester. «Was ist das schon», erwiderte sie, «gegen das, was ich euch morgen nacht erzählen werde, wenn ich dann noch lebe und mich der König verschont …»

Die einhundertundvierundvierzigste Nacht

aus der Geschichte von Tausendundeiner Nacht

In der folgenden Nacht sagte sie:

Es ist mir zu Ohren gekommen, o glücklicher König, daß der Schneider dem Kaiser von China erzählte, daß der junge Mann den Anwesenden berichtete, wie er zu dem Friseur sagte: «Ich fühle mich immer noch schwach von der Krankheit.» Da steckte der Friseur seine Hand in die Tasche mit seinen Barbierwerkzeugen und zog ein Astrolab hervor, das aus sieben Scheiben bestand und silberne Intarsien besaß. Er nahm das Astrolab zur Hand, ging damit in die Mitte des Hauses, drehte die Spitze nach oben in die Richtung, aus der die Sonnenstrahlen einfielen, und schaute eine ganze Zeitlang darauf. Dann sagte er: «Du mußt wissen, mein Herr, daß der heutige Tag ein Freitag ist, der achtzehnte Safar des Jahres sechshundertunddreiundfünfzig der Hidschra und des Jahres siebentausenddreihundertundzwanzig nach der Zeitrechung Alexanders des Großen. Die Berechnungen ergeben, daß an diesem heutigen Tag der Aszendent im Mars steht, und zwar bei acht Grad und sechs Minuten. Der Regent des Aszendenten ist Merkur; er erscheint hier auf dem Drittel-Segment des Astrolabs und steht dort gemeinsam mit Mars im Aszendenten. Sogar in der Sechstel-Einteilung kommt er mit ihm zusammen, das ist eine sehr günstige Konstellation zum Haareschneiden. Andererseits weist diese Konstellation auch darauf hin, daß du vorhast, dich mit jemandem zu treffen. Hierfür ist die Lage schlecht, es sieht so aus, als wäre die Sache zum Scheitern verurteilt.» «O Mann», sagte ich zu ihm, «du hast mich, bei Gott, schon genug geärgert und alle meine Atemwege zugeschnürt. Jetzt quälst du mich auch noch mit einer schlechten Prophezeiung! Ich habe dich nicht kommen lassen, um in die Sterne zu gucken, sondern damit du mir die Haare schneidest. Tu endlich, wozu ich dich geholt habe, oder geh fort von mir, damit ich einen anderen Friseur bestellen kann, der mir die Haare schneidet!» – «Bei Gott, mein Gebieter», wandte der Friseur ein, «es ist doch viel besser gekommen, als du es dir hättest wünschen können, wie das Sprichwort sagt: ‹Selbst wenn du das Fleisch in Milch gekocht hättest, wäre es nicht so zart geworden.› Du hast einen Friseur bestellt, und Gott hat dir in Seiner Gnade einen

Friseur gebracht und dazu einen Astrologen und einen Arzt und einen, der die Kunst der Alchimie und die Sterne kennt, außerdem Grammatik, Sprachwissenschaft, philosophische Logik, Theologie, Phraseologie und Rhetorik, die Wissenschaft der Algebra und die Rechenkunst im allgemeinen beherrscht, alle Geschichtsquellen gelesen hat, dazu die großen Werke der islamischen Tradition, Muslim und al-Buchari. Ich habe alle Bücher gelesen und studiert, alle Techniken selbst angewandt und ausprobiert, alle Wissenschaften auswendiggelernt und bis zur Perfektion gebracht, alle Künste durchdrungen und meinen Meister darin gemacht und überhaupt alles selbst eingerichtet und zusammengefügt. Du solltest Gott, den Erhabenen, preisen für das, womit Er dich bedenkt, und Ihm danken für das, was Er dir schenkt! Und jetzt gebe ich dir den guten Rat, daß du heute genau das tust, was ich dir sage, als Ergebnis meiner astrologischen Berechnungen. Und ich sage dir eines: Du mußt nicht einmal dafür bezahlen! Denn alles, was ich für dich tue, ist wenig im Vergleich zu deinem hohen Ansehen bei mir und deinem Platz in meinem Herzen. Schon dein Vater hat mich geschätzt, weil ich so wenig neugierig bin, und deswegen ist es meine Pflicht, dich ohne Lohn zu bedienen.» Nachdem ich das von ihm gehört hatte, sagte ich zu ihm: «Ich sehe schon, du wirst mich heute zu Tode bringen.»

Da erreichte das Morgengrauen Schahrasad, und sie hörte auf zu erzählen. «Wie köstlich und wie aufregend ist deine Geschichte!» sagte Dinarasad zu ihrer Schwester. «Was ist das schon», erwiderte sie, «gegen das, was ich euch morgen nacht erzählen werde, wenn ich dann noch lebe und mich der König verschont ...»

Die einhundertundfünfundvierzigste Nacht

aus der Geschichte von Tausendundeiner Nacht

In der folgenden Nacht sagte sie:

Es ist mir zu Ohren gekommen, o glücklicher König, daß der Schneider dem Kaiser von China erzählte, daß der junge Mann den Anwesenden berichtete, wie der Friseur fortfuhr: «Mein Herr! Nennen mich die Leute etwa nicht den ‹Schweigsamen›, weil ich so wenig rede? Ganz im Gegensatz zu meinen Brüdern! Mein ältester Bruder wird nämlich ‹das Plappermaul› genannt, der zweitälteste ‹die Quasselstrippe›, der dritte heißt, ‹das Plappermäulchen›, der vierte ‹der klappernde Blechkrug›, der fünfte ‹die Labertasche›, und den sechsten nennt man ‹den Lästigen›. Nur mich, weil ich so wenig rede, nennen alle ‹den Schweigsamen›.» Liebe Leute, ich konnte diesen Friseur nicht mehr ertragen. Er hatte mich wütend gemacht, und ich fühlte, wie mir die Galle platzte. «Zahle ihm vier Dinar, und schick ihn fort!» sagte ich zu meinem Diener. «Er soll seiner Wege gehen, ich will mir heute nicht mehr die Haare schneiden lassen.» – «Aber was redest du da, mein Gebieter?» empörte sich der Friseur, als er hörte, was ich zu meinem Diener gesagt hatte. «Ich bin durch die heiligen Schwüre der Muslime gebunden und darf keinen Lohn dafür nehmen, daß ich dich bediene. Es bleibt dabei, daß ich dir zu Diensten bin, denn es ist meine Pflicht, deine Aufträge auszuführen und alle deine Angelegenheiten zum Guten zu wenden. Dabei kümmert es mich nicht, ob ich etwas bekomme oder nicht, denn auch wenn du, mein Gebieter, meinen Wert nicht kennst, so kenne ich doch den deinen und weiß, wessen du würdig bist, da mir dein Vater lieb und teuer war!» Dann erhob er seine Stimme und sprach:

Tawil

«Ich kam zu dem Herrn und Meister für einen Aderlaß,
Doch war ihm die Heilung seines Körpers nicht recht zupaß.

So setzte ich mich und sprach mit ihm über allerlei,
Und rollte mein Wissen vor ihm aus ohne Unterlaß.

Da freute er sich, mir zuzuhören, und sagte mir:
‹Du sprengst alle Grenzen, unergründliches Wissensfaß!›

Ich sagte zu ihm: ‹O Herr der Menschen! Wenn du mich nicht
Mit Huld überschüttet hättest, wüßte ich nicht all das.

Denn du bist der Meister aller Großzügigkeit und Gunst,
Ein Schatz aller Menschen, voll Verständnis und ohne Haß!›»

Es wird berichtet: «Dein Vater war damals entzückt über diese Verse. Er hat seinen Diener hereingerufen und zu ihm gesagt: ‹Gib ihm einhundert Dinar und noch drei Dinar dazu und ein Ehrengewand!› Das alles hat er mir geschenkt. Ich habe daraufhin die Konstellation der Sterne im Aszendenten gemessen und festgestellt, daß sie günstig standen. Dann habe ich ihn zur Ader gelassen. Am Ende war es mir doch nicht möglich zu schweigen, und so habe ich ihn gefragt: ‹Mein Gebieter, warum hast du zu deinem Diener gesagt: Gib ihm einhundert Dinar und noch drei Dinar dazu?› Da hat er mir geantwortet: ‹Ein Dinar ist für das Horoskop, ein Dinar für die abendfüllende Unterhaltung und ein Dinar für den Aderlaß. Die hundert Dinar und das Ehrenkleid bekommst du dafür, daß du so ein schönes Loblied auf mich gesungen hast.›» Und er redete weiter und weiter, so viel, daß ich in dem Zorn, der mich gepackt hatte, zu ihm sagte: «Gott soll meinen Vater nicht selig haben, wenn er einen wie dich gekannt hat!»

Da erreichte das Morgengrauen Schahrasad, und sie hörte auf zu erzählen. «Wie köstlich und wie aufregend ist deine Geschichte!» sagte Dinarasad zu ihrer Schwester. «Was ist das schon», erwiderte sie, «gegen das, was ich euch morgen nacht erzählen werde, wenn ich dann noch am Leben bin ...»

Die einhundertundsechsundvierzigste Nacht

aus der Geschichte von Tausendundeiner Nacht

In der folgenden Nacht sagte sie:

Es ist mir zu Ohren gekommen, o glücklicher König, daß der Schneider dem Kaiser von China erzählte, daß der junge Mann den Anwesenden berichtete, wie er zu dem Friseur sagte: «Laß mich um Gottes willen in Ruhe mit deinem unausstehlichen Geschwätz, sonst versäume ich die richtige Zeit!» *Es wird berichtet:* Der Friseur lachte über meine Worte. «La ilaha illa llah!» rief er erstaunt aus. «Gelobt sei Gott, der sich nie verändert! Dich dagegen hat die Krankheit verändert, das denke ich mir jedenfalls, denn du bist völlig anders geworden, als ich dich gekannt habe. Ich muß feststellen, daß dein Verstand abgenommen hat, obgleich die Menschen gemeinhin je älter, desto vernünftiger werden. Zu diesem Thema habe ich einen Dichter die folgenden Verse sagen hören:

Den Armen sollst du trösten, wenn du selber es vermagst,
Du wirst für diesen Trost einmal mit reichem Lohn belohnt.

Denn Armut ist ein unheilbares Leiden, und das Geld
Ein Schmuck, der selbst die häßlichste Erscheinung überkront.

Kommst du in eine Menschenschar, so breite Frieden aus,
Und achte deine Eltern hoch, bei denen du gewohnt.

Wie viele Nächte haben sie aus Angst um dich gewacht!
Nur Gottes Auge schlummert niemals, der im Himmel thront.

Du bist jedenfalls entschuldigt», fuhr er fort, «denn du bist in einer Lage, die mich beunruhigt. Du weißt ja wohl, daß weder dein Vater noch dein Großvater irgend etwas getan haben, ohne zuvor meinen Rat einzuholen, denn das Sprichwort sagt: ‹Wer sich berät, scheitert nicht.› In einem anderen Sprichwort heißt es: ‹Wer keinen Meister hat, kann auch kein Meister werden.› Der Dichter sagt dazu:

Hast du einen Plan gefaßt, so geh und hole Rat.
Frag einen, der sich auskennt, und verärgere ihn nicht!

Du wirst niemanden finden, der sich besser auf allen Gebieten auskennt als ich. Trotz alledem», fuhr der Friseur fort, «ich stehe hier immer noch auf beiden Beinen vor dir, um dir zu Diensten zu sein und ohne mich zu ärgern. Und da ärgerst du dich über mich?» «O Mann!» sagte ich. «Du hast bei Gott schon viel zu lange geredet. Ich wünsche, daß du jetzt deine Arbeit tust.» – «Ich weiß», erwiderte er, «daß meinen Gebieter der Ärger beschlichen hat, aber ich nehme es dir nicht übel.» – «Mensch!» sagte ich. «Der Moment, auf den ich warte, rückt immer näher! Jetzt mach deine Arbeit zu Ende, und geh weg von mir, zu Gott, dem Erhabenen!» Und ich zerriß meine Kleider. Als er das sah, nahm er sein Rasiermesser zur Hand, wetzte es, näherte sich meinem Kopf und schnitt ein paar Härchen ab. Dann zog er die Hand wieder weg. «Mein Gebieter», sagte er, «die Eile ist vom Teufel! Man sagt:

Nimm dir Zeit, und tue, was du tun willst, nie zu schnell.
Gnädig sei, dann wirst du gnädig vor Gericht gestellt.

Keine Hand gibt's, über der sich Gottes Hand nicht streckte,
Keinen Schurken gibt's, den nicht ein andrer Schurke quält.

Ich glaube, mein Gebieter, daß du meinen wahren Wert nicht kennst, sondern mich vernachlässigt hast und dich um mein Wissen, meine Künste und meinen erhabenen Rang nicht scherst.» – «Kümmere dich nicht um etwas, das dich nichts angeht», schimpfte ich, «du hast meine Brust schon eng genug werden lassen!» ☙ «Ich nehme an, du bist in Eile, mein Herr?» erkundigte er sich. «Ja, ja, ja!» entgegnete ich. «Laß dir Zeit», riet er mir, «die Eile ist vom Teufel und verursacht nur spätere Reue. Wie gesagt, ich bin, bei Gott, beunruhigt über deine Lage und möchte gern, daß du mir sagst, was du vorhast. Es sind ja noch drei Stunden, bis das Gebet zu Ende geht. Ich will über deine Pläne nicht im ungewissen sein», fuhr er fort, «sondern ganz genau und exakt Bescheid wissen, auf was für einen Zeitpunkt du da wartest, denn wenn eine Sache nur als Vermutung ausgesprochen wird, steckt bestimmt etwas Unanständiges dahinter. Das ist ganz besonders in meinem Fall geboten, weil ich bei allen Leuten berühmt und bekannt bin wegen meiner vortrefflichen Eigenschaften! Ich, im Unterschied zu den meisten anderen Astrologen, stelle nämlich niemals unbewiesene Behauptungen auf!» Mit diesen Worten warf er das Rasiermesser aus der Hand und griff zu –

Da erreichte das Morgengrauen Schahrasad, und sie hörte auf zu erzählen. «Wie köstlich und wie aufregend ist deine Geschichte!» sagte Dinarasad zu ihrer Schwester. «Was ist das schon», erwiderte sie, «gegen das, was ich euch morgen nacht erzählen werde, wenn ich dann noch lebe und mich der König verschont ...»

Die einhundertundsiebenundvierzigste Nacht

aus der Geschichte von Tausendundeiner Nacht

In der folgenden Nacht sagte sie:

Es ist mir zu Ohren gekommen, o glücklicher König, daß der Schneider dem Kaiser von China erzählte, daß der junge Mann zu den Anwesenden sagte:

Er warf das Rasiermesser aus der Hand und griff zu dem Astrolab. Nachdem er zurückgekommen war, rechnete er etwas mit den Fingern aus. Dann erklärte er: «Bis zur Gebetszeit sind es nach meinen Berechnungen noch drei Stunden, nicht mehr und nicht weniger, und zwar genau abgezählt und festgesetzt nach den Aussagen der Wissenschaftler und der weisesten Experten der Astronomie und der Kalenderrechnung.» – «O Mann», stöhnte ich, «um Gottes willen, sei still! Du hast, bei Gott, bereits meine Leber zerkrümelt.» Da trat dieser Verfluchte wieder auf mich zu, nahm sein Rasiermesser zur Hand und rasierte mir einige Haare vom Kopf. «Bei Gott, ich mache mir Sorgen wegen deiner Eile», sagte er dann, «ganz besonders, weil ich nicht weiß, warum du es so eilig hast. Wenn du mir erklären würdest, was du vorhast, wäre das gut für dich, denn, wie du weißt, haben weder dein Vater noch dein Großvater – Gott habe die beiden selig – irgend etwas ohne meinen Rat getan.» *Es wird berichtet:* Als ich einsah, daß es keine Rettung vor ihm geben würde, sprach ich zu mir selbst: «Es ist bereits Mittag, und ich muß wieder verschwunden sein, bevor die Leute vom Gebet zurückkommen. Wenn ich mich auch nur einen Augenblick länger verspäte, ist es unmöglich, noch zu ihr hineinzukommen. – Mach es kurz!» sagte ich zu ihm. «Und hör auf, so viel zu reden. Ich muß zu einer Einladung bei einem Freund.» «Dein Tag ist ein Segen für mich!» rief der Friseur aus, sobald er mich die Einladung erwähnen hörte. «Gut, daß du mich daran erinnerst! Ich habe gestern ein paar Freunde eingeladen und völlig vergessen, etwas zu essen für sie zu besorgen. Erst jetzt ist es mir wieder eingefallen. Ach, was für eine Schande für mich! Ich werde mich vor ihnen blamieren!» – «Mach dir deswegen keine Sorgen», wandte ich ein, «ich habe dir ja gesagt, daß ich heute zu einer Einladung gehe. Alles, was ich im Haus habe an Essen und Getränken gehört dir, wenn du mich jetzt nur schnell fertig machst, mir den Kopf rasierst und die Haare schneidest!» – «Gott soll es dir mit Gutem vergelten!» erwiderte er. «Jetzt beschreibe mir, was du mir alles schenken möchtest, damit ich weiß, was es ist, und es zu meinen Gästen schicken kann.» – «Bei mir stehen fünf verschiedene Sorten Essen herum», sagte ich, «außerdem zehn gekochte Hühnchen und ein gegrilltes Lamm.» – «Hol alles her, damit ich es sehen kann», verlangte er. Ich gab also einem meiner Diener den Auftrag, alles das zu holen und einzukaufen und so schnell wie möglich heranzubringen. Er besorgte auch alles sehr schnell. Nachdem der Friseur es in Augenschein genommen hatte, sagte er: «Mein Gebieter, das Essen ist da, nun fehlen noch die Getränke!» – «Ich habe zwei Dschawiliya voll Wein», sagte ich. «Bring sie her!» verlangte er, und ich befahl meinem Diener: «Bring sie her!» Als sie da waren, sagte er: «Bravo, vorzüglich! Du bist wirklich sehr großzügig und gut erzogen. Jetzt stimmt das Essen und Trinken, aber es fehlen noch Obst und Knabberzeug.» Ich ließ eine gefaltete Papiertüte holen, in der Adlerholz, Amber und Moschus zum Räuchern im Wert von fünf Dinar waren.

Da mir inzwischen die Zeit schon äußerst knapp geworden war, sagte ich: «Nimm alles, nur mach mich um Gottes willen schnell fertig!» – «Bei Gott», erwiderte er, «ich nehme es nicht, bevor ich nicht ganz genau gesehen habe, was der Inhalt ist.» Also ließ ich meinen Diener die Papiertüte vor ihm öffnen, und der Friseur legte das Astrolab aus der Hand. ❧ Zu diesem Zeitpunkt hatte er den größten Teil meiner Haare noch nicht geschnitten. Er setzte sich und begann, die Dufthölzer und Räuchersubstanzen einzeln umzudrehen. Am Ende war er mit allem einverstanden und nahm es an sich. Doch da hatte er mir bereits den Lebensnerv geraubt und alle Atemwege zugeschnürt. Endlich nahm er das Rasiermesser wieder zur Hand, kam auf mich zu und rasierte ein bißchen an meinen Haaren herum, wobei er folgenden Vers rezitierte:

«Die Jungen wachsen auf mit dem, was ihre Eltern waren,
Denn nur auf seinen eignen Wurzeln steht und wächst der Baum.

Bei Gott, mein Gebieter», fuhr er fort, «ich weiß nicht, wem ich mehr danken soll: dir oder deinem Vater? Meine gesamte Einladung kommt nur durch deine Großzügigkeit zustande. Möge Gott deinen Vater noch lange in dir weiterleben lassen! Eigentlich habe ich gar niemanden unter meinen Gästen, der dieser Sachen würdig wäre. Es sind lauter ehrenwerte Leute wie Santut, der Bademeister, Sali, der Krämer, Salwat, der Bohnenkoch, Ikrischa, der Gemüseverkäufer, Said, der Kameltreiber, Suwaid, der Lastenträger, Hamid, der Müllmann, Abu Makarisch, der Badewärter, Kasim, der Wächter, und Karim, der Stallknecht. Unter all diesen ist kein einziger unsympathischer oder streitlustiger Mensch. Keiner von ihnen ist auch nur im geringsten neugierig oder aufdringlich. Jeder von ihnen kennt einen Tanz, den nur er allein tanzen kann, und trägt seine eigenen Gedichte vor. Aber das beste an ihnen ist, daß sie alle – genau wie dein ergebener Diener – weder Geschwätzigkeit noch Neugier kennen. Der Bademeister zum Beispiel singt zur Darabukka, ganz zauberhaft, und er tanzt auf das Lied: ‹Mutter, geh und fülle meinen Krug!› Der Krämer –

Da erreichte das Morgengrauen Schahrasad, und sie hörte auf zu erzählen. «Wie köstlich und wie aufregend ist deine Geschichte!» sagte Dinarasad zu ihrer Schwester. «Was ist das schon», erwiderte sie, «gegen das, was ich euch morgen nacht erzählen werde, wenn ich dann noch lebe und mich der König verschont ...»

Die einhundertundachtundvierzigste Nacht

aus der Geschichte von Tausendundeiner Nacht

In der folgenden Nacht sagte sie:

Es ist mir zu Ohren gekommen, o glücklicher König, daß der Schneider dem Kaiser von China erzählte, daß der junge Mann den Anwesenden berichtete, wie der Friseur fortfuhr: «Der Krämer singt schöner als die Nachtigall und schlägt dazu mit seiner Schöpfkelle. Er tanzt auf das Lied: ‹Ach, mein Täubchen, meine Dame, das hast du gut gemacht!› und bringt die Leute dermaßen zum Lachen, daß keinem mehr das Herz im Leibe bleibt. Der Müllmann singt zum Tamburin, und zwar so schön, daß alle Vögel verstummen. Er tanzt zu dem Text: ‹Das Gerücht ist jetzt bei meiner Nachbarin, in einer großen, schweren Truhe liegt es drin.› Er ist ein wendiger, vornehmer, genialer, verruchter, verrückter und raffinierter Kerl, und ich habe über ihn die Verse gedichtet:

Basit

Ich gäb' mein Leben so gern für einen Müllmann dahin,
Der wie ein Zweiglein sich biegt mit lieblichen Gebärden,

Zu dem ich einmal gesagt hab', als uns die Nacht hat vereint
Und je länger, je mehr an mir zehrten die Leidenschaftsbeschwerden:

‹Dein heißes Feuer hast du in meinem Herzen gelegt!›
‹Kein Wunder›, sprach er, ‹weil Müllmänner oftmals Heizer werden.›

Jeder von ihnen beherrscht Späße, Witze und alles, was Spaß macht, bis zur Vollendung. Wenn mein Gebieter es wünscht, können sie alle heute zu uns kommen, und du verschiebst den Besuch bei deinen Freunden, den du geplant hast. Du bist ja wirklich noch von deiner Krankheit gezeichnet und wirst vielleicht zu Leuten gehen, die viel reden oder über Dinge sprechen, die sie nichts angehen. Oder es könnte einer dabeisein, der neugierig ist und dir dadurch Kopfschmerzen bereitet, wo du doch ohnehin noch geschwächt bist von deiner Krankheit.» «Danke für deinen wertvollen Ratschlag», sagte ich und mußte, trotz meiner Wut, lachen. Dann sagte ich zu ihm: «Das können wir ja vielleicht einmal an einem anderen Tag nachholen, wenn Gott will. Jetzt mach deine Arbeit zu Ende, geh mit Gott, und vergnüge dich mit deinen Freunden und Kumpanen. Sie warten sicher schon auf dich!» – «Mein Gebieter», sagte er, «es ist mein größter Wunsch, dich mit diesen witzigen Leuten zusammenzubringen, unter denen auch nicht ein einziger neugieriger oder schwatzhafter Mensch ist. Ich kann es seit meiner Kindheit nicht ertragen, mit Leuten zusammen zu sein, die ständig Fragen stellen zu Dingen, die sie nichts angehen. Ich halte es nur mit solchen Menschen aus, die, wie ich, wenig reden. Wenn du diese Leute auch nur einmal getroffen hättest, würdest du sofort alle deine Freunde verlassen.» – «Gott möge dein Vergnügen mit ihnen vollkommen werden lassen», wünschte ich ihm und versprach: «Ich werde ganz bestimmt einmal einen Tag bei dir verbringen, um sie kennenzulernen.» «Wenn du heute nicht mit uns kommen möchtest», entgegnete er, «dann machen wir es so: Entweder du kannst dich doch entschließen, jetzt mitzugehen zu meinen Freunden, dann nehme ich mit, was du freundlicherweise gespendet hast. Wenn du aber heute unbedingt zu deinen Freunden gehen mußt, dann bringe ich alles zu ihnen, lasse meine Freunde allein essen und trinken und sage ihnen, daß sie nicht mehr auf mich warten sollen. Dann komme ich zu dir zurück und gehe mit dir zu deinen Freunden. Meine Freunde und ich sind nicht so förmlich, daß ich sie nicht allein lassen und zu dir zurückkommen könnte.» – «Es gibt keine Kraft und keine Stärke außer bei Gott, dem Erhabenen und Mächtigen», seufzte ich. «Gehe du bitte zu deinen Freunden, und vergnüge dich mit ihnen, und laß mich zu meinen Freunden gehen. Ich möchte heute mit ihnen zusammen sein, sie warten schon auf mich.» – «Gott behüte, mein Gebieter!» widersprach der Friseur. «Ich kann unter keinen Umständen auf dich verzichten und dich allein gehen lassen!» – «O Mann!» versetzte ich. «Der Ort, wo ich hingehe, ist ziemlich unbequem; du kannst nicht mitkommen.» «Mein Gebieter», sagte er da, «ich vermute vielmehr, daß du eine Verabredung mit einer Frau hast. Wenn du in der Tat nur zu einer Einladung gingest, würdest du mich mitnehmen, denn einer wie ich schmückt jede Einladung und ist eine Zier für all die Orte, an denen man sich vergnügt, wie Hochzeiten und andere Feste. Solltest du dich aber mit einer Frau verabredet haben und möchtest mit ihr alleine sein, dann bin ich um so mehr der Richtige –

Da erreichte das Morgengrauen Schahrasad, und sie hörte auf zu erzählen. «Wie köstlich und wie aufregend ist deine Geschichte!» sagte Dinarasad zu ihrer Schwester. «Was ist das schon», erwiderte sie, «gegen das, was ich euch erzählen werde, wenn ich weiterlebe und verschont bleibe ...»

Die einhundertundneunundvierzigste Nacht

aus der Geschichte von Tausendundeiner Nacht

In der folgenden Nacht sagte sie:

Es ist mir zu Ohren gekommen, o glücklicher König, daß der Schneider dem Kaiser von China erzählte, daß der junge Mann den Anwesenden berichtete, wie der Friseur zu ihm sagte: «Dann bin ich um so mehr der Richtige, um dir zur Seite zu stehen und dir zu helfen, damit dich nicht jemand sieht, wenn du den verabredeten Ort betrittst. Sonst riskierst du dein Leben! Du weißt ja: In dieser Stadt darf niemand so etwas tun, ganz besonders nicht an einem Tag wie dem heutigen. Und der Wali von Bagdad ist ein strenger, jähzorniger Mensch, der keinen Spaß versteht.» «Wehe dir, du alter Schuft!» wetterte ich. «Schämst du dich nicht, mich mit so etwas in Verbindung zu bringen?» – «Du Dummkopf!» schimpfte er zurück. «Du sagst zu mir: ‹Schämst du dich nicht?› und versuchst, dich vor mir zu verstecken, aber ich weiß schon alles und bin jetzt noch bestätigt worden. Ich wollte dir doch nur helfen, indem ich heute mein Leben für dich einsetze.» *Es wird berichtet:* Da ich befürchtete, meine Familie und meine Nachbarn könnten mithören, was der Friseur sagte, und es könnte eine Schande für mich daraus werden, schwieg ich und antwortete nichts mehr. Es wurde Mittag und die Gebetszeit kam heran. Als der erste und der zweite Gebetsruf verklungen waren, hatte er endlich meinen Kopf fertig rasiert. «Jetzt geh, und bring das Essen und die Getränke in dein Haus zu deinen Freunden», sagte ich. «Ich warte hier, bis du zurückkommst, dann kannst du mit mir mitgehen.» Auf diese Weise versuchte ich, diesen verfluchten Schurken zu überlisten und hinters Licht zu führen. Ich hoffte, er würde endlich gehen. Doch er sagte: «Ich habe so ein unbestimmtes Gefühl, als wolltest du versuchen, mich hinters Licht zu führen. Du willst doch allein gehen und stürzt dich damit in ein Unglück, aus dem es kein Entrinnen für dich geben wird. Ich warne dich in Gottes Namen: Geh, bei Gott, nicht fort von hier, ehe ich zu dir zurückgekommen bin. Ich werde dich begleiten und auf dich achten, damit du dich nicht in eine Falle locken läßt.» – «Einverstanden», sagte ich, «aber laß mich nicht so lange warten.» Er nahm alles, was ich ihm gespendet hatte: Speisen, Getränke, Grillfleisch, Dufthölzer und so weiter und entfernte sich von mir. Aber dieser gottverdammte Kerl schickte die Sachen mit einem Träger zu seinem Haus und verbarg sich selbst in einer Seitengasse. Unterdessen hatten die Muezzine ihre Gebetsrufe bereits beendet. Ich stand geschwind auf, kleidete mich an, verließ mein Haus und lief schnell bis zu der bewußten Gasse. Vor dem Haus, in dem ich die Dame gesehen hatte, blieb ich stehen. Der verfluchte Friseur aber war mir hinterhergelaufen, ohne daß ich es bemerkt hatte, und stand nun unmittelbar hinter mir. Die Tür war offen. Ich trat ein und traf auf die Alte, die dort gestanden hatte, um auf mich zu warten. Sogleich stieg ich hinauf in das Zimmer, das dem Mädchen gehörte. Kaum hatte ich es betreten, da erschien der Hausherr. Er war vom Gebet zurückgekommen, ging in den Kuppelsaal und verschloß die Eingangstür. Ich warf einen Blick aus dem Fenster und sah diesen Friseur hier, den Gott verdammen möge, vor der Tür sitzen. «Woher weiß dieser Teufel, wo ich bin?» sprach ich zu mir selbst. Im selben Moment geschah es, weil Gott mein Verderben wollte, daß eine Dienerin des Hausherrn sich etwas hatte zuschulden kommen lassen und der Hausherr sie deshalb verprügelte. Als sie laut schrie, kam sein Sklave herbeigelaufen und wollte sie schützen. Da verprügelte er auch den Sklaven, und auch dieser schrie laut auf. Der verfluchte Friseur meinte, ich sei es, der geschlagen würde. Er stieß einen Schrei aus, zerriß sein Gewand, streute Asche auf sein Haupt und rief ohne Unterlaß um Hilfe, während sich die Menschen bereits hinter ihm und um ihn herum versammelten. «Mein Herr ist im Haus des Kadi ermordet worden!» rief er immer wieder. Dann lief er, laut schreiend, gefolgt von allen Leuten, zu meinem Haus und verständigte meine Angehörigen und Diener. Ehe ich mich's versah, waren sie alle da, mit zerrissenen Kleidern und aufgelösten Haaren, und riefen laut: «Ach weh, unser Herr!» Allen voran ging der Friseur. Er gab ein erbärmliches Bild ab mit seinen zerfetzten Kleidern, und auch er schrie mit allen anderen.

Da erreichte das Morgengrauen Schahrasad, und sie hörte auf zu erzählen. «Ach, Schwester», sagte Dinarasad zu ihrer Schwester, «wie köstlich und wie aufregend ist deine Geschichte!» – «Was ist das schon», erwiderte sie, «gegen das, was ich euch erzählen werde, wenn ich weiterhin am Leben bleibe und mich der König verschont ...»

Die einhundertundfünfzigste Nacht

aus der Geschichte von Tausendundeiner Nacht

In der folgenden Nacht sagte sie:

Die Leute behaupten, o glücklicher König, daß der Friseur dem Kaiser von China erzählte, daß der junge Mann zu den Anwesenden sagte:

Während meine Familie immer weiter schrie, waren viele Menschen um sie zusammengelaufen und riefen ebenfalls: «Mord! Mord!» Nun hörte auch der Hausherr den Lärm und das Geschrei vor seiner Tür. «Schau nach, was da ist», befahl er einem seiner Diener. Der Diener ging hinaus und kehrte zu seinem Herrn zurück mit der Nachricht: «Mein Herr, vor der Tür stehen über zehntausend Menschen, Männer und Frauen. Sie rufen ‹Mord!› und zeigen auf unser Haus.» Der Hausherr machte sich große Sorgen, als er das hörte, und wurde sehr unruhig. Er öffnete die Tür und trat hinaus. Als er die Menschenmenge sah, war er sprachlos vor Verblüffung. «Was habt ihr denn, liebe Leute?» erkundigte er sich. «Du gottverdammter Lump!» beschimpften sie den Kadi. «Du Schwein, du hast unseren Herrn getötet!» – «Aber liebe Leute», erwiderte er, «was hat euer Herr mir denn getan, daß ich ihn töten sollte? Hier ist mein Haus, ihr seht es vor euch!» – «Du hast ihn gerade eben mit der Peitsche geschlagen!» schrie der Friseur. «Ich habe ihn in deinem Haus brüllen hören.» – «Weshalb sollte ich euren Herrn schlagen?» entgegnete der Kadi. «Was hat er mir getan, und wie kommt er überhaupt in mein Haus?» – «Nun sei kein alter und gemeiner Schuft!» sagte der Friseur zu ihm. «Ich weiß alles! Deine Tochter ist in ihn verliebt, und er liebt sie auch. Als du dahintergekommen bist, hast du deinen Dienern befohlen, ihn zu prügeln. Bei Gott! Ich werde dich vor den Sultan höchstpersönlich bringen, damit er zwischen uns richtet, oder du lieferst ihn auf der Stelle an seine Angehörigen aus, bevor ich selbst hineingehe und ihn aus eurem Haus hole. Dann stehst du dumm da!» Der Kadi vermied es, laut zu reden. Aus Scham vor den Menschen hielt er sich zurück und sagte nur: «Wenn du die Wahrheit sprichst, dann gehe jetzt hinein und hole ihn.» Mit einem Satz sprang der Friseur ins Haus. Als ich sah, daß er hereingekommen war, begann ich fieberhaft nach einem Fluchtweg zu suchen oder nach einem Versteck, in das ich mich retten könnte. Ich fand nichts als eine große Truhe, die in der Wohnstube stand, schlüpfte hinein, klappte den Deckel über mir zu und hielt den Atem an. Der Friseur trat zuerst in den Kuppelsaal. Als nächstes schaute er hinauf zu dem Ort, an dem ich mich befand. Er wandte sich rechts herum und links herum, steuerte dann direkt auf die Truhe zu, in der ich hockte, hob sie sich auf den Kopf – ich war bereits bewußtlos und nicht mehr bei Sinnen vor lauter Angst – und lief schnell damit hinaus. Als ich begriff, daß er mich nicht mehr aus den Händen lassen würde, nahm ich alle meine Kräfte zusammen, stemmte die Truhe auf und ließ mich zu Boden fallen. Dabei brach ich mir das Bein. In diesem Moment wurde die Tür geöffnet, und ich sah vor mir die Menschenmenge, die sich davor versammelt hatte. Ich trug aber im Ärmel meines Gewandes eine Menge Goldstücke bei mir, die ich für einen Tag wie diesen aufgespart hatte. Indem ich aus dem Haus trat, streute ich die Goldmünzen unter die Leute. Die waren so beschäftigt damit, das Gold und Silber aufzusammeln, daß es mir gelang zu entkommen. Ich rannte kreuz und quer durch die Gassen von Bagdad, und dieser verdammte Friseur mir immer auf den Fersen. Nichts konnte ihn von mir ablenken, er verfolgte mich von Ort zu Ort.

Da erreichte das Morgengrauen Schahrasad, und sie hörte auf zu erzählen. «Wie köstlich und wie aufregend ist deine Geschichte!» sagte Dinarasad zu ihrer Schwester. «Was ist das schon», erwiderte sie, «gegen das, was ich euch morgen nacht erzählen werde, wenn ich bis dahin noch lebe und verschont geblieben bin ...»

Die einhundertundeinundfünfzigste Nacht

aus der Geschichte von Tausendundeiner Nacht

In der folgenden Nacht sagte sie:

Es ist mir zu Ohren gekommen, o glücklicher König, daß der Schneider dem Kaiser von China erzählte, daß der junge Mann den Anwesenden berichtete, wie er immer weiterrannte, wobei der Friseur dicht hinter ihm war. «Sie wollten dich mir rauben und mich unglücklich machen, mein Herr!» rief der Friseur japsend. «Den Menschen, den Gott in Seiner Güte mir, meiner Familie und meinen Freunden zum Geschenk gemacht hat, wollten sie umbringen! Gott sei Dank, daß ich es mit Gottes Hilfe geschafft habe, sie zu überwinden und meinen Herrn aus ihren Händen zu befreien. Wo willst du hin, mein Herr?» keuchte er. «Hätte Gott dir nicht mich gegeben, wärest du ihnen niemals entkommen. Sie hätten dich in eine fürchterliche, katastrophale Lage gebracht, und kein Mensch hätte dich mehr retten können. Wie lange, glaubst du, werde ich noch am Leben sein, um dich zu beschützen? Bei Gott, mit deiner dummen Idee hast du mich wirklich zugrunde gerichtet. Aber ich will dir deinen Leichtsinn nicht übeldeuten, du bist eben ein Tolpatsch und ein bißchen naiv ...» So war es also nicht genug mit dem, was ich schon durch ihn erleiden mußte – erzählte der junge Mann weiter –, nein, er folgte mir auf den Fersen durch die Marktgassen von Bagdad und schrie dabei laut auf mich ein. Ich hätte beinahe den Geist aufgegeben und war so wütend und zornig auf ihn, daß ich schnell in einen Chan trat, der mitten im Basar gelegen war, und den Besitzer des Chans um Beistand gegen ihn bat. Dieser wehrte ihn auch wirklich ab und ließ ihn nicht an mich heran. In einem Lagerraum setzte ich mich hin. «Wenn ich jetzt in mein Haus zurückkehre», sprach ich zu mir selbst, «werde ich diesen gottverfluchten Kerl nie mehr abschütteln können. Er wird Tag und Nacht bei mir sein. Ich kann es aber nicht mehr ertragen, ihn zu sehen.» Also schickte ich sofort jemanden auf den Weg, der Zeugen für Dokumente für mich herbeiholte. Dann setzte ich für meine Familie ein Testament auf, verteilte darin den Großteil meines Vermögens, bestimmte einen Testamentsvollstrecker, dem ich den Auftrag erteilte, mein Haus und mein Grundstück zu verkaufen, und befahl die großen und kleinen Kinder in seine Obhut. Dann nahm ich etwas Geld und reiste noch am selben Tag unmittelbar aus dem Chan hierher in dieses Land. Das alles tat ich, um diesen elenden Schurken loszuwerden. Ich habe mir eine Wohnung gesucht und lebe nun schon eine Zeitlang hier. Als ihr mich nun heute eingeladen habt und ich eurer Einladung gefolgt bin, habe ich ihn, diesen verfluchten Friseur, hier bei euch angetroffen, und zwar auf dem Ehrenplatz der Einladung! Wie, frage ich euch, kann ich euer Fest genießen, solange er dabei ist? Nach allem, was er mir angetan hat und was mir widerfahren ist – mein Bein habe ich mir gebrochen, meine Heimat, meine Familie und mein Haus verlassen und bin aufs Geratewohl in die Welt hinausgezogen –, treffe ich ihn jetzt hier, bei euch!»

Und der junge Mann weigerte sich, Platz zu nehmen. Als wir seine Geschichte mit dem Friseur gehört hatten, wunderten wir uns sehr und schüttelten uns vor Entzücken. «Ist es wahr, was dieser junge Mann über dich erzählt?» fragten wir den Friseur. «Warum hast du das getan?» Der Friseur hob den Kopf. «Liebe Leute», sagte er, «ich habe ihm das nicht vorsätzlich, mit Absicht oder aus Berechnung, angetan. Wenn ich nicht gewesen wäre, wäre er getötet worden. Ich allein bin der Grund für seine Rettung! Außerdem kann er froh sein, daß er nur am Bein verletzt wurde und nicht sein Leben lassen mußte. Das alles habe ich unter Einsatz meines eigenen Lebens bewirkt. Aber ich sehe schon: Ich habe Gutes getan an einem, der es nicht verdient hat. Ich bin doch, bei Gott, weder neugierig noch geschwätzig, ganz im Gegensatz zu meinen sechs Brüdern – ich bin nämlich der siebte –, unter denen es keinen gibt, der schweigsamer, vernünftiger und weniger neugierig ist als ich. Hört her! Ich will euch eine Geschichte erzählen, die ich selbst erlebt habe, damit ihr mir glaubt, daß ich wirklich schweigsam bin und viel weniger neugierig als meine Brüder.

Die Geschichte des Friseurs

Zur Zeit des Kalifen Al-Mustansir Billah, des Sohnes von Al-Mustadi Billah, lebte ich in Bagdad. Damals hatte der Kalif in Bagdad seinen Hof. Er war ein Mensch, der die Armen und Notleidenden liebte und sich ständig mit Gelehrten und frommen, ehrenwerten Leuten beriet. Nun geschah es, daß er einmal auf zehn bestimmte Personen zornig wurde und dem Mutawalli von Bagdad befahl, diese Personen vor ihn zu führen, und zwar an einem Feiertag.

Da erreichte das Morgengrauen Schahrasad, und sie hörte auf zu erzählen. «Ach, Schwester», sagte Dinarasad zu ihrer Schwester, «wie spannend und wie aufregend ist deine Geschichte!» – «Was ist das schon», erwiderte sie, «gegen das, was ich euch morgen nacht erzählen werde, wenn ich dann noch lebe und mich der König verschont …»

Die einhundertundzweiundfünfzigste Nacht

aus der Geschichte von Tausendundeiner Nacht

In der folgenden Nacht sagte sie:

Es ist mir zu Ohren gekommen, o glücklicher König, daß der Schneider dem Kaiser von China erzählte, daß der Friseur zu den Anwesenden sagte, daß der Kalif dem Mutawalli von Bagdad befahl, diese Personen an einem Feiertag vor ihn zu führen. Es handelte sich um eine Bande von Wegelagerern, die die Straßen unsicher machten. Der Mutawalli von Bagdad zog aus, nahm sie fest und verfrachtete sie in ein Boot. Als mein Blick auf sie fiel – berichtete der Friseur –, dachte ich bei mir: «Bei Gott! Diese Leute haben sich bestimmt zu einer Feier oder einer Einladung versammelt. Mir scheint, sie werden den ganzen Tag auf diesem Boot mit Essen und Trinken zubringen. Kein anderer als ich soll ihr Zechkumpan sein.» Und so, liebe Leute, brachten mich mein tugendhafter Charakter und meine Besonnenheit dazu, mich auf ihr Boot zu schmuggeln. Sie setzten zügig an das Ufer von Bagdad über, und es dauerte, nachdem sie das Ufer erreicht hatten, keinen Augenblick, da kamen schon Wachleute mit Ketten, die sie ihnen um die Hälse warfen. Auch mir, wie allen anderen, hatten sie eine Kette um den Hals geworfen. Das alles, liebe Leute, geschah nur wegen meines tugendhaften Charakters und meiner Schweigsamkeit, die mich veranlaßten, stillzuhalten und nichts zu sagen. So führten sie uns in Ketten vor den Beherrscher der Gläubigen, und dieser erteilte den Befehl, den zehn Personen die Köpfe abzuschlagen. Der Scharfrichter setzte uns vor sich auf die Ledermatte, auf die bei den Hinrichtungen das Blut fließt. Er trat an uns heran, zog sein Schwert und schlug einem nach dem anderen den Kopf ab, bis er sie alle zehn geköpft hatte. Nun war nur noch ich übrig. «Wehe dir», sagte der Kalif, als er das sah, «du hast nur neun Personen geköpft!» –

«Gott bewahre mich davor, Beherrscher der Gläubigen», antwortete der Scharfrichter, «daß du mir befiehlst, zehn Personen zu köpfen und ich nur neun Personen köpfe.» – «Aber der da, vor dir», wandte der Kalif ein, «das ist doch der zehnte!» – «Um Gottes willen, mein Gebieter!» entgegnete der Scharfrichter. «Ich schwöre bei deiner Wohltätigkeit, daß ich zehn Personen getötet habe.» Daraufhin wurden die Köpfe durchgezählt, und es stellte sich heraus, daß es zehn Köpfe waren. ☙ Nun sah der Kalif mich an. «Wehe dir», sagte er «warum hast du nichts gesagt, in einer solchen Lage? Und wie bist du überhaupt unter diese Mörder geraten? Wie ist das alles zugegangen? Du bist doch schon im vorgerückten Alter, aber offensichtlich besitzt du dennoch wenig Verstand.» ☙ Als ich die Rede des Beherrschers der Gläubigen hörte, sprang ich auf, stellte mich aufrecht hin und erklärte: «Du mußt wissen, Beherrscher der Gläubigen, daß ich der berühmte ‹Schweigsame› bin. Ich besitze verschiedene Vorzüge wie Weisheit, Wissen und philosophische Bildung. Ich kann süße Reden halten und scharfsinnige Antworten geben wie kein Zweiter. Meine besonnene Vernunft und meine Schweigsamkeit, die Schärfe meines Verstandes, meine Beherrschtheit sowie meine übergroße Tugend und Hochsinnigkeit sind etwas, das niemand jemals ganz verstehen wird und dessen Ende keiner sehen wird. Am gestrigen Tag habe ich diese zehn Personen getroffen, wie sie gerade in das Boot einsteigen wollten. Ich habe angenommen, sie führen zu einer Einladung oder einer Feier, darum habe ich mich unter sie gemischt und bin mit ihnen in das Boot gestiegen. Doch sie wurden nur schnell übergesetzt und sind am anderen Ufer an Land gegangen, wo ihnen das widerfahren ist, was ihnen widerfahren ist. Es ist immer dasselbe: Mein ganzes Leben lang tue ich meinen Mitmenschen nur Gutes, und sie vergelten es mir auf die häßlichste Art und Weise.» ☙ Als der Kalif meine Worte hörte, lachte er so heftig, daß er auf den Rücken fiel. Nun hatte er eingesehen, daß ich tatsächlich höchst tugendhaft und schweigsam bin und in mir überhaupt keine Neugier steckt, wie es dieser junge Mann behauptet, den ich aus entsetzlichen Situationen gerettet habe und der es mir nun so vergolten hat. ☙ «Verehrter Herr Schweigsam», fragte mich der Kalif, «sind denn deine sechs Brüder auch so wie du?» – «Sie sollen nicht länger leben, wenn sie so sind wie ich oder ihre Taten dieselben sind wie meine!» sagte ich. «Meine Brüder, Beherrscher der Gläubigen, sind sechs an der Zahl. Jeder von ihnen hat einen körperlichen Schaden: Der eine ist einäugig, ein anderer ist halbseitig gelähmt, einer hat einen Buckel, einer ist blind, einer hat abgeschnittene Ohren und einer abgeschnittene Lippen. Denke jetzt bitte nicht, ich sei geschwätzig. Ich will dir lediglich beweisen, daß ich ehrenwerter und weniger redselig bin als sie alle. Es hat nämlich jeder von ihnen eine Geschichte erlebt, die dazu geführt hat, daß er seinen Schaden am Körper bekam. Beginnen wir mit dem Ältesten. Er war Schneider –

Da erreichte das Morgengrauen Schahrasad, und sie hörte auf zu erzählen. «Wie köstlich und wie aufregend ist deine Geschichte!» sagte Dinarasad zu ihrer Schwester. «Was ist das schon», erwiderte sie, «gegen das, was ich euch morgen nacht erzählen werde, wenn ich bis dahin noch lebe und verschont geblieben bin ...»

Die einhundertunddreiundfünfzigste Nacht

aus der Geschichte von Tausendundeiner Nacht

In der folgenden Nacht sagte sie:

Die Leute behaupten, o glücklicher König, daß der Schneider dem Kaiser von China erzählte, daß der Friseur den Anwesenden berichtete, wie er zu dem Kalifen sagte:

Der erste Bruder, der bucklige Schneider

Beginnen wir mit dem Ältesten. Er war Schneider von Beruf, lebte in Bagdad und hatte einen Laden gemietet. Ihm gegenüber wohnte ein sehr reicher Mann, der im unteren Stockwerk seines Hauses eine Mühle betrieb. Eines Tages saß mein Bruder – der mit dem Buckel – in seinem Laden und nähte. Als er den Kopf hob, erblickte er in der Dachluke des Hauses gegenüber eine Frau, so schön wie der aufgehende Vollmond. Sie stand dort und beobachtete die Leute. Sobald er sie gesehen hatte, brach in seinem Herzen Feuer aus. Er saß den Rest des Tages mit hochgerecktem Kopf da und starrte auf das Fenster. Der Abend kam. Er gab die Hoffnung auf, sie noch einmal zu sehen, und ging betrübt nach Hause. Am nächsten Morgen kam er in seinen Laden und setzte sich an seinen Platz, wobei er ständig hinaufblickte. Nach etwa einer Stunde erschien sie und schaute, wie sie es gewöhnlich tat, aus dem Fenster. Da fiel sein Blick auf sie, und er verlor die Besinnung. Etwas später kam er wieder zu sich und ging gleich nach Hause. Er fühlte sich sehr elend. Als er am dritten Tag an seinem Platz saß und die Frau ihn anblickte, gelang es ihm, ihrem Blick standzuhalten und sie lange anzuschauen. Sie lachte ihm ins Gesicht, und er lachte ihr ebenfalls zu. Dann verschwand sie und schickte ihre Dienerin zu ihm mit einem Tuch, in das ein Kleiderstoff aus feinstem Leinen eingeschlagen war. «Meine Herrin läßt dir schöne Grüße ausrichten», sagte die Dienerin, «und bittet dich um ihres Lebens willen, ihr aus diesem Stoff ein Kleid zuzuschneiden und fertigzunähen.» – «Ich höre und gehorche», antwortete mein Bruder, schnitt ein Kleid zu und nähte es. Damit war er den Rest des Tages beschäftigt. Am nächsten Tag stellte sich die Dienerin schon frühmorgens bei ihm ein. «Meine Herrin grüßt dich», bestellte sie, «und läßt dich fragen, wie du geschlafen hast. Sie selbst hat nämlich überhaupt keinen Schlaf zu schmecken bekommen, weil ihr Herz so sehr mit dir beschäftigt war. Außerdem läßt sie dir ausrichten, du sollst ihr eine Hose zuschneiden und nähen, die sie mit ihrem neuen Kleid zusammen tragen kann.» – «Ich höre und gehorche», antwortete mein Bruder und machte sich auch gleich an die Arbeit, schnitt den Stoff zu und gab sich beim Nähen große Mühe. Eine Stunde später schaute sie aus der Dachluke, begrüßte ihn und ließ nicht von ihm ab, bis er die Hose fertiggenäht und zu ihr geschickt hatte. Ratlos ging er nach Hause. Da er nicht mehr imstande war, für sein Essen aufzukommen, borgte er sich bei einem seiner Nachbarn Geld und kaufte davon etwas zu essen. Als er am nächsten Morgen in seinen Laden kam, war, ehe er sich's versah, die Dienerin schon wieder da. «Mein Herr will dich sprechen», sagte sie. Als er sie ihren Herrn erwähnen hörte, bekam er fürchterliche Angst, denn er glaubte, dieser hätte von seiner Affäre Wind bekommen. Aber das Mädchen beruhigte ihn. «Hab keine Angst», sagte sie, «es ist nur Gutes geschehen. Meine Herrin hat es so eingefädelt, daß ihr beide euch kennenlernt.» Da sprang er fröhlich auf, ging zu ihm hinein, begrüßte ihn, und dieser erwiderte seinen Gruß. Dann überreichte der Hausherr ihm einen großen Stapel Kleider aus Dabiki-Stoff und sagte dazu: «Schneidere mir Hemden daraus!»

Da erreichte das Morgengrauen Schahrasad, und sie hörte auf zu erzählen. «Ach, Schwester» seufzte Dinarasad «wie köstlich und wie aufregend ist deine Geschichte!» – «Was ist das schon», erwiderte sie, «gegen das, was ich euch morgen nacht erzählen werde, wenn ich dann noch lebe und mich der König verschont ...»

Die einhundertundvierundfünfzigste Nacht

aus der Geschichte von Tausendundeiner Nacht

In der folgenden Nacht sagte sie:

Es ist mir zu Ohren gekommen, o glücklicher König, daß der Schneider dem Kaiser von China erzählte, daß der Friseur den Anwesenden berichtete, wie er dem Kalifen erzählte:

Der Hausherr sagte zu meinem Bruder: «Schneidere mir Hemden daraus!» – «Ich machte mich an den Zuschnitt und hörte nicht eher auf, als bis ich zwanzig Hemden und ebenso viele Hosen zugeschnitten hatte. Bis zum Abend war ich mit dem Zuschneiden beschäftigt», berichtete mein Bruder, und dabei hatte er den ganzen Tag noch keinen Bissen gegessen. «Wieviel bekommst du?» fragte der reiche Hausherr schließlich meinen Bruder. «Wiege mir zwanzig Dirham ab», sagte er, und der Hausherr rief seiner Dienerin zu: «Bring mir die Waage!» In diesem Moment erschien die Dame. Sie wirkte ungehalten, als ärgerte sie sich darüber, wie er es wagen könne, überhaupt Geld zu nehmen. «Bei Gott», sagte mein Bruder, als er das bemerkte, «ich will kein Geld.» Mit diesen Worten nahm er die Zuschnitte an sich und ging davon. Er hatte keinen roten Fils mehr in der Tasche und hätte dringend etwas benötigt. In den folgenden drei Tagen aß er nur zwei Fladen Brot. Er wäre beinahe verhungert. Dann kam die Dienerin wieder zu ihm. «Was hast du geschafft?» wollte sie wissen. «Die Kleider sind fertig», erwiderte er, nahm die Kleider und ging mit dem Mädchen zu dem Ehemann der Dame. Der wollte meinem Bruder seinen Lohn auszahlen, doch er sagte, weil er sich vor der Dame fürchtete: «Ich nehme kein Geld», ging schnell wieder nach Hause und verbrachte die Nacht schlaflos vor Hunger. Als er am nächsten Morgen in seinen Laden ging, kam die Dienerin wieder zu ihm und bestellte ihm: «Mein Herr will mit dir sprechen.» Er ging zu ihm, und dieser sagte zu ihm: «Ich möchte, daß du mir einige Mäntel zuschneidest.» Er schnitt ihm fünf Mäntel zu und zog sich zurück, in einem erbärmlichen Zustand, in dem ihn sowohl der Hunger als auch die Schulden peinigten. Dann nähte er die Mäntel und brachte sie dem Mann. Dieser lobte seine Schneiderkünste, ließ einen mit Silbermünzen gefüllten Beutel bringen, und mein Bruder hatte schon seine Hand danach ausgestreckt, da machte ihm die Dame, die hinter dem Rücken ihres Ehemannes stand, durch Zeichen deutlich, daß er nichts nehmen dürfe. «Mein Herr», sagte er zu dem Mann, «das eilt nicht, es ist noch Zeit genug.» So ging er mit leeren Händen hinaus und hatte weder das Geld noch die Dame bekommen. Fünf Dinge kamen nun bei ihm zusammen: Er war verliebt, bankrott, hatte nichts mehr zu essen und nichts mehr anzuziehen und war todmüde. Dennoch sprach er sich selbst weiter Mut zu. Die Frau aber hatte, ohne daß mein Bruder davon wußte, ihrem Ehemann erzählt, was zwischen ihr und meinem Bruder geschehen war und daß mein Bruder sich in sie verliebt hatte. Daraufhin waren die beiden übereingekommen, meinen Bruder ohne Lohn für sie schneidern zu lassen. Nachdem er alle ihre Aufträge ausgeführt hatte, begann sie ihm aufzulauern, und immer, wenn sie sah, wie jemand ihm seinen Lohn abwiegen und bezahlen wollte, zwang sie ihn, nichts zu nehmen. Am Ende bearbeiteten sie ihn so lange, bis er einwilligte, ihre Dienerin zu heiraten. In der Nacht, in der sie ihm die Braut zuführen wollten, sagten sie zu ihm: «Heute nacht sollst du in der Mühle schlafen. Morgen ist dann das Hochzeitsfest.» Also übernachtete er allein in der Mühle. Da ging der Ehemann der Dame zu dem Müller und brachte ihn gegen ihn auf, so daß der Müller mitten in der Nacht zu meinem Bruder hineintrat. «Was ist mit diesem verfluchten Maultier los?» polterte er. «Ist es einfach stehengeblieben? Ich höre es gar nicht mehr im Kreis herumgehen! Dabei haben wir so viel Mehl zu mahlen!» Mit diesen Worten stieg er in die Mühle hinunter, füllte das Schöpfgefäß mit ungemahlenem Korn und kam mit einer Peitsche in der Hand auf meinen Bruder zu. Er band meinem Bruder einen Strick um den Hals –

Da erreichte das Morgengrauen Schahrasad, und sie hörte auf zu erzählen. «Wie köstlich und wie aufregend ist deine Geschichte!» sagte Dinarasad zu ihrer Schwester. «Was ist das schon», erwiderte sie, «gegen das, was ich euch morgen nacht erzählen werde, wenn ich dann noch lebe und mich der König verschont ...»

Die einhundertundfünfundfünfzigste Nacht

aus der Geschichte von Tausendundeiner Nacht

In der folgenden Nacht sagte sie:

Es ist mir zu Ohren gekommen, o glücklicher König, daß der Schneider dem Kaiser von China erzählte, daß der Friseur den Anwesenden berichtete, wie er dem Kalifen erzählte:

Der Müller legte meinem Bruder einen Strick um den Hals und fing an, ihm auf die Schenkel zu peitschen. Dieser rannte rundherum, bis das Korn gemahlen war, während er – der Müller – so tat, als erkennte er meinen Bruder nicht. Immer, wenn mein Bruder ausruhen wollte, versetzte ihm der Müller einen Hieb und herrschte ihn an: «Du unglückseliges Tier! Mir scheint, du hast zu viel gefressen!» Als der Morgen graute, begab sich der Müller nach oben in seine Wohnung. Meinen Bruder ließ er am Strick angebunden zurück. Er sah aus, als wäre er tot. Etwas später am Vormittag kam die Dienerin zu ihm. «Es tut mir so leid, was mit dir geschehen ist», sagte sie. «Ich und meine Herrin, wir haben die ganze Nacht kein Auge zugetan, weil wir solche Sorge hatten um dich!» Vor lauter Schlägen und Erschöpfung konnte er seine Zunge nicht mehr bewegen, um ihr eine Antwort zu geben, und schleppte sich nach Hause. Da wartete schon der gelehrte Schreiber, der den Ehevertrag für ihn aufgesetzt hatte. «Gott erhalte dich am Leben!» sagte der Schreiber zur Begrüßung und setzte hinzu: «Ist das etwa das passende Gesicht und die richtige Aufmachung für ein genußvolles Fest mit Liebesspiel und Umarmungen?» – «Mein Bruder», erwiderte er, «Gott soll diesen Lügner, diesen tausendmal gehörnten Ochsen, nicht in Frieden lassen! Ich habe, bei Gott, diese Nacht in der Mühle verbracht und Mehl gemahlen wie ein Maultier» – und er erzählte ihm seine Geschichte und was ihm zugestoßen war. «Nun, so hat eben dein Stern zu ihrem Stern nicht recht gepaßt», sprach jener, und mein Bruder ging zu seinem Laden, um darauf zu warten, daß ihm jemand etwas zum Nähen bringen und Geld dafür geben würde, damit er den Schreiber davon bezahlen könnte. Doch wer kam? Die Dienerin! «Meine Herrin möchte mit dir sprechen», sagte sie. «Ich habe mit euch nichts zu schaffen», gab er zurück. Das Mädchen ging davon und sagte es ihrer Herrin, und ehe mein Bruder sich's versah, erschien diese weinend in der Dachluke. «Ach, du Trost meiner Augen», sagte sie unter Tränen zu meinem Bruder, «wie geht es dir?» Er antwortete ihr nicht. Da begann sie zu schwören, sie sei an dem, was ihm widerfahren sei, unschuldig. Als mein Bruder ihre Anmut und Schönheit sah, verflogen alle seine anderen Gedanken. Er nahm ihre Entschuldigung an und freute sich an ihrem Anblick. Einige Tage später kam die Dienerin wieder zu ihm. «Meine Herrin grüßt dich», sagte sie, «und läßt dir ausrichten, daß ihr Ehemann vorhat, die Nacht bei einem seiner Freunde zu verbringen. Sobald er gegangen ist, sollst du zu uns kommen und bei meiner Herrin über Nacht bleiben.» Damit hatte es aber in Wirklichkeit folgende Bewandtnis: Ihr Ehemann hatte zu ihr gesagt: «Es sieht ganz so aus, als hätte der Schneider das Interesse an dir verloren!» – «Laß mich nur machen!» hatte sie geantwortet. «Ich werde ihn noch einmal hereinlegen, und zwar so gründlich, daß die ganze Stadt es erfahren wird.» Von alldem wußte mein Bruder nichts. Als nun der Abend gekommen war, nahm die Dienerin den Schneider mit in ihr Haus. Sobald die Dame meinen Bruder erblickte, hieß sie ihn aufs herzlichste willkommen. «Mein Herr», sagte sie, «nur Gott allein weiß, wie sehr ich mich nach dir gesehnt habe!»

Da erreichte das Morgengrauen Schahrasad, und sie hörte auf zu erzählen. «Ach, Schwester», seufzte Dinarasad, «wie köstlich und wie aufregend ist deine Geschichte!» – «Was ist das schon», erwiderte sie, «gegen das, was ich euch morgen nacht erzählen werde, wenn ich dann noch lebe und mich der König verschont …»

Die einhundertundsechsundfünfzigste Nacht

aus der Geschichte von Tausendundeiner Nacht

In der folgenden Nacht sagte sie:

Es ist mir zu Ohren gekommen, o glücklicher König, daß der Schneider dem Kaiser von China erzählte, daß der Friseur den Anwesenden berichtete, wie er dem Kalifen erzählte:

Mein Bruder sagte: «Ach, verehrte Herrin, gib mir schnell einen Kuß!» Doch er hatte diese Worte noch nicht ausgesprochen, da war schon ihr Ehemann aus einer der Wohnungen herausgekommen und stürzte auf ihn zu. «Bis hierher erfrechst du dich zu kommen?» herrschte er meinen Bruder an. «Bei Gott, ich werde dich nicht wieder loslassen, ehe wir beim Wali sind.» Und soviel mein Bruder auch bettelte, er ließ ihn nicht los, sondern schleppte ihn vor den Wali. Der verurteilte ihn zu einhundert Peitschenhieben und führte ihn anschließend auf einem Kamel in der Stadt umher, wobei öffentlich ausgerufen wurde: «Dies ist die Strafe – und zwar noch die geringste Strafe – für einen, der fremder Leute Frauen nachstellt!» Dann wurde er aus der Stadt verstoßen. Ohne zu wissen, wohin er sich wenden sollte, verließ er die Stadt. Ich eilte ihm nach und versorgte ihn mit Proviant.

Der Kalif lachte über meine Erzählung. «Danke, Herr Schweigsam», sagte er, «du wortkarger Geselle, das war wirklich gut.» Und er ordnete an, daß mir als Zeichen der Anerkennung ein Geschenk überreicht würde und ich mich dann entfernen sollte. Aber ich erhob Einspruch. «Nein, bei Gott, Beherrscher der Gläubigen!» sagte ich. «Ich nehme kein Geschenk an, ehe ich dir nicht erzählt habe, was meinen übrigen Brüdern widerfahren ist!»

Der zweite Bruder: «Plappermaul», der halbseitig Gelähmte

Mein zweitältester Bruder, den man «Plappermaul» nannte, ist halbseitig gelähmt. Eines Tages war er zu Fuß unterwegs, um etwas zu erledigen, als ihm eine alte Frau begegnete. «Ehrenwerter Herr», sprach sie ihn an, «warte doch einen Moment, ich möchte dir etwas zeigen, und wenn es dir gefällt, werde ich Gott um die richtige Eingebung bitten.» Mein Bruder blieb stehen, und die Alte raunte ihm zu: «Ich werde dir etwas verraten und dich an einen bezaubernden Ort führen, aber du darfst nicht viel reden! Was meinst du zu einem schönen Haus mit einem Garten, in dem Wasser plätschert, frisches Obst aufgetischt und der Wein schon gefiltert ist? Und was sagst du zu einem hübschen Gesicht zum Küssen, als wäre es der Vollmond?» Als mein Bruder hörte, was sie sagte, fragte er zurück: «Und das alles soll hier, in dieser Welt, existieren?» – «Aber ja!» antwortete sie. «Und wenn du dich klug verhältst, kann es bald schon dir gehören. Du darfst nur nicht viel reden und nicht neugierig sein, sondern mußt schön stillhalten.» – «Einverstanden», sagte mein Bruder. Nun ging die Alte voraus, und ich – so berichtete mein Bruder später – folgte ihr auf dem Fuße, aus Begehrlichkeit auf das, was sie mir versprochen hatte. «Die Dame, zu der du gehst», sagte die Alte zu mir, «liebt die Harmonie und verabscheut Streitigkeiten. Wenn du ihr in allem zustimmst, wirst du sie besitzen und zu deiner Sklavin machen.» «Ich werde ihr in keiner Sache widersprechen», versicherte mein Bruder. Und so folgte mein Bruder der Alten, bis sie ihn in ein großes Haus mit vielen Dienern geführt hatte. «Was machst du denn hier?» sagten die Diener zu ihm, als sie ihn sahen. «Laßt ihn in Ruhe, und sprecht ihn nicht an», entgegnete ihnen die Alte, «er ist ein Handwerker, und wir brauchen ihn hier.» Mein Bruder trat in einen riesigen Innenhof, in dessen Mitte ein Garten lag. Der war so schön, daß kein Auge jemals etwas Schöneres gesehen hatte. Sie ließ meinen Bruder auf einer schönen Steinbank Platz nehmen. Er hatte dort kaum ein Weilchen gesessen, da hörte er einen gewaltigen Tumult, und was sah er da? Eine Gruppe von Dienerinnen näherte sich, die führten in ihrer Mitte ein Mädchen, wie der Vollmond in der Nacht, in der er am vollkommensten ist. Als sie näher kam und mein Bruder sie ansehen konnte, sprang er auf und verneigte sich vor ihr. Sie hieß ihn herzlich willkommen und forderte ihn auf, sich wieder zu setzen. Er setzte sich. «Gott möge dich stärken», sagte sie zu ihm, «bringst du etwas Gutes?» – «Alles Gute ist in mir, verehrte Herrin!» erwiderte mein Bruder. Da gab sie den Befehl, daß das Essen aufgetragen würde, und verschiedene leckere Speisen wurden vor ihr aufgetischt. Während sie aßen, konnte das Mädchen nicht aufhören zu kichern und wandte sich, sobald mein Bruder sie anschaute, ihren Dienerinnen zu, als lachte sie über diese. Meinem Bruder machte sie alle Zeichen liebevoller Zuneigung und scherzte und schäkerte mit ihm. Mein Bruder, den das leidenschaftliche Verlangen nach ihr bereits übermannt hatte, zweifelte nicht daran, daß das Mädchen ebenfalls in ihn verliebt war und ihn ans Ziel seiner Wünsche gelangen lassen würde. Nachdem sie das Essen beendet hatten, wurde der Wein serviert. Danach kamen zehn Mädchen wie Vollmonde mit Lauten in den Händen und begannen, herzergreifende Lieder zu singen. Mein Bruder war entzückt von ihnen. Nun trank sie einen Becher aus, mein Bruder erhob sich vor ihr –

Da erreichte das Morgengrauen Schahrasad, und sie hörte auf zu erzählen. «Wie köstlich und wie aufregend ist deine Geschichte!» sagte Dinarasad zu ihrer Schwester. «Was ist das schon», erwiderte sie, «gegen das, was ich euch morgen nacht erzählen werde, wenn ich dann noch lebe und mich der König verschont ...»

Die einhundertundsiebenundfünfzigste Nacht

aus der Geschichte von Tausendundeiner Nacht

In der folgenden Nacht sagte sie:

Es ist mir zu Ohren gekommen, o glücklicher König, daß der Schneider dem Kaiser von China erzählte, daß der Friseur den Anwesenden berichtete, wie er dem Kalifen erzählte:

Die Dame schenkte meinem Bruder einen Becher Wein ein, den er im Stehen austrank. Dann stand sie auf, trat auf meinen Bruder zu und versetzte ihm einen Schlag in den Nacken. Mein Bruder nahm ihr das übel und wandte sich zornig ab, doch die alte Frau zwinkerte ihm zu, mein Bruder kam zurück, und das Mädchen forderte ihn wieder zum Sitzen auf. Jetzt schlug sie ihn zum zweiten Mal, und damit nicht genug! Auch ihren Dienerinnen befahl sie, auf ihn einzuschlagen, und zu der Alten gewandt, verkündete sie: «Ich habe noch nie etwas Schöneres erlebt als das!» – «Ja, bei Gott, meine Gebieterin», pflichtete die Alte ihr bei. Dann befahl sie ihren Mädchen, daß sie alle meinen Bruder mit Weihrauch beräuchern und mit Rosenwasser besprengen sollten. «Gott möge dich stärken», sagte sie zu ihm, «bist du nicht in mein Haus gekommen und hast meine Bedingung geduldig erfüllt? Wer mir nämlich widerspricht, den werfe ich hinaus; wer aber geduldig alles erträgt, wird an sein Ziel gelangen.» – «Verehrte Herrin, ich bin dein Sklave», entgegnete mein Bruder. Dann gab sie den Mädchen die Anweisung, sie sollten alle zusammen mit laut erhobenen Stimmen singen, und sie taten es. «Nimm meinen Geliebten, den Trost meiner Augen, und passe gut auf ihn auf!» rief sie einem der Mädchen zu. «Dann erledige seine Angelegenheit, und bringe ihn gleich wieder zu mir!» Mein Bruder stand mit ihr zusammen auf, ohne zu wissen, was mit ihm geschehen sollte. Im selben Moment erhob sich auch die Alte. «Sag mir, was sie mit mir tun will», verlangte er, «was soll dieses Mädchen machen?» – «Keine Angst, es geschieht dir nur Gutes», beruhigte ihn die Alte. «Sie wird dir die Augenbrauen färben und den Schnurrbart stutzen.» – «Die Farbe auf den Augenbrauen wäscht sich ja wieder heraus», entgegnete mein Bruder, «aber das Auszupfen der Schnurrbarthaare ist sehr schmerzhaft!» – «Hüte dich davor, ihr zu widersprechen!» erinnerte ihn die Alte. «Ihr Herz hängt doch schon an dir!» Also hielt mein Bruder geduldig still, bis das Mädchen ihm die Augenbrauen gefärbt und die Schnurrbarthaare ausgezupft hatte und wieder zu ihrer Herrin ging. «Eines fehlt noch», sagte diese, «nämlich, daß du ihm den Backenbart abrasierst, so daß er ganz glatt wird.» Das Mädchen kam zu ihm und fing an, ihm den Backenbart zu rasieren. «Du kannst dich glücklich schätzen», sagte die Alte, «denn sie würde das alles nicht tun, wenn sie nicht eine große Zuneigung zu dir in ihrem Herzen hegen würde. Habe nur noch ein wenig Geduld, du hast dein Ziel schon fast erreicht.» Mein Bruder hielt still und gehorchte dem Mädchen aufs Wort, während sie ihm den Backenbart abrasierte und ihn vor den Augen ihrer Herrin zurecht machte. Diese lachte so heftig über ihn, daß sie auf den Rücken fiel. «Ach, mein Herr!» prustete sie. «Mit deinen Tugenden hast du mein Herz gewonnen!» Dann beschwor sie ihn bei ihrem Leben, er solle aufstehen und für sie tanzen. Also erhob er sich und tanzte. Sie aber und ihre Mädchen ließen keinen Gegenstand im ganzen Haus an seinem Ort, ohne ihn damit zu prügeln. Schließlich sank er unter den Schlägen und Prügeln ohnmächtig zusammen. Als er wieder zu sich kam, sagte die Alte zu ihm: «Jetzt ist es soweit. Du hast erreicht, was du dir wünschst.»

Da erreichte das Morgengrauen Schahrasad, und sie hörte auf zu erzählen. «Wie köstlich und wie aufregend ist deine Geschichte!» sagte Dinarasad zu ihrer Schwester. «Was ist das schon», erwiderte sie, «gegen das, was ich euch morgen nacht erzählen werde, wenn ich dann noch lebe und mich der König verschont ...»

Die einhundertundachtundfünfzigste Nacht

aus der Geschichte von Tausendundeiner Nacht

In der folgenden Nacht sagte sie:

Es ist mir zu Ohren gekommen, o glücklicher König, daß der Schneider dem Kaiser von China erzählte, daß der Friseur den Anwesenden berichtete, wie er dem Kalifen erzählte, daß, als sein Bruder nach den Prügeln wieder zu sich kam, die Alte zu ihm sagte: «Jetzt ist es soweit: Du hast erreicht, was du dir wünschst. Nur eine einzige Übung fehlt noch, mehr nicht. Und zwar folgendes: Sie hat die Angewohnheit, wenn sie betrunken ist, niemanden an sich heranzulassen, ehe sie ihm nicht sämtliche Kleider ausgezogen hat, einschließlich der Unterhose, so daß er splitternackt dasteht. Dann läuft sie vor ihm her, als wolle sie flüchten, und er muß ihr von Ort zu Ort hinterdreinlaufen, so lange, bis sich sein Penis aufrichtet und schön steif wird. Dann bleibt sie stehen und läßt ihn herankommen. Also auf nun», befahl sie ihm, «zieh dich aus!» Mein Bruder legte alle seine Kleider ab und stand splitternackt vor ihr. «Jetzt lauf los!» befahl das Mädchen meinem Bruder, zog sich selbst bis auf die Unterhosen aus und rief ihm zu: «Wenn du mit mir schlafen willst, dann folge mir, bis du mich kriegst!» Und sie begann von einem Zimmer in das andere zu rennen, immer hinein und hinaus, und ich – so berichtete mein Bruder später – rannte ihr hinterher. Aber die Leidenschaft hatte meinen Bruder schon überwältigt und sein Glied stand wie verrückt steif. Das Mädchen lief vor ihm her in eine dunkle Ecke, er folgte ihr dicht auf den Fersen, da trat er plötzlich auf einen brüchigen Untergrund, brach ein, und ehe er sich's versah, fand er sich mitten auf dem Markt der Lederhändler wieder, die die Preise für ihre Lederstücke ausriefen und eifrig kauften und verkauften. Als sie meinen Bruder in diesem Zustand sahen – nackt wie er war, den Bart abrasiert und mit rot gefärbten Augenbrauen –, schrien sie auf ihn ein, klatschten in die Hände und begannen mit ihren Lederstücken auf seinen nackten Körper einzudreschen, bis er ohnmächtig wurde. Dann luden sie ihn auf einen Esel, der ihn zum Stadttor trug. Dort kam der Wali hinzu. «Was ist denn da vorgefallen?» erkundigte er sich. «Hoher Herr und Gebieter», sagten sie, «dieser Mann ist in diesem Zustand aus dem Haus des Wesirs gefallen!»

Der Wali ließ meinem Bruder hundert Hiebe mit der Lederpeitsche erteilen und verwies ihn aus der Stadt Bagdad. Ich, Beherrscher der Gläubigen, folgte ihm, als er die Stadt verließ, führte ihn heimlich wieder hinein und versorgte ihn mit dem nötigen Mundvorrat für seine Reise. Hätte ich nicht einen so tugendhaften Charakter, dann hätte ich das nicht getan!

Da erreichte das Morgengrauen Schahrasad, und sie hörte auf zu erzählen. «Wie köstlich und wie aufregend ist deine Geschichte!» sagte Dinarasad zu ihrer Schwester. «Was ist das schon», erwiderte sie, «gegen das, was ich euch morgen nacht erzählen werde, wenn ich dann noch lebe und mich der König verschont …»

Die einhundertundneunundfünfzigste Nacht

aus der Geschichte von Tausendundeiner Nacht

In der folgenden Nacht sagte sie:

Es ist mir zu Ohren gekommen, o glücklicher König, daß der Schneider dem Kaiser von China erzählte, daß der Friseur den Anwesenden berichtete, wie er zu dem Kalifen sagte:

Der dritte Bruder: «Fakfak», der Blinde

Beherrscher der Gläubigen! Mein dritter Bruder war blind. Sein Schicksal führte ihn einmal zu einem großen Haus. Er klopfte an die Tür, in der Hoffnung, der Herr des Hauses würde ihn ansprechen, so daß er ihn um eine milde Gabe bitten könnte. «Wer ist an der Tür?» rief der Hausherr. Mein Bruder gab ihm keine Antwort, sondern klopfte ein Weilchen darauf nochmals an. «Wer ist da?» fragte jener, und wieder antwortete mein Bruder nicht. Als er ihn nämlich von drinnen mit lauter Stimme «Wer ist da?» rufen hörte, zog er es vor, den Mund zu halten. Jetzt hörte er die Schritte des Hausherrn. Schon war dieser an der Tür und öffnete. «Was willst du?» fragte er. «Vergelt's euch Gott, der Erhabene», sagte mein Bruder, «ich bitte um eine milde Gabe.» – «Bist du blind?» fragte er ihn. «Ja», antwortete mein Bruder. «Gib mir deine Hand», forderte er ihn auf. Mein Bruder reichte ihm seine Hand, da er meinte, er würde ihm etwas geben.

Dieser nahm seine Hand und führte ihn ins Haus hinein. Eine Treppe nach der anderen ließ er meinen Bruder hinaufsteigen, bis er ihn hinauf aufs Dach geführt hatte. Mein Bruder dachte sich dabei, er werde ihm bestimmt etwas zu essen anbieten. Endlich durfte er sich setzen. «Blinder Mann», sagte der Hausherr zu meinem Bruder, nachdem dieser sich zurechtgesetzt hatte, «was möchtest du?» – «Ich bitte um eine milde Gabe, vergelt's euch Gott, der Erhabene», wiederholte mein Bruder. «Laß dir von Gott helfen!» wies ihn der Hausherr zurück. «O Mann!» beklagte sich mein Bruder. «Warum hast du mir das nicht schon unten gesagt?» – «Du niederträchtiger Lump!» entgegnete der Hausherr. «Und warum hast du nicht gleich beim ersten Mal mit mir gesprochen?» – «Was willst du jetzt mit mir tun?» fragte mein Bruder. «Ich habe nichts, was ich dir geben könnte», war die Antwort. «Dann führe mich die Treppe wieder hinunter», bat mein Bruder. «Bitte sehr», erwiderte er, «der Weg liegt vor dir.» Mein Bruder stand auf und begann, sich die Treppen hinunterzutasten, bis ihn noch etwa zwanzig Stufen von der Haustür trennten. Da verfehlte sein Fuß eine Stufe, er rutschte ab und stürzte die Treppe hinunter bis an die Haustür. Bei dem Sturz platzte ihm eine Ader am Kopf, und er torkelte hinaus, ohne zu wissen, wo er war. Da begegnete ihm einer seiner Kumpane. «Wie ist es dir heute ergangen?» fragte er ihn. «Frag bloß nicht», stöhnte mein Bruder, dann erzählte er ihm, was ihm zugestoßen war. «Bruder», fügte er hinzu, «ich möchte etwas von dem Geld nehmen, das uns gemeinsam gehört, um es für meinen Lebensunterhalt zu verwenden.» Der Herr jenes Hauses aber war ihm unbemerkt gefolgt und hörte nun, was mein Bruder sagte. Als mein Bruder zu seinem Haus ging, trat er hinter ihm hinein. Mein Bruder setzte sich, um auf seine Kumpane zu warten. Von dem Mann, der mit ihm hereingekommen war, bemerkte er nichts. Als seine Kumpane herbeikamen, sagte mein Bruder zu ihnen: «Schließt das Haus ab und durchsucht die Wohnung, damit wir sicher sind, daß sich kein Fremder unter uns befindet!» Als der Mann meinen Bruder das sagen hörte, erhob er sich – noch hatten sie ihn nicht bemerkt – und hängte sich an ein von der Decke baumelndes Seil. Einer der Kumpane meines Bruders stand nun auf, ging durch die Wohnung, fand aber niemanden. Dann scharten sich alle um meinem Bruder und befragten ihn, wie es ihm ginge. Er erklärte ihnen, daß er einen Teil des Geldes, das sie gemeinsam beschafft hatten, für sich benötigte. Daraufhin holte jeder einzelne von ihnen aus seinem persönlichen Versteck etwas Geld. Als alles vor meinem Bruder lag, wog er das ganze

Geld ab. Es waren zehntausend Dirham. In einer Ecke der Wohnung versteckten sie das Geld, und mein Bruder nahm sich davon, soviel er brauchte. Den Rest des Geldes vergruben sie in der Erde. Dann holten sie sich etwas zu essen. Da hörte mein Bruder plötzlich ein fremdes Kaugeräusch neben sich. «Bei Gott», sagte er erschrocken zu seinen Freunden, «es ist doch ein Fremder bei uns!» Er streckte seine Hand aus und bekam die Hand des Mannes zu fassen. Eine ganze Weile kämpften und rangen die beiden miteinander, während mein Bruder den Mann mit der Hand festhielt. Als ihnen das zu lange dauerte, riefen sie um Hilfe. «Ihr Muslime!» riefen sie laut nach draußen. «Ein Dieb hat sich bei uns eingeschlichen und will uns heimtückisch unser Geld wegnehmen!» Sogleich versammelte sich eine große Menschenmenge um sie. Jener Mann aber mischte sich unter sie und zeigte anklagend auf sie, genau wie sie auf ihn zeigten; dabei kniff er die Augen zusammen und tat so, als wäre er ein Blinder wie die Kumpane meines Bruders. Das tat er so perfekt, daß niemand an ihm zweifelte. «Ihr Muslime!» rief er dazu. «Ich rufe Gott und den Sultan an, damit er zwischen uns richtet!» Und ehe sie sich's versahen, waren schon die Wachleute da, nahmen sie fest und führten sie allesamt, einschließlich meines Bruders, zum Wali. Dieser ließ sie sich vorführen und erkundigte sich: «Was habt ihr vorzubringen?» «Gott stärke den Sultan!» antwortete der, der kein Blinder war. «Du bist zwar des Sehens mächtig, aber dennoch wird dir nichts klar werden, außer mit Hilfe von Folter. Beginne mit mir und foltere mich, als nächstes foltere diesen da, meinen Chef» – und er zeigte auf meinen Bruder. Nun also, Beherrscher der Gläubigen, streckten sie den Sehenden am Boden aus und gaben ihm vierhundert Stockschläge. Als ihn die Schläge richtig schmerzten –

Da erreichte das Morgengrauen Schahrasad, und sie hörte auf zu erzählen. «Ach, Schwester», sagte Dinarasad zu ihrer Schwester, «wie köstlich und wie aufregend und spannend ist deine Geschichte!» – «Was ist das schon», erwiderte sie, «gegen das, was ich euch morgen nacht erzählen werde, wenn ich dann noch lebe und mich der König verschont.» Und König Schahriyar sagte: «Ich werde sie, bei Gott, nicht eher töten, als bis ich gehört habe, was dem Kaiser von China mit dem Schneider, dem jüdischen Arzt, dem Christen und dem Küchenchef noch alles widerfährt, und auch die Geschichte des aufdringlichen Friseurs und seiner Brüder zu Ende gehört habe. Dann aber töte ich sie, wie die anderen Frauen!»

Die einhundertundsechzigste Nacht

aus der Geschichte von Tausendundeiner Nacht

In der folgenden Nacht sagte sie:

Es ist mir zu Ohren gekommen, o glücklicher König, daß der Schneider dem Kaiser von China erzählte, daß der Friseur den Anwesenden berichtete, wie er dem Kalifen erzählte, daß, als der Wali dem Sehenden vierhundert Stockschläge auf sein Hinterteil verabreichen ließ und ihn die Schläge richtig schmerzten, dieser ein Auge aufschlug. Und als er es nicht mehr ertragen konnte, öffnete er auch das zweite Auge. «Was ist denn das, du verfluchter Kerl?» sagte der Wali. «Gib mir deinen Siegelring zum Pfand für meine Sicherheit», antwortete er, «dann werde ich dir sagen, was du jetzt tun mußt.» Da gab er ihm seinen Siegelring als Pfand. «Mein Gebieter», sagte der Sehende, «wir sind vier Sehende, aber wir stellen uns den Leuten gegenüber blind, damit wir in ihre Häuser eindringen, uns ihre Frauen ansehen und ihnen Geld abschwatzen können. Auf diese Weise haben wir bereits eine beträchtliche Beute in Höhe von zehntausend Dirham zusammengetragen. Als ich zu meinen Kumpanen gesagt habe: ‹Gebt mir meinen Teil›, also zweitausendfünfhundert Dirham, da haben sie mich geschlagen und wollten mich nicht mehr kennen. Mein Geld haben sie für sich behalten. Jetzt suche ich meine Hilfe bei Gott und bei dir! Dir soll auch mein Anteil gehören, denn du hast das meiste Recht darauf. Wenn du dich versichern möchtest, daß ich die Wahrheit spreche, lasse jeden einzelnen von ihnen schlagen, und zwar doppelt so oft wie mich, dann werden sie ihre Augen schon auftun!» Daraufhin befahl der Wali, sie foltern zu lassen. Der erste, mit dem er anfing, war mein Bruder. Nachdem sie ihn auf eine Leiter gespannt hatten, sagte der Wali zu ihnen: «Ihr Frevler! Ihr mißbraucht Gottes Wohltätigkeit, indem ihr vorgebt, Blinde zu sein.» – «Um Gottes willen, nein!» rief mein Bruder. «Verehrter Sultan, unter uns ist kein einziger, der sehen kann!» Da schlugen sie ihn, bis er ohnmächtig wurde. «Wartet, bis er wieder aufwacht», sagte der Mann zum Wali, «dann schlagt ihn aufs neue. Er ist der zäheste von uns allen.» Inzwischen ordnete der Wali an, seine Freunde zu schlagen. Jeder einzelne von ihnen erhielt mehr als dreihundert Stockhiebe, und der Sehende rief ihnen zu: «Macht eure Augen auf, sonst läßt er euch noch ein zweites Mal durchpeitschen! Verehrter Emir», wandte er sich dann an den Wali, «Schicke jemanden mit mir, der euch das Geld bringen kann. Diese hier machen ihre Augen wohl doch nicht auf, aus Angst, vor den Leuten bloßgestellt zu werden.» Der Wali ließ jemanden mitgehen, beschlagnahmte das Geld und zahlte dem Mann zweitausendfünfhundert Dirham davon aus – das war ja, wie er behauptet hatte, sein Anteil. Den Rest behielt der Wali ein und verwies die drei aus der Stadt. Ich, o Beherrscher der Gläubigen, ging ebenfalls aus der Stadt hinaus und holte meinen Bruder ein. Als ich ihn nach seinem Ergehen fragte, erzählte er mir, was ich dir soeben berichtet habe. Ich führte ihn heimlich in die Stadt zurück und sorgte dafür, daß er in seinem Versteck etwas zu essen und zu trinken bekam.

Der Kalif lachte über meine Geschichte. «Laßt ihm seine Belohnung zukommen», ordnete er an, «und dann laßt ihn gehen.» – «Beherrscher der Gläubigen!» widersprach ich. «Ich bin, bei Gott, ein wortkarger Mensch und dabei von äußerst tugendhaftem Charakter. Es führt kein Weg daran vorbei, daß ich dir auch die übrigen Geschichten meiner Brüder vorstelle, damit du weißt, daß ich wirklich sehr wenig rede!»

Der vierte Bruder, der einäugige Fleischer

Mein vierter Bruder war einäugig. Er war Fleischer in Bagdad, verkaufte Fleisch und mästete Schafböcke. Alle vornehmen und reichen Leute kamen zu ihm und kauften bei ihm ihr Fleisch. Er verdiente sehr viel Geld und konnte Häuser und Grundstücke erwerben. So lebte mein Bruder eine geraume Zeit lang. Eines Tages saß mein Bruder gerade in seinem Laden, als ein alter Mann mit einem gewaltigen, buschigen Backenbart bei ihm stehenblieb, ihm ein paar Silbermünzen in die Hand drückte und sagte: «Gib mir für dieses Geld Fleisch!» Er schnitt ihm soviel ab, wie er für den Preis bekam, und der Alte entfernte sich wieder. Nun schaute mein Bruder die Silbermünzen genauer an. Er fand, daß sie strahlend hell, beinahe weiß glänzten, und legte sie gesondert in eine Ecke. Fünf Monate lang kam der Alte immer wieder zu meinem Bruder, und er legte sein Geld immer in eine besondere Truhe in die Ecke. Endlich beschloß mein Bruder, die Münzen herauszunehmen, um davon Schafe zu kaufen. Er öffnete die Truhe und mußte feststellen, daß alles, was darin lag, kreisrund ausgeschnittene Papierscheibchen waren. Da schlug er sich an den Kopf und schrie laut auf, so daß die Leute um ihn zusammenliefen und er ihnen seine Geschichte erzählte. Dann ging er wieder an sein Tagewerk, schlachtete einen Schafbock, hängte ihn im Laden auf, brachte einige Stücke des Fleisches nach draußen und hängte sie dort auf. «O Herr», betete mein Bruder, «mach, daß der unglückselige Scheich vorbeikommt.» Und in der Tat: Kaum war ein Stündchen vergangen, erschien der Alte und hatte wieder Silbergeld bei sich. Sofort sprang mein Bruder auf ihn zu, hielt ihn fest und rief laut: «Ihr Muslime! Kommt alle her, und hört euch an, was ich mit diesem Betrüger erlebt habe!» Als der Alte ihn das sagen hörte, wandte er sich an meinen Bruder und fragte ihn: «Was ist dir lieber: daß du mich freiläßt oder daß ich dich vor allen Leuten bloßstelle?» – «Womit willst du mich denn bloßstellen?» fragte mein Bruder zurück. Jener erwiderte laut: «Damit, daß du Menschenfleisch verkaufst und es als Schaffleisch ausgibst!» – «Du lügst, verfluchter Kerl!» ereiferte sich mein Bruder. «Er lügt!» sagte der Alte zu den umstehenden Leuten. «In seinem Laden hängt ein Mann am Fleischerhaken!» – «Wenn es stimmt, was du da behauptest», sagte mein Bruder, «dann sollen mein Blut und mein gesamtes Vermögen vogelfrei sein.» – «Liebe Leute», sagte der Alte, «wenn ihr euch selbst überzeugen möchtet, daß ich die Wahrheit spreche, so tretet in seinen Laden!» Da stürmten alle Leute in den Laden meines Bruders, und was sahen sie dort? Der aufgehängte Schafbock hatte sich in einen aufgehängten Mann verwandelt! Als sie das sahen, stürzten sie sich auf meinen Bruder und schrien auf ihn ein: «Du Ketzer, du unverschämter Betrüger!» Selbst die vornehmsten Leute traktierten ihn mit Schlägen und sagten dazu: «Du gibst mir also Menschenfleisch zu essen?» Der Alte selbst hieb ihm aufs Auge und schlug es ihm aus, und die Leute trugen die Leiche des geschlachteten Mannes zum Polizeihauptmann. «Verehrter Herrscher», sagte der Alte, «dieser Mann schlachtet Menschen und verkauft ihr Fleisch als Schaffleisch. Wir haben ihn vor dich gebracht. Nun richte du ihn nach dem Gesetz Gottes, des Erhabenen.» Mein Bruder redete und redete und versuchte ihnen mit vielen Worten zu erklären, was er mit dem anderen erlebt hatte und wie jener ihm Silbermünzen gegeben hatte, die sich dann als Papierstückchen erwiesen haben. Doch sie hörten nicht auf meinen Bruder, sondern befahlen, ihn zu schlagen. Die Schläge waren sehr schmerzhaft; er bekam über fünfhundert Stockhiebe. Anschließend beschlagnahmten sie sein gesamtes Geld und alles, was er noch besaß, auch die Schafe und seinen Laden dazu, und vertrieben ihn aus der Stadt. Wäre sein vieles Geld nicht gewesen, hätten sie ihn getötet. Aber er konnte sie mit seinem Geld bestechen und kam mit dem nackten Leben davon, nachdem man ihn drei Tage lang in der Stadt öffentlich zur Schau gestellt hatte. Mein Bruder zog aufs Geratewohl in die Welt hinaus, bis er eine große Stadt erreichte. Da er auch im Schusterhandwerk bewandert war, eröffnete er dort einen Laden, setzte sich hinein und arbeitete, um seinen Lebensunterhalt zu bestreiten. Eines Tages verließ er seinen Laden, um eine Besorgung zu machen. Da hörte er plötzlich hinter sich Lärm und Tumult, dazu Pferdegetrappel. Er erkundigte sich danach. «Der König kommt vorbei», sagte man ihm, «er ist unterwegs zur Jagd.» Mein Bruder postierte sich so, daß er den König in seinen prächtigen Gewändern betrachten konnte. Zufällig fiel der Blick des Königs auf das ausgeschlagene Auge meines Bruders. Der König senkte das Haupt und murmelte: «Gott möge meine Zuflucht sein vor diesem Tag!», wendete sein Pferd und ritt im Galopp zurück, die gesamte Armee hinter ihm her. Er befahl seinen Dienern, meinen Bruder einzuholen und ihm Schläge zu verabreichen. Sie schlugen ihn so schmerzhaft, daß er fast daran gestorben wäre. Dabei wußte mein Bruder nicht, warum man ihn geschlagen hatte. Halbtot schleppte er sich zurück an den Ort, wo er gestanden hatte, und begab sich zu einem der Gefolgsleute des Königs. «Was ist denn mit dir?» fragte ihn dieser, als er ihn so, von den Schmerzen gezeichnet, sah. Mein Bruder berichtete ihm, was ihm zugestoßen war. Da lachte der andere so sehr, daß er auf den Rücken fiel. «Ach, lieber Bruder», sagte er, «du mußt wissen, daß der König es nicht erträgt, einen Einäugigen zu sehen, am wenigsten, wenn ihm das rechte Auge fehlt. Einen solchen Menschen kann er nicht in Ruhe lassen, ehe er ihn totgeschlagen hat.» Als mein Bruder das hörte, faßte er den Plan zu fliehen.

Da erreichte das Morgengrauen Schahrasad, und sie hörte auf zu erzählen. «Wie köstlich und wie aufregend ist deine Geschichte!» sagte Dinarasad zu ihrer Schwester. «Was ist das schon», erwiderte sie, «gegen das, was ich euch morgen nacht erzählen werde, wenn ich dann noch lebe und mich der König verschont ...»

Die einhundertundeinundsechzigste Nacht

aus der Geschichte von Tausendundeiner Nacht

In der folgenden Nacht sagte sie:

Es ist mir zu Ohren gekommen, o glücklicher König, daß der Schneider dem Kaiser von China erzählte, daß der Friseur den Anwesenden berichtete, wie er zu dem Kalifen sagte, daß sein Bruder den Plan gefaßt hatte, aus jener Stadt zu fliehen. «Das beste wird sein», überlegte er, «daß ich mich in einer ganz anderen Gegend niederlasse, wo mich niemand kennt.» Dennoch blieb er zunächst noch eine Zeitlang dort, verdiente, was er zum Lebensunterhalt benötigte, und allmählich verbesserte sich seine Lage. Mein Bruder wurde nachdenklich – fuhr der Friseur in seinem Bericht fort – und begann, an seinem Plan zu zweifeln. Eines Tages ging er aus, um sich ein wenig zu zerstreuen, als er hinter sich Pferdegetrappel hörte. «Das mußte ja so kommen», seufzte er, «was Gott befohlen hat, ist eingetreten.» Und er suchte schnell einen Ort, wo er sich verbergen konnte. Er fand eine verschlossene Tür, stieß sie mit Gewalt auf, die Tür gab nach und fiel nach innen. Mein Bruder sah einen langgestreckten Korridor vor sich und trat hinein. Doch ehe er sich's versah, hatten ihn zwei Männer gepackt. «Lob sei Gott, der dich in unsere Hände gegeben hat, du Feind Gottes!» fuhren die beiden meinen Bruder an. «Seit drei Nächten raubst du uns den Schlaf und läßt uns keine Ruhe! Deinetwegen haben wir schon Todesqualen gelitten!» – «He, ihr!» sagte mein Bruder. «Was wollt ihr von mir?» – «Du bist es, der uns zu hintergehen versucht und alle möglichen Listen ausheckt, um unseren Hausherrn meuchlings zu ermorden!» gaben diese zurück. «Genügt es dir etwa nicht, daß du ihn an den Bettelstab gebracht hast, du und deine Komplizen? Los jetzt, gib das Messer heraus, mit dem du uns jede Nacht bedrohst!» Sie durchsuchten meinen Bruder und fanden tatsächlich ein Messer an seinem Gürtel. «Liebe Leute», verteidigte sich mein Bruder, «ihr solltet in meinen Fall auf Gott allein vertrauen. Ihr müßt nämlich wissen, daß ich eine spannende Geschichte habe –», und er sprach zu sich selbst: «Ich werde ihnen meine Geschichte erzählen», weil er glaubte, sie würden ihn dann vielleicht auf freien Fuß setzen. Aber die beiden ließen sich von meinem Bruder gar nichts erzählen und hörten ihm überhaupt nicht zu, sondern verprügelten ihn und rissen seine Kleider in Stücke. Dabei entdeckten sie die Peitschennarben auf seinem Körper. «Du verfluchter Kerl!» beschimpften sie meinen Bruder. «Das sind ja Narben von Peitschenhieben!» Und sie brachten meinen Bruder vor den Wali. «Jetzt bin ich wirklich in den Sumpf meiner eigenen Sünden gefallen», sprach mein Bruder zu sich selbst. «Nur Gott, der Erhabene, kann mich noch retten.» «Du ruchloser Verbrecher!» herrschte der Wali meinen Bruder an. «Was hat dich dazu gebracht, in das Haus dieser Leute einzudringen und sie mit dem Tod zu bedrohen?» – «Ich bitte dich in Gottes Namen, daß du mir zuhörst», flehte mein Bruder. «Fälle nicht voreilig ein Urteil über mich, sondern höre dir erst einmal meine Geschichte an.» – «Sollen wir uns die Geschichte eines Banditen anhören, der andere Menschen an den Bettelstab gebracht hat und auf dessen Rücken Narben von Peitschenhieben stehen?» erregten sie sich. Der Wali besah sich die Narben auf seinen Körperseiten und sagte dann: «Es muß ein ungeheuerliches Verbrechen gewesen sein, weshalb man dir das zugefügt hat.» Er verurteilte meinen Bruder zu einhundert Peitschenhieben. Anschließend setzten sie ihn auf ein Kamel und ließen öffentlich ausrufen: «Das ist die Strafe für einen, der in fremder Leute Häuser einbricht!» Schließlich ordnete er an, ihn aus der Stadt zu weisen. Mein Bruder zog aufs Geratewohl in die Welt hinaus, und ich, da ich davon gehört hatte, ging hinaus zu ihm und bat ihn, mir alles zu erzählen. Er berichtete mir seine Geschichte und erzählte mir, was ihm zugestoßen war. Da brachte ich ihn heimlich wieder ihn die Stadt zurück und besorgte ihm das Nötigste zum Leben.

«Ist es etwa nicht ein Zeichen für meine vollendete charakterliche Tugend, daß ich so mit meinen Brüdern umgehe?» habe ich gefragt. Der Kalif hat gelacht, bis er auf seinen Rücken gefallen ist und hat die Anweisung erteilt, daß mir eine Belohnung ausgezahlt würde. Doch ich habe gesagt: «Mein Herr, dessen untertänigster Diener ich bin! Ich bin, bei Gott, kein geschwätziger Mensch. Ich möchte dir nur noch die Geschichten meiner Brüder zu Ende erzählen, damit unser Herr und Gebieter, der Kalif, sich alle ihre Geschichten wirklich und wahrhaftig vor Augen hält und sie in seinem Archiv dokumentieren kann und damit er weiß, daß ich nicht viel rede, verehrter Herr Kalif!»

Da erreichte das Morgengrauen Schahrasad, und sie hörte auf zu erzählen. «Ach, Schwester», sagte Dinarasad zu ihrer Schwester, «wie köstlich und wie aufregend ist deine Geschichte!» – «Was ist das schon», erwiderte sie, «gegen das, was ich euch morgen nacht erzählen werde, wenn ich bis dahin noch lebe und verschont geblieben bin ...»

Die einhundertundzweiundsechzigste Nacht

aus der Geschichte von Tausendundeiner Nacht

In der folgenden Nacht sagte sie:

Es ist mir zu Ohren gekommen, o glücklicher König, daß der Schneider dem Kaiser von China erzählte, daß der Friseur den Anwesenden berichtete, wie er zu dem Kalifen sagte:

Der fünfte Bruder, der mit den abgeschnittenen Ohren

Mein fünfter Bruder war der mit den abgeschnittenen Ohren. Er war ein armer Mann, der die Leute des Nachts um eine milde Gabe bat, von der er sich dann tagsüber ernährte. Als unser Vater, der schon ein alter und betagter Greis war, krank wurde und starb, hinterließ er uns siebenhundert Dirham. Wir teilten das Geld untereinander auf: Jeder bekam einhundert Dirham. Was meinen fünften Bruder angeht, so nahm er die hundert Dirham und war unschlüssig, was er damit anfangen sollte. Während er so über das Geld nachdachte, kam ihm plötzlich die Idee, von dem Geld allerlei Sorten Glaswaren zu kaufen, wieder zu verkaufen und den Gewinn, der zu ihm zurückkehren würde, für sich zu nutzen. Er kaufte also Glaswaren, ordnete sie auf einem großen Tablett an und setzte sich damit an eine Stelle, wo er sie verkaufen konnte. Gleich neben ihm war ein Schneiderladen und vor dessen Ladentür ein umlaufendes Geländer. Er lehnte sich mit dem Rücken gegen das Geländer und saß, in Gedanken versunken, da. «Du mußt wissen, liebe Seele», sprach er zu sich selbst, «daß all mein Kapital in diesen Gläsern steckt. Sie haben einhundert Dirham gekostet, und ich werde sie für zweihundert Dirham weiterverkaufen. Dann werde ich mir für die zweihundert Dirham neues Glas kaufen und für vierhundert Dirham verkaufen. Ich werde unaufhörlich weiter kaufen und verkaufen, so lange, bis sich viertausend Dirham bei mir angehäuft haben. Aber auch dann werde ich mich nicht zur Ruhe setzen, sondern ich werde mir andere Waren kaufen und sie zu dem und jenem Ort bringen und dort für achttausend Dirham verkaufen. Das werde ich so lange weitermachen, bis ich zehntausend Dirham eingenommen habe. ❧ Von dem Geld werde ich mir allerlei Sorten Edelsteine und Parfums kaufen, mit denen ich einen riesigen Gewinn erwirtschafte. Dann kaufe ich mir ein schönes Haus, dazu Mamluken, Eunuchen und Pferde. Ich werde essen und trinken und in Saus und Braus leben, und in der ganzen Stadt wird es keinen einzigen Sänger und keine Sängerin geben, die ich nicht zu mir ins Haus bringe. So Gott will, werde ich mein Kapital auf hunderttausend Dirham vermehren.» ❧ Alles das rechnete er sich im Geiste aus, während der Korb mit den Glaswaren im Wert von einhundert Dirham vor ihm stand. «Sobald mein Vermögen auf hunderttausend Dirham angewachsen ist», überlegte er weiter, «werde ich eine Heiratsvermittlerin beauftragen, und zwar eine, die sich auf das Vermitteln von Königssöhnen und Kindern von Wesiren versteht, und werde die Tochter des Wesirs zur Frau verlangen. Mir ist nämlich zu Ohren gekommen, daß sie rundherum vortreffliche Eigenschaften hat, von einzigartiger Anmut sein soll und aus ihren Augen zauberhafte Blicke wirft. Ich werde tausend Dinar für sie als Brautpreis bieten. Nehmen sie das an, dann ist es gut. Wenn nicht, nehme ich sie mir mit Gewalt, gegen den Willen ihres Vaters! ❧ Nachdem ich wieder in mein Haus gekommen bin, werde ich zehn junge Eunuchen erwerben und für mich eine königliche Robe. Ich werde einen Pferdesattel aus purem Gold schmieden und mit kostbaren Edelsteinen besetzen lassen. Dann lasse ich die Mamluken vor und hinter mir reiten und reite so durch die Stadt. Alle Leute winken mir zu und wünschen mir Segen. ❧ Wenn ich dann vor den Wesir trete, zu meiner Rechten und Linken flankiert von meinen Mamluken, wird der Wesir vor mir aufspringen und sich selbst unterhalb von mir einen Platz suchen, denn ich bin ja nun sein Schwiegersohn. Ich werde zwei meiner Eunuchen mitbringen, die tragen zwei Taschen mit zweitausend Dinar darin. Das Geld habe ich für den Brautpreis abgezählt; ich gebe ihnen noch tausend Dinar dazu, damit sie meinen tugendhaften Charakter und meine stolze Seele kennenlernen sollen und damit sie erfahren, wie gering die Welt in meinen Augen ist. ❧ Dann werde ich in mein Haus zurückgehen. Kommt irgend jemand von der Seite meiner Frau zu mir, werde ich ihm

Geschenke machen und ihn mit Ehrengewändern bekleiden, und wenn er selbst ein Geschenk bringt, werde ich es ihm zurückgeben und mich weigern, es anzunehmen, denn ich wahre meine Würde und lasse meinen Geist dort, wo er hingehört. Dann werde ich bei ihnen vorstellig werden, damit sie meine Sache gütlich regeln. ☙ Nachdem sie das getan haben, gehe ich nochmals hin und sage ihnen, daß sie mir die Braut jetzt zuführen können. Inzwischen richte ich mein Haus festlich her. Und wenn dann die Zeit gekommen ist, daß meine Braut vor mir entschleiert werden soll, ziehe ich meine prächtigsten Kleider an und lasse mich bequem auf eine mit Brokat gepolsterte Sitzbank nieder. Ich werde so herrscherlich dasitzen, daß ich mich weder nach rechts noch nach links drehe, weil ich so lässig und überhaupt nicht schwatzhaft bin. ☙ Meine Braut wird vor mir stehen wie der Vollmond in ihren Kleidern und ihrem Schmuck, aber ich werde sie vor lauter Stolz und Eitelkeit und Hochmut überhaupt nicht ansehen, so daß alle Anwesenden endlich zu mir sagen: ‹Ach, unser Herr und Gebieter! Schau doch auf deine Frau und Sklavin, und wende dich ihr zu! Sie steht hier vor dir, so schenke ihr doch einen Blick; das lange Verweilen hat ihr schon geschadet.› Aber erst wenn sie schon Schmerzen hat vom vielen Stehen und wenn die anderen viele Male den Erdboden vor mir geküßt haben, erst dann werde ich den Kopf heben und ihr einen einzigen Blick zuwerfen. Gleich danach werde ich den Kopf wieder senken, und sie werden sie wegführen. Auch ich werde aufstehen, um mich umzuziehen und noch schönere Kleider anzulegen als zuvor. ☙ Wenn sie dann zum zweiten Mal kommt in ihrem zweiten Brautkleid, werde ich sie wieder nicht beachten, bis alle zusammen sich vor mich hinstellen und mich immer wieder darum bitten. Dann werde ich sie anschauen, aber nur aus dem Augenwinkel, und schnell den Blick senken. Auf diese Weise fahre ich fort, bis die Vorstellung der Braut beendet ist.»

Da erreichte das Morgengrauen Schahrasad, und sie hörte auf zu erzählen. «Wie köstlich und wie aufregend ist deine Geschichte!» sagte Dinarasad zu ihrer Schwester. «Was ist das schon», erwiderte sie, «gegen das, was ich euch morgen nacht erzählen werde, wenn ich dann noch lebe und mich der König verschont ...»

Die einhundertunddreiundsechzigste Nacht

aus der Geschichte von Tausendundeiner Nacht

«Einverstanden!» sagte sie in der nächsten Nacht.

Es ist mir zu Ohren gekommen, o glücklicher König, daß der Schneider dem Kaiser von China erzählte, daß der Friseur den Anwesenden berichtete, wie er zum Kalifen sagte:

Alles das rechnete sich mein Bruder im Geiste aus. «Ich werde nicht eher aufhören, meine Braut von oben herab zu behandeln, bis die Vorstellung beendet ist», fuhr er in seinen Gedanken fort, «dann werde ich einem meiner Eunuchen befehlen, einen Beutel mit fünfhundert Dinar herbeizubringen. Das Geld gebe ich den Zofen als Lohn und erteile ihnen die Anweisung, mich mit ihr allein zu lassen. Nachdem sie die Braut zu mir hereingeführt haben, schaue ich sie nur kurz an und lege mich dann neben ihr schlafen. Vor lauter Geringschätzung für sie werde ich kein Wort mit ihr reden, so daß alle Leute über mich sagen werden, daß ich eine sehr stolze Seele habe. Ihre Mutter wird kommen und mir die Hand küssen. ‹Mein Herr!› wird sie mich anflehen. ‹Schaue doch deine Sklavin wenigstens einmal an! Sie verlangt so sehr nach deiner Nähe, bitte, tröste sie doch!› Aber ich werde ihr keine Antwort geben. Daraufhin wird sie aufstehen, mir mehrfach die Füße küssen und sagen: ‹Mein Herr, meine Tochter ist ein sittsames Mädchen und hat noch keinen Mann gekannt. Als sie gespürt hat, wie abweisend du zu ihr bist, ist ihr das Herz gebrochen. So wende dich ihr doch zu. Rede mit ihr, und tröste ihre verletzte Seele!› Dann wird ihre Mutter ihr einen Becher Wein überreichen mit den Worten: ‹Gib das deinem Herrn zu trinken, und beschwöre ihn, daß er es austrinkt!› Und wenn sie zu mir kommt, lasse ich sie vor mir stehen, während ich mich auf einem runden, mit Gold und Silber bestickten Brokatkissen zurücklehne und sie vor lauter Hochmut nicht einmal ansehe, so daß sie erkennt, daß ich stark bin und einen herrscherlichen Charakter habe. Ich lasse sie so lange stehen, bis sie die Erniedrigung wirklich zu schmecken bekommt und weiß, was für ein Herrscher ich bin. ‹Mein Herr›, wird sie sagen, ‹ich bitte dich um Gottes willen: Weise diesen Kelch nicht zurück, den meine Hand dir reichen will. Ich bin doch deine Sklavin!› Ich werde kein Wort zu ihr sprechen, und sie wird in mich dringen und sagen: ‹Du mußt ihn trinken!› und wird mir den Becher an den Mund halten. Da schlage ich ihn ihr mit meiner Hand ins Gesicht und trete sie gleichzeitig mit meinem Fuß, und zwar so!» Und er holte mit dem Fuß aus, trat zu und traf den Korb mit den Glaswaren. Der Korb, der auf einem erhöhten Platz gestanden hatte, fiel zu Boden, und alles, was darin war, zerbrach. Der Schneider nebenan schrie auf. «Du dreckigster aller Hornochsen!» schimpfte er. «Das kommt alles von deiner Hochnäsigkeit! Bei Gott, wenn ich über dich zu entscheiden hätte, würde ich dich zu hundert Schlägen mit der Lederpeitsche verurteilen und dich in der Stadt öffentlich zur Schau stellen!» In dieser Situation, Beherrscher der Gläubigen, schlug sich mein Bruder ins Gesicht, zerriß seine Kleider und hörte nicht auf, sich selbst zu ohrfeigen und laut zu jammern, während die Leute auf dem Weg zum Freitagsgebet an ihm vorüberzogen. Mancher Vorübergehende hatte Mitleid mit ihm, andere dachten nicht weiter darüber nach. So stand es nun mit meinem Bruder. Sein Gewinn war verloren und das Kapital dazu. Nachdem er ein Stündchen weinend und jammernd herumgebracht hatte, bemerkte er plötzlich eine schöne Frau in Begleitung mehrerer Eunuchen. Die Frau ritt auf einer Maultierstute mit goldenem Sattel, und als sie vorbeikam, strömte Moschusduft von ihr aus. Als diese Frau sah, in welch erbärmlichem Zustand mein Bruder sich befand und wie er weinte, drang das Mitleid in ihr Herz ein, und sie erkundigte sich nach seinem Ergehen. «Dieser Mann», erklärte man ihr, «hatte ein Tablett mit Glaswaren, das war sein ganzer Besitz, von dem er seinen Lebensunterhalt bestreiten wollte. Das Glas ist ihm zu Bruch gegangen, daraufhin hat ihn dieser Kummer gepackt, in dem du ihn antriffst.» Sie rief einen ihrer Eunuchen zu sich. «Zahle ihm, was du bei dir hast», befahl sie ihm. Dieser händigte ihm eine Geldbörse aus, und er fand darin fünfhundert Dinar. Als das Geld in seine Hand gefallen war, wäre er vor Freude fast gestorben. Mein Bruder wünschte ihr Gottes Segen und kehrte als reicher Mann in sein Haus zurück. Dort setzte er sich und dachte nach. Da klopfte es an der Tür. «Wer ist da?» fragte mein Bruder. «Komm heraus, lieber Bruder», schallte es zurück, «ich möchte ein Wort mit dir reden.» Mein Bruder stand auf, öffnete die Tür, und wer stand davor? Es war eine alte Frau, die er nicht kannte. «Ach, mein Söhnchen», bat sie ihn, «es ist bald Zeit für das Gebet, und ich konnte mich noch nicht waschen, wie es das Gebot verlangt. Bitte laß mich in dein Haus, damit ich mich reinigen kann.» – «Ich höre und gehorche», erwiderte mein Bruder, ging zurück ins Haus und forderte sie ebenfalls auf einzutreten. Nachdem sie hereingekommen war, gab er ihr einen Krug Wasser in die Hand, damit sie sich waschen konnte. Mein Bruder, dessen Herz immer noch Flügel hatte vor Freude über das viele Gold, setzte sich und ließ die Goldmünzen in seinen Kleidern verschwinden. Als er damit fertig war und die Alte ihr Gebet verrichtet hatte, ging die Alte zu meinem Bruder und warf sich noch zweimal betend nieder. Dann bat sie um Gottes Segen für meinen Bruder.

Da erreichte das Morgengrauen Schahrasad, und sie hörte auf zu erzählen. «Wie köstlich und wie aufregend ist deine Geschichte!» sagte Dinarasad zu ihrer Schwester. «Was ist das schon», erwiderte sie, «gegen das, was ich euch morgen nacht erzählen werde, wenn ich bis dahin noch lebe und verschont geblieben bin ...»

Die einhundertundvierundsechzigste Nacht

aus der Geschichte von Tausendundeiner Nacht

In der folgenden Nacht sagte sie:

Es ist mir zu Ohren gekommen, o glücklicher König, daß der Schneider dem Kaiser von China erzählte, daß der Friseur den Anwesenden berichtete, wie er zu dem Kalifen sagte:

Nachdem die Alte gebetet hatte, bat sie um Gottes Segen für meinen Bruder. Mein Bruder dankte ihr, griff nach den Goldmünzen und gab ihr zwei Dinar, wobei er zu sich selber sprach: «Das ist meine Abgabe für die Armen.» – «Großer Gott!» sagte die Alte. «Für wen hältst du mich? Etwa für eine obdachlose Bettlerin? Stecke dein Geld wieder ein, ich habe es nicht nötig. Hier, ich gebe es dir wieder zurück, behalte es für dich. Aber ich habe etwas anderes für dich. Ich kenne in dieser Stadt eine wohlhabende, schöne und anmutige Frau!» – «Ach, woher!» erwiderte mein Bruder. «Wie sollte ich die denn kennenlernen?» – «Nimm alles Geld, was du hast, und folge mir!» sagte sie zu ihm. «Wenn du dann bei ihr bist, lasse kein gutes Wort ungesprochen und keine Zärtlichkeit ungetan, so wirst du alles, was du willst, erreichen. Ihre Schönheit und ihr Geld – alles wird dein sein.» ❧ Also sammelte mein Bruder sein ganzes Gold zusammen und folgte ihr, wobei er vor Freude kaum an sich halten konnte. Er folgte ihr, bis sie an eine große Tür kam. Sie klopfte an. Ein Mädchen, eine griechische Sklavin, kam heraus und öffnete die Tür. Die Alte ging hinein und forderte auch meinen Bruder auf hereinzukommen. ❧ Mein Bruder trat in ein großes Haus mit einem geräumigen Empfangssaal, dessen Fußboden mit Teppichen bedeckt war und in dem rundum Wandbehänge hingen. Er setzte sich, legte das Gold vor sich, nahm den Turban ab und setzte ihn sich auf die Knie. Er hatte kaum ein Weilchen so gesessen, da erschien ein Mädchen, wie kein Auge jemals ein schöneres gesehen hatte; auch hatte niemand jemals prächtigere Stoffe gesehen als die, die sie trug. Gleich sprang mein Bruder auf die Füße und stellte sich aufrecht vor sie hin. Als sie ihn sah, lachte sie ihm ins Gesicht und freute sich darüber, wie er so schön kerzengerade dastand. Dann ordnete sie an, daß die Tür abgeschlossen würde, und das geschah. ❧ Nun ging sie auf meinen Bruder zu, nahm ihn an der Hand, und sie spazierten gemeinsam durch das Haus, bis sie an ein einzelnes, abgetrennt gelegenes Zimmer kamen. Dort nahm mein Bruder Platz, sie setzte sich neben ihn und spielte und scherzte eine Weile mit ihm. Dann erhob sie sich unvermittelt mit den Worten: «Warte hier auf mich, und geh nicht weg, bis ich wiederkomme!» Mit diesen Worten verschwand sie. ❧ Mein Bruder saß da und wartete, als plötzlich jemand zu ihm hereinkam. Es war ein schwarzer Sklave von mächtiger Statur, und er hatte ein Schwert bei sich. «Wehe dir!» herrschte er meinen Bruder an. «Was hast du hier zu suchen?» ❧ Als mein Bruder ihn sah, hatte er das Gefühl, als wäre ein Knoten in seiner Zunge, so daß er zu keiner Antwort imstande war. Da packte ihn der andere mit der Hand, riß ihm die Kleider vom Leib, bis er nackt war, und versetzte ihm einen Hieb mit dem Schwert, der ihn halbseitig lähmte. Dann prügelte er so lange weiter auf ihn ein, bis er unter der Wucht der Schläge bewußtlos zu Boden sank. Jetzt glaubte der unglückselige Sklave, daß mein Bruder tot sei. «Wo ist das Mädchen mit dem Salz?» hörte mein Bruder ihn sagen, und sogleich eilte eine Dienerin herbei mit einem großen Teller, auf dem viel Salz war. Das Salz streute er in die Wunden meines Bruders, worauf dieser wieder ohnmächtig wurde. Dabei wagte er es nicht, sich zu bewegen, aus Angst, der Sklave könnte bemerken, daß er noch lebte, und dann würden sie ihn endgültig totschlagen und sich mit seiner Geldbörse aus dem Staub machen. ❧ *Der Erzähler spricht:* Nachdem das Mädchen wieder fort war, rief der Schwarze: «Wo ist die Kellermeisterin?», und die Alte erschien, zog meinen Bruder an den Füßen, öffnete ein unterirdisches Kellergewölbe und warf meinen Bruder hinein, auf einen Berg von Leichen. Zwei Tage lag mein Bruder bewußtlos dort und bewegte sich nicht. Ausgerechnet dem Salz hatte er es zu verdanken, daß er überhaupt überlebte, denn das Salz stillte das Blut in seinen Wunden; so hatte es Gott, der Starke und Mächtige, eingerichtet. Sobald mein Bruder spürte, daß sein Körper ihm wieder gehorchte, stand er auf und schlich ganz leise und voller Furcht aus dem Keller. Er tappte durch die Dunkelheit und verbarg sich schließlich bis zum nächsten Morgen im Korridor. Früh am folgenden Tag verließ das verfluchte alte Weib wieder das Haus, auf der Suche nach einem neuen Opfer. Mein Bruder stahl sich unbemerkt hinter ihr hinaus und ging nach Hause. Einen vollen Monat lang behandelte er seine Wunden. Endlich ging es ihm besser. Während der ganzen Zeit beobachtete er die Alte, wie sie einen nach dem anderen ansprach und in jenes Haus brachte. Aber mein Bruder sagte kein Wort darüber. Statt dessen suchte er sich, kaum daß seine Lebensgeister und seine Kraft zurückgekehrt waren, einen alten Stofflappen heraus, machte daraus einen Beutel und füllte diesen mit Glasscherben.

Da erreichte das Morgengrauen Schahrasad, und sie hörte auf zu erzählen. «Ach, Schwester», seufzte Dinarasad, «wie köstlich und wie aufregend ist deine Geschichte!» – «Was ist das schon», erwiderte sie, «gegen das, was ich euch morgen nacht erzählen werde, wenn ich dann noch lebe und mich der König verschont ...»

Die einhundertundfünfundsechzigste Nacht

aus der Geschichte von Tausendundeiner Nacht

In der folgenden Nacht sagte sie:

Es ist mir zu Ohren gekommen, o glücklicher König, daß der Schneider dem Kaiser von China erzählte, daß der Friseur den Anwesenden berichtete, wie er zu dem Kalifen sagte:

Nachdem er die Glasscherben in den Beutel getan hatte, band er sich den Beutel um. Dann verkleidete er sich, legte persische Gewänder an, nahm ein Schwert und verbarg es unter seinen Kleidern. Sobald er die Alte entdeckte, sprach er sie in persischem Tonfall an. «Verehrte alte Dame!» sagte er zu ihr. «Ich bin fremd hier. Hast du vielleicht eine Waage, mit der man fünfhundert Dinar in Gold abwiegen kann? Ich würde dir auch etwas davon geben!» – «Verehrter Herr Perser», entgegnete die Alte, «ich habe einen Sohn, der Geldwechsler ist. Bei ihm stehen alle Sorten von Waagen herum. Komm mit mir, bevor er sein Haus verläßt und in seinen Laden geht. Er wird dir dein Gold abwiegen!» – «Bitte geh vor mir her», bat mein Bruder, und sie machte sich auf den Weg, mein Bruder folgte ihr, bis sie zu der bewußten Tür gelangte, anklopfte und die Dienerin herauskam und die Tür öffnete. Die Alte lachte ihr zu. «Heute habe ich dir ein fettes Stück Fleisch mitgebracht!» sagte sie zu ihr. Das Mädchen nahm meinen Bruder bei der Hand, führte ihn ins Haus – es war dasselbe Haus, das er an jenem anderen Tag betreten hatte –, und sie setzte sich eine Weile zu ihm. Dann stand sie unvermittelt auf und sagte zu meinem Bruder: «Warte hier, und geh nicht weg, bis ich wiederkomme.» Mit diesen Worten ging sie davon, und ehe mein Bruder sich's versah, war der verfluchte Sklave erschienen. Er hielt ein gezücktes Schwert in der Hand. «Steh auf, verdammter Kerl!» fuhr er meinen Bruder an. Mein Bruder sprang auf, und zwar so, daß er hinter ihm zu stehen kam, griff mit der Hand nach seinem Schwert, das unter seinen Kleidern verborgen war, und trennte dem Sklaven mit einem Hieb den Kopf vom Rumpf. Nachdem er ihn mit einem Fußtritt ins Kellerverlies hinabgestoßen hatte, rief er: «Wo ist das Mädchen mit dem Salz?», und die Dienerin kam mit einem Teller voll Salz herbeigelaufen. Als sie meinen Bruder mit dem Schwert in der Hand erblickte, drehte sie sich um und wollte flüchten, doch mein Bruder holte sie ein und ließ auch ihren Kopf in hohem Bogen von ihrem Körper wegfliegen. Nun rief er: «Wo ist die Kellermeisterin?», und es kam die Alte. «Na, erkennst du mich, du bösartiges altes Weib?» fragte mein Bruder sie, als er sie erblickte. «Nein, mein Gebieter!», antwortete sie. «Ich bin der Besitzer des Hauses, in dem du gebetet hast», sagte mein Bruder zu ihr. «Später hast du mich hier hineingeworfen.» – «Bitte überleg es dir anders, und bestrafe mich nicht!» flehte sie, aber mein Bruder schenkte ihr überhaupt kein Gehör, sondern haute sie in vier Stücke. Dann stürzte er hinaus, um das Mädchen zu suchen. Als sie ihn sah, flog ihr der Verstand davon. Sie bettelte meinen Bruder flehentlich an, er möge sie unversehrt lassen. Mein Bruder versprach ihr Sicherheit. «Wie bist du nur an diesen Schwarzen geraten?» fragte er. «Ich lebte früher als Dienerin bei einem Kaufmann», berichtete sie, «dort kam mich diese Alte häufig besuchen, so daß ich Zutrauen zu ihr faßte. Eines Tages hat sie zu mir gesagt: ‹Wir haben heute eine Hochzeit, wie keiner sie jemals gesehen hat. Ich hätte es gern, wenn du kämst, um zuzuschauen.› – ‹Ich höre und gehorche›, habe ich geantwortet, meine Kleider und meinen Schmuck angelegt, eine Geldbörse mit hundert Dinar eingesteckt und sie begleitet. Sie ist vor mir hergegangen, bis zu diesem Haus hier. ‹Komm herein›, hat sie mich aufgefordert, und ich bin mit ihr hineingegangen. Doch kaum war ich darin, hat mich dieser Schwarze gepackt. Seitdem bin ich hier, schon drei Jahre lang, wegen der List dieser Alten, die Gott verdammen möge!» «Bewahrt er hier irgendwo Geld oder andere Schätze auf?» wollte mein Bruder wissen. «Ja», sagte sie, «er hat hier so viele Schätze, daß ich mich wundern und Gott um die richtige Eingebung bitten müßte, wenn es dir gelänge, sie alle fortzuschaffen.» Mein Bruder stand auf und begleitete sie, während sie allerlei Truhen vor ihm öffnete, in denen zahlreiche Beutestücke lagerten. Baß erstaunt stand mein Bruder da. «Nun geh schon», sagte das Mädchen zu meinem Bruder. «Laß mich hier, und hol jemanden, der das Geld fortführen kann.» Auf der Stelle ging mein Bruder hinaus und mietete zehn Männer. «Ich kam zurück, um an die Tür zu klopfen», erzählte mir mein Bruder später, «aber ich fand sie offen.» Er ging ins Haus und fand weder das Mädchen noch die Geldbeutel. Verblüfft mußte er feststellen, daß nur noch ein kleines Häufchen Geld übrig war. Da wurde ihm klar, daß das Mädchen ihn betrogen hatte. Mein Bruder nahm das restliche Geld, öffnete die Lagerräume und ließ den Stoff, der darin lagerte, fortschaffen. Er ließ im ganzen Haus nichts mehr zurück und verbrachte die Nacht in fröhlicher Stimmung. Am nächsten Morgen standen zwanzig bewaffnete Fußknechte vor der Tür, nahmen ihn fest und sagte zu ihm: «Der Wali will dich sehen.» Vergebens flehte mein Bruder sie an, ihm doch wenigstens Zeit zu lassen, in sein Haus zu gehen, aber sie ließen sich nicht umstimmen. Er versuchte sie mit Geld zu bestechen, falls sie ihn nach Hause gehen ließen, aber sie hörten nicht auf ihn. Er warf sich ihnen zu Füßen, bis ihm die Kräfte schwanden, doch sie hörten immer noch nicht auf ihn, sondern fesselten ihn mit einem kräftigen Strick, legten ihn an eine Kette und führten ihn ab. Unterwegs begegnete ihnen einer der Freunde meines Bruders, den er seit langem kannte. Mein Bruder ergriff ihn am Saum seines Gewandes und flehte ihn an, er solle stehenbleiben und ihm helfen, von diesen bewaffneten Fußknechten und Wachleuten loszukommen. Dieser blieb stehen, wie es seine Ehre von ihm verlangte, und bat sie inständig, ihn freizulassen. «Was ist überhaupt mit ihm vorgefallen?» fragte er sie. «Der Wali hat uns befohlen, ihn vor ihn zu führen», antworteten sie, «also sind wir bei ihm erschienen und haben ihn festgenommen. Hier sind wir nun auf dem Weg zu unserem Herrn und Meister, dem Wali, gemäß dem, was er angeordnet hat.» – «Liebe und verehrte Leute!» sagte der Freund meines Bruders zu ihnen. «Ich werde euch den Aufwand für euren Weg zu ihm erstatten und zahle euch, soviel ihr verlangt, wenn ihr ihn freigebt und zu eurem Herrn und Meister zurückgeht mit der Auskunft: ‹Wir haben ihn nicht angetroffen.›» Aber sie wollten davon nichts wissen, sondern schleppten ihn weiter mit sich, auf seinem Gesicht schleifend, zum Wali.

Da erreichte das Morgengrauen Schahrasad, und sie hörte auf zu erzählen. «Ach, Schwester», seufzte Dinarasad, «wie köstlich und wie aufregend ist deine Geschichte!» – «Was ist das schon», erwiderte sie, «gegen das, was ich euch morgen nacht erzählen werde, wenn ich bis dahin noch lebe und verschont geblieben bin ...»

Die einhundertundsechsundsechzigste Nacht

aus der Geschichte von Tausendundeiner Nacht

In der folgenden Nacht sagte sie:

Es ist mir zu Ohren gekommen, o glücklicher König, daß der Schneider dem Kaiser von China erzählte, daß der Friseur den Anwesenden berichtete, wie er zu dem Kalifen sagte:

Als der Wali meinen Bruder sah, verhörte er ihn: «Wo hast du diese Sachen her?» – «Mein Gebieter», bat mein Bruder, «versprich mir Sicherheit.» – «Du sollst sie haben», versprach der Wali. Da erzählte ihm mein Bruder seine ganze Geschichte mit der Alten, vom Anfang bis zum Ende, und berichtete ihm auch, daß das Mädchen entwischt war. «Mein Herr», schloß er seinen Bericht, «von den Sachen, die ich an mich genommen habe, magst du nehmen, soviel du möchtest, nur lasse mir etwas, wovon ich leben kann.» Der Wali schickte seine Leibgarde und seine Wachleute mit meinem Bruder, und sie holten sich all jene Stoffe und das Geld. Doch dann fürchtete der Wali, die Sache könnte dem Sultan zu Ohren kommen. Also ließ er meinen Bruder nochmals zu sich kommen. «Ich wünsche, daß du diese Stadt verläßt», sagte er, «sonst werde ich dich zugrunde richten!» – «Ich höre und gehorche», antwortete mein Bruder und zog aufs Geratewohl ins freie Land hinaus. Dort überfielen ihn Räuber und raubten ihm alles, bis er nackt und bloß dastand. Als ich davon erfuhr, brachte ich ihm Kleider, die er anziehen konnte, und führte ihn heimlich in die Stadt zurück zu seinen übrigen Brüdern.

Der sechste Bruder, der mit den abgeschnittenen Lippen

Mit meinem sechsten Bruder, dem mit den abgeschnittenen Lippen, hat sich folgendes zugetragen:

Nachdem er zunächst ein reicher Mann gewesen war, geriet er in Armut. Eines Tages zog er aus, um etwas zu erbetteln, womit er notdürftig sein Leben fristen konnte. Als er gerade so seiner Wege schlurfte, erblickte er plötzlich ein schönes Haus mit einem geräumigen Korridor und einer hohen Tür. Vor der Tür standen Diener, Eunuchen und anderes Personal Wache und empfingen diensteifrig ihre Befehle. Er erkundigte sich bei einem von denen, die dort standen, nach dem Besitzer des Hauses. «Das Haus gehört einem der Barmakidensöhne», antwortete jener. Da trat mein Bruder an die Türsteher heran und bat sie um ein Almosen. «Geh durch die Tür hinein ins Haus», forderten sie ihn auf. «Beim Herrn des Hauses wirst du finden, was du suchst.» Mein Bruder betrat den Korridor und gelangte, nachdem er eine ganze Weile durch den Korridor geschritten war, in ein hübsches Haus, in dessen Innenhof ein Garten lag, wie er noch nie vorher einen gesehen hatte. In dem Haus waren die Fußböden mit Teppichen bedeckt; an den Wänden hingen Wandbehänge. Staunend blieb mein Bruder stehen. Er wußte nicht, wohin er sich wenden sollte. Schließlich ging er auf die Tür eines Empfangssaals zu und trat ein. An der Rückwand des Saales sah er einen Menschen mit einem freundlichen Gesicht und einem hübsch gepflegten Backenbart sitzen. Er ging auf ihn zu. Als dieser meinen Bruder sah, hieß er ihn willkommen und fragte ihn nach seinem Ergehen. Mein Bruder erklärte ihm, er sei ein mittelloser Bedürftiger und bräuchte dringend etwas von dem, was vornehme Leute besitzen. Während mein Bruder sprach, bekundete jener sein übergroßes Bedauern, griff mit der Hand an seine Kleider und zerriß sie. «Es darf nicht sein, daß ich in der Stadt bin und du hungerst!» ereiferte er sich. «Nein, das kann ich nicht dulden!» Und er versprach meinem Bruder alle möglichen Wohltaten. «Du mußt unbedingt mit mir essen», lud er ihn ein. «Mein Herr», erwiderte mein Bruder, «ich kann aber nicht mehr lange warten, denn ich habe schon schrecklichen Hunger.» – «He, Junge!» rief jener seinem Diener zu. «Bringe eine Wasserschüssel und eine Kanne, damit wir uns die Hände waschen können!» Mein Bruder konnte weder eine Wasserschüssel noch irgend etwas anderes Derartiges entdecken. Trotzdem forderte ihn jener auf: «Komm, lieber Bruder, und wasche dir die Hände!» Dabei tat er selber so, als würde er sich die Hände waschen. Dann rief er: «Deckt den Tisch!» und wies mit seiner Hand darauf – aber mein Bruder sah nichts. «Bei meinem Leben!» sagte der Hausherr zu seinem Gast. «Bitte, greif zu und geniere dich nicht!» Dazu machte er mit seiner Hand Gebärden, als würde er selber essen. «Ich beschwöre dich bei meinem Leben», sagte er, «halte dich beim Essen nicht zurück. Ich weiß ja, wie hungrig du in diesem Moment bist.» Jetzt begann auch mein Bruder, Gebärden zu machen, als würde er essen. Der Mann aber sagte zum wiederholten Male: «Bitte, bei meinem Leben! Sieh doch, wie schön und weiß dieses Brot ist!» Aber mein Bruder sah überhaupt nichts. «Dieser Mann macht sich offensichtlich einen Spaß daraus, die Leute zum Narren zu halten», dachte mein Bruder bei sich und sagte zu ihm: «Ich habe noch niemals etwas Schöneres gesehen als die weiße Farbe dieses Brotes und noch nie etwas Köstlicheres als diesen Bissen geschmeckt.» – «Das hat eine meiner Sklavinnen gebacken, für die ich fünfhundert Dinar bezahlt habe!» erklärte er.

Da erreichte das Morgengrauen Schahrasad, und sie hörte auf zu erzählen. «Ach, Schwester», seufzte Dinarasad, «wie köstlich und wie lecker ist deine Geschichte!» – «Was ist das schon», erwiderte sie, «gegen das, was ich euch morgen nacht erzählen werde, wenn ich dann noch lebe und mich der König verschont ...»

Die einhundertundsiebenundsechzigste Nacht

aus der Geschichte von Tausendundeiner Nacht

In der folgenden Nacht sagte sie:

Es ist mir zu Ohren gekommen, o glücklicher König, daß der Schneider dem Kaiser von China erzählte, daß der Friseur den Anwesenden berichtete, wie er zu dem Kalifen sagte:

«He, Junge!» rief der Hausherr. «Bringe die Harisa als ersten Gang, und gieße viel Fett darüber!» – «Werter Gast», wandte er sich an meinen Bruder, «ich frage dich bei Gott: Hast du schon jemals etwas Köstlicheres gesehen als diese Harisa? Ich bitte dich bei meinem Leben, iß und geniere dich nicht!» Danach sagte er: «He, Junge, bring uns das Sauerfleisch mit der fetten Ente darin! – Greif zu und iß», sagte er zu meinem Bruder, «ich weiß, du bist hungrig und hast kein Geld.» Mein Bruder begann seinen Gaumen zu bewegen, als kaue er. Der andere Mann ließ ein Gericht nach dem anderen auftragen, ohne daß irgend etwas tatsächlich erschien, und forderte meinen Bruder zum Essen auf. «He, Junge», rief er, «bring die Roulade, in die die fetten Küken eingewickelt sind! – Ich schwöre dir bei meinem Leben, lieber Gast, daß diese Küken mit Pistazien gemästet wurden. Darum greif zu und iß, so etwas hast du in deinem Leben noch nicht gegessen.» – «Ja, mein Herr», pflichtete ihm mein Bruder bei, «sie sind wirklich köstlich.» Nun begann der Hausherr, mit seiner Hand nach dem Mund meines Bruders zu gestikulieren, so als ob er ihm die leckersten Bissen in den Mund stecken würde. Und während er meinem Bruder alle Gerichte bis in die Einzelheiten beschrieb, war dieser so hungrig, daß sein ganzes Sehnen und Verlangen nur danach stand, einmal in ein trockenes Brot zu beißen. «Jetzt bringt das Grillfleisch!» sagte er, und zu meinem Bruder gewandt: «Hast du jemals etwas gegessen, das besser gewürzt war als diese Speisen? Iß reichlich, und schäme dich nicht!» – «Danke, mein Herr», erwiderte mein Bruder, «ich habe genug gegessen.» – «Dann räumt dies hier ab, und bringt die Süßigkeiten!» rief der Mann. «Greif zu, und iß von dieser Mandelspeise», forderte er meinen Bruder auf, «sie ist nämlich besonders lecker. Und nimm auch von diesen honiggetränkten Krapfen hier. Bei meinem Leben, aus diesem Krapfen, den ich mit eigener Hand gebacken habe, trieft das Rosenwasser heraus!» – «Mein Herr, ich wünschte, ich möge dich niemals vermissen!» sagte mein Bruder und fragte ihn, weshalb er so viel Moschus an die Honigkrapfen getan habe. «Das ist so meine Art», antwortete jener, «ich mache meine Honigkrapfen immer so.» Währenddessen bewegte mein Bruder seinen Mund und spielte mit seinen Kinnbacken. Schließlich sagte der Mann: «Das reicht jetzt, genug davon. Bringt uns das Mandelgelee. – Iß und geniere dich nicht!» sagte er zu meinem Bruder. «Mein Herr», antwortete mein Bruder, «jetzt bin ich wirklich satt und kann überhaupt nichts mehr essen.» – «Möchtest du vielleicht etwas trinken und es dir gemütlich machen?» fragte der Hausherr. «Mein werter Gast soll ja nicht hungrig bleiben.» «Uff!» sprach mein Bruder zu sich selbst und überlegte sich: «Ich werde ihm so eins auswischen, daß er das nie wieder tut.» «Bringt uns den Wein!» rief der Mann und reichte meinem Bruder einen Kelch mit den Worten: «Koste diesen Wein, und wenn er dir schmeckt, laß es mich wissen!» – «Er duftet gut», erwiderte mein Bruder, «aber ich bin andere Getränke gewöhnt.» – «Bringt ihm etwas Stärkeres, womit er sich ordentlich betrinken kann!» rief er. «Auf deine Gesundheit!» wünschte mein Bruder und tat so, als würde er trinken und wäre sofort betrunken. «Mein Herr», lallte er, «mehr davon kann ich nicht trinken.» Aber jener bedrängte ihn und spielte ebenfalls den Betrunkenen. Da überrumpelte ihn mein Bruder plötzlich, hob seinen Arm, bis das Weiße unter seiner Achsel sichtbar wurde und gab ihm einen Schlag in den Nacken, von dem der ganze Kuppelsaal widerhallte. Dann holte er zum zweiten Mal aus und versetzte ihm noch eine Backpfeife. «Was soll das, du niederträchtiger Lump?» schimpfte jener. «Mein Herr», sagte er, «du hast deinen Sklaven in dein Haus gebracht und ihm zu essen und zu trinken gegeben. Er hat sich betrunken und im Suff randaliert. Also bist du derjenige, der die Folgen seiner eigenen Dummheit zu tragen hat und dem anderen seine Schuld nicht anrechnen darf.» Als er meine Worte hörte – berichtete mein Bruder später –, lachte der Hausherr laut auf. «He, du», sagte er, «ich führe die Leute ja schon seit langem an der Nase herum. Aber noch nie ist mir jemand untergekommen, der so klug und scharfsinnig wie du mitgespielt hat. Also gut, ich habe dir verziehen.»

Da erreichte das Morgengrauen Schahrasad, und sie hörte auf zu erzählen. «Wie köstlich und wie aufregend ist deine Geschichte», sagte Dinarasad zu ihrer Schwester. «Was ist das schon», erwiderte sie, «gegen das, was ich euch morgen nacht erzählen werde, wenn ich dann noch lebe und mich der König verschont …»

Die einhundertundachtundsechzigste Nacht

aus der Geschichte von Tausendundeiner Nacht

In der folgenden Nacht sagte sie:

Es ist mir zu Ohren gekommen, o glücklicher König, daß der Schneider dem Kaiser von China erzählte, daß der Friseur den Anwesenden berichtete, wie er dem Kalifen erzählte:

Der Mann sagte zu meinem Bruder: «Ich habe dir verziehen! Jetzt komm und sei mein Zechkumpan, und zwar in Wirklichkeit, und geh nicht fort von mir.» Er erteilte mehreren seiner Diener Anweisungen, und diese brachten einen echten Tisch herbei, auf dem all die Gerichte standen, die vorher schon erwähnt wurden. Mein Bruder und der Mann aßen, bis sie satt waren. Anschließend gingen sie zum Weintrinken in ein anderes Zimmer. Dort warteten mondgleiche Mädchen auf sie, die sangen allerlei Melodien, zu denen sie sich selbst auf jeglicher Art von Musikinstrumenten begleiteten. Die beiden tranken, bis der Rausch sie überwältigte, und der Mann faßte zu meinem Bruder eine Zuneigung wie zu seinem eigenen Bruder. Aus Liebe und Freundschaft beschenkte er ihn mit Ehrengewändern. Am folgenden Morgen tafelten die beiden weiter, aßen und tranken. Auf diese Weise verbrachten sie volle zehn Tage. Danach übertrug der Mann meinem Bruder die Vollmacht für seine Geschäfte, so daß mein Bruder der Verwalter seines gesamten Vermögens wurde und zwanzig Jahre lang blieb. Dann starb der Mann – gelobt sei der Lebendige, der niemals stirbt! –, und der Sultan konfiszierte sein ganzes Vermögen. Er beschlagnahmte alles, was mein Bruder verwaltete, bis mein Bruder schließlich wieder als armer Wicht zurückblieb und sich nichts mehr kaufen konnte. Da zog mein Bruder aufs Geratewohl in die Welt hinaus. Auf halbem Weg überfiel ihn eine Bande Beduinen. Sie nahmen ihn gefangen und brachten ihn zu ihrem Stamm. Derjenige, der ihn gefangengenommen hatte, begann ihn zu schlagen und sagte zu ihm: «Wenn du Geld bezahlst, kannst du dein Leben von mir kaufen.» Mein Bruder brach in Tränen aus. «Mein Herr», schluchzte er, «ich besitze nicht einen einzigen Dirham oder Dinar. Ich bin dein Gefangener, tu mit mir, was du willst.» Da zog der Beduine ein Messer, schnitt meinem Bruder eine Lippe ab und bekräftigte seine Forderung. Er hatte aber eine hübsche Frau, die sich immer, wenn ihr Mann wegging, an meinen Bruder heranmachte und ihn zu verführen versuchte. Mein Bruder verweigerte sich ihr jedes Mal. Eines Tages jedoch, als sie wieder versuchte, meinen Bruder zu verführen, stand er auf, ging zu ihr und schäkerte mit ihr. Gerade in diesem Moment kam ihr Mann herein. «Wehe dir!» drohte er, als er meinen Bruder sah. «Willst du meine Familie entehren?» Und er zog ein Messer und schnitt ihm sein Geschlechtsteil ab. Dann lud er meinen Bruder auf ein Kamel, führte ihn an den Abhang eines Berges und warf ihn ab. Die Reisenden, die dort vorbeikamen, erkannten meinen Bruder, gaben ihm zu essen und zu trinken und erzählten mir von seiner Lage. Ich ging hinaus zu ihm, trug ihn zurück in die Stadt und versorgte ihn mit dem Nötigsten zum Leben.

«Hier stehe ich vor dir, Beherrscher der Gläubigen. Es wäre doch ein Fehler gewesen, wenn ich einfach so wieder fortgegangen wäre, wo hinter mir sechs Brüder stehen, für deren Auskommen ich sorge!»

Nachdem sich der Kalif meine ganze Geschichte und alles, was ich ihm über meine Brüder berichtet hatte, angehört hatte, lachte er lauthals und herzlich. «Ja, du hast recht, Herr Schweigsam», sagte er. «Du bist wirklich wortkarg und überhaupt nicht neugierig. Trotzdem mußt du dieses Land jetzt verlassen und dir woanders eine Wohnung suchen.» Und er ordnete durch ein persönliches Dekret an, daß ich des Landes verwiesen würde, so daß ich danach mehrere andere Länder durchwanderte. Erst als ich hörte, daß er gestorben und das Kalifat an einen anderen übergegangen war, wagte ich mich wieder in die Stadt zurück. Inzwischen waren, wie ich feststellen mußte, alle meine Brüder verstorben. Da bin ich auf diesen jungen Mann gestoßen. Ich habe ihn bestens behandelt, doch er hat es mir auf die häßlichste Weise vergolten. Dabei wäre er ohne mein Eingreifen ganz sicher getötet worden! Er ist dann abgereist, und ich habe ihn aus den Augen verloren, und jetzt, nachdem ich viele Länder durchwandert habe, treffe ich ihn hier wieder, und er bezichtigt mich einer Sache, mit der ich nichts zu tun habe, indem er das Gerücht verbreitet, daß ich viel rede –

Da erreichte das Morgengrauen Schahrasad, und sie hörte auf zu erzählen. «Ach, Schwester», sagte Dinarasad zu ihrer Schwester, «wie köstlich und wie aufregend ist deine Geschichte!» – «Was ist das schon», erwiderte sie, «gegen das, was ich euch morgen nacht erzählen werde, wenn ich dann noch lebe und mich der König verschont ...»

Die einhundertundneunundsechzigste Nacht

aus der Geschichte von Tausendundeiner Nacht

Und als die nächste Nacht gekommen war, sagte Dinarasad zu Schahrasad: «Ach, Schwester, wenn du nicht schläfst, so erzähle uns doch eine deiner schönen Geschichten, mit der wir uns diese Nacht vertreiben können!» – «Es soll aber das Ende der Geschichte vom buckligen Spitzbuben sein!» verlangte der König. «Einverstanden», sagte sie.

Es ist mir zu Ohren gekommen, o König der Zeit, daß der Schneider zum Kaiser von China sagte:

O König! Nachdem wir die Geschichte des Friseurs gehört und uns von seiner Geschwätzigkeit überzeugt hatten und nachdem er uns erzählt hatte, daß ihn der junge Mann angeblich ungerecht behandelt habe, ergriffen wir den Friseur, legten ihn in Ketten und steckten ihn ins Gefängnis. Dann nahmen wir wieder Platz und setzten unser Festmahl fort. Das war gestern. Wir tafelten bis nach dem Nachmittagsgebet, dann verließ ich die Runde und ging nach Hause. Meine Frau setzte eine mißmutige Miene auf. «Du läßt es dir gutgehen und führst ein schönes Leben, und ich sitze hier eingesperrt zu Hause!» warf sie mir vor und drohte: «Wenn du heute nicht den Rest des Tages mit mir ausgehst, ist das für mich ein Trennungsgrund!» Also nahm ich sie und ging mit ihr aus. Bis zum Abend sind wir draußen spazierengegangen, und auf dem Rückweg von unserem Spaziergang haben wir diesen buckligen Spitzbuben getroffen, wie er sturzbesoffen herumtorkelte. Ich habe ihn eingeladen und für ihn Fisch gekauft, und wir haben uns alle zum Essen hingesetzt. Ich habe ihm ein Stückchen ausgesucht, aber ausgerechnet darin war eine Gräte. Als ich diesem Buckligen das Stück in den Mund gesteckt und ihm den Mund zugedrückt habe, hat er keine Luft mehr bekommen. Seine Augen sind ihm aus dem Kopf getreten, und er ist daran erstickt. Ich bin sofort aufgesprungen und habe ihm zwischen die Schultern geklopft, da hat sich das Stück in seinem Rachen verkeilt, die Seele ist ihm aus dem Leib gefahren, und er war tot. Ich habe ihn hochgenommen und, weil ich eine List anwenden wollte, in das Haus jenes jüdischen Arztes gebracht. Der Arzt wollte ebenfalls listig sein und hat ihn beim Küchenchef hineingeworfen, und auch der Küchenchef hat eine List zu Hilfe genommen und ihn dem christlichen Makler hingestellt. ❧ Das ist meine Geschichte über meine Erlebnisse von gestern. Ist sie etwa nicht spannender und aufregender als die Geschichte des buckligen Spitzbuben?

Als der Kaiser von China die Worte des Schneiders hörte, schüttelte er den Kopf vor Entzücken und zeigte deutlich, wie begeistert er war. «Diese Geschichte, die sich zwischen dem jungen Mann und dem neugierigen Friseur abgespielt hat», entschied er, «ist in der Tat noch hinreißender und schöner als die Geschichte des Buckligen.» ❧ Daraufhin befahl der Kaiser von China einem seiner Kämmerer, er solle mit dem Schneider zusammen in die Stadt gehen, den Friseur aus dem Gefängnis holen und zu ihm bringen. «Ich möchte diesen schweigsamen Friseur mit eigenen Augen sehen», sagte er. «Ich möchte ihn mir anschauen und seine Geschichte hören, wie er selber sie erzählt. Er soll der Anlaß sein, daß ich euch alle freilasse und dieser bucklige Spitzbube endlich bestattet wird. Er ist immerhin schon seit gestern abend tot. Es ist eine Schande! Wir sollten schnellstens ein Grab für ihn vorbereiten.» ❧ Sogleich entfernten sich der Kämmerer und der Schneider und kamen mit dem Friseur zurück. Als der Kaiser von China diesen sah, stellte er fest, daß er ein alter Greis war, der die neunzig Jahre bereits überschritten hatte. Sein Bart und seine Augenbrauen waren weiß, die Ohren so klein, daß sie wie abgeschnitten wirkten, und die Nase lang. Seine ganze Erscheinung strahlte Einfalt und Beschränktheit aus. ❧ Der König mußte bei seinem Anblick lachen. «Verehrter Herr Schweigsam», redete er ihn an, «ich möchte, daß du uns eine deiner Geschichten erzählst!» – «O König der Zeit», erwiderte der Friseur, «und was für Geschichten stecken hinter diesem Christen, diesem Juden, diesem Muslim und diesem toten Buckligen hier, und wie kommt es überhaupt zu dieser Versammlung?» – «Was fragst du nach ihnen?» sagte der Kaiser von China, wobei er wieder lachen mußte. «Ich frage nach ihnen, damit der König wissen soll, daß ich kein bißchen neugierig bin und daß ich unschuldig bin an allem, was mir vorgeworfen wird, nämlich Geschwätzigkeit und Neugier, und daß ich zu Recht ‹der Schweigsame› genannt werde», sagte der Friseur.

Da erreichte das Morgengrauen Schahrasad, und sie hörte auf zu erzählen. «Ach, Schwester», seufzte Dinarasad, «wie köstlich und wie aufregend ist deine Geschichte!» – «Was ist das schon», erwiderte sie, «gegen das, was ich euch morgen nacht erzählen werde, wenn ich dann noch lebe und mich der König verschont ...»

Die einhundertundsiebzigste Nacht

aus der Geschichte von Tausendundeiner Nacht

In der folgenden Nacht sagte sie:

Es ist mir zu Ohren gekommen, o König, daß der Kaiser von China ihnen befahl, dem Friseur die Geschichte des Buckligen zu erzählen, und zwar vom Anfang bis zum Ende. «Das ist wirklich seltsam», bemerkte der Friseur und schüttelte seinen Kopf. «Bitte deckt den Buckligen auf, und laßt ihn mich sehen.» Der Friseur setzte sich an dessen Kopfende, legte den Kopf des Buckligen in seinen Schoß, schaute ihm ins Gesicht und lachte laut auf. So heftig war sein schallendes Gelächter, daß er davon auf den Rücken fiel. «Ist das aber komisch!» prustete er. «Wahrhaftig: Mit jedem Todesfall hat es seine besondere Bewandtnis. Die Geschichte dieses Buckligen muß mit goldener Tinte in den Chroniken aufgezeichnet werden!» Alle Anwesenden waren überrascht über den Friseur. «Was hast du, Herr Schweigsam?» fragte der Kaiser von China. «Bei deiner Güte!» erwiderte der Friseur. «Der Bucklige lebt noch!» Mit diesen Worten kramte der Friseur die Tasche mit seinen Barbierwerkzeugen hervor, die er am Gürtel trug, nahm ein Schminkfläschchen heraus, in dem ein medizinisches Öl war, und bestrich damit dessen Hals, bis das Öl einzog und der Hals weich wurde. Dann zog er ein längliches Eisen heraus, schob es zwischen die Zähne des Buckligen und stemmte dessen Kinnbacken auf. Nun nahm er eine eiserne Zange zur Hand, führte sie in den Rachen des Buckligen ein und zog das Stück Fisch mit der Gräte darin heraus. Als er es nach oben beförderte, sah man, daß es durch und durch getränkt war mit Blut. Der Bucklige aber nieste, sprang auf seine Füße und machte, daß er davonkam. Der Kaiser und seine Gefährten staunten über die Geschichte dieses buckligen Spitzbuben, der einen ganzen Tag und eine Nacht lang bewußtlos gelegen hatte und, wenn ihm Gott nicht diesen Friseur geschenkt hätte, mit Sicherheit gestorben wäre, denn der Friseur war es, der ihn wieder zum Leben erweckt hatte. Anschließend ordnete der Kaiser von China an, daß die Geschichte des Friseurs und des Buckligen in den Chroniken aufgezeichnet würde. Dann schenkte er dem Küchenchef, dem Schneider, dem Christen und dem Juden Ehrengewänder und befahl ihnen, sich zu entfernen. Den Friseur aber machte er zu seinem Zechkumpan, ließ ein regelmäßiges Gehalt für ihn anweisen und schenkte auch ihm ein Ehrenkleid. Und so lebten die Zechkumpane des Kaisers fröhlich weiter, bis der Zerstörer der Genüsse zu ihnen kam und der Tod sie mit sich nahm.

Da erreichte das Morgengrauen Schahrasad, und sie hörte auf zu erzählen. «Wie köstlich und wie aufregend ist deine Geschichte!» sagte Dinarasad zu ihrer Schwester. «Was ist das schon», erwiderte sie, «gegen das, was ich euch morgen nacht erzählen werde, wenn ich bis dahin am Leben bleibe. Dann erzähle ich euch nämlich die Geschichte von Abul-Hasan Ali Ibn Tahir, dem Drogisten, und Nuraddin Ali Ibn Bakkar und was er mit Schamsannahar, der Sklavin des Kalifen, erlebt hat. Das ist eine Geschichte, die jeden, der sie hört, entzückt und jeden, der einen Glücksstern hat, beglückt …»

Die einhundertundeinundsiebzigste Nacht

aus der Geschichte von Tausendundeiner Nacht

Und als die nächste Nacht gekommen war, sprach Dinarasad zu ihrer Schwester: «Ach, Schwester, wenn du nicht schläfst, so erzähle uns doch eine deiner schönen Geschichten, mit der wir uns diese Nacht vertreiben können!» – «Es soll aber die Geschichte von Abul-Hasan Ali Ibn Tahir, dem

Drogisten, und Nuraddin Ali Ibn Bakkar sein und was er mit Schamsannahar, der Sklavin des Kalifen, erlebt hat!» verlangte der König. «Mit dem größten Vergnügen!» antwortete sie.

Nuraddin Ibn Bakkar und die Sklavin Schamsannahar

Es ist mir zu Ohren gekommen, o glücklicher König, daß in der Stadt Bagdad einmal ein Mann lebte, ein Drogeriewarenhändler mit Namen Abu Hasan Ibn Tahir. Er war reich und wohlhabend, führte ein anständiges Leben, sprach stets die Wahrheit, war ein guter Zechkumpan und überall, wohin er kam, gern gesehen. Er hatte Zugang zum Palast des Kalifen. Die meisten Konkubinen und Mätressen des Kalifen ar-Raschid kamen regelmäßig zu ihm in den Laden, und er erledigte alles, was sie brauchten, ganz nach ihren Wünschen. Die Söhne der Emire und der führenden Männer des Hofstaats saßen bei ihm. Es verkehrte bei ihm auch ein junger Mann, der Sohn eines persischen Königs, dessen Name war: Nuraddin Ali Ibn Bakkar. In diesem Jüngling hatte Gott sämtliche guten Eigenschaften versammelt: höchste Anmut und strahlende Schönheit, eine beredte Zunge und eine vornehme Sprache, Klugheit, Großmut, Freigebigkeit, Güte, Großzügigkeit und Schamgefühl, Mut und Männlichkeit. Er war sehr häufig mit Abul-Hasan zusammen, ja, er hielt es kaum aus, sich auch nur für einen Augenblick von ihm zu trennen. Eines Tages saß dieser junge Mann so da, als plötzlich, aus der Tiefe der Marktgassen, zehn Mädchen sich näherten. Es waren mondgleiche Jungfrauen, mit vollen, runden Brüsten. Ein Mädchen war unter ihnen, das konnte sogar den Vollmond in seinem vollkommensten Zustand beschämen. Sie ritt auf einer grauen Maultierstute, die eine rote Satteldecke aus Seide trug, über und über bestickt mit Perlen und Edelsteinen. Ihre Schönheit überstrahlte die der anderen Mädchen, die vor ihr hergingen. Es war, als hätte einer der Dichter über sie die folgenden Verse gedichtet:

Basit

Sie ist zu groß nicht und nicht zu klein – ein Inbild der Frau.
Es ist, als ob sie sich selbst vollkomm'ne Schönheit verlieh.

Man möchte glauben, daß Perlenwasser ihr Urstoff war,
An jedem Glied ihres Körpers Mondesleuchten gedieh.

Denn wie der Vollmond ist sie, und wie ein Zweig ist ihr Wuchs,
Wie Moschus duftet ihr Mund; kein Mensch ist schöner als sie.

Es wird berichtet: Mit ihren schönen Augen und der Vielfalt ihrer vollkommenen Eigenschaften raubte sie jeden Verstand. Als sie Abul-Hasan Ibn Tahirs Laden erreichte, stieg sie ab. Abul-Hasan sprang vor ihr auf und küßte den Erdboden. Dann brachte er schnell ein Kissen aus Brokat mit goldenen Streifen, legte es ihr hin, so daß sie sich bequem anlehnen konnte, und stellte sich, ihr zu Diensten, aufmerksam neben ihr auf. Sie beschwor ihn, er solle sich doch setzen, da setzte er sich unterhalb von ihr nieder. Nun begann sie ihn nach allerhand Waren zu fragen, die sie kaufen wollte. Dem jungen Ali Ibn Bakkar war unterdessen bereits der Verstand abhanden gekommen. Er war völlig durcheinander, und seine Gesichtsfarbe hatte sich von rot zu gelb gewandelt. Fast wäre er in Ohnmacht gefallen. Er versuchte, sich aus Ehrfurcht vor ihr zu erheben, da flirtete sie ihm zu mit ihren Narzissenaugen und ihren Zuckerlippen: «Mein Herr, wir sind gerade erst an deinen Hof gekommen, und du willst schon wieder fliehen? Gefallen wir dir etwa nicht?» – «Meine verehrte Dame», stammelte er, wobei er die Erde küßte, «als ich dich gesehen habe, ist mir der Verstand verlorengegangen. Ich kann nur wiederholen, was ein Dichter einmal gesagt hat:

Sie ist die Sonne und wohnt im Himmel,
Drum tröste, wenn du kannst, dein Herz.

Denn weder kann sie zu dir sinken,
Noch steigst du zu ihr himmelwärts.»

Sie lächelte, und ihre blitzenden Vorderzähne glänzten heller als ein Blitz. «Abul-Hasan», fragte sie, «woher hast du diesen Jungen, und wo ist er zu Hause?» – «Er heißt Ali Ibn Bakkar», gab Abul-Hasan Auskunft, «und er ist ein Königssohn.» – «Aus Persien?» riet sie. «Jawohl, meine Dame», antwortete er. «Sobald meine Dienerin zu dir kommt, und zwar diese hier», sagte sie und zeigte auf ihre Dienerin, «sollst du unverzüglich mit ihm zu mir kommen, damit wir dich und ihn in unserem Haus als Gäste bewirten können, so daß er sich nicht über uns beklagen und sagen kann: ‹In Bagdad gibt es keine großzügigen Leute!› Der Geiz ist nämlich die häßlichste aller menschlichen Eigenschaften. Hast du gehört, was ich dir gesagt habe? Wenn du mir nicht gehorchst, ziehst du dir meinen Zorn zu, und ich werde dich nie wieder grüßen!» – «Gott behüte!» rief er. «Natürlich werde ich dir nicht zuwiderhandeln, o Herrin deines Sklaven. Vor deinem Zorn nehme ich meine Zuflucht zu Gott!» Da erhob sie sich sogleich, stieg wieder auf ihr Maultier und ritt davon. Sie hatte die Herzen in Besitz genommen und allen Menschen den Verstand geraubt. Und wie erging es Ali Ibn Bakkar? Der wußte nicht, ob er auf der Erde oder im Himmel war. Noch bevor der Tag zu Ende ging, war die Dienerin wieder da. «Verehrter Herr Abul-Hasan», sprach sie ihn an, «in Gottes Namen ...»

Da erreichte das Morgengrauen Schahrasad, und sie hörte auf zu erzählen. «Ach, Schwester», sagte Dinarasad zu ihrer Schwester, «wie köstlich und wie aufregend ist deine Geschichte!» – «Was ist das schon», erwiderte sie, «gegen das, was ich euch morgen nacht erzählen werde, wenn ich dann noch am Leben bin ...»

Die einhundertundzweiundsiebzigste Nacht

aus der Geschichte von Tausendundeiner Nacht

In der folgenden Nacht sagte sie:

Es ist mir zu Ohren gekommen, o glücklicher König, daß die Dienerin, als sie zu ihm kam, sagte: «Verehrter Herr Abul-Hasan, in Gottes Namen, du und mein Herr Nuraddin Ali, befolgt den Befehl meiner Herrin Schamsannahar, der Konkubine des Beherrschers der Gläubigen Harun ar-Raschid!» Abul-Hasan sprang auf und forderte Ali auf: «In Gottes Namen, mein Herr!» Und Ali erhob sich mit ihm. Die beiden folgten ihr verkleidet, während die Dienerin in großem Abstand vorausging, bis sie sie in den Palast des Kalifen hineingeführt hatte und mit ihnen bis in Schamsannahars Gemächer gelangt war. Der Junge erblickte einen Ort, der ihm vorkam wie ein Pavillon im Garten Eden. Teppiche und Polster waren dort ausgelegt und Kopfkissen, wie er sie noch nie zuvor gesehen hatte. Er setzte sich, ebenso Abul-Hasan. Nachdem sie Platz genommen und sich ein wenig an den Ort gewöhnt hatten, wurde ein Tisch mit leckeren Speisen vor ihnen aufgestellt, daneben stand, zu ihren Diensten, die schwarzhäutige Dienerin. Sie erblickten Fleisch von einem Lamm, das so jung war, daß es noch von der Mutter getrunken hatte, ein fettes Brathähnchen sowie allerhand Süßigkeiten, außerdem eine Dose, wie sie gewöhnlich für Konfekt verwendet wird, in der aber saures, in Essig eingelegtes Gemüse lag, und weitere Speisen, zubereitet aus allem, was Flügel hat und in den Nestern herumflattert, als da wären: Flughühner, Wachteln und Taubenküken. Baß vor Erstaunen begann der Junge zu essen. Abul-Hasan berichtete: Wir aßen und tranken mit Genuß und gutem Appetit. Als wir von beidem genug hatten, wurden uns zwei vergoldete Schüsseln gereicht, in denen wir unsere Hände wuschen. Dann brachte man uns Räucherwerk, wir zündeten es an und genossen den Duft. Schließlich wurden Kelche für uns geholt, die bestanden aus purem Gold und schwerem Kristall, und kleine Statuen aus Kampfer und Amber, die mit vielerlei Edelsteinen besetzt waren, standen darin. In den Kelchen war Moschus und Rosenwasser, mit dem wir uns parfümierten, bevor wir uns dann wieder auf unsere Sitzbänke begaben. Nun hieß uns die Dienerin aufstehen. Wir erhoben uns, und sie führte uns in einen zweiten Empfangssaal, den sie eigens für uns aufschloß. Wir traten unter eine Kuppel, die von einhundert schlanken Säulen wie Schiffsmasten getragen wurde. Den Fuß jeder Säule bildete die in Gold getauchte Skulptur eines wilden Tieres oder Vogels. Der Saal unter der Kuppel war mit einem Seidenteppich ausgelegt, und wir wollten uns nicht hinsetzen, ohne diesen Teppich zuvor eingehend zu betrachten. Es war ein gewebter Teppich mit goldenem Grund, auf dem ein Muster aus weißen und roten Rosen aufgestickt war. Dasselbe Muster wiederholte sich in der Wölbung der Kuppel. Über hundert runde, niedrige Tischchen mit Tabletts darauf standen in dem Saal. Sie waren aus Gold und Kristall und mit allerlei Edelsteinen besetzt. Die Rückwand des Saales war von zahlreichen Fensternischen durchbrochen. Vor jeder Nische stand eine mit buntem Stoff bezogene Sitzbank. Die Fenster öffneten sich auf einen Garten, dessen Grund beinah so schön war wie der Teppich unter der Kuppel. Wasser floß dort allerorten und bahnte sich Wege von einem großen Teich in einen kleineren. Die Einfassung des kleineren Teichs bildeten verschiedene duftende Pflanzen: Basilikum, Lotosblumen und Narzissen. All diese Blumen waren in goldenen und reichverzierten Blumentöpfen und Blumenkästen eingepflanzt. In diesem Garten wuchsen die Zweige der Bäume verschlungen ineinander; ihre Früchte reiften, und immer wenn die Heere der Lüfte durch den Garten rauschten, fielen einige Früchte auf die Fläche der vielen Gewässer, und die unterschiedlichsten Vögel ließen sich darauf hinabgleiten, schlugen mit den Flügeln und sangen einander mannigfache Melodien vor. Zu beiden Seiten des Teiches standen Polsterbänke aus indischem Teakholz, mit Silber eingefaßt, und auf jeder Polsterbank saß ein

Mädchen, strahlender als die Sonne, in prächtigen Gewändern, vor der Brust eine Laute oder ein anderes Musikinstrument. Die Musik der Mädchen mischte sich mit dem Zwitschern der Vögel, und das zarte Fächeln des Windes in der Luft vereinigte sich mit dem Plätschern des Wassers. Blies der Wind über eine Blüte, so hob er sie empor, und wenn er eine Frucht berührte, fiel diese herab. Unsere Blicke und Gedanken gerieten in Verwirrung. Staunend standen wir vor einer solchen Schöpfermacht und dachten über diese große Gnade nach. Wir verbrachten zunächst eine Stunde nur damit, uns den Garten anzusehen, dann wandten wir uns eine Weile dem Kuppelsaal und dem Teich zu und erfreuten uns an der Jugendfrische, den schönen Kleidern und dem hohen Sinn der Mädchen, die dort saßen. All die unglaublichen Dinge, die wir sahen, und der Glanz, der in unsere Augen stach, versetzten uns in Erstaunen und Bewunderung. «Du mußt wissen, mein Gebieter», wandte sich Ali Ibn Bakkar an Abul-Hasan, «daß einem weisen und verständigen, gebildeten und wendigen, geistesgegenwärtigen Mann, der nichts Böses auf dem Herzen haben kann, schon ein weniges davon genügt, damit die Sehnsucht ihn besiegt und ihn entzückt und ihn berückt und ihn verführt und ihn zum Staunen rührt, ganz besonders, wenn er in einer Lage wie der meinigen ist und sein Herz so beschaffen ist wie meines. Alles das, was ich gesehen habe, kann mich nicht davon abhalten zu sprechen und kann meine Fragelust nicht unterbrechen. Daher frage ich dich jetzt: Da mich die schwere Prüfung, die das Schicksal mir gestellt hat, und das Urteil, das das Unglück über mich gefällt hat, nun fest in den Klauen hält, und zwar aus keinem anderen Grund als wegen eines gewissen Hasan, der mich von dort weggeführt hat, quasi als ein Bevollmächtigter, nach deiner Ausdrucksweise, wie steht es denn dann um den Vollmachtgeber? Wer spricht mit ihm, wer macht mit ihm vertrauliche Scherze, wo seine Macht so ungeheuer ist und sein Vermögen derart reich und teuer ist?»

Da erreichte das Morgengrauen Schahrasad, und sie hörte auf zu erzählen. «Ach, Schwester», seufzte Dinarasad, «wie köstlich und wie aufregend ist deine Geschichte!» – «Was ist das schon», erwiderte sie, «gegen das, was ich euch morgen nacht erzählen werde, wenn ich dann noch lebe und mich der König verschont. Das wird noch spannender und noch viel aufregender sein!»

Die einhundertunddreiundsiebzigste Nacht

aus der Geschichte von Tausendundeiner Nacht

In der folgenden Nacht sagte sie:

Es ist mir zu Ohren gekommen, o glücklicher König, daß, nachdem Nuraddin Ali Ibn Bakkar diese Rede an ihn gerichtet hatte, sein Freund ihm die folgende Antwort gab: «Du mußt wissen, daß mir dieser Mensch nicht bekannt ist und wir bis jetzt noch keinen Umgang miteinander hatten, der es mir ermöglicht hätte, die wahre Lage gründlich zu erfassen und mir den Weg zu den richtigen Taten weisen zu lassen. Doch jetzt sind wir an unser Ziel gelangt; die Sache wird sich dir zu erkennen geben und das Geheimnis seinen Schleier heben. Wir haben ja nichts gesehen, das uns nicht entzückt hätte, und nichts gehört, das uns nicht beglückt hätte.» Abul-Hasan berichtete: Während wir uns so unterhielten, kam die schwarze Dienerin heran und befahl den Mädchen, die auf den Polsterbänken saßen, sie sollten singen. Sogleich stimmte eine von ihnen die Laute und sang das folgende Lied:

Tawil

«Noch jung und in Liebe unerfahren, verliebt' ich mich
In ihn, so daß Herz und Brust im Sehnsuchtsbrand brieten.

Ich habe doch keine Sünde auf mich geladen, au-
ßer daß meine Tränen mein Geheimnis verrieten!»

«Schön, das war ausgezeichnet!» lobte der Junge. Sie fuhr fort und sang:

«Ich sehne mich nach dir, auch wenn's nur eine ferne Hoffnung gibt,
Was nützt dem stärksten Mann die Macht, wenn seine Sehnsucht ihn betrübt?

Aus meiner Brust erheben sich die Seufzer meines Liebesleids,
Von denen selbst der kälteste wie Feuerglut von Funken stiebt.»

Er seufzte tief auf und sagte: «Danke, liebes Mädchen, das war wirklich gut. Du beherrschst deine Kunst bis zur Vollendung.» Er bat sie, die beiden Verse noch einmal zu wiederholen, dabei ließ er seinen Tränen freien Lauf. «Sing weiter», bat er dann, und sie stimmte das folgende Lied an:

«O du, dessen Liebe sich in mir will entfalten,
Du magst in meinem Herzen frei schalten und walten.

Ach, lösche durch Vereinigung den Brand eines Herzens,
Das schon zerschmolzen in der Trennung Feuergewalten.

Und nimm, was du magst, Lohn oder Strafe, denn einer,
der so stirbt, wird als Märtyrer in Ehren gehalten.»

Da begann er wieder zu weinen und ließ sie das Lied noch eine ganze Weile wiederholen. Dann bemerkten wir, daß die Mädchen von ihren Plätzen aufgesprungen waren, die Saiten ihrer Instrumente gestimmt hatten und alle denselben Rhythmus anschlugen. Dazu sangen sie die folgenden Verse:

«Gott ist groß! Allahu akbar! Dieser Mond ist aufgestiegen,
Und es konnte ein Verliebter seinen Liebsten endlich kriegen.

Wer hat je die Sonne und den Mond gemeinsam stehen sehen,
Dort, wo Paradies und Welt an einem Ort zusammenliegen?»

Wir blickten aufmerksam zu ihnen hinüber, und was sahen wir da? Jenes Mädchen, das zu uns in den Laden gekommen war und uns anschließend an jenen Ort geführt hatte, stand am Ende des Gartens, und zehn Kammerfrauen waren zu ihr hinausgetreten. Sie trugen einen großen silbernen Thron, stellten ihn dort unter den Bäumen ab und blieben daneben stehen. Ihnen folgten zwanzig Mädchen wie Vollmonde. Sie hielten Musikinstrumente aller Art in den Händen und trugen vielerlei Juwelen, setzten ihre Schritte alle in demselben Rhythmus und sangen dabei alle die gleiche Melodie, bis sie schließlich vor dem Thron anlangten. Rechts und links davon blieben sie stehen und zupften eine Weile die Saiten. Ihre schöne Musik und ihre Kunstfertigkeit verzauberten den Ort und versetzten uns in freudige Erregung. Nun traten weitere zehn Mädchen aus der Tür, die waren so schön, daß keine Beschreibung sie erfassen konnte. Sie trugen Kleider und Juwelen, die ihrer Schönheit angemessen waren und zu ihrer Anmut paßten. Nachdem diese Mädchen an der Tür Aufstellung genommen hatten, kam noch einmal dieselbe Anzahl von Mädchen nach draußen, und in ihrer Mitte ging Schamsannahar.

Da erreichte das Morgengrauen Schahrasad, und sie hörte auf zu erzählen. «Wie köstlich und wie aufregend ist deine Geschichte!» sagte Dinarasad zu ihrer Schwester. «Was ist das schon», erwiderte sie, «gegen das, was ich euch morgen nacht erzählen werde, wenn ich dann noch lebe und mich der König verschont. Das wird noch spannender und aufregender und noch viel schöner sein ...»

Die einhundertundvierundsiebzigste Nacht

aus der Geschichte von Tausendundeiner Nacht

In der folgenden Nacht sagte sie:

Es ist mir zu Ohren gekommen, o glücklicher König, daß die Mädchen an der Tür Aufstellung nahmen und danach noch einmal ebenso viele Mädchen herauskamen, mit Schamsannahar in der Mitte, die sich ganz vertraulich zu ihnen gesellt hatte. Sie hatte ihre überfließenden langen Haare wie einen Gürtel um sich gelegt, dazu trug sie einen leichten Umhang aus feinem blauem Stoff, in den Goldfäden eingewebt waren und der die Kleider und den Schmuck, die sie darunter trug, durchscheinen ließ. Wie die Sonne, die unter den Wolken hervortritt, schritt sie, sich in den Hüften wiegend, stolz einher und setzte sich auf den Thron. Der Junge heftete seinen Blick auf sie, dann schaute er zu dem Drogisten hinüber, wobei er sich auf die Finger biß, so daß er sich beinahe die Fingerspitzen abgebissen hätte. «Der Augenschein macht jede weitere Erklärung überflüssig», konstatierte er, «und wer sicheres Wissen erwirbt, bleibt nicht unschlüssig.» Dann hob er seine Stimme und sprach das folgende Gedicht:

«Sie, ja sie allein ist meiner schweren Kümmernis Beginn,
Sie ist meiner Qualen Dauer und mein lebenslanger Gram.

Meine Seele hielt es keine Stunde länger bei mir aus,
Mochte nicht mehr bei mir sein, seitdem ich sie zu seh'n bekam.

Drum, bei Gott, o Seele, sage einem Körper Lebewohl,
Den die Liebe ausgezehrt, und geh in Frieden fort! Salam!

He, Freund!» fuhr er fort, an den Drogisten gewandt. «Da hast du mir aber keinen Gefallen getan, das war nicht freundlich von dir! Du hättest mir vorher davon erzählen müssen, dann hätte ich meine Seele darauf vorbereiten und ihr ein Polster aus Geduld bereiten können, das ihre Ausbrüche gelindert hätte.» Bei diesen Worten stürzten ihm die Tränen wie Bäche aus den Augen, und er stand hilflos und verlegen vor ihm. Abul-Hasan berichtete: «Ich wollte doch nur dein Bestes!» verteidigte ich mich. «Deshalb habe ich es nicht gewagt, dir die Wahrheit über sie zu erzählen, weil ich befürchten mußte, du würdest sonst von der Leidenschaft und der Sehnsucht nach ihr so mitgenommen, daß es dir nicht mehr möglich gewesen wäre, sie überhaupt zu treffen, und so eine Begegnung zwischen dir und ihr vereitelt worden wäre. Jetzt fasse dich in Geduld, nimm deine Sinne zusammen, und beruhige deine aufgewühlte Seele. Du darfst sie nicht geringschätzig behandeln, also halte sie hoch in Ehren, und denke nicht verächtlich von ihr. Sie ist dir schon zugeneigt.» «Jetzt mußt du mir aber sagen, wer sie ist!» verlangte er. «Sie heißt Schamsannahar», erwiderte ich, «und sie ist eine Sklavin des Kalifen ar-Raschid. Der Ort, an dem du dich gerade befindest, ist sein neuer Palast, den man auch unter dem Namen ‹al-Chuld› kennt. Eine List hat mir dazu geholfen, euch beide hier zusammenzuführen. Gott allein kann es so einrichten, daß die Sache kein böses Ende nimmt, deshalb bitten wir Gott, den Erhabenen, um einen guten Ausgang.» Ali Ibn Bakkar stand eine Weile verblüfft. «Du mußt wissen», sagte er dann, «daß übermäßige Vorsicht Selbstliebe und Selbsterhaltungstrieb erfordert. Meine Seele dagegen ist bereits ausgelöscht, und es kann dir auch gleich sein, ob sie durch eine grausame Liebe vernichtet wurde oder von der Hand eines mächtigen Sultans hingerichtet wurde.» Und er verfiel wieder in Schweigen. Was aber tat unterdessen das Mädchen? Sie ließ ihren Blick auf ihm ruhen, während er noch immer in einem der Fenster unter der Kuppel stand, und auf beiden – auf ihr wie auf ihm – waren die Zeichen von Leidenschaft und Liebe zu lesen. Jeder von ihnen ließ durch seine Regung erkennen, wie tief sich die Sehnsucht bereits in ihn eingeprägt hatte, und zeigte sein verborgenes Begehren. Die Zunge der Liebe redete zwischen ihnen, obgleich beide schwiegen, und offenbarte trotz ihres Schweigens ihr Geheimnis. Sie sah ihn eine Weile an, er sah sie eine Weile an, dann befahl sie den Mädchen, die zuerst erschienen waren, auf ihre Polsterbänke zurückzukehren, und sie setzten sich wieder. Jetzt winkte sie die Kammerfrauen herbei, und eine jede von ihnen kam mit einer Polsterbank, die sie unter eines der Fenster der Kuppel schob, in der wir saßen. Auf den Polsterbänken ließ sie die singenden Mädchen, die vor ihr herausgekommen waren, Platz nehmen, und diese setzten sich. Nun machte sie einer von ihnen mit den Augen ein Zeichen, sagte zu ihr: «Sing!», und jene stimmte ihre Laute und hob an, das folgende Lied zu singen:

«Ein Verliebter sehnte sich nach dem anderen, liebestrunken,
Ihre beiden Herzen waren in eins zusammengesunken.

Sie standen beide am Ufer des Meeres der Liebe,
Und das Meer war süß, als sie daraus getrunken.

Sie standen beide und sagten, während die Tränen
Auf ihren Wangen glänzten wie leuchtende Funken:

‹Die Schuld liegt bei den Schicksalstagen alleine.
Nicht die sind schuld, die in Liebesleid versunken.›»

Das sang sie auf eine Melodie, die selbst die ruhigste Seele ergriff und mit der man Kranke heilen konnte. Ganz aufgewühlt von dem Lied wandte er sich an ein anderes von den Mädchen, die unterhalb von uns saßen, und bat sie: «Sing, was ich dir jetzt vorsage!

Wie lange währt mein Sehnen! Ach, wie lange
Vermacht es meinen Augenlidern Tränen!

Du Glück für meine Augen und ihr Wunschbild,
Du Ziel für mein Begehren und mein Sehnen!

Ach, klage über einen, dessen Augen
Sich an den Tod durch Tränenflut gewöhnen,

Und führe seine Liebe in sein Innres,
Solang er noch in Liebesleid muß stöhnen.»

Da erreichte das Morgengrauen Schahrasad, und sie hörte auf zu erzählen. «Wie köstlich und wie aufregend ist deine Geschichte!» sagte Dinarasad zu ihrer Schwester. «Was ist das schon», erwiderte sie, «gegen das, was ich euch morgen nacht erzählen werde, wenn ich bis dahin noch lebe und verschont geblieben bin ...»

Die einhundertundfünfundsiebzigste Nacht

aus der Geschichte von Tausendundeiner Nacht

In der folgenden Nacht sagte sie:

Es ist mir zu Ohren gekommen, o glücklicher König, daß Abul-Hasan berichtete:

Nachdem das Mädchen das Gedicht, um welches der Junge sie gebeten hatte, mit einer klaren und reinen Melodie vorgetragen hatte, wandte Schamsannahar sich an ein anderes Mädchen. «Sing dieses Lied in meinem Namen!» wünschte sie und sprach die Verse:

Tawil

«Ach! Wenn mein Geliebter nur ein Weniges tragen müßt
Von dem, was ich leiden muß, er käme von Sinnen.

Vor Gott führ' ich Klage über jenes Gazellenkitz,
Das lang schon mich fesselt, aber nichts ließ gewinnen.

Denn lüde man meine Liebe Menschen und Dschinnen auf,
So stürben an dieser Last wohl Menschen und Dschinnen.»

Das Mädchen sang es mit einer zarten Melodie und machte es so gut, daß es nicht besser sein konnte. Nun verlangte wieder der Junge von einem anderen Mädchen: «Sing in meinem Namen folgende Verse:

Diesen Mann hat das gefesselt, was in deinen Augen liegt,
Seine schöne Ruhe ist nun hin, und die Geduld verfliegt.

Ausgezehrt hat ihn die Liebe, und sein einz'ger Wunsch bist du.
Ach, es wäre ihm zu wünschen, daß er, was er wünscht, auch kriegt!

Doch dein Herz ist hart und wird sich niemals neigen, und dein Leib
Ist dagegen wie ein schlanker Zweig, der sich geschmeidig biegt.»

Sie sang es mit phantasievollem Ausdruck und zeigte in ihrem virtuosen Spiel ihr ganzes Können. Schamsannahar seufzte tief und sagte zu dem Mädchen, das ihr am nächsten saß: «Sing!» Und diese stimmte das folgende Lied an:

«Wenn du meinem Stöhnen nicht leihst dein Ohr,
Du, der ich ewige Liebe schwor,

So wahr ich dich liebe! Jetzt ist's genug!
Wieviel Geduld bringt ein Mensch hervor?

Die Brust ist zu eng für die noble Seele,
Die ihren Adel durch dich verlor.»

Ihr Gesang erregte und entzückte die beiden, und sie zeigten einander ihr übergroßes Begehren und ihr Liebesleiden. Der junge Ali Ibn Bakkar beugte sich nun zu einem Mädchen, das in seiner Nähe saß, hinüber und bat sie: «Sing in meinem Namen diese Verse:

Kamil

Unsre Zeit ist knapp, sie ist viel zu kurz,
Um sie mit Reden zu vergeuden.

Denn ihr seid schön, und es ziemt sich nicht,
Daß die Schönen die Begegnung meiden!»

Während sie sang, ließ er Tränen in Strömen fließen und seufzte unaufhörlich. Als die Sklavin Schamsannahar hörte, was er dem Mädchen aufgetragen hatte zu singen, und sah, wie er sich verhielt, konnte sie sich nicht länger beherrschen. Sie sprang auf und lief zu der Kuppel. Da sprang auch der junge Ali Ibn Bakkar auf und eilte mit ausgestreckten Armen auf die Tür zu, um sie in Empfang zu nehmen. Unter der Tür der Kuppel schlossen sie sich in die Arme. Ich habe niemals ein hübscheres Pärchen gesehen als diese beiden. Ich hatte ja auch noch nie zuvor eine Sonne gesehen, die einen Mond umarmt. ☙ Sogleich sprangen die Mädchen herzu und hoben die beiden auf, denn die Kräfte waren ihnen geschwunden. Sie trugen sie an die hintere Wand der Kuppel, brachten Rosenwasser und pulverisierten Moschus und benetzten und bestrichen damit die Gesichter der beiden. ☙ Es verging eine ganze Weile, ehe die beiden wieder zu sich kamen und ihrer Sinne wieder mächtig wurden. Nun drehte sie sich rechts herum und links herum, konnte aber den Drogisten nicht entdecken, denn der hatte sich hinter den Stoffbehängen versteckt. ☙ «Wo ist denn der andere?» fragte sie, da trat er zu ihnen hinaus. Als sie ihn sah, begrüßte sie ihn freundlich, hieß ihn willkommen und sagte –

Da erreichte das Morgengrauen Schahrasad, und sie hörte auf zu erzählen. «Wie köstlich und wie aufregend ist deine Geschichte!» sagte Dinarasad zu ihrer Schwester. «Was ist das schon», erwiderte sie, «gegen das, was ich euch morgen nacht erzählen werde, wenn ich dann noch am Leben bin ...»

Die einhundertundsechsundsiebzigste Nacht

aus der Geschichte von Tausendundeiner Nacht

In der folgenden Nacht sagte sie:

Es ist mir zu Ohren gekommen, o glücklicher König, daß die Sklavin Schamsannahar sich bei Abul-Hasan Ibn Tahir, dem Drogisten, bedankte: «Du hast ein gutes Werk getan, und deine Wohltätigkeit verdient eine Belohnung. Du hast auf dem Bogen der Tapferkeit keinen einzigen Pfeil behalten, kein anderer hat sich je so vorbildlich wie du verhalten!» Abul-Hasan blickte verlegen zu Boden und wünschte ihr Gottes Segen. Dann wandte sie sich Ali Ibn Bakkar zu. «Mein Herr», sagte sie zu ihm, «die Liebe hat dich an kein Ziel geführt, das ich nicht vorher schon erreicht hätte, und an keine Grenze gebracht, die ich nicht zuvor schon überschritten hätte. Es gibt nur eines: Sich Gott und Seinen Befehlen zu fügen und in Seinen Prüfungen Geduld zu üben.» – «Meine verehrte Dame», erwiderte er, «daß ich hier mit dir zusammen bin und dich vor mir sehe, kann das Feuer meiner Leidenschaft nicht vermindern und auch nicht ein weniges von dem, was ich ertrage, lindern. Ich habe es dir ja schon gesagt und sage es jetzt noch einmal: Auf die Liebe zu dir kann ich nicht verzichten, außer um den Preis der Selbstvernichtung; sie hat sich in mir festgewurzelt und wird nicht eher von mir gehen, als bis mein eigenes Herz mich verläßt!» Bei diesen Worten brach er in Tränen aus, und auch sie begann zu weinen. Beide vergossen Tränen wie Perlen aus ihren Augenpaaren, und ihre Wangen erschienen wie doppelte Rosenblüten, die vom Regen naß geworden waren. «Die Sache mit euch beiden verwundert mich, und euer beider Lage ist erstaunlich und verwunderlich!» sagte Abul-Hasan, der Drogist. «Wenn ihr euch jetzt schon so verhaltet, wo ihr einander seht, was wird dann erst geschehen, nachdem ihr auseinandergeht? Ihr solltet vielmehr fröhlich sein und alle Qual und Pein weit von euch weg geleiten, denn die Zeiten, in denen Liebende zusammenfinden, sind gestohlenes Gut und ihre gemeinsamen Stunden seltene Gelegenheiten!» Da hörten sie auf zu weinen. Nun machte Schamsannahar dem ersten Mädchen ein Zeichen, dieses ging eilig weg und kam mit zwei Kammerfrauen zurück, die einen silbernen Tisch trugen und vor ihnen abstellten. Schamsannahar kam auf sie zu mit den Worten: «Nichts anderes gehört sich nach der Zerstreuung und der Fröhlichkeit als Unterhaltung und Gemütlichkeit! Also kommt her, ihr beiden, und bedient euch!» Sie traten herzu, und Schamsannahar fing an, dem Jungen die besten Bissen in den Mund zu stecken. Er tat dasselbe mit ihr, so lange, bis sie beide ihren Appetit gestillt hatten. Dann wurde die Tafel wieder aufgehoben, und es wurde ihnen eine silberne Schüssel mit einem goldenen Wasserkrug gereicht. Sie wuschen ihre Hände darin und kehrten zurück an ihre Plätze. Erneut winkte sie dem Mädchen, das verschwand für eine Weile und kam dann mit drei Kammerfrauen zurück, die drei goldene Tabletts trugen. Auf jedem Tablett stand eine Trinkschale aus verziertem Kristall mit jeweils einem andersartigen Getränk. Die Kammerfrauen stellten die Tabletts vor sie hin und boten jedem von ihnen eine Trinkschale an. Dann – so berichtete es Abul-Hasan – gab sie die Anweisung, daß zehn Kammerfrauen vor ihnen Aufstellung nehmen und zehn Sängerinnen zu uns kommen sollten. Die übrigen schickte sie fort. Sie nahm einen Kelch, füllte ihn, wandte sich an eine der Sängerinnen und sagte: «Sing!» Diese trug die folgenden Verse vor:

Tawil

«Mein Leben gäb' ich für ihn, der lachend mich wieder grüßt,
So daß meine Lust nach der Verzweiflung ganz neu entbrennt.

Sobald er erschienen, gab mein Gram mein Geheimnis preis,
Und zeigte den Tadlern, was mir zwischen den Rippen brennt.

Ein Fluß unsrer Tränen stellte trennend sich zwischen uns,
Als ob meine Träne ihn auch liebt und uns deshalb trennt.»

Schamsannahar leerte den Kelch, nahm einen anderen, füllte ihn mit Wein, drückte einen Kuß darauf und reichte ihn ihrem Geliebten Ali Ibn Bakkar. Der nahm ihn entgegen und küßte ihn ebenfalls. Dann bat er ein anderes Mädchen: «Sing!», und sie sang:

Tawil

«So rot wie der Wein hat meine Träne sich eingefärbt,
Als füllte mein Auge sich mit dem, was im Weinglas war.

Ich weiß nicht, ob meine Augenlider jetzt Wein vergießen, oder ob ich von meinen Tränen getrunken gar?»

Der Junge leerte den Kelch, und sie nahm einen weiteren Kelch, füllte und küßte ihn und reichte ihn Abul-Hasan Ibn Tahir. Er nahm ihn aus ihrer Hand und küßte ihn wieder. Unterdessen griff Schamsannahar selbst nach einer Laute und stibitzte einem der Mädchen das Instrument. «Niemand außer mir soll zu diesem Kelch singen», entschied sie, «das ist noch das Geringste, worauf du einen Anspruch hast!» Dann fing sie gleich zu singen an, und zwar die folgenden Verse:

«Ohne Unterbrechung fließen Tränen über seine Wangen,
Und in seiner Brust ist ihm ein Liebesfeuer angegangen.

Sind sie nah bei ihm, so weint er, weil er ihren Abschied fürchtet.
Tränen fließen immer, ob sie da sind oder weggegangen.»

Die beiden waren entzückt und meinten, sie müßten fliegen vor Freude. Durch ihre Stimme, ihr virtuoses Spiel und ihre hohe Stimmlage und weil ihr sanft schwebender Ton mit den Schwingungen der Saiten zusammenklang, meinte der Junge, einen Vogel vor sich flattern zu sehen, dessen Flügel aus seinem eigenen Inneren gerissen wurden. Er begann sich hin und her zu wiegen. Darüber verging eine Weile. ❧ Als sie gerade in diesem Zustand waren, erschien plötzlich die Dienerin. Schnell wie eine Biene flog sie herbei und zitterte wie eine Palmenkrone dabei. «Meine Herrin!» rief sie aufgeregt. «Die Eunuchen des Kalifen stehen vor der Tür! Es sind Afif, Masrur und Wasif, und sie haben noch weitere Eunuchen bei sich!» Da wären sie beinahe gestorben vor Unruhe und Sorge und fast zu Tode gekommen vor Angst und Schreck. Die Monde ihrer Lust verfinsterten sich, und die Sterne ihrer Freude verschwanden. Sie fürchteten, ihre Affäre könnte entdeckt worden sein! Aber die Sklavin Schamsannahar lachte.

Da erreichte das Morgengrauen Schahrasad, und sie hörte auf zu erzählen. «Wie köstlich und wie aufregend ist deine Geschichte!» sagte Dinarasad zu ihrer Schwester. «Was ist das schon», erwiderte sie, «gegen das, was ich euch morgen nacht erzählen werde, wenn ich dann noch lebe und mich der König verschont ...»

Die einhundertundsiebenundsiebzigste Nacht

aus der Geschichte von Tausendundeiner Nacht

In der folgenden Nacht sagte sie:

Es ist mir zu Ohren gekommen, o glücklicher König, daß Ali Ibn Bakkar und sein Freund, Abul-Hasan, der Drogist, als sie hörten, was die Dienerin gemeldet hatte, Angst bekamen. Schamsannahar aber lachte nur und sagte zu ihrer Dienerin: «Halte sie noch eine kleine Weile auf, damit wir unsere Spuren verwischen können.» Abul-Hasan berichtete: Nachdem sie sich ein letztes Mal dem Jungen zugewandt hatte, erhob sich Schamsannahar widerwillig und ordnete an, die Türen des Kuppelsaals zu schließen. Vorhänge und Wandbehänge wurden heruntergelassen und die Türen zur Kuppel verriegelt. Während wir beide an unserem Ort verharrten, trat sie in den Garten hinaus und gab die Anweisung, daß die Polsterbänke fortgetragen werden sollten. Nachdem das geschehen war, setzte sie sich auf ihren Thron und befahl einer Dienerin, sich vor ihre Füße zu setzen und ihr die Füße zu massieren. «Jetzt kannst du sie hereinlassen!» rief sie einem der Eunuchen zu. Die drei kamen herein, in Begleitung von zwanzig Eunuchen in den vornehmsten und schönsten Uniformen, mit goldenen Gürteln um die Leiber, an denen Schwerter festgeschnallt waren. Sie grüßten aufs ehrerbietigste, und sie erwiderte ihren Gruß. «Was gibt's?» wandte sie sich an Masrur. «Der Beherrscher der Gläubigen sendet dir seine Grüße», meldete dieser, «und läßt dir sagen, daß er dich vermißt. Er fragt, wie es dir geht, und läßt dir ausrichten, daß er heute einen freudigen Tag verbracht hat und wünscht, daß der Gipfel der Freude heute nacht bei dir und mit dir sein soll, nämlich indem er dich trifft. Also bereite dich auf seinen Besuch vor und schmücke deinen Palast.» – «Ich höre und gehorche Gott und dem Beherrscher der Gläubigen», sagte sie, wobei sie den Erdboden küßte. Dann wandte sie sich an ihre Dienerin und befahl ihr, die Haushälterinnen herzubestellen. Die kamen auch gleich herbei und verteilten sich im Haus und im Garten, so daß Schamsannahar den Eunuchen zeigen konnte, wie gründlich sie dem Befehl des Sultans Folge leistete. Das Haus war aber bereits vollkommen hergerichtet: mit Wandbehängen, Teppichen und vielem anderen mehr. «Jetzt geht, unter Gottes Schutz und Schirm», befahl sie den Eunuchen, «und berichtet dem Beherrscher der Gläubigen, was ihr gesehen habt, damit er sich noch ein bißchen geduldet, so lange, bis der Ort ordentlich hergerichtet ist und die Teppiche liegen.» *Es wird berichtet:* Sie gingen eilig davon. Schamsannahar aber sprang auf und trat herein zu ihrem Geliebten und dessen Freund, die beide ängstlichen Vögeln glichen. Sie drückte ihn fest an sich und weinte dabei heiße Tränen. «Ach, meine Herrin», klagte er, «diese Trennung führt zu meinem Untergang und Verderben. Ich bete zu meinem Herrn, Er möge mir erlauben, bis wir uns wiedersehen, mich in Geduld zu fassen oder mir nach unserer Trennung wenigstens noch eine kurze Frist zum Leben lassen.» – «Was dich betrifft», erwiderte sie, «so wirst du heil aus der Sache herauskommen. Deine Liebe wird verborgen bleiben, und deine quälende Sehnsucht ist gut geschützt und wie in einer Schatzkiste sicher verwahrt. Dein Abenteuer wird keine bösen Folgen für dich haben. Aber ich – ich stürze mich ins Unglück und in das übelste Geschick! Denn der Kalif ist es gewohnt, daß ich mich auf eine Art und Weise verhalte, die mir durch das Begehren nach dir und den Kummer über unsere Trennung unmöglich gemacht wird! Mit welcher Zunge soll ich für ihn singen? Mit welchem Herzen soll ich bei ihm sein und ihn freundlich behandeln? Mit welcher Kraft soll ich ihm dienen und mit welchem Verstand zu denen sprechen, die ihn begleiten? Mit welchem Gemüt soll ich es erreichen, mehr als sie seine Gunst zu gewinnen?» – «Ich beschwöre dich, fasse dich in Geduld, und nimm dich zusammen!» warf Abul-Hasan, der Drogist, ein. «Du mußt heute nacht all deine Geduld zusammennehmen, dann wird Gott in Seiner großen Güte euch beide vereinen!» Abul-Hasan berichtete: Während wir gerade so miteinander sprachen, tauchte plötzlich die Dienerin wieder auf. «Meine Gebieterin!» sagte sie. «Die Eunuchen sind wieder da, und du stehst noch hier?» – «Ach herrje!» erwiderte sie erschrocken. «Schnell, bring die beiden nach oben, auf den Balkon, der auf den Garten hinunterblickt. Dort sollen sie bleiben, bis die Dämmerung kommt. Dann sieh zu, daß du sie sicher und ohne ihre Ehre zu gefährden hinaus und nach Hause bringst.» – «Ich höre und gehorche», antwortete sie. Daraufhin verabschiedete sich Schamsannahar, wobei sie sich vor lauter Schmerz kaum noch regen konnte. Die Dienerin nahm die beiden und führte sie nach oben auf den Balkon, der auf der einen Seite zum Garten hinunterblickte; von der anderen Seite aus, die mit vielen Nischen verziert war, konnte man den Tigris sehen. Dort ließ sie sie Platz nehmen, schloß die Tür von innen ab und ging. Die Nacht brach an –

Da erreichte das Morgengrauen Schahrasad, und sie hörte auf zu erzählen. «Wie köstlich und wie aufregend ist deine Geschichte!» sagte Dinarasad zu ihrer Schwester. «Was ist das schon», erwiderte sie, «gegen das, was ich euch morgen nacht erzählen werde, wenn ich dann noch lebe und mich der König verschont ...»

Die einhundertundachtundsiebzigste Nacht

aus der Geschichte von Tausendundeiner Nacht

Und als die nächste Nacht gekommen war, sprach Dinarasad zu ihrer Schwester Schahrasad: «Erzähle uns etwas!» – «Einverstanden», erwiderte Schahrasad.

Es ist mir zu Ohren gekommen, o glücklicher König, daß sie, da die Dienerin die beiden auf dem Balkon abgesetzt hatte und wieder fortgegangen war, als nun die Nacht hereinbrach und sie sich im Haus des Kalifen wiederfanden – sie wußten ja nicht, was mit ihnen geschehen würde und wie sie wieder herauskommen sollten –, einen Blick in den Garten warfen. Und was sahen sie da? Auf dem Platz inmitten des Gartens hatten sich mehr als hundert Eunuchen versammelt. Jeder von ihnen glich einem Bräutigam, so farbenfroh waren sie gekleidet, und um ihre Hüften hatten sie goldene Gürtel geschlungen, an denen Schwerter festgeschnallt waren. Dazu kamen über hundert Sklaven, von denen jeder eine nach Kampfer duftende Kerze in der Hand hielt. Zu beiden Seiten gestützt von seinen Sklaven Masrur und Wasif, ging, schwankend von Trunkenheit und Rausch, ar-Raschid. Zwanzig sonnengleiche Mädchen in den edelsten Kleidern folgten ihm. Juwelen glitzerten auf ihren Häuptern und Nacken. Sie traten auf jene anderen Mädchen zu, die unter den Bäumen die Saiten schlugen und an deren Spitze Schamsannahar stand. Sie küßte den Erdboden. «Willkommen dem Glück des Lebens, der Herzensfreude und dem Vergnügen!» begrüßte sie der Kalif, wankte, auf ihren Arm gestützt, bis zu dem silbernen Thron und ließ sich darauf nieder. Sogleich wurden die anderen Polsterbänke zu seiten des Teiches vor ihm aufgestellt, und er befahl den Mädchen, sich darauf niederzulassen. Schamsannahar aber setzte sich auf einen gepolsterten Schemel ihm gegenüber. Eine Weile betrachtete er den

Garten, dann befahl er, die Fenster der Kuppel zu öffnen. Nachdem dies geschehen war, wurden vor ihm und zu seiner Rechten und Linken so viele Kerzen entzündet, daß ihr Licht die Dunkelheit in Morgenglanz und die Nacht in Tag verwandelte. Nun begannen die Eunuchen, Trinkgefäße herbeizubringen. Abul-Hasan, der Drogist, berichtete: Ich sah verschiedenartige Juwelen, wie sie mir noch nie in den Sinn gekommen waren und die mein Auge noch nie zuvor erquickt hatten. Ich glaubte zu träumen. Der Verstand war mir abhanden gekommen, und mein Herz klopfte heftig. Ali Ibn Bakkar lag bereits lang ausgestreckt am Boden, denn als er mit niedergeschlagenem Blick sah, was ich sah, und mit verwundetem Herzen dachte, was ich dachte, fand er nicht mehr die Kraft, sich zu rühren. «Siehst du diesen Herrscher?» fragte ich. «O ja», erwiderte Ali Ibn Bakkar, «und genau das ist unser Verderben. Wir sind ohne jeden Zweifel verloren, und was mich umbringen wird, ist etwas, was über mich Gewalt gewonnen hat, nämlich die Liebe und die Trennung nach der Vereinigung, es ist die Angst und die Kraftlosigkeit, dazu die Gefährlichkeit des Ortes und die Unmöglichkeit, hier herauszukommen. Gott ist der Einzige, den ich in meiner Lage noch um Hilfe bitten kann.» Ich versuchte, ihn zu beschwichtigen: «Da hilft nichts, als geduldig zu warten, bis uns Gott, der Erhabene, einen Ausweg zeigt.» Dann schauten wir wieder in den Garten hinunter. Dort war unterdessen alles vor ar-Raschid fertig aufgebaut, und ar-Raschid wandte sich an eines der Mädchen, die mit ihm gekommen waren. «Zeig, was du kannst, meine Liebe!» forderte er sie auf. Das Mädchen schlug die Saiten der Laute und sang dazu mit erhobener Stimme das Lied:

Tawil

«Wächst jemals auf eines Menschen Wange durch Tränen Gras,
So ist's meine Wange, wo es grün wird und sprießen kann,

Als stünde ein Frühling bunter Blumen in jenem Grün,
Auf das meiner Tränen Frühlingsregen herunterrann,

Obgleich meine Tränen nur der Rest meiner Seele sind,
Die mir Lebewohl gesagt hat und mich verließ sodann.

Ich sagte, da ich nur noch im Tod mein Ruhe fand,
Als dieser kam: ‹Sei willkommen! Ahlan wa-Marhaban!›»

Die beiden schauten auf Schamsannahar, die sich so sehr erregt und von ihrem Sitz gebeugt hatte, daß sie zu Boden sank und die Mädchen auf sie zusprangen und sie wegtrugen. ☙ Abul-Hasan war zunächst allein damit beschäftigt, sie zu beobachten. Dann wandte er sich zu ihrem Geliebten um und stellte fest, daß der in Ohnmacht gefallen war und reglos, mit dem Gesicht nach unten, am Boden lag. «Wie schön hat das Schicksal den beiden mitgespielt», so dachte er, «daß es über beide dasselbe Urteil gefällt hat.» Gleichzeitig beschlich ihn ein beklemmendes Gefühl von Gefahr und Unbehagen. ☙ In diesem Moment erschien die Dienerin. «Steht auf, ihr beiden!» sagte sie. «Es wird spät für uns, die Welt über uns ist schon eng geworden. Ich habe Angst, daß heute nacht unser letztes Stündlein schlägt!» – «Und wer bringt diesen Jungen hier wieder auf die Beine?» entgegnete der Drogist. «Du siehst doch, wie es um ihn steht!» ☙ Sie spritzte ihm Rosenwasser ins Gesicht und massierte ihm die Hände, bis er wieder zu sich kam. «Steh auf», sagte sein Freund, der Drogist, zu ihm, «ehe du umkommst und uns mit in den Tod reißt!» Die beiden hoben ihn an und trugen ihn vom Balkon hinab. Das Mädchen öffnete eine kleine Eisentür, durch die sie hinaus an eine Kaimauer am Wasser traten. Sie klatschte leise in die Hände, ein Kahn erschien mit einem Ruderer und legte an der Kaimauer an. ☙ Abul-Hasan berichtete: Wir bestiegen den Kahn. Der Junge, der Geliebte der Sklavin, wies mit ausgestrecktem Arm auf das Haus, die andere Hand legte er aufs Herz und deklamierte mit schwacher Stimme die Verse:

Tawil

«Ich hab' eine schwache Hand zum Abschied ihr hingestreckt,
Und unter mein Herz, wo's heiß ist, legt' ich die andre Hand.

Es soll dies Versprechen bitte nicht euer letztes sein,
Und auch diese Mahlzeit sei nicht mein letzter Proviant.»

Dann ruderte der Schiffer mit uns davon. Die Dienerin war ebenfalls bei uns –

Da erreichte das Morgengrauen Schahrasad, und sie hörte auf zu erzählen. «Wie köstlich und wie aufregend ist deine Geschichte!» sagte Dinarasad zu ihrer Schwester. «Was ist das schon», erwiderte sie, «gegen das, was ich euch morgen nacht erzählen werde, wenn ich dann noch lebe und mich der König verschont. Das wird noch spannender und noch aufregender sein ...»

Die einhundertundneunundsiebzigste Nacht

aus der Geschichte von Tausendundeiner Nacht

In der folgenden Nacht sagte sie:

Es ist mir zu Ohren gekommen, o glücklicher König, daß, nachdem der Junge das Gedicht deklamiert hatte, der Schiffer mit ihm und der Dienerin davonfuhr. Sie verließen das diesseitige Ufer und setzten auf die andere Seite über. Dort gingen sie an Land. Das Mädchen nahm Abschied von ihnen mit den Worten: «Ich kann euch nicht weiter begleiten als bis zu diesem Ort.» Dann eilte sie davon. Der junge Ali Ibn Bakkar aber lag hingestreckt vor Abul-Hasan und war nicht imstande, sich zu erheben. «Mein Herr», drang jener in ihn, «wir werden hier zugrunde gehen, denn wir sind nicht sicher vor dem Landstreichergesindel.» Und er machte ihm Vorhaltungen. Nach einer Weile erhob sich Ali Ibn Bakkar mit seiner Hilfe, konnte aber kaum einen Fuß vor den anderen setzen. Nun hatte Abul-Hasan, der Drogist, Freunde auf jener Seite des Flusses. Einen von ihnen, zu dem er Vertrauen hatte und dem er besonders nahestand, suchte er jetzt auf und klopfte an seine Tür. Schnell kam der Freund heraus, und als er ihn sah, freute er sich sehr. Abul-Hasan berichtete: Er trat vor uns in sein Haus. Nachdem wir uns niedergelassen hatten, fragte er: «Wo warst du denn, mein Herr, zu einer solchen Stunde?» – «Ich hatte ein Geschäft mit jemandem», antwortete ich, «doch mir ist zu Ohren gekommen, dieser Mensch habe es auf mein und anderer Leute Geld abgesehen. Da wollte ich ihn nächtens aufsuchen. Diesen Herrn hier habe ich gebeten, mich zur Unterstützung zu begleiten.» Er wies auf den jungen Ali Ibn Bakkar. «Ich habe ihn mitgenommen», fuhr er fort, «damit jener meine Absicht nicht gleich durchschauen sollte, denn ich befürchtete, er würde sich sonst vor mir verbergen. Doch alle meine Mühe war vergeblich, er ist mir entwischt, und keiner weiß, wo er sich herumtreibt. So bin ich wieder umgekehrt. Aber die Qualen, die dieser Herr auszustehen hat, bekümmern mich, und da ich nicht wußte, wohin ich mich wenden sollte, haben wir die Kühnheit gehabt, dich aufzusuchen, denn bei dir fühlen wir uns wohl.» Der Freund tat alles und noch mehr, um sie großzügig zu empfangen, bediente sie höflich und scheute keine Mühe. Den Rest der

Nacht verbrachten sie bei ihm, und noch ehe der Morgen anbrach, erhoben sie sich von ihrem Lager und gingen zurück an den Fluß. Wieder erschien ein Kahn, den sie bestiegen und der sie auf die andere Seite übersetzte. Sie stiegen aus und erreichten schließlich das Haus von Ibn Tahir, dem Drogisten. Er bat Ali Ibn Bakkar inständig, hereinzukommen, und so trat er mit ihm ein. Sogleich warf sich Ali Ibn Bakkar, von der Liebe, der Anstrengung und der Enttäuschung erschöpft, zu Boden. Dann legten sie sich beide ein wenig schlafen. Als sie erwacht waren, ordnete Abul-Hasan an, das Haus solle mit Teppichen ausgelegt werden. «Ich will ihn ein wenig zerstreuen und wieder aufheitern», sprach er zu sich selbst, «ich weiß ja sehr wohl, in was für einer Lage er ist; er mußte sich von seiner Geliebten trennen, das ist ein schlimmer Verlust für ihn.» Abul-Hasan berichtete: Ich dankte Gott für meine Rettung aus dieser Gefahr und spendete von dem, womit Gott mich versorgt hatte, Almosen für die Armen. Nun erwachte auch der junge Mann, Ali Ibn Bakkar, fand die Besinnung wieder und setzte sich auf. «Erfrische dich erst einmal», sagte ich zu ihm. Ali Ibn Bakkar bat um Wasser, und es wurde ihm Wasser gereicht. Dann erhob er sich und betete so oft, wie es den Tag und die Nacht hindurch seine Pflicht gewesen wäre. Danach suchte er Ruhe für seine Seele zu finden und sich durch Gespräche abzulenken. Als Abul-Hasan dies bemerkte, kam er auf ihn zu und sagte zu ihm: «Mein Herr Ali, es wäre in dieser Lage angebracht, daß du heute nacht bei mir bleibst, um dich zu erholen und heiter zu sein, damit der Kummer und die Sehnsucht, die in dir wohnen, sich zerstreuen, deine Seele Ruhe findet und du es dir mit uns gutgehen läßt. Vielleicht verscheucht Gott ja auf diese Weise das, was dich bedrückt und bekümmert.» – «Tu, was du dir vorgenommen hast», willigte dieser ein, «ich habe nichts dagegen einzuwenden.» Abul-Hasan berichtete: So holte ich alle seine Diener und Freunde zusammen und bestellte eine Sängerin. Wir saßen bis zum Abend, dann entzündete ich die Kerzen. Als es richtig gemütlich wurde, erhob die Sängerin ihre Stimme und sang:

«Das Schicksal schoß und traf mich hart mit einem scharfen Pfeile,
Da war die Ruhe hin, ich lief den Lieben fort in Eile.

Die Zeit versprach mir dies und das, doch schwand meine Geduld.
Das dachte ich mir vorher schon, daß mich dies Los ereile.»

Es wird berichtet: Als Ali Ibn Bakkar das Lied der Sängerin vernahm, sank er in Ohnmacht. Erst beim Morgengrauen, nachdem ich schon völlig verzweifelt war an ihm, kam er wieder zu sich. Er verlangte, nach Hause gebracht zu werden, und Abul-Hasan, der Drogist, wagte nicht, ihm zu widersprechen, aus Angst vor den Folgen. Also brachten seine Diener sein Maultier herbei, er stieg auf und ließ Abul-Hasan neben sich herlaufen. Abul-Hasan berichtete: Nachdem ich mich überzeugt hatte, daß er gut zu Hause angekommen war, dankte ich Gott, dem Erhabenen, dessen Name mächtig ist. Dann versuchte Abul-Hasan, ihn durch Ablenkungen zu trösten, doch Ali Ibn Bakkar schenkte ihm weder Herz noch Gehör, so daß Abul-Hasan aufstand und sich verabschiedete.

Da erreichte das Morgengrauen Schahrasad, und sie hörte auf zu erzählen. «Wie köstlich und wie aufregend ist deine Geschichte!» sagte Dinarasad zu ihrer Schwester. «Was ist das schon», erwiderte sie, «gegen das, was ich euch morgen nacht erzählen werde, wenn ich dann noch lebe und mich der König verschont. Das wird noch aufregender sein ...»

Die einhundertundachtzigste Nacht

aus der Geschichte von Tausendundeiner Nacht

In der folgenden Nacht sagte sie:

Es ist mir zu Ohren gekommen, o glücklicher König, daß, als Abul-Hasan sich von Ali Ibn Bakkar verabschiedete, dieser zu ihm sagte: «Mein Bruder, vielleicht kannst du mir Nachricht von meiner Geliebten bringen? Du hast ja gesehen, was ihr geschehen ist. Wir müssen uns auf die Suche machen!» – «Sicher wird ihre Dienerin bald zu uns kommen und uns berichten», beruhigte er ihn. Damit ließ er ihn allein und begab sich in seinen Laden, wo er sich niederließ und wartete. Doch das Mädchen erschien nicht. Er verbrachte die Nacht in seinem Haus. Am nächsten Morgen reinigte er sich und betete, ging dann zum Haus des jungen Ali Ibn Bakkar und trat bei ihm ein. Der lag auf seinem Bett, und viele Menschen, arm und reich, umstanden sein Krankenlager. Auch Ärzte waren bei ihm, und jeder von ihnen fand ein Leiden oder fühlte ihm den Puls. Abul-Hasan berichtete: Als er mich sah, wandte er sich mir zu. Er wurde heiter, und ein heimliches Lächeln glitt über sein Gesicht. Ich erwies ihm die gebührende Ehre, sagte ihm, wie sehr ich ihn vermißt hätte, fragte ihn nach seinem Befinden und wie er die Nacht verbracht habe. Ich blieb so lange neben ihm sitzen, bis alle anderen Leute gegangen waren. Dann beugte ich mich zu ihm herab und fragte: «Was ist hier geschehen?» – «Meine Diener haben herumerzählt, ich sei krank», sagte er, «und ich hatte auch wahrhaftig keine Kraft mehr und bin zusammengebrochen, so wie du mich jetzt hier siehst. Als die Leute kamen, um mir Krankenbesuche abzustatten, konnte ich sie nicht fortschicken. Aber nun zur Sache: Hast du das Mädchen getroffen?» – «Nein», sagte ich, «aber heute wird sie ganz sicher kommen.» Da brach er in Tränen aus und weinte bitterlich. ❧ «Hüte dich davor, dich lächerlich zu machen!» warnte ihn Abul-Hasan. «Hör auf zu weinen, und behalte deinen Liebeskummer für dich. Dein Geheimnis darfst du niemandem preisgeben!» Da weinte er noch heftiger und stimmte die folgenden Verse an:

Tawil

«Ich hielt mein Gefühl verborgen, bis es so kräftig war,
Daß alles, was ich verbarg, die Träne nach außen trug.

Und als ich die Träne meine Liebe verraten sah,
Da warf ich die Scham von mir, denn das ist zum Leben klug.

Die Liebe, die meine Tränen deckten, ist offenbar,
Doch was ich verdecke, ist noch immer mehr als genug.

Das Schicksal hat mir ein Unglück auferlegt, das mir hätte erspart werden können!» fuhr er fort. «In meiner Lage gibt es nichts Erstrebenswerteres als den Tod. Nur bei ihm finde ich Ruhe vor meinem Leiden und einen Weg aus den Qualen, die ich ertragen muß.» – «Gott soll dich schützen und heilen!» sagte Abul-Hasan zu ihm. «Du bist wirklich nicht der erste, dem das zustößt, und es betrifft dich nicht allein.» Dann besprach er sich noch eine Weile mit ihm und verließ ihn, ging auf den Basar und öffnete seinen Laden. Kaum hatte er sich hingesetzt, da erschien die Dienerin. ❧ Abul-Hasan berichtete: Sie grüßte mich. Ihre Schönheit war dahin, ihr Herz gebrochen. «Sei herzlich willkommen!» begrüßte ich sie. «Mein Herz ist bei dir, laß uns miteinander reden. Wie geht es deiner Herrin? Was uns betrifft, uns ist es so-und-so ergangen.» Und er erzählte ihr alles, was geschehen war. Sie seufzte und war sehr bewegt von allem, was er zu erzählen hatte.

«Was meine Herrin angeht», sagte sie dann, «auch sie war in der übelsten Lage, die man sich denken kann. Nachdem ihr beide fortgegangen wart, hatte ich Herzklopfen vor Angst um euch und glaubte nicht daran, daß ihr gerettet würdet. Als ich zurückkam, fand ich meine Herrin hingestreckt unter der Kuppel liegend. Auf meine Fragen gab sie keine Antwort. Sie war überhaupt nicht imstande, auch nur ein einziges Wörtchen zu sprechen. An ihrem Kopfende saß der Beherrscher der Gläubigen. Er hatte niemanden gefunden, der ihn über ihr Befinden aufklären konnte, und wußte nicht, was ihr zugestoßen war. Sie lag so bis um Mitternacht. Ihre Sklavinnen umringten sie und waren hin- und hergerissen zwischen Freude und tränenreicher Sorge um sie. Endlich kam sie zu sich und richtete sich auf.
‹Was ist dir zugestoßen, Schamsannahar?› fragte ar-Raschid. Als sie seine Worte hörte, küßte sie ihm die Füße. ‹Beherrscher der Gläubigen›, sagte sie, ‹Gott möge mich für dich zum Pfand nehmen! Mir ist plötzlich so heiß geworden, es war, als sei in mir ein loderndes Feuer entzündet, ich habe die Besinnung verloren und bin in Ohnmacht gefallen.› – ‹Was hast du heute zu dir genommen?› fragte er sie. Sie zählte allerlei Dinge auf, die sie in Wahrheit nicht gegessen hatte, dann stellte sie sich, als käme sie wieder zu Kräften, ließ sich einen Becher Wein bringen, trank ihn aus und bat den Beherrscher der Gläubigen, er solle doch wieder zurückkehren zu seinen Vergnügungen. So kehrte er zurück an den Platz, wo er zuvor gesessen hatte, befahl ihr aber zuvor, sich unter der Kuppel niederzulassen und jede Aufregung zu vermeiden. Das tat sie. Nun kam ich herein zu ihr. Sie hat mich gleich nach euch beiden gefragt, und ich habe ihr erzählt, was euch zugestoßen ist, habe ihr auch das Gedicht vorgetragen, das Ali Ibn Bakkar deklamiert hatte. Da ist sie in Tränen ausgebrochen und hat eines ihrer Mädchen, das man ‹Die Blicke des Verliebten› nennt, folgende Verse singen lassen:

Tawil

Ich schwöre bei meinem Leben: Nie wieder süß ward mir
Das Leben nach euch. Wie's euch geht, hätte ich gern gewußt!

Zu Recht weine ich um den Verlust meiner Liebe Blut,
Wenn ihr auch nur eine Träne weintet um den Verlust.

Dann ist sie zu Boden gestürzt, wie zuvor. Ich habe sie gerüttelt –

Da erreichte das Morgengrauen Schahrasad, und sie hörte auf zu erzählen. «Wie köstlich und wie aufregend ist deine Geschichte!» sagte Dinarasad zu ihrer Schwester. «Was ist das schon», erwiderte sie, «gegen das, was ich euch morgen nacht erzählen werden, wenn ich bis dahin noch lebe und verschont geblieben bin …»

Die einhundertundeinundachtzigste Nacht

aus der Geschichte von Tausendundeiner Nacht

In der folgenden Nacht sagte sie:

Es ist mir zu Ohren gekommen, o glücklicher König, daß die Dienerin dem Abul-Hasan berichtete, sie habe Schamsannahar gerüttelt, ihr die Füße massiert und ihr Gesicht mit Rosenwasser besprengt, bis diese wieder zu sich kam. «Ich habe ihr gesagt», fuhr sie fort, «‹du wirst dich heute nacht selbst zu Tode bringen und alle, die in deinem Hause wohnen, mit in den Tod reißen! Beim Leben deines Geliebten beschwöre ich dich: Fasse dich, und ertrage es mit Geduld, auch wenn dir ist, als würdest du auf der heißen Glut von Kohlen aus Ghada-Holz hin- und hergewendet!› – ‹Gibt es denn dafür eine andere Lösung als den Tod?› hat sie gefragt. ‹Nur in ihm findet doch jemand wie ich Ruhe!› So waren wir gerade in unser Gespräch vertieft, als ein anderes Mädchen mit dem Namen ‹Das Morgenlicht des Verlassenen› die Stimme erhob und sang:

Tawil

Sie sagten zu mir: ‹Vielleicht kommt Ruhe durch die Geduld!›
Ich fragte: ‹Wo ist Geduld, da er vor mir fortgerannt,

Nachdem er, umarmend, den Geduldsfaden durchgetrennt,
Mit dem er dann unser Liebesbündnis zusammenband?›

Wieder sank sie ohnmächtig zu Boden. Der Beherrscher der Gläubigen, der das bemerkt hatte, eilte herbei, um nach ihr zu sehen. Sie hatte schon fast ihr Leben ausgehaucht. So hat er den Wein wieder abtragen lassen und die Mädchen auf ihren Palast geschickt. Dann ist er den Rest der Nacht bei ihr geblieben. Ihr Zustand war bis zum Morgen unverändert, erst dann ist sie aufgestanden. Der Beherrscher der Gläubigen hat Ärzte gerufen und ihnen befohlen, sie zu behandeln. Denn er wußte ja nichts von ihrer Verliebtheit und Liebesqual. Er ist also bei ihr geblieben, bis es ihm sicher schien, daß sie sich wieder erholt hatte. Dann ist er in seinen Palast gegangen, schweren Herzens wegen ihrer Krankheit, und hat einige Eunuchen und Mätressen bei ihr gelassen. Noch ehe der Morgen angebrochen war, hat sie mich beauftragt, dich aufzusuchen, um in Erfahrung zu bringen, wie es dem Herrn Ali Ibn Bakkar geht.» Als Abul-Hasan die Worte des Mädchens vernommen hatte, sprach er zu ihr: «Ich habe dir von seiner Lage ja schon erzählt. Also richte deiner Herrin Grüße aus, ermahne sie energisch, und halte ihren Zustand weiterhin geheim. Ich werde ihre Worte, so wie du sie mir übermittelt hast, an ihn weitergeben.» Sie bedankte sich bei Abul-Hasan, nahm Abschied von ihm und ging davon. Abul-Hasan berichtete: Den Rest des Tages verbrachte ich mit meinen Handelsgeschäften. Sodann machte ich mich auf den Weg zu ihm. Als ich bei ihm eintrat, fand ich ihn in eben demselben Zustand, in dem ich ihn verlassen hatte. Er hieß mich verblüfft willkommen. «Mein Herr», sagte er, «ich habe doch niemanden zu dir geschickt, um dich holen zu lassen?! Ich wollte dich nämlich etwas schonen, nachdem ich dir eine Last aufgebürdet hatte, um derentwillen meine Seele für den Rest meines Lebens und bis zum Ende aller Zeiten dir verpflichtet sein soll.» Abul-Hasan berichtete: Ich sagte zu ihm: «Laß das Geschwätz. Könnte man die Seele für einen anderen Menschen hingeben, so würde ich dich mit meinem Leben freikaufen, und wenn man jemanden mit seinen Augen schützen könnte, so schützte ich dich mit den meinen. Das Mädchen ist zu mir gekommen.» Und er erzählte ihm, was sie berichtet hatte. Das bedrückte ihn sehr und lastete schwer auf ihm. Er wurde traurig und begehrlich zugleich. Dann brach er in Tränen aus. «Was soll ich nur tun in meiner verzwickten Lage?» schluchzte er. Er bat Abul-Hasan, über Nacht bei ihm zu bleiben, und das tat er auch, fand jedoch wenig Schlaf. Schon stieg abermals die Morgenröte herauf. Abul-Hasan verließ ihn, begab sich zu seinem Laden, und was sah er da? Das Mädchen wartete bereits davor! Als er sie bemerkte, schloß er seinen Laden nicht auf, sondern ging gleich auf sie zu. Sie begrüßte ihn mit einem Wink und fragte, nachdem sie die Grüße ihrer Herrin bestellt hatte: «Wie geht es meinem Herrn Ali Ibn Bakkar?» – «Unverändert», erwiderte er, «und wie geht es deiner Herrin?» – «Auch wie beim letzten Mal, sogar noch schlechter», antwortete sie. «Sie hat ihm ein Briefchen geschrieben und es mir mitgegeben. ‹Bringe eine Antwort zurück, und tu alles, was Abul-Hasan dir sagt›, hat sie mir aufgetragen.» Abul-Hasan berichtete: Also kehrte ich um und ging wieder dorthin, woher ich gekommen war, und sie begleitete mich. Ich gelangte zu seinem Haus und trat ein.

Da erreichte das Morgengrauen Schahrasad, und sie hörte auf zu erzählen. «Wie köstlich und wie aufregend ist deine Geschichte!» sagte Dinarasad zu ihrer Schwester. «Was ist das schon», erwiderte sie, «gegen das, was ich euch morgen nacht erzählen werde, wenn ich bis dahin noch lebe und verschont geblieben bin …»

Die einhundertundzweiundachtzigste Nacht

aus der Geschichte von Tausendundeiner Nacht

In der folgenden Nacht sagte sie:

Es ist mir zu Ohren gekommen, o glücklicher König, daß Abul-Hasan, der Drogist, nachdem Schamsannahars Dienerin zu ihm gekommen war, sie mitnahm und mit ihr zurück zu Ali Ibn Bakkars Haus ging. Er trat ein. Das Mädchen ließ er zunächst in einem Winkel warten. «Was gibt's Neues?» fragte der, als er ihn sah. «Etwas Gutes!» antwortete Abul-Hasan. «Eine Dienerin ist hier, ein Freund hat sie geschickt. Sie bringt einen Brief, in dem geschrieben steht, daß er dich vermißt, auch schreibt er dir, weshalb er so lange nichts von sich hat hören lassen, eine Entschuldigung und Erklärung kannst du dem Brief entnehmen. Erlaubst du ihr, zu dir hereinzukommen?» Dabei blinzelte er ihm aus dem Augenwinkel zu. «Aber natürlich», sagte er. Ein Diener ging hinaus zu ihr und führte sie herein. Als Ali Ibn Bakkar sie sah, erkannte er sie sofort. Er war ganz außer sich vor Freude, daß sie gekommen war, und machte aufgeregte Gebärden, die bedeuteten: «Wie geht es diesem Herrn, der dich geschickt hat? Gott möge ihn heilen und gesundmachen!» Sie zog den Brief heraus und überreichte ihn. Er nahm den Brief entgegen, küßte ihn, las und gab ihn schließlich an Abul-Hasan weiter. Seine Hand war so geschwächt, daß er sie nicht ausstrecken konnte. Abul-Hasan berichtete: Ich faltete den Brief auseinander. Dort stand geschrieben: «Gottes zu gedenken ist das Größte.» Darunter die Verse:

«Laß den Boten dir von meinen Nachrichten berichten.
Tröste dich damit, aufs Wiederseh'n mußt du verzichten.

Du hast mir ein Herz, das dumm vor Liebe wird, gelassen,
Und ein Auge, dessen Nachtschlaf du tatest vernichten.

Dennoch üb Geduld im Unglück, denn kein Mensch der Welt kann,
Was das Schicksal krumm gemacht hat, wieder g'rade richten.

Sei beruhigt: Nie wirst du mir aus dem Herzen schwinden,
Und dein Anblick wird aus meinem Blickfeld niemals flüchten.

Schau auf deinen Leib, den nun die Leidenschaft regiert, und
Folge diesen Spuren, denn sie täuschen dich mitnichten!

Mein Herr», schrieb sie weiter, «ich hätte dir mit meinen Fingerspitzen nicht geschrieben, und meine Zunge wäre stumm geblieben, ich hätte keine klare Übersetzung meiner Gefühle betrieben und dir mein Herz und Inneres nicht beschrieben, wäre es nicht um meiner Glieder willen, die, wenn sie nicht danach strebten, dir zu offenbaren, was sie deinetwegen erdulden, ihren Dienst längst versagt hätten, und um meiner inneren Organe willen, die, wäre es nicht ihr Ziel, die Pein zu beenden, die sie deinetwegen empfinden, aufhörten zu funktionieren. Das Sprichwort sagt: ‹Ein Augenzeuge erspart viele Reden.› So steht es um mich: Mein Auge findet keinen Schlaf und liegt stets wach, mein Herz grübelt unaufhörlich nach, aus meiner Brust will sich die Sorge nicht heben, und in meinem Herzen bleibt der Wahnsinn kleben. Mein aufmerksamer Sinn berührt nichts als lauter verwundete Glieder und streicht über eine zerspaltene und verletzte Leber auf und nieder. Mir ist, als hätte ich nie das Gesundsein gekannt und wäre dem Kummer noch nie davongerannt, als hätte mich noch niemals ein schöner Anblick entzückt und noch kein Genuß des Lebens je erquickt. Ach, ich wünschte, ich wäre vergessen und in Vergessenheit geraten! Oder wenigstens wünsche ich mir, daß ich mich nicht bei jemandem beklage, der nicht selber traurig ist, und mich nicht weinend wende an einen, der selbst keine Tränen vergießt! Ich sage dir:

Tawil

O Jammer! Ihr habt mir nicht den winzigsten Wunsch erfüllt,
Ich konnt' weder Nähe noch Umarmung genießen.

Wir wurden getrennt, und nun sind nur noch die Tränen da,
Sie werden auf eurer Spur in Ewigkeit fließen!

Gott, der Erhabene, möge uns Freude bereiten, indem wir uns wiederfinden, und Er möge alle, die an Sehnsucht leiden, wieder miteinander verbinden. Doch zunächst schicke mir einige Worte, die ich wie einen Freund bei mir haben kann, und beehre mich mit einer Antwort, die mich wie ein Helfer und treuer Gefährte erquicken und laben kann. Und nun fasse dich in Geduld, und halte still, so lange, bis uns Gott einen Weg zum Wiedersehen ebnen will. Meinen Friedensgruß an Abul-Hasan!»

Abul-Hasan berichtete: Die Worte, die ich las, hätten selbst ein leeres Herz mit Leidenschaft erfüllt – um wieviel mehr das volle! – und hätten selbst den zerstreut Dahinstolpernden gebannt. Fast hätte ich sie offenbart, doch die Scham bewahrte mich davor, sie laut vorzulesen, und so hielt ich sie im Verborgenen. «Wer das geschrieben hat, der hat es wirklich gut gemacht!» lobte ich. «Er hat herzergreifende, entzückende und feine Worte gefunden. Nun mußt du rasch eine Antwort schreiben und darfst mit deinen Worten nicht hinter ihrem Brief zurückbleiben!» – «Aber mit welcher Hand soll ich denn schreiben?» entgegnete er mit schwacher Stimme. «Und mit welcher Zunge soll ich klagen und seufzen? Denn sie hat mir viele Krankheiten verursacht und einen Tod nach dem anderen herbeigebracht!» Mit diesen Worten setzte er sich auf, nahm ein Blatt Papier zur Hand und sagte –

Da erreichte das Morgengrauen Schahrasad, und sie hörte auf zu erzählen. «Wie köstlich und wie aufregend ist deine Geschichte!» sagte Dinarasad zu ihrer Schwester. «Was ist das schon», erwiderte sie, «gegen das, was ich euch morgen nacht erzählen werde, wenn ich dann noch lebe und mich der König verschont ...»

Die einhundertunddreiundachtzigste Nacht

aus der Geschichte von Tausendundeiner Nacht

In der folgenden Nacht sagte sie:

Es ist mir zu Ohren gekommen, o glücklicher König, daß er sich aufsetzte, ein Blatt Papier zur Hand nahm und zu Abul-Hasan sagte: «Falte den Brief auseinander, und lege ihn vor mich hin.» Der faltete ihn auf. Und nun, wobei er immer wieder auf den Brief schaute, schrieb er eine Weile, dann weinte er ein Weilchen und so weiter, bis er zu Ende war mit dem, was er sagen wollte, und den Brief Abul-Hasan mit den Worten überreichte: «Schaue ihn dir genau an, und übergib ihn dann dem Mädchen!» ☙ Abul-Hasan berichtete: Ich nahm den Brief und las ihn. Da stand geschrieben: «Im Namen Gottes, des Gnädigen und Barmherzigen.» Darunter die Verse:

«Der Mond kam selbst, um einen Liebesbrief mir zuzustecken.
Das Mondlicht strahlte aus dem Brief, hellweiß und ohne Flecken.

Im Auge dessen, der ihn las, ward dieser Brief noch schöner,
Es war, als ob aus seinen Worten Blumen hoch sich recken.

Er nahm ein wenig von dem fort, was ich gewöhnlich trage,
Und von den Qualen und den Lasten, die mich sonst bedecken.

Ach, Herr! Laß diese Qualen, denn sie machen, daß das Herz mir
Wird hin- und hergerissen zwischen Mitgefühl und Schrecken.

Das Unmaß meiner Leidenschaft bleibt nicht vor dir verborgen,
Und meiner Liebe offne Kraft kann sich nicht mehr verstecken.

Mein Herz und auch mein Auge – beide sind im Liebesfeuer:
Das eine weint, das andre muß schlaflose Nächte schmecken.

Mein Tränenfluß wird nie versiegen, so wie auch für immer
Im Feuer meines Grams die Flammen funkensprühend lecken.

Ich schwör' bei meiner Liebe und der Würde meiner Wünsche,
daß ich euch nun nicht mehr mit großen Worten möchte necken

Und daß ich meiner unglücksel'gen Seele Liebessehnen
Nach eurer Trennung keinem Menschen werd' entgegenstrecken.

Meine Dame», schrieb er weiter, «dein Brief ist angekommen. Er hat einem von Leidenschaft und Liebeskummer erschöpften Geist etwas Ruhe zugeführt und eine verletzte, von der Liebeskrankheit ausgezehrte Leber kuriert. Der Brief hat die Zunge nach langer Stummheit wieder zum Reden gebracht und einer Zeit des Grübelns und der Stille etwas Glanz zurückgebracht. Er hat dem Auge Erholung verschafft im blühenden Garten seiner Worte. ☙ Als ich gelesen hatte, was darinnen stand, und seine Worte und Bedeutung wohl verstand, habe ich mich, je mehr ich gelesen und studiert habe, um so mehr gefreut. Dann habe ich den Brief noch einmal gelesen, und das, was ich daraus gedeutet habe und was mir klar vor Augen trat, hat viel von meinem Kummer verscheucht. Aber auch nie zuvor habe ich etwas so Kunstvolles gelesen. ❧ Was mich angeht: Auch ich leide in vielerlei Weise am Schmerz der Trennung. Die Liebeskrankheit wütet mit ungebrochener Macht, mein Kummer hat sich vervielfacht, die Leidenschaft hat alles andere zerstört und meine Sehnsucht sich vermehrt.

Das Herz ist bedrückt, die Gedanken zerstreut,
Das Aug' ohne Schlaf und der Leib fast dahin.

Die Ruhe ist hin, und die Trennung währt fort,
Die Brust ist verwirrt, der Verstand ohne Sinn.

In wenigen Worten: Nach euch bin ich tot
Und weiß mit der Klage nun nicht mehr wohin.

Sich zu beklagen», so ging der Brief weiter, «kann zwar das Feuer des Unglücks nicht löschen, aber es verschafft einem, den die Sehnsucht bezwungen hat und den die Trennung niedergerungen hat, doch etwas Erleichterung, so lange, bis das Wiedersehen seinen brennenden Durst ertränken wird und die Heilung ihn auf eine klare Straße lenken wird. Salam!» ❧ Abul-Hasan berichtete: Die Worte, die in dem Brief geschrieben standen, steigerten meine Gefühle und trafen mich tief. Sie rührten mich zu Tränen, die ich nur mit Mühe ersticken konnte, und versetzten mein Herz in eine Erregung, die ich nur nach heftiger Anstrengung unterdrücken konnte. Ich gab ihn an die Dienerin weiter. ❧ «Komm zu mir», forderte Ali Ibn Bakkar sie auf, nachdem sie den Brief entgegengenommen hatte. Sie trat auf ihn zu, und er sagte zu ihr: «Bestelle ihm meinen Gruß, und berichte ihm von der Krankheit, die ich ertragen muß, und wie tief die Liebe zu ihm schon eingedrungen ist in mein Fleisch und meine Knochen von Kopf bis Fuß, und lasse ihn wissen, daß ich ein armer Tropf bin, den die Zeit mit Schicksalsschlägen heimgesucht hat. Ach, wer fliegt schnell hin zu ihm und nimmt den Brief mit?» Diesen Worten schickte er Tränen hinterher. Auch ich begann zu weinen, ebenso das Mädchen. ❧ Das Mädchen nahm Abschied von ihm und ging, von Weinkrämpfen geschüttelt, hinaus. Abul-Hasan begleitete sie ein Stück Weges, verabschiedete sich dann von ihr und begab sich in seinen Laden.

Da erreichte das Morgengrauen Schahrasad, und sie hörte auf zu erzählen. «Wie köstlich und wie aufregend ist deine Geschichte!» sagte Dinarasad zu ihrer Schwester. «Was ist das schon», erwiderte sie, «gegen das, was ich euch morgen nacht erzählen werde, wenn ich dann noch lebe und mich der König verschont ...»

Die einhundertundvierundachtzigste Nacht

aus der Geschichte von Tausendundeiner Nacht

In der folgenden Nacht sagte sie:

Es ist mir zu Ohren gekommen, o glücklicher König, daß Abul-Hasan, nachdem er sich von der Dienerin verabschiedet hatte und diese gegangen war, in seinen Laden zurückkehrte. Inzwischen hatte sich sein Herz wieder verschlossen, und er begann, über die Affäre und über die Lage, in welche er durch die beiden geraten war, nachzudenken. Er würde sich zwischen den beiden ganz sicher selbst ins Verderben stürzen – dachte er –, würde ihretwegen seine Arbeit vernachlässigen und vor den Folgen dieses Abenteuers nicht sicher sein. So grübelte er weiter, den Rest des Tages und die Nacht dazu. Am folgenden Tag ging er wieder zu Ali Ibn Bakkar, um ihm einen Krankenbesuch abzustatten. Wie gewöhnlich fand er auch diesmal viele Menschen bei ihm. Er wartete, bis die anderen Besucher gegangen waren, dann trat er zu ihm und fragte ihn nach seinem Befinden. Der begann sofort zu klagen. «O Mann!» entgegnete Abul-Hasan. «Einen Verliebten wie dich habe ich noch nie zuvor gesehen, nicht einmal davon gehört. Gewöhnlich tritt ein solcher Liebesschmerz, eine derartige Ermattung nur dann ein, wenn man jemanden liebt, der einem nicht zugetan ist, und in jemanden verliebt ist, der die Liebe zurückweist. Du aber liebst doch keinen anderen als den, der dich liebt, und sehnst dich nach der Verbindung mit einem, der sich genauso danach sehnt! Was geschähe erst mit dir, wenn du einen lieben würdest, der damit nicht einverstanden wäre, oder eine Verbindung suchtest zu einem, der diese Verbindung wieder trennt, oder wenn du mit jemandem, der dich betrügt, befreundet wärst? Wenn es so weitergeht, wird deine Liebe noch entdeckt werden, und der Mond deines Schutzes wird sich verfinstern und verdeckt werden! Also auf! Bewege dich, und steh auf! Rede wieder mit den Leuten, reite, und beschäftige deinen Körper mit Übungen und dein Herz mit Studium. Tust du das nicht, wirst du ganz sicher zugrunde gehen.» Abul-Hasan berichtete: Er hörte meinen Ermahnungen aufmerksam zu, und meine Worte begannen in ihm zu wirken. Nachdem er zu erkennen gegeben hatte, daß er das, was ich ihm von meinem Wissen mitgeteilt hatte, verstand, verabschiedete ich mich von ihm und kehrte in meinen Laden zurück. Nun hatte ich einen Freund, einen Juwelier, der meinen Lebenswandel aufmerksam beobachtete und wußte, was ich und Ibn Bakkar trieben. Er kam oft zu mir in den Laden, und nach einer Weile fragte er mich nach dem Mädchen. Ich versuchte mich mit einer Lüge herauszureden. «Sie hat Skrupel bekommen», sagte ich, «das ist das letzte, was ich über die Sache gehört habe. Ich habe dir nichts davon verheimlicht, es sei denn, Gott wüßte etwas, das ich nicht weiß. Gestern hatte ich eine Idee», fuhr ich fort, zu dem Juwelier gewandt, «und von ihr sollst du heute hören. Du mußt wissen, daß ich ein wohlbekannter Mann bin und mit Persönlichkeiten von bestem Ruf, Männern und Frauen, Geschäftsbeziehungen unterhalte. Ich bin nicht sicher davor, daß die Affäre der beiden bekannt wird, und wenn das geschieht, ist es mein Ende. Ich würde mein Vermögen verlieren, mein Sohn und meine ganze Familie ihre Ehre. Nachdem ich mich einmal mit ihnen eingelassen habe, kann ich mich ihnen jetzt aber auch nicht einfach wieder entziehen. Mir ist nun folgende Idee gekommen: Ich werde meine Arbeit hier auflösen, meine Schulden begleichen, meine Geschäftskontakte abbrechen und mich auf den Weg nach Basra machen. Dort werde ich so lange bleiben, bis ich gesehen habe, wie es mit den beiden weitergeht und was Gott über sie beschließen wird. Ich selbst befinde mich unterdessen an einem sicheren Ort, wo mich kein Mensch kennt. Es ist nämlich so», fügte ich zur Erklärung hinzu, «daß die Liebe sich zwischen den beiden so festgesetzt hat, daß sie sich nicht mehr lösen läßt, es sei denn um den Preis ihrer beider Leben. Eine Dienerin hilft den beiden bei der heimlichen Einrichtung ihrer Affäre. Sie behält ihr Geheimnis bis jetzt noch für sich, aber es könnte sein, falls sie sich über die beiden einmal ärgert oder ihretwegen in Bedrängnis gerät, daß sie ihr Geheimnis ausplaudert und die Sache öffentlich bekannt wird. Das würde für mich den sicheren Ruin bedeuten, und wenn ich meine Schritte weiter in die Richtung lenke, in die ich bisher so zügig marschiert bin, führt das zu meinem Untergang und Verderben. In einem solchen Fall hätte ich weder vor Gott noch vor den Menschen eine

Entschuldigung.» «Das ist aber eine schlimme Sache, von der du mir da erzählst», sagte sein Freund zu ihm. «Vor solchen Affären fürchtet sich jeder, der denken kann, und sorgt sich jeder vernünftige und ehrenwerte Mann. Ich bin, was das betrifft, ganz deiner Meinung. Gott schütze dich vor dem, was du befürchtest und wovor du Angst hast, und lasse dein Abenteuer ein gutes Ende nehmen!» Der Juwelier berichtete: Er bat mich, alles, was zwischen uns geredet worden war, für mich zu behalten.

Da erreichte das Morgengrauen Schahrasad, und sie hörte auf zu erzählen. «Wie köstlich und wie aufregend ist deine Geschichte!» sagte Dinarasad zu ihrer Schwester. «Was ist das schon», erwiderte sie, «gegen das, was ich euch morgen nacht erzählen werde, wenn ich bis dahin noch lebe und verschont geblieben bin ...»

Die einhundertundfünfundachtzigste Nacht

aus der Geschichte von Tausendundeiner Nacht

In der folgenden Nacht sagte sie:

Es ist mir zu Ohren gekommen, o glücklicher König, daß, nachdem der Drogist mit dem Juwelier gesprochen und ihn gebeten hatte, alles, was zwischen ihnen geredet worden war, für sich zu behalten, der Drogist, wie er später berichtete, unverzüglich davonging, um seine Angelegenheiten in Ordnung zu bringen, und dann abreiste. Vier Tage später kam der Juwelier wieder zu Abul-Hasan Ibn Tahirs Drogeriewarenhandlung und fand den Laden abgeschlossen. Der Juwelier berichtete: Ich nahm mir vor, eine List anzuwenden, um zu Ali Ibn Bakkar vorzudringen. Also begab ich mich zu seinem Haus und sagte zu einem seiner Diener: «Bitte deinen Herrn Ali Ibn Bakkar, daß er mich zu sich vorläßt.» Er erlaubte mir einzutreten, und ich kam herein. Er lag lang ausgestreckt auf seinem Kissen. Als er mich sah, erhob er sich mühsam, bis er auf den Füßen stand. Er empfing mich mit heiterer Miene und hieß mich willkommen. Ich erfüllte zunächst einmal die Pflicht des Krankenbesuchs und entschuldigte mich, daß ich so lange ausgeblieben war. Er bedankte sich in übertriebener Manier und setzte dann hinzu: «Hast du vielleicht noch irgend etwas anderes auf dem Herzen, oder bedrückt dich irgendeine Sorge?» – «Du mußt wissen», antwortete ich, «daß zwischen mir und Abul-Hasan, dem Drogisten – Gott schütze ihn und erhalte ihn gesund –, seit geraumer Zeit freundschaftliche Beziehungen, vertraulicher Umgang und gegenseitige Sympathie bestehen. Ich habe mich ihm seit langem zugeneigt gefühlt, habe ihm alle meine Geheimnisse anvertraut und auch von ihm das Böse abgehalten und seine Geheimnisse bei mir behalten. Nun war ich einige Tage lang durch Freunde von ihm abgelenkt, und als ich, wie ich es gewohnt war, zu ihm zurückkehren wollte, habe ich seinen Laden abgeschlossen vorgefunden. Einer seiner Nachbarn hat mir gesagt, er sei nach Basra abgereist, einiger Angelegenheiten wegen, die er dort persönlich erledigen müsse. Aber ich habe ihm das nicht abgenommen. Ich weiß nicht, ob es noch einmal auf der Welt zwei Freunde gibt, die so gute Beziehungen haben wie ihr beide, darum, wenn du weißt, ob es stimmt, was da gesagt wurde, dann sag mir bitte in aller Ausführlichkeit die Wahrheit darüber, denn ich komme zu dir als ein verlorener, um Verzeihung bittender und Auskunft suchender Mensch.» ☙ Als Ali Ibn Bakkar meine Worte hörte, veränderte sich seine Farbe, und er geriet in Unruhe. «Ich habe nichts davon gehört», versetzte er, «weder hat er mir etwas davon mitgeteilt, noch habe ich irgendeine andere verläßliche Auskunft darüber erhalten. Wenn es wirklich so ist, wie du sagst, dann hat er mir gegenüber unrecht gehandelt und ärgert, schwächt und entmutigt mich.» Und indem die Tränen ihn ersticken wollten, hob er die Stimme und sang die Verse:

«Als alle, die ich liebe, noch gemeinsam bei mir waren,
Da pflegte ich um meine Fehler bitterlich zu heulen.

Jetzt, wo mein Schicksal uns getrennt hat, muß ich um die weinen,
Die meine Freunde waren und nun nicht mehr bei mir weilen.

Es ist wohl keines Mannes Leben jemals so geworden,
Daß Lebende und Tote sich in seine Tränen teilen.»

Dann blickte Ali Ibn Bakkar eine Weile mit gesenktem Kopf zu Boden und überlegte. «Geh zu Ibn Tahirs Haus», sagte er schließlich, wobei er den Kopf zu einem seiner Diener hob, «erkundige dich, ob er zu Hause ist oder etwa verreist, wie dieser hier berichtet hat. Wenn ja, dann versuche herauszufinden, wohin er gegangen ist.» ☙ Der Diener entfernte sich, und der Juwelier und Ibn Bakkar setzten ihre Unterhaltung fort. ☙ Der Juwelier berichtete: Wir unterhielten uns noch eine Weile. Dabei wirkte er verstört, hörte mir zeitweilig zu, dann wandte er sich wieder von mir ab, mal erzählte er mir etwas, mal wollte er etwas von mir wissen. Endlich kam der Diener zurück. «Mein Gebieter», sagte er, «ich habe nach ihm gefragt, und seine Angehörigen haben mir mitgeteilt, er sei vor zwei Tagen abgereist, und zwar in Richtung Basra. Vor der Tür seines Hauses habe ich ein Mädchen stehen sehen, das ebenfalls nach ihm gesucht hat. Sie hat mich wiedererkannt, als sie mich gesehen hat, aber ich erkannte sie nicht. ‹Bist du nicht der Diener von Dem-und-dem?› hat sie mich angesprochen. ‹Ja, der bin ich›, habe ich geantwortet. Da hat sie mir erzählt, daß sie einen Brief an dich bei sich habe, und zwar von dem Menschen, der dir am allerliebsten sei.» – «Hol sie herein!» befahl er. Sie trat ein, ein Mädchen von unbeschreiblicher Vornehmheit, so wie Ibn Tahir, der Drogist, es angekündigt hatte. Der Juwelier erkannte sie nach der Beschreibung sofort. Sie kam auf ihn zu und grüßte ihn –

Da erreichte das Morgengrauen Schahrasad, und sie hörte auf zu erzählen. «Wie köstlich und wie aufregend ist deine Geschichte!» sagte Dinarasad zu ihrer Schwester. «Was ist das schon», erwiderte sie, «gegen das, was ich euch morgen nacht erzählen werde, wenn ich dann noch lebe und mich der König verschont. Das wird noch viel aufregender sein ...»

Die einhundertundsechsundachtzigste Nacht

aus der Geschichte von Tausendundeiner Nacht

In der folgenden Nacht sagte sie:

Es ist mir zu Ohren gekommen, o glücklicher König, daß die Kammerfrau, nachdem sie zu Ibn Bakkar hereingekommen war, ihn grüßte, auf ihn zuging und hinter vorgehaltener Hand mit ihm tuschelte. Während des Gesprächs hörte man ihn des öfteren schwören und mit heiligen Eiden bekräftigen, er wisse nichts von der Sache. Dann verabschiedete sie sich und ging wieder fort. Er aber war verwirrt und fühlte sich, als werde er in einem lodernden Feuer geröstet. Der Juwelier berichtete: Ich fand, das wäre der rechte Moment, ihn anzusprechen. «Sicher hat das Haus des Kalifen eine Forderung an dich», sagte ich, «oder ihr habt gewisse Geschäfte miteinander?» –

«Woher willst du das wissen?» entgegnete er. «Weil ich diese Dienerin kenne», sagte ich. «Wessen Dienerin ist sie denn?» fragte er. «Sie gehört Schamsannahar, der Sklavin ar-Raschids», sagte ich. «Keine hat er lieber als sie, keine ist klüger als sie, keine ist so stark, so rein und so blühend in ihrer Jugend wie sie. Vor einigen Tagen hat sie mir einen Brief zu lesen gegeben und behauptet, es käme ihr vor, als wäre der Brief von einer der Konkubinen und sei an ihre Herrin gerichtet.» Nun stellte ich ihm ausführlich den Wortlaut des Briefes dar, und Ali Ibn Bakkar wurde davon in starke Unruhe versetzt und bekam so große Angst, daß ich schon fürchtete, er werde vor Aufregung sterben. Doch er ging eine Weile still mit sich selbst zu Rate und sagte dann: «In Gottes Namen bitte ich dich: Sage mir, woher du sie kennst, und zwar ehrlich.» – «Ach, laß doch», wehrte der Juwelier ab. «Ich werde nicht eher von dir ablassen, als bis du mir die ganze Wahrheit sagst», insistierte er. Der Juwelier berichtete: «Na gut», lenkte ich ein, «damit sich kein Mißtrauen bei dir einschleicht und du nicht glaubst, ich wolle mich sträuben, und damit kein falscher Verdacht dir den Weg verstellt, keine Niedergeschlagenheit dich bedrückt, keine falsche Scheu sich deiner bemächtigt, keine Angst dich ergreift und dir kein Geheimnis verborgen bleibt. Du kannst dich, bei Gott, darauf verlassen, daß ich noch keines deiner Geheimnisse jemals verraten habe und auch in Zukunft, solange ich lebe, von keiner deiner Angelegenheiten den Schleier der Verschwiegenheit lüften werde. Auch werde ich dich in keiner Lage jemals hintergehen und niemals einen guten Rat vor dir zurückhalten.» – «Nun erzähle mir schon deine Geschichte», verlangte er. Ich erzählte ihm meine Geschichte vom Anfang bis zum Ende. «Alles das habe ich aus keinem anderen Grund getan», schloß ich meinen Bericht, «als um der Liebe willen, die ich zu dir empfinde, und weil ich eifersüchtig um dich besorgt bin und um dein Herz fürchte. Darum habe ich beschlossen, höchstpersönlich und mit allem, was ich besitze, zu dir zu eilen, um als treuer Freund für dich da zu sein, nachdem der andere, Du-weißt-schon-wer, sich aus dem Staub gemacht hat, und um dich bei den anderen Brüdern zu unterstützen. Ich werde dein Geheimnis treu bewachen und dein Herz und deine Brust weiter machen. Sei unbesorgt, und kühle deine Augen.» Und ich erneuerte nochmals unter Eid mein Versprechen. «Vergelt's Gott», bedankte sich Ali Ibn Bakkar, «ich weiß gar nicht, was ich noch sagen soll. Ich befehle dich und deinen tugendhaften Charakter Gott, dem Erhabenen!» Und er erhob seine Stimme und trug die folgenden Verse vor:

Tawil

«Und gäbe ich vor, daß ich die Trennung mit Fassung trag',
Mein Seufzen und meine Tränen straften mich Lügen.

Ach wüßte ich doch, ob meine Träne so reichlich fließt,
Weil ich mich in eines Freundes Trennung muß fügen?

Ist eines Geliebten Abschied eher der Grund dafür,
Daß diese endlosen Tränen niemals versiegen?»

Danach verstummte er für eine Weile. «Weißt du, was das Mädchen gesagt hat?» fragte er dann. «Nein», antwortete ich. «Sie hat mir vorgeworfen, ich sei es gewesen, der Ibn Tahir zu seiner Reise geraten und ihm geholfen hätte, sie zu unternehmen. Sie hat auf ihrer Behauptung bestanden und ist fortgegangen, ohne meine Erklärungen anzuhören und ohne ihre Vorwürfe zurückzunehmen. Jetzt weiß ich nicht, was ich tun soll, nachdem er fort ist. Sie hat ihm ja immer aufmerksam zugehört, freundschaftlichen Umgang mit ihm gepflegt und alles getan, was er ihr gesagt hat.» – «Wenn ich nur erst genau verstanden habe, wie es um die Sache steht, werde ich alle deine Sorgen zerstreuen», beruhigte ich ihn. «Wer könnte so etwas tun», widersprach Ali Ibn Bakkar, «wo sie doch flüchtet, als ob ein wildes Tier hinter ihr her wäre?» «Ich werde mich bemühen, dir zu helfen und dir beizustehen», bekräftigte der Juwelier, «und ich werde jeden möglichen Kunstgriff anwenden, selbstverständlich ohne ein Geheimnis zu verraten und ohne daß eine brenzlige Situation oder ein Schaden entsteht, und zwar mit Hilfe Gottes, des Erhabenen, der Erfolg verleiht, gütig und freundlich ist und schöne Werke vollbringt. Also sorge dich nicht. Ich werde, bei Gott, nichts Mögliches dir vorenthalten und deine Angelegenheit genau so, wie du es wünschst, gestalten!» Dann bat er ihn um die Erlaubnis zu gehen. «Mein Herr», entgegnete jener, «du hast mir großzügig deine Freundlichkeit erwiesen und, indem du schnell herbeigeeilt bist, in dankenswerter Weise deinen Erfindungsgeist bewiesen. Du verstehst, in was für einer Lage ich bin. Ich bitte dich, schenke mir deine Freundschaft und bewahre das Geheimnis tief in dir. Der Erfolg sei mir dir!» Der Juwelier berichtete: Mit diesen Worten zog er mich an sich. Ich küßte ihn, dann verabschiedete er sich von mir. Auch ich sagte ihm Lebewohl.

Da erreichte das Morgengrauen Schahrasad, und sie hörte auf zu erzählen. «Wie köstlich und wie aufregend ist deine Geschichte!» sagte Dinarasad zu ihrer Schwester. «Was ist das schon», erwiderte sie, «gegen das, was ich euch morgen nacht erzählen werde, wenn ich dann noch lebe und mich der König verschont. Das wird noch viel aufregender sein ...»

Die einhundertundsiebenundachtzigste Nacht

aus der Geschichte von Tausendundeiner Nacht

In der folgenden Nacht sagte sie:

Es ist mir zu Ohren gekommen, o glücklicher König, daß der Juwelier berichtete: Ich sagte ihm Lebewohl und verließ ihn, ohne zu wissen, wohin ich mich wenden und was ich anfangen sollte. Wie konnte ich dem Mädchen sagen, daß ich von der Affäre der beiden wußte? Welche List sollte ich anwenden? Mir fiel nichts ein. Also machte ich erst einmal einen Spaziergang. Da fand ich plötzlich, mitten auf der Straße, einen geöffneten Zettel. Ich hob ihn auf und faltete ihn vollends auseinander. Es war ein Brief, und da stand: «Im Namen Gottes, des Gnädigen, des Barmherzigen.

> Der Bote kam mit guten und verlockenden Berichten.
> Ich habe gleich gedacht: Das ist, um wahr zu sein, zu glatt.
>
> So freute ich mich nicht, und es bestärkte meine Trauer
> Mein Wissen, daß der Bote selber nichts verstanden hat.

Du weißt selbst, mein Herr – Gott erhalte dich –», ging der Brief weiter, «was es war, das die Bande des Vertrauens und der herzlichen Hingabe zwischen uns zerschnitten hat. Wenn es deine Schuld war, will ich es dir dennoch mit Treue vergelten, und wenn dir die Treue abhanden gekommen ist – ich halte sie trotz allem weiter, mit Geduld und Nachsicht. Sollte dieser Freund auf deinen Rat hin fortgegangen sein, dann hast du immerhin einen liebenden Gefährten gewonnen und einen, der dein Geheimnis bewahrt und sich zuverlässig deines Herzens und deiner Brust annimmt. Du bist nicht der erste Mensch, dem es widerfährt, daß er vom Wege abkommt, schwach wird und zu Boden fällt, oder dem sich, nachdem er zuvor ein hohes Ziel vor Augen hatte, das Schicksal entgegenstellt. Gott, der Erhabene, möge der Seele einen schnellen Ausweg weisen und sie unverzüglich auf den Weg der Rettung lenken. Salam!» ☙ Der Juwelier berichtete: Während ich noch in dem Brief las, mich verwunderte und überlegte, wer ihn wohl verloren haben mochte, tauchte unvermittelt jene Dienerin auf. Sie kam näher, verstört und aufgeregt, drehte sich nach rechts und links und blickte dabei zu Boden. Den Zettel aber hielt ich in der Hand. Als sie mich bemerkte, lief sie hinter mir her. Sie bemühte sich, mich einzuholen. «Mein Herr», rief sie mir nach, «diesen Brief habe ich verloren. Bitte, sei so gut und gib ihn mir zurück.» Aber ich gab ihr keine Antwort. Sie folgte mir bis zu meinem Haus, und als ich eintrat, schlüpfte sie hinter mir hinein. Ich setzte mich, und sie stürzte gleich auf mich zu mit den Worten: «He, Mann! Der Brief wird dir nichts nützen. Du weißt ja nicht einmal, von wem er kommt und wohin du ihn bringen sollst. Wie kommst du dazu, ihn einfach mitzunehmen und zu behalten?» – «Setz dich, und sei still», forderte ich sie auf, «beruhige dich, und hör mir zu.» ☙ Nachdem sie Platz genommen hatte, fragte ich sie unvermittelt: «Ist das nicht die Schrift deiner Herrin Schamsannahar? Und ist der Brief nicht für Ali Ibn Bakkar?» Sie wurde aschfahl und fühlte sich unwohl. «Er hat uns in Schmach und Schande gestürzt!» zeterte sie, außer sich vor Zorn. «Uns und sich selber! Seine heftige Verliebtheit hat ihn ins Meer des Wahnsinns geworfen, so daß er vor seinen Freunden und Brüdern über seinen Zustand geklagt hat, ohne nach den schicksalhaften Folgen seines Verhaltens zu fragen. Du wirst schon sehen: Die Tatsachen werden beweisen, daß ich die Wahrheit spreche!» Mit diesen Worten erhob sie sich und schickte sich an zu gehen. Wenn sie in diesem Zustand wegginge – dachte ich –, würde das nur zu noch mehr Vorwürfen und Verleumdungen gegen ihn führen und ihn noch weiter ruinieren. Also versuchte ich, sie aufzuhalten. ☙ «He, Mädel!» sagte ich. «Die Herzen der Menschen stehen als Zeugen füreinander ein, und alle Dinge auf der Welt müssen so sorgfältig geheimgehalten werden, daß nur wer sie kennt, die Macht hat, sie abzustreiten oder zu verleugnen, außer der Liebe. Denn der Mensch hat ein unwiderstehliches Bedürfnis danach, die Liebe zu offenbaren und sich in seinem Mißgeschick bei der Meinung eines anderen Hilfe zu suchen. Darüber hinaus gibt es für die Liebe besondere Signale, die sie nach außen hin entdecken, und Zeugen, die auf sie hinweisen und es unmöglich machen, sie zu verstecken. Du hast Abul-Hasan einer Sache verdächtigt, an der er unschuldig ist, und falsche Vermutungen über ihn angestellt. Was Ali Ibn Bakkar angeht, er hat kein einziges eurer Geheimnisse offenbar gemacht, nichts von der Affäre ans Licht gebracht und sich keiner Lüge schuldig gemacht. Und als Lohn dafür bekommt er deine Äußerungen und deine häßlichen Gedanken! Ich werde dir etwas zeigen, wodurch sich alles aufklärt, eine Sache, die deine Brust weit werden und deine Sorge zur Ruhe kommen läßt und die dir eine glaubhafte Entschuldigung für sein Verhalten liefert. Zunächst aber will ich mich deiner versichern. Ich möchte, daß du mir versprichst, nichts von eurer Affäre vor mir geheimzuhalten. Ich bin nämlich bei der Einhaltung von Geheimnissen außerordentlich standhaft, auch in schwierigen Situationen. Ich packe tatkräftig zu, wenn es um die Rechte eines Freundes geht, und ganz gleich, zu welcher Tat ich aufgefordert oder beauftragt werde, ich handle immer nach den Regeln, die Tapferkeit und Tugend mir vorgeben.» «Ah!» seufzte sie voller Bewunderung über meine Rede und fügte hinzu: «Möge nie ein Geheimnis verlorengehen, das du hütest, und möge keiner scheitern, den du leitest und behütest! Ich vertraue dir einen Schatz an, den außer dem, den er betrifft, niemand eröffnen darf und der niemandem ausgehändigt werden darf außer demjenigen, der ihn hinterlegt hat. Aber zuerst rede du, und laß dir freien Lauf. Gott und Seine Engel sind meine Zeugen, daß ich, wenn du mir die Geschichte aufrichtig und ehrlich erzählst –

Da erreichte das Morgengrauen Schahrasad, und sie hörte auf zu erzählen. «Wie köstlich und wie aufregend ist deine Geschichte!» sagte Dinarasad zu ihrer Schwester. «Was ist das schon», erwiderte sie, «gegen das, was ich euch morgen nacht erzählen werde, wenn ich dann noch lebe und mich der König verschont ...»

Die einhundertundachtundachtzigste Nacht

aus der Geschichte von Tausendundeiner Nacht

In der folgenden Nacht sagte sie:

Es ist mir zu Ohren gekommen, o glücklicher König, daß die Dienerin zu dem Juwelier sagte: «Gott ist mein Zeuge dafür, daß ich, wenn du mir die Geschichte aufrichtig und ehrlich erzählst, dir meinen Schatz anvertraue und dich zu seinem Hüter und Bewacher mache.» *Es wird berichtet:*

Da erzählte er ihr die Geschichte, so wie er sie dem jungen Ali Ibn Bakkar erzählt hatte. Er schilderte ihr, wie er Ibn Tahir beschworen hatte, «bis ich ihn überzeugen konnte, und wie es mir gelungen ist, zu Ali Ibn Bakkar vorzudringen. Und die Sache mit dem Brief, der dir aus der Hand gefallen ist», fügte er hinzu, «beweist meine guten Absichten in dieser Angelegenheit. Obwohl ich daran Gefallen gefunden habe, habe ich es vermieden, deswegen jemanden anzuzeigen.» ❧ Der Juwelier berichtete: Daraufhin versicherte sie sich noch einmal meines Schwurs und des Auftrags, daß ich das Geheimnis der beiden geheimhalten müßte. Auch ich ließ sie nochmals durch einen Eid bekräftigen, daß sie nichts, was die beiden beträfe, vor mir verbergen dürfe. Nun nahm sie den Brief an sich und versiegelte ihn. «Ich werde ihm sagen», sagte sie. «‹Er ist mir versiegelt übergeben worden, und ich warte auf eine Antwort. Setze auch du dein Siegel darauf, damit ich von der Verantwortung zwischen euch beiden entlastet bin.› Gleich jetzt gehe ich zu ihm, hole mir von ihm einen Antwortbrief und komme, bevor ich zu ihr zurückkehre, bei dir vorbei.» ❧ Mit diesen Worten nahm sie Abschied von mir und ging fort. In meinem Herzen ließ sie ein loderndes Feuer zurück. Sie war kaum ein Stündchen fortgewesen, da tauchte sie schon wieder auf. Sie hatte einen versiegelten Brief bei sich. Und was stand da geschrieben? ❧ «Im Namen Gottes, des Gnädigen, des Barmherzigen.

Basit

Der Bote, welcher bis jetzt unser Geheimnis verschwieg,
Hat es verraten, da ihm die Wut das Denken verdreht.

So wählt uns nun einen andren Boten unter euch aus,
Der sich auf Aufrichtigkeit und nicht aufs Lügen versteht.

Ich habe dich mitnichten betrogen, und auch die Treue ist mir nicht verflogen. Ich habe kein Bündnis verletzt und keine Freundschaft außer Kraft gesetzt. Noch immer bin ich ungetrennt vom Leiden und fand nur Elend, Tod und Untergang nach unserem Scheiden. Von dem, den ihr erwähnt, konnte ich nichts Neues erkunden und habe keine Spur von ihm gefunden. Ich sehne mich nach einem Wiedersehen, obgleich das Ziel meiner Sehnsucht in weite Ferne gerückt ist, und ich verlange danach, dich zu treffen, auch wenn es kaum einen Sehnsüchtigen gibt, dem das, wonach er strebt, jemals geglückt ist. Ein Blick von mir würde schon genügen, um meine Neuigkeiten vor euch auszubreiten, und mein äußerer

Zustand würde euch zu meinen inneren Befindlichkeiten leiten. Laßt das, was ich sage, genug sein, um über mich Bescheid zu wissen. Salam!» ༄ Der Juwelier berichtete: Der Inhalt dieses Briefes rührte mich zu Tränen. Die Dienerin hatte Verständnis dafür, daß ich weinte und nach Entschuldigungen suchte. «Du darfst dein Haus nicht verlassen», schärfte sie mir dann ein, «und darfst dich mit ihm nicht treffen, bevor ich morgen zu dir komme. Denn er hat mich im Verdacht, wofür er entschuldigt ist, und ich verdächtige meinerseits ihn und bin dafür entschuldigt. Später erkläre ich dir das genauer. Jetzt werde ich mit List versuchen, dich mit ihr zusammenzuführen. Ich habe sie sehr elend zurückgelassen, und sie verlangt so sehr nach Neuigkeiten aus der Schatzkammer der Geheimnisse.» ༄ Der Juwelier berichtete: Am nächsten Morgen war sie wieder da. Sie war guter Laune. «Was hast du Neues erfahren?» fragte ich. «Ich bin zu ihr gegangen und habe ihr den Brief zu lesen gegeben», berichtete sie, «und als sie ins Grübeln kam und Unruhe sie überkommen hat, habe ich zu ihr gesagt: ‹Fürchte dich nicht, und sei nicht traurig. Du brauchst keine Angst zu haben, daß jetzt, da Ibn Tahir fort ist, eure Liebesaffäre zum Scheitern verurteilt wäre. Wir haben einen Ersatz für ihn gefunden.› Dann habe ich ihr von deiner Verbindung mit Ibn Tahir erzählt und wie du an ihn geraten bist, dann von dir und Ali Ibn Bakkar, danach von der Geschichte mit dem Brief, den ich verloren hatte, und wie ich deswegen beunruhigt war und du ihn gefunden hast und was wir schließlich miteinander vereinbart haben, um das Geheimnis geheimzuhalten. Sie hat sich darüber gewundert und gesagt: ‹Das möchte ich von ihm persönlich hören, aus seinem eigenen Mund, ich möchte mich der Sache vergewissern, damit meine Seele dadurch Linderung erfährt und auch seine Entschlossenheit, das zu tun, wozu er sich freundlicherweise bereit erklärt hat, bestärkt wird.› Also entschließe dich nun, und vertraue auf Gottes Segen und auf den guten Erfolg, den Er dir spendet.» ༄ Als der Juwelier das hörte, fand er, es sei eine schlimme Sache. Unter keinen Umständen wollte er darin verwickelt werden. Auf so etwas dürfe man sich gar nicht erst einlassen. «Du mußt wissen, liebe So-und-so», sagte er zu dem Mädchen, «daß ich zu den gehobenen Kreisen der Gesellschaft gehöre. Ich bin nicht in der gleichen Lage wie Ibn Tahir, der Drogist, der sich, wenn er im Palast des Kalifen aufgefunden wird, immer mit seinen Drogeriewaren herausreden kann. Schon als er mir zum ersten Mal von der Geschichte erzählt hat, habe ich vor Angst geschlottert. Wenn deine Herrin mich sprechen will, so soll es an einem anderen Ort sein, aber nicht im Hause des Beherrschers der Gläubigen. Ich habe nicht den Mut, das zu tun, was du mir da vorschlägst.» Und er weigerte sich, sie zu begleiten. Sie ermutigte ihn immer wieder und versprach ihm Sicherheit und Schutz. Aber jedesmal, wenn er sich eben entschlossen hatte, sie zu begleiten, versagten ihm die Beine, und seine Hände begannen zu zittern. «Reg dich nicht auf», beschwichtigte sie ihn. «Sie wird zu dir kommen. Rühre dich nicht vom Fleck!» Mit diesen Worten eilte sie fort, kam aber noch einmal zurück und schärfte ihm ein: «Gib acht, daß sich in deinem Haus niemand aufhält, der deine Geschichte verraten könnte!» Der Juwelier berichtete: Ich sagte zu ihr: «Es ist niemand bei mir» und nahm mir vor, besonders sorgfältig aufzupassen. Nun verließ mich das Mädchen. Als sie wiederkam, hatte sie ein weiteres Mädchen bei sich, das folgte ihr auf dem Fuße. Dahinter gingen noch zwei Kammerfrauen. Das Haus wurde vom Wohlgeruch der Mädchen durchströmt und von ihrer Anmut erleuchtet. Ich sprang sofort auf die Füße und legte ihr ein Kissen bereit. Sie setzte sich. Ich nahm ihr gegenüber Platz, hielt mich zurück und schwieg, bis sie sich etwas ausgeruht hatte. Dann hob sie den Schleier. Nichts anderes kam darunter hervor als eine Sonne oder ein aufgehender Mond. Doch ihre Bewegungen wirkten müde und erschöpft. «Ist er das?» fragte sie, an das Mädchen gewandt. «Ja», bestätigte diese. Ich begrüßte sie, und sie erwiderte meinen Gruß aufs allerfreundlichste. «Das Vertrauen in dich hat uns veranlaßt, dein Haus aufzusuchen, unser Geheimnis dir zu Füßen zu legen und uns vorzunehmen, es geheimzuhalten», sagte sie, «also verhalte dich so, wie wir es von dir erwarten, und enttäusche nicht unseren Glauben an dich, denn in dir stecken Stolz, Ehrgefühl und Männlichkeit.» Dann fragte sie nach meinem Befinden und dem Befinden meiner Familie und meiner Bekannten, und ich gab ihr über alles, was mich betraf, offen und ehrlich Auskunft. «Du mußt wissen, meine Dame», sagte ich, «daß ich außer diesem Haus noch ein zweites Haus besitze. Ich habe es als Treffpunkt für Freunde und Brüder gebaut. Dort gibt es nichts außer dem, was ich schon deiner Dienerin gegenüber erwähnt habe.» Sie bat mich, die Geschichte nochmals zu wiederholen, und ich erzählte, bis ich beim Ende der Geschichte angelangt war. «Ah!» seufzte sie voller Bewunderung, und dann klagte sie über Ibn Tahirs Abreise und wünschte ihm, daß Gott ihm sein Wirken mit Gutem vergelten möge. «Du mußt wissen, lieber So-und-so», fuhr sie fort, «daß die Seelen der Menschen sich in ihren Gelüsten ähnlich sind, auch wenn ihre Lebensverhältnisse sich unterscheiden, und daß die Ziele einander nahe sind, auch wenn ihre Handlungen einander widerstreiten. Menschen sind eben Menschen. Keine Tat wird ohne Reden getan, kein Ziel wird ohne Mühe erreicht, und keine Entspannung kann sich einstellen, wenn man sich nicht zuvor angestrengt hat.»

Da erreichte das Morgengrauen Schahrasad, und sie hörte auf zu erzählen. «Ach, Schwester», seufzte Dinarasad, «wie köstlich ist deine Geschichte!» – «Was ist das schon», erwiderte sie, «gegen das, was ich euch morgen nacht erzählen werde, wenn ich dann noch lebe und mich der König verschont ...»

Die einhundertundneunundachtzigste Nacht

aus der Geschichte von Tausendundeiner Nacht

In der folgenden Nacht sagte sie:

Es ist mir zu Ohren gekommen, o glücklicher König, daß Schamsannahar, die Sklavin des Kalifen, indem sie dem Juwelier ins Gewissen redete, unter anderem sagte: «Es wird kein Geheimnis offenbar, das man nicht zuvor einem anderen anvertraut hätte; nichts wird in Angriff genommen, zu dem sich nicht irgend jemand fähig fühlt, kein Erfolg stellt sich ein, es sei denn bei einem tugendhaften Charakter, und niemand, der nicht Stolz und Männlichkeit besitzt, wagt sich an irgendeine Herausforderung. Dank kann ein Mensch nur in dem Maße erfahren, in dem seine Taten segensreich und seine Bemühungen und Anstrengungen vom Glück gekrönt waren. Ich werde dir die Sache erklären und den Schleier lüften, der darüberliegt, denn es gibt nichts, was deinen tugendhaften Charakter übertrifft, und ich kann auch meinerseits nicht länger warten. Meine Geduld ist am Ende und wird mich nicht länger durch die vorbestimmten Tage tragen, die ich noch zu leben habe. Du kennst dieses Mädchen hier und weißt, wie anständig sie ist und welch hohen Rang sie bei mir einnimmt. Sie ist die einzige, die mein Geheimnis kennt und behütet und mir in meiner Affäre als Helferin zur Seite steht. Du kannst ihr in allem, was sie dir erzählt und wohin sie dich führt, vertrauen. Sei beruhigt, in jeder Hinsicht. Dein Leben ist vor dem, was du befürchtest, sicher, denn wir werden dich nicht an einen Ort bringen, den wir nicht zuvor gesichert haben. Sie wird dir meine Nachrichten überbringen und unsere Vermittlerin sein.» Der Juwelier berichtete: Mit diesen Worten erhob sie sich. Sie schaffte es kaum aufzustehen. Ich begleitete sie zur Haustür. Als ich dann wieder kehrtmachte und ins Haus zurückging, hätte ich beinahe den Verstand verloren und fühlte mich völlig durcheinander von ihrer Anmut, die ich gesehen, und den schönen Worten, die ich von ihr gehört hatte, und von ihren Taten, deren Zeuge ich geworden war und die mir erst jetzt ins Bewußtsein traten. Nun stand auch ich auf – berichtete der Juwelier weiter –, wechselte meine Kleider, verließ mein Haus und begab mich zum Haus des jungen Ali Ibn Bakkar. Gleich sprangen seine Diener von allen Seiten auf mich zu und baten mich herein. Ich sah ihn daliegen. «Herzlich willkommen», sagte er, sobald er mich bemerkte, «du hast mich lange warten lassen und meinen Sorgen noch einen Kummer hinzugefügt. Seitdem du fort warst, habe ich kein Auge zugetan! Gestern hat mich das Mädchen besucht. Sie hatte einen versiegelten Brief bei sich» – und er erzählte mir alles, was geschehen war und was er geantwortet hatte. «Am Ende, mein lieber So-und-so», fuhr er fort, «bin ich unsicher geworden. Meine Geduld ist mir abhanden gekommen, und ich hatte weder Kraft noch gute Ideen genug, um selbst einen Weg aus der Patsche zu finden. Ich war mit diesem Mann doch eng vertraut und hatte mir von ihm versprochen, an mein Ziel zu gelangen, weil sie sich ihm gegenüber offen gezeigt hatte und ihn gut kannte.» An dieser Stelle mußte ich lachen. «Lachst du mich etwa aus, weil ich weine?» fragte er empört. «Wo ich mich dir doch in jeder Lage anvertraut habe, sowohl in Zeiten, in denen die Geduld die Oberhand gewonnen hatte, als auch in Zeiten meines Unglücks!» Und er stimmte die Verse an:

Basit

«Wenn der, der lacht, weil ich weine, all das hätte erlebt,
Was ich erlebte, so daß ich weine, weinte er mit!

Es kann doch keiner ermessen, was ein Gepeinigter fühlt,
Es sei denn, daß er dasselbe lange Unglück erlitt.»

Als der Juwelier ihn diese Verse vortragen hörte, beeilte er sich, ihm zu berichten, was ihm, nachdem sie zuletzt auseinandergegangen waren, widerfahren war. Kaum war er mit seinem Bericht zu Ende, brach Ibn Bakkar in heftige Tränen aus. «Ich bin verloren und dem Tod geweiht!» jammerte er.

«Ach, möge Gott das Lebensende, das noch fern ist, schnell herbeiführen, denn meine Ruhe ist hin, mein Lohn ist fort, und meine Tatkraft ist für immer verdorrt. Wenn du nicht wärest, wäre ich längst vor Kummer gestorben und zerschmolzen in Liebesqual. Du bist der einzige Mensch, der mir in meiner Affäre hilft, und du wirst es bleiben, solange der Herr – Ihm sei Lob und Dank und bei Ihm liegen Güte und Lohn – es so bestimmt. Hier siehst du mich vor dir: Ich bin dein Gefangener und liege dir zu Füßen. Ich werde dir in keiner Sache widersprechen und mich keinem deiner Ratschläge in den Weg stellen. Der Juwelier berichtete: Ich antwortete ihm: «Mein Herr! Nichts außer einem Wiedersehen wird dieses Feuer löschen. Aber es muß an einem anderen Ort stattfinden, nicht dort, wo Gefahr, Tod und Verderben lauern, sondern bei mir, an dem Ort, den ich dafür gefunden habe und den ich ausgewählt und für gut befunden habe. Das Ziel ist klar: Ihr beide sollt euch wiedersehen, euch euer Leid klagen und miteinander sprechen, und ihr sollt eure Verbindung einander neu versprechen. Da könnt ihr euch nicht auch noch darum sorgen, ob der Ort geeignet ist.» – «Tu, was du für richtig hältst», erwiderte er. In dieser Nacht blieb der Juwelier bei ihm, leistete ihm in seiner Schlaflosigkeit Gesellschaft und erzählte ihm Geschichten, bis der Morgen graute.

Da erreichte das Morgengrauen Schahrasad, und sie hörte auf zu erzählen. «Ach, Schwester», seufzte Dinarasad, «wie köstlich und wie aufregend ist deine Geschichte!» – «Was ist das schon», erwiderte sie, «gegen das, was ich euch morgen nacht erzählen werde, wenn ich dann noch lebe und mich der König verschont ...»

Die einhundertundneunzigste Nacht

aus der Geschichte von Tausendundeiner Nacht

In der folgenden Nacht sagte sie:

Die Leute behaupten, o König, daß der Juwelier berichtete: Ich verbrachte diese Nacht bei ihm. Als der Morgen graute, kehrte ich in mein Haus zurück. Kaum hatte ich mich hingesetzt, da erschien schon die Dienerin.

Ich erzählte ihr, was sich zwischen mir und ihm zugetragen hatte. Daraufhin sagte das Mädchen: «Ich werde unsere Räume freimachen. Das ist der schönste Ort für unsere Zwecke.» – «Aber dieser Ort hier ist sicherer», wandte ich ein. «Du hast recht», sagte sie, «ich werde gleich auf der Stelle gehen, ihr berichten, was du gesagt hast, und ihr vorschlagen, daß sie kommt, so wie du es mir erklärt hast.» Mit diesen Worten ging sie fort. Als sie wiederkam, sagte sie zu mir: «Geh jetzt zu dem Ort, den du erwähnt hast, und bereite alles vor!» Dann zog sie einen Beutel hervor und überreichte ihn mir. «Das sollst du für Essen und Trinken verwenden», sagte sie dazu. Doch ich schwor, ich würde es nicht anrühren. Da nahm sie den Geldbeutel wieder an sich und verließ mich. Ich begab mich sogleich zu meinem anderen Haus. Ihre Weisungen hatten mir die Brust eng werden lassen, und so ließ ich in meinem Haus nichts zurück, was ich nicht in das andere Haus hinüberschaffte, und ließ keinen meiner Freunde unbehelligt, von dem ich nicht allerlei Kostbarkeiten auslieh. Auf diese Weise beschaffte ich mir alles, was ich brauchte: Gold, Silber, Teppiche, Wandbehänge und anderes, das man gewöhnlich benötigt. Ich kaufte alles ein, was sie brauchen würden, und bereitete alles vor. Das Mädchen kam, sah sich um und war begeistert. Ich sagte zu ihr: «Jetzt geh zu ihm, und führe ihn hierher.» Sie ging davon und kehrte mit ihm zurück. Er trug die vornehmsten und schönsten Kleider, und seine zarten Reize und anmutigen Züge kamen voll zur Entfaltung. Ich empfing ihn freundlich und ehrerbietig, ließ ihn auf einer steinernen Sitzbank Platz nehmen, stellte allerlei zierliche Gefäße vor ihn und unterhielt mich mit ihm. Unterdessen entfernte sich das Mädchen. Nach dem Abendgebet war sie wieder da, und mit ihr kamen Schamsannahar, die Sklavin des Kalifen, sowie zwei ihrer Kammerfrauen ohne weiteres Gefolge. In dem Augenblick, da sie ihn – und er sie – erblickte, überwältigte einen jeden von ihnen die Liebesqual mit solcher Gewalt, daß sie, noch bevor sie beieinander waren, ohnmächtig zu Boden sanken. Es war ein entsetzlicher Anblick. Ich sprang hinzu, um ihm zu helfen, das Mädchen eilte ihr zu Hilfe, bis er zu sich kam und auch sie erwachte und endlich die Lebenskraft wieder in ihnen beiden zu strömen begann. Eine Weile redeten sie mit schwachen Zungen miteinander, dann brachte ich ihnen Wein. Sie tranken. Ich servierte ihnen das Essen, und sie aßen. Nun begannen sie, mit Dankesbezeigungen auf mich einzustürmen, doch ich fragte nur: «Wollt ihr noch Wein?» Als sie bejahten, führte ich die beiden in ein anderes Zimmer, wo sie sich niederlassen konnten. Inzwischen war die Stimmung der beiden besser und ihre Brust weiter geworden. Ihre Sorgen hatten sich gelegt, und sie waren entzückt über das, was ich für sie getan hatte. «Hast du vielleicht eine Laute oder ein anderes Musikinstrument?» fragte sie. «Jawohl», erwiderte ich und brachte ihr eine Laute. Sie nahm die Laute, stimmte sie und sang in hoher Stimmlage –

Da erreichte das Morgengrauen Schahrasad, und sie hörte auf zu erzählen. «Ach, Schwester», seufzte Dinarasad, «wie köstlich und wie aufregend ist deine Geschichte!» – «Was ist das schon», erwiderte sie, «gegen das, was ich euch morgen nacht erzählen werde, wenn ich dann noch lebe und mich der König verschont ...»

Die einhundertundeinundneunzigste Nacht

aus der Geschichte von Tausendundeiner Nacht

In der folgenden Nacht sagte sie:

Es ist mir zu Ohren gekommen, o glücklicher König, daß der Juwelier berichtete, wie Schamsannahar die Laute zur Hand nahm, stimmte und in hoher Stimmlage die folgenden Verse zu singen begann:

Ramal

«Lieber Bote, laß das Spaßen,
Wenn du willst als Bote leben.

Sage nichts als, was sie sagte!
Sollst dem Kranken Wahrheit geben.

Wenn er ablehnt, woll'n wir ohne
Ihn geduldig weiterleben.

Aber ach! Vor seiner Schönheit
Muß ich kampflos mich ergeben.»

Danach sang sie das Lied:

«Ich lag so schlaflos, als wär' ich ins Schlaflos-Liegen verliebt.
Ich war so krank, als ob es die Krankheit nur für mich gibt.

Meine Träne floß mir über die Wangen und hat sie verbrannt.
Wer sah je einen Ertrinkenden, der im Feuer zerstiebt?»

Noch nie hatte ich etwas gehört, das mein Ohr so durchbohrt hätte wie dieses Lied. Doch was war das? Plötzlich, ehe wir's uns versahen, versank das Haus und wir darin in Stimmen und entsetztem Geschrei. Einer meiner Sklaven – ich hatte ihn an der Innenseite der Haustür postiert – kam zu mir hereingelaufen. «Unsere Haustür ist eingeschlagen worden!» meldete er entsetzt. «Wir haben keine Ahnung, wer da mitten in der Nacht eindringen wollte!» Während er noch redete, stieß auf dem Dach eine Dienerin einen lauten Schrei aus, und mit einemmal stürzten sich zehn vermummte Personen mit Krummdolchen in den Händen und Schwertern an den Gürteln auf uns, und hinter ihnen kamen noch einmal so viele herein. Als ich sie sah, rannte ich blindlings zur Tür hinaus und flüchtete mich zu einem Nachbarn. Von dort konnte ich den Tumult und die Stimmen aus dem Haus hören. Ich vermutete, ihr Verhältnis wäre entdeckt worden und der Polizeichef hätte sie zu nächtlicher Stunde ertappt. Darum hielt ich mich bis um Mitternacht verborgen. Der Juwelier getraute sich nicht, sein Versteck zu verlassen. Irgendwann kam zufällig der Besitzer des Hauses herunter und entdeckte in einem Winkel seines Korridors eine Person, die sich dort versteckt hielt. Er schaute zu ihm hin, erkannte ihn aber nicht, wandte sich erschrocken ab und kehrte mit gezücktem Schwert zu ihm zurück. «Wer bist du?» herrschte er ihn an. «Ich bin es doch, So-und-so, dein Freund», antwortete der Juwelier. «Entschuldige mich», sagte der Hausherr und warf das Schwert aus der Hand, «es tut mir leid. Möge Gott dich entschädigen.» – «Kannst du mir sagen, mein Gebieter», wandte sich der Juwelier an ihn, «wer diese Leute sind?» – «Das ist die vagabundierende Räuberbande, die bereits dem So-und-so sein Geld geraubt und Den-und-den umgebracht hat», sagte der Hausherr. «Sie müssen dich gestern beobachtet haben, als du allerhand prächtige und kostbare Gegenstände hierhergeschafft hast, und haben einen Überfall auf dich geplant. Deinen Gast, denke ich, werden sie entweder als Geisel genommen oder getötet haben.» Er begleitete ihn zum Haus zurück. Sie traten ein. Was aber sah er da? Das ganze Haus war nur noch eine Ruine, die, wie es im Koran heißt, «eingefallen lag auf ihren Pfeilern». Es war völlig leergeräumt. Alles, was darin gewesen war, war fort. Selbst die Fenster waren herausgerissen und die Türen eingeschlagen worden. Der Anblick versetzte ihm einen Schock und schnitt sein Herz in Stücke. Er war ratlos über das, was ihm zugestoßen war. Er hatte es am Ende selbst verschuldet, und so begann er, sich Entschuldigungen zurechtzulegen, und überlegte, wie er es den Leuten erklären sollte, denen das Gold und das Silber, das er sich ausgeborgt hatte, gehörte. Auch um Schamsannahar und Ali Ibn Bakkar machte er sich Sorgen. Er fürchtete, der Kalif bekäme durch einen der Diener Wind von ihrer Affäre, und dann wäre es um ihn geschehen. Sowohl die Seele als auch die sterbliche Hülle würden vernichtet. «Mein Bruder», wandte er sich an jenen anderen Mann, «was soll ich tun? Was rätst du mir?» – «Sei geduldig, tue Gutes, und vertraue auf Gott, den Erhabenen», empfahl ihm jener. «Diese Leute haben nämlich schon im Haus des Polizeichefs jemanden ermordet. Seitdem fahndet eine Abteilung Soldaten aus der Leibgarde des Kalifen nach ihnen. Sie haben sogar an den Straßen Wächter aufgestellt, aber bisher ist es keinem gelungen, sie zu stellen, weil sie so viele sind, daß sich ihnen niemand nähern kann.» – «Um Gottes willen!» rief der Juwelier und kehrte in sein anderes Haus zurück.

Da erreichte das Morgengrauen Schahrasad, und sie hörte auf zu erzählen. «Wie köstlich und wie aufregend ist deine Geschichte!» sagte Dinarasad zu ihrer Schwester. «Was ist das schon», erwiderte sie, «gegen das, was ich euch morgen nacht erzählen werde, wenn ich dann noch lebe und mich der König verschont ...»

Die einhundertundzweiundneunzigste Nacht

aus der Geschichte von Tausendundeiner Nacht

In der folgenden Nacht sagte sie:

Es ist mir zu Ohren gekommen, o glücklicher König, daß der Juwelier «Um Gottes willen!» rief und in sein anderes Haus zurückkehrte. «Das ist es, wovor Ibn Tahir sich gefürchtet hat», sprach er zu sich selbst, «und jetzt bin ich selbst hereingefallen.» Schon eilten von überallher die Leute zu ihm. Manche sprachen kein Wort, einige andere bekundeten ihr Mitleid und klagten um die Opfer des Raubüberfalls, wieder andere forderten ihr Eigentum zurück. Er dankte den einen, wiederholte für die anderen die Geschichte ein ums andere Mal, die letzteren versuchte er zu vertrösten. So ging es den ganzen Tag lang, und er hatte noch keinen Bissen gegessen. Geradeso stand es um ihn, als plötzlich einer seiner Diener zu ihm hereintrat. «Mein Gebieter», meldete er, «an der Tür ist ein Mann, der mit dir sprechen möchte. Wir kennen ihn nicht und haben ihn auch noch nie zuvor gesehen.» Der Mann an der Tür grüßte ihn und sagte: «Ich habe etwas mit dir zu besprechen.» – «Komm herein ins Haus», forderte er ihn auf. «Nein», entgegnete der Mann, «komme du mit uns zu deinem zweiten Haus.» – «Ist mir denn noch ein zweites Haus geblieben?» fragte er verzweifelt zurück. «Ich weiß, was dir zugestoßen ist», beruhigte ihn der andere, «und ich kenne auch eine Lösung für dich.» Der Juwelier berichtete: «Ich werde mit ihm gehen, wohin er auch will», sprach ich zu mir selbst. Wir durchquerten gemeinsam die Stadt, bis wir an das Haus gelangten. Als er es sah, sagte er: «Aber es hat ja gar keine Tür! Hier können wir nicht sitzen! Laß uns weitergehen.» Und er fing an, einen Ort nach dem anderen zu betreten und wieder zu verlassen, bis die Nacht über uns hereinbrach. Noch immer schien er nicht den rechten Raum gefunden zu haben. Der Juwelier war die ganze Zeit über sprachlos vor Verblüffung und stellte ihm keine Fragen. Sie wanderten immer weiter, bis er ihn endlich hinaus aufs freie Feld geführt hatte, und zwar auf der Wasserseite. «Folge mir», sagte er nur, wobei er schnell zu laufen begann. Der Juwelier rannte hinter ihm her und bemühte sich, mit ihm Schritt zu halten, bis sie zu einem Boot kamen. Dort machte er halt. Die beiden bestiegen das Boot, und der Fährmann ruderte sie ans andere Ufer. Sie stiegen aus. Der Mann ergriff die Hand des Juweliers und führte ihn in eine schmale Gasse, die er noch nie zuvor betreten hatte. Er hatte überhaupt keine Vorstellung davon, in welcher Gegend von Bagdad er sich befand. Endlich blieb er an der Tür eines Hauses stehen. Er öffnete die Tür und trat hinein. Danach verriegelte er die Haustür von innen mit einem gewaltigen eisernen Schloß. Nun führte er den Juwelier herein zu zehn jungen Männern, die einer wie der andere aussahen. Er grüßte die Männer. Diese erwiderten seinen Gruß und forderten ihn auf, Platz zu nehmen. Er setzte sich, halbtot vor Erschöpfung und von Furcht überwältigt. Der andere Mann brachte ihm kaltes Wasser, mit dem er sich Gesicht und Hände wusch. Dann reichte er ihm etwas zu trinken, und er trank. Danach wurde Essen aufgetragen, und alle aßen gemeinsam. Der Juwelier berichtete: Wenn ich etwas von ihnen zu befürchten gehabt hätte, hätten sie wohl nicht ihr Essen mit mir geteilt. Nach dem Essen wuschen wir uns die Hände, dann kehrte ein jeder von ihnen auf seinen Platz zurück, und ich setzte mich vor sie hin. «Weißt du, wer wir sind?» fragten sie ihn. «Nein», entgegnete er, «ich weiß weder, wer ihr seid, noch kenne ich euren Aufenthaltsort hier und genausowenig den Menschen, der mich zu euch geführt hat.» – «Erzähle uns deine Geschichte», verlangten sie, «aber versuche nicht, uns an der Nase herumzuführen.» – «Meine Geschichte ist spannend», sagte der Juwelier zu ihnen, «habt ihr denn schon davon gehört?» – «Aber ja!» erwiderten sie. «Wir sind es nämlich gewesen, die dich, deinen Zechkumpan und die Sängerin, die bei dir war, gestern überfallen und entführt haben.» «Gott möge den Schleier Seines Schutzes über euch decken!» rief der Juwelier aus. «Mein Freund und die Sängerin – wo sind die beiden?» Sie wiesen auf zwei Zimmer, die ihnen gegenüber lagen. «Jeder von ihnen befindet sich in einem dieser beiden Räume», sagten sie. «Sie haben beide behauptet, daß niemand außer dir in ihre Geschichte eingeweiht wäre. Nachdem sie das gesagt hatten, haben wir sie nicht weiter befragt. Uns ist aufgefallen, daß sie besonders edle Kleider tragen. Das hat uns stutzig gemacht, und das allein hat uns davon abgehalten, sie zu töten. Jetzt kläre du uns auf, was wirklich mit ihnen ist. Für dein Leben und das Leben der beiden garantieren wir dir Sicherheit.»

Da erreichte das Morgengrauen Schahrasad, und sie hörte auf zu erzählen. «Wie köstlich und wie aufregend ist deine Geschichte!» sagte Dinarasad zu ihrer Schwester. «Was ist das schon», erwiderte sie, «gegen das, was ich euch morgen nacht erzählen werde, wenn ich dann noch lebe und mich der König verschont ...»

Die einhundertunddreiundneunzigste Nacht

aus der Geschichte von Tausendundeiner Nacht

In der folgenden Nacht sagte sie:

Es ist mir zu Ohren gekommen, o glücklicher König, daß der Juwelier, als er das hörte, vor Angst beinahe gestorben wäre. «Wenn die Mannestugenden einmal verlorengehen», sagte er, «werden sie nirgendwo anders als bei euch wiedergefunden werden. Und droht von einem Geheimnis Gefahr, falls es an den Tag kommt, so kann es niemand außer euren Herzen halten. Nichts Schweres wird leicht, es sei denn durch eure Tüchtigkeit und Kraft.» Und so fuhr er fort, ihnen zu schmeicheln. Er hielt es in dieser Situation für nützlicher, seine Geschichte gleich zu erzählen, als sie zu verbergen. Je länger die Sache dauerte, desto mehr würde ohnehin herauskommen. Also fing er an, ihnen die ganze Geschichte bis zum Ende zu erzählen. «Und das», fragten sie nach, «sind also Ali Ibn Bakkar und Schamsannahar?» – «Jawohl», erwiderte er, «ich habe euch nichts verheimlicht und kein Geheimnis vor euch verborgen.» Sie waren von meinem Bericht hin- und hergerissen zwischen Besorgnis und Bewunderung. Sogleich sprangen sie auf, eilten zu dem Jungen und dem Mädchen hinein und entschuldigten sich bei ihnen. Der Juwelier berichtete: Dann sagten sie zu mir: «Was die Gegenstände angeht, die wir aus deinem Haus mitgenommen haben: Einiges davon ist schon wieder weg, einiges andere ist hiergeblieben. Hier, das ist alles, was wir bei uns behalten haben.» Sie gaben mir den Großteil der Gold- und Silbersachen zurück und bemerkten dazu: «Es ist unsere Pflicht, die Sachen wieder in dein zweites Haus zurückzubringen.» Mit diesen Worten teilten sie sich in zwei Gruppen: Die einen begleiteten den Juwelier, die anderen blieben bei den beiden. Als wir das Haus verließen – berichtete der Juwelier –, fühlten sich Ali Ibn Bakkar und Schamsannahar so elend, als müßten sie auf der Stelle sterben. Nur die blanke Angst und der Wille zu überleben konnten sie ermuntern, aufzustehen. Ich trat auf die beiden zu. «Was hat deine Dienerin gemacht?» fragte ich sie. «Wohin ist sie mit den beiden Kammerfrauen gegangen?» – «Ich weiß nichts über sie», antwortete Schamsannahar. Endlich hatten sie uns bis an das Wasser geführt. Sie ließen uns wieder in dasselbe Fährboot steigen, und nachdem man uns übergesetzt hatte, setzten sie uns am anderen Ufer ab und stiegen auch selbst aus dem Boot. Doch kaum hatten wir festen Boden unter den Füßen, waren wir plötzlich von Pferden umzingelt. Die Räuber stürzten sich, Adlern gleich, wieder in das Boot und flogen damit davon. Wir blieben am Ufer zurück. Wir waren zu keiner Bewegung fähig. «Wer seid ihr?» fragten die Reiter uns. Zunächst waren wir unschlüssig, was wir antworten sollten. Dann ergriff ich das Wort: «Diese Leute da sind eine Räuberbande, und wir sind eine Gruppe Freunde. Sie haben uns gestern entführt. Wir sind bis jetzt bei ihnen geblieben. Erst hatten sie kein Mitleid mit uns, doch dann haben wir sie mit süßen Worten beredet, bis sie uns versprochen haben, uns laufenzulassen und uns die Freiheit zu schenken. Jetzt habt ihr ja selber gesehen, was mit ihnen passiert ist.» Sie musterten mich, das Mädchen und Ali Ibn Bakkar ausgiebig. Dann sagten sie: «Du sagst nicht die Wahrheit. Wer seid ihr wirklich? Unter welchen Namen kennt man euch? In welcher Gegend wohnt ihr?» Wieder wußten wir nicht, was wir sagen sollten. Da nahm Schamsannahar den Anführer der Meute beiseite und redete mit ihm. Dieser stieg daraufhin von seinem Reittier ab, setzte sie darauf und nahm das Pferd am Zügel. Ebenso verfuhr er mit Ali Ibn Bakkar und auch mit mir. Er brachte uns an einen Ort, von dem aus er nach jemandem rief, der mit zwei Booten im Schlepptau erschien. Mit uns und den beiden stieg er selbst in das eine Boot, die übrigen Männer besetzten das zweite. Nun ruderten die Bootsleute uns zur Residenz des Kalifen. Wir waren schon fast tot vor Angst, doch da machte er uns Zeichen, und das Boot fuhr weiter, an den Gemächern des Kalifen vorbei, bis zu einer Anlegestelle, von wo aus man unser Viertel erreichen konnte. Dort stiegen wir aus. Zwei Männer – es waren Soldaten, die zu unserem Schutz abgestellt worden waren – begleiteten uns bis zu Ali Ibn Bakkars Haus. Nachdem wir eingetreten waren, sagten uns die beiden Männer Lebewohl. Wir wollten ein paar Schritte weitergehen, fielen jedoch an Ort und Stelle zu Boden und konnten uns nicht mehr rühren. Wir wußten nicht einmal mehr, wo wir uns befanden. Der Morgen brach an, ohne daß wir wieder erwacht wären. Erst als der Tag schon wieder zu Ende ging, regte ich mich ein wenig. Und was sah ich da? An Ali Ibn Bakkars Kopfende saßen Männer und Frauen und weinten. Ali Ibn Bakkar lag reglos da. Sobald sie bemerkten, daß ich aufgewacht war, halfen sie mir, mich aufzusetzen. «Erzähle uns, was mit ihm passiert ist!» verlangten sie und warfen mir vor: «Du bist schuld an seinem Unglück und seiner Krankheit!» – «Liebe Leute», fing ich an –

Da erreichte das Morgengrauen Schahrasad, und sie hörte auf zu erzählen. «Wie köstlich und wie aufregend ist deine Geschichte!» sagte Dinarasad zu ihrer Schwester. «Was ist das schon», erwiderte sie, «gegen das, was ich euch morgen nacht erzählen werde, wenn ich dann noch lebe und mich der König verschont ...»

Die einhundertundvierundneunzigste Nacht

aus der Geschichte von Tausendundeiner Nacht

«Einverstanden», sagte sie in der nächsten Nacht.

Es ist mir zu Ohren gekommen, o glücklicher König, daß der Juwelier, nachdem sie von ihm Auskunft über Ali Ibn Bakkars Affäre verlangt hatten, sagte: «Liebe Leute, das könnt ihr nicht von mir verlangen! Denn seine Geschichte ist nicht so geartet, daß man sie vor aller Öffentlichkeit zu Gehör bringen könnte!» Und – so berichtete der Juwelier weiter – während ich sie noch beschwor, sie sollten auf mich hören, und ihnen Angst einjagte vor der Schande, die da lauerte, bewegte sich mit einemmal der Junge auf seinem Bett. Alle waren hocherfreut. Einige der Besucher zogen sich nun zurück, andere blieben noch, so daß ich daran gehindert wurde, in mein Haus zurückzugehen oder mich frei zu bewegen. Man besprengte ihn mit Rosenwasser und zerstoßenem Moschus, und er kam zu sich. Sie bestürmten ihn sofort mit Fragen, doch seine Zunge war zu schwach zum Antworten, und er machte ihnen nur durch Gebärden deutlich, daß sie mich gehen lassen sollten. Ich ging hinaus und wollte kaum glauben, daß ich gerettet war. Zwischen zwei Männern, die mich mehr trugen als stützten, erreichte ich mein Haus. Als meine Angehörigen mich in diesem Zustand sahen, schlugen sie sich die Hände ins Gesicht und erhoben ein Klagegeheul. Ich bedeutete ihnen durch ein Zeichen, daß sie still sein sollten. Sie verstummten, und ich schickte die beiden Männer fort. Der Juwelier legte sich hin und blieb die ganze restliche Nacht liegen. Als ich erwachte – berichtete er später –, saß meine gesamte Familie, meine Kinder und meine Freunde, um mein Kopfende herum. «Was ist dir zugestoßen?» wollten sie wissen. Ich ließ mir Wasser bringen und wusch mir Gesicht und Hände. Dann reichten sie mir etwas zu trinken. Ich trank.

Anschließend wechselte ich die Kleider und erklärte, nachdem ich mich bei allen Anwesenden bedankt hatte: «Ich hatte zuviel getrunken, da ist es mir so ergangen, wie ihr gesehen habt.» Nun endlich entfernten sich die Besucher. Ich bat meine Familie um Entschuldigung und versprach ihnen, sie für alles, was sie verloren hatten, zu entschädigen. Sie berichteten mir, daß einiges von dem, was ihnen abhanden gekommen war, bereits wieder zu ihnen zurückgekehrt sei; ein Unbekannter habe es im Hausflur abgestellt und sei dann schnell davongerannt. Das beruhigte mein Gemüt. Ich blieb nun einige Tage lang an Ort und Stelle liegen, da ich nicht imstande war aufzustehen. Nachdem ich wieder zu Kräften gekommen war, suchte ich das Hammam auf. In meinem Herzen brannte ein Feuer: Wie mochte es dem Jungen und dem Mädchen ergangen sein? In diesen Tagen hatte ich nicht den Mut, mich seinem Haus zu nähern, nicht einmal, mich irgendwo hinzusetzen, so groß war meine Angst vor ihm. Statt dessen bereute ich vor Gott und beschloß, nie wieder einen solchen Weg einzuschlagen. Von dem, was ich nun noch besaß, spendete ich Almosen für die Armen. Über den Rest, den ich verloren hatte, tröstete ich mich hinweg. «Ich will nun endlich einmal hinausgehen in diese und jene Gegend», sprach ich zu mir selbst, «und will dort ein paar Leute sehen und ein wenig Zerstreuung suchen. Das Schicksal hat mich schon genug gestraft.» Und so ging ich, wobei ich mir noch immer Vorwürfe machte, zu Fuß hinaus. Ich gelangte an den Markt für Stoffe. Dort setzte ich mich bei einem Freund für ein Stündchen nieder. Doch gerade als ich wieder aufstehen wollte, sah ich mir gegenüber eine Frau stehen. Ich schaute genau hin und – tatsächlich, es war die Dienerin! Da verdunkelte sich die Welt vor meinen Augen, ich rannte davon, und sie nahm meine Verfolgung auf. Ich hatte fürchterliche Angst, und jedesmal, wenn ich mich eben entschlossen hatte, sie anzusprechen, packte mich wieder die Angst, und ich tat es nicht. «Bleib stehen, mein Herr!» rief sie mir nach. «Hör zu! Ich will dir etwas sagen!» Das ging immer so weiter, bis ich schließlich, in einer unbelebten Ecke, auf eine Moschee stieß. Ich schlüpfte hinein, und sie kam hinter mir herein. Laut und wehleidig beklagte sie sich nun bei mir und fragte mich nach meinem Befinden. Ich erzählte ihr von mir und Ibn Bakkar. «Jetzt mußt du mir aber auch erzählen, wie es dir und deiner Herrin ergangen ist, seitdem wir uns nicht mehr gesehen haben», verlangte ich. «Zuerst meine Geschichte», sagte sie. «Als ich die Männer gesehen habe, bekam ich Angst, es könnten Soldaten sein und sie würden mich und meine

Herrin auf der Stelle festnehmen. Das wäre mein Tod gewesen. Also bin ich schnell über die Dächer geflüchtet, zusammen mit den beiden Kammerfrauen. In unserer Verzweiflung sind wir von Ort zu Ort gerannt und gesprungen. Schließlich sind wir zu irgendwelchen fremden Leuten gegangen, die Mitleid mit uns hatten und uns freundlich aufgenommen haben. Gegen Morgen erreichten wir den Palast. Wir befanden uns in dem jämmerlichsten Zustand, den man sich denken kann. Es gelang uns, die Sache zu verbergen, und so wartete ich nun auf glühenden Kohlen die nächste Nacht ab. Dann öffnete ich das Tor, das zum Fluß hinausführt, und rief jenen Bootsmann zu mir. ‹He, du!› habe ich zu ihm gesagt. ‹Such den Fluß der Länge und Breite nach ab. Vielleicht findest du ein Boot mit einer Frau darin!› Gegen Mitternacht ist dann ein Boot auf das Tor zugetrieben. Darin waren zwei Männer, von denen einer ruderte, der andere aufrecht stand, und eine Frau. Sie lag der Länge nach ausgestreckt auf der einen Seite des Bootes. Das Boot hat beim Tor angelegt, die Frau ist ausgestiegen, und wen sah ich da vor mir? Es war meine Herrin! Ich war ganz außer mir vor Freude darüber, daß sie heil wiedergekommen war.»

Da erreichte das Morgengrauen Schahrasad, und sie hörte auf zu erzählen. «Wie köstlich und wie aufregend ist deine Geschichte!» sagte Dinarasad zu ihrer Schwester. «Was ist das schon», erwiderte sie, «gegen das, was ich euch morgen nacht erzählen werde, wenn ich dann noch lebe und mich der König verschont. Das wird noch spannender und noch viel aufregender sein ...»

Die einhundertundfünfundneunzigste Nacht

aus der Geschichte von Tausendundeiner Nacht

In der folgenden Nacht sagte sie:

Es ist mir zu Ohren gekommen, o glücklicher König, daß die Dienerin dem Juwelier berichtete: «Als ich sie sah, freute ich mich darüber, daß sie heil wiedergekommen war. Ich betrat vor ihr den Palast, und sie befahl mir, jenem Mann eintausend Dinar auszuzahlen. Ich übergab ihm den Geldbeutel, den ich zuvor schon einmal dir mitgebracht hatte und den du damals nicht annehmen wolltest, bedankte mich, der Mann entfernte sich, ich verschloß die Tür und kehrte in den Palast zurück. Mit der Hilfe von zwei anderen Dienerinnen hob ich sie auf, und wir trugen sie auf ihr Bett. Da hatte sie schon fast ihr Leben ausgehaucht. So lag sie den Rest der Nacht und den folgenden Tag über, und ich achtete darauf, daß die anderen Mädchen nicht zu ihr hereinkamen. Als sie erwachte, sah sie aus, als wäre sie aus einem Grab gestiegen. Ich besprengte sie mit Rosenwasser und Moschus, wechselte ihr die Kleider, wusch ihr die Füße und Hände und flößte ihr etwas zu trinken ein. Nach vielem Zureden ließ sie sich, wenn auch widerstrebend, etwas zu essen geben. Sobald sie auf dem Wege der Genesung war, begann ich ihr Vorwürfe zu machen. ‹Jetzt reicht es aber!› schimpfte ich. ‹Du hast jetzt wirklich Abenteuer genug erlebt. Fast hättest du dein Leben dabei verloren!› – ‹Der Tod›, erwiderte sie, ‹ist leichter zu ertragen als das, was mir begegnet ist. Ich habe zu keinem Zeitpunkt geglaubt, heil aus der Geschichte herauszukommen. Ich hatte keinen Zweifel daran, daß ich sterben würde. Als mich die Räuber aus dem Haus geschleppt hatten, haben sie mich nach meiner Geschichte gefragt. Ich habe angegeben, ich sei eine von den Sängerinnen. Dann haben sie meinen Geliebten gefragt, wer er sei. ‹Ich bin ein einfacher Mann aus dem Volk›, hat er geantwortet. Sie haben uns entführt und in ihre Unterkunft gebracht. Nur Furcht und Schrecken haben uns die Kraft verliehen, uns überhaupt zu bewegen. Nachdem wir uns an ihrem Ort niedergelassen hatten, haben sie mich genau in Augenschein genommen und die Juwelen entdeckt, die ich trage. Da haben sie mir meine Geschichte nicht mehr geglaubt. ‹Es kann nicht sein, daß eine Sängerin solchen Schmuck trägt›, haben sie gesagt, ‹erzähle uns die Wahrheit über euch beide!› Aber ich habe geschwiegen. Da haben sie sich ihn vorgenommen. ‹Und du›, haben sie gesagt, ‹wer bist du wirklich? So kleiden sich einfache Leute nicht!› Doch wir haben es ihnen verschwiegen. Da haben sie gefragt: ‹Wie heißt der Besitzer jenes Hauses?› – ‹So-und-so Ibn So-und-so›, haben wir geantwortet. ‹Den kenne ich!› hat einer von ihnen gesagt. ‹Und ich weiß auch, wo er wohnt! Ich werde ihn auf der Stelle zu euch bringen, wenn mir das Schicksal hilft.› Und so beschlossen sie, mich in den einen und ihn in einen anderen Raum zu schaffen. ‹Ihr könnt euch ausruhen, bis euer Fall geklärt ist›, hat ihr Anführer zu uns gesagt. ‹Habt keine Angst. Euer Leben und euer Eigentum sollen nicht angetastet werden.› Nun ist der eine Kumpan von ihnen fortgegangen und hat den Juwelier mitgebracht. Jener hat ihnen unsere Affäre geschildert, da haben sie sich bei uns entschuldigt. Der Räuber ist aufgesprungen und hat ein Boot herbeigeholt. Sie haben uns hineingesetzt und sind mit uns auf die andere Seite gefahren. Dort hat uns die nächtliche Wachmannschaft gefaßt. Ich habe ihrem Obersten ein Zeichen gemacht und zu ihm gesagt: ‹Ich bin Die-und-die.› Ich hätte mir einen Rausch angetrunken und sei dann noch ausgegangen, um eine meiner Freundinnen zu besuchen, da hätten mich diese Leute überfallen und entführt. Zufällig hätte ich bei ihnen auch diese beiden Männer hier getroffen. ‹Bringt mich und die beiden nach Hause›, habe ich sie gebeten, ‹ich werde dich dafür reich belohnen.› Er ist von seinem Reittier abgesessen und hat mich daraufgesetzt. So hat er es auch mit den beiden anderen gemacht, und so sind wir, wie du selbst gesehen hast, zum Palast zurückgekommen. Was aus ihm und dem anderen geworden ist, weiß ich nicht. In meiner Leber brennt ein Feuer wegen dieser beiden, vor allem wegen Ali Ibn Bakkars Freund, denn er hat ja seinen gesamten Hausrat verloren. Nimm also etwas Geld›, hat sie mir aufgetragen, ‹besuche ihn, sag ihm meine Grüße, und frage ihn, wie es Ali Ibn Bakkar ergangen ist.› Ich aber habe sie weiter gescholten und ihr Angst gemacht. ‹Du solltest auf Gott vertrauen und dich freuen, daß du überhaupt noch lebst!› sagte ich. ‹Beende endlich dieses Verhältnis! Du mußt lernen, auch ohne es den Schleier der Geduld zu tragen.› Meine Worte haben sie erzürnt, und sie hat mich angeschrien. Da bin ich aufgestanden und weggegangen. Ich wollte zu dir, denn ich hatte nicht den Mut, zu Ali Ibn Bakkars Haus zu gehen. Also habe ich mich aufgemacht zu dir und stelle mich dir zu Diensten. Bitte schön, hier ist das Geld, du darfst es ruhig annehmen und bist dafür entschuldigt, denn du hast es nötig. Du mußt ja den anderen Leuten Schadenersatz zahlen für die Gegenstände, die ihnen gehört hatten und die nun weg sind.» Der Juwelier berichtete: Sie nahm mich mit, und ich begleitete sie zu einer bestimmten Stelle, wo sie zu mir sagte: «Bleib hier stehen, bis ich wiederkomme!»

Da erreichte das Morgengrauen Schahrasad, und sie hörte auf zu erzählen. «Ach, Schwester!» sagte Dinarasad zu ihrer Schwester Schahrasad. «Wie köstlich und wie aufregend ist deine Geschichte!» – «Was ist das schon», erwiderte sie, «gegen das, was ich euch morgen nacht erzählen werde ...»

Die einhundertundsechsundneunzigste Nacht

aus Tausendundeiner Nacht

In der folgenden Nacht sagte sie:

Es ist mir zu Ohren gekommen, o glücklicher König, daß sie sagte: «Bleib hier stehen, bis ich wiederkomme!» Als sie zurückkam, schleppte sie etwas, das war so schwer, daß sie es kaum tragen konnte, und überreichte es dem Juwelier mit den Worten: «Nun geh unter Gottes Schutz. Wo wollen wir uns wieder treffen?» Der Juwelier berichtete: «Du kommst am besten zu meinem Haus», schlug ich vor. «Ich werde gleich jetzt die Mühe auf mich nehmen, ihn zu finden und dich mit ihm zusammenzuführen.» Das Geld, das sie mir geschenkt hatte, ließ das, was mir zuvor so schwer erschienen war, auch wieder etwas leichter aussehen. «Ich fürchte, es wird dir nicht gelingen, zu ihm vorzudringen, und du wirst dich nicht mit ihm treffen können», wandte sie ein, «und dann weiß ich nicht, wo ich dich finden kann.» – «Dann komme eben zu meinem zweiten Haus», sagte ich, «ich werde dort gleich neue Türen einsetzen und sichern lassen, dann können wir uns dort treffen.» Sie sagte mir auf Wiedersehen, und ich ging, mit dem Geld beladen, nach Hause. Dort stellte ich fest, daß es zweitausend Dinar waren. Darüber freute ich mich. Ich gab etwas davon meiner Familie, mit einem anderen Betrag zahlte ich meine Gläubiger aus. Dann ließ ich mich von meinem Diener zu dem anderen Haus begleiten. Ich bestellte Handwerker und ließ Fenster und Türen richten. Es wurde schöner als zuvor. Zwei Dienerinnen ließ ich zur Bewachung des Hauses zurück, dazu zwei Hausmädchen, die dort putzen und bedienen sollten. Gestärkten Herzens trat ich wieder hinaus. Ich hatte alles, was mir widerfahren war, vergessen. So begab ich mich zum Haus des Ali Ibn Bakkar. Noch bevor ich dort eintraf, hatten mich seine Diener schon umringt. Einer von ihnen kam auf mich zugelaufen, küßte mir die Hand und hieß mich freudig willkommen. In Begleitung des Dieners trat ich bei Ali Ibn Bakkar ein. Er lag auf seinem Bett, wie immer, und vermochte nicht einmal zu sprechen. Ich setzte mich zu ihm und ergriff seine Hand. Da schlug er die Augen auf. «Sei willkommen», sagte er und rappelte sich unter vielen Mühen hoch, bis er aufrecht dasaß. «Gott sei Dank, daß ich dich sehe.» Ich ließ nicht locker, bis ich ihn dazu gebracht hatte aufzustehen, einige Schritte zu gehen, die Kleider zu wechseln und etwas zu trinken. Alles das tat er nur mir zuliebe. Dann redete ich, was es zwischen mir und ihm zu reden gab. Sobald er sich etwas erholt hatte, sagte ich zu ihm: «Ich weiß, wonach du verlangst. Du darfst dich freuen, denn es ist etwas Neues geschehen, das dich glücklich machen und dein Herz beruhigen wird.» Er machte den Dienern ein Zeichen, und diese zogen sich zurück. ❧ «Hast du gehört, was uns widerfahren ist?» fragte er, dann bat er mich um Entschuldigung und verlangte nun seinerseits die Neuigkeiten zu erfahren. Ich erzählte ihm alles, was sich nach unserer Trennung zugetragen hatte, und berichtete ihm von Schamsannahar. Er lobte und pries Gott, den Erhabenen. «Was für eine charaktervolle Frau sie ist!» sagte er.

Da erreichte das Morgengrauen Schahrasad, und sie hörte auf zu erzählen. «Ach, Schwester!» seufzte Dinarasad. «Wie köstlich und wie aufregend ist deine Geschichte!» – «Was ist das schon», erwiderte sie, «gegen das, was ich euch morgen nacht erzählen werde, wenn ich dann noch lebe und mich der König verschont …»

Die einhundertundsiebenundneunzigste Nacht

aus Tausendundeiner Nacht

In der folgenden Nacht sagte sie:

Es ist mir zu Ohren gekommen, o glücklicher König, daß der Juwelier Ibn Bakkar von dem Geld erzählte, das Schamsannahar ihm geschenkt hatte, und daß Ali Ibn Bakkar, nachdem er den Bericht des Juweliers gehört hatte, sagte: «Was für eine charaktervolle Frau sie ist!» und hinzufügte: «Ich werde dir alles ersetzen, was du verloren hast: deinen Hausrat und alles andere.» ❧ Dann – berichtete der Juwelier – wandte sich Ali Ibn Bakkar an seinen Schatzmeister und erteilte ihm eine Anweisung, worauf dieser Teppiche, Wandbehänge, Silber und Gold zu mir brachte, mehr als ich verloren hatte. Ich fühlte mich beschämt und dankte ihm für seine hohe Gesinnung. «Daß ich mich um euch beide kümmern darf», sagte ich, «ist mir mehr wert als alles, was ich ersetzt bekommen habe. Für euch und eure Zuneigung würde ich mich sogar in den Tod stürzen!» ❧ Den Rest des Tages und die folgende

Nacht verbrachte ich bei ihm. Er war noch schwach, konnte sich kaum regen und fühlte sich willenlos und erschöpft. Ständig seufzte er und weinte viel. Als die Morgendämmerung heraufzog, sprach er zu mir: «Du mußt wissen, lieber So-und-so, daß jedes Ding ein Ende hat. Die Liebe aber endet entweder im Tod oder in der immerwährenden Vereinigung. Für mich ist der Tod das Nächstliegende. Er scheint mir angenehmer als der Zustand, in dem ich mich befinde. Ach, ich wünschte, sie hätte mich vergessen und ich wäre daran gestorben oder aber es wäre mir gelungen, sie zu vergessen, dann wäre ich zur Ruhe gekommen und hätte auch den anderen Beteiligten Ruhe verschafft. Das war jetzt schon das zweite, nicht erst das erste Mal, daß unser Treffen in einer Katastrophe geendet ist. Wenn du ein neues Treffen einfädelst, wird genau dasselbe, was du schon kennst, wieder geschehen. Wie könnte meine Seele das ein drittes Mal ertragen? Ich habe ja in dieser Sache keine Ausrede mehr vor den Leuten nach dieser letzten Warnung, die, wenn Gott, der mächtig und heilig ist, es nicht so gut mit uns gemeint hätte, unweigerlich zu unserer Schande geführt hätte. Ich war völlig durcheinander und hatte keinen Gedanken, wie ich da jemals hätte herauskommen sollen. Wäre ich nicht ein gottesfürchtiger Mensch, dann würde ich jetzt Hand an mich selber legen. Aber ich weiß ja, daß ich sowieso sterben muß, genau wie sie, allerdings erst zu einer festgesetzten Frist.» Und indem er in heftiges Schluchzen ausbrach, erhob er die Stimme zu den folgenden Versen:

«Kann etwa ein Betrübter etwas anderes als weinen?
Mir reicht schon mein Verlangen, euch zu zeigen meine Qual.

Es ist, als ob die Nacht, die ich verbringe, ihren Sternen
Befohlen hat: ‹Bleibt hier! Folgt nicht dem Morgensonnenstrahl!›»

«Geduld, mein Herr!» beschwichtigte ich ihn. «Nimm dich zusammen, und bezähme den Überschwang deiner Seele, ganz gleich ob in Trauer oder Freude.» Doch er blickte mich nur bedeutungsvoll an und sprach mit erhobener Stimme die Verse:

«Hat sich sein Auge gewöhnt an die Träne, die ständig fällt?
Ist es der Kummer, der ihn von der schönen Geduld abhält?

Er war ein Sammler von Geheimnissen, hielt sie geheim,
Doch nun verteilt sie sein Auge an jeden, dem es gefällt.

Und immer, wenn er die Tränen zurückzuweisen versucht,
Weist ihn zurück eine harte, vor Sehnsucht schmerzende Welt.»

«Ich sollte nach Haus zurückkehren», sagte ich, «es könnte sein, daß das Mädchen kommt und eine Nachricht überbringt.» – «Gehe in Frieden», erwiderte er, «aber komm bitte bald wieder. Du siehst ja, wie es um mich steht.» ❧ Ich ging also nach Hause. Kaum hatte ich mich hingesetzt, erschien die Dienerin. Sie wirkte beunruhigt und besorgt, war in Tränen aufgelöst, verängstigt, verschreckt und durcheinander. «Was ist mit dir?» fragte ich. «Etwas Schreckliches ist geschehen», erwiderte sie. «Es ist genau das eingetroffen, was wir befürchtet hatten. Als ich gestern von dir weggegangen war, wollte meine Herrin die eine der beiden Kammerfrauen, die uns begleitet hatten, züchtigen lassen. Diese lief aber davon und entkam durch eine offenstehende Tür. Ein Eunuch, der bei uns Wache hält, um auf einige Mätressen aufzupassen, faßte sie. Er nutzte die Gelegenheit, zog sie zu sich herein, versteckte sie bei sich und schmeichelte ihr mit freundlichen Worten, um sie zum Zwitschern zu bringen. Da hat sie ihm einiges von dem, was wir in jener ersten Nacht und in der zweiten danach erlebt hatten, angedeutet. Auf der Stelle hat er die Kammerfrau dem Beherrscher der Gläubigen vorgeführt. Der hat sie verhört, und sie hat alles gestanden. Daraufhin hat er gestern meine Herrin in die Residenz des Kalifen bringen lassen und zwanzig Eunuchen zu ihrer Bewachung abgestellt, ohne mit ihr selbst zu sprechen oder ihr auch nur zu sagen, weshalb er sie herbeibefohlen hatte. Ich habe alles versucht, bis es mir endlich gelungen ist zu flüchten, aber du kennst ja das Sprichwort: ‹Nach einem Unglück geschieht ein neues Unglück›, und deshalb weiß ich nicht, was wir jetzt tun sollen oder welche List ich anwenden soll, weder für mich selbst noch für sie. Sie hat niemanden, der ihr näher steht als ich, und du weißt ja, daß ich ihre Geheimnisse immer für mich behalte!»

Da erreichte das Morgengrauen Schahrasad, und sie hörte auf zu erzählen. «Wie köstlich und wie aufregend ist deine Geschichte!» sagte Dinarasad zu ihrer Schwester. «Was ist das schon», erwiderte sie, «gegen das, was ich euch morgen nacht erzählen werde, wenn ich dann noch lebe und mich der König verschont ...»

Die einhundertundachtundneunzigste Nacht

aus Tausendundeiner Nacht

In der folgenden Nacht sagte sie:

Es ist mir zu Ohren gekommen, o glücklicher König, daß die Dienerin zu dem Juwelier sagte: «Du mußt jetzt eilends zu Ali Ibn Bakkar gehen und ihm sagen, er soll sich so lange um sich selber kümmern, bis wir wissen, was geschehen muß. Wenn die Sache anders ausgehen sollte, dann rettet er doch so wenigstens sein eigenes Leben und Vermögen.» Der Juwelier berichtete: Ich war niedergeschmettert und fand nicht einmal mehr die Kraft, aufzustehen. Erst nachdem das Mädchen fortgegangen war, erhob ich mich und begab mich, so schnell ich konnte, wieder zu Ali Ibn Bakkar. «Kleide dich in Geduld, und gürte dich mit Ausdauer», sagte ich zu ihm, «wirf die Sorge weit von dir, und reite auf dem Pfad der Tapferkeit. Fasse alle deine Sinne zusammen, und hör auf, so schlaff herumzuliegen, denn es ist etwas geschehen, das dich und alles, was du besitzt, zu vernichten droht!» Ali Ibn Bakkar wurde es unwohl, und er geriet in Unruhe. «Mein Bruder», sagte er, «mit solchen Nachrichten bringst du mich um! Jetzt erkläre mir die Lage ganz genau und in allen Einzelheiten.» – «Das und das hat sich ereignet», schilderte ich ihm. «Du bist verloren, daran gibt es keinen Zweifel!» Eine Weile saß er starr vor Schreck. Fast wäre sein Lebenshauch davongeflogen. Doch dann kam er wieder zu sich. «Was soll ich also tun?» fragte er. «Du nimmst von deinen Sachen mit, worum du am meisten fürchtest, und von deinen Dienern nur jene, denen du vertraust», bestimmte ich. «Ich werde dasselbe tun, und dann machen wir beide uns auf nach al-Anbar, noch vor dem heutigen Abend!» Er sprang auf die Füße, stolperte kopflos durchs Zimmer, strauchelte immer wieder und fiel zu Boden, brachte aber doch seine Sachen, soweit er es konnte, in Ordnung, erfand eine Ausrede für seine Angehörigen, erteilte ihnen noch allerhand Aufträge, die er ausgeführt zu haben wünschte, und machte sich dann auf den Weg nach al-Anbar. Wir reisten vom Mittag bis zum Abend und die folgende Nacht hindurch. Als die Nacht zu Ende ging, luden wir unser Gepäck ab, banden die Reittiere an und legten uns schlafen. Wir schliefen so tief und sorglos, daß wir die Männer, die sich uns näherten, erst bemerkten, als sie schon da waren. Sie raubten uns alles, was wir besaßen: unsere Männer, unsere Reittiere und das Geld, das wir uns in unseren Gürteln um die Hüften geschnallt hatten. Sogar unsere Kleider rissen sie uns vom Leib. Und nachdem sie unsere Diener getötet hatten, ließen sie uns in dem jämmerlichsten Zustand, den man sich denken kann, an unserem Rastplatz zurück. «Was ist nun besser», sagte Ali Ibn Bakkar zu seinem Freund, dem Juwelier, «das hier oder der Tod?» – «Da können wir nichts machen», seufzte der Juwelier, «nur Gott kann etwas wollen und beschließen.» Der Juwelier berichtete: Anschließend wanderten wir zu Fuß weiter, bis der Morgen graute. Wir gingen auf eine Moschee zu und betraten sie als zwei mittellose Fremde, die niemanden kannten. Den ganzen Tag blieben wir an einer Seitenwand der Moschee sitzen. Wir hörten kein einziges Geräusch und sahen niemanden. Kein menschliches Wesen, weder weiblichen noch männlichen Geschlechts, kam zu uns herein. Endlich, als der nächste Morgen über uns anbrach, trat jemand in die Moschee. Als er sein Gebet verrichtet hatte, wandte er sich zu uns um und sagte –

Da erreichte das Morgengrauen Schahrasad, und sie hörte auf zu erzählen. «Wie köstlich und wie aufregend ist deine Geschichte!» sagte Dinarasad zu ihrer Schwester. «Was ist das schon», erwiderte sie, «gegen das, was ich euch morgen nacht erzählen werde, wenn ich dann noch lebe und mich der König verschont ...»

Die einhundertundneunundneunzigste Nacht

aus der Geschichte von Tausendundeiner Nacht

In der folgenden Nacht sagte sie:

Es ist mir zu Ohren gekommen, o glücklicher König, daß der Juwelier berichtete: Es war jemand zu uns hereingekommen. Nachdem er sein Gebet verrichtet hatte, wandte er sich zu uns um und sagte: «Hallo, ihr da! Gott erhalte euch am Leben! Seid ihr Fremde?» – «Ja», antworteten wir, «und wir sind von Räubern überfallen und ausgeraubt worden und kennen niemanden, bei dem wir Unterschlupf finden könnten!» – «Möchtet ihr mitkommen zu meinem Haus?» lud er uns ein. «Laß uns mitgehen», sagte ich leise zu Ali Ibn Bakkar, «sonst müssen wir fürchten, daß doch noch jemand hier erscheint, der uns kennt. Außerdem sind wir ja wirklich fremd hier und kennen keinen Ort zum Unterschlüpfen.» – «Tu, was du willst», antwortete der. «Was redet ihr denn da?» wollte der Mann wissen. Da sagten wir beide schnell: «Wir hören und gehorchen.» Nun zog der Mann ein paar von seinen Kleidern aus und bedeckte mich und Ali Ibn Bakkar damit. «Steht auf, und laßt uns gehen, solange es noch nicht hell geworden ist», sagte er zu uns, und wir standen auf und gingen mit ihm. Als wir sein Haus erreichten, klopfte er an die Tür. Ein junger Diener kam heraus, schloß die Tür auf, er trat vor uns hinein, und wir folgten ihm. Er ließ sich ein dickes Bündel voller Kleider und Turbane bringen und kleidete mich und Ali Ibn Bakkar neu ein. Auch einen Turban durften wir uns um den Kopf winden. Dann setzten wir uns. Eine Dienerin mit einem Tisch voller Essen erschien. «Eßt, mit dem Segen Gottes, des Erhabenen!» forderte sie uns auf. Wir aßen, aber nur wenig, und sie trug den Tisch wieder ab. Bis zum Einbruch der Nacht blieben wir bei ihm. Da begann Ali Ibn Bakkar auf einmal zu stöhnen und schwer zu atmen. «Du mußt wissen, lieber So-und-so», sagte er, wobei er deutlich zeigte, wie bekümmert er war, «daß ich ohne jeden Zweifel sterben werde. Ich möchte dir darum einen Auftrag erteilen. Es ist mein letzter Wille. Geh, wenn ich gestorben bin, zu meiner Mutter, und bitte sie, zu kommen, sich um meine Leichenwaschung und um die Vorbereitungen für mein Begräbnis zu kümmern und die Trennung von mir mit Fassung zu tragen.»

Da erreichte das Morgengrauen Schahrasad, und sie hörte auf zu erzählen. «Ach, Schwester!» seufzte Dinarasad. «Wie köstlich und wie aufregend ist deine Geschichte!» – «Was ist das schon», erwiderte sie, «gegen das, was ich euch morgen nacht erzählen werde, wenn ich dann noch lebe und mich der König verschont ...»

Die zweihundertste Nacht

aus der Geschichte von Tausendundeiner Nacht

In der folgenden Nacht sagte sie:

Es ist mir zu Ohren gekommen, o glücklicher König, daß er ihm seinen letzten Willen mitteilte und hinzufügte: «Bitte meine Mutter, es mit Fassung zu tragen.» Dann war er für eine Weile bewußtlos. Als er wieder zu sich kam, drangen Melodien an sein Ohr. Eine Mädchenstimme sang:

«Wie bald der Trennungstag uns doch entzweite,
Nachdem so enge Freunde war'n wir beide.

Wie bitter ist die Sehnsucht nach der Liebe.
Ach, daß kein Sehnsuchtskranker das erleide!

Der Tod selbst schmerzt nur kurz, dann ist's vorüber.
Doch Trennung schmerzt im Herz auf ew'ge Weite.

Gott möge alle Liebenden vereinen,
Und mich zuerst, da ich an Sehnsucht leide.»

Als Ibn Bakkar das hörte, seufzte er tief, und die Seele entstieg seinem Körper. Ich sagte es dem Hausherrn und empfahl ihn seiner Obhut, hüllte ihn in ein Leichentuch und blieb noch zwei Tage dort. Dann schloß ich mich einer Gruppe von Leuten an, die nach Bagdad reisten. Ich betrat mein Haus, jedoch nur, um es kurz darauf wieder zu verlassen und Ali Ibn Bakkars Haus aufzusuchen. Sobald seine Diener mich erblickten, kamen sie auf mich zu und begrüßten mich. Ich verlangte, zu seiner Mutter vorgelassen zu werden. Sie erlaubte mir hereinzukommen, und ich trat zu ihr herein und grüßte sie. Als mir der rechte Augenblick gekommen zu sein schien, sprach ich zu ihr: «Höre, was ich dir mitzuteilen habe. Gott möge dir Erfolg verleihen und Gutes an dir tun. Gott, der Erhabene, lenkt die Menschen nach Seinem Befehl, und vor Seinem Schicksal und Urteil gibt es kein Entrinnen.» Ali Ibn Bakkars Mutter brach in Tränen aus. «O Gott!» schluchzte sie. «Ist mein Sohn gestorben?» So heftig weinte sie, und so bitter war ihre Klage, daß es mir nicht möglich war, ihr eine Antwort zu geben. Schließlich überwältigte sie die Trauer, sie stürzte zu Boden und lag eine Weile mit dem Gesicht am Boden da. Die Dienerinnen rannten unverschleiert zur Tür hinaus. Ich half Ibn Bakkars Mutter, sich aufzusetzen. Nachdem sie wieder zu sich gekommen war, fragte sie mich: «Was ist ihm zugestoßen?» – «Es war so-und-so», sagte ich, «und, bei Gott, es tut mir selbst so leid. Ich war ja sein bester Freund und Gefährte», und ich erzählte ihr alles, was sich mit ihm ereignet hatte. ❧ «Er hat mir immer sein geheimstes Inneres anvertraut», sagte sie, «hat er dir denn noch etwas für mich aufgetragen?» – «Ja», sagte ich und teilte ihr mit, was sein letzter Wille gewesen war. Sie und ihre Mädchen weinten und klagten nun ohne Unterlaß, während ich, ebenfalls blind von Tränen, hinauslief. Ich dachte darüber nach, wie jung er noch gewesen, und erinnerte mich, wie ich bei ihm ein und aus gegangen war, und mußte noch heftiger weinen. ❧ Plötzlich bemerkte ich, daß eine Frau meine Hand ergriffen hatte. Ich öffnete die Augen, schaute genau hin, und wen sah ich da? Die Dienerin, schwarz gekleidet und mit gebrochenem Herzen. Da weinte und klagte ich noch lauter, auch sie brach in Tränen aus, und so gingen wir gemeinsam weiter bis zu jenem Haus. ❧ «Hast du schon gehört, was mit ihm geschehen ist?» fragte ich sie. «Nein, bei Gott», erwiderte sie, da erzählte ich es ihr, und sie weinte erneut, genau wie ich. «Und was ist deiner Herrin zugestoßen, daß sie sterben mußte?» erkundigte ich mich. «Der Beherrscher der Gläubigen hatte sie zu sich bringen lassen, wie ich dir schon erzählt habe», berichtete sie. «Aber er hat sie nicht zur Rede gestellt, sondern aus Liebe zu ihr und aus Mitleid die Affäre auf eine Intrige zurückgeführt. ‹Schamsannahar›, hat er zu ihr gesagt, ‹da du für mich der liebste aller Menschen bist, werde ich nur Gutes von dir denken, das Böse fernhalten von dir und dich von allem, was dir deine Feinde anhängen wollen, freisprechen.› Dann hat er ein hübsches Gemach mit einer Nische mit vergoldetem Gitterwerk für sie herrichten lassen. Darunter hat sie fürchterlich gelitten. Es war ein schwerer Schlag für sie. ❧ Am Ende des Tages hat er sich, wie gewöhnlich, zum Trinken hingesetzt. Er hat alle seine Konkubinen herbeigerufen, und diese haben, jede auf der ihrem Rang entsprechenden Bank, Platz genommen. Sie aber hat er neben sich sitzen lassen, um allen anderen zu zeigen, welche Bedeutung sie für ihn hat und welch hohen Platz sie in seinem Herzen einnimmt. ❧ Sie war anwesend und abwesend zugleich. Sinne und Kräfte waren ihr geschwunden. Ihre Sorge wuchs, und in ihren Worten steigerte sich die Angst vor ihm und seinem Verhalten. Als eine ihrer Dienerinnen die Verse sang:

Tawil

›Die folgsamen Tränen, die die Liebe gerufen hat,
Sie haben einander auf der Wange getroffen.

Die Lider, zu schwach, um das zu halten, was sie bedrängt,
Enthüllen, was ich verbarg, und zeigen es offen.

Wie kann ich mir wünschen, daß ein Schleier die Liebe deckt,
Wo schrecklicher Kummer zeigt, was mich hat betroffen?

Nachdem meine Liebsten fort sind, hoffe ich auf den Tod.
Ach wüßte ich doch, worauf sie nach mir noch hoffen.‹

– da konnte sie nicht länger an sich halten. Sie brach in Tränen aus und sank ohnmächtig zu Boden. Der Kalif warf den Kelch fort, zog sie zu sich heran – und sie war tot. Vor Schmerz schrie er laut auf, auch die Mädchen stießen Schmerzensschreie aus. Er befahl, daß alle Gegenstände und alles Geschirr, das vor ihm stand, zerbrochen werden sollten. Nachdem alles zerstört war, schlüpfte er aus seinem Obergewand und ließ sie in sein Gemach bringen. Den Rest der Nacht blieb sie dort, in seiner Nähe. Beim Morgengrauen befahl er, sie zu waschen, in ein Leichentuch zu hüllen und zu bestatten. All das geschah, ohne daß er sich nach ihrer Geschichte erkundigt hätte. Ich bitte dich, in Gottes Namen», fügte sie hinzu, «nenne mir genau den Tag, an dem Ibn Bakkar eintreffen wird, und wann er hier begraben werden soll.» – «Wo kann ich dich finden?» fragte ich sie. «Der Beherrscher der Gläubigen hat mich und alle anderen Dienerinnen, die ihr gedient hatten, freigelassen. Ich halte mich ständig in der Nähe ihres Grabes auf, und zwar dort-und-dort.» Der Juwelier berichtete: Ich begleitete die Dienerin zu jenem Friedhof. Dort trat ich an Schamsannahars Grab und ging dann meiner Wege. Vier Tage später traf aus al-Anbar sein Leichenzug ein. Ganz Bagdad strömte aus den Häusern, um seinen Leichnam in Empfang zu nehmen: Menschen aller Schichten, Männer und Frauen, und ich mitten unter ihnen. Es war ein Tag, wie ich noch keinen in Bagdad erlebt hatte. Auch jene Dienerin war zu sehen. Sie hatte sich unter Ibn Bakkars Angehörige gemischt und übertraf Groß und Klein in ihrer Trauer. Immer wieder klagte und jammerte sie mit einer Stimme, die die Lebern in kleine Stücke zerspringen und die Körper schmelzen ließ. Sie geleiteten ihn bis zum Friedhof und bestatteten ihn dort. Seitdem habe ich ihn immer wieder an seinem Grab besucht. Das ist die Geschichte von Ibn Bakkar und Schamsannahar.‹

Da erreichte das Morgengrauen Schahrasad, und sie hörte auf zu erzählen. «Wie köstlich ist deine Geschichte!» sagte ihre Schwester. «In der nächsten Nacht», erwiderte sie, «erzähle ich euch etwas Nettes und Aufregendes. Es wird den Zuhörer begeistern, und so Gott will, wird auch eine spannende Geschichte darin vorkommen!»

Die zweihundertunderste Nacht

aus der Geschichte von Tausendundeiner Nacht

Und als die nächste Nacht gekommen war, bat Dinarasad ihre Schwester Schahrasad: «Ach, Schwester, ich beschwöre dich bei Gott, wenn du nicht schläfst, so erzähle uns eine deiner schönen Geschichten, damit wir uns diese Nacht damit vertreiben können!» – «Ich höre und gehorche», antwortete sie.

Die Sklavin Anis al-Dschalis und Nuraddin Ibn Chakan

Man hat erzählt – doch Gott allein kennt das Verborgene, und nur Er weiß, was einst wirklich geschah in den längst vergangenen Geschichten der Völker –, daß es in der Stadt Basra einmal einen König gab, der die Armen und Obdachlosen liebte. Die Kruppe seines Pferdes war wie eine Kibla für seine Soldaten, wie Meere waren seine Fingerspitzen, Mamluken waren bei ihm freie Leute, und selbst die Nacht und der Tag waren seine Diener. Mit seinem eigenen Geld machte er seine Mamluken und freien Diener glücklich. Nur so konnte er sein Leben genießen. Es war, als hätte ein Dichter über ihn die Verse gedichtet:

Ein König, der, wenn die Pferde des Krieges wider ihn zieh'n,
Den Angriff der Feinde mit einem schneidenden Zorne pariert,

Und der in die Zeilen der Reiter, wenn er sich auf sie stürzt
Am Kampftag gegen die Feinde, scharfe Linien graviert,

Der Buchstabenformen mit Schwertern schreibt und Punkte wirft
Mit Pfeilen und seine Schrift mit Lanzenstichen verziert.

Ein Meer von Blut sind die Pferde, gewaltig wogend, von dem
Die Quelle in manch einen Schädel und manch ein Nasenloch führt.

Ein Meer, in dem die Speere wie Masten von Schiffen sind
Und Pfeile wie Segel, deren Weißes sich restlos verliert.

Aus jeder Fingerspitze fließen drei Meere, von de-
nen jedes Meer eintausend brüllende Löwen gebiert.

Es schwor die Zeit, sie brächte noch einen König wie ihn.
Gib's zu, o Zeit, du hast dich in deinem Schwure geirrt!

Sein Name war: Muhammad Ibn Suleiman al-Seinabi. Er hatte zwei Wesire. Der eine der beiden hieß al-Muin Ibn Sawi, der andere al-Fadl Ibn Chakan. Jener letztere war einer der gütigsten Menschen seiner Zeit. Niemand konnte sich mit ihm vergleichen. Er führte ein vorbildliches Leben, und nur dem Guten und dem Schönen galt sein Streben. Die Herzen aller Menschen waren sich in seiner Liebe einig, und die Frauen in den Häusern beteten, daß er ihnen noch lange erhalten bleibe, denn er ließ Gutes entstehen und Böses vergehen. Es war, als hätte ihn einer der Dichter mit den Versen beschrieben:

Basit

Ein treuer Freund, der sich um all meine Sorgen bemüht,
Durch den das Schicksal sich froh, vergnügt und unbeschwert fühlt.

Es kam noch nie ein Betrübter hoffend an seine Tür,
Der dort nicht für seinen Kummer eine Lösung erhielt.

Al-Muin Ibn Sawi war dagegen der geizigste, verächtlichste, gemeinste und dümmste aller Menschen. Nie redete er ein gutes Wort und wies die bösen Taten niemals von sich fort. Er war listiger als der Fuchs Thaalab und bissiger als der Hund Salhab. Es war, als hätte ein Dichter ihn gemeint, als er dichtete:

Kamil

Ein gemeiner Mensch, ein Raffzahn, der von Lügen lebt
Und den armen Flüchtling überfällt, der nach Zuflucht strebt.

Auf seinem ganzen Körper wächst nicht ein einz'ges Haar,
An dem nicht Blut von einem seiner Opfer klebt.

In demselben Maße, wie die Menschen Fadladdin Ibn Chakan liebten, haßten sie al-Muin Ibn Sawi. Nun wollte es das Schicksal, daß der König Muhammad Ibn Suleiman al-Seinabi eines Tages, als er auf seinem Thron saß und die Minister ihm zu Diensten waren, seinen Wesir al-Fadl Ibn Chakan zu sich rief. «Fadladdin!» befahl er ihm mit lauter Stimme. «Ich will eine Sklavin haben, wie es keine schönere, bessere und klügere in unserer Zeit gibt. Sie soll vollkommen sein in ihrer Schönheit und ungetrübt in ihrer Vollkommenheit!» – «O König der Zeit», gaben die Minister und obersten Berater zu bedenken, «eine solche Sklavin kostet mindestens zehntausend Dinar.» Da brüllte der Sultan seinen Schatzmeister an: «Gib dem Fadl Ibn Chakan zehntausend Dinar!» Dieser gehorchte und händigte das Geld aus. Der Wesir begab sich in die Stadt, mit der Anweisung des Sultans, er solle Tag für Tag den Markt absuchen, den Maklern das, was wir erwähnt haben, in Auftrag geben und ihnen einschärfen, daß keine schöne und anmutige Sklavin für einen Preis über zehntausend Dinar verkauft werden dürfe, ohne zuvor dem Wesir vorgeführt zu werden. So kam es, daß die Makler nichts mehr verkaufen konnten, ohne sich zuvor mit dem Wesir darüber zu beraten.

Da erreichte das Morgengrauen Schahrasad, und sie hörte auf zu erzählen. «Wie köstlich und wie aufregend ist deine Geschichte!» sagte Dinarasad zu ihrer Schwester. «Was ist das schon», erwiderte sie, «gegen das, was ich euch morgen nacht erzählen werde, wenn ich dann noch lebe und mich der König verschont ...»

Die zweihundertundzweite Nacht

aus der Geschichte von Tausendundeiner Nacht

In der folgenden Nacht sagte sie:

Es ist mir zu Ohren gekommen, o glücklicher König, daß kein Makler mehr irgendeine Sklavin verkaufte, ohne sich mit dem Wesir darüber zu beraten. Doch dem Wesir gefiel keine von ihnen. Das ging, bis eines Tages ein Makler beim Wesir Fadladdin Ibn Chakan vorsprechen wollte. Er traf ihn an, als dieser sich gerade auf sein Pferd geschwungen hatte und zum Sultanspalast reiten wollte. Da warf er sich gegen seine Steigbügel, erhob die Stimme und deklamierte, während er den Arm zu ihm emporstreckte:

«Der das morsche Königreich hat wieder aufgerichtet:
Du bist der Wesir, der nie auf einen Sieg verzichtet.

Alle Feinde hast du, meine Hoffnung, schon bezwungen,
Wärst du nicht gekommen, wär' das Königreich vernichtet!

O Herr der Wesire!» fuhr der Makler fort. «Was der ehrenwerte Befehl von uns verlangt, das haben wir gefunden!» – «Bring sie zu mir!» befahl der Wesir. Der andere verschwand für eine Weile, und als er wieder erschien, führte er eine Sklavin mit sich, fünf Spannen hoch gebaut, mit wohlgeformten, festen Brüsten, die Augen mit Kajal geschminkt, die Wangen glatt, die Taille schlank, und rund und schwer die Hinterbacken. Ihre Jugend war die schönste, die man sich denken mag, und ihr Speichel schmeckte süßer als Dschullab. Sie war gerader gewachsen als windbewegte Zweige oder Blumen, und ihre Worte waren sanfter als der Morgenwind. Es war, als hätte ein Dichter sie mit den folgenden Versen beschrieben:

Tawil

Die Schöne, die Mond und Sternen gleich leuchtet wunderhell,
Die Herrin des Volks von Antilope und Berggazell'.

Kraft, Anmut und Würde hat ihr Gott auf dem Thron geschenkt,
Und einen geraden Wuchs wie aufrechtes Schilfgestell.

An ihres Gesichtes Sternenhimmel, auf ihrer Wange,
Steh'n sieben Sterne als Beschützer zum Wachappell:

Sobald sich ein Mensch mit Satans Blicken ihr nähern will,
Um ihr einen Blick zu rauben, brennt ihn ein Sternlein schnell.

Als der Wesir sie sah, staunte er und verwunderte sich außerordentlich über sie. «Wieviel kostet dieses Mädchen?» wandte er sich an den Sklavenhändler. «Mein Herr», antwortete der, «sie hätte bereits mit Leichtigkeit zehntausend Dinar einbringen können. Aber ihr Besitzer schwört, daß die Summe von zehntausend Dinar nicht einmal den Preis für die vielen Küken, die sie verspeist, und den Wein, den sie getrunken hat, erbringt, geschweige denn für die Kleider, die ihr Lehrmeister als Lohn bekommen hat. Sie hat Kalligraphie, Rhetorik, arabische Philologie, Koranauslegung, Grammatik, Medizin und Juristerei studiert und kann alle Musikinstrumente spielen.» – «Bring mir ihren Besitzer», verlangte der Wesir. Der stellte sich auch sofort ein, und siehe da, es war ein schmächtiger Perser. Alles, was von ihm noch übrig war, hatte Fett angesetzt, aber da war nichts mehr übrig, denn das Schicksal hatte ihm hart zugesetzt. Er war so leicht, daß man ihn an einem einzigen Haar hinter sich herziehen konnte, und so schwach, daß er sogar über den Kern einer Lotosfrucht gestrauchelt wäre. Er sah aus wie ein ekelerregender Geier oder eine einsturzgefährdete Mauer. Es war, als hätte ihn einer mit den folgenden Versen beschrieben:

Das Schicksal erschreckte mich heftig und rüde.
Das Schicksal ist stark und im Schlag nimmermüde.

Einst konnte ich laufen und wurde nicht schwach.
Jetzt bin ich, obwohl ich nicht laufe, schon müde.

«Bist du einverstanden, verehrter Scheich», fragte der Wesir, «diese Sklavin dem Sultan Muhammad Ibn Suleiman al-Seinabi für zehntausend Dinar zu verkaufen?» – «Agar, ya Baba», fing der Alte in persischer Sprache an, «wenn wir sie dem Sultan umsonst angeboten hätten, wäre das, bei Gott, nicht mehr und nicht weniger als unsere Pflicht gewesen.» Der Wesir ließ das Geld heranschaffen und wog für den Perser zehntausend Dinar ab. Nun trat der Sklavenhändler vor den Wesir und sagte –

Da erreichte das Morgengrauen Schahrasad, und sie hörte auf zu erzählen. «Wie köstlich und wie aufregend ist deine Geschichte!» sagte Dinarasad zu ihrer Schwester. «Was ist das schon», erwiderte sie, «gegen das, was ich euch morgen nacht erzählen werde, wenn ich dann noch lebe und mich der König verschont ...»

Die zweihundertunddritte Nacht

aus der Geschichte von Tausendundeiner Nacht

In der folgenden Nacht sagte sie:

Es ist mir zu Ohren gekommen, o glücklicher König, daß der Sklavenhändler vor den Wesir trat und sagte: «Ich erbitte von unserem Gebieter die Erlaubnis, reden zu dürfen.» – «Rede, was du zu reden hast», erwiderte dieser. «Mein Gebieter», sagte er, «ich würde dir raten, diese Sklavin nicht heute schon zum Sultan hinaufzuführen. Sie ist ja gerade erst von ihrer Reise eingetroffen. Die Luftveränderung hat ihr zu schaffen gemacht, und die Unpäßlichkeit von der Reise sieht man ihr noch deutlich an. Laß sie statt dessen fünfzehn Tage lang bei dir im Palast wohnen, bis sie ihr natürliches Aussehen zurückgewonnen hat. Anschließend führe sie ins Hammam, laß ihr die schönsten Kleider anlegen, und bringe sie dann zum Sultan. Auf diese Weise wirst du ein viel reichlicheres Glück erfahren.» Der Wesir dachte über die Worte des Sklavenhändlers sorgfältig nach und kam zu dem Schluß, daß er recht hatte. Er brachte sie in seinen Palast, räumte eine durch ein Gitter abgetrennte Kammer für sie, ließ ihr täglich Wein zu trinken und Küken zu essen bringen und die kostbaren Gewänder wechseln. So verbrachte sie dort eine geraume Zeit. Nun hatte der Wesir einen Sohn, der war so schön wie der Hof des Mondes. Mondhell leuchtete sein Gesicht, die Wange rot, darauf ein Muttermal wie ein Amberstückchen und myrtengleicher, zarter Bartflaum. Es war, als hätte einer der Dichter ihn beschrieben, als er sagte:

Kamil

Er ist ein Vollmond, der statt Schwertern Blicke zückt,
Eine junge Gerte; sein Wuchs bezaubert, wenn er sich biegt.

Er hat Locken wie ein Neger; golden ist seine Haut,
Seine Züge schön und sein Wuchs eine Lanze, ungeknickt.

Aber ach! Sein hartes Herz! Und ach! Seine Hüfte so weich!
Warum ist nicht von dort das eine nach hier gerückt?

Denn wär' die Weichheit seiner Hüfte in seiner Brust,
Er hätte nie einen Liebenden so hart bedrückt.

Du, der mir Vorwürfe macht, weil ich ihn liebe, schau!
Ein Unglücksbringer hat mein armes Herz besiegt.

Das Herz allein und das Auge, sie sind schuld daran.
Wen trifft dein Tadel, wenn mein Leib schon im Tode liegt?

Dieser Junge wußte nichts von dem Handel mit dem Sklavenmädchen. Sein Vater, der Wesir, hatte ihr aber folgendes eingeschärft: «Meine Tochter, du mußt wissen, daß ich dich für den Sultan Muhammad Ibn Suleiman al-Seinabi gekauft habe und für niemanden sonst. Außerdem mußt du wissen, daß ich einen Sohn habe, der ein wahrer Satan ist. Es gibt im ganzen Viertel kein Mädchen, dessen Ehre er nicht schon besudelt hätte. Sei also auf der Hut vor ihm, und gib acht, daß du ihn nicht dein Gesicht sehen oder deine Stimme hören läßt. Du weißt, wie du dich zu verhalten hast!» – «Ich höre und gehorche», hatte die Sklavin geantwortet, worauf er sie allein ließ und sich zurückzog. Eines Tages – so hatte es die Vorsehung beschlossen – betrat das Sklavenmädchen das palasteigene Hammam und ließ sich dort von anderen Sklavinnen waschen. Das Bad bekleidete sie mit dem Gewand der Zufriedenheit, so daß ihre Schönheit und Anmut noch stärker hervortraten. Als sie das Hammam verließ und nach draußen trat, wurde ihr ein Kleid gereicht, das zu ihrer Jugend paßte. Sie zog es an, trat vor die Dame des Hauses und küßte ihr die Hand. «Naiman, liebe Anis al-Dschalis! Möge dir Gott Seine Wohltaten erweisen!» grüßte die Dame sie. «Dir möge Gott sich gütig zeigen und seine Wohltaten dir erweisen, verehrte Herrin!» erwiderte sie. «Sage mir, Anis al-Dschalis», erkundigte sich die Dame, «wie fühlt sich das Hammam zur Stunde an?» – «Meine Dame», antwortete sie, «das Hammam ist gerade sehr angenehm. Sein Wasser ist rein und klar, und dort mangelt es an nichts als an deiner Jugend.» – «Warum gehen wir nicht alle zusammen ins Hammam?» schlug die Dame ihren Dienerinnen vor. «Wir sind schon tagelang nicht dort gewesen.» – «Du hast unsere Gedanken erraten», freuten sich die Dienerinnen, «wir hatten nämlich dasselbe im Sinn.» – «In Gottes Namen», sagte sie und erhob sich, zusammen mit den Dienerinnen, während Anis al-Dschalis auf ihre Kammer ging. Die Herrin stellte zwei junge Dienerinnen als Wächterinnen vor die Kammertür. «Achtet darauf, daß niemand sich der Kammer nähert!» schärfte sie ihnen ein. Darauf gingen sie ins Hammam, und das Sklavenmädchen setzte sich, vom Baden erschöpft, in ihre Kammer. Doch was war das? Plötzlich betrat Nuraddin Ali das Haus seiner Mutter. Er stieß auf jene beiden Dienerinnen, die vor der Tür der Kammer saßen, und fragte sie nach seiner Mutter. Sie antworteten –

Da erreichte das Morgengrauen Schahrasad, und sie hörte auf zu erzählen. «Wie köstlich und wie aufregend ist deine Geschichte!» sagte Dinarasad zu ihrer Schwester. «Was ist das schon», erwiderte sie, «gegen das, was ich euch morgen nacht erzählen werde, wenn ich dann noch lebe und mich der König verschont …»

Die zweihundertundvierte Nacht

aus der Geschichte von Tausendundeiner Nacht

«Einverstanden», sagte sie in der nächsten Nacht.

Es ist mir zu Ohren gekommen, o glücklicher König, daß Nuraddin die beiden nach seiner Mutter und den anderen Dienerinnen fragte und sie ihm antworteten: «Sie sind ins Hammam gegangen» und daß Anis al-Dschalis die Stimme von Nuraddin Ali hörte und bei sich dachte: «Wie wohl der junge Mann aussieht, der da spricht? Ob es etwa der ist, vor dem sie mich gewarnt haben?» Sie erhob sich, immer noch ermüdet vom Baden, schritt auf die Kammertür zu und warf einen Blick auf Nuraddin. Da sah sie einen Jungen wie einen Vollmond in der Nacht, in der er am vollkommensten ist, und betrachtete ihn mit einem Blick, auf den zur Strafe gleich ein Seufzer folgte. Im selben Moment wandte sich der Junge zufällig um, und sein Auge fiel auf sie. Auch er schickte ihr einen Blick, dem zur Strafe ein Seufzer folgte. Und so verfing sich eines jeden Nachtigall im Netz der Liebe des anderen. Mit einem Schrei stürzte der Junge auf die beiden Dienerinnen zu, so daß diese die Angst erfaßte. Sie rannten vor ihm davon und blieben erst in sicherer Entfernung stehen, um zu beobachten, was er tun würde. Und was geschah? Nuraddin ging auf die Kammertür zu, öffnete sie und trat zu dem Sklavenmädchen ein. «Bist du es, die mein Vater für mich gekauft hat?» sprach er sie an. «Ja, bei Gott, mein Herr», erwiderte sie, «die bin ich.» Da machte sich der Junge – der übrigens betrunken war und nicht mehr wußte, was er tat – über sie her, packte ihre Schenkel und legte diese wie eine Klammer um seine Hüften. Sie schlang ihm die Arme um den Hals und begrüßte ihn mit feurigen, lüsternen Küssen. Sogleich zog er ihr die Kleider vom Leib und zerstörte ihre Jungfernschaft. Die beiden Dienerinnen, die mit angesehen hatten, was er getan hatte, schrien und weinten lautstark. Da erhob sich der Junge und flüchtete aus Angst vor den Folgen seiner Tat. Als die Herrin ihre Dienerinnen schreien hörte, kam sie eilends aus dem Bad, um zu sehen, was es mit dem Geschrei, das sich im Haus erhoben hatte, auf sich haben mochte. «Wehe euch! Was ist geschehen?» rief sie ihnen zu, noch während sie ihnen entgegeneilte. «Unser Herr Nuraddin ist auf uns losgegangen und hat uns geschlagen!» beklagten sich die Mädchen. «Wir haben ihn nicht zurückhalten können und sind vor ihm weggerannt. Er ist in die Kammer von Anis al-Dschalis gegangen und hat sie geküßt, eine ganze Zeit lang. Was er danach getan hat, wissen wir nicht. Wir haben ihn nur noch hinauslaufen sehen.» ❧ Nun ging die Herrin zu der Kammer von Anis al-Dschalis. «Meine Tochter», fragte sie sie, «wie ist das alles vor sich gegangen?» – «Verehrte Herrin», erwiderte diese, «ich saß gerade so da, als plötzlich und unvermutet ein hübscher junger Mann auf mich zugekommen ist. Er hat mich gefragt: ‹Bist du nicht die, die mein Vater für mich gekauft hat?› Da habe ich, bei Gott, verehrte Herrin, geglaubt, er spräche die Wahrheit, und habe ihm ‹Ja› geantwortet. Daraufhin hat er sich mir genähert und mich umarmt.» – «Und hat er die gewisse Sache mit dir getrieben?» wollte die Herrin wissen. «Nur dreimal», beteuerte Anis al-Dschalis, «nicht öfter!». «Um Gottes willen!» stöhnte die Herrin auf. «Gott möge verhüten, daß ich dich verliere.» Und die Herrin und ihre Dienerinnen begannen zu weinen und sich selbst in die Gesichter zu schlagen. Ihre größte Angst war, daß Nuraddin von seinem Vater erschlagen würde. ❧ So stand es mit ihnen, als plötzlich der Wesir erschien. Er war soeben nach Hause gekommen. «Wehe euch!» polterte er. «Was ist hier vor sich gegangen?» Aber keine wagte es, ihm die Geschichte zu erzählen. Er ging auf seine Frau zu –

Da erreichte das Morgengrauen Schahrasad, und sie hörte auf zu erzählen. «Wie köstlich und wie aufregend ist deine Geschichte!» sagte Dinarasad zu ihrer Schwester. «Was ist das schon», erwiderte sie, «gegen das, was ich euch morgen nacht erzählen werde, wenn ich bis dahin noch lebe und verschont geblieben bin ...»

Die zweihundertundfünfte Nacht

aus der Geschichte von Tausendundeiner Nacht

In der folgenden Nacht sagte sie:

Es ist mir zu Ohren gekommen, o glücklicher König, daß der Wesir auf seine Frau zuging und zu ihr sagte: «Erzähle du mir ganz genau, was hier geschehen ist.» – «Ich werde es dir nicht erzählen», entgegnete sie, «bevor du mir nicht geschworen hast, daß du mir in allem, was ich dir sagen werde, gehorchen wirst.» – «Ja», erklärte er. «Dein Sohn», berichtete sie da, «ist zu dem Sklavenmädchen Anis al-Dschalis hineingegangen. Wir waren gerade alle im Hammam. Er hat sich ihr genähert und ihre Jungfernschaft zerstört.» ❧ Als der Wesir seine Frau das sagen hörte, versagten ihm die Knie, und er mußte sich setzen. Dann schlug er sich so heftig auf die Wangen, daß ihm das Blut aus den Nasenlöchern rann. Er griff sich in den Bart und riß daran, bis er Büschel von Haaren in den Fingern hatte. «Mein Herr», sagte seine Frau, «willst du dich umbringen? Ich gebe dir von meinem Vermögen zehntausend Dinar, so viel, wie sie gekostet hat.» ❧ Er hob den Kopf und sah sie an. «Ach, du», seufzte er. «Ihr Kaufpreis ist mir nicht wichtig. Ich habe Angst um mein Leben und um alles, was ich besitze!» – «Aber warum denn das, mein Herr?» fragte sie. «Weißt du denn nicht, daß unser Feind, den man al-Muin Ibn Sawi nennt, uns verfolgt?» sagte er. «Sobald er von der Sache Wind bekommt, wird er zum Sultan gehen und ihm sagen: ‹Mein Gebieter! Dein Wesir, von dem du behauptest, daß er dich liebt und um dein Wohlergehen besorgt ist, hat zehntausend Dinar von dir genommen und davon eine Sklavin gekauft, wie niemand jemals eine schönere gesehen hat. Sie hat ihm auf den ersten Blick gefallen, und er hat zu seinem Sohn gesagt: ‹Nimm dieses Sklavenmädchen für dich. Du hast sie eher verdient als der Sultan.› Der Junge, o Herr, hat sie genommen und entjungfert, und das alles, während die Sklavin bei ihm in seinem Hause wohnte!› Der Sultan wird zu ihm sagen: ‹Willst du ihn verleumden?› – ‹Mein Herr›, wird er dagegenhalten, ‹ich bitte um die Erlaubnis, das Mädchen dir vorzuführen.› Er wird ihn damit beauftragen, und der Wesir wird bei uns eindringen, das Mädchen entführen und vor den Sultan bringen. Dieser wird sie befragen, und sie wird es nicht abstreiten können. ‹Siehst du nun ein, mein Herr›, wird er sagen, ‹daß ich ein guter Ratgeber bin und mich um dein Wohlergehen sorge? Aber ach, bei Gott, mein Herr, ich habe kein Glück. Alle Leute sind auf mich eifersüchtig.› Daraufhin wird der Sultan anordnen, daß mein Vermögen eingezogen wird und ich mit dem Tode bestraft werde.» ❧ Seine Frau hörte sich seine Rede ruhig an. Dann sagte sie: «Mein Herr, weißt du nicht, daß Gott Seine Wohltaten manchmal vor uns verbirgt?» – «Ja, doch, das weiß ich», erwiderte er. «Mein Herr», fuhr sie fort, «lege deinen Kummer an Gottes Herz. Ich bete zu Gott, dem Erhabenen, daß Er keinen Menschen etwas von der Geschichte mit dem Sklavenmädchen hören läßt und daß niemand je erfahren wird, was ihr geschehen ist. Du wirst sehen, mein Herr, das Sprichwort wird recht behalten: ‹Der Herr der Unsichtbaren Welt regiert die verborgenen Dinge.›» Da beruhigte sich al-Fadl, der Wesir. Man brachte ihm einen Kelch Wein, und er trank ihn aus. Nuraddin blieb unterdessen, aus Angst vor den Folgen seiner Tat, den ganzen Tag über fern von seinen Freunden und hielt sich in den öffentlichen Gärten auf. Erst um die Zeit des Abendgebets kam er nach Hause. Er klopfte an die Tür. Die Dienerinnen öffneten ihm, und er ging gleich schlafen. Schon vor dem ersten Gebetsruf verließ er wieder das Haus. Auf diese Weise verbrachte er einen vollen Monat, ohne seinem Vater über den Weg zu laufen. Eines Tages redete seine Mutter mit seinem Vater. «Mein Herr», sagte sie, «nun hast du schon das Mädchen verloren. Willst du auch noch deinen Sohn verlieren? Bei Gott, wenn er sich weiter so bedrückt fühlt wegen dieser Affäre, wird er noch aufs Geratewohl in die Welt hinausziehen.» – «Was sollen wir tun?» fragte er. «Mein Herr», sagte sie, «bleibe heute bis um Mitternacht wach. Wenn er nach Hause kommt, lauere ihm auf, pack ihn, und drohe ihm. Dann komme ich dazu, rette ihn vor dir, und du kannst dich mit ihm versöhnen und ihm das Sklavenmädchen schenken. Sie liebt ihn ja, und auch er liebt sie. Den Kaufpreis gebe ich dir.» Der Wesir wartete nun also, bis die Zeit gekommen war, um die sein Sohn gewöhnlich nach Hause kam. Und was hörte er da? Ein Pochen an der Tür. Als der Wesir das Klopfen hörte, sprang er auf die Füße und verbarg sich in einem dunklen Winkel. Die Dienerinnen öffneten die Tür. Kaum war der Junge hereingekommen, wurde er gepackt und zu Boden gerissen. Er hob den Kopf und sah seinen Vater vor sich.

Da erreichte das Morgengrauen Schahrasad, und sie hörte auf zu erzählen. «Wie köstlich und wie spannend und aufregend ist deine Geschichte!» sagte Dinarasad zu ihrer Schwester. «Was ist das schon», erwiderte Schahrasad, «gegen das, was ich euch morgen nacht erzählen werde, wenn ich dann noch lebe und mich der König verschont ...»

Die zweihundertundsechste Nacht

aus Tausendundeiner Nacht

In der folgenden Nacht sagte sie:

Es ist mir zu Ohren gekommen, o glücklicher König, daß er seinen Vater vor sich sah, der ihn zu Boden gerissen hatte und nun auf seiner Brust kniete und ihm ein Messer an die Gurgel setzte. In diesem Moment kam seine Frau hinter ihm hervorgestürzt. «Was tust du da?» rief sie entsetzt. «Ich werde ihm die Kehle durchschneiden!» sagte er. «Mein Herr», keuchte der Junge, «fällt es dir denn so leicht, mich zu schlachten?» Da blickte er ihn an, und schon schwammen seine Augen in Tränen, und es regte sich in ihm die göttliche Kraft. «Mein Kind», sagte er zu ihm, «und ist es dir denn so leicht gefallen, mein Leben und Vermögen aufs Spiel zu setzen?» – «Mein Herr», erwiderte der Junge, «ein Dichter hat einmal gesagt:

Vergib mir Sünder, denn manch strenger Richter
Schenkte den Sündern trotz ihrer Sünden das Leben.

Ich habe alle Arten von Übeltaten begangen,
So mögest du jetzt alle Arten von Gnade mir geben!

Wer will, daß ihm ein Stärkerer verzeiht,
Der soll erst selbst dem Schwächeren vergeben!»

Da erbarmte sich der Wesir und erhob sich von der Brust seines Sohnes. Der Junge küßte seinem Vater Hände und Füße. Dieser blickte ihn an und sagte. «Mein lieber Ali! Wenn ich sicher sein könnte, daß du Anis al-Dschalis gerecht behandeln wirst, würde ich sie dir schenken.» – «Wie meinst du das, mein Herr, daß ich sie gerecht behandeln soll?» fragte der Junge. «Du darfst keine andere Frau neben ihr heiraten», sagte sein Vater, «und du darfst sie weder verlassen noch verkaufen.» – «Das schwöre ich dir, mein Herr», versprach der Junge. Und er beschwor es mit einem heiligen Eid. Dann ging der Junge zu ihr und lebte ein ganzes Jahr lang mit Anis al-Dschalis das herrlichste Leben. Den König aber hatte Gott die Sache mit dem Sklavenmädchen vergessen lassen. Und al-Muin Ibn Sawi konnte wegen des Ansehens, das der Wesir beim Sultan genoß, nichts sagen. Ein ganzes

Jahr verging. Eines Tages begab sich der Wesir Fadladdin Ibn Chakan ins Hammam. Noch schwitzend trat er wieder hinaus. Ein frischer Luftzug traf ihn, er bekam Fieber und mußte das Bett hüten. Doch er fand keinen Schlaf, und die Krankheit zog sich hin und verschlimmerte sich. «Bringt meinen Sohn zu mir», verlangte er schließlich. Als dieser erschien, brach der Vater in Tränen aus. «Mein liebes Kind!» schluchzte er. «Du mußt wissen, daß unser täglich Brot genau abgemessen und unsere Lebenszeit uns zugemessen ist. Am Kelch des Todes kommt kein Mensch vorbei. Der Dichter sagt:

Ich bin sterblich. Drum sei Der gelobt, der niemals stirbt!
Ich bin sicher, daß mein Lebenshauch einmal verdirbt.

Eine Herrschaft, die der Tod beendet, ist nicht echt.
Wahre Herrschaft ist die Herrschaft Dessen, der nicht stirbt.

Mein Kind», fuhr er fort, «mein einziges Vermächtnis an dich ist folgender Rat: Fürchte Gott, bedenke bei allem, was du tust, die Folgen und kümmere dich gut um Anis al-Dschalis.» – «Mein Väterchen, wer ist wie du?» entgegnete er. «Du warst ja weit und breit bekannt für deine guten Taten. Sogar von den Kanzeln der Moscheen hat man für dein Heil gebetet.» – «Ach, mein Kind», sagte er, «ich bitte Gott, den Erhabenen, daß er jene Gebete erhören möge.» Und er kämpfte mit dem Tod und verschied. Der ganze Palast brach in Trauerklage aus. Die Nachricht erreichte den Sultan, und alle Bewohner der Stadt erfuhren bald, daß Ibn Chakan gestorben war. Da weinten die Kleinen in ihren Schulen, die Betenden in ihren Gebetsnischen und die Hausfrauen in ihren Häusern. Nuraddin aber machte sich daran, den Leichnam seines Vaters für das Begräbnis vorzubereiten. Zu seinem Leichenzug erschienen alle ohne Ausnahme: die Emire, Wesire und Minister und das Volk aus der Stadt. Der Junge hatte ihn auf die vorzüglichste Weise zurechtgemacht und senkte ihn nun in die Erde. Einer der Anwesenden hielt eine Trauerrede, in der er die folgenden Verse vortrug:

«Ich schied von meinen Lieben fort an einem Donnerstag.
Man wusch mich, während ich auf einem Haustürbrette lag.

Dann zog man mir die Kleider aus, die ich am Körper trug,
Und zog mir neue Kleider an, wie ich sie sonst nicht trag'.

Vier Männer trugen mich auf ihren Schultern zu dem Ort,
Wo mancher gute Mensch noch einmal für mich beten mag.

Dort sprachen alle meine Freunde stehend ein Gebet
Und beteten für mich mit trauernd heißem Herzensschlag,

Geleiteten mich schließlich in ein fein gewölbtes Haus,
Des Haustür nicht mehr aufgeh'n wird wohl bis zum Jüngsten Tag.»

Nachdem er ihn in die Erde hinabgesenkt hatte und die Angehörigen und Freunde sich wieder zerstreut hatten, kehrte auch Nuraddin in sein Haus zurück. Dabei seufzte und weinte er ohne Unterlaß, und seine stumme Zunge sprach die Verse:

«An einem Donnerstag, am Abend, gingen sie davon.
Ich sagte ihnen Lebewohl, sobald sie aufgebrochen.

Die Seele strebte ihnen nach. Ich rief ihr zu: ‹Komm wieder!›
‹Wohin soll ich denn wiederkommen?› hat sie widersprochen.

‹Etwa in einen Körper, wo kein Fleisch und Blut mehr ist,
In dem es nichts mehr gibt als lauter klappernd alte Knochen,

Dazu zwei Augen, blind vom Weinen, und ein taubes Ohr,
Das trotzig seinen Tadlern den Gehorsam hat gebrochen?›»

So verbrachte er viele Tage in heftiger Trauer um seinen Vater. Als er an einem dieser Tage –

Da erreichte das Morgengrauen Schahrasad, und sie hörte auf zu erzählen. «Wie köstlich und wie aufregend ist deine Geschichte!» sagte Dinarasad zu ihrer Schwester. «Was ist das schon», erwiderte sie, «gegen das, was ich euch morgen nacht erzählen werde, wenn ich dann noch lebe und mich der König verschont ...»

Die zweihundertundsiebente Nacht

aus Tausendundeiner Nacht

«Einverstanden!» sagte sie in der nächsten Nacht.

Es ist mir zu Ohren gekommen, o glücklicher König, daß Nuraddin, der Sohn des Wesirs, als er an einem dieser Tage im Hause seines Vaters saß, plötzlich hörte, wie an die Tür geklopft wurde. Nuraddin erhob sich und öffnete. Einer seiner Freunde und Zechkumpane stand davor. Er küßte Nuraddin Ali die Hand. «Mein Herr», sagte der Freund, «wer einen wie dich als Sohn hinterlassen hat, ist nicht wirklich gestorben. Tröste dein Herz, Nuraddin Ali, mein Herr, und lasse deine Brust sich wieder weiten. Beende deine Trauer. Es ist genug!» ❧ Da erhob sich Nuraddin, begab sich in den Kuppelsaal, in dem er stets mit seinen Zechkumpanen und Freunden zusammengesessen hatte, brachte alles, was er benötigte, dorthin, und schon versammelten sich seine Freunde – zehn junge Kaufmannssöhne – wieder um ihn. Sein Sklavenmädchen hatte er immer neben sich. ❧ Nuraddin Ali begann nun wieder zu essen und zu trinken und gab ein Fest nach dem anderen. Dabei zeigte er sich großzügig und teilte mit vollen Händen Geschenke aus. Da kam sein Verwalter zu ihm und sagte: «Mein Herr Nuraddin, weißt du denn nicht, daß ein weiser Mann das Sprichwort geprägt hat: ‹Wer ausgibt, ohne zu rechnen, wird arm, ohne es zu merken?› Diese gewaltigen Ausgaben, mein Herr, und die vielen Geschenke können selbst Berge mürbe machen.» ❧ Nuraddin hörte sich die Rede, die jener ihm hielt, gelassen an. «Von all dem, was du gesagt hast», antwortete er ihm mit einem bedeutungsvollen Blick, «werde ich mir überhaupt nichts zu Herzen nehmen, auch nicht ein einziges Wort. Hast du nicht einen der Dichter die Verse sagen hören:

Tawil

Wenn je meine Hand das, was sie hat, nicht verschenkt, soll sie
Sich nie wieder öffnen und soll niemals mehr steh'n mein Fuß.

Denn bringt mir den Geizhals, der durch Geiz Ruhm und Ehre fand,
Und zeigt mir den edlen Spender, der elend sterben muß!

Ich wünsche», fuhr er fort, «daß du, solange noch genug Geld für mein Mittagessen übrig ist, mich nicht mit der Rechnung für das Abendessen belästigst.» – «Ist das alles, was du zu sagen hast?» fragte jener. «Jawohl», erwiderte er. Da wandte sich der Verwalter ab, ließ ihn allein und ging seiner Wege. ❧ Nuraddin Ali lebte weiter in Saus und Braus, genau wie zuvor, und jeder, der zu ihm sagte: «Mein Herr Nuraddin, du hast dort-und-dort aber einen hübschen Garten!» bekam zur Antwort: «Er gehört dir, ich schenke ihn dir, und ein Geschenk von einem großzügigen Menschen darf nicht zurückgewiesen werden.» Und wenn der andere dann auch noch sagte: «Mein Herr, gib mir deine Unterschrift darauf», dann gab er ihm seine Unterschrift. Kam ein anderer und sagte: «Mein Herr, dieses und jenes Haus», und ein dritter sagte: «Das-und-das Haus» und wieder ein anderer: «Mein Herr, das Hammam So-und-so» – Nuraddin schenkte ihnen alles und gab dazu jeden Morgen und jeden Abend ein Fest für sie und noch ein Fest um Mitternacht. So trieb er es ein ganzes Jahr lang. Als er eines Tages so saß und ihm sein Sklavenmädchen eben die Verse sang:

«Wie schön waren deine Gedanken, als schöne Tage erschienen,
Da hattest du keine Angst vor des Schicksals böser Gefahr.

Die Nächte erschienen dir friedlich, du ließest dich täuschen,
Doch in der klarsten Nacht erscheint der schrecklichste Mahr.»

klopfte es plötzlich an der Tür. «Herr Nuraddin!» rief einer der Anwesenden. «An der Tür –

Da erreichte das Morgengrauen Schahrasad, und sie hörte auf zu erzählen. «Wie köstlich und wie aufregend ist deine Geschichte!» sagte Dinarasad zu ihrer Schwester. «Was ist das schon», erwiderte sie, «gegen das, was ich euch morgen nacht erzählen werde, wenn ich dann noch lebe und mich der König verschont …»

Die zweihundertundachte Nacht

aus Tausendundeiner Nacht

In der folgenden Nacht sagte sie:

Es ist mir zu Ohren gekommen, o glücklicher König, daß einer der Anwesenden rief: «An der Tür klopft es!» und Nuraddin aufstand, um nachzusehen, wer an der Tür sei. Es folgte ihm aber einer seiner Freunde, ohne daß Nuraddin es bemerkte. Nuraddin öffnete die Tür. Und wer stand davor? Sein Verwalter. «Was gibt's?» fragte ihn Nuraddin Ali. «Mein Herr», sagte der, «was ich befürchtet hatte, ist eingetreten.» – «Wie meinst du das?» fragte er. «Du mußt wissen, mein Herr», sagte der Verwalter, «daß ich nicht einmal mehr einen einzigen Dirham in der Hand habe, nicht weniger und nicht mehr. Hier ist die Unterschrift unseres Gebieters unter alles, was ich ausgegeben habe.» Als Nuraddin diese Worte hörte, senkte er den Blick. «So hat es Gott gewollt», murmelte er, «es gibt keine Macht außer bei Gott.» Jener andere Mann, der sich mit hinausgeschlichen hatte, hörte, was der Verwalter gesagt hatte, und ging daraufhin schnell zu den übrigen Freunden zurück. «Seht zu, was ihr machen wollt», sprach er zu ihnen, «Nuraddin ist nämlich bankrott. Er hat überhaupt nichts mehr.» – «Dann wollen wir auch nicht mehr bei ihm sitzen», entschieden sie. Unterdessen hatte Nuraddin den Verwalter wieder fortgeschickt und kam zurück zu seinen Freunden. Der Kummer stand ihm ins Gesicht geschrieben. Da erhob sich einer seiner Zechkumpane. «Mein Herr», sagte er und sah Nuraddin Ali in die Augen, «kann ich vielleicht gehen?» – «Aber warum denn?» fragte er. «Meine Frau bekommt heute ein Kind, mein Herr, da darf ich nicht fehlen. Ich möchte mit bei denen sein, die um sie sind.» Nuraddin Ali erlaubte ihm, sich zu entfernen. Schon stand ein zweiter auf, erfand eine Ausrede und machte, daß er davonkam. So redeten sich alle mit Entschuldigungen heraus, dann waren die zehn verschwunden, und Nuraddin Ali blieb allein zurück. Er rief seine Sklavin zu sich. Als sie kam, sagte er: «Siehst du, was mit mir geschehen ist, liebe Anis al-Dschalis?» Und er erzählte ihr, was der Verwalter ihm erklärt hatte. «Mein Herr», erwiderte sie, «deine Familie und deine Lieben haben dich gewarnt, und du hast nicht auf sie gehört. Ich, mein Herr, wollte schon vor einigen Nächten mit dir darüber reden, aber dann habe ich dich die Verse singen hören:

Tawil

‹Wenn Gutes dir schenkt die Welt, dann schenk es mit voller Hand
An sämtliche Menschen her, bevor sie entweicht.

Denn Großzügigkeit vertreibt sie nicht, wenn sie zu dir kommt,
Und Geiz hält sie nicht zurück, wenn einst sie verbleicht.›

Als ich dich diese Verse singen hörte, habe ich den Mund gehalten und lieber nichts gesagt.» «Aber weißt du denn nicht, liebe Anis al-Dschalis», wandte Nuraddin Ali ein, «daß ich mein ganzes Vermögen an meine zehn Freunde verteilt habe? Sie werden mich jetzt sicher nicht leer ausgehen lassen.» – «Deine Freunde werden dir nichts nützen, mein Herr», erwiderte sie. «Ich will zu ihnen gehen, und zwar gleich jetzt, auf der Stelle», entschloß sich Nuraddin. «Ich werde zu einem jeden gehen, vielleicht bekomme ich von ihnen etwas Geld, mit dem ich dann Handel treiben kann. Die Vergnügungen sollen einstweilen aufhören.» Mit diesen Worten sprang Nuraddin auf und begab sich schnurstracks zu der Gasse, in der seine zehn Freunde wohnten – sie wohnten nämlich alle in derselben Gasse. Er trat auf die erste Tür zu und klopfte an. Die Dienerin kam heraus. «Wer ist an der Tür?» fragte sie. «He, Mädel», sagte er zu ihr, «richte deinem Herrn aus: ‹Herr Nuraddin Ali Ibn Chakan steht vor der Tür, küßt dir beide Hände und grüßt dich.›» Die Dienerin ging zu ihrem Herrn und richtete es ihm aus. Doch der warf ihr wüste Beschimpfungen an den Kopf und befahl ihr: «Geh hinaus, und sag zu ihm: ‹Er ist nicht da!›» Das Mädchen kam wieder und sagte zu ihm: «Er ist nicht zu Hause.» Nuraddin sprach –

Da erreichte das Morgengrauen Schahrasad, und sie hörte auf zu erzählen. «Wie köstlich und wie aufregend ist deine Geschichte!» sagte Dinarasad zu ihrer Schwester. «Was ist das schon», erwiderte sie, «gegen das, was ich euch morgen nacht erzählen werde, wenn ich dann noch lebe und mich der König verschont ...»

Die zweihundertundneunte Nacht

aus Tausendundeiner Nacht

In der folgenden Nacht sagte sie:

Es ist mir zu Ohren gekommen, o glücklicher König, daß Nuraddin zu sich selber sprach: «Wenn dieser hier schon ein Hurensohn ist und sich verleugnen läßt, dann wird doch der andere kein Hurensohn sein.» Er ging auf die zweite Tür zu und klopfte an. Eine der Dienerinnen kam heraus. Er sagte zu ihr dasselbe, was er dem ersten hatte ausrichten lassen. Das Mädchen verschwand, und als sie zurückkam, sagte sie zu ihm: «Er ist nicht hier, mein Herr.» Nuraddin lachte nur und dachte bei sich: «Vielleicht finde ich bei dem nächsten eine Lösung.» Während er sich der dritten Tür näherte, sprach er zu sich selbst: «Ich mache es so wie beim ersten Freund.» Aber auch der ließ sich verleugnen. Nun bereute Nuraddin Ali, was er getan hatte. Er brach in Tränen aus, klagte und sprach die Verse:

«Ein Mensch wird in Zeiten des Glücks wie ein Baum angesehn:
Solang er Früchte trägt, bleiben alle Menschen um ihn stehn.

Doch wenn er seine Lasten dann abgeworfen hat,
Lassen sie ihm den Staub und den Kummer und gehn.

‹Verderben über die Jugend von heute!› sag' ich, so lang,
Bis endlich zur Vernunft kommt einer von den zehn.»

Damit kehrte Nuraddin Ali zu seiner Sklavin zurück. Seine Sorgen waren gewachsen. «Verstehst du jetzt, was ich dir gesagt habe, mein Herr?» fragte sie ihn zur Begrüßung. Da mußte er zugeben: «Bei Gott, kein einziger von ihnen hat mich kennen wollen oder mich hereingebeten.» – «Du wirst jetzt etwas Mobiliar und Geschirr verkaufen müssen», sagte sie, «bis Gott, der Erhabene, der mächtig und heilig ist, uns weiterhilft.» Also fing er an, seinen Hausrat zu verkaufen, ein Stück nach dem anderen, und das Geld auszugeben, bis ihnen überhaupt nichts mehr geblieben war. Als es soweit war, schaute er Anis al-Dschalis lange an. «Was haben wir noch, das wir verkaufen könnten?» fragte er sie. «Mein Herr», antwortete sie ihm, «ich habe eine Idee: Du bringst mich auf den Sklavenmarkt und verkaufst mich. Dein Vater hat mich, wie du weißt, für zehntausend Dinar gekauft. Vielleicht verleiht dir Gott, der mächtig und heilig ist, Erfolg, und du erzielst annähernd denselben Preis. Und wenn Gott, der mächtig und heilig ist, beschließt, daß wir uns noch einmal wiedersehen sollen, wird Er uns wieder zusammenführen.» – «Liebe Anis al-Dschalis», wandte er ein, «ich kann es doch nicht einmal eine Stunde lang ohne dich aushalten.» – «Ich auch nicht, mein Herr, bei Gott!» stimmte sie ein. «Aber die Not hat ihre eigenen Gesetze, wie ein Dichter gesagt hat:

Manchmal zwingt die Not dazu, auf einem Weg zu schreiten,
Wo die gute Sitte fern ist und sich nicht beteiligt.

Niemand wird zu einem solchen schlimmen Mittel greifen,
Es sei denn für einen Zweck, der dieses Mittel heiligt.»

Da sprang Nuraddin Ali auf. Während er seine Sklavin Anis al-Dschalis ergriff, rannen ihm Tränen wie Regen über beide Wangen, und mit der stummen Zunge seiner Gefühle hob er an zu sprechen:

Tawil

«Bleibt stehen! Schenkt uns, bevor ihr geht, einen letzten Blick,
Mit dem ich ein Herz, das fast vergeht, noch erfreuen kann.

Wenn das euch zu große Mühe macht, dann bemüht euch nicht,
Und laßt mich in Ruhe sterben an meinem Liebeswahn.»

Er ging mit ihr hinunter auf den Basar und übergab sie dem Versteigerer. «Hadsch Hasan», sagte er dazu, «sei dir bewußt, was die Ware wert ist, die du ausrufst.» – «Keine Sorge, Herr Nuraddin», erwiderte der Versteigerer, «die Regeln werden eingehalten. Aber», fuhr er überrascht fort, «ist das nicht Anis al-Dschalis, die dein Vater vor einer Weile für zehntausend Dinar gekauft hat?» – «Ja», sagte der. Der Versteigerer warf einen Blick auf die Händler und sah, daß noch nicht alle beisammen waren. Also wartete er noch, bis der Basar sich richtig gefüllt hatte. Da wurden Sklavinnen jeder Herkunft verkauft: Nubierinnen, Takruri-Mädchen, Fränkinnen, Berberinnen, Griechinnen, Mongolinnen und viele andere. Als nun der Versteigerer sah, daß der Basar sich gefüllt hatte, stellte er sich mitten auf den Basar und rief: «Ihr Händler –

Da erreichte das Morgengrauen Schahrasad, und sie hörte auf zu erzählen. «Wie köstlich und wie aufregend und spannend ist deine Geschichte!» sagte Dinarasad zu ihrer Schwester. «Was ist das schon», erwiderte sie, «gegen das, was ich euch morgen nacht erzählen werde, wenn ich dann noch lebe und mich der König verschont. Das wird noch viel aufregender sein …»

Die zweihundertundzehnte Nacht

aus der Geschichte von Tausendundeiner Nacht

«Einverstanden!» sagte sie in der nächsten Nacht.

Es ist mir zu Ohren gekommen, o glücklicher König, daß der Makler rief: «Ihr Händler! Alle, die Geld anzulegen haben! Nicht alles, was rund ist, ist eine Nuß, und nicht alles, was länglich ist, ist eine Banane. Nicht alles, was rot ist, ist ein Stück Fleisch, und nicht alles, was weiß ist, ist ein Stück

Fett. Ihr Händler, ich habe hier eine einzigartige Perle. Für wieviel kauft ihr sie? Wieviel soll ich ausrufen?» – «Rufe viertausend Dinar», sagte einer der Händler. Also eröffnete der Versteigerer die Auktion mit dem Gebot von viertausend Dinar. ❧ Als er gerade dabei war, diese Worte auszusprechen, kam zufällig der Wesir al-Muin Ibn Sawi vorbei und sah Nuraddin Ali am Rand des Sklavenmarktes stehen. «Weshalb wohl Ibn Chakan hier herumsteht?» sprach er zu sich selbst. «Hat dieser Nichtsnutz etwa noch Geld übrig, um sich eine Sklavin zu kaufen?» Er warf einen Blick auf den Versteigerer, der in der Mitte des Marktes stand und um den sich die Händler drängten. «Wenn mich meine Vermutung nicht täuscht», fuhr al-Muin in seinem Selbstgespräch fort, «dann ist er bankrott gegangen und hat das Sklavenmädchen Anis al-Dschalis auf den Markt gebracht. Die läßt er jetzt ausrufen. Ach, welch eine wohltuende Kühlung für meine Leber!» ❧ Er rief den Versteigerer zu sich, der kam und küßte vor ihm den Erdboden. «Herr Versteigerer», sagte er zu ihm, «laß mich das Mädchen sehen, das du gerade versteigerst.» Der konnte ihm nicht zuwiderhandeln. «In Gottes Namen, mein Herr», sagte er, brachte das Mädchen herbei und führte sie al-Muin Ibn Sawi vor. Sie gefiel ihm über die Maßen, und er sagte zu ihm: «Wieviel wird für das Mädchen geboten, Hasan?» – «Viertausend Dinar, mein Herr», antwortete er, «aber es ist das allererste Gebot, wir haben die Versteigerung eben erst eröffnet.» – «Ich kaufe sie für viertausend Dinar!» rief al-Muin. Als die Händler das hörten, hatte keiner den Mut, ihn zu überbieten, denn sie kannten die Grausamkeit und Verschlagenheit des Wesirs. ❧ «Wehe dir, was stehst du noch herum und wartest?» sagte der Wesir mit einem Blick auf den Versteigerer. «Geh und biete ihrem Besitzer viertausend Dinar von mir an!» Der Versteigerer begab sich zu Nuraddin. «Mein Herr», sagte er, «deine Sklavin ist für nichts weggegangen.» – «Wie das?» fragte er entsetzt. «Mein Herr», berichtete er, «wir hatten ihre Versteigerung eben eröffnet, und zwar mit viertausend Dinar, das war das erste Gebot. Da ist dieser grausame Tyrann, al-Muin Ibn Sawi, vorbeigekommen. Er ritt gerade über den Basar. Als er die Sklavin gesehen hat, hat sie ihm gefallen, und er hat mir befohlen: ‹Geh und biete ihrem Besitzer viertausend Dinar von mir an!› Mein Herr, ich kann es mir nicht anders erklären, er hat wohl gewußt, daß sie dir gehört. Wenn er dir jetzt viertausend Dinar bar auf die Hand legte, wäre es ja noch gut! Aber ich kenne seine Grausamkeit. Er wird dir einen Scheck ausstellen auf irgendeinen Agenten unter den Gildemeistern. Dann wird er einen Boten schicken und ihnen auftragen lassen: ‹Haltet ihn hin, und gebt ihm in den nächsten Tagen nichts.› Sooft du hingehst und das Geld von ihnen forderst, werden sie zu dir sagen: ‹Das geht in Ordnung. Komm morgen wieder.› Dieses Spiel werden sie Tag für Tag mit dir treiben, und du, weil du doch noch deinen Stolz hast und dich nicht für dumm verkaufen läßt, wirst am Ende den Scheck zerreißen. So wird dir der Preis für die Sklavin gänzlich entgehen.» ❧ Als Nuraddin den Versteigerer das sagen hörte, sah er ihn an und fragte ihn: «Was soll ich tun?» – «Mein Herr», antwortete dieser, «ich will dir einen Rat geben. Nimmst du ihn an, dann hast du das Glück auf deiner Seite.» – «Und wie lautet der Rat?» fragte er. «Sobald ich wieder mitten auf dem Sklavenmarkt stehe», sagte der Versteigerer, «kommst du auf mich zu, ziehst die Sklavin mit Gewalt von mir fort, schlägst sie und sagst laut und deutlich zu ihr: ‹Siehst du, Mädel, ich habe den Eid gehalten, den ich geschworen habe: Ich habe dich auf den Sklavenmarkt gebracht und zur Versteigerung ausrufen lassen!› Wenn du das tust, werden alle – und auch er – sich täuschen lassen und glauben, du habest sie nur zum Schein und wegen einer Drohung, die du gegen sie ausgesprochen hast, auf den Sklavenmarkt gebracht.» – «So will ich's machen», freute sich Nuraddin. ❧ Jetzt ließ der Versteigerer Nuraddin stehen, begab sich wieder mitten auf den Sklavenmarkt und faßte die Sklavin an der Hand. Er richtete den Blick auf al-Muin Ibn Sawi, den Wesir, und rief: «Herbei, mein Herr, diese hier hat ihren neuen Besitzer gefunden!» In diesem Moment stürzte Nuraddin auf den Versteigerer zu, riß ihm das Mädchen mit Gewalt aus der Hand und versetzte ihr einen Fausthieb.

Da erreichte das Morgengrauen Schahrasad, und sie hörte auf zu erzählen. «Wie köstlich und wie aufregend ist deine Geschichte!» sagte Dinarasad zu ihrer Schwester. «Was ist das schon», erwiderte sie, «gegen das, was ich euch morgen nacht erzählen werde, wenn ich dann noch lebe und mich der König verschont …»

Die zweihundertundelfte Nacht

aus der Geschichte der Tausend Nächte

«Einverstanden!» sagte sie in der nächsten Nacht.

Es ist mir zu Ohren gekommen, o glücklicher König, daß Nuraddin ihr einen Fausthieb versetzte und ihr laut zurief: «Siehst du jetzt, Mädel, daß ich dich auf den Sklavenmarkt gebracht habe, so wie ich es geschworen habe? Geh nach Hause, und tu das nicht noch einmal! Wehe dir! Glaubst du, ich hätte es nötig, dich zu verkaufen, um zu Geld zu kommen? Wenn ich ein beliebiges Stück von meinem Hausrat verkaufen würde, bekäme ich ein Vielfaches von dem, was man mir für dich zahlen würde!» Als der Wesir diese Worte hörte, blickte er ihn an und sagte zu ihm: «He, du! Hast du überhaupt noch irgend etwas, das einen Dirham oder einen Dinar wert wäre?» Mit diesen Worten ritt der Wesir auf ihn los und wollte ihn niederstoßen. Nuraddin sah in die Runde der Kaufleute, Versteigerer und anderen Markthändler – sie alle mochten ihn sehr – und raunte ihnen zu: «Bei Gott, wäre ich hier allein mit ihm, ich würde ihn umbringen!» Sie aber machten ihm Zeichen und Gebärden, die bedeuteten: «Verschaff dir ruhig dein Recht bei ihm. Von uns wird sich keiner einmischen.» Da trat Nuraddin vor – er war ja ein kräftiger junger Mann –, packte den Wesir, zog ihn über den Sattelknauf vom Sattel und schleuderte ihn zu Boden. Dort stand ein Trog mit frischem Ton zum Verkneten, da warf er ihn mitten hinein, ohrfeigte ihn und hieb mit Fäusten auf ihn ein. Ein Fausthieb traf die Zähne des Wesirs, und der Wesir badete in seinem Blut. Der Wesir hatte aber zehn Mamluken bei sich. Als diese sahen, was ihrem Herrn da angetan wurde, legten sie die Hand ans Schwert und schickten sich an, auf Nuraddin Ali loszugehen, um ihn in Stücke zu hauen. Doch da erhob sich die Menschenmenge gegen sie, unterstützt von einigen Kaufleuten. «Halt!» riefen sie ihnen entgegen. «Der eine ist doch ein Wesir und der andere der Sohn eines Wesirs! Vielleicht werden sie sich später wieder versöhnen, dann seid ihr die Verhaßten! Und wenn ein Schlag von euch fehlgeht und ihn trifft, sterbt ihr allesamt einen schändlichen Tod. Mischt euch nicht ein!» Endlich hatte Nuraddin den Wesir genug geschlagen. Er richtete sich auf, ließ ab von dem Wesir, nahm die Sklavin und ging nach Hause. Wie aber erging es dem Wesir? Der kam mühsam auf die Beine. Er bestand nun aus drei Farben: schwarz vom Ton, rot vom Blut und weiß von seinen Gewändern. Als er sich selbst derart gemustert sah, legte er eine Strohmatte um seinen Nacken, nahm zwei Büschel Halfa-Gras in seine beiden Hände und rannte, ohne anzuhalten, bis er unter dem Palast des Sultans Muhammad Ibn Suleiman al-Seinabi stand. «O König der Zeit!» schrie er hinauf. «Mir ist Unrecht geschehen!» Als der Sultan diese Worte hörte, befahl er: «Bringt mir den Menschen, der da schreit!» Er wurde ihm vorgeführt. Der Sultan sah ihn an und bemerkte, daß es sein eigener Großwesir war. «Wesir!» sagte er überrascht. «Wer hat dir das angetan?» Da brach der Wesir vor dem Sultan in Tränen aus und erhob seine Stimme zu den folgenden Versen:

«Kann mich eine Zeit bedrücken, während du noch in ihr lebst?
Sollen mich die Wölfe fressen, während du der Löwe bist?

Darf an deiner Wasserstelle jeder Durst'ge trinken, nur
Ich sitz' durstig dort, obwohl ich weiß, daß du der Regen bist?

Mein Herr», fuhr er fort, «so etwas kann jedem zustoßen, der sich um dein Wohlergehen sorgt und ein guter Ratgeber in deinem Staate ist.» – «Wehe dir! Sage mir schnell und auf der Stelle, was geschehen ist!» verlangte der Sultan. «Du stehst unter meinem persönlichen Schutz – wer also hat dir das angetan?» – «Mein Herr», sagte der Wesir, «ich bin heute aus dem Haus gegangen und über den Basar geritten, wo die Sklavinnen verkauft werden, denn ich wollte eine Sklavin für unsere Küche kaufen. Dort auf dem Sklavenmarkt habe ich ein Sklavenmädchen gesehen, wie noch kein Mensch jemals eine schönere gesehen hat. Ich entschloß mich, sie für unseren Gebieter, den Sultan, zu erwerben. Also habe ich den Makler um Auskunft über sie und ihren Besitzer gebeten. Er hat zu mir gesagt: ‹Ihr Besitzer ist Ali, der Sohn des Wesirs Chakan.› Unser Gebieter, der Sultan, hatte ja seinerzeit seinem Vater, dem Wesir, zehntausend Dinar gegeben, um eine Sklavin zu erwerben. Er hatte dieses Sklavenmädchen für das Geld gekauft, doch dann, als sie ihm gefiel, unserem Gebieter, dem Sultan, vorenthalten und sie statt dessen seinem Sohn geschenkt. Nachdem er gestorben war, hat sein Sohn sein gesamtes Vermögen durchgebracht, bis nichts mehr übrig war. Als er schließlich bankrott ging, hat er das Mädchen auf den Markt gebracht, dem Makler übergeben, und dieser hat sie zur Versteigerung ausgerufen. Die Kaufleute haben einander im Preis überboten, bis sie bei viertausend Dinar angelangt war. Da habe ich zu ihm gesagt:

‹Hier, mein Kind, nimm viertausend Dinar, ich kaufe diese Sklavin für unseren Gebieter, den Sultan, denn er hat das größte Anrecht auf sie, und außerdem ist ihr Kaufpreis ja von Anfang an aus der Kasse unseres Gebieters, des Sultans, gekommen.› Als er mich das sagen hörte, hat er mich angeschaut und gesagt –

Da erreichte das Morgengrauen Schahrasad, und sie hörte auf zu erzählen. «Wie köstlich und wie aufregend ist deine Geschichte!» sagte Dinarasad zu ihrer Schwester. «Was ist das schon», erwiderte sie, «gegen das, was ich euch morgen nacht erzählen werde, wenn ich dann noch lebe und mich der König verschont ...»

Die zweihundertundzwölfte Nacht

aus der Geschichte von Tausendundeiner Nacht

In der folgenden Nacht sagte sie:

Es ist mir zu Ohren gekommen, o glücklicher König, daß der Wesir al-Muin Ibn Sawi zum Sultan sagte: «Er hat mich angeschaut und zu mir gesagt: ‹Du alter Halunke! Jedem Christen oder Juden werde ich sie eher verkaufen als dir!› – ‹Ist das dein Dank dafür›, habe ich zu ihm gesagt, ‹daß unser Gebieter, der Sultan, mich und deinen Vater in seiner Gunst großgezogen hat?› Als er mich das sagen hörte, ist er auf mich losgegangen, hat mich – einen alten Mann! – von meinem Reittier heruntergeworfen, zusammengeschlagen und dann in diesem Zustand zurückgelassen. Alles das ist mir geschehen, weil ich dir etwas Gutes tun wollte!» Bei diesen Worten warf sich der Wesir zu Boden, weinte bitterlich, fiel scheinbar in Ohnmacht und begann am ganzen Leib zu zittern. Als der König seinen Zustand sah und den Bericht dazu hörte, schwoll ihm die Ader des Zornes zwischen seinen Augen. Er drehte sich um und blickte hinüber zu seinen Ministern. Da standen vierzig Schwertkämpfer dienstbereit. «Geht hinunter zu Ibn Chakans Haus!» befahl er ihnen. «Plündert das Haus, danach macht es dem Erdboden gleich. Ihn selbst bringt gefesselt vor mich. Ihr sollt ihn und das Sklavenmädchen auf den Gesichtern herschleifen!» – «Wir hören und gehorchen», antworteten sie, legten ihre Waffen an und machten sich bereit, zum Haus des Nuraddin Ali Ibn Chakan zu gehen. ❧ Nun stand vor dem Sultan auch ein Kämmerer namens Alamaddin Sandschar. Er war früher einer der Mamluken des Wesirs Fadladdin Ibn Chakan gewesen und war vom Sultan zum Kämmerer erhoben worden. Dieser Mann konnte es nicht ertragen zu sehen, wie sich die Feinde rüsteten, um den Sohn seines verstorbenen Herrn zu töten. Heimlich verließ er seinen Platz vor dem Sultan, schwang sich auf ein Reittier und lenkte dieses geschwind zu Nuraddin Ali Ibn Chakans Haus. Er pochte an die Tür. Nuraddin trat hinaus, um zu sehen, wer da gekommen war: Es war Sandschar, der Kämmerer. Freundlich begrüßte er ihn. «Nuraddin», sagte der, «jetzt ist nicht die rechte Zeit für dich, nicht einmal für deine freundliche Begrüßung. Denn der Dichter sagt:

Wenn du in Not gerätst, so rette dein nacktes Leben
Und laß dein Haus um seinen Bauherrn weinen.

Denn für dein Land kannst du ein anderes finden,
Doch keine neue Seele anstatt der deinen.

Traue auch nie einem Boten in wichtiger Sache,
Denn niemand wird es so gut wie du selbst mit dir meinen.

Dem Löwen schwillt ja auch nur der eigene Hals.
Alleine will er seine Beute entbeinen!»

«Was gibt's, Alamaddin?» erkundigte sich Nuraddin. «Nuraddin, mein Herr!» sagte er. «Steh auf, und rette dein Leben und das deines Sklavenmädchens! Al-Muin Ibn Sawi, der Wesir, hat euch eine Falle gestellt, und wenn du weiter untätig herumsitzt, tappst du hinein! Eben jetzt hat der Sultan vierzig Schwertkämpfer ausgesandt, die dein Haus plündern, dich und das Mädchen in Ketten legen, hinausschleifen und dem Sultan vorführen sollen. Deshalb rate ich dir: Steh sofort auf, und flieht, ehe sie kommen!» Dann nahm Sandschar seine Geldbörse und fand darin vierzig Dinar. Die übergab er Nuraddin mit den Worten: «Nimm diese Münzen, mein Herr, damit du deine Flucht bezahlen kannst. Hätte ich mehr bei mir, dann wäre es dein, aber jetzt ist nicht die passende Zeit, sich an die Brust zu schlagen.» ❧ Nuraddin begab sich nun zu dem Sklavenmädchen und sagte ihr, was ihnen drohte. Ihre Hände begannen zu zittern. Noch im selben Augenblick verließen die beiden das Haus. Gott bedeckte sie mit Seinem schützenden Schirm, bis er mit ihr aus dem Stadttor war. Sie liefen weiter und weiter, bis ans Ufer des Flusses. Dort fanden sie ein großes Schiff, das eben ablegen sollte. Mitten auf dem Schiff stand der Kapitän –

Da erreichte das Morgengrauen Schahrasad, und sie hörte auf zu erzählen. «Wie köstlich und wie aufregend ist deine Geschichte!» sagte Dinarasad zu ihrer Schwester. «Was ist das schon», erwiderte sie, «gegen das, was ich euch morgen nacht erzählen werde, wenn ich dann noch lebe und mich der König verschont …»

Die zweihundertunddreizehnte Nacht

aus der Geschichte von den Tausend Nächten

In der folgenden Nacht sagte sie:

Es ist mir zu Ohren gekommen, o glücklicher König, daß Nuraddin mitten auf dem Fluß den Kapitän stehen sah und ihn rufen hörte: «He, ihr Kaufleute! Hat einer von euch noch etwas in der Stadt zu besorgen? Denkt nach, ob ihr nichts vergessen habt!» – «Wir haben nichts mehr zu tun, Kapitän!» antworteten sie. In diesem Moment erreichten Nuraddin und seine Sklavin das Schiff und wurden an Bord gebracht. «Wohin fahrt ihr?» erkundigte sich Nuraddin. «Nach Bagdad», war ihre Antwort. «Gut», erwiderte Nuraddin. Das Schiff legte ab und flog mit geblähten Segeln wie ein Vogel dahin. Es war, wie es ein Dichter gesagt hat:

Basit

Schau auf das Schiff, dessen Anblick dich bezaubert und das
In Lauf und nächtlicher Fahrt sogar den Blitz überholt!

Als wär's ein Vogel, der sich, vom Durst gequält, niederstürzt
Und aus den Lüften herunterschießt und sich Wasser holt.

Und so segelten sie unter günstigem Wind dahin. Soviel zu dem, was sich mit Nuraddin und seiner Sklavin zutrug. Wie aber erging es unterdessen den Mamluken, die der Sultan ausgeschickt hatte? Sie erreichten Nuraddins Haus, brachen die Tür auf und stürmten hinein, suchten nach ihm und dem Sklavenmädchen, fanden aber keine Spur von ihnen und konnten nichts weiter in Erfahrung bringen. Am Ende machten sie das Haus dem Erdboden gleich, kehrten zum Sultan zurück und erstatteten ihm Bericht. ☙ «Forscht weiter nach ihm», befahl der Sultan, «und wo immer ihr ihn findet, bringt ihn zu mir.» – «Wir hören und gehorchen», antworteten sie. ☙ Der Wesir begab sich hinunter in sein Haus. Der Sultan hatte ihm zuvor ein Ehrenkleid geschenkt und sein Herz beruhigt. «Kein anderer als ich persönlich wird für dich Blutrache üben!» hatte er ihm versichert. Nun erteilte der Sultan den Befehl, daß in der Stadt öffentlich Nuraddins Name ausgerufen werden sollte. Also schwärmten die Ausrufer aus und riefen: «Ihr Leute! Sultan Muhammad Ibn Suleiman al-Seinabi hat befohlen: Wer Ali, den Sohn des Wesirs, an den Sultan ausliefert, erhält ein Ehrenkleid und tausend Dinar. Wer ihn aber versteckt und beim Sultan angezeigt wird, soll nicht danach fragen, was mit ihm geschieht!» Und so begann man an allen Ecken der Stadt nach ihm zu fahnden, jedoch ohne daß irgend etwas über ihn bekannt wurde. ☙ Soviel zu dem, was sich mit ihnen zutrug. Wie aber erging es unterdessen Nuraddin Ali und seiner Sklavin Anis al-Dschalis? Diesen beiden hatte Gott eine wohlbehaltene Ankunft in ihr Schicksalsbuch geschrieben, und so erreichten sie Bagdad, die «Stadt des Friedens». ☙ «Seid beglückwünscht!» sagte der Kapitän. «Ihr seid heil angekommen. Dies hier ist die Stadt, die Schönheit und Sicherheit zu bieten hat, in der ein Meer von Bewohnern wie Wellen fließt, und die jeden, der in ihr wohnt, schützend umschließt. Gerade hat der kalte Winter sich aus ihr zurückgezogen, und der Frühling mit seinen Blumen ist in sie eingezogen. Ihre Blumen wollen schon die Blüten zeigen, ihre Äste sich unter der Last der Früchte neigen, die Bäume stehen voller Laub an allen Zweigen, und die Vögel singen in ihr frohe Reigen. Es ist, als hätte ein Dichter über sie die Verse gedichtet:

> Eine Stadt, deren Bewohner nichts zu fürchten haben,
> Denn ihr Besitzer heißt: die Sicherheit.
>
> Sie ist ein Paradies, geschmückt für seine Menschen,
> Das seine Wunder offen zeigt zu jeder Zeit.»

Nuraddin gab dem Kapitän fünf Dinar, dann verließen er und seine Sklavin das Schiff, und sie gingen an Land. Sie wanderten zu Fuß weiter, bis das Schicksal sie zwischen verschiedene Gartenanlagen führte. Dort war alles sorgfältig gefegt und mit Wasser besprengt. Längliche Steinbänke luden zum Sitzen ein, Schöpfgefäße und Kannen, voll mit kühlem Wasser, waren aufgehängt. Entlang des Weges verlief ein Gitterzaun, und am Ende des Weges war ein Gartentor zu sehen, das aber verschlossen war. «Was für ein reizender Ort, Anis al-Dschalis», sagte Nuraddin, und sie erwiderte: «Mein Herr, ich beschwöre dich bei Gott, laß uns hier auf dieser Bank ein wenig ausruhen.» Die beiden setzten sich auf jene Bank, nachdem sie zuvor etwas von dem Wasser getrunken und sich die Gesichter und Hände gewaschen hatten. Ein sanfter Windhauch kam und streichelte sie, und sie hörten, wie in jenem Garten die Vögel und die Ringeltauben sangen und einander von Baum zu Baum zuzwitscherten, das Geräusch von plätscherndem Wasser mischte sich darein. Die beiden wurden müde und schliefen ein. Jener Park aber wurde «der Lustgarten» genannt, und es stand ein Schloß darin mit dem Namen «Schloß der Statuen». Der Kalif hatte den Park selbst anlegen lassen. In ganz Bagdad gab es keinen zweiten wie ihn. Immer wenn der Kalif bedrückt war, ging er in diesen Park und besuchte das «Schloß der Statuen». In das erwähnte Schloß hatte der Kalif achtzig Fenster kreisförmig einbauen lassen und Öllampen darin aufgehängt, die das Schloß rundherum erleuchteten. Zwischen zwei Öllampen stand je ein Kerzenleuchter aus Edelmetall mit tauschierten Einlegearbeiten und in jedem Leuchter eine große Kerze. Der Kalif saß oft in diesem Palast. Er entzündete dann die Öllampen und Kerzen, öffnete die Fenster und befahl seinem Freund und Zechgenossen Ishak zu singen. Um ihn her versammelten sich seine Konkubinen, Frauen aus allen Ländern der Welt. Dann wurde der Kalif wieder froh, und aus seiner Brust verschwand die bedrückte Stimmung. In dem Park arbeitete ein Gärtner, ein alter Mann, der «Scheich Ibrahim» gerufen wurde. Der Kalif liebte ihn über alle Maßen. Wenn Scheich Ibrahim den Park verließ, um in der Stadt Erledigungen zu machen, fand er oft junge Leute am Gartentor, die sich dort herumtrieben, in den Garten hineinspähten und Dirnen bei sich hatten. Das ärgerte ihn und machte ihn wütend. Er wartete also, bis der Kalif –

Da erreichte das Morgengrauen Schahrasad, und sie hörte auf zu erzählen. «Ach, Schwester», seufzte Dinarasad, «wie köstlich und wie aufregend ist deine Geschichte!» – «Was ist das schon», erwiderte sie, «gegen das, was ich euch morgen nacht erzählen werde, wenn ich dann noch lebe und mich der König verschont ...»

Die zweihundertundvierzehnte Nacht

aus der Geschichte von Tausendundeiner Nacht

In der folgenden Nacht sagte sie:

Es ist mir zu Ohren gekommen, o glücklicher König, daß Scheich Ibrahim, der Gärtner, wartete, bis der Kalif eines Tages wieder einmal zu ihm kam, und ihm dann von diesem jungen Gesindel vor dem Tor Bericht gab. Der Kalif bestimmte: «Wenn du wieder einmal jemanden am Gartentor auffindest, darfst du mit ihm machen, was du willst.» Nun ging gerade an jenem Tag Scheich Ibrahim, der Gärtner, aus dem Park hinaus, weil ihm eingefallen war, daß er etwas in der Stadt zu besorgen hatte. Nachdem seine Geschäfte erledigt waren, kehrte er in den Park zurück. Da stieß er auf zwei Personen, die mit einem Mantel bedeckt auf einer Steinbank am Rande des Parks schliefen. «Nicht schlecht, bei Gott», sagte er, «wissen die beiden denn nicht, daß der Kalif mir die Vollmacht gegeben hat, jeden, den ich hier finde, zu töten? Ich werde an den beiden ein Exempel statuieren, damit es kein Mensch mehr wagen wird, sich dem Gartentor zu nähern!» Er betrat den Park, schnitt eine Palmgerte ab und trat wieder hinaus zu den beiden. Dann hob er den Arm, bis das Weiße unter seiner Achsel sichtbar wurde, und wollte gerade einen gewaltigen Schlag auf sie niedersausen lassen – doch da zögerte er. «Ibrahim», sprach er zu sich selbst, «du bist drauf und dran, die beiden zu erschlagen. Es werden doch nicht etwa Fremde sein oder Reisende, die das Schicksal hierher verschlagen hat? Laß mich erst einmal ihre Geschichte hören und die Decke, die über ihnen liegt, aufdecken. Ich will sie mir mal ansehen.» Er warf die Gerte fort, trat auf die beiden zu, hob die Decke von ihren Gesichtern und sah sie an. Sie waren, fand er, wie zwei hell leuchtende Monde, genau so, wie es ein Dichter in den folgenden Versen gesagt hat:

Tawil

Ich hab' auf der feuchten Erde zwei Menschen schlafen seh'n,
Für die mir mein Augenlid als passende Straße gilt.

Zwei Halbmonde leuchteten zwei steigenden Sonnen gleich,
Zwei wilde Gazellen, zweimal schön wie ein Götzenbild.

Als er die beiden so liegen sah und bemerkte, wie schön und anmutig sie waren, dachte er bei sich: «Bei Gott, das sind wunderschöne Gestalten!» Er bedeckte wieder ihre Gesichter, näherte sich Nuraddin nun von der anderen Seite und drückte ihn sanft am Fuß. Nuraddin schlug die Augen auf und sah zu seinen Füßen einen alten Mann stehen. Verlegen zog er die Füße ein, setzte sich auf, ergriff und küßte die Hand des Scheichs und sagte: «Gott behüte, verehrter Onkel, und Gott möge dich belohnen!» «Woher kommt ihr, mein Kind?» fragte ihn der Alte. «Wir sind fremd hier, verehrter Scheich», erwiderte Nuraddin. «Ihr seid herzlich willkommen!» versicherte der Alte und lud sie ein: «Warum steht ihr nicht auf, liebe Kinder, und kommt zu mir in den Park? Ihr könnt euch dort ein wenig erholen und euch alles anschauen.» – «Wem gehört denn dieser Park, verehrter Scheich?» erkundigte sich Nuraddin. «Er gehört mir», antwortete jener, «ich habe ihn von meinem Vater geerbt.» Der alte Gärtner bezweckte mit diesen Worten nichts anderes, als, daß die beiden den Park ruhigen Gewissens betreten konnten. Darum fügte er hinzu: «Das sage ich nur, um eure Sorgen zu zerstreuen, damit ihr euch wirklich wohlfühlen könnt.» Als Nuraddin die Worte des Scheichs hörte, dankte er ihm. Dann erhoben sich die beiden, er und das Mädchen, der Scheich ging ihnen voran, und sie betraten den Park. Und was für ein herrlicher Garten das war! Der Eingang war wie ein Iwan überwölbt, die Türen darin wie Tore zum Paradies. Man betrat durch das Tor einen Gang aus gebogenen Drahtgitterstäben, an denen die Ranken von Weintrauben wuchsen und Trauben in vielerlei Farben hingen: die roten wie Karneole, die schwarzen wie Abessiniergesichter, und zwischen den roten und schwarzen erschienen die weißen Trauben wie Perlen, die zwischen Korallen und Teakhölzchen lagen. Trat man aus dieser behüteten Laube hinaus zu den größeren Bäumen des Gartens, so fand man dort Palmen, «doppelschaftige und einfachschaftige», wie der Koran es beschreibt, und dazu sangen Vögel auf jedwede Weise: Der Hasar wiederholte die süßesten Melodien, die Turteltaube erfüllte den Ort mit dem Klang ihrer Stimme, die Nachtigall betörte mit ihrem Gesang die Gefühle, die Amsel sang fast wie ein Mensch, mit gewaltigem Jammern entfesselten Fachit-Tauben die Trauer, und auf das Gegurre der Ringeltauben zwitscherten Schwalben die Antwort. Von jeder Frucht reiften wenigstens zwei Sorten auf diesen Bäumen: Granatäpfel, süße und saure und süßsaure, Äpfel wie Zucker und solche der Sorte Daman sowie Birnen der Sorten Rachi und Challan. In diesem

Garten gab es Dinge, die keine Zunge zu beschreiben fähig war und wie sie noch kein Auge je gesehen hatte.

Da erreichte das Morgengrauen Schahrasad, und sie hörte auf zu erzählen.

Die zweihundertundfünfzehnte Nacht

aus der Geschichte von Tausendundeiner Nacht

In der folgenden Nacht sagte sie:

Es ist mir zu Ohren gekommen, o glücklicher König, daß Nuraddin Ali, als er diesen Garten und seine Schönheit sah, tief entzückt aufatmete. Er konnte nun wieder an die schönen Tage denken, die er mit den Freunden und Zechkumpanen verbracht hatte, aber er dachte auch daran, wie er ausgeplündert worden war; nicht spurlos war die Zeit an ihm vorübergegangen. Er blickte den Alten an. «Wie ist dein Name, verehrter Scheich?» fragte er ihn. «Mein Name ist Ibrahim», antwortete der. «Bei Gott, Scheich Ibrahim», sagte er, «dieser Ort ist wirklich wunderschön. Gott, der Erhabene, möge dir darin viel Segen spenden. Du warst so freundlich, uns hereinzubitten, und hast uns zu dir eingeladen. Wir können dir dafür leider keine andere Bezahlung bieten, aber nimm diese zwei Dinar hier, und schicke jemanden, der uns Brot und Fleisch kauft und alles, was wir sonst noch brauchen.» Hocherfreut nahm Ibrahim die beiden Goldmünzen an sich. «Sie werden höchstens für zehn Dirham essen», sprach er zu sich selbst, «den Rest behalte ich.» Dann machte sich der Alte selbst auf den Weg und kaufte für die beiden etwas Gutes zu essen, soviel, wie ihnen reichlich genügen mochte. Während der Alte fort war, spazierten Nuraddin Ali und seine Sklavin Anis al-Dschalis durch die Parkanlage. Das Schicksal führte sie zu dem mitten im Park gelegenen Schloß des Kalifen. Es war jenes Schloß, das man, wie wir schon erwähnt haben, «Schloß der Statuen» nannte. Nuraddin betrachtete es und staunte. Wie hoch und schön es gebaut war! Sie versuchten hineinzukommen, doch es gelang ihnen nicht. Sobald der Alte vom Basar zurückgekehrt war, befragten sie ihn. «Scheich Ibrahim», fingen sie an, «hast du nicht gesagt, daß der Park dir gehört?» – «Ja», erwiderte der Alte. «Und wem gehört das

Schloß dort?» fragte Nuraddin. Der Alte überlegte. «Wenn ich jetzt sage, daß das Schloß nicht mir gehört, werden sie mich fragen, wie das zugeht», sprach er zu sich selbst und sagte dann zu ihnen: «Mein Kind, das Schloß gehört auch mir.» – «Scheich Ibrahim», fuhr Nuraddin fort, «wie kann es sein, daß wir deine Gäste sind und du dein Schloß nicht für uns aufschließt und uns hereinbittest, damit wir uns dort ein wenig umsehen können?» Da schämte sich der Alte, und weil er fühlte, daß ihn die Gastfreundschaft dazu verpflichtete, entfernte er sich für ein Weilchen und kehrte dann mit einem großen Schlüssel zurück. Er ging auf das Eingangstor des Schlosses zu, schloß es auf und sagte: «In Gottes Namen.» Ihnen voran stieg er hinauf, und die beiden anderen folgten ihm, bis sie bei der Kuppel mit den hängenden Lampen angelangt waren. Nuraddin betrachtete jene mit Tauschierungen verzierten Kerzenleuchter, die hängenden Lampen und die Fenster, und er erinnerte sich wieder an all die Feste, die er in der Vergangenheit gefeiert hatte. «Bei Gott», sagte er zu dem Alten, «das ist ein wunderschöner Ort!» Dann setzten sie sich zum Essen, aßen reichlich und wuschen sich danach die Hände. Nun trat Nuraddin an eines der Fenster. Er öffnete es und rief nach seiner Sklavin, die auch gleich herzukam und sich neben ihn stellte. Und nun betrachteten die beiden jene Bäume, die mit Früchten aller Art beladen waren. Nuraddin wandte sich um und sah den Alten an. «Verehrter Scheich», sagte er, «hast du vielleicht etwas zu trinken im Haus?» – «Mein Kind», erwiderte der, «was willst du mit etwas zu trinken, jetzt, wo du bereits gegessen hast? Vornehme Leute trinken vor dem Essen!» – «Das, was ich meine», entgegnete Nuraddin, «trinkt man aber nach dem Essen!» – «Du meinst doch nicht etwa Wein?» fragte jener zurück. «Doch, eben das meine ich!» bestätigte Nuraddin. «Um Gottes willen, mein Kind!» rief er entsetzt. «Ich habe dreizehnmal die Pilgerfahrt gemacht. Über so etwas rede ich nicht einmal!» «Laß mich zwei Worte dazu sagen, und höre mir zu», bat Nuraddin. «Sprich, mein Kind», sagte er. «Der Esel, der an der Grenze des Parks angepflockt ist», sagte Nuraddin, «wenn dieser Esel von Gottes Fluch getroffen würde, würde dir das etwas ausmachen?» – «Nein», sagte der Alte. «Dann nimm diese zwei Dinar hier und die zwei Dirham dazu, steig auf den Esel und reite zur Weinhandlung. Bleibe aber in einiger Entfernung davon stehen. Dann rufst du irgendeinen Kunden, der gerade dorthin unterwegs ist, zu dir heran und sagst zu ihm: ‹Hier hast du zwei Dirham, die sind für dich. Kauf mir bitte für die zwei Dinar zwei schöne Krüge Wein.›

Wenn er sie gekauft und die Weinhandlung wieder verlassen hat, bittest du ihn: ‹Stell die beiden Krüge in diese Satteltasche hier, und lade sie auf den Esel!› Hat er das getan, kannst du den Esel bis hierher zu uns führen. Wir kommen dann heraus und laden den Esel ab. Auf diese Weise hast du den Wein weder getragen noch berührt, und er kann dir nichts anhaben.» Der Alte mußte über Nuraddins Worte lachen. «Bei Gott, mein Kind», schmunzelte er, «solch ein Schlitzohr wie dich habe ich noch nirgends gesehen und so gerissene Reden noch nie gehört.» Und er tat, was Nuraddin ihm aufgetragen hatte. Als er von seinem Einkauf zurückkam, sprangen sie auf und nahmen ihm den Wein ab. «So», sagte Nuraddin, «verehrter Scheich, wir sind ja nun deine Schützlinge, und darum wirst du nicht anders können, als dich einverstanden zu erklären.» – «Aber womit denn, mein Kind?» fragte der Alte. «Damit», erklärte Nuraddin, «daß du uns jetzt aus deinem geheimen Lager alles, was wir brauchen, holst: Karaffen, Trinkgefäße und so weiter!» Der Scheich zog die Schlüssel der Vorratskammern und Schränke hervor. «Während ich euch frisches Obst besorge», sagte er zu ihnen, «könnt ihr euch selbst holen, was ihr braucht.»

Die zweihundertundsechzehnte Nacht

aus der Geschichte von Tausendundeiner Nacht

In der folgenden Nacht sagte sie:

Es ist mir zu Ohren gekommen, o glücklicher König, daß Scheich Ibrahim sagte: «Ihr könnt euch selbst holen, was ihr braucht.» Da trat Nuraddin in eine Vorratskammer und an einen Schrank nach dem anderen und nahm alles heraus, was er benötigte und wollte. Der Alte brachte ihnen allerlei Sorten Obst, Duftsubstanzen und anderes mehr. Auch das Mädchen kam herzu und machte alles für das festliche Beisammensein bereit. Sie stellte Gläser und Trinkgefäße schön säuberlich in Reihen auf, goldenes und silbernes, hohes und flaches Geschirr und Schalen für Nüsse, Mandeln und geröstete Kerne. Dazu ordnete sie verschiedene Sorten Obst zu hübschen Mustern. Endlich war alles fertig vorbereitet, und sie ließen sich nieder, um miteinander zu trinken. Nuraddin Ali füllte einen Kelch, schaute seiner Sklavin Anis al-Dschalis in die Augen und sagte zu ihr: «Was für ein Segen hat auf unserem Weg gelegen, daß wir in diesen Park gekommen sind!» Dann erhob er die Stimme und sprach die Verse:

«Wie gut ist dieser Tag und wie vollkommen!
Wie schön und wie perfekt und unbeklommen!

Rechts halte ich mein Glas und links den Vollmond.
Wo will der Tadler da dazwischenkommen?»

Und er trank mit dem Mädchen, bis der Tag mit seinem Licht sich neigte und die Nacht mit ihrer Dunkelheit sich zeigte. Da kam der Alte zu ihnen herauf, um nachzusehen, ob er ihnen noch irgendwie zu Diensten sein könnte. Von der Tür aus blickte er Nuraddin an und sagte zu ihm: «Bei Gott, mein Herr, heute ist ein glücklicher Tag. Du hast unserem Platz hier Ehre gemacht, denn der Dichter sagt:

Das Haus wäre stolz, wenn es wüßte, wer es besucht.
Es küßte vor lauter Freude den Ort seiner Füße.

Mit seiner stummen Zunge würde es sprechen:
‹Willkommen den edlen Gästen, die ich begrüße!›»

«Gott behüte, Scheich Ibrahim!» sagte Nuraddin, den der Rausch bereits in seiner Gewalt hatte. «Wir sind ja über deine milden Gaben hergefallen, und nur deiner Großzügigkeit und Höflichkeit haben wir es zu danken, daß wir hier aufgenommen worden sind!» ↜ Anis al-Dschalis warf ihrem Herrn einen Blick zu. «Was meinst du, Nuraddin, mein Herr», meinte sie, «sollen wir dem Scheich Ibrahim etwas zu trinken geben?» – «Bei meinem Leben», entgegnete Nuraddin, «wirst du das denn fertigbringen?» – «Ja, bei deinem Leben!» sagte sie. «Und wie willst du es anfangen?» fragte er sie. «Mein Herr», sagte sie zu ihm, «du bittest ihn inständig hereinzukommen. Sobald er sich zu uns gesetzt hat, trinkst du einen Kelch und legst dich schlafen. Den Rest überlaß mir.» ↜ Nuraddin hörte sich die Worte seiner Sklavin an, dann schaute er zu Scheich Ibrahim hinüber und sprach ihn an: «He, Scheich Ibrahim, ist das das Benehmen vornehmer Leute?» – «Was meinst du damit, mein Junge?» fragte der Alte zurück. «Ich meine damit», erklärte er, «daß wir deine Gäste sind und du dich aber überhaupt nicht zu uns setzt, um dich mit uns zu unterhalten und freundschaftlich zu plaudern, damit wir uns diese nächtliche Finsternis im gemütlichen Beisammensein vertreiben können!» ↜ Scheich Ibrahim sah die beiden an. Der Wein hatte bereits über sie Gewalt gewonnen, ihre Wangen waren gerötet, ihre Gefühle aus dem Gleichgewicht gebracht, und auf ihren Stirnen standen Kronen aus Schweißperlen. «Was kann es mir eigentlich schaden, wenn ich mich zu ihnen setze?» sprach der Scheich in seinem Herzen. «Wann werde ich wieder einmal solche Gäste in meiner Festhalle haben?» Er trat also herein und nahm an der hinteren Seite des Iwans Platz. «Bei meinem Leben!» beschwor ihn Nuraddin. «Komm herüber zu uns!» Da kam der Alte zu ihnen herüber, und Nuraddin füllte den Kelch, blickte den Alten an und forderte ihn auf: «Trink, verehrter Scheich!» – «Um Gottes willen!» wehrte der Alte ab. «Ich bin doch ein reumütiger Büßer!» Da trank Nuraddin den Kelch aus und schlief auf der Stelle ein – doch er stellte sich nur so, als ob er schliefe. Das Mädchen schaute den Alten an und sagte: «Siehst du, was dieser da mit mir macht?» – «Was hat er denn?» wollte der Alte wissen. «Er trinkt ein bißchen und schläft ein!» beklagte sie sich. «Und mich läßt er hier allein, ohne jemanden, der mit mir weitertrinkt!» Dem Alten wurden die Knie weich. Sie füllte den Kelch aufs neue. «Bei meinem Leben!» beschwor sie ihn. «Tröste mein Herz und trink!» Der Alte streckte die Hand aus, ergriff den Kelch und trank. Sie füllte einen neuen Kelch, und auch den trank er aus. Dann sagte er: «Jetzt ist es genug für mich!» Aber sie entgegnete: «Das Sprichwort sagt: ‹Ob einmal oder hundertmal, das ist auch egal›» und reichte ihm den dritten Kelch. Er trank, und sie füllte den vierten und gab ihn ihm. Er wollte ihn gerade austrinken, als plötzlich Nuraddin wieder kerzengerade saß.

Da erreichte der Morgen Schahrasad, und sie hörte auf zu erzählen.

Die zweihundertundsiebzehnte Nacht

aus Tausendundeiner Nacht

In der folgenden Nacht sagte sie:

Es ist mir zu Ohren gekommen, o glücklicher König, daß das Mädchen den vierten Kelch füllte und dem Alten hinüberreichte und daß der ihn gerade leeren wollte, als plötzlich Nuraddin wieder kerzengerade saß. «He, Scheich!» sagte er. «Was ist denn das? Habe ich dich nicht beschworen zu trinken, und hast du nicht darauf gesagt: ‹Ich bin ein reumütiger Büßer›?» Der Alte schämte sich. «Ich bin unschuldig», beteuerte er. Da mußte Nuraddin Ali lachen, und sie tranken zusammen weiter. Auf einmal sagte das Mädchen leise zu Ali Ibn Chakan, so daß nur er es hören konnte: «Trinke du weiter, und nötige ihn nicht mehr. Ich werde dir etwas vorführen!» Nun trank und zechte er mit ihr fröhlich weiter. «Was ist denn das?» beschwerte sich der Alte. «Gebt ihr mir nichts zu trinken?» Als die beiden ihn das sagen hörten, lachten sie herzlich und tranken dann mit ihm weiter und schenkten ihm ein, bis die halbe Nacht verstrichen war. «Darf ich aufstehen und eine von den Kerzen, die da in der Reihe stehen, anzünden?» fragte das Mädchen. «Steh auf», erwiderte er, «aber entzünde nicht mehr als eine.» Sie stand auf und steckte sämtliche Kerzen an. Der Alte sagte nichts weiter dazu. Dann setzte sie sich wieder. Kurze Zeit später sagte Nuraddin zu dem Alten: «Auch ich möchte meinen Teil von dir erbitten. Erlaube mir, eine von den Öllampen anzuzünden.» – «Gut», sagte der Alte, «du darfst eine Lampe anzünden.» Ali erhob sich und entzündete alle. Der ganze Ort war nun vom tanzenden Lichtschein erhellt. «Ihr beiden», lallte der Alte, der inzwischen völlig betrunken war, «ihr beiden seid noch alberner als ich!» Mit diesen Worten öffnete er die achtzig Fenster. Nun wollte es das Schicksal, daß der Kalif in jener Nacht an einem Fenster saß, das auf den Tigris hinausblickte. Wie er zufällig in diese Richtung schaute, sah er das «Schloß der Statuen» wie eine Fackel leuchten. Er geriet in Zorn und rief nach Dschaafar, seinem Wesir. «Du Hund von einem Wesir!» herrschte er ihn an und warf ihm einen wütenden Blick zu. «Die Stadt Bagdad wird von Feinden erobert, und du sagst mir nichts davon?» – «O Gott, o Gott, Beherrscher der Gläubigen!» gab Dschaafar entsetzt zurück. «Das sind aber schreckliche Worte!» – «Du Hund!» brüllte jener weiter. «Wäre sie nicht von Feinden erobert worden, dann leuchteten ja wohl nicht plötzlich im ‹Schloß der Statuen› alle Lichter und stünden alle Fenster offen!? Wer würde es wagen, so etwas zu tun, wenn uns nicht zuvor die Kalifenmacht entrissen worden wäre?» Dschaafar begann an allen Gliedern zu schlottern. «Beherrscher der Gläubigen», stammelte er, «wer hat dich denn davon benachrichtigt, daß im ‹Schloß der Statuen› die Lichter brennen und die Fenster offenstehen sollen?» – «Wehe dir!» herrschte der Kalif ihn an. «Komm her zu mir, und sieh es dir an!» Dschaafar näherte sich dem Kalifen. Er schaute dorthin, wo der Park sich erstreckte, und sah das «Schloß der Statuen» wie eine Fackel flackern in der Finsternis der Nacht. Dschaafar mühte sich, den Gärtner zu entschuldigen, denn er war überzeugt, daß diesem etwas Unvorhergesehenes zugestoßen sein mußte oder ein Betrüger sich Eingang verschafft hatte. Darum sagte er: «Beherrscher der Gläubigen! Jetzt erinnere ich mich wieder. Vergangenen Freitag ist Scheich Ibrahim zu mir gekommen. ‹Mein Herr›, hat er zu mir gesagt, ‹ich möchte meine Kinder beschneiden lassen, zu Ehren des Kalifen und zu deiner Ehre, auf daß Gott eurer beider Leben verlängern möge.› – ‹Und was wünschst du dir dafür?› habe ich ihn gefragt. ‹Daß der Kalif mir erlaubt, die Beschneidungsfeier im Schloß abzuhalten›, hat er geantwortet. Ich habe ihm gesagt: ‹Geh und mache es so. Sobald ich den Kalifen sehe, werde ich's ihm melden.› Dann aber, o Beherrscher der Gläubigen, habe ich vergessen, es dir zu sagen.» «Dschaafar», sagte der Kalif, «du hattest bereits einen Fehler gegen mich gemacht. Nun hast du zwei Fehler auf dem Kerbholz. Der erste Fehler war, daß du es mir nicht gemeldet hast. Der zweite Fehler aber ist, daß du nicht verstanden hast, was er gemeint hat. Er ist doch nur deshalb zu dir gekommen und hat so mit dir geredet, weil er ein wenig Geld von dir erbitten wollte, um die Beschneidungsfeier zu bezahlen. Und du? Nicht allein, daß du ihm nichts gegeben hast, du hast auch mir nichts gesagt, damit ich ihm etwas hätte schenken können!» – «Beherrscher der Gläubigen», erwiderte Dschaafar kleinlaut, «das war sehr nachlässig von mir.» Da faßte der Kalif einen Beschluß. «Beim Grab meiner Väter und Großväter!» schwor er. «Ich werde den Rest dieser Nacht nirgendwo anders verbringen als bei ihnen! Davon haben sowohl ich als auch sie etwas. Für sie ist es ein Gewinn, weil sie beruhigt feiern können und meine Anwesenheit sie zufrieden stimmen wird. Scheich Ibrahim wird sich darüber sehr freuen. Und für mich ist es ein Gewinn, weil ich endlich einmal die frommen und ehrwürdigen alten Herrschaften kennenlerne, die sich bei ihm versammeln.»

Da erreichte der Morgen Schahrasad, und sie hörte auf zu erzählen.

Die zweihundertundachtzehnte Nacht

aus Tausendundeiner Nacht

In der folgenden Nacht sagte sie:

Es ist mir zu Ohren gekommen, o glücklicher König, daß der Kalif zu Dschaafar sagte: «... und wir werden die ehrwürdigen Herrschaften kennenlernen, die sich bei ihm versammeln.» – «Beherrscher der Gläubigen», gab Dschaafar zu bedenken, «es ist schon spät, und sie werden eben aufbrechen wollen.» – «Nichts da», sagte der Kalif, «es muß trotzdem sein, ich gehe hinüber.» Dschaafar schwieg, doch er fühlte sich unwohl und wußte nicht recht, was er tun sollte. Der Kalif sprang auf, und Dschaafar und Masrur, der Eunuch, erhoben sich mit ihm. Verkleidet stiegen die drei aus dem Palast hinunter, durchquerten in Kaufmannskleidern Bagdads Gassen und erreichten den Eingang zum Park. Der Kalif ging auf das Gartentor zu und bemerkte, daß es offenstand. «Dschaafar», sagte er verwundert, «hat Scheich Ibrahim das Tor bis zu dieser Stunde offen gelassen? Das ist gewöhnlich nicht seine Art. Da muß wohl die Feststimmung sein Gemüt völlig abgelenkt haben.» Sie gingen hinein und durchquerten den Park. «Dschaafar», sagte der Kalif, als sie schließlich vor dem Schloß standen, «ehe ich zu ihnen hinaufgehe, will ich einmal heimlich zu ihnen hineinsehen. Ich möchte sehen, was sie dort tun, und mir die ehrwürdigen alten Herren anschauen. Denn noch habe ich nichts von dort gehört, weder Lärm noch Stimmen, auch streifen hier keine Bettler herum, es wirkt alles äußerst sittsam.» Der Kalif sah sich um und erblickte einen hohen Baum. «Dieser Baum paßt gut. Da hinauf will ich steigen!» entschloß sich der Kalif. «Die Äste reichen bis dicht an die Fenster. So kann ich hineinspähen und sehen, was sie treiben.» Und schon stieg der Kalif auf jenen Baum und kletterte von Ast zu Ast, bis er einen Ast unmittelbar vor den Fenstern erklommen hatte. Von dort aus warf er einen Blick ins Schloß. Und was sah er da? Einen Jungen und ein Mädchen wie zwei Monde, dazu Scheich Ibrahim mit einem Weinkelch wie aus einem Kloster in der Hand. «Meine Hübsche», hörte er ihn gerade sagen, «wo getrunken wird, ohne zu singen, soll der Wein besser im Krug bleiben. Der Dichter sagt:

In groß' und kleinen Kelchen laß ihn kreisen, gut gereift,
Die deine Hand aus eines hellen Mondes Händen greift.

Und trinke nie ohne Musik, denn ich hab' selbst geseh'n:
Sogar die Pferde trinken nur, wenn einer dazu pfeift.»

Als der Kalif sah, was der Alte da trieb, schwoll ihm die Ader des Zorns zwischen seinen Augen. Er schaute hinab zu Dschaafar und sagte: «Ich für meinen Teil habe genug gesehen von der frommen Gesellschaft, die bei ihm versammelt ist. Jetzt komm du herauf, und schau dir das an, damit dir der Segen der Frommen nicht entgeht.» ❧ Diese Worte verwirrten Dschaafar noch mehr, und er kletterte nun selbst auf den Baum und sah den alten Gärtner mit Nuraddin und dem Mädchen tun, was sie taten. Als er das sah, erbleichte er. Das würde ihn sicher das Leben kosten. Er stieg wieder hinab und sprang zur Erde. ❧ «Nun, Dschaafar?» spottete der Kalif. «Ist das etwa nichts, daß wir gerade rechtzeitig zur Beschneidung gekommen sind?» Aber Dschaafar vermochte ihm vor lauter Scham und Furcht nicht zu antworten. «Wer hat diese Leute hierhergebracht?» wollte der Kalif von Dschaafar wissen. «Und wie konnten sie es wagen, in mein Schloß einzudringen? Andererseits», fuhr der Kalif fort, «so etwas Schönes wie diesen Jungen und dieses Mädchen habe ich auch noch nie gesehen.» – «Du hast recht, Beherrscher der Gläubigen», erwiderte Dschaafar und schöpfte wieder Hoffnung auf das Wohlwollen des Kalifen. ❧ «Dschaafar!» befahl der Kalif. «Jetzt steigen wir beide auf diesen Ast hinauf, der sich direkt gegenüber von ihnen befindet, und schauen ihnen noch eine Weile bei ihrem Gelage zu!» Also kletterten die beiden auf jenen Ast und spähten zu ihnen hinein. ❧ Da hörten sie den Alten zu dem Sklavenmädchen sagen: «Schöne Frau, fehlt noch irgend etwas an unserer Feier?» – «Verehrter Scheich», antwortete sie, «wenn du irgendein Musikinstrument hättest, wäre unser Glück vollkommen.»

Da erreichte der Morgen Schahrasad, und sie hörte auf zu erzählen.

Die zweihundertundneunzehnte Nacht

aus Tausendundeiner Nacht

In der folgenden Nacht sagte sie:

Es ist mir zu Ohren gekommen, o glücklicher König, daß Anis al-Dschalis zu ihm sagte: «Wenn du irgendein Musikinstrument hättest, wäre unser Glück vollkommen.» – «Das ist vorhanden!» sagte er und stand auf. «Was wird er wohl holen gehen?» wandte sich der Kalif an Dschaafar. «Ich weiß es nicht, o Beherrscher der Gläubigen», gab jener zurück. Der Alte verschwand und kam mit einer Laute zurück. Der Kalif sah sich die Laute genauer an. Es war, so stellte er fest, das Instrument seines Freundes Ishak. «Dschaafar», sagte der Kalif, «dieses Mädchen hat jetzt die Laute genommen. Ich schwöre beim Grab meiner Väter und Großväter: Wenn sie schön singt, verzeihe ich ihnen, dich aber schlage ich ans Kreuz. Singt sie schlecht, dann kreuzige ich euch alle.» – «O Herr, laß sie scheußlich singen», betete Dschaafar. «Warum denn das?» wunderte sich der Kalif, und Dschaafar entgegnete: «Dann kreuzigst du uns alle, und wir können einander wenigstens ein bißchen Gesellschaft leisten.» Darüber mußte der Kalif lachen. Unterdessen hatte das Mädchen die Laute betrachtet und ein wenig an den Saiten gezupft. Nun stimmte sie das Instrument und spielte darauf in ganz einzigartiger Weise, so daß alle Herzen von Sehnsucht ergriffen wurden und ein Herz, das gerade genesen war, wieder zurückfiel in Kummer. Dann erhob sie ihre Stimme und sang:

«Ach ihr, die ihr die armen Liebenden zum Teufel jagt:
Was immer ihr uns antut, wir ertragen's unverzagt.

Einst suchten Zuflucht wir bei euch, vor euch, mit euch, für euch.
Ach ihr, die ihr die Elenden auf euren Händen tragt:

Jetzt schlagt uns bitte nur nicht tot, denn wir sind arme Leut',
Und fürchtet Gott in allen Dingen, die ihr tut und sagt.

Wenn ihr in euren Häusern uns ermordet, wärt ihr stolz?
Wir fürchten nur, daß jemand euch einmal deshalb verklagt!»

«Dschaafar», sagte der Kalif, «so etwas habe ich noch nie gehört.» Da wußte Dschaafar, daß des Kalifen Zorn sich gelegt hatte. «Der Beherrscher der Gläubigen hat recht!» pflichtete er ihm bei. ☙ Jetzt kletterten der Kalif und Dschaafar wieder von dem Baum herab. «Ich möchte mit ihnen zusammensitzen und das Mädchen direkt vor mir singen hören», sagte der Kalif zu Dschaafar. «Wenn wir zu ihnen hinaufgehen», wandte Dschaafar ein, «bringen wir sie in Schwierigkeiten. Der Scheich wird vor Angst tot umfallen!» – «Ich werde dafür sorgen, daß er mich nicht erkennt», versicherte der Kalif. Mit diesen Worten ließ er Dschaafar stehen, wo er war, und schritt auf die Seite des Parks zu, die zum Tigris gelegen war. Er ging auf und ab und dachte angestrengt nach, wie er es anfangen sollte. Da entdeckte er auf einmal einen Fischer, der unterhalb des Schlosses fischte. ☙ In der Vergangenheit hatte der Kalif dort einmal ein Geräusch gehört. «Was ist das für ein Geräusch?» hatte er Scheich Ibrahim, den Gärtner, gefragt. «Es sind Fischer, o Beherrscher der Gläubigen!» hatte jener geantwortet, und der Kalif hatte ihm daraufhin angedroht: «Wenn du noch einmal das Tor für die Fischer aufmachst, lasse ich dich ans Kreuz schlagen.» Seitdem hatte Scheich Ibrahim die Fischer ausgesperrt. ☙ In jener Nacht nun kam der erwähnte Fischer – sein Name war Karim – auf einem Nachtspaziergang vorbei und fand das Gartentor offen. «Der Gärtner ist wohl schlafen gegangen und hat vergessen, daß das Tor offensteht», sprach er zu sich selbst. «Ich will mein Netz holen und die Gelegenheit nützen, daß er so unaufmerksam war. Ich gehe unterhalb des Schlosses fischen. Um diese Zeit schwimmen die Fische nämlich besonders ruhig, weil es so wenig Lärm gibt.»

Da erreichte der Morgen Schahrasad, und sie hörte auf zu erzählen.

Die zweihundertundzwanzigste Nacht

aus der Geschichte von Tausendundeiner Nacht

In der folgenden Nacht sagte sie:

Es ist mir zu Ohren gekommen, o glücklicher König, daß der Fischer sich umdrehte und hinter sich blickte, und wen sah er da? Den Kalifen! Als der Fischer ihn erkannte, begannen alle seine Gliedmaßen zu schlottern.

«O Beherrscher der Gläubigen», stammelte er, «ich habe das nicht getan, weil ich zu wenig Respekt vor eurer Anordnung hätte. Die Armut und meine hungrigen Kinder haben mich dazu getrieben.» – «Nur keine Angst», erwiderte der Kalif. «Bitte fische jetzt einmal für mich.» Da trat der Fischer vor, warf sein Netz ins Wasser, zog daran und holte allerlei Fische darin ans Land. Darüber freute sich der Kalif. «Suche einen Lachs heraus, und putze ihn!» sagte er zu ihm, und der Fischer tat, was ihm der Kalif befohlen hatte. «Fischer», sagte der Kalif, als jener damit fertig war, «jetzt zieh deine Kleider aus.» Der Fischer zog sein Gewand aus, eine Dschubba mit neunzig Flicken, und wickelte seinen Turban ab. Der Kalif nahm die Kleider und legte sie sich selber an. «Zieh du meine Kleider an!» befahl der Kalif dem Fischer, und dieser schlüpfte hinein. Dann verhüllte der Kalif sein Gesicht und sagte zu dem Fischer: «Gehe wieder an deine Arbeit.» Er selbst nahm einen sauberen Korb, tat etwas frisches Grünzeug hinein und legte den Fisch darauf. Dann ging er langsam zurück, bis er direkt vor Dschaafar stand. Der glaubte, es sei der Fischer. Erst nach einer Weile erkannte er, daß der Beherrscher der Gläubigen vor ihm stand. Er mußte lachen. «Beherrscher der Gläubigen?» sprach er ihn an. «Ich bin's», gab dieser zurück. «Bei Gott», lachte Dschaafar, «ich habe tatsächlich geglaubt, du wärest Karim, der Fischer.» – «Dschaafar», sagte der Kalif, «bleibe du hier, wo du bist, bis ich wieder zu dir komme.» Der Kalif ging auf das Schloßtor zu und klopfte an. «Scheich», sagte drinnen Nuraddin, «am Schloßtor klopft es.» – «Wer da?» rief der Alte. «Ich bin es, Karim, der Fischer!» antwortete der Kalif. «Ich habe gehört, daß du Gäste hast, und bin gekommen, um ihnen einen Fisch anzubieten!» Als sie ihn den Fisch erwähnen hörten, freuten sie sich. «Ich bitte dich bei Gott und bei meinem Leben», sagte das Sklavenmädchen zu dem Alten, «mach ihm auf, und laß ihn mit dem Fisch, den er dabei hat, zu uns hereinkommen.» Der Alte erhob sich und öffnete das Tor. Höflich grüßend trat der Kalif herein. «Willkommen dem frechen Räuber!» sagte Scheich Ibrahim. «Zeig uns, was du bei dir hast.» Und der Kalif stellte den Korb mit dem Fisch vor sie auf den Fußboden. «Bei Gott, das ist ein schöner Fisch», sagte das Mädchen, «aber gebraten wäre er noch besser.» – «Warum hast du uns einen rohen Fisch gebracht?» herrschte Scheich Ibrahim ihn an. «Was sollen wir denn damit anfangen? Auf, brate ihn für uns, und dann bring ihn wieder!» Das schrie er ihm entgegen. Der Kalif lief schnell davon und rannte zu Dschaafar hinunter. «Dschaafar!» keuchte er. «Was ist denn, o Beherrscher der Gläubigen?

Hoffentlich etwas Gutes?» fragte dieser. «Sie haben gebratenen Fisch bestellt», berichtete er. «Ich werde ihn braten», sagte Dschaafar. «Nein!» widersprach der Kalif. «Beim Grab meiner Väter und Großväter, kein anderer als ich wird ihn braten, und zwar mit meiner eigenen Hand!» Mit diesen Worten begab sich der Kalif zur Hütte des Gärtners und fand dort alles, was er brauchte, sogar Salz und Thymian. Er stellte sich an den Herd, setzte die Pfanne darauf, goß Sesamöl hinein, feuerte an, legte den Fisch in die Pfanne und briet ihn. Dann nahm er eine Zitrone und einen Rettich, begab sich wieder hinauf ins Schloß und stellte alles vor sie hin. Nuraddin Ali, die Sklavin und der Scheich kamen heran und aßen gemeinsam. Nachdem sie alles verspeist hatten, sagte Nuraddin Ali: «Du hast uns einen hervorragenden Dienst geleistet, Fischer», steckte die Hand in die Tasche seines Gewandes und holte einen Umschlag aus Papier heraus, in den etwas eingewickelt war.

Da erreichte der Morgen Schahrasad, und sie hörte auf zu erzählen.

Die zweihundertundeinundzwanzigste Nacht

aus der Geschichte von Tausendundeiner Nacht

In der folgenden Nacht sagte sie:

Es ist mir zu Ohren gekommen, o glücklicher König, daß Nuraddin Ali einen Umschlag aus Papier herausholte, in den dreißig Dinar eingewickelt waren. Das war der Rest der Goldmünzen, die ihm der Kämmerer bei seiner Abreise geschenkt hatte. «Entschuldige, lieber Fischer», sagte er, «ich kann dir nichts anderes anbieten als dies hier. Bei Gott, wenn ich dich früher kennengelernt hätte, ehe mein Erbe aufgezehrt war, hätte ich den bitteren Stachel der Armut für immer aus deinem Herzen gezogen. Jetzt nimm, es möge dir Segen bringen.» Er winkte mit dem Umschlag zu ihm hinüber, und der Kalif nahm den Umschlag, küßte ihn und steckte ihn zu sich. Weil aber der Kalif keinen anderen Wunsch hatte als den, die Sklavin singen zu hören, sagte er: «Danke, mein Gebieter. Aber ich möchte dich noch um einen weiteren Gefallen bitten, nämlich, daß dieses Sklavenmädchen ein Lied für mich singt.» – «Mädel», sagte Nuraddin, «singe doch etwas für diesen Fischer.» Da nahm sie die Laute, zupfte, nachdem sie an den Wirbeln gedreht hatte, einige Töne, stimmte sie richtig und sang:

«Als dieses Mädchens Finger die Laute zart berührten,
Da war's, als wollt' die Seele sich schon vom Körper lösen.

Sobald sie sang, da konnten die Tauben wieder hören,
Und ‹Danke!› rief ein jeder, der vorher stumm gewesen.»

Sie spielte das Instrument so vollkommen, daß sie jeden Verstand in Verwirrung versetzte, und sang dann ein weiteres Lied:

«Eine Ehre ist's für uns, weilt ihr in unsrem Land.
Überallher duftet's gut, das Finstre weicht der Frühe.

Darum ist es wohl mein Recht, daß ich in meinem Haus
Moschus, Kampfer, Rosenwasser als Parfüm versprühe.»

Der Kalif war ganz hingerissen. «So etwas habe ich noch nie gehört!» staunte er, und Nuraddin sagte spontan: «Ich schenke sie dir», stand auf und machte Anstalten, sich anzukleiden und seiner Wege zu gehen. «Wo willst du hin?» fragte die Sklavin und schaute ihm betroffen hinterdrein. «Wenn es schon sein muß, dann bleibe wenigstens noch einen Augenblick, und hör mir zu. Ich will dir meine Lage erklären.» Und sie stimmte die folgenden Verse an:

Basit

«In mir hat Kummer und Schmerz und Sehnsucht dazu geführt,
Daß wie ein magres Gespenst mein Leib Gewicht stets verliert.

Glaubt nicht, daß ich, meine Lieben, euch schon vergessen hab'!
Noch immer gleich ist die Qual, die ich von Anfang verspürt.

Hätt' je ein lebender Mensch in Tränen schwimmen gekonnt,
Ich wär' der erste, der dieses Tränenbad vollführt.

Du, dessen Liebe in meinem Herzen Herrschaft gewann,
So wie im Weinkelch der Wein, gemischt mit Wasser, regiert,

Das ist der Abschied, den ich mit Furcht schon kommen sah,
Seit deine Liebe mein Innerstes so heftig berührt.

O Sohn Chakans, meine Hoffnung und mein sehnlichster Wunsch,
Du, dessen Liebe sich nie aus mir zurückziehen wird,

Um meinetwillen hast du dich unserm Herrn widersetzt
Und hast uns beide aus deinem Heimatland fortgeführt.

Ich bitte Gott, daß Er mich dem Herrn Ali nicht entreißt,
Obwohl du mich an Karim verschenkst, dem Ehre gebührt.»

Als der Kalif sie singen hörte: «Obwohl du mich an Karim verschenkst» –

Da erreichte der Morgen Schahrasad, und sie hörte auf zu erzählen.

Die zweihundertundzweiundzwanzigste Nacht

aus der Geschichte von Tausendundeiner Nacht

In der folgenden Nacht sagte sie:

Es ist mir zu Ohren gekommen, o glücklicher König, daß der Kalif, als er sie singen hörte: «Obwohl du mich an Karim verschenkst», sich zu dem Jungen umdrehte und zu ihm sagte: «Mein Herr! Sie erwähnt in ihrem Lied, daß du ihrem Herrn und Besitzer zuwidergehandelt hättest. Hast du wirklich jemandem Unrecht getan, und hat jemand noch offene Forderungen gegen dich?» «Fischer», erwiderte Nuraddin Ali, «ich habe mit dieser Sklavin eine spannende Geschichte erlebt.» – «Erzähle sie mir!» verlangte der Kalif. «Möchtest du meine Geschichte lieber in Versen oder lieber in Prosa hören?» fragte Nuraddin. – «Mein Herr», entgegnete der Kalif, «Prosa ist ja nichts weiter als gewöhnliches Erzählen. Verse dagegen sind wie Perlen, zu einer Kette aufgereiht.» Da senkte Nuraddin den Blick, erhob die Stimme und trug die folgenden Verse vor:

«Ach, ihr beiden Freunde! Ich lieg' schlaflos, meine Ruh' ist hin.
Und ich find' sie nimmer, seit ich fern von meiner Heimat bin.

Früher hatt' ich einen Vater, der war treu um mich besorgt,
Aber er verließ mich und ist nun der Gräber Nachbarin.

Seit er starb, sind nacheinander viele Dinge mir passiert,
Die mir meine Leber und mein Herz zerrissen mittendrin.

Einst hat er ein Sklavenmädchen auf dem Markt für mich gekauft,
Die den schlanksten Zweig besiegt mit ihrer Taille so dünn.

All mein Geld, mein ganzes Erbe, habe ich für sie verbraucht,
Gab es für die guten Freunde gern mit vollen Händen hin.

Als es mir zuviel geworden, mußte ich mit ihr zum Markt.
Zum Verkauf bot ich sie an, doch gegen meinen eignen Sinn.

Einer der Versteigerer nahm sie und rief Gebote aus,
Und ein widerlicher Alter bot den höchsten Preisgewinn.

Das war wirklich ärgerlich, und ich geriet in große Wut,
Drum entriß ich dem Versteigerer seine Bewerberin.

Der Verfluchte schlug mich nun in seinem Zorn, und es ward klar,
Daß in seinem Herzen wohnt ein hassenswerter, böser Sinn.

Voller Ärger schlug ich ihn mit meiner rechten Faust zurück,
Und, damit mein Herz geheilt ward, langte auch die Linke hin.

Dann bekam ich Angst und rannte eilig wieder in mein Haus.
Voller Furcht vor meinen Gegnern hielt ich mich versteckt darin.

Nunmehr rief der König dieses Landes mich zur Fahndung aus,
Doch der gute Kammerherr besuchte mich gleich daraufhin.

Er hat mir gesagt, daß ich aus meinem Land verschwinden muß
Und verreisen muß, damit ich vor den Neidern sicher bin.

In der Dunkelheit der Nacht verließen wir das Haus zu zweit,
Wählten die Stadt Bagdad aus als unsere Beschützerin.

Dieses Fest hier haben wir zur rechten Zeit in Gang gesetzt.
Du bist spät dazugekommen, und ohne Besuchstermin!

Leider habe ich hier auf der Hand nicht Geld genug, womit
Deine Fischersdienste zu bezahlen ich imstande bin.

Darum biete ich dir meine Liebste als Bezahlung an,
Mein Begehren, meinen Wunsch und meines Herzens Königin.

Komm und nimm sie als Geschenk aus meiner Hand, und sei gewiß,
Daß ich dir mein eignes Herz mit diesem Mädchen gebe hin!»

«Herr Nuraddin», bat der Kalif, «jetzt erzähle mir die Geschichte noch einmal klar und deutlich.» Und Nuraddin erzählte ihm alle seine Erlebnisse, vom Anfang bis zum Ende. «Und wo willst du jetzt hingehen?» fragte er. «In Gottes weite Welt!» war die Antwort. «Ich werde dir einen Empfehlungsbrief schreiben», sagte der Kalif, «den kannst du dem Sultan Muhammad Ibn Suleiman überbringen. Wenn er ihn gesehen hat, wird er kein einziges böses Wort mehr zu dir sagen und dir keinen Schaden mehr zufügen.»

Da erreichte der Morgen Schahrasad, und sie hörte auf zu erzählen.

Die zweihundertunddreiundzwanzigste Nacht

aus der Geschichte von Tausendundeiner Nacht

In der folgenden Nacht sagte sie:

Es ist mir zu Ohren gekommen, o glücklicher König, daß der Kalif – in Gestalt des Fischers – sagte: «Ich werde dir einen Empfehlungsbrief an den Sultan schreiben, und er wird dir nichts mehr zuleide tun.» – «Wo auf dieser Welt gibt es denn so etwas?» wunderte sich Nuraddin. «Einen Fischer, der mit Königen im Briefwechsel steht?!» – «Ich war einmal mit ihm in den gleichen Geschäften tätig», versuchte der Kalif sich herauszureden, «wir haben damals beide für einen Rechtsgelehrten gearbeitet. Ich war sein Lehrgehilfe. Später ist er Sultan geworden und ich Fischer. Aber es ist noch immer so: Wenn ich wegen irgendeiner Sache zu ihm schicke oder ihm einen Brief schreibe, tut er alles, was ich ihm sage, und erfüllt mir jeden Wunsch.» Als Nuraddin Ali das hörte, sagte er zu ihm: «Dann schreib! Wir werden ja sehen, was geschieht.» Der Kalif griff zu Tintenfaß und Papier und schrieb, nachdem er die Basmala obenauf gesetzt hatte: «Dies ist ein Brief von Harun ar-Raschid Ibn al-Mahdi an Seine Exzellenz Muhammad Ibn Suleiman al-Seinabi, den Sohn meines Onkels, Sprößling meiner Huld und Teilhaber an meiner Macht. Der Überbringer dieses Briefes ist Ali, der Sohn des Wesirs Chakan. Ich befehle dir, sobald dich dieser Brief erreicht, dich sofort aus sämtlichen Regierungsämtern zurückzuziehen und Ali Ibn Chakan an deine Stelle zu setzen. Und versuche nicht, mir deswegen noch einmal unter die Augen zu treten. Salam!» Er händigte den Brief Ali aus, und der nahm und küßte ihn, steckte ihn in seinen Turban und entfernte sich sogleich. Soviel zu dem, was Ali Ibn Chakan widerfuhr. Aber wie ging es mit dem Kalifen weiter? Den blickte der Gärtner Ibrahim durchdringend an. «Bass, bass! Jetzt reicht es aber!» zeterte er. «Erst bringst du uns einen Fisch, der nicht mal zwanzig Fils wert ist, und steckst dafür einen ganzen Umschlag mit Geld ein, und jetzt willst du auch noch das Mädchen für dich haben!» Der Kalif hatte aber, während er den Fisch gebraten hatte und bevor er wieder zu ihnen hinaufgegangen war, um ihnen den Fisch zu servieren, Dschaafar folgende Anweisung gegeben: «Geh zum Palast, und bringe mir ein offizielles Gewand aus feinem Stoff. Außerdem bring Masrur, den Schwertträger, und vier Mamluken mit, und stellt euch unter das Fenster. Sobald du mich rufen hörst: ‹Zu mir, zu mir!›, kommst du mit den Mamluken sogleich zu mir herauf, kleidest mich an und stellst dich als mein Diener neben mir auf.» Dschaafar tat, was ihm der Kalif befohlen hatte, und nahm unter dem Fenster Aufstellung. Als nun der Scheich das gesagt hatte, antwortete ihm der Fischer – der in Wahrheit der Kalif war –: «Also gut, Alter, wir teilen uns das Geld, das mir Nuraddin in dem Umschlag gegeben hat. Aber das Mädchen ist für mich allein!» – «Von dem Mädchen wirst du, bei Gott, nicht einmal eine Hälfte zu sehen bekommen!» entgegnete der Alte entrüstet. «Und den Umschlag mach bitte einmal auf, damit ich sehen kann, was darin ist. Sind es Silbermünzen, dann nimm dir einen Dirham, und gib mir den Rest zurück. Wenn es aber Gold ist, dann gib mir alles. Ich habe hier ein paar kleine Kupfermünzen in meinem Beutel, davon kannst du dir den Preis für den Fisch abzählen, es wird wohl ein knapper Dirham herauskommen, und dann steh auf und mach, daß du fortkommst! Gehab dich wohl!» – «Bei Gott!» hielt der Kalif dagegen. «Überhaupt nichts werde ich dir geben!» Da griff der Scheich zu einem Porzellanteller und schleuderte ihn gegen den Kalifen. Der Kalif wich aus, und der Teller prallte an die Wand. Nun trat der Alte in die Vorratskammer, um nach einem Hammer zu suchen.

Da erreichte der Morgen Schahrasad, und sie hörte auf zu erzählen.

Die zweihundertundvierundzwanzigste Nacht

aus der Geschichte von Tausendundeiner Nacht

«Einverstanden!» sagte sie in der nächsten Nacht.

Es ist mir zu Ohren gekommen, o glücklicher König, daß der Alte in die Vorratskammer trat, um nach einem Hammer zu suchen, mit dem er den Fischer, der in Wirklichkeit der Kalif war, erschlagen wollte. Da rief der Kalif aus dem Fenster: «Zu mir! Zu mir!» Im Handumdrehen waren Dschaafar und die Mamluken bei ihm, legten ihm sein offizielles Gewand an, setzten ihn auf einen Stuhl und nahmen als seine Diener zu seinen beiden Seiten Aufstellung. Jetzt kam der Alte mit dem Hammer hervor. Er wollte sich auf den Fischer stürzen, sah aber niemand anderen als Dschaafar dort stehen, dazu den auf dem Stuhl sitzenden Kalifen. Der Alte war starr vor Schreck. «Schlafe ich, oder bin ich wach?» sagte er und biß sich auf die Fingerspitzen. «Zu mir, Scheich Ibrahim!» befahl da der Kalif mit einem strengen Blick. «Was soll das hier?» Von einem Augenblick zum anderen war Scheich Ibrahim nüchtern. Sein Rausch war vollständig verflogen. Er drehte gepeinigt das weißbehaarte Haupt auf dem harten Fußboden und erhob seine Stimme zu den folgenden Versen:

> «Vergib mir meine Schuld, in die mein Fuß hineingeglitten,
> Denn stets sind es die Diener, die die Herrn um Gnade bitten.
>
> Ich gebe zu, daß mich die Dummheit trieb zu meiner Tat,
> So möge jetzt die Gnade kommen und es wieder kitten.»

Es wird berichtet: Gnädig verzieh ihm der Kalif. Dann befahl er, die Sklavin in seinen Palast zu tragen. Er wies ihr eine Wohnung an, ganz für sie allein, und stellte einen Eunuchen zu ihrer Bewachung ab. «Du mußt wissen», sagte er zu ihr, «daß ich deinen Herrn als Sultan nach Basra gesandt habe. Sobald wir ihn offiziell eingesetzt und ihm seine Vollmachtsurkunde übersandt haben, werden wir dich, so Gott, der Erhabene, will, zu ihm schicken.» Soviel zu dem, was sie erlebten. Wie aber erging es unterdessen Nuraddin Ibn Chakan? Der reiste ohne Unterbrechung, bis er nach Basra kam, stieg zum Palast des Sultans hinauf und übergab diesem den Brief. Nachdem der Sultan ihn gelesen hatte, küßte er den Brief und erhob sich.

«Ich höre und gehorche Gott, dem Erhabenen, und dem Beherrscher der Gläubigen!» sagte er und schickte sich an, seine Herrschaft abzugeben. Genau in diesem Moment kam der Wesir al-Muin Ibn Sawi herein. Sogleich reichte der Sultan ihm den Brief hinüber. Als der Wesir den Brief gelesen hatte, legte er seine Hand auf die Stelle mit der Basmala, riß diese aus, steckte den Schnipsel in den Mund und zerkaute ihn. «Warum hast du das getan?» fragte der Sultan. «Und du, unser Sultan und Gebieter», fragte der Wesir zurück, «wie kommst du darauf, daß das die Handschrift des Kalifen sein soll?» – «Was denn sonst?» entgegnete der Sultan. «Aber nein, bei deinem Leben, o König der Zeit!» erwiderte der Wesir. «Dieser Teufel hier hat die Handschrift des Kalifen gefälscht! Oder kann etwa sonst irgendeiner einfach so kommen, ohne offizielle Einsetzung, ohne Vollmachtsurkunde und ohne Begleiter, ganz allein?» – «Und was soll ich deiner Meinung nach jetzt tun?» fragte der Sultan. «Meiner Meinung nach», erwiderte der Wesir, «solltest du ihn mir übergeben. Dann sollten wir so lange abwarten, wie ein Bote für den Weg benötigt. Kommt binnen dieser Zeit weder eine offizielle Einsetzung noch eine Vollmachtsurkunde, so weißt du, daß ich mit meinen Worten recht gehabt habe. Dann zieh ihn für mich zur Verantwortung!»

Da erreichte der Morgen Schahrasad, und sie hörte auf zu erzählen.

Die zweihundertundfünfundzwanzigste Nacht

aus der Geschichte von Tausendundeiner Nacht

In der folgenden Nacht sagte sie:

Die Leute behaupten, o glücklicher König, daß, nachdem der Wesir Ibn Sawi diese Worte gesprochen hatte, der Sultan sagte: «Hier hast du ihn, du darfst ihn in Gewahrsam nehmen» und daß der Wesir ihn nahm, in sein Haus hinunterführte und seinen Dienern zurief: «Streckt ihn auf dem Fußboden aus!» Diese streckten ihn aus, und er schlug auf Nuraddin Ali ein, bis der die Besinnung verlor. Dann legte er ihn in Ketten, warf ihn ins Gefängnis und rief nach dem Gefängniswärter. «He, Kutait!» befahl er ihm – denn der Gefängniswärter hieß Kutait – «Wirf ihn in eine feuchte und dunkle Grube, am besten in einen Kornspeicher unter der Erde, und foltere ihn!» Jener folterte ihn bis um Mitternacht, so lange, bis er die Besinnung verlor. In tiefster Nacht kam er wieder zu sich. Er brach in Tränen aus und sprach die Verse:

«Ich bin geduldig, bis schon der Geduld selbst die Geduld vergeht.
Ich bin geduldig und laß Gott entscheiden, wie es mir ergeh'!

Ein jeder, der mir sagt: ‹Das Schicksal hat auch seine süße Zeit›,
Der wird den Tag noch schmecken, welcher bittrer ist als Aloe.»

Es wird berichtet: Zehn Tage lang änderte sich an seinem Zustand nichts. Dann wollte der Wesir ihm den Kopf abschlagen lassen. Er gab Geschenke an einige Beduinen weiter und sagte dazu: «Die sollt ihr dem Sultan bringen.» Diese zogen daraufhin mit den Geschenken zum Sultan hinauf. «Ehrwürdiger Gebieter», sagte der Wesir zum Sultan, als dieser die Geschenke gerade in Empfang nehmen wollte, «die Geschenke sind eigentlich nicht für dich gedacht, sondern für den neuen Sultan.» – «Gut, daß du mich daran erinnerst!» erwiderte der Sultan. «Geh und hol ihn her. Wir wollen ihm den Kopf abschlagen.» – «Damals, als er mich zusammengeschlagen hat», setzte der Wesir hinzu, «haben meine Feinde über mein Unglück frohlockt. Erlaubst du, daß ich jetzt in der Stadt ausrufen lasse: ‹Wer zusehen möchte, wie Ali Ibn Chakan geköpft wird, der möge sich beim Palast einfinden, dort kann er ihm zuschauen!›? Dann werden alle Leute zusammenlaufen, und mein Herz wird geheilt.»

Da erreichte der Morgen Schahrasad, und sie hörte auf zu erzählen.

Die zweihundertundsechsundzwanzigste Nacht

aus der Geschichte von Tausendundeiner Nacht

«Einverstanden!» sagte sie in der nächsten Nacht.

Es ist mir zu Ohren gekommen, o glücklicher König, daß der Wesir sagte «... und mein Herz wird geheilt.» – «Tu, was du für richtig hältst», erwiderte der Sultan. Da begab sich der Wesir in die Stadt und gab dem Herold den Befehl, den Aufruf öffentlich bekanntzumachen. Bald hörten es die Leute.

Sie weinten und trauerten um ihn. ❧ Der Wesir stieg unterdessen mit zehn Mamluken ins Gefängnis hinunter. «Bring mir den Jungen, den du bei dir hast», befahl er dem Gefängniswärter, und der Wärter brachte ihn zum Wesir hinauf. Unter Schmerzen schlug Nuraddin ein Auge auf, da erblickte er den Wesir, seinen Feind, der gekommen war, um ihn zu töten. «Glaubst du etwa», sagte er zu ihm, als er ihn vor sich sah, «du wärest vor demselben Geschick in Sicherheit? Hast du denn noch nie den Ausspruch gehört:

Sie herrschten mit Willkür und wollten für immer so herrschen.
Doch kurze Zeit später ward ihre Herrschaft zu Grabe getragen?»

«Du drohst mir, nichtswürdiger Lump?» ereiferte sich der Wesir. «Warte nur! Nachdem ich dir den Kopf abgeschlagen habe, und zwar den Bewohnern von Basra zum Trotz, ist es mir gleich, was mein Leben mir noch bringen wird. Der Dichter sagt nämlich:

Wer seinen Feind auch nur um einen Tag überlebt,
Der hat's geschafft; er ist ans Ziel seiner Wünsche gelangt.»

Dann gab er den Dienern den Befehl, ihn auf den Rücken eines Maultiers zu laden. ❧ Von überallher, aus nah und fern, war das Schluchzen der Menschen zu vernehmen, und die Leute kamen aus ihren Häusern, versammelten sich um ihn und sagten zu ihm: «Ach, lieber Herr Nuraddin! Wenn du es uns erlaubst, nehmen wir jeder auf der Stelle einen Stein in die Hand und steinigen den Wesir, auch wenn wir damit unser Leben riskieren. Wir werden diesen Erzhalunken und seine Diener umbringen und dich aus deiner Lage befreien, danach mag geschehen, was will!»

Da erreichte der Morgen Schahrasad, und sie hörte auf zu erzählen.

Die zweihundertundsiebenundzwanzigste Nacht

aus Tausendundeiner Nacht

In der folgenden Nacht sagte sie:

Es ist mir zu Ohren gekommen, o glücklicher König, daß das umstehende Volk sagte: «... danach mag geschehen, was will!» Doch sie führten Nuraddin Ibn Chakan weiter bis unter den Palast und setzten ihn auf die Blutmatte. Der Scharfrichter näherte sich. Er schnitt mit dem Schwert einen Streifen Stoff von seinem Gewand, verband ihm damit die Augen und fragte ihn noch zweimal, ob er einen letzten Wunsch habe. Dann setzte er sich direkt vor ihn hin und löste die Binde wieder von seinen Augen. «Mein Herr», sprach er zu ihm, «ich bin selbst nur ein Sklave und muß den Befehlen des Sultans gehorchen. Ich kann nichts mehr für dich tun. Und auch dir wird von deiner Lebenszeit nicht mehr übrigbleiben als soviel, daß du gerade noch ein Wort an den Sultan richten kannst.» Ibn Chakan blickte sich um. Er schaute nach rechts und nach links, aber von nirgendwoher kam ihm Hilfe. Kein Retter war in Sicht. Auf einmal fühlte er sich furchtbar durstig. Er stimmte die folgenden Verse an:

Tawil

«Mein Leben ist ausgespielt, die Stunde des Todes naht.
‹Erbarmt sich von euch denn keiner?› frag' ich die Runde,

‹Und sieht keiner meine Not und lindert mir meine Qual,
Indem er ein Schlückchen Wasser reicht meinem Munde?›

Sonst sterbe ich noch vor Durst, dann geht es mir so wie einst
Hussein, Alis reinem Sohne, zur Todesstunde.»

Es wird berichtet: Während die Menschen immer herzzerreißender schluchzten, erhob sich der Scharfrichter, brachte eine Flasche mit Wasser und bot sie ihm an. Da sprang der Wesir mit einem Satz herzu, schlug ihm die Wasserflasche aus der Hand und zerschmetterte sie. «Jetzt schlage ihm endlich den Kopf ab!» brüllte er dazu. «Nein!» schrien die Leute zurück. «Das ist nicht recht!» So stritten und schrien sie laut, als mit einem Mal in der Ferne eine Staubwolke sich aufwirbelte und größer wurde. «Seht nach, was das ist», sagte der Sultan. «Wir schlagen dem da jetzt auf der

Stelle den Kopf ab!» zeterte der Wesir. «Geht, schaut nach!» widersprach der Sultan. «Wir wollen erst sehen, was das ist.» Unter der Staubwolke aber befanden sich Dschaafar und seine Begleiter. Der Grund, warum sie gerade jetzt kamen, war folgender –

Da erreichte der Morgen Schahrasad, und sie hörte auf zu erzählen.

Die zweihundertundachtundzwanzigste Nacht

aus der Geschichte von Tausendundeiner Nacht

«Einverstanden!» sagte sie in der nächsten Nacht.

Es ist mir zu Ohren gekommen, o glücklicher König, daß der Kalif, als er eines Nachts zu seinem Palast hinübergegangen war, plötzlich eine Stimme gehört hatte, die da sang:

«Mein Leid verbrennt mir Herz und Eingeweide,
Ein hartes Schicksal hat getrennt uns beide.

Gott möge alle Liebenden vereinen,
Und mich zuerst, da ich an Sehnsucht leide.»

«Wer wohnt in diesen Gemächern?» hatte sich der Kalif erkundigt. «Herr und Gebieter», war die Antwort, «hier wohnt Anis al-Dschalis, die Sklavin, deren Gebieter du nach Basra geschickt und anstelle des Emirs Muhammad Ibn Suleiman eingesetzt hast.» Als er das gehört hatte, hatte der Kalif Dschaafar zu sich gerufen. «Wir haben Ali Ibn Chakan vergessen!» sagte er. «Wir haben ihm weder eine offizielle Einsetzung noch eine Vollmachtsurkunde zukommen lassen. Jetzt müssen wir befürchten, daß sein Feind eine Intrige gegen ihn gesponnen und ihn vielleicht schon getötet hat. Wirf dich auf ein Kurierpferd, und reite eilends nach Basra! Wenn du siehst, daß nichts mehr zu retten ist, dann laß den Wesir aufhängen. Wenn Ibn Chakan aber noch am Leben ist, bring alle vor mich: ihn, den Sultan und den Wesir, und zwar so, wie du sie angetroffen hast. Und bleibe nicht länger aus, als der Weg es erfordert!» Dschaafar machte sich reisefertig, rief eine Gruppe seiner Landsleute zu seiner Begleitung zusammen und jagte davon.

Da erreichte der Morgen Schahrasad, und sie hörte auf zu erzählen.

Die zweihundertundneunundzwanzigste Nacht

aus der Geschichte von Tausendundeiner Nacht

«Einverstanden!» sagte sie in der nächsten Nacht.

Es ist mir zu Ohren gekommen, o glücklicher König, daß der Wesir sich aufs Pferd warf und noch in derselben Stunde davonjagte und bis nach Basra ritt. Dort traf er Nuraddin Ibn Chakan auf der Blutmatte an, wie wir es beschrieben haben. Der Scharfrichter stand mit dem gezückten Schwert in der Hand über ihm. Als Dschaafar das Pferd verhielt und abgestiegen war, ging er sogleich auf den Sultan zu, grüßte ihn und fragte ihn nach Nuraddin. Der Sultan gab ihm Bericht und teilte ihm mit, was er zu tun gedachte. Dschaafar befahl, Nuraddin vor ihn zu bringen. Man trug ihn auf der Blutmatte herbei, und das Schwert lag vor ihm darauf. Da erteilte er den Befehl, Ibn Chakan loszubinden und auf der Stelle freizulassen. Dann ließ er einen Strick um den Hals des Wesirs al-Muin legen und ihm die Hände fesseln, und so kehrten sie mit ihm nach Bagdad, dem «Haus des Friedens», zurück. Sie traten zum Kalifen hinein, stellten Nuraddin vor ihm auf und erzählten ihm die ganze Geschichte. «Ali Ibn Chakan!» sagte der Kalif. «Nimm dieses Schwert, und schlage damit deinem Feind eigenhändig den Kopf ab!» Der erhob sich, ergriff das Schwert und näherte sich dem Wesir. Der Wesir blickte ihn an. «Nuraddin», sagte er, «ich habe immer nach meiner Natur gehandelt. Jetzt handele du nach deiner Natur!» Da warf Nuraddin Ali das Schwert aus seiner Hand und sprach: «Mein Gebieter! Der Dichter sagt:

> Einst hab' ich ihn getäuscht, als er mich quälte.
> Den edlen Mann verführt das gute Wort.»

«Masrur!» befahl der Kalif. «Schlage du ihm den Kopf ab!» Da trat Masrur an den Wesir heran und versetzte ihm einen Schwerthieb, der ihm den Kopf vom Körper trennte. Der Kalif schaute Ali Ibn Chakan an und sagte: «Du darfst dir etwas von mir wünschen.» – «Mein Herr», erwiderte der, «ich habe nicht das Bedürfnis, König von Basra zu werden. Statt dessen wünsche ich mir, zu deinen persönlichen Freunden und Zechkumpanen gehören zu dürfen.» Das gewährte ihm der Kalif gerne. Und nachdem er ihm noch allerhand Geschenke überreicht hatte – vor allen Dingen gab er ihm gleich seine Sklavin zurück –, nahm er ihn in den engsten Zirkel seiner Tischgenossen auf. Von da an führten er und seine Sklavin das angenehmste und herrlichste Leben, bis der Zerstörer der Genüsse zu ihnen kam und der Trenner der Vereinten sie mit sich nahm. Gott möge bei uns sein an jenem Tag!

Da erreichte das Morgengrauen Schahrasad, und sie hörte auf zu erzählen. «Wie köstlich und wie aufregend ist deine Geschichte!» sagte Dinarasad zu ihrer Schwester Schahrasad. «Was ist das schon», erwiderte sie, «gegen das, was ich euch morgen nacht erzählen werde, wenn ich dann noch lebe und er mich verschont. Dann erzähle ich euch etwas noch Aufregenderes und noch viel Spannenderes als das!»

Die zweihundertunddreißigste Nacht

aus der Geschichte von Tausendundeiner Nacht

In der folgenden Nacht sagte sie:

Dschullanar vom Meer und ihr Sohn, König Badr

Es ist mir zu Ohren gekommen, o glücklicher König, daß in Persien einmal ein würdevoller und mächtiger König lebte. Er herrschte über Länder und Regionen, die Menschen waren gerne seine Untertanen, und alle Könige der Perser hatten sich mit ihrem Heer ihm unterworfen. Gerecht schlichtete er zwischen Starken und Schwachen, stets hatte er gute und vorausschauende Gedanken, und er war ein frommer Mann. Wer Böses tat, dem zahlte er mit Gutem heim. Darum liebten ihn alle Menschen fern und nah und beteten zu Gott, daß Er ihm ein langes Leben schenke und seinen Weg stets auf die Gipfel des Erfolges lenke. Seine Residenz hatte er in der Stadt Chorasan. Er besaß einhundert Konkubinen jeglicher Herkunft. Jede Konkubine wohnte in einem eigenen Gemach. Trotz alledem hatte der König, solange er lebte, noch keinen Sohn bekommen. Er legte deshalb regelmäßig Gelübde ab, spendete viel Geld an die Armen, tat alles, was gut und geboten war, und betete zu Gott, Er möge ihm doch einen Sohn schenken, an dem sein Auge sich trösten könnte und der nach ihm sein Reich erben würde. «Ich habe Angst zu sterben, ohne einen Sohn hinterlassen zu haben», sprach er zu sich selbst, «dann wird mein Reich uns aus der Hand gerissen, und einer, der nicht unseren Namen trägt, wird es übernehmen.» Die Händler hatten längst von seiner Vorliebe für Sklavinnen und Konkubinen erfahren und brachten ihm jedes Mädchen, das sie fanden, gleichgültig, woher es stammte. Gefiel sie ihm, dann kaufte er sie und zahlte den Höchstpreis. Er machte den Händler, der sie ihm gebracht hatte, zu einem reichen Mann, schenkte ihm Ehrenkleider, behandelte ihn freundlich und schrieb ihm eine Urkunde mit seiner eigenhändigen Unterschrift darunter, daß weder Marktgebühren noch sonstige Abgaben von ihm verlangt werden dürften. Kurzum: Er erhob ihn in eine hochgeschätzte Stellung. So kam es, daß die Händler aus allen Weltgegenden und sämtlichen Provinzen zu ihm kamen und ihn mit Mätressen und Konkubinen geradezu überhäuften. Doch trotz allem brannte in des Königs Herz ein Feuer, das sich nicht ersticken ließ, und eine Flamme, die sich nicht unterdrücken ließ.

Da erreichte das Morgengrauen Schahrasad, und sie hörte auf zu erzählen.

Die zweihundertundeinunddreißigste Nacht

aus der Geschichte von Tausendundeiner Nacht

In der folgenden Nacht sagte sie:

Es ist mir zu Ohren gekommen, o glücklicher König, daß trotz allem in des Königs Herz ein Feuer brannte, das sich nicht ersticken ließ, und eine Flamme, die sich nicht unterdrücken ließ, denn er hatte keinen Sohn bekommen, der nach seinem Tod das Königreich erben könnte. Jahrelang änderte sich an seinem Zustand nichts. Inzwischen war er alt geworden. Als er eines Tages auf seinem Thron die Regierungsgeschäfte führte – seine Minister, die Emire und Obersten saßen vor ihm, die Mamluken und Eunuchen standen zu seinen Diensten, wie es üblich war, und sein Wesir an seiner Seite –, trat plötzlich einer der Eunuchen zu ihm herein. «O König der Zeit!» meldete er. «An der Tür ist ein Händler mit einem Sklavenmädchen, das unseres Gebieters, des Sultans, würdig ist. Er bittet um die Erlaubnis, sie hereinführen zu dürfen. Sollte sie dir geeignet erscheinen, möchte er sie dir anbieten. Er hat mir schon gesagt, daß es in ihrer Zeit keine gibt, die sich mit ihr vergleichen ließe. Keine sei schöner oder anmutiger als sie.» – «Führ den Händler zu mir», befahl der König seinem Eunuchen. Der Eunuch sprang auf und führte den Händler herein. Mit ihm kam der Kämmerer und schob ihn vor den König. Der Händler küßte den Erdboden und verneigte sich tief. Der König befahl ihm, sich zu setzen. Nun begann der König eine freundliche Unterhaltung mit ihm und sprach zu ihm gute Worte, bis seine Aufregung sich gelegt hatte und die Furcht, die ihn vor der großen Würde der Macht ergriffen hatte, verflogen war. Das ist nämlich ein Merkmal aller Könige, Oberhäupter und Sultane: Wenn bei ihnen ein Bote oder Händler oder ein anderer einfacher Mann, der etwas vorzutragen hat, vorspricht, reden sie freundlich und zuvorkommend mit ihm, damit die Aufregung und die Furcht, die jener vor der großen Würde der Macht empfindet, verfliegt. Als es soweit war, blickte der König den Händler an und fragte ihn –

Da erreichte der Morgen Schahrasad, und sie hörte auf zu erzählen.

Die zweihundertundzweiunddreißigste Nacht

aus der Geschichte von Tausendundeiner Nacht

In der folgenden Nacht sagte sie:

Die Leute behaupten, o glücklicher König, daß der König den Händler anblickte und fragte: «Wo ist das Mädchen, von dem du behauptest, daß sie meiner würdig sein soll?» – «Ich werde sie dir bringen», erwiderte der Händler, «sie ist schön und anmutig, aufrecht und ebenmäßig gewachsen, kurz gesagt, sie ist schöner, als irgendeine Zunge es beschreiben könnte. Sie befindet sich vor der Tür und wartet dort bei den Eunuchen darauf, daß der König ihr gestattet, zu ihm einzutreten.» Da gab der König den Befehl, sie hereinzuführen. Nun stand sie vor ihm. Der König erblickte eine hochgewachsene Sklavin, lang wie eine Lanze und in einen goldbestickten Seidenmantel eingehüllt. Er erhob sich von seinem Thron und trat in eines seiner Gemächer. Dem Händler befahl er, die Sklavin ebenfalls dorthin zu bringen. Der Händler nahm sie, führte sie zu ihm hinein und hob ihren Schleier, so daß der König sie anschauen konnte. Und was sah er da? Sie war ebenmäßiger als eine Fahnenstange und aufrechter als ein Schreibrohr. Sie beschämte sogar den aufgehenden Mond. Sieben Locken, die ihr bis auf die Fesseln herabfielen, zog sie hinter sich her, lang wie Pferdeschwänze und schwarz wie die Nacht. Ihr Auge war mit Kajal umschminkt, die Wange glatt, der Hintern rund und schwer und die Taille schlank. Als der König ihre Schönheit und Anmut sah, verwirrte sich sein Verstand. Sie war wirklich so, als hätte einer der Dichter sie mit den folgenden Versen beschrieben:

Ich bin in sie verliebt, seitdem ihr Schleier fiel.
Ihr Schmuck ist ihr Gemüt, so ruhig und bescheiden.

Sie ist genau vollkommen: nicht zu groß und nicht zu klein,
Und kaum kann ihren Leib der enge Mantel kleiden.

Man findet keinen Mangel: An ihr ist nichts zuviel.
Ihr Wuchs muß zwischen Ebenmaß und Schönheit sich entscheiden.

Die Fesseln ihrer Füße zieh'n die langen Locken nach.
Um ihren Scheitel wird man ewig sie beneiden.

Da erreichte das Morgengrauen Schahrasad, und sie hörte auf zu erzählen. «Wie köstlich und wie aufregend ist deine Geschichte!» sagte Dinarasad zu ihrer Schwester. «Was ist das schon», erwiderte sie, «gegen das, was ich euch morgen nacht erzählen werde, wenn ich bis dahin noch lebe und verschont geblieben bin ...»

Die zweihundertunddreiunddreißigste Nacht

aus der Geschichte von Tausendundeiner Nacht

In der folgenden Nacht sagte sie:

Die Leute behaupten, o glücklicher König, daß, als der König sich das Sklavenmädchen ansah, sein Verstand verwirrt war von ihrer Schönheit. Mit ihrer Anmut raubte sie ihm sein Gemüt, und schnell ergriff die Liebe zu ihr von seinem Herzen Besitz. «Ehrenwerter Scheich», sagte er, indem er seinen Blick dem Händler zuwandte, «wieviel kostet dieses Mädchen?» – «Verehrter König», antwortete der, «ich habe sie selbst für zweitausend Dinar einem anderen Händler abgekauft. Seitdem ist sie bei mir, das sind nun schon drei Jahre, und ich hatte für ihren Unterhalt allerlei Aufwendungen, so daß sie bis jetzt noch einmal tausend Dinar mehr gekostet hat. Aber dein untertänigster Mamluk möchte überhaupt kein Geld für sie. Sie ist ein Geschenk für unseren Gebieter, den Sultan.» Als der Sultan seine Worte hörte, kleidete er den Händler in ein Ehrengewand und ließ zehntausend Dinar für ihn anweisen, dazu ein Pferd aus seinem privaten Stall. Der Händler erhob sich, küßte den Erdboden und zog sich zurück. Nun übergab der König das Mädchen den Ammen und Kammerzofen. «Macht sie hübsch zurecht», wies er sie an, «und räumt für sie eines meiner Privatgemächer.» – «Wir hören und gehorchen», erwiderten diese. Nachdem der König den Ammen diesen Auftrag erteilt hatte, übernahmen sie sie, machten sie hübsch zurecht und stellten ihr alles, was sie brauchte, zur Verfügung: Kleidung, Eunuchen, Speisen und Getränke. Damals hatte der König seine Residenz nahe am Meeresstrand auf einer Insel, die man «die weiße Insel» nannte. Die Ammen führten die neue Sklavin ins Hammam und waren ihr dort zu Diensten. Als sie das Hammam wieder verließ, traten ihre Schönheit und Anmut noch wunderbarer hervor. Sie legten ihr prächtige Gewänder an und Schmuck, der ihrer würdig war, und brachten sie dann in das für sie vorgesehene Gemach. Von dort konnte man aufs Meer hinausschauen. Als es Abend geworden war, kam der König zu ihr. Während er leise auf sie zuging, sah er sie am Fenster stehen. Sie blickte hinaus aufs Meer. Und als ihr Auge auf den König fiel, schien sein Besuch sie gar nicht zu interessieren. Ohne ihm in irgendeiner Weise

Respekt zu bekunden, blieb sie am Fenster stehen und blickte weiter aufs Meer hinaus. Sie wandte sich nicht einmal zu ihm um. Als er sie so verharren sah, wußte er: Sie war bei ungebildeten Menschen aufgewachsen, die ihr keine Bildung und keine Höflichkeit anerzogen hatten. Er sah sie an. Sie war wie die strahlende Sonne und die funkelnden Sterne. In den Gewändern und dem Schmuck wirkte sie doppelt so reizvoll, und ihre Anmut und Schönheit waren noch überwältigender geworden. «Gelobt sei Gott!» dachte er, als er sie sah. «Denn Er hat dich erschaffen, wie es im Koran steht, ‹aus einer verächtlichen Flüssigkeit, die wir an eine sichere Stätte brachten›.» Er ging auf die Sklavin zu, die noch immer am Fenster stand, zog sie fest an seine Brust, ließ sich dann auf dem Teppich nieder, setzte sie auf seine Oberschenkel und begann sie zu küssen und sich an ihren Reizen und ihrer schönen Gestalt zu weiden. Nun befahl er den Dienerinnen, das Essen aufzutragen, und sie servierten ihm ein Mahl in goldenem und silbernem Geschirr, wie es eines Königs würdig war. Inmitten des Tisches stand ein großer Teller aus weißem Kristall mit Mandelölkrapfen. Der König begann zu essen und sie mit den leckersten Bissen zu füttern, doch sie hielt, während sie aß, den Kopf gesenkt und schenkte ihm keinerlei Aufmerksamkeit. Nicht ein einziges Mal hob sie den Kopf, um ihn anzusehen.

Da erreichte der Morgen Schahrasad, und sie hörte auf zu erzählen.

Die zweihundertundvierunddreißigste Nacht

aus der Geschichte von Tausendundeiner Nacht

In der folgenden Nacht sagte sie:

Die Leute behaupten, o glücklicher König, daß der König fortfuhr, zu essen und ihr die leckersten Bissen in den Mund zu schieben, während sie den Blick niederschlug und ihm keinerlei Aufmerksamkeit schenkte, nicht einmal den Kopf zu ihm hob und kein Wort zu ihm sprach. Er versuchte sich mit ihr zu unterhalten, er fragte sie nach ihrem Namen, aber nicht einmal darauf gab sie ihm eine Antwort. Nein, sie sprach überhaupt nicht. Kein Wort redete sie mit ihm, nicht einen einzigen Buchstaben brachte sie über die Lippen, sondern neigte nur ihren Kopf zum Boden. Schließlich trugen die Dienerinnen den Tisch wieder ab, und sie wuschen sich ihre Hände. Als der König sie so sitzen sah, ganz sprachlos und ohne zu antworten, sogar wenn er sie direkt ansprach, dachte er bei sich: «Allmächtiger Gott! Dieses Mädchen ist genauso dumm, wie ihr Körper schön ist. Sie muß taubstumm sein, daran gibt es keinen Zweifel. Die Vollkommenheit ist ja Gott, der mächtig und heilig ist, allein vorbehalten, und wenn dieses Mädchen auch noch reden würde, wäre sie vollkommen.» Dennoch machte er sich wegen ihrer Sprachlosigkeit Sorgen und fragte auch die anderen Sklavinnen nach ihr. «Bei Gott, o König», gaben diese Auskunft, «sie hat bisher kein Wort mit uns gesprochen. Nicht ein einziger Buchstabe ist aus ihrem Mund zu hören gewesen. Sie hat immer nur geschwiegen, wie du selbst gesehen hast.» Nun ließ der König alle seine Sklavinnen, Konkubinen und Mätressen zusammenkommen und vor ihr musizieren und singen. Der König hatte das größte Vergnügen daran, das Sklavenmädchen aber schaute nicht einmal hin. Stumm und ohne zu lächeln, hielt sie ihren Kopf zur Erde gesenkt und blickte finster drein. Dem König wurde die Brust eng. Er entließ die anderen Sklavinnen wieder und war nun mit dem Mädchen allein. Er zog seine Kleider aus und legte sich aufs Bett, um zu schlafen. Das Mädchen legte er neben sich. Als er aber ihren Körper sah, der wie ein Silberbarren war, verlockte sie ihn mit gewaltiger Macht. Von heißem Begehren und großer Liebe erregt, drang er in sie ein und raubte ihre Unschuld. Er stellte fest, daß sie noch Jungfrau gewesen war und freute sich sehr. «Bei Gott, das ist erstaunlich», dachte er bei sich, «eine Sklavin, die gekauft und wieder verkauft wird und die so wunderschön und vollkommen ist, ist noch Jungfrau! Das ist wirklich eine spannende Geschichte mit diesem Mädchen.» Von da an neigte er sich mit seinem ganzen Wesen ihr zu, und sie bezog in seinem Herzen einen besonderen Platz. Er achtete sie hoch, ja, er erwählte sie zu seinem glücklichen Los in dieser Welt. Sie war für ihn das, was sein gütiges Schicksal ihm zugeteilt hatte. Nach und nach zog er sich von allen seinen anderen Mätressen zurück und wandte sich keiner seiner früheren Ehefrauen und Konkubinen mehr zu. Mit ihr dagegen verbrachte er ein ganzes Jahr, und es war ihm, als wäre es ein einziger Tag gewesen. Dabei hatte sie noch immer kein Wort gesprochen, und wenn er sie anredete, sagte sie nichts und gab ihm keine Antwort. Das betrübte den König noch immer sehr. Eines Tages sah er sie wieder einmal –

Da erreichte das Morgengrauen Schahrasad, und sie hörte auf zu erzählen. «Ach, Schwester!» sagte Dinarasad zu ihrer Schwester Schahrasad. «Wie köstlich und wie aufregend ist deine Geschichte!» – «Was ist das schon», erwiderte sie, «gegen das, was ich euch morgen nacht erzählen werde, wenn ich dann noch lebe und mich der König verschont. Das wird noch aufregender sein ...»

Die zweihundertundfünfunddreißigste Nacht

aus der Geschichte von Tausendundeiner Nacht

In der folgenden Nacht sagte sie:

Es ist mir zu Ohren gekommen, o glücklicher König, daß, nachdem ein Jahr vergangen war, der König wieder einmal seine Sklavin ansah. Noch immer begehrte er sie heftig, und seine leidenschaftliche Liebe und freundschaftliche Zuneigung zu ihr waren stets gewachsen. «Du Ziel der Wünsche meiner Seele», sagte er zu ihr, «mein ganzes Königreich ist mir kein Staubkörnchen wert, wenn ich dich so stumm sitzen sehe, kein Wörtchen von dir höre und du dich weigerst, mit mir zu reden. Dabei bist du mir lieber als mein eigenes Auge! Alle meine Ehefrauen, Sklavinnen und Konkubinen habe ich deinetwegen verlassen und dich zu meinem glücklichen Los auf dieser Welt erwählt. Wie lange soll ich mich noch gedulden und Gott, den Erhabenen, anrufen, daß Er endlich dein Herz erweichen und ein wenig Zuneigung zu mir hineingeben soll, so daß du ein einziges Wörtchen zu mir sprichst, wenn du denn überhaupt sprechen kannst? Bist du taubstumm, so laß es mich wissen, dann gebe ich die Hoffnung auf. Aber vielleicht», fuhr er fort, «schenkt mir Gott ja von dir einen Sohn, an dem mein Auge sich trösten kann und der nach mir mein Reich erben wird. Ich fühle mich so fremd und so einsam hier. Ich habe doch keine Verwandten und niemanden, der mit mir zu meinen Lebzeiten die Verantwortung für die Regierung meines Königreiches teilen könnte. Nun bin ich auch schon alt geworden und zu schwach, um weiter alle meine Aufgaben und die Sorgen der Menschen allein zu schultern. Meine Herrin, ich beschwöre dich bei Gott», flehte er sie an, «wenn du überhaupt zu einer Antwort imstande bist, dann antworte mir! Mein ganzes Sehnen und Verlangen steht danach, von dir ein einziges Wörtchen zu hören. Danach kann ich meinetwegen sterben.» Nachdem die Sklavin die Rede des Königs gehört hatte, schlug sie ihren Blick nieder und verharrte ein Weilchen in Gedanken. Dann aber hob sie den Kopf, blickte ihn an und lächelte ihm ins Gesicht. «Mein König und mein Held, du starker Löwe, der seine Beute überfällt!» sagte sie. «Gott möge dich stärken und deine Feinde schwächen, und Er lasse die Erfüllung deiner Wünsche bald anbrechen. Gott, der Erhabene, hat dein Gebet vernommen und dein Bitten und geheimes Flehen gnädig angenommen. Ich bin schwanger von dir, o König, und die Zeit, daß ich gebären soll, ist schon recht nah herangekommen. Ob es ein Junge oder ein Mädchen wird, weiß ich nicht, aber wenn ich nicht schwanger wäre, hätte ich nicht mit dir gesprochen und dir keine Antwort gegeben.» Als der König ihre Worte hörte, freute er sich über die Maßen. Er begann ihr Gesicht abzuküssen und zog sie fest an seine Brust. «Ach, meine Herrin, mein Augenlicht!» sagte er. «Gott hat in seiner Gnade gleich zwei Sorgen von mir genommen: die eine Sorge, die mir teurer war als alles, was ich besitze, nämlich, daß du redest nach dem langen Schweigen, und die andere, daß du gesagt hast: ‹Ich bin schwanger›!» Fröhlich und vergnügt trat er hinaus, setzte sich auf seinen Thron und befahl dem Wesir, den Armen und Bedürftigen, Witwen, Waisen und Obdachlosen hunderttausend Dinar als Almosen zu spenden. Der Wesir tat, was der König ihm befohlen hatte, und der König erhob sich und ging wieder zu seiner Sklavin hinein. «Meine Herrin, du Schatz meines Herzens!» sagte er zu ihr. «Was ist denn nun der Grund dafür, daß du schon ein ganzes Jahr mit mir zusammenlebst, mit mir im selben Bett schläfst, Tag und Nacht bei mir bist und erst am heutigen Tag zum ersten Mal mit mir gesprochen hast? Wie konntest du das aushalten? Und weshalb hast du so lange geschwiegen?» – «Du mußt wissen, o König», erwiderte sie, «daß ich eine fremde Frau bin, eine Gefangene, die fern von ihrer Heimat leben muß. Mein Herz ist gebrochen und schmerzt, denn ich mußte meine Familie, meine Verwandten, meinen Bruder und meinen Vater verlassen.»

Da erreichte das Morgengrauen Schahrasad, und sie hörte auf zu erzählen. «Ach, Schwester», sagte Dinarasad zu ihrer Schwester, «wie köstlich und wie aufregend ist deine Geschichte!» – «Was ist das schon», erwiderte sie, «gegen das, was ich euch morgen nacht erzählen werde, wenn ich dann noch am Leben bin …»

Die zweihundertundsechsunddreißigste Nacht

aus der Geschichte von Tausendundeiner Nacht

In der folgenden Nacht sagte sie:

Es ist mir zu Ohren gekommen, o glücklicher König, daß der König, nachdem er ihre Worte gehört hatte, zu ihr sagte: «Du sagst: ‹Ich bin eine Fremde, und mein Herz ist gebrochen.› Aber warum das? Hier, mein ganzes Königreich ist in deiner Hand, und ich selbst bin dein Mamluk! Du sagst, daß du Mutter, Vater und Bruder hast. Wo sind sie? Und wie lautet dein Name, mein Mädchen?» – «Ich werde dir meinen Namen verraten», erwiderte sie. «Mein Name ist Dschullanar vom Meer. Mein Vater war einer der Meereskönige. Er starb und hinterließ sein Reich mir, meinem Bruder und meiner Mutter. Aber ein anderer Meereskönig ist mächtiger geworden als wir und hat uns unser Reich entrissen. Mein Bruder heißt Saih. Meine Mutter stammt von den Meerfrauen ab, nicht von den Frauen aus Erde und Staub. Du mußt wissen», fuhr sie fort, «daß ich mich eines Tages mit meinem Bruder gestritten habe. Nach dem Streit habe ich ihn verlassen und geschworen, beim Namen Gottes, des Erhabenen, mich einem Mann vom Festland in die Arme zu werfen. Ich bin also unter der Erde nach oben geschlüpft und habe mich auf der Mondinsel an den Strand gesetzt. Wie ich so dasaß, ist ein Greis auf mich zugekommen. Er hat mich mitgenommen und in sein Haus gebracht. Dort hat er versucht, mich zu verführen, aber ich habe mich gewehrt und ihn so heftig auf den Kopf geschlagen, daß er an dem Schlag beinahe gestorben wäre. Da hat er mich wieder hinausgelassen und an den Händler verkauft, der mich zu dir gebracht hat. Der war ein guter Mensch. Er war gottesfürchtig und hatte einen tugendhaften Charakter. Er hat mich für zweitausend Dinar gekauft und später an dich weiterverkauft. Wärest du, o König, nicht so freundlich und liebevoll zu mir gewesen und hättest mich nicht all deinen Ehefrauen, Konkubinen, Sklavinnen und Mätressen vorgezogen, wäre ich nicht einmal eine Stunde lang bei dir geblieben, sondern hätte mich aus diesem Fenster hier ins Meer gestürzt und wäre zu meiner Familie zurückgekehrt. Aber während meiner Schwangerschaft hätte ich nicht zu ihnen kommen wollen; davor hätte ich mich geschämt. Sie hätten dann immer an mir gezweifelt und Schlechtes über mich gedacht, denn sie wissen ja nicht, daß mich ein König von seinem Vermögen gekauft und zu seinem glücklichen Los auf dieser Welt erhoben hat. Sogar wenn ich es ihnen unter Eid beschwören würde, glaubten sie es mir nicht.» ❧ Als der König ihre Rede gehört hatte, dankte er ihr und küßte sie zwischen die Augen. «Meine Herrin, mein Augenlicht!» sagte er. «Bei Gott, ich würde sterben, wenn du dich auch nur für eine einzige Stunde von mir entfernen würdest! Ich beschwöre dich bei Gott, sage mir, wie ihr euch unter Wasser fortbewegt, ohne zu ertrinken oder zu sterben!» – «Verehrter König», antwortete sie, nachdem sie die Worte des Königs gehört hatte, «wir wandeln im Wasser ebenso wie ihr an Land. Das Wasser schadet uns nicht. Es benetzt nicht einmal unsere Körper. Du mußt wissen, o König», erklärte sie ihm, «daß wir lediglich die Worte auszusprechen brauchen, die in den Siegelring Salomons, des Sohnes Davids und Propheten Gottes, graviert sind, und schon kann uns das Wasser nicht naß machen. Es berührt weder unsere Kleider noch unsere Körper. Und noch etwas mußt du wissen, lieber König, nämlich, daß die Tage, in denen ich die Geburt meines Kindes erwarte, bereits nahe bevorstehen. Ich würde gerne meine Mutter, meine Kusinen und meinen Bruder zu mir holen, damit sie mich hier bei dir sehen, jetzt, wo ich schwanger von dir bin. Ich möchte ihnen auch erzählen, daß du mich von deinem Geld gekauft und dann so freundlich behandelt hast und daß du einer der Erdenkönige bist. Wenn sie das alles erfahren, werden sie mir verzeihen. Überdies können eure Frauen, weil sie Landwesen sind, uns Meerfrauen bei der Geburt nicht richtig beistehen. Sie werden mir nicht so kundig helfen können, wie es ihre Aufgabe wäre. Schließlich», beschloß sie ihre Rede, «sollst du dich selbst davon überzeugen können, daß ich wahrhaftig eine Tochter des Meeres bin und mein Vater ein Meereskönig.» ❧ Als der König das hörte –

Da erreichte der Morgen Schahrasad, und sie hörte auf zu erzählen.

Die zweihundertundsiebenunddreißigste Nacht

aus der Geschichte von Tausendundeiner Nacht

In der folgenden Nacht sagte sie:

Es ist mir zu Ohren gekommen, o glücklicher König, daß der König, als er Dschullanars Worte hörte, zu ihr sagte: «Tu, was du möchtest. Ich gehorche deinen Befehlen.» – «Du mußt wissen, o König», fuhr sie fort, «daß wir, wenn wir uns unter Wasser bewegen und die Augen öffnen, den hellen Tag, die Sonne, den Himmel und alles, was auf der Erde ist, sehen können. Nachts sehen wir den Mond und die Sterne, und das schadet uns nicht. Im Meer leben viele verschiedene Arten von Geschöpfen in unterschiedlichsten Gestalten, genau wie auf dem Land, ja sogar noch vielfältiger.» Der König war von ihrem Bericht begeistert. Nun zog das Mädchen einen Amulett-Armreifen aus Adlerholz vom Oberarm, nahe der Schulter, entnahm ihm eine Perle aus demselben Holz und warf die Perle ins Feuer. Dazu machte sie pfeifende Geräusche und sprach Worte, die der König nicht verstand. Auf einmal erhob sich ein gewaltiger Rauch. «Steh auf, und verbirg dich in dieser Kammer!» sagte sie zu dem König. «Von dort aus kannst du dir meinen Bruder, meine Mutter, meine Verwandten und Kusinen ansehen, ohne daß sie dich sehen können. Ich werde sie jetzt herbringen. Du wirst staunen, was Gott, der Erhabene, gemacht hat, und du wirst all die Wesen sehen, die Gott, der Erhabene, im Meer erschaffen hat.» Der König stand auf, trat in die Kammer und beobachtete sie und alles, was sie tat, von dort aus. Kaum hatte sie zu Ende gesprochen, fing das Meer an zu schäumen. Die Wellen schlugen hoch, das Wasser teilte sich, und ein hübscher junger Mann stieg heraus, der war schöner als der Mond. Sein Schnurrbart sproß wie grünes Gras, er hatte rote Wangen und Zähne wie Perlen. In seiner Schönheit war er dem Mädchen ebenbürtig. Hinter ihm kam eine alte, grauhaarige Frau aus dem Meer gestiegen, begleitet von fünf Mädchen wie Monden, die ebenso schön waren wie die Sklavin. Als er die alte Frau, den jungen Mann und die Mädchen sah –

Da erreichte der Morgen Schahrasad, und sie hörte auf zu erzählen.

Die zweihundertundachtunddreißigste Nacht

aus der Geschichte von Tausendundeiner Nacht

In der folgenden Nacht sagte sie:

Es ist mir zu Ohren gekommen, o glücklicher König, daß der König beobachtete, wie der junge Mann, die alte Frau und die Mädchen auf dem Wasser wandelten, bis sie sich dem Palast genähert hatten. Da erhob sich Dschullanar hinter ihrem Fenster. Freudig begrüßten sie sie, sobald sie sie sahen. Dschullanar grüßte zurück. Dann hüpften sie wie Vögel aus dem Meer. Jetzt waren sie alle bei Dschullanar und fielen ihr um den Hals. Dschullanar umarmte sie ebenfalls herzlich, und sie brachen in Tränen aus und beteuerten, wie sehr sie ihnen gefehlt hatte. «Ach, Dschullanar!» seufzten sie. «Drei Jahre lang hast du uns allein gelassen! Bei Gott, die Welt ist uns eng geworden, seitdem du fort warst, und weder Essen noch Trinken hat uns geschmeckt.» Sie küßte ihrem Bruder den Kopf, die Hände und die Füße, das gleiche tat sie bei ihrer Mutter und ihren Kusinen. Dann setzten sie sich für eine Weile zusammen und klagten einander ihr Leid, das sie der Trennung wegen erlitten hatten. Sie fragten sie, wie es ihr ergangen sei, bei wem sie jetzt lebte, wem dieser Palast gehöre und wer sie hierhergebracht habe. «Ihr müßt wissen», erzählte sie ihnen, «daß ich mich, nachdem ich euch verlassen hatte und aus dem Meer an Land gestiegen war, auf der Insel an den Strand gesetzt habe. Ein Mann von den Mondinseln hat mich mitgenommen und an einen anderen Mann, einen Händler, verkauft. Der Händler wiederum hat mich weiterverkauft an den König, dem diese Stadt untertan ist, und zwar für einen Preis von zehntausend Dinar. Bei ihm geht es mir gut. Er hat alle seine Ehefrauen und Sklavinnen um meinetwillen verlassen. Ich bedeute ihm mehr als alle seine Geschäfte!» – «Steh auf, Schwester», sagte ihr Bruder, nachdem er ihre Worte gehört hatte, «laß uns zurückgehen in unser Land und zu unserer Familie.» Als der König hörte, wozu ihr Bruder sie aufforderte, flog ihm vor Angst und Entsetzen sein Verstand davon. «Ich fürchte, sie wird auf ihren Bruder hören und mit ihm gehen», sprach er zu sich selbst, «die Trennung von ihr würde mich umbringen. Ich liebe sie doch so sehr, ganz besonders jetzt, wo sie von mir schwanger ist. Ich würde sterben vor Sehnsucht nach ihr und meinem Kind!» Dschullanar aber lachte nur, als sie hörte, was ihr Bruder sagte. «Du mußt wissen, mein Bruder», sprach sie, «daß der Mann, bei dem ich lebe, ein gottesfürchtiger und großherziger Mensch mit einem tugendhaften Charakter ist. Er hat mich immer gut behandelt, und seit dem Tag, an dem ich zu ihm gekommen bin, habe ich kein einziges böses Wort von ihm gehört. Es geht mir gut bei ihm, ja es könnte mir gar nicht besser gehen.»

Da erreichte der Morgen Schahrasad, und sie hörte auf zu erzählen.

Die zweihundertundneununddreißigste Nacht

aus der Geschichte von Tausendundeiner Nacht

In der folgenden Nacht sagte sie:

Es ist mir zu Ohren gekommen, o glücklicher König, daß Dschullanar diese Worte zu ihrem Bruder sagte und ihm dann eröffnete, daß sie schwanger war. «Und so, wie ich eine Königstochter bin», setzte sie hinzu, «so ist er ein Königssohn und selbst ein König. Gott hat es gut gemeint mit mir. Er hat bisher noch keinen Sohn, darum wünsche ich mir von Gott, dem Erhabenen, daß Er mir einen Sohn schenkt, der einmal das Königreich seines Vaters erben wird.» Als ihr Bruder, ihre Mutter und ihre Kusinen diese Worte hörten, wurden ihre Augen getröstet. «Du weißt, wie sehr wir dich lieben», sagten sie zu ihr. «Wenn es so ist, wie du sagst, dann nehmen wir es gern an!» – «Ja, bei Gott, so ist es», bestätigte sie. Als der König die Worte seiner Sklavin hörte, wurde seine Liebe zu ihr noch größer. Er dankte ihr in seinem Herzen und wußte nun, daß auch sie ihn liebte und bei ihm bleiben wollte. Nun ließ sie die Dienerinnen Tische aufstellen mit allen Sorten von Speisen und anderen Köstlichkeiten darauf, wie Tellern voller Süßigkeiten und Obst. Sie setzten sich zum Essen. «Dein Mann ist aber doch ein seltsamer Mensch», meinten sie, «wir haben sein Haus betreten, ohne daß er uns eingeladen hätte, und jetzt bekommen wir ihn nicht einmal zu sehen und essen nicht mit ihm zusammen. Und das alles, obwohl du ihn so gern hast und ihm so dankbar bist für all das Gute, das er für dich getan hat.» Und sie wurden so zornig auf den König, daß kleine

Feuerzungen wie Fackeln aus ihren Mündern schlugen. Als der König das sah, flog aus Angst vor ihnen sein Verstand davon. In diesem Moment erhob sich das Mädchen und trat zu dem König hinein. «Du hast gesehen und gehört, o König, wie dankbar ich dir bin», sagte sie zu ihm, «hast du auch gehört, was sie gesagt und wie sie versucht haben, mich mit sich zu nehmen und wieder hinunter zu unserer Familie ins Meer zu bringen?» – «Gott soll es dir mit Gutem vergelten», sagte der König zu ihr, «ich war mir, bei Gott, bis zu diesem Moment nicht sicher, ob du mich wirklich liebst.» – «König», sagte sie, «das Sprichwort sagt: ‹Kann denn Güte anders als mit Güte vergolten werden?› Du warst immer gut zu mir, hast mich großherzig behandelt und mich zu deinem glücklichen Los auf dieser Welt erwählt. Wie könnte ich mich leichten Herzens von dir trennen?»

Da erreichte der Morgen Schahrasad, und sie hörte auf zu erzählen.

Die zweihundertundvierzigste Nacht

aus der Geschichte von Tausendundeiner Nacht

In der folgenden Nacht sagte sie:

Es ist mir zu Ohren gekommen, o glücklicher König, daß die Sklavin zu dem König sagte: «Wie könnte ich mich leichten Herzens von dir trennen? Du mußt aber wissen, daß mein Bruder, meine Mutter und meine Kusinen eine große Zuneigung zu dir gefaßt haben, als ich ihnen erzählt habe, wie dankbar ich dir bin. ‹Wir werden nicht fortgehen, ohne daß wir ihn getroffen haben!› haben sie gesagt. ‹Wir wollen gemeinsam mit ihm essen und Brot und Salz mit ihm teilen.› Kurzum: Sie möchten dich sehen.» «Ich höre und gehorche», erwiderte er, «aber ich fürchte mich vor ihnen wegen der Feuerzungen, die ich aus ihren Mündern schlagen sah! Ich bin gestorben vor Angst, obwohl ich noch nicht einmal selbst anwesend war.» Darüber mußte Dschullanar lachen. «Dir wird nichts geschehen», beruhigte sie ihn, «das ist bei ihnen immer so, wenn sie zornig sind. Sie haben sich geärgert, weil ich ihnen das Essen aufgetragen habe und du nicht bei uns warst.» Damit nahm sie den König bei der Hand und führte ihn zu ihnen hinein. Das Essen stand noch vor ihnen, denn sie hatten auf ihn gewartet.

Nachdem er hereingekommen war, grüßte er sie und hieß sie willkommen, und sie erwiderten seinen Gruß, sobald sie ihn sahen, und überboten sich gegenseitig in Lobpreisungen und Ehrerbietungen, sprangen auf und küßten den Erdboden vor ihm. «O König der Zeit», sagten sie, «wir haben kein anderes Gut, das wir dir anvertrauen könnten, als diese unvergleichliche Perle, Dschullanar vom Meer. Sie ist eine Königin und die Tochter eines Königs, sie ist deiner würdig, mehr als irgendeines anderen Mannes, und auch du bist ihrer vor allen andren Frauen wert. Es haben, bei Gott, sämtliche Könige des Meeres bei uns um ihre Hand angehalten, doch wir haben sie mit keinem von ihnen verheiraten wollen, weil wir die Trennung von ihr nicht einen Augenblick ertragen hätten. Wärest du nicht ein edler Mensch mit einem tugendhaften Charakter, voll Würde und Gottesfurcht, dann hätte Gott dir diese Königin nicht zugeführt. Gelobt sei Der, der dich in ihren Augen schön werden ließ, der dich so schön geformt hat, daß du ihrer würdig bist, und dich zu ihrem Herrn gemacht hat. Ihr beide seid so, wie es der Dichter sagt:

Für sie gibt's keinen Besseren als ihn,
Und auch für ihn kann's keine Bessre geben.

Wenn je ein anderer sie noch begehrt,
So müßt' vor Zorn die Erde heftig beben!»

Der König bedankte sich bei ihnen und bei Dschullanar. Dann setzte er sich mit ihnen zum Essen. Während sie aßen, unterhielten sie sich miteinander, bis sie genug gespeist hatten. Sie wuschen sich die Hände und gingen hinüber in ein hübsches Gemach, das er für sie geräumt hatte. Einen vollen Monat lang blieben sie bei ihm, dann sagte Dschullanar: «Meine Niederkunft steht jetzt nah bevor.» Da stellte er ihr alles bereit, was sie brauchte: Getränke und Arzneien für sie und ihr Kind. An einem dieser Tage setzten bei der Sklavin die Wehen ein. Alle versammelten sich um sie. Die Wehen wurden stärker, und mit der Erlaubnis Gottes, des Erhabenen, brachte sie ein Kind zur Welt, einen mondgleichen Jungen. Als seine Mutter ihn erblickte, war sie überglücklich. Dschullanars Mutter erhob sich, ging zum König hinein und überbrachte ihm die freudige Botschaft, daß ihm ein Sohn geboren worden war.

Da erreichte der Morgen Schahrasad, und sie hörte auf zu erzählen.

Die zweihundertundeinundvierzigste Nacht

aus der Geschichte von Tausendundeiner Nacht

In der folgenden Nacht sagte sie:

Es ist mir zu Ohren gekommen, o glücklicher König, daß Dschullanars Mutter zum König hereintrat und ihm die freudige Botschaft überbrachte, daß ihm ein Sohn geboren worden war. Der König freute sich und warf sich vor Gott, dem Erhabenen, nieder, um Ihm zu danken. Er verschenkte Ehrenkleider, machte großzügige Geschenke und teilte mit vollen Händen aus. «Welchen Namen willst du ihm geben?» fragten sie ihn. «Nennt ihn Badr», bestimmte er, und sie gaben ihm den Namen Badr. Nun befahl der König seinen Kämmerern und Emiren, sie sollten öffentlich ausrufen, die ganze Stadt solle geschmückt werden. Er ließ alle Gefangenen frei, kleidete die Witwen und Waisen und spendete Almosen. Überall wurde fröhliche Musik gespielt anläßlich der guten Nachricht. Der König lud zu einem riesigen Festbankett, zu dem sich die Obersten einfanden ebenso wie die einfachen Leute. Eunuchen, Sklavinnen und Mamluken schenkte er die Freiheit. So feierten sie alle zusammen zehn Tage lang. Am elften Tag saß der König in einer Runde neben Dschullanar, ihrer Mutter und ihren Kusinen, als plötzlich ihr Bruder aufstand, den neugeborenen Säugling Badr hochhob, mit ihm spielte und tanzte und ihn auf seinen Händen in die Höhe hob. Der König und Dschullanar hatten ihre Freude daran. Dschullanars Bruder aber machte sich ihre Sorglosigkeit zunutze, nahm das Kind auf den Arm und flog mit ihm aus dem Fenster in die Luft. Schon war er über dem Meer, stürzte sich hinein und tauchte unter, und der Kleine mit ihm! Als der König sah, wie sein Sohn von seinem Onkel entführt und ins Meer getaucht wurde und wie beide vor seinen Blicken verschwanden, stieß er einen markerschütternden Schrei aus. Fast hätte sich seine Seele aus seinem Körper losgerissen. Er zerriß seine Kleider und schlug sich selbst ins Gesicht, brach in Tränen aus, weinte und klagte. «Fürchte dich nicht, o König der Zeit», sagte Dschullanar zu ihm, als sie sah, was er tat. «Du brauchst um deinen Sohn nicht zu trauern. Glaube mir, ich liebe mein Kind noch mehr, als du es liebst, und mein Bruder ist ja bei ihm, so daß er nicht naß wird und keine Angst vor dem

Ertrinken haben muß. Wenn mein Bruder wüßte, daß es auch nur den geringsten Anlaß gäbe, sich um den Kleinen Sorgen zu machen, hätte er nicht getan, was er getan hat. Du wirst sehen: Noch in dieser Stunde wird er wieder emportauchen, mit deinem Sohn, und beide werden, so Gott will, wohlbehalten sein.» In der Tat dauerte es nur eine kleine Weile, bis sich das Meer wieder auftürmte, die Wellen tobten, das Wasser sich teilte und Saih, der Onkel des Kleinen, mit dem wohlbehaltenen Königssohn auftauchte und sich aus dem Meer in die Luft erhob. Er flog, mit dem Kleinen auf dem Arm, zu ihnen, und der Säugling war ruhig wie der Mond. «Du hast dich doch nicht geängstigt, als ich mit ihm ins Meer hinabgetaucht bin?» fragte Saih und sah den König an. «O doch, bei Gott», entgegnete der, «Saih, ich hätte nicht geglaubt, daß er heil wiederkommen würde.» – «Ich habe ihn mitgenommen, o König», erklärte Saih, «um ihn mit einer besonderen Augenschminke zu salben, die nur uns bekannt ist. Auch haben wir die Namen, die auf dem Siegelring Salomons, des Sohnes Davids, eingraviert sind, über ihm vorgelesen. Dies geschieht bei uns mit jedem Neugeborenen –

Da erreichte der Morgen Schahrasad, und sie hörte auf zu erzählen.

Die zweihundertundzweiundvierzigste Nacht

aus der Geschichte von Tausendundeiner Nacht

In der folgenden Nacht sagte sie:

Es ist mir zu Ohren gekommen, o glücklicher König, daß Saih, Dschullanars Bruder, dem König erklärte: «Dies geschieht bei uns mit jedem Neugeborenen, und danach brauchst du nie mehr zu fürchten, daß er ertrinken oder ersticken könnte oder ihm das Wasser sonst irgendwie schadet. Denn genau wie ihr auf dem Lande wandert, so wandeln wir im Meer.» Dann zog er aus dem Gürtel, den er um den Leib trug, eine versiegelte Kapsel, zerbrach das Siegel und schüttete den Inhalt aus der Kapsel. Da fielen Perlen, zu einer Kette aufgereiht, heraus, Perlen aller Arten, dazu Rubine, Saphire und Karfunkelsteine, dreihundert längliche Smaragdkristalle und dreihundert Riesenperlen, so groß wie Taubeneier und so strahlend hell wie das

Sonnenlicht. ❧ «Lieber König», sprach er, «diese Riesenperlen sind für den Kleinen, deinen Sohn Badr. Die übrigen Perlen, Rubine und Smaragde sind ein Geschenk von uns für dich, weil wir dir noch kein Geschenk gemacht haben. Wir wußten ja nicht, wo Dschullanar war, und hatten keine Nachrichten von ihr. Sobald wir aber gesehen haben, daß du dich mit uns verbunden hast und wir nun alle eins geworden sind, bringen wir dir jetzt dieses Geschenk. Wir können dir jederzeit wieder ein solches Geschenk machen, denn diese Perlen und Edelsteine wachsen bei uns im Meer zuhauf, und ich kann mehr davon beschaffen als jeder andere zu Lande und zu Wasser, denn ich kenne die geheimen Stellen, wo sie zu finden sind.» ❧ Als der König all diese Perlen und Edelsteine erblickte, verwirrte sich sein Verstand, und sein Gemüt flog davon. «Eine einzige dieser Perlen ist soviel wert wie mein ganzes Königreich», sprach er zu sich selbst. Dann dankte er dem jungen Saih und schaute zu Dschullanar, seiner Königin. «Ich schäme mich vor deinem Bruder», sagte er zu ihr, «er war so freundlich zu mir und hat mir dieses kostbare Geschenk gebracht, das so wertvoll ist, daß kein Mensch auf der Welt es bezahlen könnte.» Königin Dschullanar bedankte sich bei ihm und ihrem Bruder. «O König der Zeit», sagte ihr Bruder, «du hättest schon lange ein Geschenk von uns verdient, und es ist unsere Pflicht, dir zu danken, weil du so gut gewesen bist zu unserer Schwester und weil wir in dein Haus kommen und von deinen Vorräten essen durften, wie der Dichter gesagt hat:

Tawil

Ach hätte ich doch, bevor sie weinte, schon selbst geweint,
Aus Liebe zu Suda, denn dann bliebe die Seele heil.

Doch sie hat zuerst geweint und trieb mich zum Weinen dann,
‹Dem ersten›, hab' ich gesagt, ‹gebührt das Gewinnerteil.›

König der Zeit», fuhr er fort, «wollten wir uns tausend Jahre lang ganz und gar in deinen Dienst stellen, so könnten wir doch nicht genug tun, um dir deine Güte zu vergelten.» Der König drückte ihm seinen tiefen Dank aus. Sie blieben nun weitere vierzig Tage bei ihm. ❧ Nachdem die vierzig Tage verstrichen waren, erhob sich Saih, Dschullanars Bruder, küßte vor dem König den Erdboden und sagte zu ihm: «O König der Zeit, du warst so freundlich zu uns, und wir sind dir nur zur Last gefallen. Nun erbitten wir von deiner Güte den Gefallen, uns zu erlauben, abzureisen, denn wir haben Sehnsucht nach unseren Familien, unseren Verwandten und unserer Heimat. Wir werden dir und unserer Schwester Dschullanar auch in Zukunft weiter dienen, und der Abschied von euch fällt mir, bei Gott, nicht leicht. Aber wie sollen wir hier weiter leben? Wir sind doch im Meer groß geworden, und das Leben an Land tut uns nicht gut.» ✤ Als der König seine Worte hörte, erhob er sich und sagte dem Jungen, den Kusinen seiner Frau und ihrer Mutter Lebewohl. Auch Dschullanar nahm Abschied von ihnen, und vor Schmerz brachen alle in Tränen aus. «Wir werden oft zu euch kommen», versicherten sie. ✤ Dann erhoben sie sich in die Luft und flogen aufs Meer hinaus. Dort tauchten sie unter und verschwanden. Der König war darüber ganz hingerissen. Er wandte sich Dschullanar freundlich zu und behandelte sie mit äußerster Ehrerbietung. ✤ Der Kleine wuchs und gedieh. Sie stellten ihm Diener zur Verfügung, und der König liebte ihn sehr, denn er war ein hübscher Junge, und je älter er wurde, desto mehr wuchs seine Schönheit. Von Zeit zu Zeit kamen seine Onkel, seine Großmutter und seine Großkusinen zu Besuch, blieben einen Monat oder zwei und kehrten dann in ihre Heimat zurück. ✤ Die Zeit verging, und der Junge wurde größer und erreichte sein fünfzehntes Lebensjahr. Mit seiner Anmut und Schönheit, seinem Glanz und seiner Vollkommenheit war er einzigartig in seiner Zeit. Er lernte Kalligraphie und Geschichte, Koran, Grammatik und Philologie, Pfeilwurf und Lanzenspiel.

Da erreichte der Morgen Schahrasad, und sie hörte auf zu erzählen.

Die zweihundertunddreiundvierzigste Nacht

aus der Geschichte von Tausendundeiner Nacht

In der folgenden Nacht sagte sie:

Es ist mir zu Ohren gekommen, o glücklicher König, daß der Junge die Reit- und Ritterskünste erlernte, wie Pfeilwurf, Lanzen- und Ballspiele und alles andere, was Königssöhnen ansteht. Niemand von allen Frauen und Männern der Stadt redete über etwas anderes als über ihn. Er war genau so, wie es ein Dichter beschrieben hat:

Kamil

Sein Bartflaum sprießt auf der glatten Wange wie Stickerei,
So daß er meinen Verstand damit in die Irre lenkt.

Wie eine Öllampe ist er, die unterhalb der Nacht
Seines dunklen Haars an amberfarbnen Ketten hängt.

Es wird berichtet: Der König liebte ihn sehr. Als er alles, was Königen anstand, vollkommen beherrschte, ließ der König die Emire, Minister und Obersten seines Reiches zu sich kommen und schwor sie auf seinen Sohn Badr ein: Er würde ihr König sein nach seinem Vater. Sie schworen es ihm und freuten sich darüber sehr, denn sie liebten ihn über alles, weil er zu allen Menschen freundlich war, nur gute Worte im Munde führte, immer Gutes bewirkte und mit allem, was er tat und sagte, das Wohl der Menschen förderte. Am folgenden Tag stieg der König aufs Pferd und ließ die Emire und Soldaten vor sich herreiten. Er begab sich zu dem Platz, wo öffentliche Spiele ausgetragen werden, und kehrte wieder zurück. Als sie sich dem Palast näherten, stieg der König vom Pferd, um seinem Sohn zu dienen. Alle Emire taten es ihm nach. Sein ganzes Gefolge ging vor ihm her, und die Leibgarde stimmte königliche Marschgesänge an. So gingen sie bis in die Vorhalle des Palastes, und Badr saß noch immer zu Pferde. Sie hielten an. Sein Vater und die Emire halfen Badr vom Pferd, und er setzte sich auf den königlichen Thron. Sein Vater stellte sich wie ein Emir vor ihm auf, und Badr begann, im Kreise seiner Emire, mit den Regierungsgeschäften. Er unterzeichnete Dekrete, setzte ungerechte Beamte ab und ernannte gerechte. So schaltete und waltete er bis gegen Mittag, dann erhob er sich vom Königsthron und trat, mit der Königskrone auf dem Haupt, zu seiner Mutter, Dschullanar vom Meer, herein. Es war, als wäre er der Mond. Als seine Mutter ihn erblickte und sah, daß er die Herrschaft übernommen hatte, stand sie auf, ging auf ihren Sohn zu, küßte und beglückwünschte ihn und betete zu Gott um ein langes Leben für ihn und seinen Vater, dauerhaftes Glück und Sieg über die Feinde. Er setzte sich zu seiner Mutter, um sich auszuruhen. Zur Zeit des Nachmittagsgebets stieg er aufs Pferd und ließ die Emire vor sich herreiten zum Sportplatz, wo er die Zeit bis zum Abendgebet mit Ballspielen mit seinem Vater und den Ministern verbrachte. Dann kehrte er in den Palast zurück, und sein Gefolge ging ihm voran. So hielten sie es von nun an jeden Tag.

Da erreichte das Morgengrauen Schahrasad, und sie hörte auf zu erzählen.

Die zweihundertundvierundvierzigste Nacht

aus der Geschichte von Tausendundeiner Nacht

In der folgenden Nacht sagte sie:

Es ist mir zu Ohren gekommen, o glücklicher König, daß König Badr täglich auf den Sportplatz ritt und, wenn er zurückkam, auf dem königlichen Thron Platz nahm, um Recht zu sprechen unter den Menschen in seinem Reich. Dabei ließ er jedem sein Recht widerfahren: den Emiren ebenso wie den Armen. So ging es ein ganzes Jahr lang. Das Jahr war verstrichen, und nun zog König Badr zu Pferd auf die Jagd und kam so durch alle Länder und Regionen, die ihm untertan waren. Überall rief er Frieden und Sicherheit aus und tat, was Könige zu tun pflegen. Er war einzigartig unter allen Menschen seiner Zeit, in den Reit- und Ritterskünsten genauso wie in seinem Mut und seiner gerechten Herrschaft über seine Untertanen. Eines Tages begab sich der alte König, König Badrs Vater, ins Hammam. Ein frischer Luftzug traf ihn, er bekam Fieber und fühlte, daß er sterben und in die ewige Wohnstatt hinübergehen würde. Er wurde sehr krank, und als er dem Tod ins Auge sah, rief er seinen Sohn zu sich. Er solle sich um das Königreich, seine Mutter und alle Minister kümmern, trug er ihm auf. Dann ließ er die Emire und die Obersten und Hauptleute kommen und schwor sie erneut auf seinen Sohn ein, was er sie noch einmal durch heilige Eide bekräftigen ließ. Danach lebte er nur noch wenige Tage und ging ein in die Gnade Gottes, des Erhabenen. König Badr war sehr traurig um seinen Vater. Auch Dschullanar und die Emire, Wesire und Minister trauerten bitterlich um ihn. Sie bauten ein Mausoleum und bestatteten ihn darin.

Da erreichte der Morgen Schahrasad, und sie hörte auf zu erzählen.

Die zweihundertundfünfundvierzigste Nacht

aus der Geschichte von Tausendundeiner Nacht

In der folgenden Nacht sagte sie:

Es ist mir zu Ohren gekommen, o glücklicher König, daß sie, nachdem sie ihn bestattet hatten, einen vollen Monat lang um ihn trauerten. Dschullanars Bruder, ihre Mutter und ihre Kusinen kamen, um ihr in ihrer Trauer um den alten König Beistand zu leisten. «Liebe Dschullanar», trösteten sie sie, «er ist nicht wirklich gestorben, denn er hat diesen starken Sohn, diesen reißenden Löwen und strahlenden Mond, hinterlassen.» Dann kamen die Minister und die obersten Würdenträger zu König Badr. «Verehrter König», sagten sie, «das Trauern ist die Aufgabe der Frauen. Du aber solltest uns und dich selbst nicht belasten, indem du nur an deinen Vater denkst. Er ist nun einmal tot, und ‹den Tod muß jede Seele schmecken›, so steht es schon im Koran. Wer einen wie dich hinterlassen hat, ist nicht wirklich gestorben.» Mit solchen Worten beschworen sie ihn und nötigten ihn, das Hammam aufzusuchen. Als er wieder herauskam, kleidete er sich in eine prächtige, über und über mit Gold, Perlen und Rubinen besetzte Robe, setzte die Königskrone auf sein Haupt und bestieg seinen königlichen Thron. Wieder machte er sich daran, die Angelegenheiten seiner Untertanen zu regeln und Recht zu sprechen zwischen Starken und Schwachen. Er verhalf dem armen Mann zu seinem Recht, sogar wenn er es einem Emir entreißen mußte. Darum liebten ihn die Leute und wünschten ihm Gottes Segen. Ein weiteres Jahr verging auf diese Weise. Seine Verwandten aus dem Meer besuchten ihn und seine Mutter häufig, und er ließ es sich gutgehen, und sein Auge wurde getröstet. So ging es eine ganze Weile. Eines Nachts kam sein Onkel Saih wieder einmal seine Schwester Dschullanar besuchen. Er trat zu ihr herein und grüßte sie. Sie stand auf, ging auf ihn zu, umarmte ihn, ließ ihn neben sich Platz nehmen und fragte ihn: «Wie geht es dir, mein Bruder, und wie geht es meiner Mutter und meinen Kusinen?» – «Gut, Schwester», berichtete er, «es fehlt ihnen an nichts außer dem Anblick deines Gesichts.» Sie bot ihm etwas zu essen an, und die beiden aßen gemeinsam. Dann wurden die Tische wieder abgetragen. Nun entspann sich ein Gespräch zwischen ihnen, in dessen

Verlauf sie auch König Badr erwähnten. Sie sprachen über seine Schönheit und Anmut, seinen aufrechten und geraden Wuchs, über seine Ritterkünste, seinen Verstand, seine Kultur und seine Bildung. König Badr lehnte derweil bequem auf einem Sitzkissen, und als er seine Mutter und seinen Onkel über sich sprechen hörte, schloß er die Augen und stellte sich schlafend, während er der Unterhaltung weiterhin zuhörte. «Meine Schwester», sagte Saih zu seiner Schwester Dschullanar, «dein Sohn ist jetzt sechzehn Jahre alt geworden und hat noch nicht geheiratet. Wir fürchten, es könnte ihm etwas zustoßen, und dann hat er keinen Sohn! Ich würde ihn gerne mit einer der Meeresköniginnen verheiraten, mit einer, die ebenso anmutig und schön ist wie er.» – «Bei Gott, mein Bruder!» antwortete ihm seine Schwester Dschullanar. «Du erinnerst mich da an etwas, das ich bisher vernachlässigt habe. Meinst du denn, Bruder, daß es unter den Meerestöchtern eine gibt, die seiner würdig wäre? Nenne sie mir, denn ich kenne sie alle!» Da zählte er sie ihr auf, eine nach der anderen, doch sie sagte bei jeder: «Die will ich nicht für meinen Sohn! Ich werde ihm keine Frau aussuchen, die nicht mindestens so schön, anmutig, klug, fromm, gebildet, charaktervoll, königlich und von so edler Abkunft ist wie er!» – «Bei Gott!» sagte er am Ende zu ihr. «Noch mehr Meerjungfrauen kenne ich nicht. Ich habe dir über hundert aufgezählt, und dir gefällt keine einzige von ihnen! Aber schau einmal nach, meine Schwester, ob dein Sohn schläft oder nicht.» – «Er schläft», sagte sie und fügte hinzu: «Was interessiert es dich denn, ob er schläft?» – «Du mußt wissen, liebe Schwester», sagte er, «daß mir eben in diesem Moment eine Königstochter vom Meer in den Sinn kommt, die deines Sohnes würdig wäre. Ich habe aber Angst, sie zu erwähnen, solange dein Sohn wach ist, denn dann wird sein Herz sich an sie hängen, und wir haben vielleicht keine Möglichkeit, uns ihr zu nähern, und werden uns alle – er und wir und seine sämtlichen Minister – vergeblich bemühen. Die Sache könnte uns über den Kopf wachsen, wie der Dichter sagt:

Kamil

Die Liebe gibt es zu Anfang immer umsonst, doch wenn
Sie einmal über uns herrscht, beschäftigt sie uns zu sehr.»

«Du hast recht, mein Bruder», sagte seine Schwester, nachdem sie seine Rede gehört hatte, «aber sage mir trotzdem: Wer ist dieses Mädchen? Wie heißt sie, und wessen Tochter ist sie? Ich kenne die Meereskönige und alle ihre Töchter, und wenn ich der Meinung bin, daß sie seiner würdig ist, werde ich bei ihrem Vater um ihre Hand anhalten, auch wenn wir unser gesamtes Reich für ihren Brautpreis aufwenden müßten. Jetzt sage es mir schon! Mein Sohn schläft ja fest.» – «Ich fürchte doch, er könnte wach sein», wandte er ein, «denn der Dichter sagt:

> Ich habe mich in ihn verliebt, als man von ihm erzählte;
> So manches Mal verliebt sich vor dem Auge schon das Ohr.

Zu deinem Sohn, meine liebe Schwester», fuhr er dann fort, «paßt keine Frau besser als Königin Dschauhara, die Tochter des Königs Schamandal. Sie ist ebenso strahlend schön und anmutig wie er, und es gibt niemanden, weder im Meer noch auf dem festen Land, der freundlicher wäre als sie oder einen schöneren Charakter hätte. Rote Wangen hat sie, eine strahlende Stirn und Zähne wie Perlen.»

Da erreichte der Morgen Schahrasad, und sie hörte auf zu erzählen.

Die zweihundertundsechsundvierzigste Nacht

aus der Geschichte von Tausendundeiner Nacht

In der folgenden Nacht sagte sie:

Es ist mir zu Ohren gekommen, o glücklicher König, daß Saih seiner Schwester Dschullanar erzählte: «Sie hat Zähne wie Perlen, und Augen, deren schwarze Pupillen sich kraftvoll vom Weißen abheben, einen runden und prallen Hintern, eine schlanke Taille und ein hübsches Gesicht. Wenn sie sich umdreht, bringt sie die Gazellen in Verlegenheit, und wenn sie anmutig wiegend vorwärtsschreitet, verblassen die beiden Schwanzfedern der Adler vor Neid. Sie hat honigsüße Lippen und Rundungen, die sanft um ihren Körper wippen!» – «Du hast recht, mein Bruder», sagte Dschullanar, als sie diese Beschreibung hörte, «auch ich habe sie schon des öfteren gesehen. Als wir jünger waren, war ich sogar mit ihr befreundet, aber ich habe sie nun wohl achtzehn Jahre lang aus den Augen verloren. Bei Gott, sie ist seiner würdig, mehr als irgendeines anderen Mannes, und auch er ist ihrer vor allen andren Frauen wert!» König Badr aber war die ganze Zeit über wach gewesen und hatte genau gehört, was sein Onkel und seine Mutter miteinander redeten und wie die beiden jene Königin mit Namen Dschauhara, die Tochter des Königs Schamandal, beschrieben. Er verliebte sich in sie aufs bloße Hören hin, und obwohl er noch so tat, als ob er schliefe, loderte wegen dieses Mädchens in seinem Herzen schon ein Feuer, das sich nicht ersticken ließ, und eine Flamme, die sich nicht unterdrücken ließ. «Aber», sagte Saih und blickte seine Schwester Dschullanar an, «ihr Vater ist der dümmste aller Könige zu Lande und zu Wasser. Keiner ist tyrannischer und angriffslustiger als er. Darum darfst du deinem Sohn unter keinen Umständen etwas von dem Mädchen erzählen, ehe wir nicht bei ihrem Vater um ihre Hand angehalten haben. Gibt er sie uns, dann ist das eine Gnade, die Gott vorherbestimmt hat. Wenn er uns aber zurückweist und sich weigert, seine Tochter deinem Sohn zur Frau zu geben, dann können wir ihm in Ruhe eine andere aussuchen.» – «Ein guter Gedanke!» lobte seine Schwester, als sie seinen Vorschlag hörte. Dann verfielen die beiden in Schweigen. Der König hatte Mühe, den Rest der Nacht geduldig abzuwarten. In seinem Herzen brannten die Feuer der Liebe zu Dschauhara, der Königin. Er verbarg seinen Zustand zwar und sprach mit seiner Mutter kein Wort darüber, genausowenig mit seinem Onkel, doch er fühlte sich, als säße er auf glühenden Kohlen. Am nächsten Morgen besuchten der König und sein Onkel das Hammam. Sie wuschen sich, traten wieder hinaus, tranken etwas, und dann wurden vor ihnen Tische aufgestellt, und König Badr, seine Mutter und sein Onkel setzten sich gemeinsam zum Mahl. Sie aßen, bis sie genug hatten, danach wuschen sie sich die Hände. Nun erhob sich Saih und stand aufrecht vor ihnen. «Ich werde euch vermissen», sagte er zu König Badr und seiner Schwester, «aber bitte gebt mir die Erlaubnis abzureisen. Ich möchte zurück zu meiner Mutter, denn ich bin nun schon einige Tage lang bei euch, und sie machen sich sicher Sorgen um mich und warten darauf, daß ich endlich zurückkomme.» König Badr verabschiedete sich von seinem Onkel Saih. In seinem Herzen aber loderte das Feuer. Er nahm sein Pferd und ritt hinaus aufs Land, bis er an einen Fluß gelangte, der schnell dahinfloß, und auf eine Wiese, auf der die Bäume ihre Äste zusammensteckten und reichlich Schatten boten. Dort stieg er vom Pferd – er war ja ganz allein, und keiner seiner Gefährten oder seiner Diener war mitgekommen – und legte sich nieder, um zu schlafen. Schon waren die Gedanken wieder da. Er mußte daran denken, was sein Onkel Saih über das Mädchen erzählt hatte, wie schön und anmutig sie sei, und er vergoß reichliche Tränen. Nun wollte es das vorbestimmte Schicksal, daß er, als er seinen Onkel Saih verabschiedet hatte und aufs Pferd gestiegen war, seinem Onkel noch einen Blick zugeworfen hatte und jener bemerkt hatte, daß sein Gesichtsausdruck irgendwie verändert war. Das erweckte sogleich seinen Verdacht, der junge König könnte doch etwas von ihrem Gespräch gehört haben. «Ich werde ihm folgen», hatte Saih zu sich selbst gesagt, «ich möchte sehen, was König Badr jetzt tut.» Und er war ihm gefolgt. Wie nun König Badr an dem plätschernden Wasserlauf vom Pferd stieg, verbarg sich sein Onkel an einem Ort, wo jener ihn nicht sehen konnte. Da hörte er ihn sagen:

«Wer hilft mir aus der Falle einer süßen, prallen Frau?
Noch schöner als der Sonnenschein erstrahlt ihr Angesicht.

Mein Herz hat sich gebunden an die Liebe dieser Frau.
Schamandals Tochter lieben, darauf ist mein Herz erpicht.

Ich tröste mich mein Leben lang nicht über sie hinweg.
Niemals vergeß ich sie, von ihrer Liebe laß ich nicht!»

Es wird berichtet: Als sein Onkel Saih diese Verse hörte, schlug er die Hände zusammen. «Es gibt keine Kraft und keine Stärke außer bei Gott, dem Erhabenen und Mächtigen!» seufzte er, trat aus seinem Versteck und zeigte sich ihm. «Mein Kind», sprach er ihn an, «ich habe gehört, was du gesagt hast. Du hast also mein Gespräch mit deiner Mutter belauscht. Hast du gehört, wie wir diese Nacht über Dschauhara gesprochen haben und wie ich sie ihr beschrieben habe?» – «Ja, mein Onkel, so ist es», erwiderte König Badr, «ich habe mich aufs bloße Hören hin in sie verliebt, und ich habe alles vernommen, was ihr beide geredet habt. Nun hat sich mein Herz an sie gehängt, und ich kann nicht mehr von ihr ablassen.» – «König», sagte er, «laß uns zu deiner Mutter zurückkehren und ihr alles erzählen. Ich werde ihr vorschlagen, daß ich dich mitnehme zu mir und für dich um Königin Dschauhara werbe. Wir verabschieden uns von ihr und kommen dann gemeinsam wieder hierher, ich und du. Auf diese Weise kannst du selbst deiner Mutter alles sagen, denn ich habe Angst davor, dich einfach so, ohne ihren Rat und ihre Zustimmung, mitzunehmen. Das würde sie mir übelnehmen, und sie hätte auch recht damit, denn ich bin ja dann die Ursache, daß ihr euch trennen müßt, die Stadt herrenlos zurückbleibt und die Menschen keinen haben, der sie führt und der sich um ihr

Wohlergehen kümmert. Ja, es kann sogar geschehen, daß euch die Herrschaft aus den Händen gleitet und alles verloren ist.» «Ich will dir eines sagen, mein Onkel!» sagte König Badr, nachdem er die Rede seines Onkels vernommen hatte. «Ich werde nicht zu meiner Mutter zurückgehen und werde die Sache nicht mit ihr besprechen, denn ich weiß, wenn ich zu ihr zurückgehe und sie um Rat frage, wird sie mir nicht erlauben, dich zu begleiten, und ich könnte nicht wieder hierherkommen. Ich will jetzt gleich mit dir gehen!» bekräftigte er, wobei er vor seinem Onkel in Tränen ausbrach. «Und ich werde wieder zurückkommen, ohne ihr etwas zu sagen!» Als der Onkel die Worte seines Neffen hörte, wurde er unsicher und begann an seinem Plan zu zweifeln. «Was auch immer geschieht», dachte er bei sich, «die Hilfe kommt von Gott, dem Erhabenen.» Dann aber, als sein Onkel Saih sah –

Da erreichte der Morgen Schahrasad, und sie hörte auf zu erzählen.

Die zweihundertundsiebenundvierzigste Nacht

aus der Geschichte von Tausendundeiner Nacht

In der folgenden Nacht sagte sie:

Es ist mir zu Ohren gekommen, o glücklicher König, daß König Badr zu seinem Onkel sagte: «Es muß sein, ich gehe mit dir!» und daß daraufhin sein Onkel einen Ring von seinem Finger zog, auf dem einige der Namen Gottes, des Erhabenen, eingraviert waren, und den Ring König Badr überreichte. «Steck dir diesen Ring an den Finger», sagte er, «dann wirst du unter Wasser nicht ertrinken und bist geschützt vor Walfischen und anderen Meerestieren.» Der König nahm den Ring und steckte ihn an seinen Finger. Dann tauchten die beiden gemeinsam ins Meer. Sie schwammen immer weiter, bis sie den Palast seines Onkels Saih erreichten. Sie traten ein, und König Badr sah sogleich seine Großmutter, die Mutter seiner Mutter, im Kreise ihrer Verwandten sitzen. Er grüßte sie und küßte ihr die Hand. Als sie ihn erblickte, stand sie auf, umarmte ihn und küßte ihn zwischen die Augen. «Gott segne deine Ankunft, mein Kind!», sagte sie zu ihm. «Wie geht es deiner Mutter, die du allein zurückgelassen hast?» –

«Es geht ihr gut, Großmutter», antwortete er, «und sie läßt dir und ihren Kusinen Grüße bestellen.» ❧ Nun berichtete Saih seiner Mutter, wie sich König Badr auf bloßes Hören hin in Dschauhara, Schamandals Tochter, verliebt hatte. Er erzählte ihr die ganze Geschichte vom Anfang bis zum Ende. «Und jetzt ist er zu uns gekommen», schloß er seinen Bericht, «damit ich bei ihrem Vater um ihre Hand anhalte.» ❧ Als König Badrs Großmutter hörte, was Saih da erzählte, wurde sie zornig. «Das war ein Fehler, mein Kind!» schimpfte sie. «Du hättest diese Königin Dschauhara, die Tochter des Königs Schamandal, niemals vor dem Sohn deiner Schwester erwähnen dürfen! Du weißt doch, daß Schamandal ebenso dumm wie brutal ist. Er besitzt wenig Verstand, dafür um so mehr Angriffslust, und sämtliche Könige, die bereits um die Hand seiner Tochter angehalten haben, hat er mit den Worten abgewiesen: ‹Ihr seid nicht gut genug für meine Tochter, denn ihr seid ihr weder in der Schönheit noch in der königlichen Würde ebenbürtig› und sie davongejagt. Ich fürchte, wenn du bei ihrem Vater um sie wirbst, wird er dir genau dasselbe sagen wie den anderen, und wir, die wir doch unseren Stolz haben, werden als gebrochene Menschen zurückkommen und uns fortan vor ihm schämen müssen.» ❧ Saih hörte sich die Worte seiner Mutter an. «Ach, Mutter», sagte er dann mit einem Seufzer, «was sollen wir denn jetzt tun? König Badr hat sich ja bereits in das Mädchen verliebt, als ich sie nur gegenüber meiner Schwester Dschullanar erwähnt habe. Er sagt, daß er auf jeden Fall bei ihrem Vater um ihre Hand anhalten wird, auch wenn es ihn sein ganzes Reich kostet. Wenn König Schamandal nicht bereit ist, sie ihm zur Frau zu geben, wird er wahrscheinlich an Liebeskummer sterben!»

Da erreichte das Morgengrauen Schahrasad, und sie hörte auf zu erzählen.

Die zweihundertundachtundvierzigste Nacht

aus der Geschichte von Tausendundeiner Nacht

In der folgenden Nacht sagte sie:

Es ist mir zu Ohren gekommen, o glücklicher König, daß Saih zu seiner Mutter sagte: «Mein Neffe ist schöner als sie, mußt du wissen. Außerdem war sein Vater der König des ganzen Perserreiches, und jetzt ist er, als sein Nachfolger, der König der Perser. Dschauhara ist seiner würdig, mehr als irgendeines anderen Mannes, und auch er ist ihrer vor allen andren Frauen wert. Mein Entschluß steht fest: Ich nehme Perlen, Rubine und Halsketten und ein Geschenk, das seiner würdig ist, mit und werde bei ihrem Vater um ihre Hand anhalten. Wenn er sich vor uns herausreden will und seine Königsherrschaft als Ausrede vorbringt – nun, auch König Badr ist ein König, und noch dazu ein hübscher junger Mann! Er besitzt sogar mehr Länder, mehr Soldaten und eine stärkere Armee, ja sein ganzes Königreich ist weitaus größer! Überdies muß ich mich schon deshalb darum kümmern, weil ich all das selbst heraufbeschworen habe. So, wie ich ihn in das Meer der Liebe zu diesem Mädchen hineingeworfen habe, werde ich ihm auch mit allen Kräften dazu verhelfen, daß er sich mit ihr verbinden kann, und wenn es mein Leben kosten sollte! Gott, der Erhabene, möge mir dabei zur Seite stehen!» «So tu denn, was du willst», sagte seine Mutter, «aber gib acht, wenn du mit ihm sprichst, daß du beim Reden und Antworten nicht die falschen Worte gebrauchst. Du weißt ja, er ist dumm und bösartig zugleich. Ich fürchte, er wird auf dich losgehen, denn er hat vor niemandem Respekt.» – «Ich höre und gehorche», erwiderte er. Dann sprang er auf, füllte zwei Säcke mit Halsketten, Perlen, Rubinen, Smaragdkristallen, feinen Gemmen für Fingerringe und mit Diamanten. Er lud die Säcke seinen Dienern auf und führte sie zum Palast des Königs Schamandal. Dort bat er um die Erlaubnis, eintreten zu dürfen, und jener erlaubte es ihm. Als er vor ihm stand, küßte er den Erdboden und grüßte ihn auf die allerhöflichste Weise. Der König erhob sich, als er ihn sah, und befahl ihm, sich zu setzen. «Gott segne deine Ankunft», sagte König Schamandal zu ihm, nachdem er Platz genommen hatte, «du warst lange fort, wir haben dich schon vermißt! Was ist dein Anliegen? Sage es mir, ich werde dir deinen

Wunsch erfüllen!» Saih stand auf und küßte den Erdboden. «O König der Zeit», fing er an, «mein Begehren steht zuallererst nach Gott, dem Erhabenen, dann aber nach dem königlichen Held, dem starken Löwen, der seine Beute überfällt, von dessen Gerechtigkeit die Reisenden berichten, dessen guter Ruf sich in alle Länder und Regionen verbreitet hat, von dem es heißt, daß er so freundlich ist und so voller Vergebung, Huld und Dankbarkeit.» Mit diesen Worten öffnete er die beiden Säcke, holte die kostbaren Perlen und Halsketten, die Gemmen aus Rubin, die Smaragdkristalle sowie die Diamanten hervor und streute alles vor König Schamandal hin. «Vielleicht, o König», sagte er dazu, «wärest du so gütig, mein Geschenk anzunehmen? Bitte, nimm es, und tröste mein Herz!» «Für dieses Geschenk», entgegnete König Schamandal, «gibt es weder einen Anlaß noch eine Erklärung. Weshalb willst du mir solch einen gewaltigen Reichtum schenken? Was verlangst du dafür? Nenn mir dein Anliegen und deinen Wunsch, und wenn ich es vermag, werde ich ihn dir noch in diesem Augenblick erfüllen und nicht zulassen, daß du deshalb irgendeine Anstrengung oder Mühe auf dich nehmen mußt. Kann ich dir deinen Wunsch nicht erfüllen, dann bin ich dafür entschuldigt, denn im Koran steht geschrieben: ‹Gott mutet keiner Seele mehr zu, als sie kann.›» Saih erhob sich und küßte den Erdboden. «Meinen Wunsch, lieber König», sagte er, «wirst du sehr wohl erfüllen können, denn das, was ich begehre, befindet sich in deinem Besitz. Ich bin nicht so verrückt, dem König etwas zuzumuten, das er nicht leisten kann.»

Da erreichte der Morgen Schahrasad, und sie hörte auf zu erzählen.

Die zweihundertundneunundvierzigste Nacht

aus der Geschichte von Tausendundeiner Nacht

In der folgenden Nacht sagte sie:

Es ist mir zu Ohren gekommen, o glücklicher König, daß Saih zu König Schamandal sagte: «Verehrter König! Ein weiser Mann hat einmal gesagt: ‹Wenn du willst, daß dein Wille nicht geschieht, dann wünsche dir etwas Unmögliches.› Meinen Wunsch dagegen wird der König sehr wohl erfüllen können, denn es steht in seiner Macht und unter seinem Befehl.» – «Also nenn mir deinen Wunsch», forderte ihn der König abermals auf, «schildere mir deinen Fall und bitte, worum du bitten möchtest.» – «O König der Zeit», sagte er, «du mußt wissen, daß ich gekommen bin, um die einzigartige Perle, das prachtvolle Juwel, die mächtige Königin Dschauhara, die Tochter unseres Gebieters, als Braut zu werben. Ich bitte dich, o König, enttäusche nicht den Bittsteller, der zu dir kommt, sondern wende dich dem zu, der sich zu dir gewandt hat.» Als der König seine Worte hörte, lachte er ihn so heftig aus, daß er auf den Rücken fiel. «Ich hatte gedacht, Saih», spottete er, «du wärst ein kluger Mann und ein gebildeter Junge und würdest nur von vernünftigen Dingen reden und niemals ohne klaren Kopf den Mund auftun. Was ist mit deinem Verstand passiert? Was hat dich zu dieser ungeheuerlichen Tat und diesem gewaltigen Mißgriff angetrieben, daß du es wagst, um die Hand von Königstöchtern anzuhalten, Herren von Ländern und Regionen und Herrschern von Armeen und Legionen? Sage mir, wer dich in einen solchen hohen Stand versetzt hat und dir gleichzeitig deinen Verstand in einem solchen Maße geraubt hat, daß du es wagst, dich mit solchen Worten an mich zu wenden?» «Gott möge dir Erfolg verleihen, o König», erwiderte Saih, «du mußt wissen: Ich erbitte sie nicht für mich selbst zur Braut – und wenn es so wäre, dann wäre ich ihr mindestens ebenbürtig, denn wie du weißt, war mein Vater einer der Meereskönige, und unser Königreich ist heute nur deshalb nicht mehr unseres, weil es uns mit Gewalt entrissen wurde –, nein, ich bitte um die Hand deiner Tochter für keinen anderen als für König Badr, den Herrscher des Perserreiches. Du hast von ihm und seiner Angriffslust ja sicher schon gehört. Wenn du nun angibst, dein Königreich sei unermeßlich, so ist das des Königs Badr ebenso unermeßlich, wenn nicht noch unermeßlicher! Und wenn du sagst, deine Tochter sei hübsch, schön und anmutig – König Badr ist eine noch viel schönere Erscheinung, und außerdem ist er anmutiger, geistreicher und gebildeter als sie. Er ist überhaupt der ritterlichste, großmütigste, hübscheste und gerechteste Mann seiner Zeit. Darum, wenn du dich einverstanden erklärst und meiner Bitte nachkommst, dann tust du, o König, das Richtige am rechten Ort und setzt die Sache dorthin, wohin sie gehört. So machen es alle weisen und klugen Leute. Wenn du dich aber weigerst und uns deinen Hochmut spüren läßt, dann tust du uns Unrecht und führst uns nicht auf den rechten Weg. Du weißt selbst, o König, daß Königin Dschauhara, die Tochter unseres Gebieters, einen

Mann braucht, und zwar dringend, denn es hat ein weiser Mann gesagt: ‹Ein Mädchen braucht eines von beiden: einen Mann oder ein Grab.› Entschließt du dich, sie zu verheiraten, dann ist der Sohn meiner Schwester derjenige, der sie am ehesten verdient hat. Wenn du uns aber zurückweist und nichts von uns wissen willst, dann wird der König wohl keinen besseren Bräutigam als unseren mehr finden.» Als der König Saihs Worte hörte, geriet er außer sich vor Zorn. Fast wäre ihm sein Lebenshauch aus dem Körper entfahren. «Du Hund!» herrschte er ihn an. «Ist es denn die Möglichkeit, daß einer wie du so mit mir redet und den Namen meiner Tochter öffentlich im Munde führt? Du behauptest, der Sohn deiner Schwester Dschullanar sei ihr ebenbürtig. Wer bist du überhaupt? Wer ist dein Vater, wer ist deine Schwester, und wer ist der Sohn deiner Schwester? Was für ein Hund muß dein Vater sein, daß du so mit mir sprichst und mir diese Rede hältst? He, Diener! Nehmt diesen nichtswürdigen Lumpen, und schlagt ihm den Kopf ab!» *Es wird berichtet:* Da griffen die Diener mit ihren Händen nach ihren Schwertern, zückten sie und stürzten sich auf Saih. Der lief schnell davon und flüchtete zum Tor des Palastes. Dort aber sah er seine Vettern, seinen Hofstaat, seine Verwandten und seine Diener stehen.

Da erreichte der Morgen Schahrasad, und sie hörte auf zu erzählen.

Die zweihundertundfünfzigste Nacht

aus der Geschichte von Tausendundeiner Nacht

In der folgenden Nacht sagte sie:

Es ist mir zu Ohren gekommen, o glücklicher König, daß der junge Mann zum Tor des Palastes flüchtete und dort unerwartet seine Vettern und Verwandten, seinen Hofstaat, seine Diener und sein Gefolge stehen sah. Es waren über tausend Ritter, wie Taucher in einem Meer aus Eisen und übereinandergeschichteten Ringpanzern. Alle hielten Lanzen in den Händen. «Was ist?» fragten sie ihn, als sie ihn kommen sahen, und er erzählte es ihnen. Es war aber seine Mutter gewesen, die sie ausgeschickt hatte, ihm zu helfen. Als sie nun seinen Bericht gehört hatten, erkannten sie, daß der König dumm und bösartig gehandelt hatte. Sie stiegen von den Pferden, zückten ihre Schwerter und marschierten mit ihm zusammen wieder hinein zu Schamandal. Auf seinem Königsthron sahen sie ihn sitzen, und vor lauter Zorn auf Saih hatte er sie bis jetzt überhaupt nicht wahrgenommen. Auch seine Eunuchen und Diener, sein Gefolge und seine Gefährten waren auf einen Kampf nicht vorbereitet. Gerade da stürmten Saihs Leute mit gezückten Schwertern in den Händen herein. Als Schamandal sie bemerkte, rief er seinen Leuten zu: «Auf! Bringt mir die Köpfe dieser Hunde!» Doch er hielt nicht lange stand. Schon nach einem kurzen Weilchen wandten Schamandals Gefährten sich zur Flucht, und Saihs Leute nahmen König Schamandal fest und legten ihn in Ketten. Als seine Tochter Dschauhara erfuhr, daß ihr Vater gefangen war und seine Gefährten und Soldaten tot, verließ sie den Palast und floh auf eine Insel. Sie gelangte an einen hohen Baum, stieg hinauf und verbarg sich in seiner Krone. Es waren aber einige von Saihs Dienern zu seiner Mutter zurückgekehrt, während die beiden Parteien gegeneinander kämpften, und hatten ihr von der Schlacht berichtet. Als König Badr diese Nachrichten hörte, wandte er sich zur Flucht und rannte aus Angst um sein nacktes Leben aufs Geratewohl davon. «Dieser fürchterliche Krieg ist nur meinetwegen ausgebrochen!» sprach er zu sich selbst. «Sie werden mich sicher suchen.» Also floh er, ohne zu wissen, wohin er sich wenden sollte. Durch den Beschluß des Schicksals und der Vorsehung gelangte er auf dieselbe Insel, auf der sich Dschauhara, die Königin, verborgen hielt. Erschöpft erreichte er den Baum, auf dem die Königin saß. Er ließ sich unter dem Baum wie tot zu Boden fallen. Erst saß er und ruhte sich aus, dann legte er sich auf den Rücken und richtete seinen Blick auf die Baumkrone. Da fiel sein Auge plötzlich auf Königin Dschauhara. Er sah sie an. Sie war wie der aufgehende Mond. «Gepriesen sei Gott, der diese einzigartige Gestalt geschaffen hat!» sprach er zu sich selbst. «Wenn mich meine Vermutung nicht täuscht, so ist dies die Königin Dschauhara! Ich nehme an, sie ist geflohen, als sie von dem Krieg zwischen ihrem Vater und meinem Onkel gehört hat. Auf diesem Baum hier hat sie wohl Zuflucht gesucht. Wenn diese hier nicht die Königin Dschauhara ist, dann ist es eine, die noch schöner ist als sie.» Und so machte er sich eine Zeitlang Gedanken über sie. «Ich will aufstehen und sie ansprechen», entschloß er sich schließlich. «Ich werde sie fragen, wie es ihr geht. Ist sie es, dann frage ich sie gleich selbst, ob sie mich heiraten will. Denn das ist ja mein heißester Wunsch. – Hallo, du

Ziel aller Wünsche!» rief er zu ihr hinauf. «Wer bist du? Und wer hat dich an diesen Ort gebracht?» Das Mädchen schaute zu dem jungen Mann hinunter. Der war wie der Vollmond, wenn er am rundesten ist, mit einer schön gewachsenen Figur und einem liebenswerten Lächeln. «Hallo, du Hübscher! Ich bin Königin Dschauhara, die Tochter des Königs Schamandal», antwortete sie. «Ich bin hierher geflüchtet, weil Saih und seine Armee sich mit meinem Vater eine Schlacht geliefert und die meisten seiner Soldaten getötet haben. Meinen Vater haben sie gefangengenommen und in Ketten gelegt. Da habe ich aus Angst um mein Leben die Flucht ergriffen.»

Da erreichte der Morgen Schahrasad, und sie hörte auf zu erzählen.

Die zweihundertundeinundfünfzigste Nacht

aus der Geschichte von Tausendundeiner Nacht

In der folgenden Nacht sagte sie:

Es ist mir zu Ohren gekommen, o glücklicher König, daß Königin Dschauhara zu König Badr sagte: «Ich bin auf diese Insel hier geflohen, weil ich Angst um mein nacktes Leben hatte.» Als Badr ihre Worte hörte, war er verblüfft über diesen seltsamen Zufall. «Zweifellos hat mein Onkel Saih den König Schamandal besiegt!» sprach er erfreut zu sich selbst. «Und ohne Zweifel habe auch ich mein Ziel erreicht», überlegte er weiter, «denn dadurch, daß der Vater dieses Mädchens gefangengenommen wurde, bin ich ans Ziel meiner Wünsche gelangt.» Er blickte zu ihr hinauf. «Komm herunter zu mir, meine Herrin!» bat er sie. «Es ist nämlich so, daß die Liebe zu dir mich schon fast getötet hat. Ich bin ein Gefangener deiner beiden Augen, und dieser ganze Kampf und diese Zwietracht sind nur um meinet- und um deinetwillen ausgebrochen. Ich bin König Badr, der Herrscher des Perserreiches, und Saih, der zu deinem Vater kam und für mich um deine Hand angehalten hat, ist mein Onkel. Du mußt wissen, daß ich mein Königreich, meine Mutter, meine ganze Familie, meine Freunde und Gefährten verlassen und mich aus meiner Heimat in die Fremde begeben habe, um hierherzukommen, und das alles nur deinetwegen! Und nun dieser Zufall! Drum steh auf, und komm herunter zu mir. Laß uns beide gemeinsam zum Palast deines Vaters gehen und meinen Onkel Saih bitten, daß er ihn freiläßt, und dann heirate ich dich auf rechtmäßige Weise.» Als Königin Dschauhara seine Worte hörte, sprach sie zu sich selbst: «Dieser nichtswürdige Lump, dieser Hurensohn, dieser schmutzige Feigling ist also der Grund für das ganze Unglück! Er ist schuld daran, daß mein Vater gefangen ist und seine Gefährten und Soldaten getötet wurden! Seinetwegen mußte ich aus meinem Land auf diese Insel flüchten! Wenn ich ihn jetzt nicht hinters Licht führe, nimmt mich dieser Nichtsnutz in seine Gewalt und holt sich von mir, was er will. Er ist ja verliebt, und einen Verliebten kann man für sein Verhalten nicht zur Verantwortung ziehen.» Und so begann sie ihn mit Worten und süßen Reden zu täuschen. Sie schäkerte mit ihm und machte ihm schöne Augen. «Mein Herr», flötete sie, «mein Augenlicht! So bist du König Badr, der Sohn der Dschullanar vom Meer?» – «Jawohl, meine Herrin», antwortete er. «Gott möge meinem Vater die Hand abschlagen und ihm das Königreich entreißen!» fluchte sie laut. «Nie wieder soll Er sein Herz trösten und sein Exil nie mehr beenden! Wen will mein Vater denn haben, der besser ist als du? Wo ist einer, der schönere als deine geistreichen Eigenschaften hat oder eine feinere als deine ebenmäßige Gestalt? Bei Gott, er hat wenig Verstand und Einsicht! Lieber König», fuhr sie fort, «wenn du mich eine Handspanne weit liebst, dann liebe ich dich zwei Ellen weit. Ich habe mich im Netz deiner Liebe verfangen und zähle mich nun zu denen, die deinetwegen den Liebestod erleiden! Die Liebe, die zuerst nur in dir lebte, hat sich in mir eingenistet und ist noch viele Male größer geworden, als sie bei dir je gewesen war!» Mit diesen Worten stieg sie vom Baum herab und näherte sich König Badr. Sie umarmte ihn, zog ihn fest an ihre Brust und küßte ihn inständig. Als König Badr sah, was sie tat, wurde seine Liebe zu ihr noch größer und seine Leidenschaft noch heißer. Er glaubte ja, sie wäre ebenfalls in ihn verliebt, und er vertraute ihr. Also erwiderte er ihre Küsse und zog sie fest an seine Brust. Dabei sprach er zu sich selbst: «Bei Gott, mein Onkel hat mir nicht einmal ein Vierzigstel von ihrer Schönheit beschrieben und nicht ein Kirat von ihrer Anmut!»

Da erreichte der Morgen Schahrasad, und sie hörte auf zu erzählen.

Die zweihundertundzweiundfünfzigste Nacht

aus der Geschichte von Tausendundeiner Nacht

In der folgenden Nacht sagte sie:

Es ist mir zu Ohren gekommen, o glücklicher König, daß König Badr zu sich selbst sprach: «… und nicht ein Kirat von ihrer Anmut!» Das Mädchen zog ihn währenddessen fest an ihre Brust und murmelte dabei Worte, die König Badr nicht verstand. Plötzlich spie sie ihm mitten ins Gesicht. «Du nichtswürdiger Lump, du Hurensohn!» rief sie. «Tritt heraus aus deiner menschlichen Gestalt und werde ein Vogel, so schön wie die allerschönsten Vögel sind, mit weißem Gefieder, rotem Schnabel und roten Beinen!» Sie hatte diese Worte noch nicht zu Ende gesprochen, da verwandelte sich König Badr wie ein Blitz in einen weißen Vogel von der allerschönsten Gestalt. Er schüttelte sich, stand nun aufrecht da und äugte zu Königin Dschauhara hinüber. Es hatte aber eine von ihren Dienerinnen mit ihr auf dem Baum gesessen, und Dschauhara rief ihr zu: «Ich schwöre bei Gott, daß ich ihn schon längst umgebracht hätte, wenn ich nicht Angst um meinen Vater hätte, der bei seinem Onkel gefangensitzt. Gott soll es ihm nicht mit Gutem vergelten und ihn keine Gesundheit genießen lassen! Verflucht sei seine Ankunft bei uns! All diese Zwietracht ist ja nur seinetwegen ausgebrochen! Auf jetzt, Mädchen, nimm ihn, und trag ihn auf die ‹Insel des Durstes›. Setze ihn dort aus, und komm dann wieder zu mir zurück!» Die Dienerin nahm ihn, in seiner Vogelgestalt, und trug ihn auf die «Insel des Durstes». Sie setzte ihn auf der Insel ab und wollte schon umkehren, da besann sie sich: «Bei Gott, diese Schönheit und Anmut hat es nicht verdient, zu verdursten.» Sie trug ihn also wieder fort von der Insel und brachte ihn auf eine andere, größere, grüne und fruchtbare Insel mit reichlich Wasser und Früchten. Dort setzte sie ihn aus, kehrte zu Königin Dschauhara zurück und sagte ihr, was sie getan hatte. Soviel zu ihnen und ihren Abenteuern. Wie aber erging es unterdessen Saih, König Badrs Onkel? Nachdem er Schamandals Königreich in seine Gewalt gebracht, seine Soldaten und Eunuchen getötet hatte und König Schamandal sein Gefangener geworden war, suchte er nach dessen Tochter Dschauhara, fand sie aber nicht. Daraufhin kehrte er in den Palast seiner Mutter zurück.

«Ach, Mutter!» sagte er zu ihr. «Wo ist mein Neffe, König Badr?» – «Ich habe keine Ahnung, mein Kind», erwiderte sie. «Bei Gott, ich weiß nicht, wo er hingegangen ist. Als er gehört hat, daß du dir eine Schlacht mit Schamandal lieferst und daß ein Krieg zwischen euch ausgebrochen ist, hatte er Angst um sein Leben und ist davongerannt.» Als Saih die Worte seiner Mutter hörte, wurde er traurig. «Ach, Mutter!» jammerte er vorwurfsvoll. «Wir haben doch, bei Gott, nichts getan! Du hast König Badr leichtfertig aus den Augen gelassen. Jetzt habe ich Angst davor, daß er ums Leben kommt oder einem von Schamandals Soldaten in die Hände fällt oder daß Dschauhara, seine Tochter, ihn ergreift und tötet. Dann haben wir von seiner Mutter nichts Gutes zu erwarten, denn ich habe ihn ja ohne ihre Erlaubnis mit mir genommen!» Und sie sandten Soldaten und Hilfstruppen in alle Richtungen des Meeres nach ihm aus, doch es war alles vergebens, keine Spur von ihm war zu finden, keine Nachricht zu vernehmen. Schließlich kehrten sie um und erstatteten Saih Bericht. Da wurden sein Kummer und seine Trauer noch größer. Saih hielt unterdessen Schamandals Königreich besetzt, und weiterhin befand Schamandal sich in seiner Gefangenschaft. Aber seine Brust war eng geworden aus Sorge um König Badr. Soviel zu ihnen und ihren Erlebnissen.

Da erreichte der Morgen Schahrasad, und sie hörte auf zu erzählen.

Die zweihundertunddreiundfünfzigste Nacht

aus der Geschichte von Tausendundeiner Nacht

In der folgenden Nacht sagte sie:

Es ist mir zu Ohren gekommen, o glücklicher König, daß Königin Dschullanar vom Meer, nachdem ihr Sohn, König Badr, mit seinem Onkel Saih hinabgetaucht war, auf ihn wartete. Doch er kam nicht wieder, und lange vernahm sie kein Wort von ihm. So verbrachte sie mehrere Tage damit, auf ihn zu warten. Endlich machte sich Königin Dschullanar selbst auf, tauchte hinab ins Meer und schwamm zum Palast ihrer Mutter. Sobald diese sie kommen sah, erhob sie sich, umarmte und küßte sie. Ihre Kusinen taten das gleiche. Dann fragte sie sie nach ihrem Sohn, König Badr. Was war mit ihm geschehen, nachdem er mit seinem Onkel Saih hinabgetaucht war? «Er ist mit seinem Onkel zusammen hier angekommen», berichtete ihre Mutter, «sein Onkel hat Schamandal Rubine und Perlen zu Füßen gelegt und für deinen Sohn um die Hand von dessen Tochter angehalten. Aber der war nicht einverstanden, sondern hat deinen Bruder mit harten Worten beleidigt. Da habe ich tausend Soldaten zu deinem Bruder geschickt, und zwischen deinem Bruder und König Schamandal ist Krieg und Gemetzel ausgebrochen. Dein Bruder hat ihn besiegt», fuhr sie fort, «zuvor hatte er seine Hilfstruppen und Soldaten getötet. Den König Schamandal selbst hat er gefangengenommen. All das ist deinem Sohn zu Ohren gekommen, jedoch noch bevor sein Onkel den Sieg auf seiner Seite hatte. Da muß er Angst um sein nacktes Leben bekommen haben und ist ohne meine Erlaubnis von mir weggelaufen. Seitdem haben wir nichts mehr von ihm gehört.» Nun erkundigte sie sich nach ihrem Bruder Saih, und ihre Mutter berichtete ihm, er habe sich auf Schamandals Thron gesetzt. «Und er läßt überall nach deinem Sohn und der Königin Dschauhara suchen», fügte sie hinzu. Als Dschullanar den Bericht ihrer Mutter gehört hatte, wurde sie sehr traurig ihres Sohnes wegen. Sie brach in Tränen aus. Zugleich wuchs ihr Zorn auf ihren Bruder Saih, weil der ihr Kind einfach mit sich genommen hatte und mit ihm ins Meer hinabgetaucht war, ohne daß sie etwas davon wußte. «Ach, Mutter», seufzte sie, «ich mache mir Sorgen um unser Königreich. Ich bin jetzt zu euch gekommen, ohne irgend jemandem von meinem Hof etwas davon zu sagen. Wenn ich zu lange ausbleibe, fürchte ich, wird unsere Macht schwinden, und die Königsherrschaft wird uns aus den Händen gleiten. Darum muß ich bald zurück. Ich muß die Fäden der Regierung wieder in meine Hand nehmen und, solange es Gott, dem Erhabenen, gefällt, in meinen Händen halten. Aber vergeßt meinen Sohn Badr nicht, und nehmt sein Schicksal nicht auf die leichte Schulter! Wenn er verschwunden bleibt, ist mein Leben verwirkt, und ich muß sterben. Denn er ist meine Welt, und ohne ihn kann ich nicht weiterleben!» – «Das tun wir gerne!» versicherten alle. Und ihre Mutter fügte hinzu: «Liebes Töchterchen, frage mich nicht, was ich leide wegen seines Verschwindens und wegen der Trennung von ihm.» Nun schickte auch ihre Mutter ihrerseits Leute aus, um nach ihm zu forschen.

Da erreichte der Morgen Schahrasad, und sie hörte auf zu erzählen.

Die zweihundertundvierundfünfzigste Nacht

aus der Geschichte von Tausendundeiner Nacht

In der folgenden Nacht sagte sie:

Es ist mir zu Ohren gekommen, o glücklicher König, daß Dschullanars Mutter Leute aussandte, um nach König Badr zu forschen, während seine Mutter weinend und mit betrübtem Herzen in ihr Königreich zurückkehrte und die Welt ihr eng geworden war. Soviel zu dem, was sich mit ihnen zutrug. Wie aber erging es unterdessen König Badr? Der erhob sich – nachdem die Dienerin ihn auf die Insel verschleppt und dort zurückgelassen hatte, wie wir erzählt haben –, schnappte und pickte nach den Früchten, fraß sich satt und trank. Auf diese Weise verbrachte er einige Tage. Er befand sich noch immer in der Gestalt eines Vogels, jedoch wußte er nicht, wohin er sich wenden sollte, und ebensowenig, wie er es anstellen konnte, zu fliegen. Eines Tages saß er gerade so auf einem Ast im Baum, als er plötzlich einen Jäger bemerkte, der auf der Insel an Land gegangen war und nach Beute spähte, die er verspeisen konnte. Er näherte sich König Badr in seiner Vogelgestalt mit weißem Gefieder, rotem Schnabel und roten Beinen, einem Vogel, der den Geist verwirrte und die Blicke raubte. Der Jäger sah ihn und war ganz hingerissen. «Was für ein prächtiger Vogel!» sprach er zu sich selbst. «Solch eine Schönheit und ein solches Federkleid habe ich noch nie gesehen!» Er warf sein Netz über ihn, fing ihn und brachte ihn in die Stadt. «Ich werde ihn verkaufen», beschloß er und trug ihn auf den Markt. Sogleich sprach ihn ein Käufer an. «He, Jäger, wieviel kostet dieser Vogel?» – «Was willst du denn mit ihm anfangen, wenn du ihn gekauft hast?» fragte der Jäger zurück. «Ich schlachte und esse ihn», war die Antwort. «Wer wird es denn übers Herz bringen», sagte der Jäger, «diesen Vogel zu schlachten und zu verspeisen?» – «Du Dummkopf!» spottete der Mann. «Wozu soll er denn sonst gut sein?» – «Ich will ihn dem König zum Geschenk machen», entschied der Jäger, «der wird mir dafür Geschenke geben, die mehr wert sind als er und viel kostbarer als der Preis, den ich für ihn erzielen könnte. Der König wird sich an seinem Anblick und an seiner Schönheit erfreuen. Ich habe in meinem ganzen Jägerleben noch keine Beute gefangen, die sich mit ihm vergleichen ließe. Was würdest du denn für ihn bezahlen? Höchstens einen Dirham. Aber bei Gott, selbst für einen Dinar verkaufe ich ihn nicht!» Mit diesen Worten begab sich der Jäger zur Residenz des Königs. Ein Weilchen stand er dort und hielt den Vogel in der Hand. Da sah der König den Vogel. Er war entzückt von seiner Schönheit. Wie weiß doch sein Gefieder war und wie rot sein Schnabel und seine Beine! «Wenn er ihn verkauft», sagte er zu seinem Eunuchen, «dann kaufe ihn ihm ab.» Der Eunuch trat zu dem Jäger. «Möchtest du diesen Vogel verkaufen?» erkundigte er sich. «Er ist ein Geschenk für den König», erwiderte jener. Da nahm der Eunuch den Vogel, brachte ihn zum König und berichtete ihm, was der Jäger gesagt hatte. «Geh zu ihm, und gib ihm zehn Dinar», befahl er ihm, und der Jäger nahm das Geld, küßte den Erdboden und ging seiner Wege. Nun nahm der Eunuch den Vogel, brachte ihn in den königlichen Palast und setzte ihn in einen hübschen Käfig, wo er ihm auch etwas Futter und Wasser hinstellte. «Wo ist der Vogel?» fragte der König den Eunuchen, sobald er vom Pferd gestiegen war. «Bring ihn her, damit ich ihn mir ansehen kann. Er ist, bei Gott, wunderschön!» Der Diener brachte den Vogel und setzte ihn vor ihn.

Da erreichte der Morgen Schahrasad, und sie hörte auf zu erzählen.

Die zweihundertundfünfundfünfzigste Nacht

aus der Geschichte von Tausendundeiner Nacht

In der folgenden Nacht sagte sie:

Es ist mir zu Ohren gekommen, o glücklicher König, daß der Eunuch den Vogel brachte und vor dem König absetzte. Doch was war das? Das Futter, das er ihm hingestellt hatte, stand unberührt! «Mein Gebieter!» sagte der Eunuch zum König. «Ich habe dieses Futter zu ihm hineingestellt, aber er hat nicht davon gefressen. Ich wußte ja nicht, wovon er sich ernährt, damit ich ihn hätte richtig füttern können!» Der König betrachtete den Vogel und staunte über seine Schönheit. Danach befahl er, das Essen aufzutragen. Vor ihm wurden die Tische aufgestellt, und der König aß von den Speisen. Als aber der Vogel diese Speisen und die Fleischgerichte sah, flatterte er in die Höhe, setzte sich mitten auf den Tisch und begann, von dem Brot, dem Fleisch und den übrigen Speisen zu essen, danach pickte er Süßigkeiten und Obst. Er kostete von sämtlichen Eßtischen, die vor dem König aufgebaut waren. Der König war verblüfft und verwundert darüber, wie der Vogel aß, genauso alle Anwesenden. «In meinem ganzen Leben», sagte er zu den umstehenden Eunuchen und Mamluken, «habe ich noch niemals einen Vogel so essen sehen.» Und er ließ nach seiner Frau schicken, damit sie sich das anschauen konnte. Der Eunuch entfernte sich. «Meine Dame», sagte er zu der Ehefrau des Königs, «der König bittet dich, zu ihm zu kommen. Du sollst dir den Vogel ansehen, den er gekauft hat. Als wir das Essen aufgetragen haben, ist der Vogel aufgeflattert, hat sich mitten auf den Tisch gesetzt und hat von sämtlichen Speisen gekostet! Steh auf, meine Dame, und schau ihn dir an! Er sieht wirklich prächtig aus, er ist ein wahres Wunder.» Als die Ehefrau des Königs den Eunuchen das sagen hörte, kam sie eilends herbei. Doch kaum daß ihr Blick auf den Vogel gefallen war, verhüllte sie ihr Gesicht, kehrte um und lief wieder hinaus. Als der König sah, wie seine Frau das Gesicht verhüllte und wieder hinauslief, stand er auf, trat zu ihr hin und sagte: «Was ist in dich gefahren? Warum hast du deinen Kopf verhüllt und bist wieder umgekehrt? Es ist doch niemand hier außer den Eunuchen und deinen Dienerinnen!» – «Lieber König», entgegnete sie, «dieser Vogel ist kein Vogel, sondern ein Mann.» – «Du lügst!» ereiferte sich der König, als er seine Frau das sagen hörte. «Ein Mann? Wie soll ein Mann ein Vogel sein? Willst du mich zum Narren halten?» – «Das will ich durchaus nicht!» verteidigte sich seine Frau. «Ich habe nichts als die Wahrheit gesagt. Dieser Vogel ist König Badr, der Herrscher des Perserreiches, und seine Mutter ist Dschullanar vom Meer.»

Da erreichte das Morgengrauen Schahrasad, und sie hörte auf zu erzählen. «Ach, Schwester», sagte Dinarasad zu ihrer Schwester, «wie köstlich und wie aufregend ist deine Geschichte!» – «Was ist das schon», erwiderte sie, «gegen das, was ich euch morgen nacht erzählen werde, wenn ich dann noch lebe und mich der König verschont ...»

Die zweihundertundsechsundfünfzigste Nacht

aus der Geschichte von Tausendundeiner Nacht

In der folgenden Nacht sagte sie:

Es ist mir zu Ohren gekommen, o glücklicher König, daß die Ehefrau des Königs dem König auseinandersetzte, daß dieser Vogel König Badr sei, der Herrscher des Perserreiches, seine Mutter Dschullanar vom Meer, sein Onkel Saih und seine Großmutter Farrascha und daß Königin Dschauhara, die Tochter des Königs Schamandal, ihn verzaubert hatte. Danach erzählte sie ihm alles, vom Anfang bis zum Ende, nämlich, wie er Dschauhara von ihrem Vater als Braut werben wollte und jener sich geweigert hatte, ihn mit ihr zu verheiraten, und daß sein Onkel Saih sich mit König Schamandal eine Schlacht geliefert und, da er siegreich war, Schamandal gefangengenommen hatte. Der König staunte über den Bericht seiner Frau. Seine Frau aber war die geschickteste Zauberin ihrer Zeit. «Ich beschwöre dich bei meinem Leben», sagte darum der König zu ihr, «erlöse ihn von seinem Zauber, und laß ihn nicht länger in dieser Gestalt schmachten. Gott soll dieser Hure Dschauhara die Hand abschlagen! Wie gottlos und hinterlistig sie ist!» «Mein König», sagte nun seine Frau zu ihm, «sag zu dem Vogel: ‹König Badr, bitte tritt in diese Kammer!›» Als der Vogel den König das sagen hörte, trat er in die Kammer. Jetzt kleidete sich die Ehefrau des Königs züchtig an, bedeckte ihr Gesicht mit einem Schleier, nahm eine mit Wasser gefüllte Tasse in die Hand und trat ebenfalls in jene Kammer. Sie murmelte über dem Wasser Worte, die niemand verstand, und bespritzte ihn damit. «Bei diesen allmächtigen Namen und diesen heiligen und ehrbaren Schwüren!» rief sie dazu. «Und bei Gott, dem Erhabenen, dem Schöpfer des Himmels und der Erde, der die Toten zum Leben erweckt und das tägliche Brot und die Lebenszeit jedem Menschen zumißt, beschwöre ich dich: Tritt heraus aus deiner jetzigen Gestalt – nämlich der Vogelgestalt –, und werde wieder zu dem, als den dich Gott geformt hat!» Sie hatte diese Worte noch nicht zu Ende gesprochen, da schüttelte und rüttelte sich der Vogel gewaltig und verwandelte sich zurück in seine menschliche Gestalt. Der König erblickte einen jungen Mann, wie es auf der ganzen Erde keinen schöneren gab. «Gelobt sei Gott, der Schöpfer aller Kreaturen und der Herr über alle Schicksale!» sagte König Badr, nachdem er sich all das besehen hatte, und dann küßte König Badr dem König die Hände und Füße und sagte zu ihm: «Möge es dir Gott mit Gutem vergelten!» Der König küßte König Badrs Kopf. «Erzähle mir deine Geschichte, Badr», bat er ihn, «und zwar vom Anfang bis zum Ende.» Da erzählte er dem König seine ganze Geschichte, ohne irgend etwas vor ihm zu verbergen. Der König war darüber äußerst erstaunt. «König Badr», sagte er endlich zu ihm, «was willst du jetzt tun?» – «O König der Zeit», erwiderte jener, «hab die Güte, mach mir ein Schiff flott, schick einige deiner Eunuchen mit mir auf die Reise, und gib mir alles mit, was ich brauche, um in mein Königreich und Heimatland zu gelangen. Es ist nun schon eine lange Zeit, daß ich entfernt bin von meiner Mutter, meiner Familie und meinem Hofstaat, und ich fürchte, wenn ich noch länger ausbleibe, wird mir die Herrschaft aus den Händen gleiten. Meine Mutter ist vielleicht nicht mehr am Leben; ich fürchte, sie ist aus Kummer um die Trennung von mir gestorben. So liegt es wohl nahe, da sie ja nicht weiß, wo ich mich befinde und ob ich überhaupt noch lebe oder schon tot bin. Unser Gebieter, der König, ist so freundlich gewesen –

Da erreichte der Morgen Schahrasad, und sie hörte auf zu erzählen.

Die zweihundertundsiebenundfünfzigste Nacht

aus der Geschichte von Tausendundeiner Nacht

In der folgenden Nacht sagte sie:

Es ist mir zu Ohren gekommen, o glücklicher König, daß König Badr den König und seine Gemahlin bat, sie möchten doch so gütig sein, ihn für seine Reise auszustatten. Als der König sah, wie höflich er sprach und wie schön und anmutig er war, faßte er Zuneigung zu ihm. «Ich höre und gehorche», sagte er, machte ein Schiff für ihn flott, ließ es mit allem, was er brauchte, beladen und schickte einige seiner persönlichen Diener mit ihm auf die Reise. Dann sagte er ihm Lebewohl. König Badr bestieg das Schiff und fuhr unter günstigem Wind hinaus aufs Meer. Zehn Tage lang stand der Wind günstig. Am elften Tag jedoch erhob sich ein gewaltiger

Seesturm. Das Meer tobte und toste, hob das Schiff in die Höhe und ließ es wieder hinabstürzen. Den Matrosen gelang es nicht, das Schiff unter Kontrolle zu halten. So trieben die Wellen ihr Spiel mit ihnen, und das Schiff wurde einem Felsen, der aus dem Meer ragte, zugetrieben, gegen den Felsen geschmettert und zerbrach. Viele Seeleute ertranken, manch andere konnten ihr Leben retten. König Badr, der schon dem Tod ins Auge gesehen hatte, gelang es, auf eine Planke zu klettern. Unaufhörlich zogen und schleuderten ihn die Wellen auf und nieder. Er wußte nicht, wohin er sich bewegte. Gegen dieses Tosen konnte er nichts ausrichten. Es blieb ihm nichts anderes übrig, als sich treiben zu lassen, wohin auch immer der Sturm ihn verschlug. Drei Tage und drei Nächte lang änderte sich an seiner Lage nichts. Am vierten Tag aber warfen ihn die Wellen an eine Küste. Der König sah sich um und bemerkte eine Stadt, grau wie eine Raibiyya-Taube, direkt an die Küste gebaut. Die Stadt war gut befestigt, und die Meereswogen prallten an die Stadtmauern. Als König Badr diese Stadt erblickte, wurde er froh, denn er war schon fast verhungert und verdurstet. Er glitt von seiner Planke und wollte in die Stadt hinaufsteigen. Doch plötzlich waren da Maultiere, Esel und Pferde, so zahlreich wie die Sandkörner am Meer, die schlugen gegen ihn aus und verhinderten mit ihren Tritten, daß er aus dem Meer steigen und in die Stadt hinaufgelangen konnte. König Badr mußte also im Meer bleiben. Er schwamm weiter, bis er die Stadt im Rücken hatte, und stieg dort an Land. Er konnte keine Menschenseele entdecken. «Wem wohl diese Stadt gehört?» fragte er sich verwundert. «Was ist nur mit ihr, daß sie so menschenleer und ohne König daliegt? Und was hat es mit diesen Pferden, Kamelen, Maultieren, Eseln und Rindern auf sich, die mich gehindert haben, an Land zu gehen? Wer mag wohl ihr Besitzer sein?» So machte er sich seine Gedanken, während er ziellos umherwanderte. Plötzlich sah er einen alten Mann vor sich.

Da erreichte der Morgen Schahrasad, und sie hörte auf zu erzählen.

Die zweihundertundachtundfünfzigste Nacht

aus der Geschichte von Tausendundeiner Nacht

In der folgenden Nacht sagte sie:

Es ist mir zu Ohren gekommen, o glücklicher König, daß König Badr plötzlich einen alten Mann vor sich sah. Es war ein Gemüsehändler, und er saß in seinem Laden. König Badr grüßte höflich, der Alte hob seinen Kopf und grüßte ihn wieder. Er warf einen Blick auf König Badr und sah, daß er ein hübsches Gesicht hatte. «Woher kommst du, mein Junge?» fragte er ihn. «Und was hat dich in diese Stadt verschlagen?» Da erzählte er ihm seine ganze Geschichte. Der Alte war über die Maßen erstaunt. «Ist dir denn auf dem Weg niemand begegnet, mein Kind?» erkundigte er sich. «Nein, bei Gott, lieber Vater», antwortete er, «ich habe mich sehr verwundert, daß diese Stadt so menschenleer daliegt.» – «Komm herauf in meinen Laden, mein Kind», sagte da der Alte, «sonst bist du verloren!» *Es wird berichtet:* Also stieg König Badr hinauf und setzte sich an der Rückwand des Ladens nieder. Der Alte erhob sich, brachte ihm etwas zu essen und sagte: «Iß, mein Kind, und komm weiter in den Laden hinein. Gepriesen sei Gott, der dich vor dieser Teufelin bewahrt hat.» *Es wird berichtet:* König Badr bekam fürchterliche Angst. Er aß von dem Essen, bis er genug hatte, dann wusch er sich die Hand und sagte, indem er den Alten ansah: «Mein Herr, was haben diese Worte zu bedeuten? Du jagst mir ja Angst ein vor dieser Stadt und ihren Bewohnern!» – «Du mußt wissen, mein Kind», erwiderte der Alte, «daß diese Stadt die ‹Zauberstadt› genannt wird. Es herrscht hier eine Königin, ein Mädchen wie der Mond, aber eine Zauberin. All die Tiere, die du gesehen hast, sind in Wahrheit Menschen wie ich und du, sie sind nur verzaubert. Jeden jungen Mann, der so wie du in die Stadt kommt, nimmt sich diese gottlose Hexe, vergnügt sich vierzig Tage lang mit ihm, und wenn die vierzig Tage herum sind –

Da erreichte der Morgen Schahrasad, und sie hörte auf zu erzählen.

Die zweihundertundneunundfünfzigste Nacht

aus der Geschichte von Tausendundeiner Nacht

In der folgenden Nacht sagte sie:

Es ist mir zu Ohren gekommen, o glücklicher König, daß der Alte fortfuhr zu erzählen: «Wenn die vierzig Tage herum sind, verzaubert sie ihn. Er wird dann entweder ein Maultier oder ein Esel oder ein anderes von den Tieren, die du gesehen hast. Die Inselbewohner hier benutzen die Tiere, die du am Meer gesehen hast, als Reittiere, wenn einer in Geschäften unterwegs ist. Auf diese Art und Weise hat sie schon sämtliche Stadtbewohner verzaubert. Als nun du aus dem Meer steigen wolltest, haben sie nach dir getreten, damit du nicht hinaufkommen konntest. Das haben sie nur aus Mitleid getan, damit diese Verfluchte mit dir nicht dasselbe tun kann wie mit ihnen. Das verfluchte Weib ist die Königin dieser Stadt, und es gibt unter allen Menschen dieser Zeit niemanden, der schöner ist als sie. Ihr Name ist Lab, das bedeutet ‹der Sonnenstand›.» Als König Badr die Worte des Alten vernahm, wurde ihm angst und bange. Er begann wie ein Grashalm im Wind zu zittern. «Ich hätte nicht geglaubt», sagte er, «daß ich aus dem Zauber, in dem ich gefangen war, gerettet würde, nur damit mich das Schicksal gleich darauf an einen Ort verschlägt, dessen Zauber noch schrecklicher ist als der erste!» Und er überlegte, was er jetzt tun sollte. Der Scheich sah ihn an und bemerkte, daß seine Angst noch größer geworden war. «Mein Kind», versuchte er ihn zu beruhigen, «steh auf, und setz dich vor die Tür des Ladens. Dort kannst du dir die Stadtbewohner ansehen. Schau, wie zahlreich sie sind! Du brauchst keine Angst zu haben, denn die Königin und alle Einwohner hier in der Stadt haben Respekt vor mir und verehren mich. Sie würden mir niemals etwas zuleide tun.» Als König Badr seine Worte hörte, trat er hinaus und setzte sich vor die Tür des Ladens, um sich umzuschauen.

Da erreichte der Morgen Schahrasad, und sie hörte auf zu erzählen.

Die zweihundertundsechzigste Nacht

aus der Geschichte von Tausendundeiner Nacht

In der folgenden Nacht sagte sie:

Es ist mir zu Ohren gekommen, o glücklicher König, daß die Menschen, als König Badr sich vor den Laden gesetzt hatte, um sich umzuschauen, an ihm vorübergingen. Er sah eine Menge Leute, so viele, daß niemand sie zählen konnte. Als die Leute ihn sahen, staunten sie über seine Schönheit. Sie kamen zu dem Alten und fragten ihn: «Ist er dein Gefangener, ehrenwerter Scheich, oder hast du ihn dir dieser Tage als Beute gejagt?» – «Aber nein, bei Gott!» entgegnete der Alte. «Das ist mein Neffe, der Sohn meines Bruders. Er war in der Fremde, und als ich gehört habe, daß sein Vater gestorben ist, habe ich jemanden zu ihm geschickt und ihn holen lassen, um meine Sehnsucht nach ihm zu stillen.» – «Er ist wirklich überaus reizend», sagten sie, «aber wir haben Angst um ihn wegen der Königin Lab. Daß sie ihn dir nur nicht wegnimmt! Sie hat ja eine Vorliebe für hübsche junge Männer.» – «Die Königin», sagte der Alte zu ihnen, «tut nie etwas gegen meinen Willen. Sie achtet und liebt mich. Wenn sie erfährt, daß er mein Neffe ist, wird sie ihn weder ansprechen noch auf ihn aufmerksam werden oder ihn sonst irgendwie behelligen.» Und so blieb König Badr einen Monat lang bei dem Gemüsehändler. Er wohnte, aß und trank bei ihm, und der Alte faßte große Zuneigung zu ihm. Nachdem der Monat verstrichen war, saß König Badr wieder einmal wie gewöhnlich vor dem Laden. Auf einmal erschienen eintausend bunt gekleidete Eunuchen mit Schwertern in den Händen und reichverzierten Gürteln um die Hüften. Sie ritten auf Araberpferden mit goldbesetzten Sätteln. Indem sie an dem Laden vorüberritten, grüßten sie den Alten, und er erwiderte ihren Gruß. Hinter ihnen schritten eintausend Mamluken wie Monde vorbei. Sie trugen dieselben Uniformen wie die Eunuchen und hatten vergoldete Schwerter gezückt. Auch sie traten vor zu dem Alten, grüßten ihn und marschierten weiter. Danach kamen eintausend mondgleiche Sklavinnen. Ihre Gewänder waren aus den schönsten Seiden- und Atlasstoffen und endeten in einer mit Gold und Silber bestickten Borte. Sie trugen Lanzen in den Händen und Schwerter mit breiten Klingen um die Lenden. In ihrer Mitte ritt, auf einem Araberpferd mit goldenem und über und über mit Perlen und Rubinen besetzten Sattel, ein Mädchen. ☙ Die Sklavinnen gingen auf jenen Alten zu, grüßten ihn, und er erwiderte ihren Gruß. Nun ritt die Königin nach vorn, verharrte unmittelbar vor dem Alten und grüßte ihn. Der Alte erhob sich vor ihr und küßte den Erdboden. Sie blickte ihn an. «Abu Abdallah», sagte sie, «dieser Junge hier, der so reizend aussieht und so ein freundliches Wesen hat, dazu ein solch hübsches Gesicht – ist er dein Gefangener? Und wann hast du ihn gefangen?» – «Nein, bei Gott, o Königin», gab er ihr zur Antwort, «das ist mein Neffe, der Sohn meines Bruders. Er war lange weit weg von mir, und ich hatte große Sehnsucht nach ihm. Um meine Sehnsucht zu stillen und die Einsamkeit zu verscheuchen, habe ich ihn zu mir geholt, denn ich liebe ihn über alles. Ich bin ja nun schon alt, und auch sein Vater ist bereits gestorben. Darum soll er hier bei mir bleiben. Wenn ich sterbe, soll er mein Erbe sein, und solange ich lebe, soll er mir zur Hand gehen.» ☙ Die Königin sagte zu ihm –

Da erreichte der Morgen Schahrasad, und sie hörte auf zu erzählen.

Die zweihundertundeinundsechzigste Nacht

aus der Geschichte von Tausendundeiner Nacht

In der folgenden Nacht sagte sie:

Es ist mir zu Ohren gekommen, o glücklicher König, daß die Königin zu dem Alten sagte: «Möchtest du ihn mir nicht schenken, mein Vater? Ich habe mich nämlich in ihn verliebt, und ich schwöre beim Feuer und beim Licht und beim Schatten und dem glutheißen Wind: Ihn und keinen anderen erwähle ich zu meinem glücklichen Los auf dieser Welt! Du brauchst keine Angst um ihn zu haben. Auch wenn ich allen Menschen auf der Erde Böses zufügen würde, würde ich ihm kein Härchen krümmen. Du weißt, welch hohen Rang du bei mir hast und ich bei dir.» – «Das kann nicht geschehen, Königin», versetzte der Alte, «ich werde ihn dir nicht ausliefern.» – «Beim Feuer und beim Licht und beim Schatten und dem glutheißen Wind!» rief sie aus. «Ich schwöre bei meiner Religion, daß ich nicht ohne ihn von hier weggehen werde. Außerdem schwöre ich: Ich werde ihn weder überlisten noch verzaubern. Er wird von mir nichts zu spüren bekommen, das er nicht gern hat.» Da konnte der Alte sich ihr nicht länger widersetzen, denn er fürchtete um sein und König Badrs Leben. Also ließ er sie durch heilige Schwüre bekräftigen, daß sie ihm nichts Böses antun und ihn so zurückbringen werde, wie sie ihn mit sich genommen hatte. «Morgen, wenn du vom Sportplatz zurückkommst, übergebe ich ihn dir», versprach er. Sie bedankte sich und zog weiter zu ihrem Palast. Der Alte warf König Badr einen Blick zu. «Das ist es, wovor ich Angst hatte, mein Kind», sagte er zu ihm. «Sie ist zwar eine Feueranbeterin und hat bei allem, was ihr heilig ist, geschworen, daß sie dir kein Leid zufügen und dich nicht verzaubern wird, auch liebt und respektiert sie mich – andernfalls hätte sie dich gleich mit Gewalt genommen –, aber es ist die Angewohnheit dieser Königin, dieser gottlosen Zauberin, mit den Fremden so zu verfahren, wie ich es dir anfangs geschildert habe. Gottes Fluch soll sie treffen! Es ist eine Schande. Was für ein gottloser Mensch sie ist! Wie wenig Gutes steckt in ihr!» Als König Badr die Worte des Alten hörte, sagte er: «Bei Gott, ich habe Angst vor ihr, mein Gebieter! Es ist gerade erst einen Monat her, daß ich geschmeckt habe, wie es ist, verzaubert zu sein. Damals hatte mich Königin Dschauhara, König Schamandals Tochter, verhext. Ich sollte zum Exempel werden für alle, die sich belehren lassen. Die Frau eines anderen Königs hat mich schließlich von ihrem Zauber erlöst, aber ich habe gräßliche Qualen zu spüren bekommen, alles das, was ein verzauberter Mensch erleiden muß.» Bei diesen Worten brach er in Tränen aus. «Hab keine Angst», tröstete ihn der Alte, der Mitleid mit ihm hatte. «Sie wird es nicht wagen, mir etwas Böses anzutun, selbst wenn sie ihrer eigenen Familie Böses antun würde.»

Da erreichte der Morgen Schahrasad, und sie hörte auf zu erzählen.

Die zweihundertundzweiundsechzigste Nacht

aus der Geschichte von Tausendundeiner Nacht

In der folgenden Nacht sagte sie:

Es ist mir zu Ohren gekommen, o glücklicher König, daß der Alte zu König Badr sagte: «Sie wird es nicht wagen, mir etwas Böses anzutun, selbst wenn sie ihrer eigenen Familie Böses antun würde. Hast du nicht gesehen, wie ihre Soldaten und ihr gesamtes Gefolge vor meiner Ladentür stehengeblieben sind und mich gegrüßt haben? Ich schwöre bei Gott, mein Kind: Dieses gottlose Weib bringt es fertig, selbst Könige nicht zu grüßen, aber jedesmal, wenn sie an diesem armseligen, schmutzigen Plätzchen vorbeikommt, grüßt sie mich und redet mit mir. Du hast es ja selbst gehört und gesehen.» Da brach die Nacht herein. Und als nach sorgenvollen Stunden der nächste Morgen heraufkam, erschien die Königin Lab. Umringt von Sklavinnen, Mamluken und Eunuchen mit Schwertern und Lanzen in den Händen, blieb sie vor der Ladentür stehen und grüßte den Alten. Er erwiderte ihren Gruß, erhob sich, stand aufrecht und küßte dann den Erdboden vor ihr. «Jetzt erfülle dein Versprechen, mein Vater», sprach sie ihn an, «und gib mir schnell heraus, was du für mich vorgesehen hast.» – «Erst mußt du mir ein zweites Mal schwören, daß du ihm weder einen Schaden zufügen noch ihn verzaubern, noch irgend etwas mit ihm tun wirst, das er nicht möchte», verlangte der Alte. Und sie schwor es aufs neue, bei allem, was ihr heilig war. Danach lüftete sie den Schleier und enthüllte ein Gesicht wie der Mond. «Mein Vater», sagte sie, «wie stolz du auch bist auf die Schönheit deines Neffen – bin ich etwa nicht schöner als er?» König Badr warf einen Blick auf ihre Schönheit. Sogleich war sein Verstand verwirrt. «Diese hier ist, bei Gott, noch schöner als die Königin Dschauhara», sprach er zu sich selbst, «wenn sie mich heiraten würde, ließe ich leichten Herzens mein Königreich allein, um mit ihr zu leben. Und zu meiner Mutter würde ich gar nicht mehr zurückkehren. Soll sie mich doch töten oder verzaubern, nachdem ich mich vierzig Tage und Nächte lang mit ihr vergnügt habe, Tag und Nacht auf dem Liebeslager – bei Gott, jede einzelne Nacht mit ihr ist ein ganzes Leben wert!» – «Nimm ihn denn mit», sagte der Alte zu der Königin und ergriff dabei König Badrs Hand, «ich übergebe ihn dir. Er ist der Sohn meines Bruders, sein Name ist Badr. Bring ihn mir so zurück, wie du ihn empfangen hast. Mach ihn nicht unglücklich, indem du mich von ihm trennst!» Da versprach sie ihm zum dritten Mal unter heiligen Schwüren, sie werde ihm keinen Schaden zufügen und ihn auch nicht verzaubern. Dann ließ sie ein hübsches, gesatteltes Pferd für ihn heranführen. Alles, was das Pferd trug, war von Gold. Sie gab dem Alten tausend Dinar –

Da erreichte der Morgen Schahrasad, und sie hörte auf zu erzählen.

Die zweihundertunddreiundsechzigste Nacht

aus der Geschichte von Tausendundeiner Nacht

In der folgenden Nacht sagte sie:

Es ist mir zu Ohren gekommen, o glücklicher König, daß die Königin dem alten Gemüsehändler tausend Dinar übergab. «Das kannst du für dich behalten», sagte sie und nahm König Badr mit sich. König Badr strahlte wie der Vollmond an ihrer Seite, und alle, die seiner Schönheit ansichtig wurden, beklagten und bemitleideten ihn. «Bei Gott!» sagten sie zueinander. «Dieser hübsche junge Mann hat es nicht verdient, daß das verfluchte Weib ihn verzaubert.» König Badr hörte wohl, was die Leute untereinander redeten, doch er blieb ruhig, denn er hatte sein Schicksal in die Hände Gottes, des Erhabenen, befohlen. So zogen sie weiter durch die Stadt bis zum Palast. Sobald sie das Palasttor erreicht hatte, stiegen die Emire, Eunuchen und Minister von ihren Pferden, um ihr zu Diensten zu sein. Dann saß auch sie selber ab, und mit ihr König Badr. Beide nahmen auf dem königlichen Thron Platz. Sie befahl nun den Emiren, Kammerherren und Ministern, sich zu entfernen. Diese küßten den Erdboden und zogen sich zurück. Hand in Hand mit König Badr betrat die Königin, mitsamt ihren Eunuchen und Sklavinnen, den Palast. Dieser erschien wie einer der Paläste im Garten Eden. Seine Mauern waren mit Gold verputzt, in der Mitte des Palastes befand sich ein großes Wasserbassin, daneben ein hübscher Garten mit Vögeln, die einander zuzwitscherten in allen Sprachen und Melodien. Die Vorratskammern des Palastes waren gefüllt mit allerlei kostbaren Gewändern und Geräten. «Gepriesen sei Gott!»

sagte König Badr, als er diesen unermeßlichen Reichtum sah. «In Seiner Großzügigkeit und Freundlichkeit beschenkt Er sogar die, die einen anderen als Ihn anbeten.» Königin Lab setzte sich in eine Fensternische, die zum Garten hinausblickte, auf ein Bett aus Elfenbein, auf dem ein schweres Polster lag. König Badr setzte sich neben sie. Sie fing an, ihn zu küssen und an ihre Brust zu ziehen. Dann ließ sie ihre Dienerinnen einen Tisch aus rotem Gold, besetzt mit Perlen, auftragen, dazu Schüsseln, die ebenso verziert waren und in denen allerlei unterschiedliche Speisen und Süßigkeiten serviert wurden. Sie aßen, bis sie genug hatten, dann wuschen sie sich die Hände. Nun wurden ihnen goldene und silberne Trinkgefäße gereicht, auch Becher aus Kristall sowie Blumen, duftende Substanzen und Teller mit Nüssen und gerösteten Mandeln. Anschließend kamen zehn Mädchen wie Monde, die Musikinstrumente aller Art in den Händen trugen. Die Königin füllte einen Becher, trank ihn aus und füllte –

Da erreichte der Morgen Schahrasad, und sie hörte auf zu erzählen.

Die zweihundertundvierundsechzigste Nacht

aus der Geschichte von Tausendundeiner Nacht

In der folgenden Nacht sagte sie:

Es ist mir zu Ohren gekommen, o glücklicher König, daß die Königin den Kelch König Badr überreichte, der ihn entgegennahm und leerte. Die beiden tranken ohne Unterlaß, bis sie so betrunken waren, daß sie nicht mehr aufrecht sitzen konnten. Nun befahl sie ihren Sklavinnen zu singen. Sie sangen vielerlei Melodien, und König Badr schien es, als tanze der Palast um ihn her vor Freude. Sein Verstand war wie betäubt, seine Brust aber froh und weit, und daß er in der Fremde war, hatte er schon vergessen. «Bei Gott», dachte er, «diese Königin ist wirklich eine bezaubernde junge Frau. Ich werde sie niemals wieder verlassen, denn ihr Königreich ist noch größer als meines, und sie ist noch schöner als die Königin Dschauhara.» Und er trank und trank, bis der Abend anbrach und die Kerzen und das Räucherwerk entzündet wurden. Wie sie so beieinandersaßen, war es, als hätte der Dichter sie mit folgenden Worten beschrieben:

Wafir

Ach, welch ein Tag, den wir so froh verbrachten,
Als wären wir die Herren aller Wonnen:

Ein Milchstraßenbächlein glitzert' am Myrtenhimmel,
Es blühten Narzissensterne und Rosensonnen.

Wie Blitze sprang der Wein aus den Wolkenbechern,
Und Weihrauch hat knisternd Nebeldunst gesponnen.

Sie tranken ohne Pause, dazu sangen die Sängerinnen, bis die Nacht vorüber war. Königin Lab legte sich betrunken an Ort und Stelle auf dem Bett zum Schlafen nieder. Ihre Sklavinnen schickte sie fort. Dann – berichtete König Badr – befahl sie mir, mich neben ihr schlafen zu legen. Die Sklavinnen zogen mir alle Gewänder aus, die ich am Leibe trug und die sie mir zuvor angelegt hatte, so daß ich am Ende nur noch mit einem goldgewirkten Hemd bekleidet war, und Königin Lab desgleichen. Die beiden schliefen wonniglich, bis der nächste Morgen dämmerte. Da erhob sich Königin Lab, begab sich mit König Badr in das Hammam des Palastes, und beide wuschen sich. Sobald sie das Hammam wieder verließen, wurden ihnen neue Gewänder angelegt, und man reichte ihnen Weinkelche, die sie leerten. Königin Lab erhob sich, ergriff König Badrs Hand, und die Sklavinnen schritten vor ihnen her –

Da erreichte der Morgen Schahrasad, und sie hörte auf zu erzählen.

Die zweihundertundfünfundsechzigste Nacht

aus der Geschichte von Tausendundeiner Nacht

In der folgenden Nacht sagte sie:

Es ist mir zu Ohren gekommen, o glücklicher König, daß die Königin König Badrs Hand ergriff, und die Sklavinnen vor ihnen her aus dem Hammam wieder in das Zimmer schritten, wo sie zuvor beieinander gesessen hatten. Dort ruhten sie sich ein Weilchen aus. Dann ließen sie das Essen auftragen, aßen und wuschen ihre Hände. Die Tische wurden abgetragen und Trinkgeschirr, Obst, Blumen und Knabberzeug gebracht. Nun tranken sie, während die Sklavinnen vielerlei Lieder und Melodien anstimmten, bis zum

Abend. ❧ Vierzig Tage verbrachten sie auf diese Weise mit Essen, Trinken, Küssen und Liebesspiel. Danach fragte sie ihn: «König Badr, was ist besser: dieser Ort hier oder der Laden deines Onkels, des Gemüsehändlers?» – «Aber nein, bei Gott, liebe Königin, hier ist es besser!» versicherte er. «Der andere ist nur ein obdachloser Strolch, der Gemüse verkauft.» Sie mußte über seine Worte lachen. Den Rest der Nacht bis zum Morgen verbrachten sie auf die angenehmste Weise auf ihrem Lager. ❧ Als König Badr erwachte, war sie fort. «Wohin ist sie wohl gegangen?» fragte er sich und fing gleich an, sie zu vermissen und auf sie zu warten. Aber sie kam nicht wieder. Da stand er auf, legte seine Kleider an und begann, nach ihr zu suchen. «Sie könnte im Garten sein», überlegte er und trat hinaus in den Garten. Dort bemerkte er einen kleinen, plätschernden Fluß, an dem ein schwarzer Vogel saß und neben dem schwarzen Vogel eine weiße Vogeldame. Am Flußufer stand ein hoher Baum, in dessen Wipfel bunte Vögel sangen. ❧ Ich beobachtete die Vögel – berichtete König Badr – aber so, daß sie mich nicht sehen konnten. Plötzlich hüpfte der schwarze Vogel auf jene weiße Vogeldame. Er tat es dreimal. Eine Weile verging, und plötzlich hatte sich die Gestalt jenes Vogels in eine menschliche Gestalt verwandelt. Ich schaute genau hin, und wen sah ich vor mir? Königin Lab! Da wußte ich: Der schwarze Vogel war ein verzauberter Mensch, und weil sie in ihn verliebt war, verwandelte sie sich selbst in eine Vogeldame und ließ sich von ihm bespringen. ❧ König Badr packte die Eifersucht. Er wurde wütend und zornig auf die Königin Lab wegen des schwarzen Vogels. Er kehrte um und setzte sich auf sein Bett. Nach einer Weile kam Königin Lab zu ihm, küßte ihn und wollte mit ihm scherzen, aber er war so voller Grimm gegen sie, daß er nicht ein einziges Wort mit ihr redete. Da begriff sie, wie es um ihn stand, und es wurde ihr klar, daß er beobachtet haben mußte, wie sie es mit dem schwarzen Vogel trieb. Aber sie ließ sich nichts anmerken, sondern verbarg, was in ihr war. ❧ «Liebe Königin», sagte er zu ihr am Vormittag desselben Tages, «ich möchte dich um Erlaubnis bitten, auszugehen und den Laden meines Onkels zu besuchen. Ich habe Sehnsucht nach ihm; es sind ja nun auch schon vierzig Tage, daß ich ihn nicht gesehen habe.» – «Aber laß mich nicht zu lange warten, Badr», ermahnte sie ihn, «ich kann mich nicht lange von dir trennen und halte es kaum ein Stündchen ohne dich aus.» – «Ich höre und gehorche», erwiderte er, bestieg ein Reittier und kam zu dem Alten.

Da erreichte der Morgen Schahrasad, und sie verstummte.

Die zweihundertundsechsundsechzigste Nacht

aus der Geschichte von Tausendundeiner Nacht

In der folgenden Nacht sagte sie:

Es ist mir zu Ohren gekommen, o glücklicher König, daß König Badr ein Reittier bestieg und zu dem alten Gemüsehändler ritt. Der hieß ihn willkommen, stand auf und umarmte ihn. «Wie geht es dir mit diesem gottlosen Weib?» fragte er ihn. «Gut», erwiderte er, «ich bin gesund und guter Dinge. Nur heute nacht, sie hatte erst neben mir gelegen, habe ich sie beim Aufstehen nicht gefunden. Ich habe mich angezogen und bin sie suchen gegangen. Dabei bin ich auch in den Garten gekommen» – und er erzählte ihm alles über sie und berichtete ihm auch von dem Vogel, der sie besprungen hatte. «Hat diese Verfluchte also angefangen, die Treue zu brechen?» zürnte der Alte, nachdem er seinen Bericht gehört hatte. «Sei auf der Hut vor ihr! Du mußt wissen, daß die Vögel, die in jenem Baum sitzen, allesamt fremde junge Männer sind, in die sie sich verliebt und an denen sie ihre Lust gestillt hat, um sie dann in Vögel zu verwandeln. Der schwarze Vogel war einer ihrer Mamluken. Sie hat ihn sehr geliebt, aber er hatte sein Auge auf eine ihrer Sklavinnen geworfen. Da hat sie ihn verzaubert und ihn in einen Vogel verwandelt. Jedesmal, wenn sie Sehnsucht nach ihm hatte, ist sie selbst in die Gestalt einer Vogeldame geschlüpft, und er hat sie begattet. Sie liebt ihn also immer noch! Jetzt, da sie weiß, daß du sie durchschaut hast, wird sie sich dir nicht mehr mit lauterer Absicht zuwenden. Dennoch, dir droht von ihr keine Gefahr, solange ich dich beschütze. Ich bin der mächtigste Zauberer meiner Zeit, aber ich setze meinen Zauber nur in äußerster Not ein. Schon viele, ja die meisten Menschen habe ich aus der Hand dieses verfluchten Weibes retten können, denn über mich hat sie keine Macht, sie fürchtet sich sogar vor mir. Hier in dieser Stadt sind alle Menschen Feueranbeter, genau wie sie. Komm morgen wieder zu mir, und gib mir Bescheid, was sie mit dir machen will. Denn sie wird schon heute nacht versuchen, dich umzubringen. Es muß dir gelingen, sie durch Liebenswürdigkeiten bis morgen nacht hinzuhalten. Dann kommst du zu mir, und ich sage dir, was du tun mußt.» König Badr verabschiedete sich von dem Alten und kehrte zu der Königin zurück. Diese saß schon da und wartete auf ihn. Sobald sie ihn erblickte, sprang sie auf und hieß ihn herzlich willkommen. Ein Essen wurde aufgetragen, und die beiden speisten und wuschen sich die Hände. Danach wurde ihnen Wein serviert, und sie tranken bis um Mitternacht. Einen Becher nach dem anderen reichte sie ihm herüber, so daß er am Ende völlig betrunken und nicht mehr Herr seines Verstandes war. «Bei Gott und bei allem, was dir heilig ist», sprach sie ihn an, als sie sah, in welchem Zustand er war, «wenn ich dir jetzt eine Frage stelle, gibst du mir dann eine ehrliche Antwort?» – «Ja», erwiderte er. Aber er hatte seine Sinne schon nicht mehr beisammen und wußte nicht, was er redete. «Mein Herr, mein Augenlicht!» sagte sie. «Als du mich vermißt hast und nicht finden konntest, hast du da nicht nach mir gesucht, bist auf deiner Suche in den Garten gekommen und hast mich dort in Gestalt einer weißen Vogeldame gesehen? Und hast du nicht beobachtet, wie der schwarze Vogel mich besprungen hat und wie ich mich danach zurückverwandelt habe in meine ursprüngliche Gestalt?» – «Ja, so war es», bestätigte er. «Der schwarze Vogel, mußt du wissen, ist einer meiner Mamluken», fuhr sie fort. «Ich hatte ihn einmal sehr lieb, aber er hatte nur Augen für eine bestimmte Sklavin. Da bin ich eifersüchtig auf ihn geworden und habe ihn verzaubert und einen Vogel aus ihm gemacht. Die Sklavin habe ich getötet. Dennoch konnte ich ihn nicht vergessen. Deshalb verwandle ich mich jedesmal, wenn ich mich nach ihm sehne, in eine Vogeldame und lasse ihn mich begatten, wie du es beobachtet hast. Stimmt es, daß du deswegen böse auf mich bist? Du bist eifersüchtig, aber ich – das schwöre ich beim Feuer und beim Licht! – liebe dich mehr als zuvor!»

Da erreichte der Morgen Schahrasad, und sie hörte auf zu erzählen.

Die zweihundertundsiebenundsechzigste Nacht

aus der Geschichte von Tausendundeiner Nacht

In der folgenden Nacht sagte sie:

Es ist mir zu Ohren gekommen, o glücklicher König, daß die Königin zu König Badr sagte: «Ich frage dich beim Feuer und beim Licht: Ist es nicht so, daß du mich liebst und ich dich zu meinem glücklichen Los auf dieser Welt erwählt habe?» ❧ «Genau das», lallte er, völlig betrunken, nachdem er ihre Worte gehört hatte. «Genau das wollte ich dir auch gerade sagen.» Da zog sie ihn fest an ihre Brust, küßte ihn und zeigte ihm alle Zeichen ihrer Liebe. Dann ging sie schlafen. Er schlief an ihrer Seite ein. ❧ Um Mitternacht stand sie plötzlich aus dem Bett auf. König Badr bemerkte es, stellte sich aber schlafend und öffnete ein Auge, um zu beobachten, was sie tun würde. Da sah er, wie sie aus einem Beutel rotes Pulver nahm und in der Mitte des Palastes ausstreute. Auf einmal floß dort ein Fluß. Sie nahm eine Handvoll Gerste, warf sie neben dem Fluß auf den Boden und begoß die Saat mit dem Flußwasser, da wuchsen Pflanzen daraus und bildeten Ähren, die sie erntete, zu Mehl mahlte und davon einen Gerstenbrei anrührte. Alles andere zauberte sie wieder weg. Dann legte sie sich neben König Badr und schlief bis zum Morgengrauen. ❧ Sobald der Morgen dämmerte, stand König Badr auf, wusch sein Gesicht und bat die Königin um Erlaubnis, den Alten zu besuchen. Sie erlaubte es ihm, und er begab sich zu dem Alten und berichtete, was er beobachtet hatte. Der Alte lachte, als er das hörte. «Sie will dich hinters Licht führen», sagte er, «bei Gott, dieses gottlose Weib! Aber mach dir ihretwegen keine Sorgen.» Mit diesen Worten schaffte er ein Ratl Gerstenbrei heran. «Nimm das mit dir», sagte er zu ihm. «Wenn du zu ihr kommst und sie bemerkt, daß du Gerstenbrei bei dir hast, wird sie dich fragen: ‹Was willst du damit?› Dann sag ihr: ‹Besser ist besser, und doppelt genäht hält besser› und iß etwas davon. Wenn sie dann ihren Gerstenbrei herbeibringt und zu dir sagt: ‹Von diesem Gerstenbrei mußt du essen!›, dann tu so, als ob du davon äßest, aber iß in Wirklichkeit von dem anderen. Gib acht, daß du nichts von ihrem Gerstenbrei ißt, nicht einmal soviel, wie ein Dirham wiegt oder ein Körnchen Getreide, denn sonst bekommt sie Gewalt über dich und kann alles mit dir tun, was sie sich vorgenommen hat. Sobald sie der Meinung ist, du habest von ihrem Gerstenbrei gegessen, wird sie versuchen, dich zu verzaubern. Sie wird zu dir sagen: ‹Tritt heraus aus deiner menschlichen Gestalt und schlüpfe in diese oder jene Gestalt›, je nachdem, was sie sich gerade aussucht. Das kann sie aber nur dann mit dir machen, wenn du von ihrem Gerstenbrei gegessen hast. Solange du nichts davon ißt, brauchst du dir keine Sorgen zu machen. Ihr Zauber wird fehlschlagen und kann dir nichts anhaben. Das wird ihr peinlich sein. Sie wird sich vor dir schämen und zu dir sagen: ‹Ich habe mir nur einen Spaß mit dir erlaubt.› Danach wird sie dir wieder Liebe und Freundlichkeit vortäuschen. Bei alldem wird sie weiterhin versuchen, dich zu verwünschen. Jetzt mußt du zu ihr sagen: ‹Meine Dame, mein Augenlicht, iß du etwas von diesem Gerstenbrei!› Dabei mußt du ihr ebenfalls deine Liebe vortäuschen. Sobald sie auch nur ein Körnchen davon gegessen hat, nimmst du eine Handvoll Wasser, wirfst es ihr ins Gesicht und sagst zu ihr: ‹Tritt heraus aus deiner Gestalt in die-und-die Gestalt.› Die Gestalt kannst du frei wählen. Dann laß sie zurück, und komm zu mir, damit ich weiter für dein Wohl sorgen kann.» ❧ Badr verabschiedete sich von ihm, begab sich wieder in den Palast und trat zu der Königin herein. «Herzlich willkommen!» begrüßte sie ihn, als sie ihn sah. Sie erhob sich, küßte ihn und sagte zu ihm: «Mein Herr, du hast mich aber lange warten lassen.» – «Ich war bei meinem Onkel», gab er ihr zur Antwort, «und der hat mir diesen Gerstenbrei hier zu essen gegeben.» – «Bei uns gibt es auch Gerstenbrei», entgegnete sie, «und zwar besseren als diesen hier.» Und sie füllte seinen Gerstenbrei in eine Schüssel und ihren Gerstenbrei in eine andere Schüssel. «Iß von diesem Gerstenbrei!» forderte sie ihn auf. «Der ist besser als deiner!» Und er tat so, als äße er davon. Sobald sie sicher war, daß er davon gegessen hatte, nahm sie eine Handvoll Wasser und warf es auf ihn. «Tritt heraus aus dieser Gestalt, du nichtswürdiger Lump, du Hurensohn, du dreckiges, hinkendes, häßliches Maultier!» schrie sie ihm ins Gesicht. Aber er verwandelte sich nicht. ❧ Als sie sah, daß ihr Zauber nicht wirkte, stand sie auf, ging auf ihn zu und küßte ihn. «Mein Liebling», sagte sie zärtlich zu ihm, «ich habe mir nur einen Spaß mit dir erlaubt, um zu sehen, was du sagen würdest.» – «Bei Gott, meine liebe Dame», sagte er, «offenbar kann mir kein Zauber schaden, seitdem du mich liebst.»

Da erreichte der Morgen Schahrasad, und sie hörte auf zu erzählen.

Die zweihundertundachtundsechzigste Nacht

aus der Geschichte von Tausendundeiner Nacht

In der folgenden Nacht sagte sie:

Es ist mir zu Ohren gekommen, o glücklicher König, daß König Badr zu der Königin sagte: «Seitdem du mich liebst, kann mich kein Zauber verwandeln und von dir wegzaubern! Ich liebe dich noch mehr, als du mich liebst. Nun iß du etwas von meinem Gerstenbrei.» Sie nahm einen Bissen in den Mund und aß ihn. Sobald der Bissen in ihrem Magen angekommen war, begann sie zu zittern. Da nahm König Badr eine Handvoll Wasser, warf es ihr ins Gesicht und sagte zu ihr: «Tritt heraus aus dieser Gestalt in die Gestalt einer Maultierstute mit weißen Ringen über den Hufen!» Auf der Stelle verwandelte sie sich und wurde eine Maultierstute mit weißen Ringen über den Hufen. Als sie sich selbst in diesem Zustand sah, begannen ihr die Tränen übers Gesicht zu rinnen, und sie rieb ihre Wangen an ihren Füßen. Da sprang er auf sie zu und versuchte, ihr Zaumzeug anzulegen. Sie aber wehrte sich und ließ sich nicht aufzäumen. Er ließ sie so, wie sie war, zurück, kam zu dem Alten und berichtete ihm, was geschehen war. Der erhob sich und brachte ein Zaumzeug heraus. «Leg ihr dieses Zaumzeug an», sagte er zu ihm, «wenn sie es sieht, wird sie sich fügen und sich aufzäumen lassen.» Er nahm das Zaumzeug und kehrte wieder zu ihr zurück. Sobald sie es sah, kam sie ganz zahm zu ihm heran, er legte ihr das Zaumzeug ins Maul, stieg auf ihren Rücken, verließ den Palast und ritt zu dem Alten. «Schande über dich, verfluchtes Weib!» zürnte dieser, als er sie erblickte. «Na, wie gefällt dir das, was Gott jetzt mit dir gemacht hat?» Dann wandte sich der Alte an König Badr: «Du kannst nicht länger in diesem Land bleiben, mein Kind. Steige wieder auf die Maultierstute, und reite, wohin es dir gefällt. Aber hüte dich davor, den Zügel irgend jemandem in die Hand zu geben!» Badr bedankte sich, sagte dem alten Gemüsehändler Lebewohl und ritt drei Tage lang, bis er in der Ferne eine Stadt liegen sah. Da begegnete ihm ein Greis mit schönem, weißem Haar. «Wo kommst du her, mein Kind?» fragte er ihn. «Aus der Zauberstadt», erwiderte er. «Du bist mein Gast», lud er ihn ein. Während sie noch miteinander sprachen, erschien plötzlich ein altes Weib. Sie betrachtete die Maultierstute und weinte dabei. «Diese

Maultierstute», schluchzte sie, «sieht der verstorbenen Maultierstute meines Sohnes zum Verwechseln ähnlich. Ach, mein Herz ist so in Trauer um dieses Tier! Ich beschwöre dich bei Gott, Junge, verkaufe sie mir!» – «Bei Gott, Mutter, ich kann sie nicht verkaufen», erwiderte er. «Ich flehe dich an, in Gottes Namen», jammerte sie erneut, «weise doch meine Bitte nicht zurück! Mein Sohn wird ganz gewiß sterben, wenn ich ihm diese Maultierstute nicht kaufe.» Und sie bedrängte ihn immer mehr. Endlich sagte er zu ihr: «Aber ich verkaufe sie nur für tausend Dinar.» Sie bat ihn: «Dann sage zu mir: ‹Für tausend Dinar verkaufe ich sie an dich.›» «Woher soll dieses alte Weib tausend Dinar haben?» sprach König Badr zu sich selbst und entschloß sich: «Ich verkaufe sie ihr, schon allein um zu sehen, woher sie das Geld nimmt.» Und zu ihr sagte er: «Ich verkaufe sie an dich.» Als die Alte das hörte, zog sie aus dem Gürtel, den sie um den Leib trug, tausend Dinar. «Mutter», sagte der König, als er die Goldmünzen vor sich sah, «ich habe doch nur Spaß gemacht. Ich kann sie nicht verkaufen.» – «Du mußt wissen, mein Kind», meldete sich da der alte Mann, «daß es in diesem Land keinem Menschen erlaubt ist zu lügen. Wer hier lügt, muß sterben!» König Badr stieg also von der Maultierstute ab –

Da erreichte das Morgengrauen Schahrasad, und sie hörte auf zu erzählen. «Ach, Schwester», sagte Dinarasad zu ihrer Schwester, «wie köstlich und wie aufregend ist deine Geschichte!» – «Was ist das schon», erwiderte sie, «gegen das, was ich euch morgen nacht erzählen werde, wenn ich bis dahin noch lebe und verschont geblieben bin ...»

Die zweihundertundneunundsechzigste Nacht

aus der Geschichte von Tausendundeiner Nacht

In der folgenden Nacht sagte sie:

Es ist mir zu Ohren gekommen, o glücklicher König, daß König Badr von der Maultierstute abstieg und sie ihr übergab. Sobald die Alte sie in Empfang genommen hatte, entfernte sie das Zaumzeug aus ihrem Maul, nahm eine Handvoll Wasser und spritzte es auf sie. «Tritt heraus aus dieser Gestalt, meine Tochter, und schlüpfe wieder in deine menschliche Gestalt!»

rief sie, und auf der Stelle verwandelte sich die Maultierstute und kehrte in ihre ursprüngliche Gestalt zurück. Als die Alte die Königin Lab sah, fielen sich die beiden in die Arme und küßten einander. Da wußte König Badr, daß das alte Weib ihre Mutter war und daß sie ihn überlistet hatte. Er versuchte zu fliehen, aber es gelang ihm nicht, denn die Alte ließ einen gewaltigen Pfiff erschallen, worauf sich vor ihr ein Ifrit, hoch wie ein Berg, erhob. Sie stieg auf seinen Rücken, ließ ihre Tochter hinter sich aufsteigen, und dann packte der Ifrit König Badr, setzte ihn auf seine Schulter und flog mit allen in die Höhe. Es dauerte nicht lange, bis sie Königin Labs Palast erreicht hatten. Nachdem diese wieder auf ihrem königlichen Thron Platz genommen hatte, wandte sie ihren Blick König Badr zu. «So weit hast du es also gebracht, du nichtswürdiger Lump!» schimpfte sie. «Da hast du ja bekommen, was du wolltest. Aber ich werde dir zeigen, was ich mit dir machen werde und mit diesem niederträchtigen alten Gemüsehändler, der mir immer nur Schaden zufügt, obwohl ich ihm so viel Gutes tue! Ohne ihn wärst du nicht so weit gekommen!» Und sie nahm eine Handvoll Wasser und spritzte es auf ihn mit den Worten: «Tritt heraus aus dieser Gestalt in die Gestalt des allerhäßlichsten Vogels!» Auf der Stelle verwandelte er sich in einen Vogel, der wahrhaft häßlich anzusehen war. Sie sperrte ihn in einen Käfig und verweigerte ihm Essen und Trinken. Aber eine der Sklavinnen warf ein mitleidiges Auge auf ihn und fing an, ihn zu füttern und ihm zu trinken zu geben, ohne daß die Königin es bemerkte. Dieselbe Sklavin schickte auch einen Boten zu dem Gemüsehändler und ließ ihm die Ereignisse melden. Auch ließ sie ihn wissen, daß die Königin jetzt beabsichtige, ihn umzubringen. Der Alte, der wußte, daß er vor ihr auf der Hut sein mußte, überlegte, was er tun könnte. «Ich muß diese Stadt aus ihrer Hand befreien», dachte er, «daran führt kein Weg vorbei.» Er ließ einen gewaltigen Pfiff erschallen, und ein Ifrit mit vier Flügeln erschien. «Bark!» rief er ihn an. «Nimm das Mädchen, das Mitleid mit König Badr hatte und ihm immer zu essen und zu trinken gibt, und fliege mit ihr zur Stadt der Dschullanar vom Meer und ihrer Mutter Farrascha. Diese beiden sind in ihren Zauberkünsten mächtiger als alle Wesen auf der Erde. Und sage ihnen, daß König Badr bei der Königin Lab gefangensitzt!» Der Ifrit hob sie hoch und flog mit ihr in die Lüfte. Es dauerte nur einen kurzen Augenblick, dann senkten sie sich schon auf dem Palast der Königin Dschullanar nieder. Die Sklavin stieg vom Dach herab, trat zu der Königin ein, küßte den Erdboden vor ihr und erzählte ihr, was ihr Sohn erlebt hatte, vom Anfang bis zum Ende der Geschichte. Dschullanar stand auf, küßte sie und dankte ihr. Dann ließ sie in der ganzen Stadt fröhliche Musik spielen anläßlich der guten Nachricht und teilte ihrer Familie mit: «König Badr ist gefunden!» Nun sammelten Dschullanar, ihre Mutter Farrascha und ihr Bruder Saih sämtliche Stämme der Dschinnen und Armeen des Meeres um sich, denn die Dschinnenkönige gehorchten ihnen, seitdem sie König Schamandal gefangenhielten. Sie erhoben sich in die Luft, flogen davon und landeten in der Zauberstadt. Als erstes drangen sie in den Palast ein und töteten alle, die sich darin und in der ganzen Stadt befanden. «Wo ist mein Sohn?» rief sie der Sklavin zu. Die Sklavin nahm den Käfig hoch und brachte ihn zu ihr. Sobald er vor ihr stand, befreite sie ihn aus dem Käfig, nahm eine Handvoll Wasser und spritzte es auf ihn mit den Worten: «Tritt heraus aus dieser Gestalt in deine menschliche Gestalt, durch die Kraft des Herrn der Menschen!» Noch bevor sie ihre Worte zu Ende gesprochen hatte, verwandelte er sich schon und wurde «ein wohlgestalteter Mensch», wie es im Koran steht. Als sie ihn in seiner eigentlichen Gestalt wiedersah, ging sie auf ihn zu, fiel ihm um den Hals und brach in Tränen aus. So taten es auch sein Onkel Saih, seine Großmutter Farrascha und seine Kusinen. Alle küßten ihm die Hände und die Füße. Dann schickte Dschullanar einen Boten, der den alten Gemüsehändler Abdallah herbeibringen sollte. Als dieser sich eingefunden hatte, bedankte sie sich bei ihm für all das Gute, das er an ihrem Sohn getan hatte, und gab dem Alten die Sklavin, die zu ihr gekommen war, zur Frau.

Da erreichte der Morgen Schahrasad, und sie hörte auf zu erzählen.

Die zweihundertundsiebzigste Nacht

aus der Geschichte von Tausendundeiner Nacht

In der folgenden Nacht sagte sie:

Es ist mir zu Ohren gekommen, o glücklicher König, daß der Alte die Sklavin zur Frau nahm, wie es Dschullanar bestimmt hatte. «Mutter», wandte sich daraufhin König Badr an seine Mutter, «jetzt bleibt nur noch eines zu tun: daß auch ich mir eine Frau nehme und wir danach alle vereint bleiben.» – «Das hast du schön gesagt, mein Junge», freute sich seine Mutter, «aber wir müssen erst Ausschau halten unter den Königstöchtern, um herauszufinden, welche zu dir paßt.» Wie aus einem Munde riefen da seine Großmutter Farrascha, sein Onkel Saih und seine Kusinen: «Wir machen uns alle auf, König Badr, und werden dir bringen, was du dir wünschst.» Und ein jeder von ihnen ging, um das Land zu durchforschen. Dschullanar vom Meer aber setzte ihre Sklavinnen auf die Nacken von Ifriten und schärfte ihnen ein: «Laßt keine Stadt, kein Gebiet und keinen Königspalast aus! Prüft überall, was es dort an schönen Mädchen gibt.» Als Badr sah, was sie tat, sagte er zu seiner Mutter Dschullanar: «Ach, Mutter, laß es sein. Das ist es nicht, was ich will.»

Da erreichte der Morgen Schahrasad, und sie hörte auf zu erzählen.

Die zweihundertundeinundsiebzigste Nacht

aus der Geschichte von Tausendundeiner Nacht

In der folgenden Nacht sagte sie:

Es ist mir zu Ohren gekommen, o glücklicher König, daß König Badr zu seiner Mutter Dschullanar sagte: «Ich will keine andere als Königin Dschauhara, die Tochter des Königs Schamandal. Denn sie ist, wie ihr Name schon sagt, ein Juwel!» – «Wenn das dein Ziel ist, dann hast du es schon erreicht, mein Sohn», sagte seine Mutter zu ihm und schickte auf der Stelle einen Boten, der König Schamandal vor sie bringen sollte. Noch im gleichen Augenblick brachte man ihn heran, und er küßte vor ihr den Erdboden. Nun ließ sie ihren Sohn, König Badr, holen, nicht ohne ihm zuvor Schamandals Ankunft zu melden. König Badr erhob sich vor ihm, hieß ihn willkommen und fragte ihn, ob er seine Tochter Dschauhara heiraten dürfte. «Sie ist deine Sklavin», antwortete er, «sie steht zu deiner Verfügung.» König Schamandal schickte nun einen seiner Gefährten in sein Land, mit dem Auftrag, seine Tochter Dschauhara zu holen und ihr mitzuteilen, daß er sich bei König Badr befände. Jener flog hoch in die Lüfte, entfernte sich für eine Weile und kehrte dann mit Königin Dschauhara zurück. Sobald diese ihren Vater erblickte, kam sie auf ihn zu und schloß ihn weinend in die Arme. «Liebes Töchterlein», sagte er und schaute sie ernst an, «du mußt wissen, daß ich dich diesem Könige und Held, dem starken Löwen, der seine Beute überfällt, zur Frau gegeben habe, nämlich König Badr. Er ist von allen Menschen seiner Zeit der schönste, anmutigste und erhabenste Mann. Er ist deiner würdig, mehr als irgendeiner anderen, und auch du bist seiner vor allen andren Männern wert.» – «Ach, Vater», seufzte sie, «ich kann dir nicht widersprechen. Tu nur, was du willst.» Da brachten sie Zeugen herbei und ließen den Ehevertrag aufsetzen. Überall wurde fröhliche Musik gespielt zu Ehren des frohen Anlasses. Es wurden Gefangene freigelassen, Witwen und Waisen bekamen Kleider geschenkt und die Minister und Emire Ehrengewänder. Man richtete ein Hochzeitsfest aus, veranstaltete Gastmähler und feierte, abends wie morgens, zehn Tage lang. Dann führten sie die Braut in sieben verschiedenen Hochzeitskleidern vor König Badr. Er vollzog die Ehe mit ihr und fand, daß sie noch Jungfrau war, daher raubte er ihr die Unschuld. Darüber freute er sich sehr, und sein Auge war getröstet. Er liebte sie, und sie liebte ihn wieder; ihre Liebe war über alle Maßen groß. Nun schenkte er auch ihrem Vater, König Schamandal, ein Ehrenkleid und ließ ihn in sein Land zurückkehren, nachdem er ihm ein ganzes Vermögen geschenkt und seinem Herzen wohlgetan hatte. Und so lebte König Badr mit dem Mädchen, seiner Mutter, seiner Familie und seinen Verwandten. Sie aßen und tranken, bis der Zerstörer der Genüsse zu ihnen kam und der Trenner der Vereinten sie mit sich nahm. Das ist ihre Geschichte, vollständig und in ganzer Länge.

Da erreichte das Morgengrauen Schahrasad, und sie hörte auf zu erzählen. «Ach, Schwester», sagte Dinarasad zu ihrer Schwester, «wie köstlich und wie aufregend ist deine Geschichte!» – «Was ist das schon», erwiderte sie, «gegen das, was ich euch morgen nacht erzählen werde, wenn ich dann noch lebe. Das wird noch viel aufregender sein! Es ist nämlich die Geschichte von einem König und seinem Sohn namens Kamarassaman und von all den spannenden Abenteuern, die sie erlebt haben!» Da sprach der König in seinem Herzen: «Ich werde sie, bei Gott, nicht eher töten, als bis ich gehört habe, was für Abenteuer sie erlebt haben. Dann aber töte ich sie, genau wie die anderen Frauen.»

Die zweihundertundzweiundsiebzigste Nacht

aus der Geschichte von Tausendundeiner Nacht

Und als die nächste Nacht gekommen war, sagte Dinarasad zu ihrer Schwester Schahrasad: «Ach, Schwester, wenn du nicht schläfst, so erzähle uns doch eine deiner schönen Geschichten, damit wir uns diese Nacht damit vertreiben können.» – «Es soll aber die Geschichte vom König und seinem Sohn Kamarassaman sein!» verlangte der König. «Mit Vergnügen!» antwortete sie.

König Kamarassaman und seine Söhne al-Amdschad und al-Asad

Es ist mir zu Ohren gekommen, o glücklicher König, daß es in einem fernen Land einmal einen mächtigen König gab, dem alle Menschen, die wichtigen genauso wie die einfachen Leute, untertan waren. Er herrschte über ferne und nahe Länder und besaß eine große Zahl von Pferden. In hohem Alter noch schenkte ihm Gott einen Sohn, den nannte er Kamarassaman, weil er so schön und so anmutig war. Als er größer wurde und zum Mann reifte, war er so hübsch wie der Zweig einer ägyptischen Weide. Er verzauberte mit seiner Schönheit jedes Herz und raubte mit seiner Vollkommenheit jedes Gemüt. Seine Gestalt, in der ihn Gott geformt hatte, war vollkommen, und er übertraf mit seinem Aussehen alle hübschen jungen Männer. Selbst die Gazellen hatten ihre scheuen Blicke und ihre zarten Hälse von ihm geraubt. Er erschien so, als hätte ihn ein Dichter mit den folgenden Versen beschrieben:

Wer ist das? Der Zauber-Schminkstift perlt aus seinen Blicken,
Und von seinen Wangen kann man rote Rosen pflücken.

Wer ist das? Sein schwarzes Haar hat er der Nacht gestohlen,
Doch mit seiner hellen Stirn kann er sie niederdrücken.

Es ist der Emir, der Macht hat über alle Schönen.
Wenn sie sich verweigern, wird er sie mit Macht bedrücken.

Ja, ich schwöre es bei ihm, der mir ist lieb und teuer,
Darum kann mir wohl ein Schwur bei seinem Leben glücken:

Alle schönen Menschen sind durch ihn in größ'ren Ehren,
Denn die Schönheit selbst wohnt zwischen seiner Brust und Rücken.

Nimmt der schöne junge Mann den Spiegel in die Hand, so
Wird er selbst als Spiegelbild sein Spiegelbild entzücken.

Schon als kleiner Junge hatte Kamarassaman lesen gelernt. Er war sehr wißbegierig und lernte Naturwissenschaften, Geschichte, die Lebensgeschichten der Könige und die Gedichte der alten arabischen Dichter. Er konnte gut lesen, schön schreiben und Gedichte aufsagen. Als er nun zum Mann reifte und der grüne Bartflaum allmählich über die Reinheit seiner roten Wange vorwärtskroch – dazu hatte er auf dem Thron seiner Wange ein Muttermal wie ein Amberstückchen –, da war es, als hätte der Dichter über ihn gesagt:

Oft denk' ich an den schlanken Jungen, durch dessen Haar und dessen Stirn
Die ganze Menschheit bald ins Dunkel, bald ins helle Licht geriet.

Mißachtet nicht das Muttermal auf seiner Wange! Es ist, als ob
Auf ihr ein ganzer roter Mohn mit einem schwarzen Punkt erblüht.

Sein Vater liebte ihn heftig und trennte sich weder nachts noch tagsüber von ihm. Eines Tages klagte der König einem seiner Wesire sein Leid. Die Liebe zu seinem Sohn war übergroß geworden, und seine Schönheit sprengte jedes Maß. «Ich habe Angst um meinen Sohn», sagte er zu ihm. «Die Übel unserer Zeit und die Wechselfälle des Schicksals bedrohen ihn. Ich möchte ihn noch zu meinen Lebzeiten zum Sultan ernennen.» – «Du mußt wissen, o glücklicher Sultan und Herr des rechten Urteils», erwiderte der Wesir, «daß es angeraten wäre, deinem Sohn, bevor du ihn zum Sultan ernennst, eine Frau zu suchen. Erst danach laß ihn Sultan werden.» – «Man bringe mir meinen Sohn Kamarassaman», rief der Sultan hierauf. Der kam, küßte die Erde vor ihm und senkte den Blick zum Boden. «Mein lieber Sohn Kamarassaman», sagte sein Vater zu ihm, «ich habe vor, dich zu verheiraten, damit ich mich an dir freuen kann.»

Da erreichte der Morgen Schahrasad, und sie hörte auf zu erzählen.

Die zweihundertunddreiundsiebzigste Nacht

aus der Geschichte von Tausendundeiner Nacht

In der folgenden Nacht sagte sie:

Es ist mir zu Ohren gekommen, o glücklicher König, daß der junge Kamarassaman, nachdem er die Worte seines Vaters gehört hatte, vor Scham errötete. Eine Krone aus Schweißperlen erschien auf seiner Stirn, und er senkte den Blick. «O König der Zeit», sagte er, «zum Heiraten fehlt mir die Lust. Mich zieht es überhaupt nicht zu den Frauen! Es sind mir schon so viele Geschichten über die Frauen und ihre heimtückische Art erzählt worden, auch hat ja ein Dichter die Verse gesprochen:

Tawil

Ihr habt eine Frage über Frauen? Fragt mich! Ich bin
Ein kundiger Arzt für Frauenkummer und -leiden.

Sobald einem Mann wird weiß das Haar oder knapp das Geld,
Dann werden sie ihn mit ihrer Freundlichkeit meiden!

Ich werde es niemals tun», fuhr der Junge fort, «selbst wenn ich deshalb den Becher des Todes trinken müßte!» Der Sultan wurde sehr betrübt und grämte sich darüber, daß sein Sohn ihm in dieser Sache – nämlich dem Heiraten – nicht gehorchen wollte. Weil er ihn aber so sehr liebte, vermied er es, ihn ein zweites Mal zu fragen. Unterdessen wurde Kamarassaman von Tag zu Tag schöner und anmutiger, bis er schließlich den Verstand aller Menschen förmlich zerriß. Der Sultan faßte sich ein Jahr lang in Geduld. Inzwischen war seine Sprachgewandtheit perfekt geworden, und alle Welt mußte sich vor ihm schämen, denn er war eine Versuchung für alle Liebenden und eine erholsame Wiese für alle Sehnsuchtskranken. Er sprach mit süßen Worten und beschämte selbst den rundesten Vollmond. Wie ein Weidenzweig oder ein Schilfrohr wiegte er sich hin und her, und seine Wangen konnten für Rosenblüten oder roten Mohn Ersatz bieten. Kurzum: Er war voller reizender Eigenschaften, man konnte glauben, der Dichter habe ihn gemeint, als er sagte:

«Gott ist voll Segen!» riefen alle, wo er auch erschien.
«Gepriesen sei Der, der ihm seine schöne Form verliehn!»

Er ist der König aller Schönen, und die Schönen sind
Wie eine Herde Tiere, die mit ihm als Hirten ziehn.

In seinem Mund fließt Honig, der geschmolzen ist und süß,
Und seine Zähne reihen sich wie Perlen auf darin.

Er ist vollkommen, alle Schönheit lebt in ihm allein,
Und nun verwirrt sie allen Menschen Kopf, Verstand und Sinn!

Die Anmut steht ihm im Gesicht wie Schrift in einem Buch,
Und ich bezeuge: Es gibt keinen Schönen außer ihn!

Nachdem er ein weiteres Jahr vollendet hatte, rief ihn der Sultan zu sich. «Mein liebes Kind», sprach er ihn an, «wirst du nun auf mich hören?» Kamarassaman ließ sich auf den Boden fallen, küßte diesen und beteuerte: «Bei Gott, o König der Zeit, was auch immer du befiehlst, ich werde dir nicht zuwiderhandeln.» – «Ich wünsche, daß du heiratest, mein Sohn», sagte er zu ihm, «und zwar, damit ich mich an dir freuen und dich noch zu meinen Lebzeiten zum Sultan ernennen kann.» Als Kamarassaman die Worte seines Vaters hörte, senkte er den Blick. Dann hob er den Kopf und antwortete: «Das, o König der Zeit, ist etwas, das ich niemals tun werde. Ich habe nämlich in den alten Büchern gelesen, wieviel Unglück und Leiden durch die Frauen über die Menschheit gekommen ist. Einer der Dichter hat diese Verse gemacht:

Sie haben Henna auf den Fingerspitzen,
Und ihre Haare sind gefärbt und glittern.

Sie holen jeden Mann aus seinem Turban
Und reichen ihm den Todeskelch, den bittern.

Kannst du den Blitz mit einem Jagdnetz fangen?
Und Wasser hol'n im Käfig nur aus Gittern?»

Sein Vater gab ihm keine Antwort, sondern behandelte ihn noch ehrerbietiger und erklärte die Versammlung für beendet. Dann rief der Sultan seinen Wesir zu sich –

Da erreichte das Morgengrauen Schahrasad, und sie hörte auf zu erzählen. «Wie köstlich und wie aufregend ist deine Geschichte!» sagte Dinarasad zu ihrer Schwester. «Was ist das schon», erwiderte sie, «gegen das, was ich euch morgen nacht erzählen werde, wenn ich dann noch lebe und mich der König verschont ...»

Die zweihundertundvierundsiebzigste Nacht

aus der Geschichte von Tausendundeiner Nacht

In der folgenden Nacht sagte sie:

Es ist mir zu Ohren gekommen, o glücklicher König, daß der Sultan, nachdem er seinen Wesir zu sich gerufen hatte, zu ihm sagte: «Sag mir, was ich mit meinem Sohn tun soll. Du warst es ja damals, der mir geraten hat, ihn zu verheiraten. Aber er weigert sich. Nun gib mir einen Rat. Was soll ich tun?» – «Hab noch ein drittes Jahr Geduld mit ihm, o König», antwortete der Wesir, «dann nimm ihn beiseite, und sprich unter vier Augen mit ihm. Wenn das nichts nützt, versammle alle deine Minister, und rede vor ihnen mit ihm. Er wird sich schämen und dir nicht widersprechen. So erreichst du das, was du dir zum Ziel gesetzt hast.» Der Sultan freute sich und schenkte dem Wesir zum Dank ein Ehrenkleid. Dann geduldete er sich ein Jahr lang. Der Jüngling aber wurde immer schöner und anmutiger. Beinahe zwanzig Jahre alt war er nun, und seine Schönheit hatte noch zugenommen. Es war, als hätte ihn ein Dichter mit folgenden Versen beschrieben:

Ich schwör' bei seiner Jugend und bei seiner trunknen Lider Rand,
Und bei den Pfeilen, die er aus der Brust gezielt und abgesandt,

Bei seinen weichen Seiten und bei seinem fein geschärften Blick,
Und bei dem weißen Stirnfleck, der hell unter schwarzen Haaren stand,

Bei einer Augenbraue, die den Schlaf raubt jedem, der sie sah,
Und die mit ihrem «Ja» und «Nein» mich schmerzhaft auf die Folter spannt.

Ich schwöre bei dem Skorpion, den seine Schläfenlocke formt
Und der durch Trennung tötet alle Liebenden im ganzen Land,

Und bei der Rose seiner Wange und der Myrte seines Barts,
Bei seines Mundes Karneol und seiner Zähne Perlenband,

Beim Dufte seines Atems und dem frischen Wasser seines Munds,
In dem sich schwerer Wein mit süßem Honig inniglich verband ...

Da erreichte das Morgengrauen Schahrasad, und sie hörte auf zu erzählen. «Ach, Schwester», sagte Dinarasad zu ihrer Schwester, «wie köstlich und wie aufregend ist deine Geschichte!» – «Was ist das schon», erwiderte sie, «gegen das, was ich euch morgen nacht erzählen werde, wenn ich dann noch lebe und mich der König verschont ...»

Die zweihundertundfünfundsiebzigste Nacht

aus der Geschichte von Tausendundeiner Nacht

In der folgenden Nacht sagte sie:

Es ist mir zu Ohren gekommen, o glücklicher König, daß, nachdem die drei Jahre über Kamarassaman hingegangen waren und er nun schon über zwanzig Jahre zählte, dabei vollkommen war in seiner Schönheit und Anmut – daß also der König einen gewöhnlichen Regierungstag abwartete und, sobald die Versammlung der Emire, Wesire, Kammerherren, Hauptleute, Minister und Krieger vollständig war, nach seinem Sohn schickte, wie es ihm der Wesir geraten hatte. Kamarassaman erschien und küßte den Erdboden. «Du mußt wissen, mein Sohn», fing der König an, «daß ich dich nach so langer Zeit vor diese ehrwürdige Versammlung geladen habe, weil ich etwas mit dir besprechen will. Und ich wünsche, daß du mir in dieser Angelegenheit nicht widersprichst. Die Sache ist die: Ich rate dir, mein Sohn, nimm dir eine Frau! Es ist mein heißer Wunsch, dich zu verheiraten, um mich an dir freuen zu können, bevor ich sterbe.» Als Kamarassaman die Rede seines Vaters zu Ende gehört hatte, senkte er den Blick. Eine große Wut kam in ihm auf. Als er den Kopf wieder hob und ihn ansah, packte ihn der jugendliche Übermut, und er rief aus: «Nein, ich werde nicht heiraten! Nein, ich werde nicht heiraten! Nein, ich werde nicht heiraten! Du bist ein alter Mann, deine Lebensjahre haben zugenommen, aber dein Verstand hat abgenommen! Hast du mir nicht schon zwei oder drei Mal vorgeschlagen, ich sollte heiraten, und ich habe es jedes Mal zurückgewiesen?» Er ereiferte sich immer mehr gegen den Sultan, beschimpfte ihn in seinem Zorn und erklärte vor allen versammelten Emiren und Wesiren seinen Vater für einen Dummkopf. Das konnte der Sultan nicht ertragen. Er fühlte sich gedemütigt, und Scham ergriff ihn vor den Anwesenden.

Also erhob er seine Stimme, schrie seinen Sohn an und befahl den Mamluken, die vor ihm standen, ihn festzunehmen. In Ketten legen sollten sie ihn, befahl der Sultan, und sie legten ihn in Ketten und führten ihn gefesselt seinem Vater vor. Er hielt den Kopf gesenkt, auf seiner Stirn standen Schweißperlen, die sein Gesicht wie eine Krone bekränzten. «Wehe dir!» herrschte der Sultan ihn an. «Darf einer wie du einem wie mir vor seinem versammelten Hofstaat so eine Antwort geben? Und das bei deiner feinen Bildung! Wenn das einem Mann aus dem einfachen Volk passiert wäre, wäre es schon häßlich genug!» Und er ordnete an, seine Handfesseln zu lösen und ihn in einem der Türme einzusperren. Sie führten ihn ab und brachten ihn in einen uralten Turm, und dort in eine verfallene Halle, in deren Mitte sich ein alter römischer Brunnen befand. Zuerst gingen die Kammerdiener hinein, fegten die Halle sauber aus, wischten die Fußbodenplatten, stellten ein Bett für ihn auf, legten ein Polster darauf und obenauf eine Ledermatte. Auch ein Kissen legten sie ihm hin, dazu eine Laterne und eine Kerze, denn es war ein düsterer Raum. Dann ließen sie Kamarassaman herein und stellten einen Eunuchen als Wache vor die Tür. Gebrochenen Herzens und Gemüts ließ sich Kamarassaman auf das Bett nieder. Er machte sich Vorwürfe und bereute, was er seinem Vater angetan hatte. «Dieses verfluchte Heiraten!» seufzte er. «Ach, hätte ich doch auf meinen Vater gehört!» Soviel zu ihm. Wie aber erging es unterdessen dem Sultan? Der führte bis zum Abendgebet seine Regierungsgeschäfte, entließ dann seinen Hofstaat, ging in sein Haus und traf sich mit dem Wesir. «Höre mir zu», sagte er vorwurfsvoll, «du bist der Grund für das, was sich zwischen mir und meinem Sohn abgespielt hat!» – «O König», erwiderte dieser, «laß ihn jetzt in Ruhe. Nach fünfzehn Tagen hol ihn zu dir. Dann wird er dir nicht mehr widersprechen.»

Da erreichte das Morgengrauen Schahrasad, und sie hörte auf zu erzählen.

Die zweihundertundsechsundsiebzigste Nacht

aus der Geschichte von Tausendundeiner Nacht

In der folgenden Nacht sagte sie:

Es ist mir zu Ohren gekommen, o glücklicher König, daß der König seinen Wesir fortschickte und sich für diese Nacht schlafen legte. Aber seine Gedanken waren so beschäftigt mit seinem Sohn – er liebte ihn ja dermaßen, daß die beiden für gewöhnlich immer eng aneinandergeschmiegt geschlafen hatten –, daß er sich in dieser Nacht nur sorgenvoll von einer Seite auf die andere wälzte. Kein Schlaf wollte ihn mit sich nehmen. Die Nacht wurde ihm lang. Er dachte an seinen Sohn Kamarassaman und erhob die Stimme zu den folgenden Versen:

Tawil

«Die Nacht wird mir lang; nur die Verräter, sie schlafen.
Es zittert mein Herz, weil Trennungsstiche es trafen.

Ich frage, wobei mir meine Nacht immer länger wird:
Kommst, Morgenlicht, du nie mehr zurück zu den Braven?»

Soviel zu des Sultans Nacht. Wie aber verbrachte Kamarassaman diese Nacht? Sobald es dunkelte, entzündete der Wächter die Laterne für ihn und stellte auch den Kerzenleuchter mit einer großen, brennenden Kerze darauf in Kamarassamans Nähe. Dann brachte er ihm etwas zu essen. Kamarassaman setzte sich und aß. Er war noch immer nachdenklich, besorgt und voller Vorwürfe gegen sich selbst, weil er sich so rüpelhaft gegen seinen Vater verhalten hatte. Deswegen aß er nur wenig. «Hast du nicht gewußt, liebe Seele», sprach er zu sich selbst, «daß der Mensch eine Geisel seiner Zunge ist und daß sie es ist, die ihn ins Verderben stürzt?» Seine Augen flossen über vor Tränen um das, was er getan hatte, und er erhob die Stimme und sprach die Verse:

Tawil

«So mancher stirbt jung, weil seine Zunge ins Straucheln kommt,
Und nicht durch des Fußes Straucheln wird er vom Tod ereilt.

Das Straucheln aus seinem Munde kostet ihn seinen Kopf,
Vom Straucheln des Fußes kommt die Wunde, die wieder heilt.»

Dann wollte er sich die Hände waschen. Der Eunuch brachte ihm die große metallene Waschschüssel und den Wasserkrug. Er wusch seine Hände, reinigte sich und verrichtete das Abend- und das Nachtgebet. Dann setzte er sich hin, las etwas aus dem Koran und betete, erhob sich dann, um sich auf dem Bett schlafen zu legen, deckte sich mit dem Bettuch zu – noch brannte die Laterne an seinem Fußende und die Kerze neben seinem Kopf – und schlief ein. Er schlief, bis das erste Drittel der Nacht verstrichen war, ohne zu ahnen, was im Verborgenen auf ihn lauerte. Nun wollte es das Schicksal, daß jene Halle und der Turm seit Jahren verlassen lagen und daß sich in der Mitte des Turmes ein alter römischer Brunnen befand, der von Dschinnen bevölkert war. Eine Dschinnenfrau aus der Nachkommenschaft von Iblis, dem Verfluchten, wohnte darin. Ihr Name war Maimuna, die Tochter des Dschinnenkönigs Damriyat.

Da erreichte der Morgen Schahrasad, und sie hörte auf zu erzählen.

Die zweihundertundsiebenundsiebzigste Nacht

aus der Geschichte von Tausendundeiner Nacht

In der folgenden Nacht sagte sie:

Es ist mir zu Ohren gekommen, o glücklicher König: Er lag schlafend da, die Nacht war zu einem Drittel verstrichen. Plötzlich stieg die Ifritin Maimuna aus dem Brunnen auf. Sie wollte sich gen Himmel erheben, um, wie es im Koran von den Teufeln heißt, «verstohlen zu horchen». Als sie aus dem Brunnen aufstieg, sah sie Licht im Turm. Eine Kerze flackerte dort. Das war ungewöhnlich. Schließlich bewohnte sie den Ort schon seit Jahren, und für gewöhnlich sah sie dort nichts. Sie wunderte sich darüber, bewegte sich auf das Licht zu und entdeckte, daß es aus der Halle strahlte. Sie betrat die Halle und fand dort den schlafenden Eunuchen. Dann sah sie ein Bett, auf dem, im Schein einer Kerze und einer Laterne, die Gestalt eines schlafenden Menschen zu erkennen war. Langsam, langsam trat sie näher, stand schließlich neben dem Bett, lüftete das Bettuch von seinem Gesicht und betrachtete ihn. Sie war verblüfft von seiner Schönheit. Die Kerze warf ihr Licht auf sein Gesicht, so daß Glanz und Schönheit ihr entgegenstrahlten. Seine Stirn schimmerte, sein Duft umströmte ihn, ja er war genau so, als hätte ihn jemand mit den Versen beschrieben:

> Sein Duft ist wie der Moschus, seine Wange eine Rosenblüte,
> Die Zähne weiße Perlen und sein Speichel Wein von erster Güte.
>
> Schlank wie die Gerte ist sein Wuchs, doch rund und prall die Hinterbacken,
> Sein Haar ist wie die Nacht, in der als Morgenrot sein Antlitz glühte.

Als die Ifritin Maimuna ihn sah, pries und lobte sie den Schöpfer. «Gott, der beste aller Schöpfer, ist voller Segen!» staunte sie und stand eine Weile still da, betrachtete sein Antlitz und beneidete ihn um seine Anmut. «Bei Gott, er sieht wirklich wunderbar aus», sprach sie zu sich selbst, «aber wie konnte seine Familie es übers Herz bringen, ihn an diesem unwirtlichen, verfallenen Ort schlafen zu legen? Wenn einer von uns bösen Dämonen zu ihm heraufsteigt, wird er ihn zugrunde richten!» Und die Ifritin beugte sich über ihn, küßte ihn auf die Stirn und deckte ihn wieder zu. Dann entfaltete sie ihre Flügel und flog gen Himmel. Immer höher und höher stieg sie und hatte schon fast den Himmel erreicht, der die Welt umspannt, da hörte sie plötzlich das Geräusch in den Lüften schwingender Flügel. Sie flog darauf zu, und als sie nahe genug gekommen war, erkannte sie einen ungläubigen Dschinni namens Danhasch Ibn Schamhurasch, der war der Kadi der Dschinnen. Sowie sie ihn sah und erkannte, stürzte sie sich mit tödlicher Wucht auf ihn. Das fühlte Danhasch und erkannte sogleich, daß es Maimuna war, die Tochter des Dschinnenkönigs. Zitternd vor Furcht flehte er um Gnade. «Ich beschwöre dich bei dem allmächtigen Namen», sagte er, «hab Erbarmen mit mir, und tu mir nichts an, dann wird dir nie mehr etwas Böses von mir widerfahren!» Als Maimuna das hörte, hatte sie Mitleid mit ihm und zügelte ihre Angriffslust. «Du hast mir gerade einen großen Eid geschworen», sagte sie. «Aber nun sag mir: Wo warst du? Wo kommst du um diese Zeit her?» – «Meine Herrin», erwiderte Danhasch, «ich komme direkt aus Kaschgar in China und von den dortigen Inseln. Ich werde dir von einem Wunder berichten, das ich dort heute nacht gesehen habe. Wenn ich dir davon erzählt habe und du es mit eigenen Augen sehen konntest, läßt du mich dann frei und versprichst mir schriftlich, mit deiner Unterschrift, daß keiner von den Dschinnenkönigen, weder einer von den niederen noch einer von den höheren, sich mir in Zukunft in den Weg stellen darf?» – «Gut», erwiderte sie, «aber wenn du Verfluchter lügst, nur um mir zu entkommen, dann schwöre ich bei allem, was auf der Gemme des Siegelrings Salomons, des Sohnes Davids, eingraviert ist: Wenn es nicht stimmt, was du sagst, zerrupfe ich dir die Federn, zerreiße dir die Haut, hänge dein Fleisch zum Trocknen in die Luft und zerbreche deine Knochen!» – «Jawohl, o Herrin», sagte Danhasch.

Da erreichte der Morgen Schahrasad, und sie hörte auf zu erzählen.

Die zweihundertundachtundsiebzigste Nacht

aus der Geschichte von Tausendundeiner Nacht

In der folgenden Nacht sagte sie:

Es ist mir zu Ohren gekommen, o glücklicher König, daß der Dschinni Danhasch zu der Dschinnenfrau sagte: «Du mußt wissen, meine Herrin, daß ich die heutige Nacht auf den Inseln im Lande des Königs Dur al-Ghayur, des Herrschers der Inseln und der Meere, verbracht habe. Dieser König hat eine Tochter, wie Gott keine schönere in dieser Zeit erschaffen hat. Ich kann sie dir gar nicht beschreiben, denn meine und meinesgleichen Zunge ist dazu nicht fähig. Sie hat geflochtene Haare wie Pferdeschwänze, die, wenn sie sie löst und offen fallen läßt, wie regennasse Reben sind. Unterm Haar hat sie eine Stirn wie ein polierter Spiegel, die leuchtet so, wie nur die blühende Jugend leuchten kann. Darunter hat sie Augen wie die einer Gazelle, die weder übergroße Anstrengung noch Schwäche je gesehen hat. Das Weiß in ihren Augen ist wie die kühle Luft über dem Abendrot, ihr Schwarz ist wie das finsterste Dunkel gleich zu Beginn der Nacht. Zwischen den beiden Augen sitzt eine Nase wie eine geschliffene und polierte Schwertklinge, nicht zu kurz und nicht zu lang. Ihr neigen sich zwei Wangen zu, die sind wie Purpur auf einem von weißen Muscheln bedeckten Platz, so rein wie das Herz einer Palme. Einen Mund hat sie wie ein Granatapfel, darin Zähne wie Perlen an einer Kette aufgereiht, und eine Zunge voller Schönheit und Redekunst windet sich darin, bewegt von einem überreichen Verstand, der schlagfertig zu antworten weiß. Dazu zwei Lippen wie Butterrahm auf einer Granatapfelblüte und Speichel wie süßer Honig, der noch in seiner Wabe steckt. All das sitzt auf einem Hals, der ist wie ein zarter, frischer Pflanzenschaft oder der schlanke Hals einer silbernen Karaffe und mündet in eine

Brust, die oben so glatt ist wie ein Spiegel und gemeinsam mit dem Nacken und dem ganzen Brustkorb eine Versuchung ist für jeden, der sie sieht. Zwei Oberarme, mit Armbändern geschmückt, sind daran geheftet. Sie sind so rein wie Perlen und Korallen. Es schließen sich zwei Unterarme an, in denen man die Elle nicht erkennen kann und woran Handflächen befestigt sind mit silbergleichen Fingerspitzen, in welche Fingernägel wie von Karneol hineingepreßt erscheinen. Sie hat zwei Brüste wie Schüsselchen von Elfenbein, von denen selbst die finstre Nacht in Licht verwandelt wird, darunter einen Bauch wie einen edlen, mit Brokat verzierten Kubati mit Falten wie von aufeinanderliegendem Papier. Das alles endet in einer Taille, so unvergleichlich zart und fein, daß sie den Bauch fast fliegen läßt, auf einem Hinterteil, das sie, sobald sie sich erhebt, sich wieder hinzusetzen zwingt und das die Leidenschaft in ihr erregt, wenn sie sich schlafen legen möchte. Zwei Oberschenkel tragen ihre Last, mit Schmuckbändern gefesselt, über zwei unbehaarten Waden, und alles das steht auf zwei hübschen Füßen mit scharfen Kanten beiderseits, als wären es geschliffene Schneiden an der Spitze eines Speers. Wie können diese beiden Füße alles, was auf ihnen lastet, tragen? Und was danach kommt, noch viel mehr …»

Es wird berichtet: So also beschrieb es der Ifrit der Maimuna und erklärte ihr dazu:

Der Vater dieses Mädchens ist ein mächtiger König und ein angriffslustiger Ritter. Er fürchtet nicht den Tod und fühlt sich von der Vergänglichkeit des Lebens nicht bedroht. Er ist ein Herrscher über Armeen und Legionen, besitzt Inseln, Städte, Dörfer und Regionen, und sein Name lautet: König al-Ghayur. Seine Tochter, die ich dir beschrieben habe, hatte er sehr lieb. Aus Liebe zu ihr hat er sieben Paläste errichten lassen, jeden in einer anderen Farbe, und sämtliche Paläste mit seidenen Teppichen ausgelegt und mit Geschirr und Hausgeräten aus Gold und Silber ausgestattet. Jeder Palast war angefüllt mit allem, was man brauchte, und der König ließ seine Tochter in jedem Palast einen Monat wohnen, sodann im nächsten. Als sich nun der Ruf ihrer Schönheit bis in die entferntesten Länder herumgesprochen hatte, schickten die Könige Boten, um bei ihm um ihre Hand zu bitten. Man fragte sie, was sie davon hielte, und sie mißbilligte es. «Ich habe nicht die Absicht zu heiraten», sagte sie, «ich bin selbst Herrscherin und Königin und möchte keinen Mann als Herrscher über mir haben.» Die Könige der Inseln brachten ihrem Vater kostbare Geschenke,

Schmuck und Geld, und bestürmten ihn mit Briefen, er solle sie doch herausgeben. Da redete ihr Vater zum zweiten Mal mit ihr über das Heiraten, doch sie wies ihn wieder ab, beschimpfte ihn sogar und erklärte ihn für einen Dummkopf. «Wenn du das Heiraten noch einmal erwähnst», drohte sie, «nehme ich ein Schwert und stoße es mir ins Herz, daß es zum Rücken wieder herausfährt. Dann sterbe ich und habe endlich meine Ruhe. Du aber wirst durch meinen Tod unglücklich werden!» Vor Zorn entbrannte ihres Vaters Herz gegen sie. Er wußte nicht mehr aus noch ein. Was sollte er mit ihr und den Königen tun? «Wenn es nicht anders geht», dachte er bei sich, «dann muß ich sie eben abschirmen und verbergen. Ich werde sie in ein Haus einsperren und sie von der Welt fernhalten.» Und dieses tat er auch sogleich. Zehn alte Frauen stellte er als Wache vor ihre Tür. Er verbot ihr, sich außerhalb ihres Gefängnisses in den Palästen zu zeigen, und machte ihr deutlich, daß er böse auf sie war. Den Königen schrieb er Briefe: «Meine Tochter ist verrückt geworden. Eine Geisteskrankheit hat sie befallen. Ich bemühe mich um ihre Heilung. Sobald sie genesen ist, werde ich sie mit dem, für den das Schicksal sie bestimmt hat, verheiraten.»

«Sie lebt jetzt schon ein ganzes Jahr von der Außenwelt abgeschirmt», schloß der Ifrit seinen Bericht. «Ich gehe jede Nacht zu ihr, betrachte sie und sehe mich satt an ihrer Schönheit. Auch einen Kuß gebe ich ihr jedesmal. Ich beschwöre dich, meine Herrin, komm mit mir dorthin, schaue dir ihre Schönheit und Anmut mit deinen eigenen Augen an, dann wird dir klar werden, ob ich die Wahrheit spreche oder lüge. Danach kannst du mich freilassen oder töten, ganz wie es dir beliebt.» Bei diesen Worten senkte er den Blick und ließ die Flügel hängen. Maimuna lachte lauthals glucksend, dann spie sie verächtlich vor ihm aus. «So eine Erscheinung bringt dich also in Erregung!» spottete sie. «Wer ist sie schon, diese Pinkelflasche? Pfui, pfui! Hast du wirklich geglaubt, du hättest mir etwas zu sagen? Wenn du meinen Liebling sehen würdest, den Geliebten meines Herzens, den ich heute nacht entdeckt habe, dann stündest du starr vor Staunen, und der Speichel würde dir herunterlaufen.» – «Maimuna, meine Herrin», erwiderte Danhasch, «was ist das für eine Geschichte mit diesem hübschen jungen Mann?» – «Du mußt wissen, Danhasch», sagte sie, «daß er etwas ganz Ähnliches erlebt hat wie deine Geliebte: Weil er so überaus schön und anmutig ist, hat sein Vater ihn immer wieder gemahnt zu heiraten, aber er hat sich stets geweigert. Sein Vater ist zornig geworden und hat ihn in dem Turm, in dem ich wohne, eingekerkert. Gerade heute nacht, als ich aus meinem Brunnen aufsteigen wollte, habe ich ihn entdeckt!» – «Ich beschwöre dich bei Gott, meine Herrin», bat Danhasch, «zeige ihn mir, damit ich ihn sehen und mit meiner Geliebten vergleichen kann. Dann werde ich dir sagen, welcher von beiden der Schönere ist, obwohl ich dir jetzt schon sagen kann, daß es in unserer Zeit keinen gibt, der sich mit der Schönheit meiner Geliebten messen könnte.» – «Du lügst, Verfluchter!» zeterte Maimuna. «Es kann überhaupt nicht sein, daß irgend jemand ähnlich schön wie mein Geliebter ist!»

Da erreichte das Morgengrauen Schahrasad, und sie hörte auf zu erzählen. «Ach, Schwester!» seufzte Dinarasad. «Wie köstlich und wie aufregend ist deine Geschichte!» – «Was ist das schon», erwiderte sie, «gegen das, was ich euch morgen nacht erzählen werde, wenn ich dann noch lebe und mich der König verschont. Das wird noch spannender, noch aufregender und noch viel schöner sein!»

Die zweihundertundneunundsiebzigste Nacht

aus der Geschichte von Tausendundeiner Nacht

In der folgenden Nacht sagte sie:

Es ist mir zu Ohren gekommen, o glücklicher König, daß Maimuna zu Danhasch sagte: «He, du bist wohl verrückt geworden, meinen Geliebten mit deiner Geliebten zu vergleichen!» – «Dann komm doch einfach mit mir, Herrin», schlug Danhasch vor, «sieh dir meine Geliebte an, und danach komme ich mit dir zurück und betrachte deinen Geliebten.» – «Verfluchter!» schimpfte sie. «Willst du darauf bestehen?» – «Genauso ist es», erwiderte er. «Aber», wandte sie ein, «ich bin nur unter einer Bedingung bereit, mit dir zu kommen und dir zu erlauben, mich zu begleiten: Zeigt es sich, daß deine Geliebte schöner ist als mein Geliebter, so sollst du über mich verfügen, und ich bin deine Geisel, und wenn mein Geliebter schöner ist, darf ich dasselbe mit dir tun.» – «Gut, damit bin ich einverstanden», erklärte Danhasch. «Und jetzt komm mit mir ins Reich der Inseln.» – «Nein!» widersprach sie. «Mein Platz ist von hier aus näher, komm du mit mir, sieh dir meinen Geliebten an und führe uns danach zu deiner Geliebten.» – «Ich höre und gehorche», sagte Danhasch. Nun ließen sich der Ifrit und die Ifritin langsam hinuntergleiten, stiegen herab von der Rotunde der kuppelüberwölbten Halle und betraten den Raum. Maimuna wies Danhasch neben das Bett, streckte ihre Hand aus und hob das Bettuch von seinem Gesicht. Es strahlte und leuchtete unter dem Schein der Lichter. Sie betrachtete ihren Geliebten und wandte sich dann an Danhasch. «Nun sieh ihn dir an, du Spinner», zischelte sie ihm zu, «damit du später nicht behaupten kannst, ich hätte dich übervorteilt.» Danhasch betrachtete Kamarassaman eine ganze Weile. «Gott, der beste aller Schöpfer, ist voller Segen!» staunte er und schüttelte den Kopf. «Meine Herrin, du hattest wirklich recht. Aber die Schönheit einer Frau ist etwas anderes als die eines Mannes. Ich schwöre bei meiner Religion, sie ist ihm von allen Geschöpfen auf dieser Welt am ähnlichsten. Es ist, als wären sie in ihrer Schönheit Geschwister.» Maimuna wurde böse und versetzte ihm eine Ohrfeige. «Ich schwöre beim Lichte der Schönheit des Allmächtigen!» sagte sie. «Wenn du dich jetzt nicht auf der Stelle davonmachst, deine Hure, dieses Mädchen, hierherzubringen, damit wir die beiden vereinen und sie neben ihm schlafen legen – dann werden wir ja sehen, wer der Hübsche und wer der Häßliche von beiden ist –, sprühe ich meine Funken auf dich und verbrenne dich mit meinem Feueratem!» – «Du sollst deinen Willen haben», versicherte Danhasch und setzte hinzu: «Bei Gott, meine Geliebte ist schöner und süßer!» Mit diesen Worten erhob er sich in die Luft. Maimuna begleitete ihn auf dem Flug, um ihn zu bewachen. Dann kamen die beiden wieder herangeflogen und hatten das Mädchen bei sich. Sie war in ein zartes haselnußbraunes Hemd mit maghrebinischer Goldstickerei gehüllt. Eine ägyptische Bordüre war auf die Schulternähte, den Saum, den Halsausschnitt und die Ärmel aufgebracht. Da waren die Verse aufgestickt:

Basit

Ermüdet weilt bei den Liebsten des Verliebten Herz,
Sein Körper wurde zur Beute für den Liebesschmerz.

Fragt einer mich, wie die Liebe schmeckt, so sage ich ihm:
«Süß schmeckt die Liebe, doch quält sie auch und kennt keinen Scherz.»

Da erreichte der Morgen Schahrasad, und sie hörte auf zu erzählen.

Die zweihundertundachtzigste Nacht

aus der Geschichte von Tausendundeiner Nacht

In der folgenden Nacht sagte sie:

Es ist mir zu Ohren gekommen, o glücklicher König, daß der Ifrit und die Ifritin mit dem Mädchen aus der Luft niedersanken und sie neben Kamarassaman schlafen legten. Behutsam deckten sie ihre beiden Gesichter auf. Da waren sie wie zwei Monde oder Vollmonde. Sie waren einander ähnlicher als alle Geschöpfe dieser Welt, so ähnlich, daß man sie für Geschwister halten mußte. Es war, als hätte ein Dichter die beiden mit den folgenden Versen beschrieben:

Tawil

Ich hab' auf der feuchten Erde zwei Menschen schlafen sehn,
Für die mir mein Augenlid als bessere Bettstatt gilt.

Zwei Halbmonde leuchteten zwei steigenden Sonnen gleich,
Zwei wilde Gazellen, zweimal schön wie ein Götzenbild.

Sie betrachteten die beiden. «Nicht schlecht, bei Gott», sagte Danhasch, «aber meine Geliebte ist die Schönere!» – «Wehe dir, du lügst! Mein Geliebter ist schöner!» ereiferte sich Maimuna voller Zorn. «Bist du blind? Siehst du denn seine Schönheit und Anmut nicht und seine aufrechte und ebenmäßige Figur? Aber warte nur! Höre, was ich über ihn zu sagen habe, und wenn du ein echter Liebender bist, dann sag Gleiches über sie!» Und sie beugte sich über Kamarassaman, küßte ihn, erhob ihre Stimme und trug die folgenden Verse vor:

«Ich finde keine Ruh', die Tadler schimpfen auf mich ein.
Wie kann ich dich vergessen, gertenschlankes Zweigelein?

Ein jeder der, noch nicht verliebt, arglos vorüberkommt,
Empfängt aus deinen Augen einen starken, schweren Wein.

Ein anderer als ich suchte Vergessen oder Haß,
Und meinesgleichen Herz tät sich der eignen Schönheit freun.

Wie Haruts Auge ist mit schwarzem Strich umschminkt dein Aug',
Von dem die Liebenden der Asra niemals sich befrei'n.

Du schneidest mit den Türkenaugen schärfer als ein Schwert,
Das scharf geschliffen und poliert ist, meine Innerei'n.

Du raubst einem Verliebten die versproch'ne Liebesnacht.
Nur ein Versprechen zum Verbrechen darf gebrochen sein!

Des Liebeskummers schwere Last hast du mir auferlegt,
Dabei bin ich sogar zu schwach fürs leichte Hemdelein.

Du weißt: Mein Sehnen und Verlangen ist wahre Natur.
Geduld mit deinesgleichen würde nur Verstellung sein.

Wenn ich ein Herz wie deines hätte, wäre jetzt mein Leib
Noch lange nicht so ausgemergelt wie die Taille dein!

Weh über dich, du Mond, der alle Reize in sich birgt,
Du schönster aller Menschen! Ach und Wehe möcht' ich schrei'n!

O hartes Herz! So lerne doch von seinem weichen Leib,
Vielleicht wirst du dann selber weich und fühlst dich in mich ein.

Mein Prinz! Ein unerbittlich's Aug' bewacht die Schönheit streng,
Und eine Augenbraue, die mich niemals lässet ein.

Nimm meine Hand; dein Körper hat jetzt Wichtiger's zu tun.
Er hört die Klage nicht, ist widerspenstig und gemein.

Ich hoffe, einmal den zu seh'n, der dir entgegensteht,
Dann würde sich die Finsternis um mich vielleicht zerstreu'n.

Es lügt, der meinte, allen Reiz besäß' Yusuf allein.
Wie viele Male Yusuf schließt wohl deine Schönheit ein?

Mich fürchten selbst die Dschinnen, treff ich zufällig sie an,
Doch wenn ich dir begegne, fürchtet sich das Herze mein.

Du mit den schwarzen Haaren und der leuchtend hellen Stirn,
Dem weiß und schwarzen Auge und dem Wuchs so schlank und fein!»

Da erreichte der Morgen Schahrasad, und sie hörte auf zu erzählen.

Die zweihundertundeinundachtzigste Nacht

aus der Geschichte von Tausendundeiner Nacht

In der folgenden Nacht sagte sie:

Es ist mir zu Ohren gekommen, o glücklicher König, daß, als die Ifritin diese Verse vortrug, der Ifrit in Verzückung geriet und den Kopf schüttelte. «Bei Gott, meine Herrin», sagte er, «dein Gedicht auf den, den du so leidenschaftlich liebst, ist wirklich über die Maßen schön. Was mich betrifft, mein Herz ist bedrückt und voll Sorge, aber dennoch werde ich mich anstrengen und das Beste geben, wozu mein Geist fähig ist.» Damit beugte er sich über das Mädchen, küßte sie und erhob dann seine Stimme zu den folgenden Versen:

Kamil

«Weil ich den Hübschen liebe, schimpfen sie auf mich ein.
Das ist nicht recht, das ist kein richtiges Urteil, nein!

Wie geschmeidig biegt sich die Gazelle, als würde sie
Ein schlanker, biegsamer Zweig vom Arak-Baume sein.

Noch hofft dein Liebhaber, daß du ihm wieder näherkommst,
Denn wenn du fernbleibst, schlägt sein letztes Stündelein!

Selbst wenn mein Auge nach deinem Scheiden noch blicken könnt',
Erweichten nicht dein Herz die Tränen, die ich wein'.

Ich werde über dich weinen, bis mein Tadler sagt:
‹Der Junge muß das Blut ja schon aus dem Auge spei'n!›

Das wundert mich als Verliebten nicht, doch ich frage mich:
Wer wird nach deinem Scheiden kennen den Körper mein?

Ich verbiete mir deine Liebe, wenn sie mir lästig wird,
Oder wenn ich nur noch trachte nach dem äußren Schein.»

«Schön», lobte Maimuna, «du hast nichts zu wünschen übriggelassen. Aber welcher von den beiden ist nun der Schönere und Anmutigere?» – «Meine Geliebte!» behauptete er. «Du lügst!» entgegnete sie. «Mein Liebling ist der

Schönere!» – «Nein!» gab er zurück. Und so fuhren sie fort zu zanken. Ihr Streit wurde immer heftiger und lauter. Schließlich schrie Maimuna Danhasch an und wollte schon über ihn herfallen, da versuchte er sie mit Worten zu besänftigen. «Meine Herrin», sagte er, «ist die Wahrheit denn so schwer zu ertragen für dich? Ich würde vorschlagen: Es gilt weder meine Aussage noch die deine. Jeder von uns bezeugt ja, daß sein Freund der Schönere ist. Darum laß uns einen rufen, der zwischen uns richtet.» – «Gut», sagte sie, klopfte mit der Handfläche auf den Erdboden, und aus der Erde erhob sich ein buckliger, einäugiger Dschinni. Sein einziges Auge saß, weit aufgerissen, der Länge nach mitten im Gesicht. Er trug sechs Hörner auf dem Kopf. Vier lange Haarsträhnen hingen bis auf seine Fersen herab. Er hatte Pranken wie ein Werwolf und Krallen, die den Klauen eines Löwen glichen. Seine Beine waren Beine eines Ghul mit Eselshufen. Der Dschinni küßte den Erdboden und kreuzte die Arme. «Meine Herrin», sagte er, «was ist dein Begehr, o Königstochter?» – «Kaschkasch!» sprach sie ihn an. «Ich wünsche, daß du ein Urteil fällst zwischen mir und Danhasch, diesem Verfluchten.» Sie legte ihm alles dar. «Sieh dir die beiden an», forderte sie ihn auf, und Kaschkasch beäugte die Gesichter der zwei – nämlich des Jungen und des Mädchens. Da entdeckte er, daß die beiden einander eng umschlungen hielten und in tiefem Schlaf versunken waren. Des einen Handgelenk lag unter dem Nacken des anderen, und einer hatte seinen Arm in des anderen Achselhöhle geschoben. So lagen sie sich in den Armen und waren einander in der Schönheit ebenbürtig. Er staunte über die beiden, drehte sich zu Maimuna und Danhasch um, erhob seine Stimme und sprach die Verse:

«Geh, zu wem du möchtest, und vergiß des Neiders Rügen.
Niemals hat ein Tadler je zur Hilfe sich verstiegen.

Gott hat auf der ganzen Welt nichts Schöneres erschaffen
Als zwei Liebende, die in demselben Bette liegen,

Die zufrieden lächeln, während sie sich fest umschlingen
Und mit Arm- und Handgelenken aneinanderschmiegen.

Du, der du die Liebenden der Liebe wegen tadelst:
Kannst du etwa des gebrochnen Herzens Leid besiegen?

Keiner von den beiden», fuhr der Dschinni Kaschkasch fort, «ist dem anderen überlegen oder unterlegen. An Schönheit und Anmut sind sie sich absolut gleich. Wir werden also einen von ihnen aufwecken, ohne daß es der andere merkt. Und wer von den beiden durch den anderen in Feuer und Flamme versetzt wird, hat verloren.» – «Einverstanden», sagte Maimuna. «Einverstanden», willigte auch Danhasch ein. «Dann wecke zuerst du deinen Freund», sagte Danhasch zu Maimuna, und diese verwandelte sich in einen zwickenden Floh –

Da erreichte das Morgengrauen Schahrasad, und sie hörte auf zu erzählen.

Die zweihundertundzweiundachtzigste Nacht

aus der Geschichte von Tausendundeiner Nacht

In der folgenden Nacht sagte sie:

Es ist mir zu Ohren gekommen, o glücklicher König, daß, nachdem Maimuna Kamarassaman in den Nacken gezwickt hatte, dieser, vom Brennen des Bisses aufgeschreckt, den Arm ausstreckte und seine Hand eine weiche Brust ertastete, weicher als frischer Butterrahm. Er schlug die Augen auf und blickte sich um. Da sah er neben sich, der ganzen Länge nach, jemanden liegen und schlafen. Er wunderte sich sehr. Jetzt wurde er vollends wach, setzte sich auf und schaute hin. Da fand er ein Mädchen, eine entschleierte Braut, wie eine seltene Perle oder die hell leuchtende Sonne oder eine wohlgebaute Kuppel. Als er sie sah und bemerkte, wie schön sie war, während sie an seiner Seite schlief, nur mit einem haselnußbraunen Hemd bekleidet und ohne Hosen, da warf ihm Gott, der Erhabene, die Liebe zu ihr mitten ins Herz. «Bei Gott, nicht schlecht», murmelte er, «oh, meine Geliebte!» Mit diesen Worten drehte er sie herum, öffnete den Kragen ihres Hemdes, darunter kam das Oberteil ihrer Brust zum Vorschein und dann ihr Busen. Seine Liebe zu ihr wuchs, und er versuchte sie zu wecken. Doch die Dschinnen ließen ihren Schlaf noch tiefer werden und besetzten ihren Kopf, so daß sie nicht erwachte, obgleich Kamarassaman sie rüttelte und rief: «Ich bin es, Kamarassaman!» Aber sie hob nicht einmal den Kopf. Er begann sich Gedanken über sie zu machen. «Wenn mich meine Vermutung nicht trügt», dachte er, «so ist sie das Mädchen, mit dem mein Vater mich verheiraten wollte. Drei Jahre schon fragt er mich ihretwegen, und ich ziere mich immer! Bei Gott! Sobald der Morgen graut, werde ich zu ihm sagen: ‹Gib sie mir zur Frau!› Ich werde den nächsten Morgen nicht anbrechen lassen, ehe ich sie nicht geheiratet habe und satt geworden bin von ihrer Schönheit!» Und er beugte sich über sie und küßte sie. Maimuna erschauerte, und Danhasch frohlockte. Schon wollte Kamarassaman sie auf den Mund küssen, da zögerte er und zog den Kopf zurück. «Nein, ich warte noch», überlegte er, «es wird doch nicht etwa mein Vater gewesen sein, der, nachdem ich ihm widersprochen habe und er böse auf mich geworden ist und mich an diesem Ort hier eingekerkert hat, gewartet hat, bis ich schlafe, und dann dieses Mädchen hier zu mir gebracht und neben mir schlafen gelegt hat mit der Anweisung, sie solle nicht erwachen, wenn ich sie zu wecken versuche? ‹Erzähle mir alles, was er mit dir macht!›, mag er ihr aufgetragen haben, und vielleicht verbirgt sich mein Vater hier selbst irgendwo, um zu beobachten, was ich mit ihr tue, und mir am nächsten Morgen Vorhaltungen zu machen. ‹Wehe dir!› wird er sagen. ‹Du behauptest, du hättest keine Lust zum Heiraten? Wieso hast du sie dann herumgedreht und geküßt?› So wird alles über mich herauskommen. Darum werde ich sie jetzt, bei Gott, nicht küssen und sie nicht weiter anschauen, sondern mir nur ein Pfand von ihr nehmen.» Behutsam ergriff er ihre Hand und zog von ihrem kleinen Finger einen Goldring mit einer Gemme aus Edelstein. Den Ring steckte er sich selbst an und nahm dafür von seiner Hand einen Ring, den er ihr an den Finger steckte. Nun drehte er ihr den Rücken zu und schlief weiter. «Habt ihr meinen Liebsten gesehen?» sagte Maimuna zu Kaschkasch und Danhasch. «Er hat sich überhaupt nicht um sie geschert und sie nicht geküßt, sondern ihr den Rücken zugedreht und ist eingeschlafen, was soviel heißt wie: ‹An dich verschwende ich keinen Gedanken›!» – «Das ist richtig», gaben sie zu. Dann schlüpfte Danhasch in Gestalt eines Flohs unter ihre Kleider und zwickte sie so heftig, daß ihr Verstand in Flammen stand. Sie schlug die Augen auf und setzte sich aufrecht hin. Da sah sie neben sich einen jungen Mann schlafen. Er hatte Augen und Augenbrauen, wie sie nicht einmal Frauen besitzen, weiche Nasenflügel und ein weiches Kinn. Sein Mund war klein, die Lippen zart, die Wangen Äpfeln gleich, und alle Zungen der Welt vermochten nicht, ihn zu beschreiben. Es war, als hätte der Dichter ihn gemeint, als er dichtete:

Die Schönheit selbst sollte sich mit ihm vergleichen,
Da blickte die Schönheit beschämt auf die Knie.

Man fragte: «Hast du, liebe Schönheit, schon einmal ... »
Sie sagte: « ... solch einen gesehen? Noch nie!»

Da erreichte das Morgengrauen Schahrasad, und sie hörte auf zu erzählen. «Wie köstlich und wie aufregend ist deine Geschichte!» sagte Dinarasad zu ihrer Schwester. «Was ist das schon», erwiderte sie, «gegen das, was ich euch morgen nacht erzählen werde, wenn ich bis dahin noch am Leben bin und mich der König verschont. Das wird noch viel aufregender sein ...»

تم الجزء الثالث من حكايات وعجائب
وغرائب ألف ليلة وليلة
والله المستعان
وكفى بالله
حسيبا

Anhang

Die Welt von Tausendundeine Nacht

Nachwort

Warum eine neue Übersetzung von *Tausendundeine Nacht*? Diese Frage wurde mir während der Arbeit an diesem Buch immer wieder gestellt. Schließlich gibt es *Tausendundeine Nacht* schon auf deutsch, sogar in zahlreichen unterschiedlichen Ausgaben. Warum also jetzt eine Neuübersetzung?

Zunächst: Die vorliegende Version von *Tausendundeine Nacht* kennt das deutschsprachige Lesepublikum noch nicht. Die Edition von Muhsin Mahdi wird hier zum ersten Mal ins Deutsche übertragen.[1]

Zweitens: Die der Edition zugrunde liegende sogenannte «Galland-Handschrift» gilt als älteste erhaltene arabische Fassung von *Tausendundeine Nacht*. Sie wurde wahrscheinlich um 1450 niedergeschrieben und befindet sich seit 1701 im Besitz der französischen Nationalbibliothek. Die neue Übersetzung bietet somit den ältesten Text.

Den dritten Grund und vielleicht den wichtigsten Anlaß für die Neuübersetzung bot ein im Jahr 2004 gefeiertes Jubiläum: 300 Jahre *Tausendundeine Nacht* in Europa. Denn bei der neu übersetzten Version von *Tausendundeine Nacht* handelt es sich um exakt dieselbe Vorlage, die der französische Orientalist Antoine Galland ab 1704 ins Französische übertrug und die den Siegeszug von *Tausendundeine Nacht* durch die Kulturen Europas und der Welt auslöste. Dreihundert Jahre nach dem ersten Erscheinen von *Tausendundeine Nacht* auf der literarischen Bühne der nicht-arabischen Welt liegt der Text, mit dem «alles begann», nun erstmals in deutscher Sprache vor.

Schließlich noch eine vierte, ganz persönliche Antwort auf die oben gestellte Frage: Der arabische Text von *Tausendundeine Nacht* lebt von kräftigen Kontrasten zwischen schlichter Erzählsprache, eleganten Reimprosapassagen und kompliziert konstruierten, klangvollen Gedichten. Und es sind gerade die Gedichte, die das poetische Herzstück von *Tausendundeine Nacht* bilden. Zwar nehmen die Gedichte im Gesamttext von *Tausendundeine Nacht* nur einen kleinen Raum ein. Dennoch konnte ich in ihren Reimen und Rhythmen so etwas wie den Herzschlag von *Tausendundeine Nacht* vernehmen. Um diesen Herzschlag auch noch im Deutschen spürbar werden zu lassen, habe ich auf die Wiedergabe von Reim und Metrum der arabischen Gedichte die größte Sorgfalt verwendet. Auch dieser Schwerpunkt ist für eine Übersetzung von *Tausendundeine Nacht* etwas Neues.

Ursprung und Überlieferung von Tausendundeine Nacht

Tausendundeine Nacht – das ist Exotik von Anfang an! Das arabische Werk, das wir heute so gerne zur Konstruktion eines romantischen Orientbildes heranziehen, muß schon für die frühesten arabischen Leser einen exotischen, gewissermaßen orientalischen Reiz besessen haben. Denn sowohl die Schauplätze der Rahmengeschichte als auch die Wurzeln der Erzählsammlung selbst liegen nicht im arabischen Sprachraum, sondern – von Kairo, Damaskus oder Bagdad aus betrachtet – im «Orient».

Schauplatz der Rahmenhandlung ist das «Inselreich von Indien und China». Grob umrissen sind damit die Halbinsel Indien, die Inselwelt Süd- und Südostasiens sowie die Landbrücke des kontinentalen China gemeint. Dies entspricht den durch Handelswege erschlossenen äußersten südöstlichen Grenzen der den arabischen Geographen und Reisenden bekannten Welt. In diesem nur schemenhaft definierten, beinahe phantastischen Orient, der lediglich durch die Stadt Samarkand greifbare geographische Konturen erhält, spielt die Geschichte vom grausamen König Schahriyar und der klugen Erzählerin Schahrasad.

Die «Könige der Sasaniden», eine persische Dynastie vor der islamischen Eroberung (3.–7. Jh.), bilden ihren pseudohistorischen Rahmen. Die Personen der Rahmenhandlung tragen persische Namen: Schahrasad, aus dem persischen Mädchennamen Čihrāzād abgeleitet, bedeutet «Glanzgeborene»; Dinarasad wird entweder von pers. Dīnārzād «Goldgeborene» oder von pers./arab. Dunyāzād «Weltgeborene» hergeleitet. Beide alternativen Namensformen leben in anderen arabischen Versionen von *Tausendundeine Nacht* weiter. Persisch sind auch die Königsnamen Schahriyar (pers.Šahriyār, aus altpers. Xshatra-Dāra) »Macht-Haber« und Schahsaman (pers./arab. Šāh Zamān) «König seiner Zeit».

Begeben wir uns auf die Spurensuche nach den literarischen Wurzeln von *Tausendundeine Nacht,* so führt uns diese Suche noch weiter in den «Orient», nämlich nach Indien. Sowohl für das Strukturprinzip «Rahmen + Geschichten» als auch für fast alle Motive der Rahmengeschichte lassen sich Vorbilder in der indischen Literatur feststellen. Manche dieser Vorbilder sind älter als 2000 Jahre. So findet sich der erste Prologteil – die Geschichte zweier Könige, die von ihren Frauen betrogen werden und aus

Enttäuschung darüber der Herrschaft entsagen und in die Welt hinausziehen – im *Tripitaka*, dem buddhistischen Kanon, der im 1. Jh. v. Chr. in der Sprache Pali gesammelt wurde und spätestens im 1. Jh. n. Chr. auch in Sanskrit vorlag. Für den zweiten Prologteil – die Geschichte vom betrogenen Ifrit – finden sich gar mehrere indische Vorbilder, u. a. in den Jataka-Erzählungen (Jataka Nr. 436), die ebenfalls zum *Tripitaka*-Kanon gehören. Der letzte Prologteil, der die eigentliche Rahmengeschichte bildet, ist das Motiv eines Königs, der täglich eine neue Frau heiratet, bis er an eine kluge Erzählerin gerät, die ihn durch ihre spannende Geschichte Nacht für Nacht fesselt. Auch für dieses Motiv gibt es indische Prototypen, z. B. in den Kommentaren der streng asketischen Jaina-Lehrtexte. Diese wurden zwar erst im 7. Jahrhundert verschriftlicht, jedoch lange zuvor mündlich überliefert. Dennoch ist kein indisches Werk bekannt, das alle Motive genau wie *Tausendundeine Nacht* kombiniert und somit als direkte Vorlage gelten könnte.[2]

Das Bindeglied zwischen indischer und arabischer Literatur bildete das Mittelpersische oder Pahlavi, also die Sprache Irans vor der islamischen Eroberung und der Einführung des arabischen Alphabets. In der Tat wissen wir, daß die Perser sich für indische Erzählsammlungen interessierten. So wurde beispielsweise die berühmteste indische Sammlung *Pancatantra* zusammen mit einigen anderen indischen Texten auf Geheiß des Sasanidenkönigs Khosrau Anushirwan (531–579) durch den Arzt Burzoe ins Pahlavi übertragen. Diese heute verschollene mittelpersische Übertragung bildete die Vorlage für das arabische *Kalila wa-Dimna*, ins Arabische übersetzt durch den persischen Sekretär ʿAbdallāh Ibn al-Muqaffaʿ (gest. 760). Leider können wir eine derart lückenlose Textgeschichte für *Tausendundeine Nacht* nicht nachweisen. Denn die indischen Wurzeln von *Tausendundeine Nacht* erscheinen, wie oben dargestellt, nur noch als Literaturparallelen greifbar und geraten im Laufe der Textgeschichte zunehmend aus dem Blick.

Dagegen war die persische Fassung von *Tausendundeine Nacht* im Umfeld der arabischen Literatur der ersten islamischen Jahrhunderte noch wohlbekannt. Al-Masʿūdī, ein arabischer Schriftsteller des 10. Jahrhunderts (gestorben 956 oder 957 in Kairo), erwähnt das persische Werk *Hazār Afsānah* («Tausend Abenteuergeschichten»), das den arabischen Titel *Alf Layla* («Tausend Nächte») angenommen habe, als ein Beispiel für spannend erzählte, aber offensichtlich erdichtete Geschichten:

> In ihnen geht es so zu wie in den Büchern, die aus dem Persischen, Indischen und Romäischen (= Byzantinisch-Griechischen, C. O.) zu uns gekommen und uns aus diesen Sprachen übersetzt worden sind. Was wir genannt haben, ist ähnlich wie das Buch *Hazār Afsānah* abgefaßt – die genaue Übersetzung (dieses Buchtitels) aus dem Persischen ins Arabische wäre zwar *Alf ḫurāfa* (Tausend Abenteuer), aber die Leute nennen dieses Buch *Alf layla* (Tausend Nächte); es ist die Geschichte vom König, vom Wesir und seiner Tochter und ihrer Dienerin, und das sind Šīrzād und Dīnāzād (...)[3]

Fast gleichzeitig, nämlich im Jahr 987, beschreibt der wohl wichtigste Zeuge, den wir für *Tausendundeine Nacht* kennen – der Bagdader Buchhändler Ibn an-Nadīm – die Vorgeschichte der arabischen *Tausendundeine Nacht* mit folgenden Worten:

> Die ersten, die Abenteuer verfaßten und daraus Bücher machten (...) waren die alten Perser. Danach beschäftigten sich die Arsakidenkönige intensiv damit – das ist die dritte Dynastie der Perserkönige –, dann vermehrte und verbreitete sich jene Literatur in den Tagen der Sassanidenkönige, die Araber übertrugen sie ins Arabische, und die Sprachgelehrten und Sprachkünstler nahmen sich ihrer an, feilten und putzten daran und verfaßten ähnliches in dieser Art.
>
> Das erste Buch, das in dieser Art gemacht wurde, war das Buch *Hazār Afsān*, das heißt: Tausend Abenteuer. Die Veranlassung dazu war, daß einer ihrer Könige, wenn er eine Frau heiratete und mit ihr eine Nacht verbracht hatte, sie am folgenden Morgen töten ließ. Dann heiratete er ein Mädchen aus königlichem Geblüt, eine, die Verstand und Wissen besaß, namens Šahrazād. Als sie mit ihm zusammen war, begann sie, ihm Abenteuergeschichten zu erzählen, und die Geschichte war am Ende der Nacht soweit gekommen, daß es den König dazu brachte, sie am Leben zu lassen und in der nächsten Nacht die Vollendung der Geschichte zu verlangen, so daß darüber tausend Nächte vergingen. Er wohnte ihr während dieser Zeit bei, bis sie schließlich ein Kind von ihm bekam. Da enthüllte sie die List, die sie gegen ihn angewandt hatte, und klärte ihn darüber auf; er bewunderte ihre Klugheit, faßte Zuneigung zu ihr und ließ sie am Leben. Der König hatte eine Hofmeisterin namens Dīnārzād, die ihr dabei behilflich gewesen war.[4]

Hazār Afsān(ah), die persische Geschichte von Schahrasad und Dinarasad, war nach diesen Zeugnissen also aus dem Mittelpersischen ins Arabische übertragen worden. Gleichzeitig berichtet unsere Quelle, daß die arabischen «Sprachgelehrten und Sprachkünstler» an der Übersetzung «gefeilt und geputzt» und sogar «ähnliches in dieser Art selbst verfaßt» hatten. Waren die persischen «Tausend Abenteuergeschichten» also nur eine Fundgrube mit literarischem Material, aus der sich arabische Autoren bedienten? Oder handelt es sich bei den arabischen «Tausend Nächten» um eine Übersetzung im eigentlichen Sinne? Diese Frage ist in der Forschung bis heute umstritten.

Unabhängig davon stellt sich die Frage nach dem Wo und Wann der ersten arabischen Fassung von *Tausendundeine Nacht.* Auf einem Papierfragment, das spätestens um die Mitte des 9. Jahrhunderts geschrieben wurde, sind bereits in arabischer Sprache der Titel «Tausend Nächte» *(Alf Layla)* und der Anfang einer Nachterzählung mit den Namen der Protagonisten sowie eine Nachtüberschrift erhalten.[5] Dieser sensationelle Fund stammt aus Ägypten. Dennoch vermutet die Forschung den Beginn der arabischen Überlieferung von *Tausendundeine Nacht* in Bagdad, dem Sitz der durch den Kalifen al-Ma'mūn (regierte 813–817) gegründeten Übersetzerakademie (Bayt al-Ḥikma) und dem damaligen Zentrum der Übersetzungstätigkeit aus dem Griechischen und Mittelpersischen ins Arabische.[6]

Die Rahmengeschichte der frühesten arabischen Fassung enthielt noch aus der indisch-persischen Tradition mit Sicherheit einige Einzelerzählungen, jedenfalls den Zyklus «Der Kaufmann und der Dschinni», mit dem *Tausendundeine Nacht* eröffnet wird. Dahinter aber ordneten sich nun neue, original arabische Geschichten ein. *Tausendundeine Nacht* begann zu wachsen und wie ein Magnet Geschichten unterschiedlichster Herkunft anzuziehen. Eine erste Schicht bilden die berühmten Kriminal- und Liebesgeschichten um den Kalifen Hārūn ar-Rašīd (regierte 786–809), von denen auch in der neuen Übersetzung einige zu lesen sind. Diese Geschichten spielen in der frühen Abbasidenzeit in Bagdad, also im 8. und 9. Jahrhundert.

Im 11. und 12. Jahrhundert kamen die meisten Anreicherungen aus Ägypten, insbesondere magische und phantastische Abenteuergeschichten. Einige der Geschichten spielen ganz oder teilweise in Kairo, das damals, unter der Herrschaft der Fatimiden (969–1171), die intellektuelle und kulturelle Hauptstadt der islamischen Welt war.

Oft wird vermutet, die Zahl 1001 bezeichne einfach nur eine «große Zahl» von Geschichten bzw. Nächten. Dem widersprechen aber schon die frühesten arabischen Quellen. Wenn man unserem Augenzeugen Ibn an-Nadīm, immerhin einem Buchhändler und Bibliothekar, glauben darf, waren ihm bereits im 10. Jahrhundert in Bagdad mehrere vollständige Versionen mit 1000 Nächten zugänglich.[7] Die Zahl 1000 im Titel der arabischen *Tausend Nächte* war offensichtlich mehr als nur eine Metapher für eine «große Zahl».

Wann und wo die 1001. Nacht dazukam, wissen wir nicht. Um 1150 ist der Titel *Tausendundeine Nacht* (arab. *Alf layla wa-layla*) zum erstenmal dokumentiert – in einem Notizbuch aus der Genisa der Kairoer Synagoge, in dem ausgeliehene Bücher vermerkt wurden. Das zu der Notiz gehörige Buch ist jedoch leider nicht erhalten.

Ebensowenig wissen wir, inwieweit die Geschichten, die in den frühen arabischen Versionen von *Tausendundeine Nacht* erzählt werden, mit denen in unserer Vorlage, der «Galland-Handschrift», übereinstimmen. In jedem Fall muß bei der «Galland-Handschrift» bereits eine neue Redaktion vorliegen, denn Teile ihrer Geschichten beziehen sich erkennbar auf historische Tatsachen und Persönlichkeiten der Mamlukenzeit. Die Mamlukenzeit (1250–1517) gilt als eine Phase dreihundertjähriger relativer Ruhe, die die Entfaltung eines regen städtischen und kulturellen Lebens förderte. Bis in breite Bevölkerungsschichten reichte damals das Interesse an Literatur, religiöser Gelehrsamkeit, Mystik und Musik.

Daß wir dennoch weder die «Galland-Handschrift» noch ihre verschollene Vorlage, ja nicht einmal die von den Autoren des 10. bis 12. Jahrhunderts erwähnten Titel, ebensowenig wie das Fragment des 9. Jahrhunderts, als «Urtext» oder «Original» von *Tausendundeine Nacht* bezeichnen können, hängt mit der geschilderten Entstehungsgeschichte des Werkes zusammen: Die Rahmengeschichte, noch viel älter als die Einzelgeschichten, ist selbst das Produkt einer Übersetzung oder Nachschöpfung aus einer heute verschollenen persischen Vorlage, die wiederum aus indischen Quellen gespeist wurde. All die Geschichten, die *Tausendundeine Nacht* über die Jahrhunderte wie magnetisch angezogen hat, sind anonym zusammengestellt und weiterüberliefert worden. *Tausendundeine Nacht* kennt weder einen Autor noch einen Sammler oder Redaktor – etwa im Unterschied zu den Märchen der Brüder Grimm. Somit besitzt *Tausendundeine Nacht* kein eigentliches «Original».

Als «Buch ohne Autor» besaß *Tausendundeine Nacht* auch kein festes Repertoire, d. h. keinen eindeutig bestimmbaren Geschichtenbestand. Über Jahrhunderte hinweg entstanden immer wieder neue, unterschiedlich bestückte Versionen. Die Kompilatoren hatten dazu reiche Auswahl in der unerschöpflichen arabischen Unterhaltungsliteratur. Manche Kopisten, viele Herausgeber und fast alle Übersetzer von *Tausendundeine Nacht* verfolgten ihre eigene Strategie, das bruchstückhaft erhaltene Werk zu vervollständigen.

Ein Buch zum Lesen und zum Vorlesen

Schriftliche und mündliche Überlieferung schließen einander im Falle von *Tausendundeine Nacht* nicht aus. Schon in der «Vorrede zu *Tausendundeine Nacht*» (S. 7) wird betont, daß dieses Buch «mit der Absicht geschrieben wurde, einem jeden nützlich zu sein, der darin *liest*». Jahrhundertealte Leseausgaben verraten uns, daß gebildete arabische Leser *Tausendundeine Nacht* im Bücherschrank liegen hatten, wenn auch an verschämt verborgenen Plätzen. Andere liehen sich das Buch lieber aus und gaben es, mit Kommentaren und Notizen versehen, an ihre Besitzer zurück.

Solche Handschriften von *Tausendundeine Nacht* waren wohl in der Regel als Einzelbände oder Einzelhefte in Umlauf. Vollständige «Sets» dürften die Ausnahme gewesen sein und blieben nur kurze Zeit komplett. Wurde eine neue vollständige Fassung hergestellt, dann konnte ein Einzelheft auch leicht einmal an eine andere Stelle als in seiner Ausgangshandschrift geraten. So erklärt sich die oft konfus wirkende Anordnung verschiedener Geschichten in den unterschiedlichen arabischen Fassungen von *Tausendundeine Nacht*. Außerdem erklärt sich so die außerordentlich große Zahl von Fragmenten und Einzelbänden von *Tausendundeine Nacht* in Sammlungen orientalischer Handschriften.

Andererseits zeigt sich *Tausendundeine Nacht* in vielfältiger Weise als Erzähl- und Vortragstext. In einfacher Sprache zügig erzählt und mit klangvollen Gedichten geschmückt, eignet sich *Tausendundeine Nacht* zum Vorlesen geradezu ideal. Immer wieder meldet sich im Text ein «Erzähler» oder «Überlieferer» zu Wort, der sich als Autorität über die Geschichten erhebt und das Buch in die Atmosphäre des mündlichen Vortrags hineinnimmt (s. u. *Der fiktive Erzähler*). Reiseberichte und andere europäische Quellen des 17.–19. Jahrhunderts geben an, *Tausendundeine Nacht* gehöre zum Repertoire arabischer Berufserzähler, die in allabendlichen Sitzungen ihr Publikum mit vorgelesenen Geschichten unterhielten. Welchen Stellenwert *Tausendundeine Nacht* in diesen Repertoires tatsächlich hatte, kann jedoch nicht mit Bestimmtheit gesagt werden. Hierzu sind die Quellen viel zu spärlich. Die Tradition der arabischen Berufserzähler ist erst untersucht worden, als sie bereits im Aussterben begriffen war und *Tausendundeine Nacht* nirgendwo mehr in ursprünglicher Manier vorgetragen wurde.

Sicher ist: Viele der Geschichten waren, auch unabhängig von *Tausendundeine Nacht*, mündlich überliefertes Erzählgut und sind das zum Teil bis heute. So berichtet etwa Husain Haddawy, der englische Übersetzer der Mahdi-Edition, wie ihm in seiner Kindheit in Bagdad eine Freundin seiner Mutter, «Um Fatma oder Um Ali», nach dem Nachmittagskaffee lange Geschichten, ähnlich denen aus *Tausendundeine Nacht*, erzählte.[8] Und die jemenitische Wissenschaftlerin Ra'ūfa Ḥasan erinnert sich, wie um ca. 1970 die Frauen in ihrem Stadtviertel Geschichten aus *Tausendundeine Nacht* erzählten:

> Damals gab es noch kein Fernsehen. Und wir Kinder hörten auch kein Radio. Stattdessen ließen wir uns Geschichten erzählen. Ich hatte eine Nachbarin, die mir jedesmal, wenn ich ihr mein Taschengeld gab, eine Geschichte erzählte. Daß ihre Geschichten aus *Tausendundeine Nacht* kamen, wußte ich damals nicht.[9]

Tausendundeine Nacht wurde also in mehrfacher Weise überliefert: Zum einen als Buch, das sich, wenn auch randständig, wie wir gleich sehen werden, seinen Platz im arabischen Schrifttum erobert hatte. Solche Bücher konnten der stillen Lektüre genauso dienen wie als Vorleseexemplare für Berufserzähler. Alles das spielte sich wohl fast ausschließlich in der Männerwelt ab. Frauen aber erzählten einzelne Geschichten, ohne auf den Zusammenhang mit *Tausendundeine Nacht* hinzuweisen, ja vielleicht, ohne ihn zu kennen.

Ein verbotenes Buch

Wie wir gesehen haben, zieht sich *Tausendundeine Nacht* wie ein roter Faden durch die Geschichte der arabischen Literatur seit dem 8. bzw. 9. Jahrhundert, also fast von ihren Anfängen an. Dennoch sind literarische Hinweise auf das Werk selten. *Tausendundeine Nacht* gehörte nicht zum Kanon hocharabischer Bildungsliteratur, sondern war eher ein Stück triviale Literatur, Volksliteratur, ja Subkultur. Als anonymes Werk, das noch dazu frivole Passagen enthielt, geriet *Tausendundeine Nacht* bei gebildeten arabischen Lesern in Verruf. Es galt sogar als jugendgefährdend. Prinzen zum Beispiel sollten es, nach einer Notiz bei aṣ-Ṣūlī (gest. 947), nicht zu lesen bekommen.

Der zweifelhafte Ruf von *Tausendundeine Nacht* bleibt durch die gesamte Geschichte der arabischen Literatur hindurch hörbar. Sogar noch dem ägyptischen Schriftsteller Gamal al-Ghitani (geb. 1945) erging es in seiner Kindheit so wie vielleicht vielen arabischen Lesern vor ihm:

Als ich ein kleiner Junge war, hörte ich zum ersten Mal von *Tausendundeine Nacht*, und zwar als verbotenes Buch. Erotik und andere unanständige Dinge kämen darin vor, sagte man. Genau das hat mich dazu gebracht, das Buch zu lesen.[10]

Eine «westöstliche Geschichte»

Anders als in der arabischen Welt war *Tausendundeine Nacht* in den westlichen Literaturen eine beispiellose Erfolgsgeschichte beschieden. Deren Ausgangspunkt bildete *Les mille et une nuits, contes arabes* von Antoine Galland. Allerdings stellt diese französische Fassung keineswegs die genaue Übersetzung ihrer arabischen Vorlage dar, vielmehr wurde der Text großzügig verändert und aus zahlreichen anderen Quellen ergänzt, um auf die Zahl 1001 zu kommen. Und mehr als das: Gallands französische Nachdichtung zielte ganz bewußt darauf ab, den Geschmack der französischen Salons des frühen 18. Jahrhunderts zu bedienen. Er griff in den Text seiner ursprünglichen Vorlage, der nach ihm so benannten «Galland-Handschrift», von der unten noch im einzelnen die Rede sein wird, sehr stark ein: mit Neuformulierungen, Ausschmückungen, Straffungen des Erzählflusses durch Überspringen «lästiger» Gedichte und Auslassung solcher Passagen, die ihm zu anstößig schienen.

Darüber hinaus hat das formidable Interesse, auf das der 1704 veröffentlichte erste Band stieß, Galland dazu veranlaßt, Geschichten aus anderen arabischen Quellen hinzuzunehmen. «Sindbad der Seefahrer» ist aus einer ursprünglich unabhängigen arabischen Handschrift zu *Tausendundeine Nacht* gekommen; «Aladdin und die Wunderlampe» und «Ali Baba und die vierzig Räuber» verdanken wir Hanna Diab, einem maronitischen Christen aus Aleppo, der diese und viele andere Geschichten speziell für Gallands Zwecke aus dem Gedächtnis nacherzählte.

So vielfältig die Quellen für Gallands *mille et une nuits* sind, den beispiellosen Siegeszug seiner vielbändigen Neuschöpfung – zwischen 1704 und 1717 erschienen zwölf Bände – konnte dies nicht behindern. Im Gegenteil: Die geschmackliche Anpassung an das europäische Publikum hat ihren Erfolg mit Sicherheit noch befördert. Literatur, bildende Kunst, Musik, die Oper, später der Film wurden von *mille et une nuits* und seinen zahlreichen Weiterübersetzungen wesentlich beeinflußt.[11]

Interessant ist dabei, daß viele Bearbeitungen in europäischen Sprachen in eine ganz andere Richtung zielen als die arabischen Vorlagen. In

Europa wurden aus *Tausendundeine Nacht* beonders gerne Kindermärchen geschmiedet: zu sehr war der Begriff «Märchen», der bereits in Frankreich in den Titel von *Tausendundeine Nacht* geraten war, im 19. Jahrhundert mit dem biedermeierlichen Bildungs- und Familienideal verknüpft. Daß bei den arabischen Erzählungen von Kindermärchen nicht die Rede sein kann, mögen die Leserinnen und Leser dieser Übersetzung bereits bemerkt haben.

Der Siegeszug der französischen *mille et une nuits* in Europa blieb nicht ohne Folgen für die Überlieferung des Werkes selbst. Sehr bald nach 1704 wurden Einflüsse europäischer Erwartungen an *Tausendundeine Nacht* sichtbar. Fieberhaft suchten europäische Geldgeber über ihre Konsuln oder Beamten im ganzen Orient nach vollständigen Handschriften. Denn die «Galland-Handschrift», die einzige damals bekannte, war ja unvollständig. Die gestiegene Nachfrage nach *Tausendundeine Nacht* wurde nicht nur mit philologisch einwandfreien Mitteln bedient: neue «alte» Handschriften von *Tausendundeine Nacht* wurden in Auftrag gegeben, die Drucke von Europäern ins Werk gesetzt. Zum Teil sind diese Fassungen grob manipuliert oder bewußt gefälscht. Einige enthalten sogar Rückübersetzungen aus Gallands französischer «Übersetzung» ins Arabische.

Die fünf großen Drucke des 19. Jahrhunderts – «Calcutta I» (1814–1818); «Breslau» (1824–1843), «Bulaq I» (1835), «Calcutta II» (1839–1842) und «Bulaq II» (1862) – samt der Unzahl der von ihnen abstammenden Übersetzungen sind Produkte der gestiegenen Nachfrage nach vollständigen Originaltexten von *Tausendundeine Nacht.* Das bedeutet jedoch nicht, daß all diese Drucke «Fälschungen» wären. Sie sind aufwendig zusammengestellte Sammlungen, von denen jede einzelne ihre eigene, langjährige Entstehungsgeschichte und komplizierte handschriftliche Grundlage besitzt.[12] Wie oben geschildert, können wir im Fall von *Tausendundeine Nacht* ohnehin nicht pauschal von «Original» und «Fälschung» sprechen. Es handelt sich vielmehr um ein offenes Werk, dessen Überlieferung bis heute nicht abgeschlossen ist und das immer neue Versionen und Textfassungen hervorbringt.

In der arabischen Welt führte die große Wertschätzung, die *Tausendundeine Nacht* in Europa genoß, zu etwas, das man mit der Orientalistin Wiebke Walther salopp den «Pizza-Effekt» nennen könnte: Etwas, das in der Herkunftsregion nicht viel galt, im Ausland aber zu Ansehen gelangt ist, erfährt als Re-Import eine ganz andere Bewertung, im Falle von *Tausendundeine Nacht* eine «glänzende Aufwertung»[13]. So kommt es, daß auch arabische Ausgaben heute gerade mit den Geschichten aufwarten, die erst seit Gallands französischer Neuschöpfung zum Repertoire von *Tausendundeine Nacht* gehören: «Sindbad der Seefahrer», «Aladdin und die Wunderlampe» und «Ali Baba und die vierzig Räuber». Manche modernen arabischen Kinderausgaben verwenden gar die Bilder des amerikanischen Zeichentrickfilms «Aladdin» (1992), der als Höhepunkt der Verkitschung von *Tausendundeine Nacht* gilt und einfachste Stereotypen des Orientalismus transportiert.

Der «abendländische» Beitrag zur Überlieferung von *Tausendundeine Nacht* ist inzwischen aus dem Werk nicht mehr wegzudenken, er ist Teil auch des arabischen Verständnisses des Textes geworden. *Tausendundeine Nacht* ist eine «westöstliche Geschichte» geworden.

Von alldem ist aber unser arabischer Text, die «Galland-Handschrift», noch ganz unberührt.

Die «Galland-Handschrift»

Antoine Galland (1646–1715), ehemaliger Diplomat des französischen Hofes in Konstantinopel, lebte um die Wende zum 18. Jahrhundert als Bibliothekar und Antiquar in Paris. Seit 1692 war er auch Mitarbeiter der berühmten *Bibliothèque Orientale* von Barthélémy d'Herbelot, einer Art populärwissenschaftlicher Enzyklopädie des Orients, die er nach dem Tod ihres Gründers 1695 selbständig weiterführte. Im Laufe langjähriger Aufenthalte und zahlreicher Reisen im Orient hatte Galland eine große Zahl arabischer Handschriften erworben. Neben seiner wissenschaftlichen Arbeit als Numismatiker und Philologe übersetzte er für unterschiedliche Auftraggeber Teile dieser Handschriften. Aus Gallands Tagebuchaufzeichnungen, Briefen und einigen anderen Notizen wissen wir, daß er eine gewisse Enttäuschung darüber empfunden hat, daß er für seine populären Übersetzungen wesentlich mehr Anerkennung erhielt als für seine wissenschaftlichen Arbeiten.[14] Dennoch wurde Galland Mitglied dreier Akademien und 1709 zum «Professeur royal d'arabe» am Collège Royal in Paris ernannt.

Das «Abenteuer *Tausendundeine Nacht*» begann, als Galland, irgendwann zwischen 1696 und 1698 – der genaue Zeitpunkt ist nicht belegt –, aus einer seiner Handschriften «Sindbad der Seefahrer» ins Französische übertrug. Diese Übersetzung war durch die berühmte Hofdame «La Marquise d'O.»

gefördert worden und sollte ihr gewidmet werden. Doch unmittelbar bevor «Sindbad» erscheinen konnte, als das Buch schon bei der Druckerei war, erfuhr Galland, daß die Geschichte von «Sindbad dem Seefahrer» zu einer Sammlung mit dem vielversprechenden Titel *Tausendundeine Nacht* gehöre. Sofort ließ er den Druck aufhalten und begann nach diesem Werk zu suchen. Endlich schrieb ihm ein aus Aleppo stammender Freund – so berichtet Galland am 13. Oktober 1701 –, er habe aus Syrien eine Handschrift von *Tausendundeine Nacht* in drei Bänden erhalten. Die Handschrift sei soeben in Paris eingetroffen.

Galland hatte Glück und Pech zugleich: Glück, denn die Handschrift, die sein Freund in Aleppo ausfindig gemacht hatte, gilt bis heute als die älteste erhaltene Fassung von *Tausendundeine Nacht*.

Die «Galland-Handschrift» ist nicht datiert. Doch auf ursprünglich leeren Seiten oder leeren Stellen in der Handschrift, zum Beispiel auf dem Vorsatzblatt, auf der Titelseite und auf ein paar leer gelassenen oberen Seitenhälften haben Benutzer oder Leser ihren Dank für die großherzige Ausleihe des Buches oder für die vergnügliche Lektüre formuliert und haben Gottes Segen für den Besitzer der Handschrift erbeten. Einige von diesen Bemerkungen sind mit einem Datum versehen, und das eine oder andere Datum ist auch lesbar. Das älteste dieser Daten stammt aus dem Jahre 1536. Die Handschrift ist also vor diesem Jahr geschrieben und so, wie diese Notiz angebracht ist, einige Jahrzehnte vorher. Andererseits sind im Text Realien genannt, die vor etwa 1430 nicht existiert haben: der Palast des ʿAbd ar-Raḥmān Ibn Sūdūn, Statthalter von Damaskus von 1424 bis 1432, sowie der erst Ende 1428 geschaffene Ašrafī, eine Goldwährung. Da arabische Chroniken den Münznamen Ašrafī erst ab 1450 regelmäßig verwenden, folgert Heinz Grotzfeld, daß die «Galland-Handschrift» erst in der zweiten Hälfte des 15. Jahrhunderts geschrieben worden sein kann. Grotzfelds These findet in der Orientalistik heute breite Zustimmung und setzt sich gegen Lehrmeinungen durch, die die «Galland-Handschrift» noch ein bis zwei Jahrhunderte früher datieren.[15]

Wie dem auch sei – die «Galland-Handschrift» kann für sich in Anspruch nehmen, noch ganz im arabischen Umfeld entstanden zu sein, also zeitlich vor den Einflüssen europäischer Erwartungen an *Tausendundeine Nacht*. Dies ist einer ihrer größten Vorzüge vor allen späteren vollständigen Fassungen von *Tausendundeine Nacht*.

وها انا ماضيه اطالعها بما ذكرته واعرض عليها ما اوصيته من حضورها
ثم مضت وعادت فقالت اقصد الموضع الذي قلت وانفذ فيه ما ينبغي
ثم اخرجت كيسا ودفعته الي وقالت هذا استعين به علي ما كول
ومشروب فاقسمت الي لم اتصرف فيه فاخذته ومضت وجلت
الجواري الاخر في منزل الصدر من فعلها فلم ادع في الدار شيا
من الاله الا احضرتها والطيب ... اسعر منه التحف وجعلت
جميع ما احتاجه من الذهب والفضه والبسط والتعليق وغير ذلك
ما يحتاج اليه واشتريت جهزت جميع ما تحتاجونه وجات الجاريه وقد
نظرت الى ذلك واعجبها فقلت امضي اليه الان واتي به في جعبته فمضت
واعادت وهو معها في اطرف زي واجمله وقد زينت محاسنه
ولطفت شمايله فلقيته بالاكرام والاحترام واجلسته على
مرتبه وجعلت بين ايديه كل ابنه عجيبه وتحدثت معه وبعثت الجاريه
مرجان بعد صلاه المغرب والجاريه تمس النهار معها والوصفان
لا غير فحين راته وراها غلب على كل واحد وجد حتى شغله عن
الوصول الى الاخر فنظرت منظر الهالين وجعلت اعالجه
بين ياحبه والجاريه تعالجها من ناحيه حتى افاقا وام

Eine Seite aus der 199. Nacht in der «Galland-Handschrift» (MS. arabe 3611, fol. 20v)

Doch nicht nur ihre Ursprünglichkeit zeichnet die «Galland-Handschrift» aus. Die Erzählungen wirken in ihr auch lebendiger und schöner ausformuliert als in den anderen Fassungen. Die Handschriften der «Ägyptischen Rezension» und ihre Druckfassungen – etwa der Druck «Calcutta II» (1839–1842), auf dem die deutsche Übersetzung von Enno Littmann basiert[16] – wirken im Vergleich dazu eher starr und bedienen sich eines literarisierten, der Schriftform angepaßten Stils. Dagegen sprechen aus der «Galland-Handschrift» die Nähe zur Mündlichkeit, die Unbefangenheit und Natürlichkeit der Sprache und die Freude am spannenden Erzählen.

Pech hatte Galland insofern, als er mit der nach ihm benannten Handschrift einen Torso erwarb, dessen Fortsetzung nie gefunden wurde. Ja, es ist sogar anzunehmen, daß eine unmittelbare Fortsetzung genau dieser Handschrift nie existiert hat, sondern schon die Vorlage der «Galland-Handschrift» nach der 282. Nacht endete. Denn es existiert eine weitere Handschrift ähnlichen Alters aus Syrien, die mit der unseren eng verwandt ist, und genau an derselben Stelle abbricht.

Galland, der von alldem noch keine Kenntnis hatte, begab sich sogleich auf die Suche nach einer vollständigen Ausgabe von *Tausendundeine Nacht,* bei der ihm jedoch kein Erfolg beschieden war. Und während Antoine Galland, durch den Erfolg seiner ersten Bände beflügelt, neue Geschichten für seine *mille et une nuits* aus anderen Quellen ausgrub, blieb die berühmte «Galland-Handschrift» auf die drei Bände beschränkt, die sich bis heute als MS. arabe 3609, 3610 und 3611 in der Pariser Bibliothèque Nationale befinden.[17]

Die Edition von Muhsin Mahdi

Muhsin Mahdi wurde 1926 in Kerbela im Irak geboren und begann seine Laufbahn als Arabist und Islamwissenschaftler 1947 in Bagdad. Bis 1996 war er als Professor für Arabistik und Islamwissenschaft international tätig, zuletzt an der Harvard University. Er starb 2007 in Brookline (Massachusetts).

Als erster Herausgeber überhaupt hat Muhsin Mahdi *Tausendundeine Nacht* als ein Werk der arabischen Literatur ernstgenommen und in einer kritischen Edition der Öffentlichkeit zugänglich gemacht. Alle früheren arabischen Druckausgaben waren unkritische Abdrucke jeweils einer Handschrift gewesen, oder aber eigens zusammengestellte, teils abenteuerliche

Arrangements aus unterschiedlichen, oft nicht bezeichneten Quellen. Ganz anders steht es um Muhsin Mahdis Edition: Die drei Bände – ein Textband, ein Band mit textkritischem Apparat und ein Kommentarband – sind die Frucht von mehr als fünfundzwanzig Jahren Arbeit.

Mahdis Text ist im wesentlichen eine Wiedergabe der «Galland-Handschrift». Doch der Herausgeber leistet noch einiges mehr: Er deutet unklare Stellen, gibt Varianten anderer Handschriften an und ergänzt Teile, die in der Vorlage offensichtlich ausgefallen sind. Aber im Gegensatz zu vielen seiner Vorgänger hat Muhsin Mahdi keine neue Version von *Tausendundeine Nacht* erzeugt. Er hat weder Vollständigkeit angestrebt noch die logisch beste oder schlüssigste Version der Geschichten zu rekonstruieren versucht.

Nur an zwei Stellen ist Mahdi von der «Galland-Handschrift» in größerem Ausmaß abgewichen: Die dem Text vorangestellte «Vorrede zu *Tausendundeine Nacht*» (S. 7) steht nicht in der «Galland-Handschrift», sondern findet sich erst in einer Handschrift, die in Aleppo zwischen 1750 und 1770 geschrieben wurde und später in den «Calcutta I»-Druck mündete. Zwar ist diese «Vorrede» ein klassisches arabisches Vorwort mit allen üblichen Topoi, wie es wohl manchem Werk im Lauf der handschriftlichen Überlieferung vorangestellt worden ist, in einem Punkt aber ist es eine Mogelei: Der Satz «Ich habe es ‹Das Buch von *Tausendundeine Nacht*› genannt» suggeriert, das Vorwort stamme von einem «Verfasser» des genannten Werks. Und dies ist ja, nach allem, was vorangegangen ist, ganz unmöglich.

Zum zweiten: Die Geschichte von König Kamarassaman (S. 616 ff.), von der in der «Galland-Handschrift» der größte Teil fehlt, hat Mahdi aus einer anderen Handschrift vervollständigt. Die vorliegende Übersetzung verzichtet auf die Wiedergabe des von Mahdi ergänzten Teils und schließt, wie die «Galland-Handschrift», mit der 282. Nacht.

Die neue Übersetzung

Wie diese Übersetzung entstand

Im Frühling des Jahres 1999 konnte man in der lärmenden, mit Menschen überfüllten Altstadt von Kairo, in der Nähe der Muski-Straße, eine junge Frau mit einem Stück Papier in der Hand beobachten, die sich auf eine nicht ganz einfache Suche begeben hatte. Rakta, genau diese Sorte Papier mußte es sein – eine grobfaserige, rauhe Qualität, auf der der Bleistift gut hielt und von der sich die Schrift mehrfach sauber wegradieren ließ, ohne das Papier zu zerstören. Noch wichtiger als das: Rakta war das einzige in Kairo erhältliche Papier aus ägyptischer Herstellung.

Ich lebte damals für einige Monate in Kairo und konnte mir nicht vorstellen, die Übersetzung von *Tausendundeine Nacht*, mit der ich kurz vor meiner Abreise nach Kairo beauftragt worden war, auf ein anderes als ein ägyptisches Papier zu schreiben. Daher hatte ich einen Buchbinder gebeten, mir meinen arabischen Textband zu zerschneiden und mit großformatigen Blättern zu durchschießen. Auf diesen leeren Seiten wollte ich die philologische Vorarbeit zu meiner Übersetzung erledigen. Der Buchbinder hatte mir zu der Papiersorte Rakta geraten, von der er jedoch nicht genug Vorrat hatte. Wenn ich so spezielle Wünsche hätte, meinte er, müsse ich mir den Rohstoff selbst besorgen. Ob und wo ich das Papier bekäme, wisse er auch nicht, die meisten Kunden verlangten inzwischen ausländisches Papier. So machte ich mich auf den Weg zu den Papiergroßmärkten von Kairo.

Die Verkaufsräume der staatlichen ägyptischen Papiermanufaktur bildeten ein verwinkeltes System mehrerer Hallen unter alten, gemauerten Gewölbebögen. Als ich sie endlich einmal offen fand, saßen darin drei freundliche ältere Herren und tranken Tee. Neben ihnen, hinter einem altertümlichen Verkaufstisch, von dem die ehemals grasgrüne Farbe bereits abgeblättert war, standen die ersehnten Papierpakete, immer fünfhundert oder tausend Bogen zusammengepackt, auf Paletten gestapelt bis unter die Decke. Sechzig Bogen Rakta-Papier? Das würde schwierig werden, *ṣaᶜb*, oder wenigstens «ein bißchen schwierig», *ṣaᶜb šway*.

Kaum eine Stunde später verließ ich den Papiergroßmarkt mit einer unförmigen und ziemlich schweren Rolle. Fast einhundert Bögen Rakta-Papier waren darin, der Preis war mir wegen Geringfügigkeit erlassen worden. So sehr ich auch drängte, ich durfte nichts bezahlen.

Der Buchbinder wollte seinen Augen kaum trauen, als ich mit dem säuberlich eingepackten Rakta-Papier wiederkam, und machte sich gleich an die Arbeit. Drei Wochen später waren aus dem Textband der Mahdi-Ausgabe von *Tausendundeine Nacht* fünf Bücher geworden: Vier Bände Text, mit leeren Seiten gespickt, und ein sehr dickes, sehr leeres Buch, in das ich meine Übersetzung niederschreiben wollte. Die Bände waren sorgfältig fadengeheftet, in braunes und blaues Ziegenleder gebunden, die Deckelinnenseiten mit handmarmoriertem Papier beklebt, und auf den Buchrücken waren goldene Aufschriften und Arabesken ins Leder geprägt worden. Der Buchbinder lächelte stolz in meine Kamera, als ich das Erinnerungsfoto schoß. Er habe sich besonders gefreut, eine solch schöne Ausgabe von *Tausendundeine Nacht* binden zu dürfen, sagte er, und habe bei der Gelegenheit auch selbst zum erstenmal darin geblättert.

Ich packte die fünf Bände in meinen schwarzen syrischen Lederrucksack und begab mich zu einem zufällig am selben Tag vereinbarten Termin mit Gamal al-Ghitani. Ein Team vom Fernsehen, das gerade in dessen Redaktionsbüro anwesend war, nutzte die Gelegenheit, um kurz über die bevorstehende neue *Tausendundeine Nacht*-Übersetzung zu berichten. So kamen meine noch leeren Ziegenlederbände in Großaufnahme ins ägyptische Fernsehen.

Nach Deutschland zurückgekehrt, begann ich mit der Übersetzungsarbeit. Einige Regalmeter Nachschlagewerke und Wörterbücher, vor allem auch historische arabisch-arabische Lexika, waren dafür vonnöten. Ich hatte sie zuvor in meine neue Wahlheimat am Südrand der Lüneburger Heide geschafft. Es war der wohl extremste Gegensatz zu der ebenso geliebten Stadt Kairo.

In den darauffolgenden Jahren habe ich vier der fünf Ziegenlederbände vollgeschrieben: drei Bände philologische Vorarbeiten und einen Band Rohübersetzung. Der fünfte Band enthielt die Fortsetzung der Geschichte von König Kamarassaman, auf die ich ja, wie oben geschildert, verzichtet habe. Gleichzeitig begann ich, meine noch unfertige Übersetzung in sogenannten Lesekonzerten vorzustellen. Wir lasen ausgewählte Passagen, spielten arabische Musik dazu und brachen, wie Schahrasad, immer an der spannendsten Stelle ab. Diese Lesekonzerte brachten die Gewißheit, daß die Übersetzung auch als Vortragstext bestehen würde. Immer wieder habe ich meine Übersetzung auf diese Weise abgeklopft.

Doch immer noch waren Fragen offengeblieben: Wörter, die kein Lexikon kannte, ungewöhnliche Phrasen, ganze Passagen mit Dialektwörtern oder derben Ausdrücken, die in keinem Wörterbuch verzeichnet waren. All diese Fragen hatte ich mir im Laufe der Jahre auf den Seitenrändern meiner Ziegenlederbände notiert. Mit diesen Fragen konnte ich mich nun an erfahrenere Kolleginnen und Kollegen wenden. Besonders gern erinnere ich mich an den ausführlichen Briefwechsel mit Prof. Heinz Grotzfeld (Münster), dem ich im Laufe der Jahre über hundert Probleme vorlegen durfte.

Zum Abschluß reiste ich im Frühjahr 2003 noch einmal nach Kairo. Drei Wochen lang war ich dort auf der Suche nach Lösungen für die letzten offenen Fragen –, und der bis heute lebendigen Atmosphäre von *Tausendundeine Nacht* auf der Spur. Ahmad al-Gaafary, mit dem mich eine langjährige Freundschaft verbindet, führte mich auf endlosen Fußmärschen durch die Kairoer Altstadt, und gemeinsam besuchten wir die Orte, an denen die Geschichten von *Tausendundeine Nacht* spielen.

Auf der Suche nach einem Kalligraphen stieß ich in einem staubigen Stadtviertel, dort, wo die Straßen aus festgetretenem Lehm bestehen und von Eselskarren herab Zwiebeln verkauft werden, auf Mustafa al-Imary. Mit seinem traditionsbewußten, kunstvollen Handwerk trifft er genau den Nerv von *Tausendundeine Nacht*, weshalb ich die Illustrationen dieses Bandes bei ihm in Auftrag gab. Arabische Schrift und ihre Elemente sind ja ein beliebtes Motiv in *Tausendundeine Nacht*:

> Die Vögel lasen, was auf dem Tümpel geschrieben stand;
> Die Wolken setzten die Punkte, die Buchstaben schrieb der Wind. (S. 271)

Und mit Nabila Ibrahim, einer auf arabische Erzählliteratur spezialisierten Professorin der Kairoer Universität, saß ich viele Stunden lang in den Räumen des Deutschen Akademischen Austauschdienstes auf der Nilinsel Zamalek zusammen, und wir rätselten gemeinsam über knifflige Stellen. Insbesondere die schlüpfrigen Passagen in der «Geschichte vom Träger und den drei Damen» wären ohne ihre geduldigen Ausführungen und Erklärungen, während derer sich ihr Gesicht mal rot, mal weiß verfärbte, unübersetzbar gewesen.

Während dieser Kairo-Reise wurde ich um einen Vortrag über meine Arbeit an der Neuübersetzung gebeten. Der Veranstalter wollte auf diesen «Werkstattbericht» in einigen Zeitungen aufmerksam machen, und so mußte ich mich zuvor von Journalisten befragen und fotografieren lassen.

Drei Stunden vor dem Pressetermin begab ich mich, der Fotos wegen, zu einem Friseur. Es war früh am Morgen, und der Meister war noch nicht im Laden. Mir wurde zwar versichert, er komme «jeden Moment», doch nach einem guten Stündchen entschloß ich mich, der knappen Zeit wegen, mich von einem seiner beiden Gehilfen frisieren zu lassen. Ich geriet an einen «Fachmann», der jedem Vergleich mit dem Friseur in der «Geschichte des Buckligen» (S. 354 ff.) standgehalten hätte. Mit vor Aufregung zitternden Fingern schnitt mir der Friseurgehilfe einige Haarsträhnen ab und gestand mir dabei, daß er so etwas noch nie getan habe. Genau vor dieser Situation habe er sich immer gefürchtet. Er sei schon seit zehn Jahren bei diesem Friseur beschäftigt, und das sei eine lange Geschichte.

Wie ich da saß, einen Teil meiner Haare geschnitten, einen anderen geföhnt, der Friseurgehilfe mir seine Lebensgeschichte erzählte und unaufhörlich redete, der zweite Gehilfe mir immer wieder Getränke servierte, die er erst umständlich einkaufen ging, während die Zeit auf der völlig falsch gestellten Uhr des Friseursalons unerbittlich vorrückte, fühlte ich mich tatsächlich wie der «hinkende junge Mann aus Bagdad» in *Tausendundeine Nacht*.

Zu dem Pressegespräch erschien ich eine Dreiviertelstunde zu spät, mit einer unmöglichen Frisur und ohne meinen Schmuck, den ich in der Eile im Friseursalon vergessen hatte. Kaum hatte das Gespräch nach vielen Entschuldigungen endlich begonnen, platzte ein Mann in die Versammlung hinein, kam eilig auf mich zu und überreichte mir, vor allen versammelten Journalisten, ein weißes Papiertaschentuch, das etwas Schweres enthielt. Ich öffnete das Taschentuch. Darin war mein Silberschmuck, und der überraschende Besucher war der Taxifahrer, der noch einmal zum Friseur zurückgekehrt war, um mir meinen vergessenen Schmuck zu bringen. Das, so dachte ich, ist die wahre Geschichte von *Tausendundeine Nacht*.

Zu dem Vortrag kamen viele arabische Kolleginnen und Kollegen, Schriftsteller, Übersetzer und Wissenschaftler, und alle gaben mir zu meinen letzten offenen Fragen noch bereitwillig gute Tips. Manche Problemstellen wurden auch kontrovers diskutiert. So erhielt ich zu einer unklaren Stelle in der «Geschichte des Buckligen» beispielsweise folgende Lösungsvorschläge: «Schloß und Riegel waren von den Himmelspforten abmontiert worden»; «Mögen die Pforten des Himmels offenstehen, genauso wie Ägypten mit seinen Bohnen!»; «Verflucht sei Ägypten mit seinen Bohnentöpfen!». Am Ende entschied ich mich für «Da war es, als hätten die Pforten des Himmels und Ägyptens offengestanden für ihre Prophezeiungen» (S. 314).

Gern würde ich weitererzählen von meinen eigenen spannenden und aufregenden Erlebnissen mit *Tausendundeine Nacht*, doch an dieser Stelle müssen die wenigen Anekdoten aus Kairo genügen. Sie mögen gezeigt haben, wie *Tausendundeine Nacht* auch heute noch, in einer sich so rasant und dramatisch verändernden Welt, Faszination ausübt. Und diese Atmosphäre scheint mir für eine adäquate Übersetzung nicht weniger wichtig zu sein als alle Lexika und Wörterbücher zusammen.

Leitlinien der Übersetzung

Einige der Leitlinien, die ich mir selbst gesetzt habe, möchte ich im folgenden offenlegen. Sie gewähren auch einen Einblick in die Besonderheiten des arabischen Textes.

282 Nächte oder 1001 Nacht?

Wie kommt es, daß die neue Übersetzung nur 282 Nächte enthält? Der Grund ist, daß von der arabischen Vorlage, der sogenannten «Galland-Handschrift», nur drei von ehemals wahrscheinlich zwölf Bänden erhalten sind. Die übrigen neun Bände, die die Nächte 283 bis 1001 sowie den Schluß der Rahmenhandlung enthalten haben müssen, sind verloren und wurden trotz intensivster Suche niemals gefunden. Einige Wissenschaftler vermuten allerdings, daß bereits die Vorlage für die «Galland-Handschrift» nach der 282. Nacht abbrach (s. o. *Die «Galland-Handschrift»*).

Wie dem auch sei, wir haben es hier in jedem Fall nur mit ca. einem Viertel eines Gesamttextes von *Tausendundeine Nacht* zu tun. Dieser Gesamttext war erkennbar auf Vollständigkeit angelegt. Sogar die letzte Nachtformel nach der 282. Nacht suggeriert keinen konstruierten Schluß, sondern ist schlicht durch Zufall am Ende des dritten erhaltenen Bandes zu stehen gekommen.

Um den Eindruck des Originals nicht zu verwischen, habe ich mich entschlossen, auch die Übersetzung als Fragment zu gestalten und wie die arabische Vorlage nach der 282. Nacht einfach abzubrechen.

Die Überschriften

Die Überschriften der Geschichten, wie etwa «Der Bucklige, der Freund des Kaisers von China», stammen nicht aus der «Galland-Handschrift». Muhsin Mahdi hat sie in seine Edition als Kolumnentitel eingefügt.

Ich habe Muhsin Mahdis Überschriften aus Gründen der Übersichtlichkeit in den Text der Übersetzung übernommen, den umgebenden Erzähltext jedoch nicht gesondert angepaßt. Die Überschriften fügen sich daher nicht überall harmonisch in das Textganze ein.

Die eigentliche Gliederung des arabischen Textes besteht in den Nachtüberschriften («Die erste Nacht» etc.), die daher auch in der Übersetzung stärker hervorgehoben werden.

Der fiktive Erzähler

Dem Leser mag es aufgefallen sein: Immer wieder meldet sich ein fiktiver Erzähler zu Wort. Er tritt auch als «Verfasser», «Autor» oder «Überlieferer» auf, obgleich, wie wir wissen, ein einzelner «Verfasser» für *Tausendundeine Nacht* ganz undenkbar ist. Dennoch finden wir oft unvermittelt Einschaltungen wie: «Der Erzähler spricht», «Der Autor der Geschichte spricht», «Der Überlieferer erzählt», die dem gesamten Erzähltext, ja selbst der Rahmengeschichte von Schahrasad und Schahriyar, übergeordnet sind.

Solche Einschaltungen sind in der klassischen arabischen Literatur häufig anzutreffen. Sie sollen den Leser oder Hörer regelmäßig daran erinnern, wessen Buch er da gerade liest, wer als Autor zu ihm spricht. In der Regel kommt aber der Autor mit seinem Namen daher, ähnlich einem wiederholten Copyright-Vermerk. Fiktive Erzähler ohne Namen – wie in *Tausendundeine Nacht* – stammen dagegen aus der Welt der arabischen Epik. Sie sind typisch für eine Textsorte, in der professionelle Erzähler (arab. *ḥakawātī*) anonym überlieferte Texte mündlich vortragen. Die Leser sollen sich wie Zuhörer fühlen, sie sehen einen Erzähler in einem Kaffeehaus, auf einem Marktplatz oder in einem Orangenhain vor sich – überall dort, wo öffentlich vorgelesen wurde und wird.

Der fiktive Erzähler fügt unserem Text eine wichtige Dimension hinzu, indem er ihn in die Atmosphäre des mündlichen Vortrags versetzt. Daher habe ich die Einschaltungen des fiktiven Erzählers in der Übersetzung belassen, auch wenn sie den Gang der Erzählung nicht voranbringen, ja zuweilen vielleicht sogar störend wirken.

Scheherazade oder Schahrasad?

Seit der Einführung von *Tausendundeine Nacht* in die europäische Literatur durch Antoine Galland kennen wir die Erzählerin unter dem Namen Scheherazade. Das abschließende *e* in dieser Namensform entstammt der Konvention der französischen Sprache. Das *z* für das stimmhafte *s* ist ebenfalls im Französischen geläufig und ist darüber hinaus in die wissenschaftliche Transkription eingegangen. Eine speziell auf die deutschsprachige Leserschaft ausgerichtete Umschrift sollte jedoch, um Mißverständnisse auszuschließen, den Buchstaben *z* ganz vermeiden (s. u. *Erläuterungen zu Transkription und Aussprache*).

Die Namensform Scheherazade trägt aber auch und insbesondere dem persischen Ursprung des Namens Rechnung (s. o. *Ursprung und Überlieferung von Tausendundeine Nacht*). Im Kontakt mit der arabischen Sprache veränderte sich der Name: Der dem Schriftarabischen unbekannte Kurzvokal *e* wurde zu *a*. Da die Neuübersetzung einer arabischen Vorlage folgt, habe ich die arabisierte Namensform übernommen. Deswegen heißt Scheherazade jetzt Schahrasad.

Die Schlüsselbegriffe ʿağīb und ġarīb

«Geschichte oder Leben!», so könnte man die wichtigste Spielregel von *Tausendundeine Nacht* nennen. «Erzähle mir eine Geschichte, dann lasse ich dich leben. Aber sie muß spannend *(ʿağīb)* und aufregend *(ġarīb)* sein, sonst...» – so drohen etwa der Dschinni, der Kalif, die Dame mit den Schlagspuren oder der Kaiser von China – «... sonst töte ich euch alle!»

Die Schlüsselbegriffe *ʿağīb* und *ġarīb* bezeichnen also eine im Sinne der Spielregel von *Tausendundeine Nacht* erfolgreiche Geschichte. Vielleicht sind die beiden Begriffe sogar ein Schlüssel für den Eintritt des Werkes in die arabische Literatur und sein Wirken als «Geschichtenmagnet»! Denn in der klassischen arabischen *adab*-Literatur wurden Sammlungen von Geschichten und Gedichten jeweils nach genau definierten Themen zusammengestellt.[18] So finden wir Buchtitel wie *Über die Geizigen* ebenso wie *Über Zuneigung und sympathisches Handeln* oder *Das Buch über die guten und die schlechten Seiten*, in dem zu jeder Sache, Charaktereigenschaft und Verhaltensweise ihre guten und schlechten Seiten aufgezählt und abgehandelt werden. Entsprechend könnten sich solche Geschichten, die die Eigenschaften *ʿağīb* und *ġarīb* besaßen, in *Tausendundeine Nacht* versammelt haben: Eine Geschichte, die so spannend war, daß sie die Todesdrohung von ihrem Erzähler abwenden konnte, erfüllte die Bedingung, um in *Tausendundeine Nacht* aufgenommen zu werden. Vielleicht finden sich die beiden Schlüsselbegriffe deshalb besonders häufig in den Überschriften der Nächte und den Nachtformeln beim anbrechenden Morgengrauen. So heißt es etwa: «Die achtzehnte Nacht aus den spannenden und aufregenden Erzählungen aus Tausendundeiner Nacht» (S. 73).

Die arabischen Adjektive *ʿağīb* und *ġarīb* lassen sich wörtlich als «unterhaltsam» und «merkwürdig» verstehen, und sie werden in deutschen Übersetzungen in der Regel genauso wiedergegeben. Ich habe mich entschieden, ihre psychologische Bedeutungsdimension, nämlich die Erzeugung von Spannung und Neugier im Zuhörer, in den Vordergrund zu rücken. Darum gebe ich sie durchgängig mit «spannend» *(ʿaǧīb)* und «aufregend» *(ġarīb)* wieder.

Erzählsprache

Als heterogener Text, dessen Einzelgeschichten aus verschiedenen literarischen und nichtliterarischen Quellen unterschiedlicher Zeiten zusammengeflossen sind, weist *Tausendundeine Nacht* ein Spektrum verschiedenster Stilebenen auf: vom Dialekt bis zum klassischen Hocharabisch ist alles zu finden. Darüber hinaus ist innerhalb der Geschichten die grundsätzliche Unterscheidung zwischen Erzählsprache, Reimprosa und Gedichten zu berücksichtigen.

Die Erzählsprache unseres Textes ist ein schlichtes Arabisch, in dem gelegentlich neben korrekt gebrauchter Schriftsprache auch umgangssprachliche Formen und Wörter vorkommen, bisweilen im selben Satz. Diese oft als «Mittelarabisch» bezeichnete Sprache findet sich vor allem in Texten, deren Verfasser Schriftarabisch (die anerkannte Norm) schreiben wollten, es aber nicht völlig beherrschten und aus Nachlässigkeit Formen und Wörter der mündlichen Sprache gebrauchten.

So ist es auch in unserer Version von *Tausendundeine Nacht*: Der Text bemüht sich erkennbar um Hochsprachlichkeit, doch der umgangssprachliche Charakter bleibt deutlich zu spüren. Immer wieder zeigen grammatikalische und orthographische «Fehler» des arabischen Textes, daß das sprachliche Niveau des klassischen Arabisch und der hocharabischen Bildungsliteratur nicht erreicht wird. In Dialogen hingegen, z. B. bei Fragewörtern, Ausrufen wie «pfui!», «aua!», «o Mann!» oder idiomatischen Redensarten, dürfte die Umgangssprache ganz bewußt und absichtlich verwendet worden sein. Gerade diese Spannung zwischen den verschiedenen Sprachstandards ist typisch für die Sprache von *Tausendundeine Nacht*.

Eine sprachliche Besonderheit, die bewußt in der Übersetzung belassen wurde, ist die Vorliebe für Synonyme. Die arabische Sprache ist reich an sinn- und sachverwandten Wörtern und setzt sie gerne unmittelbar hintereinander.

> ... sie wußten ja nicht, *was für eine Geschichte dahintersteckte und was es damit für eine Bewandtnis hatte.* (S. 120) – Wir gerieten in *Angst und Schrecken und fürchteten uns vor ihm.* (S. 159) – *Schweigend, ohne ein Wort zu sagen,* bestieg ich das Boot. (S. 170)

Im deutschen Erzählfluß würden wir einen der beiden Ausdrücke als «redundant» wegstreichen. Diese Übersetzung jedoch respektiert die besondere Vorliebe des Arabischen für Synonyme und behält die doppelten Formulierungen bei.

Eine weitere Besonderheit betrifft die Dialoge. So lebendig sie auch sind, sie leiden – was die Übersetzbarkeit angeht – an zwei für die arabische Literatur typischen Eigenarten: Die Sprecher werden viel zu selten namentlich genannt, und die wörtliche Rede selbst wird stereotyp mit «Er sagte:» eingeleitet. Der Leser oder Hörer droht den Faden zu verlieren, weil er nicht mehr weiß, wer gerade handelt oder spricht.

> daß (...) *er* am nächsten Morgen auf *ihn* wartete. *Er* wartete bis gegen Mittag, aber *er* kam nicht wieder. Endlich fragte *er* einen der Anwesenden nach *ihm*. *Er sagte*: «Es ist mir zu Ohren gekommen, o König (...)».

In meiner Übersetzung werden solche Passagen präzisiert, indem ich den Namen der handelnden oder sprechenden Figur wiederhole und die Sprechhandlung mit verschiedenen Verben kennzeichne. Die zuletzt zitierte Passage sieht nun so aus:

> daß (...) *der Kaiser von China* am nächsten Morgen auf ihn wartete. Er wartete bis gegen Mittag, aber *der Bucklige* kam nicht wieder. Endlich fragte er einen der Anwesenden nach ihm. «Es ist mir zu Ohren gekommen, o König», *berichtete dieser* ... (S. 306f.)

Wichtig zu bemerken ist noch, daß die Erzählsprache von *Tausendundeine Nacht* nicht immer dieselbe ist. Sie variiert von Ausgabe zu Ausgabe. In der Edition von Muhsin Mahdi haben wir einen Text vor uns, der die Mündlichkeit und Schlichtheit der Sprache in besonderer Weise bewahrt hat: kurze, einfache Hauptsätze ohne Nebensätze, deftige Dialoge und schlichte Erzählpassagen. Das Schöne an dem Text der Mahdi-Edition ist gerade seine Natürlichkeit, seine Unbefangenheit. Und diese darf auch aus der Übersetzung herausklingen.

Religiöses Vokabular

Tausendundeine Nacht ist – zumindest seit seinem Eintritt in die Sphäre der arabischen Literatur – ein Werk mit islamischem Grundcharakter. Islamische Formeln wie «Es gibt keine Kraft noch Stärke außer bei Gott, dem Erhabenen und Mächtigen» und Zitate aus dem Koran unterstreichen dies. Die Religion, und zwar die islamische Religion, ist ein integraler Bestandteil des Lebens und Handelns aller Protagonisten. Sogar in der Rahmengeschichte, die ja nachweislich aus indisch-persischen Quellen gespeist ist, wird an einer Stelle der Koran zitiert.

Dennoch erhebt sich der Islam nicht über die anderen monotheistischen Religionen. Vielmehr spricht aus den Passagen, in denen Religion thematisiert wird, ein allgemein monotheistisches Glaubensprinzip. So lenkt *Tausendundeine Nacht* das Augenmerk besonders gern auf die Begrenztheit menschlicher Existenz angesichts göttlicher Allmacht:

> Ich bin sterblich. Drum sei Der gelobt, der niemals stirbt!
> Ich bin sicher, daß mein Lebenshauch einmal verdirbt.
>
> Eine Herrschaft, die der Tod beendet, ist nicht echt.
> Wahre Herrschaft ist die Herrschaft Dessen, der nicht stirbt. (S. 507)

Mit solcherart Gedanken können sich Christen und Juden genau wie Muslime identifizieren. Hinzu kommt, daß Christen und Juden neben Muslimen als Protagonisten auftreten. Besonders aussagekräftig ist in diesem Zusammenhang die Geschichte vom «Buckligen, dem Freund des Kaisers von China». Nacheinander werden ein jüdischer Arzt, ein christlicher Makler und ein muslimischer Koch in ein komisches Abenteuer hineingezogen – ein schönes Beispiel für das Zusammenleben der Religionen im städtischen Bereich in Zentralasien, denn diese Geschichte spielt in der Stadt Kashgar, dem heutigen Kashi (China).

Nur in einer einzigen Geschichte – der von der «Ersten Dame, der Hausbesitzerin» im Rahmen der «Geschichte vom Träger und den drei Damen» – wird der Islam selbst zum Thema. Die heidnischen Bewohner einer Stadt waren zur Bekehrung zum Islam aufgefordert worden, hatten sich aber diesem Ruf widersetzt. Zur Strafe für ihre Verstocktheit wurden alle Bewohner der Stadt – bis auf einen einzigen gottesfürchtigen jungen Mann, in den die Dame sich nun verliebt – in Steine verwandelt.

Hundertfach taucht in unserem Text der Begriff «Allah» auf. «Allah» ist kein islamischer Begriff, sondern das in allen Religionen gebräuchliche arabische Wort für «Gott». Um die Gemeinsamkeiten stärker zu betonen als die Unterschiede zwischen den Religionen, habe ich mich entschlossen, das Wort «Allah» als Begriff – «Gott» – ins Deutsche zu übersetzen, anstatt es wie einen Eigennamen – «Allah» – im arabischen Wortlaut zu belassen. Es heißt darum in der vorliegenden Übersetzung nicht «Allah sei Dank», sondern immer «Gott sei Dank».

«Geflügelte Worte»: Koran-Zitate und arabische Sprichwörter

Gut ein dutzendmal wird in unserem Text der Koran zitiert. Die Zitate dienen zur Untermalung besonders eindrücklicher Naturszenen oder Situationen:

> Das ganze Haus war nur noch eine Ruine, die, *wie es im Koran heißt*, «eingefallen lag auf ihren Pfeilern». (S. 474)

und untermauern in Dialogen das Gesagte:

> «Kann ich dir deinen Wunsch nicht erfüllen, dann bin ich dafür entschuldigt, denn *im Koran steht geschrieben*: Gott mutet keiner Seele mehr zu, als sie kann.» (S. 581)

In der arabischen Vorlage wird jedoch auf die Koran-Zitate nicht eigens hingewiesen. Der Koran, insbesondere seine «geflügelten Worte», konnten bei arabischen Hörern und Lesern als bekannt vorausgesetzt werden. So heißt es im Arabischen wörtlich:

> «Es gibt keine Kraft noch Stärke außer bei Gott dem Allmächtigen! Wahrhaftig, die Tücke von euch Weibern ist ungeheuerlich!»

In der Übersetzung wird aus der zitierten Passage:

> «Es gibt keine Kraft und keine Stärke außer bei Gott, dem Allmächtigen! Wahrhaftig, *der Koran hat recht*: ‹Die Tücke von euch Weibern ist ungeheuerlich!›» (S. 19)

Entsprechende Hinweise, die es möglich machen, Koran-Zitate als solche zu erkennen, habe ich an allen betreffenden Stellen eingefügt. Dieser nicht unbedeutende Eingriff mag, so hoffe ich, mit Rücksicht auf unsere überwiegend nicht-islamische Vorbildung gerechtfertigt erscheinen. Bei der

Übersetzung der Koran-Zitate habe ich mich soweit wie möglich an die Übersetzung des Dichters Friedrich Rückert (1788–1866)[19] gehalten. Sie unterscheidet sich von den zahlreichen anderen deutschen Koran-Übersetzungen vor allem durch ihren reifen poetischen Stil und den grundsätzlichen Respekt des Dichters vor dem Koran als sprachlichem Kunstwerk.

Neben Koran-Zitaten kommen als «geflügelte Worte» auch eine große Anzahl arabischer Sprichwörter in *Tausendundeine Nacht* vor. Im Gegensatz zu den Koran-Zitaten sind diese in den meisten Fällen bereits im arabischen Text als solche gekennzeichnet:

> «Bei Gott, tu das nicht!» beschwor ich sie. «Denn *das Sprichwort sagt:* ‹Wohl dem, der Böses mit Gutem vergilt›.» (S. 47)

Überall dort, wo ein Sprichwort nicht gekennzeichnet ist, sondern, ähnlich wie die Koran-Zitate, unvermittelt im Text auftaucht, habe ich einen entsprechenden Hinweis eingefügt. Weitere Erklärungen waren in der Regel nicht notwendig; nur ein einziges Sprichwort erschien mir so unverständlich, daß ich eine Erklärung eingefügt habe:

> Und wenn du an die Nacht denkst, in der die Nilschwemme gefeiert wird, dann gib den Bogen dem, der ihn halten kann, und laß das Wasser dorthin fließen, wohin es gehört.

Mit Erklärung lautet diese Passage so:

> Und wenn du an die Nacht denkst, in der die Nilschwemme gefeiert wird, dann *versuche nicht, es zu beschreiben, denn das Sprichwort sagt*: ‹Gib den Bogen dem, der ihn halten kann, und laß das Wasser dorthin fließen, wohin es gehört.› (S. 343)

Arabische Sprichwörter sind oft zweiteilig und enthalten einen Endreim. Ich habe diese Form im Deutschen möglichst zu erhalten versucht, wie etwa in folgenden Beispielen:

> Wem es an Erfolgen mangelt, sich hastig durch sein Leben hangelt. (S. 22)

> Wer die rechte Tat nicht kennt, schnurstracks in sein Verderben rennt. (S. 21)

> Wer die Folgen nicht bedenkt, der kriegt vom Schicksal nichts geschenkt. (S. 21)

Überall dort, wo das Sprichwort im Deutschen ohne Reim geläufiger und schlüssiger klingt oder wo auch das arabische Sprichwort eine Prosaform hat, habe ich auf den Reim verzichtet.

So manches arabische Sprichwort besitzt eine recht genaue Entsprechung in deutschen Sprichwörtern:

Arabisch: Was das Auge nicht sieht, kann das Herz nicht bekümmern. (S. 182)
Deutsch: Was ich nicht weiß, macht mich nicht heiß.

Arabisch: Nach einem Unglück geschieht ein neues Unglück. (S. 488)
Deutsch: Ein Unglück kommt selten allein.

Auch wenn die Versuchung groß war, in solchen Fällen das geläufige deutsche Sprichwort zu zitieren, habe ich im Interesse einer möglichst großen Nähe zum Original die arabischen Formulierungen beibehalten.

Reimprosa

Reimprosa, arab. Sadsch *(saǧ^{c})*, ist ein formelhafter Stil, bei dem eine Abfolge kurzer, oft parallel konstruierter Sätze oder Satzteile hintereinandersteht, mit Reim, jedoch ohne die Bindung der Gedichtform, also ohne feste Silbenzahl und Metrum. Der Reim wird in der Regel nach zwei, drei oder mehr Gliedern des Sadsch gewechselt.

Reimprosa war im klassischen Arabisch sehr verbreitet und hochangesehen. Sie ist der vorherrschende Standard im Koran und genießt daher besonderes Renommee. Die klassische arabische Diplomatik, d. h. die offizielle Briefsprache, ist ebenso in Reimprosa gehalten wie die formelhafte Sprache der arabischen Epik.

In *Tausendundeine Nacht* kommt Reimprosa häufig vor. Die Übersetzung aller Reimprosapassagen in deutsche Reimprosa hätte aber zu einem sehr überladenen deutschen Stil geführt. Ich habe mich darum für folgende Leitlinien entschieden:

a) Feste Formeln und Wendungen:
Einige immer wiederkehrende, zweigliedrige Sadsch-Formeln habe ich als feste Formeln und mit Reim wiedergegeben. Dadurch wird klar, daß Stereotypes gesagt wird, wie etwa:

In meinem Herzen brannte ein Feuer, das sich nicht ersticken ließ,
und eine Flamme, die sich nicht unterdrücken ließ. (S. 181 und öfter)

b) «Ungezwungener» Sadsch:
Sadsch entsteht im Arabischen, anders als im Deutschen, recht leicht und ungezwungen. Aufgrund der schematischen morphologischen Struktur und der Vorliebe des Arabischen für Synonyme drängt sich Sadsch manchmal fast «natürlicherweise» auf. Überall dort, wo in *Tausendundeine Nacht* längere, ungezwungen klingende Sadsch-Passagen auftreten, sollte auch die Übersetzung möglichst ungezwungen klingen. Im Interesse der geläufigen Lesbarkeit und der Erhaltung der parallelen Konstruktion habe ich an diesen Stellen auf Reime verzichtet und lediglich behutsam rhythmisiert:

> Schahriyar, der ältere der beiden, war ein gewaltiger Ritter und ein kühner Held, an dessen Feuer man sich besser nicht zum Wärmen setzte, dessen Kriegstrommel niemals verstummte und der auf keine Blutrache verzichtet hätte. (S. 9)

Dieselbe Passage als gereimte Prosa übersetzt klänge gekünstelt, erforderte im Deutschen die Einschaltung zusätzlicher Reimwörter und durchbräche den Fluß der Erzählung auffällig, etwa so:

> Schahriyar, der ältere im *Königszelt*, war ein gewaltiger Ritter und ein kühner *Held*, an dessen Feuer man sich besser nicht zum Wärmen *stellt*, dessen Kriegstrommel nie *innehält* und der sich einer Blutrache niemals *enthält*.

Eine Prosaübersetzung ganz ohne Rhythmisierung ließe andererseits die Klanglichkeit des arabischen Sadsch völlig außer acht:

> Der ältere Bruder, Schahriyar, war ein gewaltiger Ritter und ein kühner und unbezwingbarer Held, dessen Kriegstrommel nicht kalt wurde und der auf Blutrache nie verzichtete.

Fast jede neue Erzählung in *Tausendundeine Nacht* beginnt mit einer solchen ungezwungenen Sadsch-Passage. Innerhalb einer Geschichte begegnet ungezwungener Sadsch bei Beschreibungen der Schönheit von Mensch und Natur. Im folgenden Beispiel sind die Kola des Sadsch, also die gereimten Satzglieder, durch einen Schrägstrich gekennzeichnet. Auch hier ist die Übersetzung nur leicht rhythmisiert und verzichtet auf den Reim:

> Und was für ein herrlicher Garten das war! / Der Eingang war wie ein Iwan überwölbt, / die Türen darin wie Tore zum Paradies. / Man betrat durch das Tor einen Gang aus gebogenen Drahtgitterstäben, an denen die Ranken von Weintrauben wuchsen und Trauben in vielerlei Farben hingen: / die roten wie Karneole, / die schwarzen wie Abessiniergesichter, / und zwischen den roten und schwarzen erschienen die weißen Trauben wie Perlen, die zwischen Korallen und Teakhölzchen lagen. (S. 525)

c) Reimprosa als bewußt eingesetztes Stilmittel:

An einigen Stellen in *Tausendundeine Nacht* wird Reimprosa jedoch ganz bewußt eingesetzt, um eine übertrieben gestelzte Sprechweise zu illustrieren. Es handelt sich nur um wenige Passagen, und sie treten ausschließlich im Dialog und in Brieftexten auf. Das Arabisch dieser Passagen wirkt gedrechselt und überladen formuliert. Genau diesen Effekt wollte ich auch im Deutschen nicht aufgeben. Alle Reimprosa-Glieder und auch die Reimwechsel werden in diesen Fällen bewußt nachvollzogen.

> «Du mußt wissen, mein Gebieter», wandte sich Ali Ibn Bakkar an Abul-Hasan, «daß einem weisen und *verständigen*, gebildeten und *wendigen*, geistesgegenwärtigen *Mann*, der nichts Böses auf dem Herzen haben *kann*, schon ein weniges davon *genügt*, damit die Sehnsucht ihn *besiegt* und ihn *entzückt* und ihn *berückt* und ihn *verführt* und ihn zum Staunen *rührt*, ganz besonders, wenn er in einer Lage wie der meinigen ist und sein Herz so beschaffen ist wie meines. (...)» (S. 428)

> «... Sich zu beklagen», so ging der Brief weiter, «kann zwar das Feuer des Unglücks nicht löschen, aber es verschafft einem, den die Sehnsucht *bezwungen hat* und den die Trennung *niedergerungen hat*, doch etwas Erleichterung, so lange, bis das Wiedersehen seinen brennenden Durst *ertränken wird* und die Heilung ihn auf eine klare Straße *lenken wird*. Salam!» (S. 455)

Gedichte

In den fast 250 Gedichten werden die Geschichten von *Tausendundeine Nacht* nochmals in ein anderes Licht getaucht, sie erhalten eine zusätzliche Dimension. Der Fluß der Erzählung wird für kurze Zeit angehalten, wenn ein Gedicht sowohl die Leser und Hörer als auch die in der Geschichte handelnden Figuren zum Nachsinnen einlädt, zum Staunen bringen oder zu Tränen rühren möchte. Von der Geburt und vom Tod, von Liebe und Haß, Großzügigkeit und Geiz, von Schönheit und Häßlichkeit, Reichtum und Armut und vielen anderen Themen des menschlichen Lebens handeln diese glänzenden und funkelnden sprachlichen Juwelen.

Oft bringen sie den Handlungsablauf der Geschichte nicht weiter und sind auch inhaltlich einander ähnlich. Dies betrifft vor allem die Gedichte zur Beschreibung weiblicher oder männlicher Schönheit, in denen sich bestimmte Bilder oder Metaphern – z. B. «Perlen» für weiße Zähne – wiederholen.

«Gott ist voll Segen!» riefen alle, wo er auch erschien.
«Gepriesen sei Der, der ihm seine schöne Form verliehn!»

Er ist der König aller Schönen, und die Schönen sind
Wie eine Herde Tiere, die mit ihm als Hirten ziehn.

In seinem Mund fließt Honig, der geschmolzen ist und süß,
Und seine Zähne reihen sich wie Perlen auf darin.

Er ist vollkommen, alle Schönheit lebt in ihm allein,
Und nun verwirrt sie allen Menschen Kopf, Verstand und Sinn!

Die Anmut steht ihm im Gesicht wie Schrift in einem Buch,
Und ich bezeuge: Es gibt keinen Schönen außer ihn! (S. 618 f.)

Doch unser Text enthält auch zahlreiche in die Handlung selbst verwobene Gedichte. Zentral im Handlungsablauf sind z. B. die beiden «Grab-Gedichte» in der Geschichte des verzauberten Königs (22.–27. Nacht). Die Szene, in der sie gesprochen werden, ist eine der dramatischsten und komischsten in *Tausendundeine Nacht*: Die Ehefrau des Ich-Erzählers hat sich zum Trauern in ein vorgebliches Grab zurückgezogen, in dem sie seit drei Jahren ihren verwundeten Geliebten, einen schwarzen Sklaven, heimlich besucht und pflegt. Als der betrogene Ehemann sie eines Tages klagen hört:

«O Grab, o Grab, ist denn sein Schmuck dahin,
Oder ist dieser blühende, grüne Anblick von dir verschwunden? (...)» (S. 90)

antwortet er spontan:

«O Grab, o Grab, ist denn sein Schmutz dahin,
Oder ist dieser dreckige, schwarze Anblick von dir verschwunden? (...)» (S. 90)

Diese ironisch verzerrte Antwort in Gedichtform leitet die Auflösung der Geschichte ein. Die untreue Ehefrau erkennt, daß ihr Ehemann über ihre Affäre Bescheid weiß, und die Geschichte kann sich zu ihrem Ende fortentwickeln. Das «Grab-Gedicht» und seine ironische Persiflage beweisen, daß die Gedichte in *Tausendundeine Nacht* mitnichten nur «schmückender Zierat» sind, wie es ihnen manchmal vorgehalten wird. Alle Gedichte aber – die handlungsrelevanten wie die meisten anderen, die die Handlung nicht weiterbringen – sind dazu da, den Leser bzw. Hörer mit ihrem Klang, ihrem Reim und Metrum in eine ganz besondere Stimmung zu versetzen.

Reim

Fast alle Gedichte in *Tausendundeine Nacht* folgen dem klassischen arabischen Monoreim-Prinzip, das heißt, sämtliche Verse des Gedichts – egal ob es vier oder vierzig sind – enden mit demselben Reim. Darüber hinaus trägt auch der erste Halbvers den Endreim. Wir erhalten, nach Halbversen gezählt, folgendes Reimschema:

a – a – b – a – c – a – d – a – e – a – f – a – g – a etc.

Ein Beispiel:

Bei seiner Stirne hellem *Schein*	a
Und seiner Rosenwange: *Nein!*	a
Sobald er sich zum Gehen wandt',	b
Ließ ihn mein Blick nicht mehr *allein.*	a
Schnell stand ich auf, ihm hinterher!	c
Und fiel über mein eignes *Bein.*	a
Ich holterte und polterte	d
Und stolperte ihm *hinterdrein;*	a
Er hüpfte leicht und ohne Sturz	e
Wie die Gazelle *querfeldein.*	a

(...) (S. 357)

Beginnt ein Gedicht nicht mit zwei reimenden Halbversen (a – a – b – a), sondern mit dem alternierenden Monoreim (b – a – c – a), so handelt es sich – rein formal gesehen – um ein Fragment, das aus der Mitte eines längeren Gedichtes entnommen wurde. Diese Fragmente wurden allerdings schon früh als solche gedichtet und sind daher als eigene Kunstform aufzufassen:

Sie ist die Sonne und wohnt im Himmel,	b
Drum tröste, wenn du kannst, dein *Herz.*	a
Denn weder kann sie zu dir sinken,	c
Noch steigst du zu ihr *himmelwärts.*	a

(S. 425)

Das arabische Reimschema wird in der vorliegenden Übersetzung bei allen Gedichten ins Deutsche übertragen, sogar bei dem längsten Gedicht mit 49 Versen, also 50 aufeinanderfolgenden gleichen Endreimen. Hier und dort waren dabei Kompromisse mit der Lesbarkeit im Deutschen nicht zu vermeiden. Manche Gedichte muten darum auf den ersten Blick seltsam an. Doch auch dies paßt zum arabischen Original. Auch arabische Dichter gebrauchten gerne «um des Reimes willen» seltene Vokabeln und ungewöhnliche Redewendungen, die selbst von Zeitgenossen kaum verstanden wurden und heutigen Lesern oft Verständnisschwierigkeiten bereiten.

Metrum

Arabische Gedichte folgen metrischen Mustern, die aus festgelegten Abfolgen von langen und kurzen Silben bestehen. Bei der metrischen Übertragung werden Längen und Kürzen in Hebungen und Senkungen umgesetzt, es entstehen deutsche Gedichte im arabischen Versmaß. Überall, wo dies der Fall ist, habe ich das arabische Versmaß als Überschrift über dem Gedicht angegeben, wie in folgendem Beispiel:

Tawil

Ich wünschte den Liebsten her, doch als ich ihn wiedersah,
Da hat's mir das Auge und die Zunge verschlagen.

Aus Ehrfurcht und um das zu verbergen, was in mir war,
Hab' ich meinen Blick zum Boden niedergeschlagen.

So zahlreich die Reden waren, die ich im Herzen trug,
Beim Wiederseh'n konnt' ich keinen Buchstaben sagen. (S. 281)

Arabischer Text mit Versmaßangaben (nur 1. Vers):

⏑ – – | ⏑ – – – | ⏑ – – | ⏑ – ⏑ –

tamannay- | tu man ahwā | fa-lammā l- | taqaytuhū

⏑ – ⏑ | ⏑ – – – | ⏑ – – | ⏑ – – –

ḫaristu | fa-lam amlik | lisānan | wa-lā ṭarfā (Mahdi II, S. 268)

Auf die deutsche Übersetzung übertragen, verteilt sich das arabische Metrum wie folgt:

⏑ – – | ⏑ – – – | ⏑ – – | ⏑ – ⏑ –

Ich wünschte | den Liebsten her, | doch als ich | ihn wiedersah,

⏑ – ⏑ | ⏑ – – – | ⏑ – – | ⏑ – –

Da hat's mir | das Auge und | die Zunge | verschlagen.

Liste der ins Deutsche übertragenen arabischen Versmaße

Beim lauten Vorlesen der Gedichte ergibt sich der «richtige» arabische Rhythmus durch die normale deutsche Wortbetonung. Die folgende Liste mit den arabischen Versmaßen sei insbesondere Vorleser(inne)n ans Herz gelegt.

– steht für eine lange Silbe

⏑ steht für eine kurze Silbe

⏓ steht für eine Länge, die durch eine Kürze variiert werden kann

⏕ steht für eine Länge, die durch zwei Kürzen variiert werden kann

(–) steht für eine Silbe, die am Schluß eines Verses wegfallen kann

1. *Arabisches Versmaß Tawil (ṭawīl)* – 36 Gedichte

⏑ – ⏓ | ⏑ – ⏓ – | ⏑ – ⏓ | ⏑ – ⏑ – 1. Halbvers

⏑ – ⏓ | ⏑ – ⏓ – | ⏑ – ⏓ | ⏑ – (⏑) – 2. Halbvers

Ich wünschte den Liebsten her, doch als ich ihn wiedersah,
Da hat's mir das Auge und die Zunge verschlagen. (S. 281)

⏑ – – | ⏑ – – – | ⏑ – – | ⏑ – ⏑ –
Ich wünschte | den Liebsten her, | doch als ich | ihn wiedersah,

⏑ – ⏑ | ⏑ – – – | ⏑ – – | ⏑ – –
Da hat's mir | das Auge und | die Zunge | verschlagen.

2. *Arabisches Versmaß Basit (basīṭ)* – 8 Gedichte

⏓ – ⏑ – | ⏓ ⏑ – | ⏓ – ⏑ – | ⏑ ⏑ – 1. Halbvers

⏓ – ⏑ – | ⏓ ⏑ – | ⏓ – ⏑ – | ⏕ – 2. Halbvers

Denn wie der Vollmond ist sie, und wie ein Zweig ist ihr Wuchs,
Wie Moschus duftet ihr Mund; kein Mensch ist schöner als sie. (S. 424)

– – ⏑ – | – ⏑ – | – – ⏑ – | ⏑ ⏑ –
Denn wie der Voll- | mond ist sie, | und wie ein Zweig | ist ihr Wuchs

⏑ – ⏑ – | ⏑ ⏑ – | – – ⏑ – | ⏑ ⏑ –
Wie Moschus duf- | tet ihr Mund; | kein Mensch ist schö- | ner als sie.

3. *Arabisches Versmaß Kamil (kāmil)* – 10 Gedichte

⏖ – ⏑ – | ⏖ – ⏑ – | ⏖ – ⏑ – 1. Halbvers

⏖ – ⏑ – | ⏖ – ⏑ – | ⏖ – ⏑ – 2. Halbvers

Er ist ein Vollmond, der statt Schwertern Blicke zückt,
Eine junge Gerte; sein Wuchs bezaubert, wenn er sich biegt. (S. 500)

– – ⏑ – | – – ⏑ – | – – ⏑ –

Er ist ein Voll- | mond, der statt Schwer- | tern Blicke zückt,

⏑ ⏑ – ⏑ – | ⏑ ⏑ – ⏑ – | ⏑ ⏑ – ⏑ –

Eine junge Ger- | te; sein Wuchs bezau- | bert, wenn er sich biegt.

4. *Arabisches Versmaß Wafir (wāfir)* – 2 Gedichte

⏑ – ⏖ – | ⏑ – ⏖ – | ⏑ – – 1. Halbvers

⏑ – ⏖ – | ⏑ – ⏖ – | ⏑ – – 2. Halbvers

Ein Milchstraßenbächlein glitzert' am Myrtenhimmel,
Es blühten Narzissensterne und Rosensonnen. (S. 604)

⏑ – ⏑ ⏑ – | ⏑ – ⏑ ⏑ – | ⏑ – –

Ein Milchstraßenbäch- | lein glitzert' am Myr- | tenhimmel

⏑ – ⏑ ⏑ – | ⏑ – ⏑ ⏑ – | ⏑ – –

Es blühten Narzis- | sensterne und Ro- | sensonnen.

5. *Arabisches Versmaß Radschas (rağaz)* – 1 Gedicht

⏓ – ⏑ – | ⏓ – ⏑ – 1. Halbvers

⏓ – ⏑ – | ⏓ – ⏑ – 2. Halbvers

Bei seiner Stirne hellem Schein
Und seiner Rosenwange: Nein! (S. 357)

⏑ – ⏑ – | ⏑ – ⏑ –

Bei seiner Stir- | ne hellem Schein

⏑ – ⏑ – | ⏑ – ⏑ –

Und seiner Ro- | senwange: Nein!

6. *Arabisches Versmaß Ramal (ramal)* – 1 Gedicht

⏓ ⏑ – – | ⏓ ⏑ – –	1. Halbvers
⏓ ⏑ – – | ⏓ ⏑ – –	2. Halbvers

Aber ach! Vor seiner Schönheit
Muß ich kampflos mich ergeben. (S. 473)

– ⏑ – – | – ⏑ – –
Aber ach! Vor | seiner Schönheit

– ⏑ – – | – ⏑ – –
Muß ich kampflos | mich ergeben.

Geschichten über Geschichten

Schahrasad und Schahriyar – die Erzählerin und ihr Zuhörer – haben die Kunst des Erzählens vielleicht nachhaltiger geprägt als irgendeine andere Gestalt der Weltliteratur. Schahrasad ist der Prototyp der Erzählerin, ja die Inkarnation des Erzählens überhaupt, Erfinderin des Cliffhangers und Urmutter des Fortsetzungsromans, zugleich achtzehn und zweitausend Jahre alt. Der grausame König Schahriyar demonstriert durch seine nie endende Neugier auf den Ausgang der Abenteuer die existentielle, lebensrettende Kraft von Geschichten.

Doch auch die handelnden Figuren in *Tausendundeine Nacht* erfahren die Geschichten selbst als etwas Sinnstiftendes: Sobald aus einem Erlebnis, aus einer Lebensgeschichte eine Erzählung geworden ist, die es wert ist, in den Chroniken aufgezeichnet und für alle Ewigkeit fixiert zu werden, ist der Bann, der zuvor über der Szene lag, gebrochen.

> Als der Wali die Rede des Schneiders gehört hatte, staunte er über den Buckligen. «Das ist aber eine spannende Begebenheit!» sagte er. «Sie muß in den Büchern und Chroniken aufgezeichnet werden, und wäre es mit goldener Tinte! ...» (S.306)

Und schickt sich einer zu einem wirklich wichtigen Abenteuer an, kann dies auch vorher etwa so angekündigt werden:

> «Ich schwöre bei Gott, mein Junge», sagte der König, «daß ich für dich etwas tun werde, woran man sich erinnern wird und was die Geschichtsschreiber nach uns noch in ihren Chroniken aufschreiben werden.» (S. 92)

So ist *Tausendundeine Nacht* eine Geschichte über Geschichten, ein Buch über Bücher, eine Chronik der Chroniken, in denen das aufgezeichnet wird, was,

> «schriebe man es mit Nadeln in die innersten Winkel der Augen, zu einer Lehre würde für die alle, die sich belehren lassen». (S. 195)

Durch den meist persönlichen Bezug zum jeweiligen Erzähler sind die Erzählungen aus *Tausendundeine Nacht* Lebensgeschichten im emphatischen Sinne des Wortes. Auch wenn Dschinnen, verzauberte Königssöhne oder der Magnetberg mitspielen – der Kern der Geschichten führt immer wieder zurück zur Wirklichkeit menschlichen Lebens. «Leben» ist eines der häufigsten Wörter in *Tausendundeine Nacht* überhaupt. Und so, wie über Schahrasads Geschichten tausendundein Nächte vergehen, als wäre es ein einziger Tag, so wird die Vergänglichkeit des Lebens in vielen Gedichten zum Thema:

> Das Leben rennt wie die Gazell'
> Mit den schwarz-weißen Äugelein. (S. 360)

Dieser Seufzer aus einem Gedicht in der «Geschichte vom Buckligen» könnte als Motto über der ganzen Geschichtensammlung stehen. Es spricht ein unglücklich Verliebter, der in den Tagen seines Alters über verflossene Liebesgeschichten und verpaßte Liebeschancen klagt. In diesem Vers – meinem Lieblingsvers aus *Tausendundeine Nacht* – klingt einerseits die ganze Fülle der Abenteuer an, an die sich der unglücklich Verliebte erinnert. Andererseits rückt das Bild von der «Gazelle mit den schwarz-weißen Äugelein» die Szene in eine poetische Atmosphäre und verleiht ihr eine große Leichtigkeit.

In diesen beiden Aspekten liegt für mich das Geheimnis des Erfolgs von *Tausendundeine Nacht*: Die Lebensnähe der Geschichten einerseits und die poetische Kraft der Gedichte andererseits ergänzen einander zu einem Kunstwerk, das jeden Leser und Hörer auf seine Weise fasziniert.

Danksagung

Die Übersetzerin dankt zuvorderst Prof. Ulrich Marzolph (Göttingen), von dem die Initiative für die Übersetzung der Mahdi-Edition ausging und der im Jahre 1997 den Kontakt mit dem Verlag C.H.Beck herstellte, indem er mich als Übersetzerin vorschlug.

Der Verleger Wolfgang Beck hat das Projekt *Tausendundeine Nacht* zu seiner Herzenssache gemacht und den Umfang sowie den besonderen Aufwand, den die Arbeit erforderte, stets mit großem Entgegenkommen honoriert. Dr. Ulrich Nolte hat die Übersetzung von ihren Anfängen an als Lektor begleitet und sie, ebenso freundlich wie beharrlich, an so manchen Untiefen und Stromschnellen vorbeigesteuert, wofür ich ihm meinen aufrichtigen Dank aussprechen möchte.

Peter Schünemann, Mitglied der Deutschen Akademie für Sprache und Dichtung, danke ich für seine Bereitschaft, den Text als Außenlektor kritisch durchzusehen. Durch seine zahlreichen Korrekturvorschläge hat die Übersetzung entscheidend gewonnen.

Für die Vorbereitung der überarbeiteten Taschenbuchausgabe danke ich Maria Schedl-Jokl und Eva-Maria Prokop (Deutscher Taschenbuch Verlag).

Großen Dank schulde ich Prof. Heinz Grotzfeld (Münster), der mir geduldig und großzügig sein Wissen zur Verfügung stellte, umfangreiche Beratungen und Beiträge zum Glossar und den ersten Kapiteln des Nachworts lieferte und zahlreiche philologische Probleme lösen half. Dennoch bin ich selbstverständlich für alle eventuellen Fehler selbst und allein verantwortlich.

Ich danke Prof. Nabila Ibrahim (Kairo), mit der ich in endlosen Diskussionen um die Lösung verzwickter Stellen rang und die mir für besonders delikate Formulierungen eine unentbehrliche Beraterin war. Dr. Tarek Numan (Kairo) danke ich für seine Hilfestellungen zum Thema Reimprosa, dem Dichter Ahmad al-Gaafary (Kairo) für seine Führungen durch die Kairoer Altstadt sowie für seine Begleitung während eines «Werkstattberichts».

Prof. Heinz Halm (Tübingen) danke ich für die Durchsicht des Glossars, Katharina Bobzin (Erlangen) für Anregungen zur Erklärung der Transkription des Arabischen. Udo Andraschke (Erlangen), Dr. Stefan Heidemann

(Jena), Prof. Eugen Wirth (Erlangen), Prof. Heinrich von Stietencron (Tübingen), Prof. Florian Schwarz (Washington) und Burkhart Kroeber (München) haben Verbesserungen zu früheren Auflagen beigetragen.

Für fachliche Informationen zum Jagdwesen danke ich dem Beedenbosteler Jäger Dr. Matthias Liman. Ebenso danke ich Thilo Brand, dem Stahlexperten der Werkzeugfirma Dick (Metten), für seine Erläuterungen zur Herstellung von Damaszener Stahl: Wie Blätterteig werden dünne Stahlschichten immer wieder gefaltet, aufeinandergelegt, ausgeklopft und erneut gefaltet. Die fertige Klinge wird schräg angeschliffen, so daß die vielen fein gefalteten Stahlschichten sichtbar werden. Diese Erklärung eröffnete mir die Metaphorik des Verses:

> Dein Bauch ist fein gefaltet wie Damaszener Stahl,
> Und mit dieser Klinge hast du mein Herz entzweigesprengt! (S. 363)

Ich danke Leni Mercier, Hermann Wiedenroth, Kathrin Burgwal, Gaby Dahl, Michael Többens, Gabriele Gottschalk, Gudrun Liman und Beathe Kluth, die in der Korrekturphase im heißen Sommer 2003 in meinem Beedenbosteler Büro meine Übersetzung im Zwei-Stunden-Takt auf Band gelesen haben.

Dankbar bin ich auch der Universität Erlangen-Nürnberg, an die ich während der Entstehung dieser Übersetzung als Assistentin im Erziehungsurlaub angebunden war. Prof. Hartmut Bobzin und Prof. Otto Jastrow (beide Erlangen) danke ich für ihre stetige Unterstützung meiner Urlaubs- und Verlängerungsanträge.

Der Deutsche Übersetzerfonds e.V. (Berlin) hat meine Übersetzung mit gleich zwei Stipendien, einem Arbeitsstipendium und einem Reisestipendium, gefördert. Letzteres ermöglichte mir die abschließende Reise nach Kairo. Für die beiden Stipendien bin ich dem Deutschen Übersetzerfonds dankbar verbunden.

Schahrasad hat – so heißt es in den Versionen von *Tausendundeine Nacht*, in denen der Schluß der Rahmengeschichte überliefert ist – während der tausendundein Nächte drei Kinder zur Welt gebracht, ohne pausieren zu müssen, und ohne daß König Schahriyar etwas bemerkt hätte. Dies muß wohl das märchenhafteste Element in *Tausendundeine Nacht* sein! Ich danke allen Freundinnen und Verwandten, die mir geholfen haben, meine beiden temperamentvollen Söhne Daniel Habib und Simon Angelo, die während der Übersetzung von *Tausendundeine Nacht* zur Welt gekommen sind, zu hüten. Den größten Dank aber schulde ich meinem Lebensgefährten Martin Praetorius, der drei Jahre lang Kinder und Haushalt zur Hälfte übernommen hat, um mir die Zeit für meine Übersetzung freizuhalten.

Anmerkungen zum Nachwort

1 Folgende (Teil-)Übersetzungen der Mahdi-Edition liegen vor: *The Arabian Nights*, Translated by Husain Haddawy, Based on the text of the Fourteenth-Century Syrian Manuscript edited by Muhsin Mahdi, New York/London 1990 (bis 271. Nacht); *De vertellingen van Duizend-en-één-Nacht*, uit het Arabisch vertaald door Richard van Leeuwen, geillustreerd door Jean-Paul Franssens, Amsterdam 1993–1999, Band I; Band II, S. 7–221 (bis 229. Nacht); Band XI, S. 68–116 («Dschullanar vom Meer»). Die beiden letzten Episoden der Rahmengeschichte sowie die Geschichte vom «Kaufmann und dem Dschinni» sind enthalten in: *Märchen aus 1001 Nacht*, ausgewählt und herausgegeben von Heinz Grotzfeld, München 1993, S. 17–53; 55 f. Eine Übersetzung ins Dänische ist in Vorbereitung.

2 Die Angaben zu den indischen Vorbildern wurden mit freundlicher Genehmigung des Autors entnommen aus: Heinz Grotzfeld, «Zu den vor- und außerislamischen Quellen von 1001 Nacht», Vortragsmanuskript im Rahmen der Konferenz «Tausendundeine Nacht. Islam im Spiegel der Weltliteratur» vom 10.–12. März 2006 auf Burg Rothenfels am Main. Grundlegend hierzu immer noch Emmanuel Cosquin, «Le Prologue-Cadre des Mille et une Nuits», *Revue Biblique* 6 (1909), 7–49. Vgl. außerdem den Artikel «India» in *The Arabian Nights Encyclopedia*, by Ulrich Marzolph and Richard van Leeuwen, with the collaboration of Hassan Wassouf, Santa Barbara etc. 2004.

3 Zitiert nach Heinz und Sophia Grotzfeld, *Die Erzählungen aus «Tausendundeiner Nacht»*, Darmstadt 1984, S. 14 f.

4 Zitiert nach Grotzfeld/Grotzfeld, *Die Erzählungen aus «Tausendundeiner Nacht»* (wie Anm. 3), S. 15.

5 Vgl. Nabia Abbott, «A Ninth-Century Fragment of the ‹Thousand Nights›: New Light on the Early History of the Arabian Nights», *Journal of Near Eastern Studies* 8 (1949), 149–164.

6 Vgl. Andre Miquel, The «Thousand and One Nights in Arabic Literature and Society», in: *Twelfth Giorgio Levi della Vida Conference*, ed. by Richard G. Hovannisian and Georges Sabagh, Cambridge 1997, p. 7.

7 Vgl. Grotzfeld/Grotzfeld, *Die Erzählungen aus «Tausendundeiner Nacht»* (wie Anm. 3), S. 16.

8 *The Arabian Nights*, Translated by Husain Haddawy (wie Anm. 1), p. ix–x.

9 Quelle: Claudia Ott, «Erinnerungen an Tausendundeine Nacht», Sendung der Feature-Abteilung des Rundfunks Berlin-Brandenburg, 2004, Manuskript S. 2.

10 Quelle: «Erinnerungen an Tausendundeine Nacht» (wie Anm. 9), S. 2.

11 Zu den Weiterübersetzungen der *mille et une nuits* und deren Rezeption im 18. und 19. Jh. existiert eine Fülle von Literatur, die hier nicht im einzelnen aufgeführt werden kann. Interessante Aspekte ihrer Langzeitwirkung bis heute werden beschrieben in Andreas Pflitsch, *Mythos Orient*, Freiburg u. a. 2003.

12 Eine Übersicht über die wichtigsten Drucke des 19. Jhs. unter dem Titel «Four Editions: 1814–1843» bietet Muhsin Mahdi, *The Thousand and One Nights (Alf Layla wa-Layla) From the Earliest Known Sources*. Part III: Introduction and Indexes, Leiden 1994, S. 87–126; vgl. auch die einschlägigen Artikel in *The Arabian Nights Encyclopedia* (wie Anm. 2).

13 Robert Irwin, *Die Welt von Tausendundeine Nacht*, Aus dem Englischen übersetzt und für den deutschen Leser ergänzt von Wiebke Walther, Frankfurt am Main 1997, S. 432.

14 Vgl. Muhsin Mahdi, *The Thousand and One Nights* (wie Anm. 12), S. 37.

15 Der Herausgeber Muhsin Mahdi selbst ist ein Vertreter der Theorie, daß die «Galland-Handschrift» schon aus dem 14. Jh. stammt. Er geht dabei von einer anderen Deutung des Münznamens Ašrafī aus. Folgt man aber Heinz Grotzfelds These, derzufolge die «Galland-Handschrift» erst um 1450 entstanden sein kann, so fallen einige andere *Tausendundeine Nacht*-Handschriften, deren Altersbestimmung jedoch ebenfalls unsicher ist, in dieselbe Zeit. Zu dieser Diskussion vgl. Robert Irwin, *Die Welt von Tausendundeine Nacht* (wie Anm. 13), S. 70–80.

16 *Die Erzählungen aus den Tausendundein Nächten*, nach dem arabischen Urtext der Calcuttaer Ausgabe aus dem Jahre 1839 übertragen von Enno Littmann, Frankfurt am Main 1976. Littmanns Übersetzung erschien zuerst 1921–1928, geringfügig revidiert 1953.

17 Zur vertiefenden Lektüre empfehle ich die detaillierte Darstellung von Gallands Leben und der Geschichte der *mille et une nuits* in Muhsin Mahdi, *The Thousand and One Nights* (wie Anm. 12), S. 11–49, sowie den Artikel «Galland, Antoine» in *The Arabian Nights Encyclopedia* (wie Anm. 2).

18 Hierzu besonders Wiebke Walther, *Kleine Geschichte der arabischen Literatur*, München 2004, S. 106 ff.

19 *Der Koran in der Übersetzung von Friedrich Rückert*, herausgegeben von Hartmut Bobzin, mit erklärenden Anmerkungen von Wolfdietrich Fischer, Würzburg 1995.

Erläuterungen zu Transkription und Aussprache

Die vorliegende Übersetzung verwendet eine stark vereinfachte Schreibung für arabische Wörter. Auf Sonderzeichen sowie diakritische Zeichen wie Striche, Punkte, Häkchen etc. über und unter den Buchstaben wurde völlig verzichtet. Darüber hinaus wurde die Umschrift gezielt den Konventionen der deutschen Sprache angepaßt.

Um dennoch eine korrekte Aussprache der arabischen Namen und Begriffe zu ermöglichen, wird im Glossar und im Personenverzeichnis die wissenschaftliche Transkription nach den Richtlinien der Deutschen Morgenländischen Gesellschaft angegeben.

Für die Besonderheiten des arabischen Alphabets gelten hierbei die folgenden Umschrift- und Ausspracheregeln:

ʾ fester Stimmabsatz (wie zwischen *e* und *a* in «beachten»), z.B. in *al-Maʾmūn*.

ʿ energischer, dennoch weicher Stimmabsatz, möglichst tief in der Kehle artikuliert, z.B. in *ʿifrīt*. Im Deutschen unbekannt.

ḍ dumpfes, emphatisches «d», mit breit anliegender Zunge gesprochen, z.B. in *Riḍwān*. Im Deutschen unbekannt.

ḏ weiches, stimmhaftes «th» (wie in engl. «mother»), z.B. in *ʿUḏriten*.

ǧ weiches «dsch» (wie in «Dschungel»), z.B. in *ǧinnī*.

ġ weiches Gaumen-«r» (etwa wie in franz. «merci», jedoch stimmhaft), z.B. in *ġūl*.

h nach einem Vokal nicht als Vokalverlängerung (wie in «Mühle»), sondern stets als eigenständiger Konsonant (wie in «Hand») zu sprechen, z.B. in *ahlan*.

ḥ stark behauchtes, gutturales «h», z.B. in *marḥaban*. Im Deutschen unbekannt.

ḫ gutturaler «ch»-Laut (wie in «Bach», niemals wie in «ich»), z.B. in *ḫān*.

q ein «k»-Laut, der möglichst tief in der Kehle artikuliert werden soll, z.B. in *šaqaf laqaf*. Im Deutschen unbekannt.

r sollte – zur Unterscheidung von arab. *ġ* – immer als Zungen-«r» ausgesprochen werden (etwa wie im Italienischen «amore»), z.B. in *Šahrazād*.

s ist auch am Wortanfang immer als stimmloses «s» (wie in «Kuß») auszusprechen, z. B. in *salām*.

š «sch»-Laut (wie in «Schnabel»), z. B. in *Ašrafi*.

ṣ dumpfes, emphatisches, stimmloses «s», mit vorgewölbten Lippen zu artikulieren, z. B. in *Ṣafar*. Im Deutschen unbekannt.

ṭ dumpfes, emphatisches «t», mit breit anliegender Zunge gesprochen, z. B. in *qirāṭ*. Im Deutschen unbekannt.

ṯ stimmloses «th» (wie in engl. «three»), z. B. in *miṯqāl*.

w englisches «w» (wie in water), z. B. in *Kawṯar*.

z stimmhaftes «s» (wie in «Hase»), z. B. in *Zamzam*.

ẓ dumpfes, emphatisches, stimmhaftes «th», mit oben breit anliegender Zunge gesprochen, z. B. in *Abū l-Yaqẓān*. Auch dieser typisch arabische Laut ist im Deutschen unbekannt.

Zur Wortbetonung:

Arabische Worte werden auf ihrer langen Silbe betont. Diese kann entweder durch einen Langvokal (*ā, ī, ū*) markiert sein (z. B. *sa'lām*) oder aus einer geschlossenen Silbe mit Kurzvokal bestehen (z. B. *'basmala*).

Worte mit mehreren Langvokalen werden in der Regel auf der Endsilbe betont (z. B. *dī'nār*); dagegen betont man Worte mit mehreren geschlossenen Silben eher vorne (z. B. *'Zamzam*).

Bei Worten, die beides enthalten, liegt die Betonung auf dem Langvokal (z.B. *ǧul'lāb*).

Endungen und Suffixe bleiben unbetont (z. B. *'marḥaban* mit der Endung *-an*, und in *sul'ṭānī* mit dem Suffix *-ī*). Normalerweise tauchen Endungen aber gar nicht im Schriftbild auf.

Personenverzeichnis

Das Personenverzeichnis versteht sich als Hilfestellung zur korrekten Aussprache der arabischen Personennamen, z. B. beim Vorlesen der Geschichten. Die Liste verzeichnet die Namen der in der Übersetzung handelnden oder genannten Figuren mit ihrer wissenschaftlichen Transkription. Die mit * gekennzeichnete Namen können zusätzlich im Glossar nachgeschlagen werden, wo sie genauer erläutert werden.

Namensform in der Übersetzung	Aussprache
Abu Abdallah (Gemüsehändler)	*Abū ʿAbdallāh*
Abu Makarisch (Badewärter)	*Abū Makāriš*
Abu Masrur* (Scherzname)	*Abū Masrūr*
Abul-Hasan Ali Ibn Tahir (Drogist)	*Abū l-Ḥasan ʿAlī ibn Ṭāhir*
Abul-Yaksan* (Esel)	*Abū l-Yaqẓān*
Adschib Ibn Chasib (König eines Inselreichs)	*ʿAǧīb ibn Ḫaṣīb*
Afif (Eunuch am Hof Harun ar-Raschids)	*ʿAfīf*
Aftimarus (König der Ebenholzinsel)	*Aftimārūs*
Al-Amdschad (Sohn des Königs Kamarassaman)	*al-Amǧad*
Al-Amin (Sohn des Kalifen Harun ar-Raschid)	*al-Amīn*
Al-Asad (Sohn des Königs Kamarassaman)	*al-Asʿad*
Al-Buchari* (Islamischer Traditionsgelehrter)	*al-Buḫārī*
Al-Fadl Ibn Chakan (Wesir)	*al-Faḍl ibn Ḫāqān*
Al-Hadi (Abbasidenkalif)	*al-Hādī*
Al-Mahdi (Abbasidenkalif)	*al-Mahdī*
Al-Mamun (Sohn des Kalifen Harun ar-Raschid)	*al-Maʾmūn*
Al-Muin Ibn Sawi (Wesir)	*al-Muʿīn ibn Sāwī*
Al-Mustadi Billah (Abbasidenkalif)	*al-Mustaḍīʾ bi-llāh*
Al-Mustansir Billah (Abbasidenkalif)	*al-Mustanṣir bi-llāh*
Alamaddin Sandschar (Kämmerer)	*ʿAlam ad-Dīn Sanǧar*
Ali Ibn Bakkar (persischer Königssohn)	*ʿAlī ibn Bakkār*
Anis al-Dschalis (Sklavin)	*Anīs al-Ǧalīs*
Antar* (Dichter)	*ʿAntar*
As-Saffah Ibn Mansur (Abbasidenkalif)	*aṣ-Ṣaffāḥ ibn Manṣūr*
Asaf ben Barachya (Gesandter Salomons)	*Aṣaf ibn Baraḫyā*
Atika (Gestalt aus der Dichtung)	*ʿĀtika*
Badr (König in Chorasan)	*Badr*
Badraddin al-Bustani (Händler)	*Badr ad-Dīn al-Bustānī*
Badraddin Hasan (Wesir von Basra)	*Badr ad-Dīn Ḥasan*

Baghnus (Stier)	*Baġnūs*
Bark (Ifrit)	*Barq*
Barkut abu Schama (Hausbesitzer)	*Barkūt abū Šāma*
Damriyat (Dschinnenkönig)	*Damriyāt*
Danhasch Ibn Schamhurasch (Kadi der Dschinnen)	*Danhaš ibn Šamhūraš*
Dinarasad (Schahrasads Schwester)	*Dīnarazād*
Dschaafar (Wesir)	*Ǧaʿfar*
Dschauhara (Meerjungfrau)	*Ǧawhara*
Dschullanar (Meerjungfrau)	*Ǧullanār*
Duban (Arzt)	*Dūbān*
Dur al-Ghayur (König)	*Dūr al-Ġayūr*
Fadladdin Ibn Chakan (Wesir)	*Faḍl ad-Dīn ibn Ḫāqān*
Farrascha (Mutter der Dschullanar)	*Farrāša*
Hamid (Müllmann)	*Ḥamīd*
Harun ar-Raschid (Kalif)	*Hārūn ar-Rašīd*
Harut* (Engel)	*Hārūt*
Hussein* (historische Person)	*al-Ḥusayn*
Iblis* (Teufel)	*Iblīs*
Ibn at-Tammam* (fiktiver Dichter)	*Ibn at-Tammām*
Ibrahim (Gärtner)	*Ibrāhīm*
Ikrischa (Gemüseverkäufer)	*ʿIkriša*
Ishak* (Hofmusiker bzw. jüdischer Händler)	*Isḥāq*
Issaddin (Vater eines Jungen)	*ʿIzz ad-Dīn*
Kamarassaman (König)	*Qamar az-Zamān*
Karim (Fischer)	*Karīm*
Karim (Stallknecht)	*Karīm*
Kaschkasch (Dschinni)	*Qašqaš*
Kasim (Wächter)	*Qasīm*
Kutait (Gefängniswärter)	*Quṭayṭ*
Lab (Königin der Zauberstadt)	*Lāb*
Leila* (Gestalt aus der Dichtung)	*Laylā*
Madschid (Junge)	*Māǧid*
Madschnun* (Gestalt aus der Dichtung)	*Maǧnūn*
Mahmud (König der Schwarzen Inseln)	*Maḥmūd*
Maimun Ibn Damdam (Dschinni)	*Maymūn ibn Damdam*
Maimuna (Dschinnenfrau bzw. Mädchenname)	*Maymūna*
Masrur (Eunuch am Hof Harun ar-Raschids)	*Masrūr*
Masud (Sklave)	*Masʿūd*

Masuda (Dienstmädchen)	*Masʿūda*
Muhammad Ibn Suleiman al-Seinabi (König)	*Muḥammad ibn Sulaymān az-Zaynabī*
Mukbil (Eunuch)	*Muqbil*
Muslim* (Islamischer Traditionsgelehrter)	*Muslim*
Nuraddin Ali (Wesir von Kairo)	*Nūr ad-Dīn ʿAlī*
Nuraddin Ali Ibn Bakkar (persischer Königssohn)	*Nūr ad-Dīn ʿAlī ibn Bakkār*
Raihan (Sklave)	*Rayḥān*
Ridwan* (Engel)	*Riḍwān*
Saad (Sklave bzw. Gestalt aus der Dichtung)	*Saʿd*
Saadaddin Masud (Sklave)	*Saʿd ad-Dīn Masʿūd*
Sachr (böser Dämon)	*Ṣaḫr*
Said (Kameltreiber)	*Saʿīd*
Saih (Dschullanars Bruder)	*Ṣāʾiḥ*
Sali (Krämer)	*Ṣalīʿ*
Salma (Gestalt aus der Dichtung)	*Salmā*
Salwat (Bohnenkoch)	*Salwat*
Santut (Bademeister)	*Zantūt*
Schahrasad (Erzählerin)	*Šahrazād*
Schahriyar (König)	*Šahriyār*
Schahsaman (Schahriyars Bruder)	*Šāh Zamān*
Schamandal (Meereskönig)	*Šamandal*
Schamsaddin Muhammad (Wesirssohn)	*Šams ad-Dīn Muḥammad*
Schamsannahar (Sklavin des Kalifen)	*Šams an-Nahār*
Schatibi* (Imam)	*Šāṭibī*
Sindbad (König)	*Sindbād*
Sitt al-Husn (Braut)	*Sitt al-Ḥusn*
Sittita (Mutter eines Jungen)	*Sittīta*
Subeida (Gattin des Kalifen Harun ar-Raschid)	*Zubayda*
Suda (Gestalt aus der Dichtung)	*Suʿdā*
Sudun Abdarrahman* (Saalbesitzer)	*Sūdūn ʿAbd ar-Raḥmān*
Suwaid (Lastträger)	*Suwayd*
Umama (Gestalt aus der Dichtung)	*Umāma*
Wasif (Eunuch am Hof Harun ar-Raschids)	*Waṣīf*
Yunan (König)	*Yūnān*
Yusuf* (der biblische bzw. koranische Josef)	*Yūsuf*

Glossar

Das Glossar bietet Erklärungen für diejenigen Wörter, die in der deutschen Übersetzung in arabischer Sprache stehengeblieben sind: Fachbegriffe, Ortsnamen, Namen historischer oder fiktiver Persönlichkeiten sowie solche arabischen Bezeichnungen für deren Bedeutung keine befriedigende Entsprechung im Deutschen gefunden werden konnte. Hinter jedem Wort steht in Klammern die für die korrekte Aussprache hilfreiche wissenschaftliche Transkription.

Abbasiden *(ʿAbbāsīden)*: Kalifendynastie, die fünf Jahrhunderte lang die islamische Welt regierte. Hauptstadt und Kalifensitz der Abbasiden war das im Jahre 762 als kreisrunde Stadt gegründete Bagdad am Tigris, auch «Friedensstadt» genannt. Die in *Tausendundeine Nacht* vorkommenden Abbasidenkalifen und ihre Regierungszeiten sind: As-Saffah (749–754), Al-Mahdi (775–785), Al-Hadi (785–786), Harun ar-Raschid (786–809), Al-Amin (809–813), Al-Mamun (813–817), Al-Mustadi Billah (1170–1180), Al-Mustansir Billah (1226–1242). Zur Aussprache dieser Namen s. *Personenverzeichnis*.

Abdarrahman Ibn Sudun *(ʿAbd ar-Raḥmān ibn Sūdūn)*: Statthalter des mamlukischen Sultans in Damaskus (1424–1432). Der in der 133. Nacht erwähnte «Saal von Sudun Abdarrahman» könnte der Palast des Abdarrahman Ibn Sudun gewesen sein.

Abu *(Abū)*: «Vater von», Namensbestandteil zur Bezeichnung des Verwandtschaftsverhältnisses, insbesondere des ältesten Sohnes. Der sog. Nachkommenschaftsname (arab. *kunya*) ist oft als Ehrenname dem eigentlichen Personennamen gleichrangig oder sogar übergeordnet (z.B. bei einem Dichter wie Abū Tammam, der nur unter seiner *kunya* als «Vater von Tammam» bekannt ist). Manchmal ist der Zusatz aber auch im Sinne eines scherzhaften Beinamens gemeint (z.B. Abu Masrur).

Abu Masrur *(Abū Masrūr)*: «Der Fröhliche» (wörtl. «Vater des Fröhlichen»), scherzhafter Beiname für das männliche Glied.

Abul-Yaksan *(Abū l-Yaqẓān)*: «Der Muntere» (wörtl. «Vater des Munteren»), scherzhafter Beiname des Esels in der Rahmengeschichte.

Ad *(ʿĀd)*: Mythisches Volk auf der arabischen Halbinsel, das laut Koran in vorgeschichtlicher Zeit von Gott ausgelöscht wurde. Die Ad werden im Koran mit der sagenhaften «Säulenstadt Iram» in Zusammenhang gebracht. Im Laufe der islamischen Überlieferung wurden um diese Säulenstadt mit ihren monumentalen Ruinen immer mehr Sagen gewoben. Daher stammt der Vergleich eines übermächtigen, riesenhaften Menschen mit dem Volk Ad.

Adlerholz: Das aus den regenreichen Urwäldern Nordindiens und Indonesiens stammende Duftholz (*Aquillaria agallocha Roxb.*; arab. *ʿūd*) wird aus aromatischen

Harzteilen toter, teils bereits fossiler Bäume mit Pilzbefall geerntet. Es gilt als einer der hochwertigsten Duftstoffe und wird in winzigen Splittern verräuchert. Adlerholz wird bereits in der Bibel erwähnt, in Bibelübersetzungen und alten Lexika allerdings oft irrtümlich mit «Aloe» wiedergegeben. Aus Gründen des Reims ist in dieser Übersetzung in zwei Gedichten bewußt die veraltete Übersetzung «Aloe» verwendet worden.

Agar ya Baba *(agar yā Bābā)*: Persisch «Vater, wenn ...». Durch die Einschaltung einer persischen Redewendung soll die Rede des persischen Händlers lebendiger und authentischer wirken. Die schon im Original strittige Textstelle in der 202. Nacht könnte jedoch auch als arab. *ikri yā Bābā* gelesen werden und hieße dann etwa: «Nur zu, Väterchen!» Andere arabische Versionen lassen die strittige Stelle aus.

Ahlan wa-Marhaban *(ahlan wa-marḥaban)*: Geläufiger arabischer Willkommensgruß: «Herzlich willkommen!» In der Regel trifft man *marḥaban* alleine und *ahlan* als *ahlan wa-sahlan* an. In dem Gedicht in der 178. Nacht ist die ungewöhnliche Formulierung im Arabischen offenbar des Reimes wegen gewählt worden.

Akaba *(ʿaqaba)*: Eine geräumige und luxuriös ausgestattete ägyptische Barke.

Al-Anbar *(al-Anbār)*: Stadt am Ostufer des Euphrat, ca. 60 km von Bagdad entfernt (vgl. Karte «Die Welt von *Tausendundeine Nacht*»).

Al-Buchari *(al-Buḫārī)*: Verfasser einer der beiden wichtigsten Traditionssammlungen, der Säulen der islamischen Tradition. Er lebte 810–870.

Al-Chuld *(al-Ḫuld)*: «Ewigkeit», Name eines Palastes des Kalifen Harun ar-Raschid in Bagdad, am rechten Tigrisufer, östlich der «kreisrunden Stadt».

Al-Habasch: s. Birket al-Habasch.

Alhamdulillah *(al-ḥamdu li-llāh)*: «Lob sei Gott», etwa im Sinne von «Gott sei Dank!» als Ausruf verwendet.

Alif *(alif)*: Der erste Buchstabe des arabischen Alphabets; der Form nach ein senkrecht stehender Strich. Daher wird eine besonders aufrecht gewachsene Person als «so gerade gewachsen wie ein Alif» beschrieben.

Allahu Akbar *(Allāhu akbar)*: «Gott ist groß!» bzw. «Gott ist der Größte!» wird als Ausruf des Erstaunens, aber auch als Kampfparole verwendet.

Aloe: Veraltete Übersetzung für arab. *ʿūd* «Adlerholz» (s. dort).

Antar *(ʿAntar)*: Dieser Dichtername spielt auf den berühmten vorislamischen Dichter Antara Ibn Schaddad (6. Jh.) an.

Ar-Rasad *(ar-Raṣad)*: Ein Hügel in Kairo, Ausläufer des Mukattam nach dem Nil zu, auf dem in fatimidischer Zeit ein astronomisches Observatorium (arab. *raṣad*) gebaut, aber nicht fertiggestellt wurde.

Arak *(arāk)*: Ein Baum *(Capparis sodata)* mit weichen, elastischen Zweigen, dessen Laub, an Kamele verfüttert, vorzügliche Kamelmilch ergibt, und dessen Früchte in Büscheln hängen.

As-Saidiyya *(as-Saʿīdiyya)*: Ortschaft in Nordägypten.

Aschrafi *(ašrafī)*: Eine in mamlukischer Zeit unter Aschraf Barsbay (1428) eingeführte Goldmünze.

Asra: Die aus dem Gedicht Heinrich Heines bekannte Namensform der Udhriten *(ʿUḏra, ʿuḏrī)*, eines arabischen Stammes. («Und der Sklave sprach: Ich heiße / Mohamet, ich bin aus Yemmen, / Und mein Stamm sind jene Asra, / Welche sterben, wenn sie lieben.») Die Udhriten sind für ihre Liebesdichtung berühmt, die stets von unerfüllter, oft im Tod endender Liebe berichtet. Die Formulierung nach Heine («die Liebenden der Asra» statt «die udhritischen Liebenden») ist in der 280. Nacht der Geläufigkeit halber gewählt worden, ein wenig auch als bewußte Anlehnung an das berühmte Gedicht.

Astrolab: Ein flaches Metallinstrument mit mehreren, gegeneinander drehbaren Scheiben zur Messung der Sterne. Das aus der griechischen Astronomie stammende Instrument wurde von arabischen Wissenschaftlern optimiert.

Attabi *(ʿAṭṭābī)*: Ein breit gestreiftes Seidengewebe, dunkles Grau mit hellem Grau abwechselnd, das nach dem Bagdader Stadtviertel *al-ʿAṭṭābīyya* benannt ist.

Bab al-Faradis *(Bāb al-Farādīs)*: «Tor der Paradiese», eines der Stadttore von Damaskus.

Bab an-Nasr *(Bāb an-Naṣr)*: «Siegestor», Name von Stadttoren in Damaskus und Kairo.

Bab Scharki *(Bāb Šarqī)*: «Osttor», eines der Stadttore von Damaskus.

Bab Suweila *(Bāb Zuwayla)*: Das Südtor des fatimidischen Kairo.

Bain al-Kasrain *(Bayn al-Qaṣrayn)*: Name eines belebten Stadtviertels in der Innenstadt von Kairo. Der Name bedeutet «zwischen den beiden Palästen» und verweist auf zwei einander gegenüberliegende fatimidische Kalifenpaläste. Bain al-Kasrain war der Paradeplatz zwischen den beiden Kalifenpalästen, der später zu einer Straße schrumpfte. In mamlukischer Zeit war der Name auf das angrenzende belebte Geschäftsviertel ausgedehnt worden.

Balalik *(balālīq)*: Gesungene Gedichte mit schlüpfrigem Inhalt.

Banid *(Bānīd)*: Persischer Eigenname, der einer Süßspeise («Finger von Banid») zugeordnet wird.

Barmakiden *(Barmakīden)*: Skandalumwitterte Wesirsfamilie iranischer Herkunft am Hof des Kalifen Harun ar-Raschid, zu der auch Dschaafar *(Ǧaʿfar al-Barmakī)* gehört. Nach politischen Turbulenzen fielen die Barmakiden in Ungnade und wurden abgesetzt; Dschaafar wurde im Januar des Jahres 803 von Harun ar-Raschid eigenhändig ermordet.

Basandud *(basandūd)*: Ans Persische angelehnter Name einer Süßspeise.

Basmala *(basmala)*: Bezeichnung für die Formel *«bi-smi llāhi r-raḥmāni r-raḥīm»*, «Im Namen Gottes, des Gnädigen, des Barmherzigen» als Eingangsformel eines Dokuments.

Basra *(Baṣra)*: Stadt im Südirak (vgl. Karte «Die Welt von *Tausendundeine Nacht*»).

Bass *(bas)*: Ärgerlicher Ausruf: «Es reicht!»

Bilbais *(Bilbays)*: Stadt am Ostrand des Nildeltas (vgl. Karte «Die Welt von *Tausendundeine Nacht*»).

Birket al-Habasch *(Birkat al-Ḥabaš)*: Der «Abessinierteich», Name einer natürlichen Senke in Kairo, die sich bei der Nilschwemme mit Wasser füllte.

Bismillah *(bi-smi llāh)*: »In Gottes Namen!«, Anrufung Gottes, die in vielen Situationen als Stoßgebet ausgesprochen wird.

Challan bzw. Challani *(ḫallān(ī) oder ḫillān(ī))*: Nicht mehr näher bestimmbare Sortenbezeichnung für Birnen und Pfirsiche (s. auch Fathi).

Chan *(ḫān)*: Karawanserei; großer Gasthof für Karawanen mit Stallungen für die Kamele, Schlafzimmern für die Kaufleute, Lager- und Verkaufsräumen für die mitgeführten Waren.

Chan al-Dschawili *(Ḫān al-Ǧāwilī)*: Name eines Chans in Kairo.

Chan as-Sultan *(Ḫān as-Sulṭān)*: Name eines Chans in Damaskus.

Chan Masrur *(Ḫān Masrūr)*: Name eines Chans in Kairo.

Dabiki *(dabīqī)*: Sehr feiner, wertvoller Kleiderstoff, der nach der ägyptischen Ortschaft Dabik benannt ist.

Daman *(dāmān)*: Nicht mehr näher bestimmbare Apfelsorte (s. auch Fathi).

Dar as-Saada *(Dār as-Saʿāda)*: Amtssitz des Statthalters des mamlukischen Sultans von Kairo in Damaskus. Der Name bedeutet «Haus des Glücks». Dar as-Saada lag im Westen der Altstadt von Damaskus, unmittelbar südlich der Zitadelle.

Darabukka *(darabukka)*: Einfellige, becherförmige vorderorientalische Trommel, deren Korpus meist aus Ton gefertigt wird.

Dinar *(dīnār)*: Goldmünze, Währungseinheit und Gewichtsstandard in Gold. Als Münze garantierte der Dinar nur den Feingehalt, nicht das Gewicht. Das Gold mußte zum Bezahlen daher immer gewogen werden. Als Gewichtsstandard galt: 1 Dinar = 1 *Miṯqāl* Gold (s. Mithkal). Als «halben» oder «Viertel»-Dinar bezeichnete man kleinere Goldstücke. Ein «Vierteldinar im Wert eines halben Dinars» (117. Nacht) ist eine kleine Goldmünze vom Gewicht eines halben *Miṯqāl* Gold.

Dirham *(dirham)*: Silbermünze, Währungseinheit und Gewichsstandard in Silber. Der Dirham stand in wechselndem Verhältnis zur Goldwährung: Ein Dinar entsprach zwischen 13 und 25 Dirham.

Diwan *(dīwān)*: Eine niedrige, mit Matratzen und weichen Kissen ausstaffierte Holzbank, welche den Raum an drei Seiten umläuft.

Diyar Bakr *(Diyār Bakr)*: «Land des Stammes Bakr»: Name einer Provinz in der heutigen Südosttürkei rund um die gleichnamige Stadt Diyarbakir (vgl. Karte «Die Welt von *Tausendundeine Nacht*»).

Dscharkas: s. Kaisariyyat Dscharkas.

Dschawiliya *(ǧāwiliyya)*: Nicht mehr genau rekonstruierbares Hohlmaß oder Bezeichnung für ein Weingefäß – Flasche, Amphore, Krug oder Schlauch.

Dschihad *(ǧihād)*: Kampf für den Islam, sogenannter «heiliger Krieg».

Dschinni *(ǧinnī)*: Geisterwesen, Dämon. Dschinnen haben nach islamischen Vorstellungen eine den Menschen ähnliche Gesellschaftsordnung. Daher tauchen in *Tausendundeine Nacht* z. B. der «Dschinnenkönig» und der «Kadi der Dschinnen» auf.

Dschubba *(ǧubba)*: Langes, vorne offenes Obergewand mit weiten Ärmeln.

Dschullab *(ǧullāb)*: Sirup mit Rosenaroma. Der Name kommt aus dem Persischen und bedeutet wörtlich «Rosenwasser».

Emir *(amīr)*: «Befehlshaber, Gouverneur, Fürst». In der Frühzeit waren die Emire die Befehlshaber der muslimischen Truppen und die Gouverneure der neueroberten Länder. Später gab es Emire, die in ihren Herrschaftsgebieten halb oder völlig souverän herrschten. In *Tausendundeine Nacht* ist der Begriff «Emir» noch allgemeiner verwendet worden: Die Emire gehören hier zum Hofstaat des Kalifen oder Sultans.

Fachit *(fāḫit)*: Eine Taubenart, die an einem Ringmuster um den Hals erkenntlich ist und wegen ihres schönen Gesangs gern in Käfigen gehalten wurde.

Fakir *(faqīr)*: Das Wort bedeutet «armer, mittelloser Mensch» und wurde in der islamischen Mystik als «bedürfnisloser Gottsucher» umgedeutet.

Fars *(Fārs)*: Wörtlich «Persien», die Persis, d.h. das Gebiet um Persepolis. In *Tausendundeine Nacht* liegt die Stadt Fars in einem Phantasieland namens Suman (s. dort).

Fathi *(fatḥī)*: Nicht mehr näher bestimmbare Apfelsorte. Diese und viele andere Sortenbezeichnungen waren dem ursprünglich intendierten Publikum von *Tausendundeine Nacht* vertraut. Sie erzeugten ganz bestimmte Geruchs- und Geschmacksassoziationen, die wir aber heute nicht mehr kennen. Spätere Generationen arabischer Leser und Hörer konnten mit den rätselhaften Namen genausowenig anfangen wie wir. In vielen Versionen von *Tausendundeine Nacht* finden sich daher «entrümpelte» Einkaufslisten oder stark veränderte Sortenbezeichnungen. In der vorliegenden Übersetzung werden nicht mehr bestimmbare Sortenbezeichnungen in ihrer arabischen Form belassen.

Fils *(fils)*: Billige Kupferwährung und -münze. Wegen der roten Farbe des Kupfers heißt es: «Er hatte keinen roten Fils mehr in der Tasche.»

Ghada *(ġaḍā)*: Eine Baumart *(Euphorbia)*, deren Holz besonders hart ist und daher besonders heiß verbrennt.

Ghul *(ġūl)*: Gefährlicher, menschenfressender Dämon, der in verschiedene Gestalten schlüpfen, aber seine Eselsbeine nicht ablegen kann.

Ghula *(ġūla)*: Weiblicher Ghul, speziell: menschenfressende, bösartige Dämonin, die Reisende in der Wüste vom Weg weglockt und dann verschlingt.

Ghuta *(Ġūṭa)*: Grüngürtel rund um Damaskus, der durch die sieben Arme des Flusses Barada bewässert wird.

Habbaniyya *(Ḥabbāniyya)*: Name einer Straße und des angrenzenden Stadtviertels in Alt-Kairo.

Hadsch *(ḥāǧǧ)*: Ehrentitel für einen Muslim, der die vorgeschriebene Pilgerfahrt nach Mekka absolviert hat.

Halfa *(ḥalfā)*: Ein Gras mit hohen, harten Halmen, an denen man sich leicht die Finger schneiden kann. Halfa wächst an Flußufern und wurde als Rinderfutter verwendet.

Hall Fasadati *(ḥall fasādatī)*: Jasminsorte (s. auch Fathi).

Hama: Stadt in Syrien (vgl. Karte «Die Welt von *Tausendundeine Nacht*»).

Hammam *(ḥammām)*: Öffentliches Badehaus in der Stadt bzw. Badetrakt in einer Palastanlage.

Harisa *(harīsa)*: Bezeichnung für verschiedene süße oder salzige Gerichte. Als Hauptgericht: Ragout aus Fleisch und Weizengrütze. Hierfür steht in der Übersetzung der arabische Begriff Harisa. Als Süßspeise: Gebäck aus Mehl, geschmolzener Butter und Zucker. Dieses Gericht wird in der berühmten satirisch-kulinarischen Qasida «Bleib stehen bei den Kranichen im Land der Marinade» (59. Nacht) erwähnt. Dort habe ich es mit «süßes Schmelzgebäck» übersetzt.

Harut *(Hārūt)*: Engelsgestalt im Koran, ein Reflex der «gefallenen Engel» der Bibel. Nach islamischer Vorstellung hatten die Engel Mißfallen über das lästerliche Leben der Menschen in Babylon geäußert. Daraufhin wurden die beiden Engel Harut und Marut von Gott auf die Erde gesandt, um zu erproben, ob sie unter den irdischen Umständen sündenfrei leben könnten. Diese Prüfung bestanden sie nicht, sondern wurden beim Anblick weiblicher Schönheit schwach. Harut und Marut sind seitdem Symbole für Schönheit und Verführung.

Hasar *(hazār)*: Nachtigall. In der Erzählung der 214. Nacht kommen zwei unterschiedliche Begriffe für «Nachtigall» vor. Der zweite, arab. *bulbul*, ist der geläufigere und bekanntere. Um eine Dopplung zu vermeiden, bleibt Hasar als arabischer Vogelname stehen.

Hidschra *(hiǧra)*: Der Beginn der islamischen Zeitrechnung: Auswanderung Muhammads von Mekka nach Medina im Jahre 622.

Homs *(Ḥomṣ)*: Stadt in Syrien (vgl. Karte «Die Welt von *Tausendundeine Nacht*»).

Hussein *(al-Ḥusayn)*: Sohn von Ali Ibn Abi Talib, des Schwiegersohns und Vetters des Propheten Muhammad. Der berühmte Heilige und Stammvater der Schiiten wurde im Jahr 780 getötet, indem seine umayyadischen Gegner ihm und seiner Armee die Wasserzufuhr abschnitten. Daher die Anspielung im Gedicht in der 227. Nacht auf Husseins Tod durch Verdursten.

Iblis *(Iblīs)*: Einer der beiden Namen des Teufels im Islam, hergeleitet vom griechischen «Diabolos». Der andere arabische Name des Teufels ist *Šayṭān* («Satanas») und wird mit «Satan» wiedergegeben.

Ibn *(ibn)*: «Sohn von ...». Bezeichnung der väterlichen Abstammung in arabischen Personennamen.

Ibn at-Tammam *(Ibn at-Tammām)*: Fiktiver Dichter. Der Name ist eine Anspielung auf den berühmten arabischen Dichter Abu Tammam (805–845).

Ifrit *(ʿifrīt)*: Geflügelter Dämon mit übernatürlichen und magischen Kräften. Die Ifrite sind den Marids (s. dort) eng verwandt, gelten aber als nicht grundsätzlich bösartig. Sie treten in männlicher und weiblicher Form auf. Weibliche Ifrite (in dieser Übersetzung als «Ifritin» bezeichnet) sind oft noch kräftiger und mächtiger als die männlichen. Ifrite sind nachtaktiv und schlafen tagsüber in alten Brunnen, Gemäuern etc.

Imam *(imām)*: Religiöser Titel: «Vorbild, Führer».

Irak-e-Adscham *(ʿIrāq-i ʿAǧam)*: Eine Region im heutigen Iran, das antike Medien. Der Name bedeutet wörtlich der «Persische Irak» im Unterschied zum *ʿIrāq ʿArabī* («Arabischer Irak»), dem heutigen Irak (vgl. Karte «Die Welt von *Tausendundeine Nacht*»).

Irdabb *(irdabb)*: Trockenhohlmaß, entspricht etwa 200 Liter.

Ishak *(Isḥāq)*: Der historische Hofmusiker Ishak Ibn Ibrahim al-Mausili (767–850).

Iwan *(īwān)*: Großer, gemauerter Gewölbebogen, der sich in voller Höhe und Breite auf einen davorliegenden Hof oder eine Halle öffnet. Der Iwan ist ein typisch orientalisches Architekturelement. Er ist schon im vorislamischen Iran in den parthischen und sasanidischen Palästen anzutreffen. In *Tausendundeine Nacht* kommen Iwane sowohl in privaten Hofhäusern als auch in Palästen vor. An den Wänden des Iwans sind steinerne Sitzbänke – einander gegenüber oder umlaufend – eingebaut, die in *Tausendundeine Nacht* wichtige Schauplätze bilden.

Kabun *(Qābūn)*: Vorort von Damaskus, etwa eine Meile außerhalb auf der Straße in den Irak.

Kaf *(Qāf)*: Mythischer Berg bzw. Gebirge am Ende der Welt. Nach altem Volksglauben umschließt der Berg Kaf den weltumspannenden Ozean, der wiederum die Erde – eine flache Scheibe – rundherum einschließt.

Kaisariyya *(qayṣariyya)*: Orientalische Form eines Marktkomplexes aus Chanen, Lagergebäuden, Passagen, Arkaden und Läden um einen geschlossenen Platz. Berühmte Kaisariyyas standen u. a. in Kairo, Bagdad, Mosul und in Andalusien. Die Kaisariyya ist einer der beliebtesten Schauplätze für die Marktszenen in *Tausendundeine Nacht*.

Kaisariyyat Dscharkas *(Ǧarkas)*: Name einer Kaisariyya in Kairo, wörtlich «Tscherkessen-Kaisariyya». Die Kaisariyyat Dscharkas wurde 1195 von dem Emir Dscharkas, einem Tscherkessen, gegründet.

Kalamawi *(qalamāwī)*: Nicht näher bestimmbare Wassermelonensorte (s. auch Fathi). Der Name erinnert an arab. *qalam* «Schreibstift» und könnte daher als «stiftsförmig längsgestreifte Wassermelone» interpretiert werden. Gestreifte Wassermelonen werden besonders groß und schwer.

Kalender *(qalandar)*: Seit dem 13. Jahrhundert übliche Bezeichnung für wandernde Derwische, mystisch bewegte Personen, die der Welt entsagt hatten und, teils nur mit Fetzen bekleidet, vagabundierend lebten. Die Kalender werden auch als «islamische Hippies» bezeichnet.

Kalyub *(Qalyūb)*: Stadt und Provinz in Nordägypten (vgl. Karte «Die Welt von *Tausendundeine Nacht*»).

Kana-wa-kan *(kāna wa-kān)*: Liedgattung mit erzählerischem Inhalt, wörtlich «Es-war-einmal-Lied». Die Lieder bestehen aus vierzeiligen, kurzen Strophen, deren letzte Verse sich aufeinander reimen.

Kauthar *(Kawṯar)*: Einer der Flüsse, die nach koranischer Vorstellung im Paradies fließen.

Kibla *(qibla)*: Die islamische Gebetsrichtung. Die Ausrichtung nach Mekka wird in allen Moscheen durch eine Gebetsnische angezeigt. Außerhalb einer Moschee muß sie ermittelt werden, z. B. mit Hilfe eines Kompasses. Der Ausdruck «wie eine Kibla» bedeutet metaphorisch, daß alle Menschen sich in eine Richtung wenden.

Kirat *(qirāṭ)*: Gewichtseinheit ($^{1}/_{24}$ *Miṯqāl*, s. Mithkal), mit der kleinste Mengen, z. B. Gold, abgewogen werden, entspricht etwa unserem «Karat».

Kirmani *(Kirmānī)*: Eine spezielle Teppichsorte, benannt nach der Landschaft Kirman in Persien. Kirmani-Teppiche waren in der Regel aus Wolle geknüpft und in roten Farbtönen gemustert. Da in der Erzählung der 102. Nacht explizit Seide als Material genannt ist, könnte es sich auch um ein Tuch oder eine Decke mit Kirmani-Muster oder -Herkunft handeln.

Kisra *(Kisrā)*: Arabische Bezeichnung für die Perserkönige, von der persischen Herrscherbezeichnung «Khosraw» abgeleitet.

Kubati *(Qubāṭī)*: Ein von Kopten hergestelltes Gewebe, wahrscheinlich sehr feines Leinen mit goldenen Bordüren, das vor allem alljährlich für die Ummantelung der Kaaba von Mekka verwendet wurde.

Kufi *(kūfī)*: Ein arabischer Schriftstil, der nach der irakischen Stadt Kufa benannt ist.

La ilaha illa llah *(lā ilāha illā llāh)*: «Es gibt keinen Gott außer Gott (bzw. Allah)», Teil des islamischen Glaubensbekenntnisses und Ausruf des Erstaunens.

Leila *(Laylā)*: Berühmte Gestalt aus der frühislamischen Dichtung, Geliebte von Madschnun (s. dort).

Madschnun *(Maǧnūn)*: Beiname des frühislamischen Dichters Kais Ibn al-Mulawwah (gestorben ca. 700), dessen Hauptthema die unerfüllbare Liebe zu Leila war. Leila war trotz ihrer Liebe zu Madschnun mit einem anderen Mann verheiratet worden. Madschnun wurde «verrückt» (arab. *maǧnūn*) und zog sich in die Wüste zurück. Leila und Madschnun sind das berühmteste Liebespaar der orientalischen Literatur.

Mamluk *(mamlūk)*: Bezeichnung für hellhäutige Sklaven, meist türkischer Abstammung. Die Mamlukendynastie, eine Militär-Aristokratie, war aus solchen Sklaven hervorgegangen. Sie übernahm in Ägypten 1250 die Macht und hielt sie bis 1517.

Marakibi *(marākibī)*: Nicht mehr näher bestimmbare Zitronensorte (s. auch Fathi).

Mardin *(Mārdīn)*: Stadt in der heutigen Südosttürkei (vgl. Karte «Die Welt von *Tausendundeine Nacht*»).

Marid *(mārid)*: Böser Dämon. Die Marids sind mit den Ifriten (s. dort) eng verwandt, gelten aber als schwächer, dafür bösartiger als diese.
Marhaban *(marḥaban)*: «Willkommen!» (s. auch Ahlan wa-Marhaban).
Mawaliya *(mawāliyā)*: Eine volkstümliche Gedichtform, aus vier Halbversen mit gleichem Endreim komponiert.
Mithkal *(miṯqāl)*: Gewichtseinheit, etwa 4,5 Gramm. Ein Dinar (s. dort) entspricht genau einem Mithkal in Gold.
Mosul (arab. *al-Mawṣil*): Stadt im Nordirak (vgl. Karte «Die Welt von *Tausendundeine Nacht*»).
Muhakkak *(muḥaqqaq)*: Ein arabischer Schriftstil.
Muslim *(Muslim)*: Muslim Ibn al-Hadschdschadsch (817–875) und Al-Buchari (s. dort) sind die Autoren der beiden renommiertesten Quellenwerke der islamischen Traditionswissenschaft.
Mutawalli *(mutawallī)*: «Verwalter, Beauftragter», eine Art Verwaltungschef, der auch für öffentliche Ordnung zuständig war.
Muwaschach *(muwaššaḥ)*: Arabisches Strophengedicht, oft mit humvorvollem, lautmalerischem Refrain.

Naiman *(naᶜīman)*: «Möge Gott dir Seine Wohltaten erweisen!» ist ein Gruß, der einem Menschen zugesprochen wird, der gerade aus dem Bad oder vom Friseur kommt.
Naskhi *(nasḫī)*: Ein arabischer Schriftstil.
Nubi-Vogel *(nūbī)*: Nicht mehr näher bestimmbare Vogelart. Der Name könnte als «nubisch» gedeutet werden, verwiese dann also auf die Region Nubien zwischen Ägypten und dem Sudan.

Pharao *(Firᶜawn)*: Der Titel des ägyptischen Herrschers wird im Koran mit dem Beinamen «Herr der Pflöcke» belegt. Die «Pflöcke» sind ein Bild aus dem Leben arabischer Beduinen, in deren Zeltlagern die starken Zeltpflöcke eine wichtige Rolle spielten. «Herr der Pflöcke» ist somit eine Metapher für die mächtigen Bauten, die Pharao zugeschrieben wurden, nach anderen Quellen auch eine Anspielung auf den Turmbau zu Babel.

Rachi *(raḫī)*: Nicht mehr näher bestimmbare Birnensorte (s. auch Fathi).
Raibiyya *(rāᶜibiyya)*: Eine Taubenart, nach manchen Quellen wegen ihres lauten Gurrens so genannt.
Ratl *(raṭl)*: Gewichtseinheit. Das Ratl ist aufgrund der Geläufigkeit seines Gebrauchs zum Abwiegen von Lebensmitteln mit unserem «Pfund» zu vergleichen, jedoch je nach Ort und Zeit in den arabischen Ländern sehr unterschiedlich bemessen: zwischen 0,3 und 2,3 Kilogramm.
Ridwan *(Riḍwān)*: Name des Engels, der nach islamischer Vorstellung über das Paradies wacht.
Rihan *(rīḥān)*: Ein arabischer Schriftstil.

Rikaa *(riqāᶜ)*: Ein arabischer Schriftstil.

Ruman *(Rūmān)*: Fiktives Land in Anlehnung an den arabischen Begriff *Rūm*, der Ostrom, also Byzanz, bezeichnet. Alle Namen der «Geschichte vom König Yunan und dem Arzt Duban» hängen lautmalerisch miteinander zusammen: Yunan (arab. «das antike Griechenland»), Duban, Ruman und Suman (s. dort).

Saad *(saᶜd)*: Einer oder mehrere Sterne oder Sternbilder, in denen der Mond stehen kann, das sogenannte «Glücksgestirn».

Sadadsch *(sadağ)*: Eine Stoffart, nach anderen Quellen das Adjektiv «einfarbig».

Safar *(ṣafar)*: Der zweite Monat des islamischen Mondjahres.

Salam *(salām)*: Friedensgruß, zur Begrüßung oder zum Abschied.

Salhab *(salhab)*: Name einer Hunderasse.

Salomon *(Sulaymān ibn Dāwūd)*: Der biblische und koranische König Salomon, Sohn Davids, wird in der islamischen Tradition als Prophet verehrt. Er gilt als Herr über Tiere, speziell Vögel, und Dschinnen. Der Siegelring Salomons gilt als zauberkräftig.

Samsam *(Zamzam)*: Heiliger Brunnen in Mekka, dessen Wasser wundertätige Kräfte zugesprochen werden. Bei der islamischen Pilgerfahrt kann Samsam-Wasser in Flaschen abgefüllt und mitgenommen werden.

Sasaniden *(Sāsānīden)*: Persische Dynastie, die im Iran vom 3. bis ins 7. Jh. n. Chr. herrschte und durch die islamischen Herrscher abgelöst wurde. Die Sasaniden bilden den (pseudo-)historischen Rahmen für die Rahmengeschichte von *Tausendundeine Nacht*.

Schaaban *(Šaᶜbān)*: Der achte Monat des islamischen Mondjahres.

Schakaf Lakaf *(šaqaf laqaf)*: Bezeichnung eines nicht mehr rekonstruierbaren Spiels. In einem alten arabisch-französischen Lexikon wird gemutmaßt, es handle sich um ein Kinderspiel mit Murmeln, und der zweite Teil des Namens müsste als arab. *li-kaff* aufgelöst werden, was soviel bedeutet wie «in die offene Hand». In jedem Fall meint der Ausdruck: «Du spielst Schakaf Lakaf mit uns!» (23. Nacht) in etwa: «Du willst uns wohl für dumm verkaufen!»

Schatibi *(Šāṭibī)*: Andalusischer Korangelehrter (1144–1194). Sein Lehrgedicht, das unter dem Namen «Schatibiyya» berühmt wurde, behandelt die sieben kanonischen Lesarten des Korans.

Scheich *(Šayḫ)*: Bezeichnung und Anredeform für Herren in fortgeschrittenem Alter, in der älteren arabischen Literatur für Männer ab 50 Jahren gebräuchlich. Als Ehrentitel auch in der Bedeutung «Ältester, Oberhaupt». In *Tausendundeine Nacht* wurde Scheich synonym zu «der Alte» übersetzt (z. B. in «Die Geschichte des ersten Alten»).

Sindschar *(Sinğār)*: Stadt und bergige Region westlich von Mosul im heutigen Nordirak (vgl. Karte «Die Welt von *Tausendundeine Nacht*»).

Sirbadscha *(zīrbāğa)*: Süßspeise aus Zucker, Mandeln und Essig, nach anderen Quellen mit Kümmel gewürzt, auch «Kümmelragout».

Sudun Abdarrahman: s. Abdarrahman Ibn Sudun.

Suhriyya *(zuhriyya)*: Kleidungsstück, genaue Bedeutung nicht mehr rekonstruierbar. In dem Ausdruck steckt das Wort «Blume», daher dürfte es sich um einen bunten, vielleicht geblümten Stoff handeln. Die ganze Beschreibung des Buckligen in der 102. Nacht soll das Bild einer bizarr ausstaffierten Figur, einer Art Papageno, vermitteln.

Sultani *(sulṭānī)*: Zitronensorte. Der Name bedeutet «königlich» (s. auch Fathi).

Suman *(Zūmān)*: Fiktives Land (s. Ruman).

Tab *(ṭāb)*: Eine Art Würfelspiel mit Steinen und Palmstäbchen. Aus Palmgerten werden kleine Stäbchen mit jeweils einer weißen und einer grünen Seite geschnitzt. Diese Stäbchen werden gegen ein Brett oder eine Wand geworfen. Aus der (Farb-)Anordnung, in der sie auf den Boden fallen, geht hervor, wie die Spielsteine bewegt werden dürfen.

Tabtab *(ṭabṭāb)*: Ein Wurfspiel mit Kugeln, wie etwa Boule.

Takruri *(Takrūrī)*: Stammesbezeichnung, speziell von Fulbe-Stämmen in Westafrika. Dorther stammende Bevölkerungsgruppen lebten als Muslime u. a. im Sudan.

Thaalab *(ṯaʿlab)*: Arabische Bezeichnung für «Fuchs». Da es sich an der betreffenden Stelle in der 201. Nacht um ein Reimspiel handelt («Thaalab» und «Salhab»), wurde das arabische Wort im Text belassen.

Thamud *(Ṯamūd)*: Mythisches Volk, das laut Koran in vorgeschichtlicher Zeit von Gott ausgelöscht wurde.

Thuluth *(ṯuluṯ)*: Ein arabischer Schriftstil.

Tumar *(ṭūmār)*: Ein arabischer Schriftstil.

Uksima *(uqsimā)*: Erfrischungsgetränk aus Essig und Honig, vom griechischen «Oxymel» abgeleitet.

Umm Salih *(Umm Ṣāliḥ)*: «Salihs Mutter», ein von einem Eigennamen hergeleiteter Name einer Süßspeise.

Wali *(wālī)*: Leitender Verwaltungsbeamter in einer Stadt, später Gouverneur einer Provinz.

Yoh *(yoh*, kurzes, offenes *o*, das *h* ist hörbar*)*: Ein heute noch in Syrien zu hörender Laut der Klage, des klagenden Staunens, der unangenehmen Überraschung.

Yusuf *(Yūsuf)*: Der biblische Josef, der im Koran (Sure 12) besonders für seine Schönheit gerühmt wird.

Nachweis der Kalligraphien und Ornamente

Die vier Kalligraphien wurden von Mustafa al-Imary, Kairo, in der Diwani-Schrift bzw. Naskhi-Schrift geschrieben. Seite 3: *Alf layla wa-layla* («Tausendundeine Nacht»). Seite 7: *bi-smi llāhi r-raḥmāni raḥīmi wa-bihīṯiqatī* («Im Namen Gottes, des Gnädigen, des Barmherzigen. Auf Ihn traue ich»). Seite 29: *al-layla al-ūlā min ḥadīṯ alf layla wa-layla min al-ġarāʾib* («Die erste Nacht aus der Geschichte von Tausendundeiner Nacht, ein aufregendes Abenteuer»). Seite 637: *tamma al-ǧuzʾ aṯ-ṯāliṯ min ḥikāyāt ʿaǧāʾib wa-ġarāʾib alf layla wa-layla wa-llāhu l-mustaʿān wa-kafā bi-llāhi ḥasīban* («Ende des dritten Teils der spannenden und aufregenden Erzählungen von Tausendundeiner Nacht. Gott rufen wir um Hilfe an, und Gott zahlt den besten Lohn.» Diese Worte finden sich auf dem letzten Blatt der «Galland-Handschrift», MS. arabe 3611, fol. 81r).

Die Ornamente im Text wurden mit freundlicher Genehmigung des Autors folgendem Band entnommen: Gerd Schneider, Pflanzliche Bauornamente der Seldschuken in Kleinasien, Wiesbaden: Reichert, 1989.

Die Karte auf Seite 640 wurde angefertigt von Angelika Solibieda/cartomedia, Karlsruhe.

Zur zehnten Auflage

Nur wenige Änderungen waren für die zehnte Auflage notwendig. Eine von ihnen betrifft bedauerlicherweise den Tod von Muhsin Mahdi. Der international renommierte Arabist, Fachmann für islamische Philosophie und die Rezeption der Antike im Islam und einer der weltweit kundigsten Experten für *Tausendundeine Nacht* verstarb am 9. Juli 2007 im Alter von 81 Jahren. Seine sogenannte «Mahdi-Edition», eine dreibändige kritische Ausgabe der «Galland-Handschrift» von *Tausendundeine Nacht*, bildet die Grundlage für diese Übersetzung (siehe *Die Edition von Muhsin Mahdi*, S. 654 f.).

Die einzige weitere bedeutende Korrektur, eine Umformulierung im Übersetzungsteil, ist Resultat langwieriger Überlegungen, die auch für Nicht-Orientalisten von Interesse sein dürften, gestatten sie doch einen Blick hinter die Kulissen der arabischen Sprache. Es handelt sich um eine Stelle in der Geschichte vom «Träger und den drei Damen». Drei schöne junge Damen haben einen Träger zu sich nach Hause eingeladen und verführen ihn mit einem erotischen Spiel: Der Träger muss raten, wie die Körperteile heißen, auf die die bereits entkleideten Damen zeigen. «Das Basilikum, das auf den Brücken sprießt» lautet die erste Lösung, weitere Rätsel folgen. Später wird das «wildgewordene Maultier» des Trägers jenes Basilikum «abweiden» (31. und 32. Nacht). Die arabische Vorlage hat allerdings an dieser Stelle eine echte philologische Falle aufgestellt. Denn das Wort für «Brücken» (arab. *ǧusūr*) kann, mit *a* statt *u* vokalisiert, «kühn, wagemutig, dreist» bedeuten (arab. *ǧasūr*). Der Originaltext verzichtet auf jede Vokalisierung, lässt also beide Möglichkeiten offen. Die parallele Vokalfolge in den drei anderen Rätselnamen «Das geschälte Sesamkörnchen» (arab. *as-simsim al-maqšūr*), «Abu Masrurs Gasthof» (arab. *ḫān Abū Masrūr*) und «Das wildgewordene Maultier» (arab. *al-baġl al-kasūr*) legt aber eine Vokalisierung mit *a* auch für den ersten Namen nahe bzw. macht die Lösung «Brücken» unwahrscheinlich. Für den philologischen Hinweis danke ich Prof. Manfred Ullmann (Tübingen), für Beratung bei der Umformulierung Andreas Otte (Celle), Hardy Kretzschmar (Ahnsbeck) und Dr. Andreas Mercier (Celle).

Beedenbostel, im Januar 2009 Claudia Ott